周作人散文

第五卷

周作人——著

钟叔河——编

岳麓書社·长沙

目录

目录

目录

目录

目录

目录

目录

一九四七年

《往昔三十首》后记

去年五月末自北平移南京，居于老虎桥，长夏无事，偶作小诗，并为人题画，前后半年，得诗数十，其中有《往昔》一题，凡五续，共三十首，别录为一卷。兴之所至，随意写出，初无格律，亦多出韵，本不可以诗论，但期达意而已。情动于中而形于言，咏叹淫泆，乃成为诗，而人间至情，凡大哀极乐，难写其百一，古人尚尔，况在鄙人，深恐此事一说便俗，非唯不能，抑亦以为不可者也。此三十首多说史地杂事，稍附意见，多已见于旧日小文中，亦无甚新意，其与旧作有殊者，唯在形式似诗耳。若即此以为是诗，则唐突诗神，亦已太甚矣。

一九四七年一月二十日，知堂记于南京。

［1947 年 1 月 20 日作/《知堂杂诗抄》］

《老虎桥杂诗》题记

我于前清光绪甲午年（一八九四）进寿氏三味书屋读书，傍晚讲唐诗以代对课，为读旧诗之始。辛丑（一九〇一）以后在南京水师学堂，不知从何时起学写古诗，今只记得有写会稽东湖景色者数语，如云：

岩鸽翻晚风，池鱼跃清响。

又云：

潇潇几日雨，开落白芙蓉。

此盖系暂任东湖学堂教课，寄住湖上时所作，当是甲辰年（一九〇四）事。昔有稿本，题曰《秋草闲吟》，前有小序，系乙巳年作，今尚存，唯诗句悉已忘却，但记有除夕作，中有云：

既不为大椿，便应如朝菌。

一死息群生，何处问灵蠢。

又七绝末二句云：

独向龟山望松柏，夜乌啼上最高枝。

龟山在故乡南门外，先君殡屋所在地也。丙午年（一九〇六）由江南督练公所派遣日本留学，至辛亥归国，此六年未曾着笔，唯在刘申叔所办之《天义报》上登过三首，其词云：

为欲求新生，辛苦此奔走。

学得调羹汤，归来作新妇。

×

不读宛委书，却织鸳鸯锦。

织锦长一丈，春华此中尽。

×

出门怀大愿，竟事不一吷。

款款坠庸轨，芳徽永断绝。

此盖讽刺当时女学生之多专习工艺家政者，诗虽是拟古，实乃已是打油诗的精神矣。

民国二年（一九一三）范爱农君以愤世自沉于越中，曾作一诗挽之，现在已不记得，虽曾录入记范爱农的一篇小文中。六年（一九一七）至北京，改作白话诗，多登在《新青年》及《每周评论》上面，大概以八年中所作为最多，十年秋间在西山碧云寺养病，也还写了些，都收集在《过去的生命》一卷中，后来因为觉得写不好，所以就不再写了。这之后偶然写作打油诗，不知始于何时，大约是二十年（一九三一）前后吧。因为那时曾经于无花果枯叶上写二十字，寄给在巴黎的友人，诗云：

寄君一片叶，认取深秋色。

留得到明年，唯恐不相识。

这里有本事，大意暗示给他恋爱的变动，和我本是无关也。又写给杜逢辰君的那一首“偃息禅堂中”的诗，也是二十年一月所作。但是真正的打油诗，恐怕要从二十三年的“请到寒斋吃苦茶”那两首算起吧。这以后做了不少，其稍重要的曾录出二十四首，收入《苦茶庵打油诗》那篇杂文中。关于打油诗其时有些说明，现在可以抄录一部分在这里：

我自称打油诗，表示不敢以旧诗自居，自然更不敢称是诗人，同样的我看自己的白话诗也不算是新诗，只是别一种形式的文章，表现当时的情意，与普通散文没有什么不同。因此名称虽是打油诗，内容却并不是游戏，文字似乎诙谐，意思原甚正经，这正如寒山子的诗，它是一种通俗的偈，用意本与许多造作伽陀的尊者别无殊异，只在形式上所用乃是别一手法耳。

这回所收录的共有二百几十首，比较的多了，名称则曰杂诗，不再叫作打油了，因为无论怎样说明，世间对于打油诗终不免仍有误解，以为这总是说诨话的，它的过去历史太长了，人家对于它的观念一时改不过来，这也是没法的事。反正我所写的原不是道地的打油，对于打油的名字也并不真是衷心爱好，一定非用不可，当初所以用这名称，本是一种方便，意在与正宗的旧诗表示区别，又带一点幽默的客气而已，后来觉得不大合适，自可随时放弃，改换一个新的名号。我称之曰杂诗，意思是与从前解说杂文时一样，这种诗的特色是杂，文字杂，思想杂。第一它不是旧诗，而略有字数韵脚的拘束，第二也并非白话诗，而仍有随意说话的自由，实在似乎是所谓"三脚猫"，所以没有别的适当的名目。说到自由，自然无过于白话诗了，但是没有了韵脚的限制，这便与散文很容易相混至少也总相近，结果是形式说是诗而效力仍等于散文。这是我个人的经验，固然由于无能力之故，但总之白话诗之写不好在自己是确实明白的了。白话诗的难做的地方，我无法去补救，回过来说旧诗，把它难做的地方给毁掉了，虽然有点近于削足适屦，但是这还可以使用得，即是以前所谓打油诗，现在称为杂诗的这物事。因为文字杂，用韵亦只照语音，上去亦不区分，用语也很随便，只要在篇中相称，什么俚语都不妨事，反正这不是传统的正宗旧诗，不能再用旧标准来加以批评。因为思想杂，并不一定照古来的几种轨范，如忠爱、隐逸、风怀、牢骚那样去做，要说什么便什么都可以说，但是忧生悯乱，中国诗人最古的那一路思想，却还是其主流之一，在这里极新的又与极旧的碰在一起了。正如杂文比较的容易写一样，我觉得这种杂诗比旧诗固然不必说，就是比白话诗也更为好写。有时候感到一种意思，想把它写下去，可是用散文不相宜，因为事情太简单，或者情意太显露，写在文章里便一览无馀，直截少味，白话诗呢又写不好，如上文所说，末了大抵拿杂诗来应用，此只出于个人的方便，本来不足为训，这里只是说明理由事实而已，原无主张的意思，自然更说不上是广告也。

一九四七年九月二十日，知堂自记。

［1947 年 9 月 20 日作/《知堂杂诗抄》］

一九四八年

红楼内外

读了荛公的《红楼一角》，觉得很有兴趣，因为所记的事有些也是我所亲自见闻的。我于民六到了北大，那正是文学革命与新文化运动的前夜，我出了课堂，却又进了办公室，当一名职员，与学生教员一直保持着接触，所以这以后的许多事情，如“五四”“六三”事件，八校教员索薪，以至“三一八”事件，我都在旁看着听着，如今事隔二十多年，虽然大半有点忘记了，但约略记得的也还不少。这回因了《红楼一角》的文章，引起了我的记忆，另碎的记了下来，聊以当豆棚瓜架下的消暑资料吧。

从卯字号说起

这里话得从卯字号说起，或者更在以前一点也说不定。民七以前，北大红楼正在建筑中，文理科都在马神庙的四公主府，而且那个迤东的大红门也还没有，只从后来所谓西斋的门出入。进门以后，往东一带若干间的平房，不知什么缘故普通叫做卯字号，民六时作为文科教员的预备室，一个人一间，许多名人每日都在这里聚集，如胡适博士、刘半农、钱玄同、朱希祖以及《红楼一角》中所说沈马诸公，——但其时实在还只有尹默与马裕藻而已，沈兼士在香山养病，马衡大概在上海，未曾进北大哩。卯字号的最有名的逸事，便是这里有过两个老兔子和三个小兔子。这件事说明了极是简单，因为文科有陈独秀与朱希祖是己卯年生的，又有三人则是辛卯年生，即是胡适之、刘半农、刘文典，在民六才只二十七岁，过了三十多年之后再提起来，陈朱刘（半农）已早归了道山，就是当时翩翩年少的胡君也已成了五十八岁的老博士了。

这五位卯年生的名人之中，在北大资格最老的要算朱希祖，他还是民初（是民国二年吧）进校的，别人都在蔡孑民先生长校之后，陈独秀大概还在民五冬天，其他则在民七了。朱先生是章太炎先生的弟子，在北大主讲中国文学史，但是他的海盐话很不好懂，在江浙学生还不妨事，有些北方人听到毕业也还是不明白。有一个同学说，他听讲文学史到了周朝，教师反复的说孔子是厌世思想的，心里很是奇怪，又看黑板上所写引用孔子的话，都是积极的，一点看不出厌世的痕迹，尤其觉得纳闷，如是过了好久，不知因了什么机会，忽然省悟所谓厌世思想，实在乃是说的现世思想，因为朱先生读"现"字不照国语发音如献，仍用方音读作艳，与厌字音很相近似了。但是北方学生很是老实，虽然听不懂他的说话，却很安分，不曾表示反对，那些出来和他为难的反而是南方尤其是浙江的学生，这也是一件很有趣的事。

在同班中有一位姓敷的。——这自然不是真姓，我们姑且以中国旧字母代之，他捣乱得顶利害，可是外面一点都看不出，大家还觉得他是用功安分的好学生。在他毕业了几年之后，才自己告诉我说，遇见讲义上有什么漏洞可指的时候，他并不开口，只写一小纸条搓团，丢给别的学生，让他起来说话，于是每星期几乎总有人对先生质问指摘。这已经闹得教员很窘了，末了不知怎么又有什么匿名信出现，作很恶毒的人身攻击，也不清楚这是什么人的主动。

学校方面终于弄得不能不问，把一位向来出头反对的姓心①的学

【锺校】

① "心"原作"名"。

生，在将要毕业的前几时除了名，而姓敷的仁兄安然毕业，成了文学士。这姓敷的是区区的同乡，而姓心的则是朱老夫子自己的同乡，都是浙江人，可以说是颇有意思的一段因缘。

林琴南的《蠡叟丛谈》

后来还有一回类似的事，在五四之前，大约是民七吧，文学革命运动渐渐的起劲，校内外都发生了相当的反应，校外的反对派代表是林琴南，他在《新申报》《公言报》上时常发表文章，肆行攻击，顶有名的是《新申报》上的《蠡叟丛谈》，本是假《聊斋》之流，没有什么价值，其中有一篇名叫《荆生》的寓言，是专门攻击陈独秀、胡适、钱玄同的，三人均有化名，钱玄同的金心异曾见于鲁迅的书札中，胡博士的狄莫——盖用《论语》无适也无莫也的典故，便不见有人提起，陈独秀则似名田必美，想起来也有点不大确实了。

法科学生张缪子喜欢谈京戏，常在《公言报》的报屁股上写些戏评杂志，有一时还曾经同《新青年》的同人讨论过旧戏，虽然双方意见极端相反，却也还没有发生什么冲突。

后来林琴南的攻势愈来愈加来得猛烈了，大有凭借了段祺瑞一派的势力来干涉北大的形势（那篇《荆生》里便很有明显的表示，这时候虽未动手，但在五四以后，陈独秀终于被迫辞了文科学长而去了），张缪子也有在内策应之嫌疑，于是学校方面下了断然的处置，将他除名，也在毕业之前，与心君后先辉映，更没有第三人可与媲美，因为在蔡校长治下的北大是向来不大开除学生的。现在想起来，这两件似乎都是疑狱，那匿名文件是否心君所为恐怕并无充分证据，张君的内应也不见得真是那么严重，大概透露校内消息，给林琴南做点情报，也许有的，或者不值得那么看重，但是那时北大受着旧势力的袭击，在风雨漂摇之中，急谋自卫，不得不取这种处分，也是不足怪的事吧。

古今中外的蔡校长和辜鸿铭

蔡校长办学是主张兼容并包的，所以当时有些人给他一个四字的批语，叫作古今中外，这四个字虽然似乎散漫，但很足以表示他独有的自由思想的精神，在他以外没人赶得上，就是现今美国叔叔十分恭维的胡博士，也恐怕还要差一点儿吧。他所请的各教授中，第一个有特色的，大概中外一致的要推辜鸿铭了，他是福建的闽南人，他的母亲本是西洋人吧，所以生得一副深眼睛高鼻子的洋人相，头上一撮黄头毛，却编作一条小辫子，冬天穿枣红宁绸的大袖方马褂，上戴瓜皮小帽，不要说在民十年前后的北京，就是在前清时代，马路上遇见这样一位小城市里的华装教士似的人物，大家也不免要张大了眼睛看得出神的吧。尤其妙的是他那包车的车夫，不知是从哪里乡下去找了来的，也是一个背拖大辫子的汉子，正同课堂上的主人一样，他在红楼的大门外坐在车兜上等着，也不失为车夫队中一个特出的人物。辜鸿铭早年留学苏格兰，归国后有一时也是西装革履，显出是高等华人，可是后来却变得那一副怪相，嘴里也满口春秋大义，成了十足的保皇党了。他在北大教的是拉丁文等功课，不能发挥他的正统思想，可是他总随时随地想要找机会发泄。例如有一次北大开文科教授会，讨论功课，各人纷纷发言，蔡校长也站起来想要说话，辜鸿铭一眼看见，首先大声说道，现在请大家听校长的吩咐！这是他原来的语气，他的精神也就充分表现在里边了。

关于端先生

又有一次是五四运动时，六三以后，大概是民八的六月五日左右吧。北大教授在红楼第二层临街的一间教室里开临时会议，除应付事件外，有一件是挽留蔡校长，各人照例说了好些话，反正对于挽留是没有异议的，问题只怎么办，打电报呢，还是派代表南下。辜鸿铭也走上讲台，赞成挽留校长，却有他自己的特别理由。他说道，校长是我们学校的皇帝，所以非得挽留不可。《新青年》的反帝反封建的朋友们有好些都在座，但是因为他是赞成挽留蔡校长的，所以也没有人再来和他抬杠。可是后面的一个人出来说话，却无意中闹了一个大乱子，也是一件很好笑的事。这位理科教授姓端，是江苏人，本来能讲普通话，可是他一上讲台去，说了一大串叫人听了难懂，而且又非常难过的话。那时天气本是炎热，时在下午，又在高楼上一间房里，聚集了许多人，大家已经很是烦躁的了，这端先生的话虽是个个字可以听得清，可是几乎没有两个字以上连得起来的，只听他单调地断续地说道，我们、今天，今天、我们、北大、今天、北大、我们，如是者略约有两三分钟，不，或者简直只有半分钟也说不定，但是人们仿佛觉得已是很长久，在热闷的空气中，听了这单调的断续的单语，有如在头顶上滴着屋漏水，实在令人不容易忍受。大家正在焦躁，不知怎么办才好的时候，忽然教室的门开了一点，有人把刘半农叫了出去，不久就听得刘君在门外顿足大声骂道："混账！"里边的人都愕然出惊，端先生以为是在骂他，也便匆匆地下了讲台，退回原位去了。

这样地会议就中途停顿，等到刘半农回来报告，才知道是怎么的一回事，这所骂的当然并不是端先生，却是法科学长王某，他的名字忘记了，仿佛其中有一个祖字。六三那一天，北京的中小学生都列队出来讲演，援助五四被捕的学生，北京政府便派军警把这些中小学生一队队的捉了来，都监禁在北大法科校舍内。各方面纷纷援助，赠送食物，北大方面略尽地主之谊，预备茶水食料之类，也就在法科支用了若干款项。这数目记不清了，大约也不大会多，或者是一二百元吧，北大教授会决定请学校核销此款，归入正式开支之内。可是法科学长不允许，于是事务员跑来找刘半农，因为他是教授会的干事负责人，刘君听了不禁发起火来，破口大喝一声，后来大概法科方面也得了着落，而在当时解决了端先生的纠纷，其功劳实在也是很大的。因为假如没有他这一来，会场里会得要发生很严重的结果。看那情[①]形，端先生暂时并无自动停止的意思，而这样的讲下去，听的人又忍受不了，立刻就得会有铤而走险的可能。刘文典也在场，据他日后对人说，其时倘若没有刘半农的那一喝，他就要奔上讲台去，先打一个耳光，随后再叩头谢罪，因为他再也忍受不下去了。

《新青年》与《国故》

北大文科教员中，有《新青年》《国故》新旧两派对立，这原是事实，但是对立着而并未正式开过火。《国故》以旧派学生为主体，办的也不很出色，教员中只有黄季刚在课堂内外对学生骂骂而已，向不执笔，刘申叔写些文章，也只谈旧学，却未骂人。《新青年》上写文章的都是教员，积极的取攻势，猛厉无比，刘半农复王敬轩书最为痛快，至于王敬轩原是社内"某君"的化名，后来也成为公开秘密了。"随感录"与"通信"也是一种匕首似的战斗文章，以钱玄同的为多，因为他的意见多以通信随感发表，不写正式文章，直到《语丝》时代这才以《废话》的题目写些小文，但实在也还是杂感的性质。"随感录"中又有一件逸事，不知道哪一期上登有一则署名"二十八画[②]生"，这是后来非常有名的人物，姓名暂不便发表，只是三个字总算起来是二十八笔，所以他用了这别号，至于内容则已忘记，大概很是平常，总之不是谈社会主义的。

这逸事恐怕知道的人不大多，我也还是在二十年前，偶然遇见疑古

【锺校】

① "情"原作"时"。
② "画"原作"书"。

先生，听他谈起才知道的，他记得这一类的新掌故真多，可惜故去了，没有笔录一部分下来。《新青年》本来名叫《青年杂志》，是极平凡的一种学生读物，归陈独秀编辑后始改名，经胡博士从美国投稿帮忙，成为文学革命的先锋。民七时又由北大教员几个人每月捐出一点钱来，创办了《每周评论》，在五四时很发挥了些力量，但是不久给政府禁止了，只出了三十六期。其时陈独秀因为在市场发传单，早已拘禁在警厅，这周刊虽然由胡博士代任编辑，亦已成了强弩之末，停刊也觉得没有什么可惜了。胡博士向来写文章的态度很是严肃，不主张用别号，也不说游戏话或激烈一点的话。但是他代编的时期，他用过好几个别号，如 VQ 即 Quo Vadis 的缩写，写示你往何处去，为胡适二字的意译。又如“天风”，则不知道是什么用意，陈独秀的笔名是“只眼”，李守常的似是一个“明”字。独秀被捕后，《每周评论》随感录栏上有一则云，出研究室进监狱，出监狱进研究室，是学者的任务，这也是胡博士的手笔。这种文句在他平时著作中绝不容易找得出，所以不失为逸闻的好资料，上十四字确是原文如此，下一句有点儿模糊了。学生中间所办的新刊物则有《新潮》，是响应《新青年》的文学革命运动而起来的，由国文系傅某、英文系罗某主持其事。傅本是黄季刚派的重要学生，这时来了一个两直角的转变，陈独秀当时便很有点怀疑，是不是那方面的第五纵队呢。那时候北大内有反朱案，馀波未了，外有林派的反动势力，形势未可乐观，这种疑虑实在也不是无理由的。这中间的事只是得诸传闻，大概由于胡博士的保驾，学校对于傅罗的计划加以赞可，为之垫款印刷发行，前后一共出了三期。上文所说的事情大抵至五四那一年为止，其时北大文科已经移在汉花园的新建宿舍内，就是世间所说的红楼，马神庙的校舍作为理科。校长办公处也在里边，卯字号也早已不存在，那一部分地方似乎改做了校医室，有一个时候又做过女生寄宿舍，与我们所讲的故事便没有什么关系了。

红楼中的名人

北大红楼中有不少的名人，许多逸事都有纪录的价值，如马裕藻、许之衡、林损、刘半农、钱玄同诸人都已去世，又事隔二三十年，现在谈谈似乎也不妨事了。但是他们都是我的前辈，随便谈讲他们的故事，虽然并不一定牵涉个人的私德，而且讲话的人也无故意毁谤的意思，总之逸事都不免有点滑稽味，那就含有小小不敬之意，不是后学所应当的，所以不能不从谨慎，只好选择无甚关系的事情纪述几则下来，真是所谓管中窥豹，略见一斑，一斑虽少，却总是豹的文采，或者也还值得一窥吧。

有一位明先生（也不是真姓，以旧式反切字母代之），是文科的老教授之一，为人很和霭，有学问，只是有一种特殊的脾气，那便是所谓誉妻癖。本来在知识阶级中间这是很平常的事，居家相敬如宾，出外说到太太，总说自己不如，或是学问好，或是治家有方，有些人听了也不大以为然，但这毕竟与季常之癖稍有不同，所以并无什么可笑之处，至多是有点幽默味罢了。明先生有一时候曾在女师大兼课，上课时不知怎的说及那个问题，关于“内人”讲了些话，到了下星期的上课时间，有两个女学生提出请求道：“这一班还请老师给我们讲讲内人的事吧！”这很使得明先生有点为难，大概是嗨嗨一笑，翻开讲义夹来，模糊过去了吧。

这班学生里很出些人物，便是他对明先生开那玩笑的人也都是后来有名的，但是这些只好从略，此时不便发表了。

连类的想到了晓先生的故事。晓先生是专教词曲的教员，专门学问自然不错，可是打扮有点特别，模样是个老学究，却穿了一套西服，推光和尚头，脑门上留下手掌大的一片头发，状如桃子，长约四五分，不知是何取义。他在北大还好，可是到女子文理学院去兼课的时候，就可以想得到不免要受点窘了。其实那里的学生倒也并不怎么特别窘他，只是从上课的情形上可以看出他的一点窘状来而已。我有一个同学，在那里教国文，有一回叫学生作文，写教室里的印象，其中一篇写得颇妙，即是讲晓先生的，虽然不曾说出姓名来。她说有一位教师进来，身穿西服，光头，前面留着一个桃子，走上讲台，深深的一鞠躬，随后翻开书来讲。

学生们有编织东西的，有看小说写信的，有三三两两低声说话的。起初说话的声音很低，可是逐渐响起来，教师的话有点不大听得出了，于是教师用力提高声音，于嗡嗡声的上面又零零落落的听到讲义里的词句，但这也是只是暂时的，因为学生的说话相应的也加响，又将教师的声音沉没到里边去了。这样一直到了下课的钟声响了，晓先生乃又深深的一躬，踱下了讲台，这事才告一段落。鲁迅的小说里有一篇《高老夫子》，说高尔础老夫子往女学校去上历史课，向讲台下一望，看见满屋子蓬蓬的头发，和许多鼻孔①与眼睛，使他大发生其恐慌，袁了凡《纲鉴》本来没有预备充分，因此更着了忙，匆匆的逃了出去。这位慕高尔基而改名的老夫子尚且不免如此慌张，别人自然也是一样，但是晓先生却还忍耐得住，所以教得下去，不过窘也总是难免的了。

不客气的林公铎

和上边两位先生相反的有一个林公铎，单名一个损字。他对人的态度是相当强韧（不是硬）的，其不客气的地方也实在可以佩服。有一回我跑到国文系去找主任说话，可是主任还没有来，只好在那里暂等，有一位姓甘的毕业生早已等着，此外则只有林先生，他是来上课的。甘君等久了觉得无味，便去同林先生搭讪说话，桌上适有一个北大三十几周年纪念册，拿起来说道，林先生看过这册子么，里边的文章怎么样？林

【锺校】

① 原无“孔”字，今增。

先生微微摇头道，不通，不通。这已经够了，可是甘君还不肯甘休，翻开册内自己的一篇文章，指着说，林先生看我这篇怎样？林先生从容的笑道，亦不通，亦不通。（当时的确说“亦”不是说“也”的。）甘君名大文，本在中国大学读书，因听了胡博士的讲演，转到北大哲学系来，能作几万言的洋洋大文，曾在孙伏园的《晨报副刊》上登载《陶渊明与托尔斯泰》一文，接续登了有两三个月之久，读者看了又头痛又佩服。甘君的应酬交际工夫十二分的绵密，许多教授都惶恐退避，可是他遇着了林公铎，也就一败涂地了。

论甘君的学力，教教书总是可以的，但他过于自信，其态度也颇强韧，所以终于失败。疑古先生曾经介绍他到师大去教“大一国文”，他的选本第一篇是韩愈的《进学解》，第二篇以下至于第末都是他自己的大作，学期末了学生便去要求主任把他撤换了。后来我到沙滩的一家公寓里去访报人刘少少，看见对门住着一位名叫乌英的秃顶怪老人，说是美国也到过，终日呜呜的念他自作的诗词，因为是台州口音，也听不懂是什么词句，只据刘少少说，见过他一首新词，却都是苏东坡的话，中间只有五个字不一样。俗语说，文章是自己的好，这也是人情之常，但如甘乌者则是极端的例，可以说是世间少有的了。

林公铎嗜酒，平常遇见总是脸红红的，讲学问写文章都不免有爱使气的地方。我在红楼常见着他，曾问他在北大外还有兼课么，答说在中国大学有两小时。什么课呢，说是唐诗。我又好奇追问道，林先生讲哪些人的诗呢？他的答复很出意外，他说是讲陶渊明。大家知道陶渊明与唐朝之间还整个的隔着一个（姑且说一个吧）南北朝，可是他就是那样的讲的。他算是北大老教授中旧派之一人，在民国二十年顷，北大改组时和许之衡一起被学校所辞退了。北大旧例，聘请教员头一年规定任期一年，算是试教，假如两方面都没有问题，第二学期便送来一个正式聘书，只简单的说聘为教授，并无年限及薪水数目，因为这聘任是无限期的，假如不因特别事故有一方面预先声明解约，这便永久有效。十八年以后始改为每年送聘书，如至本学期末不曾收到，那便算是解了聘，在学校方面生怕照从前的办法，有不合理的教授拿着无限期的聘书，学校要解约时硬不肯走，所以改用了这个方法。其实也不尽然，这原是在人不在办法，和平的人就是拿着无限期聘书，也会不则一声的走了，激烈的虽是期限已满，也还要争执，不肯罢休的。许之衡便是前者的例，林公铎则属于后者，他大写其抗议的文章，在《世界日报》上发表的致胡博士（其时为文学院长兼国文学系主任）的信中，有"遗①我一矢"之语，但是胡博士并不回答，所以这事也就不久平息了。

钱玄同与刘半农

说起逸事来，当以钱玄同、刘半农二人为最多，但琐屑而近于笑话的也多不宜于纪录，现在且挑选两件事，都是关于鞋子的来一说吧。疑古先生的逸事是马九先生所常讲的，疑古也听着微笑，大概并非假作，不过多一点文饰当然也是有的。马九先生是马氏兄弟中最小的一个，专门研究明代小说，很有工夫，少时写有《劳久笔记》，讲小说戏曲的考据书中常有征引，云著者不详，其实这原只是老九二字的变化罢了。据说疑古先生有一天，大约还在民十以前吧，从什么地方以廉价买得一双夹鞋，说是枣红宁绸的，这自然是说话人的夸张，恐怕也就是黑色哔叽之类而已。及至拿回来一看，却是左右两只脚一样的，旧式鞋子本来都是如此，而这乃是原分左右，是认脚穿的，但如今却是两只一样，即是说两只鞋都是左脚，或者都是右脚的。我们推想这鞋不是从什么有招牌的店铺里买来的，所以疑古先生无法去退换。觉得很窘，这并不因了块

【锺校】

① "遗"原作"遣"。

把钞票的损失，那是小事，窘的是没法子处分这两只一样的鞋子。假如扔①在垃圾堆废纸篓里，也会有人发现，而且看了要发笑，不免传扬开去。情急计生，等到晚间，他拿起鞋子的纸包，出门雇了洋车走到市场，下车时故意将鞋包留在车上，心想溜走，不料这车夫是个规矩老实人，一眼看见了便即把他叫住，说先生你忘了东西了。疑古先生于是不得不哭丧着脸回转去，向车夫道了谢，仍将那鞋子带了回来。到了第二天清早，想出了更好的办法，他走到中央公园，花了五分钱门票，一径往公共厕所去，恰巧没有人，便赶紧将鞋包放将角落里，小偷似的（这是马九先生原来的口气）心惊胆战的踅了出来，一溜烟的从后门走出公园，奔回宿舍去了。

至于刘半农的事情，说来极其简单，并无这些曲折。在民国六七年顷，还只有二十七八岁，当然很是时髦的，平时衣着怎样大家当时看过也忘记了，只有一回，他打扮得有点特别，手里拿着一根长只二尺的短棍，脚上着了一双时式新鞋，材料不知道是什么东西，总是一种绸类吧，颜色很奇怪，仿佛是俗称霞色的有似出炉银而更浓厚，上边又有鱼鳞似的花纹模样。熟朋友嘲笑他，说他穿鱼皮鞋子，这事就成为故实，刘半农的“鱼皮鞋子”说起来大家多知道，不过这已经是三十年前的故事，刘博士于二十三年去世，这些事情以后也就少有人知道了。刘半农于那一年夏天往内蒙古一带调查语音，在蒙古包内被虱子咬了几口，竟得了回归热，回北平来医治。这回归热大概七天发一转，比“四日两头”的疟疾还要来得凶恶，其螺旋形的病菌却是同梅毒的是一类的，所以如用了六零六或九一四之类注射就可以治好。但是刘半农的病却有点耽误了，即使病治好了，而血细胞大被破坏，心脏出了危险，也已不能

【锺校】

① “扔”原作“仍”。

挽救了。刘半农殁于廿三年七月，年四十八。钱玄同则于廿八年一月去世，年五十三岁，原因是脑溢血，旧称中风，今则一般称为脑冲血，却是新旧医学上所没有的名字。钱刘都很有风趣，又各具绝学，在北大中是很不易得的教授，他们的早死实在是学问上的一个大损失，我想同意的人一定也很不少，不单只是认识的人觉得如此吧。

戏曲与印度哲学

大学文学系里有戏曲的功课，始于北大，大概也是民六吧，当时文化界听了还议论纷然，记得上海的《时事新报》有过嘲骂的话，这还是在研究系参加文化运动之前，所以也是不足为怪的。最初的教员是吴梅，号瞿安，他回南京之后始推荐许之衡继任。吴瞿安很喜饮酒，不记得是哪一年，我在红楼上看见他，问他近来酒兴如何，他说因为有病，听医生劝告，不喝酒了，可是晚上不喝便睡不着，所以还喝一点。我问喝多少呢，他笑嘻嘻的笑道，不过就是一斤。这话说得很有点幽默，可是他的意见与思想却是很正经的，虽然所教的功课是戏曲。

后来见到卢冀野所编《清都散客二种》，有吴瞿安的跋语，硬拉六一居士做陪客，说赵梦白的有些散曲小令是人家伪托的，其实这真是赵忠毅公有魄力有情性的所在，也是那集子①里极有意思的几篇作品。

哲学系里也有一门新功课，即是印度哲学史，讲的是婆罗门及外道六师的哲学，大约也颇为正统派佛教徒所不满，教师是许丹，字季上，所编讲义很古雅可诵。蔡校长最初想请万慧法师来教，他是谢无量的兄弟，出家为僧，在印度留学，但是他回信谢绝了，不愿意回来，所以改请了许季上。许君教了一两年，也坚决的辞职了，理由是依照佛法不能

【锺校】

① “那集子”原作“集子那”。

以道法卖钱，他是佛教密宗的信徒，所以我们怀疑他所说的理由只是一半，还有一半恐怕也是因为不愿意讲外道的学问的缘故吧。后任的教师是梁漱溟，他讲印度哲学不记得多久，但也随即变向，由佛教转入儒教，有名的著书《东西文化及其哲学》即是在北大讲学的一部分结果。梁君现尚健在，不宜随便评论他，这里所说只以校事为限。总之印度哲学在北大的运气不大好，不能得到专家予以介绍发挥，近来吴晓铃、金克木诸君听说从印度回来，不知对于此事有无兴趣，或者能介绍印度哲学文学进来，总之是颇有希望的事吧。

张竞生博士

北大教员中有一个人，我们总不宜忽略不提的，那便是张竞生博士。他在社会上批评现在不管是如何，总之在北大讲“美的生活”的时候，他的态度是诚实的，所主张的话也多合理，虽然不免有好些浪漫的地方。他的《性史》第一集，在出版以前曾经同我谈及，印成后送给我一册，这是原版初印的真本，以后在上海续出的各集真假如何，不曾研究，也没有见到，所以无从说起，大概更是每下愈况了。《性史》第一集不能说写得好，只是当初本意原是不坏的。英国人的《性心理研究》七册中，常常附有调查来的各人性史，男女都有，长短详略不同，却都是诚实的报告，也是一种很有价值的研究资料。张君自己谈的原意即是想照样的来一下，所以我说这本不坏。不过写的人太不高明了，这里边有没有张君的大作我不知道，总之如看过《性心理研究》上的记录的人总不应当那么乱写，特别是小江平那么的描写，平白地把“性史”的名字糟塌了，实在是可惜的事。张君自己的文章，到了上海以后也就随之而下落，所广告的《第三种水》不知真出版了没有，单就他所说的话看来，就够荒唐无稽了，只要查考英蔼理斯，以及奥大利勃劳厄耳，荷兰凡特威耳台诸人的书，并无所谓第三种水那么样的东西。这真可以算是张君独自的发明，却未免有卖野人头的嫌疑，一时满天下（说得夸大一点，实在只是说全国而已）读者上了他的当，被他暗笑为阿木林，可以说是很大的一个恶作剧。它的影响至今还普遍存在，《子曰》上讲西北的文章里说起，还使得姓水的“水先生”很受其窘，真是池鱼之殃，张君原来也是预料不到的吧。人们对于性生活感到好奇，也是人情之常，要想知道，不难从正当书籍上去觅取，多少年前有北新出版的一本朗医生的书，说得好，书名及译者姓名都已忘却，现在事隔二十馀年，也不知道绝版了没有。

五四与三一八

当作《红楼内外》的续稿，我们这里来讲另外一件更为严肃的事，这便①是关于北大教授中几个人的死。说起发源于北大的新文化运动，即是中国知识阶级的斗争史来，实在是很可悲的。这有如一座小山，北面的山坡很短，一下子就到了山顶，这算甲点，从甲点至乙点是小小一片平地，南边乙点以下则是下山的路，大约很陡，底下是什么地方还没有人知道。假如是五十岁的人，从二十岁时即民国七八年起，留心看下来，到了现时来总结一下，一定都有同感，觉得这其间的知识阶级运动的兴衰史的书页是很暗淡的——自然，这是中国现代全面史的一页，其暗淡或者不足为奇，不过这总是可悲的一件事。如前文所述我于民初就在北大，所见所闻很是不少，但说来似乎矛盾，因此也就记得很少了。就所记忆的说来，我觉得“五四”与“三一八”这两件是顶重大的事，就是刚才所说的那甲点与乙点。

五四的意义是很容易明白的。如说远因，自东汉南宋的太学生，以及明末的东林，清末的公车上书等，都有关系，但在民国实在酝酿并不

【锺校】

① “便”原作“才”。

久，积蓄也并不深，却是一飞冲天，达到了学生运动的顶点，其成功的迅速是可惊异的。可是好景不长，转瞬过了七年，就到了下坡的乙点，民国十五年三月十八日在执政府门前死的那些男女学生和工人市民，都当了牺牲品，纪念这大转变的开始。我真觉得奇怪，为什么世间对于三一八的事件后来总是那么冷淡或是健忘，这事虽然出在北京一隅，但其意义却是极其重大的，因为正如五四是代表了知识阶级对于北京政府进攻的成功，三一八乃是代表北京政府对于知识阶级以及人民的反攻的开始，而这反攻却比当初进攻更为猛烈，持久，它的影响说起来真是更仆难尽。我这里并不要谈过去三十年的事情，只因要说北大几个教授之死，不得不附带的说明几句，因为他们正是死于三一八以后政府的反攻中间，以政治关系而被害的。

在三一八那年之前，学生和①教授在社会上似乎保有一种权威和地位，虽然政府讨厌他们，但不敢轻易动手，只有民八陈独秀因为在市场发传单，被警厅捉去关了几个月，民七教员索薪代表马叙伦、沈士远等在总统府门外被军警打伤，结果北京政府也抵赖，硬说是自己碰伤，和解了事。及至三一八那时，执政府卫队公然对了学生群众开排枪，这情形就不同②了。对知识阶级的恐怖时代可以说就此开始了。到了第二年里，北大的教授就有两个人遭了毒手，这即是李守常与高仁山。

图书馆长李守常

李守常原任北大图书馆长，在他的属下出过几个名人，助理有张申府（嵩年），书记里有以办副刊成名的孙伏园（福源）。他在校本来也

【锺校】

① “和”原作“当”。

② “同”原作“问”。

兼教功课，可是在北伐的前几时，他隐藏了起来专在做党的地下工作了，虽然在三一八那天，还有人看见他也在执政府的人群中间。民国十六年四月六日，张作霖已经做了大元帅，与东交民巷的公使团联络，突然派军警查抄俄国大使馆，捉去党务人员十九名，不久便把主要的五个人处了绞刑，李君之外只记得有路友于、张挹兰二人。张系北大女生，她担任国民党部的妇女部长，本系女师大的某君（姓名从略）所担任，后来离开北京，乃由她继任，没有多久便殉了难。她的兄弟也是北大出身，曾译有英国吉卜林的小说，我也是认识的。我听说她遇难之后老母非常哀伤，我每看见张君，常觉得难过，想安慰一两句话，可是想不出话来，觉得还不如不说好，所以始终不曾提及一个字，虽然在那一年内遇见的次数并不少。这事件的内情如何，我们局外人不能详知，可以知道的部分当时新闻上多已报道过，不用重说，也实在记不清楚了。现在所要讲的只是附属一点小事情，知道的人却并不多，所以够得上说真是逸事，虽然我原来也是听来的。告诉我这故事的人是我长辈，他的话是靠得住的，至少像我觉得自己的话的可靠一样。他本来别有名字，但在北大一小部同人中通称他为方六①，所以这里便这样的写了。

从四月六日说起②

这事就是从四月六日说起。当天是星期日，北大有几教授约好了往海甸去玩一天，同去的有明君、审君、方六，一共五六人吧，其中也有

【锺校】

① “方六”即周作人。

② 1968年1月香港《大华》杂志第41期《周作人笔下的李大钊被杀后儿女动态》一文曾转载本节，并对其中所用化名解释如下：明君是马裕藻，即马衡之兄；审君是沈尹默；金心异是钱玄同；审甲即沈士远，是沈尹默的哥哥；李君指李大钊（守常）；羽英即李葆华，是李大钊的儿子；赵夫人是赵纫兰，李大钊的夫人；辰英等即李星华、李炎华，是李大钊的女儿；喜英即李欣华，是李大钊的小儿子。

金心异，或者还有刘半农。审君有一位哥哥，我们姑称之为审甲，在燕京大学教书，大家就跑到那里去，吃过中饭后，谈到傍晚方散，赶回城里来。李君的大儿子，假设名为羽英，恰巧与这班教员的儿子们都是中学同学，所以他们也约会了去玩，当晚他一个人不曾进城，便寄宿在审甲的家里。到了第二天早晨，大家打开报纸来看时，大吃一惊，原来李君一行人正于那个星期日被捕了。审君赶紧打电话给他哥哥，叫他暂留羽英住在燕大，以避追捕。北京官方查问家属，只找到李君的赵夫人，羽英的妹子辰英等二人，小兄弟才几岁而已，都与党事没有什么关系。这样的过了几天，审君觉得羽英留在海甸也不是好办法，因为燕大的南门外就是侦缉分队，未免多危险，于是打电话给方六，叫他到燕大去上课的时候顺便带他进城来，留在方家暂住，那里比较的偏僻安稳点。

方君就这样的办了，叫他住在里院东边的屋内，那间屋空着，在那时节曾经前后住过好些避难的人。方君将这事由电话告知了审君，彼此刚放了心的时候，想不到次日就会得遇见极棘手的困难问题的。

据方君告诉我，他往燕大上课去的那天大概是星期五，那么应当是四月十一吧，但是假如这不是星期五而是星期二，则须得延四天下去，这的确的日子有点不容易说定，总之是在那一天的次日，见到报纸，一眼就瞥见李君几个人的相片，原来他们都已于前一天里执行死刑了。方君这时候的狼狈是可以想像得来的。叫不叫羽英知道，怎么能够叫他不知道？这是不可能的，那么要告诉他又怎么说？他急忙打电话给审君，审君立即同了明君立即赶了来。审君在朋友中最有智谋，刘半农曾戏称①他为鬼谷子的，他想了一想，便说这事非告诉他不可，让我来同他

【锺校】

① 原无“称”字，今增。

说吧。羽英正在里院同小①孩们闲玩，被叫到书房里来之后，审君郑重其事的开始②说话，说你老太爷投身革命运动，为中国人民谋福利，其为主义而牺牲自己，原是预先觉悟的事，这次被反动政府所捕，本是凶多吉少，现今如此情形，你也不必过于悲伤，还是努力前进，继承遗志云云。羽英听着，从头至末一声不响，颜③色也并不变，走了只嗯嗯的答应了几声，拿起桌上的报纸来，把记事和照相仔细看了，很镇静的退了出去，仍到后院同小朋友们去玩去了。鬼谷子的说话当初很费了一番安排，可是在他面前却失了效果，也觉得是出于意外的事。据方君说，在北大所见师生中，这样沉毅的人不曾多见，连他在内只可说见过两个罢了。过了两三个月，审君设法送羽英东京去留学，用他姨夫的姓氏④为杨，考进在高等师范读书，但是到了民国二十年，九一八事件发生，他也跟了几个旧中学同学一起归国，以后不曾再遇见他，虽然他的小兄弟喜英直至民国三十一二年顷我还是见到他的。李君故后，停棺地安门外西皇城根嘉兴寺，至民国二十二三年左右，国民党故友寄赠一千元去为安葬之费，另外又捐集了若干，遂下葬于西山万安公墓，后来赵夫人去世，也合葬在那里。遗文散见于各杂志报章，后由其族侄为之搜集，编为四卷，历兵火盗贼之劫，未曾毁失，将来或有出版的希望亦未可知云。

高仁山其人

关于高仁山的事，我知道得不多。最初在北大出版的刊物上，大概

【锺校】

① “小”原作“少”。
② 原无“始”字，今增。
③ “颜”原作“顾”。
④ “氏”原作“名”。

是《史学季刊》吧，看到有一篇介绍美国人房龙所著《人类的故事》的文章，觉得很有[1]意思，署名高宝寿，这是我知道他的第一次。后来我在孔德中学教国文，高君以北大教育系教授的资格，来担任中学的指导工作，于开会时见过几次，也记不得是哪一年的事情了。三一八之后，北大教授星散，多数南行，只剩若干肯冒点险的留在北京，高君也是其一，听说也是在做党务地下工作。大概也是在李君遇难的那一年，他终于被张作霖的部下所逮捕，关了不少日子，有一时传说有什么人疏通的关系，可以没有什么事。忽然有一天，内人往东城买东西去，回家时慌张的说道，高仁山先生不行了！据说她在路上看见有一队军警簇拥着一辆大车往南去，知道是送往天桥去的，及至看大车上面却见高仁山一人端然坐着，记得那时内人说，高君戴着一顶皮帽子，那么这当是民国十六年的冬天或十七年的春天吧。大概这时候北伐军节节胜利，张大帅的形势日非，所以老羞成怒，便又把高君杀害，聊以出他一口心头的闷气，也未可知。除了袁世凯末期之外，这样的杀戮知识阶级特别是教员，就是在北京政府近十年间（民五至十五）也是没有的，自从三一八动了手之后，学生既然整批的被邀[2]击，教员也陆续的捉去杀害，孙传芳在上海也大开其刀，这事在南方人士自然都还清楚记得。所以我说三一八的意义很大，古人云，履霜坚冰至，三一八正是冬初的严霜，而李高二君则成了以后众多牺牲之先驱，此所以值得纪念，初不仅为他们个人的关系也。

黄晦闻与孟心史之死

末了我们再来讲两个人，他们并不是为政治而牺牲，但是尽心于教

【锺校】

① 原无“有”字，今增。

② “邀”原作“概”。

育，也是可以令人佩服的。

照年月不照年岁来讲，其一是北大中国文学系教授黄晦闻。前清光绪年间，上海出版《国粹学报》，黄节的名字同邓实（秋枚）、刘师培（申叔）、马叙伦（夷初）等常常出现，跟了黄梨洲、吕晚村的路线，以复古来讲革命，灌输民族思想，在知识阶级间很有些势力。及至民国成立之后，虽然他是革命老同志，在国民党中不乏有力的朋友，可是他只做了一回广东教育厅长，以后就回到北大来教他的书，不复再出。北伐成功以来，所谓吃五四饭的飞黄腾达起来，都做了新官僚，黄君是老辈却那样的退隐下来，岂不正是落伍之尤。但是黄君是自有见地，他平常愤世疾俗，觉得现时很像明季，为人写字常钤一印章，文曰“如此江山”。又于民国廿三年秋季在北大讲顾亭林诗，感念往昔，常对诸生慨然言之。次年一月廿四日病卒，所注亭林诗终未完成，所作诗集曰《蒹葭楼诗》，曾见有仿宋铅印本，番禺汪氏为之出资印行者，今不知市上有之否。(《书房一角》中云，晦闻卒，余撰①一挽联曰，如此江山，渐将日暮途穷，不堪追忆索常侍；及今归去，等是风流云散，差幸免作顾②亭林。附以小注云，近来先生常用一印云，如此江山，又在北京大学讲亭林诗，感念古昔，常对诸生慨然言之。)

其二是史学系的孟心史。孟君在北大教书多年，兼任研究所工作，著书甚多，但是我所最记得最喜欢读的③，还是民国五六年顷所出的《心史丛刊》，共有三集，搜集另碎材料，贯串成为一篇，对于史事既多所发明，亦殊有趣味。其记清代科场案，多有感慨语，如云：“凡汲引

【锺校】

①“撰”原作“选”。

②“顾”原作“颜”。

③此处原衍“的”字，已删。

人材，从古无以刀锯斧钺随其后者。至清代乃兴科场大案，草菅人命，无非重加其罔民之力，束缚而驰骤之。”又云：“汉人陷溺于科举至深且酷，不惜借满人屠戮同胞，以泄多数侥幸未遂之人年年被摈之愤，此所谓天下英雄入我彀中者也。”孟君耄年宿学，而其意见明达，前后不变，往往出后辈贤达之上，可谓难得矣。廿六年华北沦陷，孟君仍留北平，至冬卧病入协和医院，十一月中我曾去访问他一次，给我看日记中有好些感愤的诗，至次年一月十四日乃归道山，年七十二。三月十三日开追悼会于城外法源寺，到者可二十人，大抵皆是北大同人，别无仪式，只默默行礼而已。我曾撰了一副挽联，文曰，“野记偏多言外意，新诗应有井中函”，因字数太少不好写，又找不到人代写，亦不果用。这里所说黄孟二君，比起上边李高二君来显得质朴无华，似乎要差一筹了，其实也不尽然，这只是情形不同罢了。其坚守岗位而死，这一点却是没有多大差别的。中国新文化与学术之没有成绩与进步，其原因固然很多，但是从事于此的太不专心亦是其一。做官去的人不必说了，有些人就是不求富贵也求安乐，向着生活比较舒服处去，向着靠近家乡处去，向着少危险处去，这虽不能说是怎么不好，但是这样的移动下去，就影响到事业不能专一，这并不是一件什么微小的毛病。这样看起来，像黄孟二君的事，虽然看去似乎平常，却实在也是很有重人的意义的。如要吹毛求疵的来说，则为了教育与学校去牺牲自己的幸福，纵说是难能可贵，也只是为了知识阶级，换句话说就是士大夫阶级的利益，于民众并无多大好处，所以亦无足取，话虽说得苛刻，细想起来也或不无理由，那么应当后悔的人正是不少，即如我辈亦当知所警惕吧。

［1948 年 10 月《子曰》/《知堂乙酉文编》］

五十年前之杭州府狱

一八九六年，即前清光绪二十二年九月，先君去世，我才十二岁。其时祖父以事系杭州府狱，原有姨太太和小儿子随侍，那即是我的叔父，却比我只大得两三岁，这年他决定进学堂从军去，祖父便叫我去补他的缺，我遂于次年的正月到了杭州。我跟了祖父的姨太太住在花牌楼的寓里，这是墙门内一楼一底的房屋，楼上下都用板壁隔①开，作为两间，后面有一间披屋，用作厨房，一个小天井中间隔着竹笆，与东邻公分一半。姨太太住在楼上前间，靠窗东首有一张铺床，便是我的安歇处，后间楼梯口住着台州的老妈子。男仆阮元甫在楼下歇宿，他是专门伺候祖父的，一早出门去，给祖父预备早点，随即上市买菜，在狱中小厨房里做好了之后，送一份到寓里来（寓中只管煮饭），等祖父吃过了午饭，他便又飘然出去上佑圣观坐茶馆，顺便买些什物，直到傍晚才回去备晚饭，上灯后回寓一径休息，这是他每日的刻板行事。他是一个很漂亮、能干而又很忠实的人，家在浙东海边，只可惜在祖父出狱以后一直不曾再见到他，也没有得到他的消息。

我在杭州的职务是每隔两三日去陪侍祖父一天之外，平日“自己用功”。楼下板桌上固然放着些经书，也有笔墨，三六九还要送什么起讲之类去给祖父批改，但是实在究竟用了些什么功，只有神仙知道。自己只记得看了些闲书，倒还有点意思，有石印《阅微草堂笔记》，小本《淞隐漫录》，一直后来还是不曾忘记。我去看祖父，最初自然是阮元甫

【锺校】

① “壁隔”二字，原窜入上文“祖父的姨太太”的“祖”字之后。

带领的，后来认得路径了，就独自前去。走出墙门后往西去，有一条十字街，名叫塔儿头，虽是小街，却很有些店铺，似乎由此处往南，不久就是银元局，此后的道路有点儿麻糊了，但走到杭州府前总之并不远，也不难走。府署当然是朝南的，司狱署在其右首，即是西向。我在杭州住了两年，到那里总去过一百多次，可是这署门大堂的情形如何却都说不清了，只记得监狱部分，入门是一重铁栅门，我推门进去，门内坐着几个禁卒，因为是认识我的，所以什么也不问，我也一直没有打过招呼。拐过一个湾，又是一头普通的门，通常开着，里边是一个小院子，上首朝南大概即是狱神祠，我却未曾去看过，只顾往东边的小门进去，这里面便是祖父所住的小院落了。门内是一条长天井，南边是墙，北边是一排白木圆柱的栅栏，栅栏内有狭长的廊，廊下并排一列开着些木门，这都是一间间的监房。大概一排有四间吧，但那里只有西头一间里祖父住着，隔壁住了一个禁卒，名叫邹玉，是长厚的老头儿，其馀的都空着没有人住。房间四壁都用白木圆柱做成，向南一面，上半长短圆柱相间，留出空隙以通风日，用代窗牖，房屋宽可一丈半，深约二丈半，下铺地板，左边三分之二的地面用厚板铺成榻状，很大的一片，以供坐卧之用。祖父房间里的布置是对着门口放了一张板桌和椅，板台上靠北安置棕棚，上挂蚊帐，旁边放着衣箱。中间板桌对过的地方是几叠的书和零用什物，我的坐处便在这台上书堆与南“窗”之间。这几堆书中我记得有广百宋斋的《四史》，木板《纲鉴易知录》《五种遗规》《明季南略北略》《明季稗史汇编》《徐灵胎四种》，其中只有一卷道情可以懂得。我在那里坐上一日，除了偶尔遇见廊下炭炉上炖着的水开了，拿来给祖父冲茶，或是因为加添了我一个人用，便壶早满了，提出去往小天井的尽头倒在地上之外，总是坐着翻翻书看，颠来倒去的就是翻弄那些，只有《四史》不敢下手罢了。祖父有时也坐下看书，可是总是在室外走动的时候居多，我亦不知道是否在狱神祠中闲坐，总之出去时间很久，大概是在同禁卒们谈笑，或者还同强盗们谈谈。他平常很喜欢骂人，自呆皇帝昏太后（即是光绪和西太后）起头直骂到亲族中的后辈，但是我却不曾听见他骂过强盗或是牢头禁子。他常讲骂人的笑话，大半是他自己编造的，我还记得一则讲教师先生的苦况，云有人问西席，贵东家多有珍宝，先生谅必知其一二，答说我只知道有三件宝贝，是豆腐山一座，吐血鸡一只，能言牛一头。他并没有给富家坐过馆，所以不是自己的经验，这只是替别人不平而已。

杭州府狱中强盗等人的生活如何，我没有能看到，所以无可说，只是在室内时常可以听见脚镣声音，得以想像一二而已。有一回，听到很响亮的镣声，又有人高声念佛，向外边出去了。

不一会听禁卒们传说，这是台州的大盗，提出去处决，他们知道他的身世，个人性格，大概都了解他，刚才我所听得的这阵声响，似乎也使他们很感到一种伤感或是寂寞，这是一件事实，颇足以证明祖父骂人而不骂强盗或禁卒，虽然有点怪僻，却并不是没有道理了。在这两三年之后，我在故乡一个夏天乘早凉时上大街去，走到古轩亭口，即是后来清政府杀秋瑾女士的地方，店铺未开门，行人也还稀少，我见地上有两个覆卧的人，上边盖着破草席，只露出两只脚——可以想见上边是没有头的，此乃是强盗的脚，在清早处决的。我看这脚的后跟都是皴裂的，是一般老百姓的脚。我这时候就又记起台州大盗的事来。我有一个老友，是专攻伦理学，也就是所谓人生哲学的，他有一句诗云，盗贼渐可亲，上句却已不记得，觉得他的这种心情我可以了解得几分，实在是很可悲的。这所说的盗贼与《水浒传》里的不同，《水浒》的英雄们都是原来有饭吃的，他们爱搞那一套，乃是他们的事业，小小的做可以占得一个山寨，大大的则可以弄到一座江山，如刘季朱温都是一例。至于小盗贼只是饥寒交迫的老百姓铤而走险，他们搞的不是事业而是生活，结果这条路也走不下去，却被领到“清波门头”（这是说在杭州的话），简单地[1]解决了他的生活的困难。清末革命运动中，浙江曾经出了一个奇人，姓陶号焕卿，在民国初为人所暗杀了。据说他家在乡下本来开着一爿砖瓦铺，可是他专爱读书与运动革命，不会经管店务，连石灰中的梗灰与市灰的区别都不知道。他的父亲便问他说，你搞这什么革命为的是什么呢？他答说，为的要使得个个人有饭吃。他父亲听了这话，便不再叫他管店，由他去流浪做革命运动去了，曾对人家说明道，他要使得个个人都有饭吃，这个我怎么好阻挡他。这真是一个革命佳话，我想我的老友一定也有此种感想，只是有点趋于消极，所以我说很可悲的，不过如不消极，那或者于他又可能是有点可危的了。

我写这篇文章，本来很想记录一点事实出来，即使不足与方望溪的大文相比，也总要有点分量才行，及至写到这里，觉得实在空虚得很，说得最好也只写得一点儿空气，叫我自己看了也很失望。不过肚子里没有的东西，任是怎么努力，也还是没有法拿出来的，只能老实停止。从前却写有几首诗，约略讲这一段事情，现在抄在这里，作为充实资料，也算是有诗为证吧。诗题云“花牌楼”，共有三首：

往昔住杭州，吾怀花牌楼。后对狗儿山，茕然一培塿。
出门向西行，是曰塔儿头。不记售何物，市肆颇密稠。
陋屋仅一楹，寄居历两秋。夜上楼头卧，壁虱满墙陬。
饱饲可免疫，日久不知愁。楼下临窗读，北风冷飕飕。
夏日日苦长，饥肠转不休。潜行入厨下，饭块恣意偷。
主妇故疑问，莫是猫儿不？明日还如此，笑骂尽自由。
饿死事非小，嗟来何足羞。冷饭有至味，舌本至今留。
五十年前事，思之多烦忧。

【锺校】

① “地”原作“而”。

素衣出门去，踽踽何所之。行过银元局，乃至司狱司。
狱吏各相识，出入无言词。径至祖父室，起居呈文诗。
主人或不在，闲行狱神祠。或与狱卒语，母鸡孵几儿。
温语教写读，野史任翻披。十日二三去，朝出而暮归。
荏苒至除夕，侍食归去迟。灯下才食毕，会值收封时。
再拜别祖父，径出圆木扉。夜过塔儿头，举目情凄而。
登楼倚床坐，情景与昔违。暗淡灯光里，遂与一岁辞。

×

我怀花牌楼，难忘诸妇女。主妇有好友，东邻石家妇。
自言嫁山家，会逢老姑怒。强分连理枝，卖与宁波贾。
后夫幸见怜，前夫情难负。生作活切头①，无人知此苦。
佣妇有宋媪，一再丧其侣。最后从轿夫，肩头肉成阜。
数月一来见，呐呐语不吐。但言生意薄，各不能相顾。
隔壁姚氏妪，土著操杭语。老年苦孤独，瘦影行踽踽。
留得干女儿，盈盈十四五。家住清波门，随意自来去。
天时入夏秋，恶疾猛如虎②。婉娈杨三姑，一日归黄土。
主妇生北平，髫年侍祖父。嫁得穷京官，庶几尚得所。
应是命不犹，适值暴风雨。中年终下堂，漂泊不知处。
人生良大难，到处闻凄楚。不暇哀前人，但为后人惧。

［1948年11月《好文章》/《知堂乙酉文编》］

【原注】

① 民间称妇人再醮者为二婚头，若有夫尚存在者，俗称活切头。

② 霍乱，今讹称虎列拉。

一九四九年

漫谈《四库全书》

中国读书人说起《四库全书》来，总是五体投地的佩服，这其实是错误的。旧的人不必说了，新的受了欧美人的影响，也都觉得这是一宗了不得的文化遗产，至于它的实在价值却全不大明了。《四库》是什么呢？这只是清朝乾隆帝弘历所开办的图书馆，收集的东西虽不少，却都是经过誊写、不讲校勘的抄写本，装潢好看，内容并不可靠，远不及后来诸家各校本之有学术的价值，此其一。有些古刊珍本，另存别处，不在《四库》之内，因为《四库全书》是要版本大小一律，都是由举人秀才等手抄而成的。这些科举出身的老爷们本来不懂得什么是学术，抄写编纂只当作差使公事办，而皇帝是天作之圣，君师合一，更是任意妄为，有如乾隆尊崇关羽，改谥法壮缪为忠武，并将陈寿《三国志》里的本文也改掉了。段玉裁《说文解字注》鹿部麋字下注云：

> 乾隆三十一年，纯皇帝目验御园麈角于冬至皆解，而麋角不解，敕改时宪书之麋角解之麋为麈，臣因知今所谓麈正古所谓麋也。

王筠《说文句读》又部爪字下注云：

> 《康熙字典》引云，象其甲指端生形，此乃内府善本，筠未曾见。

段王皆是谨饬的学者，绝不敢以文字贾祸，这里却也忍不住要讽刺一下了。清朝系异族，对于书中说到夷夏问题的地方非常注意，古代泛论的悉加删改，近时直说的则全体抹杀，禁书与文字狱是其结果，可以说是《四库全书》的一个大收获，此其二。我们只举前者，即是删改古书的例来看。《四库》中有一部晋皇侃所著的《论语疏》，是极难得的古书，《知不足斋丛书》内有翻刻本，可是这里发现一件怪事，同是知不足斋所刻的，假如你运气够好，便会得到两样不同的本子。请看《八佾》篇"夷狄之有君"一章，底下的注两本行款字数都是一样，而文句完全不同。为什么呢？这便因为皇氏原注贬斥夷狄，皇帝见了生气，叫翰林们删改，也亏得他们辛苦经营，依照原有字数，改作补入。知不足斋也照样挖改，所以与前印本截然不同了。关于这件事，记得鲁迅曾有文章详细讲过，读者可以查考。

康熙乾隆两朝编纂了好些类书，如《康熙字典》《佩文韵府》《渊鉴类函》，至今同《四库全书》一样为读书人所称道不衰，这也是中华民族的一个耻辱。《康熙字典》里引《说文》的话，如上文王筠所举出，是在原书中所没有的，可以见一斑，各种错误虽另有高邮王氏的考证，可是字典因为是钦定的书，至今未加改正，似乎现在钦定的权威也还是存在的，而且现今亦还很通行，实在民国以来并不见有更是便宜适用的书出来，可以替代它的。什么时候中国读书人不再迷信《四库全书》，不再依靠《康熙字典》了，那时中国的国文国学才会有转机，这时期或者很快，或者很慢，都是难说。

[1949 年 3 月 31 日《自由论坛晚报》/集外文]

小人书

这一种书在北方习惯叫“小人书”，不晓得这里是什么名称，在路上却是时常看见，根本和北方是一样的。马路边上摆设一个摊，放着许多横长的小册子，八分图画，两分文字，租给人看，看的人偶然也有大人，但十九都是小孩，所以称做小人书确是名符其实的。我每次看见时总不免发生感慨，这如演说滥调所说的有两个感想：其一是小孩们这样喜欢看书，很是可喜；其二则是大人们的惭愧，我们不曾有什么好书做出来给他们看。神仙妖怪、英雄强盗、才子佳人的故事，古今来写了不少，自然不能算好，可是现在没有更好的，他们饥不择食的吞吃，这也怪不得他们，同样的怪不得印造和出租的人们。问题是要有好的替代品，要叫穷人莫吃米糠榆树皮，必须供给棒子面小米才行，空讲卫生的道理是没有用。

说是没有替代品，那也是不合事实的，市面上的儿童书报出版得很不少了，不过那都是面包洋点心，普通人家是吃不起的，而且吃了也不充饥，乃是　个更大的缺点。花了几百几千的金圆买得　册故事漫画等，一翻就翻完了，现在这时候或者不能单怨书价之贵，而价贵却是事实，其内容之廉则又与其价成反比例，也是一样的事实。我直觉的感到，这些书与其说是为儿童而作，无宁说全是为编者出版者自己而作的，更是近于真理。这句话说得很有点傻，商业的出版本来都是如此，何必大惊小怪，自然也是言之成理。不过我总觉得骗小人手里的铜钱似乎不应该，虽然骗大人没有多大关系，因为他们也在那里骗人的。

我看小人书摊上一本本的横长册子，材料虽是陈旧一点，内容总是充实的，结实一厚本，禁得起翻看，同时已赚了钱，总算还对得起主顾的。新的儿童书也要能够这样子，那就好了。可是现今是商业世界，大家讲赚钱愈讲愈精，后来居上，要想劝人赔本或是够本为儿童服务出版，那是道地的梦话，不但听的人要咧了嘴笑，就是自己如不在做梦也是说不出口的。给儿童供给书物，正与整个的儿童教养一样，我想原是国家的责任，应由国立机关大规模的来办，那么大赔其钱可以全不在乎，物美固然难说，而价廉可以做到，至少①是货真，即内容总可更为充实了。不过这也是同样的一个梦，是很渺茫的。自然比较上二者也稍有差别，前者之梦有如一匹骆驼通过针眼，只有在戏法中乃能遇见者也。

［1949 年 4 月 2 日《自由论坛晚报》/《饭后随笔》］

【锺校】

① “至少”原作“其实”。

关于绍兴师爷

中国文人有所议论，不问对人对事，大抵喜欢断章取义，歪曲事理，普通多说是“绍兴师爷”的作风。这话不好算说错了，却也并不能算是对。我们首先得明了，绍兴师爷的作风原系实在，但这不是地域性，乃是属于职业性的。这事说来话长，现在只好说得简单点。一口说是绍兴师爷，其中也很有分别，例如刑名钱谷书启朱墨，性质等级大不相同，刑名钱谷今称司法与财政，书启乃是秘书，朱墨则是书记之流，只在告示什么上面点一点钩一钩，写一个草书遵字，已经够不上有什么作风的了。至于师爷的出身也有讲究，虽然一样是读书不成即是屡试不第的秀才或文童，其间还有个区分，刑名最是地位高，责任重，事情难，须要文理较通，较有能力的人才可担任，钱谷书启也有一点专长，却已在其次。普通所谓绍兴师爷，大抵以刑名师爷为代表，别的几种是不在其内的。刑名师爷既然是不第秀才（或文童，不过这里没有什么关系，因为秀才文童的本领并无多大不同，有的秀才还比文童更是不通的）改业的司法佐治员，这便规定了他的性格，有如儒医一般，可以说是申韩业的儒生。我们这里要强调他的儒生的身份，因为这一点与其特别的作风是大有关系的。现代语是知识阶级，俗语叫作读书人，古文则云士大夫，这里写作儒生，反正都是一件东西，主要的特质是受过国学的熏陶，会得做八股的，——这一项已足够造成一个道地的师爷，申韩的法家成分实在只是附加的一点，有如馄饨上面的一撮椒粉而已。我们不免又要词费，关于八股来说明几句。这所谓八股，当然不是正式的时文，乃是指自唐宋，以至清朝千馀年来养成的应制的本领，不论律诗经义以及策论，都能依照题目，说得圆到，那一套舞文弄墨的手段。有人做过一篇时文，以“何必读书”为题，便用了子路的口气，发挥反对读书的道理，把古圣先王的经训说得一钱不值。及至做“野哉由也”的题目，又将子路骂了一个狗血喷头，仲由先生虽然性如烈火，因为这是在替老夫子说话（有如太监之传旨申饬，）也奈何他不得。学生写《汉高祖论》，根据史书敷陈他的豁达大度，固然可以及格，假如做翻案文章，开首说：“史称高帝豁达大度，窃以为非也。帝盖天资刻薄人也。”以后略叙杀功臣的事，简要的结束，更可以得到先生的浓圈密点。笔记中说老幕友讲刀笔的秘诀，反复颠倒无所不可，有云欲使原告胜者，曰彼如不真吃亏，何至来告状，欲使被告胜，则斥原告曰，彼不告而汝来告状，是汝健讼也。欲使老者胜，曰不敬老宜惩，欲使少者胜，则曰，年长而不慈幼，何也。（仿佛是纪晓岚所说，但查过《阅微五记》却又不见。）这三派都只是一条路，古来的御史，翰林，师爷也本是一种人，其作风正是一样，虽然穷达略有不同。绍兴师爷现已不复开馆授徒，可是他的作风还是一时不会断绝，则是由于国粹之流泽孔长也。

［1949 年 4 月 5 日《自由论坛晚报》/《饭后随笔》］

写文章之难

既不是职业，又不是游戏，我也有时候写几篇文章。可是写文章实在不是好玩的事，写出来总是不如意，要写得长点的时候，结果还是拉不长，显得很局促，假如想写一篇小文，这又往往不知不觉的说的罗嗦了，比原定的标准超过了一倍。这不禁令人记起《一夕话》里所收的一则笑话来，原本是文言的，现在照抄在这里。

> 一士人赴试作文，艰于构思。其仆候于试门，见纳卷而出者纷纷矣，日且暮，甲仆问乙仆曰，不知作文章一篇约有多少字。乙仆曰，想来不过五六百字。甲仆曰，五六百字难道胸中没有，到此时尚未出来。乙仆慰之曰，你勿心焦，渠五六百字虽在肚里，只是一时凑不起耳。

这里挖苦秀才以及文人是很深刻的，这比较说士人做文章比女人生产还要难，因为他是肚子里本来没有的，更是缺德。不过五六百字凑不起是一件事，而凑起来时超过数目，又是别一件困难的事。乡下人不会写自己的名字，只好画一个圈了事，但是这圆圈却也并不容易画，不是抖抖擞擞画不齐全，便是刚刚两头合拢的时候收不住笔，一下子又往左边冲了出去，圈上多了一个柄，有似一只铁勺了。个人的经验，要凑几百个字似乎还不难，难的是把握不住，十回有八九过了这关，一不小心便写到千字以上，说也奇怪，愈是字数多也愈是不得要领，结果弄成缠夹二先生的说话，自己看了也不高兴，只好潦草的结束，可是不很便宜的稿纸已经两张糟塌掉了。我的理想是五六百字写一篇小文字，简单的一点意思简单地说出来，并不想这于世道人心有什么用处，只是有如同朋友谈话，能够表现出我的意见，叫他听了明白，不觉得烦琐讨厌，那就好了。这个本领至今没有学好，只要看这篇文字，写到这里已经有了六百字，还是说不清楚，若是再要说下去，势必又要加添二三百字，而其说不清楚还是一样，所以赶紧停住。不过实行虽然还很困难，知道文章是简要的好，想写五六百字的文章，这意见总是对的。太史公说过，虽不能至心向往之，我也是这样的想。

［1949年4月7日《自由论坛晚报》/《饭后随笔》］

《希腊的神与英雄》译序

这是一本写给儿童们看的希腊神话故事书，原名《古希腊的神、英雄与人》，英国人劳斯所著，一九三四年出版。现在译成中文，简称为《希腊的神与英雄》。

希腊神话是世界文学遗产的一部分。古代的神话，与小孩爱听的童话，民间流传的故事，以及原始民族的传说，实质都是一样，可以说是人类幼稚时期的小说。希腊神话本质特别美妙，又为希腊古代的诗文戏曲所取材，通过了罗马文学，输入欧洲，经了文艺复兴的消化，已是深深地沁进到世界文学的组织里去了。所以现今说起希腊神话来，这并不是希腊一国，或是宗教一方面的物事，乃是世界文学的普通知识的一部，想要理解西欧文学固然必须知道，就是单当作故事看也是很有意思的。我曾见中国报纸上登载斯大林的一篇演说，说共产党不离开人民永不会失败，引用安泰阿斯因为是地母的儿子，在他身子和地相接触的时候杀不死他的故事做比喻，可见在苏联今日这些故事也是很熟习普遍的了。此乃是英雄赫拉克莱斯第十一件工作取金苹果的故事里的一个插话，在希腊神话中也是有名的一节，这书里原本略掉了，我很觉得有点可惜。

著者劳斯是英国的一个古典学者，曾译注过好些古典文学，又通新希腊语，译有现代作家蔼夫达利阿谛斯的一册小说集，名曰《在希腊诸岛》。他的古典文学的知识不必说了，据他本书的小序说，这些故事都曾讲给十一二岁的小孩们听过，经过他们的批评加以修改，所以格式文体也是没有问题的了，现在的问题只是中文译的不能怎么恰好而已。别的不说，文句生硬，字义艰深，小学生不容易自己读懂，这是最大的缺点。有人介绍原书，说自八岁至八十岁的儿童读了当无不喜欢，我这译本只好请八十以内的小孩读了，再去讲给八岁以上的小孩听去吧。还有一点，著者不但深知今昔的希腊，而且还懂得神话这东西，这一点虽然近乎是小事情，但是由我看去，却是十分难得的。

中国向来很少希腊神话的译书，以前只有郑西谛先生曾经出过两册，现在恐怕也早已绝版了吧。我这里能够添加一小册上去，不能不算是很光荣的一件事。

一九四九年十月，在北京，译者。

［1949 年 10 月作/集外文］

说书人

中国说书的事业向来很是发达，不必说柳敬亭等人，经过文人称扬，留名书册，就是寻常一城一镇，也总有这种技术专家，挥着一把纸扇，凭了三寸不烂之舌，上下古今，说的天花乱坠，满堂听众专心静听，真是鸦雀无声，显得十分严肃。在十多年前，我在北京居住，一个冬天的晚上，正是二九三九的天气，十点以后街上已无行人，走到西北城的街上，却见一处灯烛辉煌，似乎还很是热闹。走近看时，乃是一家清茶馆，隔着大玻璃窗望进去，里边坐满了人，虽是那么严冬天气，窗门外边也还站着好些个人，热心的向里面呆看，再看上首有个人，正在指手画脚的说话。我这才明白，此人非别，乃是本地颇有名气的说书人，原是个旗下人，名字却一时记不起了，总之还不是连阔如，因为那时他还没有那么出名，而且我记得的是并非姓连。那时候我颇有感慨，既羡慕说书人的本领，也佩服听书人的热诚，像那种坐无隙地，窗外廊下都站满了人的盛况，在冰心女士或胡博士初次上课的时候，也往往有过，可是也不是通学期通学年如此，更不必提严冬深夜了。

我这里牵涉到学校上去，本意却并不是说老师讲的不高明，或是学生听的不上劲，实在只是比较一下，表示我对于说书人的技术的敬意罢了。他能那么的得到民众的喜爱，足以证明他的技术的高妙，所可惜的是说了就完，耳边只是一阵风似的过去，不曾留下一点儿痕迹，可以给没有能够听到的人随喜瞻仰，虽说是有话匣子的片子，究竟流传不便，不及文字记录的可以久远。本来说书的要素有文句、声音和姿态这几种，真要保存原来面目势必用有声电影才可，留声机已在其次，文句记录虽落第三，但简易这点上却是第一了。

［1949 年 11 月 22 日《亦报》/《饭后随笔》］

苍蝇之微

近来有一句通行的话，说宇宙之大，苍蝇之微，做文章的人无不可以讲的。不过由我看来，宇宙好讲，苍蝇却实在不容易谈，因为如老百姓所说寥天八只脚的讲起来，宇宙大矣远矣，我们凡人那里知道得许多，当然是莫赞一辞，任他去讲好了。若是苍蝇呢，谁都看见过，你有意见要说，他也会有意见，各说各的，所以谈宇宙般的大事没有什么问题，说到苍蝇之微，往往要打起架来，这也实在是无可如何的事。而且苍蝇虽微，岂是容易知道之物，我们固然每年看见他，所知道可不是还只他的尊姓大名而已么。

我们在乡下从小听大人说，这里有金苍蝇，麻苍蝇，以及饭苍蝇，一共是三种，而且又望文生义的加以解说，以为金苍蝇麻苍蝇要生蛆，所以很脏，饭苍蝇则是专门来定（古文云集）在饭上的，自然是干净的，至于在定在饭上之前曾经到什么地方去过，那是不曾调查的了。有朋友到西南某地，看见烧饼上漆黑的全是苍蝇，对卖烧饼的表示不满，回答说道，那不要紧，你吃的时候他会飞去的。我们现在嫌恶苍蝇的手脚不干净，怕传染疾病，更多的人却还相信苍蝇没甚关系，只要不活吞下去就好了。凭了科学的真理，谈苍蝇到笔舌俱敝，会得有什么用处呢。不到人民生活提高，居处清洁，田野整理，人肥兽肥适宜处置，苍蝇感觉有点不适生存的时候，关于苍蝇所说的症结始终还只是废话，于事实丝毫无补的。提起苍蝇来，结局还得拉到社会这大问题上去，则又谈何容易乎。那么我们还是去谈宇宙么，这虽说是比较容易，但人也有能有不能，不可勉强也。

［1949 年 12 月 24 日《亦报》/《饭后随笔》］

旧军阀的故事

关于旧军阀的故事听到过不少，大都是展转传说，确实性不很多，有点近于徐文长的逸事了。现在只就比较可靠的来重述两则，其一是关于张怀芝的。据说有一个亲戚来投奔他，他留他吃了饭，随即写手谕派往军法处办事，可是去了之后如石沉大海，过了三天五天也不见他来谢委或是谈天，便着人到军法处去叫。不一会儿，那位亲戚来了，脚上钉了镣，面无人色，进来跪在前面。张大惊问道，这是怎么的，军法处的人回禀道，大帅发下这人来，没有问明是什么罪，所以还没有办。张说，我何曾叫你们办他，军法处呈上手谕，上边派字的三点水原来写了手旁，原文是某人抓往军法处。后文当然是亲解其缚，再送到军法处上任，却已经是狼狈不堪了。

其二是关于孟恩远，他在东北做督军时，有一次大宴日本军政人员，关东军的干部都到，孟随后出来，同来宾一一殷勤的握手，口里说一声马鹿野郎，其容甚庄，其声甚诚，客人听了笑不得也生气不得，只好由他一个个的说过去。这个理由是很明了的，不知有谁捣乱，告诉他对日本人寒暄顶客气的话是马鹿野郎，他就如法炮制了而已。这个故事也有说是别人的，我所记的是依据友人所说，他是从坂西利八郎听来，说是孟恩远的事，或者有点事实的根据。

［1949 年 12 月 30 日《亦报》/《饭后随笔》］

一九五〇年

《新青年》与北大

《新青年》本名《青年杂志》，是《中学生》一类的刊物，由陈仲甫编辑，偶然讲到文学改革，胡适之在美国，刘半农在上海，钱玄同在北京，次第参加讨论，渐渐热闹起来，结果成了文学革命的运动。其时蔡孑民做了北京大学校长，沈君默在校教书，因了他的推荐，找陈来担任文科学长，陈又去请了胡刘来北大做教授，于是《新青年》的干部看去差不多都是北大的人了。有一段①时间，《新青年》每卷定为由六个人轮流编辑，这个名单在刊物上当然发表过，手头一时查不出，大概是陈胡刘沈钱，此外一人是陶孟和，这个阵营更是摆得明白。

不过二者关系只是如此而止，《新青年》的势力在北大并不深厚，陈仲甫不久被迫去职，刘半农因为没有博士学位，有时要受同人的白眼，发愤往英法留学，及至学成回来，不知怎的也终于外放，前后担任北平大学女子文理学院院②长和辅仁大学教务长，在北大大概只教点书而已。沈君默也休假留学，北伐后任河北教育厅长和北平大学校长。钱玄同虽然始终未曾脱离北大，但他是以师范大学为大本营的，在那边担任国文学系主任，北大只是兼课，有几次友人劝他来北大专任教授，他

【锺校】

① “段”原作“个”。

② 原无“院”字，今增。

终于不曾答应。剩下来的还有陶孟和，他向来淡于荣利，只在有社会学系时做过主任吧，此外只教他的书和写文字，没有参加过北大的干部事务。只有胡适之一人，他是《新青年》的文学革命时期的说话人，在北大最有势力有影响，到了去年他才离开，有些附和《新青年》而成功的学生，大都追随着他，如傅斯年、罗家伦之流是也。

[1950 年 1 月 3 日《亦报》/《饭后随笔》]

吃　鱼

生长在江浙的人说起鱼来，大概总觉得一种爱好，孟子说，鱼亦我所欲也，可见这并不论地域，现在只就自己所知道的来说罢了。水乡不必说了，便是城里也都是河道，差不多与大街小巷平行着，一叶渔舟，沿河高呼“鱼荷虾荷”，在门口河步头就可以买到，若是大一点的有如胖头鲢鱼鲫鱼之类，自然在早市更为齐全便利，总之在那里鱼虾的供给是与白菜萝卜一样的普遍的。人家祭祖照例用十碗头，大抵六荤四素吧，从前叫厨司代办，一桌六百文，三鲜里有鱼圆，此外总有一碗煎鱼，近似所谓瓦块鱼，在杭州隔江的西兴镇，饭店老板劝客点菜，也总提议来一碟烤虾一块煎鱼，算作代表的家常菜。农工老百姓平常少吃肉，鱼介却是常用，鱼固然只是小鲜，介则范围颇广，虾蛏螺蚌，得着便吃，价亦不贵。此外宁波来的海味，除白鲞外，王瓜头鲞、带鱼、勒鲞以至淮蟹，因腌货可储藏而又杀饭，大家爱用，南货店之店铺多，生意好，别处殆鲜有其比。古人称越人断发文身，与蛟龙斗，与蛙黾处，现在不是那样了，但其与水族的情分总之还是很不错的。

北方虽然也有好些大河，鱼却不可多得，不能那么大众化了，一般人吃不着，咸鱼也少见，南货店多只卖干果类，稻香村之类的地方带卖①一点鱼鲞，这又成了贵货，不是平民的食品了。大概鱼类宜于吃饭，自然吃酒更好，若是面食那便用处很少，除非是吃黄鱼面或划水

【锺校】

① “卖”原作“买”。

面，但这又不是北方普通的吃法，供给不多，需求又少，其所以不能大众化，盖非无故也。

[1950年1月4日《亦报》/《饭后随笔》]

徐伯荪在东湖

徐伯荪（锡麟）在安庆起事，击毙巡抚恩铭，在辛亥前五年，其始末今多知者，唯最初一节未有人道及，今依其至友田君所述记其梗概。

戊戌庚子以后，民族革命的空气大盛，徐田自均受其影响，唯据田云当时他们二人别无革命计划，只是一心想要造反，杀戮郡中满官，关起城门来搞一下，即使几天之后完全失败，也别无悔恨。但是造反要人，这可以去招集山里的英雄豪杰来，而招人则又要钱，那是个大问题，为得要解决这问题他们便决意先到东湖去。

东湖本名绕门山，因为取石材，凿去了大半座山，成了深潭，陶心云就山脚旧址建堤，堤上建屋，堤内一片水便号称东湖，堤上一带房屋作为学堂。徐田二君住在那里，说是办学，目的乃是练习摇船，准备起事。起事为什么要学摇船的呢？田君说明，当时他们觉得要筹经费，只有抢劫，他们知道城内各家钱庄照例在什么时日要派伙计坐小船解现款到外埠去的，在这里学会了摇船，便去照船火儿张横做那勾当，现在想来是截劫往宁波去的解款船的吧。

正在这时候来了到处结识好汉的陶焕卿，听了二人的计划大为反对，竭力主张联合各方，大举革命，他们听得有理，便参加合作，停止摇船，总算救了钱店伙计的一命。徐原是前清举人，田是秀才，却忽然想造起反来，田君说得也很有意思，他现在健在，所以这里不便说他的真姓名，但知道的人自当知道罢了。

［1950 年 1 月 6 日《亦报》/《饭后随笔》］

谈　天

人是合群的动物，他最怕的是孤独。人生在世上，负着两重的义务，一是种族的生存，一是个体的生存。古人说过，孤阳不生，孤阴不长，欲求种族的生存，孤独固然是不行，就是个体的生存，也须得众人着力，才能维持，几万年来的经验便养成了爱群的习性，除了参禅坐关，做苦功学①道的人以外，谁都不能安于寂寞，总喜欢和人来往，谈不关紧要的天，我们看大家坐航船，坐茶店时的情形，顶明白的可以看得出来。这种谈话看去似乎是闲扯②谈，白耗费时光的，其实也并不然，倒是颇有意义的。

普通谈话的内容很是凌乱复杂，但在听众的立场说来，从那里所得到的可以有这几种东西：一是事实，不管这是赵匡胤的龙虎斗，泥马渡康王，或是红灯照的女人，桃花山的好汉，传说也罢，谣言也罢，都归入旧闻新闻一类，因为此外得不着正当的报道。二是伦理，从大家的阅历上得到的教训，是很好的参考，至于这多是适应封建社会的，那是时代如此，也是不得已的。三是娱乐，说故事讲笑话固然是的，便是大家发表自己的意见与感情，在融和的空气之中，听的说的都感得一种满足。这样③看来，谈话的作用原是很好的，问题只在把内容弄好，就可以有好的结果。我们写些小文章，自然一部分原因由于“以工代赈”，实也别有供求关系，因为这是风干的谈话，是供喜欢谈天的人不时之需

【锺校】

① “学”原作“字”。
② “扯”原作“拉”。
③ “样”原作“种”。

的。需求总是存在，只要供给者能有不害卫生的货色拿出来，不误主顾就好了。

［1950 年 1 月 10 日《亦报》/《饭后随笔》］

绍兴酒的将来

《西斋偶得》中说饮食与音乐变化最快，越数百年便全不可知，《东京梦华录》所记汴城食料，南渡后杭城所市食物，张沂王进高宗食单，大半不知其名，又尝见名人所刻书内有蒙古女真畏吾儿回回食物单，思之亦不能入口。后又云：今天下盛行三事，绍兴酒、昆腔曲、马吊戏，皆起于明之中叶，绍兴酒始见于《谰言长语》，谓入口便螫，味同烧刀，此酒一出，金华浙闽诸酒皆废矣。明朝中叶大概可以算作十六世纪初，到现在已将四百五十年。昆曲久已为京戏所压倒，再也站不起来。马吊也被马将牌所取而代之了。绍兴酒总算还是健在，实在很不容易了。

不过就上边那一节看来，他也并非毫无变化。据《谰言长语》说他入口便①螫，味同烧刀，假如这不是作者因为喝不惯而随口胡骂，那么一定当初绍兴酒的确是那么样了。现今再请教普天下吃绍兴酒的看官，目下是否如此，我想这答案总是说否，他和烧刀总不是一样的。所以我们可以推定绍兴酒最初乃是辛螫的，后来变得温和，像现代的那么样。但是将来如何，我们可不能知道，说不定他又非变得像烧酒那么不可，这话无甚凭据，只是觉得并非不可能罢了。绍兴酒的价格不比烧酒便宜，吃起来却更为耗费，岂非失败之道乎？至于这要如何使他变化，可与烧刀竞爽，那是酿造上专门的事情，不是我们所能知道的了。

［1950年1月14日《亦报》/《饭后随笔》］

【锺校】

① “便”原作“使”。

写文章的副业

写文章是一种职业么？这从理论上讲不知道怎么样，在事实上从前可以算是的。写小说卖稿子的，替阔人写演说稿的，报馆里写社论和新闻的，给刊物写长短论说和杂文的，换句话说可以称作小说家、秘书、报人，打杂的文人，大概可以包括下去，现在除第二项只在蒋管地区尚有存在外，其他的三项则解放区也还是多有的。既然是职业，那么这总该可以维持一家的生计吧，在小说家与报人大抵当不成问题，打杂的文人恐怕有点不大成，他似乎不是长年的雇工，而是打短工的，以职业论这很不确实。在下也是一个打杂的，深觉得这个不很妥当，有设法改进之必要。我的理想是改而做工，参加生产工作，留下一点工夫来写文章，称为半工半文如不合适，可以说是以做工为本业，写文章为副业吧。但是这第一要工业发达，有工厂可以收容，让我们能够有简易的工作可做，例如做螺丝钉之类，一面又有宽容的办法，许可自己认定做多少小时的工作，工资自然照算，保留若干做副业的时间，那时去写文章出来，一定会安详得多，思想也进步些了。可是说到这里转侧一想，现在打杂写文章，可不是因为没有别的工可作的缘故么，假使有了做螺丝钉的之类的职业，那么何必再来抽出时间去写文章呢。虽说写文章这一件事比起徒弟学手艺来更为困难，花的年月更多，可是既然算不得技术，当不成职业，抛弃了也没有可惜，只留下看报与写信的用处，这已经够好了。

［1950 年 1 月 15 日《亦报》/《饭后随笔》］

萝卜与白薯

中国人吃的菜蔬的种类，在世界上大概可以算是最多的了。历史长固然是一个原因，但古人所吃的有许多东西，如蘋藻薇蕨，现今小菜场上都已不见，而古无今有的另外添进去了不少，大抵重要的原因还是在于中国的烹调法的特殊，各式的植物茎叶他都可以煮了放在碗里，用筷子夹了吃，这用在西洋料理上往往是没办法办的。

这些菜蔬中间，我觉得顶有意思的是萝卜与白薯。这两样东西都是大块头，不但是吃起来便利，而且也实在有用场。明人王象晋称萝卜可生可熟，可菹可齑，可酱可豉，可醋可糖可腊，乃蔬之最有益者。徐玄扈说甘薯有十二胜，话太长了，简约起来可以说是易种，多收，味甘，生熟可食，可干藏，可酿酒。具体的说，我最爱和尚吃的那种大块萝卜炖豆腐，其次是乡间戏台下的萝卜丝饼以及南京腌萝卜鲞，至于白薯自然煮的烤的都好，但是我记得那玉米面糊里加红蕃薯，那是台州老百姓通年吃了借以活命的东西，小时候跟了台州的女用人吃过多少回，觉得至今不能忘却。

希望将来人人可以吃到猪排牛排和白面包，自然是很好，我们要去努力，可是在这时候能吃苦也极重要。我想假使天天能够吃饱玉米面和白薯，加上萝卜鲞几片，已经很可满足，而一天里所要做的事只是看看书，把思想搞通点，写篇小文章，反省一下，觉得真如东坡在临皋亭所说，惭愧惭愧。

［1950 年 1 月 20 日《亦报》/《饭后随笔》］

古药方

美国人所写《药学四千年》，是一本通俗的科学史，各时代都写的有兴趣，现在只谈古代的一部分。

据说英国博物院有埃及写本药方，是五千多年前的东西，还远在轩辕黄帝之前，可惜未曾翻译，其已译出者有蔼贝耳思所得卷子本，长及二十码，云是三千五百年前物，当中国殷时，尚在盘庚前一百五十年。他们用各式的奇怪药料，有各生物的粪，中国北魏石刻药方中亦有之，叶氏《语石》中似曾说及，唯未曾有过蝇矢。埃及止小儿啼方则用此味，外加一种未详的草实，不知蝇矢如何收存？故著者颇以为奇。其治头秃方则甚平常，系用马、鳄鱼、河马、猫、蛇、山羊等的油脂，等分为膏，多搽自愈。书中批评以为或与现代各生发油可有同等效用，虽然比较更不易得，但仔细想来，此诸动物在埃及地方亦当并不难得也。

后来十世纪中爱尔兰的药方却更是出奇，其一云：乌鸦烧灰，入绵羊油脂中煮，涂秃头即愈。其二云：瓦罐中满装鼷鼠，泥土封口，埋火旁，勿太使火力接近，满一年后取出用之，但取时必须着手套，以免指端长出毛来。

记得看见过杂志上生发药的广告，画着一个人的手指像是牙刷的样子，这技巧大概是从这里偷来的。一千年以前的事情本来是不足奇的，但不知道这一类的医方现在还有人相信不。

［1950 年 1 月 20 日《亦报》/《饭后随笔》］

吃　酒

在城里与乡下同样的说吃酒，意义则迥不相同。城里人说请或被请吃酒，总是大规模的宴会，如不是有十二碟以上的果品零食（俗名会浅，宁波也有这句话）的酒席，也是丰满的一桌十碗头。若是个人晚酌，虽然比不上抽大烟，却也算是一种奢侈的享乐，下酒的东西都很讲究，鸟肉腊肫与花红苹果，由人随意欣赏，到了花生豆腐干，那是顶寒酸的了。乡下人吃酒便只是如字的吃酒，小半斤的一碗酒像是茶似的流进嘴里去，不一忽儿就完了，不要什么过酒胚，看他的趣味是在吃茶与吃旱烟之间，说享乐也是享乐，但总之不是奢侈的。我说城里乡下，并不是严格的地方的分别，实在是说的两种社会的人，乡间绅士富翁自然吃酒也是阔绰的，城里有孔乙己那样的吃法，这又是乡下一路的了。

中国智识阶级大都是城里人，他们只知道城里的吃酒法，结果他们的反应是两路，一是颓废派的赞成，一是清教徒的反对。颓废派也就算了，清教徒说话做文章，反对乡下人的奢侈的享乐，却不知他们的茶酒烟是一样，差不多只是副食物的性质，假如说酒吃不得，那么喝一碗浴的粗茶，抽一钟臭湾奇，岂不也是不对么。民国初年有些主张也是出于改革的意思，可是出于城里人的立场，多有不妥当的地方，如关于演戏即是一例，可供后人参考。我并不主张乡下人应当吃酒，也只是举例，我们须得多向老百姓学习，说起话来才不会大错。

［1950年1月21日《亦报》/《饭后随笔》］

学名与俗名

有一个外国的水产学专家，在一本讲中国的淡水鱼的书里说，中国的动物学家有学问很好的，但是他大抵最熟悉拉丁文的学名，对于本国的名称不很知道。清季的学者张啸山在笔记中曾叹说，读《诗经》《尔雅》，不明白那些动植物是什么形状，看见了实在的东西，又不知道他在书上是什么名称。这两句话很能说出向来研究名物的缺点。孔子教人学《诗》，说可以多识于鸟兽草木之名。后来学者便忠实的这样做去，记住了好些雎鸠卷耳的名字，及至见到了他们却又对面不相识，也并不想认识他们，但是著作起来可以写成整本的书，引据渊博，我们外行人看了还是不得要领。古人注书如郭璞《尔雅注》，陆玑《诗疏》，还好一点，常说今某地方人拿来怎么吃用。后来便多捧古书，与现世隔离。清代朴学家又渐务实际，如王引之的《广雅疏证》，郝懿行的《尔雅义疏》，常说今某处名什么，蝼蛄下注北方名拉拉姑，瞿叟（原有虫旁）下注名钱龙，扬州名蓑衣虫，是很好的方法。中国革命后，学问文字都有改革，论理应当更有进步了，然而也不尽然。现今的学者见到一种实物，当然是认得的，可是假如他只能说出拉丁文的学名来，那么这与旧学者之只知道古书上的古名没有什么差别，对于我们是同样的无用的。

一样的东西，民间口头叫的中国话是甲，学者书本上说的学名是乙，口头与书本有了距离，老搞不到一起去，不只是人民沾不到学问的光，即在学问方面也总是一个缺点吧。

［1950年1月23日《亦报》/《饭后随笔》］

《晨报副刊》与孙伏园

现在每一张报纸，都有一个副刊；副刊上虽无国家大事的记载，但也不能不随时代有所变迁。讲到变迁，我们不得不振作起本来不大有的历史癖来，先做一点考据的工作，也是四十年来北京文化运动史中的一个小插曲。

副刊的开山祖师是孙伏园，无论从前报纸上有无这一类的东西，副刊这名称总之是由他开始，所以即使不说开山祖师，也总是起首老店了。他本名孙福源，于民六秋天进北大图书馆，在李守常部下当助理，每月拿不能兑现的中票十六元，实际只能作八块钱用。他凭了这点收入做学费，一面在学校里读书，与成舍我的情形很是相像，或者还是同班也说不定。那时《新青年》的文学革命运动起来了，北大文科里有几个学生起来响应，办了一个《新潮》月刊，孙伏园因为很能办事，加入了“新潮社”，成了干部之一人。不久五四运动发生，要争取新闻的报道，一个新潮社员进了某报社，名字记不清楚，大概是《国民新报》之类，他便被拉去做个帮毛，及至这报停办，随即转入了离某会馆不远的晨报社，这大抵是民八民九之交的事吧。他在《晨报》上担任第五版的编辑，地位是一版的大半，不立名目，原是杂俎的性质，有什么可用的材料便用，当初并没有什么一定的主张，只是拉来的稿多是北大等各校的人所写的，多少洧一点新的气象。《晨报》本来是研究系所办的，大家对于研究系并无什么好感，不过那时梁启超健在，很是开通明敏，在他领导下的研究系遇着了新文化运动便准备接受，《时事新报》较为迟疑，《晨报》则立即决定了。而且那里还有一个人，这也是很有关系，他就是蒲伯英，在前清原是一位太史公，叫做蒲殿俊，清末是四川的代表，参加川省的铁路风潮，是大大的有名的人物，可是他却很有新思想，《晨报》的革新有大半是他的助力。他主张扩充第五版，印成独立的一张，报纸半幅对折，成为四版，每版四段，可以容纳万把字，特别定名为“副报”，（报头题字又写作“晨报副镌”，大概也是他的手笔。）因为觉得附录副张的名称都不好，似乎有轻重高下之分，所以用了这样的一个新名字。孙伏园自己当初也不曾料到，他的最重要的工作即在那时开始了。

《晨报副刊》的发刊大约是民国十年的事。它的特色第一是花样新鲜。据说这也是蒲伯英的提议，每星期日的副刊一定要改换一点面目，弄得较为轻松点热闹点。这便使得鲁迅起手写《阿Q正传》，七天一次，以巴人的笔名发表在上边，当时谁也不晓得教育部的周科长会得写小说，所以有许多人都疑心是蒲伯英的手笔，因为他恰巧正是四川人。“晨副”的编者有一种选稿的本领，只要有号召兴奋的作用，他会不计利害的断然采用，这虽然有点近于所谓噱头，不过其效力的确是很可观的。有一回，北大的林教授（当然不是真姓林，这只是马玉山式的拼写法而已，下仿此）寄了好些情书给班里的一位华小姐，这小姐大怒之下写了一封长信，原原本本的揭穿了，送给副刊去。编者一看知道是上好资料，次日发表出来，结果除林教授即被学校革职不算外，还乱轰轰的闹了好几天，许多中年青年大为激昂，群起声讨，副刊上不愁缺稿，自然又增加了不少的读者。此外如爱情定则讨论、青年必读书等，都是很好的题目，有如演猴儿戏的只镗镗的敲几下小锣，任凭猴羊狗接续演出，一点不费气力，而铜钱哗啦哗啦的进来，这种本事实在是值得佩服的。国民党的《民国日报》有副刊《觉悟》，研究系的《时事新报》有副刊《学灯》，也都是很有名的。我这里不想来比较三者的优劣，这问题于我是毫无趣味，也是风马牛不相及的，我想说的只是这一句，在纸面热闹这一点上面总是要算“晨副”最是出色的了。

其次《晨报副刊》的特色是短小精悍。当然第五版的“杂俎”栏因为版面的关系，本来多是小篇，这也是一个原因，可是此外还有重要的来源，即是所谓“随感录”的统系。最初是《新青年》上开辟“随感录”一栏，专登简短的批评，那里边的论文固然很有力量，可是最有效力，也最为读者所欢迎的，且是这“随感录”及“通信”。民八的春天《每周评论》刊行，也有“随感录”，还是《新青年》的那一班人执笔，但更是短小了，也更是辛辣。这周刊只出了半年便被禁止，《新青年》又未能定期出版，就是准期也是月刊，写稿到刊出至少总要个把月，未免有点气闷，如能在日报上就登出来，岂不是最快意的事么？移了“随感录”来放在副刊上面，这是偶然的却是很有意思的事情，因为文章的有点辛辣气是会得替定期刊物多找到些读者的。同时也有些人读过英法系的随笔，多少受到些影响，非意识地写出同倾向的文章，里边一样含有由中国的时代与环境出来的辛辣气，但外表总是稍有不同了。这两种成分都出现在副刊上，当时也未惹人注意，后来稍为分化，通称为杂文与小品文，成为分类学上的名词，其实原来是无甚区别的。

孙伏园虽是“晨副”的开创功臣，可是天下无不散的筵席，他也终于有一天卷了铺盖走出了晨报社了。据孙伏园方面的传说是，副刊上曾登载了几则某地方的民间故事，报馆里很不以为然，以为于人心世道有关，此后不得登载。假如是蒲伯英主政，当然不会得如此，但是其时的干部是福建人，话就不大讲得通，孙伏园和他们经过一番争论，只好悄悄的跑了出来。《晨报副刊》自然还是存在，后来还请徐诗哲编辑过，大吹大擂的闹过一阵子，好坏如何可以不问，总之孙伏园已经走开，我们所说的事也就告一段落了。不过段落尽管是一段落，还有一点馀波须得一说，这就是“晨副”与《语丝》周刊的关系。《语丝》发刊于民十五的秋天，正是孙伏园离开“晨副”之后的若干日。《语丝》的发刊本来没有一定的目的，只是平常喜欢写点随感录式的文章，随时在副刊上发表的人们，现在没有了发表的地方，有如叫化子没蛇弄了，觉得有点无聊，所以发起自办一个刊物，以便自由登载，这样看来《语丝》的产生全是偶然的，假如“晨副”上可以继续揭载略于世道人心有妨的民间故事；则《语丝》也就不出了。《语丝》上的文章大抵还是“晨副”上写过文章的人所作，就是形式也有点相像，不同的只是报纸半幅四折，成为八版，每版上下两段而已。有人承认《语丝》的影响要比《每周评论》为大，（其实我觉得还是《每周评论》更有力量，假如影响不大，那就因为它的生命太短了。）却不知道它本是“晨副”的代用品，有如买不到鸦片烟膏而用吗啡，毒虽有大小，而在吸用之人则原是一种意思也。

我们讲副刊之今昔，只说到《晨报副刊》与孙伏园，这只是昔的一部分，若真是要切实的讲来，以后自民十五至解放前还有整整的廿三个年头，即使我见闻真广，记忆真好，也没法子在二三百字中把它说得清楚的。何况我本来就很有点茫然，文章写到四分之三的时候便想只讲到那里为止，将今的部分按下不提，因为现今的事情是大家都看得很明白的，所以不说也可以吧；我这里只想说——句话，过去《晨报副刊》上“随感录”的那一股辛辣味，在独裁政权未崩溃前，所有报纸的副刊上已极少看见，足见反动政权的文网日益严密了。这或者可以说是最明了的——种今昔之感。一九四九年四月一号的《论语》的编辑随笔中云：“日子愈过愈难，文章亦愈写愈难。想说的话固多，能写的话太少。”末了希望同人惠稿：“下笔留神，免伤和气。”老牌幽默的刊物尚且发出悲鸣，彼日之时势可知，我们回望孙伏园的副刊时代，真可以说是羲皇以上了。

［1950 年 2 月《四十年来之北京》/集外文］

行孝的故事

金心异尝举其同学哈君家里二三小事，证明行孝可以使施者得名，而在受者却是一种苦难。

哈氏亦名士，唯因事颇可笑，故隐其姓氏，姑以哈字代之。哈君父在清代为知府，老太太迎养在署，常亲视膳，饭毕必请加餐，老太太答以已饱，仍力请，不纳则长跪不起，老太太不得已勉进一勺，日久甚以为苦，乃求其媳妇曰，你劝劝老爷吧，不要再行孝，我实在受不了了。天朗气清之日，请老太太游后花园，辞以惮于行动，乃令雇驴来，以二仆妇扶老太太跨之行，遍游园内，老太太连一朵花都不曾看见，却已吓得半死了。

哈君不作官，无此排场，只具体而微而已。一日与二三友人便饭，厨子上鱼，隔帘问老太太曰，娘，有鱼否，老太太嗫嚅未即答，主人大怒，痛骂厨子不已，客逡巡退去。值老太太生日，约友人晚餐，且招说书人来献技，请老太太高坐与客共听之。客觉说书人技甚拙无足听，老太太坐狭板凳上久，甚为狼狈，乃进言谓老太太倦可请先退，以便各自走散，主人执不可，谓说书甚佳，娘喜听不为疲也。心异夜深得脱归，后以语人，犹叫苦不止。

这里是什么人都不关紧要，重要的是其事实，是很有意思也是有意义的。金君自称他对于世兄们的义方之训第一是切勿行孝，因为他怕生胃病。这事还在五四之前，所以可以说与《新青年》并无关系，不干陈独秀、施存统的事。

［1950年2月8日《亦报》/《饭后随笔》］

作画难

我不是画家，现在来说作画的难不难，这岂不是越俎代庖么？那当然不是的，我是不懂美术的，西洋油画不必说，便是中国画，我看也是看的，好坏实在不懂，即如有些山水画中，房屋像是要坍，老头儿坐在危崖边上怕要掉下去，心里未免腹诽，却总不敢说出口来，这本是一种专门，外行人自认不懂，不妄下雌黄，以免贻笑大方，总是对的。

我现在所谈的只是一种人物画，虽然也是美术的画，却有历史和风俗的拘束，与专讲气韵的有点不同，譬如王冶梅画的《赏心乐事》，人只有两黑点的眼睛，有如银鱼一般，那么他的衣履如何，又何从考究呢。我颇怀疑南宗的画是聪明人偷懒的把戏，毕竟是聪明人，玩的自有妙趣，但是因为偷懒，也误了些事，这便是历史风俗画的失传，他把握住了风雅的一面，却将人生那平凡而实在的方面忽视了，不曾记录下来。我们说别姬，却不知道秦末的衣服的样子，说鸿门宴，也不知道汉初酒席的格式。戏台上胡搞一番倒也罢了，若是要来一张历史画，那就不知如何是好，我所谓难即是在此。

只有画醉酒我觉得还有办法，因为近年出土有些唐代土俑，可以当作范本，上小下大的倒瓜子脸，红的面颊，肥壮的身材，与杨玉环倒颇相合，那些髻鬟和衣裳即使不是贵妃服束，也总是唐人的，可以对付一下。此外各时代的各式人物，我实在觉得无法下笔，若只是那么斜领飘带的来一下，那便是绣像小说的作风，只好骗骗从前的小孩子而已。

［1950 年 2 月 14 日《亦报》/《饭后随笔》］

吃烧鹅

春天来了，一眨眼就是春分清明，又是扫墓时节了。小时候扫墓采杜鹃花的乐趣到了成年便已消失，至今还记忆着的只有烧鹅的味道，因为北方没有这东西，所以特别不能忘记也未可知。

在乡下的上坟酒席中，一定有一味烧鹅，称为熏鹅，制法与北京的烧鸭子一样，不过他并不以皮为重，乃是连肉一起，蘸了酱油醋吃，肉理较粗，可是我觉得很好吃，比鸭子还好，烧鹅之外还有糟鹅和白鲞扣鹅，也都是很好的。北京有鹅却并不吃，只是在结婚仪式上用洋红染了颜色，当作礼物，随后又卖给店里，等别的人家使用，我们旁观着看他就是这样的养老了，实在有点可惜。大概这还是奠雁的遗意，雁捉不到，便把鹅来替代，反正雁也就是野鹅，鹅的样子颇不寒伧，的确可以替代得过。

相传王羲之爱鹅，大抵也是赏识他的神气，陆农师在《埤雅》中说，鹅善转旋其项，古之学书者法以动腕，羲之好鹅者以此，乃是十足乡下人的话，未免有点可笑。羲之旧宅在蕺山下，后来舍宅为寺，颜曰戒珠，后人望文生义，便造出传说来，云有珠为鹅所吞，疑人窃去，未几鹅死剖腹得珠，乃大悔恨，遂舍宅而称以戒珠云。案戒珠本佛教成语，谓戒如璎珞珠，如云以珠为戒，反为不词。至于鹅吞珠事见于《贤愚因缘经》，赞颂梵志的守戒与穿珠师的忏悔，反复唱说，是绝好一篇弹词，与羲之自无关系，唯以鹅故而被牵连说及，则亦不能说全没有因缘也。

［1950 年 2 月 20 日《亦报》/《饭后随笔》］

国　粹

平常听到人谈国粹，觉得仿佛也言之成理，及至细按下去，却又很有点渺茫。说是一国的最特殊的地方么，中国人的脸是黄的，与西方人迥殊，却也不听见有人说是国色，正如犹太人的鼻子虽然举世皆知，就是极端的锡恩派并不以此自夸。若是说文化上顶好顶有用的部分，那自然说的不错，不过这迟早成为世界公共文化的一分子，又经过各国人的通力合作，不能再算作一国所独有的了。

举一个最好的例是印刷术。古代各国都各自懂得刻石刻木，正面的刻出文字图像，也懂得刻印，印反而文正，进了一步了。但到唐朝用木刻佛像的戳子连续印一大张，这才具了印刷的初步，至五代遂有木板印书的发明，这说是中国的①光荣原无不可，现在却已变成世界的公产，技术之精致，事业之发达，为本国所不及，这光荣也就成了过去的了。这一件事尚且如此，别的可想而知。我们想要在家传旧古董中找出什么来，可以夸耀于世界，那大概是不可能的，第一，这样的东西难得，第二，有了也已世界化了，早已不是私家的所有了。

中国人现在要紧是努力于文化建设，同时供献于中国和世界，不要单挂念一国的荣誉，顶好顶有用的东西于人已没有界限，有如水与火，孟子云，民非水火不生活，昏夜叩人之门户，求水火，无勿与者，这个意思说的真好。

［1950 年 2 月 25 日《亦报》/《饭后随笔》］

【锺校】

① 原无“的”字，今增。

白日升天

看明朝人杂书，有讲汴京故事的，第一则异人便是陈抟。他的奇迹只是常闭门独卧至百馀日不起，别无什么怪异，宋太宗遣人问他玄默修养之道，他答说不知道修养之事，亦未尝习导引吐纳之术，无可传授者，假如白日升天，究亦何益于治理乎。这两句话说的很高明，可以算是有道之士，不是寻常道士所能及的了。

白日升天的缺点就只是于治理无关，有如财主在金库里藏着许多黄金白银，对于国家人民毫无益处。不过那理想却是颇有意思的，不但是成仙，而且还要就把这个身子驾在一朵云或是一只鹤上，笔直的飞上天去，好去永远的享福，这是够现实的了。中国人与古希腊相似是最现实的民族，他们看重这现世与这肉体，便是成神仙也就这么整个的去了，不以单保全灵魂为满足，始祖黄帝就是那样的走的。

大抵求仙的有两种不同的动机，其一是皇帝，如秦始汉武，享尽现世的福，觉得太有趣了，想把他延长至于无尽；其二是不第秀才，如吕岩黄巢之辈，在现世不得意，须得来转变一下才能得有趣，假如不造反就只有求仙的一路了。这意思尽够荒唐，但比较希望灵魂得救，或下世享福，甘心放弃现世的，总要好一点，因所重是现实，若是知道白日升天是不可能，或飞升也没有多大意思，那么把这现实思想转过向来，着力于现社会的改进，那便很有意义，亦即是大有益于治道的事了。

［1950 年 3 月 8 日《亦报》/《饭后随笔》］

冬天的麻雀

我们住房的前面是一个院子，窗外东边是一株半枯的丁香和一丛黄刺梅，西边稍远是一棵槐树，虽在初春还是光光的树枝，同冬天一个样子，显得很是寂寞。院子里养着两只鸡，原是一公一母，可是母的是油鸡，公的却是来杭鸡，因为当初本有十几只小鸡，内有来杭鸡与油鸡两种，经野猫与家猫的侵略，逐渐减少，等到把家猫送了人，野猫赶走了的时候，剩下来的小鸡也就只有这两只了。他们宿在院子西北隅的一个柳条篓内，白天在阶下啄食，每到相当时候如不给撒点红高粱之类，公鸡便会飞上窗沿来，看里边的人为什么那么怠惰。还有一群揩油的麻雀，常停在黄刺梅丛中等候，这时也有一两只飞近门来，碰着玻璃发出声响。公鸡平常见了猫和小孩子要追了去啄或是脚踢，对于麻雀却并不排斥，让他们一同吃着，有人开门出去，麻雀才成阵的逃去，但仍旧坐在黄刺梅枝上，看人也颇信任似的，大概谅解主人们是无机心的吧。那些麻雀似乎相当肥胖，想必每天要分去好些鸡的口粮，乡下有俗语云，“只要年成熟，麻鸟吃得几颗谷”，虽是旧思想，也说的不无理由。麻雀吃了些食料，既不会生蛋，我们也不想吃他的肉，自然是白吃算了，可是他们平时分别在檐前树上或飞或坐，任意鸣叫，即即足足的虽然不成腔调，却也好听，特别是在这时候仿佛觉得春天已经来了，比笼养着名贵的鸣禽听了更有意思。

我前年在上海居于横浜河畔，自冬徂夏有半年多，却不曾见到几只麻雀，即此一端，我也觉得北京要比上海为好了。

［1950 年 3 月 13 日《亦报》/《饭后随笔》］

街　树

《日知录》卷十二“官树”一则中云：

> 古人于官道之旁必皆种树，以记里至，以荫行旅，是以南土之棠，召伯所茇，道周之杜，君子来游，固已宣美风谣，流恩后嗣。子路治蒲，树木甚茂，子产相郑，桃李垂街，下至隋唐之代，而官槐官柳，亦多见之诗篇，犹是人存政举之效。

大抵古时列树以表道，每一里夹道种一树，以代记里之土堠，至都市中始种六街树，原书注引《中朝故事》云，天街两畔槐木，俗号为槐衙，曲江池畔多柳，亦号为柳衙，以其成行排立也。

近时开辟马路，道旁皆种树。就北京而言，西郊通西山的道路，两侧种槐树，绿阴相连接，不至如顾氏所谓周道如砥若彼濯濯。城内则悉是槐树，亦有槐衙的意味，特别是故宫左右的南北池子和南北长街，比中间走电车的大街树阴长得更好，盛暑时行人可以休息，喝碗冰水或吃香瓜，正是很好的地方。住家大小有个院子，除枣树外大概总有槐树几株，给街树作陪衬，所以如登景山或高楼　望，市中一片绿色，是极好的一幅油画。人家都说北京好，其理由自然很多，但这大抵总是其一吧。

我前年在上海住过些时，关于街树却不曾留心得，只在居停主人后门外河边见有一株树，像是野桑树，夏天长出叶子来，挡住了视线，站在晒台上也望不见横浜桥上的行人，至今还是记得。至于街上的树木，说也奇怪，我真记不起来，平时出去只是一心的管走路，怕碰了人或电柱子，没有工夫看野眼，所以竟没看见。乡下人上城里，真真可笑得很。

［1950年3月17日《亦报》/《饭后随笔》］

《北京风俗图》

陈师曾画《北京风俗图》三十四幅，在姚茫父处，每幅有茫父题词一阕，民国十七年由淳菁阁影印出版，大本两册，今淳菁阁早已关门，此书绝版久矣。顷从友人处借看一过，觉得很有意思。师曾为清季诗人散原老人的长子，曾留学日本，书画篆刻皆佳妙，在教育部任编审，后因侍父病，传染肠热症，遂以不起。

画师图风俗者不多见，师曾此卷，已极难得，其图皆漫画风，而笔能抒情，与浅率之作一览无馀的绝不相同，如送香火、执事夫、拾穷人、烤蕃薯、吹鼓手、丧门鼓等，都有一种悲哀气，若是用时式的话来说，道地写出民众的劳动生活，虽是尚在三十多年前，却已经颇有新时代的空气了。此外又有几幅，写的很有趣味，如压轿嬷嬷，据程穆庵题诗注云：北京风俗，凡遇婚事，必于亲友家择一寿考多福之妪，先乘花轿诣女家迎新妇，谓之压轿，右幅正扶持上轿之状，画者尤能毕尽其神态也。又夫赶驴，茫父题词注云：一妇骑驴抱子，声“得得”从者夫也，京东人上京①多如此。一幅本是茶馆说书，作者自题曰“墙有耳”，茫父词注云：此原题也，画则二人窃听于门前，有招曰“雨前”。茫父题词长短三十四阕，为切题面，遣词运典亦多佳处，惟我觉得未能与画面的空气恰合，今录其题“墙有耳”《浣沙溪》，以见一斑，词云：

啼笑犹能感路旁，闲来窃听话偏长，几人身后蔡中郎。

暂许属垣教悦耳，不烦钻穴待逾墙，茶前一样耐思量。

［1950 年 3 月 18 日《大报》/《饭后随笔》］

【锺校】

① 原无“京”字，今增。

记念寿石工

寿石工于去年冬天翘了辫子了。我这样说，并不是对于石工有什么不敬之意，实在反是记念他，因为他便是那么喜欢说玩话的。以前所写笔记中曾讲到周栎园的著作，有一节云：

> 《印人传》卷一，书许有介自用印章后云，君大腹，无一茎须，望之类乳媪，面横而肥，不似文人，字画诗文恒多逸致，见其手笔者拟其貌若美好妇人，亦异事也。又云，繙诸印章，如见君鼓大腹，以巨觥合面上时。此与印章或无甚关系，唯描写极妙，读之真觉得此中有人，呼之欲出矣。

我下笔当时心中便想着石工，因为他正是那么样，一丝都不差，这几句话可以一字不改的拿过来送他，天下事真有这样的巧合的。我们同他生疏一点的，看见时还是相当客气，若是遇到了老朋友，便嘲讽笑骂，一齐都来，不但是市井的“油口罐”，就是不登大雅之堂的话也无不出来了。

在这一方面他的敌手是一个同乡的画家兼印人陈半丁。有一回在同乡处调见他们，两人见面便说道，“你也来骗饭”，这算是打招呼。我同石工攀谈，知道他不曾到过故乡，我说何妨几时去走一趟，半丁拦道说，“你不要劝他去，要吃人命官司的，绍兴人看见他，要吃一惊，说这是什么东西，快赶下河去，岂不把他淹死了”。这不过比他为乌龟，没有什么道理，即此却已可见他们酬对之一斑，至于石工自然也不肯默受，这样一来话就多了，若是不知道的人听来，恐怕要当他们是说相声的，只可惜这些话没有能够记了下来。

［1950 年 3 月 18 日《亦报》/《饭后随笔》］

俗谚的背景

俗谚与笑话都是很有意思的也是很有意义的东西，说有意思便是因为他诙谐巧妙，听了觉得有趣，有意义则是有研究的价值，从那里可以看出风俗人情来，为正经的经史上所没有载的。譬如《笑林广记》，大概是清初所编，增广冯梦龙的《笑府》而成的，里边便有江东的风土，不见于北方，如换料（收买肥料）的农人给价太少，主人怒道："这又不是狗撒的，给的这么少。"农人忙劝道："我又不就呷了你的，何必气急。"又有换灰一则，用竹竿戳灰堆，看里头有无石块垫底，原文殊下作，今从略。但这里反映出乡下的风俗，留给后世一种很好的资料。

俗谚都是人民经验之谈，在其中可以看出整个生活的影子。有些习俗也多有地方性的，如范寅《越谚》中所记的"船到桥门自会直""只要铜钱多，巷牌抬过河"，均是水乡的背景。巷牌即牌楼，在北方亦有之，唯像绍萧沿官河一带那么的石坊林立，却也少见。"瓦有翻身之日"，可见无产阶级的意气，但北方屋瓦都用泥胶住不动的，意思便有点难懂。又"扁担一条龙，一生吃弗穷"，这在运输用车少用肩挑的地方，也不免隔阂了。"衙门钱①，一蓬烟。生意钱，六十年。种田钱，万万年。"这是很健全的观念，中国向来以士为四民之首，农勉强居第二位，这里以农为首，士却与吏胥并在一起，列在末尾，可谓痛快之至。

【锺校】

① "钱"原作"前"。

有些各处共通的俗谚，如“一个和尚挑水吃，两个和尚抬水吃，三个和尚无水吃”，写自私的人情没有地方性，我们只希望他有时间性，以为不会再如此吧。

［1950 年 3 月 19 日《大报》/《饭后随笔》］

于非闇的笔记

有一个时期，在北京《实报》上发现好些小文章，专写市井间风俗，细腻有致，其中养鸟钓鱼部分，记得曾出过小册子，作者题名曰“闲人”。又有一个时期，在某文化机关里常遇到一个职员，衣服质朴，言谈很有风趣，往往聊天大半日，到了中午我才急忙走了出来，这人姓于，官名忘却了，因为我只记得他的号。在这之间，有时画家开什么会展览，在那里有几幅特殊的画，好像是宋朝院画一派的工笔的花鸟草虫，着色特别鲜艳，据说用的是前清旧有的颜料，写着宋徽宗的瘦金体的字，人家一望就知道是于非闇画的。这三个人原来就只是一个，通称于非闇，我知道他很早，不但是在胜利前抗战前，而且还在北伐前，算起来已有二十多年，近来看见报上有他的广告，仍在作画刻印，虽然不曾去看过他，却很觉得高兴。

于君在北京是以字画和印出名的，但是在我的意见上最推重的乃是闲人的文章，因为这个我还比较的知道一点，对于书画实在是个外行。闲人的那些市井小品真是自有他的一功，松脆隽永，没有人能及，说句俏皮话，颇有他家奕正之风，可以与《帝京景物略》的有些描写竞爽吧。他早已中止写作，这是很可惜的，虽然艺术的成就也一样的有价值。说也奇怪，在艺术家中我与于君最是相熟，可是没有他的一幅画和一颗印章，这理由是很简单的，因为熟识，所以白要也不好，算钱也不好，便那么的搁下了。

［1950 年 3 月 20 日《亦报》/《饭后随笔》］

大脚仙

《江南好》词一百首，上元张汝南作，小引署丙辰，即清咸丰六年（一八五六），其时南京为太平军所据，张氏避难江北，乃作是词以寄感慨。引言中云，“庶几名蓝古刹，俾空中现出昙花；旧市新廛，似海上幻成蜃气”。卷中十九皆咏名胜，词亦寻常，末十首杂记市井闲事，较为可取。但是我觉得最有意思的乃是第九十九首，其词云：

江南好，

大脚果如仙，

衫布裙绸腰帕翠，

环银钗玉鬓花偏，

一溜走如烟。

注云：“大脚妇女其美者皆呼为大脚仙，其妆饰如此，见过者能知之。谚云，大脚仙，头绾白玉簪，脸像米粉团，惯走街边，走起来一溜烟。”第　百首为《报恩塔》，注有云：“蒙尝谓江南有三绝，报恩塔，大脚仙，瓢儿菜，皆天下所无，兹故同咏于末。”张君已是百年前人，却能那么明达，不以天足为非，很是难得。于今塔虽不见，大脚仙则与瓢儿菜长是健在，也可以满意了吧。《天籁集》卷二钱塘悟痴生批童谣后有云：

吴下风俗，乡间妇女十九不缠足，以其操作辛苦，便于起居，且田中诸事妇女往往代夫之劳，烈日如火，田泥欲坼，赤足坐横木上，踏桔槔取水，其男子则提儿抱女，与村人团坐茶寮，纵谈豆棚闲话，日夕则归炊以待妇至。然非田忙时，则妇亦倩[1]妆卖俏，自有一种搔首弄姿态度，诚如跟轿蒲鞋日照伞二句之写生者。

这虽然是三百年前的话了，意见却也不旧。次章歌词云：

红鞋子，绿鞋拔，

新堵田塍滑，

走一步，滑一滑，

退一步，拔一拔。

批语中对于缠足大加攻击，至云身体发肤不敢毁伤，奈何作女子身而罹此惨毒，则更义正而词严了。

［1950年3月23日《亦报》/《饭后随笔》］

【锺校】

① “倩”原作“清”。

《伊索寓言》

《伊索寓言》世界各国都有译本，中国译的很迟，大概已是二十世纪了吧，因为是用古文译的，小孩看不懂，大人们看不起，所以流行不广。但这以前有过另一译本，名曰《意拾蒙引》，英汉对照，共四十则，一八四〇年出版，四十年前在外国图书馆里看过一回，忘记何处印刷，其时香港上海都还未开辟，或者是在澳门吧。年代早了，内容的古老是必然的，不会得比后来的好，但是关于这书有一种传说，倒是很有趣的。

据摩利思在《英国现代评论》上说，当时《意拾蒙引》出版之后，中国官吏非常爱读，后来有一个大官说道，这显然是在说咱们，于是命令把这书列为禁书云。这故事说得很有意思，只可惜是太不合事实，第一是中国官僚不会看这种书，第二照时间讲，其时正是鸦片战争，一八三九年英人犯广州，后攻取江浙各地，至四二年南京条约成，五口通商，香港割让，在这时候官吏读洋书是不可能的事。至于大官说，这显然是在说咱们，却是形容得好，中国向来多文字的禁忌，所以假如读了《伊索寓言》，那一定会立即感觉到的。

我们猜想哪一篇顶犯忌讳，这自然不容易说，大概那《有两个妾的男人》总是其一吧。年青的女人拔他的白头发，年老的一个又拔黑的，不久那男人就成了秃子。这故事老爷们听了便要很生气，他们不怕说是贪污无能，却只恨私事被人知道，读《孟子》里齐人一章已经有点心虚，哪能更忍得外国书里的挖苦呢。摩利思的故事不可靠，但其揣摩清朝大官心理的话却是十分有道理的。

［1950 年 3 月 25 日《亦报》/《饭后随笔》］

重译书

普通所谓重译，是说甲国话先译为乙国的，再从乙国译成国话，这是传统的说法。现在用的是另一意义，乃是说同一种外国书的第二次以上的翻译，往往因为对于以前的译本感觉不满，所以从新译过，多少带点自信，要比旧本总好一点，因此重译书之多少与文化发达是成正比例的。

可是在中国，这种重译书却是十分稀少，这个原因大概可以说是三方面的。译者的责任比较最少，他即使有这个志愿，但他不过是个卖力气的，如得不到雇主收买他的劳力，他还只是一个失业的工人，只好袖手在孵太阳。读者方面是多半看书看故事，有如读《水浒》，只看宋江李逵怎么的上梁山，不管是李卓吾或金圣叹本，反正是那故事就得了，并不想找别一个本子来看，其实便是说书，也因说书人不同而有好坏呀。末了是出版者，照理讲他也是文化工作者，于文化有理解，对于读者该有点带头作用，一面赚他们一点钱，一面也该给他们一点帮助与利益。但是事实上是商人占了十九的成分，至多十分之一的文化气沉淀在底下不发生什么作用，不但是自家出版的书不愿改译，就是别家的出版也不肯再来出重译本，并不是尊重人家的利益，乃是怕自己的无利益，虽然明知道这后译本要好得多。

中国的译书事业至少已有五十年的历史了，成绩却并不佳，主要的原因是，出书的目的是商业的，不当作文化品看，却是当作货物计算，其结果如此，正是不足怪了。

［1950 年 4 月 2 日《亦报》/《饭后随笔》］

活的迷信

中国近五十年来语言文字上增添了不少的新名词，我们现在常用的字眼，如宗教、信仰、神话等，用惯了不觉得，其实都是外来语，或是自译或是从日本拿来，在以前的中国话里是没有的。这些名词既是新的，其解释自然也该如是，即是照世间普通的说法，这是当然的事，不过这里稍有一点问题，特别是关于上边所说的这几个字。

近代西洋各国都是基督教的，所以说到宗教总只有基督教是正宗，别的说得客气一点都是异教，实在乃是邪教，中国向来没有这种意见，原是很好的，假如学了他们的态度倒反糟了。

我们常说这是迷信，可是这有什么标准来决定呢，实在说不出。为什么叫做迷信，那么一定有什么正信存在，可以做个标准吧？这在基督教国自然是如此的，可是我们总不能那么办，不但是不该做尾巴，实在也不知道正信是怎样，何从看出迷不迷来。

我们应该有一个标准，这便是科学，凡是不合科学的关于超自然的信仰都是迷信。迷信又有两种，一是死的，一是活的。死的迷信是古代或外国的，在现时现地已不相信，只存在故事图书里，已成了神话。活的迷信是现存于民间的，这也可以分为两种，一是无害的，如天狗吞月亮之类，一是有害的，如因信人肉可医病而割股或吃人肉，信鬼而不医病等。活的迷信有待于文化建设来加以改变，若是其有害的部分，那就属于应用行政力量来纠正的部门，不能宽心等待下去的了。

［1950 年 4 月 4 日《亦报》/《饭后随笔》］

垃圾书

德国有名的性学者勃洛赫在所著《我们时代的性生活》中，论诲淫的书画一章里，讲到抵制的唯一方法云：

> 这是在于发达真正的人民文化，增加受教育的机会，和减低书籍的价格。有如赖曼的那种事业，出版他的《德意志小丛书》，每本一角半，搜集精选的作品，不但是最好的小说，还有许多科学大家所写的通俗科学书和文人的随笔，单是这样一个事业，在禁止垃圾文学上要比所有进德联合会的努力更为有效。

原书于一九〇七年出版，所以至少也已是四十年以前的话了，在现今却还是有意义。他所说的垃圾文学并不单指淫书，包括那些滑稽、犯罪各样黄色出版物，这在资本主义社会串同低级电影，教唆强盗杀人和变①态的性欲更为有害，解放未久的中国也一样的受着这害，抵制的方法正是极其重要的。普通禁止只是治标，单从“供”这一边着想，假如“求”那一边存在，禁亦无用，而且禁止可以成为一种广告，有如前清同治年间江苏巡抚丁日昌的应禁书目一样，至今还供搜书者的参考。最好的方法是供应别一批东西，来替代他，这从根本下手，那些垃圾书便再不能生存了。这里有三部工作，勃洛赫已经说明了，我所觉得最有意思的却是在末一节，人民文化与普及教育固极重要，若是书价太高，也是等于叫饥民吃肉粥，还是无用的。这须得由政府来出手，像从前赈饥

【锺校】

① “变”原作“恋”

似的，尽量将价廉物美的书发下乡去，在现今人民政府的时代，这大概不是什么难事。

［1950 年 4 月 5 日《亦报》/《饭后随笔》］

枕上看书

欧阳永叔在《归田录》中说钱思公手不释卷，坐读经史，卧读小说，上厕时阅小词，又说自己平生作文章更在三上，乃马上枕上厕上，盖惟此尤可属思耳。后来因了他这句话，三上便成了故典，其实这只是他个人的习惯，不是人人所能做到的，即如我就没法子照办。欧阳是做官的，公事烦忙，只好在这些时候偷闲构思，别人也何必如此呢。况且他的文集有百十卷，这许多诗文单靠这样的去做，哪里来得及，还不只是那么说罢了。

我不骑马，上厕的时间不长，要想只有在将睡未睡时，这时候多少可以有若干分钟，但是我的经验这大概也是大家的经验，假如躺着多思想一会儿，便会兴奋起来，小时候听大人们叫作劳神，这一劳了神之后就要睡不着觉，这一夜睡眠不足，第二天这一天里精神不好，什么事都做不成，反不如把这事移到白天去想，至多半天也就够了。我倒觉得钱思公的办法很不错，特别是卧读小说这一点，和我的意见是很相合的。我没有晚上用功的习惯，无论是写文章或查书，都是在白天的，到了吃过晚饭，以后便是闲空工夫，只等候睡觉，可是这其间总有两小时，便拿来实行枕上看书，久之也成了一种日课了。

这里为难的是书的问题，照钱思公的例最好是小说，可是洋书太重，不便也太累，只有用线装旧书，而新书笔记少有好的，又不经看（经或者应写作禁），还是旧说部书可以炒冷饭，近来正在看贯华堂本《水浒传》，一天看二三回，有一个月光景可看。

［1950 年 4 月 10 日《亦报》/《饭后随笔》］

拜年看游记

小时候往亲戚家拜年，往往要费好几天工夫，例如祖母家，母亲家，姑婆一家，姑母两家，都在乡下，去时须坐船，总有五七十里的水程，早去晚归，白天短的时节已是漆黑，要拿了灯笼下船步来了。有时便开夜船，早上到一家，只吃点心，中午又到一家，吃了饭下船，次早再往别家去，可以从容地回家来。无论怎样走法，反正至少是一整天，本来千岩竞秀，万壑争流的风景也可以看得，不过看惯了没有什么，而且那是平水一带的情形，在别处也只是一般江南水乡的景色罢了。坐在船舱里听橹声没有多大意思，唯一的办法是带书去看，拜年照例要戴胡人的红缨帽，装在皮帽盒里，这里正可以放点书籍。我们常带的是一部《徐霞客游记》，是图书集成局本，铅字竹纸，订四厚册，字虽细密，却很便于携带。

这徐霞客是明末一个奇人，他许多年在国内旅行，东南之外在云南最久，那时北边东有满清，西有李自成，京都危在旦夕，他在那边却不受影响，游记写得很细密，文笔亦好，乾隆时始为人所知，刊板行世。这部书虽然屡次带在船里，实际上也看不了多少，除江浙的短篇以外，关于云贵的接连几卷的大文几乎不曾着手。民国以后大为丁在君所赏识，有他的新编校本，自然更好了。可是不知为什么缘故，书店把他印成很大的本子，要摆在书桌上恭恭敬敬地才能看，未免很不方便，当初出版时买了一部，但没有多大用处，不久也就丢掉了。

［1950 年 4 月 13 日《亦报》/《饭后随笔》］

太戈尔的生日

五四以后，所谓新文化运动正在进行，有一个时期盛行讲学，聘请欧美学者，来北京公开讲演。最初记得是杜威，因为是胡适博士的老师，所以颇有号召的力量，讲演时大概是座上常满，讲演录笔记下来出单行本，似乎也销得不少。其次来的是罗素，他的专门是数理哲学，无法通俗，但是他爱谈社会问题，又对于中国事情很有兴趣，这一方面的话大家都还爱听，讲演的成绩很是不错。随后的一个是杜理舒，在我们旁观的看去，有点近于强弩之末了，或者由于听讲演的兴趣已经下火，或者由于哲学问题的难懂，均未可知。

可是这时①斜刺里出来一个脚色，想不到的收了效果，此人非别，即是印度诗人太戈尔。这些时候我都在北京，可是实在懒惰得很，这些学者诗人的尊容我都没有拜见过，只听见说太翁的道貌非常清高，又有诗哲戴了印度帽，配得更是好看。（徐志摩也是我的故友之一，他的早死真是最可惋惜的。）顶有名的一回是太戈尔的生日吧，大家给他演短剧《契忒拉》，徐志摩与林徽因都是重要的演员。那时梁任公主席，胡适之英语致词，说密司忒梁启超云云，座中有人私下批评，说胡适之英文到底不够格，他说梁启超（国音）而不是梁启翘。胡博士知道中国人姓名应读国音，那些把威妥玛式的罗马字拼音照英文念的乃是洋泾浜的学风，该博士之英文比别人较胜一筹者，其亦正以此故欤。

［1950 年 4 月 16 日《亦报》/《饭后随笔》］

【锺校】

① “时”原作“里”。

美妇人

中国民间或民间文学上相传的美妇人是谁？我们退一步，从历史和小说上来找着，有了几个，却是都不幸，也即是坏人，倾了人家的国，也送了自己的命。如妲①己被武王所斩，西施为越王所沉，虞姬自杀，貂蝉挨②了关老爷一大刀，张丽华、杨太真、花蕊夫人都死于非命，乌有的潘金莲、阎婆惜、潘巧云也是如此，只是林黛玉夭死，算是顶有福的了。斯巴达王后海伦跟了忒路亚王子逃走，演成古代的世界大战，多少英雄与妇孺牺牲在这里，后来却仍破镜重圆，因了荷马的诗名闻天下，就是爱尔兰荒村的老婆子也知道有那希腊的美妇人，这种运气在中国的姊妹是得不到的。民间有豆腐西施的绰号，因戏文而知道貂蝉、杨贵妃的名字，妓女有叫林黛玉的，或者可以把这几个作为有名的美人，但是仔细一看，那也都是士流的把戏，民众只是随声附和，他们哪有工夫读《红楼梦》，又何尝有想嫖林颦卿的野心呢。

真是民众呼声的歌谣故事里的女人虽然也是一样的不幸，但并不怎么有名，只是受着生活、家庭与婚姻的压迫，无力反抗，反抗时就身败名裂，成了礼教的牺牲。将上边的名单来比较，倒是《水浒》的几个女人乃是这一路的，只可惜都被“施耐庵”写坏了。女人的生活以后是改好了，婆婆和丈夫不再能够压迫，就只是婚姻问题还有困难，因为男子中心的封建思想遗留在多数男人的心里，他们总是同情武大的，这思想的改变还要好一点时间吧。

［1950 年 4 月 29 日《亦报》/《饭后随笔》］

【锺校】

① “妲”原作“坦”。

② “挨”原作“换”。

朱逷先

朱逷先是北大老教授之一，他是章太炎先生的老学生，不过专门乃是史学，在学校里教中国文学史，有二十年以上吧。民初沙滩红楼未成的时候，文科也在马神庙的四公主府，门口一排房屋称卯字号，是教员休息室，当时有二老兔子与三小兔子之称，三小为胡适之、刘半农与又一刘某，二老则是陈独秀与朱逷先，所以他们如尚健在，当是七十二岁了。

朱君在北大有二特色，其一是他的浙西话，其二是他的大胡子。学校里教员各处人都有，如刘申叔的扬州话，吴又陵的成都话，也很特别，但总不如朱君的乡音多，北方学生听了大伤其脑筋。有一个人说过，听文学史讲孔子思想，先生说明他是厌世主义的思想，已经觉得奇怪，及至看黑板上写出来的引用文，不但并不厌世，而且积极得很，先生却指着说，这即是厌世思想的实例，更是莫名其妙。后来过了些时，这才觉悟，先生所说的乃是现世思想，现字北方读若献，南方则读若焰，听起来变成了厌世了。

蔡孑民初到北大时，朱君才只三十七岁，却已留得一部很好的胡子，他好买旧书，在琉璃厂隆福寺的书贾中间，说起朱胡子来，没有一个不知道而且怕他的，文科同事们则翻成雅语，称之曰而翁，因为这而字本是象人垂髯之形的。可是后来他转任广州，听说把胡子剃了，北伐之后有一年的夏天，大家在学校看入学试卷，忽然进来一位青年，没人认识，等他开口叫起马主任的号来，这才知道原来就是他，这也是大家在北京看见他的最后一回了。

［1950 年 4 月 30 日《亦报》/《饭后随笔》］

北大的史迹

北京大学于民国初年购买松公府东馀地，建造宿舍，七年落成后，改用作文科，称第一院。

当初其东南隅是一个洼地，填积起来，上建高楼，或说恐要低陷，却至今无恙，而且在北大历史上成为很有意义的地方，也是没有预料到的。

北大图书馆原设在马神庙本校，旧式高楼一座，传说即是四公主的梳妆楼，及第一院成立，乃移来在东首楼下一带，而图书馆主任室则设在楼下的东南角，靠东三间，中间开门，两间打通为一大间，南首有门，里边即是图书馆主任办公之处。五四时候主任的李守常，那时的主任室的情形我还记得清楚，并不是记性好，四十年前的事情都能记忆，实在乃是因有特别缘故，那一年的春天大家觉得《新青年》是月刊，太是迟缓，需要一个周刊来主持言论，便在那房间里会议，决定发刊《每周评论》，在五四时很发挥一点力量，但出了三十六期就被禁止了。

平时下了课有点馀暇，多到那里去坐，李君很有思想，人又长厚，总在朝南的窗下一张办公桌前坐着，我们先去的便坐在西边的安乐椅上，谈上几十分钟的天，好些人都来访他，记得在他那里遇见的，有章行严的夫人吴弱男，任叔永的夫人陈衡哲等人。张申府那时当助教，常坐在外间朝东的桌前，他所记得的事一定很多，希望他会有什么回忆发表，可以凭信，我们这类零星的小文也可以不要写了。

［1950 年 5 月 4 日《亦报》/《饭后随笔》］

吃青椒

五味之中只有辣并非必要，可是我所最喜欢的却正是辣，生物的身体里本来自有咸酸苦甜各味，只须吸收原料，自能制造，人类因为文化的习惯，最简单的生活也还得需要咸味，其他也可以从略了。五味学习的次序以甜为第一①，次为咸酸，苦又在其次，至今用处还不大，芦芽微苦还可以吃，苦瓜便不普遍，虽然称作锦荔枝，小孩吃里边的红瓤，倒是常有的事，若是金鸡纳霜炖肉，到底没有人要请教了。

至于辣火，这名字多么惊人，也实在能够表示出他的德性来，火一般的烧灼你一下，不惯的人觉得这味觉真是已经进了痛的区域了。而且辣的花样也很繁多，容易辨得出来，不像别的那么简单，例如生姜辣得和平，青椒（乡下称为辣茄）很凶猛。胡椒芥末往鼻子里去，青椒则冲向喉咙，而且辣得顽固，不是一会儿就过去，却尽在那里辣着，辣火的嘉名原该是他所独占的。我的辣量本也平常，但是我却爱他，当他作辣味的代表。胡椒芥末咖喱粉之流都是调味料，不能单吃，生姜也只有糖姜干湿两样以及酱油浸的，可以整块的吃，还是单调，青椒的用处就大了。辣酱、辣子鸡、青椒炒肉丝，固然也好，我却喜欢以青椒为主体的，乡下用肉片豆腐干片炒整个小青椒是其一，又一种是在南京学堂时常吃的腌红青椒入麻油，以长方的侉饼蘸吃，实是珍味，至今不曾忘记，但北京似没有那么厚实的红辣茄，想起来真真可惜也。

［1950 年 5 月 6 日《亦报》/《饭后随笔》］

【锺校】

① “一”原作“二”。

关于《伊索寓言》

“伊索寓言”这名称在中国大概起于十九世纪末，林琴南翻译此书选本，用这四个字。一八四〇年教会出版的英汉对照本则名为《意拾蒙引》。“意拾”与“伊索”都是原名的拉丁文排法，再用英文读法译成的，原来应读作“埃索坡斯”（Aisopos）才对。“寓言”这名称也是好古的人从庄子书里引来的，并不很好，虽然比“蒙引”是现成些。这种故事中国向来称作“譬喻”，如先秦时代的“狐假虎威”“鹬蚌相争”，都是这一类。佛经中多有杂譬喻经，《百喻经》可以算是其中的代表。在希腊古代这只称为故事，有“洛果斯”（logos），“缪朵斯”（mythos）以及“埃诺斯”（ainos）几种说法，原意都是“说话”。第三少见，在本书中常用第一第二，别无区分。虽然后世以“缪朵斯”为神话的故事，“洛果斯”为历史的故事，当时则似“洛果斯”一语通用最广，如伊索本人即被称为“故事作者”（ionopoios），与小说家一样称法。

伊索一派的故事不被称为寓言，或是譬喻，这是很有意义的。这本来只是一种故事，说得详细一点，是动物故事。被用作譬喻来寄托教训乃是后来的事情。这种故事在各民族中间都有，他们在原始生活中与生物的接触很多，看了他们各色形状，各种习性，构成故事，好像是山洞石壁上的动物画，能够简要地抓到特点，表示出来。内容是一类的，用处却可以有各样不同，有些民族的神话差不多就是动物故事，创造宇宙，制作文明的神或英雄多是吸木鸟和老鼠，有的拿去作宗教上政治上之用，宣传教义，说服民众，这就成为譬喻，再则只当故事讲讲，口耳相传，没有多大变化，多保留着原来的性质，始终还是动物故事，是以故事为主体的。

世界上最能利用动物故事的有两个民族，第一是印度，第二是希腊。希伯来文学收集在《旧约》内，分量很不少，只在《士师记》第九章里约但说有一个故事，是很好的寓言，即本书的“树木与橄榄树”（一三三页）。可是独木不成林，算不得数。《四福音书》中有几个譬喻，那恐怕有了希腊的影响，以故事论也并不好。中国有那些“狐假虎威”等故事在《战国策》内，以后却无嗣响，便是孔子、庄子、韩非等人引用故事的手法也很少见，趋于纯粹的说理了。印度的动物故事很是丰富，利用在宗教上，举世不见其匹。菩萨的“本生故事”（Jataka）中这种分子极多，汉译经典中也随处可见，最有名的可以说是“月兔”这一件。《西域记》卷七云：“有狐，猿，兔三兽供养菩萨。兔无所得肉，舍身火中。帝释愍之，取其焦兔，置于月内，令未来众生举目瞻之，知是菩萨行慈之身。”本出《未曾有经》，流传中国，以至今日。希腊则因政治关系，动物故事乃自民间而进入市场学校，利用于政治与事理之论争，其事始于“霸王”（tyrannos）时代，自由言论殊有危险，故多以譬喻出之。情形虽不尽同，但其方法盖与战国策士相类。及共和制行，言论已可自由，而演说中用寓言的习惯继续存在，文士哲人亦提倡使用，故流行甚广。动物故事起源于民间，文人加以利用，或亦有临时创作者，随地随时本无一定，也难有作者的主名，但照例故事积聚，自然终多归着于一处一人，这事既非实，此人或有或无，亦无可考，唯由分而合总是事实，寓言的著作遂归于伊索即埃索坡斯一人的名下了。

关于伊索的事，比较可信任的只在希罗多德（Herodotus）的《史书》第二卷中有一节。他辨说妓女罗陀披斯（Rhodopis）不曾建造埃及金字塔，因为她是女诗人萨波（Sappho）的兄弟的情人，不是埃及皇后，时代也不合，他说：

“罗陀披斯生在亚玛西斯（Amasis）王的时代，是得拉开地方的人，是萨摩斯人赫拜恩妥坡利斯子雅特蒙（Iadmon）的家奴。那故事作者埃索坡斯是她同僚家奴之一。埃索坡斯也是属于雅特蒙家的这事有好些证据，其一是得耳福人遵了乩示，声明如有人对于埃索坡斯的被害要求赔偿，可以去领，末了出头来的乃是雅特蒙，即故雅特蒙的孙子，他领了赔偿金去。因此可知埃索坡斯确是雅特蒙家从前的家奴了。”我们尊重这“历史之父”的话，也只能至此为止。至于伊索为什么在得耳福被害，那就无从知道，虽然后来的传说也有说及。据说他被老雅特蒙解放，成了自由人，为吕狄亚王克洛伊索斯所信任，被派遣往得耳福，发给市民每人金四“木那”。因有争论，中止不发，市人愤怒，被投岩下而死，后发生大疫，往求乩示，命赔偿赎罪乃已。这一节话已经无征不信，后来更说他相貌丑陋，头尖，鼻塌，颈短，嘴唇突出，色黑，足弯，腹大彭亨，舌短，言语不清，那更是信口胡柴，只图形容得他奇怪，与常人不同，却是全不足信了。

希腊的寓言虽然写着伊索的名字，可是没有一篇可以指得出来确是他的作品，不但这里边分子复杂，而且纪录的年代较迟，与他本人也相差很远了。伊索生存的时代据计算当在基督前五百七十年时，比孔子要长一辈，最早的寓言集则成于基督前三百年顷，中间有二百多年的间隔，这书名为《埃索坡斯故事集成》（*Logon Aisopeion Synagogai*），是法勒隆的得墨特里俄斯（Demetrios Phalereus）所编，他是亚里斯多德的再传弟子，著过好些书，曾任雅典长官十年，晚年在亚力山大，帮助那里大图书馆的成立。原书收有故事约二百则，今已散失，但当时风行一世。在一世纪初期，有希腊人在罗马为奴者名拜特路斯（Phaedrus），后被解放，以拉丁韵文写寓言五卷，共九十七则，附录三十二则，大抵取材于此，可以说是间接留存了不少。同时有拔勃利乌斯（Babrius）以希腊韵文写寓言共百二十二则，其抄本至一八四四年始被发见。四世纪时罗马人亚微亚奴斯（Avianus）又以拉丁韵文写寓言，得四十二首。以上韵文本三种均存。寓言原本自系散文，文人或改写为诗，据柏拉图说，苏格拉底以大逆不道判处死刑，未服毒人参之前，亦曾就记忆所及，将伊索寓言翻为韵文。但奇怪的是散文原本今悉无存，后人复从韵文改写为散文，并杂采各种故事，混为一编，虽冠以伊索之名，其中多有印度亚剌伯的成分，有些是基督教的，经中古时代的编者写为希腊文，插入中间，如上文所说约但的故事是最显著的例。佛教的“本生故事”相传为迦叶佛所撰，在印度古代很是流行，基督二四一年顷流入锡兰岛，三百年之后由一锡兰使臣带至东罗马，旋即译文，名为“吕皮亚故事”（*Logoi Lybikoi*）共约一百则，末准伽陀之例，有数言指示教戒，后来寓言遂沿此习，在古时盖本无有，有时下语拙滞，或反减少效力。这样看来，希腊寓言受了印度的影响很不浅，不但是内容有些由于借用，形式上尤有迹象留存，而伊索那时的式样乃不复可见，这也是一件很可惜的事吧。

寓言中历史最古的要算本书中《莺与鹞子》（五页），这已见于前八世纪中的赫西俄多斯（Hesiodos）的诗里，其次是《鹰与狐狸》（二页），见于前七世纪中的亚耳吉洛科斯（Archilochus）诗里，又《（被箭射的）鹰》（五页），见于前六世纪中的埃斯库罗斯（Aiskhylos）的悲剧断片中。迟的便是有些基督教影响的，这自然当在四世纪中君士坦丁大帝承认基督教之后，虽然如《说马幸福的驴子》（一四一页）中云，以贫穷为满足，又《秃头的骑手》（一七九页）中云，我们是裸体而来，也是裸体而去，可能是晚期希腊诗人的思想，不一定与基督教相关，但文字有好些实例，都是《新约》以后的用语，那总是实在的。这所表现的前后时间不算不长，社会情状也有改变，可是人民的生活还是差不多一样，一样地辛苦，暗淡，不安定，因此不但故事的空气是一致，就是在后世若干年间，这些故事与教训还是为世人所理解尊重，实在是不足怪的。《伊索寓言》向来被认为启蒙用书，以为这里边故事简单有趣，教训切实有用。其实这是不对的。于儿童相宜的自是一般动物故事，并不一定要是寓言，而寓言中的教训反是累赘，所说的都是奴隶的道德，更是不足为训。现在《伊索寓言》对于我们乃是世界的古典文学遗产之动物故事，像一切民间文艺一样，经了时代的淘汰而留存下来，又在所含的教训上可以想见那时苦辛的人生的影子，也是一种很有价值的贵重的资料。

［1950 年 5 月 11 日作/集外文］

街坊上的悲喜剧

一

在小船埠头与张马桥之间，只有几家人家，即是傅澄记米店，咸亨酒店，某姓机房，屠家小店，又一家似是锡箔店老板的住宅。傅澄记在口头上只称傅通源，因为是从那里分出来的，老主人竭力声明，他是傅澄记，招牌上也明明写着，可是大家都不理他，在他们看来这似乎是多事，而且说惯了也难改。

那小主人通称小店王，年少气盛，又有点傻头傻脑的，常与街坊冲突，碰着破落大家子弟，便要被“投地保”，结果讨饶了事，拿一对红蜡烛，和一打小清音，实在只几个人乱吹一阵，算是赔礼，这样的事不止一次，有一回和咸亨的那文童打架，大家记得最是清楚。

他娶妻后几年没有儿子，乃根据不孝有三，无后为大的道理，又娶了一房小，可是从此米店就大为热闹，争夕的风潮四日两头的发生，时常逼得小店王走投无路，只要寻死。有一天他大叫要去投河，可是后门临河他并不跳，却要往禹迹寺前去，相距约有一里，适值下雨，他又穿起钉鞋，撑了雨伞，走出店门，街坊上看的人不少，都只是当作戏文看，没有人去拦阻他，直等他一面叫着投河去，在雨中走了几丈路之后，才由店里的舂米师父挽着“扭纠头”，赤着膊冒雨追上去，拉了他回来。

这个喜剧假如不真是有人看见，大抵说来不易相信，真好像是《笑林》里的故事，而且还是造得不大好的，但这实在是街坊的一个典故。不单是知道，就是看见的人也还有，可以说是一点没有虚假，就只是太简略，但存一个梗概罢了。

二

屠家小店没有字号，但他们自称是屠正泰，大概从前曾经开过这么一个店，所以名号还保存着。现在的却是牌号什么都没有，只是临街一间店面，也没有柜台，当街一个木栅栏，直角放着钱柜，也算是曲尺形。檐下横放铺板，陈列十几堆炒豆、炒花生之类，每堆一文钱，一个长方木盒，上盖玻璃，中分数格，放着圆眼糖、粽子糖、茄脯、梅饼，也是一文一个，往大路口糖色店去贩来是六文十个吧，可是那路总有十里以上。里边存放着多少松毛柴和小塘柴，这小店的货色便尽于此了。

店里的主人是个老太婆，名叫宝林太娘，娘家在山里，那些柴便是由他的兄弟随时送来的，两个儿子都在外路学生意，身边只留下一个女儿，近地小孩们去买豆和糖，和她很稔熟，称之曰宝姊姊。老太婆照例念佛宿山，这位宝林太娘却更是热心，每年夏天发起宣卷，在本坊捐一点钱，在她小店的对过搭起台来，高宣宝卷。

宝姑娘每日坐在小店里砑纸，可是听熟了宝卷，看惯了台门里人的斯文生活，影响了她的人生观，造成小小的悲剧。她从小许给山里的远亲，婚嫁愆期，男家便来抢亲，她从后楼窗爬出，想逃进东邻的楼里去，失足落水，河里恰泊着男家的船，被捞起来载了去了。她终于不屈，末下提出条件，要新郎不骂娘杀，不赤脚，才可成婚，男人是种田的，实在办不到，结果只好退还聘礼解约。她回到家里以后，常在楼上，店头就少看见，不久病死了，在乡下说是女儿痨，大概只是肺病吧，这时期与孔乙己之归道山当相去不远。这种事在乡下常有，是一个小悲剧罢了，但是这事情却也是很可悲的。

［1950 年 5 月 13—14 日《亦报》/《饭后随笔》］

夜读的境界

我与烟酒不知怎的没有缘分，至今没有吃上。我这里说缘分，是用的很有道理的，从前我着实用力的学过，可是终于没有学会，酒也是一样的学不会，但不会也还是要吃，只是一吃就醉罢了，烟则简直一口都不能吸，除了没有缘以外想不出别的解说了。大概在庚子那时候，我同兄弟论年龄是犯禁的，却大学其吃香烟，把品海、强盗、孔雀各牌的烟烧了若干盒，又用斑竹短烟管吃旱烟白奇之类，结果是兄弟毕了业，手里一直放不下香烟，我乃是材力不及，成绩一点也没得，现在闻见烟气不能说臭，却也一点都不觉得香，即此可以证明我与香烟之无缘了。

照道理来说，五十年中不吃烟，节省下来这一笔烟钱实在不小，不过那也不曾看见，自己所觉得的一种好处乃是夜里足睡，换句话说就是不喜“落夜”或云熬夜。我不知道是白天好还是黑夜好，据有些诗人说是夜里交关有趣，夜深人静，灯明茶热，读书作文，进步迅速，我想那一定是真的，可是这时还有上好香烟，一支又一支的抽着，这才文思勃发，逸兴遄飞，我缺了这个，所以无法学样，刚坐到二更便要瞌睡起来了。从前无论舌耕或是笔耕的时代，什么事只在白天扰攘中搞了，到了晚饭之后就只打算睡觉，枕上翻看旧书，多也不过一册，等到亥子之交，夜读正入佳境的时候，已经困足了一大觉，仔细想起来，这实在也可以说是不吃烟的人的一个损失，因为诗人所说的境界的确是很可歆羡的。

［1950 年 5 月 17 日《亦报》/《饭后随笔》］

李越缦与胡适之

白严先生述鲁迅批评《越缦堂日记》的话，第三点是老早印给人家看，行云先生加以订正，说此书由蔡孑民主持，张岱杉垫款，于民国初年出版，非李生前所印，这是对的。至于鲁迅的话稍有传讹，因为原来是说越缦写日记时就预备付印的，这虽然是诛心之论，未免苛刻一点，但李生前的确常将日记借给人看，很有藏之名山的神气，说得不为无因。

其实这话表面上虽说越缦，实际却在挖苦别的名流，特别是胡适之博士，那时《藏晖室札记》未出版，已很有这种空气，他的新日记也时常借给人看去的。对于《越缦堂日记》即使不能说有好感，他原是很注意的，清末《绍兴公报》上每天附印一版，连载乡贤遗著，其第三种即是日记，乃是选抄的，自宣统二年（一九一〇年）九月至三年三月，一共百八十页，都裁下来订存，到后来报馆的《越中文献辑存》书出来，这才换了过来。时代与学问本不相同，因为是故乡文献的关系，所以相当重视的吧。

那五十一册石印的日记，据蔡君所写缘起里说，民国九年的冬天才决定付印，总数五百部，以后并没有再版，行云先生说后来商务印书馆又曾借印一次，那是另一回事，只有一套书，名为《越缦堂日记补》，即是缘起中所说的自甲寅至壬戌的这一部分，虽名为补，实在乃是前编，因为那大部日记是从癸亥年起首的，当作文史资料看，这书也可以有点价值，不过依照我个人的意见，觉得还是叶菊裳的《缘督庐日记抄》更是有意思。

［1950 年 5 月 17 日《亦报》/《饭后随笔》］

改地名

民国以后，北京警察厅忽然大改其街道名称，有的改得不无道理，有的却并非必要，反而弄得糊涂了。有如鬼门关之改为贵门关，臭皮（或云更不雅驯）胡同之改为受璧胡同，狗尾巴胡同之改为高义伯胡同，还勉强可以说得过去，虽然狗尾巴摇身一变而为高义可风的伯爵，也来得有点鹘突，不过总比黄土坑之改为皇①圜冈，张皇亲胡同之改为尚勤胡同好得多了。黄土坑之改得不对，因为黄土本不必忌讳，又把三画的土字变成了十四画的圜字，真可谓点金成铁。至张皇亲乃是明末天启皇后的父亲，并不是什么坏人，不知怎么的改作尚勤二字，声音全不相近，要问路的时候十九是没有人知道，还须说张皇亲胡同才好。正如东安市场西边，住过严又陵、刘半农的大阮府胡同，至今本地人还是叫作大元宝胡同的。故宫博物院长马叔平，住过东城万宝盖胡同与小雅宝胡同，这名称倒也属于应改之类，而且改得不很走样，因为后者是小哑巴，而前者乃是王八盖儿也。

从北京一脚跳到台湾，看见报上常有基隆与高雄字样，这也是改过的地名。基隆原是鸡笼，高雄乃是打狗，可见是日本人所改的，因为高雄照日本读为他卡阿，与打狗相似，若用中国音读之，便近于狗熊了。国民党占据台湾，好像是仍叫作高雄，这与北平、辽宁那种胜利者的态度虽是不同，但也总是一种可笑的事吧。

［1950 年 5 月 22 日《亦报》/《饭后随笔》］

【锺校】

① “皇”原作“黄”。

关于水乌他

齐甘乡兄在牛奶店吃了水乌他，却说："一吃，原来是牛油，怎末会叫水乌他的呢？不知道。"我是略为有点知道，虽然不曾吃过这种外国点心。敦崇所著《燕京岁时记》里十月项下有一个题目是"水乌他，奶乌他"，其文曰：

水乌他以酥酪合糖为之，于天气极寒时乘夜造出，洁白如霜，食之口中有如嚼雪，真北方之奇味也。其制有梅花方胜诸式，以匣盛之。奶乌他大致相同，而其味稍逊。

乌他是满洲语，据《满和辞典》里说，这是将枸杞子汁与牛乳白糖混和，用干酪凝结而成的一种点心，所以应该与黄油是差不多的东西，至于现今北京是否还用枸杞，那我可不知道，只是书上那么说而已。

乌他是说明了，其水与奶二者的区别却仍是未详，最简单的方法还是由齐公再去吃一回奶乌他，那就可以比较出来了。《燕京岁时记》是木板的一小册书，原板尚存，大概旧书店里不难找到，齐公大可去弄一本来看。假如没有，则李家瑞编的《北平风俗类征》亦可，是前中央研究院历史语言研究所专刊之一，大本二册，原定价要四元，商务印书馆如尚有，不知要卖几千倍了。这里分十三门类，辑录成书，照道理讲是该便于检阅的，可是有这几个缺点，一没有索引，以至①细目，二排列杂乱，年代不明，三大册长行，翻看不便，如用对截小册子，其实也只

【锺校】

①"至"原作"致"。

要四至六册就行了。至于疏漏亦所不免，即如上述《燕京岁时记》的一条，那里也有，却写作《天咫偶闻》，这种笔误偶尔发见，或者还不会很多吧。

［1950 年 5 月 25 日《亦报》/《饭后随笔》］

守宫砂

守宫砂这一个名词，由我看去仿佛是仙人所吃的龙肝凤脯一样的东西，在人间是没有的，但是书中时时看见，就是现代也恐怕还会有人相信，即使现今不见，从前必定有过。《儿女英雄传》中说十三妹结婚的地方，似乎曾经说到，其实十三妹在能仁寺的事迹虽然奇异，比起来还可以说得过去，而此则属于不可能的事。关于守宫砂的话，从正经书上去找，有《汉书·东方朔传》的颜师古注云：

> 守宫，虫名也，术家云，以器养之，食以丹砂，满七斤，捣治万杵，以点女子体，终身不灭，若有房室之事则灭矣，言可以防闲淫逸，故谓之守宫。

这里守宫砂的制法看来实不容易，第一是用丹砂饲他，他不要吃，丹砂是矿物，研了粉人吃也要用水送，守宫怎么吞得下去。第二要养到重七斤，守宫大抵最初只重二十公分吧，七斤是三公斤半，计一百七十五倍，要有大肥鸭的那么大，这即使不用丹砂而用守宫所爱吃的苍蝇蚊子饲他，也未必做得到。只就这两点看来，守宫砂就没有制成的可能，无论读书人怎么遐想，希望有神秘的方剂，结果还是做不成，这真是可惋惜的事吧。我想聪明的还是那术家，有如戏法书上的药剂中间加上一味啄木鸟舌头，或是穿山甲的油，叫人难以试验。用丹砂饲到满七斤，实在要比这些更难，因为啄木鸟到底还有舌头，穿山甲也总是有油的呀。

［1950 年 5 月 28 日《亦报》/《饭后随笔》］

冯汉叔

北京大学老教授中间有一位冯汉叔，因为是理科方面的，所以不大有人知道他，却是一个畸人，与学校也是很有关系的。他在宣统年间与鲁迅、许寿裳等同在浙江两级教书，后来转入北大，直到病死为止。他的数学很好，喜欢下棋和喝酒，看他的样子从早到晚都是醉醺醺的，说起话来也多是胡里胡涂，似乎不大清醒。

民十左右，鲁迅在路上遇见他，平常也只是招呼一声算了，这一回他乱招手，一定要停车下来，鲁迅不知道他有什么话说，也只得停住，却见他从皮包里取出二十元钞票来，问是什么，答说前天输给你的，说你并没有输钱给我，他这才恍然道，不是你么，乃各别去。民十五六他在东北大学教书，待遇很好，十七年奉军退出关，他就回到北京来，有旧同事在公园看见他，问他今年回北大么，答说不，又问去师大么，上别处么，都说不，那么预备怎样呢？他正正经经的回答道，我预备喝酒。其实他积蓄下来的几千块钱也禁不起怎么喝，所以不久他仍来到北大师大教书了。

可是大家尽管笑他酒糊涂，这也只限于学校的外边，若是一脚踏上了讲台，即使他还是那么醉醺醺的，对于数学上的任何问题都能讲得清做得出，学生无不觉得奇怪。冯汉叔也是很有血性的人，他对于学校颇忠心，很尽些力，但是这事情知道的人就不多了。

［1950 年 6 月 4 日《亦报》/《饭后随笔》］

器字车

说到冯汉叔，就记起北京从前的人力车来。这里叫作洋车，是东洋车的简称吧。民国初年在北京汽车还是绝无仅有，马车要算顶阔了，每小时五角，四小时起算，不大坐得起，骡车可以坐，却怕碰得头痛，剩下来的只有洋车，是适中的乘物。蹩脚的只是铁轮，稍好的用橡皮条，上等的才有内外带的橡皮轮，别的装饰也特别讲究，最明显的是那车灯，因为这在夜间最是看得出，平常的车点一盏灯，有的两盏，有的再加两盏在扶手的旁边，共有四盏，这是最为阔气的一种了，有人给他起个别名，叫做器字车，两盏的是哭字车，一盏的则为吠字车，虽然把坐客比犬，有点儿不敬，但是没有办法，除此之外，再也没有三个字可以恰巧的用得上，所谓操刀必割是也。

器字车上照例靠背处另加一个厚实的方垫，尖角朝上的装着，实是多馀的东西，更显得这有点奇装异服的意味，一般人都不喜欢坐，大抵只有上八大胡同去才相宜吧。当时坐这器字车的有一个是冯汉叔，看他那种醉醺醺的不修边幅的样子，坐在明晃晃的四盏电石灯中间，招摇过市，禁不住要笑出来，大概在张勋复辟前后可以见到这个情景，那时他也是常往前门外去的。

转眼三十年，汉叔早归道山，八大胡同已经肃清，人力车也自归淘汰，不再看得见了，这转变总是好的，虽然汉叔死得可惜，但是论年龄总也过了古稀，这也是当然的事了。

［1950 年 6 月 5 日《亦报》/《饭后随笔》］

六三的回忆

民国八年四月，我在学校告了两个月假，回乡去了一趟，所以五四那时候不在北京，情形我不知道。六月三日是在北京了，那一天下午我们在北大第一院的教职员联合会的一间屋里，听说中小学生出来游行援助，沿路讲演，被军警抓住，陆续送至北大第三院，监禁在那里，刘半农、陈百年、王星拱和我四个人一同前去，自称系北大教员代表，慰问被捕学生，结局自然是被拒绝，只在门前站着看了一会儿。三院前面南北两路断绝交通，隔着水沟的东边空地上聚集了许多看热闹的，男女老幼都有，学生随时被军警押着送来，有的只是十三四岁的初中学生，走到门口，在门楼上的有些学生，便拍手高呼欢迎他，那看热闹的也拍手相应，有的老太婆在擦眼泪，她眼看像她孙儿那么大的小学生被送进牢门（虽然这原是译学馆的门）里不见了，她怎能不心酸呢。反动政府对于革命运动的无理的镇压，不但给予革命者，也给予一般民众以最好的训练，使得他们了解并同情于革命，往往比那运动本身更有效力。那天傍晚我回寓所去，走到前门内，正遇着大队警察包围一群学生不让前进，我们想挤过去，马队便冲来赶散行人，有一个老人忽然大怒，说我们平民为什么路都不能走，要奔去和马队拼命，好容易由旁人劝止，这一件小事也就可以证明，和平的小市民怎的被激动而发生反政府的感情，这全由于北洋政府自己的行动，并不单是学生的讲演所能造成的。

［1950年6月7日《亦报》/《饭后随笔》］

没有题目的文章

从前考秀才，五更天进场，只带笔墨吃食，关上一整天，要做出两篇八股文，外加赋得五言六韵，在点灯以前必须完成，应试文章无论老小大抵都能做到，虽然考不考得上那是别一问题。书房里做策论，那更是容易得多了，不但时间宽裕，也可以翻书，《东莱博议》与《三苏策论》并不禁夹带，假如领到管仲论或关于汉高祖的事情的题目，小半天准可交卷，而且还有工夫给同学枪①替一两篇，写得反正奇偶全不一样。想起来这全是有题目的好处，好像不会游水的人抓住了一个橡皮圈或是一根棒，便好着力，用两只脚乱蹬，若是空手，不懂游泳就会得沉下去，那可不是耍的了。

我近来很深切的感到，因为写小文章，往往抓不到题目，很是狼狈，觉得今天有空，想来写他三两篇，结果是吃茶吃饭反复两次，看看日色沉西，还是一张白纸，心里暗暗着急，难道真是连文童也不如，一日里一篇也写不出么？可是事实如此，没法争辩，所不同的是我没有题目，并不是有题目而写不成文章。我真佩服古人善能写没有题目的文章，他们是先有了文章而后才加题目的，如《诗经》里的“氓之蚩蚩”，古诗的《孔雀东南飞》，《庄子》有了“秋水时至”而云《秋水》，“马蹄可以践②霜雪”而云《马蹄》，都是很好的例。但是要那么办实在太不容易，能力不及，是一个原因。现在想起来，若干年前教过女学生作文不给题目，要她们自己随意去写，这也确是一种有点损阴骘的虐政了。

［1950年6月8日《亦报》/《饭后随笔》］

【锺校】

①“枪”原作“抢”。

②“践”原作“踏”。

诗里的市声

前清宗室文昭是王渔洋的诗学弟子，有《紫幢轩集》，卷帙甚多，我只见到残本两册，计四卷。他的诗好坏如何我不很懂得，但是有一件事觉得很有趣味，就是诗中时常说及街上卖东西的事。如《暖屋》云，“后巷黄昏人卖炭”。《立冬夜作》云，“听卖街前辣菜声”。《闻卖豆声》云，“独轮车上小灯悬”，则并写其形状。《冬街夜归》云，“素纸周糊芦菔担，过街似点上元灯”，亦是此一类。《里门望雨》云，“马乳蒲桃马牙枣，一声听卖上街初”。《年夜》云，“漏深车马各还家，通夜沿街卖瓜子”。《枕柝轩瞑坐》云，“市声只隔寒烟外”。以上所举，皆市声也。有一诗题云，《枕柝轩中自巳至酉，书卷开阖，悉以市声为准，戏成一首》，中有句云，“小柝重过晚市油”。案敲梆卖油到后来还是如此，用入诗中不知此外尚有何人，但至少渔洋总不肯用，即此可知其胜过老师了。又《连夕不饮》诗中有一联云，“柝喧街下夜，火响炕封煤”。此是打更的梆声，但总之似乎都喜欢听，故以枕柝名轩，若封火细事，却亦是北方生活的一点滴，如今炕不生火，煤炉子封火是日常所有的，亏得他收拾来放到诗里去。

清末闲园菊农著《一岁货声》一卷，列记一年中各物叫卖的声音，如实的记录词句，并标示音调长短，是民俗研究上很有价值的书，只可惜展转抄写，不免多有错误。此人亦是旗人，通称蔡绳格，盖是后来冠姓，他的原名，却是不知道了。

［1950 年 6 月 10 日《亦报》/《饭后随笔》］

胡韵仙

鲁迅在《朝华夕拾》中说他最初在南京进了雷电学堂，即是江南水师学堂，总觉得不大合适，可是无法形容出这不合适来。“现在是发见了大致相近的字眼了，乌烟瘴气，庶几乎其可也。”翻着旧日记，碰着好几条记事，都可以作为乌烟瘴气的实例。其一是壬寅正月廿八日：

下午挂牌革除驾驶班学生一名陈保康，因文字中有老师二字，意存讥刺云云。

其二是同年七月廿八日：

下午发赡银，闻驾驶班吴生扣赡，并截止春间所加银一两，以穿响鞋故，甚奇。

响鞋下小注云：

上海红皮底圆头鞋，行走有声，故名，亦称一片瓦鞋。

癸卯四月廿八日（适值都是廿八），星期日：

晨起方准备往城南，忽江尚祜君匆遽来白，云韵仙因昨作《颖考叔茅焦论》，痛骂那拉氏，驾驶监督责之，事大决裂，了亟驰往，韵仙已退回宿舍，收拾衣装，有退学之势，总办声言将禀制台，至晚此事件始有了结之势。

五月的日记中缺，但韵仙终以此离校，考入陆师学堂，在他以前有赵声（伯先）、杨曾诰、秦毓鎏诸人，均曾来往过一时，以乌烟瘴气故，先后走出，韵仙（胡鼎）忍耐不去，末了亦被迫出堂，不过因了骂西太后，事由比文中用老师二字更为重大，若与吴君之穿响鞋自更不可同日而语了。

［1950年6月13日《亦报》/集外文］

有水无鱼

徐仲可所著《可言》中有一则云：

绍兴今为鱼稻之乡，而宋时少鱼。庄季裕《鸡肋①编》，越州在鉴湖之中，绕以秦望等山，而鱼薪难得。谚云，有山无木，有水无鱼，有人无义。里俗颇以为讳，言及无鱼，则怒而欲争矣。

说宋时绍兴无鱼，这话很不可靠，我们不引《嘉泰会稽志》里说水产的话，只问以前的鱼哪里去了，以后的又是哪里来的，因为在宋朝前后似乎鱼并不缺少，我想谚语只是如天上九头鸟等，用以骂人，本来是陪衬的话，并不一定确实，所以我觉得说无鱼还是应该争，无木可争可不争，中国多童②山，虽可砍柴而不出木材，若说到无义则可不必争，争了反而寒伧。大抵人与人相处不可太远也不可太近，远了不相了解，以为青眼睛红头发觉得可怕，近了接触频繁，看出有些难对付的地方，更是讨厌，于是谚语便起来了。

绍兴人大半胆小怕吃苦，孵在乡里嚼晚米饭吃乌烟，却有一部分渡过钱塘江，到处乱窜，当幕友，做书办，开店挑担，佣工抬轿，什么生意都做，有麻鸟豆腐绍兴人之谣，以为此三者遍天下皆有，妄自夸大，其被人所讨厌也亦宜。还有一层，庄季裕是南宋时人，首都在临安，那时从江东边过去的人一定不少，杭州与汴州的人同样的感觉到不舒服，这是很可了解的，嘲骂讥刺乃不可免，我怕至今有许多人

【锺校】

① “肋”原作“肪”。

② “童”字原阙。

还是同意庄公的吧。我尝想越王勾践时范少伯那样人可是算是无义了。这是他自己说的，这种人煞是可怕，也可佩服，却是难得有第二个了。

［1950年6月13日《亦报》/《饭后随笔》］

三顿饭

南方人见人打招呼，问吃过饭不，说者谓都是饿鬼转世。乡间饭时有客来，主人主妇必以筷指其饭碗曰，我里吃饭，我读额挨切，意云我们，我里者我们这里也。客人照例曰，请请，则寒暄已毕，可以开始谈话了。乡下还有一点很特别的事，便是每天必吃三顿饭，每顿饭必现煮，可以说对于饭真是热心。因为早上吃饭，须得买菜做菜，菜市很早，去买的也非早不可，城内早市匆忙的情形为别处所少见，隔了一条江的杭州便不如此，那里早晨吃水泡饭，午前上街去买菜是很从容的。

不过这三顿也只重在饭而已，至于下饭那并不着重，虽然比北方要好一点，因为鱼虾常有，不论贫富都吃得着。煮饭用灶，多烧稻草，只此一锅，平常的菜都蒸熯在上边，高的锅盖之下总可以放三层饭架，三四十二，便有十二碗，竟是一大桌了。茭白架子放在饭里，虾米白鲞汤，盐渍鲜鱼，打鸭子即溜黄菜，勒鲞加肉饼，搁在饭架上，等饭熟时这也好了，平常已经可以请客吃便饭，若再添炒鸡子和盐烤虾，那才去生起小风炉来另做。汪龙庄在湖南做知县，竭力提倡过这种煮饭法，关于灶和锅，在他所著《善俗书》里说的很详细。这蒸菜的办法，有一缺点，就是安排不容易，假如一碗腌菜一倾侧，饭里便全有了气味，虽然上灶的人对于叠饭架甚有经验，这种失败还是常会有的。

［1950 年 6 月 14 日《亦报》/《饭后随笔》］

饼斋的名号

饼斋于民国二十八年一月去世，于今已是十二个年头了。因为他讲经学是受崔觯甫的影响，属于今文家这一派，以卖饼家自居，故别号饼斋，不知其始于何时，我曾看见有朱文方印曰饼斋钱夏，大约这名称也总已不是很新的吧。在最后的一年里，我记得他曾说过，找出好些关于饼的文章，想请朋友们各人分写一篇，集作一册以为纪念。他分派给我的是束皙的《饼赋》，说这做的颇有风趣，写起来还不沉闷。在他的计划后边藏着一种悲凉的意思，就是觉得自己渐就衰老，人生聚散不常，所以想要收集一点旧友手迹，稍留过去的梦痕。虽然那时情形已不大好，新小川町民报社，头发巷浙江教育司，马神庙北大卯字号旧人几乎都已散尽，留存的已经没有几个人了。我当时也感觉到他的这个意思，可是不曾料到那么急迫，从严铁桥的《全晋文》中找出《饼赋》来看了一遍之后，未及问他要规定的纸来，着手抄写，在这迁延犹豫之中饼斋遽尔溘逝，以后想起《饼赋》，便觉得像是欠着一笔债，如古人那样或者可以补写一本焚化以了心愿，现在却也不必这样做了。但因此想到饼斋这别号大概是他所最喜欢的一个，恰好也顶能表示他的性格，谨严峻烈，平易诙谐，都集在一起，疑古还只是其一端而已，在无须特别称名的时候，用他这个别号可以说是最为适当吧。

饼斋的名字很多，恐怕连他自己也记不完全，现在只就我所知道的来记述一点吧。他最初的书名是师黄，大概因为太老爷是喜欢黄山谷的缘故，字曰德潜，不知是何取义，与那《古诗源》的选者总未必有关，他自己也说不出理由来，可是流传得最久远，直到晚年有些老友还是这样叫他的。光绪十九年在他六岁的时候，他的在常熟的伯母死了，那边不知道他的名字，依照他的老兄名恂的例，给他起名曰怡，在讣文上遂刻曰功服夫侄怡拉泪稽首。这当初他不承认，后来往日本留学，便利用这钱怡二字，另“取光复派之号汉一”，及从章太炎求学，乃知古人名字相应，又由汉一而想到“夏”字，但那时汉一的号终于不通行。德潜之外又称中季，大抵通用于民国初年，至《新青年》时代则已改成名号合一的玄同了。随后有一时期自称疑古玄同，仿佛是改姓为疑古，又似乎是别号，由疑古二字之音又衍变为逸谷怡谷，二十七年冬天曾刻怡谷老人一印，其来信有云，怡之名既为我所不喜，而又不能不算是我，故今即用怡谷老人四字，以对付不相干之人来叫我写字时之用。此印乃是假象牙的，东安市场所刻，工资只有一角五分。不知道有谁得到过盖有此印的怡谷老人的法书，但是刻此印后才两个月，他就归了道山，或者这最后的印一次都不曾用也未可知。

［1950 年 6 月 15 日《亦报》/《饭后随笔》］

爱窝窝

小时候最爱吃麻餈，这是纯糯米的糍巴，中裹豆沙或芝麻糖馅，但是北方没有，只有爱窝窝稍为相像。《燕都小食品杂咏①》云：

白粘江米入蒸锅，什锦馅儿面粉搓，
浑似汤团不待煮，清真唤作爱窝窝。

注云，爱窝窝，回人所售食品之一，以蒸透极烂之江米，待冷，裹以各色之馅，用面粉团成圆球，大小不一。我们常见的都是小而扁的一种，若加倍的大，便近于炙糕担上的麻餈了。

爱窝窝的名义不甚可解，或写作艾，可是里边并没有艾之类，也不见得对。李光庭著《乡言解颐》中载刘宽夫《日下七事诗》，末章中说及爱窝窝，小注云：

窝窝以糯米粉为之，状如元宵粉荔，中有糖馅，蒸熟外糁薄粉，上作一凹，故名窝窝。田间所食则用杂粮面为之，大或至斤许，其下一窝如臼②而覆之。茶馆所制甚小，曰爱窝窝，相传明世宫中有嗜之者，因名御爱窝窝，今但曰爱而已。

这里说爱窝窝名称的来源颇为近理，虽然查刘若愚的《酌中志》，在“饮食好尚纪略”一篇中不曾说及。普通玉米面的窝窝头其大如拳，清末也因宫中要吃，精制小颗，高才及寸许，北海仿膳茶社出售，一碟七八个，价比蟹黄包子矣，古今事亦正是无独有偶也。

爱窝窝做法，以《小食品杂咏》注所说为可靠，倘如《乡言解颐》

【锺校】

① “杂咏”原作“咏杂”。
② “臼”原作“旧”。

的话，则是煮元宵捞起来外拌米粉，事实上是做不成的，《杂咏》云浑似汤团不待煮，说得不错，虽然据我看来还不如说小麻酱更得要领，就只可惜不吃过麻酱的人也不能了然耳。

［1950 年 6 月 16 日《亦报》/《饭后随笔》］

二云居士

人家单读饼斋的文章，特别是关于吃人的礼教，以及桐城谬种，选学妖孽的，觉得很是激烈，及至看见饼斋的人又极是和善，很喜欢说笑，可是在这之间还可感到有严峻的地方存在。

简单的说，大抵他所最嫌恶的是假。在处世接物上边固然人也不能不有一分假，以求相安无事（这也是他的议论），若是超过了这限度，戴了假面具于道德、文字、思想方面鬼鬼祟祟的行动，以损人而利己，他便看了不能忍耐，要不客气的加以一喝。他同那班凭借军阀势力的旧派文士争斗，也并不胆怯，可是他有所怕的几个人，多少是自己这边的，专讲考据骈文，好用无赖口吻谩骂人的，这种人他无法应付，只好避开了事。其中之一是章太炎门下的黄季刚，其二是刘申叔门下的刘叔雅。

黄在五四以后差不多是绝交了，刘是陈独秀的同乡，在《新青年》上也登过文章，可是那张嘴很龌龊，许多人都有点怕他。饼斋自述过一件受窘的事，有一天他在一家西餐馆午餐，因为怕血压增高，要了一份素的，正要吃时却见有人对他招呼，一看乃是狸豆乌（刘叔雅的变名），心里吃惊，看他正在付钱，希望他随即出去了，岂知他付过钱踱了过来，在桌子对面坐下，嘴边照例粘着一支香烟，开始唠叨批评，为什么同样花了钱要吃素的西餐，直等他吃完了一同走出来。这是一件小事，却可以见狸豆乌作风之一斑。刘喜吃肉，又抽大烟，抗战时随清华大学在昆明，朋友们替他高兴，送他一个“二云居士”的徽号，云腿、云土犹鱼与熊掌，二者得兼，运气比邵晋涵好得多了。

［1950 年 6 月 18 日《亦报》/《饭后随笔》］

打狗之道

假如你遇着狗对你叫，最好的方法是对他作一个揖，他就会走了。这句话我只听见人说，不知道书上有没有过，但我相信当是古已有之的。西洋古代的荷马史诗是中国周召共和时代的作品，里边说到英雄阿迭修斯回乡，遇见牧场的狗叫着奔来，他很狡狯的蹲到地上，放下手里的行杖①。亚里士多德与普利尼乌斯都说，狗不攻击蹲着的人。为什么呢？亚里士多德说的很妙，他说对于卑屈的人怒气自息，狗也不能咬蹲坐的人。这样说来，也正可以表明作揖之有效，就只是把狗看得太高了，大概于事实未必能相合。有些人解释，以为狗怕人屈下身子去捡②石头，因为狗对于人家的扔石头总是不大欢迎的，我听人讲作揖的理由就是如此说，事实上在阿迭修斯的时候也是由牧人赶出来，用石头把狗轰走才给他解了围的。但是又有人说，狗所怕的不是捡石头，乃是因为伏下去，像是动物预备争斗的样子，说不一定一下子就扑过去，所以那边也不得不踌躕了。或云，直立的人忽然蹲倒，狗的意识因情景的变换而移转，愤怒减退，成为惊异，这也是很可能的事。

我想这些说法都有可取，不妨择一作为说明，不过那对付的方法，不论蹲下或是作揖，我总觉得不见得好，我们只要看乡村的讨饭的，他们与狗要算顶有经验的了，他们大抵带着一根打狗棒，可见除此以外没有好的办法，这可以说是事实的证明吧。

［1950 年 6 月 19 日《亦报》/《饭后随笔》］

【锺校】

① “杖”原作“枚”。
② “捡”原作“检”，下同。

人与虫

雪窗近来看到西儒的讲人与虫、本能与理性的一篇论文，其中有云，虫的行动有时比人更合理，唯其并不讲理，故更合理。他在信里抄来给我看，说亦妙语也，我也觉得确是名言。人与虫的样子的确差得很多，一个人连手带脚只得四只，标准的昆虫就有六只，若说其休吴公更要多出几倍，尤其是那好多对的复眼，不知看出来这世界是何形状，叫人无从设想。可是其生活的根本条件，却是与人并没有多少差异的。个人与种族的生存是两大主干，世尊知道这个症结，想要用涅槃来求解决，可是没有用，后来和尚们也娶妻吃肉，他们自己又由讲理而复归于合理了。但讲理而讲得不通，以至行动不合理，将为动物所笑的，在人间也并不少，如中外过去历史上的宗教战争，神圣裁判，文字狱，三纲主义，卖淫制度等，都是人所独有的坏事。

从前我问过爱罗先珂，俄国新旧教派互相嫉视以至残害，其不同之点何在。他是无神论者，所以也不很明白，说只知圣书译本新旧不同，又画十字时一派用三个手指，一派只用两个，至于那一派是两个手指的，他记不清楚了。我说，这有什么关系，值得那么的闹，他笑说道，我也是这样想。这正是很好的例，讲些不必要的理，结局反是不合理，宗教礼教便多是这一类的东西，须得从他解放出来，这才可以简单正当的生活。虽然人类并不一定是万物之灵，但如有比虫更不合理的行为，总是可以惭愧的。

［1950 年 6 月 27 日《亦报》/《饭后随笔》］

书家的故事

陶心云以举人隐居绕门山，就石宕遗址修堤造屋，称之曰东湖，残山剩水，似别有天地，而逼仄险怪，只可偶游，光绪甲辰秋曾寄住两月，每到傍晚便觉得很是阴森，不宜于久居。湖上建筑凡有匾额楹联，题记揭示，皆出自陶的手笔，这些当然是用心写的，但看得多了也是单调，我只记得住过的屋后临河的门上有联曰，临渊无羡，大德曰生（因为东湖是放生池），我还觉得可喜。

那时陶濬宣的名气在东南的确不小，有许多店铺的招牌，书籍的题签，都是他的魏碑字，可是也有些人不佩服，说他写字关了门不让人看见，所以是描出来的，又说是从梁上挂一条绳子缚在右膊所写，这是张照窥探他舅父写字的传说，自然不会是事实，但是陶的隶书不免平板或粗犷，那也是真的。

民国初年沈桐生在绍兴卖字，门前立大纛，题曰民国大书家某人，闻其写字时用力极大，每写一笔，辄哼一声，以脚顿地，传以为笑，但这却是事实，因为有人看见过。雍正中张在辛著《隶法琐言》，述及学书于郑谷口的事，说郑教他写字的方法，取笔搦管作御敌之状，半日一画，每成一字，必气喘数刻云。谷口写出来的字，的确飞跃跳动，远胜陶心云，不必说那笨重如沈桐生的了，但是要那么样吃力的写，我们听了也觉得骇然，自然更不会发心做他的徒弟去了。

［1950 年 6 月 29 日《亦报》/《饭后随笔》］

卢冀野

吴瞿安前后在北京大学中央大学掌教，专讲词曲之学，桃李遍南北，最有名的是任二北与卢冀野，任编有《散曲丛刊》，卢有《饮虹簃丛书》，都是在学问上有价值的书。词曲虽曾稍涉猎，究竟专门之学懂不得多少，去年在上海承友人借予卢君所编的《南京文献》，共二十四册，集刊古今人著作与南京有关者，虽有志书文集篇幅稍长，但也有好些佳作，觉得很是可喜。南京老辈中我最佩服陈伯雨，清季以来集刊地方文献的不少，陈君则自有撰述，其《金陵琐志五种》，我最喜欢，又如《养和轩随笔》等意见明达，尤为难得，今见卢君近业，不仅抱残守缺而止，亦将继可园老人之后有所述作，这是很好的事情。

卢君曾由中华书局出版一册《清都散客二种》，系明赵南星所著，赵以攻魏忠贤得罪，殁谥忠毅，是东林中的健者，这两种乐府与《笑赞》，乃是小令套数与笑话，耍弄打诨，与市井无殊，立身谨重，文章放荡，是真正的正人君子，普通道学家外强中干，故可知是伪也。原本断缺漫漶，翻印时无从校补，几乎每节都有缺字，意义不能连贯，读之闷损。偶见一本虽亦模糊而尚多可辨认，因借校一过，乐府只缺半字，《笑赞》本文缺一字，赞语缺一行十三字而已。今春卢君来北京，忽然过访，谈及此书，再版殆不可能，唯乐府有付刻之意，因以校本赠之，红粉赠与美人，宝剑赠与武士，都是快心的事，一卷抄稿不足以拟宝剑，比于红粉其或庶几乎。

［1950 年 7 月 3 日《亦报》/《饭后随笔》］

上学堂

尤西堂记俞君宣临殁时语所亲曰，吾死无所苦，所苦此去重抱书包上学堂耳。俞君宣盖是滑稽之雄，临死尚说笑话。他未必真是相信轮回，一定去投胎做男儿，因为如相信轮回之说了，那说不定要变猪或虾米去还债，岂能这样乐观。他这么说，大概也只是不曾忘记小时候书房里的事情，所以说起来的吧。

中国旧时的学堂的确是一个小型牢狱，竹木枝条用以抽打的，原是古已有之，雅言就是夏楚，紫檀或别的硬木的戒方不知始于何时，厚薄两块成为一套，薄的打手心，厚的等于后来的教鞭，老师始终放在手边，每逢学生背书中途停顿的时候，照例嘣的一声落在头角上，意思是在震动脑筋，让他灵活一点起来，不算在体罚之内的吧。

学生从早关到夜，一直在管营兼节级的塾师支配下，可是到晚上总是放学了。最是要不得的是家塾，日夜都管得紧，使得学生毫无人生的乐趣，结果是弱者成了呆虫，强者歪曲别扭，变成顽梗不懂情理的人，于家庭社会上都无好的影响。中国许多大家不能久持，怕的有些原因于此，后代多是这样做坏了，归于自然淘汰。一般庙头馆，没有那么法西斯化，还替国家教些人识字，会得九九算法，至少是可告无罪的。

学校代兴以后，那些大的小的书房流弊逐渐消除了，提起俞君宣的话来，学生们将不能完全了解，这是很好的事，希望中国从前的有些话就这样的忘记了。

［1950 年 7 月 22 日《亦报》/《饭后随笔》］

乾隆的恶诗

皇帝究竟还只是一个人，作恶时他可以特别有力量，但是说到学问艺术，须要个人实力，到底并非“天纵之圣”，高低也自显然，好处难得水平以上，坏处因为当时没有人敢说，有些便是很可笑了。顶明显的例是乾隆的诗。这位十全老人弘历妄自夸大，实际却是十不全，至少在诗文上是不通的，他的《御制诗集》殿板四十册，从前市价才几元，我可惜没有买，现在只好在碑刻上去找。我曾在西山养病，看见碧云寺有两块碑，刻着御书的诗，还记得上边有句云清泉绕砌湲，又云越岭遂以至碧云。又记起《知不足斋丛书》中《唐阙史》卷首有题词，首两句云，“知不足斋何不足，渴于书籍是贤乎”，够了，这十足可以代表十全派的作风，别的不记得也无妨了。

可是介绍他的诗风最好的要算是《绿野仙踪》的作者，冷于冰投宿三家村学究处，主人请他看诗，有一联云，“媳钗俏矣儿书废，哥罐闻焉嫂棒伤”，第一句勉强可懂①，第二句全不能懂。主人乃给他解说道，兄爱花，无花盆而以瓦罐种之，嫂则深恶眠花宿柳之人，乃以棒将罐打破，以示惩戒云。读此一回大家就明了这里是说乾隆的御诗，现在《绿野仙踪》已鲜见，读者也难了解这讥刺的意思了吧。书中还有一篇《馍馍赋》，大抵是挖苦御制文的吧。但那小说还是十几岁的时候偷看的，事隔多年，记不起赋里的文句来了。

［1950 年 7 月 23 日《亦报》/《饭后随笔》］

【锺校】

① “懂”原作“能”。

冷开水

夏天喝一杯冷水是很舒服的。可是生水喝不得，要喝必须是煮沸过的水，等冷了再喝，最好是用冰镇过的冰水，不过现在不能那么奢侈，普通人家用不起冰，也只好算了。花一点钱去喝汽水自然也好，但甜得没有意思，照我个人的意见来说，不但不宜有甜或咸味，便是薄荷、青蒿、金银花、夏枯草以至茶叶都可以不必，顶好的还是普通的冷的白开水。这并不是狐狸的酸葡萄的说法，实在我常吃的便是这一种，不只是夏天，就是冬天三九二十七的时候也是如此，那是个人的习惯，本来是不足为训的。

这个敝习惯也是一利一弊，利是自己便利，冷饭凉茶一律吃下去，吃时并不皱眉，吃后也不肚痛。弊则是出门作客，天热口干，而新泡的茶不能入口，待至半凉，一不经意，倏被殷勤的工友一下泼去，改酾热茶，狼狈返顾，已来不及矣。

我好茶也喝，但没得喝也可以，只要有冷开水就好，北方没有天落水，以洋井的水代之，此又一习惯也。北京的土井水有咸味，可煮饭不可以冲茶，自来水虽卫生而有漂白粉（?）气味，觉得不喜欢。洋井如有百尺深，则水味清甘大可用得，古时所谓甜水井甚为希有，城内才二三处，现今用铁管凿井法，甜水也就随处可得了。

［1950 年 8 月 5 日《亦报》/《饭后随笔》］

关于沈尹默

说到沈尹默，我也来补充几句话。沈君原籍吴兴，乃是在陕西生长，老太太是四川人吧，所以也带点川音，他爱吃面食中的硬面锅块，全是北方影响，但他又不吃四只脚的肉，则不知是什么来源了。二马之中，马幼渔说话稍有江北口音，但仍是宁波人的话，马叔平也同样的不见得有什么变化，他们九昆仲之中我认识五个，（其馀已不在人间世了，所以没有机会遇见。）都是这样印象，这一点我与余苍先生仁智之见略有不同。沈士远我觉得是老实人，他在考试院里混过几年事，还不大能算官僚。沈兼士靠了朱家骅，胜利后充当教育部专员，来接收平津区的教育文化机关，却发挥国民党的作风，第一去接收棉业改进会等，被经济部追讨回去，成为笑柄。

尹默于旧诗词原来很有工夫，五四时曾做过些新诗，登在《新青年》上，后来刘半农影印的《初期白话诗稿》中收存了好几篇，可是他觉得新诗不好做，以后就停止了。去年夏天我到横浜河北岸去看他一回，他拿出近几年的诗稿来，着实不少，可惜我匆匆没有细读。他眼睛不好，从前只写行草，可是近时却能奋发写小楷，可见眼疾也好起来了。他比我年纪要大一岁，去年相见，觉得他的容貌与二十年前无甚差异，头发也还是那么黑而多，望之如四十许人，这也是难得的。

他本号君默，因为有人名叫默君，便把君字的口削除了，以示区别，但老朋友叫惯了，如马幼渔后来也还有时叫他君默。

［1950 年 8 月 18 日《亦报》/《饭后随笔》］

勾践的绍兴话

有人说，听见绍兴师爷讲话，令人想起越王勾践，仿佛在同文种等人商量，若曰，“亨个夫差个娘杀啦嗄，有朝一日总要收拾伊勒”。这话说得很有趣，可是改变一下子，还不如说看见乡下人患流火的脚，想起治水时的大禹来，比较更近于事实，因为传说禹脚被水泡肿，不良于行，后来道士有禹步法，与大脚风的情形很有点相像。疾病在四千年间可以存在，语言容易变动，恐怕支持不到千年之久吧。

语音与声调的改变是一方面，社会影响又是别一方面，而力量更大，所以近五十年中的变迁可能比过去三百年为甚。大概绍兴师爷的话或者可以比得毛西河，但与鲁迅便未必相同，虽然他们还是同一世代的。

我又想到方言可以在文学上有很大的用处，但有时也有限度，譬如拿勾践的事来编话剧，把前面那两句话用在里边，那便很有小丑气，勾践的印象仿佛是一个戴灶司帽的昏君，与本题大不相称了。勾践的剧自然是当用国语写的，方言可以表现地方色，却不免缺少重量，不及国语之有力，若是喜剧里方言俗语用得好，那又自擅胜场，想起绍兴戏的《五美图》、目连戏种种场面，不禁绝倒，这都不是国语所能做到的，因此我对于绍兴话又不能没有乡曲之见了。

［1950 年 8 月 25 日《亦报》/《饭后随笔》］

魏龙常

近人笔记记山阴魏铁三事，语多奇诡，有似古侠客。如云魏身负异技，最善七节鞭及壁虎功，壁虎功者能以背游，缘墙壁以上，二丈高楼能耸身跃过。某岁公事附轮北上，一西人侮华工，魏怒直前殴之，一拳而仆，见江中别有一船方鼓轮行，相距六七丈，竟超跃而过，见者咋舌。魏本名龙常，光绪乙酉举人，后改名有旁或字三撇（恐铅字未有，故分析言之）。民初为张勋幕客，死于复辟之前，北京山会邑馆有他的新题额，北伐后认识他的长子公孟，知道多藏古墨，亦未及请观。

我所知道只这一点，但幼时常听先君说起魏龙常，也有关系他的武勇的事，现在记得完全的只有这一条。据说魏为秀才时，落拓不羁，尝挟妓登镇东阁饮酒，府署人役前往拘捕，魏叱令去，差役不逊，魏乃起，两手各提差役一人，从阁上窗间跃下，阁为吴越时故迹，高若城楼，差役及地虽未①受伤，却已惊骇几死了。此事虽奇异，尚或可能，若跳远及六七十尺，恐非事实所有。二丈高楼耸身越过，殆即是镇东阁事的传讹，跳高及于二丈，又要越过相当阔大的楼身，岂非奇迹乎。攀援上墙壁，或亦有能之者，若云能以背游，则不知身体与墙壁如何附着，即真是壁虎亦需用脚指下的吸盘着力，背脊不能爬墙也。中国文字多夸饰，因此往往近于虚妄，使读者疑信差半，不能不说也是著者的一个损失。

［1950 年 8 月 26 日《亦报》/《饭后随笔》］

【锺校】

① “未”原作“差”。

俞恪士

《花随人圣庵摭忆》中引陈伯弢笔记云：

岁辛丑余需次江宁，僦居①乌衣巷，一日饮集同人，待俞恪士观察不至，旋以诗来辞云：

寒风吹脚冷如冰，多恐回家要上灯，
寄语乌衣贤令尹，腌鱼腊肉不须蒸。

×

轿夫二对亲兵四，食量如牛最可嫌，
轿饭若教收折色，龙洋八角太伤廉。

轿饭京师谓车饭钱，虽每名只犒一角，然南京宴会如座客有道台五七人，亲兵之外尚有顶马伞夫，开销动辄百馀名，跟丁则每名倍之，或竟有需索者，廉员请客固不易也。

俞恪士有诗集名《觚庵诗存》，曾得一册，我不懂诗，因其署籍山阴所以收存，这两首诗当然没有，但由我看来或者要算是最有趣的了。《摭忆》说俞那时在南京办将弁学堂，他办过将弁本是事实，但在辛丑那年恐怕已任陆师学堂总办，因为鲁迅在附设的矿路学堂于是年冬毕业，陈师曾寄住校内，被大家称为官亲，已经很久，可以为证。

候补道是打杂的差使，可能给清政府做了些帮凶的事情，但在那时南京官场中俞恪士与蒯礼卿算是两个开明的道台，通文理，讲新学，对

【锺校】

① “居”原作“倨”。

于学生还算爱护的，赵伯先不能安居于水师，转到陆师而得毕业，可以说是由于这个缘故。蒯的文集我见过忘记了，他的《文字蒙求广注》却是一部失败之作，真是叫人看了之后要更加胡涂的，这里说的是正经话，虽然信不信由你。

［1950 年 8 月 27 日《亦报》/《饭后随笔》］

吃　蟹

一

现在并不是吃蟹的时候，这题目实在乃是看了勤孟先生的文章而引起的。我虽不是蟹迷，但蟹也是要吃的，别无什么好的吃法，只是白煮剥了壳蘸姜醋吃而已，不用自己剥的蟹羹便有点没甚意思，若是面拖蟹我更为反对，虽然小时候在戏文台下也买了点拖油炸的小蟹吃过。

我反对面拖蟹，因为其吃法无聊，却并非由于蟹的腰斩之惨，因蟹虾类我们没法子杀它，只好囫囵的蒸煮，这也是一种非刑，却无从改良起。大臣腰斩血书惨字的故事我也听见过，又听说有残酷的草头王喜欢把上半身立即放在拭光的漆桌上，创口吸着，可以活上半天云。这些故事用以形容古时封建君主的凶残是可以的，若是照道理讲来大概不是事实。

腰斩是杀蟹的唯一方法，此外只有活煮了，别的贝类还可以投入沸汤，一下子就死，蟹则要只只脚立时掉下的，所以也不适用。世人因此造出一种解释，以为蟹虾螺蛤类是极恶人所转生，故受此报，有人更指定蟹是犯的大逆罪，因为小蟹要吃母蟹的。这话自然不能相信，我们吃蟹时尚且需铁槌木砧，小蟹的钳力量几何，乃能夹开硬壳而吃老蟹之肉乎？假如要吃蟹，实在没有别的办法，面拖蟹则大可不必吃，这是我个人的意思。

二

螃蟹是不是资产阶级的食物，这回答很不大容易。像正阳楼所揭示的胜芳大蟹，的确只有官绅巨贾才吃得起，以前的教书匠们也只能集资聚餐，偶尔去一次而已。可是光绪年间在南京读书的时候，曾经同叔父用了两角小洋买蟹，两个人勉力把蟹墩吃了，剩了半锅的肥大的蟹脚没有办法。现在说来虽然已是古话，这可见又是并不贵了。

吃蟹本是鲜的好，但那醉的腌的也别有味道，很是不坏。醉蟹在都市上虽有出售，乡间只有家里自制，所以比较不易得到，腌蟹则到时候满街满店，有俯拾即是之概，说是某一季的民众副食物也不为过。腌蟹通称淮蟹，译音如此，不知道是那里来的，形状仍是普通的湖蟹，好的其味不亚于醉蟹，只是没有酒气。俗语云，九月团脐十月尖，这说明那时是团脐蟹的黄或尖脐的膏最好吃，实际上也是这顶好吃，别的肉在其次。腌蟹的这两部分也是美味，而且据我看还可以说超过鲜蟹，这可以下饭，但过酒更好，不知道喝老酒的朋友有没有赞成这话的。腌蟹的缺点是那相貌不好，俨然是一只死蟹，就是拆作一胛一胛的，也还是那灰青的颜色。从前有人说过，最初吃蟹的人胆量可佩服，若是吃腌蟹的，岂不更在其上了么？

［1950 年 8 月 30—31 日《亦报》/《饭后随笔》］

南京绍兴饭馆

据说二十年前在南京有这么一家饭馆，专做绍兴菜的，这在什么地点，是什么字号，告诉我这话的人不曾说，或者说过是我忘记了。他是北大旧学生，跟了蒋梦麟在教育部有好几年，这其间是常到那里去吃饭，或是碰钉子去的。绍兴府属的人去光顾，或者为的乡里之见，但别的官老爷们也不少，却不晓得为了什么缘故。据云一间店堂只有两三张桌子，父子二人包办一切，坐客不但要等桌子有空，而且还要拱候菜来，饥肠辘辘，忍受不了，催促一句，店主即反唇相稽云，等的来不及，请走好了。做的是什么菜，大概只是家常便饭，我想香菇笋干炖豆腐，或者如有大蒜煎豆腐，那总是很可以吃的吧。种类本不多，而且点菜也有限制，假如三四个人，点上四五样菜，堂官便说，太多了，吃不完的，硬把末后的一样取消了事。这饭馆的作风很特别，常给顾客钉子碰，出名的原因恐怕一部分也由于此。

绍兴的农民一样的受封建社会的压迫，却多分存留着倔强气，虽然俗语有太太生日阿寿拜，阿寿生日拜太太的话，事实上并不像北方的打千磕头，只说一声恭喜，拜寿哦，就算拜了。讲话也率直无文饰，对称都是一样，但如上文所说的店主父子，在国民党的首都开店，仍保存山村的古风，这却也是很难得的，可以说是畸人了吧。

［1950 年 8 月 31 日《亦报》/《饭后随笔》］

“西施”

乡下老太婆没有学问，但是她们记得几个美妇人的名字，其一是西施，其二是貂蝉。西施是美的代表，豆腐店的内掌柜描头画角，便送她一个别号曰豆腐西施。貂蝉却不免有点冤枉，大概她们通读作刁钻古怪的刁，所以对于伶俐的少女的恶评曰“像貂蝉介”。此外虽有别姬之虞兮，醉酒之阿环，她们不复齿及，绍兴戏文中固不演她们的事，其实即是西施在小说戏剧中也极少见，不知道为什么特别记得她，或者这由于乡曲之见也未可知。不过绍兴的内容，不问在废府改县的前或后，总只是山阴会稽两县，而这西施乃是苎萝村人氏，是属于诸暨县的，正像是豆腐店隔壁的吏部尚书等，未免有差一号之感了。

诸暨向来文风很盛，做《铁崖乐府》的杨廉夫，《儒林外史》里看牛的王元章，都出在那里，画长头人物画的陈老莲更是特别，只有徐文长、王季重、张宗子诸人可与相比，则是山阴人也。我因此想到孺牛因齐甘是山阴人而硬要剥削他，是不对的。会稽不是没有人物，多少有点不同，它是浙东派，龙脉是从全谢山一路来的，如章实斋、李越缦诸公，结实不成问题，但若将李公与他表兄弟山阴平景孙相比，便觉得文学的风味有点不相如了。

［1950 年 9 月 3 日《亦报》/《饭后随笔》］

蓑衣虫

同江幼农君闲谈，说动植物名最不好办，不但中外古今难以沟通，即同一俗名也常有地方的界限，不能通用。例如蝼蛄，我们一听这个名称，立即想到那替曲蟮叫了一世的形似蟋蟀的虫，北方则不能通行，郝懿行在《尔雅义疏》的注里特别添上北边的俗名"拉拉蛄"一项。虫旁瞿叟二字我们乡下也认识，读作其休，是蜈蚣似的多足虫，江南云蓑衣虫，北方称钱串子，或曰钱龙，以前者为更普遍。

江君云别又有所谓蓑衣虫，系蛾类的幼虫，织碎叶小枝为囊以自裹，负之而行。案此即《尔雅》之蚬，缢女，因为它附枝下垂，古人观察粗率，便以为缢，郝氏断之曰，此虫吐丝自裹，望如披蓑，形似自悬而非真死，旧说殊未了也。我们乡间称之曰袋皮①虫，《尔雅翼》云俗呼避债虫。披蓑有渔人或农人的印象，袋皮已沦为瘪三，避债的联想更为滑稽，缢女则太悲惨了，我们想起山西省妇女自杀的统计，觉得这种事实还未消除，难怪古人那么的说。我不知道这在北京叫作什么，仿佛没有看见过，要有也未必叫蓑衣虫了吧，因为在北方蓑衣极少见，其实秋天雨并不小，虽或缺乏棕皮，但也可以用别的草制的，不知何以不用。唐人诗云，"孤舟蓑笠翁，独钓寒江雪"，这种情景在黄河以北实在是难被了解，不但寒江不能钓，就是蓑笠也是很生疏的东西，读了不会发生什么兴趣。

［1950 年 9 月 6 日《亦报》/《饭后随笔》］

【锺校】

① "皮"原作"支"。

拿手戏

听说有些外国文里叫著作者为“写字的人”，这与文士有什么异同，是不是不敬，现在无意去查考，只是觉得我们常写文章而实在没有什么自信的人用这个名称来叫，倒是很确当的。

这里说我们，乃是为了说话的便利，其实并没有第二个人的委托书，所以只能代表个人，不得随意用多数的代名词，所以下文都只是说“我”了。

我在《亦报》上写文章，本来自己定有两个标准，一是有意思，二是有意义，换句话说也即是有趣与有用，可是事与愿违，有如鱼与熊掌，不但二者不可得兼，想要抓住一个也还着实不容易。写的时候只图交卷，登出来后再看，多少用点自我批评的态度，觉得不是乏味便多生凑，可以打上六十分的一星期里难得有一篇，其馀实在只是写了些字而已。

现在连街头艺人都翻了身，写字的人如为人民服务，也是很好的事，无奈写字难以成为一艺，他没有师父传授，并无基本技艺，只是每日随时说说唱唱，费力多而成功少，并不一定是吃一行怨一行，的确乃是实情。某甲先生有一句名言云，著作等身不如拿手戏三五只。这话说得真好，戏越唱越好听的人也越喜欢，写文章不能翻陈出新，摆起摊来殊无把握，写不出时亦无皮蛋泡汤加白糖之类可以帮忙，此其所以不如之至也。

［1950 年 9 月 7 日《亦报》/《饭后随笔》］

砖上的手迹

苏联将要举行一个中国艺术展览会，故宫博物院等处已将资料预备好，先在北京展览一次之后，即行选定运送前去。据报载其中有清西太后那拉氏所着的绣袍等件，当时虽是专制帝后的奢侈的服饰，现在当作中国人民的工艺出品，别有价值。这个意思说得极好，艺术上有些问题就可以这样的得到解决了。

古物里边我所喜欢的是古砖文的拓本，这比砖的本身还有意思，一因为轻便易收藏，不像实物的笨重，二是清楚，便于翻阅。这些砖上的文字及花纹有什么意义，难道单是为的是古么？古自然也是一种原因，更重要的乃由于这是古来人民的手迹。石刻中有些小品，如小形的造象和墓志，并非出于名家手笔，也只是匠人随便雕刻的，不过这只是少数，不像砖瓦那样全是工人所作，充满了平民的质朴味。“弘农冢①墓遗文”的“某人死在此下”，是后汉徒隶的墓标，算是很古了。我曾见北魏的买地砖记很有意思，去今也已有一千四百多年。其文曰：

> 魏延昌元年，太岁壬辰，十二月丁巳朔八日甲子吉，土下女清诏二千石荆州故民孙抚孙妻赵丑女用银钱百万，买墓地四方十顷，土下诸官莫横使侵夺。时人张坚显，李定度，急急如律令。来时恍忽，不识古人。

阴间买地大概最好请古人见证，如张果老、李铁拐等，现在因不认识所以找不到，末尾八个字说的更是巧妙。

［1950 年 9 月 10 日《亦报》/《饭后随笔》］

【锺校】

① “冢”原作“家”。

妾的故事

宋朝人笔记中说广州太守徐君猷姬侍甚多，所最宠的名叫胜之，屡见于东坡词中，及东坡北归过南都，则君猷故后其人已归于张厚之了。厚之开宴招待，东坡见到胜之，不觉掩面号恸，“妾乃顾其徒而大笑”，东坡每以语人，为蓄婢之戒云。这里东坡十足显示出士大夫思想，以为玩弄女人，就永远属于他们，大抵曹孟德的遗令可以算是他们的代表意见吧。但是我觉得胜之的大笑却是更有意思，这笑得率直而大胆，真胜过一篇猛烈的抗议文了。

明末张岱在家传末尾说及他仲叔的事，有一节云：

> 仲叔姬侍盈前，岱曾劝叔父出之。姬侍曰，奴何出，作张氏鬼耳。仲叔喜，亟呼岱听之，姬侍对如前，岱曰，幸甚。甲申岱同萼弟奔丧，姬侍林立，请曰，得早适人，相公造福。岱笑曰，张氏鬼，奚适耶？姬侍曰，对老爷言耳，年少不得即鬼，即鬼亦不张氏待矣。萼弟笑而遣之。

张氏兄弟本来也是士大夫阶级中人，这里却很通达人情，比东坡要好得多。

旧时读书人凭借富贵，其次是才学，自己陶醉，以为女人皆愿为夫子妾，实际不免为胜之所笑。山盟海誓，都只是对老爷说的而已。这两段故事真有牛黄清心丸的效力，等得婚姻法普遍的了解并实行了，这些故事才算失却了它现代的意义。

［1950 年 9 月 17 日《亦报》/《饭后随笔》］

夜航船里

平常坐惯软席火车卧铺的人，对于航船或者觉得有点不喜欢，但在我们穷学生时代，这已经很不算坏了。当初南方没有火车，小火轮多花七角钱可以不坐烟蓬，轮船的统舱那鹁鸽栅本不舒服，有时在走路上睡地铺，情形不比航船更好，而且还有一个缺点，即是旅行者的人海中的孤独感，这在航船里是没有的。

那船往来于杭绍（说得严格一点是绍萧）之间，乘坐的大都是从绍兴出去或回来的人，所以即使你不参加谈话，听大家谈天，有如坐在乡下茶馆里一样，一点都不感到寂寞。乘客是十人十色，但根本都是老百姓，女人照例睡在头舱，她们却一样享受中舱的谈话与玩笑。只有知识分子，实在也只是酸秀才黑幕友而已，大概可以说是另一阶层，他们多少要夸示他们的优越，但是结果也往往是出丑。

明朝人讲过一件故事，云有一僧人与一士子同宿夜航船，士子高谈阔论，僧畏慑，蜷足而寝。僧听其语有破绽，乃曰，请问相公，澹台灭明是一个人是两个人？士子曰，是两个人。僧曰，这等，尧舜是一个人是两个人？士子曰，自然是一个人。僧人乃笑曰，这等说起来，且待小僧伸伸脚。金圣叹批小说戏曲，特别是《西厢记》，时常骂那妄改曲文的人，说秀才该扑，也正是指的这些士人，可见在明朝已是那么样了。

［1950年9月21日《亦报》/《饭后随笔》］

国乐的经验

我是不懂音乐的，国乐也在其内，所以这里的经验当然不是弄音乐，乃只是听的经验，而因为不懂的关系，这些实在都是听不懂的经验罢了。听不懂虽无可说，但经验还是实在的，这里最大的一个是我听古琴的经验。第一回在民国七八年，北大开了一个古琴演奏会，蔡孑民主席，郑重介绍古琴专家山东王露先生，地点是三院大礼堂，实际只是一所大房子，可以算是风雨操场，也可以当饭厅的。排坐在板凳上的人看见王露先生上来，开始弹奏，场内鸦雀无声，大家都拉长了耳朵听着，却听不到什么声响，只远远的望见他的手上下移动着，好像是在打着算盘。

第二回是民国十八九年，我同了女儿到女子文理学院去看秘书郑颖孙先生，他也是古琴专家，承他的好意特别为我们弹了一曲。在他办公室内，只有主客三人，琴声是听得清了，只是丁一声东一声的，不敢说不好，也总不知道它是怎么好。大概弹的人弹给外行人听也已弄惯了，似乎并不怎么样，在我却不禁心里很是抱歉，也有点惭愧，因为不懂古琴总是不大名誉的。俗语不是有一句对牛弹琴的话么，可见只有牛才不知道琴的好听，可是我实在不能懂得，那么除了自己承认之外也就别无办法了。

［1950年9月26日《亦报》/《饭后随笔》］

在过塘行

从前道路不良，政治腐败，所以旅行是件苦事，我看清初石天基的《传家宝》中所说，以至老辈的训话，都谆嘱出门的人怎么小心，要防骗子闷香麻药等。但是只要略为有点经验，在官塘大道走路，不到边远偏僻的地方，也还并不怎样难，不能算怎么苦，因为就是在后来轮船火车通行了以后，旅行总不免多少是苦的。我走过的路线很短，往返过几次，知道一点情形，只有从家乡至南京，以及经由浦口至北京这一节路。想起中间某一段落，觉得颇有意思，特别是在杭绍之间。渡过了钱塘江，进入西兴镇，在一个过塘行里落脚，姑且说是俞五房吧，那时便有小饭馆的老板走来，请你吃饭去。

俞五房左邻饭馆老板的尊容，我至今清楚记得，虽然这中间至少隔了四十年的光阴了。他很客气说，请吃了饭去开船刚好，饭新煮好，来一个烤虾，或是煎鱼，一碗蛋花白菜汤，好不好呢？他当然不是请我白吃的，但听了他的话，也觉得还实惠，盛意难却，就跟了他过去坐在板桌旁边，不要劳他送到行里来吃了。吃完了饭，假如你有块把钱多馀，便可以托过塘行雇一只不大不小的船，开夜船回绍兴城去，若要省钱则有航船可坐，普通只要一百文，俞五房的埠头便泊着东桑桥的航船，只须招呼船上一声，替你把行李搬下去，真是方便得很。你在过塘行坐上半天，末了叫声吵聒径自上航船去，没有给他一点好处，他并无什么不高兴，这种古风不知道现今尚存在否？

［1950年9月27日《亦报》/《饭后随笔》］

鱼　腊

风鱼腊肉是乡下的名物，最有名的自然要算火腿与家乡肉了，但是这未免太华贵一点，而且也有缺点，虽然说是熏腊，日子久了也要走油“哈拉”，别的不说，分量总是要减少了。在久藏不坏这一点上，鱼干的确最好，三尺长的螺蛳青，切块蒸熟，拗开来肉色红白鲜明，过酒下饭都是上品。但是我觉得最喜欢的还是鱼腊，这末一字要注明并非臘月的臘字的简写，就是那么从肉昔声的字，范寅《越谚》注云“音昔，夏白鲦用椒酒酱烹烘”，范君这注有点电报式的，须得加以补充，这就是说夏天取白鲦较小者，用酱油加酒和花椒煮熟，炭火烘干，须家中自制，市上并无出售。这鱼风味淡白，可肴可点，收藏在磁瓶里，随时摸出几条来，不必蒸煮就可以吃，味道总是那么鲜美，这是它特别的特色。

秋高气爽，大概是宜于喝老酒的时候吧，我说这话，未免显得馋痨相，其实这只是表面如此，若是里面则心想鱼腊，眼看的却是自己的文章，这些写下来才有 个月之久，登出来看时多已生了白花或是青毛，至少也有霉颗气，心想若能像风鱼腊肉那样经久一点，岂不很好，其中理想自然以鱼腊为第一，而惜乎其不可能也。新鲜一路的文章也很好，如齐公的《在北京吃肉》，我十分佩服，却是写不来，那东单的李记小店我也还是第一次听到，其门口的朝东朝西当然更不知道了。

［1950 年 9 月 29 日《亦报》/《饭后随笔》］

《党太尉赏雪》

《缀白裘》中有《党太尉赏雪》一出戏，金桧门观剧诗内有之，不知近来尚有演者否，他的大名或者已经有点生疏了吧。党进是宋初的大将，其粗卤恐或过于张宗昌等人，虽然他只是军汉出身，有名的谆谨，不是那么胡来的。传说他尝听平话说韩信，即行斥逐，或问其故，曰对我说韩信，必对韩信亦说我，是乌可听。又说他令人画像，看了大怒问画师云，我前时见画大虫，犹用金箔贴眼，我岂不消得一对金眼睛么？这两件事读书人传为笑柄，其实于党进别无损害，只是表明他老实缺少世故而已。

翻过来说，这种做法在那说平话人与画师等艺人虽未免太冤一点，但整个的来对付帮闲文人却是很好的。他们来讨好对你说韩信怎么样，便怪他要去对韩信说我，画图写文章说得你方面大耳有福气，又气他没有像画老虎似的眼睛贴金，这班清客真是再也没有办法了。他因为得罪了当时知识分子，死后没有人给说好话，留下那么一个老粗的印象，但是那两个故事也并不坏，便是赏雪这一场也不比陶穀学士差什么吧。

［1950 年 10 月 7 日《亦报》/《饭后随笔》］

旅行的故事

旧法国诗人有一句话道，旅行者，且说你的故事吧。旅行者的故事向来是到处受人的欢迎的，据说像亚剌比亚等这些地方，旅人到来，大家都愿意招待，饮食住宿都不要钱，只要你能讲些故事给他们听，无论小说或世间实事都好，他们就很满足了。伊尔文有过一册短篇，林琴南译成古文，名为《旅行述异》，这题目的确是很好的。不过所谓旅人也并不限于真正的行道者，空间与时间上的旅行差不多是一样，就是平常不出门，多少年来经历世故，所见所闻的事情很不少，不亚于行万里路的人，因此所谓故事也是广义的，除议论外大抵都可以算在里边。

中国过去真的旅行记也很缺乏好书，范石湖的《吴船录》与陆放翁的《入蜀记》说是最好，其实也只是矮子队里的长子，它还是为古文所拘束，琐屑的与重大的都不记，写成好文章罢了。玄奘的《西域记》，日本僧圆仁的《入唐求法巡礼行记》，或者因为是记外国的关系吧，却要写得好的多，难道不受儒教束缚的异教徒固真要高明一点么？现今大家可以撇开儒教与古文，应该能够自由的说你的故事了吧。

[1950 年 10 月 13 日《亦报》/《饭后随笔》]

鸭先知

据当时的人传说，毛西河不喜欢苏东坡的诗，有人举出“春江水暖鸭先知”句来，说这岂不很好，西河道，有什么好，鹅也先知，怎单说鸭。西河自己也是会做诗的，他说这话有点故意挑剔，不能十分认真，但俗话说得好，隔行如隔山，散文与诗尚且是两个山头，如用散文，的确应说鹅鸭水鸟之类先知道才对，否①则在常识上便说不过去了。

杜甫诗里的柏树宽四十围，高二千尺，通例二手一围可一尺，一总是四十尺，以径一周三之率计算，直径为十三尺，才及高度二千尺的百分之零点七，我们试想一根竹竿长一丈而径才七分，这岂不只配做帐竿竹用，有什么伟大之感呢？老杜不善算术，固然可以想见，但在诗人中间，这种凭了感情想像随便说的却是常事，诗与词虽有不同，也有点像琉璃塔，拆开了就要坏的。又如照科学家说来，花是植物的性器官，凡中学生都知道，若是应用于批评上，则李太白《清平调》之“云想衣裳花想容”，实属不成话了。

［1950 年 10 月 16 日《亦报》/《饭后随笔》］

【锺校】

① “否”字原无，今补。

学做点心

从前在大街上走，时常替别人担忧，看见店头的水果，或是点心糕饼，快到晚边①还是满满的，觉得今日不见得能卖去多少，剩下来到明天，会不会要坏了，长了白毛，怕要赔本吧？实际上这样事情似乎很少，因为这些店一直开着，并无亏累停歇的模样。

近来我不再这样想了，倒是很羡慕他们，特别是点心店，那种生意虽然不算是理想的，也总比耍笔杆要好得多。第一，货色香甜好吃，卖出去不误主顾，肚饥时自己吃一个也实惠上算。第二，制造虽然要点手段，材料很容易找，就是剥点核桃，做点枣泥，也都不很费事，若是鲜花藤萝饼之类，更是同艾叶一样，俯拾即是了。或如街头杂写所记，月饼标明自制，当场烘焙，生意特佳，那更是景气十足，不会留下隔天陈货，是可想像得来的。我们写文章的就算是也有一点点手段，可是材料都要自办，而且每天不能老做这一样，比起烘月饼来真是事倍而功半，现在想起来，真有悔不该起初不曾学了做点心的手艺之叹也。

［1950 年 10 月 17 日《亦报》/《饭后随笔》］

【锺校】

① “快到晚边”原作“到晚快边”。

西藏的情歌

《饮虹乐府》卷八有《仓洋嘉错雪夜行》，小序云：

夜共喜饶大师谈，康熙间仓洋嘉错继阿旺罗桑坐床受位，是为第六世达赖，仪容俊美，文采秀发，不谨戒律，所作歌曲多言男女，间及佛法。尝微服宵出，变名趋酒家，与当垆人会，一夕大雪，遗履痕雪上，事以败泄，坐废，走青海坐病死。藏之人怜而怀之，至今大雪山中未有不能歌六世达赖情辞者。

恰好手边有一册于道泉的藏汉对译的《仓洋嘉错情歌》，便拿出来看，据说死时年二十五，在一七〇六年。所收歌凡六十二首，大抵每首四句，唯第五十首有三节十二句，即是说他那雪夜的事的。其词一云：

有腮胡的老黄狗，
心比人都伶俐，
不要告诉人我薄暮出去，
不要告诉人我破晓回来。

二云：

薄暮出去寻找爱人，
破晓下了雪了，
住在布达拉时，
是瑞晋仓洋嘉错。

三云：

在拉萨下面住时，
是荡子宕桑汪波，

秘密也无用了，

足迹已印在了雪上。

他的宗教政治的生活是失败了，但这情歌乃成为西藏最流行的歌谣之一，卢君将他与南唐后主、北宋道君相比，但是在歌词的流传上，中国的这两位前辈却要算是落后了。

［1950年10月20日《亦报》/《饭后随笔》］

慢慢去

看于道泉所编的《仓洋嘉错情歌》，认识了好些西藏字母，书中有中英文直译意译两样，看着很有兴趣。其中一个特别地方是名词动词有时用敬语，在六十一篇歌中计有十九篇都有，一篇里可能有三五处。敬语在日本语中最多，大抵加上御字便成，中国语中则用各种字加上去，如尊姓大名、贵甲子，大家都知道，西藏歌中这些字有些都是单音，别无附属，不知是否与常语是各别的。仓洋嘉错因不守戒律，被拉藏汗以武力废置，情歌五二据说系预言被掳之事，这暂且不管它，我们重要的是看他的敬语。直译是这样：

御帽戴在御头上，御发辫抛在背后，说请慢慢地御去，说请慢慢地御①住，问御心是否悲伤，御说不久就要相会。

这里可以看出敬词是用在关于他自己的名词和动词的，当然是为了是达赖喇嘛的缘故吧。

这里还有一件有意思的事，译文附注云：慢慢地去和慢慢地住，乃西藏人离别时一种通常套语，犹如中国人之再见。别处我不知道，绍兴的老太太们作别必定相互招呼：“你慢慢去，你慢慢来带。”完全与西藏一样，你道奇不奇。

［1950 年 10 月 23 日《亦报》/《饭后随笔》］

【锺校】

① 原无“御”字，今增。

蝎　子

一

南方没有蝎子，但大抵都知道这东西，我们乡下称为钳蝎，或是全蝎，那该是从药剂上来的，因为中医对于小儿的什么病常用这味药，钳字似乎颇牵强，这里也还是我填充上去的。蝎子的样子很是可恶，也实在可怕，它的毒比蜈蚣利害不多少，在人还有法子医治，昆虫们可受不了，而且用那大钳夹着敌人，隔得远远的，敌人无论什么武器，都够不着它，它却从后方弯过毒针来给注射一下，有的电击似的立即毙命，有的像是喝多了鸦片烟，能够拖上些时光。我住在城市里不怕老虎马熊，平常只是怕蛇，其次便是蝎子，见了把它打死，却也不免寒毛竖起。我对于蜈蚣还有点好感，因为它还好看。蜈蚣年老的背黑，头脚红，看去很是美丽，似乎是用珊瑚宝石做成的，像是美术品。蝎子的青灰色则有如青铜或钢铁，我们如好意的看去，未始不像是机器，或是罗马古代的一种攻城的兵器吧，无论如何可怕的印象总是存在，虽然可恶的感情是可以除去了。

二

中国古代文学是北方的文学，我们看它对于蝎子似乎并不怎么讨厌，只看那篆文万字即虿字，两个大钳，一段身子，拖着尾巴，画得很不差，即使不是亲密，也总表示稔熟吧。经书里虽说蜂虿有毒的话，一面又云“卷发如虿”，《毛传》说虿尾末似妇人发末曲上卷然，比喻得很有意思。大抵北方见惯了蝎子，不觉得讨厌，而且渐因稔熟而有亲密之感，如《太平广记》说唐大历中有北人为金坛县主簿，以竹筒贮蝎子十馀置于厅事之树后，遂繁衍而不螫人云。这主簿的动机虽未说明，但是像养蛐蛐似的带着走，总可以表明他对于蝎子是颇喜欢的了。韩退之诗中也有句云，“照壁喜见蝎”。刘廷玑给他解释说，“蝎无可喜，盖久不得见而今得见也”。尤西堂则云，“终是宦情太热，不忘长安之梦”，批评得更好。尤又云，“京邸多蝎，至今谈虎色变，不意退之喜之如此，蝎且不避，而况于臭虫乎”。韩退之被这样批评，是没得说的，金坛主簿觉得连故乡的虫豸也都是好的，那还只是个妄人罢了。

［1950 年 10 月 21—22 日《亦报》/《饭后随笔》］

成语对联

在世界上对联这东西只有中国才有，而对联做得最好的自然要推中国的士大夫了，虽然清初裘君弘说山东一路饭铺有些门对，如“包如玉兔盘中坐，面似银龙碗内游”，也很堂皇，但讲究起来总不及翰林出身的曾剃头、王壬秋之流了。什么书上记有一副对联，系集殿试策与讣文成语云：

草野新进，罔识忌讳，干冒宸严；

罪孽深重，不自陨灭，祸延显考。

字面不能个个对得好，却极浑成，把读书人的魂灵都写了出来，是很好的漫画文字。

本来士大夫给皇帝做帮闲，已有了两千年的历史，他们的手法就是这两样，即自夸或是自贬，不过第一法不大合用，只有东方朔以此成功，后来的人都用第二法，如韩愈替周文王高呼臣罪当诛，天王圣明，就是顶好的例。年代久了，经验丰富，自然的结成格言，分见于殿试策及讣文，恰巧是代表君父二纲的，如今集作一对，真可以说文章本天成了。数经改革之后，殿试策已经绝迹，那样的讣文也将不再见了，这所代表的士大夫的磕头主义同时消灭，以后这对联的意义也将少有人了解了。

［1950 年 11 月 7 日《亦报》/《饭后随笔》］

魏聪叔

仁和魏易的名字，向来只附在闽县林纾的后面，出现于世，所以一般觉得他只是会口译的，大概梵王渡出身的一个英文教员罢了。其实他还是很有意思的先觉者，只看《黑奴吁天录》便可明白。此书木板本题识曰武林魏氏藏板，可知最初是他私人刊行，后来才由文明书局排版重印。书中有魏君自序，中有云：

> 尝读《南雷集》，谓后世所求乎草野者，不过欲得奔走服役之人，草野之应乎上者，亦不出奔走服役，跻之仆妾之间而以为当然，又读俄罗斯报，则谓中国本有外人执政之例。

已经有点咄咄逼人了。下文又云：

> 易尝闻先生长者言，吾支那人奴隶性质萌芽于秦，枝干于宋，充实蕃衍于明，故秦以后朝廷得而奴隶之，宋以后同洲异族得而奴隶之，明以后则天下五洲各国得而奴隶之，盖理学八股之效如是其彰彰也。

这里说的是反美、排满，还进而及于封建礼教，林琴南始终以清举人自居，岂能理解，至五四时而大肆咆哮，其实《新青年》里所说的也只是上文所引的那些意思而已。魏君在求是书院教书，大概得闻宋平子、夏穗卿诸君之绪论，所谓先生长者或者就是指的这几位吧。

［1950 年 11 月 18 日《亦报》/《饭后随笔》］

俗语的意义

有些十足道地的方言，听声音只有本地人能够懂得，但写出字来，却也是讲得通的，假如附会一点，更可以说的有意思。我们乡下称作揖曰相唤，据说宁波也有此语，这与古时的唱喏不无关系，小时候见到亲族长辈，必定作一揖并叫一声，看见本家也叫一声但不作揖而已。

爱抚小儿称曰值钱，读如成钿，当初我只记得这音读，后见书上说吴中有此语，如此写法，觉得说的很对，现今想查出典，翻阅《土风录》不见，大概是在《清嘉录》中吧。

《越谚》“剩语”中列“泅取”一项，案此处泅系代用字，只取其义相同，俗语读音丁瓦切，瓦亦须照俗音才合，原书注云，凡遇讥谑之言曰泅取，譬水底物，泅而取之，不在面上也。此处解说似不免少涉附会，但说的也颇巧妙，不无可取，只须补充一点，所谓讥谑多非恶意的，实系调笑之类，与讥不甚相合。

上述数语乃是①真正俗语，多出于女人小儿口中，非知识分子所用，所以觉得更有意思，可以给有志编辑新②方言的人供给一点材料。

［1950 年 11 月 28 日《亦报》/《饭后随笔》］

【锺校】

① “是”原作“正”。

② 此处原衍“新”字，已删。

钱念劬

前日讲到钱念劬，想起他的轶事来可以一说。他是清末的外交官，曾任驻日参赞，驻罗马公使，可是并非遗老，乃是所谓老新党，赞同改革，略有排满的气味，可以算是一个怪人。他年满七十之后，常穿一双红鞋，乡学年世谊的后辈称之曰红履公，或者此名起于他的介弟玄同亦未可知。他家中有一名使女，名字读音如鸿烈，这不是用的《淮南子》典故，因为他最恨清乾隆帝弘历，所以以此为名。所著的书我只见过《二二五五疏》，竹纸铅印两本，乃是做公使时所上谈新政的疏，大概是二十二个月中共有五十五次吧，不过书早已没有，说不清楚了。又有与金人刘祁同名称的《归潜志》若干卷，木刻订一厚本，记得其中记罗马法王宫中情状，许多古迹与传说讲得很详细，可以说是空前的著作。

夫人萧山单士厘，为北大教授单不庵之姊，搜罗清朝女诗人著作极多，著有《闺秀艺文志》（书名记不得了）一类的书，一部分曾付铅印，似未刊全，又有关于女学的一册《家之宜》，据玄同说封建气很重，有一章说“妾之宜”，我却没有能够见到。

［1950 年 12 月 3 日《亦报》/《饭后随笔》］

招牌的效用

开门七件事“柴米油盐酱醋茶”之中，只有茶是新进，资格较浅，又近于嗜好品，所以地位不很稳固，放在最后，也并不单为押韵的缘故。顶靠硬的是柴、米与盐，人生日用上除水火外便是这几样，他就是不挂招牌，人家也会寻访上门去，更用不着贴广告。其他只有前清时的烟间，即使是漆黑的狗窝似的一室，顾客闻香下马，爬也要爬来的。末了是棺材铺，虽然店老板客气的说，我们希望年成熟，大家多要合寿材，其实他是心里在冷笑，若是不打算卷席爿，反正要用他的，他忙什么的呢？

翻过来说，那些需要较缓的东西便有竞赛的必要。茶叶铺固然不像布匹洋货的搭彩坊大减价，也曾见有奉送纸盒的广告，这与面粉的附带口袋情形是不相同的。药剂该是人生必要品了，但是扛秤进来，戥子出去，利息太大，自然也有竞争，至于丸散膏丹中外成药，内容成分大有问题，结果是满坑满壁都贴得红红绿绿，有时引起人的怀疑，这些费用是从哪里出的呢？结局得到了反宣传的效果。古人云：“桃李不言，下自成蹊。”果子好吃，正是最好的招牌。

［1950 年 12 月 12 日《亦报》/《饭后随笔》］

磨墨

写字磨墨是小事情，虽然古人有句云，非人磨墨墨磨人，天天磨墨，十年中用不到多少块，人却要老得多了。这是事实，但也只是诗人感慨之谈，若说磨墨是小事，那还是的确的。话虽如此，尽管是小事情，却也颇有讲究。记得袁子才有两句诗云，印贪三面刻，墨爱两头磨，说的是文人常态，我却很有点讨厌，并不是附和心正则笔正的迂论，只①觉得这是太乱来，有如纸写反面，信封倒用，歪戴帽，不系纽扣，不算什么了不得的事，总之这是做事不认真的表示。

我有两个朋友都是书家，他们用墨很是用心，磨的平正不必说了，甲君写屏对往往自己磨上半天墨，不假手于人，乙君磨了之后用纸将湿墨拭去，省得堆积胶着，这未必于书法有何益处，但那种整洁的作法总是可取的。书房里的学生习惯不好，常把墨磨得成尖角，或是两面侧着磨，结果是剑口似的，这些小事情也于蒙养有关，应当及早纠正，因为袁子才的那种做法就是从这里出来的。

［1950 年 12 月 22 日《亦报》/《饭后随笔》］

【锺校】

① “只”原作“这”。

一九五一年

吴友如的画

《点石斋画报》出版的时候，我曾零零落落的看见过一点，随后得到合订本，未必是全份却也分量很不少，只可惜来不及细看，过了几时又送它往来处去了。但是有一件事还是记得，就是吴友如所画的有背景。有些别人的画是单个绣像式的，或者有点景致也是山水画那么样的东西，不像吴友如的是市街背景，大概是那时上海的模样，从好几方面看都有意思。譬如画一辆黄包车翻倒，车上女客滚下地来，题目照例要题黄色的四字元宝翻身之类，别人只好①画了洋车与车夫与女客，此外勾上几笔什么乱麻皴的后景，那么这画面便没有一顾的价值。

吴友如的则于上下四方还要画些什么，实在比中心人物还要多些。车旁边立些闲人，有的挑着什么担，上面一家酒店，青龙牌上写着太白遗风四字，店伙从柜台上伸出半身来望着，远处有戴大帽的巡捕拿着木棍跑来。这是一小幅风俗画，看的人的眼光离开了题目，看见了马路风景的一角，在多少年过去之后，景味便因而更觉浓厚了。虽然这有点近于买椟还珠的办法，但我相信对于吴友如这个看法大概是不怎么错的。

［1951 年 1 月 21 日《亦报》/《饭后随笔》］

【锺校】

① “只好”原作“好只”。

《太平欢乐图》

因了吴友如的画，自然就连想起《太平欢乐图》来。现在只是一册石印小本，原本却是很讲究的，据说是乾隆中金德舆编了送给皇帝看的，由方兰坻①作图，自太平箫以至年画，凡一百种职业。金方二人都是浙西人，所以可以看见百七十年前江浙民间的风俗一斑，也是很有意思的事。所可惜的这是“进呈御览”的东西，免不了有许多封建气，如各色行商人头戴大帽，身穿长衫，与事实太不相符，其着短衣或戴卷边毡帽的不到十分一二。我自己还并不怎么馋痨，但不知怎的颇关心吃食的事，在这册图里略一检点，却发见卖点心的和卖水果的都只是各有八样，未免不满，大概实在也是行业太多，一百种包罗不下去的缘故。小时候最熟习的馄饨担这里便没有，在《江南铁泪图》中，戏台下画出一担来，觉得很可喜，虽然精工不及此书中的元宵担。吴友如画中或者不少此类小装点，只可惜隔的日子太久，已经记不清楚了。现今上海马路边的摊贩花样大有变化，如有吴友如似的人描写起来，那么百十种也一定不成问题的吧。

［1951 年 1 月 22 日《亦报》/《饭后随笔》］

【锺校】

① “坻”原作“抵”。

花　瓶

一

中国的陶瓷器是世界闻名的，西洋人便以支那称陶器，正如古代希腊因为中国出蚕丝，称中国人为舍耳人，至今流传欧洲又转为丝字的语源。这种制品大抵可以分为两类，一是实用品，一是非实用品，现在景德镇等地方还是同样的出产着。第一种不成问题，第二种既非实用，从前还不只是有钱人的玩弄品么，现在要它什么用呢？这譬如花瓶，莫说古月轩，就是新出品吧，有谁还要掏腰包买去做摆设呢？

但是假如稍从远处着想，花瓶等物虽然以前是替有钱的人所做，但终究是人民的手艺，当作中国的工艺美术品是应当着重保存的。前回在苏联展览中国文物，出品中有龙袍，报上说明云虽是皇帝曾穿，却是人民所制，说的很有理解，得要领。还有一点，龙袍是未必再有人想穿（“顺政国皇帝”张顺宝或者除外），花瓶等物则将来工农希望也有人会要，生活好起来，可以有馀裕要插一朵花，有地方可以放一个花瓶吧。英国工人口号说，吃培根（腊肉）比读培根要紧，原是很对的，但既然吃到之后再来读，岂不也是很好的事么？

二

前回我讲起花瓶，说这是插花用的，这话未曾说错，虽然在我自己并不这么做，所以多少有点不诚实，不过一般的说那自然也是可以的。我没有花瓶，在《陶器图录》上见有些朝鲜的所谓李朝辰砂，中间一个榴花的瓶实在看了喜欢，可是实物无从到手，廿多年前在地摊上买到了一个，朝鲜制是无疑的了，却只是几笔蓝色花，质地也并不好。我不曾在这里插过花，因为我不喜欢插花，看花只应该在枝头看，并不想拿去伉在自己的房里，大概因为我不够爱花的缘故也未可知。我觉得那些非时的花即是唐花也可不必，在北京那么寒冷的地方，就是梅花种在院子里也要冻死，必须放在有火的屋里才能开花，那算是例外。别的花草最好在它要开花的时候，在它长着的地方，走去看看最是合适，没有工夫登山临水去找，都会里总该有个植物园，这就够了。

在文明世界里，个人有了衣食住乐①的自由，生活快乐别无需求，山水花木只看公共的就好了，若是有兴趣的话，要买个花瓶却无妨碍，因为陶器可爱，放在桌上看看也是好的。

［1951年2月16—17日《亦报》/《饭后随笔》］

【锺校】

① “乐”原作“药”。

丁初我

丁初我先生作古大概已经好久了。我最初认识他还是在光绪甲辰年（一九〇四），那时他主编《女子世界》，我从《天方夜谈》英文本中把《阿里巴巴和四十个强盗》的故事翻译了，改名《侠女奴》，寄给他看，承他采用了，在杂志上陆续发表出来。我又将亚伦坡的小说《金甲虫》生吞活剥的译成文言，也由他交给《小说林》出版，卷末还有他的一篇后跋，署云“乙巳暮春初我识于文明长寿室”。

那时还够不上学林琴南，虽然《茶花女》与《黑奴吁天录》已经刊行，社会上顶流行的是《新民丛报》那一路笔调，所以多少受了这影响，上边还加上一点冷血气，现在自己看了也觉得有点可笑。

当时上海时常走过，却不曾去找过他一回，不过常有通信，一直到一九〇七、八年，自己想译书卖钱，就没有稿子再送给《小说林》去了。

这以后一直不通消息，十年前从旧书铺得到一部《虞山丛刻》，虽系民国新刻却已很难得，翻开看时乃是丁初我编刻的，仿佛遇见了老朋友似的，但实在却是老前辈，直觉的恐怕他已是古人，虽是高兴又是寂寞，也不曾托苏州的友人去打听他的消息，其实他的年纪或者也只是七十之谱吧。

［1951 年 3 月 3 日《亦报》/《饭后随笔》］

一幅画

我有一幅画，到我的手里有八九年了，我不知道怎么办才好。这如说是画，也就是的，可是又并不是，因为此乃是画师想像出来的一个人的小像。这人是我的四弟，他名叫椿寿，生于清光绪癸巳年（一八九三），四岁时死了父亲，六岁时他自己也死了，时为光绪戊戌。他很聪明，相貌身体也很好。可是生了一种什么肺炎，现在或者可以医治的，那时只请中医看了一回，就无救了。母亲的悲伤是可以想像的，住房无可掉换，她把板壁移动，改住在朝北的套房里，桌椅摆设也都变更了位置。她叫我去找画神像的人给他凭空画一个小照，说得出的只是白白胖胖的，很可爱的样子，顶上留着三仙发。感谢那画师叶雨香，他居然画了这样的一个，母亲看了非常喜欢，虽然老实说我是觉得没有什么像。这画得很特别，是一张小中堂，一棵树底下有圆扁的大石头，前面站着一个小孩，头上有三仙发，穿着藕色斜领的衣服，手里拈着一朵兰花。如不说明是小影，当作画看也无不可，只是没有一点题记和署名。她把这画挂在房里前后足足有四十五年，在她老人家八十七岁时撒手西归之后，我把这画卷起，连同她所常常玩耍、也还是祖母所传下来的一副骨牌，拿了过来，便一直放在箱子里，没有打开来过。这画是我经手去托画裱好拿来的，现在又回到我的手里来，我应当怎么办呢？我想最好有一天把它火化了吧，因为流传下去它也已没有意义，现在世上认识他的人原来就只有我一个人了。

[1951 年 3 月 20 日《亦报》/《鲁迅的故家》]

某先生的词

余苍先生写《〈新青年〉谈屑》，看了觉得很有意思，赶紧写一个信片告诉他二十八画生的事，后来再看，原来他已经说到了，显得我甚是粗心。可是在第七节里，他也露出了破绽，说钱玄同写了一千多字替“某先生”申辩，大加非难，正是活仲达上了死孔明的当，可谓智者之千虑一失了。

这某先生据我所知道乃是黄季刚，他是钱玄同的师兄，旧学不差，新的方面则不但反对而且谩骂，所以又是钱玄同的死对头。钱玄同对他当然也要反攻，可是怎么下手呢？他是道地的老同盟会，个人品行不好，却并不满口礼教，凭空攻击毫无用处，只有打坍他所沾沾自喜的拟古文学的一角，可以给他一个严重的打击。一个以推翻满清政府为目的的革命党员，经过清朝宫阙写诗词，便言不由衷的装进些复辟气的话头，这种八股文学有什么价值。说某先生原不想复辟，只是摹古摹出了毛病，这是笑嘻嘻的打了他两个耳光，某先生嘴里说不出苦来，旁人却是看得明白的。

三十多年之后，事情被误解本也难怪，但那种“故国颓阳”的词，章太炎、刘申叔决不会做，一方面在钱玄同也不会替他们申辩，即使有人揭发他们的缺点，而他们的缺点实在也有。玄同晚年帮助编刻《章氏丛书续编》，手写其中的一种《新出三体石经考》，后来又帮人编辑《刘申叔遗书》，甚为辛劳，他对于章刘二君实在是很有感情的。但是他所佩服的在于实事求是的做学问这一点，至于思想理论与诗文这些，那就没有关系，可以说是“道不同，不相为谋”了。

［1951 年 3 月 26 日《亦报》/集外文］

纪念戴望舒君

戴望舒君去世于今已有二年了。前年的旧历中秋前几天，戴君同了吴晓铃君来看我，今年元宵前夕吴君再来，却谈起他们几个旧友给戴君在整理遗稿的事。戴君的著述我手边只有一册罗马诗人沃维提乌思的《爱经》，还是一九二九年出版的，这部书现在说起来已少有人记得，但如要说接受世界文学遗产，译述古典作品时，这却是重要的一件成绩。

我曾留心过他的西班牙文艺的译本，前年还问及他的《唐·吉诃德》译得怎么了，他说已经完成，交给了胡博士的编译委员会，如今大概已无可查考了。他自己虽然倒似乎没有什么，我们旁人却不免很为惋惜，因为这工作非他不可，而看来又未必有再来翻译之可能。林琴南曾经译过，名叫《魔侠传》，不但是古文，而且还随意乱批，在林译也是下乘，此外别人也有译本，但是理想的译本总是该从原文直接译才好。这回听吴君说，他那底稿现今还存在，经过整理或者还可以用，这也是一个慰情胜无的消息吧。

戴君晚年的工作是在国际新闻局方面，那工作当然是很重要的，但是即在文艺方面，他的工作也很重要，一时还没有替人，因此我觉得这或者更是可惜了。

［1951 年 4 月 3 日《亦报》/集外文］

元朝的白话

看见一册石印元刊本《孝经直解》，是有名的戏曲家贯酸斋所著，每页有图，注用白话，觉得很有意思。元朝白话见于上谕里的是那么的撇扭，颇怀疑是根据蒙古文硬译出来的，现在看这白话注解也仿佛相似，与南宋的《京本通俗小说》差得很远。如云：

官里一人的是呵，天下百姓都托着洪福里行有。

这不看本文，便不知道即是“一人有庆，兆民赖之”的意思。

《夷坚志》里说契丹人读汉文，以俗语颠倒其文句而习之，如“鸟宿池中（今作边）树，僧敲月下门”，则读曰“月明里和尚门子打，水底里树上老鸦坐”。比较起来，文句的组织法大概很有类似的地方，但元朝白话里的用字有些很不易懂。“盖诸侯之存也”，注云“阿的是诸侯大官人每行孝道的勾当有”。勾当在宋人小说中也有这话，阿的此处作这字讲，与《水浒》等书中兀的当是同一个字，但后来却似乎不见了。

元朝那种葛支葛搭的白话前无来源，后无去路，所以可能是那时的洋泾浜话，经永乐定都北京之后，大概就改了过来，成了普通的北方话了吧。永乐这家伙实在是个极恶人，但这一件事总之是好的。

［1951 年 4 月 14 日《亦报》/集外文］

整顿学风令

搜寻旧存稿纸，不意找出些从前裁存的报纸小片来，这种宝贝本来存的不少，是写掌故的好材料，可惜现在只是一小部分罢了。虽然分量不多，可是里边也有很好的东西，如民十四孙中山去世时《东方时报》和《时事新报》的恶骂的社论，民十六李守常等被害时《顺天时报》的风凉话的短评，都是很有价值的，将来会得有适当的用处。

但是顶有趣味的乃是三种整顿学风的命令，照年代来说，最早的是临时执政令，年月是民国十四年八月二十六日。这位段执政自己未必能文，命令却好掉文袋，是有名的事，这里边说什么“既怀斯文将丧之忧，更深贼夫人子之痛”，又云“火烈水懦之喻，孰杀谁嗣之谣”，都是好例。其二是大元帅令，见于民十六年七月二十二日的《世界日报》，所以当是二十一日发表的。张大元帅“惧国本之动摇，悯斯文之将丧”，所以要“崇正黜邪，正人心而定民志”，说的也还明白。其三是民十八年三月五日国民政府令，报纸上标出两句，“怀古人思不出位之戒，遵总理努力学问之训”，看似寻常，却很得要领。蒋帮背叛革命，抓到了政权，开始来遮止人家说话反抗，这以后的二十年一贯的作风，而且愈来愈凶，陈立夫、朱家骅辈的教育特务工作是最高的成绩，可以说是发轫于此的了。

把这三个命令放在一起来看，不但衣钵相传，而且有青出于蓝之妙，我深觉得这回检废纸的收获很不小，就只可惜没有能够把全文抄录出来。

［1951 年 4 月 16 日《亦报》/集外文］

买毛笔

高唐先生的文章里说我一年里出门不过一二回（而且还是至多），这是不大的确的。四月中我往邮局便去了六次，虽然一冬天不出门也曾有过，平均说起来自然也不能说多。

我出门的目的大抵是买邮票，其次才是买纸笔。我不喜欢用钢笔，近来连自来水笔也丢掉了，结果是一年到头只用毛笔，而毛笔实在太不经用。纸反正是一样的需要，用毛笔时什么纸都可写得，也是一种便利，墨则不很耗费，有了十块八块同光以前的旧墨，就可以用上十年八年，所以问题只在笔上而已。一支平常的兼毫，不要到琉璃厂的名笔店去买，大概是五千元，假如每天写稿，恐怕不到一个月就不行了。倘若日写二千字，那么一个月有六万言，笔的本钱才要五千，实在也不算贵。

毛笔的缺点还是在别一点上，即是好使用的期间太短。一支笔写上几天，这才顺手好写，可是没有几时便又变了，笔锋渐硬渐粗，在格纸上写有点儿蹩扭，但丢掉也还可惜，因为它并不是全不能用，这时真成了鸡肋笔了。据卖笔的说，可以拿去再拔一下，仍旧可用，却也不想再麻烦他，所以如不是硬着头皮使用下去，只能早换新笔，那时大概须得两个月用三支笔了。

［1951 年 5 月 6 日《亦报》/集外文］

《天桥志》序

大概在十五六年前，张次溪君拿了他的《天桥志》的稿本来给我看，我很是欢喜，怂恿他付印，他要我给他写一篇小序，我也答应了。年月荏苒地过去，这书没有出版，稿子幸而保存着不曾遗失，去年见到次溪便还给他，了结这十多年来的一件事。次溪将稿本大加修改，成为这一册《人民首都的天桥》，这回真要出版了，仍旧要叫我写序，因为他的敦促，我不能不写，虽然不想写，因为我觉得没有什么可写，所以只好将以前预备写序的话拿来塞责，不能满次溪之意那也是当然的吧。

我欢喜次溪的《天桥志》，觉得它有意思，有意义，因为在那里表现出中国人民的生活。天桥这地方，在一般的人看来，是平民的各种货物与各种演艺的聚集处，这有如市集和庙会，却是天天在集会，永久存在，也时刻在变化。我们亲身参加在里边，见闻体验很多很充足，及至离开之后，便什么痕迹都没有了，凡市集庙会都给予我们这么一个印象，这是很有点可惜的。我们如只为的自己，要去买点东西，或享点娱乐，去过以后就算满足。但是假如退下一步，要想想那里卖的是些什么货色，表现的是些什么技术，不是自己想怎么，乃是从货色与技艺来看大家的需要与享乐，这便于实地观察之外还需要记录的资料了。可是中国过去关于这种民间生活的资料特别缺少，如《东京梦华录》记北宋汴梁的事情，其民俗技艺部分不到二十行，里边说到合生张山人，说诨话刘乔，只有一个名字。至今合生是怎么一回事，诨话是怎么说的，一直令人弄不清楚。《清嘉录》记清季苏州岁时风俗，新年一项下杂要诸戏有高竿走索，穿跟斗，吞剑弄刀等约二十种，均是演技，末后说及说因果和滩簧，也只寥寥十许字，语焉不详，一样的不得要领。次溪从前曾集刊清朝梨园资料，共有两集，内容很丰富，但那些著述的本意大抵只是文人自诩风雅，真是好的资料恐亦难得百一。李斗的《扬州画舫录》不是记风俗的专书，其中有几条杂记却是颇好，如卷五云：

> 二面蔡茂根演《西厢记》法聪，瞪目缩臂，纵膊埋肩，搔首踟蹰，兴会飙举，不觉至僧帽欲坠。斯时举座恐其露发，茂根颜色自若。

又卷五①云：

> 小丑滕苍洲短而肥，戴乌纱，衣皂袍，着朝靴，绝类虎丘山扳不倒。

记述琐屑事，简要地能替艺人传神。这类的文章在有名的《燕兰小谱》中就难找到，那里专记旦角，也正是一个原因。这回我看见次溪的“天桥新志”的草稿②，第四章专讲天桥近时所演出的曲艺和杂技，分属于说唱和属于软硬杂技的两类，第五章为天桥人物考，叙述近百年来天桥艺人的事迹，加上若干难得的图画，差不多把天桥演艺方面的面相整个地映写出来了，在这上面可以说是空前的成功的著作。我觉得特别有意思的更是其中属于说唱的一类，它于一般叙述之外，又有些说的唱的话也记了下来，这是很重要的一点，譬如拉大片数来宝，我们即使听不见附属的鼓钹或拍板的响声，但读了那一部分文句，也就能真切地感觉，比杂技一类更是易于了解了。这不但说明了那些民间艺人怎么地演或演的是什么，更使我们知道民间观众所喜爱的是什么，至于可以供人民文艺工作者与研究者的参考，那又是另外一种用处。我只可惜这里关于天

【锺校】

① “五”原作“十一”。

② “稿”原作“案”。

桥的货物即是摊贩的事情没有说及，但我知道次溪在这一方面搜集的材料也不少，曾说过想整理出来，那么将来会得有增订的机会，使《天桥志》更是完全，也正是天桥爱好者的所共同希望的吧。

一九五一年五月七日，周遐寿。

[1951 年 5 月 7 日《人民首都的天桥》/集外文]

温独公揣鱼

天天读居士山人的《下乡杂记》，看到有些绍兴事情，觉得离乡三十年，许多都改变了，虽然老婆子叫她的丈夫作“佁（音额挨）屋里”还是同以前一样。揣鱼，揣读若朵，冬月赤身入水摸鱼，这件事是知道的，这名称以前不曾听见过。小时候听母亲说这种人叫作“温独公”，不晓得是什么意思，其事则云泅潭，上读丁瓦切，瓦亦读土音，下读去声，意义则是“如文”很易明了。《越谚》上没有记载，卷中有泅人头潭一条，注云，东坡《日喻》所谓南方多没人是也，这没人似乎倒是古雅的名称，虽然没头潭只是小孩们的玩要，低头钻到水里去，并不捕鱼，也不是在冬天。

从前听人说，“温独公”照例有一件老棉袄，是用砒霜煮过的，他从水里上来的时候，便裹上这件衣服，没有用火炉把屁股都烤烂的话。自然这只是听来的传说，而且是五六十年前的事，这其间变化也是很大的。奇怪的是《越谚》著者是皇①甫庄人，那里正是水乡，不知道为什么关于渔夫的事情一点也没有记录，连平时常见的敌榛榔头鱼，也并不说及。据施愚山的笔记里说，这就是古文中所谓鸣榔，据说在江西多有，渔人以椎击木，使鱼惊伏不动，以器取之，可知在别处也是有的。

［1951 年 5 月 17 日《亦报》/集外文］

【锺校】

① “皇”原作“王”。

重译书与重出书

重译书究竟是否多是每况愈下，而不是后来居上，我想这很是一个疑问，还得要加以调查研究。顶重要的一点是，重译书与重出书的区别须得分清楚了。重译书是明知道这书已有译本，决心来从新翻译，这里必定有什么一种原因，如不是发现前译有错误，要来改正它，便自信重译一遍，可以更为达雅，才肯费了时间精力来做这样的工作。假如是有这样用意来动手重译，那么在理论上说总不能比前译更差。重出书则是彼此全不接头，同时或前后译成出版，译文虽有好坏，那完全是偶然的，与翻译先后可以说是没有什么关系。有用意的重译，我以为是值得奖励的，一面加上正确的批评工作，使得读者能够择取比较优良的译本，在译者出版者方面也是一种警惕，不好再随便从事。至于译书的重出，除了目的专为谋利的抢译抢印，系属不好的现象外，似乎没有多大的害处。如要帮助读者免花冤钱，可以加重批评，分出好坏来，再来办好翻译工作者通讯机构，交换消息，也可减少重复的翻译。只要译者出版者不专注重利润，对于文化负点责任，出的东西够得水平线以上，重出的版本也有用处。中国地大人多，文化学习日益发达，书籍需用很多，能够供应都是好的，何必限定一本，只此一家的去发行，反而使效用减少了呢。外国常有许多古典著作，翻译至再至三，那既不是谋利，也不见得因为以前名人译本有什么大错误，大抵只觉得照他的意思这样译法最好，所以来实行一下，与别的各本并行，于流通古典，推广文化上边增加一分力量，这是大家知道的事。

中国只要物力人力足够，这样的办也是很好的，目下虽然力不能及，但照这原则说来，书的重出不算坏事，那总是明了的了。

［1951年7月15日《翻译通报》/集外文］

我的手艺

我有一种手艺，并不在三百六十行之内，也并不由师父传授，但总之可以这样说，这便是补破钞票的手艺。

以前听说上海有过一回钞票平摺运动，我对于这事十分赞成，但是这只做到一半，便是可以保护钞票，不至于因摺叠团捏而撕裂，对于新或半新的钞票是很有好处的，可是对于那些已经撕裂的便什么用处都没有了。我们有时拿到一叠票子，譬如说五千元的一百张，里边尽可能①有一两张是两半了，并排的放着，银行里没有工夫粘合这是无怪的，可是用起来很不方便②，必须用③纸来糊一下才行。糊过的钞票市上也常有，可知补破钞票的人是到处存在，那么我的本领并算不得什么，不过老实地说，那些都糊得不大好，所以也就是够不上说手艺。普通的缺点是用纸、用糊，以及贴法都不合适。随手撕一条报纸或是包茶叶的绿纸，厚厚搽上浆糊，嗒的一下贴上去，两半片粘在一起了，已经可以使用了，但是难看得很，不但损了钞票的威严，放在口袋也感觉得不愉快。

我的办法是先拿来泡在热水里，除去破纸旧浆糊和票上的灰尘，取出压平，乘半干在破口俭省的涂上浆糊，用多少皮纸性的薄纸裁细条贴上，将票面花纹拼好，这就成了。有如一件补好洗过的蓝布衫，破旧不成问题，总可以穿得出人前去了。这件事说出来平常得很，只要稍为有

【锺校】

① “能”原作“是”。
② “便”原作“能”。
③ “用”原作“由”。

点耐心，人人能做，只是据我这三两年在上海、北京的经验，曾经入手的人民银行钞票中间不曾发现过补得好好的票子，所以截至今日为止，不得不让我自称这是我特有的一种手艺了。

[1951年7月22日《亦报》/集外文]

薑与姜

简字这东西，在中国可以说是“古已有之”的。文字照例是因“孳乳”而增添出来的，凡是声形的偏旁便是后起的东西，譬如雞可能最初只是奚，鴨也只是甲罢了，后来觉得它与别的奚和甲没有分别，于是去加上短尾或长尾的鳥字偏旁，虽然论理雞倒是长尾巴的，同鴨该当对换一下。由简而繁，以资区别，这是第一步。第二步却是由繁而简，以便书写。这里就说到简笔字了，它的历史大概可以从六朝算起，也够得上说古了吧。

简笔字的好处在哪里？因为笔画简少，好写，这好处是显然的。例如薑字有十八画，医生写作生姜，只有八画了①，这就省去一半以上，写起快得多了。可是薑字虽已解决，还有手脚冻僵，万寿无疆与新疆等字怎么样呢，不见得可以人旁土旁写个姜字做替代，这是什么缘故？医生开方常用姜半夏或生姜十片，所以简化了，万寿无疆是与他无关的。我们偶然写一句观自在菩萨，并不觉得什么，但唐人写经中往往只写两个艸头，因为太是频繁，和尚们也感到麻烦了。又如写吏部老爷四字，也并不烦厌，但书店会计写账某书一部，前清长班写门簿某老爷到，却都写作一只花耳朵，因为写得太多了，虽然部字实在也只有十画。因纸面关系不多举例，但即此也可以明了，同一文字之频繁使用为简笔发生的重大原因。

［1951 年 9 月 9 日《亦报》/集外文］

【锺校】

① 此处笔画计数有误。薑字应是十六画，姜字为九画。下文同。

简笔字重在写

简笔字发生的主要原因既然由于文字的频繁使用，那么其范围亦遂有限，不能有组织的悉加简化，变成可以普遍使用的东西。有如薑字简了，别的字还是没法办。我最感到困难的，如鑽鑿二字，一直没有简写法，后者笔画虽与前者差不多，可是写起来特别麻烦，这岂不是因为木匠不大记账，所以没人去管么？若是藍字，大概是染坊里创造，把艸头的右直拉长，点上一点就成，很有天才，就只可惜不能通用于籃字鑑字，但这也不能怪染坊的司账，因为籃字在他的账簿上本来是没有用处的。

根据上面的话，简字的必要是不成问题的，因为在记录上用正体汉字实在费工夫。用简字完全为的写得便利，这理由正是与速记相同的，如为自己存查，只要自己能懂，任何符号均可。如要付印，只要排字工人认得就好，别的没有什么问题。据个人所了解，简字的用处全在于写的上面，而不在于看的方面。例如薑字，写作姜字省去了十笔，当然爽利，若是拿来看时，无论看十八画的薑或是八画的姜的眼睛感觉大概是一样，并分不出舒服不舒服吧。我很赞成写字大家多用简笔，可以节省光阴，至于印在纸上，这用处恐怕不大。在新疆与万寿无疆字须识得的时候，看薑字并不吃力，虽然姜字用处也有，在书上有姜太公、孟姜女和姜伯约的人物。

［1951年9月10日《亦报》/集外文］

阿官与洋娃娃

我们写文章往往觉得语汇缺乏，有些名词形容词动词都难找得适合的字，有人以为这是中国语的缺点，其实是不然的。现今写文章称曰语体，这所依据的是什么语呢？老实说这只是官话，上面加了点欧化而已。官话即是知识分子的话，去谈他们那一套话大概是够用的了，要说到许多自然和人工的名物以及动作，在他们书房与书本上都没有，便觉得困难。但是在方言里老百姓口里大抵可以找得到，只是不曾去找，也还不会利用。

例如一本小说名叫《哥儿》，鲁迅也只是那么译，此外似没有好的译法，据《事物原会》说哥犹云郎君，明末天启即位时李选侍还称为哥儿，清朝也叫皇子为阿哥，出典是可靠的，但不能说是通俗。在方言中去找看，俗语的“少爷”可惜含有“贬”的意思稍多，乡下说“阿官”便很相近了，他比少爷要幼小，不懂世故，而更为天真，但这句话的流行区域不广，还不便使用。又有一部剧本，译名《玩偶家庭》，这题目一直没有人能译得好。玩偶二字固然生硬不适用，俗语有很通行的一个，叫作洋娃娃或洋囡囡，用在这里怎么样？译外国剧本，叫里边的女主角说这是洋娃娃的家庭，别扭是有点不免，但转侧一想，总比玩偶还好些吧。

问题是这玩具为小人们所那么宠爱，怎么没有一个不带洋字的土名字呢，在方言中有没有，还须得好好去发掘才好。

［1951年9月23日《亦报》/集外文］

一九五二年

中学读古诗的意见

对于语文教学我全然是外行，因为我不曾担任过中学的本国语文功课，这里只是以学生父兄的资格来提出一点意见，说得不对的地方要请大家指正。

我的意见是关于中学里的文言问题的。中国的文章虽说是有古文与白话两种，可是实际上很难划分出两个时代来。西欧各国的文字语言大抵在文艺复兴时分界，成立了现代语，一直通到现时，这上边便是古代语，现代的人就可以不学，所有的古文书籍差不多也改译过来了。中国的白话文才成立于“五四”时代，难道我们也可以就此划分，把以前的都作为古代文么？这照道理没有什么不可以，但事实上很有困难，这上段的时间太长，著作太多，什么能够译成现代语呢？若是向前推上去，那么到哪一时代为止，据我个人看来，实在很难找出一个段落，宋文即使和两汉文有多大差别，但与白话文比较还不同是古文么？这是语文上的一个重要问题，我想须得由学术教育专家来解决才行。在这解决之前，中学里便总留存着关于古文的一个问题，便是对于中学生要教他多少课古文，希望他懂得古文到什么程度。

这个问题我是常在想到，但也说不出别的什么意见，因为这也不是外行所能解决的。但是在这期间，中学里多多少少总要教些古文，但并不一定够把他们教会看懂文言，这里我有一点意见，主张可以多讲点韵文，这是可能比较散文更有益处的。我的理由是：一、读两篇散文，不可能就懂得一点古文，读一首诗却得到一首诗的益处，因为二、诗是中国的主要文学遗产，而且三、比散文直截容易领会。

现在从第二点说起，这主张大概是没有什么反对的意见的。中国很早就有《国语》《战国策》那么漂亮的散文，叙述对话，都很细腻，可是转变不出小说来，太史公一直有名，但这也只是当古史读，即使全译了出来，要使得青年必读，那是很不可能的事。小说我们算它起于宋代，那已在希腊罗马的小说千年之后，它的来源也还是从民间发生的。诗从《诗经》起便一半出自庙堂，一半来自民间，中间由士大夫接了过来①，却还与人民不全脱节，一直演变下来，经过词曲歌谣，与老百姓的口耳相接触着。“五四”以后，白话文取文言而代之，与以前的说部的文字接上了线，白话诗却彷徨了很久，它与山歌和快板走了岔道，那些倒与诗是一个系统，虽然样子有些变化了。我们假如以韩愈为例，他的散文无论哪一篇，现在拿出来恐怕都已没有一顾的价值（这也因为是本来没有价值），但是他的诗，譬如收在《唐诗三百首》里的《山石》，便觉得也还不差，那些景物的描写总是很有力的。

韩愈的那篇《原道》，即使不提他那封建思想，单看文章也就够恶劣的，如云：

> 呜呼，其亦幸而出于三代之后，不见黜于禹汤文武周公孔子也，其亦不幸而不出于三代之前，不见正于禹汤文武周公孔子也。

完全是滥八股调，读了要觉得恶心，但是诗里既然容不得封建思想，句子也文从字顺，并不怎么难懂，这里便说到上边的第三点了。我们且抄

【锺校】

① “来”原作“出”。

引几句在这里：

山石荦确行径微，黄昏到寺蝙蝠飞。
升堂坐阶新雨足，芭蕉叶大栀子肥。
僧言古壁佛画好，以火来照所见稀。
铺床拂席置羹饭，疏粝亦足饱我饥。
夜深静卧百虫绝，清月出岭光入扉。
……

这诗并不一定怎么好，只是用韩愈作例，所以引了这一篇罢了。其实我想起这个意见，还是从别的诗来的，那是一部木版大本的书，上下两册，光绪年间江楚编译局所刻，书名是《小学堂诗歌》。据说那是缪荃孙所编，虽然并未署名，因为那时颁布学堂章程，小学堂有诗歌一门功课，所以官书局刻了这部书，采用唐宋古诗，后加浅近说明。我记得其中有一首云：

小娃撑小艇，偷采白莲回。不解藏踪迹，浮萍一道开。

后边一大篇话，说得颇有意思，大抵是依据徐而庵《说诗》里的，至于作者是谁，却已忘记了。这固然是突出的例子，但就是别的五七言绝句也多是如此，即以《山石》为例亦是一样，只有些字面须要解释，或者加字，读下去大抵就可了解，它与散文不同的是没有虚字，却只是多用实字堆叠下去，除字义外极少特殊的语法需要说明的，我觉得诗的句法往往比散文要与白话相近。这或者是我个人的偏见也未可知，不知道有经验的老师们以为怎样。

中国的文学遗产里，小说自然居其一大部分，但那至早只是明清的产物，讲起数量分量也不算多，戏剧如元曲也是一部分，但领解不大容易，散文的地位更占得不多，顶重要的自然要算是诗了。现在要使得学生能懂得某时代（其实是某种程度）的古文的标准还未确定，读几篇文言散文未必有什么效用，似乎不如多教些诗歌，可以叫他们直接接受一点文学遗产，倒可能更有实惠吧。

西欧的那些新兴国家运气都很好，他们成立了现代语，随后文学发达起来，所以文学遗产差不多是用现代国语的，偶然有点古代著作，翻译不难，或者不甚重要，没有什么关系。只有像现代希腊，他就要很吃点亏，须得都译过来读，因为他们字母不变，文字却已变动了。中国的情形是很特别的，古文与白话文是很不同了，字却是又同又不同，写成文言体时几乎是“死文字”了，但拆开来的时候又可能是活的。因为有这特别的情形，《原道》虽是那么别扭，而《山石》却还可以读得懂，这不能不说我们的运气也还有一半的好了。

世界的文学遗产，我们要去接受，势必须出于翻译，若是本国的文学遗产也须经过翻译，那总是有点不幸的事。中国过去文人使用文言，是既成事实，也就无可如何，将来有些子史等书当然只好翻译，但古诗若是可能，最好还是直接去读，这可能我看还是有的。中国诗歌的传统是用韵，假如翻译古诗为白话，不用韵便不像诗，用韵又搞不好，至少这力总是白用了，读的人和原诗还是毫不接触着。现在利用现成白话里的汉字，去读唐宋人的古诗，只消略加补充引伸，原文就可以懂得，这比翻译岂不是事半而功倍么？自然这应用也有限制，如许多七言古诗就不能这么办，但总之比散文还要好弄点，因为那些最讨厌的虚字是没有的。

［1952 年 1 月《语文教学》/集外文］

刘天华的南胡

老鹰先生在一篇文章上讲他自己与二胡的故事，说及刘天华，使我想起刘君和他的南胡来。我有好些偏见，一直没法子改变，对于二胡的意见也是其一。我向来对于胡琴有点反感，这在我们乡下就只叫作二胡，后来也知道胡琴或二胡之中有好些区别，我以前听见过的只是一种，可是正当名字叫作什么，与别的什么不同，我不曾把它弄得清楚。我观念中所有的胡琴便是这一种，胡琴的弓拉在弦上叽叽嘎嘎的发出①很刺耳的响声，自然因为拉得蹩脚的多，所以更不好听，但在我是即使广播里、戏台上的也并不觉得好，因为我是不懂音乐的，而且又有了偏见和反感。

不记得是在哪一年，大概是在刘半农那里听了他的令弟天华的南胡独奏，这才知道二胡中的南胡，这可能是二十年前的事了。我不懂得这是怎么的好，但总之觉得这与以前的胡琴不同，听了一点都没有反感，虽然南胡是怎样的一种胡琴，所以有这差别②，我也终于不曾清楚。当时听他演奏的是《病中吟》与《空山鸟语》，也听过《八面埋伏》，第二次是听的留声机片，在刘天华的追悼会上，大概也是《病中吟》吧。刘半农去世在一九三四年，天华还要早几年，所以听他的南胡或者当是一九三〇年以前了。刘天华教了好几年书，应当传授了好些学生，我只知道一位蒋风之，虽然没有听他演奏过，也是擅长南胡独奏的。

[1952 年 1 月 6 日《亦报》/集外文]

【锺校】

① “出”原作“上”。

② “差别”二字原倒错，今乙正。

宋朝的桌椅

多少年前看午门上的历史博物馆，印象很是淡薄了，所记得的东西中间有宋朝农家用的桌椅，至今还是宛然如在目前。这是不久以前在河北巨鹿县发掘出来的，北宋大观年间那地方因黄河决口淹没，经过了八九百年之后偶被掘着，发现陶器很多，这桌椅也在其内，侥幸保存在博物馆内，使我们能够看到。我不忘记这桌椅，因为它的古的缘故么？并不是的，这倒是因为它的新，我一看好像是很认识的样子。这乃是用粗糙的木材所做，桌椅的脚有的使用整的树枝，不加削光，它的样式却与小时候看见乡下所用的完全无异，那一种高背的一字椅就是以前曾祖母晚年一天到晚坐着的，不过木材较好罢了。

从这一件小事情看来，就感觉中国文化传统之如何久远与坚固，至少这证明从西历十二世纪至十九世纪之间这一直那么维持着，后来洋式家具流行起来，这传统遂发生变化而缺断了。洋式家具在西洋是有其历史与地理的关系的，但输入到中国来，便成了喧宾夺主的情形，只足以造成坏的影响。《文艺报》五卷四期的社论中云：有些人以为学习技术就只有学西洋的东西，而轻视自己民族的艺术遗产。这是针对文艺方面说的，但一般文化艺术上也正可以适用，我觉得中国的工艺品在这一点上也该同样的注意。把握本国的艺术传统，批评的发扬光大，一面批评的接受外来影响，这样子才能获得良好的结果。

［1952 年 2 月 1 日《亦报》/集外文］

鲞冻肉

今年冬天北京天气不大冷，平常在一月中间总有两天要冷到零下十五六度，但今年最低只是十度而已。尤其特别的是门窗玻璃上不冻冰，不像每年那么一到早晨，便都变成了花玻璃，有时还冻成山水花草模样，等到火炉烧暖了，窗台上又流满了水，现在是拉开窗帘，干净清澈如平时一样。我想原来天气或者是如此的，每年有寒流过来，便那么大冷，今年不听说来，所以显得和暖。别处大概也都是这样，乡友从上海来信，说旧年想做“鲞冻肉”吃，就恐怕不冻，虽然不曾说明度数，可见是情形差不多了。

说到鲞冻肉，我们家里倒也想做，做了放在院子里的空水缸内，也不会不冻，可是今年不曾做得。鲞冻肉是乡下过年必备之品，《越谚》里说：“为过年下饭，通贫富有之，男女雇工贺年，必曰吃鲞冻肉饭去。”做法很是简单，只是白鲞切块，与猪肉同煮，重要的是冻了吃而不是吃现煮的。有钱人家加入鸡肉，名曰鸡鲞冻，其实可以不必，但如在上海用去皮猪肉来做，怕冻不好，那么加些翅皮进去是最好的方法，这只是鲨鱼的皮，大概不见得贵吧。

我们的鲞冻肉没有做成，原因是有肉无鲞，不知怎的在西城平常买南货的店铺里都找不到一片。白鲞虽是比勒鲞、王瓜头鲞要好一点，原是用黄鱼所晒，算不得什么奢侈物品，在推行物产交流的时候，正该多发出来，如今却是找它不着，是很可惜的事。（江瑶柱我们不需要，市上还是有的。）

［1952年2月5日《亦报》/集外文］

《乌克兰民间故事》序言

我们谈乌克兰民间故事，不能不从果戈理（N. V. Gogol）说起，因为乌克兰是他的故乡，他自己是一个哥萨克人，他最能理解并尊重乌克兰的歌谣与故事的价值。他的大著《死魂灵》是成于晚年，但是他的早年著作也并不是不重要，他在那里便给他故乡的历史与人与地做了很大的纪念。

乌克兰亦称小俄罗斯，或南俄罗斯，是一个大草原，大家知道它是苏联的谷仓，但是这也就规定了它的历史和人民的性格。这是一个平原，所以是四通八达的，北边是大俄罗斯，西边是波兰，南边是克里米亚，东边是北高加索，这两面都是鞑靼族，波兰是天主教国民，在希腊正教的信徒看来也是外道。在十三世纪上半，成吉思汗的儿子拔都侵入俄国，夺取了乌克兰首府基辅，后来在伏尔加河畔建设了钦察汗国起来。十四世纪中，白俄罗斯的该地明王解放了南俄一带，乌克兰逐渐统一，哥萨克人也从此出现了。据说这里民族成分很是复杂，有的是波兰的亡命，有的是从鞑靼和土耳其来的，逃亡出来，什么都没有，什么都不怕，能够吃苦冒险，这边也让自由加入，就只有一个条件，必须信仰希腊正教。这些人便叫作哥萨克，有人说这字源出于土耳其语，但未知其详。

果戈理曾经想写过一部六册的乌克兰史，没有写成，但在引论上有云：

> 在三个敌对的民族遇着的地方是以人骨作肥料，人血来浇灌的。一次鞑靼族的侵入就毁坏了种地人的整个工作，草地与稻田被马蹄踏坏，或被火烧掉了，房屋拆成白地，住民逃散，

或是和牛羊一起被赶出去当俘虏。这是一个恐怖的地方，因此那里只能造成一种能战的人民，结合坚固，强悍凶猛，他们的整个生存就是专为战争，训练了去作战的。

他们的目标当然是保护乡土，但又一目的乃是抵抗外道，因此他们的时代与情形仿佛与西欧的十字军武士有点相像。但是如果戈理所说，这却是并不相同的：

他们并没有罗马公教（即天主教）骑士的那种严峻，他们并不立什么誓愿，或是斋戒，他们对于自己不加什么限制，或克制情欲，却只是像他们所住地方特聂伯耳河中的岩石似的屹立不屈，在他们狂暴的酒宴快乐的中间把全个世界都忘记了，有些亲密的结社，像在强盗集团所有的一样的东西，联结他们在一起。他们一切都是共有：酒，食，住所。一个永久的恐惧，永久的危险，引起他们对于生的轻视。哥萨克对于一斗的好酒比他自己的死生更是关心。这个边界上的公民，只看他着了半鞑靼半波兰的服装，这多么显明地标示出边区的精神，——亚洲式的骑在马上跑着，一会儿没在深草里了，一会儿像老虎从埋伏地出来似的那么快地跳了起来，或者忽然从河和池塘里钻出来，都带着污泥，对于鞑靼人是一个恐怖的影象。

这些武士守护着那草原，阻住亚洲的外道民族，不让侵入欧洲，一面也把社会建设起来，据说在十六世纪初头村镇生活已经很整齐了。因为是边界地区的关系，男子都有从军的义务，哥萨克的风气普遍各地，犁与剑二者差不多是各家必备的东西。又据果戈理说，就在平常时候，年青的单身汉子已常潜过边境，去掠夺鞑靼族的妻女来，同他们结婚。他说道：

因为这混合的结果，他们的脸相当初各不相同的，有了一个共同的模型，大抵近于亚洲式的。于是出现了这么一个民族，信仰和地域是属于欧洲的，可是在别一方面，关于生活，习惯和服装，却全是亚洲的了。这是这么的一个民族，在那里世界的两极端接触着：欧洲的谨慎与亚洲的不关心，素朴与狡狯，紧张的努力与最大的懒惰和随便，希望发展完全与对于完全显得冷淡的态度。

这样一个民族的生活是够紧张也够伟大的了。果戈理自己是乌克兰地方的人，他的祖父是札波罗什的哥萨克部队的书记官，不但本身是其中的一人，而且长于讲他们的故事给他的孙子听。果戈理要给自己的故乡写一部历史，纪念那永久在活动的民族，因了他们的邻人，地理的位置和生活的危险的缘故，即使天性本来懒散，也被逼迫不得不前去干那大的事业。他查看古史，搜集歌谣故事，结果那六大本并不下笔，却写了一篇故事，乃是讲十六世纪哥萨克头领搭拉斯·布耳巴（Taras Bulba）的。这故事在第二次增订出版的时候也只是十二节，不过一百多页，批评家却说它是哥萨克的史诗，虽然长短相去很远，有人把它与荷马相比，实际上也并不是没有关系的。它的原本还要短，本来收在果戈理的《庄园的晚上》的第二集中，那两集里共有小说十二篇，这一篇差不多是历史小说，写乌克兰近古的时代与人，其他都是写乌克兰近代的地与人，但是一样的富有民间故事的色彩。果戈理很爱他本乡的民歌，在给友人的书信里说道：

民歌啊，你是我的快乐和我的生命！我怎么地爱你呀！我所翻读的史书，放在这些清晰的活史书旁边，显得多么没有血色呀！我没有民歌不能生活，这把一切事情表示得更为清晰，过去的生活和过去的人。小俄罗斯的歌谣是它的一切，它的诗，它的历史，和它的祖坟。不曾深入它里边去的人，不会懂得俄国的这一部分殊胜地方的过去的。

关于传说故事，他也在小说中常常说及，这大都是他的祖父讲给他听的：

> 我的祖父（愿他在天上安乐，在别个世界上吃有罂粟子和蜜的白面蒸饼！）会讲故事，讲得非常好。在他讲故事的时候，我就坐在我的座位上一动都不动，直听着他讲。那些古代的奇事，关于札波罗什（即哥萨克）人和波兰人的侵略战，古代英雄波尔科瓦等人的勇敢事迹，也还不及讲古时事迹的那些传说更有意思，这常使得我沿着脊梁发出寒战，我的头发都直竖起来。有时候我的恐慌那么的大，一切东西在我望去都像是莫名其妙的什么怪物。

《庄园的晚上》两集中便显现出这些传说故事的影响，乡土气息与神异分子混在一起，他描写乌克兰夜间的美，草原与村落的美，在这背景里复述一节民间的传说，我们可以推想有的或者是他祖父所讲的吧。最好的倒是那篇《五月夜》，列夫科和他的爱人汉娜讲哥萨克伯长的女儿投水的故事，她的后母是个妖婆，化了黑猫想去害她，后来父亲又把她赶了出来，她遂投池中溺死，成为水妖，找列夫科帮她找后母报仇，就是一篇好的民间故事。此外还有三四篇，也以妖婆为材料，这些都是基督教色彩很浓厚，据我们看来，不及没有撒但以前的古时的故事好了。（许多民间故事根本上就都是那么地古老。）但是他在别的两篇，如《旧式的财主》和《两个伊凡打架的故事》里，他同时描写了人们日常的愚蠢与无聊，这差不多已是《死魂灵》一路的著作了。

我们在这里选译了几篇乌克兰民间故事，聊作果戈理去世百年的纪念，也就请他说明乌克兰与故事的特色和价值，省得我们瞎子摸象似的来任意地说了。

启明，一九五二，五，一〇。

［1952年5月10日作/集外文］

《俄罗斯民间故事》序言

介绍民间故事是用不着多说话的。民间文艺即是原始的文艺，歌谣是最古的诗，故事是最古的小说，尽管有人加以轻视，它的地位却总是确定实在的。这本是民众集体创作，不经过刻板纪录，纯是口耳相传，所以生动流畅，有它活泼的生命，内容与形式都是老百姓所喜闻乐见的，民族风格和民族气派这一句名言用在这里可以说正是恰好。在西欧各国，十六七世纪中宫廷文学很占势力，文人拿了这些材料来加工，可能使它变了样子，可是留在民间的还是健在，永远保持着它的特性。从那里取得源泉，正常地发展起来，这便可以成为真正的文艺。如在俄国的前世纪，他们排除了西欧的模拟作风，从本国民间出发，普希金和涅克拉索夫的诗，果戈理和谢德林的小说，都是如此，他们与民间文艺的关系是很显著的事。我译了一册《乌克兰民间故事》，是果戈理故乡的出品，这里再译了一册俄国的故事，有几篇可能是那几位文人所曾经听说过的。这些故事富于空想与风趣，诚有如英译者所说，远超过日耳曼的作品，但更重要的是在社会的意义上亦是如此，在王公神怪的队伍中间，穆日克（农民）的立场与态度很是确定，这也与西欧是很不相同的一个要点吧。

岂明，一九五二年六月十日。

［1952 年 6 月 10 日作/集外文］

一九五五年

《浮世澡堂》引言

式亭三马的《浮世澡堂》，与十返舍一九的《东海道徒步旅行》(原名《东海道膝栗毛》)，是日本江户时代古典文学中滑稽本的代表著作。

日本文学自古代以至“明治维新”(一八六八年)，照例分作三个大段落。其一是奈良平安时代。日本皇室政府初在奈良，至八世纪末迁都平安，即现今西京，直至十二世纪末，这一段落以建都地方为名，这是王政时期，政治文化都在贵族阶级的手里，所以这一期又称为贵族文学时代。当时发生和发达的文学，最初是传说历史、长短和歌，随后是散文日记传奇，最有名的《源氏物语》五十四帖便是这时期的产品。其二是镰仓室町时代。这时皇室仍在平安，可是经过平源两家争权内战，政权下移，源赖朝推倒平氏，在镰仓建立幕府，以将军身份代行天皇职权，至十四世纪上半经过南北之战，足利尊氏立为将军，幕府设在室町，直至十六世纪末才又改革。这四百年间发达的文学除和歌外，有讲打仗的军记物语，戏曲方面是谣曲与狂言，因为主权在于武人，所以称为武士文学时代。其三照例以幕府所在地为名，即是江户时代。德川家康把幕府设在远离京都的关东，避开贵族文化的薰染，又利用儒教钳制思想，一般对于人民压得更紧了，可是他一面又有办法对付诸侯，制定“参觐交代”，分封在外的军阀须得隔年到江户来，给幕府办事，这样便免去了尾大不掉的弊害，在德川治下起不了内战，这给将军很大的安心，同时国内平静，工商业发达，一般商民也抬起头来了。民间富庶，固然也使幕府更有搜刮的机会，可是经济文化的实权逐渐落入平民的手中，他们依据了自己文艺娱乐的需要，创造起来，所以这二百多年间政治最是反动专制，可是这却是平民文学时代了。

关于江户文学的内容，我们又得分开来说，因为这中间又要分作上方文学与江户文学这两节。平安是日本旧京，大阪也就在京都近旁，所以京阪方面与关东相对，称作上方，即是上边的意思。德川时期的工商业发展首先是在大阪，所以这上期的文艺差不多是由大阪的商民主持的。武士是统治阶级，在政治上无论是怎么的骑在平民头上，但是到了手头空乏，要想向商人通融，虽然表面还不见得肯低头，可是商民却要昂起头来，对武士不大看得起了。大阪人的诨号至今叫作赘六，一说便是那时商人的夸世的话，说武士的弓、箭、甲、胄、刀、枪这六件事物，在他都是赘物，是一个例子。文艺上的改革是，由俳谐连歌发生了俳句，谣曲变成了净琉璃，有近松门左卫门那样的巨匠来担任作剧，小说也由宫廷与战场的物语变为《浮世草子》，即是社会小说，井原西鹤的声名至今还独一无二。但是江户是幕府的所在地，虽然在京都人看来是东夷之类，却也不客气的繁盛起来，结果是接着上方兴起了它独自的文学艺术。戏剧于净琉璃外兴起了歌舞伎，绘画则脱离了汉画的派别，由浮世又平（即是口吃的又平）开创了浮世绘，自称是大和绘师。诗歌方面不但完成了俳句，还由杂俳蜕化出来讽刺诗川柳，到现在都还有生命。小说方面不去继承以前的系统，却从头搞起，从连环图画似的小册子起首，造成了各式各样的作品，总名叫作草双纸，滑稽本就是其中的一种。

草双纸这名称看去很有点别扭，据日本史家考究，说这该是“草草纸”。“草纸”古时常作书册解，平安时代有著名的随笔《枕草纸》，第一个“草”字意思是说粗糙的低级的，原意云妇孺所用的通俗书本，只因两个草字碰在一起不大好，所以把第二个字改作同音的“双”字了。这其中最先出来是所谓“赤本”，即是红书皮，在十八世纪前后早已出现，内容差不多都是童话故事，以图为主，空处写几句说明或说白，接着是“黑本”，书皮用黑色，加入些报仇打仗等材料，这是第一批。第二批是“青本”，本来是蓝皮书，只因青中带黄，所以又通称“黄表纸”，这也是画上加说，可是对象已由妇孺而转向大人了。这类书的第一种是恋川春町的《金金先生繁花梦》，系借用卢生的黄粱梦故事的，上下两册，每册五页，图各十面。黄表纸的特色是内容的解放，取材很广，又一改以前黑本那种平铺直叙的写法，写得更有曲折，而且运用诙谐机智，说得更有风趣，投合时代的嗜好。那时吉原游里十分兴旺，黄表纸有许多便专来写那里的情形，称为洒落本。“洒落”本来是中国语，这里却有漂亮时髦的意思，便是说叙说时髦人的，因为篇幅比较长了，把纸张放大一点，于是在形式上称为“中本”，以别于那些小本子。从这洒落本里省去了“花街柳巷的事情”，只留存那些诙谐材料，结果即成为“滑稽本”，翻过来偏重那些男女情事，又另成功了一种别的小说，这名为“人情本”，代表著作有为永春水的《梅历》。春水原是三马的门人，《梅历》在近代一直禁止翻印，被当作江户文学中淫书之一。比中本更大一点的有合卷，是三马开始设计的，即是把从前的小本五册合作一卷，发行二卷一部，便有以前十册的分量，于发表长篇是很方便的。这之后又从合卷演化出“读本”，成为专门阅读的小说，图画只是绣像，成了附属品，这是一个很大的变化，可以说已经脱出了赤本等的系统了。

江户文学里的小说一类，不去直接学中国明朝的成绩，直接的搞起演义来，却是从头另起炉灶，这是特别的一点，同时又似乎和浮世绘的绘师相呼应，甘心自居于戏作，在名字上边往往加上“江户戏作者”的称号，也是很有意义的。德川幕府标榜程朱的儒学，一味提倡封建的三纲道德，文艺方面也就自然着重劝惩主义，这是很顺当的路子。江户文人虽然不曾明白表示，但对于政府的文艺方针的不协力是很明显的，自称戏作，可以说是一种消极的抵抗吧。从这个意义上来看，《八犬传》的作者曲亭马琴虽是有名，虽是目空一世，但其价值比山东京传或式亭三马总还是及吧。

式亭三马本姓菊地，名泰辅，亦或写作太助，安永五年（一七七六）生于江户，文政五年（一八二二）卒，年四十七。小时候在书店里当徒弟，得阅读当时小说书，二十岁时学写黄表纸，以后大抵每年都有著作，据记录所作约共有一百三十五部。

一　黄表纸及合卷，九十八种，

二　洒落本，五种，

三　中本（滑稽本在内），二十一种，

四　读本，一种，

五　杂书，十种。

这些著作中间还以滑稽本为佳，其中《浮世澡堂》四编九卷及《浮世理发馆》三编六卷称最，足为代表。

关于三马个人，后世有不少记载，但顶写得好，也该顶可信赖的，应推《浮世澡堂》四编末尾的一篇跋文，署名的金龙山人即是三马的门人之一，后来以“人情本”出名的为永春水。其文曰：

> 式亭主人者，予鸠车竹马之友也。性素拙于言辞，平时茶话尤为迟钝，故人称为无趣的人，且是无话的人。贾客而是骚人，背晦而又在行，居在市中而自隐，身在俗间而自雅。语言不学江湖，妄吐之乎者也，形容不仿风流，丝毫都不讲究。豪杰的结交，敬而远之，时流的招待，辞而不到。既非阴物，亦非阳气，不偏不倚，盖是中通之好男子也。偶对笔砚，则滑稽

溢于纸上，诙谐走于笔下。呜呼，洒落哉，洒落哉！茂叔胸中，式亭腹内，恰如光风霁月云尔。花川户的隐士，金龙山人书。

黄山谷云，周茂叔胸中洒落，如光风霁月。这里拿来应用得恰好，虽然在日本语里洒落这字还可以有俏皮和爱打扮等意味。

［1955年作/集外文］

一九五六年

南北的点心

中国地大物博，风俗与土产随地各有不同，因为一直缺少人纪录，有许多值得也是应该知道的事物，我们至今不能知道清楚，特别是关于衣食住的事项。我这里只就点心这个题目，依据浅陋所知，来说几句话，希望抛砖引玉，有旅行既广、游历又多的同志们，从各方面来报道出来，对于爱乡爱国的教育，或者也不无小补吧。

我是浙江东部人，可是在北京住了将近四十年，因此南腔北调，对于南北情形都知道一点，却没有深厚的了解。据我的观察来说，中国南北两路的点心，根本性质上有一个很大的区别。简单的下一句断语，北方的点心是常食的性质，南方的则是闲食。我们只看北京人家做饺子、馄饨、面总是十分茁实，馅决不考究；面用芝麻酱拌，最好也只是炸酱；馒头全是实心。本来是代饭用的，只要吃饱就好，所以并不求精。若是回过来走到东安市场，往五芳斋去叫了来吃，尽管是同样名称，做法便大不一样，别说蟹黄包子，鸡肉馄饨，就是一碗三鲜汤面，也是精细鲜美的。可是有一层，这决不可能吃饱当饭，一则因为价钱比较贵，二则昔时无此习惯。抗战以后上海也有阳春面，可以当饭了，但那是新时代的产物，在老辈看来，是不大可以为训的。我母亲如果在世，已有一百岁了，她生前便是绝对不承认点心可以当饭的，有时生点小毛病，不喜吃大米饭，随叫家里做点馄饨或面来充饥，即使一天里仍然吃过三回，她却总说今天胃口不开，因为吃不下饭去，因此可以证明那馄饨和面都不能算是饭。这种论断，虽然有点儿近于武断，但也可以说是有客观的佐证，因为南方的点心是闲食，做法也是趋于精细鲜美，不取茁实一路的。上文五芳斋固然是很好的例子，我还可以再举出南方做烙饼的方法来，更为具体，也有意思。我们故乡是在钱塘江的东岸，那里不常吃面食，可是有烙饼这物事。这里要注意的，是烙不读作老字音，乃是“洛”字入声，又名为山东饼，这证明原来是模仿大饼而作的，但是烙法却大不相同了，乡间卖馄饨、面和馒头都分别有专门的店铺，唯独这烙饼只有摊，而且也不是每天都有，这要等待那里有社戏，才有几个摆在戏台附近，供看戏的人买吃，价格是每个制钱三文，计油条价二文，葱酱和饼只要一文罢了。做法是先将原本两折的油条扯开，改作三折，在熬盘上烤焦，同时在预先做好的直径约二寸，厚约一分的圆饼上，满搽红酱和辣酱，撒上葱花，卷在油条外面，再烤一下，就做成了。它的特色是油条加葱酱烤过，香辣好吃，那所谓饼只是包裹油条的东西，乃是客而非主，拿来与北方原来的大饼相比，厚大如茶盘，卷上黄酱与大葱，大嚼一张，可供一饱，这里便显出很大的不同来了。

上边所说的点心偏于面食一方面，这在北方本来不算是闲食吧。此外还有一类干点心，北京称为饽饽，这才当作闲食，大概与南方并无什么差别。但是这里也有一点不同，据我的考察，北方的点心历史古，南方的历史新，古者可能还有唐宋遗制，新的只是明朝中叶吧。点心铺招牌上有常用的两句话，我想借来用在这里，似乎也还适当，北方可以称为“官礼茶食”，南方则是“嘉湖细点”。

我们这里且来作一点繁琐的考证，可以多少明白这时代的先后。查清顾张思的《土风录》卷六，“点心”条下云：“小食曰点心，见《吴曾漫录》。唐郑傪为江淮留后，家人备夫人晨馔，夫人谓其弟曰：‘治妆未毕，我未及餐，尔且可点心。’俄而女仆请备夫人点心，傪诟曰：‘适已点心，今何得又请！’”由此可知点心古时即是晨馔。同书又引周辉《北辕录》云：“洗漱冠栉毕，点心已至。”后文说明点心中馒头、馄饨、包子等，可知说的是水点心，在唐朝已有此名了。茶食一名，据《土风录》云：“干点心曰茶食，见宇文懋昭《金志》：‘婿先期拜门，以酒馔往，酒三行，进大软脂、小软脂，如中国寒具，又进蜜糕，人各一盘，曰茶食。’”《北辕录》云：“金国宴南使，未行酒，先设茶筵。进茶一盏，谓之茶食。”茶食是喝茶时所吃的，与小食不同，大小软脂，大抵有如蜜麻花，蜜糕则明系蜜饯之类了。从文献上看来，点心与茶食两者原有区别，性质也就不同，但是后来早已混同了。本文中也就混用，那招牌上的话也只是利用现成文句，茶食与细点作同意语看，用不着再分析了。

我初到北京来的时候，随便在饽饽铺买点东西吃，觉得不大满意，曾经埋怨过这个古都市，积聚了千年以上的文化历史，怎么没有做出些好吃的点心来。老实说，北京的大八件小八件，尽管名称不同，吃起来不免单调，正和五芳斋的前例一样，东安市场内的稻香村所做的南式茶食，并不齐备，但比起来也显得花样要多些了。过去时代，皇帝向在京里，他的享受当然是很豪华的，却也并不曾创造出什么来，北海公园内旧有“仿膳”，是前清御膳房的做法，所做小点心，看来也是平常，只是做得小巧一点而已。南方茶食中有些东西，是小时候熟悉的，在北京都没有，也就感觉不满足，例如糖类的酥糖、麻片糖、寸金糖，片类的云片糕、椒桃片、松仁片，软糕类的松子糕、枣子糕、蜜仁糕、桔红糕等。此外有缠类，如松仁缠、核桃缠，乃是在干果上包糖，算是上品茶食，其实倒并不怎么好吃。南北点心粗细不同，我早已注意到了，但这是怎么一个系统，为什么有这差异？那我也没有法子去查考，因为孤陋寡闻，而且关于点心的文献，实在也不知道有什么书籍。但是事有凑巧，不记得是哪一年，或者什么原因了，总之见到几件北京的旧式点心，平常不大碰见，样式有点别致的，这使我忽然大悟，心想这岂不是在故乡见惯的“官礼茶食”么？故乡旧式结婚后，照例要给亲戚本家分“喜果”，一种是干果，计核桃、枣子、松子、榛子，讲究的加荔枝、桂圆。又一种是干点心，记不清它的名字。查范寅《越谚》饮食门下，记有金枣和珑缠豆两种，此外我还记得有佛手酥、菊花酥和蛋黄酥等三种。这种东西，平时不通销，店铺里也不常备，要结婚人家订购才有，样子虽然不差，但材料不大考究，即使是可以吃得的佛手酥，也总不及红绫饼或梁湖月饼，所以喜果送来，只供小孩们胡乱吃一阵，大人是不去染指的。可是这类喜果却大抵与北京的一样，而且结婚时节非得使用不可。云片糕等虽是比较要好，却是决不使用的。这是什么理由？这一类点心是中国旧有的，历代相承，使用于结婚仪式。一方面时势转变，点心上发生了新品种，然而一切仪式都是守旧的，不轻易容许改变，因此即使是送人的喜果，也有一定的规矩，要定做现今市上不通行了的物品来使用。同是一类茶食，在甲地尚在通行，在乙地已出了新的品种，只留着用于“官礼”，这便是南北点心情形不同的缘因了。

上文只说得“官礼茶食”，是旧式的点心，至今流传于北方。至于南方点心的来源，那还得另行说明。“嘉湖细点”这四个字，本是招牌和仿单上的口头禅，现在正好借用过来，说明细点的起源。因为据我的了解，那时期当为前明中叶，而地点则是东吴西浙，嘉兴湖州正是代表地方。我没有文书上的资料，来证明那时吴中饮食丰盛奢华的情形，但以近代苏州饮食风靡南方的事情来作比，这里有点类似。明朝自永乐以来，政府虽是设在北京，但文化中心一直还是在江南一带。那里官绅富豪生活奢侈，茶食一类也就发达起来。就是水点心，在北方作为常食的，也改作得特别精美，成为以赏味为目的的闲食了。这南北两样的区别，在点心上存在得很久，这里固然有风俗习惯的关系，一时不易改变；但在“百花齐放”的今日，这至少该得有一种进展了吧。其实这区别不在于质而只是量的问题，换一句话即是做法的一点不同而已。我们前面说过，家庭的鸡蛋炸酱面与五芳斋的三鲜汤面，固然是一例。此外则有大块粗制的窝窝头，与“仿膳”的一碟十个的小窝窝头，也正是一样的变化。北京市上有一种爱窝窝，以江米煮饭捣烂（即是糍粑）为皮，中裹糖馅，如元宵大小。李光庭在《乡言解颐》中说明它的起源云：“相传明世中宫有嗜之者，因名御爱窝窝，今但曰爱而已。”这里便是一个例证，在明清两朝里，窝窝头一件食品，便发生了两个变化了。本来常食闲食，都有一定习惯，不易轻轻更变，在各处都一样是闲食的干点心则无妨改良一点做法，做得比较精美，在人民生活水平日益提高的现在，这也未始不是切合实际的事情吧。国内各地方，都富有不少有特色的点心，就只因为地域所限，外边人不能知道，我希望将来不但有人多多报道，而且还同土产果品一样，陆续输到外边来，增加人民的口福。

［1956 年 7 月 27 日作/《木片集》］

西安的古迹

就近两千年来说，西安是汉唐两朝的首都，是历史上最兴旺的一时期的文化发源地，凡有宝爱祖国文学遗产的人士，对于这古都长安不能不保有着甚深的怀念。

西安古迹很多，但第一引人注意的我想当是慈恩寺的大雁塔吧。现今的西安已经和唐代的长安大有不同，大慈恩寺据说原分十二院，大雁塔的现址只是其中之一，地点很是狭窄，但是那“塔势如涌出”的大建筑物却经历了一千三百多年的岁月，巍然矗立着，看了叫人不自觉的感到兴奋。大雁塔与玄奘，正和小雁塔和义净一样，是两位往天竺取经回来的高僧所住，努力翻译佛经，对于以后中印文化交流，起了很大的作用。别一方面有那青龙寺，唐代日本空海和尚，朝鲜慧日和尚来长安留学时，都曾在此居住。空海不但将佛教密宗从中国传入日本，还依照印度悉昙字母的规则，采用汉字的偏旁部分，改造日本假名，作为音标字母。在这以前日本通用汉字记音，用字没有一定，易致分歧，空海制定简易的“片假名”，又把这五十音编为一首歌诀，通行至今。日本文字①前半用汉字标音，后半用假名，结果都是从中国去的，而这源流却是出在长安，在中日文化交流上起了极大的作用，因为它是兼有宗教与文艺两种意义的。中国从印度输入了佛教，一面丰富了自己的文化，一面又与东南亚、日本、朝鲜、印度支那、缅甸、泰国、尼泊尔、锡兰各国，发生了亲密的关系，这个重大的价值我们是不可轻易看过的。这本

【锺校】

① “字”原作“学”。

来是过去和现在的事实，各人只要注意一下都会得明了，不过我在西安看了雁塔的古迹，更是深切的感到罢了。

其次我觉得值得一说的便是骊山。骊山最有名的古迹当然要举出阿房宫来，不过自从“楚人一炬，可怜焦土”以来，再没有什么可以凭吊的地方，所以只好不说。此外自然要推那里有名的华清宫了，不过可惜得很，那里唐朝遗物什么都没有了，除了华清池的一泓清水，我们从照片上看到的所谓贵妃池也已不见，因为正在改造，——这其实倒是对的，那用二十世纪式的白磁砖砌成的浴池，并不适宜，改去正是好的。杨太真之死在古代历史上自然是一个很大的悲剧，但是经过白居易和陈鸿的《长恨歌传》的点缀而流传下来的故事，由于后世文人的庸俗化，着重于“春寒赐浴华清池，温泉水滑洗凝脂”之句，生出许多出浴的诗和画来，这显然是有点不妥当的。我对于华清池的看法是，简单的把它当作唐代遗宫之一对待，自然①与《长恨歌》有很深的关系，而那池水是中国北地很缺少的一个良好的温泉，愿意将来多多的加以利用。我觉得很是有幸，在那里洗了一个澡。对于杨贵妃的事情，我觉得远不及对于捉蒋亭的有兴趣。我只在山下望见那亭子和匾额上的字，因为脚力不济，不能爬上山去近看，但是我有它的照片，又承同行的友人上去把木板上所记的那篇文章抄了下来，我也得读了一遍。一九三六年十二月十二日的“西安事变”是抗日救国，以至解放中国的枢机，值得永久纪念，而这恰巧发生在华清池上，也正是很有意思的事情。我的意思是，这亭子该当用上好的石头建筑，替代现在的水泥工程，同时也希望有一篇简要的碑纪，镌刻在打毁了的摩②崖刻石旁边，那上山的道程自然最

【锺校】

① “然”原作“对”。

② “摩”原作“磨”。

好也修理一下子。

此外，我们还参观了几处古迹，比较最引起兴味的，乃是东郊半坡村的新石器晚期遗址，以及北郊阎家寺的汉初住宅遗迹。此二者在历史上的学术价值，我们外行人可以无庸多说，这里只把个人感想举出一二点来。这石器时代据说距今只有五千年，那末可能是在唐虞时代千年之前。平常听说史前的事情，往往是几万年前，现今就近得很多了，所以不禁发生了些亲近之感。说到汉朝，时代近得很多，遗物发现不少，有如在西安博物馆中所见的咸阳的秦时下水道五角大瓦管，近年在曲阜发掘出来的鲁灵光殿遗址，殿基道路都很完好，那刻字的殿陛是西汉第一石刻（解放前原石在北京大学，现在可能归历史博物馆保管），都是珍贵的资料。但是这回所见的板筑的涂作红色的泥墙土地以及墙角的炉灶，烧起来时火烟从墙中陶管和土炕通过，那种暖房设备，却是很特殊的。土炕的构造在文化上也有意义，它远与朝鲜、日本（不知道在西伯利亚有无类似的东西），近与北地的土炕、南方的板炕都有密切的联系。这是第一个感想。其二，是这些的发现与保存，只有在解放以后的现在才有可能，我们看着这几千年前的古迹，却同时不能不感到目前的这伟大的时代。

［1956 年 12 月 18 日《陕西日报》/集外文］

绍兴的糕干

今年鲁迅逝世二十周年纪念，有在北京的一家报馆当编辑的友人往绍兴去参观鲁迅的故家，回来送了我一包绍兴土产“香糕”。友人的盛意固然可感，特别是那多年久违了的故乡特产，引起我怀旧之情，几乎已经忘记了的故乡的事情不免又记忆起来了。

老实说，我对于故乡是没有多少情分的。第一是绍兴的气候不好，夏天热煞，冬天冷煞，因为那里没有防寒设备，在北京住久了的人，都感觉很困难，特别是一年三季都有蚊子，更是讨厌。绍兴的山水总还是好的，但也不见得比江浙别处好到哪里去。那末可以一谈的也就只是物产这一方面了，而其中自然以关于吃的为多。

鲁迅在《朝华夕拾》的小引中曾云：“我有一时，曾经屡次忆起儿时在故乡所吃的蔬果：菱角、罗汉豆、茭白、香瓜。凡这些，都是极其鲜美可口的，都曾是使我思乡的蛊惑。”这些蔬果本来都是很好的，但是我所记得的却是糕团。我在十年前所作《儿童杂事诗》中有一首云：

嘉湖细点旧名驰，不及糕团快朵颐。

艾饺印糕排满架，难忘最是炙麻糍。

这里所谓糕团是指“湿”的一类，与“嘉湖细点”那些所谓“干点心”有别。那友人送我的一包“香糕”是属于干的，可是它与糕团有一脉相通之处，即是都用米粉所制，而不是用麦粉的。这在绍兴统称“糕干”，明说是干的糕类。据范寅的《越谚》卷二饮食门内，这一项下注云：“米粉作方条，焙热成干，极松脆，为越城名物。与绍酒通市京都，故招牌书进京香糕。昔多黄色，今多白色，其粉更细而佳。”

绍兴香糕店很多，最有名的是“孟大茂”，据说创始于前清嘉庆十二年，即公元一八〇七年，已经有一百五十年的历史了。据他们印发的说明，与《越谚》稍有不同，或者更可信凭，亦未可知。其“过程”一节原文云：

> 绍兴乡村农家，每于农历年底自舂年糕，备来年农忙时期作田间点心之用，然总觉食时有加糖蒸煮之麻烦，后渐有以粉及糖火炙烘焙者，盖利用糖受炙后粘性作用而成香糕之雏形也，简便不烦，乃为广播。香糕俗称糕干，实取义于上述情形，其后陆续改进，色、香、味遂臻上乘。加以前清举行科举，浙东一带应试赴考者，均以香糕为途中之点，香糕受当时知识阶级传播，名闻益远，踪迹及于京畿，故亦有进京香糕之称。

“进京香糕”的名称，从文义上看来，的确以“孟大茂”之说为长，因为这是举人们带了进京，供路上的食用，与酒的称“京庄”不同。又说这是从年糕改良出来的，也很可能，即使它不是纯粹属于农民的东西，至少也总是点心中最大众化的一种。过去的老百姓看望亲戚，照例要带点礼品去，最普通的乃是“糕干包”，较好的是“蛋卷包”，每斤不过几十文钱罢了。

讲到绍兴的糕干，又使我想起杨村糕干来了。以前在北京常有小店专门卖这食品的，它的制法与绍兴大概总是一路，只是味道并不怎么好，所以不很去请教它。但是它的大众化的特色与绍兴香糕是一致的。又在杨村糕干店里多售代乳糕，或者那糕干即可用以哺儿也未可知。绍兴的香糕，特别是黄色的一种，大人嚼了哺给小儿，往往可以代乳。它以前在乡间大量销行，这大约也是一个主要原因。

［1956 年 12 月 20 日《工人日报》/集外文］

谈纸笔

前几天读《遐庵谈艺录》，里边谈到中国的笔墨，很感觉兴趣，因为我自己是用毛笔写字的。中国如要在文化艺术上保留一点民族形式，国画上需要题字，也须得用旧式的笔墨，或者又如报上有人主张保存书法，那末这些东西更是必须的了。

遐庵先生估计每个人使用笔墨数量，说大概每年用一管笔，一锭墨，这个数目我想是不很对的。即使是二钱一锭的墨，假如不是像从前私塾里的每天习字，无论如何在一年里总使用不了。倒是毛笔却不能那么经用，据说一管毛笔大概只能写一万到两万字，所以恐怕用不到一个年头。根据我个人的经验，一年里写的字不算少，倒总用不到半锭墨，因为以前曾经买了些旧墨，大都是前清百年前后的制品，品质还好，可以使用，也还够用几十年，所以并不恐慌，倒是毛笔深觉得耗费不小，而且难得买到好用的笔。情形更严重的乃是纸，我这里的题目不是笔墨而是纸笔，原因就是为此。

用了中国笔墨去写字，原则上似乎应该用中国纸吧？这中国纸目前却是没法买到。北京在荣宝斋当然可以买得玉版宣等好纸，不过那是书画用纸，不适于日常使用，就是夹宣和奏本，也只宜于印制诗笺，一般使用还是毛边最好，但是毛边却是非常缺乏，毛边信纸几乎是绝无而仅有。降格以求，那末只好用有光纸了。我们并不以为自己字写得好，或者想要怎么讲究，但觉得竹纸是中国创制的产物，能够有一点做信纸使用也好，可是事实上做不到。用有光纸这也罢了，但是事情并不那么如意，这里还有些问题。现今书报大抵都已改为横行了，这是我们知道的，不过个人书写本来并无限制，信件或稿纸直写也是可以的。可是，在事实上这并不可能，因为北京市面上所卖的稿纸都是横行的，直行的已经绝迹了。有人习惯直写，想要继续使用直行的稿纸，市面上既然没有，问纸店可否定印，答说定印是可以的，但是你要印几万张呢？这个人即使每天写一万字，一年也只用七千二百张，假如定印五万张（大约够得上起码定印了吧），也要七年才能用得了呢。稿件应当直写或横写，本来未经文化部门有过什么规定，现在却由商业部门来给规定了，还叫写稿的人非服从不可，因为谁都没有这几百块钱去定印多少万张的稿纸啊。

［1956 年 12 月 21 日《文汇报》/集外文］

一九五七年

绍兴山水补笔

人家会得要问，你已有三十多年不到绍兴去，有资格来导游么？这个我的确不敢回答，因为对于近二十年来的事情，我实在不知道。但是我所说的游览如果是指古迹山水，那么也勉强可以说得，因为这些物事大抵没有什么变动，即使是经过了若干年月。我现今便来凭了我自己的经历，举出几个地方来，说明我以为最好的游览方法。这或者不能够使得人人都觉满足，但总之可作为一说，以备参考吧。

绍兴这地方有相当古的历史，所以不少古迹，虽然大半说起来很古，实际上没有东西，只有一个名字存留罢了。但也有不少是例外。我们举出时代最古的来说，那该是禹庙。大禹的功绩现在是无须再来称扬的了，自孔墨以至孟子，古代贤人说的已很多，现代有鲁迅的一篇《治水》尤其描写得神。据传说上讲来，三峡和三门峡都经过他的整治，但这未可定为史迹，会稽的夏禹庙创建于梁大同十一年（五四五），已有一千四百多年的历史，又有禹陵在那里，该是可信的了。史传上虽是明说禹葬会稽，却并不一定在庙边，明朝中叶有一个名叫南大吉的知府，在山麓竖立了一块大石碑，上面大书三个字曰“大禹陵”。禹陵究竟在哪里，谁也没法子证实，所以后来也无人争论，这问题差不多就此决定了。陵既无什么可看，那里比较特别的还是那个庙，这是因山建造的，所以地势颇高，庙前有石阶数十级，攀登很费点气力，本地人称为“百步金阶”，说是模仿宫殿格式。其实北京故宫里的几个大殿都不如此。绍兴府旧府署系唐末董昌的宫室，可能也是越王勾践所住过的，那因为在卧龙山腰，也有很高的台阶，老百姓的推想可能由此出来。禹庙既是梁武帝时所建，他是做和尚比做皇帝热心的人，或者有意造成寺庙的形式，在山门内有一段很高的石阶，而因山建筑又是别一个缘因吧。

这个禹庙是怎么游法呢？据志书上说，禹庙在县东十二里。那地方土名“庙下”，出绍兴偏东南的旱城门“稽山门”，沿着官塘石路走去，大概只十里路就到了。平常大都是坐船前去，在“庙下”上岸，瞻仰大禹像，再看“窆石亭”和“大禹陵”石碑，值得看的东西也就完了。禹的塑像相当伟大，看的人要仰头去望，才能看得见他戴着冕旒的脸，这脸是很有福相的，和《治水》里的形容不很一致，但也自有其崇高的地方。走进殿里第一惹人注意的，是许多蝙蝠的吱吱的叫声，大抵是躲在屋梁底下，有的据说住在大禹像的耳朵里，这也是可能的，因为像是有那么的大。绍兴城里东郭门内春波桥北岸，有一座古禹迹寺，即在沈园的对岸，据清初人的《听雨轩馀记》说，寺里边有一尊大禹像，才有一尺多高。这小得出奇的禹像，与禹庙的正成对比，只可惜我住在近地，时常走过禹迹寺前，不曾去瞻仰过，因为我看见那笔记是后来①的事，早已移家北京了。多少年来这个心愿还是存在，希望有机会回故乡去时，便道看一下，就只恐时光经过太久，未必存在罢了。

为了尊敬大禹，专程去拜谒一下，本来未始不可，但是顺便去一看南镇和香炉峰香市，似乎更好。南镇在禹陵南约三里，有额曰天南第一镇，乃是祭会稽山神的庙，每年三月香市（现在可能衰歇了），祭祀的人拥挤不开，非常热闹。香炉峰则是会稽山的一个山峰，山势突兀，顶

【锺校】

① “来”原作“年”。

上有一个小庙，庙小而香火很盛，与北京的妙峰山可以相比。山顶的女神照例称为“九天玄女”，是原始宗教的母神，后来或者附会，与观音有时拉在一起了。这里所说还是凭过去的记忆，现在这些风俗或者已有改变了，那么游览自然就只好以禹庙为限，山上空庙更无特地去看之必要了。

绍兴古代历史上的大人物，大禹以后，大概要算越王勾践了。他的卧薪尝胆，苦心报仇的故事，在《国语》里写得有声有色，留给后世的影响相当的大，至今还流传着好些地名，都和他有关系的。例如城内有采蕺的蕺山，投醪的箪醪河，后宫外边的脂沟汇（俗语传讹作猪狗汇了），城外采葛的葛山，种兰的兰渚山，养鸡狗的鸡山犬山，皆是。可是，关于他的古迹无论超过了任何别人，事实上只是一个名称，没有什么遗迹可寻，那末这也是徒然的了。所以这一部分只好略过去，一跳跳到东晋来了。

王羲之是中国数一数二的书家，他的尺牍为世所珍重，成为“三希”之一，那一篇《兰亭集序》收在《古文观止》里，更是脍炙人口，兰亭一地遂成为有名的古迹。文墨之士知道王右军，那是当然的事，至于市井民众却多熟悉他的名字，其一说是王羲之爱鹅，在蕺山下的遗宅左近有鹅池、洗砚池等遗址。其二是他为老母写六角扇的故事，其地至今称为题扇桥，近地还有一条小巷，据说因为老母以后屡次求写，王羲之不胜其烦，只好躲过，那里俗名便叫作躲婆巷。遗宅后来舍为佛寺，名为戒珠寺，后人望文生义，因为他爱养鹅，便援引一段佛经作为出典，说有比丘至珠师处乞食，珠师进内取食，将一颗明珠放在榻上，室中时有一鹅，因比丘红衣反照，见珠有红光，误为食物，一口吞了下去。珠师出来失珠，以为系比丘所偷，请其归还，终至殴打，比丘因爱惜鹅的生命，不肯说明。后来珠师失手打鹅头上，鹅即毙命，比丘乃失声而哭，珠师问明情由，大为感动，遂亦出家云。这个解说不是解作

“以珠为戒”，原来却是二字连读作为一词，以珠喻戒，所以是不确实的。戒珠寺既成为佛寺，至多还保存着一个王右军的牌位，此外无甚可观，要看还是往兰亭去。这地方在城西南二十七里，地旧名兰渚山，据说越王曾种兰于此，大概秦以来设亭，有如驿站，兰亭溪便从那里出来。要去的时候先须坐船，直达娄公埠，从那里起是陆路，约有三四里，有毛驴可骑，但有脚力的还不如步行，可以自由的领略山光水色。老实说，到了目的地便令人索然兴尽，几间老屋油漆得庸俗像茶馆似的(现今可能改善了)，曲水只是一道弯曲的小沟，墨池是一坑死水，没有什么可看。可看的还是在路上，《兰亭序》上所说，“此地有崇山峻岭，茂林修竹，又有清流激湍，映带左右”，这其实是总括绍兴山水的佳趣，在兰亭路上就可以见到一部分。清溪沿山曲折流下，我想王羲之所指的曲水可能就是这个，那修禊的人决不会先期去挖掘一道小沟，预备流觞之用，一定是看见了这溪流，才想到那么样做的。以一个古迹为目的，主要是去看那一带的山水以及社会风俗，那才可以有兴趣和意义，这是我的主张，下文更具体的来加以说明。

这一节所说的是关于陆放翁的事情。他和大禹与王羲之不同，乃是绍兴本地人。他是著名的爱国诗人，在八十五岁时作《示儿》一绝句中有“家祭无忘告乃翁”之句，但在七十四岁时作《沈园》中又有“此身行作稽山土”之句，也同样为人所注意，又联同他的《钗头凤》的题词，排演成有名的悲剧。陆放翁的故居留在绍兴，也该算作重要的古迹。这据说有两处，其一在偏门外跨湖桥，通称快阁，“小楼一夜听春雨”的诗传说即是在那里写的。随后他移居三山，即是偏门外的鲁墟。集中有《归三山诗》二首之一云：

> 霏霏寒雨数家村，鸡犬萧然昼闭门。
>
> 他日路迷君勿恨，人间随处有桃源。

这四句差不多可以看作留给我们的预言，因为我们知道三山即是鲁墟，鲁墟这村镇现今依然存在，但是到了村里也是没用，放翁故居的遗迹一点都无可考了。要访问放翁遗迹，只有依照上文所说办法，作综合的旅行，才能有得。放翁的故事重点在于沈园，现在虽然一无可观，但仍应由此出发。禹迹寺门前的石桥题名“春波桥”，即以放翁句“伤心桥下春波绿”得名，但俗称罗汉桥，或是本来的名称吧。办法是从罗汉桥起，雇一只乌篷船，大小适中，缓缓的作一日之游。名称是访问陆放翁故居，实际却在看一路的山水景色，村庄市集，风俗生活。从东郭门绕道出常禧门（即偏门），便摇船往鲁墟去。到鲁墟后别无所有，所以不必急急，要紧的还是一路注意的看。《嘉泰会稽志》中曾云：“出偏门至三山多白莲，出三江门至梅山多红莲，夏夜香风率一二十里不绝，非尘境也，而游者多以昼，故不尽知。”这是放翁同时代的记录，可见那时的风景很是美丽，后来当然全不一样了，可是那水乡景色，无论何时总是很好的。鲁墟离城不远，大抵只有三四十里，当日可打来回，最好还是与别处结合，接连坐两三天船，更是有意义。沿路遇有市集，可以参加，如能够碰到村镇的“社戏”更是绝妙，只是这在现时当然未必有了。访问王右军遗迹，不必一定要懂书法，但是参观陆放翁的故乡，如能携带他的近体诗集，找他描写乡村的诗来作对比，倒是很有趣味的事情吧。

［1957年2月《旅行家》/集外文］

泥孩儿

从前在什么书上，看见德国须勒格尔博士说，东亚的人形玩具始于荷兰的输入，心里不大相信，虽然近世的“洋娃娃”这句话似乎可以给它作一个证明。本来这人形玩具的起源当在上古时代，各国都能自然发生，如埃及、希腊、罗马的古坟据说都发见过牙雕或土制的偶人，大抵是在儿童的坟里，所以知道是玩具的性质，另外有殉葬的一种，用以替代活人，那是所谓“俑”了。由是可知，这种玩具的偶人的起源不可能有一定的地方，应是各地自由发展。可是它又很容易感受外来的影响，现时的洋娃娃服装相貌还没有和老百姓一样，宋代曾通称摩侯罗或磨喝乐，此是外来语，大概与佛教有关系，虽然还没有考究出它的来源。这在《老学庵笔记》中称作“泥孩儿”，当是指泥制的孩儿那一种，但别处又见有“帛新妇子”与“磁新妇子”的名称，可见也有一种“美人儿”，比现代的洋娃娃式样更多了。小时候在乡下买“烂泥菩萨”玩耍，有状元，有“一团和气”，还有妇女，通称“老嫚”，即指“堕民”中的女人，因为她们在前朝是贱民，规定世世给平民服役，女人都还穿的古装束，青衣裙、青背心，发梳作高髻，称“朝前髻”（平民妇女唯居丧时梳此髻）。土偶作古装，无人能识，所以认错了。现在想起来，这种“老嫚”的烂泥菩萨，着实可以珍重保存，只可惜现今恐怕已经找不到了。

中国历代的“俑”，自六朝至唐，尚留存不少，很可以供给画家和排演电影的人作参考，人形玩具如能保留，亦可有不小用处。但玩具殉葬到底是绝少数，平常玩耍过后全都毁弃，古时玩具无由得见。这不但是实物难得，便是文字纪录，也极不易找，盖由中国文人太是正经，受儒教思想的束缚，对于生活细节，怕涉烦琐，不敢下笔的缘故。汉人在《潜夫论》中有云："或作泥车瓦狗诸戏弄之具，以巧诈小儿，皆无益也。"可以代表士大夫的玩具观。我们从佛经中看来，印度就要好得多多。如在《大智度论》中说："人有一子，喜不净中戏，聚土为谷，以草木为鸟兽，而生爱着，人有夺者，瞋恚啼哭，其父知已，此子今虽爱着，此事易离耳，小大自休。"末句轻轻四字，是多么有理解的话。又《六度集经》中记须大拿王子将二子布施给人，王妃悲叹："今儿戏具，泥象泥牛，泥马泥猪，杂巧诸物，纵横于地，睹之心感。"也说的很有人情。为了儿童的福利，应该发展玩具制作，特别是人形玩具这一部门，古来的"泥孩儿""美人儿"，都能有新发展，此外泥车瓦狗，泥马泥猪，也是必要的，这应与新文明的玩具并重，不可落后，因为这些固然是旧的，但正是日常生活中所有的事物。本来想谈谈玩具的事情，却不料只说得偶人这一方面，所以题目也就用了宋人所说的泥孩儿，虽然这一个字不大能够包括人形玩具的全部。

［1957年2月25日《文汇报》/集外文］

谈毒草

百花齐放，本来是说所有的花一齐的都开起来，是一句包括一切、毫无保留的话，但现在有人提出意见，以为花里边有“毒草”，不应该放，这句话显然是不对的。我们说凡是花都应放，不论毒草与否，不能以这个资格剥夺他的权利。毒草如有花，应当一律开放，参加比赛，如毒草没有花，那就没得可放，不关他的毒不毒。

《本草纲目》中毒草列为一卷，共有四十七种，是乌头、附子之属，也有钩吻即野葛，不曾看见过。大凡毒草的毒，都在花叶根实的一部分里，送进嘴里去吃了，这才发生效力，光是眼睛看了会中毒的，如佛经里所说的“见毒”的东西，那是没有。那末无论它是什么毒草，拿来瞧瞧，总是无妨的。那《本草》的四十七种里边，就含有我们常见的射干，即《花镜》的秋蝴蝶，羊踯躅即牛郎花，玉簪和凤仙花；至于罂粟花，在李时珍时代还没有当作鸦片吸的缘故吧，不曾收入。北京人种毒草赏玩的风气尤其盛，洋金花即风茄开白花，结果子如番茄，小孩误食中毒的事情常常见到，还有夹竹桃据说落在水缸里药得死鱼，可是因为花太秾艳，至今盛行。由此可见，想用毒草这字去限制它，往往做不到，而且愈是毒草，它的花也特别开得出奇，如天南星的“独立一支枪”便是一例。

说毒草原不过是一种譬喻。植物上没有“见毒”，但文章里是可以有的，不良的思想寄托在文章上，一看就中了毒，也是可能的。思想有种种区别，有合理的，有不合理的，发表出来给大家批评一下子，看出是非，至于辨别是非的责任，那主要是在批评家身上了。现在如提倡“百花齐放”，却又嚷嚷有毒草不许放，好像预先有自己承认是毒草，便不开放似的，天下有这种事么？既然齐放，也总得让它放了出来，随后你再研究它一下子，下判语道这有问题，遂即展开讨论，如果大家以为这花开得不好，那就算是不好。——开是开了，结果开得好不好是别一件事，这样才与“百花齐放”的原则不相违背。

［1957年4月25日《人民日报》/集外文］

鬼与清规戒律

从前开始戏改的时候，大概很有些清规戒律，特别是关于“见鬼”这一件事，最为忌讳，以为这就是迷信，断乎不可以容许的。所以这一类的戏，如《活捉三郎》《奇冤报》《大劈棺》以及全部《钟馗》，都一律干脆禁止，直到今年五月，因为“百花齐放”，这才解了禁。但是，这个不准“见鬼”的清规戒律，似乎并不限于戏剧，流行还要广远，应用及于一般言语，提起来不大有人会得相信的。据安徽一个中学教员的通信说，“不健康的人，似乎半人半鬼”，就有人说是迷信，仿佛说起鬼字，便是提倡有鬼似的，这似乎很值得来研究。

中国人的说话里，似乎很喜欢用“鬼”字，凡是遇见莫名其妙的物事，便说是什么“鬼东西”。形状难看或是诡异，行动不测，也常说这人“鬼头鬼脑”，或是说“这人很鬼”，未必是真是看见鬼，所以说头脑有点相像，也只是打一个譬喻罢了。“半人半鬼”，近于普通说“三分像人，七分像鬼”，也正是个譬喻。此外如一种小贝壳称作“鬼螺狮”，又日本的子安贝，地方上俗名“鬼见怕”，大概因为样子古怪的缘故，又因了这个名称，却相信它真可以有辟邪的功用。普通又用以称有特别征候的人物，如头大的称为“大头鬼”，吃鸦片烟的（现在当然没有了，但这句话还在沿用）称“鸦片烟鬼”。至于“小鬼头”一语，虽然也是一类，但是用作爱抚的话，用的时候似乎已是没有什么坏意思了。

我还记得在解放以前，有一本风行全国的英文书，是美国记者斯诺所著，书名《西行漫记》，报道解放区那时的情形。在中间出现，最得人的喜欢的，便是所谓“小鬼”。英文说是“小魔鬼”，未免太言重了，因为中国这个“鬼”是机灵乖巧的意思，不含一丝恶意，无宁是与

“因普”这字相近。这大概是军中收留的少年兵，所以活泼可爱，称了作小鬼，想见大家对他的好感，实在比别的名称要好得多了。就只可惜后来不见记录，似乎已经不用了，这也是对的，因为清规戒律来了，恐怕有点不方便。其实这称呼倒是很好的，含有几分亲爱的意思在里头，没有别的译名表示得出的。如今幸而清规戒律已经取消，再也没有什么拘束，以后连戏台上出鬼也已随意，言语自然更可以随意了。

［1957 年 6 月 21 日《新民报晚刊》/集外文］

会稽的古迹

去年冬天我给《旅行家》写了一篇文章，介绍故乡的山水的。老实说，我多年不回到绍兴去，对于那里的情形实在是很隔膜的，譬如偏门外的陆放翁住过的“快阁”，在抗日战争时就早已烧掉了，我还不曾知道。因此我的介绍，是说怎么样看绍兴风景，古迹倒在其次，有点近于“买椟还珠”的办法，但毕竟也不好没有一个题目，结果是三个地方，虽然注重在“上下四旁”。仍有一个目的地，这便是大禹的禹庙，王羲之的兰亭和陆放翁的沈园。

关于大禹，他虽是四千年前的人物，历代传说很多，是个最可崇拜的人物，鲁迅的一篇《治水》里就够写得“活龙活现”的了。他的庙貌十分伟大，与他的本来那种朴素精神倒有点不合，只那种“百步金阶”的规模，那种巨大的神像的气魄，便不是普通庙宇所能比拟。人们上香炉峰拜过菩萨，走过“南镇”会稽山神庙，再上禹庙看禹王像，这印象总是很深的。

但是最近看到《文汇报》的文章说，“会稽山下名胜破败不堪”，有点出于意外，虽然知道浙江对于历史古迹不甚注重，西湖的烈士坟头可以养猪，那么那也是不足怪的。据说岣嵝碑与窆石亭：“都凄惨地兀立在一片断垣残瓦之间，大殿上数千年来令人景仰歌颂的大禹的肖像之旁，已是墙圮屋倾，而且由于无人管理，从山门下直到大殿，垃圾和牛粪狼藉满地。大禹诚然是具有艰苦卓绝精神的贤者，九泉之下大概不会计较这些待遇的，然而我们面对这种景象，能不歉疚?”的确如作者所说，大禹是薄宫室而致力乎沟洫的，当然不生气，但是问题是我们面子上如何下得去？禹庙这样荒废，大约还未曾有过，它在清朝的时候总还是像个样子的。

兰亭据说也许更要糟糕些，那些墨池鹅池本来原是假的，不足珍惜，但鹅池碑石的边沿，“显然是不久前遭到重大的破坏，兰亭到处都是一片残瓦。房屋有的倒塌，尚未倒塌的地方已砌了砖灶，作为厨房”。记得在民国四、五年的时候，有布商陶姓集资修过一次，当然因为他照修造“布业会馆”的方法，太是金碧辉煌了，很有些读书人嫌它修得俗气，说些闲话。但是现在想起来，却也是未可多得了，至少是比将那兰亭坍塌剩馀的房子砌了砖灶作为厨房的，要好得多了。

［1957 年 6 月 28 日《新民报晚刊》/集外文］

信封与稿纸

我平常最怕收到人家西式信封的信。只有一位住在上海的朋友，寄给我的信总是用西式信封，他在信里封口的地方，一定衬上一张废纸，使得封时不至粘住，他的信这才拆得出来，是个例外。别的西式信封的信，剪开了口，休想抽出，总有什么地方粘住在那里，甚至于一大片都是，结果开口一面不够，要两面拆破，才能取出信瓤来，结局还要撕破，有几处地方开了天窗。这其实是难怪的。我自己试用西式信封，寄信给家里，有许多回也粘着的，其实每回都以为很小心，浆糊搽的很仔细，决不会出毛病。问题是信封的毛病，第一做得狭小，第二封口没有胶水。要改良须得放大尺寸，这就不合算，若是像上海的那位朋友，每个信封里贴上一块废纸，那也嫌麻烦。我想西式信封的制造，唯一好处是手续简单，切成菱形的一张纸，拿来粘一下就成。现在不妨改一下子，改成中式信封的做法，问题只是要粘两道才能成功，形式大小可以尽同西式的一样，但是封口在上边，同中式的相仿。这样子一改造（说不上什么大改），封口粘住的毛病立刻可免除，有人喜欢直用或是横用，也可以随便，这种改良岂不值得提倡的么？

写信的直行横行，似乎还没有一定，因为直行的八行书以及诗笺，在大南纸铺里还有售卖，但一般的信笺也变成横行了。稿纸之变成横行那是不成问题，因为书籍都横排了，为得印刷便利起见，写稿的人当然也变得横写。不过在这转变的时候，也发生了些不便。有人从事长篇的著述，刚刚写成了一半，稿纸缺乏了，出去寻找，发现市上全是横行了。横行也无不可，但是中途总不能变更，问纸店里有直行稿纸可定印么？回答说可以是可以的，但是请问要用几万呢？虽说是大著作，哪里用得着几万——一天如写一万字，一万张也要写上五百天呢！稿纸以前多用红印，后来改良用花青，印在竹纸上显得好看，近来石印用蓝绿色，也值得考虑。过去用红，一面也为吉祥，一面红色与墨色不一样，容易辨别，改用花青也还清楚，蓝绿色便有点和墨水分不清了。这些小事情，都似乎有经验在里头，值得研究一下，值得虚心的去体察才好。

［1957 年 7 月 4 日《新民晚报》/集外文］

不倒翁

不倒翁是很好的一种玩具，不知道为什么在中国不很发达。这物事在唐朝就有，用作劝酒的东西，名为“酒胡子”，大约是做为胡人的样子，唐朝是诸民族混合的时代，所以或者很滑稽的表现也说不定。三十三年前曾在北京古董店看到一个陶俑，有北朝的一个胡奴像，坐在地上弹琵琶，同生人一样大小。这是一个例子，可见在六朝以后，胡人是家庭中常见的。这酒胡子有多么大，现在不知道了，也不知道怎样用法，我们只从元微之的诗里，可以约略晓得罢了：

遣闷多凭酒，公心只仰胡。

挺胸惟直指，无意独欺愚。

这办法传到宋朝，《墨庄漫录》记之曰：

饮席刻木为人而锐其下，置之盘中，左右欹侧，僛僛然如舞状，力尽乃倒，视其传筹所至，酬之以杯，谓之劝酒胡。

这劝酒胡是终于跌倒的——不过一时不容易倒——所以与后来的做法不尽相同；但于跌倒之前要利用它的重心，左右欹侧，这又同后来是相近的了。做成“不倒翁”以后，辈分是长了，可是似乎代表圆滑取巧的作用，它不给人以好印象，到后来与儿童也渐益疏远了。名称改为“扳不倒”，方言叫做“勃弗倒”，勃字写作正反两个“或”字在一起，难写得很，也很难有铅字，所以从略。

不倒翁在日本的时运要好得多了。当初名叫“起来的小和尚”，就很好玩。在日本狂言里便已说及。“狂言”系是一种小喜剧，盛行于十二三世纪，与中国南宋相当，后来通称“达摩”，因画作粗眉大眼，身穿绯衣，兜住了两脚，正是“面壁九年”的光景。这位达摩大师来至中国，建立禅宗，在思想史上确有重大关系，但与一般民众和妇孺，却没有什么情分。在日本，一说及达摩，真是人人皆知，草木虫鱼都有以他为名的，有形似的达摩船，女人有达摩髻，从背上脱去外套叫做“剥达摩”。眼睛光溜溜的达摩，又是儿童多么热爱的玩具呀！达摩的“趺跏而坐”的坐法，特别也与日本相近，要换别的东西上去很容易，这又使“达摩”变化成多样的模型。从达摩一变而成“女达摩”，这仿佛是从“女菩萨”化出来的，又从女达摩一变而化作儿童，便是很顺当的事情了。名称虽是“达摩”，男的女的都可以有，随后变成儿童，就是这个缘故。日本东北地方寒冷，冬天多用草囤安放小孩，形式略同“猫狗窝”相似，小孩坐在里边，很是温暖；尝见鹤冈地方制作这一种“不倒翁”，下半部是土制的，上半部小孩的脸同衣服，系用洋娃娃的材料制成。这倒很有一种地方色彩。

不倒翁本来是上好的发明，就只是没有充分的利用，中国人随后“垂脚而坐”的风气，也不大好用它。但是，这总值得考虑，怎样来重新使用这个发明，丰富我们玩具的遗产；问题只须离开成人，不再从左右摇摆去着想，只当它作小孩子看待，一定会得看出新的美来的吧。

［1957 年 7 月《人民文学》/集外文］

羊肝饼

有一件东西，是本国出产的，被运往外国经过四五百年之久，又运了回来，却换了别一个面貌了。这在一切东西都是如此，但在吃食有偏好关系的物事，尤其显著，如有名茶点的"羊羹"，便是最好的一例。

"羊羹"这名称不见经传，一直到近时北京仿制，才出现市面上。这并不是羊肉什么做的羹，乃是一种净素的食品，系用小豆做成细馅，加糖精制而成，凝结成块，切作长物，所以实事求是，理应叫作"豆沙糖"才是正办。但是这在日本（因为这原是日本仿制的食品）一直是这样写，他们也觉得费解，加以说明，最近理的一种说法是，这种豆沙糖在中国本来叫作羊肝饼，因为饼的颜色相像，传到日本，不知因何传讹，称为羊羹了。虽然在中国查不出羊肝饼的故典，未免缺恨，不过唐朝时代的点心有哪几种，至今也实难以查清，所以最好承认，算是合理的说明了。

传授中国学问技术去日本的人，是日本的留学僧人，他们于学术之外，还把些吃食东西传过去。羊肝饼便是这些和尚带回去的食品，在公历十五六世纪"茶道"发达时代，便开始作为茶点而流行起来。在日本文化上有一种特色，便是"简单"，在一样东西上精益求精的干下来，在吃食上也有此风，于是便有一家专做羊肝饼（羊羹）的店，正如做昆布（海带）的也有专门店一样。结果是"羊羹"大大的有名，有纯粹豆沙的，这是正宗，也有加栗子的，或用柿子做的，那是旁门，不足重了。现在说起日本茶食，总第一要提出"羊羹"，不知它的祖宗是在中国，不过一时无可查考罢了。

近时在中国市场上，又查着羊肝饼的子孙，仍旧叫作"羊羹"，可是已经面目全非，——因为它已加入西洋点心的队伍里去了。它脱去了“简单”的特别衣服，换上了时髦装束，做成“奶油”“香草”，各种果品的种类。我希望它至少还保留一种，有小豆的清香的纯豆沙的羊羹，熬得久一点，可以经久不变，却不可复得了。倒是做冰棍（上海叫棒冰）的，在各式花样之中，有一种小豆的，用豆沙做成，很有点羊肝饼的意思，觉得是颇可吃得，何不利用它去制成一种可口的吃食呢？

［1957 年 8 月 1 日《新民报晚刊》/集外文］

《语丝》的回忆

说起《语丝》，于今已经隔了三十多年的光阴。在中年的人听来，已有生疏之感，更不要说少年的朋友了。但是提及鲁迅与“正人君子”的斗争，却以这为根据地，所以一说它的历史，也不是没有意义的事吧。“五四”原是学生的爱国政治运动，由大学生开始，渐及中小学，末了影响及于工商界，要罢市罢工表示援助，这才算顺利成功，没有什么牺牲。这件事表面上是结束了，影响却是很广大，浸渗得很深，接着兴起了所谓新文化运动，这名称不算怎么不恰当，因为它在文化上表现出来，也得到不小的结果。这以前有《新青年》和《每周评论》，差不多是孤军奋斗，到了“五四”以后才成为“接力战”的状态，气势便雄厚起来了。《语丝》乃是其中的一支队伍，可是要说它成立的缘因，却非得从《晨报副刊》讲起不可。

鲁迅逝世二十周年纪念的前后，有好些讲《语丝》的文章发表，就我所见到的来说，写得最好的要算章川岛、孙伏园，他们都是参与这刊物发刊的事的。《晨报》本来是研究系的政党机关报，但是“五四”时期也相当援助这个运动；孙伏园因罗家伦关系进了《国民公报》，后转入《晨报》社，主管第五版，登载些随感杂文，鲁迅也时常投稿，很有点新气象。孙伏园后来主编新增的副刊，益得发挥他的编辑手段，声价日增；鲁迅有名的《阿Q正传》，就是在那上边发表的。可是后来孙伏园被排斥去职，由陈源的友人徐志摩继任，于是《晨报副刊》全然改换了一副面目，差不多成为《现代评论》的日刊了。

孙伏园失了职业，于他固然很是困难，但不久由邵飘萍请去，担任《京报副刊》的编辑。可是以前在《晨报副刊》写文章的人终有点不平，计划自己来办一个小刊物，可以自由发表意见。查日记一九二四年十月二十四日项下云：

> 下午至东安市场开成北号楼上，同玄同、伏园、川岛、绍原、颉刚诸人，议出小周刊事，定名曰《语丝》，大约十七日出版，晚八时散。①

十一月十六日项下云："下午至市场赴《语丝》社茶会，至晚饭始散。"那一天是星期，可见后来《语丝》是改在星期出版了。同人中本来还有刘半农、林语堂、俞平伯等人，那一天不知何以不见。记得刊物名字的来源，是从一本什么人的诗集中得来，这并不是原就有那一句话，乃随便用手指一个字，分两次指出，恰巧似懂非懂的还可以用。这一个故事，大概那天与会的人都还能记得。至于第一期上的发刊词，系大家叫我代拟，因为本来说不出一个什么一定的宗旨，所以只好说得笼统，但大体上也还是适合的。到后来和《现代评论》打架的时候，《语丝》举出两句口号来——"用自己的钱，说自己的话"，也还是同样的意思，不过针对《现代评论》的接受官方津贴，话里有刺罢了。

《语丝》的文章古今并谈，庄谐杂出，大旨总是反封建的。但是等到陈源等以"正人君子"的资格出现，在《现代评论》上大说其"闲话"，引起鲁迅的反击，《语丝》上这才真正生了气，所以回忆《语丝》这与"女师大事件"是有点分不开的，虽然后来在国民党所谓清党时期也很用了一点气力。陈源的文章说俏皮话的确有点工夫，就只可惜使用在斜路上，为了替代表封建势力的女校长说话，由俏皮而进入刻薄卑劣，实在够得上"叭儿狗"的称呼，但是如果不是鲁迅的这枝刚强有力的笔，实在也不容易打倒他。我自己就曾经吃过一个小亏。有一次陈源

【锺校】

① 查影印本日记，这一节记事在 11 月 2 日，不在 10 月 24 日。

对有些人说，现今女学生都可以叫局。这句话由在场的张定璜传给了我们，在《语丝》揭露了出来，陈源急了，在《现代评论》上逼我声明这话来源，本来是要据实声明，可是张定璜竭力央求，不得不中止了，答复说出自传闻，等于认错，给陈源逃过去了。张定璜与“正人君子”本来有交情，有一个时期我也由他的中介与“东吉祥”诸君打过交道，他又两面拉拢，鲁迅曾有一时和他合编过《国民新报》的副刊，也不免受了利用。上面所说的声明事件，川岛前后与闻，在张定璜不肯负责证明陈源的话的时候，川岛很是愤慨；那时《语丝》社在什刹海会贤堂聚会，他就要当场揭穿，经我劝止，为了顾全同事的面子，结果还是自己吃了亏。女师大事件也是一个大事情，多少有些记忆，但是参与的人现在健在，比我更知道得多，也更可信，所以我还是以藏拙为佳了。

［1957 年 10 月 3 日《羊城晚报》/《木片集》］

茶　汤

我们看古人的作品，对于他的思想感情，大抵都可了解，因为虽然有年代间隔，那些知识分子的意见总还可想象得到，唯独讲到他们的生活，我们便大部分不知道，无从想象了。我们看宋朝人的亲笔书简，仿佛觉得相隔不及百年，但事实上有近千年的历史，这其间生活情形发生变动，有些事缺了记载，便无从稽考了。最显著的事例如吃食。从前章太炎先生批评考古学家，他们考了一天星斗，我问他汉朝人吃饭是怎样的，他们能说出么？这当然是困难的事，汉朝人的吃食方法无法可考，但是宋朝，因为在历史博物馆有老百姓家里的一张板桌，一把一字椅，曾经在钜鹿出土，保存在那里，我们可以知道是用桌椅的了；又有些家用碗碟，可以推想食桌的情形。但是吃些什么呢？查书去无书可查，一般笔记因为记录日常杂事嫌它烦琐，所以记的极少，往往有些食品到底不知是怎样的，这是一个很大的缺限①。现在我们收小范围，只就一两件事，与现今可以发生联系的，来谈一下吧。

《水浒传》里的王婆开着茶坊，但是看她不大卖泡茶，她请西门庆喝的"梅汤"和不知是什么的"和合汤"，看下文西门庆说"放甜些"，可知是甜的东西，末了点两盏"姜汤"了。后来她招待武大娘子，"浓浓地点道茶，撒上些白松子胡桃肉"，那末也不是清茶了，却是一种好喝的什么汤了。这里恰好叫我想起北京市上的所谓"茶汤"了。这乃是一种什么面粉，加糖和水调了，再加开水滚了吃，仿佛是藕粉模样，小

【锺校】

① "限"原作"根"。

孩们很喜欢喝。此外有“杏仁茶”和“牛骨髓茶”，也与这相像，不过那是别有名堂，不是混称茶汤了。我看见这种“茶汤”，才想到王婆撒上些白松子胡桃肉的，大约是这一类的茶了。茶叶虽然起于六朝，唐人已很爱喝，但这还是一种奢侈品，不曾通行民间，我看《水浒传》没有写到吃茶或用茶招待人的，不过沿用茶这名称指那些饮料而已。

据这个例子，假如笔记上多记这些繁琐的事物，我们还可根据了与现有的风俗比较，说不定能够明白一点过去。现在的材料只有小说，顶古旧也不能过宋朝，那末对于汉朝的吃食，没有方法去知道的了。

[1957年10月6日《新民报晚刊》/集外文]

扬子鳄

鳄鱼之最早见于中国文献，是为《诗经》，“鼍鼓逢逢”，是说用鳄鱼皮冒的鼓。鳄亦作鼍，俗称猪婆龙的便是。其后唐朝《岭表录异》，记载得很详细，说身土黄色，四足修尾，其大如船，喙长半身，牙如锯齿。但是最有名的，也最是靠不住的，要算韩愈的《祭鳄鱼文》那一段故事了。这事本末具载《宣室志》中，本来是老虎出境、蝗虫出境一类的故事，造出来恭维长官的，只因为他自己写了那一篇祭文，后世所以知道的多了。

世界上鳄鱼大要可分两种，非洲的叫克洛科提鲁斯，美洲的叫阿利伽多耳，原义都是说壁虎，不过一是希腊语，一是西班牙语罢了。鳄鱼与蛇和乌龟都是大洪水以前的生物，年代既老，形状格外地不好看，那头就有半个身子大，张开嘴来，喉咙就同肚皮一样宽，什么东西都吞得下去。非洲鳄鱼最有名的是尼罗河的，长可二丈三尺，亚洲印度的居其次，长约二丈，但是在孟加拉湾至澳洲一带却有极大的鳄鱼，有过三丈二尺的纪录。它的寿命很长，普通两丈长的大抵寿已二百岁，它照常还有八百年可以活下去。它有六十八个牙齿，互相交错，咬力极强，咬得断人的大腿骨。隔得远一点的地方用尾巴打，无论人畜都禁受不住。它的消化力也异常强大，正在吞吃人的鳄鱼，剖开肚子来看，人的下半身还在喉间，吞下的上半身已经骨头都融化了。

鳄鱼性很机警，在岸上略一惊动，便爬下水。据猎人说，它同鹿一样的不容易打。但是非洲本地人有土法子可以捉它，最古的是古希腊希罗多德《史记》上所记的钓法。据说钓的人拿一块猪的背肉挂在钩上，放到河中间去，带着一只小猪打起来，鳄鱼听声跑来，碰着猪肉吞了下去，于是大家把绳拉了起来。可是现在非洲的阿拉伯人用的一种方法，却更是巧妙，而且刻毒，但是用在这人人痛恨的鳄鱼上，谁也不觉得有什么不对了。用一副弹簧，装在什么小动物的尸体里面，丢下水去。鳄鱼吞了下去，肉块消化之后，弹簧立即散了开来，撑住它的肚子，于是就被慢慢的拖到岸上去，用矛子刺死。阿拉伯人猎取它，一部分的理由是报仇，又一部分也想吃它的肉。

以上所讲是普通鳄鱼的情形，中国的扬子鳄并不如此凶恶。它生长在长江中部，沿江的安徽属地方常有人捉到。也不甚希罕，名称仍是鳄鱼，北京动物园现有几匹，标名“扬子鳄”。这是阿利伽多的一属，身长几尺，不会吃人，它的食料大抵只是鱼类，或者是小动物。鳄鱼本来是热带的生物，长江气候不甚适宜，或者因此不能长得很大。广东本来也产，后来却没有了，不知道是什么缘故。

潮州的鳄鱼，据《岭表录异》所记，在唐朝果真存在，经刺史一驱逐，难道当真搬了家了么？我们读古文的人，未必相信吧，因为鳄鱼是不能懂得汉文的。

［1957 年 11 月 19 日《新民报晚刊》/《木片集》］

澡豆与香皂

古时中国洗手，常用澡豆，在古书上看见，不晓得是什么东西，特别是在《世说新语》见到王敦吃澡豆的故事，尤为费解。《世说》卷下《纰漏》篇中云：

王敦初尚主，如厕，见漆箱盛干枣，本以塞鼻，王谓厕上亦下果，食遂至尽。既还，婢擎金澡盘盛水，琉璃碗盛澡豆，因倒着水中而饮之，谓是干饭。群婢莫不掩口而笑之。

这里说王敦有点像“刘姥姥进大观园”，或者过甚其词，也说不定。但可见六朝时候，一般民家已经不知澡豆了，大约在阔人家还是用着吧。不过说也奇怪，在唐朝的医书上却又看见，孙思邈的《千金要方》里载有澡豆的方子，用白芷、清木香、甘松香、藿香各二两，冬葵子、栝楼仁各四两，零陵香二两，毕豆面三升，大豆黄面亦得，右八味捣筛，用如常法。看它多用香药，不是常人所用得起的。六朝时或者要简单的多，只是一种粉末，因为假如香料那末多，王敦恐怕也吃不下去了。这种洗面用豆面中国似乎失传了，但是流传在日本，至今称作“洗粉”，是化妆品的一种。不过我们在《红楼梦》第三十八回，说大家吃螃蟹的地方，有这样的话：“又命小丫头们去取菊花叶儿、桂花蕊熏的绿豆面子，预备着洗手。”这显然是一种澡豆，可见在乾隆时还有人用，不过没有这名称罢了。

“香皂”之称亦已见于《红楼梦》。查《千金要方》卷六，列举别种洗面药方，其中已有用皂荚三挺，猪胰五具者，但仍用毕豆面一升，大约诸品和在一起，团成应用，则与北京自制“胰子”相同。三十年前店家招牌，有书“引见鹅胰”者，盖是此物，当时算作上等品物。记得一笔记，记南宋事，皇帝居丧，特别用白木制御座椅子，有人入朝看见，疑为白檀所雕，宫人笑曰，丞相说近日宫中用胭脂、皂荚太多，尚有烦言，怎么敢用白檀雕椅子呢？其时皇宫里尚不用“胰子”，却用皂荚，亦是奇事。这大概是南北习惯不同，北方用猪（鹅）胰，所以俗称“胰子”，香皂亦称“香胰子”。南方习用皂荚，小时候尚看见过，长的用盐卤浸，捣烂使用。一种圆的，整个浸盐卤中，所以通称“肥皂”。但澡豆一名则早已忘记了。

［1957 年 11 月 25 日《新民报晚刊》/《木片集》］

钱玄同

我近来常想能够有工夫写几节《畸人所知录》下来，因为我知道有不少的人，在社会上很有点声名，当作是个奇人，但是据我所知的事实，却实在是平平常常的，觉得有说明的必要。第一个我便举出钱玄同来。

钱夏字玄同，后来又名疑古玄同。我们认识他最初在光绪戊申年（一九〇八），从太炎先生《民报》社听讲《说文》，那时他还用旧号曰“德潜”，及民国六年在北京相见，已改字曰玄同了。他的初期的特色是复古。文字他主张用小篆，事实上不可能，则改用楷书的笔势写篆书，给太炎先生写刻《小学答问》，后来还有《三体石经考》，也是用的这笔法。写信也是“某人足下，近候何若，……”，末了说“某顿首”。至于文章之拟古，那更不用说了。辫子去掉了固然很好，但也不固执的要梳头，只是这袍子马褂的胡服总是不好，要复古一下来穿“深衣”。这根据古书来复制，乃是白布斜领，着起来很有点像“孝袍”，看去有点触目。他却不顾一切，做了一件，穿了到教育司办公，不过这个我并没亲见，只是传闻如此罢了。

第一期的“复古”做得很彻底。第二期便来个“反复古”运动，同样的彻底，不过传播得更广远了。自从“洪宪帝制”以后，一般有心的人都觉得中国这样情形是很危险的，非有一个大的变更不可，接着是欧战结束，便引起了中国的那新文化运动来了。《新青年》便当了这运动的代言人，标榜民主和科学，对于国内事物凡是旧的都在反对之列，举凡人家所称为国粹的，国学、国文、国医、国术、国剧，都被看作“国滓”，一律予以痛击。他的两句口号——“选学妖孽，桐城谬种”，一直为旧学者所痛心疾首，尤其是对于旧道德“纲常”之攻击，更被人视为“洪水猛兽”，欲得而甘心。最有名的林琴南的两篇小说，在《荆生》里假借了荆生这一个旧礼教的保护人，对这班人加以惩创，小说里的“金心异”这人，便是玄同，所以鲁迅后来的文章中，就以金心异作玄同的外号。现在看起来，他对于中国文化遗产的某些方面缺乏理解，这是缺点，但在他那时也是无怪的，当时如稍一让步，便是对于旧派承认妥协，再也不能坚持攻击了。正如征求“青年必读书”的时候，鲁迅坚决地主张现代青年不必读旧书，一部也没有开，所以玄同也赞成将旧书扔进毛厕去。这极端的反复古主义，玄同坚持到底，虽然他在学术上仍旧弄他的文字学。至于经学，则仍然遵从老师崔觯甫的教训，相信今文说，别号“饼斋”，表示乃是“卖饼家”何邵公之徒。关于这一方面的学术问题，著有《重论经今古文学问题》一篇，最有价值，作为标点本《新学伪经考》的序文，登在原书上面。

“经今古文学”的论争乃是反复古运动之一面，发见于经学方面的，在这问题上他坚持下去，一直没有变更，虽然在别的艺术上多少有些让步。他把自己的别号改作“疑古”，表示他的态度。照道理说来，康有为那种《新学伪经考》也是从疑古思想出发的，但是他更推得远一点，不但是经，便是史的方面，也都处处显得可疑罢了。他的思想显得“过激”，往往有人误解，觉得脾气一定乖僻，不好对付吧，其实是不然的。他对人十分和平，总是笑嘻嘻的。诚然他有他的特殊脾气，假如要他去见“大人先生”，那么他听见名字，便要老实不客气的骂起来，叫人下不来台，若是平常作为友人往来，那是和平不过的。他论古严格，若和他讨论现代问题，却又是最通人情世故的。他反对国文和艺术，可是他藏书极多，对于古诗文亦多了解，又善书法，晚年写唐人写经，时时给人家书题封面。说起他来，常把他当作怪人，其实是很平常的，知识广博，趣味丰富，朋友间不可多得的人。

［1957 年 11 月 27 日《羊城晚报》/《木片集》］

说　诗

一个平常人，对于万事，对于文字语言，没有诗人的敏感，要来批评诗句，往往是不讨好的。据说英国有过这么一回事，或者是“齐东野人”的话也说不定，但是颇有趣味。据说，诗人勃郎宁在日，有一天外出散步，走过礼拜堂，遇见牧师讲道，便走进去旁听。牧师引用勃郎宁的诗句，加以解释，却是讲得很不对。诗人赶紧站起说，我看这诗的意思恐怕不是这样的，应该那么说才对。讲演者大怒，说勃郎宁乃大诗人，他的诗意你哪里懂得？勃郎宁只好默然退出。这当然是特殊的笑话，但诗意难懂，也是事实。

俄国诗人梭罗古勃作诗多极晦涩，意义不甚明了，有新闻记者走去问他，他回答得最妙。他说我不肯说明隐晦的意思，并非不愿，实是不能。当时有所感触，我用诗来表达它，我在诗里已尽我的力量，用适切的词句，来表现我的情意。假如那样做了，还是不能明白，到了现在已非当日情景，要我追想起来，另用一套话来表白，哪里还能够呢，因为最是适合于表现的话，当时已经用尽了。

话虽如此，但是有的诗也明白如话，意思了然，一见就懂。譬如今年世界纪念他诞生二百年的英诗人布莱克，他也是个很古怪的诗人兼画家，但他的一首《给我的桃金娘树》，便很觉得明了可懂：

缚在可爱的桃金娘树上，——
周围落下许多花朵，
啊，我好不厌倦呵，
卧在我的桃金娘树下。
我为甚么和你缚住了，

呵，我的可爱的桃金娘树。

布莱克是痛恨一切束缚的人，这诗便是他对于爱情的宣言。他说，这桃金娘树是美的可爱的，他自愿爱它，但他却又被缚在树上。他爱这树，但是恨被缚住了反而妨碍了他自发的爱，所以他想解脱了这束缚，能够自由的爱这树。他不缚住了，他仍旧想卧在这树下，因为他觉得桃金娘树是美的是可爱的。可是这种解释并不是凭空假设的，实在还是因为这首诗留有底稿，说的更直截自然也更拙一点，所以说诗敢这么的说了，要不然也就不好下断语，因为解释诗最容易犯的毛病，是望文生义的说法呵。

［1957 年 11 月 29 日《新民报晚刊》/集外文］

蛇

人因为很厌恶蛇，所以忌讳说它，称之曰长虫。这有如唐宋人说老虎，改称它作大虫，本来是由于唐朝的避讳，但宋朝以后的小说上也都沿用。这个理由以色列人有很好的说明，便是夏娃的走出乐园。由于她听了蛇的话，吃了“智慧的果实”，睁开了眼睛，知道自己是裸体；因此上帝罚那蛇永远与女人成了仇敌，而且用肚皮走路，便是从此成为爬虫了。

据他们所说看来，那末蛇在被罚以前，不是那个情状了。究竟是如何样子？《圣经》上没有说。据我的推测，在有人类以来，蛇的尊容可能一直没有多大变化，它之令人厌恶，大约由于它的来源的久远。现存生物中来源久远的，有乌龟与鳄鱼，虽然两者性情不同，那一副古老的相貌着实令人不能亲近。蛇没有那末古老，但是它也是那一路，先天的引起人的反感。这自然也因为有的有毒，若都像壁虎一样，不会咬人，我们也会用手抓它，并不避忌了。

可是我们对于长虫，一面嫌忌，一面也很感到趣味，这是很特别的。我们一查典故书，关于“蛇”的一门，记载特别丰富，有些真的有毒的蝮蛇，已经够新鲜了，什么“灰蝮”“狗屎蝮”“雉鸡蝮”，都很毒的。有些不很真的却更有趣味。譬如像木杵一样，倒掉而行的什么蛇，像一颗圆球似的“弹子蛇”，此外还有鲁迅听阿长讲的“美女蛇”。《山海经》说南方有神曰延维，人首蛇身衣紫衣，大为做《山海经释义》的王崇庆所讥笑，不知这紫衣是如何着法。美女蛇不说穿有衣服，岂非正是延维一类乎？普通人嫌恶长虫，有地方又特别爱好而且喜欢吃它。据说广州以蛇为珍馐，有的讲究吃三条一套，有的加猫称为龙虎，有的加鸡便算龙凤，听说还有种种吃法。不过想起来也并不奇怪，蛇也是鳗一样的东西，只是有些有毒而已，而它的毒原是藏在毒囊中，不注入人的血管里去，是没有什么妨碍的。人们连河豚也要烹食，除去蛇的毒囊来充馔，说来是应该的了。

讲起蛇的事情，临了不能不说到印度，因为在那里蛇最有名，其中的眼镜蛇更是无人不知的。听说有这么一回事，有人开宴会，席上谈论到勇气的问题，是男人还是女人最有勇气，结果似乎都说是男人。在这时候，忽听女主人镇定的叫佣人拿一盘牛奶来。在印度人都知道，叫拿牛奶是意味着屋里有毒蛇，要用这诱它出来，好除灭它。牛奶来了，果然一条眼镜蛇从桌下爬了出来，佣人们很快的收拾了。人们问女主人怎么知道有蛇在屋里，她说它正缠住了她的足踝了呢！经这个事实证明，谁最有勇气又得了一个新的结论了。

［1957年12月11日《新民报晚刊》/《木片集》］

一九五八年

《唐诗三百首》

《唐诗三百首》是古诗文选本最通行的一种，百馀年来，风行全国。至“五四”以后，说它是“陋”书，似乎一时衰歇了。但平心说来，也还是足供参考的，所以近年又复印行。我看去年七月第四版，已经印行十六万册，以人口比例并不算多，但总是洋洋大观了。这选本的缺点不是没有，凡选本皆有缺点，他有一种主张，这里显明的具体的排列出来，容易有什么倾向。编这《唐诗三百首》的蘅塘退士是前清乾隆时人，他的意见只是那时代的东西，与现代不能相合，那是当然的。他序言选择“脍炙人口”的诗，李杜的长篇，王孟的短什，的确是应有尽有了，要他客观的罗列唐诗历期的好处，初盛中晚四期各有它的特色，这未免强人所难，没有人能够做到。在没有这样一种理想的选本以前，姑且以此补充，也未始不是办法吧。

俗语有一句话道：“熟读唐诗三百首，不会吟诗也会吟。”当时我颇疑心是有了这书以后的说话，但是看蘅塘退士的序文中已经引用此语，后边接下去云：“请以此编验之。”乃知书名反是从这里出来的。有许多人的确从这里知道诗的形式，而且开始仿作，所以这话是有几分道理。

但诗的格调并不限于“唐诗”，有些宋诗也是脍炙人口，可供参考。而宋人的诗另有意境，也有与唐人不同的地方，是很可贵的。从前看孙扩图的《一松斋集》，见随笔中有一则云：

南宋杨与立《幽居》诗："柴门阒寂少人过，尽日观书口自哦。馀地不妨添竹木，放教啼鸟往来多。""溪头石磴坐盘桓，时见修鳞往复还。可是水深鱼极乐，不须妄意要垂竿。"余谓有道之言，自尔可爱，唐人不肯作，殆亦不解作也。

这话说得很有道理，我们不必硬来叫唐宋人比短长，但总之宋诗比唐诗又有一进境，便是可以发议论了。照王渔洋的说法，唐诗之佳在于有神韵，发议论便不韵了，不过这种过时的言论，现在并无拘泥之必要。我记得以前有过一部书，名叫《宋元明诗三百首》，不知系何人所编，似乎不妨找它出来一看，翻印一下，以补其缺，也不必要印几万，还是看这书值得印多少，便印多少可也。这对于学做旧体诗会有些好处，因为我看学做的诗与其说学唐人，还不如说是宋人倒相像一点。

[1958 年 4 月 1 日《新民晚报》/《木片集》]

兰亭旧址

绍兴的古迹，顶有名的无过于大禹陵与兰亭。禹陵虽然也无可考，现今的那块石碑，乃是知府南大吉根据“堪舆”之学给它来假定的，本来算不得数，但是到底有那一个庙在那里，并有“窆石”的遗物，可以一看。但是兰亭，却没有什么可看的，因其特别有名，也就特别的扫兴。明末张宗子在《古兰亭辨》中说他自己的经验道：

> 万历癸丑，余年十七，以是岁为右军修禊之年，拉伴往游，及至天章寺左，颓基荒砌，云是兰亭旧址，余伫立观望，竹石溪山，毫无足取，与图中景象相去天渊，大失所望，哽咽久之。故凡外方游人，欲到兰亭者，必多方阻之，以为兰亭藏拙，因此裹足不到，又六十年所矣。

据说现今的所谓兰亭的，乃明朝永乐二十七年一个姓沈的知府所建造，只因其地有两个池，乃构亭其上，称曰墨池、鹅池，其实王右军在那里修禊，不见得带了鹅去，也用不着特地挖一个池养它。至于甃石为沟，引田水灌入，摹仿曲水流觞，尤为儿戏。宗子说：“盖此地撇却崇山，推开修竹，制度椎朴，景色荒凉，不过田畴中一邮表畷耳。”至今游兰亭的人也都是这一样的印象，觉得这顶有名的地方，实在却是最无聊了。所以我从前劝去游览的人，以水路至娄公埠，陆路自娄宫至兰亭为止，因为这一路总还是“山阴道上”，值得一看，到了目的地便没有看的价值了。

但是，如宗子的文章中所说：“右军文人也，韵人也，其所定亭址，必有可观。”照这个标准在近地寻去，或者可以找到旧址，也未可知。果然于天章寺之前发见一块地方：“所谓崇山峻岭者有之，所谓清流激湍者有之，所谓茂林修竹者有之，山如屏环，水皆曲抱。”兰亭古迹，埋没千年，复为后人发现，大是可喜的事。时为清康熙癸巳年，距今不过二百八十年。①若由有眼识的人前去天章寺左近察看，必可找到。以后政府修葺兰亭的时候，便可在新发现的旧址，建亭以志遗迹。其地既然有“溪山竹石”之美，恢复旧观，则别无多少建筑，也不妨事，只要有几楹屋供游人休憩，便已足矣。其昔时所造的亭，可留存以资比较，如有好奇之士，于游览兰亭之际，不妨两边都看一下，看到底哪一方面近似真的兰亭。

［1958 年 4 月 27 日《新民晚报》/《木片集》］

【锺校】

① 康熙癸巳年（1713）距写此文时（1958）实为 245 年。

拂子和麈尾

中国有许多服用器物，古今异制，到今已几乎消灭了，幸亏在小说戏文里，保存着一点，留存下来还可认得。有如笏这东西，只有戏中尚可看到，此外则“朝笏糕干”，在乡下也还有这名称。又如拂子，俗称仙帚，是仙人和高僧所必携的物事，民间也尚有留存，当作赶苍蝇的东西。末了还有麈尾，除了“挥麈”当典故之外，没有人看见过是什么形状。《康熙字典》引《名苑》云：“鹿大者曰麈，群鹿随之，视麈尾所转而往，古之谈者挥焉。”照它的解释，似乎所挥的该是整个的尾，这乃是望文生义的解说，还不如陆佃《埤雅》里所说“其尾辟尘”之明白，虽然或仍未能将它的形状弄清楚。

《世说新语》有好几处讲起麈尾的地方，其一云：

> （王夷甫）妙于谈玄，恒手捉白玉柄麈尾，与手都无分别。

那末这是有“柄”的。又云：

> 孙安国往殷中军许共论，往反精苦，客主无间，左右进食，冷而复暖者数四，彼我奋掷，麈尾悉脱落，满餐饭中，宾主遂至暮忘食。

那末这尾毛又是要脱落的。从这里看来，这麈尾未必是整个的尾巴，或是拂子似的东西，因为这无论如何用力挥舞，尾毛决不会掉下来，更何至满餐饭中呢？须得看它实物的照相，这疑问便立可解决。

中国本国似乎没有这东西了，但在日本正仓院里还有一两把，大约是唐朝以前的遗物，麈尾是掌扇似的东西，柄用白玉或是犀象牙角，上下两根横档，中间横列麈尾，形状像是一个篦箕，可以拂尘，这就是“辟尘”说之所由起。照相里一把是完整的，一把是破了，麈尾大半脱落了，可以想见那主客所用的多少与这相像。

手捉麈尾谈玄，与拿拂子讲经，在现在说来别无多大关系，但把古人生活的一节弄清楚了，也还不是没有意思的事。

［1958年6月29日《羊城晚报》/《木片集》］

诗人黄公度

清末的诗人中间，有一个人为我所最佩服，这就是黄公度。公度名遵宪，是广东嘉应州人，曾参与戊戌政变，但是他政治上的主张不及文学上的更为出色。不过讲到诗的问题上，我是个外行，我所以佩服他的，还因他的学问与见识，古人所谓“买椟还珠”，我其实是难免这句话的讽刺的。

黄公度的著作有《日本国志》《人境庐诗草》和《日本杂事诗》这三种，都已有刻本。《日本国志》与《日本杂事诗》看似平常，这里却有黄公度的特色。第一是因为他对中国文化有研究，看日本继承中国文化的地方特别清楚，也很有兴趣。第二又因为他懂得新学，知道凡事应当革新，所以他对于改革能够了解。这两种特色若不能具备，一个人的意见便不免于偏。杂事诗定本序有云：

> 余所交多旧学家，微言讽刺，咨嗟太息，充溢于吾耳，虽自守居国不非大夫之义，而新旧同异之见时露于诗中。及阅历日深，闻见日拓，颇悉穷变通久之理，乃信其改从西法，革故取新，卓然能自树立，故所作《日本国志》序论往往与诗意相乖背。

因为定本刊于光绪戊戌（一八九八年），已在初版十九年之后，他的对于变法的见解已经大有改进了。如原本卷上七十二论诗云：

> 几人汉魏溯根源，唐宋以还格尚存。
> 难怪鸡林贾争市，白香山外数随园。

定本却改作：

> 岂独斯文有盛衰，旁行字正力横驰。

不知近日鸡林贾，谁费黄金更购诗。

日本人学做汉诗，可以来同中国人唱和，这是中国文人所觉得高兴的一件事，这里黄君却简单的加以取消，无丝毫留恋之意，这在当时是不可及的了。

《人境庐诗草》十一卷是他的诗集，其特色在实行他所主张的“我手写我口”，开中国新诗之先河，此外便不是我所能说的了。我以前曾经得到一种抄本，竹纸绿色直格，每半页十三行，中缝刻“人境庐写书”五字，书签篆文“人境庐诗草”，乃用木刻，当是黄君手笔，书高二十三公分，而签长有二十二公分，印红色蜡笺上。书凡四卷，与刊本比较一下，内容大致与前六卷相同，其中有九十四首乃被删去，当系少作的集外诗，但也很值得收罗，只可惜这个抄本今已失去了。其中也有不少好诗，刊本中有《人境庐杂诗》八首，抄本原有十首，所删第九、十两首昔曾抄存，今录于下，也是人境庐的掌故。

扶筇访花柳，偶一过邻家。
高芋如人立，疏藤当壁遮。
絮谈十年乱，苦问长官衙。
春水池塘满，时闻阁阁蛙。

×

无数杨花落，随波半化萍。
未知春去处，先爱子规声。
九曲栏回绕，三叉路送迎。
猿啼并鹤怨，惭对草堂灵。

［1958 年 8 月 15 日《羊城晚报》/《木片集》］

一九五九年

《如梦记》译本序

《如梦记》一卷九篇，文泉子著，明治四十二年（一九〇九）日本东京出版。文泉子本名坂本四方太，生于明治六年（一八七三），大学国文科出身，追随正冈子规，为新派有名“俳人”之一，写了许多“写生文”，大正六年（一九一七）卒，年四十五岁。在明治末年日本文坛上盛行着法国自然主义的潮流，子规等新派俳人是俳句的革新家，可是也感受着时代思潮，成为他们的提倡写生的一种机缘。所谓写生即是主张写实，不像旧式诗人那么公式地说假话，却要实地去看去听，把所感到的事物写下去，这像有真实的生命。写生，是新派俳句的新的手法，可是也可用于散文，这就叫写生文，它可以独立，于练习俳句上也很有益。所以他们的杂志虽是讲俳句的，也登载好些写生文，这《如梦记》便是在里边登过，再印行单行本的。古来日本俳人多兼擅文章，松尾芭蕉即是最好的例，那时这一派里正冈子规以下，夏目漱石，高滨虚子，坂本文泉，长冢节都写许多散文，夏目的《我是猫》，高滨的《俳谐师》，长冢的《土》乃是有名的小说，坂本的这一卷《如梦记》虽然不是正式的小说，但是用写生文来记述他童年的回忆，也正是文学上所有的一种式样，同样的值得加以赏玩。书中所记大概是十岁以前的事，在明治维新初期，新旧事物混杂在一起，或者与中国的民国前后有点相似，有许多奇妙的事情值得记载，这里就只觉得太简少一些，有点可惜，但是这也是难怪的。写生文虽说是重在写实，但它到底还被俳句影响所牵掣，他们最忌“词费”，不肯长篇大幅地去描写，所以简短是当然的事。后来夏目的学生中勘助著有《银茶匙》，上下两卷，叙写从幼小时直到中学时代，更为精细，虽不是写生文派，却可以说是大部的《如梦记》，此外就不见其比了。坂本的这本小册子很少见，在出版的次年偶然在东京冷僻的小书店里得到了一册。

本书题名在著者自序中译作《梦一般》，比较近于白话，但是原名 Yume no gotoshi，是文言口气的，直译应是《如梦》，现在便保存它这个原意，只是加上一个记字，说起来较为顺口，自序中亦均改正，以免歧出，虽然在那边如说《梦一般》似乎要好一点。知堂记。

［1959 年 4 月 1 日《星岛晚报》/集外文］

一九六〇年

《知堂回想录》缘起

我的朋友曹聚仁先生前几时写信给我，劝我写自叙传，我听了十分惶恐，连回信都没有写，幸而他下次来信，也并不追及，这才使我放了心。为什么这样的“怕”写自叙传的呢？理由很是简单，第一是自叙传很难写。既然是自叙传了，这总要写得像个东西，因为自叙传是文学里的一品种，照例要有诗人的“诗与真实”掺和在里头，才可以使得人们相信，而这个工作我是干不来的。第二是自叙传没有材料。一年一年的活了这多少年岁，到得如今，不但已经称得“古来稀”了，而且又是到了日本人所谓“喜寿”，（喜字草书有如“七十七”三字所合成），那么这许多年里的事情尽够多了，怎么说是没有呢？其实年纪虽是古稀了，而这古稀的人乃是极其平凡的，从古以来不知道有过多少，毫没有什么足以称道的，况且古人有言，“寿则多辱”，结果是多活一年，便多有一年的耻辱，这有什么值得说的呢？

话虽如此，毕竟我的朋友的意思是很可感谢的。我虽然没有接受他原来的好意，却也不想完全辜负了他，结果是经过了几天考虑之后，我就决意来写若干节的《知堂回想录》，也就是一种感旧录，本来旧事也究竟没甚可感，只是五六十年前的往事，虽是日常琐碎事迹，于今想来也多奇奇怪怪，姑且当作“大头天话”（儿时所说的民间故事）去听，或者可以且作消闲之一助吧。

时光如流水，平常五十年一百年倏忽的流过去，真是如同朝暮一般，而人事和环境依然如故，所以在过去的时候谈谈往事，没有什么难懂的地方，可是现在却迥不相同了。社会情形改变得太多了，有些一二十年前的事情，说起来简直如同隔世，所谓去者日以疏，来者日以亲，我想这就因为中间缺少连络的缘故。老年人讲故事多偏于过去，又兼讲话唠叨，有地方又生怕年青的人不懂，更要多说几句，因此不免近于烦琐，近代有教养的青年恐不满意，特在此说明，特别要请原谅为幸。

［1960 年作/《知堂回想录》］

华侨与绍兴人

华侨与绍兴人，这是两个怎样不能相连贯的名词呀！因为在华侨里边决不可能去找出一两个绍兴人来，——除非这是在三百年前，有朱舜水在日本，但这乃是亡命的志士而且他是馀姚县人，严格的说来已经不是以真正老牌绍兴人自居的旧山阴会稽的两县人民了。话虽如此，这两者之间却有共通之点，便是说绍兴人里面有些性质很与华侨相同，这是什么呢？简单的说，就是绍兴人的冒险性与爱乡心。

说起绍兴人的冒险性心，这摆在惯于“乘长风破万里浪”的闽广同胞面前，诚然不免是小巫见大巫，但究竟还是个小巫，他到处乱钻的本领，确实还不算小呢。我引用两句俗语为证，这比我自己胡诌更有点根据，光绪四年出版的范寅的《越谚》卷上载有俗谚云：

“麻鸟（俗语称麻雀如此，鸟读都了切，如《水浒传》中常见的‘咬我鸟’的鸟字）豆腐绍兴人。”原本有注云：“此三者不论异域殊方皆有。”又其一云：“长江无六月。”原本注云：“越人皆有四方之志，不敢偷安家居，无六月者言其通气风凉，虽暑天亦可长征也。”这两节的确说的很得要领，可以替我省得许多话。

绍兴人做酒，卖给普天下的客官喝，我想这是他们遍处钻的第一原故，有如徽州朝奉的带了茶叶去遍天下一样。绍兴儿歌有云：“老酒糯米做，吃得变 nio nio。”

这末一句是儿童的话，意思即是猪猡，是嘲笑醉汉的歌谣，说一个人酒醉了，便像猪似的咕咕的打鼾。绍兴酒醉了要变得猪一样，不是什么好东西，但变成猪八戒，那还有点可爱，若是威士忌或金酒沉醉之后，要像外国的水兵一样，会变成《西游记》里的妖怪，想吃唐僧的肉，那就更可怕了。绍兴人做酒之外还会造酱，北方一带的酱园都说是由绍兴分设的，其他酱豆腐，糟豆腐及臭霉豆腐，还有霉干菜，虽然绍兴人只称“干菜”，不加霉字，其起源的地方也是绍兴，大概当初这些东西也由他们专卖的，那么影响之大盖可想而知了。

下面所说的不是可吃可用的东西，实用还是无益有害也还说不定，但是最初大约也是由于必要，所以输入了。我所说的便是前清时代的绍兴师爷和部书，民国以来还有一大部分势力的机要秘书和佐治科员，这到了解放以后才算连根拔掉了。讲到“师爷”，我便想连带的说及第二问题了。看的人会要奇怪，难道绍兴师爷特别有爱乡心么？这未必然，但是他们的一口难懂的“乡谈”，那总是实有其事的吧？绍兴话并不特别难懂，它只是吴语的东边的一支，但与普通话总差得很多，在大多数人听去很是别扭的吧。而且他们偏要强调这个，对于来请教他的东家特别非说老绍兴腔不可，或者懂得几句蓝青官话，这时候反而收起来不用了。这种标准的师爷我曾亲眼看见过，见同乡打官话，对外省人说绍兴话，可是这种人于今已是一去不复返了。（关于绍兴部书，张岱在《瑯嬛文集》卷三中，有一篇《五异人传》，其第一人瑞阳公描写得颇好。）现在代之而起的是新兴艺术的越剧，它的名誉实在要超过酒酱糟豆腐而上之，更不用提那刑名钱谷的一辈的人了，而且它的人选据说特别是要非正统的，即是嵊县、诸暨这些外县的女性，也就是广义的正式的绍兴人了。

讲起爱乡心这一特性，其实是与守旧的心理是分不开的。会稽郡山水之美，自昔著称，所谓“千山竞秀，万壑争流”，其实也不过是那一回事，只因中朝人士久居北方，没有看过南方风景，自东晋南渡这才看见，所以赏识起来罢了。绍兴人觉得什么都是绍兴第一，山水倒没有提及，偏是那师爷们卖弄的绍兴土话，倒觉得十分珍贵，这有事实为证。

他们称外地口音叫作“拗声”，那么可见只有自己的话是正音了，可是绍兴话的重浊粘滞，便是我自己说绍兴话的人也无法否认的。至于风俗习惯也无一不是如此，而以关于食物为尤甚。鲁迅说阿Q进城去很看不起那里的人，就因为城里将长凳称为板凳，而且煎鱼用葱丝，不用葱花的缘故。这是一种滑稽的说法，用于小说中而已，其实是一天吃三顿饭乃是真正自夸的事，至少足以夸示于杭州人的，他们虽是省城的人士，但是早上吃的是“汤泡饭”（用开水煮前日的剩饭），不但有寒酸气，也实在足以表示晏起的坏习惯的。绍兴人的确是“黎明即起”，就走往市场买菜，回来再吃早饭，其勤于工作的精神确是值得称赞的。游手好闲，不务正业，破落的“台门”子弟也是多有，早上有一碗“麻花粥”（一根油条配粥，只要三四文钱）到口，已经很是不错，但一天三顿饭现煮来吃，是普通的成规，在一般士农工商总觉得是非如此不可的了。

此外习惯行事，不管好坏大小，也都不肯轻易改变，仍旧走到哪里带到哪里去。譬如祭祀一事，大约最不容易改革，而且赞否也最成问题，所以很是明显。鲁迅有一回，还是民初的事情，他路过上海，到蟫隐庐书店去买些旧书，看见主人在祭祖先，仍照旧式“四跪四拜”的。这本来没有什么可笑，但那时已是民国三四年光景，主人不但袍子马褂，而且还是拖着辫子，在主人本是所谓遗老，这也不足为怪，但在洋场上有此怪相，所以时时引作谈柄罢了。还有一件事，乃是许寿裳的侄儿所说，他在北京大学化学系毕了业，派到奉天（当时还没有改作沈阳）去办事，一天在街上闲走，忽然的听见一句很熟习的话吆喝过来，不觉愕然吃惊四顾。这乃是从路旁一爿小店出来，显得是男主人所说的，其词曰：“拨我驮呼篠来！”翻译成普通话便是说“给我拿竹枝来！”这却不是平常的竹枝，乃是专为打小孩用的，大约多至二三条，长约二尺馀，使用起来很是柔软，打着皮肤有点疼痛，而不伤筋骨，据说是颇有道理，大约古时的所谓夏楚，也是这一类东西吧。关于这样一种细微的东西来费笔墨，不是我的本意，但是绍兴人为得在奉天要打小孩，却要特别做成“呼篠”（篠读若笑），或者从本地带了出来，这件事就有一说的价值了。我说“或者”从本地带来，其实这里的疑问可是不必要的，因为这种竹枝除了是天生的“竹篠”，便是从竹扫帚上拆了下来的，在奉天的小店里未必用得着竹扫帚，（在北京现在竹扫帚在家庭里也没有，只用于扫大街罢了。）那么这是移家时带来是无可疑的了。我从前跟随师爷出门往外埠去，行李中间有一个小木箱，中藏锡制溺壶，这或者只是智识阶级的一种排场，不是普通一般的习惯，只好算作一个特例罢了。

我上面引用阿 Q 来做例子，或者这对于绍兴人有点失敬，因为阿 Q 的确是绍兴籍，但总是小说里的人物，故意的写得滑稽，有许多逗人家哄笑的地方。好吧，我现在来引一位近代名人来做实例吧。此人非别人，即是鼎鼎大名的李越缦——说到这里，我的话似乎岔了开去了。这里李越缦和华侨有什么关系呢？的确别无关系，我不过在这里要借了他把绍兴人来总结一回罢了。我们说到绍兴人，总是对于他有一肚皮的不合适，要想说他几句，虽然各人有各人的看法不同，而在绍兴人的自己却最为不满。唯有绍兴人才能够看彻绍兴人的缺点，但或者反以此自豪的也会有吧？李越缦的装病装穷的名士气，《孽海花》里有过描写，这也罢了，他的最大特色据我看来乃是在于他的“谿刻”。我曾有一首打油诗，编在《往昔四续》之四，其词曰：

往昔论乡人，吾爱李越缦。诗语所不晓，
文喜杂骈散。日记颇可读，小文记游览。
一卷萝庵志，书斋足清玩。流派虽不同，
风味比文饭。惜哉性褊急，往往堕我慢。

益甫与景孙[①]，粗语恣月旦。瞋目骂季贶[②]，

只是由私怨。岂因山川气，谿刻成疾患。

喜得披遗编，胜于生对面。

这里让我来说明几句。李越缦的诗我是不懂，不敢瞎说乱道，但是他的骈体文和有些散文，我却是很喜欢的，《越缦堂骈体文》共五卷的木刻本，至今还在我的手头。我恭维它可以比得上王谑庵的《文饭》，那是因为趁韵说的，其实谑庵不会做那种骈体文，那味道全是两样的。我这里重复的说他谿刻，因为这是他给我的印象如此。从前鲁迅很讨厌三吴的滑头子弟，形容他们小头锐面道："他们刻薄到自己的嘴脸上去了。"（大意是如此，说因为刻薄把自己脸上的肉也削掉了。）谿刻的人并不一定都瘦，但是精神上的瘦削也就使人望之生畏了。像李越缦的这种人仿佛有点像周濂溪所说莲花吧，只该远远的看而不宜于近玩的。绍兴过去出了一大班的师爷，也出了好几个文人，看来特色是一样的，这究竟是好是坏的，我想须得由绍兴以外的人来加以批评了。

绍兴人虽有华侨的具体而微的性质，却不能那么的成功，这便因为缺少那种善于团结人的"纯厚"，所以做不出闽广华侨那样的大事业来。但这到底是从前的事情了，新的绍兴人跟新的绍兴一样，也该有它另一番新的面貌了。

［1960年6月《乡土》/集外文］

【锺校】

① "益甫与景孙"，原注云"赵之谦与平步青"。

② "季贶"，原注云"周星诒"。

一九六二年

《木片集》小引

前几年给上海、广州的晚报写了些小文章，共总得数十篇，承出版社好意为选择一部分出版，这是很可感谢的。书名最初拟名为《鳞爪集》，但太是普通了，怕和别人重复，改用《草叶集》呢，又与惠特曼的诗集相混，所以最后决定《木片集》这个名称，因为古人所谓竹头木屑，也可以有相当的用处，但恐怕是简牍上削下来的，那么这便没有什么用，只好当作生火的柴火罢了。

所写的文章大抵是就我所知道的，或是记得的，记述一点下来，至于所不很熟悉的则不敢去触动它，仍旧是守以不知为不知的教训。关于动物有些不是直接的知道，也是根据书本，如讲鳄鱼的大半系依据英国柏耳（M. Burr）的《鳄鱼与鼍鱼》（*Crocodiles and Alligators*），讲猫头鹰的是斯密士（R. B. Smith）的《鸟生活与鸟志》（*Bird life and Bird lore*），在《苦茶随笔》中有一篇《猫头鹰》，也说到我自己养猫头鹰的经验。

一九六二年七月三十日，周启明记于北京。

［1962 年 7 月 30 日作/《木片集》］

关于《守常全集》的一点旧闻

晦庵的《书话》中讲到《守常全集》第一册的出版，但是没有讲起这集子编集的事情。据我所知道，这集子是守常先生的侄子李白余所收集的，他本名李兆瑞，是清华大学的学生。在守常先生死难以后，他立意搜编遗稿，在各图书馆勤苦抄录。等得编好了的时候，北京方面已是蒋介石的特务密布，个人行动有点不大自由了。李白余计划逃出华北，乃将抄好的文集四卷原稿一大包，交来托我代为保存，他自己就从此不见了。到了解放之后，这才重复出现，那时已经改名李乐光。可惜他已于好几年前去世了。

一九三三年在下斜街浙寺为守常开吊后的一星期，即四月二十九日，守常夫人及女儿李星华曾来访，谈出文集事。由此推想，原稿第一、二卷寄给北新书局大约也是那时的事情。其时恐怕出版会有困难，所以听说要请蔡孑民写一篇序，但是似乎他也没有写。鲁迅附识里的所谓T先生，可能便是蔡孑民。文集第三、四卷的原稿，连同一张守常在日本留学时的照相，则是在一九四九年移交给有关人的。

[1962 年 8 月 31 日《人民日报》/集外文]

《知堂回想录》后记

我写那篇《我的杂学》，还是在甲申年（一九四四）春夏之交，去今也已有十八九年，有些事情已经变了样子了。其一是胜利之后，经国民党政府的劫收，没有什么值钱的东西，只是一只手表和一小方田黄的图章，朱文曰圣清宗室盛昱，为特务所掠，唯书物悉荡然无存，有些归了图书馆，有些则不可问矣。所以文中所记的书籍，已十不存一，萧老公云，自我得之，自我失之，亦复何恨，昔曾写《旧书回想记》，略记汉文旧籍，正可补此处之缺。其二则是解放之后，我的翻译工作大有进展，《我的杂学》第六节中所说两种的希腊神话，都已翻译完成，并且二者都译了两遍，可以见我对于它们的热心了。《古希腊的神与英雄与人》于一九五〇年在上海出版，印行了相当的册数，后来改名《希腊神话故事》，又在天津印过，因为这虽是基督教国人所写，但究竟要算好的，自己既然写不出，怎么好挑剔别人呢？至于那部希腊人所自编的神话集，因初次的译稿经文化基金编译会带往香港去了，弄得行踪不明，于一九五一年从新翻译，已经连注释一起脱稿，但是尚未付印，日本高津春繁有一九五三年译本，收在《岩波文库》中。此外还译出些希腊作品，已详上文一八三节以下《我的工作》里边，这里不重述了。日本的滑稽本也译了两种，有《浮世澡堂》即是《浮世风吕》，我翻译了两编四卷，已于一九五八年出板，《浮世床》则译名《浮世理发馆》，全书两编五卷，也是已经译出了。

我开始写这《知堂回想录》，还是在一年多以前，曹聚仁先生劝我写点东西，每回千把字，可以继续登载的，但是我并不是小说家，有什么材料可这样的写呢？我想，我所有的唯一的材料就是我自己的事情，虽然吃饭已经吃了七八十年，经过好些事情，但是这值得去写么？况且我又不是创作家，只知道据实直写，不会加添枝叶，去装成很好的故事，结果无非是白花气力。可是当我把这意思告诉了曹先生之后，他却大为赞成，竭力撺掇我写，并且很以我的只有事实而无诗的主张为然，我听了他的话，就开始动笔。我当初以为是事情很是简单，至多写上几十章就可完了，不料这一写就几乎两年，竟拉长到二百章以上，约计有三十八万字的样子，我自己也不知道哪里有这许多话可讲，只觉得有些地方已经很节约了，因为过去的琐屑事对于现代青年恐怕没有趣味，有的是年代久远所以忘怀了，没有能够记述清楚。还有一层，是凡我的私人关系的事情都没有记，这又不是乡试朱卷上的履历，要把家族历记在上面。与其记那些，倒是家乡的岁时习俗，我是觉得很有意思，颇想记一点下来，可是这终于没有机会插到里边去，而且在我族叔观鱼先生的那本书里有一个附录，是《绍兴的风俗习尚》，已够好了，不必再来多事。此外有些不关我个人的事情，我也有故意略掉的，这理由也就无须说明了，因为这既是不关我个人的事，那么要说它岂不是“邻猫生子”么？

古来圣人教人要“自知”，其实这自知着实不是一件容易的事情。说以不知为不知似乎是不难，但是说到知，到底知的是什么，便很有点不明白了。即如上文所说的“杂学”，里边十之八九只不过是对于这个有点兴趣，想要知道罢了，实在只写得“起讲”的且夫二字，要说多少有点了解，还只有本国的文字和思想。因为深知八股与八家文与假道学的害处，翻过来寻求出路，便写下了那些杂学的文章，实在也不知道自己所走的路是走的对不对。据我自己的看法，在那些说道理和讲趣味的之外，有几篇古怪题目的如《赋得猫》《关于活埋》《荣光之手》这些，似乎也还别致，就只可惜还有许多好题材，因为准备不能充分，不曾动得手，譬如八股文、小脚和雅片烟都是。这些本该都写进《我的杂学》

里去，那些物事我是那么想要研究，就只是缺少研究的方便。可是人苦不自知，那里我联想起那世界有名的安徒生（H. C. Andersen）来。他既以创作童话成名，可是他还怀恋他的蹩脚小说《两个男爵夫人》，晚年还对英国的文人戈斯（E. Gosse）陈诉说，他们是不是有一天会丢掉了那劳什子（指童话），回到《两个男爵夫人》来呢？我的那些文章说不定正是我的《两个男爵夫人》，虽然我并无别的童话。这也正是很难说呢。

（一九六二年十一月三十日）

［1962 年 11 月 30 日作/《知堂回想录》］

一九六三年

关于鉴真和尚

今年一九六三年是鉴真和尚的逝世一千二百年纪念，听说中日两国都要盛大的开会纪念他，所以我来写这篇东西凑个热闹吧。不过参考材料十分难得，我所有的只是安藤更生的两部著作，一是《鉴真》，一是《鉴真大和上传之研究》。他是早稻田大学的日本美术史教授，是专门研究鉴真的，因为那部《鉴真大和上传之研究》得到了文学博士的学位，出版的那本传就要日金二千七百圆，我也没法去购得，还是承他送给我一册，这才能够看到，但是，我觉得独占有点可惜，所以转送了北京图书馆了，现在留着做我的参考的就是那小册的《鉴真》而已。安藤氏还在研究中日的"肉身佛"，著有《日本的木乃伊》一书，不过那是题外的话了。

鉴真和尚（日本称他作"大和上"，因为在七百五十八年曾经敕封他这个称号）是江苏扬州的江阳县人，俗姓淳于，生于唐中宗嗣圣五年（六百八十八年）也即是武后的垂拱四年，其时正是盛唐时代，比王摩诘还要早生十一年，比李太白早十三年了。小时候在扬州大云寺出家，神龙元年（七百零五年）十八岁的时候从道岸律师受了菩萨戒，在三年之后又在长安实际寺从弘景律师受了具足戒，就成了一个资格完备的僧人了。他的专门研究乃是律宗，对于道宣的《四分律行事钞》和法励的《四分律疏》最有研究，此外也跟了弘景学过天台宗的教义。以后在洛阳长安游学七年，在二十六岁的时候开始登座讲演律疏，就成为有名的律宗大师了。

其时日本政府很需一个律学专家，传授戒律，这事似乎是专属宗教问题，里边却有政治的关系。虽然大化革新（六百四十六年）仿行中国古时的善政，但是奉行的官吏不良，结果反增加人民的苦痛，因此农民生活困难，为免除租税课役起见，多削发变为僧尼。那时佛教盛行，但因制度还未完备，就是正式僧侣也因缺“三师七证”这些传戒导师，多是“自誓受戒”，不能如法授得出家人的“具足戒”。为得要补救这个缺陷，必须从中国迎接杰出的戒师，建立起正确的传戒规范来才好。当时首相舍人亲王接受了高僧隆尊的这一建议，便在天平五年（日本年号，七百三十三年）四月派出“遣唐使”去的时候，叫同船出发的留学僧荣睿、普照两人兼办招请戒师的事务。荣睿、普照首先请得敕许，从洛阳大福先寺的定宾受了具足戒。

以后在京洛各处留学，到了玄宗天宝元年（七百四十二年）已经过了十年，便打算回国去了，想到招请戒师的事，便同长安大安国寺的道抗商量。道抗乃是鉴真的一个弟子，说这顶好是请教于他，反正到日本去那时是要从扬州出发的，其时鉴真五十五岁，正在扬州大明寺讲律。大约当时并没有想请他自己去的意思，因为像他一个淮南第一流的名僧怎能请他屈尊去呢？无非是想他推荐一个适当的弟子罢了。荣睿、普照就请道抗一同到扬州去，道抗答应了，同行的人还有长安僧澄观，洛阳僧德清，朝鲜僧如海，此外有从日本来的留学僧玄朗、玄法，也一同去扬州预备回国去。

道抗与首相李林甫的哥哥林宗相识，荣睿等因此去见李林甫，请求出国的帮助，林甫不但答应，还替他们出主意道，对外可说是往天台山去进香，因为陆路不便所以从海道去，如幸得顺风可以直去日本，万一风向不对，漂流到中国沿岸，有天台去的公文作证，也就无妨了。

当时政府禁止人民私自出国，所以这样安排，林甫又给写信介绍在扬州作官的侄儿李凑，叫他帮助造船预备渡海。

这年冬天荣睿等到了扬州，去谒见鉴真，跪述请求戒师的意思，希望在众弟子中间任择一人前去，鉴真便问人谁愿意去，却无人回答，末了有祥彦说道："日本道路辽远，生命难保，渡森漫的苍海，百不一到。《涅槃经》云，人身难保，中国难生。现在进修未备，道果未得，为此大众皆不能回答。"鉴真便道："此为了佛法，何惜身命。你们如不去，就是我去吧。"祥彦大惊道："若是和尚自己亲去，那就不一样了。那么，彦亦随从了去！"

于是事情就决定了，愿意随行的有道抗、思托、如海、澄观、德清等共二十一人，这个结果殊出于荣睿等的原来希望之外了。计划等第二年天宝二年春天出发，那时候在浙江沿海地方有海贼吴令光一班人四出劫掠，海路不通，但是他们却不以为意，着手准备①，满拟准时出发。到四月里道抗忽然提议道：

"我们去到外国，是为传戒法的关系，都是品行高尚的人，像如海这样学行缺乏的人，叫他不要去好了。"如海听了这话大怒，不顾前后，便自裹头径往采访使官厅，说道抗通谋海贼，造船储粮食，集合海贼五百人于各寺，预备进城来。那时淮南道采访使是班景倩，闻报大惊，先将如海下狱询问，遣人往各寺搜捕贼党。道抗被捕，供如李林甫所教的那样，有他给李凑的信可证，得以没有事，只把那船没收销案，将诬告的如海革除僧籍，杖六十，流放本籍。第一次的航海计划就是这样失败了。

第二次的航海就是这一年的十二月里举行的，同去的人是祥彦、道

【锺校】

① "着手准备"原刊作"着着准备"。

兴、德清、思托、荣睿、普照等十七人，前回闹事的道抗已经不在，那另外两个留学僧也已自去了①，加上水手十八名，画家、雕刻家、玉石工、刺绣工，一总共有一百八十五人，可见此去原意大兴佛教艺术，只可惜遭了顿挫。船从扬州出了扬子江口，遇见大风，飘到明州（宁波）附近，为巡逻船所救，收容在阿育王寺里。

可是航海的计划还在进行，鉴真等一行人则应了越州（绍兴）的龙兴寺僧侣的招请，前来讲律授戒，随后往杭州、湖州等地方讲学。等到回到阿育王寺的时候，越州的僧人知道鉴真要往日本去，便去告诉州官，说荣睿主使鉴真将去日本，山阴县尉便差人把荣睿捉来，戴上行枷送到京里去，到了杭州却生了病，因请保释医治，末后报了死亡，得以逃生，到阿育王寺去，这样子第三次的计划便无形消灭了。

鉴真叫他的弟子法进带了两个人前往福州办具船只，预备作第四次的航海，自己却慢慢的从台州经由永嘉（温州）前去。可是到了台州黄岩县住在禅林寺里，次日早晨却突然来了采访使署官差，一行都被逮捕了。这一次的计划又被妨碍了。随后知道这乃是由于鉴真的弟子灵祐的告密，这似乎有点奇怪了。灵祐虽是弟子，可是他很不赞成他老师去日本的计划，以为高年不宜冒海路的危险，而又无法阻止，所以末了只好这样的办。其实越州僧人当初请鉴真去讲学，随后又去告发，似乎也可不必，但是连起来想，大概也是好意的要破坏这计划，因为在越州有昙一，杭州有灵一，都是灵祐师事法慎时候的同门，所以绍兴的和尚们或者是受了灵祐的托付，也未可知呢。但是这在鉴真看来，为佛法故应当不惜身命，今乃顾虑个人安危，乃是不明大义，非吾徒也。灵祐在扬州龙兴寺里对于鉴真表示十分忏悔，每日从晚八时直站到早晨四时，如是

【锺校】

① “也已自去了”原刊作“已也自去了”。

者经六十日，还是不蒙许宥，后来经别人调解，这才算了。

以后三年计划似乎停顿了，直到天宝七年（七百四十八年），这才又发起第五次的航海，同行者计祥彦、德清、思托、荣睿、普照等十四人，水手十八人，其他希望同行的人一共三十五人，于六月二十七日出发。这一回在大海上飘流了很久，终于半年之后到了海南岛，随后由对岸的雷州上了岸，经由桂林、广州、赣州、江宁回到扬州的龙兴寺里。但是在这回旅行期中，鉴真却有不小的损失。其一是在端州，荣睿病重终于逝去了。其二是鉴真的眼睛很不好，渐渐的要看不见东西了，广州有胡人善治眼病，叫他治疗也没有见好，据推想原是白内障，大约因为手术的预后不良，所以终于瞎了。其三则是在赣江舟次，祥彦也得病死了。坚持渡日，冒险五次没有成功，随后徒众凋谢，自己又复目盲，年纪也已六十三岁了，但是立志不改，这种强毅的精神的确值得后人的敬佩的了。①

鉴真于次年二月到了平城京（即奈良，是那时的京城），敕使安宿王率仪仗兵至罗城门相接，至东大寺居住，就是有新铸五丈馀的大佛的所在。三月里吉备真备当敕使来了，宣敕语道：

> 大德和上远涉沧波来投此国，诚副朕意，喜慰无可言喻。朕造此东大寺，经十馀年，建立戒坛，欲传受戒律，自有此心，日夜不忘。今诸大德远来传戒，冥契朕心，自今以后，授戒传律之事，一以任诸和上。

未几奉敕赐鉴真及法进、普照、思托等八人以传灯大法师的称号，并赐鉴真绢二十四、缯二十四、粗布三十端、细布一百屯（古代以绵六两为一屯，此似即以重量计），馀人各给一半。

---

① 编者按：此处当接述鉴真于天宝十二年（753）第六次东渡终于成功，12 月 20 日到达日本萨摩的经过，原刊疑有脱文。

是年四月初在东大寺大佛殿前筑戒坛，圣武天皇（应该称作上皇，因为日本那时也是女帝，即孝谦天皇，似乎是受了唐朝的影响，正是同中宗即武后和孝宗的关系一样）登坛从鉴真受了菩萨戒，太皇太后和孝谦天皇也受了戒，随后受戒的沙弥证修等四百馀人。五月一日将天皇受戒的坛土移至西边，别造一个戒坛院，这至今尚存，又造四天王铜像，至次年（七百五十五年）落成，举行授戒，自此具备三师七证，有正式受过戒的师僧十八到场的，受戒才算有效，佛教的戒法正式成立了。

天平宝字三年（七百五十九年）鉴真从僧纲的事务引退，离去东大寺的唐禅院，另找住处，是为“唐招提寺”。其前一年有敕云：

> 大僧都鉴真和上，戒行纯洁，白头不变，远涉苍波，归我圣朝，号大和上，恭敬供养，政事躁烦，不敢劳老，宜停僧纲之任，集诸寺僧尼欲学戒律者，悉从之学习。

奈良朝汉文学家淡海三船所著《唐大和上东征传》里记这事的缘起道：

> 时从四方来有欲学戒律者，以无供卷故多退还。此事上达天听，乃于宝字元年丁酉十一月二十三日，敕赐备前国水田一百町。（古代地制一町为百亩。）大和上欲以此田建立伽蓝。时有敕旨施大和上园地一区，此故一品新田部王之旧宅也。普照、思托请于大和上，以此地为伽蓝，俾长传《四分律藏》，法励之《四分律疏》《镇国道场饰宗义记》，道宣律师之《行事钞》，以技戒之力保护国家，大和上言甚善。即于宝字三年八月一日私立唐律招提之名，后请官额，因此而定，以是日请善俊律师，讲彼疏记等书。其所建立，即今之唐招提寺也。

淡海三船乃是当时有名文人，与鉴真也友善，在鉴真死后因了思托的请，乃写这一卷《东征传》，给他作纪念，不但是鉴真传的史料，也是奈良时代汉文学的贵重资料，因为那时候日本还没有“假名”，所用全是汉文，现在留存的除了汉字拼写的《万叶集》和《古事记》以外，就只有那些汉文所写的了。三船曾经做过中央和地方的长官，长期任“大学头”兼文章博士，在古代文学史上是有适当的地位的人。

那时鉴真已是七十六岁了，在天平宝字七年（七百六十三年）也就是唐代宗广德元年五月初六日，终于示寂了。从那年春天起，鉴真就身体不大好，他的弟子忍基梦见唐招提寺的栋梁折了，觉得是老师示寂的先兆，于是同弟子们商量，给他造像，这便是现在的国宝，招提寺的“鉴真和上坐像”。像高二尺六寸五分，安置在开山堂里，因为生前模写，故制作特精妙，为日本古代塑像的唯一佳作，但因缺乏漆料，故所制干漆夹纻像甚为单薄，故稍现驼背，唯金堂本尊的夹纻像亦是干漆极薄，此盖由于物质条件之差，亦是无可如何。此外雕塑佛像甚多，大率是木像或木心干漆及木心塑像，皆是唐代式样，也是极为难得，但此是美术史上的事，不是外行人所能懂得的了。

关于鉴真的事迹现在只存淡海三船的一卷《东征传》可为依据，至永仁六年（元大德二年，即一千二百九十八年）有僧运行绘为《东征绘传》五卷，至今尚有传本。鉴真的弟子思托写有《大唐传戒师名记大和上鉴真传》三卷，略称《大和尚传》，对于《东征传》也称作《广传》，大概是他做了供三船参考用的，可惜散逸不传了。至于中国方面的材料，则听说在《宋高僧传》卷十四，有讲鉴真的文章，不过没有看见，所以也不说了。

［1963 年 5 月 5—7 日《新晚报》/集外文］

水乡怀旧

住在北京很久了，对于北方风土已经习惯，不再怀念南方的故乡了，有时候只是提起来与北京比对，结果却总是相形见绌，没有一点儿夸示的意思。譬如说在冬天，民国初年在故乡住了几年，每年脚上必要生冻疮，到春天才脱一层皮，到北京后反而不生了，但是脚后跟的斑痕四十年来还是存在。夏天受蚊子的围攻，在南方最是苦事，白天想写点东西只有在蚊烟的包围中，才能勉强成功，但也说不定还要被咬上几口，北京便是夜里我也是不挂帐子的。但是在有些时候，却也要记起它的好处来的，这第一便是水。因为我的故乡是在浙东，乃是有名的水乡，唐朝杜荀鹤《送人游吴》的诗里说：

君到姑苏见，人家尽枕河。古宫闲地少，水港小桥多。

他这里虽是说的姑苏，但在别一首诗里说："去越从吴过，吴疆与越连。"这话是不错的，所以上边的话可以移用，所谓"人家尽枕河"，实在形容得极好。北京照例有春旱，下雪以后绝不下雨，今年到了六月还没有透雨，或者要等到下秋雨了吧。在这样干巴巴的时候，虽是常有的几乎是每年的事情，便不免要想起那"水港小桥多"的地方有些事情来了。

在水乡的城里是每条街几乎都有一条河平行着，所以到处有桥，低的或者只有两三级，桥下才通行小船，高的便有六七级了。乡下没有这许多桥，可是汊港纷歧，走路就靠船只，等于北方的用车，有钱的可以专雇，工作的人自备有"出坂"船，一般普通人只好趁公共的通航船只。这有两种，其一名曰埠船，是走本县近路的；其二曰航船，走外县远路，大抵夜里开，次晨到达。埠船在城里有一定的埠头，早上进城，下午开回去，大抵水陆六七十里，一天里可以打来回的，就都称为埠船，埠船总数不知道共有多少，大抵中等的村子总有一只，虽是私人营业，其实可以算是公共交通机关。鲁迅短篇小说集《彷徨》里有一篇讲离婚的小说，说庄木三带领他的女儿往庞庄找慰老爷去，即是坐了埠船去的，但是他在那里使用国语称作航船，小说又重在描画人物，关于埠船的东西没有什么描写。这是一种白篷的中型的田庄船，两旁直行镶板，并排坐人，中间可以搁放物件。船钱不过一二十文吧，看路的远近，也不一定。乡村的住户是固定的，彼此都是老街坊，或者还是本家，上船一看乘客差不多是熟人，坐下就聊起天来，这里的空气与那远路多是生客的航船便很有点不同。航船走的多是从前的驿路，终点即是驿站，它的职业是送往迎来的事，埠船却办着本村的公用事业，多少有点给地方服务的意思，不单是营业，它不但搭客上下，传送信件，还替村里代办货物，无论是一斤麻油，一尺鞋面布，或是一斤淮蟹，只要店铺里有的，都可以替你买来，他们也不写账，回来时只凭着记忆，这是三六叔的旱烟五十六文，这是七斤嫂的布六十四文，一件都不会遗漏或是错误。它载人上城，并且还代人跑街，这是很方便的事，但是也或者有人，特别是女太太们，要嫌憎买的不很称心，那么只好且略等候，等“船店”到来的时候自己买了。城市里本有①货郎担，挑着担子，手里摇着一种雅号“惊闺”或是“唤娇娘”的特制的小鼓，方言称之为“袋络担”，据孙德祖的《寄龛乙志》卷四里说：“货郎担越中谓之袋络担，是货什杂布帛及丝线之属，其初盖以络索担囊橐衒且售，故云。”后来却是用藤竹织成，叠起来很高的一种箱担了，但在水乡大约因为行走不便，所以没有，却有一种便于水行的船店出来，来弥补这个缺憾。

【锺校】

① “本有”原作“本来”。

这外观与普通的埠船没有什么不同，平常一个人摇着橹，到得行近一个村庄，船里有人敲起小锣来，大家知道船店来了，一哄的出到河岸头，各自买需要的东西，大概除柴米外，别的日用品都可以买到，有洋油与洋灯罩，也有苎麻鞋面布和洋头绳，以及①丝线。这是旧时代的办法，其实却很是有用的。我看见过这种船店，趁过这种埠船，还是在民国以前，时间经过了六十年，可能这些都已没有了也未可知，那么我所追怀的也只是前尘梦影了吧。不过如我上文所说，这些办法虽旧，用意却都是好的，近来在报上时常看见，有些售货员努力到山乡里去送什货，这实在即是开船店的意思，不过更是辛劳罢了。

[1963年8月11日《新晚报》/集外文]

【锺校】

① “以及”上原有“或者”二字。

郁达夫的书简

我是南方人，但有大半生却住在北京，所以弄成两头不着杠，我于江南既然少有朋旧，在北方又鲜交游，到得老来更是块然独处，说不上有什么往事值得追怀的了。这回因整理故纸，找出郁达夫的几封信来，便联带的想起一点事情来一说。我对于“创造社”的人没有一个相识，除了郁达夫以外，虽然也有徐耀辰、陶晶孙诸君，但是他们仿佛若即若离的，后来似乎脱离该社了。达夫后来也没有参加到底，但当初却是社里的积极分子，我记得在他的批评文里，笔锋最是锐利，攻击也最是不留情面的。但是对他我觉得很熟，有一种多年老朋友的感觉，虽然实际上我和他的交往并不多，只于一九二三年他来北京时见过几面，后来他在沪杭通过几次的信，因为不会喝酒和做诗，没有同他深交的机会，但我们彼此之间却觉得很是熟习似的。这件事的始末还是和他的那本小说《沉沦》有关系。一九二二年春天起，我开始我的所谓文学店，在《晨报副刊》上开辟《自己的园地》一栏，一总写了十八篇批评，第十五篇便是讲那《沉沦》的。不记得是从日本还是从上海寄来的了，书面写几行字，大意是说我写了这几篇小说，给人家骂的要命，说是不道德的文学，现在请你看一看，究竟是不是要不得的东西。末后还有两句话，因为抄存在那篇讲《沉沦》的文章里边，所以记得：“不曾在日本住过的人，未必能知这书的真价。对于文艺无真挚的态度的人，没有批评这书的价值。”老实说我实在不懂得什么是文艺批评，但是不知怎的很热心于反对“卫道”，听见人家说什么是不道德的东西，一定要看它一看，借此发一通议论，就是没有材料，也要拉扯从前的拉伯雷和沙诺伐诸人的著作，说上一场。所以我就断定这《沉沦》不是什么不道德的，乃是纯粹的文艺作品，不过是一种“受戒者的文学”，正如有人评法国波特来耳的诗说：“他的著作的大部分颇不适合于少年与蒙昧者的诵读，但是明智的读者却能从这诗里得到真正希有的力。”这以后便没有什么消息，直到第二年的秋天他来到北京，住在阜成门内巡捕厅胡同他老兄的家里，我到那里去看他一遍，给北京大学送聘书去，初次见面却谈的很好，因为他虽是“创造社”的大将，但因彼此都有好感，所以没有什么警戒的必要了。可是他在北大教书没有几时，便又回到南方去了，看见的时候并不曾提起《沉沦》来过。但是达夫似乎永不忘记那回事，有一年他在世界书局刊行《达夫代表作》（仿佛是这个名称，因为这书已送给一个爱好达夫著作的同乡，连出版的书店也记不清了），寄给我的一本，在第一页题词上提到那回事情，这实在使我很是惶恐了。

这回找出来的信共是五封，是民国十二年（一九二三）十月二十二日至十二月十三日，都是从巡捕厅胡同二十八号寄出的。十月二十二日的信里道：

> 仲密先生：《呐喊》一册，又蒙“新潮社”寄来，谢谢。我打算读完后做一篇《读〈呐喊〉因而论及批评》，在周报上发表。上海方面此书发售处不多，实为憾事，当思为鲁迅君尽一份宣传之力也。此请秋安。郁达夫敬上。
>
> 闻适之君又欲出一文艺月刊，此举亦有所闻否？我想国内文人寥寥无几，东分西裂，颇不合算，适之不知又要去拉拢几个来干也？近与陈君通伯谈及此事，颇想将南北文人溶合成一大汇，待进行后当求先生为援助耳。达夫又启。

第二天又寄来一封信道：

> 昨日写成一信，在路上丢了，不知拾得者亦为投入邮筒否？《呐喊》又蒙新潮社寄赠一册，谢谢。我想做一篇《读〈呐喊〉因而论及批评》，在周报上发表，成后当请指教。南

方没有发售《呐喊》之处，是一大恨事，我想为鲁迅君大大的宣传一下。就此请安。弟郁达夫敬上。

下署十月二十三日，其后是十一月一日所发的，信里说道：

前次买来的《自己的园地》，今日方才读完，大部分的意见非常赞服，里边有几处觉得与我个人的私见有些相左，不过此等地方并不是重要的地方，我想空的时候写一篇读后感出来。寄往上海的一本终于没有寄回来，大约郭、成二人拿去看了。

近来消沉得厉害，简直不愿意执笔，所以到北京来后，还没有做过东西，大约创作的时期已经过去了吧！《晨报》的特刊想来要点什么东西，我已答应他们一篇小说，但到今天腹稿没有整理完全，这一回你也有为他们做的稿子吗？

文学合同大会的事情，我和凤举、耀辰二人提及，耀辰非常反对，我被他们一说，现在也觉得是不可能的了。尤其是志摩、适之等大人物最不可靠，不过我们少数者的发挥任性（此字原系用日本文）的集合，也许弄得成的。我想过几天邀集凤举、耀辰及你来谈一谈，不识你的意见何如？此请撰祺。郁达夫顿首。

此外十二月七日和十三日两信，是说燕京大学的学生会请他讲演的，由我替他们接洽时日和题目，没有什么意思，所以从略了。上边信里所说的《呐喊》和《自己的园地》的读后感，后来都没有写，大小文学团体也没有一个实现，但是信中说的那些大人物最靠不住，却是十分有理，也是很有意思的事情。我还记得有一次，良友图书公司发起“中国新文学大系”，集刊“五四”以来十年间的成绩，叫我和达夫编辑散文部分。那时我与达夫通过好几回信接洽分配人选的问题，由我择取若干人为散文集一，馀下的凡是我所不很熟悉或是不便选择的人，全归他去编选，我的这种“任性”的办法居然为他所接受，这在我是觉得非常愉快而且应当感谢才是的。只可惜那时讨论编辑的信没有留存，所以现在无从说起了。

达夫的遗族只有住在富阳的老家一支，近来还知道一点消息，因为适值有一个富阳的同乡和我通信，告诉我的。据说达夫的前夫人还健在，和她的儿子住老屋里。这屋因邻居的豆腐房的锅炉炸了，所以受到损失，到近来也已修好了。达夫的兄弟是学医的，在那县里行医，听说也是古道可风的人。

［1963年9月26日香港《新晚报》/集外文］

许地山的旧话

我与许地山君的相识是起源于组织“文学研究会”的事，那时候大概在一九二一年吧。首先认识的是瞿菊农，其时他在燕京大学念书，招我到燕大文学会讲演，题目是“圣书与中国文学”，随后他和郑振铎、许地山、耿济之等发起组织一个文学团体，在万宝盖胡同耿宅开会，这就是文学研究会的开头。我在那时与地山相识，以后多少年来常有来往，因为他没有什么崖岸，看见总是笑嘻嘻的一副面孔，时常喜欢说些诙谐话，所以觉得很可亲近，在文学研究会的朋友中特别可以纪念。

一九二二年的秋天我到燕京大学去教书，地山大概已经毕业了好几年了。那时我同老举人陈质甫瓜分燕大的国文课，他教的是古典国文，我担任现代国文，名称虽是“主任”，却是唱的独脚戏，学校里把地山分给我做助教，分任我的“国语文学”四小时的一半。这样关系便似乎更是密切了，但是后来第二、三年他就不担任功课，因为以后添聘了讲师，仿佛是俞平伯。他住在燕大第一院便是神科的一间屋子里，我下了课有时就到那里去看他，常与董秋斯遇见，那时名董德明，还在燕大读书，和蔡咏裳当是同学吧。不过不晓得因为什么缘故，据说燕大不大喜用本校毕业生，或者须得到美国去镀了金才有价值吧，所以地山在燕大当然不大能得意。他似乎是宗教学院即是神科毕业的，但他的专业是佛教，搞的又是文学，那也无怪他无用武之地了。他也到外国去留过学，不过不是英美而是印度，虽然也是大英帝国的一部分，但是究竟不同了。他也给在燕大的“引得编纂处”工作过，记得编有两大册关于佛经的引得，从前他曾经送给我一部，可是经过国民党的劫收，书籍荡尽，这书也就不可问，就是书名现在也不记得了。近日于故纸堆中找到地山的书札两通，都是与佛书有点关系的，这是我所保存的他的手迹了。其一是民国十七年（一九二八）一月三十一日自海甸成府寄出的，其时燕大已经迁移在西郊了。

启明兄：胡君所说的《义净梵汉千字文》是弟□（一字不明）买的，有工夫请您费神代为邮购，多谢多谢。请问近安。弟许地山谨白。正月三十一日。

地山的字虽然并不难认，但用秃笔涂写，所以里边有一个字不能辨认，从文义上说该是托买，但在字形上看来有点像是寄字。其二云：

《梵语千字文》已经收到，谢谢。正欲作书问价，而来片说要相赠，既烦邮汇，复蒙慨赐，诚愧无以为报。关于日本出版梵佛旧籍，如有目录，请于便中费神检寄一二，无任感荷，即颂文安。弟许地山，二月二十四。

地山从留学回来以后，记得有一次听他谈印度的情形，觉得很是好玩。他说印度的有些青年人很可以谈得来，但是你得小心，千万不要轻易相信，这并不是说他要欺骗你，其实他是蛮好的人，只是他们似乎有一种玄妙的空气，仿佛都是什么不在乎的样子，所以假如一个同学说定明天到他那里去，还约你吃中饭，最好还是不赴约，因为不但没有东西吃，他也不会在家里等你的。把世上的事情看得那么样的空虚，也的确是值得佩服，但是唯独有一件事决不看得轻微的，那便是他们特有的身份和阶级。印度于四姓之外还有“不可接触的贱民”，他们的隔离是非常严重的，可是在现代的商业上有不可免的交涉，于是便发生了很好玩的办法。譬如卖汽水的，这在印度夏天十分的必要，但是摊主是婆罗门，你却是戍陀罗，怎么能成交呢？那时便有一个卖土器的摊，一定设在汽水摊的旁边，你要吃汽水，必须先去买一个土器，随后拿着去买汽水，可是千万不要把杯子搁到摊上去，要等那主人把汽水开了，远远的举着，将汽水倒在你的杯子里，这才可以吃，到了吃完以后便将杯一摔，所以在那汽水摊旁必定有一大堆土器的碎片在那里。现在虽已事隔三四十年了，社会情形不知道有了什么改变。那时在学的青年现今正好有为，我记起地山的旧话，又想到前些时客人们“辛尼印地巴依巴依”的呼声，禁不住要微笑起来了。印度自从释迦牟尼以来，甘地曾经敢于走入“不可触者”的部落去，一同生活，至于他的弟子们却仍旧是一班印度绅士罢了。

地山在母校不得意，终于跑到香港大学去了。不记得是哪一年，他忽然给我一封信来告别，并且附来了两件东西，一件是硬陶器所制的钟馗，右手拿着一把剑，左手里捉了一个小鬼，又一件则是一个浅的花盆，里边种着一种形似芋叶的常绿植物，这种植物一直种了十多年才死，也不知道它叫什么名字。到了香港以后就没有再得地山的消息，后来听说他去世了，却不记得是哪一年了。旧友马五先生马季明是从前燕大的国文系主任，燕大搬到西郊以后我去上课，每周两次，都在他家里吃中饭，这就是饼斋的术语所谓“骗饭”的，听说也继了地山之后任职于港大，旧时还因柳君通讯之便寄语问好，可是也已归了道山，我所认识的马氏五位弟兄于是已经没有一个存留了。

［1963年9月29日香港《新晚报》/集外文］

一角兽之有无

西洋中古时代的上帝，与中国的皇帝一个样子，向来是最不好对付的。在宗教审判时期，有多少人因为说话不小心，犯了“非圣无法”的罪名，以致身败名裂，所以当时的人有一种巧妙的说法，话是说了，却留了一条活路。在文艺复兴时代，法国有名的外科医生巴瑞，于一五八二年发表一篇《关于木乃伊及一角兽》的论文，说明医药上这两种东西的荒唐无稽，他这样的下结论道：

“假如我们没有我们非相信不可的圣书的权威，那么我就不能相信，世间会有一角兽这东西。但是在《诗篇》第二十二篇第二十一节里，大卫明明说道：‘我的救主啊，求你救我，使我脱离一角兽（中国译本作野牛）的角！’他既然这样说了，我不能不相信。此外还有许多章句，因为怕要使读者厌倦，不再引证。因此我们不能不相信有一角兽的存在，但是我不以为一角兽的角有如世人所说的那样效力。”他引据《圣经》，说大卫王说过了，所以不能不相信一角兽是有的，但即使如此，它的角却也并不是如世人所说的，在医药上有什么神秘的力量，他所要说的话也就巧妙的说出来了。

中国没有上帝这一关，可是过去的皇帝也着实的可怕，他动不动便把“大逆不道”这帽子给人家套上，酿成大狱，例如王锡侯的《字贯》这一案就是，只因上头将清朝历代的皇帝的大名老实写出，就构成大逆案了。乾隆一朝此类事情最多，而他自己又偏喜欢自作聪明，做许多不通文章，留下话柄，叫后人看见了说不得，笑不得，也就只好巧妙的混过去罢了。如段玉裁在《说文解字注》第十篇，鹿字部“麀麖属”底下注云：

乾隆三十一年纯皇帝目验御园麈角于冬至皆解，而麋角不解，敕改时宪书麋角解之麋为麈，臣因知今所谓麈，正古所谓麋也。

这正是幽默的说明现今冬至解角的麈，正即是古时所谓麋，那么乾隆的敕改岂不多此一举，只是庸人自扰么？又王筠在《说文句读》卷六，又部古文爪字，“叉从又，象叉形”下注云：

“《康熙字典》引云，象其指甲端生形。此乃内府善本，筠未得见。”这里所引《说文》，明明胡说八道，王筠不好说破，却故意作恭维语，但是意义很明显，若是在乾隆年间，怕不成为《字贯》案第二么？况且这是蓄意讥刺，尤其是情节重大了，侥幸迟了几十年，幸得无事，但是后来在同治初年“进呈御览”时，有否改正是个疑问。

［1963年10月21日香港《新晚报》/集外文］

杜少陵与儿女

喜欢读陶渊明诗，有许多篇都很喜欢，其一是《责子诗》，诗云：

白发被两鬓，肌肤不复实。
虽有五男儿，总不好纸笔。
阿舒已二八，懒惰故无匹。
阿宣行志学，而不爱文术。
雍端年十三，不识六与七。
通子垂九龄，但觅梨与栗。
天运苟如此，且进杯中物。

对于此诗，古来有好些人有所批评，其中唯黄山谷跋语说得最好：

观靖节此诗，想见其人，慈祥戏谑可观也。俗人便谓渊明诸子皆不肖，而渊明愁叹见于诗耳，所谓痴人前不得说梦也。

这里的所谓俗人之中，却有一个杜子美，这很有点儿奇怪。杜诗《遣兴》之三是说陶公的，末二句云："有子贤与愚，何其挂怀抱。"陶诗题目虽是责子，似乎是很严肃的东西，其实内容是很诙谐的，其第五联最是明了，如果十三岁的小孩真是连六与七还不懂，那么这是道地的白痴，岂止不肖而已。山谷说他戏谑，极能了解这诗的意味，又说慈祥，则又将作者的神气都说出来了。嘉孺子而哀妇人，古人以为圣王之用心，却也是文艺中重要成份，便是杜子美自己的著作里也是如此，而且比起别人来还要比较的多些。正如人见了小孩的说话行动，常不禁现出笑容来一样，他们如在诗文图画里出现时，也自有其一种和蔼氛围气，这就是所谓慈祥戏谑的气了。

杜陵野老是个严肃的诗人，身际乱离，诗中忧生悯乱之气最为浓厚，写到家庭的事也多是逃难别离之苦，可是仍有不少歌咏儿童生活的部分，值得抄录出来。如《彭衙行》中云：

痴女饥咬我，啼畏虎狼闻。

怀中掩其口，反侧声愈嗔。

又《羌村》中云：

娇儿不离膝，畏我复却去。

这是说乱后还家的情形的。——关于这两句诗，似乎向来有两种不同的说法，其一是说小孩不肯离膝，怕我会得还要去的，这是我们普通的讲解；至于其二则是说小孩有点怕我，所以虽是不离膝，却是随即走开了。我们并不想来批评这两者的高下，但是根据个人凡俗的看法，还是赞成那普通的一种，觉得较有情趣，又与通篇的意思比较调和的。——又《百忧集行》云：

忆年十五心尚孩，健如黄犊走复来。

庭前八月梨枣熟，一日上树能千回。

又末云：

痴儿未知父子礼，叫怒索饭啼门东。

在《茅屋为秋风所破歌》中云：

布衾多年冷似铁，娇儿恶卧踏里裂。

皆写小儿琐事，饶有情致。《北征》中有数联云：

见爷背面啼，垢腻脚不袜。

床前两小女，补绽才过膝。

又云：

粉黛亦解包，衾裯稍罗列。

瘦妻面复光，痴女头自栉。

学母无不为，晓妆随手抹。

移时施朱铅，狼藉画眉阔。

生还对童稚，似欲忘饥渴。

问事竞挽须，谁能即嗔喝？

前八句写女孩子弄妆，与左太冲《娇女诗》可以相比，不过写得更是充分罢了。后四句则与《羌村》所说同一情调，可以见作者的真性情，知道《遣兴》所言未免有客气用事了。七律中也有数处说儿童的，例如：

厚禄故人书断绝，恒饥稚子色凄凉。

×

老妻画纸为棋局，稚子敲针作钓钩。

×

惯看宾客儿童喜，得食阶除鸟雀驯。

律诗对句上下分咏，不免零碎，不及古诗之成片段。以上只据《十八家诗钞》中杜诗部分引用，颇多不备，但总可以看见大概情形了。

［1963年10月31日香港《新晚报》/《木片集》］

几封信的回忆

偶然发见了几封旧信，觉得也有值得加以回顾的价值，所以抄录在这里了。这是我从民国十一年八月起到燕京大学去兼课以后的事情，我在那里任课十年，到了第二年开学的时候，收到了第一封信，是九月六日所寄的，信里说道：

周先生：您既是燕京大学教员，我又是燕大学生，在第一次给您写信，也用不着说些久仰德范等套语了。我自从读了几次您的大作，心内总想选您所教的国语文学念，但是事与愿违，好光阴匆匆的便过去了。我在燕京所选都是英文（我读的是英文系），所以不能另找出时间来读国文，三年级学生只许选十六点钟，而我上年已选了廿点，科长不允许再添。眼看又快开学，今学期不能选四点国文，因为所注重专修之书已经过了十六点以外。可是，我不再像上次的愚笨了，今天冒昧的给您写封信，不知您肯在课外牺牲些光阴收一个学生吗？我虽然愚鲁，但是新旧学问也能懂其大概，在燕京的中英日文皆不曾列众人以下，但凡有工夫还肯滥读各种书籍，这是女学生缺少的特性，也是我能自夸的一点长处。这几年来，我立定主意作一个将来的女作家，所以用功在中英日三国文上，但是想找一位指导者，能通此三种文字的很少。先生已经知道的，燕大教员除您自己以外，实在找不出一个来，所以我大着胆，请问先生肯收我作一个学生不？中国女作家也太少了，所以中国女子思想及生活从来没有叫世界知道的，对于人类贡献来说，未免太不负责任了。先生意下如何，亦愿意援手女同胞于这类的事业吗？我或者是一个使先生失望的学生，但我相信，凡人立志坚、肯用功，三分天才也能成十分了，所以我还不自己灰心呢。我写语体文不多，但我很愿意把它学好的。日前写了些语体游记，如先生肯认我作学生，我必诚恳的呈上请教，如果先生能课外牺牲光阴指导，那更是感激不尽的了。若是先生以为孺子可教，请复数行，以便努力进行我的工作，否则尚祈代守秘密，因为普通人尤其是女子，像我这样请先生的很少，事不成反作为笑柄呢。

凌唐谨启，九月一日。

我看这封信里所说的话，觉得是一个颇有才气的女子，便复信答应了她，给她看所写的文章，其实不知道她是谁，其后也不曾见到她，因为她不在我的班里上过课。接着得着第二封信道：

周先生：昨天奉到手示，至为欣慰。今谨寄呈近作一小册，若先生暇时请加改削。我是第一次写语体长文，这册子内误谬不对的地方一定非常之多，英文点句法我曾学过，中文新圈点法我是外行，不知道究竟与英文一样不？我还有由英文及日本文译出的小文，以后等先生有空再呈上，因为我自己能作，没有人指点，别提受了多少闷气呢！现在何幸得先生允许，代为改削指点。若是先生看完这册子，请寄回或交燕京门房亦可，诸费清神，容后再谢吧。

凌唐，九月六日，一九二三。

所寄来的文章是些什么，已经都不记得了，大概写的很是不错，便拣了一篇小说送给《晨报》在副刊发表了。这事原来也已忘记，只是发见的第三封信是说这事的，原信如下，看邮局消印是十三年一月二日：

周先生尊鉴：寄来《晨报副刊》投稿一份已收到，至为感激。投稿人不知为谁，不知先生可为探出否？日前偶尔高兴，乃作此篇小说，一来说说中国女子的不平而已，想不到倒引起人胡猜乱想。家父名实是 F. P. Ling。唐系在天津师范毕业，并曾担任《今报》著作，稿中前半事实一些不错，后半所说就有些胡造，最可恶者即言唐已出嫁又离婚一节。若论赵氏之事亦非如稿中所说者，唐幼年在日本时，家父与赵秉钧（他们二人是结拜兄弟）口头上曾说及此事，但他一死之后此事已如春风过耳，久不成问题，赵氏之母人实明慧，故亦不作此无谓之提议矣。那投稿显系有心坏人名誉，女子已否出嫁，在校中实有不同待遇，且瞒人之罪亦不少，关于唐现日之名誉及幸福亦不为小也。幸《晨报》记者明察，寄此投稿征求同意，否则此三篇字纸，断送一无辜女子也。唐日前因女子问题而作此小说，有人想不到竟为之画蛇添足，此种关于人名誉的事，幸报上尚不直接登出，先生便中乞代向副刊记者致我谢忱为荷。馀不尽言，专此并谢，敬请时安。

学生凌瑞唐上言。

再者学生在燕大二年多，非旁听生，那投稿人想是有意捏造。此人想因在英文文学会中，被我证明其演说之错误（因我为古人抱不平之故），同学诽笑之，故作此崛起之报复手段耳。

又启。

塞翁之喻，古已有之，她的小说因我的介绍在副刊上登载，引起了无端的诽谤，这是很对她不起的事，然而在别方面却也有意外的发展。她的文名渐渐为世上所知，特别是《现代评论》派的赏识，成为东吉祥的沙龙的座上宾了。其时《现代评论》还未刊行，这是在民国十三年的十二月才出版的，但其实早已有这团体，普通便因了地址称为东吉祥胡同派的就是。以后她的作品有时便登在《评论》上，后来还集成一册，叫作《小哥儿俩》，书名有点记不清了。不久女高师风潮起来，《现代评论》援助校长杨荫榆，《语丝》则站在学生一方面，便开始了激战，我和现代派的主将陈通伯也是相识，却不免争论起来，鲁迅则更是猛烈。其时恰巧发生了一种传闻，是关于他们婚约问题的，不知是谁的文章里约略的涉及这事，于是凌女士来信请求，不要把她拉在里边。我很是同情她，也真诚的愿望她①得到美满的婚姻，但是我很抱歉，只好复信说，我写文章一向很注意，决不涉及这些，但是别人的文章我就不好负责，因为我不是全权的编辑，许多《语丝》同人的文字我是不便加以增减的。她那一封信因为年月较迟，没有在这一堆故纸里找到，但里边②的意思现在还是清楚的记得的。于今事隔四十年，一切都成为陈迹了，当作故事来谈谈，或者是没有什么不可的吧。燕大的女生中很有些有才气的女子，为官立学校中所无，后来在我的班里看见有一个许畹君，也是才华焕发，好发议论，以是为同班的男同学所嫉视，曾写匿名信骂她，学校里把这封信交给我，叫我查笔迹是谁写的，我答覆当以见怪不怪处之，这事也就无形中消灭了。

[1963 年 12 月香港《文艺世纪》/集外文]

【锺校】

① 原无“她”字，今增。
② “里边”原作“边里”。

杨贵妃的子孙

日前看见竹内好所编的一册日文杂志《中国》，里边说近时日本电视上有一个少女出现，说是杨贵妃的子孙，还展览古代文件作为佐证。这件事隐隐的引起我的记忆来，却已是三十多年前的事了。民国十九年（一九三〇）的《小说月报》上俞平伯发表了一篇《〈长恨歌〉及〈长恨歌传〉的传疑》说，据诗文里说贵妃改葬不见尸首，当是被乱军带走，后来流落异地，鸿都道士在“仙山”里访得，可是找不回来了，唐明皇听了“皇心震悼日日不豫”，终于宴驾（原文在《杂拌儿之二》中，考证甚详，这里不多抄了）。我当时对于这问题有一点儿材料，便送给了他，以作参考，他于是写了《从王渔洋讲到杨贵妃墓》，把那材料用在里边。这是照片四张，是久①津三张，一是近景，一是全景，一是远景，这一幅背山临水，据说墓在右侧松树间，却看不分明。萩町一张，云在长寿寺内，两处均是石塔，而形状不同。这里还录存我的来札两通，也是很难得的，因为不然这就难得保存下来了。一封是七月三十日，就是送那照片去的：

> 有日本友人云，在山口地方听到杨贵妃的传说，并照有相片，因兄②系主张杨贵妃不死于马嵬者，故以一份奉寄，乞收阅。据传说云杨妃逃出马嵬，泛舟海上，飘至山口，死于其地，至今萩及久津两处均有石塔，云即其墓也。

又一封是八月六日的：

【锺校】

① “久”原作“允”。

② 此处原衍“弟”字，已删。

关于杨贵妃的传说，虽经石桥丑雄君说过，却不甚记得，只存大概了。据云妃飘海遇风，至日本，中途宫人多死，她自己亦垂死，由其地荻氏收养，不久亦卒，遂葬其地，至今荻氏生女多美人，而亦多薄命，与杨妃相似。又云明皇后为妃造一佛像送往寺中供养，为祈冥福，使者不知其地，便留置京都某刹（石桥君说出寺名，惜忘之），其后该寺闻耗往取，而京刹不肯予，乃另造一像，并中国原物分置两处，但亦不明孰为唐物（此一节系我忘记问，或者石桥君知之亦未可知。——抄录时按，据推想当然是唐像留在京都）。此外恐尚有传说，只得再行探访矣。

杨妃以后的消息却也无从去探访，但是这回却不意的来到，当时将这新闻告诉平伯，十一月十七日得到回信，内有云：

昔年曾妄谈《长恨歌》，固当悔其少作，然东土既有杨妃墓，又有其后裔，一再流传，亦可异也，岂所谓事出有因者乎？

这里所谓事出有因，这句话用得最好，盖中日一水之隔，在前代战乱之际，往往有人冒险逃出去，这里是无可考了，在那边说不定还留有记录。大约二十多年以前，有名古屋的长谷川一家，世代是医官，至今还有好几个医学博士，说他们一族乃是汉代宗室，本姓刘氏，在汉末（不记得是前汉还是后汉了）避难到日本的，还说要来中国谒他们的祖陵，这如有文献的证据，那是汉魏遗迹，真是希世之宝呢。杨贵妃不会有后裔，或者是杨家的支派逃亡出去也是可能的，那时候日本的“遣唐使”的官船常有来往，所以就混出去了。不过这样说来，那么也只是杨国忠的子侄就是了，可是说来面上没有光彩，幸而乐天居士的《白氏文集》正是盛行，便沾了《长恨歌》的一点光，说成杨贵妃的子孙。此外也还有徐福的墓，这更是说的远去了，但是未免有点渺茫，可说是查无实据了吧。

［1963 年 12 月 21 日香港《新晚报》/集外文］

一九六四年

《新唐诗选》

《唐诗选》是日本很通行的一种选本，据说是明朝李于鳞所编选，李是“后七子”之一，在当时颇有声名，所以风行一时，为做诗讲格调的人所宗，直到清初这风气才有改变，《四库提要》里也揭穿它不是李于鳞的真本，乃是书贾冒名假造的，这大概是抄袭唐汝询的选本，不过唐也是曾奉七子的格调派的人，所以说是李氏选也不算大错。在乾隆以后这在中国就没有什么势力，代之而起的乃是《唐诗三百首》，这位蘅塘退士孙洙虽然没有什么声名，可是他的影响却着实不小，经得起时代潮流的考验，在现今还是人手一编，有供不应求的趋势。《唐诗选》一共收有古近体诗四百六十五首，比《三百首》还要多一半有馀，可是它有独自的偏见，对于白香山、杜牧之的诗绝对不收一篇，而《三百首》里所收更是宽广，有白的七古两首，五七律五绝各一首，杜有五律一首和七绝八首，其他所选的诗也丰富多彩，各具有代表性，所以为历来读者所喜爱，认为一种良好的初等唐诗读本，这原是很有道理的。但是它在日本却一直不为人所知，那边还是尊重那《唐诗选》，因为自从十七世纪后经丰荻生徂徕提倡七子以来，日本诗文界很看重这部书，后来他的弟子服部南郭加以训点出版，这书就盛行了，到现在还有各种注解本印行。但是时代改变了，这种情形也就不能没有变动，第一是明七子的文学运动早已过去，现在日本讲唐诗的人也就有新的看法，所以近时出现了一种所谓《新唐诗选》，可以说是很有意义的事。《新唐诗选》有正续两编，一编里分为两卷，上卷都是吉川幸次郎所编①写，下卷乃是三好达治和桑原武夫两人分编写的，此书出版方有十年，但是销行量实在可观，在最初的三年间已经售出十七万册了。这个数字或者看去不算很大，但是我们想到日本人口至多才有一亿，而且自从明治改革以来，对于汉学不复注重，却不意在这里表现出相反的现象来，在竭力走向西方思想去的当中，露出对于汉文学的新的留恋与爱好，不能不说是新的一条光明了。吉川幸次郎近时和小川环树二人还着手编集一部庞大的《中国诗人选集》，共分二集出版，第一集自《诗经·国风》至李后主，计十八册，第二集是宋元明清，自梅尧臣至黄遵宪，计十五册，这不但是洋洋大观，而且集合日本现代新锐的中国文学研究者的努力而成，不但是在正确的了解汉诗，就在中日文化交流上，也有很大的贡献。

本文的目的是介绍《新唐诗选》，所以且回过去讲那两本书吧。这是《岩波新书》之一，出版时定价一百日圆，只值中国的七角钱罢了。正编上卷吉川讲了杜甫的十五首诗，大都是近体诗，古风只讲了他的《新婚别》与《茅屋为秋风所破歌》，都是旧《唐诗选》里所不收的，这里新选和旧选的差异便已显然了。随后所讲的是李白二十九首，王维十二首，孟浩然、王昌龄各一首，常建、崔国辅各二首。下卷的著者三好乃是新诗人，他纯从鉴赏方面来对于唐诗做些说明。续编上卷里所讲只是白居易韩愈两个人，白居易的诗分作四节来讲，一是《长恨歌》，二是《琵琶行》，三是新乐府，里边只译了《新丰折臂翁》《卖炭翁》和《盐商妇》三首为例，四是其他的诗，即是集里自题为感伤和闲适的几首诗了。桑原是专门搞法国文学的，但于中国文学也很有了解，他在

【锺校】

① 原无“编”字，今增，下一处同。

下卷里所写也几乎是全讲白居易的，因为里边两篇文章，其一是《关于杜甫的〈赠卫八处士〉》，其二是《关于白乐天的社会诗》，在这里他讲述了新乐府五十首的梗概，举出第八《胡旋女》，第三十《杜陵叟》来做例子，对于《秦中吟》十首则只引用《重赋》这一篇诗，其馀便都从略了。据桑原看来，虽然他的闲适感伤的杂诗也是做的不错，但是最有价值的乃是他所作的讽喻诗，即是这里所说的社会诗，这个意见是根本与诗人本人相合，也是极不错的。他以为这是从儒家思想出来的诗的本流，从《诗经》以来便是如此，要为社会而作，不可专来“嘲风月，弄花草”，便是杜甫的忧生悯乱，价值也就在此，只是他还没有像白乐天的彻底和自觉罢了。他说他自己也是喜欢杜甫的那一路带点悲伤色彩的，有如“万里悲秋常作客，百年多病此登台”，觉得非常的美，那时铃木虎雄博士的注译《新乐府》和《秦中吟》的《白乐天诗解》刚出版，他翻了一下随即丢开，以为没有什么道理，不知什么时候却改变了，自己来写这篇文章，还介绍读者去看铃木博士的那部书去呢。

说起白乐天来，他与日本的关系真还不浅，大概还在他的生前，《白氏长庆集》编好了不久之后，便有抄本流传到日本，共七十卷，名为《白氏文集》，甚见尊重。在十世纪的才女清少纳言的随笔《枕草子》里，第一七三节列举有名的文，说“文则有文集、文选”，因为说到文这便是《白氏文集》，不须再说什么话了。里边还有一则逸话，也是关于白居易的诗句，据说她在一个天皇的皇后藤原定子那里做女官的时候，有一天下雪，皇后便问：“香炉峰的景致如何?”她就走上前去，把帘子卷起来，大家都夸她的敏捷。这个典故就出于白诗“遗爱寺钟欹枕听，香炉峰雪卷帘看”。当时有两卷《和汉作朗咏集①》，收集汉诗和

【锺校】

① “和汉作朗咏集”，原作“和汉朗作咏集”。

歌的名句五百八十九联，备朗咏之用，其中属于白氏的有一百三十七联之多，这可以想见他的诗句是如何受日本的欢迎了。可惜的是，如铃木博士所说：

> 在我国（日本）的文学上，据说很有白乐天的影响，但是若照白乐天的说法，那是他的诗里可有可无的那部分有些影响罢了，他所以做新乐府那种东西的精神，可不是没有么？如其没有，那真是十分遗憾了。

桑原写此文时才五十岁，他说刚懂得《新乐府》的意义与价值，铃木早已退休，大概现在已有八十岁了吧，在三十六年前能够写出《白乐天诗解》来，他的见识与魄力，实在值得钦佩了。

[1964年1月香港《文艺世纪》/集外文]

《古文观止》

在“五四”时代，主张打倒封建礼教，造成一种破坏思想，对于古代文化，一笔抹煞。即如《唐诗三百首》《古文观止》这种书，也并不平心估计，只因它从来风行，也看不起它，客气一点也贬称之曰“陋书”。其实仔细一想，我们得以获到一点常识，知道唐诗和古文的大略，何尝不是靠这两部“陋书”呢？当时谁也得不到《全唐诗》和《全上古秦汉三国六朝文》，还只好拿这简本来应用，借此知道一个大概，便是日后能够得到那两部繁本，谁又有工夫真去细心的看呢？所以为常人设法，从古文学中汲取知识，唐诗看了《唐诗三百首》，古文看了《古文观止》，大体便已经够用了。

《唐诗三百首》现在已有陈婉俊补注本，覆刊行世，已可应用，唯《古文观止》还没有适用的本子。记得从前绍兴四有书局印行的一种，虽系有光纸铅印本，用的底本是平步青订本，是颇可信赖的一种本子。他每篇都根据原书，一一校正异同，有错误脱漏的地方都补正好了。这是很可凭信的了，以前说它是“陋”，也就不陋了，拿来看看，可以知道国文里散文的一个大略，也就不错。古人选本，从现代的眼光看去，不免有许多缺点，但在现今急切得不到更好的选本，没有更完善更全面的，那么利用古本中比较为世人所熟识的，也是不得已的事。四有书局本的铅印还是在民国十多年，去今尚不很远，所以印本不难找到，希望在杭州一带地方的人加以留意，如能设法来从新印一下，那就比旧本要好得多了。

说到古文选本的缺点，我们这里不妨略谈一下。这也不只是《古文观止》一书的问题，其实就是《古文析义》或北方盛行的《古文释义》，都是有同样的毛病，就是中了“八大家”的毒，近代的更要不得的是“桐城派”，这乃是古文之八股化。唐宋八大家以韩愈为首魁，他的文章气势轩昂，声调铿锵，很适宜于考试，所以明朝人便以它为程式做①八股文，于是选取同样的文章，共得八家，桐城派更加约取，吴闿生名之为“古文范”，几乎要篡取②古文之名为八家所专有了。

《古文观止》出现在桐城立派之前，还没有这种谬见，其所选自史汉开始，这一部分比较的没有问题，所以更值得读，事实上《古文观止》的编者的意见也是尊重“八大家”的，不过因为唐代以前的文章没有经过“韩文公”的改造，还不大有什么“制义”气，所以较为纯粹罢了。所选唐宋以后的古文，特别是韩愈的著作，仍是八大家的观点，看时须加注意，以免不意的吃下八股调子去，譬如那篇有名的《送孟东野序》，用一个“鸣”字东拉西扯的诌上一大篇，自宋朝洪容斋起识者时有訾议，但是有名如故，直到今日。这就因为八股调与京戏一样，是中国人所喜欢听的缘故吧。

[1964 年 1 月 16 日香港《新晚报》/集外文]

【锺校】

① “做”原作“的”。
② “取”原作“集”。

吃　茶

吃茶是一个好题目，我想写一篇文章来看。平常写文章，总是先有了意思，心里组织起来，先写些什么，后写什么，腹稿粗定，随后就照着写来，写好之后再加一题目，或标举大旨，如《逍遥游》，或只拣文章起头两个字，如《马蹄》《秋水》，都是。有些特别是近代的文人，是①定了题目再做，英国有一个姓密棱的人便是如此，印刷所来拿稿子，想不出题目，便翻开字典来找，碰到金鱼就写一篇金鱼。这办法似乎也有意思，但那是专写随笔的文人，自有他一套本事，假如别人妄想学步，那不免画虎类狗，有如秀才之做赋得的试帖诗了。我写这一篇小文，却是预先想好了意思，随后再写它下来，还是正统的写法，不过因为觉得这题目颇好，所以跑了一点野马，当作一个引子罢了。

其实我的吃茶是够不上什么品位的，从量与质来说都够不上标准，从前东坡说饮酒饮湿，我的吃茶就和饮湿相去不远。据书上的记述，似乎古人所饮的分量都是很多，唐人所说喝过七碗觉腋下习习风生，这碗似乎不是很小的，所以六朝时人说是“水厄”。我所喝的只是一碗罢了，而且他们那时加入盐姜所煮的茶也没有尝过，不晓得是什么滋味，或者多少像是小时候所喝的伤风药、午时茶吧。讲到质，我根本不讲究什么茶叶，反正就只是绿茶罢了，普通就是龙井一种，什么有名的罗岕，看都没有看见过，怎么够得上说吃茶呢？

一直从小就吃本地出产本地制造的茶叶，名字叫作本山，叶片搓成

【锺校】

① 此处原衍“有”字，已删。

一团，不像龙井的平直，价钱很是便宜，大概好的不过一百六十文一斤吧。近年在北京这种茶叶又出现了，美其名曰平水珠茶，后来在这里又买不到，——结果仍旧是买龙井，所能买到的也是普通的种类，若是旗枪雀舌之类却是没有见过，碰运气可以在市上买到碧螺春，不过那是很难得遇见的。从前曾有一个江西的朋友，送给我好些六安的茶，又在南京一个安徽的朋友那里吃到太平猴魁，都觉得很好，但是以后不可再得了。最近一个广西的朋友，分给我几种他故乡的茶叶，有横山细茶，桂平西山茶和白毛茶各种，都很不差，味道温厚，大概是沱茶一路，有点红茶的风味。他又说西南有苦丁茶，一片很小的叶子可以泡出碧绿的茶来，只是味很苦。我曾尝过旧学生送我的所谓苦丁茶，乃是从市上买来，不是道地西南的东西，其味极苦，看泡过的叶子很大而坚厚，茶色也不绿而是赭黄，原来乃是故乡的坟头所种的狗朴树，是别一种植物。我就是不喜欢北京人所喝的“香片”，这不但香无可取，就是茶味也有说不出的一股甜熟的味道。

以上是我关于茶的经验，这怎么够得上来讲吃茶呢？但是我说这是一个好题目，便是因为我不会喝茶可是喜欢玩茶，换句话说就是爱玩耍这个题目，写过些文章，以致许多人以为我真是懂得茶的人了。日前有个在大学读书的人走来看我，说从前听老师说你怎么爱喝茶，怎么讲究，现在看了才知道是不对的。我答道：“可不是么？这是你们贵师徒上了我的文章的当。孟子有言，尽信书则不如无书。现在你从实验知道了真相，可以明白单靠文字是要上当的。”我说吃茶是好题目，便是可以容我说出上面的叙述，我只是爱耍笔头讲讲，不是捧着茶缸一碗一碗的尽喝的。

［1964年1月27日香港《新晚报》/集外文］

悭的手法

从旧日笔记本中找到一篇信稿，是二十多年前写给一个年轻朋友的，现在让我把它来抄录在下边：

日前承赐下大封套若干枚，谢谢。此次所作，比前回分已好得多了，倘尚有可商处，略陈鄙见以供参考。此类细工之秘诀，大概与写小文章相同，只是悭而已。这里不说是俭，因为俭有点因陋就简的意思，譬如说腹俭，虽然不至于凑不起四五百字，也总是储藏有限，只好量入为出，以免有匮乏之虞。悭则不然，他本来富有，却是不肯多拿去，普通说起悭或吝啬，大抵指的是守财奴，就是这个缘故。不过富翁的悭是想多留住点钱，也不顾体裁难看，而我们所说细工与文字的悭，乃是想把他弄得好看点，所以要减少装饰与累赘。前回分的大作便是病在太奢，过于浪费，如多将馀纸折在里边，多涂浆糊，结果有似宁绸团龙狐皮①马褂。此次纸裁小了，但是糊尚不够少，又用的是胶水，所以粘合处仍显得僵硬。像卷纸或障子纸那么的接合法，那是专门家的工作，可以不必学，但接合处的纸，总宜少留，糊则最好只要有粘得住的程度，假如在两纸之间糊有多馀，即将自己凝结而成障碍。在做这些工作的时候，我们须得努力体谅富翁的心情，努力为学吝啬，省得一点好一点，虽然省下来的仍旧是丢掉，并不再收进囊中去，这样说其实还

【锺校】

① “皮”原作“衣”。

是浪费，与富翁毕竟还是貌合而神离的也。悭之外，或者还可以说有一字曰宽，即紧张之反对，又可云慢慢的，但此一节在足下已相当的有修养，似无须赘说，今故从略。

这个朋友性格很是特别，平常做事非常宽缓，普通宴会总是最后迟到，所以在信的末尾便开他一点玩笑。至于粘贴包装却非其所长，便显得有点拙笨，在这封信里约略加以指点，仿佛老师父似的像煞有介事的说上一大套的话。其实我这一点本事，假如可以说是本事的话，也是从专门家偷来的，——我这里说偷而不说学来的，因为实在只是从旁偷看，没有正式的学，花了三年工夫去锻炼学习来的。小时候看书坊小伙计怎样包书，裱糊店里怎样用浆糊，学得了一点，恐怕还不到百分之几，但是拿来使用，至今在包装一部书或什么东西，还是不大有人能及，在朋友中间颇是有点名气的。平时虽然不大有用，但是修补破钞票，一元一角的容易破损，从前使用铜元票的时候尤其是烦忙得很，因为使用的人大概是忙碌的缘故，没工夫来补，就是补也是很草率，大抵用一角报纸或是包茶叶的来贴上一块，使两半相连便是了。这就用得着我来效劳了，因为我反正没有事，便费点工夫给它们修补，而且着实补得不差，因为在几十年里还没有见过一张破票子，是照我这样补过的。其实这也没有什么奥妙，就只如上边所说，实行吝啬的办法就是了。得到一张破票子之后，首先浸在热水里，揭去旧有的贴纸，仔细刮去浆糊，等稍干的时候用极薄的皮纸裁成小条，对好了票上花纹贴上去，这就成功了。但是也偶有失败的时候，大约是前人过于匆忙了，有时将号码不对的两半黏在一起，既然经我发见，便不好再混出去，所以不管它是一角一元，只得放进火炉去了事，这一点款项便算是我报效了。此外有如好纸或是废纸做信封，也是我拿手的事，但现在纸很丰富，买信封也很便宜，用不着这样做。有时或是信封觉得单薄，须得临时加工，也是有的，不过那只要加一层里子，显不出本事来了。写到这里似乎颇有倚老卖老的意思，其实这也没有什么可以卖弄的，本来用意乃是表明信中所说全是实话，所以用这件事做个实例罢了。

信里说做这种细工的秘诀与写小文章相同，这个却没有法子来证实，不过原则上是如此的罢了。从前看纳思菲尔的英文法和作文，还记得他说作文无他巧妙，就是要“简单”。简单这个英文或者含义很是复杂，但是有人提倡“简易生活”，很是俭朴，可能也有悭的部分意思。那么这一部分算是进口的东西，不过这里拿来应用，无须我来替它作解说了。

［1964年2月22日香港《新晚报》/集外文］

关于所谓五十自寿诗

《二十三年一月十三日偶作牛山体》，这是我那时所做的打油诗的题目，我说牛山体乃是指志明和尚的《牛山四十屁》，因为他做的是七言绝句，与寒山的五古不同，所以这样说了。这是七言律诗，实在又与牛山原作不一样，姑且当作打油诗的别名。过了两天，又用原韵做了一首，那时林语堂正在上海编刊《人间世》半月刊，我便抄了寄给他看，他给我加了一个《知堂五十自寿诗》的题目，在报上登了出来，其实本来不是什么自寿，也并没有自寿的意思的。原诗照录于下：

其一

前世出家今在家，不将袍子换袈裟。街头终日听谈鬼，
窗下通年学画蛇。老去无端玩骨董，闲来随分种胡麻。
旁人若问其中意，且到寒斋吃苦茶。

其二

半是儒家半释家，光头更不着袈裟。中年意趣窗前草，
外道生涯洞里蛇。徒羡低头咬大蒜，未妨拍桌拾芝麻。
谈狐说鬼寻常事，只欠工夫吃讲茶。

发表以后得到许多和诗，熟朋友都是直接寄来，其他就只是在报上读到罢了。恰好存有原稿的有钱玄同和蔡孑民的两份，今抄录如下，以为纪念。玄同和作云：

但乐无家不出家，不皈佛教没袈裟。腐心桐选诛邪鬼，
切齿纲伦打毒蛇。读史敢言无舜禹，谈音尚欲析遮麻。
寒宵凛冽怀三友，蜜橘酥糖普洱茶。

后附说明云：“也是自嘲，也用苦茶原韵，西望牛山，距离尚远。无能

子未定草，廿三年一月廿二日，就是癸酉腊八。”另有信云：

苦茶上人：我也诌了五十六个字的自嘲，火气太大，不像诗而像标语，真要叫人齿冷。第六句只是凑韵而已，并非真有不敬之意，合并声明。癸酉腊八，无能。

这里所谓不敬，是有出典的，因为平常谈到国语的音韵问题我总说不懂，好像是美术上的“未来派”，诗中乃说尚欲析遮麻，似乎大有抬杠的意味了。

蔡孑民的和诗仿佛记得是从别处寄来的，总之不是在北京，原信也未保存，而且原来有没有信也不记得了。

其一

何分袍子与袈裟，天下原来是一家。不管乘轩缘好鹤，

休因惹草却惊蛇。扪心得失勤拈豆，入市婆娑懒绩麻①。

园地仍归君自己②，可能亲掇雨前茶。

其二

厂甸摊头卖饼家③，肯将儒服换袈裟。赏音莫泥骊黄马，

佐斗宁参内外蛇。好祝南山寿维石，谁歌北虏乱如麻。

春秋自有太平世，且咬馍馍且品茶。

此外还有一首，题云《新年，用知堂老人自寿韵》，是咏故乡新年景物的，亦复别有风趣，今并录于此：

新年儿女便当家，不让沙弥袈了裟④。鬼脸遮颜徒吓狗，

【原注】

① 君已到厂甸数次矣。

② 君曾著《自己的园地》。

③ 君在厂甸购戴子高《论语注》。

④ 吾乡小孩子留发一圈而剃其中边者，谓之沙弥。《癸巳类稿》三“精其神”一条引经了筵阵了亡等语，谓此自一种文理。

龙灯画足似添蛇。六幺轮掷思赢豆①，数语蝉联号绩麻②。

乐事追怀非苦话，容吾一样吃甜茶③。

其署名仍是蔡元培，并不用什么别号，这也是很有意思的事。

“五十自寿诗”在《人间世》上发表之后，便招来许多的批评攻击，林语堂赶紧写文章辩护，说什么寄沉痛于悠闲，这其实是没有什么可辩护的，本来是打油诗，乃是不登大雅之堂的东西，挨骂正是当然。批评最为适当的，乃是鲁迅的两封信，在《鲁迅书简》发表以后这才看见，是四五月间寄给曹聚仁和杨霁云的，今将给曹聚仁的一封再抄录一次在这里，日期是一九三四年四月三十日：

周作人自寿诗诚有讽世之意，然此种微词已为今之青年所不憭，群公相和则多近于肉麻，于是火上添油，遽成众矢之的，而不作此等攻击文字，此外近日亦无可言。此亦古已有之，文人美女必负亡国之责，近似亦有人觉国之将亡，已在卸责于清流或舆论矣。

那打油诗里虽然略有讽世之意，其实是不很多的，因为那时对于打油诗使用还不很纯熟，不知道寒山体的五言之更能表达，到得十二三年之后这才摸到了一点门路。一九四七年九月在《老虎桥杂诗题记》里说道：

在《修禊》一篇中，述南宋山东义民吃人腊往临安事，有两句云：“犹幸制熏腊，咀嚼化正气。”这可以算是打油诗中之最高境界，自己也觉得仿佛是神来之笔，如用别的韵语形式去

【原注】

① 吾乡小孩子选炒蚕豆六枚，于一面去壳少许，谓之黄，其完好一面谓之黑，二人以上轮掷之，黄多者赢，亦仍以豆为筹马。

② 以成语首字与其他末字相同者联句，如甲说“大学之道”，乙接说“道不远人”，丙接说“人之初”等，谓之绩麻。

③ 吾乡有“吃甜茶，讲苦话”之语。

写，便决不能有此力量，倘想以散文表出之，则又所万万不能者也。关于人腊的事，我从前说及了几回，可是没有一次能这样的说得决绝明快，杂诗的本领可以说即在这里，即此也可以表明它之自有用处了。我前曾说过，平常喜欢和淡的文字思想，有时亦嗜极辛辣的，有掐臂见血的痛感，此即为我喜那“英国狂生”斯威夫德之一理由，上文的发想或者非意识的由其《育婴刍议》中出来亦未可知，唯索解人殊不易得，昔日鲁迅在时最能知此意，今不知尚有何人耳。

《修禊》是一篇五言的打油诗，凡十六韵，今不嫌冗长，抄录于后，以资比较，看比自寿诗有没有多少进步：

往昔读野史，常若遇鬼魅。白昼踞心头，
中夜入梦寐。其一因子巷，旧闻尚能记。
次有齐鲁民，生当靖康际。沿途吃人腊，
南渡作忠义。待得到临安，馀肉存几块。
哀哉两脚羊，束身就鼎鼐。犹幸制熏腊，
咀嚼化正气。食人大有福，终究成大器。
讲学称贤良，闻达参政议。千年诚旦暮，
今古无二致。旧事倘重来，新潮徒欺世。
自信实鸡肋，不足取一胾。深巷闻狗吠，
中心常惴惴。恨非天师徒，未曾习符偈。
不然作禹步，撒水修禊事。

［1964年作/《知堂回想录》］

八十自寿诗说明

可笑老翁垂八十，行为端的似童痴。
剧怜独脚思山父，幻作青毡羡野狸。
对话有时装鬼脸，谐谈犹喜撒胡荽。
低头只顾贪游戏，忘却斜阳上土堆。

此诗系仿陆放翁《书适》诗而作，首二句即袭用其语。山父与狸均系日本民俗学中事物。山父乃山魈之属，一目独足，能知人意。有箍桶匠冬日在屋外工作，忽见山父站在面前，大惊心想这得非山父耶？山父即知之，曰你想这莫非山父么？又想能知心中事这就糟了，山父又亦即知道了，照样说了出来。其人窘甚不知所措，此时手中所持箍桶的竹片因手僵滑脱，正打在山父的脸上，山父乃大骇曰，心里没有想却会干出来，人这东西真是危险，如在此地说不定要吃怎样的亏，赶快的逃回山中去了。老狸能幻化屋宇，广容八席，色甚青新，或有食淡巴菰者遗烟蒂其上，乃忽啧啧作声遽尔消灭，云此乃其肾囊伸张所幻化也。近译希腊路吉阿诺斯（Loukianos）对话，中多讽刺诙谐之作，甚有趣味。出语不端谨，古时称撒园荽，因俗信播芫荽时须口作猥亵语，种始繁衍云。

前作所谓自寿诗，甚招来各方抨击，自讨苦吃，今已多吃了一万天的茶饭，经验较多，岂敢再蹈覆辙乎？偶因酒醉，胆大气粗，胡诌一首，但不发表好了，录示二三友人，聊作纪念。末联亦是实话，玩要过日，不知老之已至，无暇汲汲顾影也。

一九六四年三月八日，知堂。

［1964 年 3 月 8 日作/《知堂杂诗抄》］

八十心情

——放翁适兴诗

老翁垂七十，其实似童儿①。山果啼呼觅，乡傩喜笑随。

群嬉累瓦塔，独立照盆池。更挟残书读，浑如上学时。

此放翁适兴诗，今予又增十岁，自愈益可笑矣。

这是我近来写了送给朋友的文句，因为他们刻了图章送我，一共有五块，都是八十岁后所作的话。我没有法子请他们吃一杯酒，便用了这个去还报他们，正如俗语说的秀才人情纸一张，而这纸又只有一尺见方，本来字如“蟹爬”，见不得人，现在盖上那个印章，不过聊作纪念罢了。我自己也托人另刻了一块图章，文曰“寿则多辱”，这是古代圣王对华封人所说的话，我觉得很有意思，便借了来作为倚老卖老的客气话，似乎比较“将寿补蹉跎”什么要切贴得多了。

从前的人称三十年为一世，说起三十年前的事情来，真是如同隔世了。那时是一九三四年，在一月下旬偶然用了蛇麻的险韵做了一首七律打油诗，寄给林语堂去看，其时他正在办《人间世》半月刊，便在那里登了出来，却换了一个五十自寿的题目，其实是不是的，原本写的只是“偶作”。有些人觉得好玩，做了些和诗寄来，但也有人觉得讨厌，引起一场嘲骂，这实在是很难怪的。因为那是打油诗，所以有点油腔滑调，里边一点讥讽的意思混在难解的文句里，青年人不大理解，正如鲁迅在回答曹聚仁、杨霁云二君的信中所说似的，但这在作者自己也可以说是

【锺校】

① “童儿”原作“儿童”。

咎由自取吧。

在五十岁的时候还没有“倚老卖老”的意思，所以人家也不曾来送那样的图章，——我确有一方石章说，“五十五岁以后所作”，但那是刺客事件的特别纪念。现在已经证实那是从日本方面来的，但是听说中国却有一个会写英文的人，在美国出版一书，承认自己是承办这事的特务，可是所说牛头不对马嘴，也是一件值得一提的怪事。且说那时我所得到的，乃是一幅木炭画的肖像，是燕大的旧学生司徒乔君给我画的，至今我还保存着，可是司徒君却已去世好久，想起来实在是很可悼惜的。

三十年前到底还是年青，有这勇气写诗，但是到了现在，却是学得谦虚多了，决不敢再来出手，只好借了别人的一首诗来，聊且作为解嘲。放翁是有名的爱国诗人，做了许多慷慨激昂的诗，也有些平易浅近之作，总共可能有万把首吧，我却无缘把它们洛咏一过，这还是一个在青岛的朋友发见告诉我的，所以我就做了一回文抄公，把原诗抄了过来了。这是上边引用那一首诗的经过事实。

放翁的诗虽然是做得好，不过据那一首来说，要说它是写的乃是事实，这也似乎是有问题的。试想年将七十的老翁，无论怎样的似童儿，难道真会想摘墙角落的覆盆子，而哇哇的哭叫么？若是第二句，却似很有可能，因为所谓乡傩，实际上就是地方上的迎神赛会，在本地通称“迎会”，有的是在神的诞日，但是最盛大的乃是夏天的这一回，普通说保平安这即是古语“傩”的今译了。所迎的神大概是专管瘟疫的黄相公，也可能是城隍神之类，“会伙”（出会的仪仗脚色）极为繁多。旗纛高二三丈，称为“高照”，一大汉捧柱，数人左右以绳牵引而行，又有“大敲棚”，制木棚如小床，中有乐人敲锣鼓，四人在角舁之行走，如是者率以十数。老幼聚观，往往逐队而去。但是我所最为赏识者，乃是在末一联，即所谓“更挟残书读，浑如上学时”是也。

古人有过一句咏周末的侯生的诗道："七十老翁何所求？"假如去问放翁，我想大约不过读书消遣，未必有什么别的意思，只是情形不同小学生上学一样，觉得有点好玩罢了。但是这里由我抄了来时，却不免要加上一点解说去。从前我是以教书为"职业"，没有我能做的"工作"，自误误人，赚钱而已，解放后十多年这才有了译书的"工作"。不过我有一种偏好，喜欢搞不是正统的关于滑稽讽刺的东西，有些正经的大作反而没有兴趣，所以日本的《古事记》虽有名，我觉得《狂言选》和那《浮世澡堂》与《浮世理发馆》更有精彩。希腊欧里庇得斯的悲剧译出了十几种，可是我的兴趣却是在于后世的杂文家，路吉阿诺斯的《对话》一直蛊惑了我四十多年，到去年才有机缘来着手选译他的作品，想趁炳烛之明，完成这多年的心愿，故乡有儿歌云："二十夜，连夜夜，点得红灯做绣鞋。"很能说出这种心情。这又好有一比，正如书房里商家的学生有念完《论语》之后，开始读《幼学琼林》，读到"笑人齿缺曰狗窦大开"，不禁喜笑起来，这时便又觉得好玩，仿佛他的工作比跟着看那"大敲棚"也就差不许多了。

[1964年3月15日香港《新晚报》/集外文]

鬼念佛

近来多少年中写过好些说鬼的文章，仿佛是和鬼很有情分似的，其实当然不是如此。倘若是这样说法，那么我也颇有点喜欢说道学家与桐城派，难道也可以说我和他们很有情分么？不过这两边说来也是有差别的，对于道学家与桐城派我只有反感，提起来时总不免说它几句坏话，可是对于鬼却并不这样，要来说好话呢，那也未必，因为现在虽然不敢说是不怕鬼，过去听它们的故事，影响实在受的太深了，但是我只敢说，我是自信就是死后也决不会变鬼的。我之所以屡次讲起它者，乃是因为对于它有兴味，即是鬼的概念与现实生活有何矛盾与调和。即如关于鬼的生长的问题，经过了好些穿凿却终于没有什么结果，这可见鬼的问题是怎么的不好搞了。

问题固然是不好搞，但是主要的原因却也是因为材料实在是难得，这些材料全都是散在古今的杂书里，第一要有闲工夫来杂乱的看书，才能一点点的聚集起来，第二是要有这许多书籍，这却是一件难事。现在我所有的材料只是几本日本旧书，其一是石桥卧波的《鬼》，是《普通学术丛书》之一，一九〇九年出版的。其二是武笠三诸编注的《鹑衣》，共有三册，一九二四年三版，本是横井也有的俳文集，因卷一中有一篇《鬼传》和《妖物论》，所以这里用作参考。其三是一九二一年稀书复制会所翻印的《追分绘》，乃是宝永六年（一七〇九）的原刊，共四十幅，画者署名“雪舟末孙等硕”。雪舟名小田等扬，是十五世纪的画僧，曾经到中国来过。等硕盖是雪舟一派的画师，所以和他父亲高城寺等观在名字里都有一个等字，可以推知。这三部书性质很不一样，可是关于说鬼在我很有用处，所以列举在一起了。

日本的所谓鬼，与中国所说的很有些不同，仿佛他们的鬼大抵是妖怪，至于人死为鬼则称曰幽灵，古时候还相信人如活着灵魂也可以出现，去找有怨恨的人，有时本人还不觉得，这就叫作生灵，和死灵相对。他们所说的鬼多少是参杂佛教思想与固有思想而成功的，它的形状是身体如人，头有双角，圆眼巨口锯牙，面如狮虎，两足各有二趾或三趾，或云从佛经的牛首阿旁变来，或云占卜以东北方面为鬼门，中国称为艮方，日本则读作丑寅，与牛虎同训，故画鬼像牛头而着虎皮裤，则当是后起的说明，却也说的很是巧妙。

日本讲鬼那是妖怪的故事，有许多好的，可以和中国古代的志怪相比。因为这种怪物与人鬼不相同，幽灵找人，必定有什么缘因，不论冤愆或是系恋，就是所谓业，它找的就是个人，无论在什么地方必当找着，但是怪物必定蹲在一定的地方，你如若走到那里去，就得碰上它，不管你和它有没有恩怨。所以幽灵的故事动不动便成为讲因果，而谈妖怪的却是全由于偶然，可以变化无穷，有些实在新异可喜。但是现在我们没有这些工夫来长篇大页的讲故事，这里只是因鬼怪的连带关系，谈一点关于鬼的俗谚罢了。

石桥的书里在末卷有一节是说关于鬼的俗谚的，只有二十几条，但其中也有好的。如说“鬼也有十八岁，粗茶也有新沏的时候”，又云“说来年的事，给鬼见笑”，可是最有意思的却要算“鬼念佛”了吧。书中说明道：“这是说不相称的事情，李义山《杂纂》有不相称一项，其中说屠家念经，也是这个意思。”书里还附有一张大津绘的插绘，题目便是“鬼念佛”。俳文《鬼传》中间也曾说到，“至今只留影像在瓦头上边，为大津绘所笑”。（栋头饰鬼面瓦，犹中国的瓦将军，与下句没有关系。）

大津绘里所画的鬼，穿着偏衫，背上横扛着雨伞，胸前悬钲，右手执丁字槌敲打着，左手提了一本册子，上题奉加帐（缘簿）字样，神气非常活现，只是因为是照相石印不好模写，不及《追分绘》里的那一张。这可名为“鬼子朝山”，因为它也是画的鬼，却不念佛了，乃是拿着锡杖，背了行笈，上面写着“日本回国”（回国即是巡礼的意思）四字，急急奔走，虽然不及念佛的画的得神，但是木刻翻印，所以比较清楚，可以当作讽刺美国佬在日本的一张漫画。这虽是二百六十年前的作品，但是现在看起来还有生命，比现代有些专靠文字帮助作出绘解式的漫画的，似乎要耐看多了。

［1964 年 4 月 27 日香港《新晚报》/集外文］

关于日本的落语

我以前写文章都是些读书随笔，平常看什么书，看见有好的意思，便抄录出来，利用了作为自己的文章的材料，结果即是所谓文抄公的杂文了。有时候还不只引用一次，有如俞理初、焦里堂的有些话还经我抄录了三五次，因为这话实在说得不错，所以不免时常要来抄引。但是这抄也不是很容易的事，中国书籍浩如烟海，其中薰莸杂揉，选择的工作有如披沙拣金，十分烦难，往往翻看几十卷书，找不到一点要抄的东西，这样许多工夫与精力便全然白费掉了，丝毫得不到什么好处。我看纪晓岚的《阅微草堂笔记》五种，就没有发见一篇文章想要抄引的，虽然他的文笔的确很是干净，是近代志怪的一种佳作，闲中常拿它作为消遣，倒还是他的《我法集》里对于他自作试帖诗里批注，有些觉得是更有可取，但是现今手头也没有这书，所以就无须详说了。

可是也有和这相反的情形，自己觉得看了很有兴趣，却是不能抄录了来做一篇随笔，这很是懊恼的事。特别是关于外国的一种习俗，不但是不容易介绍，尤其是就是写得好，也没有什么意思。最近我在看一本安藤鹤夫做的叫做《落语国绅士录》的书，深感觉这事的不容易。

日本的落语是民间文学的一种，平常在杂耍场口演，称为“说话”，便是中国的相声，但它只是一个人说，装作两人的口气，写了下来即是落语了。这种说话我很喜欢听，落语印本也收集得不少，后来出版社翻译日本文学的计划里有一本日本落语选，我答应来担任选译，可是这件事看来愈看愈难，几乎是终于不可能实现。为什么呢？因为它是专来描写日本民间风俗的，这里边有些材料，便绝不好使唤，有吃力不讨好之惧。这里且引一段描写说话人的小说，这是见于森鸥外的《性的生活》

（一九〇九）里的：

> 刚才饶舌着的说话人起来弯着腰，从高座的旁边下去了。随有第二个说话人交替着出来，先谦逊道："人是换了，却也换不出好处来。"又作破题道："爷们的消遣是玩玩窑姐儿。"随后接下去讲一个人带了不懂世故的青年，到吉原去玩的故事。（吉原是公娼所在地。）这实在可以说是吉原入门的一篇讲义。我听着心里佩服，东京这里真是什么知识都可以抓到的那样便利的地方。

两国习惯风俗固多殊异，但以关于性生活的尤为显著。日本自古以来皆有公娼，娼妓之外又有艺妓，另外还有帮闲称为男艺妓，戏笑作剧，用以助兴，在落语里都是主要人物，甚为重要。如《挑选》一篇，说妓女喜濑川厌恶土财主的客木兵卫，诈言病死，木兵卫犹必欲到她的坟头献花，妓院相帮的没有法子，只能领他到寺院墓地上，漫指一墓碑，及审碑上文字乃是老翁或少女，木兵卫问到底哪一个是，答说："都在一排里，请你挑选吧。"（挑选系成语，谓①上妓院时挑人。）关于帮闲的有一篇《干鱼箱》，说善助很能学别人说话，所以当铺的儿子托他替代自己睡在楼上，防底下的父亲说话借以搪塞，却自溜到吉原去了。不料父亲问他那干鱼箱收在哪里，无法应付，终于露了马脚。

还有一篇叫《鳗鱼的帮闲》，也是写得很有意思的。一个名叫一八的帮闲，无事闲走，想找寻一个主儿，吃一顿白食，遇着一人身穿浴衣，提着手巾，拖着一双很低的木屐，像是刚从浴堂回来的样子。一八就迎上去，兜搭说话，谈得颇是投机，问他住址，答说就在从前的地方，意思里仿佛说一同去吃饭。一八和他到饭馆里吃了烤烧鳗鱼，随后

【锺校】

① "谓"原作"清"。

那人说去小便，却另外要了几份烧鳗，告诉店里账由楼上的那位总付，穿了一八的木屐，扬长而去了。现在假如对于这几位的性格不了然，那么他们的故事自然也就要减少不少的趣味了。

那本《落语国绅士录》便是将落语中出现的人物一个个的列举出来，说明他们的出身与性格，不但是在说话里原有姓名可稽的，如张三李四之类，并且还把没有名字的也列入了，如上面骗那帮闲的“住在从前那里的汉子”。在这一项底下他说得很好：

> 在落语国里边，再没有像这家伙那样讨厌的了。为什么说是讨厌的家伙呢？虽然有种种的理由，但是第一就因为住在什么地方全不明了。说起来的时候，总说是在以前的那里，在以前的那里。落语国的男女本来也有些没有姓名的人，这或者因为父母不给他起名字，或是虽然起了却是自己忘记了的缘故，决没有故意的做出无名氏或不说姓名的道理。可是只有这个汉子，却不明白报名，而且有意的不说明自己居住的地方。

末了说道：

> 我在梅雨停了，天热如蒸的时候，一直走着寻找这个住在以前那里的汉子。我想要至少也给他一个耳刮子。

我以前搜集落语的材料，有讲谈社的全集（其实是并没有全）六册共约一百篇，今村信雄的《落语事典》，内含梗概四百馀篇，安藤鹤夫的《落语鉴赏》，这回又得到他的《落语国绅士录》，又引动了我对于落语的兴趣，但反复想来仍旧觉得不好弄，结果只写了这一篇，意在说明不好弄的缘故，所以写的那个题目也是有点文不对题的。

［1964年5月13日香港《文汇报》/集外文］

宙斯被盘问*

□古希腊路吉阿诺斯原作

库尼斯科斯[1] 宙斯，我并不想那么麻烦你，向你请求什么财富，或是金子，或是王位，许多人想要这些，你却不轻易给他们，总之我常看见你不理睬他们的祷告。我只想请求你答应我的一个心愿，这却是很合理的。

宙斯[2] 库尼斯科斯，这是什么呢？你可以不至于失望，特别如你所说，你的请求是很合理的。

库 请你回答我一句问话，这是并不难的。

宙 你的请求的确很小，而且容易满足。那么你就随意的问吧。

库 宙斯，我想问的就是这个，你当然读过荷马与赫西阿多斯[3]的诗，那么请告诉我，他们所唱的关于定数和运命[4]的话都是真的么？说她们在我们各人生下来的时候所纺的线是不可逃避的么？

宙 这是的确真实的。那里没有一点事情是不归运命管辖的，所有

---

* 叔河按：本篇与《卢奇安对话集》中的译文颇有不同。以下称“原注”者均为译者所加。

【原注】

① 以下简称“库”。犬儒派学者。

② 以下简称“宙”。希腊神话中最大的神。

③ 赫西阿多斯系史诗作者，《神谱》据说出诸他的笔下。后代所传神话大抵悉据荷马与赫西阿多斯两家所说。

④ “定数”与“运命”差不多是同义语，都是指预先注定的事情，但是前者是由动词“分配”衍化出来，始终是抽象性的；后者意义是各人应得的“一分”，却渐渐变为专名，就是所谓运命女神，人数也变为三个，即：克罗托，意云纺女，手持纺竿，抽出各人运命之线；其二曰拉克塞西斯，意云分配，将线拉出去；其三曰阿特洛波斯，意云不可转，即剪断生命之线者。

一切都通过她们的纺锤，所有事件都从头由这里纺出，不能由别处经过。

库 那么荷马在他诗的别的地方，又说道：

怕你在运命所定的日子以前，（来到了）冥王的家里。①

这样的话，我们可以断定他是在胡说了。

宙 当然是的，因为没有事情能够脱离运命的规则，也决不能离开她们所纺的线。至于那些诗人，只有在他们受着文艺女神②的灵感时所唱的才是真实的，但是当女神们离开了他们的时候，他们自己造作，那就要错误，而且与以前所说的相矛盾了。这也是可以原谅的，因为他们只是凡人，所以当以前和他在一起、使他能歌唱的神力离开了他们的时候，他们便不知道真理了。

库 就算是这样吧。那么请你回答我这个问题。运命女神有三个，克罗托，拉克塞西斯；我想，还有阿特洛波斯吧？

宙 正是如此。

库 还有那定数和那运会③呢？她们老是被人们说起。这是什么，她们谁有力量？她们是与运命一样的，还是更胜过她们呢？我常听见人家说，再也没有比运会与定数更有力量的了。

宙 库尼斯科斯，你是不许可知道一切事情的。但是你为什么问我关于运命的事情呢？

库 宙斯，请你先讲另一件事情。是不是你们诸神也归她们管辖，你也必须拴在她们的丝线上呢？

宙 库尼斯科斯，这是当然的。但是你为什么笑呢？

【原注】

① 见于荷马史诗《伊利昂纪》卷二十，原句没有引“来到了”，今特补足。冥王的家里即指冥土。

② 文艺女神，共有九人，分司诗歌音乐的事。

③ “运会”也是一个抽象名词，是说时机凑合，由于一时的运气，似与定数相异，普通也算作一个女神，却并没有名字。

库 我适值想起荷马诗里的那地方来了，在那里他叙述你在诸神集会里说话，其时你对他们恐吓说，你将用一条金的索子把世界挂起来。你说，你将把这索子从天上垂下去，那时一切众神假如他们愿意，可以都挂在上面，用力往下拉，可是拉你不动，而你却随时随意的可以很容易的把他们，

那大地和那大海都拉上来。①

在那时候，我觉得你的力量是可惊的，读到那里不觉打了个寒噤，可是我现在看见，事实上你自己和你的索子以及恐吓都是用一根细线挂着的，如你所说的那样。实在，我想还是克罗托有这夸口的权利，因为这是她在纺竿上半空中挂着你这人，正如渔夫在钓竿上挂着一条小鱼儿。

宙 我不懂得你这些问题的用意是在什么地方。

库 宙斯，我凭了运命之神和定数请求你，不要听了发急或是生气，那么我就大胆的说出真话来。假如真是如此，一切由运命管理，没有人能够改变一点她们所规定的事情，那么我们人类为了什么还要祀神，贡献百牛的牺牲，祈求从你们那里得到什么幸福呢？我实在看不出从这里能够得着什么好处，假如我们不能因为这样祈祷，就能驱除祸事或是获得什么好事，算是神们的赐予。

宙 我知道你这些巧妙的问题是从哪里来的，这都是那该死的学者②，他们说我们对于人类没有什么照顾，总之他们像你那样发出不敬的疑问，劝阻人家去祭祀和祈祷，以为这些是空虚的，因为他们说，我们不但是全不顾虑你们那里所进行的一切，也没有力量管那地上的事情。但是他们这样的说下去，是会懊悔的。

库 我凭了克罗托的纺竿起誓，宙斯，他们并没有主使我来问你这

【原注】

① 见《伊利昂纪》卷八。

② 原文本义是智人们，指各派的哲学家，但是后来有些人职业化了，故意做出奇异的言行，所以这名称亦随之变坏。这里所称的学者，有如骗子，含有轻蔑的意思。

个，但是我们的谈话不晓得为什么谈到这上面去，说起祭祀是多馀的事来了。但是我再简单地问你一句话，假如你以为可以的话。请你不要迟疑，可是这回要请好好回答，免得再出毛病。

宙　你问吧，既然你有闲工夫来这样胡说。

库　你说一切事情是从运命出来的么？

宙　是我说的。

库　那么你也不能改变它，将它重新纺过么？

宙　这不可能。

库　你要不要从这里引出结论来，还是即使不说也就明白了呢？

宙　自然明白了。但是那些祭祀的人本来不是为了利益才祭祀，好像是做什么交易，似乎是向我们买祝福，他们只是来向比他优越的人表示敬意罢了。

库　这也就够了，如你自己说，祭祀并不是为了有用，而是出于人们崇敬优胜者的一种好意。假如现在有一个所谓学者在这里，他就会问你，你说神们是优胜者，实在他们却与人类同样是奴隶，属于同一个主妇即运命的女神。因为他们的永生没有能够使得他们更好，却因此而更坏了，因为人至少有死来解放他，你们却是这样的要延至无限期，那做奴隶的期限也给长线拴住，因而是永久的了。

宙　但是，库尼斯科斯，这无限与永久在我们却是幸福，我们全都很好的生活着哩。

库　宙斯，并不全都如此。你们的情形也各各不同，而且你们之间还有许多纠纷。你是幸福的，因为你是王，能够一件件地拉起那地与海来，像是用汲水的绳索在拉一样。可是赫淮斯托斯①是个瘸子，行业是

【原注】

① 赫淮斯托斯是锻冶之神，据说他是天后赫拉独自生的。有一回宙斯和赫拉打架，赫淮斯托斯因为帮助他的母亲，被宙斯从天上丢下来，落在地上，所以把脚跌跛了。

做铁匠的，还有那普罗米修斯[①]，有一个时候还被钉在十字架上。我更无需提起你的父亲来[②]，他还锁在塔耳塔洛斯里呢。他们说，你们也恋爱，也会受伤，并且有时候在凡人家里做奴隶，有如你的兄弟[③]在拉俄墨冬的家，阿波龙在阿得墨托斯的家里那样。这在我看来似乎就不大幸福了。你们中间有些人或者是机会好运命好，但别的人就不然了。我还要说，你们有些人也同我们一样被海贼所绑走[④]，或为盗庙的人所劫掠，顷刻之间从极富变成赤贫，有许多还被烊化了，因为本身是用金银做成的，但是这些也是运命所注定的吧。

宙　库尼斯科斯，你看，你的话渐渐的不敬起来了。你也许有一天会后悔的。

库　宙斯，且别恐吓吧，因为你知道我不会遭到什么的，运命在你之前给我安排定了。我看就连那些我所提及的盗庙的贼也都没有办呢，多数都逃过了你的惩罚。我猜想假如不是定数如此，他们是该抓得住的。

宙　我不是说你就是那些讨论要打倒神意的人里的一个么？

库　宙斯，你很怕那些人，我不知道为的是什么缘故。总之，你怀疑我所说的一切都是出于他们的主使。我是想要问你，——因为除了

【原注】

① 普罗米修斯因为给人类偷天上的火，为宙斯所恨，被钉于高加索山上，每天由大鹰啄食他的心肝，后来则因为告诉宙斯一件秘密，得被释放。

② 宙斯的父亲即是克洛诺斯，宙斯是他的最小的儿子，协同他的兄姊反抗他父亲的统治，夺了王位，把克洛诺斯锁了关在地狱里。这地狱便是塔耳塔洛斯，位置在地底下，是禁闭反叛的神的地方。

③ 指海神波赛顿，他曾在特罗王拉俄墨冬那里为奴，因为他计划反抗宙斯的统治，所以被罚苦工一年，建筑特罗的城池。阿波龙则是因为宙斯雷击了他的儿子，一个神医善能起死回生，宙斯因为他逆天行事，所以杀了神医，但是阿波龙却迁怒于给宙斯制造霹雳棒的人，因而把这人杀了，为了这事宙斯罚他去给阿德墨托斯当奴隶。

④ 被海贼所绑走乃是狄俄倪索斯的事情，他是宙斯的儿子，尝往各处游行，误乘上了海贼的船只，他们想把他载到亚细亚去卖作奴隶，可是他显出神威，使船上的桅桨悉化为蛇，自己化为狮子，于是水手们都发狂投水，变做海豚了。

你，我还能向谁学到真理呢？你的神意是什么？一位运命女神，还是一位竟能管辖她们、在她们之上的一位神灵呢？

宙　我已经告诉过你，你是不该知道这一切的。你当初说只要问我一件事，可是后来老是和我缠夹不清，我知道你这番谈话的用意是要表明我们对于人间的事情一点也没有什么照顾。

库　这不关我的事，你自己刚才说过，是运命安排一切的。可是难道现在后悔了，想收回你说过的话，要来争取这监督权，把那定数推在一边了么？

宙　并不是的，只是运命经过了我们去完成那些事罢了。

库　我懂了，你说你们乃是运命的下手和仆人吧。但是即使如此，那些神意也是她们的，你们只像是她们的家伙和工具就是了。

宙　你怎么说？

库　我想，那么你们好像是木匠的斧头和钻子，帮助他做些工作，可是没有人会说它们是工人，或者说船是斧头和钻子所造，却总说是造船匠造的。同样，完成这造船工作的是那定数，你们至多是运命的斧头和钻子而已，因此我想人们应当向定数祭祀，向她求福，用不着对你们来行礼、祭祀表示崇敬。但是不然，即使他们去礼拜定数，这也是没有用处的，因为据我看来，没有人能够改变或是倒转运命给每人注定了的事，就是运命自己也办不到。若是有人要把纺竿倒转，取消克罗托的工作，阿特洛波斯①也不肯答应的。

宙　库尼斯科斯，你竟以为运命还不值得为人们礼拜么？你真是像要想打倒一切了。至于我们，即使没有别的理由，光凭我们预言，告诉一切运命所定的事，这就足够让人们礼拜了。

【原注】

①　阿特洛波斯即为运命女神的第三人，管理剪断一个人的运命的线的，原意云不退转，这里即用此义双关，切合不能让纺竿倒转。

库 宙斯，预知了未来的事情，却完全没有法子去防止它，这是完全没有用的，——除非你说，有人预先知道当死于铁的枪尖之下，只消把自己关起来，就能逃得过死？但这是不可能的，因为运命将引他出去打猎，将他交给枪尖。阿德剌斯托斯①把他的投枪向野猪丢去，没有打中，却将克洛索斯的儿子杀死了，这投枪好像是直向那青年射去的运命女神的有力的一击。还有给赖伊俄斯的预言②，那真是可笑：

别在子孙的田里播种，违反了神意，

因为如果生了儿子，所生的将杀死你。

我以为警告那反正要实现的事情，是多馀的。所以在神示之后，他播了种，于是他的儿子杀了他。因此我看不出有什么理由，你可以为了那预言要报酬。且不说你表达预言的习惯，你总是给大多数人暧昧难懂的话，不明说渡过哈吕斯河将失掉的是克洛索斯自己的还是库洛斯的国土，因为那神示作两面解释都行③。

宙 库尼斯科斯，这是因为阿波龙有事对克洛索斯生气，因为他用羊羔的肉和甲鱼一起煮，去试探他④。

【原注】

① 吕狄亚王克洛索斯次子名叫阿提斯，他曾梦见预兆，说当死于兵。阿德剌斯托斯尝以误杀人亡命至吕狄亚，经克洛索斯为袚罪录用，后来命他同阿提斯去打一个大野猪，阿德剌斯托斯用投枪打它没有中，却打中了阿提斯，将他杀死了。

② 赖伊俄斯是忒拜的国王，预言告诉他不要生儿子，因为他将要杀父妻母。赖伊俄斯不听神示，生了一个儿子，将他脚踝刺伤，弃置野外，却给人留养了，这就是俄狄波斯，即是有名的肿足王。俄狄波斯长大后，回到忒拜的路上，遇着赖伊俄斯，因为争道的关系，将赖伊俄斯杀了，后来又除灭了路上给人猜谜的狮身女面的妖怪，忒拜人就奉他为王，并将王后也配给了他，于是那预言就全验了。

③ 吕狄亚王克洛索斯自恃富强，欲往征波斯，到得尔福伊的阿波龙庙里去请求神示，得到预言云："克洛索斯如渡过哈吕斯河，将使一个国土失掉。"但是结果是波斯大胜，克洛索斯本身做了俘虏，几乎死在火堆之上，原来失掉了的乃是他的国土，神示的话是两面都说得通的。库洛斯是波斯国王。

④ 当初克洛索斯因为不知道哪个庙里的神示可靠，所以他想设法试探一下。他在家里做一件事，同时问神说他是干什么，阿波龙回答对了，说他正在一只铜盖的铜锅里，煮着羔羊的肉和甲鱼。

库　他是一个神，不应该生气呀。但是我想，那吕狄亚人的受骗正是前定的吧。我们一般不能明白的知道未来，也是定数所注定，所以就是你的预言也还是在她的范围之内吧。

宙　你什么也不给我们留下了，我们是没有用处的神，对于世事没有照顾，也不值得祭祀，老实说，就如同斧头和钻子一样吧？似乎你看不起我也是有理，我虽然手里捏着霹雳棒，却只好让你说那些反对我们的话。

库　宙斯，你打吧，假如我注定要受到雷击的话，而且我也并不怪你，而要怪克罗托通过了你给我伤害，就是那霹雳棒本身在我看来也还不是危害我的原因。但是现在还有一件事想要问你和那定数，想来你可以替她回答。这是你那恐吓的话令我想起来的。为什么世间常有这种事，把盗庙的和强盗放走了，还放过那些狂暴的、凶恶的和伪誓的人，你却屡次劈那些栎树，或是石头，或是毫无过失的一只船的桅竿，有时还打死一个正直而敬神的走路人？……宙斯，你为什么不则声呢？或者这也是我不应该知道么？

宙　库尼斯科斯，不是的。你是一个麻烦的人，我不晓得你从哪里捡了这些东西到我这里来的。

库　那么有些事情我是不能再问你和神意和定数的了。为什么世间是这样的：那个正直的福喀翁和以前的阿里斯忒得斯在那么穷苦窘迫之中死去，可是卡阿利斯和阿尔喀比阿得斯那两个不守法的青年，那狂暴的墨狄阿斯，还有阿癸那的卡洛普斯①这个饿死母亲的淫荡的人，他们

【原注】

①　福喀翁为雅典的政治家兼武将，以正直著名，贫困以终，公元前三世纪的人。阿里斯忒得斯生于公元前五世纪中，以公正称，亦以贫困终。卡阿利斯事迹不详。阿尔喀比阿得斯是雅典的政治家，颇有才干，而甚狂妄放荡。墨狄阿斯是雅典的富人，以反对当时爱国的政治家得摩斯忒涅斯著称。卡洛普斯是征特罗的希腊军武将之一尼琉斯的父亲，其行事不可考。

却很富有？还有苏格拉底为什么被交付给十一人组①，而不是墨勒托斯？萨尔达那帕罗斯那么一个女性的人，为什么应该做国王，而戈刻斯②那么一个有品行的男子，因为不喜欢当时的事情，却被他钉在十字架上？我且不细说现在的情形，那些坏人和贪得的都很幸福，好人却被抢劫，受尽贫病的折磨和千百种的迫害。

宙 库尼斯科斯，你不知道在这一生完了之后，恶人将受什么刑罚，好人将过怎样幸福的生活么？

库 你大概要对我说那冥王、提堤俄斯和坦塔罗斯③的事了吧。对我来说，我死后自会明白是不是有那么一回事，但是现在呢，我情愿过暂时幸福的生活，宁可死后被十六只大鹫撕我的心肝④，却不愿意在这里像坦塔罗斯那样渴，到了福人岛再去畅饮，和英雄们偃卧于往者原⑤上。

【原注】

① 苏格拉底以不敬神及毒害青年被控，被公判有罪，应处死刑，乃服毒人参以死。雅典称狱吏司监禁罪人及处刑等事者曰亨得卡，意云十一，今译十一人组。墨勒托斯系当时无名文人，诬陷苏格拉底最力之一人，其后雅典人亦深悔其事过于严厉，又复平反，追究控告的人，墨勒托斯终以此死。倘如这种传说是真的话，那么墨勒托斯亦是终于交付给十一人组的了。

② 萨尔达那帕罗斯生于公元前七世纪中，为亚叙利亚国王，在位四十年，后世史家说他是柔弱奢侈的暴君，但考亚叙利亚文献，武功文化显有成就，似不无失实之处。戈刻斯事无可考见，原文有一本作："而好许多波斯的正人，都被他钉在十字架上，因为他们不喜欢那当时的事情。"不曾举出名字，只是混称有些波斯人罢了。

③ 提堤俄斯是欧玻亚地方的一个巨人，因为想强奸阿波龙的母亲勒托，被阿波龙所射杀，死后在地狱里捆绑着，让两只大鹫啄食他的心肝。坦塔罗斯则因杀了儿子享神，想要试探神们能否前知，以是得罪（此外也有种种异说）入地狱，长苦饥渴而得不到饮食，他站在河中，水一直到他的颏下，但是等他俯首欲饮，水却落下，顶上满垂果实，伸手想摘的时候，树枝又升了上去了。

④ 大鹫啄食心肝，系指普罗米修斯的故事，虽然提堤俄斯也是如此，不过不大为人所知，不成为典故罢了。

⑤ 福人岛即是祝福的人的列岛，希腊人想象在黑海的极西，死者的乐土"往者原"也就在这岛上。那地上据荷马的史诗上说："没有雪，没有大风暴，也没有雨，只有海风时常给人送来微飔而已。"本来那里只收容与神有血统关系的所谓半神的英雄，与地狱里只监禁对神有叛逆行为者相对，但是后来似乎是也开放给一般的人们了。在那里没有事情可做，所以整日畅饮及偃卧。作者于此处也含有一种讽刺。

宙 你说什么？你不相信在那里会有赏罚，并且有一个法庭，审查各人的生活么？

库 我听说有一个克勒忒人弥诺斯①在底下审判这些事情。请你替他回答我一个问题，因为他们说，他乃是你的一个儿子。

宙 库尼斯科斯，你有什么话要问他呢？

库 他主要是罚什么人呢？

宙 当然是那些恶人了，例如那些杀人凶手和盗庙的。

库 那么把什么人打发到英雄那里去呢？

宙 那些好人，虔诚的和一生规矩的人。

库 宙斯，这是为的什么缘故呢？

宙 这是因为后者值得奖赏，前者却应得责罚的缘故。

库 但是一个人假如不是故意的做下了一件可怕的事情，弥诺斯也以为应该同样的罚他么？

宙 没有这样的事。

库 那么我想，假如一个人不是有意的做了一件好事，弥诺斯是不是也以为是不该得赏的了？

宙 那是当然的。

库 宙斯，那他就没有一个人可以赏或是罚了。

宙 为什么没有呢？

库 因为我们人类都不能随意的做一件事，只是听从一种不可避免的必然的命令而动作，假如你刚才所说的是真的话，那么运命是这一切的原因。假如有人杀了人，那运命便是凶手，若是他抢了庙里的东西，他也是受命而做的。所以弥诺斯如想公平的判断，他须得先办定数而不

【原注】

① 弥诺斯系克勒忒岛的国王，也是宙斯的儿子，死后在阴间裁判鬼魂的善恶。

是办西绪福斯①，再办运命而不是办坦塔罗斯才行。因为他们除了服从命令以外还有什么罪过呢？

宙 你现在问的这些问题，我觉得没有回答的价值了。你是一个胆大妄为的人，是一个学者，我现在要走了，留下你在这里。

库 我还有这么一句话要问你，便是运命住在哪里，怎么能够管理事情，弄得这样的细密，是不是她们只有三个人？她们的生活很是劳苦，而且在我看来，要做这许多麻烦事情，也不算交上什么好运，似乎她们生下来的时候，定数对她们没有多大的好意。总之现在如果让我选择，我是宁可过我旧日子，就是再穷苦点也可以，而不想去坐着旋转那纺竿，那里事情那么多，要一件件仔细看着才行。但是，宙斯，假如你不容易回答这些问题，那末你刚才说的那回答我也可以满足了，因为那些也足够说明关于定数和神意的讨论了。至于其馀的事情，那或者是没有注定我能够听到的吧。

[1964年5月《世界文学》/集外文]

【原注】

① 西绪福斯是科任托斯国王，为人甚是狡狯，有一回宙斯爱上一个海的女神埃癸那，生了埃阿科斯，西绪福斯将这秘密泄漏了。宙斯叫死神去捉他，结果反而被他抓住，将死神锁了起来，后来由战神阿瑞斯前来解救才得逃回。因此死后被罚在阴间背一块大花岗石上山，好容易走到上边，石头却又滚了下去，须得从新去背，这样的终年辛苦，没有了期。

今年的天气

据说民国初年，在北京的精通世故、善于趋避的大人先生们，在相见的时候，最普通的一句招呼是“今天天气——哈哈哈”。因为他们遵守莫谈国事的训条，不敢乱说关于时局的话，所以只好来谈天气，但天气虽是无情之物，批评几句当然无妨，可是这也不一定那样自由，譬如多云你说凉快得好，但是人家或者嫌它阴沉，那么你这话岂不是有了触犯了么？现在说明天气，表示所谈的无非是不关重要的事情，接下去便是哈哈哈，天气的臧否一切但凭尊意，结果是和颜悦色，成了十分恰当的一句早上的招呼话了。

现在来说，北京的天气，用不着说什么哈哈哈了，可以直截了当批评它不好，或者说有点异样，甚至听见有人说是近百年来所没有的。这个我不好附议，因为我的经验没有那样久远。我从民国六年来北京，在这里住了还不到五十年，所以说不上百年来的事，但是确可以说是很少有的。大抵古今人都有一种夸说往昔的脾气，不是说古时候怎么好便是怎样的坏，在一本《药学四千年史》见到一件事，说公元二千多年前的埃及写本上，已经有人心不古的慨叹，论起写这话的时期乃是中国三代以上了，因此可见今昔之感多是不很可靠了。

即如天气，讲到十年以前便渺茫没有什么记忆了，但是近来这两三年却是可查考的，因为在我日记里有着记录。以前的日记里凡寒暑时节也有记载，大都冬天是早晨，夏天是中午，记冷热的极度，但是到了近二三年，却是每天都记，而且寒暑表始终在那一定的地方，所以这是十分可靠的。平常听人说，或者见报上记载，总说今年春天比去年迟所以也比较冷，但查气温记录，在近三年里，四月一日都是同样的七度，四月十六日则在六二年是十度，以后逐年增高一度，五月一日在六二年是十二度，后两年都是十三度，就是在温度上并不见低，这便是证据。

但是湿度却有不同，我们没有计量的仪器，不能确说，凭了个人经验却可以觉得，因为每年秋雨的时候门户要发涨，平时很好关的门这时关不上了，今年春天有过两三回这样的事情，这是在北京住了四十几年来初次遭到的经验。

北京照例是春旱，虽是于春花农作物不利，但是已成为惯例了，大家并不怎么发牢骚，说天时不顺的话，今年因为下了春雨，本来春雨贵于油，于麦田是颇有好处的，却成了大家见面说闲话的材料了。南方有一首俗歌道：

> 做天难做四月天，蚕要温和麦要寒，
>
> 种菜哥儿要落雨，采桑娘子要畦干。

这是说农桑的需要不同，北方没有蚕桑之利，似乎没有这种矛盾，不过因为与经常的情形不同，所以显得有点特别罢了。

最近一个星期以来，天气似乎逐渐回复正常，窗外棠棣花盛开，一派明黄高贵的色彩；槐树又发了绿叶，每逢早晨有些不知名小鸟在枝头啁唽啼呼，静坐听之，倒是很可喜的事。其实在我个人说，天气的冷暖晴雨，都没有很大的关系，因为反正是坐着写字，就只是有如民间所说，怕的是“古屋漏”，正像公主说的，需要两个金面盆来接它才好哩。

［1964年6月4日香港《新晚报》/集外文］

鸟声二

许多年前我做过一篇叫作《鸟声》的小文，说古人云以鸟鸣春，但是北京春天既然来得很短，而且城里也不大能够听到鸟声。我住在西北城，当时与乡下差不多少，却仍然听不到什么，平常来到院子里的，只是啾唧作声的麻雀，此外则偶尔有只啄木鸟，在单调的丁丁啄木之外，有时作一两声干笑罢了。麻雀是中国到处都有的东西，所以并不希罕，啄木鸟却是不常看见的，觉得有点意思，只是它的叫声实在不能说是高明，所以文章里也觉得不大满意。

可是一计算，这已是四十年前的事了。时光真是十分珍奇的东西，这些年过去了，不但人事有了变化，便是物候似乎也有变迁。院子里的麻雀当然已是昔年啾唧作声的几十世孙了，除了前几年因麻雀被归入四害，受了好几天的围剿，中断了一两年之外，仍旧来去庭树间，唱那细碎的歌，这据学者们考究，大约是传达给朋友们说话，每天早晨在枕上听着（因为它们来得颇早，大约五点左右便已来了），倒也颇有意思的。但是今年却添了新花样，啄木鸟的丁丁响声和它的像老人的干枯的笑听不见了，却来了黄莺的“翻叫”，这字在古文作啭，可是我不知道普通话是怎么说，查国语字典也只注鸟鸣，谓声之转折者，也只是说明字义，不是俗语的对译。黄莺的翻叫是非常有名的，养鸟的人极是珍重它，原因一是它叫得好听，二则是因为它很是难养。黄莺这鸟其实是很容易捕得，乡下用“踏笼”捕鸟（笼作二室，一室中置鸟媒，俗语称唤头，古文是一个囮字，用以引诱别的鸟近来，邻室开着门，但是设有机关，一踏着机关门就落下了），目的是在“黄头”，却时时捕到黄莺，它并不是慕同类而来，只是想得唤头做吃食，因为它是肉食性，以小鸟为饵食的。可是它的性情又特别暴躁，关进笼里便乱飞乱扑，往往不到半天工夫就急死了，大有不自由无宁死之风，乡下人便说它是想妻子的缘故，这可能也有点说得对的。因此它虽是翻叫出名，可是难以驯养，让人家装在笼里，挂在檐下，任我们从容赏玩，我们如要听它的歌唱，所以只好任凭它们愿意的时候，自由飞来献技了。现在却要每天早上，都到院子里来，几乎是有一定的时间，仿佛和无线电广播一样，来表示它的妙技。这具体的有怎样美妙呢？这话当然无从说起，因为音乐的好处是不能用言语所能形容的。那许（Nash）的古诗里所列举的春天的鸟，第二种是夜莺，这在中国是没有的，但是他形容它的叫声“茹格茹格”，虽是人籁不能及得天籁，却也得其神韵，可以说得包括了黄莺的叫声了。中国旧诗里说莺声“滑”，略能形容它的好处。院子里并没有什么好树，也无非只是槐柳之类，乃承蒙它的不弃每早准时光降，实在是感激不尽。还有那许说的第一种，即是布谷，它的“割麦插禾”的呼声也是晚间很可听的一种叫声，唯独后边所说的大小猫头鹰，我虽是也极想听，但是住在城市里边，无论是地方怎么偏僻，要想听到这种山林里的声音，那总是不可能的，虽然这是极可惜的事。

［1964年6月22日香港《新晚报》/集外文］

闲话毛笋

看见报刊上写少数民族生活的文章，觉得很有意思，特别是在西南方面住在寨子里的，似乎比西北住在穹庐里更有趣味。我于这两方面都没有去过，所以不知道实在情形，但是推想起来，寨子内外应该富有竹木，这便使生长南方的我感觉亲近。小时候读一篇《黄冈竹楼记》，文句全然不记得了，但这竹楼的影子却一向追逐着我，心里十分向往，及至后来看见写傣家生活的文章里也有竹楼，便又勾起我的联想来。即使这竹楼是底下养猪，上面住人也罢，也并不妨事，因为这种竹木的构造是我觉得喜欢的。现实的竹楼与古文里的黄冈竹楼或者距离得颇远，也未可知，但是总之是用竹子所做的，那么近地一定也多竹木禽虫，不像是一带的草地沙丘吧。并且因了竹子，便联想到各式的笋，这便是我写这篇文章的原因，俗语云，“花不如团子”，这是普遍的情形，原不独小孩子是这样的。

我在北京一直连续住了四十多年，中间没有回到南方去过，异乡的生活已经习惯了，但是时常还记忆起故乡的吃食来，觉得不能忘记，这大半是北方所没有的，虽然近来交通发达，飞机朝发晚至，不过只做不到可以寄递方物。主要的是食品里的笋，其次是煮熟的四角大菱、果子里的杨梅。清宗室遐龄著《醉梦录》卷上，《记莫疯子》中有云：

> 莫切崖元英行七，浙江山阴县人也，其人古①貌古心，不修边幅，见人辄跪拜不已，虽仆役亦然，以此人皆以莫疯子呼

【锺校】

① 原无“古”字，今增。

> 之。（案切崖盖亦是谐称，即七爷二字之转。）然其学问渊博，凡医卜、星相、堪舆之术，以及诗、古文、词，无不通晓，尤精于医，多不循古方，寓京师已三十馀年矣。诗不多作，曾记其一联云："五月杨梅三月笋，为何人不住山阴？"其不克还乡之苦况，已露于言表。

莫疯子的两诗句很能表现住在北方的越人的心情，李越缦的文章中也时常出现，如尺牍里及《城西老屋赋》也有提到。鲁迅在《朝花夕拾》小引里说得好：

> 我有一时，曾经屡次忆起儿时所吃的蔬果，都是极其鲜美可口的，都是使我思乡的蛊惑。后来我在久别之后尝到了，也不过如此，惟独在记忆上，还有旧来的意味留存。它们也许要哄骗我一生，使我时时反顾。

现在且不谈杨梅的事，只就笋来说一说吧。说起笋来，本来没有像杨梅的那样特别，北京人听到杨梅，一定以为就是覆盆子似的那种草莓，若是笋便不一样了，他们近来吃到冬笋，而且晒干的玉兰片则是向来就有的。不过这里要说的乃是新鲜的笋——毛笋，而这鲜笋与新杨梅一样，却是经不起转手的东西。冬笋和鞭笋还好一点，可以走点远路，若是毛笋、淡笋之类请它坐飞机也不行，它们就是从头不宜出行的，你若是要请教它，只有[1]移樽就教的一个法子。要说是怎么样的好吃法，那也是一言难尽，其实凡是五官的感受都是如此，借助于语言文字之末，是不大靠得住的。但是那直接的办法既是不可能，那么只好仍用间接的比喻的说法，好像禅宗和尚因人家问涧水深浅，觉得最[2]好的方法

【锺校】

① "有"原作"好"。

② "得最"二字原倒置，今乙正。

是将那人推下水去，就会明白，但是对方的和尚说不定疑心要害命，所以结果还只得用问答对付。我说毛笋好吃，不会把事情闹得这么严重，可是人家如说我的话不能了解，那么只得引用王阳明的诗句“哑子吃苦瓜”作解嘲，结果便是哑人作通事，白费气力，也正是没有法子的事哩。我觉得中国的大寺院里做的素菜，的确是很好的。我没有机会到这种清净地方去吃过饭，有过什么经验，只是一回在故乡的长庆寺里看见和尚们吃，有过这种经验。和尚们在吃饭之先念过一通经，才开始吃，在他们面前是一碗萝卜炖豆腐，觉得实在不错。当时虽然没得到口，但是在家吃过，所以知道，不过觉得在寺里所做的一定还更要好吃罢了。这种菜的好处特别是在萝卜里，因为它有一种甜味，容我们来掉一句书袋，这便是所谓肥甘，孟子说“为肥甘不足于口欤”那个肥甘。笋的好处也正是因为有这种甘味。中国古来文人多赞美笋，苏东坡便是杰出的一个，所谓参玉版禅的典故知道的很多，已经有点陈年了，而且也不能怎么说出笋的特色来，我在这里只想说毛笋的肥甘好吃，决不下于至今以东坡得名的猪肉。毛笋生得极大，报上有个净慈寺山门外的照片，其竹之伟大殊可惊人，平常毛笋之稍大的辄有一二十斤重，切开来煮可以称作玉版，不过我所说的乃是盐煮毛笋，当作玉版看未免不大莹洁罢了。毛笋切大块，用盐或酱油煮熟，吃时有一种新鲜甜美的味道，这是山人田夫所能享受之美味，不是口厌刍豢的人所能了解的。毛笋之外还有淡笋，乃是淡竹的笋，似乎是单薄一点。笑话书里说有南人请北人吃饭，菜中有笋，客问是何物，主人答说是竹，客回家煮其床箦良久不烂，遂怨南人见欺，这里所说的似乎是指淡笋，因为若是毛笋当不能分辨是竹了。毛笋亦作猫笋，不知何者为正，今姑且写作毛字，因为觉得从猫字没有什么根据。

［1964 年 7 月 14 日香港《新晚报》/集外文］

帮会的片鳞

中国社会上有许多的帮会，历史也很久，我们躲在家里的人，见闻寡陋，实在不配来讲它，但是回想过去有些相关的事情，也不妨纪录下来，当作旅行者的一种谈话看吧。

庚子以后我在南京水师学堂当学生，回家来往须得经过上海，这个大都会是九流三教聚汇之处，流氓特别的多，而这些所谓江北流氓又大都是属于帮会，这条路便特别不好走，动不动就要碰着这班仁兄，不免要吃一点小亏。其实拿点钱去还不打紧，那时所有旅费也一总只要五六块钱，敲不到多少竹杠去，难堪的乃是被当作"寿头"戏弄，所以每过上海只好多花块把钱下客栈，托庇于熟悉洋场情形的接客，就可免祸了。等得下了长江轮船，只须自己小心，不要被"扒手"得逞，便可无事，南京下关码头虽然也是一个很危险的关口，但我们学生也是"丘八"一类，可以算是准流氓，对于他们无须再害怕了。学校里的听差大概入青帮的很多，平常也不去注意他们，但是偶然的知道一二，却也有意思。我的一间汉文讲堂里，有一个高个子的听差，梳着很松大的辫子，表示他是近于流氓的人物。有一时忽然不见了，由别个人来替他。当初以为是暂时告假，后来多日不曾回来，乃问后来的人道："那人哪里去了?"回答是说："他给他们办掉了。"说的很是平淡无奇，比说他是患霍乱死了还要自然，仿佛是当然的样子。及至问下去，方才知道那人本来是"安清道友"的人物，大概因为犯了帮里的什么重大的规条，被判了死刑执行了。安清道友据说是旗兵所组织的，本来意在保护清朝，和洪门立于反对的地位，但是后来似乎没有多大的区别，只是一种帮口罢了。就这种情形来说，所有帮会的组织里有很严密的规矩，本来这是封建势力崩溃后代兴的东西，所以有些地方觉得很可佩服，但大多数却多是时代错误的。

辛亥革命成功以后，地方帮会也曾有些功劳，于是在民国初年有一时曾经公开，记得叫作什么共进会，不复是地下的组织了。那时我在浙东教书，看见过一回他们帮里的人的宴会。有一天大约是民国二年（一九一三）吧，同了几个人在饭馆里吃酒，看见对面一间雅座里有人请客，觉得异常郑重，不觉引起我的注意来。在一张方桌里，上边及左右各坐了两人，下边却是空着，没有主人的坐位，主人却鹄立在门口，等堂倌每送一碗到来，必亲自端了送上去，随即回到原来立着的地位。上边坐第二位的客人请主人也坐下来吃，他却诚惶诚恐的推辞不肯，后来首坐的客人也说了，他仍是不敢坐，直至吃完为止。据堂倌说明这是帮里的人，首席是主人的师父即老头子，次席是师叔，其馀的则是弟兄们。我只见到这一次，以后旋即听说又不公开了，据说是在公务上很有窒碍，因为时时有站岗的警察对于一个过路的形似乞丐的立正行礼，似乎不大好看，这种道听途说的解说，是否正确虽不大明了，总之以后就不听见共进会，而且不久该帮的巨头绰号“呆马连生”的，不知道为了什么事也在县里被枪毙了。

事隔十多年，这回我已移家北京了。民国十六年，张作霖进北京自封为大元帅，解散了北京大学，有旧学生在校长室任秘书的，寄住在我们家里，当时挈眷南下，从天津乘船到上海，却又一回遇着了帮里的朋友。他当初也因为生怕遇见他们，所以事前布置，写信给他一个同班旧友，在上海办出版事业的，虽然他自己是老实不过的人，但在上海多年，一定认识人很多，请他找一个能够制服他们的人同来照料，免得在码头上遭到损失。及至船到了埠，却不见他的朋友到来，正在危急的时候，那些脚夫车夫却已一涌而上，不由分说，将行李乱搬，并且一件件的在码头各处安放，他就是想看守住，也没有这许多人可以分配，因为他们原只是夫妇二人带着一个很小的女孩。他心里想，这回可是糟了，至少这些行李总是不能保全了，其时好容易才看见他的朋友同了一个人慢慢的走来。救兵总算盼到了，可是到来一看，却觉得毫无希望，因为那个同他的朋友来的并不像是什么健者，却也是一个文绉绉的读书人样子的人。两个人来到现场，那个陌生人看见这种扰攘的情形，只说了一句上海极普通的骂人的话，有如"戳那娘"之类，岂知这句话出来竟有咒语似的法力，那一班乱搬东西的人一听似乎都吃惊了，立刻停止搬动，并且赶紧把东西聚拢在一起，随即散开。那人也不再说别的话，只问这里谁是头目，便吩咐他将东西运往什么地方。说罢便道："那么我们可以走了。"及至到了旅馆里，那行李不久也都来了，一件都没有失少。其后北伐成功，他又回到北京来，将这一回经历不平常的事情详细的告诉了我，并且说那一句骂人的话他还清楚的记得，很想自己试它一试，但又恐说的声调不对，或者另有一种附随的手势，他不曾学得，或者只会这一句，有如学术士念咒语学得不周全，反要出乱子也不定。他这谨慎的态度是很对的。我这里来讲帮会其实也是不很妥当，因为我关于它一点没有研究，不过我所说的都是直接从见闻得来，虽是很浅薄，却并没有抄录旧记，这是我所觉得可以声明的。

［1964 年 8 月 24 日香港《新晚报》/集外文］

愉快的工作

中国文坛上从前有过一句很漂亮却也是极不合理的时髦语，叫做“创作是处女，翻译是媒婆”。为什么创作是处女呢？这大约是因为听世俗称文人的初次出手的作品为处女作，所以造出那句名言，至于媒婆的话并没有人说过，这当是出于创造的了。但是这话却是说的特别欠考虑，因为媒婆的说话向来是最靠不住的，民间就有许多媒人说诳的故事，而翻译却是相反的须要诚实，翻译得不好的除了胡说八道的增减之外，就是死板的亦步亦趋，像给传教士做通事的那样罢了。我不幸近来十多年却以媒婆为职业，而我所经手介绍的新娘子又都是千年以上的陈死人，这已经是够可笑的了，可是我还觉得有点自夸，至少是对于这工作自己觉得还满意，这又是不幸中之幸了。

有旧学生看到我旧译的《希腊的神与英雄》，写信给我说，就只可惜我没有译那《圣经》，因为看那译本并不觉得有西洋人所说那样的好。这里很有些误解的地方，其实《圣经》的现在译本已经很好了，那时我因为正在复古，所以觉得它还欠古奥，而且所拟译的也只是《新约》里四福音罢了，《旧约》是希伯来文所写的，不敢想对它来妄动了。至于《圣经》没有什么了不得，这原是当然的，除了几篇《传道书》与《雅歌》是①文学作品外，别的都是关于以色列人的宗教的，我们看了难得有什么好的印象。有一个友人因为足疾长期住在医院里，决心来看《圣经》消遣，把《旧约》从头至尾细看了一遍，我问他的印象怎样，他

【锺校】

① “是”原作“著”。

只说耶和华可怕得很，动不动就把一地方杀的鸡犬不留，所以奉这教的西洋人也那么的凶狠。他的话我觉得很对，我们就是看英国诗人勃莱克所作的画，那裸体的长须发的老头子手里拿着两脚圆规，虽是在计划创造世界，不是在放火杀人，然而那样严肃的神气也着实叫人望而生畏呢。由此看来，不要说我是不能译，就是我能译的话，我能够给他多买胭脂，画的很是好看的样子么？

同样是宗教，同样是古国，可是希腊却与以色列很不相同了，便是同埃及或印度也全然两个样子。希腊的宙斯虽然也很是威严，但是他们却很有人情味，这是不由祭师所主持，没有神学的理论，完全由于诗人们歌唱出来的宗教，所以经得起我们的赞美，以至于嘲弄。这末了的一部门，便是我近来的工作，我所认为较为满意的，因为我是在翻译路吉阿诺斯的《对话集》。他是二世纪古罗马的叙里亚人而用希腊文写作者，用了学习得来的外国语，写出喜剧似的对话，而其精神则是“疾虚妄”，正与他同时代的王仲任一东一西遥遥相对。因此他的对话脚色大都是那些神话传说里的人物，阐发神道命运之不足信，富贵权势之不足恃，而归结于平凡生活最为适宜，此所以他的著作至今犹有生命，正与王君的《论衡》即在今日还值得一读。

从前我是以教书为职业的，职业乃是为了糊口，不是我的工作，工作须是自己才力所能胜任，又是和自己性趣相合，而教书则不然，既不胜任又不愉快，只是骗饭吃罢了。过去期间我对于路吉阿诺斯也曾约略知道，在东京留学时曾读过些零星篇章，随后到北京来之后，乃得到奥斯福译本四册，其时已是“五四”以后了吧。我乃根据英文本译出了他的《妓女对话》三篇，又《冥土旅行》（原名是《过渡》）一篇，曾单行出版，后面又有英国斯威夫忒作杂文两篇，法国法勃耳作一篇，及日本兼好法师作《徒然草》十四节，这些著作都是我所喜欢的，出版已经将近四十年了，但还是我所珍惜的一本书。不过想出一本路吉阿诺斯对话的选集，这个心愿却总无法实现。理由是，其一，既然教着书，便没有大片的工夫可以做翻译的工作。其二，因为找不到原书。我只有一个英文译本，虽然有四巨册，所收也实在不少，但是重译总不很好，而且序文里说明，有些犯忌讳的地方都已删去，或者全篇没有。图书馆里虽然有《勒布古典丛书》，可是路吉阿诺斯原有八册，却只买了一半，后边几册终于没有。因为这样情形，这事只好无期的延期了。

解放以后，我以译书为生，变成了工作与职业合而为一了。这以后我就从事于翻译日本希腊的古典文学，其实是秉烛之明，无论怎样的努力，也做不出像个样子的工作来，现在所觉得满足的，便是现时的工作正在搞路吉阿诺斯，四十年来的心愿总算得以成就了。拟定的对话选集目录共有对话十四篇，杂文四篇，一共十八篇。但是他的著作现在图书馆有的也只是六册，最重要的四种对话译本拟放在卷首的却是收在第七册里，还是无从去找。我没有办法，乃从第五篇译起，已经译到第十二《真实的故事》，乃是他的一篇重要作品，这时忽然想到这书中国没有，英国可能已出，随写信给一个在澳洲大学教书的友人，敲他一个竹杠，托他去买一本，不到一个月的工夫，这书居然买到了，使我得以从头译起，这是一件非常愉快的事情。这第七册里共收对话四篇，凡《诸神对话》《海神对话》《死人对话》和《妓女对话》共四卷，计包含对话八十五篇，现在经过九个月的工夫，这一部分差不多已可完成了，大约共有十七万多字。馀下的译文或者还要些时日，然而大体业已完成了，这是我所觉得很是高兴的。

［1964年10月5日香港《新晚报》/集外文］

现今的龙

倘若有小学生问我，龙是什么，那我怎么样回答他好呢？根据中国辞典编纂处的《国语辞典》："旧说为鳞虫，长，有鳞及须，五爪，能兴云致雨。"再查《新华字典》云："我国古代传说中的一种长形、有鳞有角的动物，据说它能走能飞能游泳。近代古生物学上指一些巨大的有脚有尾的爬虫：恐龙、翼手龙。"这样的说大概可以对付得过去了吧，但是假如他还要追问，现在是不是还有龙这一类的东西呢？那可得另外去找材料来对答这个问题了。

十年前我曾经写过一篇《龙是什么》，虽不曾发表，但是原稿幸还存在，我便把结论的地方抄录一两节于下：

> 我们讲中国的龙，归结到鳄鱼，这是现今实有的东西，与章太炎先生说龙的结论可以算是一致。不过说龙就是鳄鱼，我想这也并不很对，即使古人关于龙的说法多是空想，但它总是和平的，至少这与吃人的鳄鱼不能相合。那么要想给龙找寻一个近似的种类，也只得离开了鳄鱼向别的爬虫里去找，这结果只有那壁虎，即是蜥蜴类了。在壁虎中间有龙这么样的东西么？这在四十年（现今应该说五十年了）以前还不能说有，现在却可以这样说了。因为这是在一九一二年即是壬子年才发现的，它的小名叫作科摩陀龙，我还不知道学名是什么。那一年有些采珠的渔船到大西洋中东印度群岛，在一个叫作科摩陀的荒岛上发见了它，传说有两丈长，非常凶猛。后来设法捉了来看，却只有一丈来长，但在蜥蜴类中要算是顶大的了。它的样子完全像是壁虎，身上有鳞片，性情很是温和，同小孩子也玩

得来。在二次世界大战以前据说在各国动物园中总共只有四只，因为很不容易捉到的缘故，它在园里常吃鸽子，一口吞一个，虽然爱吃的是鸡蛋和牛排，在山林中间它也找稍大的动物来吃，有如鹿和兔子。

这样说来，中国的龙原来可能是实有的，是一种大的爬虫，是壁虎的一族，大概现在的科摩陀龙和它最相近，因此是可以畜养的。本来我们再高攀一点，给它找高贵的远亲，有如梁龙、雷龙等，但是年代太辽远了，历史有点接不上，因为它们生在侏罗纪，依照顶少的算法，去今也有六百万年，而龙当作一种生物在中国历史上出现，却是孔甲时代，不过是三千八百年前的事情。我这根据是《春秋左传》的昭公二十九年，晋国史官蔡墨回答魏献子的话。他说古时候有人懂得龙的饮食习惯，能够饲养它，夏代孔甲的时候，得到了四条龙，雌雄各二，有刘累学得养龙的方法，由他照管，一条雌龙死了，刘累收藏起来，做成腌腊送给孔甲，大概很为好吃，或者因为缺了一条的关系呢，他要叫刘累去找龙来，可是刘累没法子找，所以逃走了。这件故事说的有点离奇，也很好玩，可是并不神怪，看去似乎龙也是像什么一类的东西，只有①熟悉它脾气才能管理得好，不容易找得到，但也只是一种寻常的生物，它会得要死，而且也还是可以吃的。这样说来，便与科摩陀龙很有点接近了，我们指它是现代的龙，大概是可以讲得过去的吧。

刘累养龙去今已是三四千年前的事，科摩陀岛离中国也总有几千里吧！为什么忽然无缘无故的想起它来的呢？其实是有缘故的。仿佛不久以前在报上见到纪事，北京动物园里有科摩陀龙到来了，大概是从印尼来的吧，不过确实的事情有点记不清了，虽是住在西北城，久已没有去

【锺校】

① “有”原作“要”。

动物园，所以不能十分确说。我对于它的尊容，只是从书中拜见的，这是英国巴纳特博士所写的一篇《地上史前的残存物》，这里边讲到科摩陀龙，有两三张照片，看见它肥腯腯的身体，觉得刘累所制的腊肉一定是很好吃的，因为它吃的是牛排、鸽子这一类食物。但是看它在囫囵吞吃鸽子的样子，和它仰着头看人的那一副神气，着实叫人见了耸然，古人恭维皇帝说龙颜大悦，大约便是这种样子吧。假如我们将那两字古文翻译作现时普通话“壁虎面孔”，那便成为大不敬，说不定成了文字狱，虽然意思是很通俗了。古时的工人把这样的东西加以艺术的改造，化成工艺上的一个龙头，这实在是了不得的一件事情。

［1964 年 10 月 28 日香港《新晚报》/集外文］

一九六五年

一九六五年四月八日的日记

余今年一月已整八十，若以旧式计算，则八十有三矣，自己也不知怎么活得这样长久。过去因翻译路吉阿诺斯对话集，此为五十年来的心愿，常恐身先朝露，有不及完成之惧，今幸已竣工，无复忧虑。既已放心，便亦怠惰，对于世味渐有厌倦之意，殆即所谓倦勤欤。狗肉虽然好吃（厭字本意从甘，犬肉），久食亦无滋味。陶公有言，聊乘化以归尽，此其时矣。余写遗嘱已有数次，大要只是意在速朽，所谓人死消声灭迹，最是理想也。

［1965 年 4 月 8 日作/未刊稿］

遗　嘱

余今年已整八十岁，死无遗恨，姑留一言，以为身后治事之指针尔：死后即付火葬，或循例留骨灰，亦随便埋却。人死声消迹灭，最是理想。

余一生文字，无足称道。唯暮年所译希腊对话，是五十年来的心愿，识者当自知之。（但是阿波多洛斯的神话译本，高阁十馀年尚未能出版，则亦是幻想罢了。）

以前曾作遗嘱数次，今日重作一通，殆是定本矣。

［1965年4月26日作/未刊稿］

关于清少纳言

《枕草子》的作者通称为“清少纳言”，这却不是她的真姓名，只是在宫中供职时的名称。她是歌人清原元辅的女儿，所以取这一个“清”字做代号，“少纳言”则似乎由于她父兄的官名，但详细不得而知了。她的名字无可考，生卒年月也不知道，但据后人考证，她当诞生于村上天皇的康保二年（九六五）或三年，也就是宋太祖的乾德三四年间。

十七世纪中，日本的水户侯德川光圀有志于编修日本国史，曾招集文士，用汉文写了一部《大日本史》，里边有一篇清少纳言传，今抄录于后：

> 清少纳言为肥后守清原元辅之女，有才学，与紫式部齐名。一条帝时，仕于皇后定子，甚受眷遇。雪后皇后顾左右曰：“香炉峰之雪当如何？”少纳言即起搴帘，时人叹其敏捷。皇后特嘉其才华，欲奏请为内侍，会藤原伊周等流窜，不果。老而家居，屋宇甚陋。郎署年少见其贫窭而悯笑之，少纳言自帘中呼曰：“不闻有买骏马之骨者。”笑者惭而去。著《枕之草纸》，行于世。

清原氏家世，历代以文学著名，曾祖深养父为著名歌人，其著作被选入《古今和歌集》及《后撰和歌集》中。父元辅曾参与编选《后撰和歌集》事，为梨壶五歌人之一。少纳言家学渊源，深通歌道，又熟知汉学，于《白氏文集》及《和汉朗咏集》所得尤深。其兄出家比叡山为僧，法名戒秀，少纳言因之亦得有多少关于佛教的知识和修养，但当时所信似以关于密宗为多。

少纳言少时与橘则光结婚，生有一子名则长，则光武勇，但缺少文化教养，遂即离别，嫁于藤原实方，未几亦复离异，实方亦旋即转客陆奥，客死其地。其后则光亦供职宫廷，复与少纳言相遇，复相交往，以兄妹相待云。

正历元年（九九〇）父亲清原元辅去世，二三年后，清少纳言始出仕于中宫藤原定子，诸说殊不一致，大抵以正历四年（九九三）冬天之说为最妥当吧，其时中宫年十七岁，清少纳言则当在十年以长了。自此至长保二年（一〇〇〇），中宫逝世为止，这短短的不到十年的期间，乃是清少纳言一生最幸福的时节，也即是《枕草子》里面所见者是也。

正历元年藤原道隆任为关白，将长女定子进奉一条天皇为女御，旋即册立为中宫，地位略亚于皇后，至五年（九九四）长子伊周任为内大臣，当时关白家的荣华，盖已达到顶点了。至次年长德元年（九九五）三月，道隆得病，四月初十日遂去世了。那关白的职务，照例是应该由伊周承继，却是意外的给了道隆的兄弟道兼，道兼不久谢世，遂为其弟当时的左大臣道长所获得。伊周这人很是漂亮，也很有才艺，可是政治手腕却非他的叔父道长的对手，所以他终于失败了。长德二年春间，伊周和隆家终于因为家人箭射花山法皇，犯了“大不敬”的罪而被捕，左迁为地方官，伊周为太宰府权帅，隆家为出云权守，到次年四月虽然同被召回，但是道隆家运从此不振了。中宫引咎迁出宫外，先后居于二条邸、中宫职院及大进生昌宅，虽然一条天皇的眷爱似乎没甚变更，中宫于是年十二月生皇女修子，于长保元年（九九九）十一月生皇子敦康亲王，次年十二月生第二皇女媄子，而中宫亦遂于产后得疾去世，年二十四岁。是时道长的女儿彰子已进宫来，时方十二岁，初为女御，次年二月即正位为中宫，而以中宫定子为皇后。这时以后作者的女官生活也就完了。当初有人疑心她依附左大臣道长，她很是愤慨，这时候中宫彰子曾经想竭力拉拢她，到她自己身边来供职，可是她拒绝了。所以虽然有人说，敦康亲王后来归中宫彰子接收养育，作者便以侍奉敦康亲王的名义在宫，但这事没有证据，所以是未可凭信的了。

清少纳言晚年的生活，据说是颇暗淡的。她出宫后嫁给了摄津守藤原栋世，生有一个女儿，可是栋世不久去世了。她回到京都来，寄寓在兄长的家里，但是后来只剩了她一个人，过的很贫困的生活，《古事谈》里所记“买骏骨”的话，恐怕就是那时的故事。女儿名叫“小马命妇”，大约也是供职宫中的女官吧。

清少纳言一生的事情，最好的记录是她所写的《枕草子》。但是书流传至于今日，已经将近千年，所以这原来是如何形式，有点难于知道了。从它的内容来看，大约可以分作下列三类：

其一是类聚的各段。这就是模仿唐朝李义山“杂纂”的写法，列举“不快意”“煞风景”等各事，以类相从，只是更为扩大，并及山川草木各项，有美的也有丑的，颇为细微。大约在关白家失势的长德二年（九九六）夏秋间开始记录，由其亲友源经房借出，遂渐流布于宫廷内外。

其二是日记的各段。在皇后定子逝世以后，作者离开宫廷以后这几年中，回忆中宫旧事，不胜感念，因加以记述，或者留赠中宫遗儿修子内亲王的，由是流传出来的也未可知。

其三是感想的各段。在她的晚年，老夫栋世既已死去，自己返回京都，出家为尼，过那老年孤独的生活，这时候对于自然和人生发生些感想，随时加以集录，秘藏于家。后来经了所遗子女橘则长和小马命妇诸人之力，遂流传于后世。

原来是这三种成分，似是各各独立的，后来经编订者混在一起，就变成现在的那个样子了。以上是池田龟鉴氏的一种看法，虽然未必就是那样，但是说得颇得要领，所以抄了过来，用作说明。至于本书的译文系依据池田亀鉴、岸上慎二、秋山虔的校注本，并参考北村季吟的《枕草子春曙抄》（十二卷）的底本，一切分卷分段都依后者。惟字句之间有参照别本，另加解释的地方，随处加以注明。

［1965 年 10 月作/《日本古代随笔选》］

一九六六年

《知堂回想录》后序

这篇文章，应该名叫后记的，但是我查看《回想录》的目录，却已有一节后记了，而且这乃是一九六三年的一月所写，距今是整整的三年，我也不记得里边说的是些什么了，所以只能把我现在所写改换一下叫做后序，反正所改换的只是一个名目，里边所写的无非我想说的这几句话。这话可以分作三点来说。——关于三点有个笑话，很值得记录一下。以前维新很讲究演说这一套的时候，演说者开头总说所要讲的共有几点，说三点或是五点，而阐说一点的时间往往费的很多，因此听者很感苦恼，听说共有几点就很头痛。有的讲演者知道了这个情形，便来改良一下，说所要讲的只有几点，不说出数目来，可是这一下却更糟了，说数目时使人苦恼，不说时使人恐慌了，因为不知道他所说的究竟共有若干，是十点或是八点呢？不过我所说者很是简单，干脆就是三点，所费的时间一总不会超过一小时，虽然我这开头似乎有点拉长的样子，与《回想录》的全体相像，很有些噜嗦。

且说第一点，我要在这里首先谢谢曹聚仁先生，因为如没有他的帮忙，这部书是不会得出版的，也可以说是从头就不会得写的。当初他说我可以给报纸写点稿，每月大约十篇，共总一万字，这个我很愿意，但是题目难找，材料也不易得，觉得有点为难，后来想到写自己的事，那材料是不会缺乏的，那就比较的容易得多了。我把这个意思告知了他，回信很是赞成，于是我开始写《知堂回想》，陆续以业馀的两整年的工夫，写成了三十多万字，前后寄稿凡有九十次，都是由曹先生经手收发的。这是《回想录》的前半的事情，即是它的诞生经过。但是还有它的后半，这便是它的出版，更是由于他的苦心经营，乃得有成。我于本书毫无敝帚自珍的意思，不过对他那种久要不忘的待人的热心，办事的毅力，那是不能不表示感佩的。这大约可以说是蒋畈精神的表现吧。

第二点是说这《回想录》写得太长了。这长乃是事实，没有法子可以辩解，而且其实如要写得详尽，恐怕这还可以加上两倍，至少有一百万字，这便是一种辩解。因为年纪活得太多了，所以见闻也就不少，要拉杂的不加选择的说起来，话就是说不完的。我平常总是这么想，人不可太长寿，普通在四十以后死了最是得体，这也不必[1]听兼好法师的教训才知道，可是人生不自由，就这一点也不能自己作主，不知道这是怎么干的，一下子就活到八十（其实现在是实年八十一了），实在是活得太长了。从前圣王帝尧曾对华封人说道，“寿则多辱”，这虽是一时对于祝颂的谦抑的回答，其实是不错的。人多活一年，便多有些错误以及耻辱，这在唐尧且是如此，何况我们呢。但是话要说回来，活到古来稀的长寿虽然并不一定是好事，可是也可以有若干的好处。即如我不曾在日军刺客光临苦雨斋的那时成为烈士，活到解放以后，得以看见国家飞跃的进步，并且得以参加译述工作，于一九六二年七月至一九六五年五月这三年中间，译成了路吉阿诺斯（Loukianos）对话集一卷，凡二十篇，计四十馀万字。这是我四十年来蓄意想做的工作，一直无法实现的，到现在总算成功了。这都是我活到了八十岁，所以才能等到的，前年，《新晚报》上有过我的一篇杂文，叫作《八十心情》，足以表达我那时

【锺校】

① “必”原作“以”。

的情意。

第三点也是最末的一点，是我关于自叙传里的所谓诗与真实的问题的。这“真实与诗”乃是歌德所作自叙传的名称，我觉得这名称很好，正足以代表自叙传里所有的两种成分，所以拿来借用了。真实当然就是事实，诗则是虚构部分或是修饰描写的地方，其因记忆错误，与事实有矛盾的地方，当然不算在内，唯故意造作的这才是，所以说是诗的部分，其实在自叙传中乃是不可凭信的，应该与小说一样的看法，虽然也可以考见著者的思想，不过认为是实有的事情那总是不可以的了。古代希腊叫诗人为“造作者”，意思重在创造，哲学者至有人以诗人为说诳的人，加以排斥，这并没有错，英国文人王尔德作文云《说诳之衰歇》(*The Decay of Lying*)，叹近代诗思的颓废，便不讳言说诳，日本人翻译易说诳为“架空”，这有点近于粉饰，如孔乙己之讳偷书为“窃书”了。自叙传总是混合这两种而成，即如有名的卢梭和托尔斯泰的《忏悔录》，据他们研究里边也有不少的虚假的叙述，这也并不是什么瑕疵，乃是自叙传性质如此，读者所当注意，取材时应当辨别罢了。因为他们文人天性兼备诗才，所以写下去的时候，忽然触动灵机，诗思勃发，便来它一段诗歌的感叹，小说的描写，于是这就华实并茂，大著告成了。也有特殊的天才，如伊太利的契利尼者，能够以彻头彻尾的诳说作成自叙传，则是例外不可多得的。我这部《回想录》根本不是文人自叙传，所以够不上和他们的并论，没有真实与诗的问题，但是这里说明一声，里边并没有什么诗，乃是完全只凭真实所写的。这是与我向来写文章的态度全是一致，除了偶有记忆不真的以外，并没有一处有意识的加以诗化，即是说过假话。可是假如有人相信了我的这句话，以为所有的事情都真实的记录在里边，想来找得一切疑难事件的说明，那未免是所愿太奢了，恐怕是要失望的。我在上边说过，如果详尽的说明，那就非有一百万字不可，这第一说是没有这纸面。我写的事实，虽然不用诗化，即改造和修饰，但也有一种选择，并不是凡事实即一律都写的。过去有许多事情，在道德法律上虽然别无问题，然而日后想到，总觉得不很愉快，如有吃到肥皂的感觉，这些便在排除之列，不拟加以记录了。现在试举一例。这是民国二年春间的事，其时小儿刚生还不到一周岁，我同了我的妻以及妻妹，抱了小儿到后街咸欢河沿去散步。那时妇女天足还很少，看见者不免少见多怪。在那里一家门口，有两个少女在那里私语，半大声的说道："你看，尼姑婆来了。"我便对她们摇头赞叹说："好小脚呀，好小脚呀！"她们便羞的都逃进门去了。这一种本领，我还是小时候从小流氓学来的手法，可是学做了觉得后味很是不好，所以觉得不值得记下来。此外关于家庭眷属的，也悉不录，上边因为举例，所以说及。其有关于他人的事，有些虽是事实，而事太离奇，出于情理之外，或者反似《天方夜谈》里头的事情，写了也令人不相信，这便都从略了。我这里本没有诗，可是却叫人当诗去看，或者简直以为是在讲"造话"了。绍兴方言谓说诳曰讲造话，造话一语却正是"诗"的本原了。但因此使我非本意的得到诗人的头衔，却并不是我所希望的。我是一个庸人，就是极普通的中国人，并不是什么文人学士，只因偶然的关系，活得长了，见闻也就多了些，譬如一个旅人，走了许多路程，经历可以谈谈，有人说"讲你的故事罢"，也就讲些，也都是平凡的事情和道理。他本不是水手辛八，写的不是旅行述异，其实假如他真是遇过海上老人似的离奇的故事，他也是不会得来讲的。

一九六六年一月三日，知堂记于北京。

［1966 年 1 月 3 日作/《知堂回想录》］

敝帚自珍

俗语有一句话，文章是自己的好。这一句话既然成为熟在人口的俗语，想必一定是有些道理，但是就我个人来说，却似乎不觉得对。这是当然，一定要说文章是自己的最不好，那也并不见得，而且也无此必要，总之就是自己看来，也就不过如此，平常得很，距离所定的理想还差得远。可是人这东西实在是很奇妙的，你以为他在右边明白一点，但同时在左边便很胡涂了，我觉得平时也有敝帚自珍的地方，不过这不是自己的文章，不是我的而是①曾经由我抄过来的别人的东西。老实不客气的说，这里露出文抄公的本色来，想把别人的文章经过一道翻译就算是自己的了，世界上哪里有这样便宜事情。这个道理我是十分清楚，我决不想侵犯他们的著作所有权②，但是他们的著作给我抄录的愉快是很大的，所以表示一种珍重之意。本来翻译的工作有如积薪，后来居上，不是凭空所能霸占得了的，日后有更适当的译文出来，在前的自③当欣然引退，有如古代火把竞走的人等接力的人上来，便可以将火把交出，退到暗黑里去了。

我所说的敝帚自珍的翻译工作，大约有两点。其一是现今所从事的希腊对话选集，乃是公元二世纪（中国后汉桓灵时代）罗马帝国的叙利亚人路吉阿诺斯用希腊古文所写，其时希腊语已经通俗化，有如《新约》里用的那种文字，而这位夷人所用的却是数世纪前的正统古文，说

【锺校】

① 原无“是”字，今增。

② “所有权”原作“权所有”。

③ “自”原作“所”。

的尽是些讽刺讥笑的话。他的著作我老早就知道了，还是在民国以前已经读到他的作品，这时候全是凭了英译，民国十年买到“奥斯福译本丛书”，曾经陆续译出《妓女对话》中的两篇，《冥土旅行》和《论居丧》各一篇。但是总没有能够选译他的对话集的机会，因为一来得不到他的希腊文本，二来译了恐怕也没有人要。近年来人民文学出版社决定选译此书，由我担任这一件愉快的工作，一年多以来的工夫陆续译成了三十万言，大约再有三分之一，这事便可以成功了。这件事情搁在我的心上，历五十年，不料在垂暮之年得此机会，得以完成夙愿，安得不加珍重，看作比自己的文章还要重要呢？但是虽然鼓足干劲的做去，只是炳烛之明，不能达到多快好省的理想，所以常怀杞忧，生恐一旦溘然，有不能完成任务之虑。假如我能预先知道，我定要恳求活无常老爹为我转请冥王宽限一年半载，俾得译完对话，实为公便。若是我写的是自己的文章，那时我就二话不说，搁笔就走，不误刻限的。

第二点是关于《日本狂言选》的。我译狂言还是从民国十年（一九二一）起手，到了十五年共成十篇，印了一册《狂言十番》，副题是“日本古代小喜剧集”。其时称室町时代，足利氏世袭将军，幕府设在京都室町地方，当中国的明朝，即公元十四世纪后半至十六世纪。狂言是民间的一种喜剧，以讽刺调笑为主，脚本传世者有二百馀篇，均历代狂言师所作，最早版本有德川时代的木刻，明治后始有活字本通行。我最初得到的是芳贺矢一编选的《狂言二十番》，是“袖珍名著文库”之一，定价日金廿三钱。这一册小书却给了我不少的启发，因为狂言向来有不少的派别，有大藏流、和泉流和鹭流三种，最古的《狂言记》虽说是和泉流，但不大靠得住，芳贺的系采用鹭流，很有一种特色，我便根据此本，并参照幸田露伴所编《狂言全集》的大藏流，译了十篇出版。其后芳贺又增订为《狂言五十番》，我也把旧稿加添为廿四篇，改名《日本狂言选》，刊行于一九五五年，现在也已经售缺了。好几年前出版社计划增订再版，拿来一册苏联译本，嘱照样翻译，计共有译文三十九篇，除与我所译的重出五篇外，悉数新译加入，所以我的增订本《日本狂言选》一总有五十八篇之多了。但是我看俄译所根据的原本还是用“日本文学大系”里的《狂言记》，觉得不大满意，便径自尽可能的改用别派的作底本了。这是一九五九年的事，到了第二年春天收到一册寄赠的《狂言之世界》，乃是日本狂言研究家古川久的著作，见附录之二《在海外的狂言》里，对于拙译大加恭维，——不，不是说译得好，乃是说译得早，在日本还不大有人注意的时候，《狂言十番》却已经出版了。其次是底本选得不错。他历举英法德各国以及最近苏联所译，大抵都用的是《狂言记》，只有中国的译本参用鹭流及大藏流。这其实是侥幸的，倘若说是根据杂驳，岂不是也可以么？我们平常对于西洋人，尤其是苏联老大哥，往往有一种自卑感，总觉得他们是不可及，我们是应该亦步亦趋[①]的。这回我却于无意中得到一种体会，我们于翻译日本的东西上面，不是亦步亦趋的做，却是对的。

我的敝帚自珍的故事是说完了，此外还有一个人的著作，我本来也很想去弄，但那人的著作是英文写的，这使我没有勇气去动手了。此人便是斯威夫特，他的大著《格里佛游记》全译总已有人搞出来了吧，我只译了他 篇《育婴刍议》和十几节的《婢仆须知》，他的那一路深刻的讽刺也是我所喜欢的，所译虽然只是点点滴滴，附记在这里，于我也是与有光荣的。

［未刊稿］

【锺校】

① “趋”原作“驱”，下同。

诗与真实

歌德有一部有名的自叙传，名叫《诗与真实》，这名字定得很好，它表示文人的诚实，因为记载事实是一件很不容易的事情，一则因时光过去了，印象也容易模糊，所以有些不大记得明白了，二则写下去的时候，忽然高兴起来，无意的或是有意的，将笔杈了开去，把事情放大了，或者简直的凭空的构造，写成小说似的一段故事。这就是所谓诗，是与事实相对立的，但是我们怎能怪他呢？他本来原是诗人，耐心来写事实，但是他的本事是抒情的，到了他兴趣发动的时候，便忍不住要来发挥一番了。歌德在书名上表白了，这便是我所觉得很可佩服的诚实的地方。

这种实例可以随便的举两个出来。还是在民国以前的时候，大约一九〇八年的秋天，鲁迅还在东京，很是经济困难，那时许寿裳因为代他毕业回国的朋友经管印刷《支那经济全书》的事情，便把校对的工作分给鲁迅去做，可以得到一点报酬。《经济全书》乃是同文书院的人所编的，有很厚的好几册，有人运动两湖总督（那时大概是张之洞吧）出资，叫人翻译了就在东京印刷，当初经理这事就是那个许寿裳的朋友。校对这件事极是单调的工作，可是看到讲家庭的部分却忽而热闹了起来，因为其间说到资产阶级怎样生活，在记述蓄妾的地方，译者忽然诗兴大发，说什么小家碧玉，坠入藩笼，河东狮吼，这一番滥调，凭空写了几百字。本来校对的人只管印刷有无错误，文句怎样全然可以不问，可是这里来的太是突然了，所以鲁迅就用了红墨水笔一气勾掉，结果使得版面上生出许多空白来。这《经济全书》后来大约出版了，却是无缘看见，但因了这个缘故，鲁迅与经印《经济全书》的神田印刷所的人却熟识了，后来那两册《域外小说集》便是也在那里印刷的。此外有一件事也值得一提，因为也与《经济全书》不无关系，那就是替章太炎缴纳罚金的事。那一年里日本政府因为接受清廷的托付，借一件小事情把《民报》禁止了，还判了罚金一百五十元。但是国民党（那时还是同盟会）不认账，一直到了满期的前一天，龚未生这才慌慌张张走来，说如果到期不缴，他们就要拘押太炎，一天抵一块钱。结果也是由许寿裳在印书款下借支了这笔钱，给龚未生拿去缴纳的。当时在场的只有我们这四个人，现在除我之外更没有知道这件事情的了，所以我觉得有说明一下的必要，虽然这与本文的题目是并无什么关联的。

上面只是翻译者的一时兴致，添写了些文词，算不了什么，那么这里让我再举一个例，是近年才发见的关于日本古典文学的事。松尾芭蕉是十七世纪的一个大诗人，因为他的诗是十七个音的俳句，所以实在应称俳人，也写有些散文，其俳文纪行《奥之细道》一卷最有名，在中学校以上的国文教本多被采用。这乃是一六八九年芭蕉在四十一岁的时候所作的大旅行，自江户出发，先到奥羽，再沿了日本海，回到大垣，总计走了一百六十天。这里边最是脍炙人口的是关于"市振"的一节，记在旅舍里遇见两个妓女的事情，原文因为里边有俳句，很不容易译，现在只能略述内容。这一天走过了北国唯一的难所，困倦了睡着，听见相去不远的地方有两个年轻女人说话的声音，中间夹着年老的男子的语声。听他们的话乃是年限已满的妓女，要去伊势进香，那个男人送她们到此地，现在要回去了，所以在那里感叹身世的不幸。到了第二天，芭蕉同他的弟子要出发了，她们说以后只剩了两个女人走路，有点恐慌，希望以法衣之情（因为芭蕉是出家装束）赐予慈悲，路上给以照顾。芭蕉答说，因为他们路上多有停留，所以不便同行，请只管前去，神明保佑，必可无恙，便即别去，而感觉可怜，一时不能平静，因作了一首俳句，叫曾良记下了。这曾良乃是他的弟子，当时写有随行日记，但是没有印行过，一直到了一九四四年这才发现手稿，经过查对，却见其中对于这一天的芭蕉衣服为河水所湿，在岸上晒晾的事记的很详细，但是关于妓女却没有提到一个字①，那句诗也没有记着，可见这也是芭蕉的“诗”，而《奥之细道》乃是他的文学的创作，不是纪实的纪行。这虽然于芭蕉的著作价值没有什么关系，但总是一种很好的教训，特别对于想在文学中找寻史传资料的人。

［未刊稿］

【锺校】

① “个字”二字原倒置，今乙正。

“小大自休”

印度在古时候的确有过好些伟大人物，释迦是不必说了，便是那造作经疏的诸贤哲，才情见解也是有不可及的。最明显的一个例就是阿尸傅戈娑，通称为马鸣菩萨的便是。他的著作译成汉文的有好几种，大部的有《大智度论》①，这即《大般若经》的传疏，大般若的原名直②说是摩诃般若波罗密多，意思即是大智慧度彼岸，经文原有五百卷，那么这论的长也就可以想见的了。可是《大智度论》的译文却只有一百卷，原因是原本太长，恐怕译不完，所以只能节译，而译者乃是独一无二的译师鸠摩罗什，他在东晋末来到中国，学得中华的语文，所译有《维摩诘所说经》等，都是译林的珠玉。这佛经的奥旨我们外人无从理解，但是只看他那解说的文词，雅达晓畅，是六朝时代很好的散文，里边也尽包含许多事理，可以作我们的参考的。卷九十二中有一节云：

> 尔时菩萨大欢喜作是念，众生易度耳。所以者何？众生所着皆是虚诳无实。譬如人有一子，喜在不净（案即是泥土垃圾）中戏，聚土为谷，以草木为鸟兽，而生爱着，人有夺者，瞋恚啼哭。其父知已，此子今虽爱着，此事易离耳，小大自休。何以故？此物非真故。

明朝陶望龄的兄弟奭龄所著《小柴桑喃喃录》卷上，亦引用此文，盖亦有同感。《大智度论》卷三十一中有云：“譬如小儿聚土为台殿城郭，闾里宫舍，或名为米，或名为面，爱着守护。日暮将归，其心舍

【锺校】

① 《大智度论》其实是龙树菩萨的著作。

② “直”原作“具”。

离，踏坏散灭。”又卷四十三云：“如小儿于不净物中取净相以为乐，长者观者而笑，知为虚妄。”这都是同样的用意，将虚妄与真实对举，表明小儿虽然对于虚妄爱着，但是到时候也知道此物非真，心生舍离了。我说他不可及者，却是因为他说“小大自休”，这不是什么佛法，乃是深通世法的话。小孩子目下虽然喜欢这些虚假的玩意儿，但是等到稍为大一点的时候，便自然会不玩了。这和第二节所说，玩了大半天，日暮将归，便悉踏坏不复可惜，正是同一样的道理。

但是在中国古代，便很难找到这样通达的意见，有的只是硬性的批评，如汉朝王符的《潜夫论》所说：

“或作泥车瓦狗诸戏弄之具，以巧诈小儿，皆无益也。”我所见古今人诗文集中，亦未有说及小儿游戏及玩具者，只在明末的王思任所著的《文饭小品》中，看到他的《游慧锡两山记》里有云：“买泥人，买纸鸡，买兰陵面具，买小刀戟，以贻儿辈。”我曾于《儿童故事诗》中称赞他道：

买得泥人买纸鸡，兰陵面具手亲持。

谑庵毕竟多情味，多买刀枪哄小儿。

可是了解得《大智度论》的“小大自休”这句话的真理的人，似乎是不大有。因为这句话里所包含的道理是很广大的，它可以应用在玩具上，也可以应用于童话。从前中国因为美国有人反对童话里的猫狗说话，以为不合科学，在民国十三年（一九二四）有过这么一个运动，现在虽是早已过去了，但在人们的记忆上总还有一个影子。当时我还没有找到《大智度论》的这句话，所以只是根据了别的参加了讨论。英国蔼里斯在所著《社会卫生的事业》（据序上所说，这社会卫生实在是社会改革的意思，并非普通的卫生事项）第七章里说道：

听不到童话的小孩自己来造作童话，——因为他在精神的生长上必需这些东西，正如在身体的生长上必需糖一样，——

但是他大抵造作的很坏。

据所引医学杂志的实例，有一位太太立志用真实教训儿童，废止童话，后来却见小孩们造作了许多可骇的故事，结果还是拿那《杀巨人的甲克》来给他们消遣。他又说少年必将反对儿时所听的那些故事，正如他反对儿时的代乳粉一样，所以将来要使他相信的东西以不加在里边为宜。这句话说的很有意思，不但荒唐的童话因此不会有什么害处，而且连正经的科学小说因此也就不大有什么用处了。那么在他们要的时候，便拿《杀巨人的甲克》给他们玩耍，到得不要的时候，他们自会丢开了甲克，自己另外去寻找应杀的巨人了。

［未刊稿］

反对韩文公

中国文人中间，运气顶好的要算韩退之第一了。平常说起中国的古诗文，总说是杜诗韩文，杜少陵的诗是没有说的了，不但因为我是自认不懂得诗的，所以不敢乱说，事实是即使由我外行看去，也是很好的，但是说到韩文那就不敢轻易附和了。平心说来，他既然雅号叫作“韩文公”，历来批评家都说他文起八代之衰，那么他的文章之好当然是不成问题的了，可是他在这一方面特别多受到人家的非难，所以在唐宋八大家中间又可以说是顶倒运的人了。喜欢来非难韩文公的文的人，我也就是一个，虽是现今似乎不大有人说起，但在清末却是常有批评的人。现在就抄引两个人的话来作证明吧。

一个是谢枚如，是林琴南的先生，林琴南对于这种问题有点顽固，他就很不相同。所著《赌棋山庄笔记》，第二种是《藤阴客赘》，里边有一节道：

> 洪容斋曰，韩文公《送孟东野序》曰，物不得其平则鸣。然其文云，在唐虞时咎陶禹其善鸣者也，而假之以鸣，夔假于《韶》以鸣，伊尹鸣殷，周公鸣周。又云，天将和其声而鸣国家之盛。然则非所谓不得其平也。（《容斋随笔》四）余谓不止此也。篇中又云，以鸟鸣春，以虫鸣秋。夫虫鸟应时发声，未必中有不平，诚如所言，则彼反舌无声，飞蝴不语，可谓得其平耶？究之此文微涉纤巧附会，本非上乘文字，世因出韩公不敢议耳。

第二个是徐时栋，所著《烟屿楼笔记》卷四中有一则云：

> 选家选昌黎文，无集不有《送孟东野序》《祭十二郎》二

篇，余生平最不喜此。送序拉杂太甚，使事点缀，信口而出，与其篇脑所云物不得其平则鸣者迥异。祭文描头画角，装腔作势，而真意反薄。余谓退之作二文，初成时当极得意，后必悔之，此语非门外汉所能知者。

手头没有古文选本，不能也抄录几篇选者的批语，来做一个对比，但是金圣叹的《才子必读书》在卷十一里也收有《送孟东野序》一文，他的批语我却抄有，这就可以拿来做个代表，因为他的意见或者高明些也未可知。批曰："只用一鸣字，跳跃到底，如龙之变化，屈伸于天。"这原意是在说好话，但是结果与说拉杂点缀有什么不同，这样的跳跃岂不就是纤巧附会，而且违反"章旨"（这是八股文的术语，即是徐君所说篇脑，篇中的主要的意思），连文章的起码条件都还够不上。古人云，辞达而已矣，这就是说讲话只要把意思表达出来就是了，不但是说话也是作文修辞的准则，凡在说话或作文之前一定先要把主意想定，随后运用适宜的词句将这意思说明白，这其间虽然也有些技巧，但是总不能够随意的跳来跳去，将伊周的和声鸣盛，与虫鸟应时发声，混在一起，作为物不得其平则鸣的例证。用了这样的文章做范本，教导学生去写古文，除了写出思想混乱的东西来哪里还有别的希望，它的唯一的长处，就只是声调铿锵，读起来好听而已。或者现时韩文公的文章也已不大行时亦未可知，那么我这里的非难也就等于打落水狗了。

［未刊稿］

略谈乳腐

从前我写过一篇《华侨与绍兴人》的文章，说绍兴人到处乱钻，引过《越谚》里两句谚语为证，其一云："麻雀豆腐绍兴人。"原本有注云："此三者不论异域殊方皆有。"其二云："长江无六月。"原注云："越人皆有四方之志，不敢偷安家居，无六月者言其通气风凉，虽暑天亦可长征也。"绍兴人做酒，卖给普天下的客官喝，我想这是他们遍处钻的第一理由，有如徽州朝奉的带了茶叶走遍天下一样。绍兴人于做酒之外还会造酱，北方一带的酱园都说是由绍兴分设的，其他酱豆腐、糟豆腐及臭霉豆腐等，还有霉干菜，虽然绍兴人只叫干菜，不加霉字，其起源的地方也是绍兴，大概当初这些东西也由他们专卖的，那么影响之大盖可想而知了。

现在我们只来说关于酱豆腐类的事情。绍兴只称红霉豆腐、臭霉豆腐，其小者名棋子霉豆腐，术语则曰棋方，臭霉豆腐曰青方，红者不闻有什么名号。关于名称的争执，这虽然有点像阿Q，其实北京话的酱豆腐是不很妥当的，因为望文生义的看去，很像是说酱汁煮豆腐，不如说红霉豆腐的更得要领，但是一地的方言，而且文句太累赘，所以未能适用。现在通用的还是一种通俗的文言，称之曰乳腐，民间也叫作腐乳，查《国语辞典》也是二者兼收。它的出典查乾隆时顾张思的《土风录》卷五，引唐《国史补》说，穆氏兄弟四人，赞、质、员、赏，时以赏为乳腐，言最凡固也。乳腐字见此。意思虽是不很明了，但可见由来已久，自唐宋以来已有此语了。

乳腐出自豆腐，豆腐虽然也是很平凡的东西，但是它的本性很是随和，可贵可贱的，所以一般穷人也都吃得，一面也有那做过宰相的人所供应的一品豆腐，里边百珍俱备，为文人们所津津乐道的。但是乳腐可是无论怎样总是上不得台盘的了。我们在北京大小饭馆里吃饭，不记得有过在吃稀饭的时候，去要过一碟乳腐来过，若是要时恐怕堂倌也只报以轻蔑的一笑，说我们这里没有这个东西吧。

其实乳腐这一类东西本来只是穷人们所吃的，因为咸的东西很是“杀饭”，也写作“煞饭”，言其只用一点便可以送下许多饭去，所以乡民的副食物如霉豆腐，以及自制的干菜咸菜、霉苋菜梗、霉千张（普通话叫百叶）和市售的勒鲞淮蟹，无不极咸，这就是所谓食贫的滋味吧。咸菜到了明年秋后，渐由酸而变臭，称为臭咸菜，尤极珍重，苋菜梗粗壮者切段，腌藏发霉，极可下饭，俗称“敲饭榔心”，榔心即榔头，木椎安横柄，苋菜梗形似之，故有此名，亦可以见老百姓诙谐的一斑。上边所说的情形只限于钱塘江东边，若是西边那是杭苏一带，人民生活自昔称为繁华，口味亦更为和淡，且多加甜味，此亦是生活舒适之一证。我因为从小习惯，对于故乡一切霉的臭的食物都很喜欢，无奈路远不能致，北京也有臭豆腐，其原始或亦来自绍兴，但暑期中因怕生虫，暂时停制，这是很可惜的，其实在暑伏中吃白粥配以臭霉豆腐，乃是极妙的消暑法也。

［未刊稿］

果子与茶食

中国称点心为茶食，日本则名为果子，普通又加添一个御字曰御果子。这本是女人说话的口气，但是现在已成通行的习惯，即茶饭亦称御茶御饭了。其实当初所谓果子即是说水果，古书《延喜式》（延喜年间所编，在中国唐末）里历举栗、柿、梨子、柑子等，后来模仿中国做米面的点心，名称还是照旧，只不过叫那些果物为“水果子”而已。中国式的点心大约做的很是不少，可是顶有名的乃是“八种唐果子”，根据《厨事类记》所列举的，是梅枝，亦桃枝子（亦作梅子及桃子）、桂心、粘脐、饆饠、团喜、馅子、餲糊，都是照汉字音读的，写的字也很麻烦。除梅枝和桃枝不可考以外，据后人的记录大略可以知道，桂心是一种和有肉桂细末的点心，这肉桂乃是从中国输入的。粘脐乃是面粉所做，用油炸过，底平，上边洼下一点，像是人的肚脐，从前在南京当学生的时候，记得曾经买过，叫做金刚脐子，或者是它的后裔，不过乃是蒸的，却并非油炸罢了。饆饠，据唐朝的《资暇录》里说，因为蕃中毕氏罗氏好食此味，故以为名，似乎说的有点牵强，总之是记音的字，那是无疑的了。据《类聚名物考》里所说，系用糯米粉所作，扁平形如煎饼，明初的《琵琶记》中说赵五娘因年荒，只供给舅姑米饭，自己独吃米糠所做的饆饠，大概却是与窝窝头相似吧。团喜即是佛经故事里常说的欢喜团，本来印度据《涅槃经》说是用酥面、蜜姜、胡椒、荜茇、蒲萄、胡桃诸物和合而成，中国未必能够照样的做，或者只是仿仿元宵一类的东西罢了。馅子是一种蒸饼，或者形作尖锥，《教坊记》里记苏五奴的话，所谓吃馅子亦醉，很是有名的故事。宋朝书里称焦馅，或曰宝糖馅，特为脆美，恐怕也是油炸的。餲糊，《倭名类聚抄》云，饼名，煎面作蝎虫形也，《齐民要术》里说用酥面油煎，然则亦是寒具之类。此外有饼餤馄饨等也是来自中国，却不算在八种唐果子之内，所以现在从略了。

自十二世纪起，日本由军人执政，经过了一个很大的变革，唐朝文化的影响渐以减退，但是佛教势力却仍是旺盛，而且似乎更是扩张开来了。自此以后直到近时为止，国民生活与文化差不多都受着这个影响，由华丽转向简素，由浓厚转向清淡，就饮食也是如此。用鸡鸭肉臛为馅的饼餤馄饨全然不见了，不必说是酥面乳酪，便是用油炸的寒具作风的吃食也没有了，这在八种唐果子里几乎都是一样的做法。说也奇怪，现今的日本点心差不多全不用油，这是很特殊的。但是它也并不是完全摆脱了中国的影响，可以举出几点来说。

日本点心里最大的一类乃是馒头，这在中国说应当说是包子才对，因为那种替代饭吃的实心馒头，在日本是没有的，它只是里边有馅，大约一个两三口吃的大小，看古代玩具吃馒头的小孩，手里拿着擘开的馒头，那里也是豆沙馅，没有什么鸡肉虾仁或是菜馅的。据说在十四世纪前半足利义政做着将军的时候，一个名叫林净因的中国人来到日本，开始做馒头，为盐濑馒头的始祖，一块招牌是足利将军给写的。林净因自称是林和靖后人①，但是梅妻鹤子的人不曾听说他有子孙，所以或者是做《山家清供》的林洪一家也未可知吧。看他的名字像是出家的人，但是他有后裔在日本，开着馒头店，说是二十九世了。盐濑馒头也没有什么特别，只是薄皮透明，个子很小，大概是故乡的“喉口馒头”的一类吧。

馒头没有什么别的花样，馅也只用纯净细腻的豆沙，可是外边的皮可以有些变化，有如葛馒头和荞麦馒头，乃是用葛根粉与荞麦面做外皮

【锺校】

① 原无“后人”二字，今增。

的。不过此外有许多饼饵之类似乎也可以归在这里，凡是用豆沙做馅，米粉做皮子的都是，虽然有种种美好的名字，这里为的说来太啰嗦了，所以不再列举。

其次是煎饼类，这是极普通的一种食品，无论什么人都爱吃的。其所谓煎实在乃是烘烤，用米粉和水，加上盐或是糖，摊成方圆大小各片，在火上烘成，或者流入有花纹的铁夹内，大形者有屋瓦那么大小，称曰瓦煎饼，吃时须用木槌敲碎吃，一个人也吃不了一片。也有小的像半截小指，那就另外一种名称叫作“雹子”了。在馒头与煎饼之间还有一种东西，也是极普通的，日本名“最中”，意译是中天的月亮，乃是用糯米粉烘成薄皮，与中国做蛋卷法相同，四周略高，两片相合，中装豆沙，样子很像是月亮。北京茶食有茯苓饼，仿佛意思相同，但是里边的百果仁太是复杂，有点吃五仁月饼的感觉了。

第三类是羊羹，用中国话说是“豆沙糕”。据说它的来源也是中国，从前上田恭辅说这是模仿中国古代的羊肝饼的，但日本羊羹店的传说则是说由于看见羊肉冻子而想到的，似乎后说未免牵强一点，虽然从字面上看是对的。当初只是一种紫黑色的糕，后来加以改良，用小豆和糖做材料，制成了蒸羊羹，到了十七世纪后半，从石花菜提炼洋菜成功了，就用了洋菜改作炼羊羹，因为这店是一四六一年就有了的，所以说是创业有五百年了。以历史年代的久远来说，它和馒头是可以媲美的。馒头在中国一直存在着，羊羹则是没有了，但在这近几年中却又开始移植过来，在北京有个娶了一个日本点心店的姑娘的人，便来仿制，也相当盛行，但是在日本羊羹的原料是限于豆类，虽然也有栗子、柿子，似乎都不甚适宜，中国的则有奶油可可等花样，而且加入果子露，变得过于复杂，失掉了原来的纯粹的风味了。

第四类是落雁，中国可以说是炒米糕，不过它的材料不是炒米，乃是炒麦面罢了。据说这名称乃是因了“长生殿”这种点心而起的，“长生殿”是一种长方形的模仿中国古墨的样式，用炒麦粉装在木模子里印成的点心，白色的上面撒有几粒黑芝麻，后水尾天皇见了说道，这好像是稻田的落雁，后来就以此为名了。其实这两个字恐怕还是外国话的音译，因为朱舜水在日本所写的文章里面，称它为软落甘，明清杂书记松子海啰嗻的做法，这里三个名字大概就是一个东西吧。此外还有一种食品，汉字写作粔籹，俗语叫做米花糖，系用糯米或小米蒸过，俟干燥加入糖稀拌炒而成。此外或者也还有什么可谈的，但今悉从略了。

日本的点心从全体上看来，或者是佛教上来的影响吧，大抵是由华丽转向简素，由浓厚转向清淡，所以一般是不用荤腥，也绝少用油，就是像中国点心的那种起酥翻毛的皮也是绝没有了。这是它的一种特色。但是自从维新以后这种情形也逐渐变化了，随着牛肉、猪肉的盛行，西洋点心也逐渐侵入，风月堂首先创制“红叶山”，是一种日本式名字的洋点心，茶褐色径一寸的半圆形，中间有奶油的鸡蛋糕，这是在明治的末期的事情，只是才起头，到了现在是嚼口香糖、喝可口可乐的别一个时代了。——我在上边只说了“果子”一边，没有说及茶食，但是看了上面的文章，也可以得到一个比较吧，所以我说不说也是没有关系吧。

［未刊稿］

陆奥地方的粗点心

粗点心这句话是日本文的译语，它的原文是驮果子，在日本儿童听来却是听惯了的熟语，有一种说不出的亲密之感。这个驮字本来是驮负东西的意思，因为雌马以及劣马不能上战场，只配驮货之用，所以用作劣等的意思用，如不好的作品也称为驮作。但是这驮果子虽然做的粗糙，比不上贵人茶客所吃的上等细巧点心，却是专门供给小孩的，平常手里捏着几个有眼铜钱，就可以买两个来吃，所以可说是儿童的恩物，和玩具（我们乡下称作耍货，俗语却叫嬉家生，读若平上平三声）是同一性质。但是这在别一方面，又是老百姓的食品，据说这是在日本东北地方，就是在宫城、福岛、山形、秋田、青森和岩平诸县，最为发达，原因是地方偏僻，气候寒冷，生活困难，冬季很长，每天除眠食以外没有娱乐，所以只好用了粗粮和糖稀，想尽办法做些经吃耐饥的食品，供给这个需要，这就是粗点心发达的大原因。但是在明治前半期，因了军国主义政治的影响，受到一种严重的打击，政府颁行苛刻的“果子税则”，对于用砂糖的点心征取五分的税，这使粗细点心都受到了致命的损害。当时有人要求废止这税，曾说：

> 不晓得是谁想出来的，等于一种恶戏，来妨害实业界的发达进步，特别是果子税则颇多疑义，真是太把点心业看得好欺侮了。很小的一所茶棚，或是一个可怜的老太婆，在拖鞋草鞋之外带卖①一点小孩的粗点心，一天里的买卖没有超过一角

【锺校】

① “卖”原作“买”。

钱。从这样的有如风前的烛的人，也要征收每月一元有馀的税金，可谓不择手段的冷血汉了。

这税则开始于明治十八年（一八八五），一直维持了十多年，经过好些请愿运动，这才废止了。

石桥幸作是仙台市舟丁桥头的石桥屋点心店的主人，专卖驮果子，前年曾发心作驮果子巡礼，走遍全国，访问驮果子的现状，做有两本书，叫做《驮果子的故乡》和《陆奥的驮果子》，便是这里所说的那一册。里边记各地现有的粗点心的做法等，今不细述，但择译其一节于左，题目是《骗骗女孩子的专称寺》，乃是属于山形县的：

我一个人嘴里叨念道，我的驮果子巡礼今年且以此为止吧，已经到了曾游的山形来了。这回已没有那样的感慨了，但是莫名其妙的总记念着专称寺（在山形市寺町）念佛会。在我心里想着的是过去搜集专称寺的“饴糖的马儿”的事，现在便是把眼睛张得像碟子那么大，也看不到饴糖的马儿了。就是那些从烟草袋里掏出夹杂着烟末的一分铜货来，把那马儿两匹两匹的买去的老大爷老大娘的脸也都看不见了。

今天是专称寺念佛会的逮夜（原为人死后荼毗的前夜，凡宗教仪式正日的前夜亦称此，诸人彻夜念佛）的日子，男女老幼都手里拿着念珠，在寺境里大殿里都是满员，现出极大的盛况。大殿有十丈多见方，周回都雕刻着中国的二十四孝图，在这一天里似与浮世的尘俗隔离，遨游于西方净土或是阿弥陀的极乐，充满着极其和平的气氛。在铺着黄莺叫声的地板（木板特地铺排，行走时发声有如鸟叫）的廊下跑着玩耍的小孩滑了跌倒，一会儿又滑倒了，叫唤“痛呀”之声连续不断。这痛呀又是和逮夜的语音相通［小孩叫“痛呀”（itaiya）与“逮夜”（taiya）声音相像］，说是和这一天有相关联的。

不知道是谁说起头的，说“骗骗女孩子的专称寺，噼噼嘎啦嘎啦的光明寺”，这寺是属于一向（首创这一派的僧人）念佛宗的，在资格上是在最上郡村山郡的九十六个寺中的本寺，收入有寺领、年贡米、侯爷寄进米、佛供米等很是不少，是山形第一等富裕的寺。在那时代，驮马背着的有好几十匹，送到寺里来，为了表示这种气势，用饴糖做成三公分大的马匹，鞍上载着米的草包，两匹一对，装在贴着纱绫模样的纸的薄木片的小箱内，买给来上庙的人，这是无论如何总要买的。从前是有几十家的糖店，不知从什么地方聚集了来，在寺境内紧挤着摆摊做着生意。此外陈列着山形地方特有的驮果子，如阿官的笛子呀，小马的爪尖呀，牛蒡片和萝卜片呀，眼镜面包呀，以及大福饼等，常要卖一晚上呢。但在今天却看不到过去那样的气势了，饴糖的马儿也是很早就已经消灭了。

我在茫然的望着给风吹了聚集拢来的落叶，心里却在想着专称寺起源的悲哀的故事：“弥陀断罪的剑所及的本身，有什么五障可说呢?”留下这一首绝命词，关白丰臣秀次的侍女於今女史在京都三条河原刑场死去的时候，年纪才只有十五岁。於今女史是山形的侯爷最上义光的独生女，称作驹姬，被召为秀次的侍女，随后秀次因为触了秀吉的怒，于文禄四年（一五九五）的夏天在高野山命切腹自尽，秀次的妻子和其他三十几个的侍女，都一起处斩了。这时义光是在京都，对于毫无罪责的女儿的死不胜悲叹，想必有肝肠寸断之感吧。义光于悲痛不堪之馀，第二年回到山形，乃郑重的埋葬女儿，又为得祈求冥福的缘故，乃起造了这个专称寺。

我译了这节文章，把我对于驮果子的一点兴趣完全消失掉了，却叫我引起对于丰臣秀吉的感想来。这个搅乱东亚三国的魔王，简直是非人，他给与中国与朝鲜的灾害是不必说了，虽然统一了本国，但在“征韩”上却也给日本不少的祸害。尤其奇怪的，是他对于家族的关系，一方面是那么残忍的杀害他的大儿子秀次一家，可是又溺爱小儿子秀赖，很可笑的托孤于德川家康，正像是把一只肥小羊托付给大黑狼，结果只供他大嚼一顿罢了。我这里想不到大有作史论的样子，实在只因为文中讲起秀吉父子的事情，心想加点注解，差不意笔杈了开去，所以弄得有点非驴非马了。

［未刊稿］

鱼　脍

□日本青木正儿原作

《诗经·小雅·六月》篇里，有“炮鳖脍鲤”的句子。脍即是日本的生鱼片（刺身），可见在周代前期已经吃鲤鱼的生鱼片了。可是这个脍字古来用肉字偏旁，后来才改用鱼旁，从文字改变上可以看出，古来主要的是生吃鸟兽的肉，后来似乎渐渐的多生吃鱼类的肉了。在《礼记·内则》篇里，有“肉腥细者为脍，大者为轩”的话，注云：“言大切细切异名也，脍者必先轩之，所谓聂而切之也。”又“少仪”篇云：“牛与羊鱼之腥，聂而切之为脍。”这就是说，作脍必须将肉先切作小块，随后更细切作丝，这是日本生鱼片做成丝样似的了。所以《论语》的“乡党”篇里说孔子“脍不厌细”，就是喜欢切得碎的好。因为爱好切得细的，所以切的技术也渐渐进步，被称为一种妙技了。其状况往往如诗人之所形容，后汉的傅毅在他所作的《七激》里说道：

涔养之鱼，其脍鲤鲂。分毫之割，纤如发芒。散如绝縠，积如委红。

晋潘岳的《西征赋》里也说道：

饔人切缕，鸾刀若飞。应刀落俎，霍霍霏霏。

又傅玄的《七谟》里也说：

飞刀浮切，分毫解缕。动从风散，委如霰聚。

宋苏东坡的《泛舟城南》诗中云：

运肘生风看斫脍，随刀落雪惊飞缕。

这都是形容切的细而且快的样子。在日本的作鱼生，无论用了诗的夸张的修辞，到底也写不到那样。要是在日本，就好像是说切那鱼生的配菜如萝菔或独活那种情形罢了。若是萝菔那就容易切，现在是软的鱼肉，却飞似的切成如缕的细片，实是可以惊叹的手段了。据说这里有一个秘诀，《酉阳杂俎》卷七里说，用鱼的腹部的脂肪，或是脑髓揩擦厨刀，切起肉来肉便不粘刀上云。

这样切的细丝似的鱼脍，是怎样的吃法的呢？据《内则》篇说是“鱼脍芥酱”，说用蘸了芥末吃最好。又说，“脍春用葱，秋用芥”，注里说道：“芥，芥酱也。”那么葱是怎样使用的呢？后文说生肉的脍及轩（薄片）的吃法曰：“切葱若薤，实诸醯以柔之。”便是把葱切碎了，浸在醋里吃，到了后世似乎更用“齑”来和了吃。代表的是《齐民要术》卷八里，载有“八和齑”的制法，其法系用大蒜、生姜、橘皮、白梅、熟栗黄、粳米饭、盐、酱八物，入臼中捣烂，更加醋稀释。据这书的注里说明，加入栗黄便成金色，谚云：金齑玉脍，甚为美观，似乎是用以和脍的理想的东西。一说云：金齑玉脍，是用柚子的黄熟的皮，切了一起加入。齑这东西不但用于鱼脍，就是别的东西也常一起吃用。日本古时训为“和物”，这实是和物的原料。这样鱼生的吃用，在日本奈良朝（公元八世纪）时代，大概也模仿中国这样的吃鱼脍，《万叶集》卷十六有歌云：

我愿意得到鲷鱼，
用酱醋拌了捣蒜，
但是水葱的羹汤就算了吧。

这里的鲷（案中国叫大头鱼）大抵是鱼生吧。蒜和酱醋比起上边的八和齑来更简单得多了，但是要领却是一样的。

说起鱼脍来，这在向来得着水的恩惠的东南地方，特别在吴郡算是名物，鲈鱼的脍最是有名了。这最初使得它有名的是晋朝的张翰，他是吴郡的人，仕于齐王，住在洛阳，厌天下多事，见秋风起，忽然想起吴中的莼菜羹鲈鱼脍，遂辞官归乡去了，见《世说》“识鉴”篇。其所谓鲈者并不是普通的鲈鱼，乃是鲇鱼的一类，为松江的名物。唐代的《南部烟花记》中载，隋炀帝时，吴郡献上松江的鲈鱼，帝云所谓金齑玉脍，东南佳味也。可是据《大业拾遗》说（《太平广记》二三四所引），此时献上的乃是鲈鱼干鲙六瓶，这种干鲙乃是切出鲙来就在太阳下晒干，密封瓶内贮藏，当使用时用水暂渍，完全同现做的鲙一样。这种鲈鱼鲙在八九月霜下的时候，取三尺以下的鱼作为干鲙，霜降后的鲈鱼肉如雪白，没有腥味。连晒干的鱼鲙也都做出来了，即此可以想见它的盛行了。宋朝的《春渚记闻》卷四云：吴兴溪鱼之美，冠于他郡，郡人有集会，必切脍相劝，其操刀者名为鲙匠云。这是一种专门的职业。又南宋《避暑录话》卷下里说，往时南方食品不行于北方，京师无切鲙者，梅尧臣家有老婢独能之，欧阳永叔等南方人士思欲食鲙，辄提鱼往梅家，梅有佳鱼亦必作鲙招诸人云。

以后查阅宋元明间的割烹书，都载着作脍的法子，但是似乎渐渐的不流行了，到了明代的《易牙遗意》，只载着“蟹生”一条，清初的《养小录》遂完全没有了。当时周亮工的《因树屋书影》中说，古代食物中不传者斫脍，想即是现今闽广人所作的鱼生吧。因此想见其时就是吴地也已没有，只有福建、广东尚有遗风存在罢了。可是那也不像古时的脍那么细切，在《中华全国风俗志》里所载潮安地方鱼生的那样，切成厚约二分的薄片，浇上酱醋食之，与日本的吃法没有什么大差。这鱼鲙的终于废止的原因何在呢？想来或是由于元朝的征服者蒙古族游牧民的嗜好的影响也未可知吧？据说现今蒙古人很讨厌鱼类。假如是这样的，那么如为汉民族打算，这种味觉的没落实在是可悲的了。事情虽然不大一样，近年来几乎忘却了生鱼片的味道的萧然的我的食生活，不觉令我想起了这种事情。

［未刊稿］

爱说诳的人

近来在翻译一篇对话，是二世纪中罗马的叙利亚人路吉阿诺斯用希腊文所写的，篇名叫作《爱说诳的人》，这种对话照例有两个名称，它就一名《不相信的人》。这两个名字就要分作两面来说，爱说诳话的人们乃是多数，是指别一方面，不相信的人则是单数，实在就是写这篇文章的作者。他却不说是我，乃用都吉阿得斯的名字，与友人菲罗克勒斯对谈，我这里便称他是主，他的友人乃是客了。其实主客二人都是不相信的，爱说诳话的乃是所述的一班名流，都是各派的哲学家，有的年事已高，拖着很长①的胡须，却在讲些离奇的神怪故事，看了很是好玩。其实是很难怪的，那时正是中国汉末所谓桓灵之世，思想界也还是乌烟瘴气，只有著《论衡》的王仲任才说这些事是虚妄，但是他的文章不很明畅，读者不多，而志怪传奇之作在晋末六朝始行兴起，乃风靡一世，至于近世流风未沫。我们拿他这一篇来，借他人的酒杯，浇自己的块垒，也是好的，所谓他山之石，可以攻玉，但是原文颇长，这里只好摘录个大要就是了。

主人开头说，这世界不知道怎么搞的，许多人喜爱说诳话，或是听人家说。客便接说，这是难怪他们的，因为说诳有时也有用处。主人说，那也是的，为得谋自身的安全，或者给敌人以损害，如《奥德赛》里边对付独只眼的巨人那样，那不但情有可原，而且还是可以赏赞的，但是现在所说的却并不是那种情形。客说道，有些都市的传说神话，故

【锺校】

① “长”原作“高”。

意要抬高地方的价值，以及诗人的歌吟也不无藻饰过甚之处，这在艺术上是可以容许的，因为诗从头就不是真实。著者从前是很反对诗人，说他们所讲的神话都是诳话，但是这回对于他们颇是谅解，也就不再说他们的不对，却把非难的笔锋转向着当时的名流学者了。以后他就叙述去访问一个名叫欧克拉忒斯的病人①，听见了许多神异的故事，座上有好些人，就只是他不相信，后来愈讲愈奇，他终于听不下去了，所以跑了出来。客说道，欧克拉忒斯乃是年高德劭的学者，怎么在他那里有这样的事呢？于是主人乃详细叙述所闻，大略如下。

欧克拉忒斯因为风湿病发了，所以问病的人很多，他到那里的时候看见有亚理士多德派的甲，柏拉图派的乙，犬儒派的丙，以及做医生的丁都在那里，正在讨论治风湿的神效偏方。有人说手里拿一个黄鼠狼的牙齿，将新剥下的狮子皮裹在腿上，就立刻见效，别人却主张用母鹿的皮，随后便讲到符咒的灵验。乙举出亲见的一个实例，有一个农奴给毒蛇咬了，看看要死，却被巴比伦的术士救活，他又用符咒将其处的各种蝮蛇、有角蛇、标枪蛇，普通和喷气癞虾蟆，都召集拢来，一口气喷去，都化作一阵烟烧光了。欧克拉忒斯开始讲他家里的一尊青铜像，雕的是五百年前的一位将军，却很能显灵，每到夜里下台行走，能使人发寒热，也能医好这种病，人来求他的就献给他钱财，有奴隶偷了他的钱就发狂而死。医生也说在他家里有古代医师的铜像，只有一尺半高，但也很灵，要每年给他祭祀，假如忽略了便要出来捣乱，把药瓶乳钵弄得玎珰的响。欧克拉忒斯还讲述他亲见冥界的事情，大地裂开，夜的女神出现，有十五丈高，左手拿着火把，右手执三丈长的剑，带着鬼狗，有象那么大。他向那大地裂口望去，就是冥土所在，他不但看见那些罪

【锺校】

① 原无“人”字，今增。

人，正如神话里所说在受着苦，还看到他的父亲，穿着葬时装束呢！亚理士多德派的学者也说他入冥的故事，这和中国的差不多，冥王说是误勾，放他还阳，所要找的乃是邻人铁匠得密罗斯，他刚才醒转，就听得邻家哭声起来了。

这时比塔戈拉派的阿里格诺托斯到来了，这人很有智慧，人家称他是圣人，所以大概是不相信这些鬼话的吧？可是他一来就讲科林托斯地方凶宅的故事，他亲眼看见那鬼变成公牛或狮子来恐吓他，但他用了埃及顶可怕的咒语逼他退到角落里，将他锁住了，到第二天把那死人掘出，那房子以后就不凶了。说到埃及，欧克拉忒斯也有过一件经验，潘克拉忒斯乃是阿里格诺托斯的老师，他也和他打过交道，因为他能够和鳄鱼一起玩耍游泳，鳄鱼还同狗一样的摇尾巴呢！他和潘克拉忒斯住在一起，看见他常用法术使一把扫帚或一个木杵变作佣人，供他使令，过后念咒仍旧复元为扫帚或是木杵。他就偷偷的听他咒语，等他出门便叫木杵替他汲水，及至水汲够了，却没有法子叫它停止，因为这解除的咒语他不曾学得，所以拿起斧子来将那木杵劈作两半，岂知事情弄得更糟，两半个仍旧各自汲水，以及满屋子都是水了。故事讲得很是有趣，但是层出不穷的诳话似乎有点听了生厌，便托故辞了出来了。

故事说了，客说道，据说被癫狗咬了的人倘若咬了别人，那人也便要发病，现在你给许多诳话咬了，转过来说给我听，所以我的心里似乎也有些鬼怪了。主人回答道，尽管放心吧，我们有解毒的药在这里，这便是真理和常识，它就不能侵害我们了。——这话是不错的，但是我们真是可以乐观么，我看这一千八百年前写的东西还是那么新鲜有意思，好像是读近时出版的《不怕鬼的故事》，这情形就可想而知了。

［未刊稿］

附　录

一封信*

〔原编者按〕这是周作人写给中央负责同志的一封信，是林辰同志于一九五一年向冯雪峰同志借阅时抄下的；现在我们从林辰同志处抄得一份，发表于此，以供研究周作人问题的同志参考。

□□先生：

我写这封信给先生，很经过些踌躇，因为依照旧的说法，这有好些不妥当，如用旧时新闻记者的常用笔调来说，这里便有些是拍马屁，有些是丑表功，说起来都是不很好听的。可是我经过了一番考虑之后终于决定写了。现在的时代既与从前不同，旧时的是非不能适用，我们只要诚实的说实话，对于人民政府，也即是自己的政府，有所陈述没有什么不可以的，这与以前臣民的地位对于独裁政府的说话是迥不相同的。因为这个缘故，我决心来写这信给先生，略为说明个人对于新民主主义的意见，以及自己私人的一点事情。

我不是研究社会科学的，不能说懂得共产主义的科学的精义，虽然普通的文献看过一点，相信从来历史都是阶级斗争的历史，历史的道德法律，是代表当时特权阶级的利益的。我没有专门学问，关于文学自己

* 发表于《新文学史料》时题作《周作人的一封信》。

知道没有搞得通，早已不弄了，但是现在还有兴趣的是希腊神话，童话儿歌，以及民俗这一部分的东西；这里牵涉妇女儿童问题，我也比较的加以注意。有一个时间关于妇女问题的探讨，归结到如英国人卡本德所说：妇女问题要与工人的一起解决，相信共产社会主义是其唯一的出路。这意思多少年来一直没有更变。我由妇女问题一角入手，知道共产主义的正路，因此也相信它可以解决整个的社会问题。关于中国共产党的理论与实际我们在国民党政府之下知道的很少，只从毛主席的二三著作和美国人斯诺等人的书中略有所阅，但到了今年，天津北平先后解放，继之以南京上海，这才直接得到闻见，这才确实的有了了解。我们知道共产主义的理论是对的，可是所更要知道的是事实如何。人民共见共闻的解放军的纪律是极好的，老实的说，中国共产党在实行新民主主义，这只是笼统的一句话，可是含义却是非常重大的。民国以来，揭橥过好些主义理论，一直都只是招牌与广告，不兑现的支票，到了现在居然有实行的，这在中国是破天荒的奇迹，在我向来相信道义之须事功化的人，自然更不能不表示佩服。这个中国历史上的新的转变，自然难以一言包括尽了，现在只就普通一般所共见共闻的来说，中国共产党有批评制度，学习精神，有切实刻苦稳健的作风，俭朴实干，实事求是的态度（大都引用张治中氏的话），都是中国从来所无的新的趋向，大抵是举世皆知的，但是我觉得最有意义的乃是这一点，中国共产党的理论与实践合一，打破过去统治界的传统空气，建立农民的质朴的作风，来推行政治，它的意义与价值之大，的确不容易估计，至少与打倒封建独裁的武力相比不在其下，而且更为难能，因为这是开创的。关于这方面，只在这里诚实的表示一点佩服的敬意，不再敷说，因为这在中国共产党自己知道得很清楚，外边说过的也已不少了。

我因为是不懂政治经济的，所说的话便只是这一点粗浅的，却是真实的话，要表明我的意思，所以不复踌躇的写了出来。但或者有人说，某人也来说这些话么，我想这种批评原是可能的，因为我觉得关于自己须说明几句，因为关于我的有关思想与行为恐怕先生也不大明白。人家批评我，在抗战前说是有闲消极，在战后则是附逆与敌合作。关于自己的事情，应当严格批评，坦白承认错误，但是我现在还须得先来叙述事实缘由，这里便多少有点像是辩解，可是诚实地说，决不是强词夺理的辩解，其间显示出来的错误，我都承认。我的思想因为涉猎妇女问题与性心理的关系，受倍倍耳、卡本德、蔼理思等人的影响，关于妇女之性的解放与经济的解放，归结到共产的社会，这个意见一直是如此。中国古人中给我影响的有三个人，一是东汉的王仲任，二是明代的李卓吾，三是清代的俞理初，他们都是“疾虚妄”，知悉人情物理，反对封建的礼教的人，尤其是李卓吾，对于我最有力量。五四前后有一个时期，大家对于李卓吾评论称扬的很多，他的意见都见于所作《焚书》《初潭集》及《藏书》中，这些书在明清两朝便被列为非圣无法的禁书。他以新的自由的见解，来批评旧历史，推翻三纲主义的道德，对于卓文君、武后、冯道诸人都有翻案的文章。他说不能以孔子之是非为是非，可是文章中多是“据经引传”，在《焚书》中有一篇信札，说明自己不相信古人，而偏多引他们的话，这便是因为世人都相信典据，借了古人的话过来，好替自己作屏风罢了。我也并不相信孔孟会得有民主思想的，更不喜欢汉宋以来的儒教徒，可是写文章时也常引用孔孟的话，说孔孟以前的儒家原是有可取的，他们不奉文武周公而以禹稷为祖师，或者上去更是本于神农之言也说不定，他们的目的是要人民得生活，虽然不是民治，也总讲得到民享，这里也是用的同一方法，即所谓托古改制，自己知道说的不是真实，但在那环境中也至少是不得已的。民国三十二年中所写，《论中国的思想问题》《中国文学上的两种思想》这些篇，都是这一例。对于旧礼教的意见我与李卓吾差不多是一致的，虽然他所用以打破儒教的独裁之器具是佛教的禅，我们在这时代自然是用别的器具，即是科学。礼教吃人都有历史的事实根据，一条条写在书上的，这二千年来中国的道德原是为代表家长的利益而建立的，它的主要的纲领便是男子中心的三纲主义。为家长的男子，是他们宇宙的中心，妻子都是他的所有，子女应该竭尽其能力供给他，必要时可以变卖作奴婢，顶凶或娼妓，病时割肉煎汤，生气时杀死勿论。这是父为子纲，已经够受了，但是说到夫为妻纲更是要不得，儿女只是他的财产牲畜，妻妾则是财产牲畜又益是器具，于同样随意处分之外，还加上一种出珍惜妒忌之意的残虐行为，是这一纲上所特有的。主父死了，妻妾和车马衣服一起的埋入坟墓里，因为他死后还要用的，此其一。遇到战乱的时候，主父也即是后世的官绅士人，第一希望妻妾赶快上吊投河，因为这是他所使用的，不愿意再给别人拿去，他又不能保护，所以死了干净，而且又于他有光荣，等到太平时候，他可以回来，一面仍旧迎取三妻四妾，一面又可钉匾造牌坊，旌表节烈，给他家门增加名誉，此其二。这种不平等不人道的道德，在社会上继续占着势力，宋朝以后更加盛大，以至于今。我在这里对于夫纲特别多说了好些话，并不一定是着重妇女问题，事实乃是，因为君为臣纲这一项正是由此而出，所以有先加说明之必要。专制君主制度在世界上到处有过，君尊臣卑一样是如此，但与中国不同的是，世间一般君臣关系，即使至不平等，也只是主奴的关系，役使生死可以惟命，如是而已，中国的君臣关系则是以男女为规范，所谓臣妾，处士处女，都是对举，诗文中以男女比喻君臣者往往多有，其最明显最普通的联系，则是所谓忠贞、气节，都是说明臣的地位身分与妾妇一致，这是现今看来顶不合理的事。在古时候，或者也不足为怪，但是在民国则应有别，国民对于国家民族自有其义分，惟以贞姬节妇相比之标准，则已不应存在了。我相信民国的道德惟应代表人民的利益，那些旧标准的道德，我都不相信，虽然也并不想故意的破坏它。还有一点我很不满意于董仲舒的话，说正其谊不谋其利，明其道不计其功，觉得古人只知道讲空话，唱高调，全不实行，这个毛病很大，所以主张道义之须事功化，这也受着颜习斋的影响，却也是由我的实感上发生的。我冗长的说这些话，是想说明一点，我的反礼教的思想，后来行事有些与此相关，因此说是离经叛道，或是得罪名教，我可以承认，若是得罪民族，则自己相信没有这意思，并不以此为辩解，这只是事实的说明罢了。

再就事实来说一下。我于民国六年到北京大学，至二十六年已经满二十年了，北大定例凡继续服务满五年者可以休假一年，我未曾利用过，这时想告假休息，手续刚在办，芦沟桥事件就发生了。北大迁移长沙，教授集议过两次，商定去留随意，有些年老或有家累的多未南下。那时先母尚在，舍弟的妻子四人，我的女儿（女婿在西北联大教书）和她的子女三人，都在我家里，加上自己的家人共十四口，我就留下不走。北大将年老的教授孟森、马裕藻、冯祖荀和我（其时年只五十四）共四人承认为北大留平教授，委托照管北大校产，十一月中，北大校长蒋梦麟又给我一个电报，加以嘱托。是年年底，北大第二院即理学院的保管职员走来找我，说日本宪兵队派人去看，叫两天内让出该院，其时孟森已病笃，马裕藻不愿管事，由我与冯祖荀出名具函去找伪临时政府教育部长汤尔和，由其当夜去与日本宪兵队长谈判，得以保全，及胜利后国民党政府教育部长朱家骅至北平视察，发表谈话，称为中国最完整保存之理科。北京大学图书馆及文史研究所亦以我的名义收回，保存人与物的原状，后来对于国立北平图书馆也是如此办法。及汤尔和病死，教育总署一职拟议及我，我考虑之后，终于接受了。因为当时华北高等教育的管理权全在总署的手里，为抵制王揖唐辈以维护学校起见，大家觉得有占领之必要。在职二年间，积极维持学校实在还在其次，消极的防护，对于敌兴亚院伪新民会的压迫和干涉，明的暗的种种抗争，替学生与学校减少麻烦与痛苦，可以说是每日最伤脑筋的事。这有多少成效，不敢确说，但那时相信那是值得做的事情，至少对学生青年有些关系或好处，我想自己如跑到后方去，在那里教几年书，也总是空话，不如在沦陷中替学校或学生做得一点一滴的事，倒是实在的。我不相信守节失节的话，只觉得做点于人有益的事总是好的，名分上的顺逆是非不能一定，譬如受国民政府的委托去做“戡乱”的特务工作，决不能比在论陷区维持学校更好，我的意见有些不免是偏的，不过都是老实话，但是我所顾虑到的只是学校学生一方面，单为知识阶级的利益着想，未能念及更广大的人民大众，这当然是错误，我也是承认的。

与敌人合作，在中国人中间大概是很少的，虚与委蛇不能真算是合作，若是明的暗的抗争，自然更不是了。在沦陷的前后，我的思想文字的方面可以有两件事来证明，前后并没有什么转变。其一，在抗战前我曾写了几篇《日本管窥》，在《国闻周刊》上发表，末了第四篇管窥发在二十六年七月初的那一期上，是该刊战前最后的一期了。这里边我说明：要了解日本的国民性，我们从文化上如文学美术等去找钥匙，那是不可能的，因为那种钥匙虽然可以应用在文化问题上，但是如用以解说政治军事上的问题时，便要碰了壁，无论如何是开不通的了。现在须得该从宗教入手，去观察日本民间的神道教，这与外来的儒佛两教不同，完全是一种神灵附身的狂信，出会的神舆，常常不照路线乱走乱撞，在中国民间是绝对见不到的。这种感情冲动，往往超过了理性制裁，无可理喻的发动起来，可以看作对内对外的乱暴行动之说明。二十九年冬天，日本国际文化振兴会要求写一篇文章，纪念他们的建国二千六百年祭，没法子拒绝，我写了一篇《日本之再认识》给它，这文有印本，读者可以知道里边还是那个结论，说要了解国民性，如从文化下手没有结果，必须从其固有的宗教入门，才有希望。这可以代表我对于日本所说的言论。其二，关于对于中国的言论，在沦陷中写了不少，可以其中一篇《论中国的思想问题》作为代表。这是在三十一年冬天所写的，其时兴亚院新民会等正热心于替中国人建立一个中心思想，不用说那是想用大东亚新秩序做中心的，我的文章便是对此而发。照例引用些孔孟的话，高调禹稷的作风，我说明中国早已自有其中心思想，此思想并不单是出于文人学士的提倡，乃是上自圣贤，下至匹夫匹妇，无不心中共有，所以既然无法消除，也是无须注入的，这本于民族求生意志，个人要能生存，也要大家一起生存，圣人加上一个名称曰仁，老百姓不认识这字，意思却是先天的懂得的。中国民族平时很是和平，很肯吃苦，但是假如到了民族生存的紧要关头，那也就不能让步了。这里的理论有些自己知道是浅薄空泛，但是重要的不是学理而是作用。到了次年九月，日本军部统制下的日本文学报国会发起大东亚文学者大会在东京开会，由会员片冈铁兵提出扫荡中国反动的老作家问题，其演说词中有云："现在余在此指出之敌人，正是诸君所认为残馀敌人之一，即目前正在和平地区内蠢动之反动的文坛老作家，而此敌人虽在和平地区之内尚与诸君思想的热情的文学活动相对立，而以有力的文学家资格站立于中国文坛。彼常以极度消极的反动思想之表现与动作，对于诸君及吾人之建设大东亚之思想表示敌对。彼为诸君及吾辈斗争途上之障碍物，积极之妨害者，彼为大东亚地域中心必须摧毁之邪教偶像云云"（原文见该会机关报《文学报国》第三号，三十三年五月上海出版之《杂志》中载有全译。）他这里还没有说出姓名，经我直接去信质问，片冈来信承认所说残馀敌人即是指我，（原信送在南京高等法院，现在有誊本。）其第三节中云："读了《中国的思想问题》的人，假如不曾感觉在今日历史中该文所演的脚色乃是反动保守的，则此辈只是眼光不能透彻纸背的读者而已。鄙人感到不应阻害中国人民的欲望之主张，实即是对于为大东亚解放而斗争着的战争之消极的拒绝，因此在去年九月大东亚文学者大会会议席上，作了那样的演说。为中国人民所仰为指南之先生有些文章，其影响力为何如，鄙人念及，为之慄然。先生此文无非将使拒否大东亚战争，至少亦欲对于此战争出于旁观地位之一部分中国人民之态度，予以传统道德之基础，而使之正当化耳。”

这里可以看出来我在沦陷中的文字是那一种色彩，敌人认为是他们斗争途上之障碍物，积极之妨害者，必须扫荡摧毁之对象，这种可以表明不是合作得来的人。至于此外文章也还写了一些，但是没有什么值得说的，所以不再敷说了。

本来竭力想写的简单，实在已经太噜苏了。虽然有些地方为的要说明，也有不得已的，要请原谅。过去思想上的别扭，行动上的错误，我自己承认，但是我的真意真相，也许望先生能够了解，所以写这一封信，本来也想写给毛先生，因为知道他事情太忙，不便去惊动，所以便请先生代表了。

民国三十八年七月四日

周作人

[刊 1987 年 5 月《新文学史料》第二期]

鲁迅和周作人

周建人

有许多事情，即使发生在身边，如果不加以深入的分析研究，也不会明白其究竟。就以鲁迅和周作人来说，生长在同一个家庭里，受相同的教育，后来两人所走的道路，为什么竟这样不同？我虽然了解他们生活中的细枝末节，但也只能知其然，而不知其所以然，现在就把我所知道的情况，写下来供专业研究工作者参考。

在青少年时代，他们携手走过一段路，他们都上新学堂（当时为人所看不起的），都到日本留学，共同翻译《域外小说集》；五四时期，都投入新文化运动。当然，要说思想完全一致，出发点完全相同，那也是不可能的。

两人是怎么分手的呢？如今回想起来，颇有独特之处，它不是表现在政见的不同、观点的分歧，而起源于家庭间的纠纷，造成兄弟失和。

自古比喻兄弟为手足，鲁迅可说是手足情深的，曾写过《别诸弟》等诗篇，特别对于周作人，因为年龄相近，爱好相同，更为关切。他曾牺牲自己的学业和事业，回国谋事，来供养尚在日本留学的周作人和他的日本家属。

即使鲁迅不计较个人的利害得失，然而，还是好景不长，不幸在他们两人之间发生了不可弥合的裂缝。

事情是由于搬进八道湾而引起的。这是在1919年底，五四运动发生之后。

从鲁迅方面来说，他独自奔走购屋、修屋，把全家从绍兴搬到北京，满心以为他漂泊不定的生活可以安定下来，更好地教书和著译；满心以为他的苦心经营会得到报偿，享天伦之乐，过兄弟怡怡的日子。他和周作人各自为衣食奔忙，阔别多年了，这时，两人都迈进了中年，可以朝夕相处中，共同以文艺为武器，有更多的合作。

然而，严酷的事实却粉碎了他的美梦。

这倒并不是因为周作人不愿意，而是为了家庭日常开支弄得十分心烦。鲁迅在教育部的薪金每月三百元，还有稿费、讲课费等收入，周作人也差不多。这比当年一般职员的收入，已高出十多倍，然而月月亏空，嚷钱不够用。我在北京找不到职业，在家译著有关生物学方面的文章，投寄上海商务印书馆主办的《东方杂志》和《妇女杂志》，从编辑章锡琛的通信往来中，知道他们缺人。所以在八道湾只住了一年八个月，于1921年9月初到上海商务印书馆谋生了，免得好像在家里吃白食。

在绍兴，是由我母亲当家，到北京后，就由周作人之妻当家。日本妇女素有温顺节俭的美称，却不料周作人碰到的却真是个例外。她并非出身富家，可是气派极阔，架子很大，挥金如土。家中有管家齐坤，还有王鹤拓及烧饭司务、东洋车夫、打杂采购的男仆数人，还有李妈、小李妈等收拾房间、洗衣，看孩子等女仆二三人。即使祖父在前清做京官，也没有这样众多的男女佣工。更奇怪的是，她经常心血来潮，有时饭菜烧好了，忽然想起要吃饺子，就把一桌饭菜退回厨房，厨房里赶紧另包饺子；被褥用了一两年，还是新的，却不要了，赏给男女佣人，自己全部换过。这种种花样，层出不穷。鲁迅不仅把自己每月的全部收入交出，还把多年的积蓄赔了进去，有时还到处借贷，自己甚至弄得夜里写文章时没有钱买香烟和点心。鲁迅曾感叹地对我说，他从外面步行回家，只见汽车从八道湾出来或进去，急驰而过，溅起他一身泥浆，或扑上满面尘土，他只得在内心感叹一声，因为他知道，这是孩子有病，哪怕是小病，请的外国医生，这一下又至少是十多块钱化掉了。

虽然周作人的生活是比较讲究一些，但还不至于这样。但周作人任他的妻子挥霍，不敢讲半句不是。早在辛亥革命前后，他携带家眷回国居住在绍兴时，他们夫妇间有过一次争吵。结果女方歇斯底里症大发作，周作人发愣，而他的郎舅、小姨都指着他破口大骂，从此，他不敢再有丝毫的“得罪”，相反，他却受到百般的欺凌虐待，甚至被拉着要他到日本使馆去讲话。平日里，一讲起日本，总是趾高气扬，盛气凌人；讲到支那，都是卑贱低劣。而周作人只求得有一席之地，可供他安稳地读书写字，对一切都抱着息事宁人的态度，逆来顺受。

鲁迅看不过去，对周作人进行规劝，无非是“化钱要有个计划，也得想想将来”这一类话，真也有周作人这样的人，把好心当恶意。有一次，周作人说要把丈人丈母接到中国来同住，鲁迅很不赞成，认为多年来寄钱供养他们，已经情至义尽了，今后可以继续养老送终；他们还有别的子女在日本，就不必接到中国来了。

鲁迅的意见是对的，连日本作家增田涉也这样说：“我对于周作人无论如何也没有好感，尽管他写作多么有名的随笔说着漂亮话，但在为人上我是不喜欢的。或者，其中也许是介在着周作人夫人（羽太信子）的缘故吧？而当初，周作人夫人从日本来的时候，鲁迅给她娘家汇寄生活费的事，在《鲁迅日记》里却是记载着的。”①鲁迅待人以诚，却不像周作人那样好奴役，对不合理的事，他要反对，还要唤醒沉睡中的奴隶，要正确处理各种问题。可是，要唤起奴隶的觉醒，必然会触犯奴隶主，连不觉醒的奴隶本人，也会痛恨别人搅乱了他做稳了奴隶的安宁。因此，鲁迅就受到各种意料不到的折磨和打击。他是爱孩子的，可是，却连孩子也不让他爱。增田涉说：“他常买糖果给周作人的小孩（他自

---

① 见增田涉《鲁迅的印象》中第三十二节《鲁迅写作〈中国文学史〉的志愿没有完成》。

己那时没有小孩），周作人夫人不让他们接受而抛弃掉。他用充满感慨的话说：好像穷人买来的东西也是脏的。这时候使我想起他常说的‘寂寞’这个词来。”①鲁迅对我说的是，他偶然听到对于孩子有这样的呵责：“你们不要到大爹的房里去，让他冷清煞！”孩子是天真的，不明白什么叫“让他冷清煞”，不免仍要到大爹的房里去。于是，这又是鲁迅的罪过，得想别的法子来惩罚了。

在八道湾，鲁迅比我多住了一年十一个月。

鲁迅是怎样离开八道湾的，因为我在上海，不得而知，他也没有和我谈过。只是在他的日记中看到这样的记载：

一九二三年七月十四日，是夜改在自室吃饭，自具一肴，此可记也。

居然不让鲁迅吃饭了，真厉害！

五天后，即七月十九日，“启孟自持信来，后邀欲问之，不至”。

这是鲁迅看信后想问问明白，周作人却避而不见，如果自以为有理，可以当面指出，为什么兄弟俩就不能谈谈呢？

十多天后，即八月二日，鲁迅和朱安终于搬到俞芳姊妹的砖塔胡同去了，就这样永远离开了八道湾。

砖塔胡同是临时借住的，他曾问我有没有钱，因为他想买西三条胡同的房子。他是知道我刚进商务印书馆，待遇是十分菲薄的，不过，他这时实在非常窘困，身上已不名一文了。他东借西凑，到处奔波，又是买屋修屋，终于在一九二四年五月二十五日，“晨移居西三条胡同新屋”，这西三条胡同是他在北京的永久住处了。

鲁迅离开八道湾，周作人夫妇总该称心如愿了吧！可是，却不，对

① 见增田涉《鲁迅的印象》中第二十四节《鲁迅跟月亮和小孩》。

鲁迅的折磨还没有结束，事情发生在搬进西三条胡同新屋半个月后，鲁迅在日记中记着：

一九二四年六月十一日，下午往八道湾宅取书及什器，比进西厢，启孟及其妻突出骂詈殴打，又以电话招重久及张凤举、徐耀辰来，其妻向之述我罪状，多秽语，凡捏造未圆处，则启孟救正之，然终取书、器而出。

鲁迅已经让出八道湾，搬到新居，只是来取自己的东西，还要这样对待。骂詈殴打，说秽语，只能征服像周作人这样的意志薄弱者，却不能征服鲁迅。我听母亲说过，鲁迅在西厢随手拿起一个陶瓦枕（一种古物），向周作人掷去，他们才退下了。

然而，鲁迅并没有取出他的全部财物。他在一九二四年九月二十一日曾写过一段短文，说：

曩尝欲著《越中专录》，颇锐意搜集乡邦专甓及拓本，而资力薄劣，俱不易致，以十余年之勤，所得仅古专二十余及打本少许而已。迁徙以后，忽遭寇劫，孑身逭遁，止携大同十一年者一枚出，余悉委盗窟中。日月除矣，意兴亦尽，纂述之事，渺焉何期？聊集燹余，以为永念哉！甲子八月廿三日，宴之敖者手记。①

这篇题记的署名：宴之敖者。鲁迅曾对许广平解释过它的意思。“宴从门（家），从日，从女；敖从出，从放（《说文》作敖，游也）；我是被家里的日本女人逐出的。”②

文中的“寇劫”，指古专拓片落入八道湾手中，“盗窟”是指八道

① 这篇短文，被编辑加上一个标题：《〈俟堂专文杂集〉题记》，收入新版《鲁迅全集》第七卷。

② 见许广平《欣慰的纪念·略谈鲁迅先生的笔名》。

湾。周作人如爱古专拓片，鲁迅也不会吝惜，两人可共编《越中专录》。这方面我有切身体会，鲁迅在日本时送我的一架显微镜，供我自修生物学用的，值好几百元，可是周作人招来的妻舅，却不讲一声地拿去卖了五十元，自己化掉了。八道湾早被占领，主权不在周作人手里。鲁迅的财物、收藏，十多年心血付之东流，《越中专录》未能辑成。这篇本来不打算发表的短文中，是他最痛心的话了。

在西三条胡同新屋布置就绪后，我们的母亲跟随她的长子住到西三条，过简朴的生活，即使鲁迅逝世后，她也没有回八道湾，可想而知，八道湾的生活何等难以忍受。她对所发生的一切，看得十分清楚，也想得相当深远。她为鲁迅抱不平，对俞芳讲过，鲁迅亲自买进、设计改建，还把一家老小接到北京，倒反而没份住，想起来都替他心酸。不过，她还讲："我说句实在话，分开倒对你们大先生有利。"①

这倒是对的，鲁迅虽然在精神上受极大打击和物质上受损失，但分开了却大大的有利。不然的话，钱都给八道湾搜刮去，他怎么能像后来那样资助、营救革命者呢？从八道湾来说，当初只是给他一个下马威，也许没有想到要逐出鲁迅。谁能挣这么多钱供他们挥霍，自己又这样刻苦节俭？没想到鲁迅是不能被强暴所屈服的，他一怒而走了。周作人助纣为虐的结果，就是他此后独力养活他那一大帮妻族，不过他也没有什么话说，这是他自己苦心从日本招来的嘛！

我们的母亲对周作人的处境也完全看透了，所以她对俞芳说："只当我少生了他这个儿子。"②

然而，这并没有泯灭鲁迅的手足之情，他在青少年时期如此，晚年

---

① 俞芳《我记忆中的鲁迅先生》中《太师母谈鲁迅兄弟》和《太师母谈鲁迅先生》。

② 俞芳《鲁迅的母亲——鲁太夫人》。

也是如此。他的小说《弟兄》，是在一九二五年，被逐出八道湾，兄弟怡怡的幻想破灭之后写的，他回忆了自己对周作人疾病的忧虑，请医生来诊治的事实，还表示了“鹡鸰在原”的意思。鹡鸰原作脊令，是一种生活在水边的小鸟，当它困处高原时，就飞鸣寻求同类。《诗经》：“脊令在原，兄弟急难。”比喻兄弟在急难中要互相救助。鲁迅通过小说，是向周作人伸出热情的手，表示周作人如有急难，他还愿像当年周作人患病时那样救助。

一九二七年十月，鲁迅到上海后，对我讲起八道湾的生活，从没有责备过周作人，他只是感慨万分地说，我已经涓滴归公了，可是他们还不满足”。我也有同感。他写的《牺牲谟》，有他自己在八道湾这段生活的体会在内。

他还时常惦念周作人，为他担忧，常对我说：“八道湾只有一个中国人了。”（当然不包括男女工人和孩子。）特别当《语丝》在北京被禁止，北新书局被封门的时候，他焦急万分，对我说过，也给人写信，讲过这样的话：“他之在北，自不如来南之安全，但我对于此事，殊不敢赞一辞，因我觉八道湾之天威莫测，正不下于张作霖，倘一搭嘴，也许罪戾反而极重，好在他自有他之好友，当能相助耳。”①可见鲁迅所说的“八道湾”是除周作人之外的。八道湾是天威莫测的，不下于张作霖，而周作人是在这样统治下的唯一臣民。

素来勇猛的鲁迅，对此也有些束手无策，爱莫能助了。虽然他经常在考虑这问题，但一直到他逝世，想不出一个妥善的办法来。

鲁迅对周作人爱护关怀备至，比兄弟之情更深沉，这恐怕还因为鲁迅极爱惜人才。有一次，周作人的一部译稿交给商务印书馆出版，编辑

---

① 《鲁迅书信集》中一九二七年十一月七日《致章廷谦》。

正在处理。鲁迅说："莫非启孟的译稿，编辑还用得着校吗?"我说："那总还是要看一遍的吧!"鲁迅不作声了。

鲁迅没有讲过周作人的不好，只是对周作人有一个字的评价，那便是"昏"。有几次对我摇头叹气，说："启孟真昏!"他在给许广平的信（一九三二年十一月二十日）中，也说："周启明颇昏，不知外事……。"

周作人晚年写了《知堂回想录》，其中多次提到他的《五十自寿诗》在《人间世》发表后，招来许多批评攻击，独有鲁迅在给曹聚仁、杨霁云的信中，能够主持公论，在失和的事件十多年后，胸中没有丝毫蒂芥，这不是寻常人所能做到的。①

鲁迅能够准确地理解别人的意思，曾替周作人辩解过，一九三四年四月三十日给曹聚仁的信是这样说的："周作人自寿诗，诚有讽世之意，然此种微词，已为今之青年所不憭，群公相和，则多近于肉麻，于是火上添油，遽成众矢之的，而不作此等攻击文字，此外近日亦无可言，此亦'古已有之'，文人美女，必负亡国之责，近似亦有人觉国之将亡，已在卸责于清流或舆论矣。"六天后，即一九三四年五月六日给杨霁云信："至于周作人之诗，其实是还藏些对于现状的不平的，但太隐晦，已为一般读者所不憭，加以吹擂太过，附和不完，致使大家觉得讨厌了。"

周作人在回想录中再三引用了鲁迅这些话，虽然是以鲁迅为自己作辩解，但总算有些明白，鲁迅还是了解自己的，更没有来乘机投石下井。然而，对兄弟"失和"，究竟怎样看的呢？又何必讳莫如深，欲言又止呢？

---

① 见该书《在病院中》《不辩解说（下）》《打油诗》各节。

周作人是佩服日本的，由于事实的教训，终于也使他多少有点明白过来了，他在回想录中说：“日本民族所喜欢的是明净直，那么这些例（按，系指藏本失踪事件、河北自治请愿事件、成都北海上海汕头诸事件、走私事件、白面吗啡事件）便即可以证明其对中国的行动都是黑暗污秽歪曲，总之所表示出来的全是反面。日本人尽有他的好处，对于中国却总不拿什么出来，所有只是恶意，而且又是出乎情理的离奇。这是什么缘故呢？”

这是什么缘故呢？周作人似乎不明白，然而，他更不明白的是，所谓兄弟“失和”，全套骂詈殴打，说秽语，不正是上述事件的翻版吗？有军国主义思想的人，要侵略、征服别国或别人，可以制造各式各样、大大小小的事件。我亲眼看到过他们对周作人施用过这种强盗行径，他完全屈服了，又附和着去欺侮自己的亲兄，那曾经从政治上、思想上、经济上、生活上赤胆忠心帮助过他的人。中国经过八年抗战没有亡，而从鲁迅周作人兄弟来说，却先拆家了。

鲁迅去世后，中日关系更为紧张，好心的朋友关心周作人的安危。冯雪峰对我说过，他看过周作人的《谈龙集》等文章，认为周作人是中国第一流的文学家，鲁迅去世后，他的学识文章，没有人能相比。冯雪峰还认为，要让周作人接触进步力量。并隐约表示，他自己颇有意去接近周作人，希望我能作为媒介。有人也对我说，生物学家秉志，由上海一家工厂养着。像周作人这样的文学家，只要肯到上海来，生活完全不成问题，可能商务印书馆或其他书局，都愿意养他的。

我想起这与鲁迅生前讲过周作人不如来南方安全的话，正是不谋而合，于是，就写了一封信，恳切地劝他来上海。

然而，没有得到他片言只字的回音。

于是，我们就断绝了往来。

在中国共产党领导下，八年抗战，艰苦卓绝，人民谱写了历史上可歌可泣的一页；接着，三年内战，像摧枯拉朽一样，推翻了黑暗腐败的反动统治，取得了政权。

全国解放后不久，有一次，我在教科书编审委员会突然面对面地碰到周作人。我们都不由自主地停了脚步。

他苍老了，当然，我也如此。只见他颇为凄凉地说："你曾写信劝我到上海。"

"是的，我曾经这样希望过。"我回答。

"我豢养了他们，他们却这样对待我。"

我听这话，知道他还不明白，还以为自己是八道湾的主人，而不明白其实他早已只是一名奴隶。

这一切都太晚了，往事无法追回了。

周作人自小性情和顺，不固执己见，很好相处，但他似乎既不能明辨是非，又无力摆脱控制和掌握。从八道湾制造的兄弟失和事件中，表演得很充分，这似乎纯系家庭内部问题，却包含着大是大非的原则问题，他从这一点上和鲁迅分了手，以后的道路也就越走越远了。我缺乏研究，不知其所以然。

只是，我觉得事过境迁，没有什么话要说了。这次意外相遇，也就成了永诀。

一九八三年六月

［载《新文学史料》1983 年第 4 期］

索　引

（以下各文章名前数字，为各篇在本书各卷的页码。）

风雨谈

知堂回想录

苦雨斋序跋文

自己的园地

谈龙集

艺术与生活

谈虎集

第一卷

雨天的书

第一卷

泽泻集

第一卷

过去的生命

第一卷

永日集

第一卷

第二卷

冥土旅行

第一卷

夜读抄

第二卷

周作人早年佚简笺注

第二卷

看云集

第二卷

胡适往来书信选

第二卷

苦竹杂记

第二卷

第三卷

知堂文集

第二卷

中国新文学的源流

第二卷

希腊拟曲

第二卷

周作人书信

第二卷

秉烛谈

第三卷

秉烛后谈

第三卷

第四卷

药味集

第三卷

第四卷

书房一角

第三卷

第四卷

药堂语录

第三卷

第四卷

药堂杂文

第四卷

苦口甘口

第四卷

立春以前

第四卷

知堂乙酉文编

第四卷

第五卷

过去的工作

第四卷

知堂杂诗抄

第五卷

饭后随笔

第五卷

鲁迅的故家

木片集

日本古代随笔选

集外文

未刊稿

图书在版编目(CIP)数据

周作人散文/周作人著;锺叔河编. —长沙:岳麓书社,2020.12
ISBN 978-7-5538-1199-4

Ⅰ.①周… Ⅱ.①周…②锺… Ⅲ.①散文集—中国—现代
Ⅳ.①I266

中国版本图书馆 CIP 数据核字(2019)第 264550 号

ZHOU ZUOREN SANWEN
周作人散文
周作人著 锺叔河编
责任编辑:蒋 浩 田 丹 张睿颖
责任校对:舒 舍
书籍设计:几木艺创

岳麓书社出版发行
地址:湖南省长沙市爱民路 47 号
直销电话:0731-88804152 0731-88885616
邮编:410006

版次:2020 年 12 月第 1 版
印次:2020 年 12 月第 1 次印刷
开本:890mm×1240mm 1/32
印张:72.25
字数:1803 千字
书号:ISBN 978-7-5538-1199-4
定价:218.00 元

承印:湖南众鑫印务有限公司

如有印装质量问题,请与本社印务部联系
电话:0731-88884129

周作人
散文

第二卷

周作人——著

钟叔河——编

岳麓書社·长沙

目录

目录

目录

一九三四年

一九三五年

目

录

目录

一九二八年

《夜读抄》小引

幼时读古文，见《秋声赋》第一句云，“欧阳子方夜读书”，辄涉幻想，仿佛觉得有此一境，瓦屋纸窗，灯檠茗碗，室外有竹有棕榈，后来虽见“红袖添香夜读书”之句，觉得也有趣味，却总不能改变我当初的空想。先父在日，住故乡老屋中，隔窗望邻家竹园，常为言其志愿，欲得一小楼，清闲幽寂，可以读书，但先父侘傺不得意，如卜者所云，“性高于天命薄如纸”，才过本寿，遽以痼疾卒，病室乃更湫隘，窗外天井才及三尺，所云理想的书室仅留其影像于我的胸中而已。我自十一岁初读《中庸》，前后七八年，学书不成，几乎不能写一篇满意的文章，庚子之次年遂往南京充当水兵，官费读书，关饷以作零用，而此五年教练终亦无甚用处，现在所记得者只是怎样开枪和爬桅竿等事。以后奉江南督练公所令派往日本改习建筑，则学“造房子”又终于未成，乃去读古希腊文拟改译《新约》，虽然至今改译也不曾实行，——这个却不能算是我的不好，因为后来觉得那官话译本已经适用，用不着再去改译为古奥的文章了。这样我终于没有一种专门的学问与职业，二十年来只是打杂度日，如先父所说的那样书室我也还未能造成，只存在我的昼梦夜梦之间，使我对于夜读也时常发生一种爱好与憧憬。我时时自己发生疑问，像我这样的可以够得上说是读书人么？这恐怕有点难说罢。从狭义上说，读书人应当就是学者，那我当然不是。若从广义上说来，凡是拿着一本书在读，与那些不读的比较，也就是读书人了，那么，或者我也可以说有时候是在读书。

夜读呢，那实在是不，因为据我的成见夜读须得与书室相连的，我们这种穷忙的人哪里有此福分，不过还是随时偷闲看一点罢了。看了如还有工夫，便随手写下一点来，也并无什么别的意思，只是不愿意使自己的感想轻易就消散，想叫他多少留下一点痕迹，所以写下几句。

因为觉得夜读有趣味，所以就题作《夜读抄》，其实并不夜读已如上述，而今还说诳称之曰夜读者，此无他，亦只是表示我对于夜读之爱好与憧憬而已。

民国十七年一月三日于北京。

［1928 年 2 月《北新》/《夜读抄》］

《杂拌儿》跋

北京风俗于过年时候多吃杂拌儿，平伯取以名其文集。杂拌儿系一种什锦干果，故乡亦有之，称曰梅什儿，唯繁简稍不同，梅什儿虽以梅名，实际却以糖煮染红的茭白片和紫苏为主，半梅之类乃如晨星之寥落，不似杂拌儿之自瓜子以至什么果膏各种都有也。平伯借它来做文集的名字，大约是取它杂的意思，集内三十二篇文章，确有五分之一的样子是有考据性质的，但是，正如瓜子以至果膏究竟还是同样的茶食，这些文章也与别的抒情小品一样是文学的作品。平伯所写的文章自具有一种独特的风致。——喔，在这个年头儿大家都在检举反革命之际，说起风致以及趣味之类恐怕很有点违碍，因为这都与“有闲”相近。可是，这也没有什么法儿，我要说诚实话，便不得不这么说。我觉得还应该加添一句：这风致是属于中国文学的，是那样地旧而又这样地新。

我以前在重刊本《梦忆》序上曾经说过：

> 现代的散文在新文学中受外国的影响最少，这与其说是文学革命的还不如说是文艺复兴的产物，虽然在文学发达的程途上复兴与革命是同一样的进展。在理学与古文没有全盛的时候，抒情的散文也已得到相当的长发，不过在学士大夫眼中自然也不很看得起。我们读明清有些名士的文章，觉得与现代文的情趣几乎一致，思想上固然难免有若干距离，但如明人所表示的对于礼法的反抗则又很有现代的气息了。

唐宋文人也作过些性灵流露的散文，只是大都自认为文章游戏，到了要做“正经”文章时便又照着规矩去做古文；明清时代也是如此，但是明代的文艺美术比较地稍有活气，文学上颇有革新的气象，公安派的人能够无视古文的正统，以抒情的态度作一切的文章，虽然后代批评家贬斥它为浅率空疏，实际却是真实的个性的表现，其价值在竟陵派之上。

以前的文人对于著作的态度，可以说是二元的，而他们则是一元的，在这一点上与现代写文章的人正是一致。现在的人无论写什么都用白话文，也就是统一的一例，与庚子前后的新党在《爱国白话报》上用白话，自己的名山事业非用古文不可的绝不相同了。以前的人以为文是“以载道”的东西，但此外另有一种文章却是可以写了来消遣的；现在则又把它统一了，去写或读可以说本于消遣，但同时也就是传了道了，或是闻了道。除了还是想要去以载道的老少同志以外，我想现在的人的文学意见大抵是这样，这也可以说是与明代的新文学家的意思相差不远的。

在这个情形之下，现代的文学——现在只就散文说——与明代的有些相像，正是不足怪的，虽然并没有去模仿，或者也还很少有人去读明文，又因时代的关系在文字上很有欧化的地方，思想上也自然要比四百年前有了明显的改变。现代的散文好像是一条湮没在沙土下的河水，多少年后又在下流被掘了出来；这是一条古河，却又是新的。我读平伯的文章，常想起这些话来，现在便拿来写在后边，算作一篇题记。久病初起，胡涂的头脑更加胡涂，有些话说的不得要领，愿平伯勿笑也。

民国十七年五月十六日，周作人，于北京。

［1928 年 5 月 16 日作/《永日集》］

与钟敬文书一通

敬文先生：

惠函承悉。蒙赠寄刊物，收到无多，盖因检查颇严，大抵被没收了去也。兄在广州努力提倡民俗学，至为钦佩。弟向颇有兴趣，但只是浅尝，近复荒废，殊无可以贡献者，甚以为歉。

前月中旬，忽又患“回归热”，虽即用药注射，只热了六日，而热度太高，甚为困顿，在家休息匝月，尚未复原，头脑益复胡涂，除看书消遣外，不能作一事，但未始不佳，于城市中得少隐逸之趣。北京平静如常，弟僻居西北隅，更觉得萧闲，此种境界颇适于养病也。草草奉复，不尽。五月二十八日，作人。

［1928 年 6 月《民俗周刊》/集外文］

VITA SEXUALIS（性的生活）

日本故陆军军医总监、帝国美术院长、临时国语调查会长、东京帝室博物馆长兼图书头、正三位、勋一等、功三级、医学博士、文学博士森林太郎著。

森林太郎（Mori Rintarō）别号鸥外（ōgai），生于万延元年（一八六〇）一月十九日，卒于大正十一年（一九二二）七月九日，年六十三岁。这篇小说登在明治四十二年（一九〇九）七月一日发行的《昴》（*Subaru*）上面，旋被禁止，后来编印全集，不知曾否收入，我因为没有《鸥外全集》，现在便据《昴》本译出。书名原用拉丁文，今仍其旧，大意是“性的生活”。著者的头衔是我所加的，原本只干脆地写了森林太郎四字：我想在此刻大家正是保存“旧道德”的时代，除腐化外什么都会变成过激或反动，关于性的问题尤其容易引起萨满教的公愤，所以略略腐化一下子，将著者的全副官衔抬了出来，或者可以做个缓冲，因为官就是此刻现在的中国也总还是很有名誉的。原文有九十四页，约计七万馀字，译成汉语或者要少一点也未可知。

一九二八年五月四日，于北京内右四区。

金井湛君的职业是哲学。

哲学者这个概念，令人联想到在写什么书物。可是金井君虽以哲学为职业，却是什么书都不做。在文科大学毕业的时候，写了一篇很有点古怪的论文，题是《外道哲学与梭格拉底前的希腊哲学之比较研究》。自此以后，他是什么书都没有写。

但是因为是职业，所以讲讲义。讲座是担任着哲学史，在讲着近世哲学史。学生的舆论是，比那写过许多书的先生们的讲义，还是金井先生的更有趣味。他的讲义是直观的，有时投强烈的光线于或物之上，在这些时候，学生们得着永不消灭的印象。特别是借了因缘很远或是似乎了无关系的东西，来说明或物，常令听者爽然，忽得了解。据说淑本好耳把社会琐闻那样的闲话收入材料长编内，当作自己的哲学的材料，金井君也同样地采用一切东西作为哲学史的材料。在正正经经的讲义里边，有时引用当时青年们所读的小说来做说明，使学生听了出惊的事也是常有的。

他读小说很多。看新闻杂志的时候，并不看什么议论，只读小说。可是倘若作者知道他为什么读的理由，怕作者会要愤慨罢？他并不是当作艺术品去看。金井君对于艺术品有非常高的要求，在这些小说里没有足以满足这个要求的东西。金井君所觉得有趣的，是看作者在怎样的心理状态之下而写的这件事。所以在金井君看来，作者以为是悲哀或悲壮而写的东西，觉得极是滑稽，作者以为是滑稽的倒反觉得是可悲了。

金井君也时时想起，想写点什么东西。哲学虽是职业，却并不想建设起自己的什么哲学来，所以不想写哲学的书。心想倒还不如来写小说或是脚本罢。但是又因为照例地对于艺术品的要求太高的缘故，也就不轻易动手了。

不久，夏目金之助君写起小说来了。金井君非常有兴味地读着，而且感到技痒了。可是以后对于夏目君的《俺是猫》，就有什么《俺也是猫》这种书出来，什么《俺是狗》这种书也出来了。金井君见了这些，终于觉得厌恶了，终于什么东西都没有写。

这时候，所谓自然主义起来了。金井君见了这一派的作品的时候，并不特别感到技痒。可是，有趣却觉得非常有趣，同时金井君又想起奇妙的事来了。

金井君每读自然派的小说，看见作品①中的人物行住坐卧造次颠沛，随时随地都伴着性欲的写象，文艺批评又都承认这是写澈了人生，便不禁怀疑，人生果真是这样的么，或者自己与人类一般的心理状态有点不同，对于性欲特别冷淡，生来是带着所谓 frigiditas（案，意云冷性）的异常的性癖的么？这样的想像，在读左拉的小说的时候，也常感到。但是这只在读《萌芽》（*Germinal*）等，看见写劳动社会的人困苦达于极度的时候，有人去窥视男女的野合，那时也起了疑问，不过那只是怀疑作者为什么似乎故意地去描写那种情景，却并不是想这是不会实有的事。这些事或者是可以有的，但作者为什么写的呢？所疑者只此而已，也就只是想作者一个人的性欲的写象可不是有点异常么罢了。小说家或诗人这种人，性欲上有些异常也不可知。这个问题，与隆勃罗所（Lombroso）等所说的天才问题也有关系。默伯斯（Mōbius）一派的人，将有名的诗人哲学者全数抓来，当作精神病者去研究，也以此为根柢。但是日本起来的所谓自然派却与这个不同。一大群作家同时起来，写同样的事情，批评则承认这就是人生。这所谓人生者，照精神病学者说来，可以说是一切的写象上都带着性欲的色调，所以金井君的疑惑比前更深了。

不久，所谓出齿龟事件出现了。外号叫作出齿龟的工人平常有窥视女澡堂的脾气，有一天跟着一个洗澡回去的女人，（在路上）强奸了。（案，出齿龟本名池田龟太郎，因前齿露故名，以强奸致死罪判无期徒刑。）无论那国都很多的，极普通的事件罢了，若是西洋的新闻，在纸角上记上两三行就完事了。可是这在当时成了世间的一大问题，这与所谓自然主义被加上了一种联络。出齿龟主义这名词成立了，成为自然主

【锺校】

① 原无“品”字，今增。

义的别名。"出齿"（debaru）这个动词也造成了，流行于世。金井君于是更不得不怀疑，倘若不是世人都成了色情狂，那么自己一个人怕不是人类的落伍者么？

在那时候有一天，金井君在教室里看见有一个学生拿着耶路撒冷（Jerusalem）所著的一本小书《哲学入门》。讲义完了之后，他拿起来看，问是怎么样的书。学生答说，"因为在南江堂有这本书，心想或者可以做参考书，所以买了来。还没有读，先生要看，可以请拿去。"金井君便把书借了回来，恰好那天晚上无事，就来阅读。读下去到了审美论的地方，金井君大出惊了。在那里写着这样的话：一切艺术是 Liebeswerbung（求爱），即是调情，即对于公众发挥性欲是也。这样看来，正如月经走错了路从鼻孔出来一样，性欲变成绘画，变成雕刻，变成音乐，变成小说和脚本。金井君出了惊，一面又这样的想。这说法真是奇警极了。但是何不再奇警一下，再推广了说，人生所有一切事件都即是性欲的发挥呢？倘若这样说，便可以用同样的论法，无论什么都算作性欲的发挥罢。宗教什么若当作性欲去说明它，那是最容易的事。普通总说基督是新郎，被尊崇为圣人的呢①，实际上不过把性欲在反常的方面去发挥罢了。做了什么献身的苦行的人们里边，既有他虐狂者（Sadist），也有被虐狂者（Masochist）。戴起性欲的眼镜来看，人间所有一切事件的发动机便无一不是性欲。Cherchez la femme（找女人）这件事可以应用在一切的人事世相上去。金井君想，倘若从这样的立脚点看起来，自己恐怕终于难免是人类的落伍者罢。

金井君从前想写什么东西的希望于是向着奇妙的方面活动起来了。金井君这样地想：到底性欲这东西在人的一生里怎样地顺次发现，在人

【锺校】

① "呢"原作"尼"。

的一生里有若干的关系，关于这个问题可以征信的文献似乎很少。正如艺术里有猥亵的画一样，各国也都有Pornographie（猥亵文学），也有淫书，但是那不是正经的。一切的诗的领土里有写恋爱的篇章。但即使与性欲有密切的关系，与性欲总①不是同一的东西。在裁判所的记录，医生的著作里面，有多少的材料，但是那又多只是性欲的变态。卢梭的《忏悔记》很是彻底地，不客气地，什么事情都记着。小时候如忘记了所教的东西，牧师的姑娘便抓住了打他的屁股，这觉得有说不出的愉快，知道的事也故意装做不知道，故意说错，好教姑娘打他。可是后来有一大姑娘知道了他的秘密，不再打了。这是性欲最初的发动，决不是初恋。

此外在青年时代的纪事中，也时时说到性欲。但是不是以性欲为主而写的东西，所以也不能满足。加撒诺伐（Casanova）可以说是以其一生供了性欲的牺牲的汉子。这人所写的回想记是一部大著述，那个大部书物的内容是彻头彻尾的性欲，并没有可与恋爱相混的地方。但是正如拿破仑的名誉心很强，超过常人，所以他的自传不能为研究名誉心的材料，性欲界的豪杰加撒诺伐的著作也就难以当作研究性欲的材料。譬如罗陀思地方的大像，奈良的大佛，也就同样地不适用于人体之研究。自己虽然想写什么东西，可是不愿意去踏人足迹。现在刚好，我就来试写自己的性欲的历史罢。实在自己的性欲怎样地萌芽，怎样地发展，还没有细细地想过。现在来想他一下，写出来看罢。白上加黑，清清楚楚地写了下来，自己也就明白了罢。

这样一来，自己的性欲的生活到底是普通呢还是异常，或者可以分晓也未可知。自然，在还没有写之前，究竟怎样是不能知道的。所以这

【锺校】

①原无“总”字，今增。

将来是否可以给人看的东西，是否可以公之于世的，现在不能知道。总之且趁有暇的时候慢慢地写了看罢。他这样地想了。

其时从德国来的邮件到来了，这是平常给他寄书来的那家书店寄来的。其中有一册是某会关于性欲教育的研究的报告，叫作“性①欲的”，那不很妥。Sexual 是“性的”，不是性欲的，但是性这个字的意义太多了，不得已只好添上一个字去。现在所说的问题是，在教育的范围内是否性欲教育非有不可，倘若必要，是否可以成功？某会找了一个教育家，一个宗教家，一个医学家，都是各有专门的代表人物，问他们的意见，作成这个报告。三个人的议论的路径完全是各别的，但答案却是一致，就是问性欲教育是否必要？答曰然；可以实现么？答曰然。有人以为宜在家庭实施，有人以为宜在学校。总之决议是应该实施，可以成功。教授的时期当然在了解人事之后，从前日本也有结婚之前给新郎看画的传说，现在不过略略提早罢了。提早的原因，则因等到结婚之前再教，其间不免要发生毛病。从下级生物的繁殖讲起头，逐渐说到人类。虽说是最初讲下级生物，倘若只讲了植物雄蕊雌蕊的故事，便说动物亦复如是，人类亦复如是，那是一点都没有用。关于人的性欲的生活也非详细地说明不可的。

金井君读了这篇文章，暂时叉了手想着。金井君的长男今年高等学校要毕业了。假如自己非教儿子不可，那么怎样做才好呢？他觉得这是非常困难的事。具体地想起来，愈觉得穷于措词。于是金井君想起以前想写的自己的性欲的生活的历史，仿佛问题得了解决了。且把那个写了来看，不知道成为怎样的东西。要知道所写的东西能否给人家看，能否公之于世，不如先检查它可否给儿子看罢。金井君这样地想着，便拿起笔

【锺校】

① “性”原作“生”。

来了。

二

六岁时候的事情。

那时住在中国（Chugoku 日本地名）地方一个小诸侯的都会里。后来废藩置县，县厅设在邻省，这都会忽然就萧条下去了。

父亲同了爵爷一起住在东京。母亲说，湛已经大起来了，在进学校以前须得学习点东西才好，所以每天早晨教我认字母，或是习字。

父亲是本藩里的徒士（Kachi，武士之一种），可是也住着有围墙的台门，门前是城壕，对岸是上头的库藏。

有一天学习终了，母亲正织布，我说了一声“去玩一会儿来”，就跑了出来。

近地是一条邸宅街，就是在春天，也不见柳树，也不见樱花。只有在家里的墙上露出鲜红的山茶，米仓旁边有枳壳树抽着嫩绿的芽罢了。

西邻是空地。在瓦石散乱的中间，有紫云英和地丁花开着。我就动手来摘紫云英。摘了一会儿，忽然想起前日近地的小儿曾经说过，“亏他是个男子还摘什么花，真是可笑。”便赶紧周围回顾了一下，把花舍弃了。幸而谁都没有看见。我茫然地立着。是个清朗的晴天。母亲织布的声音，giton-giton 地清楚地可以听见。

隔着空地是一家姓小原的人家。主人已经死去，住着一位四十左右的寡妇。我忽然想起到那里去玩，转到前门，便跑了进去。

脱去草履，把纸障哗啦地拉开，跳进去看时，小原的伯母正同一个不知谁家的姑娘一起看书。姑娘穿了一身红衣服，梳着岛田髻。我虽是小孩，却也觉得这姑娘是小家的女子。伯母和姑娘似乎都很出惊的样子，举起头来看我。两个人的脸都是通红的。我虽是小孩，也看出两个人的样子和寻常不同，觉得诧异。看那翻开着的书是很美丽地着色的。

“伯母，那个，是什么花呀?”

我径自走到旁边去。姑娘把书翻转，望着伯母的脸只是笑。书的表纸上也着色，看时乃是画着一个很大的女人脸。

伯母把姑娘翻拢的书夺过来，翻开放在我的面前，指着画中的什么东西，问道：“湛哥，你看这是什么?”

姑娘更是大声地笑起来了。我张望了一下，见人物的姿势非常复杂，不大看得明白。

“大约是脚罢?”

伯母和姑娘一同高声大笑了，可见这并不是脚。我觉得似乎非常受侮辱的样子。

“伯母，回见!”

我并不听伯母的劝阻，一直跑出门口来了。

我还没有判断两个人所看的画是什么的知识。但是，两个人的言语举动觉得非常地奇怪，而且很是不愉快。可是不知为什么缘故，我不敢把这件事去问母亲。

二

七岁了。

父亲从东京回来了。我进了学校，这就是本藩的学问所的故址。

从家里往学校去，要走过门前的城壕西边的栅门。栅门的守望故址还是依旧，有一个五十左右的老头儿住在那里。他也有妻，也有儿子。这儿子大约和我同年纪，穿了破衣，无论何时总挂着两管鼻涕。我每走过的时候，他嘴里衔着手指看我。我对他心里感着厌恶和多少恐怖，走了过去。

有一天走过栅门，每天立在外面的那小孩不见了。我心想这小孩不知怎么了，正想走过去，这时候从守望故址的家里发出老头儿的声音来。

“哇，不行，拿这个出去!”

我忽然停住，向声音的方面看去。老头儿盘了腿坐着，正在编草鞋，因为小孩将要拿打稻草的铁槌出来，所以在申斥他。小孩放下铁槌，对着我看。老头儿也对着我看。这是一个浓褐色的多皱纹的脸，鼻弯而高，两颊瘦陷，目光炯炯，眼白里有红或黄的斑点。老头儿对我这样说，“少爷，您知道您的父亲和母亲夜里干什么事么? 您怕是渴睡，未必知道罢。哈哈哈。”

老头儿的笑脸实在是可怕的脸。小孩也跟着皱了脸一起笑。

我也不回答，逃走似的走过去了，后面还听见老头儿和小孩的笑声。

路上走着，想着老头儿所说的话。我知道男女成为夫妇，其间会有小孩出来。但是怎么成功的呢，这可是不知道了。老头儿所说的话似乎是关于这边的事情。我想，在这方面似乎总有什么秘密在那里。

虽然想要知道秘密，但也并不想照老头儿所说，夜里醒着来监察父亲母亲的事。我觉得老头儿说那样的话，就是在童心也以为这是 Profanation（渎神），这是亵渎，这好像是叫人用泥足踏进神社的幕内去。因此我也就很憎恶那说这样的话的老头儿。

以后每过栅门的时候总引起这个思想。但是儿童的意识真是应接不暇地不断地与新事实相接触，所以也不能长久接续地想着这样的事，回到家里的时候大抵这些事都已忘记了。

三

十岁了。

父亲起手教我学一点英文。

时常说起，或者搬家到东京去也说不定。说着这些的时候，我偷听着，母亲教我不要去告诉别人。父亲因为倘若往东京去，多馀的东西不能带去，非选择一下不可，所以常到库藏里去做事。库的底下是米，楼上放着什么箱笼之类。父亲的这种的工作，假如有客来时，也就立刻停止。

我想为什么告诉别人是不好的呢，便去问母亲看。母亲说，因为大家都想到东京去，所以告诉别人是不好的。

有一天父亲不在家，我走到库楼上去看。有一个箱子盖还开着，各种的东西散乱着。还幼小一点的时候总在壁龛陈列着的甲箱，不知为什么缘故，拉出来放在楼的中央。甲胄这东西，总之在五六年前长州征伐的那时候起，便已信用扫地的了。父亲大约想把它卖给收买旧铁的人完事，所以将从前藏起的甲箱拉了出来放在那里的罢。

我无意地把甲箱的盖揭开。甲的上面放着一本书。翻开看时，这是美丽地着了色的图画，书上所画的男女又有一种异样的姿势。我想这与前几年前在小原伯母家里所见的是同一种类的书。但是现在的知识比当初看见的时候已经大有进步了，所以比当初也更看得明白。据说密该兰智罗（Michelanglo）的壁画上的人物也用了大胆的远近法所画，但这种画上的人物却与那个不同，另有一种很不合的姿势，在小孩看去，那里是手，那里是脚，难怪他不容易辨别。

现在，手和脚都看得明白了。而且心里想，向来所想要知道的秘密就是这个了。

我觉得好玩，翻开几张画来看。不过有一件事不得不在这里声明一下。这就是说，在那时候我并不知道，这些人物的举动与人类的欲望有什么关系。淑本好耳（Sehopenhauar）曾这样说，人类并不以觉醒的意识去求得子，并不去着手于自己的种之繁殖，于是自然辅之以悦乐，引之以欲望。这个悦乐，这个欲望是自然使人类去谋繁殖的诡谋，饵。不给与这样的饵而于繁殖无妨者，只是下等动物，没有觉醒的意识的生物而已。我当时却一点都不知道，在这画上的这些人的动作里有着这样的饵。我觉得好玩，翻开画来看，只是知道了不曾知道的事情，所以觉得高兴，只是Neugierde（好奇心），只是Wissbegierde（求知心）罢了。这与从小原的伯母那里来讨了看的那岛田髻的姑娘全是用别样的眼光去看的。

可是在翻看的时候，我生出疑惑来了。这就是身体的某一部分画得特别的巨大。还幼小一点的时候把并不是脚的东西认做脚，本也是难怪的。这种画本来各国都有，但把身体的某部分画得这样大的，在世界却是无比，这是日本浮世绘师的新发明了。古时希腊艺术家制作神像，把前额放大，面部下半缩小。额是灵魂所宿的地方，把它放大以示优异，脸的下方是嘴，咀嚼用的上下颚，牙齿，都是下级的部分，所以缩小了。倘若把这边放大，便渐渐地与猴子相像，堪沛耳氏（Camper）的面角也就要小起来。还有胸膛与腹相比也特别放大。腹是与齿颚有同样的关系，不必更要说明：呼吸比饮食是更上等的作用。而且古人以为胸膛——详细的说是心脏——并不是血液循环，乃是司精神作用的地方。依照把额与胸放大的同样道理，日本的浮世绘师在画这种画的时候也把身体的某部分特别画得大了。这个意思我在当时却无论如何总不明白。

支那人所写的有一部名叫《肉蒲团》的不堪的猥亵的书，可是这又是支那人的脾气，在这故事里还要硬拉上善恶的报应。这实在是愚蠢的书。书中说名叫未央生的主人公以为自己身体的某部分似乎稍小，所以等人家小便的时候他便去窥探。我在那时候遇见人在路旁小便，也跑去窥探过。就是在城里也还没有官厕所，谁都在路旁小便。可是谁都是小的，我遂断定画上所画是不真实的，好像是自己得了一个大发现了。

这是我看了那可笑的画以后对于实世界的观察之一，还有一件有点难写，但为真实的缘故勉强把它写下。我还没有目击过女人身体的某部分。那时候城内并没有什么澡堂。在家里给我洗澡，住在亲戚家里，别人给我洗澡的时候，只有我脱了精光，给我洗的人是穿着衣服的。

女人不在路上小便。这倒很有点困窘[①]了。

在学校里女生是分班教授的，在一起游戏的事情是绝对地没有。倘若讲一句话，立刻要为朋友所嘲弄。女朋友更是没有。亲戚中间虽然有女儿，只在过节或有法事的时候来一趟，也是穿着作客的衣裳，擦了脂粉，规规矩矩地吃过了什么就回去了，并没有熟识的人。只有在家的后面住着一个在本藩当过小底（Kobito 原文作“小人”）的，有一个女儿和我年纪仿佛，名字叫做阿胜。她头上挽了一个小小的胡蝶髻，时常到家里来玩，是个脸色很白，两颊丰满的女孩，性质很是驯良。这个女孩，实在很对不起的做了我的试验的对象物了。这是梅雨初晴的时候。母亲照例是在织布。闷热的下午，到家里来做针线，在厨房帮忙的老婆子也睡午觉去了。只有母亲的梭声在寂静的家里响着。

我在里院的库藏前面用丝线缚在蜻蜓的尾上叫他飞着玩耍。满开着花的百日红的树上有蝉飞来叫起来了。望了一下，在很高的地方，不大能够捉住。这时候，阿胜走来了。阿胜因为家里的人睡着午觉，觉得冷静，所以走了出来。

“我们玩罢。”

这是她的招呼。我忽然[②]心生一计：

“嗡，从那个廊上跳着玩罢。”

这样说着，我脱了草鞋爬上板廊。阿胜也跟着脱了红纽的鞋[③]踏上

【锺校】

① “窘”原作“穷”。
② “然”原作“无”。
③ “鞋”原作“雪”。

来。我先赤着脚跳下去在院子里的青苔上，阿胜也跳下了。我又回到廊上，撩起下面的衣服，说道："不是这样跳，衣服缠住了不行。"

我活泼地跳了下来。再看阿胜，却在那里踌躇不决。

"喔，你也跳罢。"

阿胜暂时似乎有点为难的样子，但她本是天真烂漫的驯良的女孩，所以终于也撩起衣服跳下来了。我睁大了眼望着，只有两条白腿连在白的肚子底下，什么都没有。我大为失望。

想起用了 Opera glass（看戏用的双眼望远镜）去窥探演着舞曲的女人的股间，只看见织在罗里的金丝的闪烁而失望的绅士的故事，觉得这也还是稚气可掬的话了。

四

这一年的秋天的事情。

我的乡里是盆踊盛行的地方。旧历的盂兰盆（中元）将到来的时候，大家传说今年的盆踊说要被禁止了。但是县厅方面因为外省人的知事说同本地人反对不很好，所以就默许了。

离开家里二三町（中国半里）的地方就是市街。在那里搭起台来，到了傍晚，跳舞的后场音乐的声音连家里也听得见。

我问母亲可以去看跳舞么，答说如早点回来去看也可以。我于是就穿了草鞋跑去。

以前我也曾经去看过好几次。小时候，母亲曾带了我去看。表面上说只是小家的人，但因为都用头巾遮住了脸跳着，所以武士家里的也多去跳舞。其中有男子女装的，也有女子男装的。不戴头巾的人都挂着一种名叫"百眼"的面具。西洋举行的 Carneval（嘉年华节）是在一月，与这边的节候不同，但人类却自然地想出同样的事物来。在收获时期西洋也另有跳舞，不过那时似乎是不戴假面的。

大家作成一个圈跳舞着。覆着面来跳舞，站在那里看的人也有。看到有中意的跳手的时候，也可以随时挤到里边去跳。

我看着跳舞，忽然听见覆面的朋友们的谈话，这似乎是两个相识的男子。

“你昨夜到爱宕山里去的罢?”

“不要瞎说。”

“不，总之是去了罢。”

这样问答着的中间，另一个男子从旁插嘴道：“在那里，早上去看，会有各样的东西掉在地上罢。”

以后是笑声了。我仿佛觉得是触了污秽的东西的样子，便不再看跳舞，回家来了。

［1928年6—9月《北新》/集外文］

北京的近事

（通信——致川岛）①

川岛兄：

北京现在已挂了青天白日旗了，但一切还都是从前的样子，什么都没有变革。有人问，不知究竟是北京的革命化呢，还是革命的北京化？据不佞的观察，自然是后者为近，——本来这革命也就只是招牌，拿到北京来之后必然要更加上一层油漆了。

我们故京兆人的多数，心目中只知道这几件东西：皇帝、洋人、奉军。革命的招牌，现在虽然不能不暂挂（否则不能投机），心里一定是痛恨不置的：这是人情之常吧？试举一个例，北京市党部成立好久，花了好几天找官产房屋，到处碰钉子，智识阶级的市民拍手称快，说"国民党"被轰跑了，他们想占某衙门，却给军队赶走了。你想，以堂堂市党部，在北京东奔西走，找不到房子，这岂不是怪事。（现在听说已弄到教育部的一部分房屋办公了。）又报载白崇禧到北京后往西山去谒中山之灵，此外便没有第二人。我并不主张什么宗教似的仪式，说北京人非去叩拜不可，但即此一事可以见北京的革命空气与党空气之稀薄了。

奉军鲍毓麟旅之缴械，北京士女十分八九都"义愤填膺"而责韩复榘军之"不信"，日本报更是起劲，日文《北京新闻》至于毅然决然地断定因此可知济南事件之应由支那军队负其责云！据现已被拘之前京兆尹李升培说，由该尹同了商会长孙学仕在该会长之饭馆天和玉与鲍毓麟

【锺校】

① "北京的近事"五字为编者所加。

桃园结义，始约定鲍旅留京维持治安，其事之真伪功罪姑且勿论，但其缴械之原因则实由于元老们之厚意，留鲍旅太久，不让它早走，直到京外全是国军，天津方面已经开火，才放往通州去，其被缴械确是难免了。但北京市民那里管这些道理，他们只觉得鲍旅是奉军而保护过他们的，即使前面在开战，也应让它全副武装的上去，威吓国军的后路也好，不威吓也好，都可请便，断不容别人用一个手指惹他们的恩人一下；现在不料竟被缴了械，难怪如丧考妣，抬出“信义”的牌子来大声申讨了。

日本的汉文报等本是异族的侵略宣传机关，因为日本与中国的利害完全相反，它们的言论当然是幸灾乐祸，它们所反对痛恨的事□与人物，大抵于中国是好的，至少也不会有什么害处，翻过来说，它们之所颂扬鼓吹的事总于中国不利，那是极显然的。不幸北京市民的意见处处与日本人相近，所以很有一种反动的空气，这原来早是如此，不过在张大元帅时代与环境密合，我们不大诧异，现在更明显地感觉得出罢了。

还有一件附带奉告的事，北京的报界发生了一点小变动：《晨报》于六日停刊了，《京报》于十二日复活。说也奇怪，京中有一种传说，云《京报》即是《晨报》的化身。我昨天看见《京报》，其报式字样，新闻排列，及北大复校宣言纪事中加上小题目，意含嘲笑之类，的确很像《晨报》，但第一天有汤修慧女士的宣言，声明赓续邵飘萍君之事业：《京报》于奉军得势时被毁，《晨报》于奉军失势时停刊，二者不能并容，有如水火，想不至于有合作之事乎？或者《京报》仍由邵夫人经营，而编辑偶用了《晨报》旧人乎？上述传说乃得之于一个消息颇灵的朋友，究竟如何，不佞亦疑莫能明也。匆匆不多说。

十七年六月十四日，岂明。

［1928 年 7 月 9 日《语丝》/集外文］

北京的近事二

（通信——致章衣萍）[1]

衣萍兄：

承赐《樱花集》，谢谢。翻读集中的文章，不禁想到光阴之过得太快，你们南下已经有两年了。自从前年张李讨赤成功，攻下北京以后，苦雨斋中不知怎的渐渐寂寞起来了，常来夜谈的几个朋友相率往南边跑去，最初是川岛们（那时是一家三个人，就是所谓川字，现在怕不就要是州字了么?），其次是小峰，其次是绍原，其次是你们，另外还有品青也在“大元帅”就职时候因狂因病而归道山去了。这一年里来苦雨斋夜话的人只有疑古玄同与俞平伯二君，此外就简直不容易找到第三个人。我还记得两年前国民军守北京的时候，祯弘，铭衡，疑古三君同在敝斋，晚饭时听南苑的炮声震耳，我们便说正可试一试谁最镇静最后走，结果是铭衡君仓皇地先回去了，最镇静的疑古君也跟[2]了祯弘君出去，那时铭衡君的车子大约正拉出了大门了。但是今年却很不相同，大家都不很恐慌，有一天平伯君来谈，一直到家里打电话来催，这才回去。疑古君来敝斋的时候，外面本不戒严，因为奉军已走了，可是治安维持会的老头子们忽然命令临时戒严，大约因为韩复榘军到了南苑的缘故吧！九点钟就断绝交通，疑古君叫人去找洋车，则街上已完全没有半个人影了，结果只好在苦雨斋过了一夜。近来，在反动与投机的空气之中，表

【锺校】

① “北京的近事二”六字为编者所加。

② “跟”原作“眼”。

面上总是挂了青天白日旗，北京也有点安静下来了，只是天气又热了起来，所以很少有人跑了远路到西北城来玩，苦雨斋便也萧寂得同古寺一般，虽然斋内倒并不很热，这是你所知道的。

北伐成功，北京变了北平，龌龊的五色旗换了青天白日①了。我于此外没有什么奢望，只消极地希望不要再出现直系安福系的北京，积极地希望开放南海中海，拆去北海桥上的高墙，改故“太庙”为公园，如是而已。此刻现在似乎不能达到这些希望，战地政务委员会只听说录用了好些旧官僚，放了许多差缺，卫戍总司令则除了拜访外国公使团之外，只是五天五天的告病假。青天白日旗下之北京，前清的势力还着实伟大，目前就听见有什么“宗人府办事处”行公文到卫戍司令部去呢！本来清朝亡已十七年，复辟打倒已十一年，溥仪逐出已三年了，到现在该“皇上”还将去大连而往日本了，论理在中国不应该还有清朝的势力与官衙，然而事实有大谬不然者：宗人府早归了故宫博物馆的保管，而清朝的自称宗人府办事处犹自存在，中一区的警官又以系宗人之故，互相勾结，希图保存原有的宗人府地方，公然在国民政府治下活动，亦不闻当局有查办或饬令解散之事，真可谓忠恕之至了。太庙前已改为和平公园，但因其中有些清朝皇帝们的牌位，终于没有人能够把它搬出，现在又是三年过去了，不知有没有人搬得这些死皇帝动。北京——不，北方——不，或者是全中国——的上上下下，最佩服的第一是洋人，第二是皇上，这恐怕是很确实的真理。现在，溥仪皇上要到日本去了，两个合在一起，恰如日本俗谚所谓“鬼拿了铁棒”（Oni ni kanabō），实在是了不得，更非五体投地不可了吧。

可是，北京变也变得不少了。如《谷风》半月刊第一期上所说，

【锺校】

① “日”原作“天”。

"拥护五色旗者改成拥护青天白日的要人"，老国家主义者早已钻进首都里面去了，新国家主义者也抛弃了张汉卿老板（即学良）而别寻门路，将来总会飞黄腾达，成为党国的要人吧。所苦的只是我辈，我因为从前不谨口过，冲撞了新国家主义者，反对过拥护五色旗，到了现在翻了一个转身，拥护五色旗的成了忠实同志，那么反对拥护五色旗的岂不也就翻过来成为反革命了么？我觉得似乎我辈的病根在于不善变，圣人有言，"穷则变，变则通"，所以我辈只落得一辈子的穷罢了。我忽然想起发表"我们的政治主张"的十六名人来，觉得很可以给我们作个例子。领衔的是蔡元培先生，主稿的是胡适先生，这可以不必说；李大钊先生是死于讨赤，也就算了；我所最感兴味的是罗汤二公。丁公文江以"前[①]地质调查所所长"化为孙联帅的总办，碰破鼻子而下野，这是大众咸知的，但二公则似乎更豹变得有意思了。汤公以医学博士为（一）北京医大校长，转为（二）"好人内阁"的教育总长，终为（三）奉军三四方面军[②]高等顾问。罗公先为（一）北京大学教员，转为（二）"好人内阁"的财政总长，终为（三）"大元帅"的外交总长，（四）奉军三四方面军团长张学良的把兄弟（见五月北京各报），同孙联帅一样要称张作霖为"老伯"了。这种变化，其实也并不花了多大年月，因为"政治主张"是发表于十一年五月十三日，而"张大元帅"出关则在十七年六月三日也（案其间实计满六年另二十天也）。愚笨的人不知变通之真义，不能临机应变，结果是永无出山之日，实属活该，缅怀先贤之遗风，能不感叹而且惭愧欤？

足下在上海想必公私顺适，觉得比在北京好否？不佞则也不甚菲薄

【锺校】

① "前"原作"以前"。
② 原无"军"字，今增。

北京，第一是气候颇佳，可以居住，至于腐化恐怕中国到处差不多，未必由于北京的特别的风水，所以我已做了十二年的京兆公民，以后还接续地做北平布衣下去：所苦者只是吃不到鲜杨梅，——北京虽有别一种洋莓，我觉得总不及杨梅的好吃。不过，无论怎样好吃，我总不会因了杨梅而动乡思，这因为我没有古人的那种雅兴，而且也懒得走动。喔，难怪人家说，可不是我真已中了一点白化的北京的毒了么？

十七年七月一日，于北平市，启明。

[1928 年 7 月 16 日《语丝》/集外文]

历　史

天下最残酷的学问是历史。他能揭去我们眼上的鳞，虽然也使我们希望千百年后的将来会有进步，但同时将千百年前的黑影投在现在上面，使人对于死鬼之力不住地感到威吓。我读了中国历史，对于中国民族和我自己失了九成以上的信仰与希望。“僵尸，僵尸！”我完全同感于阿尔文夫人的话。世上如没有还魂夺舍的事，我想投胎总是真的，假如有人要演崇弘时代的戏，不必请戏子去扮，许多脚色都可以从社会里去请来，叫他们自己演。我恐怕也是明末什么社里的一个人，不过有这一点，自己知道有鬼附在身上，自己谨慎了，像癞病患者一样摇着铃铛叫人避开，比起那吃人不餍的老同类来或者是较好一点了吧。

［1928 年 9 月《语丝》/《永日集》］

老人政治

东方是奉行老人政治的。日本的田中义一老得像一只狒狒了，清浦奎吾还曾经死过复活。清朝的张文襄公干瘪如猴，庆亲王的照相则俨然骷①髅上戴着一顶红缨帽。我看了很是歆羡，只是怕自己活不到那样久，不到像木乃伊的样子便已身先朝露了。

近来，这似已改良不少，五六十岁就大有柄政的希望。只要少无病而呻，不冲上前去，免于二次三次的清党之难，再活二十年是不很难的。到那时，那是我们的天下了。到那时，放屁放屁，真真岂有此理，要怎么说就怎么说，要怎么干就怎么干，岂不懿欤！

［1928年9月《语丝》/《永日集》］

【锺校】

① “骷”原作“祜”。

荣光之手

“荣光之手”（Hand of Glory），这是一个多么好看的名字。望文生义地想来，这如不是医生的，那一定是剿灭乱党的官军的贵手了罢。——然而不然。我们要知道这个手，在文艺上须得去请教《印戈耳支比家传故事集》（*The Ingoldsby Legends*）。这是多马印戈耳支比所作，但他实在是叫巴樛木（R. H. Barham，一七八八至一八四五），是个规矩的教士，却做的上好的滑稽诗，圣支伯利（G. Saintsbury）教授很赏识他，虽然在别家的文学史上都少说及。圣支伯利的《英文学小史》还在注里揄扬这位无比的滑稽诗家，但在《十九世纪英文学史》说的更为详细一点，其中有这几句评语：

> 《印戈耳支比家传故事》在著者晚年八年中所发表，编印成集，世上比这更为流行的书几乎没有了。到了近时才有一点儿贬词，不过那是自然而且实是不可免的结果，因为第一是言语与风俗有点改变了，第二是已经流传的那样广远而长久。没有人硬要主张，以为这是文学的大作。但是为了那既不平板也非喧噪的无尽的谐趣，几乎奇迹似地声调韵脚之巧妙与自然，凡是能判断与享受的人如去读巴樛木总是不会失望的。

集里第一篇便是荣光之手的故事，现在且抄引它几段，不过只是大意，原文的好处自然是百不存一了。

> 在那冷静阴寒的原①野上，
>
> 在那半夜的时光，

① 《永日集》无“原”字。

在那绞架的底下，

手挽手地站着凶手们，

一个，二个，三个！

“谁愿的走上去，

快靠着那手脖子，

给我切下那死人的拳头！

谁敢的爬上去，

在他凌空挂着的地方，

给我拔五绺死人的头发！”

据说在达平顿的原野上住着一个八十多岁的老太婆，钩鼻，驼背，烂眼，头戴尖锥帽，一看就明白这是一个巫婆！现在那三个凶手们到她的草舍里来了。——

听了也可怕，

那些恐怖的言语！

祷告是倒说的，

说着还带冷笑。

（马太霍布金告诉我们，

巫婆说祷告的时候，

她从“亚们”起头。）

看了也可怕，

在那老太婆的膝上，

放着干瘪的死手，

她笑嘻嘻地捏着，

她又小心地拿那五绺头发，

拖在挂着的那绅士的脑袋上的，

和上黑雄猫的脂膏，

赶快搓成几支灯芯，

装在五个手指的顶上。

“死人来敲门，

锁开，门闩落！

死人手作法，

筋肉都别动！

睡的睡，醒的醒，

都同死人一样死！”

把这咒语抄了之后，荣光之手已经制造成功了，后来的事情是强盗杀人，末了在达平顿原野的黑绞架上挂上了“一个两个三个”的凶手们，老太婆的胸前挂了一只死人手与一匹死雄猫，正要被抛下河去的时候却给那魔鬼带往地狱去了。

我们如嫌上文说得还欠明白，那么可以到科学书上去找找看。茀来则博士的《金枝》（Dr. J. G. Frazer, *The Golden Bough*）节本上略有说明，即第三章讲感应法术的地方：

> 拟似法术中很繁盛的一支派是借了死人来作法的。……各时代各地方的盗贼多行这门法术，在他们的职业上是极有用的。如南斯拉夫的贼起手用一根死人的骨抛在屋上，嘲讽地说道，“骨头会醒时，人们也就醒。”以后这屋里的人就再也睁不开眼来了。同样在爪哇贼从坟上拿一点土，撒在他要偷的人家的周围，使家中人沉睡。印度人把火葬的灰撒在门口，秘鲁的印第安人则撒人骨的灰土，哥萨克人将死人胫骨除去骨髓，灌入牛脂，点起火来，在屋外周行三遍，也能叫人熟睡如死。哥萨克又用腿骨做箫，吹时使闻者疲倦不能兴。墨西哥的印第安人用初次做产而死的女人的左臂骨，但是这骨又须得是偷来的。在进人家去以前他们以骨敲地，使家中人不能言动，僵卧

如死，能见闻一切，但全然无力，有些简直就睡着而且打鼾了。在欧洲则云荣光之手有同样的能力，这是绞死者的手，风干，制过的。倘若再用一支死在绞架上的恶人的油所制的蜡烛，点着放在荣光之手上像烛台一样，能使人完全不能动，有如死人，连一个小指也动不来。有时候死人的手就当作蜡烛，不，一串蜡烛，所有干枯的指头都点了火，但如家中有一个人醒着，也就有一个指头点不着火。这种妖火只有牛乳能够熄灭。法术上又有时规定盗贼的蜡烛须得用初生的，更好是未生的幼儿之手指所制，有时又说必须照了家中的人数点烛，因为他如只有太小的一支烛，有人会得醒过来捉住他。这些蜡烛点着以后，除了牛乳没有东西能够灭它。十七世纪时强盗时常谋害孕妇，去从她们的胎内取出蜡烛来。……

威克勒（Ernest Weekley）教授著《文字的故事》（*The Romance of Words*）的第九章是讲语原俗说（Folk-etymology）的，中间说及荣光之手：

语原俗说的一个奇妙的例可以从荣光之手的旧迷信里找出来。这说是从绞架上取来的一只死人手，能够指出宝藏来的。

谁愿的走上去，

快靠着那手脖子，

给我切下那死人的拳头！

（印戈耳支比《荣光之手》）

这只是法文 Main de gloire 的译语。但那法文本是 Mandragore 之转讹，拉丁文曰 Mandragora，即曼陀罗，它的双叉的根据说有同样的能力，特别是这植物从绞架旁采来的。

中国也有曼陀罗华，不过那是别的植物，佛经中所说天雨曼陀罗华那是一种莲花之类，《本草纲目》所载的又是风茄儿，虽然也是毒草，但其毒在果而无肥大的块根。这种人形的曼陀罗在匈加利小说《黄蔷薇》中曾有说及，第二章的末尾云：

> 女忽忆往事，尝有吉迫希妇人为之占运，酬以敝衣，妇又相告曰，倘尔欢子心渐冷落，尔欲撩之复炽者，事甚易易：可以橙汁和酒饮之，并纳此草根少许，是名胖侏儒，男子饮此，爱当复炽，将不辞毁垣越壁而从汝矣。女因念今日正可试药，以诃禁之。草根黝然，卧箱屉中，圆顶肿足，状若傀儡。古昔相传，是乃灵草，掘时能作大嗷，闻其声者猝死，人乃缚诸犬尾，牵而拔之。神人吉尔开（Kirkē=Circe）尝以此草蛊惑阿迭修斯（Odysseus）暨其伴侣，药学者采之则别有他用，名之曰 Atropa Mandragora，至其草为毒药，则女所未见者也。

安特路阑著《习俗与神话》（Andrew Lang，*Custom and Myth*）中有一篇论文曰《摩吕与曼陀罗》（*Moly and Mandragora*），说曼陀罗的情形与上文相似：

> 其根似人形。据说如有世袭的盗贼而不失童贞者被绞死，则有曼陀罗，阔叶黄花，形如其人，生于处刑的绞架下。曼陀罗与阿迭修斯的灵药摩吕相似，是凡人所不易掘取的。欲得曼陀罗的人须先用蜡塞住两耳，使不能听见那草被拔出土时的致命的叫声。在礼拜五的日出前，牵一匹全黑的狗，在曼陀罗周围画三个十字，掘松根旁的泥土，将草根缚住在狗尾巴上，拿一块面包给狗吃。狗跑上前来取那面包，把曼陀罗根拔起，但听了那可怕的喊声立即倒地死了。随后将草根取起，用蒲陶酒洗净，用绸片包裹，放在箱子里，每礼拜五给洗浴一次，每逢新月换一次新的白小衣。曼陀罗如好好地待遇，能够如家神一样地显神通。如将一枚金钱放在它的上面，第二天早晨便能发见有两枚在那里。

中国没有胖侏儒，但关于人参，何首乌，茯苓等也有同样的俗说，如宋刘敬叔著《异苑》云：

> 人参，一名土精，生上党者佳，人形皆具，能作儿啼。昔有人掘之，始下锸便闻土中呻吟声，寻音而取，果得人参。

匈加利的曼陀罗用作媚药，西欧则可以招财，与威克勒所说相近，但它似乎没有使人昏迷的法力，虽然本是有强烈的麻醉性的。荣光之手的起原恐怕还是如弗来则所说，由于借了死人来作法，未必是言语的传讹。言语学的神话解释已经不能存在，在土俗学的方面大约也是相同，《文字的故事》是一卷讲语原的通俗而又学术的好书，但他偶然讲到迷信的解说，虽是新奇而有趣味，却也总是不大的确了。

［附记］

希腊史诗《阿迭舍亚》（*Odysseia*）第十卷中阿迭修斯自述与其伴侣漂流抵神女吉尔开之岛，伴侣们受神女宴飨，吃了干酪，麦食，蜜，酒，中和毒药，悉化为猪，未言用曼陀罗。阿迭修斯得天使之助，用了摩吕破神女的法术，救出友伴。诗中云，“此草黑根，花色如乳，神人名之曰摩吕，唯凡人所不易掘取，而在神人无所不可。”不知是何草，但其性质与曼陀罗相似，注解家云拔摩吕者必死。

［1928 年 10 月 1 日《未名》/《永日集》］

青年脆

我们乡间有一句俗语，在村里死亡率较高的时候，便说“今年人头脆”。人头（Ningdhou）云者生命之谓，非真是指圆如西瓜的一个个脑袋也。这句话的妙处在于一个脆字，能够具体地表出无常的意思，恰如掐断绿豆芽或拗断黄瓜似的那样松脆地死去，真是没有第二句话能够形容得出的了。

近两年来中国到处是人头脆，而青年似乎尤其脆得可以。这个理由不难寻找，大学院长蔡公停止青年运动的提案中明白地说出，以前革命时有些年高德劭或有钱多子的老成人不愿轻易冒险，便叫些不关紧要的青年冲上前去，结果自然是损失颇大，青年男女死于各种死法的不知共有若干。现在革命成功了，青年运动也停止了，青年当然可以不那么地脆了，大可以多吃几年饭，多学点世故，再过三四十年，差不多是花甲年纪了，那时便大有柄政的资格，岂不是很好的事么？

［1928 年 10 月 1 日《语丝》/集外文］

闭户读书论

自唯物论兴而人心大变。昔者世有所谓灵魂等物，大智固亦以轮回为苦，然在凡夫则未始不是一种慰安，风流士女可以续未了之缘，壮烈英雄则曰："二十年后又是一条好汉。"

但是现在知道人的性命只有一条，一失足成千古恨，再回头已百年身，只有上联而无下联，岂不悲哉！固然，知道人生之不再，宗教的希求可以转变为社会运动，不求未来的永生，但求现世的善生，勇猛地冲上前去，造成恶活不如好死之精神，那也是可能的。然而在大多数凡夫却有点不同，他的结果不但不能砭顽起懦，恐怕反要使得懦夫有卧志了罢。

"此刻现在"，无论在相信唯物或是有鬼论者都是一个危险时期。除非你是在做官，你对于现时的中国一定会有好些不满或是不平。这些不满和不平积在你的心里，正如噎隔患者肚里的"痞块"一样，你如没有法子把他除掉，总有一天会断送你的性命。那么，有什么法子可以除掉这个痞块呢？我可以答说，没有好法子。假如激烈一点的人，且不要说动，单是乱叫乱嚷起来，想出出一口鸟气，那就容易有共党朋友的嫌疑，说不定会同逃兵之流一起去正了法。有鬼论者还不过白折了二十年光阴，只有一副性命的就大上其当了。忍耐着不说呢，恐怕也要变成忧郁病，倘若生在上海，迟早总跳进黄浦江里去，也不管公安局钉立的木牌说什么死得死不得。结局是一样，医好了烦闷就丢掉了性命，正如门板夹直了驼背。那么怎么办好呢？我看，苟全性命于乱世是第一要紧，所以最好是从头就不烦闷。不过这如不是圣贤，只有做官的才能够，如上文所述，所以平常下级人民是不能仿效的。其次是有了烦闷去用方法消遣。抽大烟，讨姨太太，赌钱，住温泉场等，都是一种消遣法，但是有些很要用钱，有些很要用力，寒士没有力量去做。我想了一天才算想到了一个方法，这就是“闭户读书”。

记得在没有多少年前曾经有过一句很行时的口号，叫做“读书不忘救国”。其实这是很不容易的。西儒有言，二鸟在林不如一鸟在手，追两兔者并失之。幸而近来“青运”已经停止，救国事业有人担当，昔日辘轳体的口号今成截上的小题，专门读书，此其时矣，闭户云者，聊以形容，言其专一耳，非真辟札则不把卷，二者有必然之因果也。

但是，敢问读什么呢？经，自然，这是圣人之典，非读不可的，而且听说三民主义之源盖出于《四书》，不特维礼教即为应考试计，亦在所必读之列，这是无可疑的了。但我所觉得重要的还是在于乙部，即是四库之史部。老实说，我虽不大有什么历史癖，却是很有点历史迷的。我始终相信《二十四史》是一部好书，他很诚恳地告诉我们过去曾如此，现在是如此，将来要如此。历史所告诉我们的在表面的确只是过去，但现在与将来也就在这里面了：正史好似人家祖先的神像，画得特别庄严点，从这上面却总还看得出子孙的面影，至于野史等更有意思，那是行乐图小照之流，更充足地保存真相，往往令观者拍案叫绝，叹遗传之神妙。正如獐头鼠目再生于十世之后一样，历史的人物亦常重现于当世的舞台，恍如夺舍重来，慑人心目，此可怖的悦乐为不知历史者所不能得者也。通历史的人如太乙真人目能见鬼，无论自称为什么，他都能知道这是谁的化身，在古卷上找得他的元形，自盘庚时代以降一一具在，其一再降凡之迹若示诸掌焉。浅学者流妄生分别，或以二十世纪，或以北伐成功，或以农军起事划分时期，以为从此是另一世界，将大有改变，与以前绝对不同，仿佛是旧人霎时死绝，新人自天落下，自地涌出，或从空桑中跳出来，完全是两种生物的样子：此正是不学之过也。宜趁现在不甚适宜于说话做事的时候，关起门来努力读书，翻开故纸，与活人对照，死书就变成活书，可以得道，可以养生，岂不懿欤？——喔，我这些话真说得太抽象而不得要领了。但是，具体的又如何说呢？我又还缺少学问，论理还应少说闲话，多读经史才对，现在赶紧打住罢。

［1928年11月1日作/《永日集》］

《聊斋鼓词六种》序

回想小时候所读的书总有好些不能忘记的印象，其一就是蒲留仙的《聊斋志异》。最初读小说自然都是白话的，但到了《三国志演义》作一结束，一面便转到文言的小说里去，《聊斋志异》在次序上与价值上都是第一部，所以至今想起来还是很有兴趣。他是继承六朝的志怪与唐朝的传奇文而集大成的，不过在传奇文方面他是的确成功了，志怪的短篇了无特色，不及《阅微草堂》远甚，在《聊斋》中还可以说是失败之作。传奇文中我觉得《婴宁》一类的东西做得最好，《促织》与《罗刹海市》等倒还在其次。他写狐鬼和人一个样子，除了说明她们本相的地方以外，几乎没有什么妖气，我想在青年读者羡慕之馀，以为狐鬼亦佳者当复不少，所以他这实在是狐鬼的人化，俗传此书本名"狐鬼传"，专以讽刺人间者，未免是齐东野人之语了。我又记得题词中有这两句："姑妄言之姑听之，豆棚瓜架雨如丝。"我很喜欢这种态度，这是一种文学的心情，不汲汲于功利，但也不是对于人事完全冷淡，只是适中地冷静处之罢了。

今年秋天淄川马君以钞本见示，我才知道蒲留仙还著有这些鼓词。现在所见者只有六篇，据说还有几种一时找不到，所以没有收入，但即此六篇也尽够表明蒲君的这方面的好成绩了。说起鼓词，我们第一要想到《万古愁》和《木皮鼓词》这两种名文。《万古愁》无论是归玄恭或熊檗庵所作，——我看归君《诛邪鬼》那种口气，觉得曲中有些话不是他所能说，虽然我也并不能断定作者即为熊君，——《木皮鼓词》则有云亭山人等人题记知为贾凫西的文章，总之都是"改革时人"，就是明朝的遗老，故"以神工鬼斧之笔，摅苦恨牢骚之意"，二百馀年后犹令读者感动不能自已，此固由革命时代的意气与宋明遗民易于共鸣，但文字的美妙盖亦有很大的力量。聊斋的作品上虽因时世关系缺少那些遗老气，但是文词圆润，诙谐轻妙，依然是木皮正统，其中《东郭外传》一篇与《太史挚适齐》全章正堪媲美，而丰富流畅似尤过之。醉溪道人读《木皮词》："不禁撮舌惊叹曰，鲁何奇士之多也！"我们正有同感。大约明末曾流行这种文字，因系一种新兴的文学，照例有些弹力与生气，可以用了活泼自由的言词，表现滑稽清新的趣味，激昂诚实的感情，所以用作那些悲愤文章正是恰好。聊斋那时不能再做遗老了，他就以那种豆棚瓜架的态度来应付，做出别一类的东西来，比从前要更近于文艺的，虽然较少了一点儿社会的意义。郑板桥、徐洄溪等的道情我想也就是这个流派的馀风，不过已有成了强弩①之末的形势。到了复古运兴，一面朴学固然奏了大功，一面文学却受了巨创，清真雅正的文诗再走半步即是腐化，文艺界成为反动的，而此公安派潮流中的一小波澜也就在那时完全被复古的洪水所冲没了。现在马君找到这鼓词，设法发表出来，可以供给文学史的资料，又即可以作文学作品读，原是极好的事，而且这又正是我们所熟识的《聊斋志异》作者的作品，更使我们感到兴趣。此外还有一种得陇望蜀的要求，便是希望马君将来能够访求到所散失的那三篇著作，或是别位有这类东西编订刊行，以供大家的欣赏。

民国十七年十一月二十一日，于北平市。

［1928年11月21日作/《永日集》］

【锺校】

① "弩"原作"努"。

关于人身卖买

佐野学著的《日本社会史序论》在日本是禁书，我所有的一本是片上伸君送给我的。一九二四年七月片上君第二次来北京，将重游俄国，行装中带有此书，因为怕检查的缘故，表纸序文目录都已撕去，只剩了三卷本文了。我托常维钧君去改装上一个半皮面，放在书架上，今天偶然拿下来翻阅，第一卷《被支配者阶级之诸研究》中第六章是《我国人身卖买沿革考》，第八节结语云：

未几，明治维新出现了。明治初年政府的态度对于人身卖买这件事也全是革命的。明治三年，禁止卖童男给支那人。五年，因“卖买人身，规定终身或限期间，一任主人随意虐使，有背人伦，所不应有”，命令解放娼妓艺妓，一切定期服役人等。新律纲领上也设略卖人之条，凡略卖人为娼妓者流二等，为妻妾奴婢者徒二年半，因而杀伤人者照强盗律治罪。但是正如别的改革事业不久就变成反革命的一样，关于人身卖买，明治政府的态度也极为模胡不纯，未几经了几次的警视厅令，也就默认了艺妓娼妓的人身卖买了。

我在上文回顾了我们过去的黑暗的历史。以上只是顺着见于文献的事迹一看罢了，本文上不曾记录的事实在文献上还有无数存在，至于文献上不曾出现的事实那更是无数了。过去的历史书只是阶级的历史书，记录我们平民的运命的地方非常稀少，我们对于这事禁不住要冷笑。现在是资本主义时代，人身卖买的暗影还没有干净地拭去。现今劳动力之卖买是要比任何时代为盛。这岂不是把人类的历史长久弄得黑暗的那人身卖买的原则之连续么？而且贫家女子卖身的事也同从前一样地实行着。滥行赞美现代的人固然也未必有，我想人类真是可以赞美这人世的时代，那还是遥远地在彼方罢。（一五〇至一五一页）

这固然说得不错，但也是平常的话，可是这在日本恐怕就要犯忌而被禁止了。大凡极平常的，由我们从常识看去合于道理的话，在现代往往被认作危险，轻则禁止，重则查办。我所见闻的日本人的议论，只有极少数的艺术家学者及主义者说得合理，而这些人都是带有共产或无政府主义的倾向，是现代政治道德的权威所认为大逆不道者。关于济南事件，因为孤陋寡闻的缘故，觉得日本人的话真说得通达事理的仅只一小篇，这是登在日本无政府党机关报《黑色青年》上面的。中国的各种主义者似乎同日本的是两类，所以情形不大相同。“中国社会史序论”这一类的书既少有人肯做，说起话来也总同别派的人差不多的奇怪。这不知道是什么理由，大约中国人的思想是统一的缘故罢？不过我也不能确说。

［1928 年 12 月 4 日作/《永日集》］

《大黑狼的故事》序

这还是民国十四年的秋天，谷万川君初次和我谈起大黑狼的故事，我记得还有一篇消息登在第五十二期的《语丝》上。在那时候，大约万川是“少不更事”，我却有点老朽了，所以在“这个年头儿”还是很高兴地谈那些不革命的大黑狼，他记录出来寄给我看的这一类民间故事现在已经忘记有若干篇，总之在我书桌的抽屉内是有了一大叠。有一回，总是奉鲁军祝贺攻下南口的时分罢，万川从望都寄来二十个新鲜鸡蛋，虽然放在木屑里包装得很好，到得从邮局取来的时候，几乎都磕破了，剩下一两个完全的也已经变坏了。这件事我至今还很清楚地记得，可是这其间隔了两年的光阴，有许多许多的事情都已变了样子了。

不久万川到南方去革命，好久没有信息，不知道他革出什么来了没有。后来得知他回到上海，看他几次的来信，似乎他对于革命已没有多大兴致，可是对于他那老朋友大黑狼也未必还有趣味去奉访它了。这原是很不错的。文学本来是不革命，便是民间文学也是如此，我们如要替他辩护，文学至少也总不就是革命。革命假如是雅片，文学好比是“亚支奶”罢？正如有钱有势的人大胆地抽大烟一样，有血气的青年对于现代感到不满，也就挺身而起，冒危险，拚性命，去实行革命，决不坐在家里叹息诅咒，聊以出他胸头的一口闷气。只有那些骨瘦如柴，手无缚鸡之力的乏汉，瘫痪似地坐在书桌前面，把他满腔的鸟①气吐在格子纸上，免得日后成鼓胀病，有如上瘾的穷朋友只能每顿吞点亚支奶，这虽

【锺校】

① “鸟”原作“乌”。

是不像样，却也是没有法的。有人说得好，凡是匿名揭帖，或登广告，发传单，说某人怎样欺侮他的，大抵是吃了亏，没有力量反抗或报复，虽不甘心却终于只好忍受的人，他的这种揭帖等便是表明他的无能为的态度，表明他是将忍受了，只要让他嚷这一回。要咬的狗是不则声的，叫着的却是自己在害怕。在现代乱世青年只有两条出路，强的冲上前去，做个人类进化的“见证”（Martyr），弱的退下来，叹息诅咒，以终天年，兼以传种，——此外，自然还有做官发财之一法，不过这一路的人已经很多，不必再来引导，省得将来更要僧多粥薄。现在虽然听说有很巧的方法，即是以文学代革命，犹如从前随营的朱墨文案也可以算作“军功”得保举，但我觉得总未免太取巧一点儿，似乎不大好。英国的摆伦（Byron），匈加利的裴①德飞（Petöfi），那确实不愧为革命诗人，很有砭顽起懦的力量，可是摆伦终于卒于密所隆吉军次，裴德飞死在绥该思伐耳的战场上，他们毕究还是革命英雄，他们的文学乃只是战壕内的即兴，和文士们的摇瘦拳头是不很相同的。

不知怎的话又说远了，现在再来谈万川的事罢。他去革了一阵子的命，现在不再干这个玩意儿了，因为革命已经成了功，而同时他对于文学似乎又变了冷淡了。我说这是不错的，因为吃得起大土的人那里要什么亚支奶，然而等到这烟灯烟枪都收了摊②，而还不肯屈尊来吞服一点代替品，那么这是有点危险性的，正如瘾发时之要涕泪横流的。本来能革命的自然最好还是革命，无如现今革命已经截止，而且我又是不革命的人，不能自己浸在温泉里却用传声筒发命令，叫大众快步走，冲锋！所以对于万川还只好照着自己的例劝他回转来弄那不革命的文学。我这

【锺校】

① “裴”原作“斐”。

② “摊”原作“滩”。

样说，列位切莫误会以为我自己自认是在弄文学，这个我早已不敢弄了，我现在只是不革命罢了，——我至今还想整理中国猥亵的歌谣，这个我恐怕简直还有点反革命的嫌疑？恰好，万川虽已没有打听大黑狼的新消息的热心，但似乎终于未能忘情，从我这里把它要回去，预备刊印成书，我便趁了这个机会写几句话给他，告诉我的意思。

我并不劝他回到记录大黑狼的那时代来，因为那是不可能的，有如现在有些人想叫大家回到古代去，但我又觉得不革命又不不革命之非计，所以想借了大黑狼去诱引他一下，请他老实不客气地决定来干这不革命的文学或其他学问。我的老朽却还是仍旧，不减少也希望不大增加，所以对于大黑狼们的感情仍是颇好的，日后这本故事集印成之后我还想细细地重读一遍，——这两年来人事改变真不少了，大黑狼和万川都还健在，这真是极可喜的事了。

十七年十二月二十二日，于北平市。

［1928 年 12 月 22 日作/《永日集》］

关于妖术

英国散茂斯（Montague Summers）所著的《妖术史》和《妖术地理》系 Kegan Paul 出版的“文明史”丛书中的两种，一九二七年刊行，定价是十二先令半和十八先令。因为这种丛书是颇有名的．而我又颇喜打听一点魔术妖法的事情，所以奋发一下子把他去买了来。岂知不看犹可，看了却出一大惊，真有“意表之外”之感焉！原来这位先生自己是相信有妖术的。本来我们虽然不信妖术，然而世上却未尝没有这类的东西，有如白莲教以及现代的同善社等等，不过我们认它为蛮风之遗留，并不以为这是现今一切文化的仇敌，像当代要人眼里的共产主义一样。散先生乃不然，他承认欧洲的妖术是魔鬼撒但祖师真①传的主义，目的是在破坏耶和华所钦定的族长制的教会与绅商制的国家，所以于世道人心，风化治安均有了不得的关系，非彻底肃清不可的，无论用了怎样的手段与多大的牺牲。他的《妖术史》的第一章的题目是：“妖巫，外道的与无政府的”。他痛骂茂来女士（M. A. Murry）所著的《西欧的妖术》，以为“根本地并且完全地错误”。为什么呢？因为茂来女士的著作是从人类学的见地来考察这起源于上古而传讹堕落的宗教，他却是相信历史——尤其是正道的教徒所记的历史的。茂来女士推论这是基督以前的西欧的一种古宗教，饮宴跳舞，因为是关于农业的，所以多少有些猥亵性质，实际总是颇愉快的高兴的仪式，因此“在那禁压它的阴郁的神圣裁判官与宗教改革者是全然不能了解的”了。散先生回答说：

……那些神圣裁判官呢，他们都是圣陀米尼与圣芳济的徒

【锺校】

①“真”原作“直”。

弟，一个的慈惠是无限的，一个的名字就对于众生都发出基督似的慈爱，所以他们是有极深的智识与极深的同情的人，他们第一件的义务是来绝灭这种恶化，免得全社会都被腐败而永劫不复。茂来女士似乎不知道那妖术实在只是一种污秽可恶的邪说，是摩尼教派的馀毒。

我所读的书真是有限，但在我出钱买了来的书里却没有见过一本这样胡说的，叫人气闷的书。我真奇怪，文明史丛书里怎么会有这样的古怪东西？别的各册似乎都很不差，都是现代科学的成绩，而其中间又忽然夹入这中古时代的出品，真是有点出奇了。

《妖术地理》是分述各国的妖术状况的，也是同样的论调，有几处似乎更有精采。第六章是讲德国的，中间引忒勒威思教区编年云："一五八六年教区内厉行肃清妖巫，在两村中只有两个女人得不死。"又据纪载，一六二七至一六三一年中吴尔兹堡共杀妖巫九百馀人，有几次的名单极有意思：

> 第十三次正法者四名：老霍夫宿密特，老妇人一名，少女一名年约十岁，她的妹子一名。
>
> 第十四次正法者二名：上记二少女之母，理倍耳之女年二十四岁。
>
> 第十五次正法者二名：少年一名年十二岁系高小学生，开馒头铺之女人一名。

窥豹一斑，可以不多引了。且看著者怎样注释。

> 这样的一个目录，的确，初看似乎有点可怕，但我们要知道，这些频烦的处刑恰足以表明那个不幸的地方是多么深地中了病毒了。撒但党秘密地进行他们的工作，那样勤奋而且坚决，这实在是适于去做更好的事的。他们恶化了老的少的，富的穷的，流浪的乐人，安乐的市民和尊荣的贵族；不，就是牧

师也被拉进地狱的陷阱里去。这社会的无政府与魔鬼的革命之毒必须用剧烈的方法来肃清它，假如想不使全体都中了毒，而且不要在神与人的鼻孔里感到恶臭。的确这是很可悲的，听书上说小儿们那样早地受了污染了。然而这种事情是古今都有的。在智利，牧师们都诉说学校儿童之恶化。圣谛亚谷的一位神甫曾说，不多几年前有几个天主教的土人看见一个白种小孩，年纪不过十五岁，把圣饼钉在市外的一棵树上，用刀刺了好几下，一直等到他们看清楚了，跑上前去将他止住。南美洲的撒但党抓住了十二岁以下的少年男女，教他们咒骂渎神，不进教会去，却尽忠于撒但。

散先生的这些话真不免有点儿丧心了。声称维持治安的政治的杀戮已经有人怀疑，何况这只是圣饼安危问题么？我曾在《从犹太人到天主教》这篇小文里说过："《出埃及记》二十二章十八节说，行邪术的女人不可容她存活！相信有邪术，自然就有反邪术之运动，然而其实他的丑恶也并不下于邪术，倘若说世界上真有邪术。"中国向来喜欢以思想杀人，定其罪曰离经叛道，或同类的笼统的名号，西欧也是古已有之，到了十九世纪这才停止了，虽然在一九〇六年西班牙还借了煽动罢工的罪名枪毙了自由思想家菲拉耳。散先生在英伦今日还赞成这种勾当，可不是东方文明西渐之兆乎？

但我想，文明世界总不应该如是的。"文明是什么？我不晓得，因为我不曾研究过这件东西。但文明的世界是怎样，我却有一种界说，虽然也只是我个人的幻觉。我想这是这样的一个境地，在那里人生之不必要的牺牲与冲突①尽可能地减少下去。我们的野蛮的祖先以及野蛮的堂

【锺校】

① "冲突"原作"突冲"。

兄弟之所以为野蛮，即在于他们之多有不必要的牺牲与冲突。”十四年一月我在《语丝》上写了这些话，到了现在也还是这样想。前日细读蔼理斯著的《新精神》，见在《惠德曼论》中论及索罗在山林中所过的生活，说在不曾有这种经验的人这世界当有许多的不必要的神秘与不少的不必要的苦恼。这个意思略有点相近，虽然所谈的不是同一问题。在现代，那些不必要的惊扰何其多耶？太白经天了，吓出病来；邻家男女私通了，气得发抖；某生钉圣饼在树上，某生的箱子里有一本反动的书报，军警放了步哨去捉来，关在塔牢里重办：这都是何苦来！我相信这都是不必要的，大可丢开不管，一点都没有妨害。我这意见或者是已经过了时的所谓自由主义，因为现在的趋势似乎是不归墨（Mussolini）则归列（Lenin），无论谁是革命谁是不革命，总之是正宗与专制姘合的办法，与神圣裁判官一鼻孔出气的。但是，这总是与文明相远，与妖术和反妖术倒相近一点儿罢。

［1928 年 12 月 27 日作/《永日集》］

与江绍原书五通（一九二七至一九二八）

一

绍原兄：

上海来信已收到。书一本寄杭，想不久可以转寄到。北京一切如旧，无可告语，唯听说日内要祭关岳，只弯腰而不磕十六个头，大有偃武修文之意，想天下不久即可太平。小峰逗留不回，北新局又不能负责，《语丝》殊无法维持，现在只做一日和尚撞一日钟，等出到一五六期再说。广大情形想尚佳，平伯到上海而返，但杨金甫则已被孟真拉去了。近来无钱买书，稍觉无聊，殆犹妇女之不能买衣饰欤？九，二七，作人

（十六年）

二

绍原兄：

五日来信已收到了。知蒙大学院录用，甚为欣然，现在或者就可暂作枝借，亦甚好也，唯来函云聘书之来敝人与有力焉，则殊疑莫能明，因不佞与大学院中人完全不认得也。

《须发爪》已出版否？很想得一册。《血与天癸》不知何时付印？不佞亦颇有意给他戴一顶小冠，倘若不即要。疑古公之题字则已转告了。黄石公原来是燕大的学生，那么我也很知道他，但《神话研究》在北京见不到，已托舍弟去代买了。《希腊宗教》之五期已经买到，但只读了数十页因事中止，现在尚未续看。Nilsson 之宗教史则约略翻了

一遍。

去年下半年大做生意，将旧稿可以用的罗掘殆尽，编了《谈龙》《谈虎》二集，现《谈龙》已出，另封寄上一册，乞收。《谈虎》则在印刷中，据老板说有六百页，须出上下两本，连我自己也觉得奇怪，何以写了这许多字也。北京一切如旧，唯缺红煤，现用硬煤亦勉强可以，但其价值则与从前的红煤仿佛，一吨须十五元以上。草草，不一。（一月）十三日，作人。

（十七年）

三

绍原兄：

十七日函已收到。新居已定否？川岛得子而有九磅，甚善甚善，照绍兴老例，其小名似应定为七斤也。承允代搜旧书，甚感，兹有两三种书欲得，请便中一找：

1.《皇明文隽》，袁宏道编。南京曾有过一部，惜已卖去，大约五六本，南京定价六元。

2.《珂雪斋集》，袁中道。恐只有明版，但如价在廿元外，则拟“恕不”。

3.《白苏斋集》，袁宗道，或名为“白苏斋类稿”亦未可知。有清代刻本，曾在北京见一部四本，价四五元，亦已卖去。

以上皆公安袁氏兄弟的东西，因近来拟学《儒林外史》之非现在上海之马二先生编选明文也。

关于无产阶级之尊论甚是，唯我觉得阶级虽有，而不能以无产划分，盖有许多无产朋友其思想全是有产的也，故似乎应分一种为有产思想者（包含上述的穷朋友），一种是非有产思想者，庶几近于事实。所可惜者，第二种人实在寥寥无几，决组不起团体来，至于第一种则滔滔者天下皆是，讨赤诸帅诸同志不必说，即自称无产阶级的革命文学家如成仿吾蒋光赤辈亦无不隶属在内，而农工大众盖亦什九如此。实在非有产阶级思想者在现在不妨称之为贤人，因其希少而可贵也。请看今日之域中，全是正人君子绅士之天下。Geory Brondes 在 *Hellas* 之末云"Europe has fall into the hands of clowns"，虽然，岂止欧罗巴而已哉！三月廿七日，作人。

（十七年）

四

绍原兄：

六日来信收到。承询《西洋人身图说》，不曾见过。题字可以应需，但觉得"釁"字太难写一点耳。请尹默写字，当然亦可以，不过他已高升为河北省政府委员，未免大忙，或者将要写的字（文句）通知我，由我在孔德遇见时逼勒立时写就，较为便利。（下略）七月十五日，作人。

（十七年）

五

绍原兄：

廿八日来信已收到。连日因改燕大暑期学校之翻译文，不免有点忙，所以别的什么事都没有办，到今天才算是最后的一课，以后可以稍闲了。第三章题字写了附呈，因反正写不好，所以只就所写的四五张中挑了一纸，反正写来写去总是如此，也就不再多试写了。（中略）

据朱君云，《医学周刊》纪念刊现在展期至九月初，故仍望作文云云，并为转达，如能于八月底作一文给他们则幸甚，我也想努力，不过此刻尚渺茫耳。

北京无甚事可说，唯中海南海可以开放，北海桥上高墙已拆去，革命利益已不少矣。再谈。八月八日，作人。

（十七年）

［1927—1928年作/《周作人早年佚简笺注》］

一九二九年

《永日集》序

民国十七年是年成不很好的年头儿。虽然有闲似地住在北京，却无闲去住温泉，做不出什么大文章。一总收在这小册子里，还不到全部的三分之二，其一小半乃是十七年以前所写的东西。

有五篇是翻译。有人或要不赞成，以为翻译不该与自作的文章收在一起。这句话自然言之成理。但我有一种偏见，文字本是由我经手，意思则是我所喜欢的，要想而想不到，欲说而说不出的东西，固然并不想霸占，觉得未始不可借用。正如大家引用所佩服的古人成句一样，我便来整章整节地引用罢了。这些译文我可以声明一句，在这集内是最值得读的文字，我现在只恨译得太少。在自己的文章中只有一篇《忒罗亚的妇女》觉得较好，这篇戏曲的原文实在也值得全译。

我的文章中所谈的总还是不出文学和时事这两个题目。关于文学我的意见恐怕如不是老朽也是外行的，——其实外行我原是的。我的意思说在《〈大黑狼的故事〉序》里，虽然谷万川君就不佩服。至于时事到现在决不谈了，已详《闭户读书论》中，兹不赘。

民国十八年二月十五日，岂明，于北平。

［1929年2月15日作/《永日集》］

娼女礼赞

这个题目，无论如何总想不好，原拟用古典文字写作 Apologia pro Pornês，或以国际语写之，则为 Apologia por Prostituistino，但都觉得不很妥当，总得用汉文才好，因此只能采用这四个字，虽然礼赞应当是 Enkomion 而不是 Apologia，但也没有法子了。

民国十八年四月吉日，于北平。

贯华堂古本《水浒传》第五十回叙述白秀英在郓城县勾栏里说唱笑乐院本，参拜了四方，拍下一声界方，念出四句定场诗来：

新鸟啾啾旧鸟归，老羊羸瘦小羊肥，

人生衣食真难事，不及鸳鸯处处飞。

雷横听了喝声采。金圣叹批注很称赞道好，其实我们看了也的确觉得不坏。或有句云，世事无如吃饭难，此事从来远矣。试观天下之人，固有吃饱得不能再做事者，而多做事却仍缺饭吃的朋友，盖亦比比然也。尝读民国十年十月廿一日《觉悟》上所引德国人柯祖基（Kautzky）的话：

资本家不但利用她们（女工）的无经验，给她们少得不够自己开销的工钱，而且对她们暗示，或者甚至明说，只有卖淫是补充收入的一个法子。在资本制度之下，卖淫成了社会的台柱子。

我想，资本家的意思是不错的。在资本制度之下，多给工资以致减少剩馀价值，那是断乎不可，而她们之需要开销亦是实情：那么还有什么办法呢，除了设法补充？圣人有言，饮食男女，人之大欲存焉。世之人往往厄于贫贱，不能两全，自手至口，仅得活命，若有人为“煮粥”，则吃粥亦即有两张嘴，此穷汉之所以兴叹也。若夫卖淫，乃寓饮食于男女之中，犹有鱼而复得兼熊掌，岂非天地间仅有的良法美意，吾人欲不喝采叫好又安可得耶？

美国现代批评家里有一个姓们肯（Mencken）的人，他也以为卖淫是很好玩的。《妇人辩护论》第四十三节是讲花姑娘的，他说卖淫是这些女人所可做的最有意思的职业之一，普通娼妇大抵喜欢她的工作，决不肯去和女店员或女堂官调换位置。先生女士们觉得她是堕落了，其实这种生活要比工场好，来访的客也多比她的本身阶级为高。我们读西班牙伊巴涅支（Ibanez）的小说《侈华》，觉得这不是乱说的话。们肯又道：

> 牺牲了贞操的女人，别的都是一样，比保持贞洁的女人却更有好的机会，可以得到确实的结婚。这在经济的下等阶级的妇女特别是如此。她们一同高等阶级的男子接近，——这在平时是不容易，有时几乎是不可能的，——便能以女性的希奇的能力逐渐收容那些阶级的风致趣味与意见。外宅的女子这样养成姿媚，有些最初是姿色之恶俗的交易，末了成了正式的结婚。这样的结婚数目在实际比表面上所发现者要大几倍，因为两造都常努力想隐藏他们的事实。

那么，这岂不是“终南捷径”，犹之绿林会党出身者就可以晋升将官，比较陆军大学生更是阔气百倍乎。

哈耳波伦（Heilborn）是德国的医学博士，著有一部《异性论》，第三篇是论女子的社会的位置之发达。在许多许多年的黑暗之后，到了希腊的雅典时代，才发现了一点光明，这乃是希腊名妓的兴起。这种女子在希腊称作赫泰拉（Hetaira），意思是说女友，大约是中国的鱼玄机薛涛一流的人物，有几个后来成了执政者的夫人。

> 因了她们的精炼优雅的举止，她们的颜色与姿媚，她们不但超越普通的那些外宅，而且还压倒希腊的主妇，因为主妇们缺少那优美的仪态，高等教育，与艺术的理解，而女友则有此优长，所以在短时期中使她们在公私生活上占有极大的势力。

哈耳波伦结论道：

> 这样，欧洲妇女之精神的与艺术的教育因卖淫制度而始建立。赫泰拉的地位可以算是所谓妇女运动的起始。

这样说来，柯祖基的资本家真配得高兴，他们所提示的卖淫原来在文化史上有这样的意义。虽然这上边所说的光荣的营业乃是属于“非必要”的，独立的游女部类，与那徒弟制包工制的有点不同。们肯的话注解得好，“凡非必要的东西在世上常得尊重，有如宗教，时式服装，以及拉丁文法”，故非为糊口而是营业的卖淫自当有其尊严也。

总而言之，卖淫足以满足大欲，获得良缘，启发文化，实在是不可厚非的事业，若从别一方面看，她们似乎是给资本主义背了十字架，也可以说是为道受难，法国小说家路易菲立（Louis Philippe）称她们为可怜的小圣女，虔敬得也有道理。老实说，资本主义是神人共佑，万打不倒的，而有些诗人空想家又以为非打倒资本主义则妇女问题不能根本解决。夫资本主义既有万年有道之长，所有的办法自然只有讴歌过去，拥护现在，然则卖淫之可得而礼赞也盖彰彰然矣。无论雷横的老母怎样骂为“千人骑万人压乱人入的贼母狗”，但在这个世界上，白玉乔所说的“歌舞吹弹普天下伏侍看官”总不失为最有效力最有价值的生活法。我想到书上有一句话道，“夫人，内掌柜，姨太太，校书等长短期的性的买卖，真是滔滔者天下皆是”，恐怕女同志们虽不赞成我的提示，也难提出抗议。我又记起友人传述劝卖男色的古歌，词虽粗鄙，亦有至理存焉，在现今什么都是买卖的世界，我们对于卖什么东西的能加以非难乎？日本歌人石川啄木不云乎：

我所感到不便的，不仅是将一首歌写作一行这一件事情。但是我在现今能够如意的改革，可以如意的改革的，不过是这桌上的摆钟砚台墨水瓶的位置，以及歌的行款之类罢了。说起来，原是无可无不可的那些事情罢了。此外真是使我感到不便，感到苦痛的种种的东西，我岂不是连一个指头都不能触他一下么？不但如此，除却对了它们忍从屈服，继续的过那悲惨的二重生活以外，岂不是更没有别的生于此世的方法么？我自己也用了种种的话对于自己试为辩解，但是我的生活总是现在的家族制度，阶级制度，资本制度，知识买卖制度的牺牲。（见《陀螺》二二〇页）

［1929 年 3 月 25 日《未名》/《看云集》］

伟大的捕风

我最喜欢读《旧约》里的《传道书》。传道者劈头就说，“虚空的虚空”，接着又说道：“已有的事后必再有，已行的事后必再行。日光之下并无新事。”这都是使我很喜欢读的地方。

中国人平常有两种口号，一种是说人心不古，一种是无论什么东西都说古已有之。我偶读拉瓦尔（Lawall）的《药学四千年史》，其中说及世界现存的埃及古文书，有一卷是基督前二千二百五十年的写本（照中国算来大约是舜王爷登基的初年！），里边大发牢骚，说人心变坏，不及古时候的好云云，可见此乃是古今中外共通的意见，恐怕那天雨粟时夜哭的鬼的意思也是如此罢。不过这在我无从判断，所以只好不赞一词，而对于古已有之说则颇有同感，虽然如说潜艇即古之螺舟，轮船即隋炀帝之龙舟等类，也实在不敢恭维。我想，今有的事古必已有，说的未必对，若云已行的事后必再行，这似乎是无可疑的了。

世上的人都相信鬼，这就证明我所说的不错。普通鬼有两类。一是死鬼，即有人所谓幽灵也，人死之后所化，又可投生为人，轮回不息。二是活鬼，实在应称僵尸，从坟墓里再走到人间，《聊斋》里有好些他的故事。此二者以前都已知道，新近又有人发见一种，即梭罗古勃（Sologub）所说的“小鬼”，俗称当云遗传神君，比别的更是可怕了。易卜生在《群鬼》这本剧中，曾借了阿尔文夫人的口说道：

> 我觉得我们都是鬼。不但父母传下来的东西在我们身体里活着，并且各种陈旧的思想信仰这一类的东西也都存留在里头。虽然不是真正的活着，但是埋伏在内也是一样。我们永远不要想脱身。有时候我拿起张报纸来看，我眼里好像看见有许

多鬼在两行字的夹缝中间爬着。世界上一定到处都有鬼。他们的数目就像沙粒一样的数不清楚。(引用潘家洵先生译文)

我们参照法国吕滂（Le Bon）的《民族发展之心理》，觉得这小鬼的存在是万无可疑，古人有什么守护天使，三尸神等话头，如照古已有之学说，这岂不就是一则很有趣味的笔记材料么?

无缘无故疑心同行的人是活鬼，或相信自己心里有小鬼，这不但是迷信之尤，简直是很有发疯的意思了。然而没有法子。只要稍能反省的朋友，对于世事略加省察，便会明白，现代中国上下的言行，都一行行地写在二十四史的鬼账簿上面。画符，念咒，这岂不是上古的巫师，蛮荒的“药师”的勾当? 但是他的生命实在是天壤无穷，在无论哪一时代，还不是一样地在青年老年，公子女公子，诸色人等的口上指上乎? 即如我胡乱写这篇东西，也何尝不是一种鬼画符之变相? 只此一例足矣!

已有的事后必再有，已行的事后必再行，此人生之所以为虚空的虚空也欤? 传道者之厌世盖无足怪。他说：“我又专心察明智慧狂妄和愚昧，乃知这也是捕风，因为多有智慧就多有愁烦，加增智识就加增忧伤。”话虽如此，对于虚空的唯一的办法其实还只有虚空之追迹，而对于狂妄与愚昧之察明乃是这虚无的世间第一有趣味的事，在这里我不得不和传道者的意见分歧了。勃阑特思（Brandes）批评弗罗倍尔（Flaubert）说他的性格是用两种分子合成：

> 对于愚蠢的火烈的憎恶，和对于艺术的无限的爱。这个憎爱，与凡有的憎恶一例，对于所憎恶者感到一种不可抗的牵引。各种形式的愚蠢，如愚行迷信自大不宽容都磁力似的吸引他，感发他。他不得不一件件的把他们描写出来。

我听说从前张献忠举行殿试，试得一位状元，十分宠爱，不到三天忽然又把他“收拾”了，说是因为实在“太心爱这小子”的缘故，就是平常人看见可爱的小孩或女人，也恨不得一口水吞下肚去，那么倒过来说，憎恶之极反而喜欢，原是可以，殆正如金圣叹说，留得三四癞疮，时呼热汤关门澡之，亦是不亦快哉之一也。

察明同类之狂妄和愚昧，与思索个人之老死病苦，一样是伟大的事业，积极的人可以当一种重大的工作，在消极的也不失为一种有趣的消遣。虚空尽由他虚空，知道他是虚空，而又偏去追迹，去察明，那么这是很有意义的，这实在可以当得起说是伟大的捕风。法儒巴思加耳（Pascal）在他的《感想录》上曾经说过：

> 人只是一根芦苇，世上最脆弱的东西，但他是一根会思想的芦苇。这不必要世间武装起来，才能毁坏他。只须一阵风，一滴水，便足以弄死他了。但即使宇宙害了他，人总比他的加害者还要高贵，因为他知道他是将要死了，知道宇宙的优胜，宇宙却一点不知道这些。

［1929 年 5 月 13 日作/《看云集》］

《女子学院毕业同学录》序

女子学院与不佞的历史可谓极短。民国十八年十二月，女子大学改称文理分院的时候，我以文学院教员的资格进去教书，又暂代刘半农先生担任了国文学系的职务。前后才七个月，这一学年就完了，而这中间还经了好些波折，法学院的打进来可以算是一个大灾难，末了借到北小街的房屋，争到女子学院的名称，是还好的事，却也花了不少的光阴与气力了。平心想来，这一年于多难中无事地过去，能够送这班毕业同学高高兴兴地出去，总是极可感谢的，至于不佞以海军下士，不知怎的忽于差不多是隔教的国文学与女子教育贸然参加，因此亦得有欢送诸君之光荣，在不佞诚为奇迹，每想到时未尝不深自诧异者也。

女子学院自有其远大的前程，不待烦言，唯不佞老矣，常觉得荣华的未来不及过去更为确实，古人云，生于忧患而死于安乐，处安乐的时代盖尤为不易。将来诚是无限的，不过那且由他罢，在我看来，似乎过去忧患的一年更有意思，或者当时参议院的被围，礼堂的会餐，北海的送别，日后追思，将叹为不可再得的盛时，亦未可知。不佞在学院的历史极短，但这最短的历史未必不是最可念的，然则，同学录序的题目虽枯窘，吾安能躲避而不写几句以为纪念哉。

民国十八年七月三十一日，于北平。

［1929年8月8日《华北日报》/集外文］

与胡适书一通

适之兄：

久不通信，并非事忙，实在只是懒而已。去冬兄来北平，我们有些人都劝兄回北平来，回大学仍做一个教授，当系主任，教书做书。昨天报载沪党部有什么决议，对于这件事如乐观说，不会有什么，自然亦可以；又如愤慨说，应该抵抗，自然也应当。不过我想，“这个年头儿”还是小心点好，Rabelais 说得对：“我自己已经够热了，不想再被烤。”我想劝兄以后别说闲话，而且离开上海。最好的办法是到北平来。说闲话不但是有危险，并且妨碍你的工作，这与在上海一样地有妨碍于你的工作，——请恕我老实地说。我总觉得兄的工作在于教书做书（也即是对于国家，对于后世的义务），——完成那《中国哲学史》《文学史》以及别的考据工作（《水浒传考》那一类）。（关于这一点我与陈通伯先生同一意见。）而做这个工作是非回北平来不可，如在上海（即使不再说闲话惹祸祟），是未必能成功的。我常背地批评你，说适之不及任公，因任公能尽其性而适之则否。任公我承认也是很有天才的人，但外国文与（新?）思想总稍差，他的成绩的最大限度恐怕不过如现在那样，即使他不做财政、司法总长及种种政治活动。适之的才力只施展了一点儿，有许多事应得做，而且也非他不可，然而他却耗费于别的不相干的事情上面。（还有别的，例如说我如做了卫戍司令，想派一连宪兵把适之优待在秘魔崖等谬论。）这些不敬的话对玄同就说过好几次，现在直接奉告，请你不要见怪。总之，我想奉劝你回北平来教书，这是我几年来的意思，一直不敢说，现在因为听见报上所记消息的机会胡乱写这一封信。我自己觉得有点踌躇，这未免有交浅言深之嫌吧？我仿佛觉得有又觉得没有。假如所说的话有些过分的地方，请你原谅。万一不无可取，希望兄能够毅然决然抛开了上海的便利与繁华，回到萧条的北平来，——在冷静寂寞中产生出丰富的工作。我自己觉得近来更老朽了，喜欢叫人刻点图章，看了好玩，下面且印一两个呈览。小儿丰一今夏在孔德中学部毕业，日前往东京留学去了，——我觉得自己已渐益老朽更是当然了。匆匆不尽，诸祈珍重。十八年八月三十日，作人。

［1929 年 8 月 31 日作/《胡适往来书信选》］

《性教育的示儿编》序

《礼运》上有一句话道："饮食男女，人之大欲存焉。"假如世上有天经地义这样东西，那么这句话总可以当得起罢？老子讲到婴儿，又说他"不知牝牡之合而全作"，据老师讲解时说"全"即是小儿的男根，则更进一步，大有维也纳医师之意，几乎是说一切都是性了。但是，归根结蒂，这是不错的，全作的事暂且不论，儿童对于生命起源的注意总是真确的事实。斯丹来和耳（G. Stanlay Hall）博士说，五岁至八岁的小孩最为注意，过了这个时候便不再来问，因为不是问了无结果而灰心，便是已从别方面打听到了秘密了。七月三十日《世界日报》上署名金白的一篇《虚伪的家庭教育观》也说到这件事：

> 吾国性教育尚未萌芽，于是对于生理上种种故事秘而不宣，以为是秽亵不足对儿童谈讲的，或是对儿童随意乱说，如儿童询问小弟弟是从哪里来的，家人不是告诉他是老娘婆（助产妇）抱来的，就是说从母亲腋下割出来的。等到儿童知识开了的时候，便会疑父母是欺伪。

其实不但如此，儿童如从父母或教师得不到满意的答复，他一定会去找朋友和仆役获得确实的说明，所说明的事实不打紧，可是经了那样的一说，结果如同《创世纪》的教训仿佛，性的事情失了美与庄严，加上了一层隐密与羞耻的色彩，使儿童的感情思想显著地恶化，便是以后再加科学艺术深厚的洗炼，也不容易把它改变过来，这真是一个极大的损失了。

因为这个缘故，近世性教育的呼声忽然兴起，就是我们这麻痹的中国也受到影响，有人知道性教育的重要了。不过天下事常常是易说难做，性教育的理论已很完足，讲到实行还有些困难。性教育怎么实施呢？说来说去，总还没有什么很好的法子，除了四十多年前萨列文（Sullivan）女士教那七岁的盲哑的小女孩海伦开勒（Helen Keller）的方法：拿了一本植物书，同她讲花和果子的故事。山格夫人所著，赵憩之君所译的这本小书，就是这一类的册子，原名《母亲对小孩说的话》，由我代为改成这个古旧的名字了。山格夫人是有名的性教育者，她特别注意于节制生育，曾来中国讲演，社会上还没有忘记她。她这本书我希望于中国谈性教育的，贤明的父母和教师有点用处，可以作为性教育实施的初步的参考。——可是据北平报上记载，美国现在“维持礼教，查禁性学”，山格夫人已被罗马教徒的当局所逮捕，而且“对于研究性的书籍查禁株连，诚得谓严厉之至”，山格夫人与性学的末路似乎不远了。中国的沙门教（Shamanism）徒大约很不少罢，性教育的前途如何？先贤曰，“未有学养子而后嫁者也”，萨列文女士与山格夫人的教法恐怕都要在违禁之列。讲到这里，植物学似乎就第一宜禁。——喔，禁止中小学校讲植物学，在一篇德国小说确是有过，但是实现总还一时未必，我想至少总还有一两年罢？那么这本小书暂时总可以安然出版矣乎。

一九二九年八月三日于北平，周作人。

［1929年9月16日《北新》/集外文］

哑吧礼赞

俗语云，“哑吧吃黄连”，谓有苦说不出也。但又云，“黄连树下弹琴”，则苦中作乐，亦是常有的事。哑吧虽苦于说不出话，盖亦自有其乐，或者且在吾辈有嘴巴人之上，未可知也。

普通把哑吧当作残废之一，与一足或无目等视，这是很不公平的事。哑吧的嘴既没有残，也没有废，他只是不说话罢了。《说文》云：“瘖，不能言病也。”就是照许君所说，不能言是一种病，但这并不是一种要紧的病，于嘴的大体用处没有多大损伤。查嘴的用处大约是这几种，（一）吃饭，（二）接吻，（三）说话。哑吧的嘴原是好好的，既不是缺少舌尖，也并不是上下唇连成一片，那么他如要吃喝，无论番菜或是“华餐”，都可以尽量受用，决没有半点不便，所以哑吧于个人的荣卫上毫无障碍，这是可以断言的。至于接吻呢？既如上述可以自由饮啖的嘴，在这件工作当然也无问题，因为如荷兰威耳德（Van de Velde）医生在《圆满的结婚》第八章所说，接吻的种种大都以香味触三者为限，于声别无关系，可见哑吧不说话之绝不妨事了。归根结蒂，哑吧的所谓病还只是在“不能言”这一点上。据我看来，这实在也不关紧要。人类能言本来是多此一举，试看两间林林总总，一切有情，莫不自遂其生，各尽其性，何曾说一句话。古人云：“猩猩能言，不离禽兽；鹦鹉能言，不离飞鸟。”可怜这些畜生，辛辛苦苦，学了几句人家的口头语，结果还是本来的鸟兽，多被圣人奚落一番，真是何苦来。从前四只眼睛的仓颉先生无中生有地造文字，害得好心的鬼哭了一夜，我怕最初类猿人里那一匹直着喉咙学说话的时候，说不定还着实引起了原始天尊的长叹了呢。人生营营所为何事，“饮食男女，人之大欲存焉”，既于大欲无亏，别的事岂不是就可以随便了么？中国处世哲学里很重要的一条是，多一事不如少一事，如哑吧者，可以说是能够少一事的了。

语云："病从口入，祸从口出。"说话不但于人无益，反而有害，即此可见。一说话，话中即含有臧否，即是危险，这个年头儿。人不能老说"我爱你"等甜美的话，——况且仔细检查，我爱你即含有我不爱他或不许他爱你等意思，也可以成为祸根。哲人见客寒暄，但云"今天天气……哈哈哈！"不再加说明，良有以也，盖天气虽无知，唯说其好坏终不甚妥，故以一笑了之。往读杨恽报孙会宗书，但记其"种一顷豆，落而为萁"等语，心窃好之，却不知杨公竟因此而腰斩，犹如湖南十五六岁的女学生们以读《落叶》（系郭沫若的，非徐志摩的《落叶》）而被枪决，同样地不可思议。然而这个世界就是这样不可思议的世界，其奈之何哉。几千年来受过这种经验的先民留下遗训曰，"明哲保身"。几十年来看惯这种情形的茶馆贴上标语曰，"莫谈国事"。吾家金人三缄其口，二千五百年来为世楷模，声闻弗替。若哑吧者岂非今之金人欤？

常人以能言为能，但亦有因装哑吧而得名者，并且上下古今这样的人并不很多，即此可知哑吧之难能可贵了。第一个就是那鼎鼎大名的息夫人。她以倾国倾城的容貌，做了两任王后，她替楚王生了两个儿子，可是没有对楚王说一句话。喜欢和死了的古代美人吊膀子的中国文人于是大做特做其诗，有的说她好，有的说她坏，各自发挥他们的臭美，然而息夫人的名声也就因此大起来了。老实说，这实是妇女生活的一场悲剧，不但是一时一地一人的事情，差不多就可以说是妇女全体的运命的象征。易卜生所作《玩物之家》一剧中女主人公娜拉说，她想不到自己竟替漠①不相识的男子生了两个子女，这正是息夫人的运命，其实也何

【锺校】

① "漠"原作"膜"。

尝不就是资本主义下的一切妇女的运命呢。还有一位不说话的，是汉末隐士姓焦名先的便是。吾乡金古良作《无双谱》，把这位隐士收在里面，还有一首赞题得好：

孑然独处，绝口不语，默隐以终，笑杀狐鼠。

并且据说“以此终身，至百馀岁”，则是装了哑吧，既成高士之名，又享长寿之福，哑吧之可赞美盖彰彰然明矣。

世道衰微，人心不古，现今哑吧也居然装手势说起话来了。不过这在黑暗中还是不能用，不能说话。孔子曰：“邦无道，危行言逊。”哑吧其犹行古之道也欤。

十八年十一月十三日，北平。

［1929 年 11 月 18 日《益世报》/《看云集》］

若子的死

若子字霓荪，生于中华民国四年十月二十三日午后十时，以民国十八年十一月二十日午前二时死亡，年十五岁。

十六日若子自学校归，晚呕吐腹痛，自知是盲肠，而医生误诊为胃病，次日复诊始认为盲肠炎，十八日送往德国医院割治，已并发腹膜炎，遂以不起。用手术后痛苦少已，而热度不减，十九日午后益觉烦躁，至晚忽啼曰“我要死了”，继以昏呓，注射樟脑油，旋清醒如常，迭呼兄姊弟妹名，悉为招来，唯兄丰一留学东京不得相见，其友人亦有至者，若子一一招呼，唯痛恨医生不置，常以两腕力抱母颈低语曰：“姆妈，我不要死。”

然而终于死了。吁可伤已。

若子遗体于二十六日移放西直门外广通寺内，拟于明春在西郊购地安葬。

我自己是早已过了不惑的人，我的妻是世奉禅宗之教者，也当可减少甚深的迷妄，但是睹物思人，人情所难免，况临终时神志清明，一切言动，历在心头，偶 念及，如触肿疡，有时深觉不可思议，如此昊情，不堪回首，诚不知当时之何以能担负过去也。如今才过七日，想执笔记若子的死之前后，乃属不可能的事，或者竟是永久不可能的事亦未可知；我以前曾写《若子的病》，今日乃不得不来写《若子的死》，而这又总写不出，此篇其终有目无文乎。

只记若子生卒年月以为纪念云尔。

十一月二十六日送殡回来之夜，岂明附记。

《雨天的书》初版中所载照相系五年前物，今撤去，改用若干今年所留遗影，此系八月十七日在北平所照，盖死前三个月也。又记。

［1929 年 12 月 4 日《华北日报》/集外文］

麻醉礼赞

麻醉，这是人类所独有的文明。书上虽然说，斑鸠食桑葚则醉，或云，猫食薄荷则醉，但这都是偶然的事，好像是人错吃了笑菌，笑得个一塌胡涂，并不是成心去吃了好玩的。成心去找麻醉，是我们万物之灵的一种特色，假如没有这个，人之所以异于禽兽者几希了。

麻醉有种种的方法。在中国最普通的一种是抽大烟。西洋听说也有文人爱好这件东西，一位散文家的杰作便是烟盘旁边的回忆，另一诗人的一篇《忽不烈汗》的诗也是从芙蓉城的醉梦中得来的。中国人的抽大烟则是平民化的，并不为某一阶级所专享，大家一样地吱吱的抽吸，共享麻醉的洪福，是一件值得称扬的事。鸦片的趣味何在，我因为没有入过黑籍，不能知道，但总是麻苏苏地很有趣罢。我曾见一位烟户，穷得可以，真不愧为鹑衣百结，但头戴一顶瓜皮帽，前面顶边烧成一个大窟窿，乃是沉醉时把头屈下去在灯上烧去的，于此即可想见其陶然之状态了。近代传闻孙馨帅有一队烟兵，在烟瘾抽足的时候冲锋最为得力，则已失了麻醉的意义，至少在我以为总是不足为训的了。

中国古已有之的国粹的麻醉法，大约可以说是饮酒。刘伶的“死便埋我”，可以算是最彻底了，陶渊明的诗也总是三句不离酒，如云“拨置且莫念，一觞聊可挥”，又云“天运苟如此，且进杯中物”，又云“中觞纵遥情，忘彼千载忧，且极今朝乐，明日非所求”，都是很好的例。酒，我是颇喜欢的，不过曾经声明过，殊不甚了解陶然之趣，只是乱喝一番罢了。

但是在别人的确有麻醉的力量，它能引人着胜地，就是所谓童话之国土。我有两个族叔，尤是这样幸福的国土里的住民。有一回冬夜，他们沉醉回来，走过一乘吾乡所很多的石桥，哥哥刚一抬脚，棉鞋掉了，兄弟给他在地上乱摸，说道："哥哥棉鞋有了。"用脚一踹，却又没有，哥哥道："兄弟，棉鞋汪的一声又不见了！"原来这乃是一只黑小狗，被兄弟当作棉鞋捧了来了。我们听了或者要笑，但他们那时神圣的乐趣我辈外人哪里能知道呢？的确，黑狗当棉鞋的世界于我们真是太远了，我们将棉鞋当棉鞋，自己说是清醒，其实却是极大的不幸，何为可惜十二文钱，不买一提黄汤，灌得倒醉以入此乐土乎。

信仰与梦，恋爱与死，也都是上好的麻醉。能够相信宗教或主义，能够做梦，乃是不可多得的幸福的性质，不是人人所能获得。恋爱要算是最好了，无论何人都有此可能，而且犹如采补求道，一举两得，尤为可喜。不过此事至难，第一须有对手，不比别的只要一灯一盏即可过瘾，所以即使不说是奢侈，至少也总是一种费事的麻醉罢。至于失恋以至反目，事属寻常，正如酒徒呕吐，烟客脾泄，不足为病，所当从头承认者也。末后说到死。死这东西，有些人以为还好，有些人以为很坏，但如当作麻醉品去看时，这似乎倒也不坏。依壁鸠鲁说过，死不足怕，因为死与我辈没有关系，我们在时尚未有死，死来时我们已没有了。快乐派是相信原子说的，这种唯物的说法可以消除死的恐怖，但由我们看来，死又何尝不是一种快乐，麻醉得使我们没有，这样乐趣恐非醇酒妇人所可比拟的罢？所难者是怎样才能如此麻醉，快乐？这个我想是另一问题，不是我们现在所要谈论的了。

醉生梦死，这大约是人生最上的生活法罢？然而也有人不愿意这样。普通外科手术总用全身或局部的麻醉，唯偶有英雄独破此例，如关云长刮骨疗毒，为世人所佩服，固其宜也。盖世间所有唯辱与苦，茹苦忍辱，斯乃得度。画廊派哲人（Stoics）之勇于自杀，自成宗派，若彼得洛纽思（Petroncus）听歌饮酒，切脉以死，虽稍贵族的，故自可喜。达拉思布耳巴（Taras Bulba）长子为敌所获，毒刑致死，临死曰："父亲，你都看见么？”达拉思匿观众中大呼曰：“儿子，我都看见！”此则哥萨克之勇士，北方之强也。此等人对于人生细细尝味，如啜苦酒，一点都不含胡，其坚苦卓绝盖不可及，但是我们凡人也就无从追踪了。话又说了回来，我们的生活恐怕还是醉生梦死最好罢。——所苦者我只会喝几口酒，而又不能麻醉，还是清醒地都看见听见，又无力高声大喊，此乃是凡人之悲哀，实为无可如何者耳。

［1929 年 12 月 5 日《益世报》/《看云集》］

一九三〇年

中　年

虽然四川开县有二百五十岁的胡老人，普通还只是说人生百年，其实这也还是最大的整数。若是人民平均有四五十岁的寿，那已经可以登入祥瑞志，说什么寿星见了。我们乡间称三十六岁为本寿，这时候死了，虽不能说寿考，也就不是夭折。这种说法我觉得颇有意思。日本兼好法师曾说，“即使长命，在四十以内死了最为得体”，虽然未免性急一点，却也有几分道理。

孔子曰：“四十而不惑。”吾友某君则云，人到了四十岁便可以枪毙。两样相反的话，实在原是盾的两面。合而言之，若曰，四十可以不惑，但也可以不不惑，那么，那时就是枪毙了也不足惜云尔。平常中年以后的人大抵胡涂荒谬的多，正如兼好法师所说，过了这个年纪，便将忘记自己的老丑。想在人群中胡混，执著人生，私欲益深，人情物理都不复了解，“至可叹息”是也。不过因为怕献老丑，便想得体地死掉，那也似乎可以不必。为什么呢？假如能够知道这些事情，就很有不惑的希望，让他多活几年也不碍事。所以在原则上我虽赞成兼好法师的话，但觉得实际上还可稍加斟酌，这倒未必全是为自己道地，想大家都可见谅的罢。

我决不敢相信自己是不惑，虽然岁月是过了不惑之年好久了，但是我总想努力不至于不不惑，不要人情物理都不了解。本来人生是一贯的，其中却分几个段落，如童年，少年，中年，老年，各有意义，都不容空过。譬如少年时代是浪漫的，中年是理智的时代，到了老年差不多可以说是待死堂的生活罢。然而中国凡事是颠倒错乱的，往往少年老成，摆出道学家超人志士的模样，中年以来重新来秋冬行春令，大讲其恋爱等等，这样地跟着青年跑，或者可以免于落伍之讥，实在犹如将昼作夜，“拽直照原”，只落得不见日光而见月亮，未始没有好些危险。我想最好还是顺其自然，六十过后虽不必急做寿衣，唯一只脚确已踏在坟里，亦无庸再去请①斯坦那赫博士结扎生殖腺了。至于恋爱则在中年以前应该毕业，以后便可应用经验与理性去观察人情与物理，即使在市街战斗或示威运动的队伍里少了一个人，实在也有益无损，因为后起的青年自然会去补充（这是说假如少年不是都老成化了，不在那里做各种八股），而别一队伍里也就多了一个人，有如退伍兵去研究动物学，反正于参谋本部的作战计划并无什么妨害的。

话虽如此，在这个当儿要使它不发生乱调，实在是不大容易的事。世间称四十左右曰危险时期，对于名利，特别是色，时常露出好些丑态，这是人类的弱点，原也有可以容忍的地方。

但是可容忍与可佩服是绝不相同的事情，尤其是无惭愧地，得意似地那样做，还仿佛是我们的模范似地那样做，那么容忍也还是我们从数十年的世故中来最大的应许，若鼓吹护持似乎可以无须了罢。我们少年时浪漫地崇拜好许多英雄，到了中年再一回顾，那些旧日的英雄，无论是道学家或超人志士，此时也都是老年中年了，差不多尽数地不是显出泥脸便即露出羊脚，给我们一个不客气的幻灭。这有什么办法呢？自然太太的计划谁也难违拗它。风水与流年也好，遗传与环境也好，总之是说明这个的可怕。这样说来，得体地活着这件事或者比得体地死要难得

【鄢校】

① “请”原作“讲”。

多，假如我们过了四十却还能平凡地生活，虽不见得怎么得体，也不至于怎样出丑，这实在要算是侥天之幸，不能不知所感谢了。

人是动物，这一句老实话，自人类发生以至地球毁灭，永久是实实在在的，但在我们人类则须经过相当年龄才能明白承认。所谓动物，可以含有科学家一视同仁的“生物”与儒教徒骂人的“禽兽”这两种意思，所以对于这一句话人们也可以有两样态度。其一，以为既同禽兽，便异圣贤，因感不满，以至悲观。其二，呼铲曰铲，本无不当，听之可也。我可以说就是这样地想，但是附加一点，有时要去综①核名实言行，加以批评。本来棘皮动物不会肤如凝脂，怒毛上指栋的猫不打着呼噜，原是一定的理，毋庸怎么考核，无如人这动物是会说话的，可以自称什么家或主唱某主义等，这都是别的众生所没有的。我们如有闲一点儿，免不得要注意及此。譬如普通男女私情我们可以不管，但如见一个社会栋梁高谈女权或社会改革，却照例纳妾等等，那有如无产首领浸在高贵的温泉里命令大众冲锋，未免可笑，觉得这动物有点变质了。我想文明社会上道德的管束应该很宽，但应该要求诚实，言行不一致是一种大欺诈，大家应该留心不要上当。我想，我们与其伪善还不如真恶，真恶还是要负责任，冒危险。

我这些意思恐怕都很有老朽的气味，这也是没有法的事情。年纪一年年的增多，有如走路一站站的过去，所见既多，对于从前的意见自然多少要加以修改。这是得呢失呢，我不能说。

不过，走着路专为贪看人物风景，不复去访求奇遇，所以或者比较地看得平静仔细一点也未可知。然而这又怎么能够自信呢？

［1930 年 3 月 18 日《益世报》/《看云集》］

【鄢校】

① “综”原作“纵”。

金　鱼

我觉得天下文章共有两种，一种是有题目的，一种是没有题目的。普通做文章大都先有意思，却没有一定的题目，等到意思写出了之后，再把全篇总结一下，将题目补上。这种文章里边似乎容易出些佳作，因为能够比较自由地发表，虽然后写题目是一件难事，有时竟比写本文还要难些。但也有时候，思想散乱不能集中，不知道写什么好，那么先定下一个题目，再做文章，也未始没有好处，不过这有点近于赋得，很有做出试帖诗来的危险罢了。偶然读英国密伦（A. A. Milne）的小品文集，有一处曾这样说，有时排字房来催稿，实在想不出什么东西来写，只好听天由命，翻开字典，随手抓到的就是题目。有一回抓到金鱼，结果果然有一篇《金鱼》收在集里。我想这倒是很有意思的事，也就来一下子，写一篇《金鱼》试试看，反正我也没有什么非说不可的大道理，要尽先发表，那么来做赋得的咏物诗也是无妨，虽然并没有排字房催稿的事情。

说到金鱼，我其实是很不喜欢金鱼的，在豢养的小动物里边，我所不喜欢的，依着不喜欢的程度，其名次是叭儿狗，金鱼，鹦鹉。鹦鹉身上穿着大红大绿，满口怪声，很有野蛮气。叭儿狗的身体固然太小，还比不上一只猫（小学教科书上却还在说，猫比狗小，狗比猫大!），而鼻子尤其耸得难过。我平常不大喜欢耸鼻子的人，虽然那是人为的，暂时的，把鼻子耸动，并没有永久的将它缩作一堆。人的脸上固然不可没有表情，但我想只要淡淡地表示就好，譬如微微一笑，或者在眼光中露出一种感情，——自然，恋爱与死等可以算是例外，无妨有较强烈的表示，但也似乎不必那样掀起鼻子，露出牙齿，仿佛是要咬人的样子。这种嘴脸只好放到影戏里去，反正与我没有关系，因为二十年来我不曾看电影。然而金鱼恰好兼有叭儿狗与鹦鹉二者的特点，他只是不用长绳子牵了在贵夫人的裙边跑，所以减等发落，不然这第一名恐怕准定是它了。

我每见金鱼一团肥红的身体，突出两只眼睛，转动不灵地在水中游泳，总会联想到中国的新嫁娘，身穿红布袄裤，扎着裤腿，拐着一对小脚伶俜地走路。我知道自己有一种毛病，最怕看真的，或是类似的小脚。十年前曾写过一篇小文曰《天足》，起头第一句云："我最喜欢看见女人的天足"，曾蒙友人某君所赏识，因为他也是反对"务必脚小"的人。我倒并不是怕做野蛮，现在的世界正如美国洛威教授的一本书名，谁都有"我们是文明么"的疑问，何况我们这道统国，剐呀割呀都是常事，无论个人怎么努力，这个野蛮的头衔休想去掉，实在凡是稍有自知之明，不是夸大狂的人，恐怕也就不大有想去掉的这种野心与妄想。小脚女人所引起的另一种感想乃是残废，这是极不愉快的事，正如驼背或脖子上挂着一个大瘤，假如这是天然的，我们不能说是嫌恶，但总之至少不喜欢看总是确实的了。有谁会赏鉴驼背或大瘤呢？金鱼突出眼睛，便是这一类的现象。另外有叫做绯鲤的，大约是它的表兄弟罢，一样的穿着大红棉袄，只是不开衩，眼睛也是平平地装在脑袋瓜儿里边，并不比平常的鱼更为鼓出，因此可见金鱼的眼睛是一种残疾，无论碰在水草上时容易戳瞎乌珠，就是平常也一定近视的了不得，要吃馒头末屑也不大方便罢。照中国人喜欢小脚的常例推去，金鱼之爱可以说宜乎众矣，但在不佞实在是两者都不敢爱，我所爱的还只是平常的鱼而已。

想像有一个大池，——池非不大可，须有活水，池底有种种水草才行，如从前碧云寺的那个石池，虽然老实说起来，人造的死海似的水洼都没有多大意思，就是三海也是俗气寒伧气，无论这是哪一个大皇帝所造，因为皇帝压根儿就非俗恶粗暴不可，假如他有点儿懂得风趣，那就得亡国完事，至于那些俗恶的朋友也会亡国，那是另一回事。如今话又说回来，一个大池，里边如养着鱼，那最好是天空或水的颜色的，如鲫鱼，其次是鲤鱼。我这样的分等级，好像是以肉的味道为标准，其实不然。我想水里游泳着的鱼应当是暗黑色的才好，身体又不可太大，人家从水上看下去，窥探好久，才看见隐隐的一条在那里，有时或者简直就在你的鼻子前面，等一忽儿却又不见了，这比一件红冬冬的东西渐渐地近摆来，好像望那西湖里的广告船（据说是点着红灯笼，打着鼓），随后又渐渐地远开去，更为有趣得多。鲫鱼便具备这种资格，鲤鱼未免个儿太大一点，但他是要跳龙门去的，这又难怪他。此外有些白鲦，细长银白的身体，游来游去，仿佛是东南海边的泥鳅龙船，有时候不知为什么事出了惊，拨剌地翻身即逝，银光照眼，也能增加水界的活气。在这样地方，无论是金鱼，就是平眼的绯鲤，也是不适宜的。红袄裤的新嫁娘，如其脚是小的，那只好就请她在炕上爬或坐着，即使不然，也还是坐在房中，在油漆气芸香或花露水气中，比较地可以得到一种调和。所以金鱼的去处还是富贵人家的绣房，浸在五彩的磁缸中，或是玻璃的圆球里，去和叭儿狗与鹦鹉做伴侣罢了。

几个月没有写文章，天下的形势似乎已经大变了，有志要做新文学的人，非多讲某一套话不容易出色。我本来不是文人，这些时式的变迁，好歹于我无干，但以旁观者的地位看去，我倒是觉得可以赞成的。为什么呢？文学上永久有两种潮流，言志与载道。二者之中，则载道易而言志难。我写这篇赋得金鱼，原是有题目的文章，与帖括有点相近，盖已少言志而多载道欤。我虽未敢自附于新文学之末，但自己觉得颇有时新的意味，故附记于此，以志作风之转变云耳。

［1930 年 4 月 17 日《益世报》/《看云集》］

虱　子

偶读罗素所著的《结婚与道德》，第五章讲中古时代思想的地方，有这一节话：

> 那时教会攻击洗浴的习惯，以为凡使肉体清洁可爱好者皆有发生罪恶之倾向。肮脏不洁是被赞美，于是圣贤的气味变成更为强烈了。圣保拉说，身体与衣服的洁净，就是灵魂的不净。虱子被称为神的明珠，爬满这些东西是一个圣人的必不可少的记号。

我记起我们东方文明的选手故辜鸿铭先生来了，他曾经礼赞过不洁，说过相仿的话，虽然我不能知道他有没有把虱子包括在内，或者特别提出来过。但是，即是辜先生不曾有什么颂词，虱子在中国文化历史上的位置也并不低，不过这似乎只是名流的装饰，关于古圣先贤还没有文献上的证明罢了。晋朝的王猛的名誉，一半固然在于他的经济的事业，他的扪虱子这一件事恐怕至少也要居其一半。到了二十世纪①之初，梁任公先生在横滨办《新民丛报》，那时有一位重要的撰述员，名叫扪虱谈虎客，可见这个还很时髦，无论他身上是否真有那晋朝的小动物。

洛威（R. H. Lowie）博士是旧金山大学的人类学教授，近著一本很有意思的通俗书《我们是文明么》，其中有好些可以供我们参考的地方。第十章讲衣服与时装，他说起十八世纪时妇人梳了很高的髻，有些矮的女子，她的下巴颏儿正在头顶到脚尖的中间。在下文又说道：

【锺校】

① 原无“纪”字，今增。

宫里的女官坐车时只可跪在台板上，把头伸在窗外，她们跳着舞，总怕头碰了挂灯。重重扑粉厚厚衬垫的三角塔终于满生了虱子，很是不舒服，但西欧的时风并不就废止这种时装。结果发明了一种象牙钩钗，拿来搔痒，算是很漂亮的。

第二十一章讲卫生与医药，又说到“十八世纪的太太们的头上成群的养着虱子”。又举例说明道：

一三九三年，一个法国著者教给他美丽的读者六个方法，治她们的丈夫的跳蚤，一五三九年出版的一本书列有奇效方，可以除灭跳蚤，虱子，虱卵，以及臭虫。

照这样看来，不但证明“西洋也有臭虫”，更可见贵夫人的青丝上也满生过虱子。在中国，这自然更要普遍了，褚人获编《坚瓠集》丙集卷三有一篇《须虱颂》，其文曰：

王介甫王禹玉同侍朝，见虱自介甫襦领直缘其须，上顾而笑，介甫不知也。朝退，介甫问上笑之故，禹玉指以告，介甫命从者去之。禹玉曰，未可轻去，愿颂一言。介甫曰，何如？禹玉曰，屡游相须，曾经御览，未可杀也，或曰放焉。众大笑。

我们的荆公是不修边幅的，有一个半个小虫在胡须上爬，原算不得是什么奇事，但这却令我想起别一件轶事来，据说徽宗在五国城，写信给旧臣道：“朕身上生虫，形如琵琶。”照常人的推想，皇帝不认识虱子，似乎在情理之中，而且这样传说，幽默与悲感混在一起，也颇有意思，但是参照上文，似乎有点不大妥帖了。宋神宗见了虱子是认得的，到了徽宗反而退步，如果属实，可谓不克绳其祖武了。《坚瓠集》中又有一条《恒言》，内分两节如下：

张磊塘善清言，一日赴徐文贞公席，食鲳鱼鳇鱼。庖人误不置醋。张云，仓皇失措。文贞腰扪一虱，以齿毙之，血溅齿上。张云，大率类此。文贞亦解颐。

×

清客以齿毙虱有声，妓哂之。顷妓亦得虱，以添香置炉中而爆。客顾曰，熟了。妓曰，愈于生吃。

这一条笔记是很重要的虱之文献，因为他在说明贵人清客妓女都有扪虱的韵致外，还告诉我们毙虱的方法。《我们是文明么》第二十一章中说：

正如老鼠离开将沉的船，虱子也会离开将死的人，依照冰地的学说。所以一个没有虱子的爱斯吉摩人是很不安的。这是多么愉快而且适意的事，两个好友互捉头上的虱以为消遣，而且随复庄重地将它们送到所有者的嘴里去。在野蛮世界，这种交互的服务实在是很有趣的游戏。黑龙江边的民族不知道有别的更好的方法，可以表示夫妇的爱情与朋友的交谊。在亚尔泰山及南西伯利亚的突厥人也同样的爱好这个玩艺儿。他们的皮衣里满生着虱子，那妙手的土人便永远在那里搜查这些生物，捉到了的时候，咂一咂嘴儿把它们都吃下去。拉得洛夫博士亲自计算过，他的向①导在一分钟内捉到八九十匹。在原始民间故事里多讲到这个普遍而且有益的习俗，原是无怪的。

由此可见普通一般毙虱法都是同徐文贞公一样，就是所谓"生吃"的，只可惜"有礼节的欧洲人是否吞咽他们的寄生物查不出证据"，但是我想这总也可以假定是如此罢，因为世上恐怕不会有比这个更好的方法，不过史有阙文，洛威博士不敢轻易断定罢了。

但世间万事都有例外，这里自然也不能免。佛教反对杀生，杀人是

【锺校】

① "向"原作"响"。

四重罪之一，犯者波罗夷不共住，就是杀畜生也犯波逸提罪，他们还注意到水中土中几乎看不出的小虫，那么对于虱子自然也不肯忽略过去。《四分律》卷五十《房舍犍度法》中云：

于多人住处拾虱弃地，佛言不应尔。彼上座老病比丘数数起弃虱，疲极，佛言听以器，若毳，若劫贝，若敝物，若绵，拾着中。若虱走出，应作筒盛。彼用宝作筒，佛言不应用宝作筒，听用角牙，若骨，若铁，若铜，若铅锡，若竿蔗草，若竹，若苇，若木，作筒，虱若出，应作盖塞。彼宝作塞，佛言不应用宝作塞，应用牙骨乃至木作，无安处，应以缕系着床脚里。

小林一茶（一七六三至一八二七）是日本近代的诗人，又是佛教徒，对于动物同圣芳济一样，几乎有兄弟之爱，他的咏虱的诗句据我所见就有好几首①，其中有这样的一首，曾译录在《雨天的书》中，其词曰：

捉到一个虱子，将他掐死固然可怜，要把它舍在门外，让它绝食，也觉得不忍，忽然想到我佛从前给与鬼子母的东西，成此："虱子呵，放在和我味道一样的石榴上爬着。"②

这样的待遇在一茶可谓仁至义尽，但虱子恐怕有点觉得不合式，因为像和尚那么吃净素他是不见得很喜欢的。但是，在许多虱的本事之中，这些算是最有风趣了。佛教虽然也重圣贫，一面也还讲究，——这称作清洁未必妥当，或者总叫作"威仪"罢，因此有些法则很是细密有

【锺校】

① "首"原作"句"。

【原注】

② 日本传说，佛降伏鬼子母，给与石榴实食之，以代人肉，因榴实味酸甜似人肉云。据《鬼子母经》说，她后来变为生育之神，这石榴大约只是多子的象征罢了。

趣，关于虱的处分即其一例，至于一茶则更是浪漫化了一点罢了。中国扪虱的名士无论如何不能到这个境界，也决做不出像一茶那样的许多诗句来，例如——喊，虱子呵，爬罢爬罢，向着春天的去向。

实在译不好，就此打住罢。今天是清明节，野哭之声犹在于耳，回家写这小文，聊以消遣，觉得这倒是颇有意义的事。

（民国十九年四月五日，于北平）

［附记］

友人指示，周密《齐东野语》中有材料可取，于卷十七查得《嚼虱》一则，今补录于下：

余负日茅檐，分渔樵半席，时见山翁野媪扪身得虱，则致之口中，若将甘心焉，意甚恶之。然揆之于古，亦有说焉。应侯谓秦王曰，得宛临，流阳夏，断河内，临东阳，邯郸犹口中虱。王莽校尉韩威曰，以新室之威而吞胡虏，无异口中蚤虱。陈思王著论亦曰，得虱者莫不劘之齿牙，为害身也。三人皆当时贵人，其言乃尔，则野老嚼虱亦自有典故，可发一笑。

我尝①推究嚼虱的原因，觉得并不由于"若将甘心"的意思，其实只因虱子肥白可口，臭虫固然气味不佳，蚤又太小一点了，而且放在嘴里跳来跳去，似乎不大容易咬着。今见韩校尉的话，仿佛基督同时的中国人曾两者兼嚼，到得后来才人心不古，取大而舍小，不过我想这个证据未必怎么可靠，恐怕这单是文字上的支配，那么跳蚤原来也是一时的陪绑罢了。

（四月十三日又记）

［1930 年 4 月《未名》/《看云集》］

【锺校】

① "尝"原作"当"。

水里的东西

我是在水乡生长的，所以对于水未免有点情分。学者们说，人类曾经做过水族，小儿喜欢弄水，便是这个缘故。我的原因大约没有这样远，恐怕这只是一种习惯罢了。

水，有什么可爱呢？这件事是说来话长，而且我也有点儿说不上来。我现在所想说的单是水里的东西。水里有鱼虾，螺蚌，茭白，菱角，都是值得记忆的，只是没有这些工夫来一一纪录下来，经了好几天的考虑，决心将动植物暂且除外。——那么，是不是想来谈水底里的矿物类么？不，决不。我所想说的，连我自己也不明白它是哪一类，也不知道它究竟是死的还是活的，它是这么一种奇怪的东西。

我们乡间称它作 Ghosychiü，写出字来就是“河水鬼”。它是溺死的人的鬼魂。既然是五伤之一，——五伤大约是水、火、刀、绳、毒罢，但我记得又有虎伤似乎在内，有点弄不清楚了，总之水死是其一，这是无可疑的，所以它照例应“讨替代”。听说吊死鬼时常骗人从圆窗伸出头去，看外面的美景（还是美人?），倘若这人该死，头一伸时可就上了当，再也缩不回来了。河水鬼的法门也就差不多是这一类，它每幻化为种种物件，浮在岸边，人如伸手想去捞取，便会被拉下去，虽然看来似乎是他自己钻下去的。假如吊死鬼是以色迷，那么河水鬼可以说是以利诱了。它平常喜欢变什么东西，我没有打听清楚，我所记得的只是说变“花棒槌”，这是一种玩具，我在儿时听见所以特别留意，至于所以变这玩具的用意，或者是专以引诱小儿亦未可知。但有时候它也用武力，往往有乡人游泳，忽然沉了下去，这些人都是像虾蟆一样地“识水”的，论理决不会失足，所以这显然是河水鬼的勾当，只有外道才相信是由于什么脚筋拘挛或心脏麻痹之故。

照例，死于非命的应该超度，大约总是念经拜忏之类，最好自然是“翻九楼”，不过翻的人如不高妙，从七七四十九张桌子上跌了下来的时候，那便别样的死于非命，又非另行超度不可了。翻九楼或拜忏之后，鬼魂理应已经得度，不必再讨替代了，但为防万一危险计，在出事地点再立一石幢，上面刻南无阿弥陀佛六字，或者也有刻别的文句的罢，我却记不起来了。在乡下走路，突然遇见这样的石幢，不是一件很愉快的事，特别是在傍晚，独自走到渡头，正要下四方的渡船亲自拉船索渡过去的时候。

话虽如此，此时也只是毛骨略略有点耸然，对于河水鬼却压根儿没有什么怕，而且还简直有点儿可以说是亲近之感。水乡的住民对于别的死或者一样地怕，但是淹死似乎是例外，实在怕也怕不得许多，俗语云，瓦罐不离井上破，将军难免阵前亡，如住水乡而怕水，那么只好搬到山上去，虽然那里又有别的东西等着，老虎，马熊。我在大风暴中渡过几回大树港，坐在二尺宽的小船内在白鹅似的浪上乱滚，转眼就可以沉到底去，可是像烈士那样从容地坐着，实在觉得比大元帅时代在北京还要不感到恐怖。还有一层，河水鬼的样子也很有点爱娇。普通的鬼保存它死时的形状，譬如虎伤鬼之一定大声喊阿唷，被杀者之必用一只手提了它自己的六斤四两的头之类，唯独河水鬼则不然，无论老的小的村的俊的，一掉到水里去就都变成一个样子，据说是身体矮小，很像是一个小孩子，平常三五成群，在岸上柳树下“顿铜钱”，正如街头的野孩子一样，一被惊动便跳下水去，有如一群青蛙，只有这个不同，青蛙跳时“不东”的有水响，有波纹，它们没有。为什么老年的河水鬼也喜欢摊钱之戏呢？这个，乡下懂事的老辈没有说明给我听过，我也没有本领自己去找到说明。

我在这里便联想到了在日本的它的同类。在那边称作“河童”，读如 Kappa，说是 Kawawappa 之略，意思即是川童二字，仿佛芥川龙之介有过这样名字的一部小说，中国有人译为“河伯”，似乎不大妥贴。这与河水鬼有一个极大的不同，因为河童是一种生物，近于人鱼或海和尚。它与河水鬼相同要拉人下水，但也喜欢拉马，喜欢和人角力。它的形状大概如猿猴，色青黑，手足如鸭掌，头顶下凹如碟子，碟中有水时其力无敌，水涸则软弱无力，顶际有毛发一圈，状如前刘海，日本儿童有蓄此种发者至今称作河童发云。柳田国男在《山岛民谭集》（一九一四）中有一篇“河童驹引”的研究，冈田建文的《动物界灵异志》（一九二七）第三章也是讲河童的，他相信河童是实有的动物，引《幽明录》云，“水蝹一名蝹童，一名水精，裸形人身，长三五尺，大小不一，眼耳鼻舌唇皆具，头上戴一盆，受水三五升，只得水勇猛，失水则无勇力”，以为就是日本的河童。关于这个问题我们无从考证，但想到河水鬼特别不像别的鬼的形状，却一律地状如小儿，仿佛也另有意义，即使与日本河童的迷信没有什么关系，或者也有水中怪物的分子混在里边，未必纯粹是关于鬼的迷信了罢。

十八世纪的人写文章，末后常加上一个尾巴，说明寓意，现在觉得也有这个必要，所以添写几句在这里。人家要怀疑，即使如何有闲，何至于谈到河水鬼去呢？是的，河水鬼大可不谈，但是河水鬼的信仰以及有这信仰的人却是值得注意的。我们平常只会梦想，所见的或是天堂，或是地狱，但总不大愿意来望一望这凡俗的人世，看这上边有些什么人，是怎么想。社会人类学与民俗学是这一角落的明灯，不过在中国自然还不发达，也还不知道将来会不会发达。我愿意使河水鬼来做个先锋，引起大家对于这方面的调查与研究之兴趣。我想恐怕喜欢顿铜钱的小鬼没有这样力量，我自己又不能做研究考证的文章，便写了这样一篇闲话，要想去抛砖引玉实在有点惭愧。但总之关于这方面是“伫候明教”。

[1930年4月《骆驼草》/《看云集》]

论八股文

我查考中国许多大学的国文学系的课程，看出一个同样的极大的缺陷，便是没有正式的八股文的讲义。我曾经对好几个朋友提议过，大学里——至少是北京大学应该正式地“读经”，把儒教的重要的经典，例如《易》《诗》《书》，一部部地来讲读，照在现代科学知识的日光里，用言语历史学来解释它的意义，用“社会人类学”来阐明它的本相，看它到底是什么东西，此其一。在现今大家高呼伦理化的时代，固然也未必会有人胆敢出来提倡打倒圣经，即使当日真有“废孔子庙罢其祀”的呼声，他们如没有先去好好地读一番经，那么也还是白呼的。我的第二个提议即是应该大讲其八股，因为八股是中国文学史上承先启后的一个大关键，假如想要研究或了解本国文学而不先明白八股文这东西，结果将一无所得，既不能通旧的传统之极致，亦遂不能知新的反动之起源。所以，除在文学史大纲上公平地讲过之外，在本科二三年应礼聘专家讲授八股文，每周至少二小时，定为必修科，凡此课考试不及格者不得毕业。这在我是十二分地诚实的提议，但是，呜呼哀哉，朋友们似乎也以为我是以讽刺为业，都认作一种玩笑的话，没有一个肯接受这个条陈。固然，人选困难的确也是一个重要的原因，精通八股的人现在已经不大多了，这些人又未必都适于或肯教，只有夏曾佑先生听说曾有此意，然而可惜这位先觉早已归了道山了。

八股文的价值却决不因这些事情而跌落。它永久是中国文学——不，简直可以大胆一点说中国文化的结晶，无论现在有没有人承认这个事实，这总是不可遮掩的明白的事实。八股算是已经死了，不过，它正如童话里的妖怪，被英雄剁做几块，它老人家整个是不活了，那一块一块的却都活着，从那妖形妖势上面看来，可以证明老妖的不死。我们先从汉字看起。汉字这东西与天下的一切文字不同，连日本朝鲜在内：它有所谓六书，所以有象形会意，有偏旁；有所谓四声，所以有平仄。从这里，必然地生出好些文章上的把戏。有如对联，“云中雁”对“鸟枪打”这种对法，西洋人大抵还能了解，至于红可以对绿而不可以对黄，则非黄帝子孙恐怕难以懂得了。有如灯谜，诗钟。再上去，有如律诗，骈文，已由文字的游戏而进于正宗的文学。自韩退之文起八代之衰，化骈为散之后，骈文似乎已交末运，然而不然：八股文生于宋，至明而少长，至清而大成，实行散文的骈文化，结果造成一种比六朝的骈文还要圆熟的散文诗，真令人有观止之叹。而且破题的作法差不多就是灯谜，至于有些“无情搭”显然须应用诗钟的手法才能奏效。所以八股不但是集合古今骈散的菁华，凡是从汉字的特别性质演出的一切微妙的游艺也都包括在内，所以我们说它是中国文学的结晶，实在是没有一丝一毫的虚价。民国初年的文学革命，据我的解释，也原是对于八股文化的一个反动，世上许多褒贬都不免有点误解，假如想了解这个运动的意义而不先明了八股是什么东西，那犹如不知道清朝历史的人想懂辛亥革命的意义，完全是不可能的了。

其次，我们来看一看八股里的音乐的分子。不幸我于音乐是绝对的门外汉，就是顶好的音乐我听了也只是不讨厌罢了，全然不懂它的好处在哪里，但是我知道，中国国民酷好音乐，八股文里含有重量的音乐分子，知道了这两点，在现今的谈论里也就勉强可以对付了。我常想中国人是音乐的国民，虽然这些音乐在我个人偏偏是不甚喜欢的。中国人的戏迷是实在的事，他们不但在戏园子里迷，就是平常一个人走夜路，觉得有点害怕，或是闲着无事的时候，便不知不觉高声朗诵出来，是《空城计》的一节呢，还是《四郎探母》，因为是外行我不知道，但总之是唱着什么就是。昆曲的句子已经不大高明，皮簧更是不行，几乎是“八部书外”的东西，然而中国的士大夫也乐此不疲，虽然他们如默读脚本，也一定要大叫不通不止，等到在台上一发声，把这些不通的话拉长了，加上丝弦家伙，他们便觉得滋滋有味，颠头摇腿，至于忘形：我想，这未必是中国的歌唱特别微妙，实在只是中国人特别嗜好节调罢。

从这里我就联想到中国人的读诗，读古文，尤其是读八股的上面去。他们读这些文章时的那副情形大家想必还记得，摇头摆脑，简直和听梅畹华先生唱戏时差不多，有人见了要诧异地问，哼一篇烂如泥的烂时文，何至于如此快乐呢？我知道，他是麻醉于音乐里哩。他读到这一出股：“天地乃宇宙之乾坤，吾心实中怀之在抱，久矣夫千百年来已非一日矣，溯往事以追维，曷勿考记载而诵诗书之典要。”耳朵里只听得自己的琅琅的音调，便有如置身戏馆，完全忘记了这些狗屁不通的文句，只是在抑扬顿挫的歌声中间三魂渺渺七魄茫茫地陶醉着了。（说到陶醉，我很怀疑这与抽大烟的快乐有点相近，只可惜现在还没有充分的材料可以证明。）再从反面说来，做八股文的方法也纯粹是音乐的。它的第一步自然是认题，用做灯谜诗钟以及喜庆对联等法，检点应用的材料，随后是选谱，即选定合宜的套数，按谱填词，这是极重要的一点。从前有一个族叔，文理清通，而屡试不售，遂发愤用功，每晚坐高楼上朗读文章（《小题正鹄》?），半年后应府县考皆列前茅，次年春间即进了秀才。这个很好的例可以证明八股是文义轻而声调重，做文的秘诀是熟记好些名家旧谱，临时照填，且填且歌，跟了上句的气势，下句的调子自然出来，把适宜的平仄字填上去，便可成为上好时文了。中国人无论写什么都要一面吟哦着，也是这个缘故，虽然所做的不是八股。读书时也是如此，甚至读家信或报章也非朗诵不可，于此更可以想见这种情形之普遍了。

其次，我们再来一谈中国的奴隶性罢。几千年来的专制养成很顽固的服从与模仿根性，结果是弄得自己没有思想，没有话说，非等候上头的吩咐不能有所行动，这是一般的现象，而八股文就是这个现象的代表。前清末年有过一个笑话，有洋人到总理衙门去，出来了七八个红顶花翎的大官，大家没有话可讲，洋人开言道“今天天气好”，首席的大声答道“好”，其馀的红顶花翎接连地大声答道好好好……，其声如狗叫云。这个把戏，是中国做官以及处世的妙诀，在文章上叫作“代圣贤立言”，又可以称作“赋得”，换句话就是奉命说话。做“制艺”的人奉到题目，遵守“功令”，在应该说什么与怎样说的范围之内，尽力地显出本领来，显得好时便是“中式”，就是新贵人的举人进士了。我们不能轻易地笑前清的老腐败的文物制度，它的精神在科举废止后在不曾见过八股的人们的心里还是活着。吴稚晖公说过，中国有土八股，有洋八股，有党八股，我们在这里觉得未可以人废言。在这些八股做着的时候，大家还只是旧日的士大夫，虽然身上穿着洋服，嘴里咬着雪茄。要想打破一点这样的空气，反省是最有用的方法，赶紧去查考祖先的窗稿，拿来与自己的大作比较一下，看看土八股究竟死绝了没有，是不是死了之后还是夺舍投胎地复活在我们自己的心里。这种事情恐怕是不大愉快的，有些人或者要感到苦痛，有如洗刮身上的一个大疔疮。这个，我想也可以各人随便，反正我并不相信统一思想的理论，假如有人怕感到幻灭之悲哀，那么让他仍旧把膏药贴上也并没有什么不可罢。

总之我是想来提倡八股文之研究，纲领只此一句，其馀的说明可以算是多馀的废话，其次，我的提议也并不完全是反话或讽刺，虽然说得那么地不规矩相。

［1930年5月《骆驼草》/《看云集》］

《杨柳风》

去年冬天在一个朋友那里见到英国密伦（A. A. Milne）的著作，论文和儿歌，觉得喜欢，便也去定购了一本论文集，名叫《这没有关系》（*Not That it Matters*，一九二八，九版），其中有一篇《金鱼》，我拟作了一篇，几乎闯了祸，这固然是晦气，但是从这里得来的益处却也并不是没有。集里又有一篇文章，名《家常书》，乃是介绍格来亨（Kenneth Grahame）所作的《杨柳风》（*The Wind in the Willows*，一九〇八）的。关于格来亨，我简直无所知，除了华克（Hugh Walker）教授在《英国论文及其作者》中说及："密特耳顿（Richard Middleton）的论文自有它的地位，在那里是差不多没有敌手的，除了格来亨君的几本书之外。"密特耳顿著有论文集《前天》，是讲儿童生活的，所以这里所引的格来亨大约也是他的这一类的书，如《黄金时代》等，但总不是我所想要知道的《杨柳风》，结果还只得回来听密伦的话才能明白。

可是，他也不肯说得怎么明白，他说："我不来形容这书，形容是无用的。我只说这句话，这是我所谓家常书的便是。"他在上边又说："近十年来我在保荐它。我初次和生客会见常谈到这书。这是我的开场白，正如你的是关于天气的什么空话。我如起头没有说到，我就把它挤在末尾。"我听了介绍者的话，就信用了他，又去托书店定购一本格来亨的《杨柳风》。

但是我没有信用他到底，我只定了一本三先令半的，虽然明知道有沛恩（Wyndham Payne）的插画本，因为要贵三先令，所以没有要，自己也觉得很小气似的。到了上月中旬，这本书寄来了，我不禁大呼愚人不止，——我真懊悔，不该吝惜这三九两块七的钱，不买那插画本的

《杨柳风》。平常或者有人觉得买洋书总是一件奢侈的事，其实我也不能常买，买了也未必全读，有些买了只是备参考用，有些实在并不怎么好，好听不中吃，但也有些是懒——懒于把它读完。这本《杨柳风》我却是一拿来便从头至尾读完了，这是平常不常有的事，虽然忘记了共花了几天工夫。书里边的事情我也不能细说，只记得所讲的是土拨鼠，水老鼠，獾，獭，黄鼠狼，以及《癞施堂的癞施先生》(*Mr. Toad of Toad Hall*)，和他老先生驾汽车，闹事，越狱等事的。无论这给别位看了觉得怎样，在我总是很满意，只可惜没有能够见到插画，那想必也是很好的了。据书页上广告说明这本书，我觉得很是适切，虽然普通广告都是不大可靠：

> 这是一本少年之书，所以因此或者专是给少年看，以及心里还有少年精神活着的人们看的。这是生命，日光，流水，树林，尘土飞扬的路，和冬天的炉边之书。这与《爱丽思漫游奇境记》相并，成为一种古典。

《杨柳风》于一九〇八年出版，我得到的是一九二九年本，已是三十一版了，卷首广告密伦的新著剧本《癞施堂的癞施》，注明即是根据《杨柳风》改编的。恰巧天津有一位小朋友知道我爱那《杨柳风》，便买了这本剧本来送我，省得我再花钱去定，使我非常感激。我得到这剧本后又把它从头至尾读完了，这是根据格来亨的，却仍满是密伦，所以觉得很有意思。序文上有些话说得很好，抄录一点在这里：

> 有好些随便的事，只肯让我们自己去做。你的手和我的手都不见得比别人的手更干净，但是我们所愿要的那捏过一捏的牛油面包，还是放过我们自己的大拇指的那几片。把格来亨先生变成剧本，或者会使得他遍身都印上不大漂亮的指痕，可是我那样的爱他的书，所以我不愿意别人把它来弄糟了。因此我

接受了那提示，便是我来改编《杨柳风》为剧本，假如这是别一种书，我就以为太难，只好辞谢了。

关于书中的土拨鼠，他说：

有时候我们该把他想作真的土拨鼠，有时候是穿着人的衣服，有时候是同人一样的大，有时候用两只脚走路，有时候是四只脚。他是一个土拨鼠，他不是一个土拨鼠。他是什么？我不知道。而且，因为不是一个认真的人，我并不介意。

这些话我都很佩服，所以乐为介绍，至于剧本（及故事原本）的内容，只好请它自己来说明，我觉得别无办法了，除非来整篇地翻译。

《杨柳风》与《癞施堂的癞施》的确是二十世纪的儿童（一岁到二十五岁！）文学的佳作，值得把它译述出来，只是很不容易罢了。它没有同爱丽思那样好玩，但是另有一种诗趣，如《杨柳风》第七章《黎明的门前之吹箫者》，写得很美，却也就太玄一点了，这个我怀疑是否系西方文人的通病。不过，我们自己既然来不成，那么剩下的可走的路只有翻译了。这个实在难，然而也顾不得它难，——到底还是难，我声明不敢尝试，虽然觉得应当尝试。从前曾说过这样的话："我们没有迎合社会心理去给群众做应制的诗文的义务，但是迎合儿童心理供给他们文艺作品的义务，我们却是有的，正如我们应该拒绝老辈的鸦片烟的供应而不得不供给小孩的乳汁。"这是民国十二年三月里的事，七月二十日在《土之盘筵》一篇后记里说："即使我们已尽了对于一切的义务，然而其中最大的——对于儿童的义务还未曾尽，我们不能不担受了人世一切的苦辛，来给小孩们讲笑话。"也是同样的意思。实行到底不大容易，所以至今还是空话介绍，实在很是惭愧，而儿童文学"这个年头儿"已经似乎就要毕命了。在河南的友人来信说："在中国什么东西都会旧废的，如关税和政治学说都印在初级小学一二年级课本上，那注重儿童个性，切近儿童生活，引起儿童兴趣的话，便是废旧了。"这有什么法子呢？中国的儿童教育法恐怕始终不能跳出“读经”，民国以来实在不读经的日子没有多少。我介绍这两种小书，也只好给有闲的朋友随便读了消遣长夏吧？

［1930 年 8 月《骆驼草》/《看云集》］

《冰雪小品选》序

启无编选明清时代的小品文为一集，叫我写一篇序或跋，我答应了他，已将有半年了。我们预约在暑假中缴卷，那时我想，离暑假还远，再者到了暑假也还有七十天闲暇，不愁没有工夫，末了是反正不管序跋，随意乱说几句即得，不必问切不切题，因此便贸贸然地答应下来了。到了现在鼻加答儿好了之后，仔细一算已过了九月十九，听因百说启无已经回到天津，而平伯的跋也在“草”上登了出来，乃不禁大着其忙，急急地来构思作文。本来颇想从平伯的跋里去发见一点提示，可以拿来发挥一番，较为省力，可是读后只觉得有许多很好的话都被平伯说了去，很有点儿怨平伯之先说，也恨自己之为什么不先做序，不把这些话早截留了，实是可惜之至。不过，这还有什么办法呢？只好硬了头皮自己来想罢，然而机会还是不肯放弃，我在平伯的跋里找到了这一句话，——“小品文的不幸无异是中国文坛上的一种不幸”做了根据，预备说几句，虽然这些当然是我个人负责。

我要说的话干脆就是，启无的这个工作是很有意思的，但难得受人家的理解和报酬。为什么呢？因为小品文是文艺的少子，年纪顶幼小的老头儿子。文艺的发生次序大抵是先韵文，次散文，韵文之中又是先叙事抒情，次说理，散文则是先叙事，次说理，最后才是抒情。借了希腊文学来做例，一方面是史诗和戏剧，抒情诗，格言诗，一方面是历史和小说，哲学，——小品文，这在希腊文学盛时实在还没有发达，虽然那些哲人（Sophistai）似乎有这一点气味，不过他们还是思想家，有如中国的诸子，只是勉强去仰攀一个渊源，直到基督纪元后希罗文学时代才可以说真是起头了，正如中国要在晋文里才能看出小品文的色彩来一样。我卤莽地说一句，小品文是文学发达的极致，它的兴盛必须在王纲解纽的时代。未来的事情，因为我到底不是问星处，不能知道，至于过去的史迹却还有点可以查考。我想古今文艺的变迁曾有两个大时期，一是集团的，一是个人的，在文学史上所记大都是后期的事，但有些上代的遗留如歌谣等，也还能推想前期的文艺的百一。在美术上便比较地看得明白，绘画完全个人化了，雕塑也稍有变动，至于建筑，音乐，美术工艺如瓷器等，却都保存原始的迹象，还是民族的集团的而非个人的艺术，所寻求表示的也是传统的而非独创的美。在未脱离集团的精神之时代，硬想打破它的传统，又不能建立个性，其结果往往青黄不接，呈出丑态，固然不好，如以现今的瓷器之制作绘画与古时相较，即可明了，但如颠倒过来叫个人的艺术复归于集团的，也不是很对的事。对不对是别一件事，与有没有是不相干的，所以这两种情形直到现在还是并存，不，或者是对峙着。集团的美术之根据最初在于民族性的嗜好，随后变为师门的传授，遂由硬化而生停滞，其价值几乎只存在技术一点上了。文学则更为不幸，授业的师傅让位于护法的君师，于是集团的“文以载道”与个人的“诗言志”两种口号成了敌对，在文学进了后期以后，这新旧势力还永远相搏，酿了过去的许多五花八门的文学运动。在朝廷强盛，政教统一的时代，载道主义一定占势力，文学大盛，统是平伯所谓“大的高的正的”，可是又就“差不多总是一堆垃圾，读之昏昏欲睡”的东西。一到了颓废时代，皇帝祖师等等要人没有多大力量了，处士横议，百家争鸣，正统家大叹其人心不古，可是我们觉得有许多新思想好文章都在这个时代发生，这自然因为我们是诗言志派的。小品文则在个人的文学之尖端，是言志的散文，它集合叙事说理抒情的分子，都浸在自己的性情里，用了适宜的手法调理起来，所以是近代文学的一个潮头，它站在前头，假如碰了壁时自然也首先碰壁。因为这个缘故，启无选集前代的小品文，给学子当作明灯，可以照见来源去路，不但是在自己很有趣味，也是对于别人很有利益的事情。不过在载道派看来这实在是左道旁门，殊堪痛恨，启无的这本文选其能免于覆瓿之厄乎，未可知也。但总之也没有什么关系。是为序。

中华民国十九年九月二十一日，于北平煆药庐。

［1930 年 9 月《骆驼草》/《看云集》］

《草木虫鱼》小引

明李日华著《紫桃轩杂缀》卷一云，白石生辟谷嘿坐，人问之不答，固问之，乃云“世间无一可食，亦无一可言”。这是仙人的话，在我们凡人看来不免有点过激，但大概却是不错的，尤其是关于那第二点。在写文章的时候，我常感到两种困难，其一是说什么，其二是怎么说。据胡适之先生的意思这似乎容易解决，因为只要“要说什么就说什么”和“话怎么说就怎么说”便好了，可是在我这就是大难事。有些事情固然我本不要说，然而也有些是想说的，而现在实在无从说起。不必说到政治大事上去，即使偶然谈谈儿童或妇女身上的事情，也难保不被看出反动的痕迹，其次是落伍的证据来，得到古人所谓笔祸。这个内容问题已经够烦难了，而表现问题也并不比它更为简易。我平常很怀疑心里的“情”是否可以用了“言”全表了出来，更不相信随随便便地就表得出来。什么嗟叹啦，永歌啦，手舞足蹈啦的把戏，多少可以发表自己的情意，但是到了成为艺术再给人家去看的时候，恐怕就要发生了好些的变动与间隔，所留存的也就是很微末了。死生之悲哀，爱恋之喜悦，人生最深切的悲欢甘苦，绝对地不能以言语形容，更无论文字，至少在我是这样感想。世间或有天才自然也可以有例外，那么我们凡人所可以文字表现者只是某一种情意，固然不很粗浅但也不很深切的部分，换句话来说，实在是可有可无不关紧急的东西，表现出来聊以自宽慰消遣罢了。

从前在上海某月刊上见过一条消息，说某人要提倡文学无用论了，后来不曾留心不知道这主张发表了没有，有无什么影响，但是我个人却的确是相信文学无用论的。我觉得文学好像是一个香炉，他的两旁边还有一对蜡烛台，左派和右派。无论那一边是左是右，都没有什么关系，这总之有两位，即是禅宗与密宗，假如容我借用佛教的两个名称。文学无用，而这左右两位是有用有能力的。禅宗的作法的人不立文字，知道它的无用，却寻别的途径。辟历似的大喝一声，或一棍打去，或一句干矢橛，直截地使人家豁然开悟，这在对方固然也需要相当的感受性，不能轻易发生效力，但这办法的精义实在是极对的，差不多可以说是最高理想的艺术。不过在事实上艺术还着实有志未逮，或者只是音乐有点这样的意味，缠缚在文字语言里的文学虽然拿出什么象征等物事来在那里挣扎，也总还追随不上。密宗派的人单是结印念咒，揭谛揭谛波罗揭谛几句话，看去毫无意义，实在含有极大力量，老太婆高唱阿弥陀佛，便可安心立命，觉得西方有分，绅士平日对于厨子呼来喝去，有朝一日自己做了光禄寺小官，却是顾盼自雄，原来都是这一类的事。即如古今来多少杀人如麻的钦案，问其罪名，只是大不敬或大逆不道等几个字儿，全是空空洞洞的，当年却有许多活人死人因此处了各种极刑，想起来很是冤枉，不过在当时，大约除本人外没有不以为都是应该的罢。名号——文字的威力大到如此，实在是可敬而且可畏了。文学呢，它是既不能令又不受命，它不能那么解脱，用了独一无二的表现法直截地发出来，却也不会这么刚勇，凭空抓了一个唵字塞住了人家的喉管，再回不过气来，结果是东说西说，写成了四万八千卷的书册，只供闲人的翻阅罢了。我对于文学如此不敬，曾称之曰不革命，今又说它无用，真是太不应当了。不过我的批评全是好意的，我想文学的要素是诚与达，然而诚有障害，达不容易，那么留下来的，试问还有些什么？老实说，禅的文学做不出，咒的文学不想做，普通的文学克复不下文字的纠缠的可做可不做，总结起来与“无一可言”这句话岂不很有同意么？话虽如此，文章还是可以写，想写，关键只在这一点，即知道了世间无一可言，自己更无做出真文学来之可能，随后随便找来一个题目，认真去写一篇文章，却也未始不可，到那时候或者简直说世间无一不可言，也很可以罢，只怕此事亦大难，还须得试试来看，不是一步就走得到的。我在此刻还觉得有许多事不想说，或是不好说，只可挑选一下再说，现在便姑且择定了草木虫鱼，为什么呢？第一，这是我所喜欢，第二，他们也是生物，与我们很有关系，但又到底是异类，由得我们说话。万一讲草木虫鱼还有不行的时候，那么这也不是没有办法，我们可以讲讲天气罢。

［1930 年 10 月《骆驼草》/《看云集》］

论骂人

有一天，一个友人问我怕骂否。我答说，从前我骂人的时候，当然不能怕被人家回骂，到了现在不再骂人了，觉得骂更没有什么可怕了，友人说这上半是“瓦罐不离井上破”的道理，本是平常，下半的话有李卓吾的一则语录似乎可作说明。这是李氏《焚书》附录《寒灯小话》的第二段，其文如下：

是夜（案第一段云九月十三夜）怀林侍次，见有猫儿伏在禅椅之下，林曰，这猫儿日间只拾得几块带肉的骨头吃了，便知痛他者是和尚，每每伏在和尚座下而不去。

和尚叹曰，人言最无义者是猫儿，今看养他顾他时，他即恋着不去，以此观之，猫儿义矣。林曰，今之骂人者动以禽兽奴狗骂人，强盗骂人，骂人者以为至重，故受骂者亦自为至重，吁，谁知此岂骂人语也。夫世间称有义者莫过于人，你看他威仪礼貌，出言吐气，好不和美，怜人爱人之状，好不切至，只是还有一件不如禽兽奴狗强盗之处。盖世上做强盗者有二，或被官司逼迫，怨气无伸，遂尔遁逃，或是盛有才力，不甘人下，倘有一个半个怜才者，使之得以效用，彼必杀身图报，不宜忘恩矣。然则以强盗骂人，是不为骂人了，是反为赞叹称美其人了也。狗虽人奴，义性尤重，守护家主，逐亦不去，不与食吃，彼亦无嗔，自去吃屎，将就度日，所谓狗不厌家贫是也。今以奴狗骂人，又岂当乎？吾恐不是以狗骂人，反是以人骂狗了也。至于奴之一字，但为人使而不足以使人者咸谓之奴。世间曷尝有使人之人哉？

为君者汉唯有孝高孝文孝武孝宣耳，馀尽奴也，则以奴名人，乃其本等名号，而反怒人，何也？和尚谓禽兽畜生强盗奴狗既不足以骂人，则当以何者骂人，乃为恰当。林遂引数十种，如蛇如虎之类，俱是骂人不得者，直商量至夜分，亦竟不得。乃叹曰，呜呼，好看者人也，好相处者人也，只是一副肚肠甚不可看不可处。林曰，果如此，则人真难形容哉。世谓人皮包倒狗骨头，我谓狗皮包倒人骨头，未审此骂何如？和尚曰，亦不足以骂人。遂去睡。

此文盖系怀林所记，《坚瓠集》甲三云："李卓吾侍者怀林甚颖慧，病中作诗数首，袁小修随笔载其一绝云，哀告太阳光，且莫急如梭，我有禅未参，念佛尚不多，亦可念也。"所论骂人的话也很聪明，要是仔细一想，人将真有无话可骂之概，不过我的意思并不是完全一样，无话可骂固然是一个理由，而骂之无用却也是别一个理由。普通的骂除了极少数的揭发阴私以外都是咒诅，例如什么杀千刀，乌焦火灭啦，什么王八兔子啦，以及辱及宗亲的所谓国骂，皆是。——有些人以为国骂是讨便宜，其实不是，我看英国克洛来（E. Crawley）所著《性与野蛮之研究》中一篇文章，悟出我们的国骂不是第一人称的直叙，而是第二人称的命令，是叫他去犯乱伦的罪，好为天地所不容，神人所共嫉，所以王八虽然也是骂的材料之一，而那种国骂中决不涉及他的配偶，可以为证。但是我自从不相信符咒以来，对于这一切诅骂也失了兴趣，觉得只可作为研究的对象，不值得认真地去计较我骂他或他骂我。我用了耳朵眼睛看见听见人家口头或纸上费尽心血地相骂，好像是见了道士身穿八卦衣手执七星木剑划破纸糊的酆都城，或是老太婆替失恋的女郎作法，拿了七支绣花针去刺草人的五官四体，常觉得有点忍俊不禁。我想天下一切事只有理与不理二法，不理便是不理，要理便干脆地打过去。可惜我们礼义之邦另有两句格言，叫做"君子动口，小人动手"，于是有所谓“口诛笔伐”的玩艺儿，这派的祖师大约是作《春秋》的孔仲尼先生，这位先生的有些言论我也还颇佩服，可是这一件事实在是不高明，至少在我看来总很缺少绅士态度了。本来人类是有点儿夸大狂的，他从四条腿爬变成两条腿走，从吱吱叫变成你好哇，又（不知道其间隔了几千或万年）把这你好哇一画一画地画在土石竹木上面，实在是不容易，难怪觉得了不得，对于语言文字起了一种神秘之感，于是而有符咒，于是而有骂，或说或写。然而这有什么用呢，在我没有信仰的人看来。出出气，这也是或种解释，不过在不见得否则要成鼓胀病的时候这个似乎也非必须。——天下事不能执一而论，凡事有如鸦片，不吃的可以不吃，吃的便非吃不可，不然便要拖鼻泪打呵欠，那么骂不骂也没有多大关系，总之只“存乎其人”罢了。

［1930 年 11 月《骆驼草》/《看云集》］

北大的支路

我是民国六年四月到北大来的，如今已是前后十四年了。本月十七日是北大三二周年纪念，承同学们不弃叫我写文章，我回想过去十三年的事情，对于今后的北大不禁有几句话想说，虽然这原是老生常谈，自然都是陈旧的话。

有人说北大的光荣，也有人说北大并没有什么光荣，这些暂且不管，总之我觉得北大是有独特的价值的。这是什么呢，我一时也说不很清楚，只可以说他走着他自己的路，他不做人家所做的而做人家所不做的事。我觉得这是北大之所以为北大的地方，这假如不能说是他唯一的正路，我也可以让步说是重要的一条支路。

蔡孑民先生曾说，“读书不忘救国，救国不忘读书”，那么读书总也是一半的事情吧？北大对于救国事业做到怎样，这个我们且不谈，但只就读书来讲，他的趋向总可以说是不错的。

北大的学风仿佛有点迂阔似的，有些明其道不计其功的气概，肯冒点险却并不想获益，这在从前的文学革命五四运动上面都可以看出，而民六以来计划沟通文理，注重学理的研究，开辟学术的领土，尤其表示得明白。别方面的事我不大清楚，只就文科一方面来说，北大的添设德法俄日各文学系，创办研究所，实在是很有意义，值得注意的事。有好些事情随后看来并不觉得什么希奇，但在发起的当时却很不容易，很需要些明智与勇敢，例如十多年前在大家只知道尊重英文的时代加添德法文，只承认诗赋策论是国文学的时代讲授词曲，——我还记得有上海的大报曾经痛骂过北大，因为是讲元曲的缘故，可是后来各大学都有这一课了，骂的人也就不再骂，大约是渐渐看惯了吧。最近在好些停顿之后朝鲜蒙古满洲语都开了班，这在我也觉得是一件重大事件，中国的学术界很有点儿广田自荒的现象，尤其是东洋历史语言一方面荒得可以，北大的职务在去种熟田之外还得在荒地上来下一锸，来不问收获但问耕耘的干一下，这在北大旧有的计划上是适合的，在现时的情形上更是必要，我希望北大的这种精神能够继续发挥下去。

我平常觉得中国的学人对于几方面的文化应该相当地注意，自然更应该有人去特别地研究。这是希腊，印度，亚剌伯与日本。近年来大家喜欢谈什么东方文化与西方文化，我不知两者是不是根本上有这么些差异，也不知道西方文化是不是用简单的三两句话就包括得下的，但我总以为只根据英美一两国现状而立论的未免有点笼统，普通称为文明之源的希腊我想似乎不能不予以一瞥，况且他的文学哲学自有独特的价值，据臆见说来他的思想更有与中国很相接近的地方，总是值得萤雪十载去钻研他的，我可以担保。印度因佛教的缘故与中国关系密切，不待烦言，亚剌伯的文艺学术自有成就，古来即和中国接触，又因国民内有一部分回族的关系，他的文化已经不能算是外国的东西，更不容把他闲却了。日本有小希腊之称，他的特色确有些与希腊相似，其与中国文化上之关系更仿佛罗马，很能把先进国的文化拿去保存或同化而光大之，所以中国治“国学”的人可以去从日本得到不少的资料与参考。从文学史上来看，日本从奈良到德川时代这千二百馀年受的是中国影响，处处可以看出痕迹，明治维新以后，与中国近来的新文学相同，受了西洋的影响，比较起来步骤几乎一致，不过日本这回成为先进，中国老是追着，有时还有意无意地模拟贩卖，这都给予我们很好的对照与反省。以上这些说明当然说得不很得要领，我只表明我的一种私见与奢望，觉得这些方面值得注意，希望中国学术界慢慢地来着手，这自然是大学研究院的职务，现在在北大言北大，我就不能不把这希望放在北大——国立北京大学及研究院——的身上了。

我重复地说，北大该走他自己的路，去做人家所不做的而不做人家所做的事。北大的学风宁可迂阔一点，不要太漂亮，太聪明。过去一二年来北平教育界的事情真是多得很，多得很，我有点不好列举，总之是政客式的反复的打倒拥护之类，侥幸北大还没有做，将来自然也希望没有，不过这只是消极的一面，此外还有积极的工作，要奋勇前去开辟人荒，着手于独特的研究，这个以前北大做了一点点了，以后仍须继续努力。我并不怀抱着什么北大优越主义，我只觉得北大有他自己的精神应该保持，不当去模仿别人，学别的大学的样子罢了。

“读书不忘救国，救国不忘读书”，那么救国也是一半的事情吧。这两个一半不知道究竟是哪一个是主，或者革命是重要一点亦未可知？我姑且假定，救国，革命是北大的干路吧，读书就算作支路也未始不可以，所以便加上题目叫作《北大的支路》云。

民国十九年十二月十一日，于北平。

[1930 年 12 月 11 日作/《苦竹杂记》]

一九三一年

两株树[1]

我对于植物比动物还要喜欢，原因是因为我懒，不高兴为了区区视听之娱一日三餐地去饲养照顾，而且我也有点相信“鸟身自为主”的迂论，觉得把他们活物拿来做囚徒当奚奴，不是什么愉快的事，若是草木便没有这些麻烦，让它们直站在那里便好，不但并不感到不自由，并且还真是生了根地不肯再动一动哩。但是要看树木花草也不必一定种在自己的家里，关起门来独赏，让它们在野外路旁，或是在人家粉墙之内也并不妨，只要我偶然经过时能够看见两三眼，也就觉得欣然，很是满足的了。

树木里边我所喜欢的第一种是白杨。小时候读《古诗十九首》，读过“白杨何萧萧，松柏夹广路”之句，但在南方终未见过白杨，后来在北京才初次看见。谢在杭著《五杂组》中云：

> 古人墓树多植梧楸，南人多种松柏，北人多种白杨。白杨即青杨也，其树皮白如梧桐，叶似冬青，微风击之辄淅沥有声，故古诗云，白杨多悲风，萧萧愁杀人。予一日宿邹县驿馆中，甫就枕即闻雨声，竟夕不绝，侍儿曰，雨矣。予讶之曰，

【锺校】

①题目似应为“两种树”。

岂有竟夜雨而无檐溜者？质明视之，乃青杨树也。南方绝无此树。

《本草纲目》卷三五下引陈藏器曰：“白杨北土极多，人种墟墓间，树大皮白，其无风自动者乃杨移，非白杨也。”又寇宗奭云：“风才至，叶如大雨声，谓无风自动则无此事，但风微时其叶孤极处则往往独摇，以其蒂长叶重大，势使然也。”王象晋《群芳谱》则云杨有二种，一白杨，一青杨，白杨蒂长两两相对，遇风则簌簌有声，人多植之坟墓间，由此可知白杨与青杨本自有别，但“无风自动”一节却是相同。在史书中关于白杨有这样的两件故事：

《南史》萧惠开传：“惠开为少府，不得志，寺内斋前花草甚美，悉铲除，别植白杨。”

《唐书》契苾何力传：“龙翔中司稼少卿梁修仁新作大明宫，植白杨于庭，示何力曰，此木易成，不数年可芘。何力不答，但诵白杨多悲风，萧萧愁杀人之句，修仁惊悟，更植以桐。”

这样看来，似乎大家对于白杨都没有什样好感。为什么呢？这个理由我不大说得清楚，或者因为它老是簌簌的动的缘故罢。听说苏格兰地方有一种传说，耶稣受难时所用的十字架是用白杨木做的，所以白杨自此以后就永远在发抖，大约是知道自己的罪孽深重。但是做钉的铁却似乎不曾因此有什么罪，黑铁这件东西在法术上还总有点位置的，不知何以这样地有幸有不幸。（但吾乡结婚时忌见铁，凡门窗上铰链等悉用红纸糊盖，又似别有缘故。）我承认白杨种在墟墓间的确很好看，然而种在斋前又何尝不好，它那瑟瑟的响声第一有意思。我在前面的院子里种了一棵，每逢夏秋有客来斋夜话的时候，忽闻淅沥声，多疑是雨下，推户出视，这是别种树所没有的佳处。梁少卿怕白杨的萧萧改种梧桐，其实梧桐也何尝一定吉祥，假如要讲迷信的话，吾乡有一句俗谚云，“梧桐大如斗，主人搬家走”，所以就是别庄花园里也很少种梧桐的，这实在是一件很可惜的事，梧桐的枝干和叶子真好看，且不提那一叶落知天下秋的兴趣了。在我们的后院里却有一棵，不知已经有若干年了，我至今看了它十多年，树干还远不到五合的粗，看它大有黄杨木的神气，虽不厄闰也总长得十分缓慢呢。——因此我想到避忌梧桐大约只是南方的事，在北方或者并没有这句俗谚，在这里梧桐想要如斗大恐怕不是容易的事罢。

第二种树乃是乌桕，这正与白杨相反，似乎只生长于东南，北方很少见。陆龟蒙诗云，“行歇每依鸦舅影”，陆游诗云，“乌桕赤于枫，园林二月中”，又云，“乌桕新添落叶红”，都是江浙乡村的景象。《齐民要术》卷十列“五谷果蓏菜茹非中国物产者”，下注云“聊以存其名目，记其怪异耳，爰及山泽草木任食非人力所种者，悉附于此”，其中有乌臼一项，引《玄中记》云，荆阳有乌臼，其实如鸡头，迮之如胡麻子，其汁味如猪脂。《群芳谱》言，“江浙之人，凡高山大道溪边宅畔无不种”，此外则江西安徽盖亦多有之。关于它的名字，李时珍说：“乌喜食其子，因以名之。……或曰，其木老则根下黑烂成臼，故得此名。”我想这或曰恐太迂曲，此树又名鸦舅，或者与乌不无关系，乡间冬天卖野味有桕子舄（读如呆鸟字），是道墟地方名物，此物殆是乌类乎，但是其味颇佳，平常所谓舄肉几乎便指此舄也。

桕树的特色第一在叶，第二在实。放翁生长稽山镜水间，所以诗中常常说及桕叶，便是那唐朝的张继寒山寺诗所云江枫渔火对愁眠，也是在说这种红叶。王端履著《重论文斋笔录》卷九论及此诗，注云：“江南临水多植乌桕，秋叶饱霜，鲜红可爱，诗人类指为枫，不知枫生山中，性最恶湿，不能种之江畔也。此诗江枫二字亦未免误认耳。”范寅在《越谚》卷中桕树项下说：“十月叶丹，即枫，其子可榨油，农皆植田边。”就把两者误合为一。罗逸长《青山记》云：“山之麓朱村，盖考亭之祖居也，自此倚石啸歌，松风上下，遥望木叶着霜如渥丹，始见怪以为红花，久之知为乌桕树也。”《蓬窗续录》云：“陆子渊《豫章录》言，饶信间桕树冬初叶落，结子放蜡，每颗作十字裂，一丛有数颗，望之若梅花初绽，枝柯诘曲，多在野水乱石间，远近成林，真可作画。此与柿树俱称美荫，园圃植之最宜。”这两节很能写出桕树之美，它的特色仿佛可以说是中国画的，不过此种景色自从我离了水乡的故国已经有三十年不曾看见了。

桕树子有极大的用处，可以榨油制烛，《越谚》卷中蜡烛条下注曰：“卷芯草干，熬桕油拖蘸成烛，加蜡为皮，盖紫草汁则红。”汪曰桢著《湖雅》卷八中说得更是详细：

> 中置烛心，外裹乌桕子油，又以紫草染蜡盖之，曰桕油烛。用棉花子油者曰青油烛，用牛羊油者曰荤油烛。湖俗祀神祭先必燃两炬，皆用红桕烛。婚嫁用之曰喜烛，缀蜡花者曰花烛，祝寿所用曰寿烛，丧家则用绿烛或白烛，亦桕烛也。

日本寺岛安良编《和汉三才图会》五八引《本草纲目》语云，“烛有蜜蜡烛虫蜡烛牛脂烛桕油烛”，后加案语曰：

> 案唐式云少府监每年供蜡烛七十挺，则元以前既有之矣。有数品，而多用木蜡牛脂蜡也。有油桐子蚕豆苍耳子等为蜡者，火易灭。有鲸鲵油为蜡者，其焰甚臭，牛脂蜡亦臭。近年制精，去其臭气，故多以牛蜡伪为木蜡，神佛灯明不可不辨。

但是近年来蜡烛恐怕已是倒了运，有洋人替我们造了电灯，其次也有洋蜡洋油，除了拿到妙峰山上去之外大约没有它的什么用处了。就是要用蜡烛，反正牛羊脂也凑合可以用得，神佛未必会得见怪，——日本真宗的和尚不是都要娶妻吃肉了么？那么桕油并不再需要，田边水畔的红叶白实不久也将绝迹了罢。这于国民生活上本来没有什么关系，不过在我想起来的时候总还有点怀念，小时候喜读《南方草木状》《岭表录异》和《北户录》等书，这种脾气至今还是存留着，秋天买了一部大板的《本草纲目》，很为我的朋友所笑，其实也只是为了这个缘故罢了。

［1931年3月10日《青年界》/《看云集》］

案山子

前几天在市场买了一本《新月》，读完罗隆基先生的论文之后，再读《四十自述》，这是《在上海》的下半篇，胡适之先生讲他自己作诗文的经验，觉得很有趣味。其中特别是这一节："我记得我们试译 Thomas Campbell 的 *Soldier's Dream* 一篇诗，中有 scarecrow 一个字，我们大家想了几天，想不出一个典雅的译法。"这个 scarecrow 不知道和我有什么情分，总觉得他是怪好玩的东西，引起我的注意。我查下页胡先生的译诗，第五六两句云，"枕戈藉草亦蘧然，时见刍人影摇曳"，末后附注云："刍人原作刍灵，今年改。"案《礼记·檀弓下》郑氏注云，"刍灵，束茅为人马，谓之灵者，神之类"，可见得不是田家的东西，叫他作刍人，正如叶圣陶先生的"稻草人"，自然要好一点了。但是要找一个的确的译语，却实在不容易。所谓《华英字典》之流不必说了，手头也一册都没有，所以恕不查考。严幾道的《英文汉诂》在一九〇四年出版，是同类中最典雅最有见识的一本书，二十七八年来我这意见还是一致，记得在"制字"篇中曾有译语，拿出来一翻，果然在第一百十节中有这一行云："Scarecrow，吓鸦，草人用于田间以逐鸟雀者。"这个吓鸦的名称我清清楚楚地记在心里，今天翻了出来，大有旧雨重逢的快乐，这明白地是意译，依照"惊闺"等的例，可以算作一个很好的物名，可是，连他老人家也只能如此对付，更可见我们在刍人草人之外想去找更典雅的译名之全无希望了。

日本语中有案山子这个名称，读作加贺之（Kagashi），即是吓鸦。寺岛安良编《和汉三才图会》卷三十五农具部中有这一条，其文云：

《艺文类聚》，古者人民质朴，死则裹以白茅，投之中野，孝子不忍父母为禽兽所食，则作弹以守之，绝鸟兽之害。

案，弹俗云案山子，今田圃中使草偶持弓，以防鸟雀也。备中国汤川寺玄宾僧都晦迹于民家之奴，入田护稻，以惊鸟雀为务，至今惧鸟雀刍灵称之僧都。

上文所引《艺文类聚》原语多误，今依原书及《吴越春秋》改正。陈音对越王说，弩生于弓，弓生于弹，大约是对的，但是说弹起于①古之孝子，我颇有点怀疑，弹应该起于投石，是养生而不是送死的事罢。《说文解字》第八篇云："弔，问终也，从人弓，古之葬者厚衣之以薪，故人持弓会驱禽也。"《急就章》第二十五云："丧弔悲哀面目肿。"颜氏注："弔谓问终者也，于字人持弓为弔，上古葬者衣之以薪，无有棺椁，常苦禽鸟为害，故弔问者持弓会之，以助弹射也。"先有弓矢而后持弓弔丧助驱禽鸟，这比弹说似近于事实，虽然古代生活我们还未能怎么知道。或者再用刍灵代人持弓，设在墓地，后来移用田间，均属可能，不过都是推测渺茫之词，有点无征不信，而且我们谈吓鸦也不必苦苦研求他的谱系，所以就此搁起似乎也没有什么妨碍。

日本语加贺之的语源解释不一，近来却似乎倾向于《俚言集览》之旧说，云起于以串夹烧灼的兽肉，使闻臭气，以惊鸟兽也，故原语的意思可解作"使嗅"。川口孙治郎在所著《飞驒之鸟》中卷论案山子的地方说飞驒南部尚有此俗，田间植竹片，上缠毛发，涂猪油，烧使发臭气，以避野兽。早川孝太郎编《野猪与鹿与狸》中讲三河设乐郡村人驱野猪的方法，其一即是烟熏：

用破布为心，上包稻草，做成长的草苞模样，一头点火，挂竹竿尖上，插于田边。有极小者，夏天割草的女人挂在腰

【锺校】

① 原无"于"字，今增。

边，可避蚊虻，野猪闻布片焦臭气味亦不敢近也。

书中并图其形，与草人亦相去不远。二书皆近年新刊，为“乡土研究社丛书”之一，故所说翔实可信，早川氏之文尤可喜。

至于案山子三字全系汉文，日本不过借用，与那使他嗅是毫无关系的。这是怎么来的呢？《飞驒之鸟》中卷云：“《嬉游笑览》云，惊鸟的加贺之，或写作案山子，是盖由于山寺禅僧之戏书罢。”但是还不能确定，到了《梅园日记》，才说得稍详，今试引其大要于下：

> 据《随斋谐话》，惊鸟偶人写作案山子，友人芝山曰，在《传灯录》《普灯录》《历代高僧录》等书中均有面前案山子之语，注曰，民俗刈草作人形，令置山田之上，防禽兽，名曰案山子。又《五灯会元》，五祖师戒禅师章有主山高，案山低，主山高崄崄，案山翠青青等语。案主山高，意为山之主，案山低，意当为上平如几案。低山之间必开田畴事耕种，惊鸟草人亦立于案山之侧，故山僧戏呼为案山子，后遂成为通称欤。

上文征引层次不甚清，又虑有阙误，今姑仍之，只一查《景德传灯录》，在第十七卷洪州云居山道膺禅师条下有这一节：

> 问孤迥且巍巍时如何，师曰，孤迥且巍巍。僧曰，不会。师言，面前案山子也不会。

注不知是哪里的，我查不出，主山案山到底怎么讲我此刻也还不大明白。但是在第二十七卷找到了拾得大士的一件逸事，虽然没有说案山子，觉得仿佛有点儿关连：

> 有护伽蓝神庙，每日僧厨下食为乌所食，拾得以杖挟之曰，汝食不能护，安能护伽蓝乎？此夕神附梦于合寺僧曰，拾得打我。

把金刚当作案山子，因为乌鸦吃了僧厨下食，被和尚打得叫苦不迭，这里边如没有什么世间味，也总可以说有些禅味的罢。

中国诗文讲到案山子似乎很少，我是孤陋寡闻，真一句都想不出来，还是在《飞驒之鸟》里见到一首七绝，说是宋人所作，其词曰：

小雨初晴岁事新，一犁江上趁初春，

豆畦种罢无人守，缚得黄茅更似人。

在日本文学里案山子时常出现，他有时来比落拓无能的人物，有时是用他的本色，这在俳句中尤为普通，今举两三句来做例，虽然这种诗是特别不能译的，译了之后便不成样子，看不出他原来的好处来了。

田水落了，细腰高撑的案山子呵。(芜村)

身的老衰呵，案山子的面前也觉得羞惭。(一茶)

夕阳的影，出到大路来的案山子呵。(召波)

每回下雨，老下去的田间案山子呵。(马琴)

偷来的案山子的笠上雨来得急了。(虚子)

末了一句是现代的诗，曾经被小泉八云所赏识，说只用了十七个拼音成一句诗，描写流浪书生的穷困，此上想加以修正恐怕是不可能的罢。临了我想一看英国诗人怎样地歌唱我们的案山子，便去找寻胡适之先生所译的那篇《军人梦》的原诗，最初翻阅奥斯福本《英诗选》，里边没有，再看《英诗金库》，居然在第二百六十七首找到了。可是看到第六行却大吃一惊，胡先生译作"时见刍人影摇曳"的，其原文乃是"By the wolf-scaring faggot that guarded the slain"，直译是"在那保护战死者的，吓狼的柴火旁边"，却不见案山子的踪迹。我用两种小丛书本来对比，结果是一样。因为甘倍耳先生的诗句，引起我对于案山子的兴趣，可是说了一通闲话之后回过头来一看，穿蓑笠持弓矢的草人变了一堆火烟，案山子现出使他闻闻的本相来了，这又使我感到了另外一种的趣味。今天写完此文，适之想正在玩西湖罢，等他回北平来时再送给他看看去。

[1931年10月11日作/《看云集》]

《朝鲜童话集》序

九月下旬听说半农搬了房子，是严幾道的旧居，我便跑去一看，承半农领了我去看他很好的客室，书斋，以及花园假山之后，再回到客室来喝茶，他拿出一包原稿，先叫我看，再叫我做序。虽然我刚在看《日知录》，“人之患在好为人序”这句话还热辣辣地记在心里，而且也实实在在地觉得序之难做，但是我立即答应了，因为老朋友的命令不好违背，半农的书要我做序我总肯做，只要书里边所说是我有点懂的。

这回的书却不是半农自己的，乃是他的大女公子从法文译出的一本朝鲜童话集。对于故事歌谣我本来也有点儿喜欢，不过最初的兴趣是在民俗学的一方面，因为那时我所读的三字经是两本安特路阑所著的《神话仪式与宗教》，不免受了他的许多影响。近来在文学史的一方面感到一点兴趣，觉得这是文学的前史时期的残存物，多少可以供我们作想像的依据。我在《冰雪小品选序》上说过：

> 我想古今文艺的变迁曾有两个大时期，一是集团的，一是个人的，普通文学史上所记大都是后期的事，但有些上代的遗留如歌谣等，也还能借以推知前期的面影的百一。在美术上便比较地看得明白，绘画完全个人化了，雕塑也稍有变动，至于建筑，音乐，美术工艺如瓷器等，都保存着原始的迹象，还是民族的集团的而非个人的艺术，所寻求表示的也是传统的而非独创的美。

民间师徒传授的制度最能保存此类民族的艺术之精神，学子第一要销除其个性，渐自汩没于种性之中，一旦豁然贯通，便若有神凭依，点画刻镂，丹黄渲染，挥洒自如，如扶乩笔，虽出一手，而饫众心，盖其一笔一色之间实涵有千百年传统的力焉。耳口相传的艺术其流动性自然较多，但是其成分与形式总还有一种轨范，虽然一件艺术品未必能如浪漫的想像那样可以是一个群众或委员会的出产，总之是经过他们的试验与鉴可，有如秀才们的考试一般。所以，歌谣故事在当作文学看之后，有不少的文学史的意义，因为正如英国麦加洛克主教所说，童话正是“小说之童年”，而歌谣也实在有些是诗的祖母，有些虽然也是诗的孙女。

现在讲到朝鲜的童话，这却使我有点困难，没有多少话可以说，我觉得对于朝鲜是那么的生疏。六年前偶然从三轮环编的《传说之朝鲜》中转译了几篇故事，登在《语丝》上边，附识中说过这几句话：

> 无论朝鲜是否箕子之后，也不管他以前是藩属不藩属，就他的地位历史讲来，介在中日之间传递两国的文化，是研究亚东文明的人所不应忽视的。我们知道日本学于本国文化研究上可供给不少帮助，同时也应知道朝鲜所能给予的未必会少于日本。

关于朝鲜的艺术，我的知识只有李朝瓷器的一点，还是从柳宗悦氏的书里间接得来的，而且瓷器又是很不好懂的一样东西，但是我理论地推重朝鲜艺术与其研究的价值，毫不改变从前的意见。这种意见我知道难免有点失之迂阔，有点近于“大亚细亚主义”，或者又不合现今的实际。但是这有什么办法呢，两者都是事实，只好都承认罢了。

中日韩的文化关系是久矣夫的事情了，中日韩的外交纠葛却也并不很近。清末章太炎先生亡命日本东京，常为日本人书《孟子》一段曰，“逢蒙学射于羿，尽羿之道，思天下惟羿为愈己，于是杀羿”，可以说是中国知识阶级对于日本的最普通的感想，正如新希腊人之对于西欧的列强一样。诗人摆伦曾经为了希腊独立战争不惜自己的身命，勃阑特思博士数年前在所著《希腊》一书中深悼古国之衰颓，归罪于英法二国的阴谋，然而于事何济，事实上希腊还是在半属国的状态，此不过表示天壤间尚有识者，不肯否认其文化上之负债，与一般古典学者共尽其涓埃之力而已。埃及亚剌伯印度希腊中国，都有同一的使命与运命，似乎不是新奇的偶然。日本之于德意志可以说是有杀羿的意味，对于中国仿佛只是暴发人家子弟捣毁多年的饼师老铺，这里发卖的糖烧饼虽然也会吃坏了胃，养成疳积，但一方面得到的滋养原来也当不少罢。捣毁饼店是一事实，暴发子弟与饼师的关系也是一事实，在人智未进的现在两账只能分算，虽然这样办已经不是很容易的事。在平壤仁川沈阳锦州大暴动之后，来检点日韩的艺术文化，加以了解与赏识，这在热血的青年们恐怕有点难能亦未可知，但是我想这是我们所应当努力的。

这册《朝鲜童话集》内共二十篇，都是很有意思的故事，给儿童看可以消遣，大人看了可以从其中得好些研究比较的资料。据半农说原本是俄人编述的，后来译成法文，这回由刘育厚女士以她在巴黎本场学来的法文及家学渊源的汉文，把它译出，又经过半农的校订，译文的善美是我觉得可以保证的。但是我看了此书，不免发生感慨，想起十三四年前到西板桥大街去看半农的时候，这位小惠姑娘实在还小得很哩，恐怕兴趣还只在吃糖，虽然现在或者也还可以有这兴趣，但总之已大有改变，如这译述即是其一，这仿佛只是几眼的中间的事，那么我们老辈又怎么能不老朽呢？半农虽没有长什么胡子，英气也始终不衰，年纪却总和我一样地增加了，回过头去看看，后生可畏原也是可喜，但对于我们自己却不能不有尚须努力之感焉耳。

［1931 年 10 月 20 日作/《看云集》］

苋菜梗

近日从乡人处分得腌苋菜梗来吃，对于苋菜仿佛有一种旧雨之感。苋菜在南方是平民生活上几乎没有一天缺的东西，北方却似乎少有，虽然在北平近来也可以吃到嫩苋菜了。查《齐民要术》中便没有讲到，只在卷十列有人苋一条，引《尔雅》郭注，但这一卷所讲都是“五谷果蓏菜茹非中国物产者”，而《南史》中则常有此物出现，如《王智深传》云，“智深家贫无人事，尝饿五日不得食，掘苋根食之”，又《蔡樽附传》云，“樽在吴兴不饮郡斋井，斋前自种白苋紫茹以为常饵，诏褒其清”，都是很好的例。

苋菜据《本草纲目》说共有五种，马齿苋在外。苏颂曰：

> 人苋白苋俱大寒，其实一也，但大者为白苋，小者为人苋耳，其子霜后方熟，细而色黑。紫苋叶通紫，吴人用染爪者，诸苋中唯此无毒不寒。赤苋亦谓之花苋，茎叶深赤，根茎亦可糟藏，食之甚美味辛。五色苋今亦稀有，细苋俗谓之野苋，猪好食之，又名猪苋。

李时珍曰：“苋并三月撒种，六月以后不堪食，老则抽茎如人长，开细花成穗，穗中细子扁而光黑，与青箱子鸡冠子无别，九月收之。”《尔雅》释草，“蒉赤苋”，郭注云，“今之苋赤茎者”，郝懿行疏乃云：“今验赤苋茎叶纯紫，浓如燕支，根浅赤色，人家或种以饰园庭，不堪啖也。”照我们经验来说，嫩的紫苋固然可以瀹食，但是“糟藏”的却都用白苋，这原只是一乡的习俗，不过别处的我不知道，所以不能拿来比较了。

说到苋菜同时就不能不想到甲鱼。《学圃馀疏》云：“苋有红白二种，素食者便之，肉食者忌与鳖共食。”《本草纲目》引张鼎曰：“不可与鳖同食，生鳖瘕，又取鳖肉如豆大，以苋菜封裹置土坑内，以土盖之，一宿尽变成小鳖也。”其下接联地引汪机曰：“此说屡试不验。”《群芳谱》采张氏的话稍加删改，而末云“即变小鳖”之后却接写一句“试之屡验”，与原文比较来看未免有点滑稽。这种神异的物类感应，读了的人大抵觉得很是好奇，除了雀入大水为蛤之类无可着手外，总想怎么来试他一试，苋菜鳖肉反正都是易得的材料，一经实验便自分出真假，虽然也有越试越胡涂的，如《酉阳杂俎》所记：“蝉未脱时名复育，秀才韦翾庄在杜曲，常冬中掘树根，见复育附于朽处，怪之，村人言蝉固朽木所化也，翾因剖一视之，腹中犹实烂木。”这正如剖鸡胃中皆米粒，遂说鸡是白米所化也。苋菜与甲鱼同吃，在三十年前曾和一位族叔试过，现在族叔已将七十了，听说还健在，我也不曾肚痛，那么鳖瘕之说或者也可以归入不验之列了罢。

苋菜梗的制法须俟其“抽茎如人长”，肌肉充实的时候，去叶取梗，切作寸许长短，用盐腌藏瓦坛中，候发酵即成，生熟皆可食。平民几乎家家皆制，每食必备，与干菜腌菜及螺蛳霉豆腐千张等为日用的副食物，苋菜梗卤中又可浸豆腐干，卤可蒸豆腐，味与“溜豆腐”相似，稍带枯涩，别有一种山野之趣。读外乡人游越的文章，大抵众口一词地讥笑土人之臭食，其实这是不足怪的，绍兴中等以下的人家大都能安贫贱，敝衣恶食，终岁勤劳，其所食者除米而外唯菜与盐，盖亦自然之势耳。干腌者有干菜，湿腌者以腌菜及苋菜梗为大宗，一年间的“下饭”差不多都在这里。诗云，“我有旨蓄，可以御冬”，是之谓也，至于存置日久，干腌者别无问题，湿腌则难免气味变化，顾气味有变而亦别具风味，此亦是事实，原无须引西洋干酪为例者也。

《邵氏闻见录》云，汪信民常言，人常咬得菜根则百事可做，胡康侯闻之击节叹赏。俗语亦云，布衣暖，菜根香，读书滋味长。明洪应明遂作《菜根谭》以骈语述格言，《醉古堂剑扫》与《娑罗馆清言》亦均如此，可见此体之流行一时了。咬得菜根，吾乡的平民足以当之，所谓菜根者当然包括白菜芥菜头，萝卜芋艿之类，而苋菜梗亦附其下，至于苋根虽然救了王智深的一命，实在却无可吃，因为这①只是梗的末端罢了，或者这里就是梗的别称也未可知。咬了菜根是否百事可做，我不能确说，但是我觉得这是颇有意义的，第一可以食贫，第二可以习苦，而实在却也有清淡的滋味，并没有蕺这样难吃，胆这样难尝。这个年头儿人们似乎应该学得略略吃得起苦才好。中国的青年有些太娇养了，大抵连冷东西都不会吃，水果冰激淋除外，我真替他们忧虑，将来如何上得前敌，至于那粉泽不去手，和穿红里子的夹袍的更不必说了。其实我也并不激烈地想禁止跳舞或抽白面，我知道在乱世的生活法中耽溺亦是其一，不满于现世社会制度而无从反抗，往往沉浸于醇酒妇人以解忧闷，与山中饿夫殊途而同归，后之人略迹原心，也不敢加以菲薄，不过这也只是近于豪杰之徒才可以，决不是我们凡人所得以援引的而已。——喔，似乎离本题太远了，还是就此打住，有话改天换了题目再谈罢。

［1931年10月26日作/《看云集》］

【锺校】

①“这”原作“在”。

《远野物语》

《远野物语》，日本柳田国男著，明治四十三年（一九一〇）出版，共刊行三百五十部，我所有的系二九一号。其自序云：

> 此中所记悉从远野乡人佐佐木镜石君听来，明治四十二年二月以来，晚间常来过访，说诸故事，因笔记之。镜石君虽非健谈者，乃诚实人也，余亦不加减一句一字，但直书所感而已。窃思远野乡中此类故事当犹有数百件存在，我辈切望能多多听到。国内山村有比远野更幽深者，当又有无数的山神山人之传说，愿有人传述之，使平地的人闻而战栗。如此书者，盖陈胜吴广耳。
>
> 去年八月之末余游于远野乡。从花卷行十馀里（案日本一里约当中国六七里），凡有官站三，其他唯青山与原野，人烟稀少甚于北海道石狩之平野，或以新开路故，人民之来就者少乎？远野市中则烟花之巷也。余借马于驿亭主人，独巡郊外各村，其马以黑色海草为荐披身上，虻多故也。猿石之溪谷土甚肥，已开拓完善。路旁多石塔，诸国不知其比。自高处展望，早稻正熟，晚稻花盛开，水悉落而归于川。稻之色因种类而各异，有田或三或四或五相连续，稻色相同者，即属于一家之田，盖所谓名所相同也。小于坐落地名之土名，非田主不之知，唯常见于古旧的卖买让与的田契上。越附马牛之谷，早地峰之山隐约可见，山形如草笠，又似字母之へ字。此谷中稻熟较迟，满目一色青绿。在田间细道上行，有不知名之鸟，率其雏横过，雏色黑中杂白羽，初以为是小鸡，后隐沟草中不复

见，乃知是野鸟。天神之山有祭赛，有狮子舞。于兹鞠尘轻扬，有红物飘翻，与一村之绿相映。狮子舞者，鹿之舞也，戴面具上着鹿角，童子五六人，拔剑与之共舞，笛音高而歌声低，虽在侧亦难闻其词。日斜风吹，醉而呼人者之声亦复萧寂，虽女笑儿奔，而旅愁犹复无可奈何。盂兰盆节，有新佛之家率高揭红白之旗以招魂，山头马上东西指点，此旗凡有十许。村人将去其永住之地者，旅人暂来寄宿者，及彼悠悠之灵山，黄昏徐来，悉包容尽之。在远野有观音堂八所，以一木所作也。此日多报赛之徒，冈上见灯火，闻撞钟之音。隔路草丛中有雨风祭之稻草人，恰如倦人之仰卧焉。此为余游远野所得之印象也。

窃惟此类书物至少总非现代之流行，无论印刷如何容易，刊行此书，以自己的狭隘的趣味强迫他人，恐或有人将评为胡乱行为。敢答之曰，闻如此故事，见如此土地来后，而不想转语他人者，果有其人乎？如此沉默而且谨慎的人，至少在我友人中不曾有也。如九百年前之先辈如《今昔物语》者在当时已为古昔之谈，此则与之相反，乃是目前之事情也。即使敬虔之意与诚实之态度或未能声言逾越先哲，唯不曾多经人耳，亦少借他人之口与笔，彼淡泊天真之大纳言君却反值得来听耳。(案平安朝末大纳言源隆国搜集古今传说，成书三十一卷，名《今昔物语集》，行于世。）至于近世御伽百物语之徒，其志既陋，且不能确信其言之非妄，窃耻与之比邻。要之此书系现在之事实，余相信即此已足为其正大的存在理由矣。唯镜石君年仅二十四五，余亦只忝长十岁已耳，生于事业尽多之今世，乃不辨问题之大小，用力失其当，将有如是言者则若之何？如明神山之角鸱，太尖竖其耳，太圆瞪其目，将有如是责者则又若之何？吁，无可奈何矣，此责任则唯余应负之也。（案下一首系短歌，今译其大意。）

“老人家似的，不飞亦不鸣的，远方的树林中的猫头鹰，或者要笑罢！”

《远野物语》一卷，计一百十九则，凡地势时令，风俗信仰，花木鸟兽，悉有记述，关于家神，山人，狼狐猿猴之怪等事为尤详，在出版当时洵为独一无二之作，即在以后，可与竞爽者亦殊不多，盖昔时笔记以传奇志怪为目的者，大抵有姑妄言之的毛病，缺少学术价值，现代的著述中这一点可以无虞，而能兼有文章之美如柳田氏的却又不能多见。今摘译其第四十九节以下四则：

仙人岭上山十五里，下山十五里。（原注，此系小里，案即等于中国里数。）其间有堂祀仙人，古来习惯，旅客在此山中遇怪异事，辄题记此堂壁上。例如曰，余越后人也，某月某日之夜，在山路上遇见少女被发者，顾我而笑，是也。又或记在此处为猿所戏弄，或遇盗三人等事。

×

死助山中有郭公花，即在远野亦视为珍异之花也。五月中闲古鸟（案即郭公鸟）啼时，妇人小儿入山采之。浸醋中则成紫色，入口中吹之以为戏，如酸浆然。采取此花，为青年人最大之游乐也。

×

山中虽有各种鸟栖止，其声最凄寂者恶朵鸟也。夏夜间啼，从海滨大槌来的赶马脚夫云过岭即遥闻其声在深谷中。传闻昔时长者有一女，与又一长者之子相亲，入山游玩而男子忽失踪，探求至暮夜卒不能得，遂化为此鸟。鸣曰恶东恶东者，即云恶朵（案意云夫）也。鸣声末尾微弱，甚为凄惋。

×

赶马鸟似杜鹃而稍大，羽毛赤而带茶色，肩有条纹如马缰，胸前有斑，似马口网袋。人云此鸟本系某长者家仆人，入山放马，将归家忽失一马，终夜求之不见，遂化为鸟，啼曰阿呵阿呵者，此乡呼野中群马之声也。有时此鸟来村中啼，为饥馑之先兆，平时住深山中，常闻其啼声。

又第一〇九节记雨风祭云：

中元前后有雨风祭，以稻草为人形，大于常人，送至歧路，使立道旁。用纸画面目，以瓜作为阴阳之形附之。虫祭之稻草人无此等事，其形亦较小。雨风祭之时，先在一部落择定头家，乡人聚而饮酒，随以笛鼓同送之至于路歧。笛之中有桐木所制之法螺，高声吹之。其时有歌曰：祭祀二百十日的风雨呵，向那方祭，向北方祭呀。（案立春后第二百十日为二百十日节，常有风暴，正值稻开花，农家甚以为苦，故祭以禳之。）

《远野物语》给我的印象很深，除文章外，他又指示我民俗学里的丰富的趣味。那时日本虽然大学里有了坪井正五郎的人类学讲座，民间有高木敏雄的神话学研究，但民俗学方面还很销沉，这实在是柳田氏，使这种学问发达起来，虽然不知怎地他不称民俗学而始终称为“乡土研究”。一九一〇年五月柳田氏刊行《石神问答》，系三十四封往复的信，讨论乡村里所奉祀的神道的，六月刊行《远野物语》，这两本书虽说只是民俗学界的陈胜吴广，实际却是奠定了这种学术的基础，因为他不只是文献上的排比推测，乃是从实际的民间生活下手，有一种清新的活力，自然能够鼓舞人的兴趣起来。一九一三年三月柳田氏与高木敏雄共任编辑，发行《乡土研究》月刊，这个运动于是正式开始。其时有石桥卧波联络许多名流学者，组织民俗学会，发行季刊，可是内容似乎不大充实，石桥所著有关于历，镜，厄年，梦，鬼等书，我也都买得，不过终觉得不很得要领，或者这是偏重文献之故也说不定罢。高木一面也参加民俗学会，后来又仿佛有什么意见似地不大管事，所以《乡土研究》差不多可以说是柳田一人的工作，但是这种事业大约也难以久持，据说读者始终只有六百馀名，到了出满四卷，遂于一九一七年春间宣告停刊了。不过月刊虽停，乡土研究社还是存在，仍旧刊行关于这方面的著述，以至今日，据我所知道计有《乡土研究社丛书》五种，《炉边丛书》约四十种。

柳田氏系法学士，东京大学法科出身，所著有关于农政及铜之用途等书，唯其后专心于乡土研究，此类书籍为我所有者有下列十种：

《石神问答》（一九一〇年）

《远野物语》（同）

《山岛民谭集》一（甲寅丛书，一九一四），内计《河童牵马》及《马蹄石》二项，印行五百部，现已绝版，第二集未刊。

《乡土志论》（炉边丛书，一九二二）

《祭礼与世间》（同）

《海南小记》（一九二五），记琉球各岛事。

《山中之人生》（乡土研究社丛书，一九二六），记述山人之传说与事实，拟议山中原有此种住民，以待调查证明。

《雪国之春》（一九二八），记日本东北之游。

《民谣之今昔》（民俗艺术丛书，一九二九）

《蜗牛考》（语言志丛刊，一九二九）

柳田氏治学朴质无华，而文笔精美，令人喜读，同辈中有早川孝太郎差可相拟。早川氏著有《三州横山话》（炉边丛书）《野猪与鹿与狸》（乡土研究社丛书），也都写得很好，因为著者系画家，故观察与描写都甚细密也。

[附记]

以上所说只是我个人的印象，在民俗学的价值上文章别无关系，那是当然的事。英国哈同教授（A. C. Haddon）在《人类学史》末章说：

> 人类的体质方面的研究早由熟练的科学家着手，而文化方面的人类历史乃大都由文人从事考查，他们从各种不同方向研究此问题，又因缺少实验经历，或由于天性信赖文献的证据，故对于其所用的典据常不能选择精密。

这种情形在西洋尚难免，日本可无论了，大抵科学家看不起这类工作，而注意及此的又多是缺少科学训练的文科方面的人，实在也是无可如何。但在日本新兴的乡土研究上，柳田氏的开荒辟地的功的确不小，即此也就足使我们佩服的了。

[1931 年 11 月 17 日作/《夜读抄》]

吃　菜

偶然看书讲到民间邪教的地方，总常有吃菜事魔等字样。吃菜大约就是素食，事魔是什么事呢？总是服侍什么魔王之类罢，我们知道希腊诸神到了基督教世界多转变为魔，那么魔有些原来也是有身分的，并不一定怎么邪曲，不过随便地事也本可不必，虽然光是吃菜未始不可以，而且说起来我也还有点赞成。本来草的茎叶根实只要无毒都可以吃，又因为有维他命某，不但充饥还可养生，这是普通人所熟知的，至于专门地或有宗旨地吃，那便有点儿不同，仿佛是一种主义了，现在我所想要说的就是这种吃菜主义。

吃菜主义似乎可以分作两类。第一类是道德的。这派的人并不是不吃肉，只是多吃菜，其原因大约是由于崇尚素朴清淡的生活。孔子云："饭疏食，饮水，曲肱而枕之，乐亦在其中矣。"可以说是这派的祖师。《南齐书》周颙传云："颙清贫寡欲，终日长蔬食。文惠太子问颙菜食何味最胜，颙曰，春初早韭，秋末晚菘。"黄山谷题画菜云："不可使士大夫不知此味，不可使天下之民有此色。"——当作文章来看实在不很高明，太有帖括的意味，但如算作这派提倡吃菜根的标语却是颇得要领的。李笠翁在《闲情偶寄》卷五说：

> 声音之道，丝不如竹，竹不如肉，为其渐近自然，吾谓饮食之道，脍不如肉，肉不如蔬，亦以其渐近自然也。草衣木食，上古之风，人能疏远肥腻，食蔬蕨而甘之，腹中菜园不使羊来踏破，是犹作羲皇之民，鼓唐虞之腹，与崇尚古玩同一致也。所怪于世者，弃美名不居，而故异端其说，谓佛法如是，是则谬矣。吾辑《饮馔》一卷，后肉食而首蔬菜，一以崇俭，

一以复古，至重宰割而惜生命，又其念兹在兹而不忍或忘者矣。

笠翁照例有他的妙语，这里也是如此，说得很是清脆。虽然照文化史上讲来吃肉该在吃菜之先，不过笠翁不及知道，而且他又哪里会来斤斤地考究这些事情呢。

吃菜主义之二是宗教的，普通多是根据佛法，即笠翁所谓异端其说者也。我觉得这两类显有不同之点，其一吃菜只是吃菜，其二吃菜乃是不食肉，笠翁上文说得蛮好，而下面所说念兹在兹的却又混到这边来，不免与佛法发生纠葛了。小乘律有杀戒而不戒食肉，盖杀生而食已在戒中，唯自死鸟残等肉仍在不禁之列，至大乘律始明定食肉戒，如《梵网经》菩萨戒中所举，其辞曰：

若佛子故食肉，——一切众生肉不得食：夫食肉者断大慈悲佛性种子，一切众生见而舍去。是故一切菩萨不得食一切众生肉，食肉得无量罪，——若故食者，犯轻垢罪。

贤首疏云：

轻垢者，简前重戒，是以名轻，简异无犯，故亦名垢。又释，渎污清净行名垢，礼非重过称轻。

因为这里没有把杀生算在内，所以算是轻戒。但话虽如此，据《目莲问罪报经》所说，犯突吉罗众学戒罪，如四天王寿，五百岁堕泥犁中，于人间数九百千岁，此堕等活地狱，人间五十年为天一昼夜，可见还是不得了也。

我读《旧约·利未记》，再看大小乘律，觉得其中所说的话要合理得多，而上边食肉戒的措辞我尤为喜欢，实在明智通达，古今莫及。《入楞伽经》所论虽然详细，但仍多为粗恶凡人说法，道世在《诸经要集》中酒肉部所述亦复如是，不要说别人了。后来讲戒杀的大抵偏重因果一端，写得较好的还是莲池的《放生文》和周安士的《万善先资》，文字还有可取，其次《好生救劫编》《卫生集》等，自郐以下更可以不论，里边的意思总都是人吃了虾米再变虾米去还吃这一套，虽然也好玩，难免是幼稚了。我以为菜食是为了不食肉，不食肉是为了不杀生，这是对的，再说为什么不杀生，那么这个解释我想还是说不欲断大慈悲佛性种子最为得体，别的总说得支离。众生有一人不得度的时候自己决不先得度，这固然是大乘菩萨的弘愿，但凡夫到了中年，往往会看轻自己的生命而尊重人家的，并不是怎么奇特的现象。难道肉体渐近老衰，精神也就与宗教接近么？未必然，这种态度有的从宗教出，有的也会从唯物论出的。或者有人疑心唯物论者一定是主张强食弱肉的，却不知道也可以成为大慈悲宗，好像是《安士全书》信者，所不同的他是本于理性，没有人吃虾米那些律例而已。

据我看来，吃菜亦复佳，但也以中庸为妙，赤米白盐绿葵紫蓼之外，偶然也不妨少进三净肉，如要讲净素已不容易，再要彻底便有碰壁的危险。《南齐书·孝义传》纪江泌事，说他"食菜不食心，以其有生意也"，觉得这件事很有风趣，但是离彻底总还远呢。英国柏忒勒（Samuel Butler）所著《有何无之乡游记》（*Erewhon*）中第二十六七章叙述一件很妙的故事，前章题曰《动物权》，说古代有哲人主张动物的生存权，人民实行菜食，当初许可吃牛乳鸡蛋，后来觉得挤牛乳有损于小牛，鸡蛋也是一条可能的生命，所以都禁了，但陈鸡蛋还勉强可以使用，只要经过检查，证明确已陈年臭坏了，贴上一张"三个月以前所生"的查票，就可发卖。次章题曰《植物权》，已是六七百年过后的事了，那时又出了一个哲学家，他用实验证明植物也同动物一样地有生命，所以也不能吃，据他的意思，人可以吃的只有那些自死的植物，例如落在地上将要腐烂的果子，或在深秋变黄了的菜叶。他说只有这些同样的废物，人们可以吃了于心无愧。

即使如此，吃的人还应该把所吃的苹果或梨的核，杏核，樱桃核及其他，都种在土里，不然他就将犯了堕胎之罪。至于五谷，据他说那是全然不成，因为每颗谷都有一个灵魂像人一样，他也自有其同样地要求安全之权利。

结果是大家不能不承认他的理论，但是又苦于难以实行，逼得没法了便索性开了荤，仍旧吃起猪排牛排来了。这是讽刺小说的话，我们不必认真，然而天下事却也有偶然暗合的，如《文殊师利问经》云：

若为已杀，不得啖。若肉林中已自腐烂，欲食得食。若欲啖肉者，当说此咒：如是，无我无我，无寿命无寿命，失失，烧烧，破破，有为，除杀去。此咒三说，乃得啖肉，饭亦不食。何以故？若思惟饭不应食，何况当啖肉。

这个吃肉林中腐肉的办法岂不与陈鸡蛋很相像，那么烂果子黄菜叶也并不一定是无理，实在也只是比不食菜心更彻底一点罢了。

［1931 年 11 月 18 日作/《看云集》］

志摩纪念

面前书桌上放着九册新旧的书，这都是志摩的创作，有诗，文，小说，戏剧，——有些是旧有的，有些给小孩们拿去看丢了，重新买来的。《猛虎集》是全新的，衬页上写了这几行字："志摩飞往南京的前一天，在景山东大街遇见，他说还没有送你《猛虎集》，今天从志摩的追悼会出来，在景山书社买得此书。"

志摩死了，现在展对遗书，就只感到古人的人琴俱亡这一句话，别的没有什么可说。志摩死了，这样精妙的文章再也没有人能做了，但是，这几册书遗留在世间，志摩在文学上的功绩也仍长久存在。中国新诗已有十五六年的历史，可是大家都不大努力，更缺少锲而不舍地继续努力的人，在这中间志摩要算是唯一的忠实同志，他前后苦心地创办诗刊，助成新诗的生长，这个劳绩是很可纪念的，他自己又孜孜矻矻地从事于创作，自《志摩的诗》以至《猛虎集》，进步很是显然，便是像我这样外行也觉得这是显然。散文方面志摩的成就也并不小，据我个人的愚见，中国散文中现有几派，适之仲甫一派的文章清新明白，长于说理讲学，好像西瓜之有口皆甜，平伯废名一派涩如青果，志摩可以与冰心女士归在一派，仿佛是鸭儿梨的样子，流丽轻脆，在白话的基本上加入古文方言欧化种种成分，使引车卖浆之徒的话进而为一种富有表现力的文章，这就是单从文体变迁上讲也是很大的一个供献了。志摩的诗，文，以及小说戏剧在新文学上的位置与价值，将来自有公正的文学史家会来精查公布，我这里只是笼统地回顾一下，觉得他半生的成绩已经很够不朽，而在这壮年，尤其是在这艺术地"复活"的时期中途凋丧，更是中国文学的一大损失了。

但是，我们对于志摩之死所更觉得可惜的是人的损失。文学的损失是公的，公摊了时个人所受到的只是一份，人的损失却是私的，就是分担也总是人数不会太多而分量也就较重了。照交情来讲，我与志摩不算顶深，过从不密切，所以留在记忆上想起来时可以引动悲酸的情感的材料也不很多，但即使如此我对于志摩的人的悼惜也并不少。的确如适之所说，志摩这人很可爱，他有他的主张，有他的派路，或者也许有他的小毛病，但是他的态度和说话总是和蔼真率，令人觉得可亲近，凡是见过志摩几面的人，差不多都受到这种感化，引起一种好感，就是有些小毛病小缺点也好像脸上某处的一颗小黑痣，也是造成好感的一小小部分，只令人微笑点头，并没有嫌憎之感。有人戏称志摩为诗哲，或者笑他的戴印度帽，实在这些戏弄里都仍含有好意的成分，有如老同窗要举发从前吃戒尺的逸事，就是有派别的作家加以攻击，我相信这所以招致如此怨恨者也只是志摩的阶级之故，而决不是他的个人。适之又说志摩是诚实的理想主义者，这个我也同意，而且觉得志摩因此更是可尊了。这个年头儿，别的什么都有，只是诚实却早已找不到，便是爪哇国里恐怕也不会有了罢，志摩却还保守着他天真烂漫的诚实，可以说是世所希有的奇人了。我们平常看书看杂志报章，第一感到不舒服的是那伟大的说诳，上自国家大事，下至社会琐闻，不是恬然地颠倒黑白，便是无诚意地弄笔头，其实大家也各自知道是怎么一回事，自己未必相信，也未必望别人相信，只觉得非这样地说不可。知识阶级的人挑着一副担子，前面是一筐子马克思，后面一口袋尼采，也是数见不鲜的事，在这时候有一两个人能够诚实不欺地在言行上表现出来，无论这是哪一种主张，总是很值得我们的尊重的了。关于志摩的私德，适之有代为辩明的地方，我觉得这并不成什么问题。为爱惜私人名誉起见，辩明也可以说是朋友的义务，若是从艺术方面看去这似乎无关重要。诗人文人这些人，虽然与专做好吃的包子的厨子，雕好看的石像的匠人，略有不同，但总之小德逾闲与否于其艺术没有多少关系，这是我想可以明言的。不过这也有例外，假如是文以载道派的艺术家，以教训指导我们大众自任，以先知哲人自任的，我们在同样谦恭地接受他的艺术以前，先要切实地检察他的生活，若是言行不符，那便是假先知，须得谨防上他的当。现今中国的先知有几个禁得起这种检察的呢，这我可不得而知了。这或者是我个人的偏见亦未可知，但截至现在我还没有找到觉得更对的意见，所以对于志摩的事也就只得仍是这样地看下去了。

志摩死后已是二十几天了，我早想写小文纪念他，可是这从哪里去着笔呢？我相信写得出的文章大抵都是可有可无的，真的深切的感情只有声音，颜色，姿势，或者可以表出十分之一二，到了言语便有点儿可疑，何况又到了文字。文章的理想境我想应该是禅，是个不立文字，以心传心的境界，有如世尊拈花，迦叶微笑，或者一声“且道”，如棒敲头，夯地一下顿然明了，才是正理，此外都不是路。我们回想自己最深密的经验，如恋爱和死生之至欢极悲，自己以外只有天知道，何曾能够于金石竹帛上留下一丝痕迹，即使呻吟作苦，勉强写下一联半节，也只是普通的哀辞和定情诗之流，哪里道得出一分苦甘，只看汗牛充栋的集子里多是这样物事，可知除圣人天才之外谁都难逃此难。我只能写可有可无的文章，而纪念亡友又不是可以用这种文章来敷衍的，而纪念刊的收稿期限又迫切了，不得已还只得写，结果还只能写出一篇可有可无的文章，这使我不得不重又叹息。这篇小文的次序和内容差不多是套适之在追悼会所发表的演辞的，不过我的话说得很是素朴粗笨，想起志摩平素是爱说老实话的，那么我这种老实的说法或者是志摩的最好纪念亦未可知，至于别的一无足取也就没有什么关系了。

［1931 年 12 月《新月》/《看云集》］

糸鱼川

前日看《京报》，见一则新闻的标题是日本大火，下引糸鱼川二十一日新联电云："糸鱼川大火，横町田中町七间町滨町等冲要处所均被延烧，九时半始息灭。因车站烧失，上下行列车一时不通，九时十分始通车。全烧五百馀户，损失颇巨，幸无死伤。"

我看见糸鱼川大火这一句的时候第一个想到的是相马御风君家的安否。据相马君在他的文集里一篇文章上所说，糸鱼川是很有点怪奇的地方，出产一种稀有的糸鱼所以得名。其地北面大海，南边全是重叠的山，猫额角似的一片地，由东往西的摊着，一年的三分之一是被大雪暴风波浪所迫胁所包围，因为多风的缘故火灾也特别的多而且厉害，几乎没有一年平安无事，然而人情也特别厚道，所以人民安土重迁，虽多天灾却还觉得住的安适。相马君的旧家于一九零九年被焚，一九一五年相马君回乡，还住在临时的板屋内，一九二四年才正式建筑，可是不到整整四年，又在一九二八年夏失火延烧了。现在难道又被焚了么？相隔也还不到整整四年。一九二八年的火灾据说不过百数十户，这回却有五百之多，更使人觉得情形不大佳妙了。

相马君是明治大正时代文学界的一个重要人物，普通称作早稻田派的，因为是早稻田大学的出身，与岛村抱月、片上天弦、中村星湖诸人都尽力于批评介绍，虽然前有坪内逍遥，后有本间久雄，这个时期总要算最是盛大了。大正初年相马君忽然退隐，飘然的回到故乡去了，有人说是因为与学校的同僚意见不合，但这种说法未见得对，相马君的退隐似乎是心机一转，而那些得失细故未必会引起这样转变罢。相马君从前是偏重西洋流的新文学的，后来却全放弃了，他的新方向似乎不便轻易断定，不过从他所最尊重的几个古人的思想看来，总可以说是从社会回到自然，有点近于东方的传统了。

相马君所最佩服的古人是良宽上人，其次是小林一茶罢，这两个人都生于近世，死了才不过一百年，恰巧又都是相马君的同乡越后人。一茶（一七六三至一八二七）原是有名的俳人，他所做的俳句在日本文学中独创一格，差不多是不可无一却也有点不能有二之概，沼波琼音说他作诗的时候并不想着要作好句，而且也并不想要作句，却只是謦欬悉是俳谐罢了。他是个烦恼具足的凡夫，但归根是信托弥陀的，他对于遇见不幸或穷或老等事非常的慨叹，但一面也有以为有趣的态度。晚年遇了火灾，只剩下一间土藏，当作住宅，在这悲苦的时期他还做这样的句子出来：

火烧场呵，跳蚤们哄哄的喧扰着。

不但此也，据说在火烧的当时他在旁边看着，吟了这一句：

萤火虫儿放多了时，噫呀阿呀，这可是阿呀。

良宽（一七五七至一八三一）是十八世纪末的和尚，然而他的行事很有中古圣僧的风度，不，他有地方与圣芳济寒山子有点相近，更多点艺术味，而缺少他们的头巾气与蔬笋气，所以更令人觉得可以亲近。良宽平生最心爱的有三样东西，一是儿童，二是绣球，三是弹棋。他的顶愉快的生活便是同了儿童们拍球，弹石子或细螺壳游戏。有人纪述他在国上山五合庵里住的时候①的情形说："雨天蛰居，晴则至后山樵采，或在山边摘堇花，有时与儿童赛球，捉迷藏，不知倦，日出则乞食于市，暮则归卧。"良宽能歌咏，能写字。相马君称其书第一，和歌第二，汉诗第三。但为免除翻译困难起见，今录其诗数首：

一

裙子短兮褊衫长，腾腾兀兀只么过。

【锺校】

① "时候"原作"时代"。

陌上儿童忽见我，拍手齐唱抛球歌。

二

终日乞食罢，归来掩蓬扉。
炉烧带叶柴，静读寒山诗。
西风吹夜雨，飒飒洒茅茨。
肘伸双脚卧，何思复何疑。

三、题五合庵

索索五合庵，室如悬磬然。
户外杉千株，壁上偈数篇。
釜中时有尘，灶里更无烟。
唯有东村叟，频敲月下门。

四

担薪下翠岑，翠岑道不平，
时息老松下，静听春禽声。

相马君关于良宽上人写了六七种书，对于他的艺术与思想很是佩服，但是良宽在大地震后致友人的这一封信似乎尤有意思：

地震真是了不得。野僧草庵别无事故，亲族中也无死人，大可喜庆。

——突然的，死也死不去，活着眼见这些忧患的烦恼呀。（案此原系和歌。）

但是，遇灾难的时节以遇为宜，死的时节以死为宜，此是免灾难之妙法也。不具。

四年前相马君遇了火灾的时候曾经引了这封信和一茶的萤火的句子以自慰藉，今年不知道怎么样？从相马君讲到良宽一茶，是很有趣味的事，但是从良宽一茶再回到糸鱼川来，便不免令人怅然沉思了。

［1931年12月24日作/《知堂文集》］

一九三二年

《莫须有先生传》序

茶饭一年年地吃多了，年纪不能没有长进，而思想也就有点儿变化，新的变老，老的变朽，这大约是一定的情形。然而又听说臭腐也会化为神奇。腐草为萤，腐木为复育，雀入大水为蛤，却太神奇了，举个浅近的例，还是蒲桃频果之变成酒罢。蒲桃频果死于果子，而活于酒矣。这在喜吃果子的与爱喝酒的看来，恐怕意思不大相同罢，但是结局或者竟是都对。讲到蒲桃频果自身，这些都有点隔膜，他们大概还只预备与草木同腐，长养子孙，别的都是偶尔得之，不过既得就成为必然，所以这也可以算是运命的一条线了。

我近几年来编了几部小文集，其一曰《谈龙》《谈虎》，其二曰《永日》，其三则曰《看云集》。甚矣，吾衰也。古人说过，“云从龙，风从虎”，谈谈似乎有点热闹，到了“且以永日”便简直沉没了。《诗》云：

> 有兔爰爰，雉离于罗。
>
> 我生之初，尚无为。
>
> 我生之后，逢此百罹。
>
> 尚寐无吪。

虽然未必至于君子不乐其生而作此诗，总之是忧愤的颓放，而“行到水穷处，坐看云起时”却又如何呢。有老朋友曰，病在还要看，若能作“闭目集”便更好。我谢未能。据一朋友说，有人于中夜摸得跳蚤，便拔下一根头发（此发盖颇长，这是清朝的故事），拴在跳蚤的脖颈，大抵八个拴作一串，差不多同样的距离，有这技艺才可以写“闭目集”的文章，有如洞里鼓瑟，得心应手，我只有羡慕而已。行百里者半九十。我之衰使我看云，尚未使我更进乎道，以发缚蚤，目无全蚤，然则我之衰其犹未甚耶。

我的朋友中间有些人不比我老而文章已近乎道，这似乎使我上文的话应该有所修正，废名君即其一。我的《永日》或可勉强说对了《桃园》，《看云》对《枣》和《桥》，但《莫须有先生》那是我没有。人人多说《莫须有先生》难懂，有人来问我，我所懂未必多于别人，待去转问著者，最好的说法都已写在纸上，问就是不问。然而我实在很喜欢《莫须有先生传》。读《莫须有先生》，好像小时候来私塾背书，背到“蒹葭苍苍”，忽然停顿了，无论怎么左右频摇其身，总是不出来，这时先生的戒方夯地一声，“白露为霜!”这一下子书就痛快地背出来了。蒹葭苍苍之下未必一定应该白露为霜，但在此地却又正是非白露为霜不可，想不出，待得打出，虽然打，却知道了这相连两句，仿佛有机似地生成的，这即是老学之一得，异于蒙学之一吓者也。《莫须有先生》的文章的好处，似乎可以旧式批语评之曰，情生文，文生情。这好像是一道流水，大约总是向东去朝宗于海，他流过的地方，凡有什么汊港湾曲，总得灌注潆洄一番，有什么岩石水草，总要披拂抚弄一下子才再往前去，这都不是他的行程的主脑，但除去了这些也就别无行程了。这又好像是风，——说到风我又不能不想起庄子来，在他的书中有一段话讲风讲得最好，乐得借用一下。其文曰：

> 夫大块噫气，其名为风，是唯无作，作则万窍怒呺。而独不闻之翏翏乎，山林之畏佳，大木百围之窍穴，似鼻，似口，似耳，似枅，似圈，似臼，似洼者，似污者，激者，谪者，叱

者，吸者，叫者，譹者，宎者，咬者。前者唱于而随者唱喁。泠风则小和，飘风则大和，厉风济则众窍为虚，而独不见之调调之刁刁者乎？

庄生此言不但说风，也说尽了好文章。今夫天下之难懂有过于风者乎？而人人不以为难懂，刮大风群知其为大风，刮小风莫不知其为小风也。何也？夫吹万不同，而使其自已也，咸其自取，怒者其谁耶？那些似鼻似口似耳等的窍穴本来在那里，平常非以为他们损坏了树木，便是窝藏蝎子蜈蚣，看也没有人看一眼，等到风一起来，他便爱惜那万窍，不肯让他们虚度，于是使他们同时呐喊起来，于是激者謞者叱者等就都起来了，不管蝎子会吹了掉出来，或者蜈蚣喘不过气来。大家知道这是风声，不会有人疑问那似鼻者所发的怪声是为公为私，正如水流过去使那藻带飘荡几下不会有人要查究这是什么意思。能做好文章的人他也爱惜所有的意思，文字，声音，故典，他不肯草率地使用他们，他随时随处加以爱抚，好像是水遇见可飘荡的水草要使他飘荡几下，风遇见能叫号的窍穴要使他叫号几声，可是他仍然若无其事地流过去吹过去，继续他向着海以及空气稀薄处去的行程。这样所以是文生情，也因为这样所以这文生情异于做古文者之做古文，而是从新的散文中间变化出来的一种新格式。

这是我对于《莫须有先生传》的意见，也是关于好文章的理想。我觉得也不敢不勉，但是天分所限，往往事倍功半，难免有瞻之在前忽焉在后之感，恐怕我之能写出一两篇近于"闭目集"的文章还是有点远哉遥遥罢。

民国二十一年二月六日，于北平苦雨斋。

［1932 年 3 月《鞭策》/《苦雨斋序跋文》］

知堂说

孔子曰，知之为知之，不知为不知，是知也。荀子曰，言而当，知也；默而当，亦知也。此言甚妙，以名吾堂。昔杨伯起不受暮夜赠金，有四知之语，后人钦其高节，以为堂名，由来旧矣。吾堂后起，或当作新四知堂耳。虽然，孔荀二君生于周季，不新矣，且知亦不必以四限之，因截取其半，名曰知堂云耳。

［1932年3月26日作/《知堂文集》］

姑恶诗话

小时候常听见姑恶叫声，大抵在黄昏阴雨时，声甚凄苦，却总不知道她是什么形状。近日阅《西青散记》，卷二有这样的一节文章：

> 段玉函自横山唤渡，过樊川，闻姑恶声，入破庵，无僧，累砖坐佛龛前，俯首枕双膝听之，天且晚，题诗龛壁而去。姑恶者，野鸟也，色纯黑，似鸦而小，长颈短尾，足高，巢水旁密筱间，三月末始鸣，鸣自呼，凄急。俗言此鸟不孝妇所化，天使乏食，哀鸣见血，乃得曲蟺水虫食之。鸣常彻夜，烟雨中声尤惨也。诗云，樊川塘外一溪烟，姑恶新声最可怜，客里任他春自去，阴晴休问落花天。

《本草纲目》中说："今之苦鸟，大如鸠，黑色，以四月鸣，其鸣曰苦苦，又名姑恶，人多恶之，俗以为妇被其姑苦死所化，颇与伯奇之说相近。"在《鸟的故事》中有一篇湖南传说，说童养媳为姑所苦，"跑入塘内，变了一种黑色水凫般的小鸟，我们叫她苦娃子"。又江西称苦哇鸟，据说有不孝妇以大蚯蚓代鳅鱼给盲目的老姑吃，被丈夫覆在空禾桶里，过了七日变成一只[1]禾鸡飞去，啼曰苦哇。"以后她只在半夜一更的水田里凄声哀号，直到她眼中叫出血来，才有一条蚯蚓出来给她果腹。"这样看来，姑恶的形状大概已可知道，是一种黑色似鸠的水鸟，虽然是否即是伯劳还是疑问。普通说这是妇被姑虐死，但也说是不孝妇，据《西青散记》及《鸟的故事》所说，可知江苏江西即系同一传

【鄙校】

① "只"原作"双"。

说也。

光绪戊寅侯官观颒道人集录禽言为《小演雅》三卷，姑恶项下录诗十数首。其最早者为苏轼《五禽言》云：

> 姑恶，姑恶。
> 姑不恶，妾命薄。
> 君不见，东海孝妇死作三年干，
> 不如广汉庞姑去却还。

原注："姑恶，水鸟也，俗云妇以姑虐死，故其声云。"次为范成大《姑恶诗》，序曰：

> 姑恶，水禽，以其声得名，世传姑虐其妇，妇死所化。东坡诗云，姑恶，姑恶，姑不恶，妾命薄。此句可以泣鬼神。余行苕霅，始闻其声，昼夜哀厉不绝。客有恶之以为此必子妇之不孝者，余为《后姑恶诗》曰：
>
> 姑恶妇所云，恐是妇偏辞。
> 姑言妇恶定有之，妇言姑恶未可知。
> 姑不恶，妇不死。
> 与人作妇亦大难，已死人言尚如此。

陆游《夜闻姑恶诗》，虽非禽言而意特悲凉，其词曰：

> 湖桥东西斜月明，高城漏鼓传三更，
> 钓船夜过掠沙际，蒲苇萧萧姑恶声。
> 湖桥南北烟雨昏，两岸人家早闭门，
> 不知姑恶何所恨，时时一声能断魂。
> 天地大矣汝至微，沧波本自无危机，
> 秋菰有米亦可饱，哀哀如此将安归。

提到放翁，总容易叫人想起沈园的事情来。毛晋题所刻《放翁题跋》后云：

余于渭南县伯诸书，已七跋矣，又复何言，但其咏《钗头凤》一事，孝义兼挚，更有一种啼笑不敢之情，溢于笔墨之外，故并记之。案放翁初娶唐氏，闳之女也，伉俪相得，弗得于姑，出之，未忍绝，为别馆往焉，姑知而掩之，遂绝。后改适同郡宗子士程，尝于春日出游，相遇禹迹寺南之沈氏园，放翁怅然赋一词①云："红酥手，黄藤酒，满城春色宫墙柳。东风恶，欢情薄，一怀愁绪，几年离索，错错错。春如旧，人空瘦，泪痕红浥鲛绡透。桃花落，闲池阁，山盟虽在，锦书难托，莫莫莫。"令人不能读竟。

据《齐东野语》卷一所记，这是在绍兴乙亥（一一五五），放翁三十二岁，到了庆元己未（一一九九），那时放翁已经七十六岁了，又有题沈园的两绝句：

城上斜阳画角哀，沈园非复旧池台。
伤心桥下春波绿，曾是惊鸿照影来。

×

梦断香消四十年，沈园柳老不飞绵。
此身行作稽山土，犹吊遗踪一泫然。

这两首诗收在曾国藩的《十八家诗钞》里，虽然五十六个字没有得到一个圈，我却以为这可以见放翁的真性情，很使人感动。清道光时周晋鑅著《越中怀古百咏》，其沈园一律末联云："寺桥春水流如故，我亦踟蹰立晚风。"沈园不知早到哪里去了，现在只剩了一片菜园。

禹迹寺还留下一块大匾，题曰古禹迹寺，里边只有瓦砾草莱，两株大树。但是桥还存在，虽是四十年前新修的圆洞石桥，大约还是旧址，

【鄢校】

①"词"原作"调"。

题曰春波桥，即用放翁诗句的典故，民间通称罗汉桥，是时常上下的船步，船“头脑”汤小毛氏即住在桥侧北岸，正与沈园相对。越城东南一隅原也不少古迹，怪山，唐玉潜墓，季彭山故里，王玄趾投水的柳桥，但最令人惆怅者莫过于沈园遗址。因为有些事情或是悲苦或是壮烈，还不十分难过，唯独这种啼笑不敢之情，深微幽郁，好像有虫在心里蛀似的，最难为怀。数百年后，登石桥，坐石阑上，倚天灯柱，望沈园墙北临河的芦荻萧萧，犹为怅然。——是的，这里怅然二字用得正好，我们平常大约有点滥用，多没有那样的切贴了。

照我们看来，宋诗人对于姑恶的话都说得不坏，东坡石湖能体察人情，一面却也不敢冲撞礼教，所以有那一套敦厚温柔的气味，放翁恐怕因为有沈园的事，故不好来做正面的文章，然而那样地做却似乎更有幽怨之意了。明清以来作者，据《小演雅》所录，就有七八个，可是不知怎的简直有点不行，他们仿佛比宋人还要是宋朝的，这就是说道学气之重。如李梦阳诗云：

姑恶，姑恶，
小姑刺龊姑不乐。
新妇早煮铺，
低声奉小姑。

又张瑄诗云：

姑恶，姑恶，
新妇何曾自认错，
人家有姑无此恶。
姑生女，作人妇，
姑不恶，妇则乐。

又梁佩兰诗云：

姑恶，姑恶，

新妇不得姑乐。

姑恶犹可，

小姑诼我。

观頫道人诗云：

苦苦苦，

堂上姑，吃妇乳，

小姑终日声如虎。

查慎行诗云：

野有慈姑，其叶沃若。

孝妇之口，忍云姑恶。

刘逢升诗云：

姑恶，姑恶，

姑有何恶儿妇薄。

妇之恶兮姑忘却，

姑之恶兮妇言作。

东邻乳姑暮复朝，

西家灶爇婆饼焦。

反汝长舌称姑贤，

子为父隐理当然。

李联琇诗云：

姑恶姑恶，姑蒙恶名，

匪姑虐妇，自戕厥生。

母氏圣善，我无令人。

臣罪当诛，天王圣明。

这头几个人都说姑并不恶，或者只是小姑不好罢，到了末后两位则大放厥辞，简直不知说的什么了。本来禽言之类是做不好的，要切定题字，上焉者只是借题发挥，否则赋得枯窘题罢了。姑恶题目牵涉到伦常，无论如何做法总不能不说到这上头去，这就给了诗人们一个难题，不但要考文章的优劣，而且也考出他们思想的明暗，性情的厚薄来。在这里，明清的考生似乎都难免考了丁戊：这虽然是句游戏话，但想起来却也是很有意义的一件事。

（二十一年三月十五日）

不失先生来索稿，别无可贡献，只得以此塞责。正阅陶及申《筠庵文选》，《题五陵氏游记》中云，五陵“好听禽，为禽言多至八十首”，惜在康熙时已经“会稽人多不识”，予生也晚，更无从得见此禽言大全了，想起来实在可惜。

（二十七日附记）

［1932 年 4 月《鞭策》/《夜读抄》］

《中国新文学的源流》小引

本年三四月间沈兼士先生来叫我到辅仁大学去讲演。说话本来非我所长，况且又是学术讲演的性质，更使我觉得为难，但是沈先生是我十多年的老朋友，实在也不好推辞，所以硬起头皮去讲了几次，所讲的题目从头就没有定好，仿佛只是什么关于新文学的什么之类，既未编讲义，也没有写出纲领来，只信口开河地说下去就完了。到了讲完之后，邓恭三先生却拿了一本笔记的草稿来叫我校阅，这颇出于我的意料之外，再看所记录的不但绝少错误，而且反把我所乱说的话整理得略有次序，这尤其使我佩服。同时北平有一家书店愿意印行这本小册，和邓先生接洽，我便赞成他们的意思，心想一不做二不休，索性印了出来也好。就劝邓先生这样办了。

我想印了出来也好的理由是很简单的。大约就是这几点：其一，邓先生既然记录了下来，又记得很好，这个工作埋没了也可惜。其二，恰巧有书店愿印，也是个机缘。其三，我自己说过就忘了，借此可以留个底稿。其四，有了印本，我可以分给朋友们看看。这些都有点儿近于自私自利，如其要说得冠冕一点，似乎应该再加上一句：公之于世，就正大雅。不过我觉得不敢这样说，我本不是研究中国文学史的，这只是临时随便说的闲话，意见的谬误不必说了，就是叙述上不完不备草率笼统的地方也到处皆是，当作谈天的资料对朋友们谈谈也还不妨，若是算它是学术论文那样去办，那实是不敢当的。万一有学者看重我，定要那样地鞭策我，我自然也硬着头皮忍受，不敢求饶，但总之我想印了出来也好的理由是如上述的那么简单，所可说的只有这四点罢了。

末了，我想顺便声明，这讲演里的主意大抵是我杜撰的。我说杜撰，并不是说新发明，想注册专利，我只是说无所根据而已。我的意见并非依据西洋某人的论文，或是遵照东洋某人的书本，演绎应用来的。那么是周公孔圣人梦中传授的吗？也未必然。公安派的文学历史观念确是我所佩服的，不过我的杜撰意见在未读三袁文集的时候已经有了，而且根本上也不尽同，因为我所说的是文学上的主义或态度，他们所说的多是文体的问题。这样说来似乎事情非常神秘，仿佛在我的杜园瓜菜内竟出了什么嘉禾瑞草，有了不得的样子；我想这当然是不会有的。假如要追寻下去，这到底是哪里的来源，那么我只得实说出来：这是从说书来的。他们说三国什么时候，必定首先喝道：且说天下大势，合久必分，分久必合。我觉得这是一句很精的格言。我从这上边建设起我的议论来，说没有根基也是没有根基，若说是有，那也就很有根基的了。

中华民国二十一年七月二十六日，周作人记于北平西北城。

［1932 年 7 月 26 日作/《中国新文学的源流》］

穷 裤

古往今来的人似乎都很关心妇女们的贞节。圣人说过，饮食男女人之大欲存焉。不过这原只是自然的要求，及至考虑性的占有之专一，那又进了一步，所谓人之所以异于禽兽者非欤。关于这件事情，古来贤哲不知费过多少心机，结局都没有什么效果。男女授受不亲，七岁不同席等等的隔离疗法，《不可录》的文艺政策，既然白化气力，秦始皇帝在吾乡的刻石以及沿了官塘奉圣旨旌表的贞节牌坊，这些威胁利诱的办法，也仿佛没有多大用处，至少是不切于日常家居之用。然而人急智生，好法子居然想出来了，这就是用黄门。想起来这事是很可笑的，可是直捷痛快的办法再也没有了，唯一的缺点是贵族的，纵使河间府的供给未必会缺乏，可是怕少有人用得起，向来爱用的也只是内廷和王府罢了。偶然读书，见有句曰，“爱惜加穷裤，防闲托守宫”，六朝诗人可见也在那里苦心焦思，这十个字实在说得很好，其效力或者还是很有可疑，总之是一种实际的而且颇有诗意的方法了。

宋长白《柳亭诗话》卷四有“穷裤”一项题目，文曰：“《上官皇后传》，宫人皆为穷裤，师古注曰，裈裆也。古诗，爱惜加穷裤，防闲托守宫，洪觉范不知出处，想未读《后汉书》耳。”平心而论，和尚不懂女人们的裈裆裤原也是情有可原的，而且实在这也不在《后汉书》里，我在《前汉书》卷九十七《外戚传》上找到本文云：“光欲皇后擅宠有子，帝时体不安，左右及医皆阿意言宜禁内，虽宫人使令皆为穷裤，多其带。”注云：“服虔曰，穷裤有前后当，不得交通也。师古曰，即今之裈裆裤也。”这个用意本来很是明了，经湖上笠翁不客气的一说尤其澈透，正可以借来作为古诗的注释。《闲情偶寄》卷三《声容部·

治服三·衣衫》项下有一节论裙幅之必不可省，其警句云："妇人之异于男子全在下体，男子生而愿为之有室，其所以为室者只在几希之间耳，掩藏秘器，爱护家珍，全在罗裙几幅，可不丰其料而美其制，以贻采葑采菲者诮乎。"但是再看民间文学《解学士诗》，有一节云："君王与解缙一日在宫中闲游，忽见一宫人来前，身穿比甲，九道纽扣，王命缙吟诗，缙吟一首云：一幅鲛绡剪素罗，美人体态胜嫦娥，春心若肯牢关锁，纽扣何须用许多。"这样看来，穷裤之为用岂不亦渺茫得很了么？

守宫的传说在中国流传已久。《前汉书》卷六十五《东方朔传》云："上尝使诸数家射覆，置守宫盂下，射之皆不能中。"颜师古注曰：

> 守宫，虫名也。术家云，以器养之，食以丹砂，满七斤，捣治万杵，以点女人体，终身不灭，若有房室之事则灭矣。言可以防闲淫逸，故谓之守宫也。今俗呼为辟宫，辟亦御扞之义耳。

《太平御览》九四六引《淮南万毕术》云："守宫饰女，臂有文章。取守宫新合阴阳者牝牡各一，藏之瓮中，阴乾百日，以饰女臂，则生文章，与男子合阳阴辄灭去。"又引《博物志》云："蜥蜴或蝘蜓，以器养之，食以朱砂，体尽赤，所食满七斤，捣万杵，以点女人支体，终身不灭，故号曰守宫。"《本草纲目》卷四十三引陶弘景的话："蝘蜓喜缘篱壁间，以朱饲之，满三斤杀，干末，以涂女人身，有交接事便脱，不尔如赤志，故名守宫。"以上是"术家"学说的大要，我们对于守宫的观念大抵都从此出，转入文学里成为重要的香艳题材。吴景旭《历代诗话》卷二十七引明汤公让咏守宫诗，有一联云，"榴子色分金钏晓，茜花光映玉鞲寒"，或以为风致不让玉溪生。从诗境跳回实生活来，守宫到底有无这种用处，那就很不好说，虽然据说左仪贞和十三妹都实验过，但是有些学者却不相信，如《本草纲目》在陶弘景后所引唐朝苏恭的话便云："蝘蜓又名蝎虎，以其常在屋壁，故名守宫，亦名壁宫，饲朱点妇人，谬说也。”李时珍自己比较的客气一点说：“点臂之说，《淮南万毕术》，张华《博物志》，彭乘《墨客挥犀》，皆有其法，大抵不真，恐别有术，今不传矣。”这话大约是对的，我们只看各大药房的目录上都没有守宫丹发售，可见其法不传是确实的了。

我们回过头去看看外国是怎么样呢，守宫不听见说什么，穷裤之类则似乎是有的。野蛮一点的地方和时代普通是用缝法（Infibulation），有些是直接，有些是间接，如高加索山中某民族，用牛皮围腰而缝合之，至结婚时新郎以刀剖开云。这种办法令人想起中古的基督教隐士，据“小蓝皮书”二百一册《撒但与圣人》文中说，他们怕被撒但及其女儿们（即妇女）所诱惑，终日祈祷，绝食，折磨肉体，度他们的圣洁的生活。

> 有的把他们的身子缝在兽皮里，只留一个窟窿足够呼吸以及送进一点食物去。这样，他们活过多少年，在非洲的滚热的太阳之下。他们的灵魂一定是很洁净的了，因为完全包在牛皮里，只有口鼻留一空洞，身上积下许多有生和无生的东西，撒但自己也就不再去惹他，不必说那些美丽的女儿们了。他们终于能够免于犯罪了。他们唯一的思虑是在末日裁判上。

这样的牛皮包裹法，无论用于室女或是隐士似乎都颇适宜，但是一劳永逸的办法，缺少软性，亦是缺点。能有其长处而无缺点的乃是这牛皮包与穷裤的折衷，学名曰 Cingula Castitatis，意译当云贞节带者是也。

说到带，大家第一要联想到的是希腊女人的腰带（Zone），此外还有一条胸带（Strophion），他们用这两条带束在上下身，使很宽大的衣褶从带上垂下去，如画上所见的那么样。平常这腰带一字也引申作别解，如史诗《阿迭舍亚》（*Odysseia*）卷十一所云解带（Zonensei lysein）即含有婚媾的意义。不过带还只是一条带，并没有什么不同的构造，与后世的贞节带无关。一九三一年英国定瓦耳（Eric John Dingwall）博士所著《贞节带》（*The Girdle of Chastity*）上说，十二世纪初年女诗人法玛理（Marie de France）的纪事诗中说英雄美人之别，于衣及带上打上好些特别的结，须等本人亲手来解，仿佛已曾说到这类事物，但在文中明白说出加以图解者始于一四零五年吉塞耳（Konrad Kyeser）的手稿传记，至于欧洲各地博物馆所存实物虽尚不少，波修（C. de Boissieu）检查过二百条，只有两条是文艺复兴前物，其馀多是十五至十七世纪所作，所以这带是中古欧洲的特产，是拉丁族的妒忌的丈夫怕他们妻女的不规矩，从十字军传来了东方的性的禁锢，加上西方的工艺的精巧，这种奇器便告厥成功了。

贞节带是什么东西呢？那可就很难说，这须得看图才容易明白。简单的说是丁字带，略如犊鼻裈，而是用金属制的，较古的只有前头一片，或用象牙做，但是普通那种前后两片的却都用铁或银制造，分作数节，中用铰链，套在铁片的腰带上，用锁一或三锁好，其钥匙自然拿在别人的手里。前后两片中间各开一孔，周围做出许多细而尖的锯齿，里面衬以红的或别的天鹅绒，片上钻小孔用线缝住。有些讲究的都雕出花纹，或题诗句。德国蔼耳巴哈伯爵藏品中有一条带子，前片上部雕作一裸体女人，一只狐狸举了尾巴正从她的腹下钻过来，女人用左手一把抓住尾巴，其下有德文小诗四句，大意云："住了，小狐狸！我抓住了你。你老是从这里走过去！"再下即纺锤形的孔，左边雕一卫兵，手执节钺在站岗，右边是些卷花图样。后片上部雕一女人坐在男子膝上，鸠首密谈，下有诗四行云："唉，让我告诉了你罢，女人们是老吃那裤子的苦。"这里称之曰裤（Bruch），令人想起穷裤来。这带制作精工，可以和世界著名的在巴黎克吕尼博物馆（Musee de Cluny）那两条相比。但是最有意义的却还是一八八九年在奥国乡村发掘出来的一条带子，现归巴亨格耳（A. M. Pachinger）所有，这是在一个铅棺里系在少妇骸骨的腰间，从那衣服破片的花纹看来是十六七世纪之交的东西，准此可知贞节带这物事在欧洲的某一时期确确实实的曾经用过，并不是如有些人所想像只是一种传说。不但此也，一八四八年有一个苏格兰医生做过一本书，提倡用一种特别的裤保护贞节，一九零三年德国有一位太太发明一种“防止不贞的锁带”请求立案。十九世纪后半法国曾有医疗器械商广告发售贞节带，凡分三种，两种是铁制的，价目一百二十及一百八十法郎，一种精制品是银的，价目三百二十法郎，说明其用处甚多，可以保全名节，防止私生，而且“能够把比金子还贵重的东西锁起来藏好”。既然有了货物，那么自然也有顾客。相安无事的也就罢了，闹出事来捉将官里去的又并不少。

一八九二年法国波耳陀地方果酱公司的司事于弗德（Hufferte）案，一九零二年罗马雕刻家安奇洛谛（Ancilotti）案，以及一九一零年巴黎药剂师巴拉（Parat）案，都是明显的例，可见贞节带之为绅士们所赏识，虽然在法律面前已经小有违碍。定瓦耳的书作于一九三一年，近二十年的事情却没有纪载，大约是近来这种风化案已不大发觉了罢。

贞节带，有锁和钥匙的钢带，这真是理想的器具，假如要借了他力来防护贞操。在这里也可以看出西方文化来，我们中国决想不出这样的好办法，虽然士君子关心妇女们的贞节之切也决不下于西方绅士。我们所想的办法多没有实效，穷裤等可见。上乎此者过激，如齐东野人所传说的以木槌敲妇女小腹的“幽闭”法，如《兰苕馆外史》所记“锁阴城”的缝法，是也。下乎此者又过宽，如《笑林广记》所说张仁的封条法，是也。想来想去，目的手段都在同一圈子里，而不能恰到好处，如贞节带那样神妙者，无他，工艺不发达故也。所可异者，利玛窦于千六百年到中国，带了红衣炮钟表等奇器进来，何以独没有拿来这样一条带子？那时候在西欧这带正在盛行，意大利又是发源地，德人所以有“意大利锁”（Italianischer Schloss）之称，若要带来恐怕俯拾即是罢，大约因为神父的面子不好意思，或者因为东方关于性的技巧薄有虚名，怕有运猫头鹰往雅典之诮，均未可知。然而实在乃大可惜，否则我们故宫或历史博物馆里一定可以有几条带子陈列着，不，或者至今市场还有发售，既是司空见惯，有如弓鞋高底鞋之类，那么也就不烦这样琐屑的再去记述他了。

［1932 年 11 月《新月》/《知堂文集》］

BAUBON

角先生原文云 Baubōn，一八九一年后经威耳（Weil）贾克逊（Jackson）前后证明此字意义，虽亦有人讳言，释作鞋，帽或带，但均不适合，看文中珂列多所形容的话可知。古文辞中多称 Olisbos，或 phallos，据《Suidas 辞典》云，昔用无花果木，后用红革所制，作男子生支状，在迭阿尼索思（Diōnusos）祭时，祭众悬于颈项或胯下，跳舞以敬神。又，古喜剧注释中或称之曰 Skutinē epikouria，义云“革制助手”，又云 hois khrōai hai khēai gunaikes，寡妇们用之。中国文献上作何称，未详。唯唐义净译《根本说一切有部苾刍尼毘奈耶》卷十七，以树胶作生支学处第九十四云：

> 缘处同前（案上文七十三云，佛在室罗伐城），时吐罗难陀苾刍尼因行乞食，往长者家，告其妻曰，贤者，夫既不在，云何存济？彼便羞耻，默而不答。尼乃低头而出，至王宫内，告胜鬘妃曰，无病长寿！复相慰问，窃语妃曰，王出远行，如何适意？妃言，圣者既是出家，何论俗法？尼曰，贵胜自在，少年无偶，实难度日，我甚为忧。妃曰，圣者，若王不在，我取树胶，令彼巧人而作生支，用以畅意。尼闻是语，便往巧妻所，报言，为我当以树胶作一生支，如与胜鬘夫人造者相似。其巧妻报言，圣者出家之人，何用斯物？尼曰，我有所须。妻曰，若尔，我当遣作。即便告夫，可作一生支。夫曰，岂我不足，更复求斯？妻曰，我有知识，故来相凭，非我自须。匠作与妻，妻便付尼。时吐罗难陀尼饭食既了，便入内房，即以树胶生支系脚跟上，内于身中，而受欲乐，因此睡眠。时尼寺中

忽然火起，有大喧声，尼便惊起，忘解生支，从房而出。众人见时，生大讥笑。诸小儿见，唱言，圣者脚上何物？尼闻斯言，极生羞耻。尼白苾刍，苾刍白佛。佛问呵责广说，乃至制其学处，应如是说，若复苾刍尼以树胶作生支者，波逸底迦。尼等同前（案卷一不净行学处第一云，若复苾刍尼者，有其五种，一名字苾刍尼，二自言苾刍尼，三乞求苾刍尼，四破烦恼苾刍尼，五白四羯磨苾刍尼，云云）。以树胶作生支者，谓诸树胶乃至馀物，作男根形。馀义如上。用得堕罪，作而不用，得恶作罪。

据日本南方熊楠在所著《南方随笔》（*Minamikata Zuihitsu*，一九二六）上说，日高郡龙神村传说，有寡妇昼寝，晒麦院中，天忽雨，寡妇惊起，为小儿所见，情节甚相似。详见蔼理斯（Havelock Ellis）著《性的心理研究》卷一，勃洛赫（Iwan Bloch）著《现代的性生活》第十六章，列希忒（Hans Licht）著《古希腊的性生活》第二编第一第二章。

［1932年作/《希腊拟曲》］

与废名书五通（一九二八至一九三二）

一

文炳兄：

开明来信虽云可以预支，但未定数目，故未即寄，现去信说及，大约二十日以内可以来了罢，数目大约只百元以内，因今日来信有“如不过多”之语也。耀辰又上山去了，住在卧佛寺，散步顺路可以去一访。城内一切如昔，唯孔德小学部已开学，间壁的三个小孩上学去了，上午院了里比前静得多了。九月五日，作人。

（十七年）

二

文炳兄：

平伯因忘记了地名，来一笺嘱转交，今附上，请收阅。开明已去信，令其寄款至此处，前此虽云寄出，恐或未可知也。现迁居山北，不知四棵槐树的地方尚兼租着以备回去，抑以后就定居北营乎？北平一切如旧，不足道也。十月[illegible]十日，作人。

（十七年）

三

废名兄：

本月二十日为若子周年纪念，循俗延僧诵经，兄如有暇，甚望能来。匆匆。十一月十八日，难明。

（十九年）

四

废名兄：

航空信收到。石民君之信已寄往上海，想可收到了，今又得修君来函，特为附上。上海怎么样？日内还溯江回家去么？在上海的期间希望费心代办一件事，因为我的《陀螺》借去遗失了，不知道老板的总店里还有没有，乞代买一本寄来，在北平则已多年买不到了（似乎已是绝版?）。匆匆不悉，容再谈。十月二十九日，作人。

（二十年）

五

废名兄：

日前承远送于野，存殁均感。回来后不劳顿否。不佞本来有点受寒，野外似又吸了一点灰土，嗓子稍痛，今日大有哑人之意，明后两日只能不作通事去，这一星期（昨上午却去敷衍上课）差不多就此偷懒过去了。十一月二十三日，知堂白。

（二十一年）

［1928—1932 年作/《周作人书信》］

一九三三年

《知堂文集》序

知堂的意义别有说，在集内，兹不赘。我所怕的是能说不能行，究竟我知道些什么呢，有哪些话我说得对的呢，实在自己也还不大清楚。打开天窗说亮话，我的自然科学的知识很是有限，大约不过中学程度罢，关于人文科学也是同样的浅尝，无论哪一部门都不曾有过系统的研究。求知的心既然不很深，不能成为一个学者，而求道的心更是浅，不配变做一个信徒。我对于信仰，无论各宗各派，只有十分的羡慕，但是做信徒却不知怎的又觉得十分的烦难，或者可以说是因为没有这种天生的福分罢。略略考虑过妇女问题的结果，觉得社会主义是现世唯一的出路。同时受着遗传观念的迫压，又常有故鬼重来之惧。这些感想比较有点近于玄虚，我至今不晓得怎么发付他。但是，总之，我不想说谎话。我在这些文章里总努力说实话，不过因为是当作文章写，说实话却并不一定是一样的老实说法。老实的朋友读了会误解的地方难免也有罢？那是因为写文章写得撇扭了的缘故，我相信意思原来是易解的。或者有人见怪，为什么说这些话，不说那些话？这原因是我只懂得这一点事，不懂得那些事，不好胡说霸道罢了。所说的话有的说得清朗，有的说得阴沉，有的邪曲，有的雅正，似乎很不一律，但是一样的是我所知道的实话，这是我可以保证的。

民国二十二年二月二十日，周作人于北平。

［1933 年 2 月 20 日作/《知堂文集》］

《文学的艺术》译本序

十九世纪的一个英国批评家说过一句很巧妙的话："书并不像女人，老了便不行。"这固然也不能一概而论，有些书描头画额的，有如走街倚市门的妇人，原来就不大行，到得老来自然更没有人看觑。少数的所谓古典其生命更是长远，有的简直可以不老，有的为时光所揉搓也就老了，但是老了未必就不行，这好有一比，前者有如仙人，而后者则如康健的老人。第一种大抵是诉于感情的创作，诉于理知的论议类则多属第二种，而世俗的圣经贤传却难得全列在内，这是很有意思的事。据我看来，希伯来的圣书中就只是《雅歌》与《传道书》是不老的，和中国《诗经》之《国风》《小雅》相同，此外不得不暂时委屈。希腊没有经典，他的史诗戏剧里却更多找得出仙人的分子来了。

中国不知道到底有没有国教，总之在散文著作上历来逃不脱"道"的枷锁，韵文却不知怎的似乎走上了别一条路，虽然论诗的人喜欢拉了《毛诗》《楚辞》的旧话来附会忠君爱国，然而后来的美人香草还只是真的男女之情，这是一件很可喜的奇迹。莫非中国的诗与文真是出自不同的传统的么？但总之中国散文上这便成了一个大障害，这方面的成绩也就难与希腊相比了。即如讲到文学，在西洋总不能不先说亚列士多德的《诗学》，中国也总当提及刘彦和的《文心雕龙》罢。这两者都是文坛上的老人，都是一两千多年以前的，所以老了，但是老了却未必便不行，他的经验和智慧足以供我们的参考，即使不能定我们的行止。可以拿来略一比较，我们梁朝的刘彦和于博学明辨之中很显露出一种教徒气，处处不能忘记他的圣道，不及东周时代的亚列士多德之更是客观的，由此可知两者虽是同类而其价值又殊有高下不同了。

现在跳过来说叔本华的《文学论》，也就可以把他归入这一类去。我们说叔本华的著作却起头引了老女人的比喻，觉得很有点可笑，因为他是以憎恶女人出名的。但是这个我想他也未必见怪，对于他这怪脾气谁都禁不住要说一两句话。我读他的著作还在廿多年前，我很喜欢他的女人与恋爱各论，也佩服他的文学论。他是大家知道的哲学者，既非文士，也不是文学教授，何以来谈论文学呢？出版以来也有七八十年了，还值得读么？他是哲学者，但他有一个特色，是向来德国很少的反官学派的。他的文章写得很好，对于文学有他自己的意见，他不像普通德国人似的讲烦琐的理论，只就实在的问题切实的指点。叔本华的论文是老了，然而也还很值得读，因为他的著作是老了而还是行的这一类的。

说他的文学论文可以与《诗学》或《文心雕龙》相比，或者不很确，他不及《诗学》价值之高，也不及《文心雕龙》分量之多，但是与美国日本的编辑家所著的书相比却总是高出一头地的罢。现今文学论出的不少了，有的抄集众说，有的宣扬教义，却很缺少思想家的诚实的表白，叔本华此集之译出正不是无意义的事，介白的努力也就很足称道了。

［1933 年 7 月 9 日作/《苦雨斋序跋文》］

论笑话

——《苦茶庵笑话选》序

查笑话古已有之，后来不知怎地忽为士大夫所看不起，不复见著录，意者其在道学与八股兴起之时乎。幼时读圣经贤传，见孟子述宋人揠苗助长芒芒然归情状，不禁微笑，孔夫子说其父攘羊其子证之，至今尚有如此笑话，若韩非子所录种种宋人故事，简直是后来呆女婿的流亚了。《隋经籍志》中著录魏邯郸淳的《笑林》三卷，至唐有侯白的《启颜录》等，宋初所编类书中尚多引用，但宋朝这类的著作便很少，虽然别方面俗文学正逐渐生长，笑话在文学的地位却似乎没落下去了。明代中间王学与禅宗得势之后，思想解放影响及于文艺，冯梦龙编《笑府》十三卷，笑话差不多又得附小说戏曲的末座了，然而三月十九天翻地覆，胡人即位，圣道复兴，李卓吾与公安竟陵悉为禁书，墨憨斋之名亦埋没灰土下，《笑府》死而复活为《笑林广记》，永列为下等书，不为读书人所齿，以至今日。其实，这是很不公道的，笑话自有其用处，显明可数。其一，说理论事，空言无补，举例以明，和以调笑，则自然解颐，心悦意服，古人多有取之者，比于寓言。其二，群居会饮，说鬼谈天，诙谐小话亦其一种，可以破闷，可以解忧，至今能说笑话者犹得与弹琵琶唱小曲同例，免于罚酒焉。其三，当作文学看，这是故事之一，是滑稽小说的根芽，也或是其枝叶，研究与赏鉴者均可于此取资，唯中国滑稽小说不知为何独不发达，笑话遂有孤苦伶仃之感耳。其四，与歌谣故事谚语相同，笑话是人民所感的表示，凡生活情形，风土习惯，性情好恶，皆自然流露，而尤为直截彻透，此正是民俗学中第三类的好资料也。如小脚的嗜好，固为社会上明白的事实，诗文歌谣弹词戏剧随处致其赞美，再看笑话中《脚像观音》及《逐段烘》诸条，则美刺具备，而男子们对于小脚之感情乃大明了矣。又如《换灰》（此本未录）、《卖粪》，具见南方民间风俗之一斑，此种小事从来文人学士素不屑记，除了贾思勰郝懿行这几位，但这都是北方学者，编笑话者多系南人，大抵缺少这种朴实的学风，而无意中却在这里保留下好些风俗琐事，大是可喜的事。石天基记录过一则笑话，说儿子割了别人的股去行孝，这一面是《二十四孝》提倡的一个反影，一面又何尝不是中国社会的一个写真，忠实地写下来只略略地滑稽化而已。我们自国难以来这两年里所见所闻，像这“割股”的事情岂不亦已多乎？这种的笑话是先民的脉案，然而到现在还可应用，皮鞭打出去，鞭梢还回到自己的脊梁上来，笑话也而有苦辣的讽刺小说的风味，此又其别有意义的用处之一也。但是，我的意思还是重在当作民俗学的资料，兹先选抄明清文人所编者为一集，如能更往民间从老百姓口头录下现时通行笑话为第二集，则其价值当更大矣。

笑话的内容，根据《笑林广记》的分类，有十二类，即一古艳（官职科名等），二腐流，三术业，四形体，五殊禀（痴呆善忘等），六闺风，七世讳（帮闲娼优等），八僧道，九贪吝，十贫窭，十一讥刺，十二谬误，是也。总合起来又可以简单地分做挖苦与猥亵两大类，二者之间固然常有相混的地方，但是猥亵的力量很大，而且引人发笑的缘故又与别的显然不同，如挖苦呆女婿的故事，以两性关系为材料，则听者之笑不在其呆而在猥亵，如《戳破肚皮》（见《笑府》，此本未录）等例可见，即均属此类，故猥亵的笑话为数殆极多。所谓挖苦者指以愚蠢残废谬误失败为材料的皆是，此类性质不一，有极幼稚简单者，亦有较复杂者。大抵人情恶常而喜变，对于违反习俗改变常态的事物言动多感兴趣，此在儿童最为明显，故“张貌”则笑，见爹爹戴宝宝的帽或宝宝戴爹爹的帽亦均可笑，而贾波林在银幕上且以此艺术倾倒一世，可谓伟矣。其次则幸灾乐祸，虽是人之大病，然而此种机微的表现在凡人都不能免，听了人家的愚蠢谬误，能够辨别，显出智力的优胜，见了别人的残废失败，反映出自己的幸运，这大抵是使人喜乐的原因，或者也可以作精神的体操之一助罢？十年前我记录《徐文长的故事》数则，说明中曾云：

> 从道德方面讲，这故事里的确含有好些不可为训的分子，然而我们要知道，老百姓的思想还有好些和野蛮人相像，他们相信力即是理，无论用了体力智力或魔力，只要能得到胜利，即是英雄，对于愚笨孱弱的失败者没有什么同情，这只要检查中外的童话传说就可以知道。

这几句话借了来又可以当作别一部分的说明。至于猥亵的分子在笑话里自有其特殊的意义，与上面所说的颇有不同，——的确，猥亵的事物在各色社会上都是禁制的，它的突然的出现原也是一种违反习俗改变常态的事，与反穿大皮鞋或酒渣鼻子有些相像，不过它另有一种无敌的刺激力，便去引起人生最强大的大欲，促其进行，不过并未抵于实现而以一笑了事，此所以成为笑话而又与别的有殊者也。这个现象略与呵痒相似，据蔼理斯说，呵痒原与性的悦乐相近，容易引起兴奋，但因生活上种种的障碍，不能容许性的不时的发现，一面遂起阻隔，抵牾之后阻隔随去，而馀剩的力乃发散为笑乐，其实悦乐在笑先，笑则不复乐也。英国格莱格（J. Y. T. Greig）在所著《笑与喜剧的心理》第五章论两性的猥亵的（男女关系事物）不雅的（两便事物）篇中曾说：

> 在野蛮民族及各国缺少教育的人民中间猥亵的笑话非常通行，其第一理由是容易说。只消一二暗示的字句，不意地说出，便会使得那些耕田的少年和挤牛奶的女郎都格格的笑，一种猥亵的姿势使得音乐堂里充满了笑声。其第二个更为重要的理由则是有力量，猥亵的笑话比别种的对于性欲更有强烈的刺

激力。

由此看来，我们对于这类笑话的横行可以得到谅解，但是其本相亦随明了，短长显然可知，翻开各笑话书即见此类叠出不穷，而选择安排到恰好处，可入著作之林者，盖极不易得，即为此故。其表示刻露者，在民俗资料上多极有价值，今惜未能选入，但可取其稍稍尔雅者耳。猥亵歌谣故事与猥亵语之搜集工作亦甚切要，今日国风乃趋于浮薄与苛酷两端，如何可言，即云且待将来，亦不知此将来将在何日或毕竟有否也。

闲话少说。且说不佞今所集录笑话，凡三种，皆明末清初原本，一为《笑府》，二为《笑倒》，《山中一夕话》本，三为《笑得好》，《传家宝》一二集本。我的意思是想使笑话在文艺及民俗学上稍回复他的一点地位，故有三种计划，一辑录古书中的笑话，二搜集民间的笑话，三选取现存的笑话书。第一种考古的工作非我现在所能担任，第二种事业虽更繁重我却愿意投效，不过成功须在将来，到那时再说，目下所做的便是那第三种的玩意儿了。说到现存的笑话书，范围很大，分量也当不小，要求完备当然是不可能，此外还有一个限制，便是尽先取用有编者姓名的，结果是决定了这三种书，而《笑林广记》以至《一见哈哈笑》之流也就只能暂请落第①了。

《笑府》原本十三卷，题墨憨斋主人撰。墨憨斋是冯梦龙的公开的笔名，他用这别号所编著的戏曲小说等书甚多，其地位盖在李卓吾金圣叹之间，是明季纯文学界的主帅之一人。他所编《古今谈概》集史传笑谈之大成，至清初为人删改，名《古今笑》或《古笑史》，有李笠翁的序文，《笑府》则纯系假作，以讥笑为目的，二者的异同正犹传说之与童话焉。《笑府》后改编为《笑林广记》，原本遂不传，今所知者唯大

【锺校】

① “第”原作“地”。

连满铁图书馆云有一部，亦未得见，今但以日本刻选本二种为依据，其一有二卷，一只一卷，题风来山人删译。风来山人为十八世纪日本天才作家，译虽未知真伪，但其声名正足与墨憨抗衡，故书坊遂取用之亦未可知。

二本内容多不同，今参酌抄录，猥亵类有太甚者不得已暂从舍割，原有序文，今录于下，亦妙文也。文曰：

古今来莫非话也，话莫非笑也。两仪之混沌开辟，列圣之揖让征诛，见者其谁耶？夫亦话之而已耳。后之话今，亦犹今之话昔，话之而疑之，可笑也，话之而信之，尤可笑也。经书子史，鬼话也，而争传焉。诗赋文章，淡话也，而争工焉。褒讥伸抑，乱话也，而争趋避焉。或笑人，或笑于人，笑人者亦复笑于人，笑于人者亦复笑人，人之相笑宁有已时？《笑府》，集笑话也，十三篇犹云薄乎云尔。或阅之而喜，请勿喜，或阅之而嗔，请勿嗔。古今世界一大笑府，我与若皆在其中供话柄，不话不成人，不笑不成话，不笑不话不成世界。布袋和尚，吾师乎，吾师乎。墨憨斋主人题。

说到这里，不禁联想起《开卷一笑》卷七的一篇布袋和尚的《呵呵令》来了，不嫌繁冗，把全文录在下面，因为很有点儿意义，而且原书也不易见。文曰：

你道我终日里笑呵呵，笑着的是谁？我也不笑那过去的枯髅，我也不笑那眼前的蝼蚁。第一笑那牛头的伏羲，你画什么卦，惹是招非，把一个囫囵囵的太极儿弄得粉花碎。我笑那吃草的神农，你尝什么药，无事寻事，把那千万般病根儿都提起。我笑那尧与舜，你让天子，我笑那汤与武，你夺天子，他道是没有个旁人儿觑，觑破了这意思儿也不过是个十字街头小经纪。还有什么龙逢比干伊和吕，也有什么巢父许由夷与齐，只这般唧唧哝哝的，我也那里工夫笑着你。我笑那李老聃五千言的道德，我笑那释迦佛五千卷的文字，干惹得那些道士们去打云锣，和尚们去打木鱼，弄些儿穷活计，那曾有什么青牛的道理，白牛的滋味，怪的又惹出那达摩老臊胡来，把这些干屎橛的渣儿，嚼了又嚼，洗了又洗。又笑那孔子的老头儿，你絮叨叨说什么道学文章，也平白地把好些活人都弄死。又笑那张道陵许旌阳，你便白日升天也成何济，只这些未了精精儿到底来也只是一个冤苦的鬼。住住住！还有一笑。我笑那天上的玉皇，地下的阎王，与那古往今来的万万岁，你戴着平天冠，穿着衮龙袍，这俗套儿生出什么好意思？你且去想一想，苦也么苦，痴也么痴，着什么来由干碌碌大家喧喧嚷嚷的无休息。去去去！这一笑笑得那天也愁，地也愁，人也愁，鬼也愁，三世佛也愁，那管他灯笼儿缺了半边的嘴。呵呵呵！这一笑，这一笑，你道是毕竟的笑着谁？罢罢罢！说明了，我也不笑那张三李四，我也不笑那七东八西，呀，笑杀了他的咱，却原来就是我的你。

这末了几句就是墨憨斋所师法的地方罢，上头对于两仪列圣的不敬其实也从此出，不但此也，即那归玄恭或熊鱼山所作的有名的《万古愁》曲其格调意思与《呵呵令》很多相像，我们不好说布袋和尚一定是这群人的老师，但至少总可以见那时文坛上有这么一种空气，而《万古愁》这种作法也不是作者一人的创始，这是很明了的事实了。

《开卷一笑》有日本宝历五年（一七五五）翻刻第二卷本，巢庵主人小序中云，《开卷一笑》明李卓吾所辑，屠赤水亦加参阅，后人删补改曰《山中一夕话》，上集下集各有七卷，上集专集词赋传记，下集多出笑言嘲咏。北京大学藏有一部，有老田海内氏家藏图书印，盖亦系从海外传来，原刻上集七卷，序目皆改称《一夕话》，而板心均仍作《开卷一笑》，卷首署“卓吾先生编次”。第三卷尚留存“一衲道人屠隆参阅”一行字样，馀悉挖改矣。下集原刻未见，今通行《山中一夕话》盖即其改刻本，其中有《笑倒》一卷，皆录笑话，今便据以选录。全书上有序，为“咄咄夫”所作，文亦佳妙，今并抄之于下：

莫怪一夕间有许多饶舌也。古今一旦暮尔，孩髦一梦觉尔，窃闻尧舜中天方属正午，不知今夕何夕，曾交未申时不？嗟乎哉，苍苍者天，茫茫者地，即不幻出无数皮囊，亦觉饶有别趣，何苦板板捏住轮回，夺头诱人于生生死死之中，复诱人于不生不死之地哉。因悟天地无人殊大寂寞，定不可少此万亿陪堂，演此一本大戏文来也。咄咄夫不知何许人，亦不知生旦净丑中那脚色，更不知演到第几出将半本未？一夕思烦神躁，忽欲邀天地于几案而问答之，而又苦声臭都无，不可理会，因大呼曰，天何言哉，夕死可矣。于是从无可消遣中觅一消遣法，唯有对快士作快谈，代为天地设一传宣官而已。因与口先锋约曰，今夕大闷，赖尔能颐我，原为天地轮回，今且欲轮回天地也。话须冲破斗牛，慎勿效俗儒喋喋，不令人点首勿话，不令人拍案勿话，不令人忽笑忽哭，不令人忽欲手舞足蹈勿话，如有听之欲卧者皆汝罪，若不话宁但作咄咄声，闷气犹得从此处发泄也。爰集十种话，聊破一夕颜。若以为胜十年读书也则吾岂敢。时戊戌春正月望日，咄咄夫题于半庵。

《笑倒》为十种之四，上面有一篇小引，其文曰：

大地一笑场也，装鬼脸，跳猴圈，乔腔种种，丑状般般。我欲大恸一番，既不欲浪掷此闲眼泪，我欲埋愁到底，又不忍锁杀此瘦眉尖。客曰，闻有买笑征愁法，子曷效之？予曰，唯唯。然则笑倒乎，哭倒也。集《笑倒》。

《笑倒》和《笑府》的序态度颇有点相近，都是发牢骚，借了笑话去嘲弄世间，但是到了《笑得好》便很不相同，笑话还是笑话，却是拿去劝善惩恶，有点像寓言了。《笑得好》一卷，二集一卷，首有自序，说明用意，而文殊不佳，今姑录存于下：

人性皆善，要知世无不好之人，其人之不好者总由物欲昏蔽，俗习熏陶，染成痼疾，医药难痊，墨子之悲深可痛也。即有贤者，虽以嘉言法语，大声疾呼，奈何迷而不悟，岂独不警于心，更且不入于耳，此则言如不言，彼则听如不听，真堪浩叹哉。正言闻之欲睡，笑话听之恐后，今人之恒情，夫既以正言训之而不听，曷若以笑话怵之之为得乎。予乃著笑话书一部，评列警醒，令读者凡有过愆偏私矇昧贪痴之种种，闻予之笑，悉皆惭愧悔改，俱得成良善之好人矣，因以“笑得好”三字名其书。或有怪予立意虽佳但语甚刻毒，令闻者难当，未免破笑成怒，大非圣言含蕴之比，岂不以美意而种恨因乎？予谓沉疴痼疾非用猛药何能起死回生，若听予之笑，不自悔改而反生怒恨者，是病已垂危，医进良药，尚迟疑不服，转咎药性之猛烈，思欲体健身安，何可得哉？但愿听笑者入耳警心，则人性之天良顿复，遍地无不好之人，方知刻毒语言有功于世的不小，全要闻笑即愧即悔，是即学好之人也。石成金天基撰。

用笑话作教训，说得古一点，这倒是孔孟的传统罢，不过物以希为贵，古人偶一为之，后世又当作古逸笑话的吉光片羽，所以很有意思，若是整本的去做，就难免是笨伯了。而且顶奇怪的是在这道学派的笑话集中特别多那些极不堪的故事，有些简直除猥亵外别无什么可取，附加的教训自然全是胡扯，在这里我想那编者的态度实在也同普通说猥亵话的一样，教训只是一种掩饰，向来标榜名教而写淫书的人便多是如此，《野叟曝言》著者夏二铭即其一例。但平心论之，石天基《传家宝》四集的宗旨大都是教人苟全性命于治世而已，卫道气还不十足，其编集笑话虽内容芜秽，也还肯用真姓名，这是还可取的一点罢。

中国现时似乎盛行“幽默”，这不是什么吉兆。帝俄时代一个文人说，讽刺是奴隶的言语，这话很有意思。乡民相遇，说某人“伽蓝菩”了，虽与当铺钱店的伙计酒醉饭饱将头比屁股为戏仿佛相似，实际却有一个暗黑的背景。让人民去谈论，发泄他们的鸟气，无论是真的苦痛或是假的牢骚，这倒是一种太平气象罢。在此刻来编集笑话，似乎正赶上幽默的流行，有点儿近于趋时，然而不然，我没有幽默，不想说笑话，只是想听人家说的笑话，虽然听笑话在笑话里也要被嘲笑。我现在找几种编者署名的笑话书，再由我署名编选为一集，当作俗文学及民俗资料的一种，将来如能找到原刊《笑府》和《开卷一笑》下集加以补正，那便是我最大的快乐了。

中华民国廿二年七月廿七日，周作人记于北平。

［1933 年 9 月《青年界》/集外文］

《猪鹿狸》

《猪鹿狸》，这是很奇妙的一部书名。这在一九二六年出版，是日本的乡土研究社丛书之一，著者早川孝太郎，学人而兼画家，故其文笔甚精妙。所著书现有《三州横山话》《能美郡民谣集》《羽后飞岛图志》《猪鹿狸》《花祭》二卷，有千六百页，为研究地方宗教仪式之巨著。其中我所顶喜欢的还是这《猪鹿狸》，初出时买了一本，后来在北平店头看见还有一本又把他买了来，原想送给友人，可是至今没有送，这也不是为的吝啬，只是因为怕人家没有这种嗜好，正如吃鸦片烟的人有了好大土却不便送与没有瘾的朋友，——我以鸦片作比，觉得实在这是一种嗜好，自己戒除不掉也就罢了，再去劝人似乎也可以不必。

这是讲动物生活的一册小书，但是属于民俗学方面而不是属于动物学的，他所记的并非动物生态的客观纪录，乃是人与兽，乡村及猎人与兽的关系的故事。我从小时候和草木虫鱼仿佛有点情分，《毛诗草木鸟兽虫鱼疏》《南方草木状》以至《本草》《花镜》都是我的爱读书，有一个时候还曾寝馈于《格致镜原》，不过书本子上的知识总是零碎没有生气，比起从老百姓的口里听来的要差得很远了。在三十多年前家里有一个长工，是海边的农夫而兼做竹工，那时他给我们讲的野兽故事是多么有意思，现在虽然大半记不得了，但是那留下的一点儿却是怎么的生动的存在着。头上有角的角鸡，夜里出来偷咬西瓜的獾猪，想起时便仿佛如见沙地一带的情景，正如山乡的角鹿和马熊的故事一样，令我时时怀念这些故乡的地方。早川的这册书差不多就是这种故事的集录，即使没有著者所画的那十几张小图也尽足使我喜欢了。

正如书名所示，这书里所收的是关于猪鹿狸三种兽的故事，是一个七十七岁的老猎人所讲的，不是童话似的动物谈，乃是人与兽接触的经验以及感想，共有五十九篇，其中以关于猪和狸的为最有趣味，鹿这一部分比较稍差。这里所谓猪实在是中国的野猪，普通畜养的猪日本称之曰豚。平常如呼人为豚，人家必要大生其气，但猪却是美名，有人姓猪股，德富苏峰的名字叫做猪一郎，都是现在的实例。寺岛安良编《和汉三才图会》卷三十八猪条下云，如为猎人被伤去时人詈谓汝卑怯者盍还乎，则大忿怒，直还进对合，与人决胜负，故譬之强勇士。（原本汉文。）今日本俗语有猪武者一语，以喻知进而不知退者，中国民间称野猪奔铳，亦即指此种性质也。书中说有一猎人打野猪伤而不死，他赶紧逃走，猪却追赶不放，到了一棵大树下像陀螺似的人和猪团团的转了七个圈，后来不知怎的装好了枪，从后面一枪才结果了猪的性命。自己逃着，说是从后面未免有点可笑，其实是绕着树走得快的时候差不多是人在猪屁股后头追着的样子了。书中又说及猪与鹿的比较，也很有意思。鹿在山上逃走的时候，如一枪打中要害，他就如推倒屏风似的直倒下来，很觉得痛快。可是到了野猪就不能如此，无论打中了什么要害，他决不像鹿那样的跌倒，中弹之后总还要走上两三步，然后徐徐的向前蹲伏下去。听着这话好像是眼见刚勇之士的死似的，觉得这真是名实相符的野猪的态度。我对于著者的话也很表同意，与法国诗人诗里的狼一样这猪实在堪为我们的师范。但是很希奇的是，这位刚勇之士的仪表却并不漂亮。据说曾有一个年青妇人在微暗的清早到山里去收干草，看见前面路上有一只小猪模样的灰色的兽，滴沥滴沥的走着。这时候兽似乎未曾觉得后边有人走来，女人也颇胆大，便跟在后面走，刚走了半里多路，兽就岔路走进草丛里去了。回家后讲起这事，老人们告诉她说那就是野猪哩，她不但不出惊，反出于意外似的道，那样的东西是野猪么？据著者的经验说，从幼小时候就听说猪是可怕的东西，强悍的兽，后来有一回看见被猎人们抬了去的死猪的模样，也感到同样的幻灭云。不过我想这或者并不由于野猪的真是长得不漂亮，实在大半还是因为家猪平常的太不争气的缘故罢。

狸的故事差不多是十之八九属于怪异的。中国近世不听见说有什么狸子作怪，但在古时似乎很是普通，而且还曾出过几个了不得的大胆的，敢于同名人去开玩笑的狸妖，他们的故事流传直到今日。《太平广记》四四二所录狸的怪谈有十一篇，《幽明录》里与董仲舒论五经究其微奥的老狸，《集异记》里与张茂先商略三史，探赜百家，谈老庄之奥区，披风雅之绝旨的千年斑狸，可谓俊杰，此他幻化男妇也很有工夫。日本现今狐狸猫狢四者还都能作怪，民间传说里有《滴沥山》与《文福茶釜》两篇最是有名。狸的恶戏在平时却多是琐屑的，不大有干系人命的大事。《三才图会》里说老狸能变化妖怪与狐同，至其游戏则“或鼓腹自乐，谓之狸腹鼓，或入山家，坐炉边向火乘暖，则阴囊垂延，广大于身也”。《三州横山话》中有一节曰“狸的腹鼓”，其文曰：

> 据说到山里去作工，狸会来招呼。对面的山上丁丁的砍着树似的，又叫道喊！不注意时答应一声，原来却是狸叫，便只好停了工作回来。（案狸与人呼应不已，如人困惫至不复能应则为狸所食，否则狸自毙云。）
>
> 与人声相比那似乎是苦闷的声音，低低的叫道喊！夜间独居的时候，听见狸叫，决不可轻易答应。听过许多故事，说夜里与狸对呼，把挂钩上的开水壶都喝干了，又说用木鱼替代答应，一直敲到天亮。
>
> 狸腹鼓原说是月夜为多，但据八名郡七乡村人生田省三的实验谈，则在将要下雨的漆黑的夜里时时听见敲着破鼓似的声音。这本来是在笼里养着的狸，但是这人说一天雨夜在凤来寺山中所听到的腹鼓和这声音也正相同。
>
> 狸与貉一看似乎难以分别，在冬天看他的脚就可知道，据

说狸的脚底上满是皲裂。

狸的肾囊可以化作八张席子的房间，在《猪鹿狸》中也有些故事，现在不及多抄了。乡土研究社丛书中还有一册笠井新也的《阿波的狸之话》，是专讲一地方的狸的故事的。

［1933年9月23日《大公报》/《夜读抄》］

《兰学事始》

在十一二年前日本菊池宽发表一篇小说，题名《兰学事始》，叙述杉田玄白与前野良泽苦心译读和兰解剖学书的事，为菊池集中佳作之一。《兰学事始》本来是一部书名，杉田玄白八十三岁时所著，小说里所讲的大抵全以此为根据，明治初年此书虽曾刻木，已不易得，近来收入"岩波文库"中始复行于世，价才金二十钱也。所谓兰学本指和兰传来的医学，但实在等于中国的西学一语，包含西洋的一切新知识在内。十六世纪以来葡西至日本互市传教，日人称之曰南蛮，和兰继之，称曰红毛，及德川幕府实行锁国，严酷的禁止信教，其后只剩下和兰一国继续通商，地点也只限于长崎一处，于是和兰的名号差不多成为西洋的代表了。在长崎出岛地方有一所阿兰陀馆，和兰每年派一位甲必丹来住在那里，仿佛是一种领事，管理交易的事，有官许的几个"通词"居间翻译，在那时候通词便是唯一的西洋语贮藏所，可是这也只能说话，因为文字的学习是犯禁的，有人著了一部《红毛谈》，内里画了字母的形象，便为政府所禁止没收。但是求知识的人总想往这方面求得出路，有些医生由通词间接的去学几个"兰方"，有些学者如青木昆阳跑到长崎去请通词口授，学了五百馀言的和兰话回来。当时社会称此类具眼之士曰豪杰，野上臼川云，元龟天正（一五七〇至九一）的时代持长枪的豪杰横行于天下，享保（一七一六至三五）以后的豪杰则从长崎通词家里秘密的得到 Woordenbook（字典），想凭此以征服不思议的未知世界。青木昆阳即是这豪杰之一，前野良泽乃是昆阳的弟子也。

前野良泽生于一七二三年，世代业医，年四十七始就昆阳学和兰语，次年往长崎，于昆阳所授五百言外又诵习二百馀言，并得字书及

《解剖图志》以归。又次年为明和八年（一七七一），三月四日与杉田玄白等至千住骨之原刑场“观脏”，见其一一与图志符合，遂定议起手翻译。杉田亦世医，偶得图志阅之，与汉医旧说大异，及实验后乃大服，提议译述刊行以正缪误，唯不通兰语，推前野为译主，约期集会，时前野年四十九，杉田三十九也。《兰学事始》卷上纪其事曰：

次日集于良泽家，互语前日之事，乃共对 Tafel Anatomia（案即 Tabulae Anatomicae）之书，如乘无舵之舟泛于大海，茫洋无可倚托，但觉茫然而已。唯良泽对于此道向曾留意，远赴长崎，略知兰语并章句语脉间事，年长于予者十岁，乃定为盟主，亦即奉为先生。予则即二十五字亦尚未识，今忽然发起此事，乃亦学习文字并诸单语焉。

译述此书应如何下手，先加以讨论，如从内象起则必难了解，此书最初有俯伏全象之图，此为表部外象之事，其名称皆所熟知，取图说记号并合研究差可着手，遂决定从此处下笔，即《解体新书》之形体名目篇是也。其时对于 de（英文 the）、het（the，又代名词）、als（as）、welk（which）等诸词，虽略有记诵，然不能仔细辨解，故常读之不解所谓。如眉者生于目上之毛也一句，尽春天的长昼终未明了，苦思直至日暮，互相睨视，仅只一二寸的文章终于一行不能解。又一日读至鼻者佛耳黑芬特者也，此语亦不可解，众共讨索此应作何解，实无法可通。其时亦无字典之类，唯良泽从长崎购得一简略小册，共检之，在 Verh ffend 一语下注云，树枝断处，其处佛耳黑芬特，又扫院落时，尘土聚集而佛耳黑芬特也。此是何义，又苦思强解如前，亦终未明。予思树枝断处接合则稍高，又扫地时尘土积聚亦成堆，鼻在面上正是堆起之物，然则佛耳黑芬特或即堆积之意。予遂言此语译作堆积何如，众人闻言甚以为然，遂决定如此译。此时喜悦之情无可比喻，大有获得连城之璧之概焉。……然语有之，为事在人，成事在天，如此苦心劳思，辛勤从事，每月凡六七会，每会必集，一无倦怠，相聚译读，所谓不昧者心，凡历一年馀，译语渐增，对于彼国事情亦渐自了解，其后如章句疏朗处一日可读十行以上，别无劳苦而能通其意义矣。

福泽谕吉序云：

书中纪事字字皆辛苦，其中关于明和八年三月五日在兰化先生宅，对 Tafel Anatomia 之书，如乘无舵之舟泛于大洋，茫洋无可倚托，但觉茫然云云以下一节，我辈读之察先人之苦心，惊其刚勇，感其诚挚，未尝不感极而泣。迂老与故箕作秋坪氏交最深，当时得其抄本，两人对坐，反复读之，至此一节，每感叹呜咽无言而终以为常。

此并非夸诞之词，求知识者的先驱的言行十分有悲壮的意味，《兰学事始》不仅是医学史文献上一小册子，在日本现代文化发展上更有重大意义者也正以此。前野宅的翻译事业经过四年的岁月，杉田笔述，凡前后十一易稿，成《解体新书》四卷，于安永三年（一七七四）出版，实为日本西学译书之始。在十五年前即宝历九年（一七五九）山胁东洋看了刑尸的解剖，作《藏志》一卷，凡剥胸腹图、九藏前面图、九藏背面图、脊骨侧面图共四图，中有云“向者获蛮人所作骨节剐剥之书，当时碌碌不辨，今视之胸脊诸藏皆如其所图，履实者万里同符，敢不叹服”（原汉文），可见也曾参照西洋解剖图，不过因为不懂得文字故所知不深罢了。但是在医学史上也是一件重大的事情，疑古与实证的风气总是自此发动了。（据富士川游著《日本医学史纲要》。）

说到这里我们不能不想起中国医学界的“豪杰”玉田王清任先生来了。山胁的《藏志》出版于清乾隆二十四年，杉田的《解体新书》在乾隆三十六年，王清任的《医林改错》则在道光庚寅（一八三〇），比起来要迟了七十或五十多年了，但是他那精神却仍是值得记念，他那境遇也更值得怜悯。《医林改错》脏腑记叙中云：

> 自恨著书不明脏腑，岂不是痴人说梦，治病不明脏腑，何异于盲子夜行，虽竭思区画，无如之何。十年之久，念不少忘。至嘉庆二年丁巳（一七九七）余年三十，四月初旬游于滦州之稻地镇。其时彼处小儿正染瘟疹痢症，十死八九，无力之家多半用代席裹埋，代席者代棺之席也，彼处乡风更不深埋，意在犬食，利于下胎不死，故各义冢中破腹露脏之儿日有百馀。余每日压马过其地，初未尝不掩鼻，后因念及古人所以错论脏腑皆由未尝亲见，遂不避污秽，每日清晨赴其义冢就群儿之露脏者细视之，犬食之馀，大约有肠胃者多，有心肝者少，互相参看，十人之中看全不过三人，连视十日大约看全不下三十馀人。始知医书中所绘脏腑形图与人之脏腑全不相合，即件数多寡亦不相符。唯胸中隔膜一片其薄如纸，最关紧要，及余看时皆已破坏，未能验明在心下心上是斜是正，最为遗憾。

这样的苦心孤诣的确够得上算求知识者的模范了。但是，日本接连的有许多人，中国却只一个。日本的汉法医有到刑场观脏的机会，中国则须得到义冢地去。日本在《藏志》之后有《解体新书》及其他，中国《医林改错》之后不知道有什么。这是二者之不同。听说杉田玄白用汉文译述《解体新书》，一半理由固然在于汉文是当时的学术语，一半也因为想给中国人看，因为日本文化多受中国的恩惠，现在发见了学术的真理，便想送过去做个报答。中国人自己不曾动手，日本做好了送来的也不曾收到，咸丰年间英国合信（Hudson）医士译了《全体新论》送来，也不知道有没有医生看，——大约只有一个王清任是要看的，不过活着已有八九十岁了，恐怕也不及看见。从这里看来中国在学问上求智识的活动上早已经战败了，直在乾嘉时代，不必等到光绪甲午才知道。然而在现今说这话，恐怕还不大有人相信，亦未可知。

［1933 年 11 月 22 日《大公报》/《夜读抄》］

与俞平伯书七通（一九二八至一九三三）

一

平伯兄：

前建功在孔德为照一相，今印成明信片，附奉一张，乞收。穿了乙种常礼服，又假装在那里用功的样子，似乎不很佳，其实只是在翻阅日本内阁的汉文书目而已。不一。五月三日，作人。

（十七年）

附注：此照片曾登某杂志，误为苦雨斋中。

二

平伯兄：

廿五日廿四时从本市所寄的信已收到。大文有六千言之多，《燕知草》真有掉尾之观，贵努力殊堪钦佩也。近日大肆搜索，还“医学周刊”之文债，月内必须清还，外行人说外行话，“苦矣”！废名君已上山去，前礼拜日与家人去访他一遍，从三贝子花园前起走小路，经过前日出路劫而现有持枪警察站着的地方，却终于平安返城，盖有天佑焉。秋意渐深，早上已颇凉，而学校亦就要上课了，奈何。谚云，“蟋蟀鸣，懒妇惊，”此一惊字不佞颇能体谅。闻金甫已到燕大，又疑古幼渔二公亦已请去为讲师云。八月廿九日，作人。

（十七年）

三

平伯兄：

前寄一函至园，想已达览。久不见绍原，又未得来信，于昨日便道去一访，云卧病未晤，不知系何病，独卧旅邸，颇觉可念。兄在城时不知有暇能去一访问否？并乞去后以其近状见示为感。匆匆即颂雪佳。二月八日，作人。

（二十年）

四

平伯兄：

得废公来信，内附二诗，嘱转呈，特为送上。该公似文思诗思均佳，岂亦地灵人杰也欤？天气渐暖，虽不放假，亦可喜也。匆匆。三月十三夜，作人。

（二十年）

五

平伯兄：

昨下午北院叶公过访，谈及索稿，词连足下，未知有劳山的文章可以给予者欤？不佞只送去一条“穷裤”而已，虽然也想多送一点，无奈材料缺乏，别无可做，久想写一小文以猫为主题，亦终于未着笔也。计算今日兄当在古槐书屋，故寄此信，可省下三分也。

又见《中学生》上吾家予同讲演，以不佞为文学上之一派，鄙见殊不以为然，但此尚可以说见仁见智，唯云不佞尚保持五四前后的风度，则大误矣。一个人的生活态度时时有变动，安能保持十三四年之久乎？不佞自审近来思想益销沉耳，岂尚有五四时浮躁凌厉之气乎。吾家系史学家，奈何并此浅显之事而不能明了欤。知堂，十一月十三日。

（二十一年）

六

平伯兄：

今日往红楼得留书，诵悉一一。尊稿既已付印，敝序不得不赶做了，好在序最后印，有如尊谕，大约尚来得及，做不出时烦烦难难，做得出时容容易易，故说不定一二日中即能诌成也。星期五上午八至十一在红楼有课，下午照例在庵，如承光临甚所欢迎。《东方》与《新中华》竞出新年号，都来拉稿，明知可以赚一点小酒钱，而无如心手均落伍，殊无此雅兴，大有不能奉命之罪，现在所想写者除尊序外只有《越谚》的新序，因其板（光绪初年所刻）为陈君找到，拟修补重印也。此外还想写一篇关于猫的小文，搁在心上已久，尚未能下笔，实因还未想熟（有如煮熟）也。知堂，十一月十五日。

（二十一年）

七

白萍道兄：

星期二到红楼得见留函，甚欣慰。知摩顶，更是同志矣，何幸如之。主任处确曾助言，望道兄先还此嘴债，敝衲思稍躲懒，能迟一天好一天也。欠序债至今日始得还清，以后才是自己的手，日内极想动手译书，只是鼙鼓动地来，不知能译多少耳。寄寓燕山，大有釜底游魂之慨，但天下何处非釜乎，即镇江亦不易居也。草草不悉。二月廿四日，知堂拜。

（二十二年）

［1928—1933 年作/《周作人书信》］

一九三四年

《一岁货声》

从友人处借来闲步庵所藏一册抄本，名曰《一岁货声》，有光绪丙午年（一九〇六）序，盖近人所编，记录一年中北京市上叫卖的各种词句与声音，共分十八节，首列除夕与元旦，次为二月至十二月，次为通年与不时，末为商贩工艺铺肆。序文自署“闲园鞠农偶志于延秋山馆”，其文亦颇有意思，今录于后：

> 虫鸣于秋，鸟鸣于春，发其天籁，不择好音，耳遇之而成声，非有所爱憎于人也。而闻鹊则喜，闻鸦则唾，各适其适，于物何有，是人之聪明日凿而自多其好恶者也。朝逐于名利之场，暮夺于声色之境，智昏气馁，而每好择好音自居，是其去天之愈远而不知也。嗟乎，雨怪风盲，惊心溅泪，诗亡而礼坏，亦何处寻些天籁耶？然而天籁亦未尝无也，而观夫以其所蕴，陡然而发，自成音节，不及其他，而犹能少存乎古意者，其一岁之货声乎。可以辨乡味，知勤苦，纪风土，存节令，自食乎其力，而益人于常行日用间者固非浅鲜也。朋来亦乐，雁过留声，以供夫后来君子。

凡例六则。其一云：“凡一岁货声注重门前，其铺肆设摊工艺赶集之类，皆附入以补不足。”其二云：“凡货声率分三类，其门前货物者统称货郎，其修作者为工艺，换物者为商贩，货郎之常见者与一人之特卖者声色又皆不同。”其四云：“凡同人所闻见者，仅自咸同年后，去故生新，风景不待十年而已变，至今则已数变矣。往事凄凉，他年寤寐，声犹在耳，留赠后人。”说明货声的时代及范围种类已甚明了，其纪录方法亦甚精细，其五则云：“凡货声之从口旁诸字者，用以叶其土音助语而已，其字下叠点者，是重其音，像其长声与馀韵耳。”如五月中卖桃的唱曰：

> 樱桃嘴的桃呕嗷噎啊……

即其一例。又如卖硬面饽饽者，书中记其唱声曰：

> 硬面唵，饽啊饽……

则与现今完全相同，在寒夜深更，常闻此种悲凉之声，令人怃然，有百感交集之概。卖花生者曰：

> 脆瓤儿的落花生啊，芝麻酱的一个味来，抓半空儿的——多给。

这种呼声至今也时常听到，特别是单卖那所谓半空儿的，大约因为应允多给的缘故罢，永远为小儿女辈所爱好。昔有今无，固可叹慨，若今昔同然，亦未尝无今昔之感，正不必待风景不殊举目有山河之异也。

自来纪风物者大都止于描写形状，差不多是谱录一类，不大有注意社会生活，讲到店头担上的情形者。《谑庵文饭小品》卷三《游满井记》中有这几句话：

> 卖饮食者邀诃好火烧，好酒，好大饭，好果子。

很有破天荒的神气，《帝京景物略》及《陶庵梦忆》亦尚未能注意及此。清光绪中富察敦崇著《燕京岁时记》，于六月中记冰胡儿曰：

> 京师暑伏以后，则寒贱之子担冰吆卖曰：冰胡儿！胡者核也。

又七月下记菱角鸡头曰：

> 七月中旬则菱芡已登，沿街吆卖曰：老鸡头，才下河。盖

皆御河中物也。

但其所记亦遂只此二事，若此书则专记货声，描模维肖，又多附以详注，斯为难得耳。著者自序称可以辨乡味，知勤苦，纪风土，存节令，此言真实不虚，若更为补充一句，则当云可以察知民间生活之一斑，盖挑担推车设摊赶集的一切品物半系平民日用所必需，其闲食玩艺一部分亦多是一般妇孺的照顾，阔人们的享用那都在大铺子里，在这里是找不到一二的。我读这本小书，深深的感到北京生活的风趣，因为这是平民生活所以当然没有什么富丽，但是却也不寒伧，自有其一种丰厚温润的空气，只可惜现在的北平民穷财尽，即使不变成边塞也已经不能保存这书中的盛况了。

我看了这些货声又想到一件事，这是歌唱与吆喝的问题。中国现在似乎已没有歌诗与唱曲的技术，山野间男女的唱和，妓女的小调，或者还是唱曲罢，但在读书人中间总可以说不会歌唱了，每逢无论什么聚会在馀兴里只听见有人高唱皮簧或是昆腔，决没有鼓起喉咙来吟一段什么的了。现在的文人只会读诗词歌赋，会听或哼几句戏文，想去创出新格调的新诗，那是十分难能的难事。中国的诗仿佛总是不能不重韵律，可是这从哪里去找新的根苗，那些戏文老是那么叫唤，我从前生怕那戏子会回不过气来真是"气闭"而死，即使不然也总很不卫生的，假如新诗要那样的唱才好，亦难乎其为诗人矣哉。卖东西的在街上吆喝，要使得屋内的人知道，声音非很响亮不可，可是并不至于不自然，发声遣词都有特殊的地方，我们不能说这里有诗歌发生的可能，总之比戏文却要更与歌唱相近一点罢。卖晚香玉的道：

嗳……十朵，花啊晚香啊，晚香的玉来，一个大钱十五朵。

什么"来"的句调本来甚多，这是顶特别的一例。又七月中卖枣者唱曰：

枣儿来，糖的咯哒喽，尝一个再买来哎，一个光板喽。

此颇有儿歌的意味，其形容枣子的甜曰糖的咯哒亦质朴而新颖。卷末铺肆一门中仅列粥铺所唱一则，词尤佳妙，可以称为掉尾大观也，其词曰：

喝粥咧，喝粥咧，十里香粥热的咧。
炸了一个焦咧，烹了一个脆咧，脆咧焦咧，
像个小粮船的咧，好大的个儿咧。
锅炒的果咧，油又香咧，面又白咧，
扔在锅来漂起来咧，白又胖咧，胖又白咧，
赛过烧鹅的咧，一个大的油炸的果咧。
水饭咧，豆儿多咧，子母原汤儿的绿豆的粥咧。

此书因系传抄本，故颇多错误，下半注解亦似稍略，且时代变迁虑其间更不少异同，倘得有熟悉北京社会今昔情形如于君闲人者为之订补，刊印行世，不特存录一方风物可以作志乘之一部分，抑亦间接有益于艺文，当不在刘同人之《景物略》下也。

［1934 年 1 月 17 日《大公报》/《夜读抄》］

《一岁货声》之馀

去年冬天曾借闲步庵所藏抄本《一岁货声》手录一过，后来对西郊自然居士说及，居士说在英国买到或是见过一本叫作《伦敦呼声》的书，可惜我终于未得拜见。近日翻阅茀来则博士的文集，其中有《小普利尼时代的罗马生活》与《爱迪生时代的伦敦生活》两篇很觉得可喜，在《伦敦生活》篇中讲到伦敦呼声，虽然都即根据《旁观》报，说的很简略，却也足供参考，今译出于下：

在爱迪生时代伦敦街上不但是景象就是声音也与现今的情形很有些不同。半夜里，睡着的人常被更夫打门从梦中惊醒，迷迷胡胡的听他嗡嗡的报告时刻，听他退到街上响着的铃声。在白天里，据说没有东西比那伦敦的呼声更会使得外国人听了诧异，使得乡下绅士出惊的了。

洛及卡佛来勋爵离开他那庄园的静默，乌司得郡绿的路径和原野的寂静，来到伦敦大道的时候，他时常说他初上城的一星期里，头里老是去不掉那些街上的呼声，因此也睡不着觉。可是维尔汉尼昆却正相反，他觉得这比百灵的唱歌和夜莺的翻叫还好，他听这呼声比那篱畔林中的一切音乐还觉得喜欢。

伦敦呼声在那时候可以分作两种，即声乐与器乐。那器乐里包含着敲铜锅或熬盘，各人都可自由的去整个时辰的敲打，直闹得全街不宁，居民几乎神经错乱。阉猪的所吹的画角颇有点儿音乐味，不过这在市内难得听到，因为该音乐家所割治的动物并不是街上所常有的东西。但是声乐的各种呼声却更多种多样。卖牛奶的尖声叫得出奇，多感的人们听了会牙齿发酸。

扫烟通的音调很是丰富，他的呼声有时升到最尖的高音，有时也降到最沉的低音去。同样的批评可以应用于卖碎煤的，更不必说那些收①破玻璃和砖屑的了。箍桶的叫出末了的一字用一种空音，倒也并不是没有调和。假如听那悲哀庄严的调子，问大家有没有椅子要修，那时要不感到一种很愉快的幽郁是不可能的。一年中应该腌黄瓜和小黄瓜的时候，便有些歌调出来叫人听了非常的舒服，只是可惜呀，这正同夜莺的歌一样，在十二个月里止有两个月能够听到。这是真的，那些呼声大抵不很清楚，所以极不容易辨别，生客听了也猜不出唱歌的所卖是什么东西，因此时常看见乡村里来的孩子跑出去，要想问修风箱的买苹果，或问磨刀剪的买生姜饼。即使文句可以明了的听出，这也无从推知那叫喊者的职业。例如吆喝有工我来做，谁能知道这是割稻的呢？然而在女王安尼朝代，也同我们的时代一样，有许多人他全不理会街上呼声的谐调，他不要听阉猪的画角的低诉，像聋似的对于那割稻的声音，而且在他的野蛮的胸中听了修椅子的音乐的请求也并不发生什么反应。我们曾听说有这样一个人，他拿钱给一个用纸牌看婚姻的，叫他不要再到他这条街里来。但是结果怎样呢？所有用纸牌看婚姻的在明天早上都来他门口走过，希望同样的用钱买走哩。

原书小注引斯威夫德的《给斯德拉的日记》一七一二年十二月十三日的一节云：

这里有一个吵闹的狗子，每天早晨在这个时候来烦扰我，叫唤着白菜和甘蓝。现在他正来闹着了。我愿他顶大的一棵白

【锺校】

① 原无“收”字，今增。

菜塞住他的嗓子。

在这里，我们固然看出斯威夫德牧师照例的那种狠相，但也可以想见那卖白菜的朋友怎样出力，因为否则他或者当不至于这样的被咒骂了。我不知道中国谁的日记或笔记里曾经说起过这些事情，平日读书太少实在说不出来，但如《越缦堂日记》《病榻梦痕录》等书里记得似乎都不曾有，大约他们对于这种市声不很留意，说不上有什么好恶罢。我只记得章太炎先生居东京的时候，每早听外边卖鲜豆豉的呼声，对弟子们说："这是卖什么的？natto，natto，叫的那么凄凉？"我记不清这事是钱德潜君还是龚未生君所说的了，但章先生的批评实在不错，那卖"纳豆"的在清早冷风中在小巷里叫唤，等候吃早饭的人出来买她一两把，而一把草苞的纳豆也就只值一个半铜元罢了，所以这确是很寒苦的生意，而且做这生意的多是女人，往往背上背着一个小儿，假如真是言为心声，那么其愁苦之音也正是无怪的了。北京叫卖声中有卖硬面饽饽的约略可以相比，特别在寒夜深更，有时晚睡时买些来吃，味道并不坏，但是买来时冻得冰凉的，那"双喜字加糖"之类差不多要在火炉上烤了吃才好了。

［1934 年 2 月 10 日《大公报》/《夜读抄》］

《金枝上的叶子》

《金枝上的叶子》是茀来则夫人（Lilly Frazer）所编的一本小书。提起金枝，大家总会想到茀来则博士的大著，而且这所说的也正是那《金枝》。这部比较宗教的大著在一八九〇年出版，当初只有两本，二十年后增广至八卷十二册，其影响之大确如《泰晤士报》所说，当超过十九世纪的任何书，只有达尔文斯宾塞二人可以除外。英国哈同教授在所著《人类学史》上说：

对于明悉吾国现在比较宗教研究的情形的人，可无须再去指出曼哈耳德，泰勒与洛伯生斯密司等人对于后来学者之影响，或再提示茀来则教授之博学与雄文，其不朽大著《金枝》今已成为古典，或哈忒阑氏之《贝耳修斯的故事》研究了。

斯宾司的《神话学概论》里也是这样说，虽然有人批评他继承曼哈耳德的统系，到处看出植物神来，或者说他太把宗教分层化了，但其无妨为伟大之作乃是无疑的。斯宾司说：

《金枝》一书供给过去和现在一代的神话学民俗学家当作神话和人类学事实的一种大总集，很有功用。没有人能够逃过他那广大的影响。这是学问的积聚，后世调查者总得常去求助于此。

但是说得最有趣味的乃是哈理孙女士，在她的《学子生活之回忆》第末章中说：

回过头来看我的一生，我是怎么迟回颠蹶的走向自己专门的路上去的。希腊文学的专门学问，我早觉得是关了门的了。我在坎不列治那时候所知道的唯一的研究工作是本文考订，而要工作有成绩我的学力却是决不够的。我们希腊学者在那时实在是所谓黑暗里坐着的人们，但是我们不久便看见了一道大光明，两道大光明，即考古学，人类学。古典在长眠中转侧起来了。老年人开始见幻景，青年人开始做梦了。我刚离开坎不列治，那时须理曼在忒罗亚着手发掘。在我的同辈之中有茀来则，他后来就用了金枝的火光来照野蛮迷信的黑暗树林了。

那部书的好名目——茀来则勋爵真有题书名的天才——引起了学者们的注意。他们在比较人类学里看出一件重要的东西，真能解明希腊或罗马的本文。泰勒已经写过了也说过了，洛伯生斯密斯为异端而流放在外，已经看过东方的星星了。可是无用，我们古典学者的聋蛇还是堵住了我们的耳朵，闭上了我们的眼睛。但是一听到《金枝》这句咒语的声音，眼上的鳞片便即落下，我们听见，我们懂得了。随后伊文思出发到他的新岛去，从它自己的迷宫里打电报来报告牛王的消息，于是我们不得不承认这是一件重要的事，这与荷马问题有关了。

话虽如此说，这十二册的大书我却终于没有买，只得了一册的节本，此外，更使我觉得喜欢的，则是这一小本《金枝上的叶子》。此书里共分六部，一基督降诞节与寄生树，二怪物，三异俗，四神话与传说，五故事，六景色，有插画十六页。茀来则夫人小序云：

圣诞前夜的木柴发出光明的火焰，圣诞树上各色的蜡烛都在烛台上摇晃，音乐队作起乐来，一切都很高兴像是婚宴，那时我们散步，或者我们亲吻，在寄生树的枝下。我们有几个知道，或者我们知道却又有几个记得，那寄生树就是威吉尔的所谓金枝，埃纳亚斯就拿了这个下降到阴暗的地下界去的呢？我们现在愿意忘记这一切艰深的学问，一切悲苦，在这大年夜里。鬼和妖怪或者还在阴暗中装鬼脸说怪话，妖婆或者骑了扫帚在头上飞过，仙人和活泼的小妖或者在月下高兴的跳着，但是他们不会吓唬我们。因为我们是裹在梦中，这是黄金的梦，比平日实际还要真实的梦，我们希望暂时继续去梦见那一切过去的梦幻的世界。

青年朋友们可以相信，我太爱他们了，不想把他们从美丽的梦想中叫醒过来。我采摘了这些散乱的叶子，选择一下，送给那些正是青春年纪的人们。我并不想教导，我的目的只是使人快乐，使人喜欢。这书《金枝》的著者查遍了全世界的文献来证明他自己的论旨，这些论旨在这里与我们没有关系。书中故事都仍用著者的原语，他的魔术杖一触却使那些化成音乐了，我所乐做的工作就只是把这许多银色里子的叶子给青年们编成一个花冠罢了。

弗来则博士文章之好似乎确是事实而并非单是夫人的宣传。我有他的一本文集，一九二七年出版，题云《戈耳共的头及其他文章》，他编过诗人古柏的信，写了一篇传记，又编亚迪生的论文，写了一篇序，均收入集内，又仿十八世纪文体写了六篇文章，说是“旁观社”的存稿，读者竟有人信以为真，至于《戈耳共的头》一篇以希腊神话为材料，几乎是故意去和庚斯莱（Kingsley）比赛了。大约也未必因为是苏格兰人的缘故罢，在这一点上却很令人想起安特路朗（Andrew Lang）来。《金枝上的叶子》共有九十一篇，大都奇诡可读，我最喜欢那些讲妖婆的，因为觉得西方的妖婆信仰及其讨伐都是很有意义的事，但是那些都长一点，现在只挑选了短的一篇《理查伦主教的魔鬼》译出以见一斑，云原文见《金枝》卷七《罪羊》中也：

没有在拉巴陀冰冻的海岸的爱思吉摩人，也没有在吉亚拿闷热的森林的印第安人，也没有在孟加拉树林里发抖的印度人，比那十三世纪上半主持显达耳地方西妥派修道院的理查伦更怕恶鬼，觉得他们永远在他周围的。在他那奇怪的著作所谓《启示录》里他表明怎么时时刻刻的为魔鬼所扰，这个东西他虽然不能看见，却能够听见，他把所有肉体上的苦痛与精神上的缺点都归罪于他们。假如他觉得烦躁，他相信这种心情是魔鬼的力量给他造成的。假如他鼻上发生皱纹，假如他下唇拖下，那么魔鬼又得负责，咳嗽，头风，吐痰，唾沫，那如无超自然的鬼怪的缘因是不会有的。假如在秋天好太阳的早晨他在果园散步，这位肥胖的主教弯腰去拾起一个夜间落下的熟果子，那时血液升到他紫色的脸上来，这也由于他那看不见的敌人的主使。假如主教睡不着在床上转侧，月光从窗间照进来，把窗棂的影子映在房内地板上像是一条条的黑棒，这使他醒着的也决不是跳蚤或其他，不，他明智的说道，虫豸是并不真会咬人的，——他们似乎的确咬了人，但这都是魔鬼的把戏。假如一个道友在卧室内打呼，那难听的声音并不出于他，却是从那躲在他身里的魔鬼发出来的。对于身体上和精神上的一切不适的原因这样的看去，那么主教所开的药方不是本草上所有也不是药铺里所能买到，这正是当然的了。这大部分是圣水和十字架的符号，他特别推荐画十字当做治跳蚤咬的单方。

〔1934年2月21日《大公报》/《夜读抄》〕

希腊神话一

哈理孙女士（Jane Ellen Harrison）生于一八五〇年，现在该有八十四岁了，看她过了七十还开始学波斯文，还从俄文翻译两种书，那么可见向来是很康健的罢。我最初读到哈理孙的书是在民国二年，英国的“家庭大学丛书”中出了一本《古代艺术与仪式》（*Ancient Art and Ritual*，一九一三），觉得她借了希腊戏曲说明艺术从仪式转变过来的情形非常有意思，虽然末尾大讲些文学理论，仿佛有点儿鹘突，《希腊的原始文化》的著者罗士（R. T. Rose）对于她著作表示不满也是为此。但是这也正因为大胆的缘故，能够在沉闷的希腊神话及宗教学界上放进若干新鲜的空气，引起一般读者的兴趣，这是我们非专门家所不得不感谢她的地方了。

哈理孙是希腊宗教的专门学者，重要著作我所有的有这几部，《希腊宗教研究绪论》（*Prolegomena to the Study of Greek Religion*，一九二二，三版），《德米思》（*Themis*，一九二七，二版），《希腊宗教研究结论》（*Epilegomena*，一九二一），其 *Alpha and Omega*（或可译作《一与亥》乎？）一种未得，此外又有三册小书，大抵即根据上述诸书所编，更简要可诵。一为“我们对于希腊罗马的负债”丛书（*Our Debt to Greece and Rome*）的第二十六编《神话》（*Mythology*，一九二四），虽只是百五十页的小册，却说的很得要领，因为他不讲故事，只解说诸神的起源及其变迁，是神话学而非神话集的性质，于了解神话上极有用处。二为“古今宗教”丛书中的《古代希腊的宗教》（*Religion of Ancient Greece*，一九〇五），寥寥五六十页，分神话、仪式、秘法三节，很简练地说明希腊宗教的性质及其成分。三为《希腊罗马的神话》（*Myths of Greece and*

Rome，一九二七），是彭恩六便士丛书之一，差不多是以上二书的集合，分十二小节，对于阿林坡思诸神加以解释，虽别无新意，但小册廉价易得，于读者亦不无便利。好的希腊神话集在英文中固然仓卒不容易找，好的希腊神话学更为难求，哈理孙的这些小书或者可以算是有用的入门书罢。

《希腊罗马的神话》引言上说：

> 希腊神话的研究长久受着两重严重的障害。其一，直至现世纪的起头，希腊神话大抵是依据罗马或亚力山大的中介而研究的。一直到很近的时代，大家总用了拉丁名字去叫那希腊诸神，如宙斯（Zeus）是约夫（Jove），海拉（Hera）是由诺（Juno），坡塞同（Poseidon）是涅普条因（Neptune）之类。我们不想来打死老虎，这样的事现在已经不实行了。现在我们知道，约夫并不就是宙斯，虽然很是类似，密涅伐（Minerva）也并不就是雅典娜（Athena）。但是一个错误——因为更微妙所以也更危险的错误依然存留着。我们弃掉了拉丁名字，却仍旧把拉丁或亚力山大的性质去加在希腊诸神的上边，把他们做成后代造作华饰的文艺里的玩具似的神道。
>
> 希腊的爱神不再叫作邱匹德（Cupid）了，但我们心里都没有能够去掉那带弓箭的淘气的胖小儿的印象，这种观念怕真会使得德斯比亚本地崇拜爱神的上古人听了出惊罢，因为在那里最古的爱洛斯（Eros，爱神）的像，据说原来是一块未曾雕琢的粗石头呀。
>
> 第二个障害是，直到近时希腊神话的研究总是被看作全然附属于希腊文学研究之下。要明白理解希腊作家——如诗人戏曲家以至哲学家的作品，若干的神话知识向来觉得是必要的。学者无论怎么严密地应用了文法规则之后，有时还不能不去查

一下神话的典故。所以我们所有的并不是神话史，不是研究神话如何发生的书，却只是参考检查用的神话辞典。总而言之，神话不被当作一件他的本身值得研究的东西，不是人类精神历史的一部分，但只是附随的，是文学的侍女罢了。使什么东西居于这样附随的地位，这就阻止他不能发达，再也没有更有效的方法了。

还有一层，研究希腊神话而不注意仪式一方面，也是向来的缺点。《神话》引言中说：

> 各种宗教都有两种分子，仪式与神话。第一是关于他的宗教上一个人之所作为，即他的仪式。其次是一个人之所思索及想像，即他的神话，或者如我们愿意这样叫，即他的神学。但是他的作为与思索却同样地因了他的感觉及欲求而形成的。

神话与仪式二者的意义往往互相发明，特别像希腊宗教里神话的转变很快，后来要推想他从前的意思和形式①，非从更为保守的仪式中间去寻求难以得到线索，哈理孙的工作在这里颇有成就。她先从仪式去找出神话的原意，再回过来说明后来神话变迁之迹，很能使我们了解希腊神话的特色，这是很有益的一点。关于希腊神话的特别发达而且佳妙的原因，在《古代希腊的宗教》中很简明的说过：

> 希腊的宗教的材料，在神学（案即神话）与仪式两部分，在发展的较古各时期上，大抵与别的民族的相同。我们在那里可以找到鬼魂精灵与自然神，祖先崇拜，家族宗教，部落宗教，神之人形化，神国之组织，个人宗教，魔术，祓除，祈祷，祭献，人类宗教的一切原质及其变化。希腊宗教的特色并

【锺校】

① “式”原作“守”。

> 不是材料，只在他的运用上。在希腊人中间宗教的想像与宗教的动作，虽然在他们行为上并非全无影响，却常发动成为人类活动的两种很不相同的形式，——此二者平常看作与宗教相远的，其实乃不然。这两种形式是艺术，文字的或造形的，与哲学。
>
> 凭了艺术与哲学的作用，野蛮分子均被消除，因为愚昧丑恶与恐怖均因此净化了，宗教不但无力为恶，而且还有积极的为善的能力了。

《神话》第三章《论山母》中关于戈耳共（Gorgon）的一节很能具体的证明上边所说的话，其末段云：

> 戈耳共用了眼光杀人，它看杀人，这实在是一种具体的恶眼（Evil Eye）。那分离的头便自然地帮助了神话的作者。分离的头，那仪式的面具，是一件事实。那么，那没有身子的可怕的头是那里来的呢？这一定是从什么怪物的身上切下来的，于是又必须有一个杀怪物的人，贝尔修斯（Perseus）便正好补这个缺。所可注意的是希腊不能在他们的神话中容忍戈耳共的那丑恶。他们把它变成了一个可爱的含愁的女人的面貌。照样，他们也不能容忍那地母的戈耳共形相。这是希腊的美术家与诗人的职务，来洗除宗教中的恐怖分子。这是我们对于希腊的神话作者的最大的负债。

哈理孙写有一篇自传，当初登在《国民》杂志（*The Nation*）上，后又单行，名曰《学子生活之回忆》（*Reminiscences of a Student's Life*，一九二五）。末章讲到读书，说一生有三部书很受影响，一是亚列士多德的《伦理学》，二是柏格孙的《创造的进化》，三是弗洛伊特的《图腾与太步》（*Totemism and Taboo*），而《金枝》（*The Golden Bough*）前后的人类学考古学的书当然也很有关系，因为古典学者因此知道比较人类学在了解希腊拉丁的文化很有帮助了。

> 泰勒（Tylor）写过了也说过了，斯密斯（Robertson Smith）为异端而流放在外，已经看过东方的星星了，可是无用，我们古典学者的聋蛇还是塞住了我们的耳朵，闭上了我们的眼睛。但是一听到《金枝》这句咒语的声音，眼上的鳞片便即落下了，我们听见，我们懂得了。随后伊文思（Arthur Evans）出发到他的新岛去，从它自己的迷宫里打电报来报告牛王（Minotauros）的消息，于是我们不得不承认这是一件重要的事件，这与荷马问题有关了。

《回忆》中讲到所遇人物的地方有些也很有意思，第二章《坎不列治与伦敦》起首云：

> 在坎不列治许多男女名流渐渐与我的生活接触起来了。女子的学院在那时是新鲜事情，有名的参观人常被领导来看我们，好像是名胜之一似的。屠格涅夫（Turgenev）来了，我被派去领他参观。这是千载一时的机会。我敢请他说一两句俄文听听么？他的样子正像一只和善的老的雪白狮子。阿呀，他说的好流利的英文，这是一个重大的失望。后来拉斯金（Ruskin）来了。我请他看我们的小图书馆。他看了神气似乎不很赞成。他严重地说道，青年女子所读的书都该用白牛皮纸装钉才是。我听了悚然，想到这些红的摩洛哥和西班牙皮装都是我所选定的。几个星期之后那个老骗子送他的全集来给我们，却全是用深蓝色的小牛皮装的！

末了记述一件很有趣的事：

> 我后来在纽能学院所遇见的最末的一位名人即是日本的皇太子。假如你必须对了一个够做你的孙子的那样年青人行敬礼，那么这至少可以使你得点安慰，你如知道他自己相信是

神。正是这个使我觉得很有趣。我看那皇太子非常的有意思。他是很安详，有一种平静安定之气，真是有点近于神圣。日本文是还保存着硬伊字音的少见的言语之一种。所有印度欧罗巴语里都已失掉这个音，除俄罗斯文外，虽然有一个俄国人告诉我，他曾听见一个伦敦卖①报的叫比卡迭利（Piccadilly）的第三音正是如此。那皇太子的御名承他说给我听有两三次，但是，可惜，我终于把它忘记了。

所谓日本的硬伊字音不知道是怎么一回事，假如这是俄文里好像是ы或亚拉伯数字六十一那样的字，则日本也似乎没有了，因为我们知道日本学俄文的朋友读到这音也十分苦斗哩，——或者这所说乃是朝鲜语之传讹乎。

结论的末了说：

在一个人的回忆的末后似乎该当说几句话，表示对于死之来临是怎样感想。关于死的问题，在我年青的时候觉得个人的不死是万分当然的。单一想到死就使得我暴躁发急。我是那样执著于生存，我觉得敢去抗拒任何人或物，神，或魔鬼，或是运命她自己，来消灭我。现在这一切都改变了。假如我想到死，这只看作生之否定，一个结局，一条末了的必要的弦罢了。我所怕的是病，即坏的错乱的生，不是怕的死。可是病呢，至现在为止，我总逃过了。我于个人的不死已没有什么期望，就是未来的生存也没有什么希求。我的意识很卑微地与我的身体同时开始，我也希望他很安静地与我的身体一同完了。

“会当长夜眠，无复觉醒时。”

【锺校】

① “卖”原作“买”。

那么这里是别一个思想。我们现在知道在我们身内带着生命的种子，不是一个而是两个生命，一是种族的生命，一是个人的生命。种族的生命维持种族的不死，个人的生命却要受死之诱惑，这种情形也是从头就如此的。单细胞动物确实是不死的，个人的复杂性却招到了死亡。那些未结婚的与无儿的都和种族的不死割断了关系，献身于个人的生活，——这是一条侧线，一条死胡同，却也确是一个高上的目的。因了什么奇迹我免避了结婚，我也不知道，因为我一生都是在爱恋中的。但是，总而言之，我觉得喜欢。我并不怀疑我是损失了许多，但我很相信得到的更多。结婚至少在女人方面要妨害两件事，这正使我觉得人生有光荣的，即交际与学问。我对于男子所要求的是朋友，并不是丈夫。家庭生活不曾引动过我。这在我看去顶好也总不免有点狭隘与自私，顶坏是一个私地狱。妻与母的职务不是一件容易事，我的头里又满想着别的事情，那么一定非大失败不可。在别方面，我却有公共生活的天赋才能，我觉得这种生活是健全，文明，而且经济地正当。我喜欢宽阔地却也稍朴素地住在大屋子里，有宽大的地面与安静的图书馆。我喜欢在清早醒来觉得有一个大而静的花园围绕着。这些东西在私人的家庭里现已或者即将不可能了，在公共生活里却是正当而且是很好的。假如我从前很富有，我想设立妇女的一个学问团体，该有献身学术的誓言和美好的规律与习惯。但在现在情形之下，我在一个学院里过上多年的生活也就觉得满足了。我想文化前进的时候家庭生活如不至于废灭，至少也将大大的改变收缩了罢。

老年是，请你相信我，一件好而愉快的事情。这是真的，你被轻轻地挤下了戏台，但那时你却可以在前排得到一个很好的座位去做看客，而且假如你已经好好地演过了你的戏，那么你也就很愿意坐下来看看了。一切生活都变成没有以前那么紧张，却更柔软更温暖了。你可以得到种种舒服的，身体上的小小自由，你可以打着瞌睡听干燥的讲演，倦了可以早点去睡觉。

少年人对你都表示一种尊敬，这你知道实在是不敢当的。各人都愿意来帮助你，似乎全世界都伸出一只好意的保护的手来。你老了的时候生活并没有停住，他只发生一种很妙的变化罢了。你仍旧爱着，不过你的爱不是那烧得鲜红的火炉似的，却是一个秋天太阳的柔美的光辉。

你还不妨仍旧恋爱下去，还为了那些愚蠢的原因，如声音的一种调子，凝视的眼睛的一种光亮，不过你恋的那么温和就是了。在老年时代你简直可以对男子表示你喜欢和他在一起而不致使他想要娶你，或是使他猜想你是想要嫁他。

这末了几节文章我平常读了很喜欢，现在趁便就多抄了些，只是译文很不惬意，但也是无法，请读者看其大意可也。

［1934 年 3 月《青年界》/《夜读抄》］

《清嘉录》

《清嘉录》十二卷，吴县顾禄著，记述吴中岁时土俗，颇极详备，光绪戊寅（一八七八）有重刊本，在《啸园丛书》中，现今甚易得。原书初刊于道光中，后在日本翻刻，啸园葛氏所刻已是第三代，所谓孙子本矣，校雠不精，多有讹字，唯其流通之功不可没耳。

顾禄字总之，又字铁卿，所著书除《清嘉录》外，寒斋仅有《颐素堂丛书》八种，《颐素堂诗钞》六卷。丛书中第五种曰《御舟召见恭纪》为其高祖嗣立原著，第七种《山堂五箴》为其友韦光黻著，第四种《烟草录》与褚逢椿共著，馀皆顾氏自作。其一曰《雕虫集》，内小赋三十四篇。二曰《紫荆花院排律》，凡试帖诗四十首。三曰《骈香俪艳》，仿《编珠》之例，就花木一类，杂采典故，列为百五十偶。六曰《省闱日纪》，道光壬午（一八二二）秋与韦光黻应乡试纪行之作，七月朔至八月二十日，共历五十日。八曰《买田二十约》，述山居生活的理想，简而多致。以上五书均可以窥见作者的才情韵致，而《日纪》与《二十约》尤佳。如《二十约》之十九曰：

> 约，酒酣灯灺，间呼子墨，举平日乡曲所目经耳历者，笔之于简，以恣滑稽调笑，至如朝事升沉，世情叵测，居山不应与闻。

《日纪》在八月项下云：

> 十七日戊午，平明出万绿山庄，万枝髡柳，烟雨迷离，舟中遥望板屋土墙，幽邃可爱。舟人挽纤行急，误窜入罾网中，遂至勃豀。登岸相劝，几为乡人所窘，偿以百钱，始悻悻散。行百馀里，滩险日暮，不敢发，约去港口数里泊。江潮大来，荻芦如雪，肃肃与风相搏。

推窗看月，是夕正望，宛如紫金盘自水中涌出。水势益长，澎湃有声。与君绣侣梅纵谈，闻金山蒲牢声，知漏下矣，覆絮衾而眠。

正可说大有《吴船》之嗣响也。

《颐素堂诗钞》六卷，共古今体诗三百二首，道光乙酉年（一八二五）刊本，刻甚精工。诗中大抵不提岁月，故于考见作者生活方面几乎无甚用处，唯第三卷诗三十七首皆咏苏州南京中间景物，与《省闱日纪》所叙正合，知其为道光壬午秋之作耳。《雕虫集》刊于嘉庆戊寅（一八一八），褚逢椿序云，顾君总之髫龄时所撰也。《颐素堂诗钞》出版于七年后，林衍源序云，总之之才为天所赋，尚在少年，而诗之多且工若是，是则可传也。约略因此可以知其年辈，其生卒出处则仍未知其详。至于诗，诸家序跋题词虽然很是称扬，但在我外行看去却并不怎么好，卷五中这一首诗似乎要算顶好了，题曰《过某氏园》：

我昔曾经此，春风绕砌香。
今来能几日，青草似人长。
风竹忽敲户，雨花时堕墙。
谁将盛罗绮，珍重惜韶光。

《清嘉录》十二卷这恐怕是顾氏最重大的业绩了罢。如顾承序中所说：

荟萃群书，自元日至于岁除，凡吴中掌故之可陈，风谣之可采者，莫不按节候而罗列之，名之曰《清嘉录》，洵吾吴未有之书也。

凡每卷记一月的事情，列项目共二百四十二，纪述之后继以征引，间加考证。如顾日新序中所说：

访诸父老，证以前闻，纠缪摘讹，秩然有体。庄子谓道在蝼蚁，道在尿溺。夫蝼蚁尿溺至微且浊矣，而不嫌每下而愈况，盖天地之至道贯于日用人事，其传之于世者皆其可笔之于书者也。

称赞与辩解混合的说法在当时大约也不可少，其意思也有几分道理，不过未免说的旧式一点罢了。我们对于岁时土俗为什么很感到兴趣，这原因很简单，就为的是我们这平凡生活里的小小变化。人民的历史本来是日用人事的连续，而天文地理与物候的推移影响到人事上，便生出种种花样来，大抵主意在于实用，但其对于季节的反应原是一样的。在中国诗歌以及绘画上这种情形似乎亦很显著，普通说文学滥调总是风花雪月，但是滥调则不可（凡滥调均不可），风花雪月别无什么毛病，何足怪乎。池塘生春草，园柳变鸣禽，这与看见泥土黑了想到可以下种，同是对于物候变迁的一种感觉，这里不好说雅俗之分，不过实者为实用所限，感触不广，华或虚者能引起一般的兴趣，所以仿佛更多诗意了。在这上面再加上地方的关系，更是复杂多趣，我们看某处的土俗，与故乡或同或异，都觉得有意味，异可资比较，同则别有亲近之感。《清嘉录》卷四记立夏日风俗，其“秤人”一条云：

家户以大秤权人轻重，至立秋日又秤之，以验夏中之肥瘠。蔡云《吴歈》云，风开绣阁扬罗衣，认是秋千戏却非，为挂量才上官秤，评量燕瘦与环肥。

南方苦热，又气候潮湿，故入夏人常眠食不服，称曰蛀夏，秤人之俗由是而起，若在北地则无是矣。又卷五记梅雨有“梅水”一条云：

居人于梅雨时备缸瓮收蓄雨水，以供烹茶之需，名曰梅水。徐士鋐《吴中竹枝词》云，阴晴不定是黄梅，暑气薰蒸润绿苔，瓷瓮竞装天雨水，烹茶时候客初来。案长元吴志皆载梅天多雨，雨水极佳，蓄之瓮中，水味经年不变。又《昆新合志》云，人于初交霉时备缸瓮贮雨，以其甘滑胜山泉，嗜茶者所珍也。

正如卷首例言所说：“吴越本属一家，而风土大略相同，故书中杂引浙俗为最繁。”这里记的原是吴俗，而在我读了简直觉得即是故乡的事情了。我们在北京住惯了的平常很喜欢这里的气候风土，不过有时想起江浙的情形来也别有风致，如大石板的街道，圆洞的高大石桥，砖墙瓦屋，瓦是一片片的放在屋上，不要说大风会刮下来，就是一头猫走过也要格格的响的。这些都和雨有关系。南方多雨，但我们似乎不大以为苦。雨落在瓦上，瀑布似的掉下来，用竹水溜引进大缸里，即是上好的茶水。在北京的屋瓦上是不行的，即使也有那样的雨。出门去带一副钉鞋雨伞，有时候带了几日也常有，或者不免淋得像落汤鸡，但这只是带水而不拖泥，石板路之好处就在此。不过自从维新志士拆桥挖石板造马路拉东洋车之后情形怕大不相同了，街上走走也得拖泥带水，目下唯一馀下的福气就只还可以吃口天落水了罢。从前在南京当学生时吃过五六年的池塘水，因此觉得有梅水可吃实在不是一件微小的福气呀。

［附记］

案明谢在杭《五杂组》卷三云：

闽地近海，井泉水多咸，人家惟用雨水烹茶，盖取其易致而不臭腐，然须梅雨者佳。江北之雨水不堪用者，屋瓦多粪土也。

又卷十一云：

闽人苦山泉难得，多用雨水，其味甘不及山泉而清过之。然自淮而北则雨水苦黑，不堪烹茶矣，惟雪水冬月藏之，入夏用乃绝佳。夫雪固雨所凝也，宜雪而不宜雨，何故？或曰，北地屋瓦不净，多秽泥涂塞故耳。

此两节均说明北方雨水不能用之故，可供参证。

［1934 年 3 月 10 日《大公报》/《夜读抄》］

《五老小简》

《五老集》又名《五老小简》，不知系何人所编，我所有的一册是日本庆安三年（一六五〇）重刊本，正当清初顺治七年，原本或者是明人编选的罢。书凡二卷，共分五部，上卷之一为苏东坡，二为孙仲益，下卷之一为卢柳南，二为方秋崖，三为赵清旷，桂未谷跋《颜氏家藏尺牍》（今刻入《海山仙馆丛书》中）云："古人尺牍不入本集，李汉编昌黎集，刘禹锡编河东集，俱无之。自欧苏黄吕，以及方秋崖卢柳南赵清旷，始有专本。"方卢赵的尺牍专本惜未得见，今此书中选有一部分，窥豹一斑，亦是可喜，虽然时有误字，读下去如飞尘入目，觉得少少不快。

前年夏天买得明陈仁锡编的《尺牍奇赏》十四卷，曾题其端云："尺牍唯苏黄二公最佳，自然大雅。孙内简便不免有小家子气，徐更自郐而下矣。从王稚登吴从先下去，便自生出秋水轩一路，正是不足怪也。"这里，在孙与王吴之间，正好把卢方赵放进去，前后联成一气。

我们从东坡说起，就《五老小简》中挑出一两篇为例，如与程正辅之一，谢赐餐云：

> 轼启，漂泊海上，一笑之乐固不易得，况义兼亲友如公之重者乎，但治具过厚，惭悚不已。
>
> 经宿尊体佳胜，承即解舟，恨不克追饯。涉履甚厚重，早还为望。不宣。

又如与毛泽民，谢惠茶云：

> 轼启，寄示奇茗，极精而丰，南来未始得也。亦时复有山僧逸民，可与共赏，此外但缄而去之尔。佩荷厚意，永以

为好。

随手写来，并不做作，而文情俱胜，正到恰好处，此是坡公擅场。孙仲益偶能得其妙趣，但是多修饰，便是毛病。如其贺孟少傅殿京口云：

伏闻制除出殿京口，长城隐然与大江为襟带，而刘玄德孙仲谋之遗迹犹在也。缓带之馀，持一觞以酹江月，无愧于古人矣。

此简在《内简尺牍》及《五老集》均在卷首，便取以为例。又与前人，谢惠茶云：

伏蒙眷记，存录故交，小团斋酿，遣骑驰贶，谨已下拜，便欲牵课小诗占谢，衰老废学，须小间作捻髭之态也。

前者典太多，近于虚文，后者捻髭之态大可不作，一作便有油滑气，虽然比起后人来还没有那么俗。现在再将卢方赵三公的小简抄出为例，各取其卷首的一篇，以免有故意挑剔之弊。

卢柳南答人约观状元云：

圣天子策天下英豪而赐之官，为首选者既拜命，拥出丽正门，黄旗塞道，青衫被体，马蹄蹀躞，望灞头而去，观者云合，吁！亦荣矣。然子欲为观人者乎，欲为人所观者乎。若欲为人所观，则移其所以观人者观书。

方秋崖回惠海错云.

某以贫故食无鱼，以旱故羹无蔬，日煮涧泉，饭脱粟耳。海物惟错，半含苍潮，所谓眼中顿有两玉人也。

赵清旷贺人架楼云：

某兹审华楼经始，有烨其光，门下修五凤楼手段，规模自是宏阔，将见百尺告成，笑语在天上矣。

这几篇尺牍看去都很漂亮，实在是不大高明，其毛病是，总说一句，尺牍又变成古文了。尺牍向来不列入文章之内，虽然“书”是在内，所以一个人的尺牍常比“书”要写得好，因为这是随意抒写，不加造作，也没有畴范，一切都是自然流露。但是如上文所说，自欧苏以后尺牍有专本，也可以收入文集了，于是这也成为文章，写尺牍的人虽不把他与“书”混同，却也换了方法去写，结果成了一种新式古文，这就有点不行了。桐城派的人说做古文忌用尺牍语，却不知写尺牍也正忌做古文，因为二者正是针锋相对地不同。上边卢的一篇却是八大家手笔，或者可以说是王半山的一路罢？方赵则是六朝谢启之化骈为散者，颇适宜于枯窘及典制题，不过情趣索然，这正是副启又变做正启之故也。我们再举后来几家，这种情形更为明显，如《尺牍奇赏》中所选王百穀九日邀友人云：

空斋无一枝菊，大为五柳先生揶揄。但咏满城风雨近重阳，便昏昏欲睡，足下幸过我一破寂寥。

又送笔云：

惟此毛锥子，铦锋淬砺，一扫千军，知子阔钟王之门，得江淹之梦，谨令听役左右。

又吴从先借木屐云：

雨中兀坐，跬步难移，敢借木屐为半日之用，虽非赌墅之游，敢折东山之齿。

把这些与东坡去比，真觉得相去太远了。明季这群人中到底要算袁中郎最好，有东坡居士之风，归钱也有可取，不过是别一路，取其还实在罢了。

[附记]

《茶香室四钞》卷十有《宋人小简》一则，引宋朱弁《曲洧旧闻》云：

旧说欧阳公虽作一二十字小简亦必属稿，然明白平易，若未尝经意者，东坡大抵相类，至黄鲁直始专集取古人才语以叙事，士大夫翕然从之，亦一时所尚而已。方古文未行时，虽小简亦多用四六，而世所传宋景文《刀笔集》务为奇险，至或作三字韵语，近世盖未之见。予在馆中时盛暑，傅崧卿给事以冰馈同舍，其简云："蓬莱道山，群仙所游，清异人境，不风自凉，火云腾空，莫之能炎，饷之冰雪，是谓附益。"读者莫解，或曰，此《灵棋经》耶？一坐大笑。

明谢肇淛《五杂组》卷十四云：

近时文人墨客，有以浅近之情事而敷以深远之华，以寒暄之套习而饰以绮绘之语，甚者词藻胜而谆切之谊反微，刻画多而往复之意弥远。此在笔端游戏，偶一为之可也，而动成卷帙，其丽不亿，始读之若可喜，而十篇以上稍不耐观，百篇以上无不呕哕矣。而啖名俗子裒然千金享之，吾不知其解也。

此盖对王百穀等人而发，所说亦颇平允。

[1934 年 3 月 28 日《大公报》/《夜读抄》]

厂　甸

琉璃厂是我们很熟的一条街。那里有好些书店，纸店，卖印章墨合子的店，而且中间东首有信远斋，专卖蜜饯糖食，那有名的酸梅汤十多年来还未喝过，但是杏脯蜜枣有时却买点来吃，到底不错。不过这路也实在远，至少有十里罢，因此我也不常到琉璃厂去，虽说是很熟，也只是一个月一回或三个月两回而已。然而厂甸又当别论。厂甸云者，阴历元旦至上元十五日间琉璃厂附近一带的市集，游人众多，如南京的夫子庙，吾乡的大善寺也。南新华街自和平门至琉璃厂中间一段，东西路旁皆书摊，西边土地祠中亦书摊而较整齐，东边为海王村公园，杂售儿童食物玩具，最特殊者有长四五尺之糖胡卢及数十成群之风车，凡玩厂甸归之妇孺几乎人手一串。自琉璃厂中间往南一段则古玩摊咸在焉，厂东门内有火神庙，为高级古玩摊书摊所荟萃，至于琉璃厂则自东至西一如平日，只是各店关门休息五天罢了。厂甸的情形真是五光十色，游人中各色人等都有，摆摊的也种种不同，适应他们的需要，儿歌中说得好：

> 新年来到，糖瓜祭灶。
>
> 姑娘要花，小子要炮。
>
> 老头子要戴新呢帽，
>
> 老婆子要吃大花糕。

至于我呢，我自己只想去看看几册破书，所以行踪总只在南新华街的北半截，迤南一带就不去看，若是火神庙那简直是十里洋场，自然更不敢去一问津了。

说到厂甸，当然要想起旧历新年来。旧历新年之为世诟病也久矣，维新志士大有灭此朝食之概，鄙见以为可不必也。问这有多少害处？大抵答语是废时失业，花钱。其实最享乐旧新年的农工商，他们在中国是最勤勉的人，平日不像官吏教员学生有七日一休沐，真是所谓终岁作苦，这时候闲散几天也不为过，还有那些小贩趁这热闹要大做一批生意，那么正是他们工作最力之时了。过年的消费据人家统计也有多少万，其中除神马炮仗等在我看了也觉得有点无谓外，大都是吃的穿的看的玩的东西，一方面需要者愿意花这些钱换去快乐，一方面供给者出卖货物得点利润，交易而退，各得其所，不见得有什么地方不对。假如说这钱花得冤了，那么一年里人要吃一千多顿饭，算是每顿一毛共计大洋百元，结果只做了几大缸粪，岂不也是冤枉透了么？饭是活命的，所以大家以为应该吃，但是生命之外还该有点生趣，这才觉得生活有意义，小姑娘穿了布衫还要朵花戴戴，老婆子吃了中饭还想买块大花糕，就是为此。旧新年除与正朔不合外别无什么害处，为保存万民一点生趣起见，还是应当存留，不妨如从前那样称为春节，民间一切自由，公署与学校都该放假三天以至七天。——话说得太远了，还是回过来谈厂甸买书的事情罢。

厂甸的路还是有那么远，但是在半个月中我去了四次，这与玄同半农诸公比较不免是小巫之尤，不过在我总是一年里的最高纪录了。二月十四日是旧元旦，下午去看一次，十八十九廿五这三天又去，所走过的只是所谓书摊的东路西路，再加上土地祠，大约每走一转要花费三小时以上。所得的结果并不很好，原因是近年较大的书店都矜重起来，不来摆摊，摊上书少而价高，像我这样"爬螺蛳船"的渔人无可下网。然而也获得几册小书，觉得聊堪自慰。

其一是《戴氏注论语》二十卷合订一册，大约是戴子高送给谭仲修的罢，上边有"复堂所藏"及"谭献"这两方印。这书摆在东路南头的一个摊上，我问一位小伙计要多少钱，他一查书后粘着的纸片上所写"美元"字样，答说五元。我嫌贵，他说他也觉得有点贵，但是定价要五元。我给了两元半，他让到四元半，当时就走散了。后来把这件事告诉玄同，请他去巡阅的时候留心一问，承他买来就送给我，书末写了一段题跋云：

民国廿三年二月廿日启明游旧都厂甸肆，于东莞伦氏之通学斋书摊见此谭仲修丈所藏之戴子高先生《论语注》，悦之，以告玄同，翌日廿一玄同往游，遂购而奉赠启明。

跋中廿日实是十九，盖廿日系我写信给玄同之日耳。

其二是《白华绛柎阁诗》十卷，二册一函。此书我已前有，今偶然看见，问其价亦不贵，遂以一元得之。《越缦堂诗话》的编者虽然曾说："清季诗家以吾越李莼客先生为冠，《白华绛柎阁集》近百年来无与辈者。"我于旧诗是门外汉，对于作者自己"夸诩殆绝"的七古更不知道其好处，今买此集亦只是乡曲之见。诗中多言及故乡景物，殊有意思，如卷二《夏日行柯山里村》一首云：

溪桥才度庳篷船，村落阴阴不见天。

两岸屏山浓绿底，家家凉阁听鸣蝉。

很能写出山乡水村的风景，但是不到过的也看不出好来罢。

其三是两册丛书零种，都是关于陆氏《草木鸟兽虫鱼疏》的，即焦循的《诗陆氏疏疏》，"南菁丛刻"本，与赵佑的《毛诗陆疏校正》，聚学轩本。我向来很喜欢陆氏的虫鱼疏，只是难得好本子，所有的就是毛晋的《陆疏广要》和罗振玉的新校正本，而罗本又是不大好看的仿宋排印的，很觉得美中不足。赵本据《郘亭书目》说它好，焦本列举引用书名，其次序又依《诗经》重排，也有他的特长，不过收在大部丛书中，无从抽取，这回都得到了，正是极不易遇的偶然。翻阅一过，至"流离之子"一条，赵氏案语中云：

窃以鸮枭自是一物，今俗所谓猫头鹰，……哺其子既长，母老不能取食以应子求，则挂身树上，子争啖之飞去，其头悬着枝，故字从木上鸟，而枭首之象取之。

猫头鹰之被诬千馀年矣，近代学者也还承旧说，上文更是疏状详明有若目击，未免可笑。学者笺经非不勤苦，而于格物欠下工夫，往往以耳为目。赵书成于乾隆末，距今百五十年矣，或者亦不足怪，但不知现在何如，相信枭不食母与乌不反哺者现在可有多少人也。

［1934年4月5日《人间世》/《夜读抄》］

鬼的生长

关于鬼的事情我平常很想知道。知道了有什么好处呢？那也未必有，大约实在也只是好奇罢了。古人云，唯圣人能知鬼神之情状，那么这件事可见不是容易办到的，自悔少不弄道学，此路已是不通，只好发挥一点考据癖，从古今人的纪录里去找寻材料，或者能够间接的窥见百一亦未可知。但是千百年来已非一日，载籍浩如烟海，门外摸索，不得象尾，而且鬼界的问题似乎也多得很，尽够研究院里先生们一生的检讨，我这里只提出一个题目，即上面所说的鬼之生长，姑且大题小做，略陈管见，伫候明教。

人死后为鬼，鬼在阴间或其他地方究竟是否一年年的照常生长，这是一个问题。其解决法有二。一是根据我们这种老顽固的无鬼论，那未免文不对题，而且也太杀风景。其次是普通的有鬼论，有鬼才有生长与否这问题发生，所以归根结底解决还只有这唯一一法。然而有鬼虽为一般信士的定论，而其生长与否却言人人殊，莫宗一是。清纪昀《如是我闻》卷四云：

> 任子田言，其乡有人夜行，月下见墓道松柏间有两人并坐，一男子年约十六七，韶秀可爱，一妇人白发垂项，伛偻携杖，似七八十以上人，倚肩笑语，意若甚相悦，窃讶何物淫妪，乃与少年儿狎昵，行稍近，冉冉而灭。次日询是谁家冢，始知某早年夭折，其妇孀守五十馀年，殁而合窆于是也。

照这样说，鬼是不会生长的，他的容貌年纪便以死的时候为准。不过仔细想起来，其间有许多不方便的事情，如少夫老妻即是其一，此外则子老父幼，依照礼法温清定省所不可废，为儿子者实有竭蹶难当之势，甚可悯也。又如世间法不禁再婚，贫儒为宗嗣而续弦，死后便有好几房扶养的责任，则此老翁亦大可念，再醮妇照俗信应锯而分之，前夫得此一片老躯，更将何所用之耶。宋邵伯温《闻见录》十八云：

李夫人生康节公，同堕一死胎，女也。后十馀年，夫人病卧，见月色中一女子拜庭下，泣曰，母不察，庸医以药毒儿，可恨。夫人曰，命也。女曰，若为命，何兄独生？夫人曰，汝死兄独生，乃命也。女子涕泣而去。又十馀年，夫人再见女子来泣曰，一为庸医所误，二十年方得受生，与母缘重故相别。又涕泣而去。

曲园先生《茶香室三钞》卷八引此文，案语云：

此事甚异，此女子既在母腹中死，一无知识之血肉耳，乃死后十馀年便能拜能言，岂死后亦如在人间与年俱长乎？

据我看来，准邵氏《闻见录》所说，鬼的与年俱长确无疑义。假如照这个说法，纪文达所记的那年约十六七的男子应该改为七十几岁的老翁，这样一来那篇故事便不成立，因为七八十以上的翁媪在月下谈心，虽然也未免是“马齿长而童心尚在”，却并不怎么的可讶了。还有一层，鬼可见人而人不见鬼，最后松柏间相见，翁鬼固然认得媪，但是媪鬼那时如无人再为介绍，恐怕不容易认识她的五十馀年前的良人了罢。邵纪二说各有短长，我们凡人殊难别择，大约只好两存之罢，而鬼在阴间是否也是分道扬镳，各自去生长或不生长呢，那就不得而知了。鬼不生长说似普通，生长说稍奇，但我却也找到别的材料，可以参证。《望杏楼志痛编补》一卷，光绪己亥年刊，无锡钱鹤岑著，盖为其子杏宝纪念者，正编惜不可得。补编中有《乩谈日记》，纪与其子女笔谈，其三子鼎宝生于己卯四旬而殇，四子杏宝生于辛巳十二岁而殇，三女萼贞生于丁亥五日而殇，皆来下坛。记云：

丙申十二月二十一日晚，杏宝始来。问汝去时十二岁，今身躯加长乎？曰，长。

又云：

丁酉正月十七日，早起扶乩，则先兄韵笙与闰妹杏宝皆在。问先兄逝世时年方二十七，今五十馀矣，容颜亦老乎？曰，老。已留须乎？曰，留。

由此可知鬼之与年俱长，与人无异。又有数节云：

正月二十九日，问几岁有知识乎？曰，三岁。问食乳几年？曰，三年。（此系问鼎宝。）

×

三月二十一日，闰妹到。问有事乎？曰，有喜事。何喜？曰，四月初四日杏宝娶妇。问妇年几何？曰，十三。问请吾辈吃喜酒乎？曰，不。汝去乎？曰，去。要送贺仪乎？曰，要。问鼎宝娶妇乎？曰，娶。产子女否？曰，二子一女。

×

五月二十九日，问杏儿汝妇山南好否？曰，有喜。盖已怀孕也。喜见于何月？曰，五月。何月当产？曰，七月。因问先兄，人十月而生，鬼皆三月而产乎？曰，是。鬼与人之不同如是，宜女年十一而可嫁也。

×

六月十二日，问次女应科，子女同来几人？杏儿代答曰，十人。余大惊以为误，反复诘之，答如故。呼闰妹问之，言与杏儿同。问嫁才五年，何得产许多，岂一年产几次乎？曰，是。余始知鬼与人迥别，几与猫犬无异，前闻杏儿娶妇十一岁，以为无此事，今合而观之，鬼固不可以人理测也。

×

十九日，问杏儿，寿春叔祖现在否？曰，死。死几年矣？

曰，三年。死后亦用棺木葬乎？曰，用。至此始知鬼亦死，古人谓鬼死曰聻，信有之，盖阴间所产者即聻所投也。

以上各节对于鬼之婚丧生死诸事悉有所发明，可为鬼的生活志之材料，很可珍重。民国二十二年春游厂甸，于地摊得此册，白纸木活字，墨笔校正，清雅可喜，《乩谈日记》及《补笔》最有意思，纪述地下情形颇为详细，因虑纸短不及多抄，正编未得到虽亦可惜，但当无乩坛纪事，则价值亦少减耳。吾读此编，觉得邵氏之说已有副署，然则鬼之生长正亦未可否认欤。

我不信鬼，而喜欢知道鬼的事情，此是一大矛盾也。虽然，我不信人死为鬼，却相信鬼后有人，我不懂什么是二气之良能，但鬼为生人喜惧愿望之投影则当不谬也。陶公千古旷达人，其《归园田居》云："人生似幻化，终当归空无。"《神释》云："应尽便须尽，无复更多虑。"在《拟挽歌词》中则云："欲语口无音，欲视眼无光，昔在高堂寝，今宿荒草乡。"

陶公于生死岂尚有迷恋，其如此说于文词上固亦大有情致，但以生前的感觉推想死后况味，正亦人情之常，出于自然者也。常人更执著于生存，对于自己及所亲之翳然而灭，不能信亦不愿信其灭也，故种种设想，以为必继续存在，其存在之状况则因人民地方以至各自的好恶而稍稍殊异，无所作为而自然流露，我们听人说鬼实即等于听其谈心矣。盖有鬼论者忧患的人生之雅片烟，人对于最大的悲哀与恐怖之无可奈何的慰藉，"风流士女可以续未了之缘，壮烈英雄则曰二十年后又是一条好汉"，相信唯物论的便有祸了，如精神倔强的人麻醉药不灵，只好醒着割肉。关公刮骨固属英武，然实亦冤苦，非凡人所能堪受，则其乞救于吗啡者多，无足怪也。《乩谈日记》云：

八月初一日，野鬼上乩，报萼贞投生。问何日，书七月三十日。问何地，曰，城中。问其姓氏，书不知。亲戚骨肉历久不投生者尽于数月间陆续而去，岂产者独盛于今年，故尽去充数耶？不可解也。杏儿之后能上乩者仅留萼贞一人，若斯言果确，则扶鸾之举自此止矣。

读此节不禁黯然。《望杏楼志痛编补》一卷为我所读过的最悲哀的书之一，每翻阅辄如此想。如有大创痛人，饮吗啡剂以为良效，而此剂者乃系家中煮糖而成，路人旁观亦哭笑不得。

自己不信有鬼，却喜谈鬼，对于旧生活里的迷信且大有同情焉，此可见不佞之老矣，盖老朽者有些渐益苛刻，有的亦渐益宽容也。

［1934 年 4 月 21 日《大公报》/《夜读抄》］

《甲行日注》

《甲行日注》八卷，署名木拂纂，原刻在《荆驼逸史》内，民国二年刘承幹重刊，即《叶天寥年谱》下半部。天寥为明末江南名士，夫妇子女皆能文，三女小鸾早死最有名，全家著作合为《午梦堂集》十种，叶德辉有重刊本，又辑刻关于小鸾的文献为《疏香阁遗录》四卷，颇便读者。天寥自著《年谱》二卷，明亡以后隐于佛门，别为日记即《甲行日注》，起乙酉（一六四五）八月，迄戊子九月，凡三年馀。《午梦堂集》和《年谱》我都读过一遍，但最喜欢的还是这部日记，因为到了甲申他已是五十六岁，从前经过了好些恩爱的苦难，现在却又遇着真是天翻地覆的大变动，他受了这番锻炼，除去不少的杂质与火气，所表现出来的情意自然更为纯粹了，虽然情形稍有不同，我觉得黄山谷的《宜州家乘》在这里似乎可以相比。《甲行日注》里所记的是明遗民的生活，所以第一显著的当然是黍离麦秀的感慨，而这里又特别加上种族问题，更觉得痛切了。如《日注》卷一记乙酉九月事云：

> 十七日乙丑，晴暖。宁初又来，云田园尚犹如故，室庐亦幸偷存，故乡风景则半似辽阳以东矣，但村人未吹芦管耳。

又卷六丁亥十二月云：

> 初九日乙亥，晴。晚间枯林戢响，斜月皎幽，东窗对影，一樽黯绝。颜子之乐自在箪瓢，予不堪忧者，家国殄瘁，岂能忘心。李陵所云，胡笳互动，边声四起，独坐听之，不觉泪下。

又卷一乙酉十二月云：

> 三十日戊申，一盏黄昏，含愁卒岁。国破家亡，衣冠扫

地，故国极目，楸陇无依。行年五十馀七，同刘彦和慧地之称，萧然僧舍，长明灯作守岁烛，亦可叹也。

民国癸丑五月刻本刘氏跋中乃云：

闻落叶而悲吟，听胡笳而不寐，拊心暗泣，举目皆非，地何愁而不埋，天胡为而此醉。回忆故园松竹，老屋琴书，未卜何日，重臻清境。人生罹亡国之惨者，类如是也。

为天寥道人咏叹身世，本自不妨，但若“我田引水”，以同调自居，则大可笑，盖清朝“遗老”与明遗民其境况品格迥乎不同，决不可同日而语也。

日记中纪录当时乱离情状亦多可取。苏州不战而降，没有多大杀戮，但即其零星纷扰也含有重大意义，盖在这里可以看出民族的老病来。卷一乙酉十二月云：

初二日庚辰，晴。过临平，零雨濛飞，寒峰隐翠。遇虏运柴，舟人不解事，近之，我舟遂为所夺。非真虏也，即罗木营兵耳，放肆无忌。

又卷二丙戌二月云：

二十七日甲辰，细雨大风。时义兵飙起，皆闾左陇上耕佣，聚千人至我族索饷，不得则一炬焚之。……各予钱米乃止。时队伍未整，虏下索则又鸟鼠散，而平民罹之。

又四月云：

十六日壬辰，晴。义师去，忽安庄虏来，突入将书厨悉毁，简帙抛零满地，《午梦堂集》板碎以供爨，愤余家贫而无物以逞恨也。人有识者，云半是山左诸公家丁所降，我德施而怨报矣。

《续年谱》记乙酉闰六月事云：

廿七日，山左宋玉仲玉叔王敬哉谢德修左萝石夫人挈家避难来投，家丁骁勇善弓马。……余为桑梓保障计，分宅居之，族中亦相率授屋，各为居停。

前后相去，盖才十月也。

陈老莲出家号悔迟，丙戌年有《避难诗》一卷，现刻入《宝纶堂集》中，其《作饭行》序云：

山中日波波三顿，鬻图画之指腕为痛焉，儿子犹悲思一顿饭，悲声时出户庭，予闻之凄然，若为不闻也者。商思闻之，以米见饷，此毋望之福也，犹不与儿子共享毋望之福哉，乃作一顿饭，儿子便欢喜踊跃，歌声亦时出户庭。今小民苦官兵淫杀有日矣，犹不感半古之事功否。感赋。

诗末节云：

鲁国越官吏，江上逍遥师，
避敌甚畏虎，篦民若养狸。
时日曷丧语，声闻于天知，
民情即天意，兵来皆安之。

差不多是同时候的事，可见江浙情形大略相似也。日记中尚有记当时士夫献媚事者，卷二丙戌十一月云：

二十八日庚午，晴。侄孙学山来言吾邑宴虏令之盛，笾豆肴核费至三十馀金，倍席赍从，伶人乐伎，华灯旨酒，俱不在内也。不知虞悰《食疏》中所载何物，耗金钱乃尔。国破民瘼之日，为此滥觞，贡媚腽肭。

又八月中记一事，则寄孤愤于谐趣也：

初二日乙亥，晴。佺往市墟。夜有穿窬，予曰，日来大盗聚党，白昼探丸，此犹昏夜胠发，何其行古之道欤？恨不如王彦方遗以布耳。

日记叙述隐居生活颇为详尽，今抄录数节，可以见其困穷与闲适之趣。

卷一乙酉十二月云：

初七日乙酉，晴。夜金五云持酒一坛大蟹六只至。六人各食一蟹，馀已无他，亦自不俗也。

卷三丙戌十月云：

初六日戊寅，晴大风。……抵暮侍儿以烧栗十枚烘豆一握遗予下酒，置几上去，而樵妪瓶油已罄，无可举灯，点火于枯竹片授予，予左手执竹片，右将倾壶，火忽灭，犹幸馀光未及暗尽，倚短窗下嚼四栗饮三瓯，暗中扪床而寝。

卷五丁亥三月云：

二十八日己巳，午晴。张婿迩求来，家止一臃肿仆，出外借米，厨无度架，不能尽主人情，怅然送别。

小鸾字张氏，未嫁而卒，迩求仍执子婿礼甚恭，日记中曾称道之。又卷二丙戌二月云：

初十日丁巳，晴。初闻黄鹂声，犹忆离家日听雁声也。物换星移，动人感深矣。

卷三同年十月云：

二十八日庚子，阴风冷。茫茫烟景，催流短景。

文词华丽，意思亦不外流连景光，但出在遗民口中，我们也就觉得他别有一种感慨，不能与寻常等视。如卷六丁亥七月云：

十七日丙辰，晴风。夜中偶起，似可三更时分也。洑流薄岸，颓萝压波，白月挂天，苹风隐树。四顾无声，遥村吠犬，鱼棹泼刺，萤火乱飞，极夜景之幽趣矣。

清言俪语，陆续而出，良由文人积习，无可如何，正如张宗子所说，虽劫火猛烈犹烧之不失也。

［1934年5月7日《华北日报》/《夜读抄》］

太　监

中国文化的遗产里有四种特别的东西，很值得注意，照着他们历史的长短排列起来，其次序为太监，小脚，八股文，雅片烟。我这里想要谈的就是这第一种。

中国太监起于何时？曲园先生《茶香室四抄》卷八有“上古有宦者”一条，结果却是否认，文云：

> 明张萱《疑耀》云，余阅《黄帝针经》，帝与岐伯论人不生须者，有宦不生须之语，则黄帝时已有宦者。按此论见《灵枢经》卷十《五音五味篇》。……《素问》《灵枢》皆托之黄帝，张氏据此为黄帝时已有宦者之证，余则转以此语决其非上古之书也。

据说在舜的时代已有五刑，那么这一类刑馀之人也该有了罢，不过我于史学很是荒疏，有点不大明白，总之到周朝此辈奄人的存在与活动才很确实了。德国列希忒（Hans Licht）在所著《古希腊的性生活》（一九三二英译本）第二分第七章中讲到阉割云：

> 此盖是东方的而非希腊的风俗。据希拉尼科思说，巴比伦人最初阉割童儿。此种凶行由居洛士大王传入波斯，克什诺芬云。又通行的传说则谓发明此法者系一女人，其人盖即亚叙利亚女王色米拉米思也。

巴比伦盛于唐虞之际，亚叙利亚则在殷初，皆在周以前，中国民族的此种方法究竟是自己发明，还是从西亚学来，现在无从决定，只好存疑，但是在东亚则中国无疑的是首创者与维持者，盖太监在中国差不多已有三千年的光荣的历史了也。

太监的用处在古书上曾略有说明，如《周礼·秋官》掌戮下云："宫者使守内。"郑玄注："以其人道绝也。"又《后汉书·宦者列传》序云：

《周礼》……阍者守中门之禁，寺人掌女宫之戒。又云，王之正内者五人。《月令》，仲冬命阉尹审门闾，谨房室。《诗》之《小雅》亦有巷伯刺谗之篇。然宦人之在王朝者其来旧矣，将以其体非全气，情志专良，通关中人，易以役养乎。

二者所说用意相同。这宫者的职务虽然与上下文的"墨者使守门，劓者使守关"等似是同例，实际上却并不然。脸上有金印与门，没鼻子与关，都无直接的关系，唯独宫者因其人道绝所以令看守女人，这比请六十岁白胡子老头儿当女学校长还要可靠，真可以算是废物利用的第一良策了。希腊罗马称太监曰典床（Eunuokhos），亦正是此意。

照《周礼》看来是必先有宫者而后派他去守内，那么这宫刑是处罚什么罪的呢？《尚书大传》说："男女不以义交者其刑宫。"揆之原始刑法以牙报牙之例是很有道理的，但毕竟是否如此单纯也还是问题，如鼎鼎大名的太史公之下蚕室就全为的是替李陵辩护，并不由于什么风化案件，大约这只是减死一等的刑罚罢了。倒是在明初却还有那种与古义相合的办法，据蒋一葵《尧山堂外纪》云：

洪武间金华张尚礼为监察御史。一日作宫怨诗云：庭院沉沉昼漏清，闭门春草共愁生，梦中正得君王宠，却被黄鹂叫一声。高帝以其能摹写宫阃心事，下蚕室死。

老实说这诗并不怎么好，也不见得写出宫阃心事，平白地按照男女不以义交办理，可谓冤枉，不过这总可算是意淫之报，有如《玉历钞传》等书中所说。徐釚编《本事诗》卷二载高启《宫女图》一绝句，又引钱谦益语云：

吴中野史载季迪因此诗得祸，余初以为无稽，及观国初昭示诸录所载李韩公子侄诸小侯爰书及高帝手诏豫章侯罪状，初无隐避之词，则知季迪此诗盖有为而作，讽谕之诗虽妙绝今古，而因此触高帝之怒，假手于魏守之狱，亦事理之所有也。

此与张尚礼事正相类，只是没有执行宫刑，却借了别的不相干的事处了腰斩，所以与我们现在所说的问题似无直接的关系罢了。

肉刑到了汉朝据说已废止了，后来的圣主如明高皇帝有时候高兴起来虽然也还偶尔把一两个监察御史去下蚕室，以为善摹写宫阃心事者戒，可是到底没有大批的执行，要想把这些宫者去充内监使用，实在有点供不应求，因此只得另想方法，从新制造了。明朝太监的出产地听说多在福建，清朝则移到直隶的河间。其制造法未得详知，偶见报上记载恐亦多道听涂说，大抵总如巴比伦的阉割童儿罢。宋长白《柳亭诗话》卷十七云：

明制，小阉服药后过堂，令诵二月二十二一句，验其口吃与否。此五字见李义山集，二月二十二，木兰开拆初。服药者，初为椓人也。事隶兵部。

二月二十二这一句话我想未必一定出于李义山，大约只因为有好几个二字，仿佛是拗口令，可以试验口齿伶俐与否，但是使我们觉得很有意思的却是事隶兵部这句话。为什么小阉过堂是属于兵部的呢？据魏浚《峤南琐记》（《砚云乙编》本）云：

汪直，藤峡瑶，藤峡平后以俘入。初正统间尝令南方征剿诸峒，幼童十岁以下者勿杀，割去其势，不死则养之，以备净身之用。此真所谓刑馀也。

这大约只是偶然一回，未必是成例，恰巧与兵部有点相关，所以抄来做材料，也可以知道奄人的别一来源耳。

《顺天府志》卷十三“坊巷志”上本司胡同条引明于慎行《谷城山房笔麈》云：

正德中乐长臧贤甚被宠遇，曾给一品服色。相传教坊司门曾改方向，形家见之曰，此当出玉带数条。闻者笑之。未几上有所幸伶儿，入内不便，诏尽宫之，使入为钟鼓司官，后皆赐玉。

又沈德符《敝帚斋馀谈》（《砚云乙编》）亦云：

正德间教坊司改造前门，有过之者诧曰，异哉术士也，此后当出玉带数条。闻者失笑。未几上爱小优数人，命阉之，留于钟鼓司，俄称上意，俱赏蟒玉。

游龙戏凤的皇帝偶尔玩一点把戏，原是当然的，水乡小孩看见螃蟹，心想玩弄，却又有点害怕，末了就把蟹的两只大钳折去了，拿了好玩，差不多是同样的巧妙的残酷罢。

太监是一个很有兴趣的题目，却有很深长的意义。说国家会亡于太监，在现今觉得这未必确实，但用太监的国家民族难得兴盛，这总是可以说的了。西欧各国无用太监者，就是远东的日本也向来没有太监，他们不肯残毁人家的支体以维男女之大防，这一点也即是他们有人情有生意的地方。中国太监制度现在总算废除了，可是有那么长的历史存在，想起来不禁悚然，深恐正如八股虽废而流泽孔长也。

（廿三年五月）

［附记］

案《茶香室丛抄》卷三有“王振教官出身”一条云：

国朝黎士宏《仁恕堂笔记》云，黄溥《今古录》载，永乐末诏取学官考满乏功绩者，审有子女，愿自净身，许入宫中训女官，时有十馀人，后独王振官至太监。王振之恶备具史册，而云出身教官，此事未经闻见，至奉诏以教官净身供奉内庭，尤从古未有之事。

徐树丕《识小录》亦载此说而未详备。

阉割教官，殆承庭训，未足为异。《丛抄》又有“宦官八字”一条，引《癸辛杂识别集》云：

> 凡宦官初阉，名曰服药，则以名字申兵部。看命则看服药日，可不用始生日时，故常择善良日时乃腐。

此乃与和尚出家，以此计岁，称僧腊相同也。

［1934年5月20日《独立评论》101期/《夜读抄》］

题永明三年砖拓本

此南朝物也，乃于后门桥畔店头得之，亦奇遇也。南齐有国才廿馀年，遗物故不甚多。余前在越曾手拓妙相寺维卫尊像铭，今复得此砖，皆永明年间物，而字迹亦略相近，至可宝爱。

大沼枕山句曰，一种风流吾最爱，南朝人物晚唐诗，此意余甚喜之。古人不可见，尚得见此古物，亦大幸矣。

民国廿二年重五日，知堂题记于北平苦雨斋。

［1934 年 5 月 20 日《人间世》/《夜读抄》］

再论吃茶

郝懿行《证俗文》一云：

> 考茗饮之法始于汉末，而已萌牙于前汉，然其饮法未闻，或曰为饼咀食之，逮东汉末蜀吴之人始造茗饮。

据《世说》云，王濛好茶，人至辄饮之，士大夫甚以为苦，每欲候濛，必云今日有水厄。又《洛阳伽蓝记》说王肃归魏住洛阳初不食羊肉及酪浆等物，常饭鲫鱼羹，渴饮茗汁，京师士子见肃一饮一斗，号为漏卮。后来虽然王肃习于胡俗，至于说茗不中与酪作奴，又因彭城王的嘲戏，“自是朝贵宴会虽设茗饮，皆耻不复食，唯江表残民远来降者好之”，但因此可见六朝时南方吃茶的嗜好很是普遍，而且所吃的分量也很多。到了唐朝统一南北，这个风气遂大发达，有陆羽卢仝等人可以作证，不过那时的茶大约有点近于西人所吃的红茶或咖啡，与后世的清茶相去颇远。明田艺衡《煮泉小品》云：

> 唐人煎茶多用姜盐，故鸿渐云，初沸水合量，调之以盐味，薛能诗，盐损添常戒，姜宜着更夸。苏子瞻以为茶之中等用姜煎信佳，盐则不可。余则以为二物皆水厄也，若山居饮水，少下二物以减岚气，或可耳，而有茶则此固无须也。至于今人荐茶类下茶果，此尤近俗，是纵佳者，能损真味，亦宜去之。且下果则必用匙，若金银大非山居之器，而铜又生腥，皆不可也。若旧称北人和以酥酪，蜀人入以白土，此皆蛮饮，固不足责。人有以梅花菊花茉莉花荐茶者，虽风韵可赏，亦损茶味，如有佳茶亦无事此。

此言甚为清茶张目，其所根据盖在自然一点，如下文即很明了地表示此意：

茶之团者片者皆出于碾硙之末，既损真味，复加油垢，即非佳品，总不若今之芽茶也，盖天真者自胜耳。芽茶以火作者为次，生晒者为上，亦更近自然，且断烟火气耳。

谢肇淛《五杂组》十一亦有两则云：

古人造茶，多舂令细，末而蒸之，唐诗家僮隔竹敲茶臼是也。至宋始用碾，揉而焙之则自本朝（案明朝）始也。但揉者恐不若细末之耐藏耳。

×

《文献通考》，茗有片有散。片者即龙团旧法，散者则不蒸而干之，如今之茶也。始知南渡之后茶渐以不蒸为贵矣。

清乾隆时茹敦和著《越言释》二卷，有撮泡茶一条，撮泡茶者即叶茶，撮茶叶入盖碗中而泡之也，其文云：

《诗》云①荼苦，《尔雅》苦荼，茶者荼之减笔字，前人已言之，今不复赘。茶理精于唐，茶事盛于宋，要无所谓撮泡茶者。

今之撮泡茶或不知其所自，然在宋时有之，且自吾越人始之。案炒青之名已见于陆诗，而放翁《安国院试茶》之作有曰，我是江南桑苎家，汲泉闲品故园茶，只应碧缶苍鹰爪，可压红囊白雪芽。其自注曰，日铸以小瓶蜡纸，丹印封之，顾渚贮以红蓝缣囊，皆有岁贡。小瓶蜡纸至今犹然，日铸则越茶矣。不团不饼，而曰炒青曰苍龙爪，则撮泡矣。是撮泡者对硙茶言之也。又古者茶必有点。无论其为硙茶为撮泡茶，必择一

【锺校】

① “云”原作“人”。

二佳果点之，谓之点茶。点茶者必于茶器正中处，故又谓之点心。此极是杀风景事，然里俗以此为恭敬，断不可少。岭南人往往用糖梅，吾越则好用红姜片子，他如莲药榛仁，无所不可。

其后杂用果色，盈杯溢盏，略以瓯茶注之，谓之果子茶，已失点茶之旧矣。渐至盛筵贵客，累果高至尺馀，又复雕鸾刻凤，缀绿攒红以为之饰，一茶之值乃至数金，谓之高茶，可观而不可食，虽名为茶，实与茶风马牛。又有从而反之者，聚诸干藤烂煮之，和以糖蜜，谓之原汁茶，可以食矣，食竟则摩腹而起，盖疗饥之上药，非止渴之本谋，其于茶亦了无干涉也。他若莲子茶龙眼茶种种诸名色相沿成故，而种种①糕餐饼饵皆名之为茶食，尤为可笑。由是撮泡之茶遂至为世诟病。凡事以费钱为贵耳，虽茶亦然，何必雅人深致哉。又江广间有礌茶，是姜盐煎茶遗制，尚存古意，未可与越人之高茶原汁茶同类而并讥之。

王侃著《巴山七种》，同治乙丑刻，其第五种曰《江州笔谈》，卷上有一则云：

乾隆嘉庆间官家宴客，自客至及入席时，以换茶多寡别礼之隆杀。其点茶花果相间，盐渍蜜渍以不失色香味为贵，春不尚兰，秋不尚桂，诸果亦然，大者用片，小者去核，空其中，均以镂刻争胜，有若为饤盘者，皆闺秀事也。茶匙用金银，托盘或银或铜，皆錾细花，髹漆皮盘则描金细花，盘之颜色式样人人各异，其中托碗处围圈高起一分，以约碗底，如托酒盏之

【锺校】

① “种种”原作“种”。

护衣碟子。茶每至，主人捧盘递客，客起接盘自置于几。席罢乃啜叶茶一碗而散，主人不亲递也。今自客至及席罢皆用叶茶，言及换茶人多不解。又今之茶托子绝不见如舟如梧橐鄂者。事物之随时而变如此。

予生也晚，已在马江战役之后，儿时有所见闻亦已后于栖清山人者将三十年了。但乡曲之间有时尚存古礼，原汁茶之名虽不曾听说，高茶则屡见，有时极精巧，多至五七层，状如浮图，叠灯草为栏干，染芝麻砌作种种花样，中列人物演故事，不过今不以供客，只用作新年祖像前陈设耳。因高茶而联想到的则有高果，旧日结婚祭祀时必用之，下为锡碗，其上立竹片，缚诸果高一尺许，大抵用荸荠金橘等物，而令人最不能忘记的却是甘蔗这一种，因为上边有“甘蔗菩萨”，以带皮红甘蔗削片，略加刻画，穿插成人物，甚古拙有趣，小时候分得此菩萨一尊，比有甘蔗吃更喜欢也。莲子等茶极常见，大概以莲子为最普通，杏酪龙眼为贵，芡栗已平凡，百合与扁豆茶则卑下矣。凡待客以结婚时宴“亲送”舅爷为最隆重，用三道茶，即杏酪莲子及叶茶，平常亲戚往来则叶茶之外亦设一果子茶，十九皆用莲子。范寅《越谚》卷中饮食门下，有“茶料”一条，注曰：“母以莲栗枣糖遗出嫁女，名此。”又“黼茶”一条注曰：“新妇煮莲栗枣，遍奉夫家戚族尊长卑幼，名此，又谓之喜茶。”此风至今犹存，即平日往来馈送用提合，亦多以莲子白糖充数。儿童入书房拜蒙师，以茶盅若干副分装莲子白糖为礼，师照例可全收，似向来黼茶系致敬礼。此所谓茶又即是果子茶，为便利计乃用茶料充之，而茶料则以莲糖为之代表也。点茶用花今亦有之，唯不用鲜花临时冲入，改而为窨，取桂花茉莉珠兰等和茶叶中，密封待用。果已少用，但尚存橄榄一种，俗称元宝茶，新年入茶店多饮之取利市，色香均不恶，与茶尚不甚相忤，至于姜片等则未见有人用过。越中有一种茶盅，高约一寸许，口径二寸，有盖，与茶杯茶碗茶缸异，盖专以盛果子茶者，别有旧式者以银皮为里，外面系红木，近已少见，现所有者大抵皆陶制也。

茶本是树的叶子，摘来瀹汁喝喝，似乎是颇简单的事，事实却并不然。自吴至南宋将一千年，始由团片而用叶茶，至明大抵不入姜盐矣，然而点茶下花果，至今不尽改，若又变而为果羹，则几乎将与酪竞爽了。岂酾茶致敬，以叶茶为太清淡，改用果饵，茶终非吃不可，抑或留恋于古昔之膏香盐味，故仍于其中杂投华实，尝取浓厚的味道乎？均未可知也。南方虽另有果茶，但在茶店凭栏所饮的一碗碗的清茶却是道地的苦茗，即俗所谓龙井，自农工以至老相公盖无不如此，而北方民众多嗜香片，以双窨为贵，此则犹有古风存焉。不佞食酪而亦吃茶，茶常而酪不可常，故酪疏而茶亲，唯亦未必平反旧案，主茶而奴酪耳，此二者盖牛羊与草木之别，人性各有所近，其在不佞则稍喜草木之类也。

（二十三年五月）

[附记]

大义汪氏《大宗祠祭规》，嘉庆七年刊，有汪龙庄序，其《祭器祭品式》一篇中云大厅中堂用水果五碗，注曰高尺三，神座前及大厅东西座各用水果五碗，注曰高一尺。案此即高果，萧山风俗盖与郡城同，但《越谚》中高果却失载，不知何也。

[1934年5月29日作/《夜读抄》]

为半农题掼跤图

案角觝盖古已有之，唯掼跤与角觝异同若何，则非余所能言也。半农于荒摊得此卷，命题记之，余但知所画为掼跤图，有十六清朝人正在演技，想见当时有此风俗，如见古代胡服习射景象也。卷用土黄布为之，着笔设色皆极素朴，绝非廊庙间物，半农谓当系打拳卖药者流所张贴者，是或然欤，此则更令余觉得大有意思者也。闻今国术馆中亦有掼跤一科，然则此又未必限于民间矣。

民国廿二年八月四日，知堂题于北平市。

［1934 年 6 月 5 日《人间世》/《夜读抄》］

书赠陶缉民君

绕门山在东郭门外十里，系石宕旧址，水石奇峭，与吼山仿佛。陶心云先生修治之，称曰东湖，设通艺学堂。民国前八年甲辰秋，余承命教英文，寄居两阅月，得尽览诸胜，曾作小诗数首记之，今稿悉不存，但记数语曰，岩鸽翻晚风，池鱼跃清响，又曰，萧萧数日雨，开落白芙蓉。忽忽三十年，怀念陈迹，有如梦寐，书此数行以赠缉民兄，想当同有今昔之感也。

廿二年十一月十三日，在北平，周作人。

［1934 年 6 月 5 日《人间世》/《夜读抄》］

罗黑子手札跋

光绪末年余寓居东京汤岛，龚君未生时来过访，辄谈老和尚及罗象陶事。曼殊曾随未生来，枯坐一刻而别。黑子时读书筑地立教大学，及戊申余入学则黑子已转学他校，终未相见。倏忽二十馀年，三君先后化去，今日披览冶公所藏黑子手札，不禁怃然有今昔之感。黑子努力革命，而终乃鸟尽弓藏以死，尤为可悲，宜冶公兼士念之不忘也。

民国廿三年三月十日，作人识于北平。

［1934 年 6 月 5 日《人间世》/《夜读抄》］

《塞耳彭自然史》

《塞耳彭自然史》——这个名称一看有点生硬，仿佛是乡土志里讲博物的一部分，虽然或者写得明细，可以多识鸟兽草木之名，总之未必是文艺部类的佳作罢。然而不然。我们如写出他的原名来，*The Natural History of Selborne*，再加上著者的姓名 Gilbert White，大家就立刻明白，这是十八世纪英国文学中的一异彩，出版一百五十年来流传不绝，收入各种丛书中，老老小小爱读不厌。这是一小册子，用的是尺牍体，所说的却是草木虫鱼，这在我觉得是很有兴味的事。英国戈斯（Edmund Gosse）所著《十八世纪文学史》第九章中有一节讲这书及其著者，文云：

> 自吉耳柏特怀德（Gilbert White，一七二〇至一七九三）的不朽的《塞耳彭自然史》出现后，世上遂有此一类愉快的书籍发生，此书刊行于一七八九年，实乃其一生结集的成绩。怀德初同华顿一道[①]在巴辛斯托克受业，后乃升入奥斯福之阿里厄耳学院，在一七四七年受圣职，一七五一年顷即被任为塞耳彭副牧师，此系罕布什尔地方一个多林木的美丽的教区，怀德即生于此地。次年他回到阿里厄耳，在学校内任监院之职，但至一七五五年回塞耳彭去，以后终身住在那里，一七五八年任为牧师。他谢绝了好几次的牧师职务，俾得留在他所爱的故乡，只受了一两回学院赠予的副牧师职，因为他可以当作闲职

【锺校】

① “道”原作“家”。

管领。怀德很爱过穆耳索女士，后来大家所知道的却滂夫人者即是，她却拒绝了他的请求，他也就不再去求别人了。他与那时活跃的两个博物家通信，一云本南德（Thomas Pennant），一云巴林顿（Daines Barrington），他的观察对于此二人盖都非常有用。一七六七年怀德起首写他的故乡的自然史，到一七七一年我们才看出他略有刊行之意，三年以后他说起或可成功的小册。但是因为种种的顾虑与小心之故，他的计划久被阻碍，直至一七八九年春天那美丽的四开本才离开印字人的手而出现于世。这书的形式是以写给友人的信集成的，还有较短的第二分，用另外的题页，也同样的方法来讲塞耳彭的古物。其第一分却最为世人所欢迎，在有百十册讲英国各地自然史的书出现之后，怀德的书仍旧保存着他那不变的姿媚与最初的新鲜。这是十八世纪所留给我们的最愉快的遗产之一。在每一页上总有些独得的观察使我们注意：

鹭鸶身子很轻，却有那大翅膀，似乎有点不方便，但那大而空的翼实在却是必要，在带着重荷的时候，如大鱼及其他。鸽子，特别是那一种叫作拍翼的，常把两翼在背上相击，拍拍有声，又一种叫作斤斗的，在空中翻转。有些鸟类在交尾期有特别的动作，如斑鸠在别的时候虽然飞得强而快，在春天却摊着翼像是游戏似的。雄的翠鸟生育期间忘记了他从前飞法，像鹞子那样在空中老扇着翅膀。金雀特别显出困倦飞不动的神气，看了像是受伤的或是垂死的鸟。

鱼狗直飞好像一支箭，怪鸱黄昏中在树顶闪过，正如一颗流星，白头翁像是游泳着，画眉则乱七八糟的飞。燕子在地面水面上掠着飞，又很快的拐弯打圈，显他的本领。雨燕团团的急转，岩燕常常的左右动摇，有如一只胡蝶。许多小鸟都一抖一抖的飞，一上一下的向前进。（案此系与巴林顿第四十二书中的一部分。）

怀德无意于作文，而其文章精密生动，美妙如画，世间殆少有小说家，能够保持读者的兴味如此成功也。

戈斯著书在一八八八年，关于怀德生平的事实不无小误，如任牧师一事今已知非真，不过在本乡有时代理副牧师之职则是实在耳。戈斯的批评眼乃了无问题，至今论者仍不能出其范围，一九二八年琼孙（Walter Johnson）新著评传云，“吉耳柏特怀德，先驱，诗人与文章家”，大旨亦复如是，唯其中间论动植各章自更有所发明。赫特孙（W. H. Hudson，旧曾译作合信）在文集《鸟与人》（*Birds and Man*）中有一篇《塞耳彭》，记一八九六年访此教区事，末尾说明《自然史》的特色云：

文体优美而清明。但一本书并不能生存，单因为写得好。这里塞满着事实。但事实都被试过筛过了，所有值得保留的已全被收进到若干种自然史的标准著作里去了。我想很谦卑地提议，在这里毫无一点神秘，著者的个性乃是这些尺牍的主要的妙处，因为他虽是很谦逊极静默，他的精神却在每页上都照耀着。那世间所以不肯让这小书死灭的缘故，不单是因为他小，写得好，充满着有趣味的事情，主要的还是因为此乃一种很有意思的人生文献（Human document）也。

同文中又有两节可以引用在这里：

假如怀德不曾存在，或者不曾与本南德及巴林顿通信，塞耳彭在我看来还是一个很愉快的村子，位置在多变化而美丽的景色中间，我要长久记忆着他，算作我在英国南部漫游中所遇到的最佳妙的地方之一。但是我现在却不绝的想念着怀德。那村子本身，四周景色的种种相，种种事物有生或无生的，种种音声，在我的心里都与那想念相联结，我想那默默无闻的乡村副牧师，他是毫无野心的，是一个沉静安详的人，没有恶意，不，一点都没有，如他的一个教区民所说。在那里，在塞耳彭，把那古派的老人喀耳沛伯（Nicholas Culpepper）的一句诗略改变其意义，正是——他的影像是捺印在各株草上。

带了一种新的深切的兴趣我看那些雨燕在空中飞翔，听他们尖利的叫声。这统是一样，在那一切的鸟，就是那些最普通的，那知更鸟，山雀，岩燕，以及麻雀。傍晚时候我很久的站着不动，用心看着一小群的金雀，停在榛树篱上将要栖宿了。因为我在那里，他们时时惊动，飞到顶高的小枝上去，他们在上边映着浅琥珀色的天空看去几乎变成黑色了，发出他们拉长的金丝雀似的惊惶的叫声。这还是一种美妙柔和的音调，现今却加多了一点东西在里边，——从远的过去里来的东西——对于一个人的想念，他的记忆是与活的形状和音声交织在一起的。

这个感情的力量与执着有了一种奇异的效果。这使我渐渐觉得，在一百多年前早已不在了的那人，他的尺牍集曾为几代的博物家的爱读书，虽然已经死了去了，却是仿佛有点神秘地还是活着。我花费了许多工夫，在墓地的细长的草里摸索，想搜出一种纪念物来，这个后来找到了，乃是一块不很大的墓石。

我须得跪了下去，把那一半遮着墓石的细草分开，好像我们看小孩的脸的时候拂开他额上的乱发。在石上刻着姓名的头字，下面一行云一七九三，是他死去的年分。

赫特孙自己也是个文人兼博物学家，所以对于怀德的了解要比别人较深，他大约像及弗利思（Richard Jefferies），略有点神秘的倾向，这篇塞耳彭游记写得多倾于瞑想的，在这点上与怀德的文章却很是不相同了。

《塞耳彭自然史》的印本很多，好的要值一几尼以至三镑，我都没有能买到，现在所有的只是“司各得丛书”，“万人丛书”，“奥斯福的世界名著”各本，大抵只有本文或加上一篇简单的引言而已。近来新得亚伦（Grant Allen）编订本小注颇多，又有纽氏插图百八十幅，为大本中最可喜的一册。亚伦亦是生物学者，又曾居塞耳彭村，熟知其地之自然者也。伍特华德（Marcus Woodward）编少年少女用本，本文稍改简略，而说明极多，甚便幼学，中国惜无此种书。李慈铭《灯下读〈尔雅〉偶题》三绝句之一云：

理学须从识字成，学僮遗法在西京。

何当南戒栽花暇，细校虫鱼过一生。

末二句的意境尚佳，可是目的在于说经便是大误，至于讲风雅还在其次，若对于这事物有兴趣，能客观的去观察者，已绝无仅有了。郝兰皋或可以算是一个，在他与孙渊如的信里说，“少爱山泽，流观鱼鸟，旁涉夭条，靡不覃研钻极，积岁经年，故尝自谓《尔雅》下卷之疏几欲追踪元恪”，确非过言，只可惜他的《记海错》与《蜂衙》《燕子》诸篇仍不免文胜，持与怀德相比终觉有间耳。

《自然史》二卷，计与本南德书四十四，与巴林顿书六十六，共一百十通，后来编者或依年月次第合为一卷，似反凌乱不便于读，不及二卷本善也。卷首有书数通，叙村中地理等，似皆后来补作，当初通信时本无成书计划，随意纪述，后始加以整理，但增补的信文词终缺自然之趣，与其他稍不同。书中所说虽以生物为主，却亦涉及他事，如地质气候风俗，其写村中制造苇烛及迫希流人诸篇均有名。生物中又以鸟类为主，兽及虫鱼草木次之，这些事情读了都有趣味，但我个人所喜的还是在昆虫，而其中尤以讲田蟋蟀即油胡卢，家蟋蟀，土拨鼠蟋蟀即蝼蛄的三篇为佳，即下卷第四六至四八也。琼孙在所著《怀德评传》第七章中说：

在《自然史》中我们看见三篇美妙的小论文，虽然原来只是三章书，这是讲蟋蟀的三种的，即油胡卢，蛐蛐，蝼蛄是也。要单独的引用几段，这有如拿一块砖头来当作房屋的样本。一句巧妙的话却须得抄引一下。炉边的蟋蟀说是主妇的风雨表，会预告下雨的时候（巴林顿四七）。怀德的方法，用了去检视钻洞的虫而不毁坏他的住屋，这就是现代昆虫学家所用方法的前驱。一根软的草茎轻轻地通到洞里去，便能顺着弯曲一直到底，把里边住着的赶出来，这样那仁慈的研究者可以满足了他的好奇心而不伤害那目的物（同四六）。

蝼蛄的故事对于有些博物学家特别有用，他们像鄙人一样都不曾见过一个活的标本。罕布什尔还是顶运气的地方，离开那里人就少有遇见这虫子的希望。但是因为不知什么缘故，就是在罕布什尔现在蝼蛄也很少了，派克拉夫德在一九二六年曾经说过他想得这标本是多么困难。可是怀德却列举了三个土名，说是行于国内各地的，曰泥塘蟋蟀，啾啾虫，晚啾。这些俗名大抵似与他的飞声有关，既然各处有此名称，那么似乎证明从前蝼蛄分布颇广了。

这样说来，我的计划很受了影响，原来我想介绍那蟋蟀三章的，但是现在全译既不可能，节译又只是搬出一块砖头来代表房子，只好罢休。那么还是另外找罢。关于苍蝇臧螂等的小文也都有意思，可是末了我还是选中了这篇《蜗牛与蛞蝓》，别无什么理由，不过因为较短罢了。这本是怀德日记的一部分，一八〇二年马克微克（W. Markwick）编选为一卷，名曰《关于自然各部之观察》，内分鸟兽虫豸植物气象五部，附在《自然史》后面，以后各本多仍之，或称之曰《杂观察》。其文云：

无壳的蜗牛叫做蛞蝓的，在冬季气候稍温和的日子便出来活动，对于园中植物大加损伤，青麦亦大受害，这平常总说是蚯蚓所做的。其有壳的蜗牛，即所谓带屋的（Phereoikos），则非到四月十日左右不出来，他不但一到秋天便老早的隐藏到没有寒气的地方去，还用了唾沫做成一层厚盖挡住他的壳口，所以他是很安全的封了起来，可以抵当一切酷烈的天气了。蛞蝓比起蜗牛来很能忍耐寒冷，这原因盖由于蛞蝓身上有那黏涎，正如鲸鱼之有脂肪包着。

蜗牛大约在中夏交尾，以后把头和身子都钻到地下去产卵。所以除灭的方法是在生殖以前把他弄死愈多愈好。

大而灰色的无壳的地窖蜗牛，与那在外边的蜗牛同时候隐藏起来，因此可以知道，温度的减少并不是使他们蛰居的唯一原因。

（廿三年四月）

［附记］

关于怀德与其《自然史》，李广田君有一文，登在三月十七日天津《大公报》的《文艺周刊》第五十号上，可以参照。

“带屋的”是希腊人称蜗牛的名字，又亦以称乌龟，怀德讲龟的那篇文中曾说及。

［1934 年 6 月《青年界》/《夜读抄》］

《五杂组》

谢在杭的著作除《史觿》外，我所见的都是日本翻刻本，如《五杂组》刻于宽文辛丑（一六六一），《文海披沙》在宽延庚午（一七五〇），《麈馀》在宽政戊午（一七九八），《小草斋诗话》则在天保辛卯（一八三一），距宽文时已有百七十年了。小草斋论诗大抵是反钟谭而崇徐李，我也看不出他的好处来。《麈馀》全是志异体，所记的无非什么逆妇变猪之类而已，我买来一读完全为的是谢在杭名字的缘故。《文海披沙》见于《四库存目》，焦竑序中云，"取《文海披沙》刻之南中，而属余为序"，可知当时曾有刊本，而世少流传，《郑堂读书记》卷五十七所举亦根据写本，清季申报馆重印则即用日本刻为底本，其《续书目》中缕馨仙史提要云："唯闻先生脱稿后并未问世，继乃流入东瀛，得寿梨枣，近始重返中华，然则鸡林贾人之购《长庆集》不得专美于前矣。"恐或有误。关于此书，《四库提要》及《读书记》大加轻诋，焦竑陈五昌二序又备极称扬，其实都要打个折扣。在许多笔记中这原是可读的一部，不过也并没有多少独自的特色，比起《五杂组》来就难免要落后尘了。

《五杂组》十六卷，前有李本宁序，却没有年月。原书卷九云："物作人言，余于《文海披沙》中详载之。"今案《文海披沙》有万历辛亥（一六一一）序，则成书当在此后。卷五云："大同中翰马呈德其内人孕八岁而生子，以癸卯孕，庚戌免身，子亦不甚大，但发长尺许，今才三岁，即能诵诗书如流。"计其记此文时当在万历壬子，但卷三又云，"万历辛丑四月望日与崔徵仲孝廉登张秋之戊己山"，则又系隔岁事。大抵在此几年中陆续所记，而在万历末年所编成者欤。全书分五部，凡天部二卷，地部二卷，人部物部事部各四卷。其中我觉得最有意思的乃是物部，物类繁多，易引人注意，随处随事可见格物工夫，博识新知固可贵重，即只平常纪叙，而观察清楚，文章简洁，亦复可诵。写自然事物的小文向来不多，其佳者更难得。英国怀德（Gilbert White）之《自然史》可谓至矣，举世无匹。在中国昔日尝有段柯古的《酉阳杂俎》，其次则此《五杂组》，此二者与怀德书不能比较，但在无鸟之乡此亦蝙蝠耳。在杭与柯古均好谈异，传说和事实往往混淆，然而亦时好奇喜探索，便能有新意，又善于文字，皆其所长也。《五杂组》卷九记海滨异物云：

> 龙虾大者重二十馀斤，须三尺馀，可为杖。蚶大者如斗，可为香炉。蚌大者如箕。此皆海滨人习见，不足为异也。

又记南方虫蠹云：

> 岭南屋柱多为虫蠹，入夜则啮声刮刮，通夕搅人眠，书籍蟫蛀尤甚。故其地无百年之室，无五十年之书，而蛇虫虺蜴纵横与人杂处，著依稀蛮獠之习矣。

又记小虫二则云：

> 山东草间有小虫，大仅如沙砾，嚼人痒痛，觅之即不可得，俗名拿不住。吾闽中亦有之，俗名没子，盖乌有之意也，视山东名为佳矣。
>
> ×
>
> 浙中郡斋尝有小虫，似蛴螬而小如针尾，好缘纸窗间，能以足敲纸作声，静听之如滴水然，迹之辄跃，此亦焦螟之类欤。

案《元氏长庆集》虫豸诗之五为《蟆子》，序云，“蟆，蚊类也，其实黑而小，不碍纱縠，夜伏而昼飞”，盖即没子欤。今北平有白蛉亦相类，但白而不黑耳。又《续博物志》云：“有小虫至微而响甚，寻之不可见，号窃虫。”日本亦有之，云似蚜虫，身短小，灰黄色，头部较大而颚尤强大，住于人家，以颚摩门窗，发声沙沙如点茶，故名点茶虫，又称洗赤豆虫，英国则称之为送终虫（Death-watch），民间迷信如闻此虫声，主有人死亡云。读在杭小文乃极潇洒可喜，唯比之焦螟亦未免嗜奇之过，至论命名之有风致则殆无过于日本矣。卷九记燕市食物云：

余弱冠至燕，市上百无所有，鸡鹅羊豕之外，得一鱼以为稀品矣。越二十年，鱼蟹反贱于江南，蛤蜊银鱼，蛏蚶黄甲，累累满市。此亦风气自南而北之证也。

卷十一记青州食物云：

青州虽为齐属，然其气候大类江南，山饶珍果，海富奇错。林薄之间，桃李楂梨，柿杏苹枣，红白相望，四时不绝。市上鱼蟹腥风逆鼻，而土人不知贵重也，有小蟹如彭越状，人家皆以喂猫鸭，大至蝉蛸黄甲，亦但腌藏臭腐而已。使南方人居之，使山无遗利，水无遗族，其富庶又不知何如也。

又卷九论南人口食云：

南人口食可谓不择之甚，岭南蚁卵蚺蛇皆为珍膳，水鸡虾蟆其实一类，闽有龙虱者飞水田中，与灶虫分毫无别，又有土笋者全类蚯蚓。扩而充之，天下殆无不可食之物。燕齐之人食蝎及蝗。余行部至安丘，一门人家取草虫有子者炸黄色入馔，余诧之，归语从吏，云此中珍品也，名蚰子，缙绅中尤雅嗜之，然余终不敢食也。则蛮方有食毛虫蜜唧者又何足怪。

清王侃在《江州笔谈》卷下亦有关于这事的一节话：

北人笑南人口馋，无论何虫随意命名即取啖之，以余所见，大约闽人尤甚。然天下有肉无毒者无不可食，虫豸之类蠕然而肥，得脱于人口者，必其种类太少，不足以供大嚼。不然，如九香虫（案即上文所云龙虱）者，水涸丛聚江石下，泄气令人掩鼻，入釜中以微火烘之，泄气既尽，遂觉香美，使人垂涎，舟人以一钱易数十枚呷酒，小儿亦喜食之，其他蜣螂蚱蜢之属亦皆香美。然则欲不为人所食，必小如蚊虻虮蜉而后可。

二文皆平正可喜，谢云天下殆无不可食之物，王云天下有肉无毒者无不可食，语益精要，由此言之，口食异同亦殊不足论矣。我们所想知道的是何种虫豸何法制作是何味道，而此可食及诸不可食的虫豸其形状生活为何，亦所欲知，是即我们平人的一点知识欲，然而欲求得之盖大不易，求诸科学则太深，求之文学又常太浮也。此类文艺趣味的自然史或自然史趣味的文集本来就该有些了，现在既不可得，乃于三百年前求之，古人虽贤，岂能完全胜此重任哉。我们读《五杂组》，纵百稗而一米，固犹当欢喜赞叹，而况所得亦已不少乎。

［1934 年 6 月 30 日《大公报》/《夜读抄》］

《文饭小品》

民国初年我在绍兴城内做中学教师，忽发乡曲之见，想搜集一点越人著作，这且以山阴会稽为限，然而此事亦大难，书既难得，力亦有所未逮，结果是搜到的寥寥无几，更不必说什么名著善本了。有一天，在大路口的一家熟识的书摊里，用了两三角钱买到一本残书，这却很令我喜欢。书名《谑庵文饭小品》，山阴王思任著，这只是卷三一册，共九十四页，有游记二十二篇。王思任是明末的名人，有气节有文章，而他的文章又据说是游记最好，所以这一册虽是残佚，却也可以算是精华。其中有《游西山诸名胜记》《游满井记》《游杭州诸胜记》《先后游吾越诸胜记》，都是我所爱读的文章。如《游杭州诸胜记》第四则云：

> 西湖之妙，山光水影，明媚相涵，图画天开，镜花自照，四时皆宜也。然涌金门苦于官皂，钱塘门苦僧，苦客，清波门苦鬼。胜在岳坟，最胜在孤山与断桥。吾极不乐豪家徽贾，重楼架舫，优喧粉笑，势利传杯，留门趋入。所喜者野航两棹，坐恰两三，随处夷犹，侣同鸥鹭，或柳堤鱼酒，或僧屋饭蔬，可信可宿，不过一二金而轻移曲探，可尽两湖之致。

又《游慧锡两山记》云：

> 越人自北归，望见锡山，如见眷属。其飞青天半，久暍而得浆也，然地下之浆又慧泉首妙。居人皆蒋姓，市泉酒独佳，有妇折阅，意闲态远，予乐过之。买泥人，买纸鸡，买木虎，买兰陵面具，买小刀戟，以贻儿辈。至其酒，出净磁，许先尝论值。予丐冽者清者，渠言燥点择奉，吃甜酒尚可做人乎！冤家。直得一死。沈丘壑曰，若使文君当垆，置相如何地也。

谑庵孙田锡于卷头注曰："口齿清历，似有一酒胡在内，呼之或出耳。"《游西山诸名胜记》中述裂帛湖边一小景云：

有角巾遥步者，望之是巢必大，仲容目短，大然曰，是是，果巢必大也，则哄唤之。必大曰，王季重哉，何至此？入山见似人而喜也。至则共执其臂，索酒食，如兵番子得贼者。必大叫曰，无梏我，有有有。耳语其僮，速速。必大予社友，十六岁戊子乡荐，尊公先生有水田十顷，在瓮山，构居积谷，若眉坞，可扰。不二时，酒至，酒且薏，肉有金蹄，有脍，有小鱼鳞鳞，有馎饦，有南笋旧芥撇兰头，豉酱称是。就堤作灶，折枯作火，挥拳歌舞，瓶之罄矣。必大张其说曰，吾有内酝万瓶，可淹杀公等许许，三狂二秃何足难。邀往便往，刑一鸡，摘蔬求豕。庄妇村中俏也，亟治庖。又有棋局，一宵千古。

又《雁荡记》起首云：

雁荡山是造化小儿时所作者，事事俱糖担中物，不然则盘古前失存姓氏大人家劫灰未尽之花园耳。

以上几节文章颇可以代表谑庵的作风，其好处在于表现之鲜新与设想之奇辟，但有时亦有古怪难解之弊。他与徐渭、倪元璐、谭元春、刘侗，均不是一派，虽然也总是同一路，却很不相同，他所独有的特点大约可以说是谑罢。以诙谐手法写文章，到谑庵的境界，的确是大成就，值得我辈的赞叹，不过这是降龙伏虎的手段，我们也万万弄不来。古人云，学我者病，来者方多，谑庵的文集上也该当题上这两句话去。

王季重的九种十一种后来在图书馆里也看到过，但是我总不能忘记《文饭小品》。今年春天在北平总算找到一部，据说是从山东来的。凡五卷，谑庵子鼎起跋称戊戌，盖刻于顺治十五年也。卷一为致词、尺牍、启、表、判、募疏、赞、铭、引、题词、跋、纪事、说、骚、赋。卷二为诗，内分乐府、风雅什、诗、诗馀、歌行，末附《悔谑》，计四十则，鸿宝《应本》中有一序，今未收。卷三四为记与传。卷五则为序、行状、墓志铭、祭文，以《奕律》四十条附焉。据余增远序中云：

> 向其所刻，星分棋布，未归一致，乃于读书佳山水间手自校雠，定为六十卷，命曰《文饭》，雕几未半，而玉楼召去，刻遂不成。

此五卷盖鼎起所选，其跋云：

> 蓄志成先君子《文饭》而制于力，勉以小品先之。而毁言至，曰，以子而选父，篡也；以愚而选智，诞也；以大而选小，舛也。似也，然《易》不云乎？八卦而小成，则大成者小成之引伸也。智者千虑，不废愚者之一得。父子之间，外人那得知，此吾家语也。吾第使天下先知有《文饭》，饥者易为食而已。知我罪我，于我何有哉。

宋长白于康熙乙酉著《柳亭诗话》，卷二十九有《倪王》一条云：

> 明末诗文之弊，以雕琢小巧为长，筱骖飙犊之类万口一声。吾乡先正如倪文正鸿宝、王文节季重皆名重一时，《代言》《文饭》，有识者所共见矣。至其诗若倪之"曲有公无渡，药难王不留"，王之"买天应较尺，赊月不论钱"，歇后市语，信手拈来，直谓之游戏三昧可耳。

歇后市语迥异筱骖之类，长白即先后自相矛盾，至其所谓《文饭》殆即《文饭小品》，盖《文饭》全集似终未刊行也。王鼎起以选本称为小品，恰合原语本义，可为知言，又其跋文亦殊佳，可传谑庵的衣钵矣。知父莫若子，他人欲扬抑谑庵者应知此理焉。

张岱著《有明越人三不朽图赞》立言文学类中列王思任像之后幅文曰：

> 王遂东，思任，山阴人。少年狂放，以谑浪忤人。官不显

达，三仕令尹，乃遭三黜。所携宦橐游囊，分之弟侄姊妹，外方人称之曰，王谑庵虽有钱癖，其所入者皆出于称觞谀墓，赚钱固好而用钱为尤好。赞曰：

拾芥功名，生花彩笔。以文为饭，以弈为律。

谑不避虐，钱不讳癖。传世小题，幼不可及。

宦橐游囊，分之弟侄。孝友文章，当今第一。

李慈铭批云：

遂东行事固无甚异，然其风流倜傥，自是可观，与马士英书气宇峰举，犹堪想见。若其诗文打油滑稽，朱氏谓其钟谭之外又一旁派，盖邪魔下乘，直无足取。此乃表其钱癖，而赞又盛称其文章，皆未当也。唯郡县志及《越殉义传》邵廷采《思复[1]堂集》杜甲《传芳录》温睿临《南疆佚史》诸书皆称遂东为不食而死，全氏祖望《鲒埼亭外集》独据倪无功言力辨其非死节，陶庵生与相接而此赞亦不言其死，可知全氏之言有征矣。

李氏论文论学多有客气，因此他不但不能知道王谑庵的价值，就是张宗子的意思也不能懂得了。宗子此赞又见《琅嬛文集》中（光绪刻本卷五），其“谑不避虐，钱不讳癖”二句盖其主脑，宗子之重谑庵者亦即在此。文集卷四有《王谑庵先生传》，末云：

偶感微疴，遂绝饮食，僵卧时常掷身起，努目握拳，涕洟鲠咽，临瞑连呼高皇帝者三，闻者比之宗泽濒死三呼过河焉。

此与《文饭小品》唐九经序所云：

惟是总漕王清远公感先生恩无以为报，业启□□贝勒诸王

【锺校】

① “思复”原作“复思”。

（案纸有腐蚀处缺字，下同）将大用先生，先生闻是言愈踢蹐无以自处，复作手书遗经曰，我非偷生者，欲保此肢体以还我父母尔，时下尚有□谷数斛，谷尽则逝，万无劳相逼为。迨至九□□初，而先生正寝之报至。呜呼，屈指其期，正当殷谷既没周粟方升之始，而先生□□□逝，迅不逾时，然则先生之死岂不皎皎与日月争光，而今日之凤林非即当年之首阳乎。

语正相合。盖谑庵初或思以黄冠终老，迨逼之太甚，乃绝食死。又邵廷采《明侍郎遂东王公传》引徐沁《采薇子像赞》云：

公以诙谐放达，而自称为谑，又虑愤世嫉邪，而寻悔其虐。孰知嬉笑怒骂，聊寄托于文章；慷慨从容，终根柢于正学。

当时"生与相接"者之言悉如此，关于其死事可不必多疑，惟张宗子或尤取其谑虐钱癖二事，以为比死更可贵，故不入之立德而列于立言，未可知也。《王谑庵先生传》中叙其莅官行政摘伏发奸以及论文赋诗无不以谑从事，末乃云：

人方眈眈虎视，将下石先生，而先生对之调笑狎侮，谑浪如常，不肯少自贬损也。晚乃改号谑庵，刻《悔虐》，以志己过，而逢人仍肆口诙谐，虐毒益甚。

倪鸿宝《应本》卷七有序文亦称《悔虐》，而《文饭小品》则云《悔谑》，其所记在今日读之有稍费解者，康熙时刻《山中一夕话》卷六曾采取之，可知其在当时颇为流行矣。传后论云：

谑庵先生既贵，其弟兄子侄宗族姻娅，待以举火者数十馀家，取给宦囊，大费供亿，人目以贪，所由来也，故外方人言王先生赚钱用似不好，而其所用钱极好。故世之月旦先生者无不称以孝友文章，盖此四字唯先生当之则有道碑铭庶无愧色，若欲移署他人，寻遍越州，有乎，无有也。

陶元藻《全浙诗话》卷三十五云：

> 遂东有钱癖，见钱即喜形于色，是日为文特佳。然其所入者强半皆谀墓金，又好施而不吝，或散给姻族，或宴会朋友，可顷刻立尽，与晋人持筹烛下溺于阿堵者不同，故世无鄙之者。

陶篁村生于乾隆时，去谑庵已远矣，其所记如此，盖或本于故老流传，可与宗子所说互相印证。叶廷琯《鸥波渔话》云：

> 字画索润，古人所有。板桥笔榜小卷，盖自书书画润笔例也，见之友人处，其文云："大幅六两，中幅四两，小幅二两，书条幅对联一两，扇子斗方五钱。凡送礼物食物，总不如白银为妙，公之所送未必弟之所好也。送现银则中心喜乐，书画皆佳。礼物既属纠缠，赊欠尤为赖账，年老神倦，不能陪诸君子作无益语言也。画竹多于买竹钱，纸高六尺价三千，任渠话旧论交接，只当秋风过耳边。乾隆己卯，拙公和上属书谢客，板桥郑燮。"
>
> 此老风趣可掬，视彼卖技假名士偶逢旧友，貌为口不言钱，而实故靳以要厚酬者，其雅俗真伪何如乎。

板桥的话与篁村所说恰合，叶调生的评语正亦大可引用，为谑庵张目也。

李越缦引朱竹垞语，甚不满意于谑庵的诗文，唯查《静志居诗话》关于谑庵只是"季重滑稽太甚有伤大雅"这一句话，后附录施愚山的话云：

> 季重颇负时名，自建旂鼓，其诗才情烂漫，无复持择，入鬼入魔，恶道坌出，钟谭之外又一旁派也。

盖即为李氏所本。其实这些以正统自居者的批评原不甚足依据，而李氏自己的意见前后亦殊多矛盾，如上文既说其风流倜傥自是可观，在

《越中先贤祠目》序例中又云风流文采照映寰宇，可是对于诗文却完全抹杀，亦不知其所谓风流文采究竟是怎么一回事也。李氏盛称其致马士英书，以为正义凛然，书亦见邵廷采所著传中，但似未完，今据张岱所著传引录于下：

阁下文采风流，吾所景羡。当国破众散之际，拥立新君，阁下辄骄气满腹，政本自由，兵权在握，从不讲战守之事，而但以酒色逢君，门户固党，以致人心解体，士气不扬，叛兵至则束手无措，强敌来则缩颈先逃，致令乘舆迁播，社稷丘墟，观此茫茫，谁任其咎。职为阁下计，无如明水一盂，自刎以谢天下，则忠愤之士尚尔相原。若但求全首领，亦当立解枢柄，授之守正大臣，呼天抢地，以召豪杰。乃今逍遥湖上，潦倒烟霞，效贾似道之故辙，人笑褚渊齿已冷矣。且欲求奔吾越，夫越乃报仇雪耻之国，非藏垢纳污之地也，职当先赴胥涛，乞素车白马以拒阁下。此书出，触怒阁下，祸且不测，职愿引领以待钼麑。

此文价值重在对事对人，若以文论本亦寻常，非谑庵之至者，且文庄而仍“亦不废谑”，如王雨谦所评，然则李氏称之亦未免皮相耳。今又从《文饭小品》卷一抄录《怕考判》一篇，原文有序，云：

督学将至，姑熟棚厂具矣，有三秀才蕴药谋爇之，逻获验确，学使者发县，该谑庵判理具申。

一炬未成，三生有幸。欲有谋而几就，不待教而可诛。万一延烧，罪将何赎；须臾乞缓，心实堪哀。闻考即已命终，火攻乃出下策。各还初服，恰遂惊魂。

二文一庄一谐，未知读者何去何从，不佞将于此观风焉。唯为初学设想，或者不如先取致马阁老书，因其较少流弊，少误会，犹初学读文章之宁先《古文析义》而后《六朝文絜》也，但对于《怕考判》却亦非能了解不可，假如要想知道明末的这几路的新文学与其中之一人王谑庵的人及其文章。至于自信为正统的载道派中人乃可不必偏劳矣，此不特无须抑住怒气去看《怕考判》了，即致马士英书亦可以已，盖王谑庵与此载道家者流总是无缘也。

［1934 年 8 月 5 日《人间世》/《夜读抄》］

骨董小记

从前偶然做了两首打油诗，其中有一句云，老去无端玩骨董，有些朋友便真以为我有些好古董，或者还说有古玩一架之多。我自己也有点不大相信了，在苦雨斋里仔细一查，果然西南角上有一个书橱，架上放着好些——玩意儿。这书橱的格子窄而且深，全橱宽只一公尺三五，却分作三份，每份六格，每格深二三公分，放了“四六判”的书本以外，大抵还可空馀八公分，这点地方我就利用了来陈列小小的玩具。这总计起来有二十四件，现在列记于下。

一、竹制黑猫一，高七公分，宽三公分。竹制龙舟一，高八公分，长七公分，是一个友人从长崎买来送我的。竹木制香炉各一，大的高十公分，小者六公分，都从东安市场南门内摊上买来。

二、土木制偶人共九，均日本新制，有雏人形，博多人形，仿御所人形各种，有“暂”，“鸟边山”，“道成寺”各景，高自三至十六公分。松竹梅土制白公鸡一，高三公分。

三、面人三，隆福寺街某氏所制，魁星高六公分，孟浩然连所跨毛驴共高四公分，长眉大仙高四公分，孟浩然后有小童杖头挑壶卢随行，后有石壁，外加玻璃盒，价共四角。搁在斋头已将一年，面人幸各无恙，即大仙细如蛛丝的白眉亦尚如故，真可谓难得也。

四、陶制舟一，高六公分，长十二公分，底有印曰一休庵。篷作草苫，可以除去，其中可装柳木小剔牙签，船头列珊瑚一把，盖系“宝船”也。又贝壳舟一，象舟人着蓑笠持篙立筏上，以八棱牙贝九个，三贝相套为一列，三列成筏，以瓦楞子作蓑，梅花贝作笠，黄核贝作舟人的身子，篙乃竹枝。今年八月游江之岛，以十五钱买得之，虽不及在小凑所买贝人形“挑水”之佳，却也别有风致，盖挑水似艳丽的人物画，而此船则是水墨山水中景物也。

五、古明器四，碓灶猪人各一也。碓高二公分，宽四公分，长十三公分。灶高八公分半，宽九公分。猪高五公分，长十一公分。人高十二公分。大抵都是唐代制品，在洛阳出土的。又自制陶器花瓶一，高八公分，中径八公分，上下均稍小，题字曰：忍过事堪喜。甲戌八月十日在江之岛书杜牧之句制此，知堂。底长方格内文曰，苦茶庵自用品。其实这是在江之岛对岸的片濑所制，在素坯上以破笔蘸蓝写字，当场现烧，价二十钱也。

六、方铜镜一，高广各十一公分，背有正书铭十六字，文曰：既虚其中，亦方其外，一尘不染，万物皆备。其下一长方印，篆文曰薛晋侯造。

总算起来，只有明器和这镜可以说是古董。薛晋侯镜之外还有一面，虽然没有放在这一起，也是我所喜欢的。镜作葵花八瓣形，直径宽处十一公分半，中央有长方格，铭两行曰：湖州石十五郎炼铜照子。明器自罗振玉的《图录》后已著于录，薛石的镜子更是文献足征了。汪曰桢《湖雅》卷九云：

> 《乌程刘志》：湖之薛镜驰名，薛杭人而业于湖，以磨镜必用湖水为佳。案薛名晋侯，字惠公，明人，向时称薛惠公老店，在府治南宣化坊。

又云：

> 《西吴枝乘》：镜以吴兴为良，其水清冽能发光也。予在婺源购得一镜，水银血斑满面，开之止半面，光如上弦之月。背铸字两行云，湖州石十三郎自照青铜监子，十二字，乃唐宋殉葬之物也。镜以监子名，甚奇。案宋人避敬字嫌名，改镜曰照子，亦曰鉴子，监即鉴之省文，何足为异。此必宋制，与唐无

涉，且明云自照，乃生时所用，亦非殉葬物也。

梁廷枏《藤花亭镜谱》卷四亦已录有石氏制镜，文曰：

南唐石十姐镜：葵花六瓣，全体平素，右作方格而中分之，识分两行，凡十有二字，正书，曰，湖州石十姐摹练铜作此照子。予尝见姚雪逸司马衡藏一器，有柄，识曰，湖州石念二叔照子。又见两拓本，一云，湖州石十五郎炼铜照子，一云，湖州石十四郎作照子，并与此大同小异，此云十姐，则石氏兄弟姊妹咸擅此技矣。云照子者亦唯石氏有之，古不过称鉴称镜而已。石氏南唐人，据姚司马考之如此。

南唐人本无避宋讳之理，且湖州在宋前也属于吴越，不属南唐，梁氏自己亦以为疑，但深信姚司马考据必有所本，定为南唐，未免是千虑一失了。

但是我总还不很明白骨董究竟应该具什么条件。据说骨董原来只是说古器物，那么凡是古时的器物便都是的，虽然这时间的问题也还有点麻烦。例如巨鹿出土的宋大观年代的器物当然可以算作骨董了，那些陶器大家都知宝藏，然而午门楼上的板桌和板椅真是历史上的很好材料，却总没法去放在书房里做装饰，固然难找得第二副，就是想放也是枉然。由此看来，古器物中显然可以分两部分，一是古物，二仍是古物，但较小而可玩者，因此就常被称为古玩者是也。镜与明器大抵可以列入古玩之部罢，其馀那些玩物，可玩而不古，那么当然难以冒扳华宗了。古玩的趣味，在普通玩物之上又加上几种分子。其一是古。古的好处何在，各人说法不同，要看他是哪一类的人。假如这是宗教家派的复古家，古之所以可贵者便因其与理想的天国相近。假如这是科学家派的考古家，他便觉得高兴，能够在这些遗物上窥见古时生活的一瞥。不佞并不敢自附于哪一派，如所愿则还在那别无高古的理想与热烈的情感的第二种人。我们看了宋明的镜子未必推测古美人的梳头匀面，“颇涉遐想”，但借此知道那时照影用的是有这一种式样，就得满足，于形色花样之外又增加一点兴味罢了。再说古玩的价值其二是稀。物以稀为贵，现存的店铺还要标明只此一家以见其名贵，何况古物，书夸孤本，正是应该。不过在这一点上我不甚赞同，因为我所有的都是常有多有的货色，大抵到每一个古董摊头去一张望即可发见有类似品的。此外或者还可添加一条，其三是贵。稀则必贵，此一理也。贵则必好，大官富贾买古物如金刚宝石然，此又一理也。若不佞则无从措辞矣，赞成乎？无钱；反对乎？殆若酸蒲桃。总而言之，我所有的虽也难说贱却也决不贵。明器在国初几乎满街皆是，一个一只洋耳，镜则都在绍兴从大坊口至三埭街一带地方得来，在铜店柜头杂置旧锁钥匙小件铜器的匣中检出，价约四角至六角之谱，其为我买来而不至被烊改作铜火炉者，盖偶然也。然亦有较贵者，小偷阿桂携来一镜，背作月宫图，以一元买得，此镜《藤花亭谱》亦著录，定为唐制，但今已失去。

玩骨董者应具何种条件？此亦一问题也。或曰，其人应极旧，如是则表里统一，可以养性。或曰，其人须极新，如是则世间谅解，可以免骂。此二说恐怕都有道理，不佞不能速断。但是，如果二说成立其一，于不佞皆大不利，无此资格而玩骨董，不佞亦自知其不可矣。

［1934 年 11 月《水星》/《苦茶随笔》］

重刊《袁中郎集》序

林语堂先生创议重刊《袁中郎全集》，刘大杰先生担任编订，我觉得这是很有意义的事。公安派在明季是一种新文学运动，反抗当时复古赝古的文学潮流，这是确实无疑的事实，我们只须看后来古文家对于这派如何的深恶痛绝，历明清两朝至于民国现在还是咒骂不止，可以知道他们加于正统派文学的打击是如何的深而且大了。但是他们的文字不但触怒了文人，而且还得罪了皇帝，三袁文集于是都被列入禁书，一概没收销毁了事，结果是想看的固然没得看，就是咒骂的人也无从得见，只好闭了眼睛学嘴学舌的胡乱说一番而已。我们举一个例，《直介堂丛刻》中有《苌楚斋随笔》，正续各十卷，庐江刘声木十枝撰，有己巳五月序，即民国十八年也，《随笔》卷三第十六则云：

> 明末诗文派别至公安竟陵可谓妖妄变幻极矣，亡国之音固宜如此，时当末造，非人力所能挽回，世多不知其名氏撰述，爰记之于下，以昭后世之炯戒。公安三袁，一庶子宗道，即士瑜，撰《海蠡编》二卷。一吏部郎中中道，撰述无传。一吏部郎中宏道，独宏道撰述甚富，撰有《觞政》一卷，《瓶花斋杂录》一卷，《袁中郎集》四十卷，《明文隽》八卷。竟陵为钟惺谭友夏，俱天门人。

又《续笔》卷四第十一则云：

> 瑞安陈怀孟冲父（案此处原文如是）撰有《独见晓斋丛书》，其第一种为《辛白论文》一卷，共九篇，其篇目有云文性文情文才文学文识文德文时等目，只须见其目即知其深中明季山人之习，坠入竟陵公安一派，实为亡国之音。

此书作者是桐城派，其反对公安本不足异，唯高谈阔论而伯修之《白苏斋类集》与小修之《珂雪斋集选》似均未见，又于中郎集外别列《觞政》，可知其亦未曾见过此集也。其实珂雪斋虽是难得，白苏斋与梨云馆本中郎集在道光年均有翻刻，而或因被骂太久之故也竟流传不广，以致连骂者亦未能看见，真真一大奇事。这回把中郎集印了出来，使得大家可以看看，功德无量。无论意见如何，总之看了再说，即使要骂也有点儿根据。

中郎是明季的新文学运动的领袖，然而他的著作不见得样样都好，篇篇都好，翻过来说，拟古的旧派文人也不见得没有一篇可取，因为他们到底未必整天整夜的装腔①作势，一不小心也会写下一小篇即兴的文章来，如专门模仿经典的杨子云做有《酒箴》，即是一例。中郎的诗，据我这诗的门外汉看来，只是有消极的价值，即在他的反对七子的假古董处，虽然标举白乐天苏东坡，即使不重模仿，与瓣香李杜也只百步之差，且那种五七言的玩意儿在那时候也已经做不出什么花样来了，中郎于此不能大有作为原是当然，他所能做的只是阻止更旧的，保持较新的而已。在散文方面中郎的成绩要好得多，我想他的游记最有新意，传序次之，《瓶史》与《觞政》二篇大约是顶被人骂为山林恶习之作，我却以为这很有中郎特色，最足以看出他的性情风趣。尺牍虽多妙语，但视苏黄终有间，比孙仲益自然要强，不知②怎的尺牍与题跋后来的人总写不过苏黄，只有李卓吾特别点，他信里那种斗争气分也是前人所无，后人虽有而外强中干，却很要不得了。中郎反抗正统的“赋得”文学自是功在人间，我们怀念他的功绩，再看看他的著作，成就如何，正如我们

【锺校】

① “腔”原作“调”。

② “知”原作“这”。

读左拉的小说，看他与自然主义的理论离合如何，可以明了文学运动的理想与现实，可以知人论世，比单凭文学史而议论得失，或不看作品而信口雌黄，总要较为可靠乎。

中郎喜谈禅，又谈净土，著有《西方合论》一卷，这一部分为[①]我所不大喜欢，东坡之喜谈修炼也正是同样的一种癖。伯修与小修，陶石篑石梁，李卓吾屠长卿，也都谈佛教，这大约是明末文坛的普通现象。正统派照例是儒教徒，而非正统派便自然多逃儒归佛，佛教在那时虽不是新思想，却总是一个自由天地，容得他们托足，至于是否够说信仰，那我就不好代为回答了。反对这些新文学潮流的人骂他们妖妄变幻，或者即侧重此点，我看《苌楚斋随笔》中屡次说到明朝之亡由于李屠诸人之信佛教毁伦常，可以参证，不过李屠以及二陶三袁固然与佛有关，竟陵的钟谭似并不这样，然则此文所云又是疑问了。正统派骂公安竟陵为亡国之音，我疑心这句话自从甲申以后一直用到如今了罢，因为明朝亡了是千真万确的事实，究竟明朝亡于何人何事也是公说公有理婆说婆有理，而且更是死无对证，我想暂不讨论，但是什么是亡国之音，这件事似乎还可以来探讨一下。有人说，亡国之音便是公安竟陵那样的文章。这样的干脆决断，仿佛事情就完了，更无话可说。然而不然。所谓亡国之音这是有出典的，而且还出在经书里。查《礼记·乐记第十九》云："亡国之音哀以思，其民困。"孔颖达疏云："亡国谓将欲灭亡之国，乐音悲哀而愁思，亡国之时民心哀思，故乐音亦哀思，由其人困苦故也。"后又云："桑间濮上之音，亡国之音也。"郑玄注云："濮水之上地有桑间者，亡国之音于此之水出也。昔殷纣使师延作靡靡之乐，已而自沉于濮水，后师涓过焉，夜闻而写之，为晋平公鼓之，是之谓也。"在同一

【锺校】

① 原无"为"字，今增。

篇中，有两样说法，迥不相同，一说乐音哀思，一说靡靡之乐，令人无所适从。郑玄虽然也是大儒，所说又有韩非做根据，但是我们总还不如信托经文，采取哀思之说，而桑间濮上应即承上文而言，至于其音是否哀以思，是否与上文不矛盾，则书缺有间，姑且存疑。中郎的文章说是有悲哀愁思的地方原无不可，或者这就可以说亡国之音。《诗经·国风》云：

有兔爰爰，雉离于罗。
我生之初，尚无为。
我生之后，逢此百罹。
尚寐无吪！

这种感情在明季的人心里大抵是很普通罢。有些闲适的表示实际上也是一种愤懑，即尚寐无吪的意思。外国的隐逸多是宗教的，在大漠或深山里积极的修他[①]的胜业，中国的隐逸却是政治的，他们在山林或在城市一样的消极的度世。长沮桀溺曰，“滔滔者天下皆是也，而谁与易之?”便说出本意来。不过这种情形我想还应用《乐记》里别一句话来包括才对，即是“乱世之音怨以怒，其政乖”。孔颖达解亡国为将欲灭亡之国，这也不对，亡国便干脆是亡了的国，明末那些文学或可称之曰乱世之音，顾亭林傅青主陈老莲等人才是亡国之音，如吴梅村临终的词亦是好例。闲话休提，说乱世也好，说亡国也好，反正这都是说明某种现象的原因，《乐记》云，“情动于中故形于声，声成文谓之音”，其情之所以动，则或由世乱政乖，或由国亡民困，故其声亦或怨怒或哀思，并不是无缘无故的会忽发或怨怒或哀思之音，更不是有人忽发怨怒之音而不乱之世就乱，或忽发哀思之音而不亡之[②]国会亡也。中郎的文章如

【锺校】

① “他”原作“地”。
② 原无“之”字，今增。

其是怨以怒的，那便是乱世之音，因为他那时的明朝正是乱世；如其是哀以思的，那就可以算是亡国之音，因为明末正是亡国之际，“时当末造，非人力所能挽回”，所可说的如此而已，有什么可以“昭后世之炯戒”的地方呢？使后世无复乱世，则自无复乱世之音，使后世无复亡国，则自无复亡国之音，正如有饭吃饱便不面黄肌瘦，而不生杨梅疮也就不会鼻子烂落也。然而正统派多以为国亡由于亡国之音，一个人之没有饭吃也正由于他的先面黄肌瘦，或生杨梅疮乃由于他的先没有鼻子。呜呼，熟读经典者乃不通《礼记》之文，一奇也。中郎死将三百年，事隔两朝，民国的文人乃尚欲声讨其亡国之罪，二奇也。关于此等问题，不佞殆只得今天天气哈哈哈矣。

说到这里，或者有人要问，足下莫非是公安派或竟陵派乎？莫非写亡国之音者乎？这个疑问也问得当然，但是我惭愧不能给他一个肯定的答语。第一，我不是非宗教者，但实是一个无宗教者。我的新旧教育都不完全，我所有的除国文和三四种外国文的粗浅知识以外，只有一点儿生物的知识，其程度只是丘浅治郎的《生物学讲话》，一点儿历史的知识，其程度只是《纲鉴易知录》而已，此外则从蔼理斯得来的一丝的性的心理，从弗来则得来的一毫的社会人类学，这些鸡零狗碎的东西别无用处，却尽够妨碍我做某一家的忠实的信徒。对于一切东西，凡是我所能懂的，无论何种主义理想信仰以至迷信，我都想也大抵能领取其若干部分，但难以全部接受，因为总有其一部分与我的私见相左。公安派也是如此，明季的乱世有许多情形与现代相似，这很使我们对于明季人有亲近之感，公安派反抗正统派的复古运动，自然更引起我们的同感，但关系也至此为止，三百年间迟迟的思想变迁，也就不会使我们再去企图复兴旧庙的香火了。我佩服公安派在明末的新文学运动上的见识与魄力，想搜集湮没的三袁著作来看看，我与公安派的情分便是如此。第二，我不是文学家，没有创作，也说不上什么音不音。假如要说，无论说话写字都算是音，不单是创作，原来《乐记》的所谓音也是指音乐，那么，我也无从抵赖。是的，我有时也说话也写字，更进一步说，即不说话不写字亦未始不可说是音，沉默本来也是一种态度，是或怨怒或哀思的表示。中国现在尚未亡国，但总是乱世罢，在这个时候，一个人如不归依天国，心不旁骛，或应会试作“赋得文治日光华”诗，手不停挥，便不免要思前想后，一言一动无不露出消极不祥之气味来，何则，时非治世，在理固不能有好音，此查照经传可得而断言者也。国家之治乱兴亡自当责有攸归，兹不具论，若音之为乱世或亡国，则固由乱世或亡国的背景造成之，其或怨怒或哀思的被动的发音者应无庸议。今之人之不能不面黄肌瘦者真是时也命也，不佞岂能独免哉，不佞非公安派而不能逃亡国之音之谥者亦是时也命也。吾于是深有感于东北四省之同胞，四省之人民岂愿亡国哉，亦并何尝预为亡国之音，然而一旦竟亡，亦是时也命也。我说时与命者，言此与人民之意志无关，与文学之音亦无关也。音之不祥由于亡国，而亡国则由于别事，至少决不由于音之祥不祥耳。人苟少少深思，正当互相叹惋，何必多哓哓也。

闲话说得太多了，而实于中郎无甚关系，似乎可以止住了。重刊《中郎集》鄙意以为最好用小修所编订本，而以别本校其异同，增加附录，似比另行编辑为适宜。标点古书是大难事，错误殆亦难免，此在重刊本体例上似有可商者，附识于此，以示得陇望蜀或求全责备之意云尔。

中华民国二十三年十一月十三日，识于北平。

［1934 年 11 月 17 日《大公报》/《苦茶随笔》］

《现代散文选》序

孙席珍君编《现代散文选》，叫我写一篇序文。孙君是同乡旧友，我觉得义不容辞，其次又觉得关于这题目还有话可说，所以答应了。可是答应下来之后，一搁就是一暑假加另，直到现在孙君来催，说本文差不多已经印齐了，这才没法只得急忙来赶写。

我说急忙，这里含有张皇之意。为什么呢？我当初答应写序文，原是心里打算有话可说的，但是后来仔细思索，却又发见可说的话并不多，统写下来也不过半页上下，决不能算一篇序。

而且这些话大半又曾经在什么地方说过的，现在再拿来说，虽然未必便是文抄公，也总有点不合式，至少也是陈年不新鲜。

那么怎么办呢？说也奇怪，我对于新文学的现代散文说不出什么来，对于旧文学的古文却似乎颇有所知，也颇有点自信。这是否为的古人已死，不妨随意批评，还是因为年纪老大，趋于反动复古了呢？这两者似乎都不是。昭明太子以及唐宋八大家确是已死，但我所说的古文并不限于他们，是指古今中外的人们所做的古文，那么这里边便包括现代活人在内，对于这些活人所写的古文我仍然要不客气的说，这是一。年纪大了，见闻也加多，有些经验与感情是庚子辛亥丙辰丁巳以后诞生的青年诸公所不知道的，但是压根儿还是现代人，所写的无论哪一篇都是道地的现代文，一丝一毫没有反动的古文气，此其二。然而我实在觉得似乎更确实的懂得古文的好坏，这个原因或者真是我懂得古文，知道古文的容易做所以也容易看罢。

这个年头儿，大家都知道，正是古文反动的时期。文体改变本来是极平常的事，于人心世道国计民生了无干系，如日本自明治上半文学革命，一时虽有雅俗折衷言文一致种种主张，结果用了语体文，至于今日虽是法西斯蒂高唱入云之际，也并没有人再来提出文言复兴，因为日本就是极右倾的人物也知道这些文字上的玩意儿是很无聊极无用的事。日本维新后，科学的医术从西洋传了进去，玄学的汉法医随即倒地，再也爬不起来，枪炮替代了弓箭大刀，拳术也只退到练习手眼的地位。在中国却不然，国家练陆军，立医学校，而“国医国术”特别蒙保护优待，在民间亦十分珍重信托。古文复兴运动同样的有深厚的根基，仿佛民国的内乱似的应时应节的发动，而且在这运动后面都有政治的意味，都有人物的背景。五四时代林纾之于徐树铮，执政时代章士钊之于段祺瑞，现在汪懋祖不知何所依据，但不妨假定为戴公传贤罢。只有《学衡》的复古运动可以说是没有什么政治意义，真是为文学上的古文殊死战，虽然终于败绩，比起那些人来要更胜一筹了。非文学的古文运动因为含有政治作用，声势浩大，又大抵是大规模的复古运动之一支，与思想道德礼法等等的复古相关，有如长蛇阵，反对的人难以下手总攻，盖如只击破文学上的一点仍不能取胜，以该运动本非在文学上立脚，而此外的种种运动均为之支拄，决不会就倒也。但是这一件事如为该运动之强点，同时却亦即其弱点。何也？该运动如依托政治，固可支持一时，唯其性质上到底是文字的运动，文字的运动而不能在文学上树立其基础，则究竟是花瓶中无根之花，虽以温室硫黄水养之，亦终不能生根结实耳。古文运动之不能成功也必矣，何以故？历来提倡古文的人都不是文人——能写文章或能写古文者，且每下愈况，至今提倡或附和古文者且多不通古文，不通古文者即不懂亦不能写古文者也，以如此的人提倡古文，其结果只平空添出许多不通的古文来而已。我不能写古文，却自信颇懂得其好丑，尝欲取八大家与桐城派选拔其佳者订为一卷，因事忙尚未果，现今提倡古文者如真能写出好古文来，不佞亦能赏识之，一面当为表彰，一面当警告写白话文者赶紧修战备，毋轻敌。今若此，我知其无能为矣，社会上纵或可占势力，但文学上总不能有地位也。

古文既无能为，则白话文的前途当然很有希望了。但是，古文者文体之一耳，用古文之弊害不在此文体而在隶属于此文体的种种复古的空气，政治作用，道学主张，模仿写法等。白话文亦文体之一，本无一定属性，以作偶成的新文学可，以写赋得的旧文学亦无不可，此一节不可不注意也。如白话文大发达，其内容却与古文相差不远，则岂非即一新古文运动乎。尔时散文虽丰富，恐孙君将选无可选，而不佞则序文可以不写，或者亦是塞翁之一得耳。

［1934 年 12 月 1 日《大公报》/《苦茶随笔》］

关于林琴南

整整的十年前，民国十三年十一月中，我曾经写过这一篇小文，纪念林琴南之死：

> 林琴南先生死了。五六年前，他卫道，卫古文，与《新青年》里的朋友大斗其法。后来他老先生气极了，做了一篇有名的小说《荆生》，大骂新文学家的毁弃伦常，于是这场战事告终，林先生的名誉也一时扫地了。林先生确是清室孝廉，那篇《蠡叟丛谈》也不免做的有点卑劣，但他在中国文学上的功绩是不可泯没的。胡适之先生在《五十年来中国之文学》里说，"《茶花女》的成绩遂替古文开辟一个新殖民地"，又说，"古文的应用自司马迁以来，从没有这样大的成绩"。别一方面，他介绍外国文学，虽然用了班马的古文，其努力与成绩决不在任何人之下。一九〇一年所译《黑奴吁天录》例言之六云，"是书开场伏脉接笋结穴，处处均得古文家义法"，虽似说的可笑，但他的意思是想使学者因此"勿遽贬西书，谓其文境不如中国也"，却是很可感的居心。老实说，我们几乎都因了林译才知道外国有小说，引起一点对于外国文学的兴味，我个人还曾经颇模仿过他的译文。他所译的百馀种小说中当然玉石混淆，有许多是无价值的作品，但世界名著实也不少。达孚的《鲁滨孙漂流记》，司各得的《劫后英雄略》，迭更司的《块肉馀生述》，小仲马的《茶花女》，圣彼得的《离恨天》，都是英法的名作。此外欧文的《拊掌录》，斯威夫德的《海外轩渠录》，虽然译的不好，也是古今有名的原本，由林先生的介绍

才入中国。文学革命以后，人人都有了骂林先生的权利，但没有人像他那样的尽力于介绍外国文学，译过几本世界的名著。中国现在连人力车夫都说英文，专门的英语家也是车载斗量，在社会上出尽风头，——但是，英国文学的杰作呢？除了林先生的几本古文译本以外，可有些什么！……

我们回想头脑陈旧，文笔古怪，又是不懂原文的林先生，在过去二十年中竟译出了好好丑丑这百馀种小说，再回头一看我们趾高气扬而懒惰的青年，真正惭愧煞人。林先生不懂什么文学和主义，只是他这种忠于他的工作的精神，终是我们的师，这个我不惜承认，虽然有时也有爱真理过于爱我们的师的时候。

现在整整的十年过去了，死者真是墓木已拱了，文坛上忽然又记念起林琴南来，这是颇有意思的事情。我想这可以有两种说法。其一是节取，说他的介绍外国文学的工作是可贵的，如上边所说那样。但这个说法实在乃是指桑骂槐，称赞老头子那么样用功即是指斥小伙子的懒惰。在十年前的确可以这样说，近来却是情形不同了，大家只愁译了书没处出版，我就知道有些人藏着二三十万字的译稿送不出去，因为书店忙于出教科书了，一面又听说青年们不要看文艺书了，也不能销。照此刻情形看来，表彰林琴南的翻译的功劳，用以激励后进，实在是可以不必。其二是全取，便是说他一切都是好的，卫道，卫古文，以至想凭借武力来剪除思想文艺上的异端。无论是在什么时代，这种办法总不见得可以称赞吧，特别是在智识阶级的绅士淑女看去。然而——如何？

我在《人间世》第十四十六这两期上看见了两篇讲林琴南的文章，都在《今人志》中，都是称赞不绝口的。十六期的一篇盛称其古文，讲翻译小说则云："所译者与原文有出入，而原文实无其精彩。"这与十四期所说，"与原文虽有出入，却很能传出原文的精神"，正是同样的绝妙的妙语。哪一位懂英文的人有点闲空，请就近拿一本欧文的 Sketch Book

与林译《拊掌录》对照一两篇看，其与原文有出入处怎样地能传出原文的精神或比原文怎样地更有精彩，告诉我们，也好增加点见识。

十四期中赞美林琴南的古文好与忠于清室以外，还很推崇他维持中国旧文化的苦心①。这一段话我细细地看了两遍，终于不很明白。我想即使那些真足以代表中国的旧文化，林琴南所想维持者也决不是这个，他实在只拥护三纲而已，看致蔡鹤卿书可知。《新申报》上的《蠡叟丛谈》可惜没有单行，崇拜林琴南者总非拜读这名著一遍不可。如拜读了仍是崇拜，这乃是死心塌地的林派，我们便承认是隔教，不再多话，看见只好作揖而已。

[1934年12月3日《华北日报》/《苦茶随笔》]

【锺校】

①这一句原排在上一段末尾，从文义看应该是下一段的开头，现在就这样改过来了。

论“救救孩子”

李长之君在北大理预科时我就认识他。他学过生物，又转习哲学，爱好文学，常写些批评文。这回要选集了出一本书，叫我写序，这个我当然愿意作，虽然我的文学小铺早已关门，对于文学不知道怎么说好，但是我相信以李君的学力与性格去做文学批评的工作总是很适当能胜任的，所以关于本题权且按下不表，我在这里只能来说几句题外的闲话罢了。

我读李君的文章留下印象最深的一点是他对于儿童的关切。在现今的中国，我恐怕教育上或文艺上对于这个问题不大注意久矣夫已非一日了罢。说也奇怪，家里都有小孩，学校内和街上也都是，然而试问儿童是什么？谁知道！或者这是一种什么小东西子罢，或者这是小的成人，反正没有多大关系。民国初年曾经有人介绍过蒙德淑利的《儿童之家》，一时也颇热闹，我在东南的乡下见到英文书也有十种之谱，后来我都寄赠给北京女高师，现在大约堆在什么地方角落里，中国蒙德淑利的提倡久已消灭，上海大书店所制的蒙氏教具也早无存货罢。

幼稚园，这实在可称为“儿童之园”，因为正式列入教育统系的缘故，总算至今存在，似乎也有点只幼稚而不园。福勒贝尔大师的儿童栽培法本来与郭橐驼的种树法相通，不幸流传下来均不免貌似神离，幼稚园总也得受教育宗旨的指挥，花儿匠则以养唐花扎鹿鹤为事了。听说现代儿童学的研究起于美洲合众国，斯丹莱霍耳博士以后人才辈出，其道大昌，不知道何以不曾传入中国？论理中国留学美国的人很多，学教育的人更不少，教育的对象差不多全是儿童，而中国讲儿童学或儿童心理的书何以竟稀若凤毛麟角，关于儿童福利的言论亦极少见，此固一半由于我的孤陋寡闻，但假如文章真多，则我亦终能碰见一篇半篇耳。据人家传闻，西洋在十六世纪发见了人，十八世纪发见了妇女，十九世纪发见了儿童，于是人类的自觉逐渐有了眉目，我听了真不胜歆羡之至。中国现在已到了哪个阶段我不能确说，但至少儿童总尚未发见，而且也还未曾从西洋学了过来。

自从文章上有“救救孩子”的一句话，这便成为口号，一时也流行过。但是怎样救法呢，这还未见明文。我的“杞天之虑”是，要了解儿童问题，同时对于人与妇女也非有了解不可，这须得先有学问的根据，随后思想才能正确。狂信是不可靠的，刚脱了旧的专断便会走进新的专断。我又说，只有不想吃孩子的肉的，才真正配说救救孩子。现在的情形，看见人家蒸了吃，不配自己的胃口，便嚷着要把“它”救了出来，照自己的意思来炸了吃。可怜人这东西本来总难免被吃的，我只希望人家不要把它从小就“栈”起来，一点不让享受生物的权利，只关在黑暗中等候喂肥了好吃或卖钱。旧礼教下的卖子女充饥或过瘾，硬训练了去升官发财或传教打仗，是其一，而新礼教下的造成种种花样的信徒，亦是其二。我想人们也太情急了，为什么不能慢慢的来，先让这班小朋友们去充分的生长，满足他们自然的欲望，供给他们世间的知识，至少到了中学完毕，那时再来诱引或哄骗，拉进各派去也总不迟。现在却那么迫不及待，道学家恨不得夺去小孩手里的不倒翁而易以俎豆，军国主义者又想他们都玩小机关枪或大刀，在幼稚园也加上战事的训练，其他各派准此。这种办法我很不以为然，虽然在社会上颇有势力。蒙德淑利与福勒贝尔的祖国都变成了法西斯的本场，教育与文艺都隶属于政治之下，壮丁已只是战争之资料，更何论妇女与儿童乎！此时而有救救孩子的呼声，如不是类似拍花子的甘言，其为大胆深心的书呆子的叹息盖无疑矣。

天下之书呆子少而拍花子多，盖不得已之事也。老实说，我对于救救孩子的呼声一点儿都不相信，李君对于欺骗小孩子的甚为愤慨，常有言论，这我最有同感。教育家不把儿童看在眼里，但是书店却把他们看在眼里的，这就是当作主顾看，于教科书之外再摆出些读物来，虽然他们如亲自到柜台边去，却也仍旧要遇着伙计们的白眼的。中国学者中没有注意儿童研究的，文人自然也同样不会注意，结果是儿童文学也是一大堆的虚空，没有什么好书，更没有什么好画。在日本这情形便很不相同，学者文人都来给儿童写作或编述，如高木敏雄，森林太郎，岛崎藤村，铃木三重吉等皆是。画家来给儿童画插画，竹久梦二可以说是少年少女的画家，最近如田河水泡画作的《凸凹黑兵卫》的确能使多多少少的小儿欢喜笑跳，就是我们读了也觉得有兴趣。可惜中国没有这种画家，一个也没有。——可是这有什么法子。第一，实在天不生这些人才。第二，国民是整个的，政客军人教育家文士画师，好总都好，坏也都坏，单独期望谁都不成，攻击谁也都不大平安。李君却要说话，这是我所最佩服的。我也记不清是哪几篇文章了，也不知是批评出版还是思想哪一方面的权威了，总之我记得的是李君对于儿童的关切，其次是说话的勇气，不佞昔日虽曾喜谈虎，亦自愧弗如矣。

李君的书是批评论文集，我这样的乱说一番，未免有点文不对题。但是我早同李君说过，我写序跋是以不切题为宗旨的。还有一层，我说李君对于儿童的关切等等，即使集中很少这些论文也并不妨，反正这是李君的一种性格，我不敢论文，只少少论人而已。至于论人假如仍旧论得不切题，那么这也就包括在上文所说之内，请大家原谅可也。

［1934 年 12 月 8 日《大公报》/《苦茶随笔》］

半农纪念

七月十五日夜我们到东京，次日定居本乡菊坂町。二十日我同妻出去，在大森等处跑了一天，傍晚回寓，却见梁宗岱先生和陈女士已在那里相候。谈次陈女士说在南京看见报载刘半农先生去世的消息，我们听了觉得不相信，徐耀辰先生在座也说这恐怕是别一个刘复吧，但陈女士说报上记的不是刘复而是刘半农，又说北京大学给他照料治丧，可见这是不会错的了。我们将离开北平的时候，知道半农往绥远方面旅行去了，前后相去不过十日，却又听说他病死了已有七天了。世事虽然本来是不可测的，但这实在来得太突然，只觉得出于意外，惘然若失而外，别无什么话可说。

半农和我是十多年的老朋友，这回半农的死对于我是一个老友的丧失，我所感到的也是朋友的哀感，这很难得用笔墨纪录下来。朋友的交情可以深厚，而这种悲哀总是淡泊而平定的，与夫妇子女间沉挚激越者不同，然而这两者却是同样地难以文字表示得恰好。假如我同半农要疏一点，那么我就容易说话，当作一个学者或文人去看，随意说一番都不要紧。很熟的朋友却只作一整个的人看，所知道的又太多了，要想分析想挑选了说极难着手，而且褒贬稍差一点分量，心里完全明了，就觉得不诚实，比不说还要不好。荏苒四个多月过去了，除了七月二十四日写了一封信给半农的长女小蕙女士外，什么文章都没有写，虽然有三四处定期刊物叫我做纪念的文章，都谢绝了，因为实在写不出。九月十四日，半农死后整两个月，在北京大学举行追悼会，不得不送一副挽联，我也只得写这样平凡的几句话去：

十七年尔汝旧交，追忆还从卯字号；

廿馀日驰驱大漠，归来竟作丁令威。

这是很空虚的话，只是仪式上所需的一种装饰的表示而已。学校决定要我充当致辞者之一，我也不好拒绝，但是我仍是明白我的不胜任，我只能说说临时想出来的半农的两种好处。其一是半农的真。他不装假，肯说话，不投机，不怕骂，一方面却是天真烂漫，对什么人都无恶意。其二是半农的杂学。他的专门是语音学。但他的兴趣很广博，文学美术他都喜欢，做诗，写字，照相，搜书，讲文法，谈音乐。有人或者嫌他杂，我觉得这正是好处，方面广，理解多，于处世和治学都有用，不过在思想统一的时代自然有点不合式。我所能说者也就是极平凡的这寥寥几句。

前日阅《人间世》第十六期，看见半农遗稿《双凤凰专斋小品文》之五十四，读了很有所感。其题目曰《记砚兄之称》，文云：

余与知堂老人每以砚兄相称，不知者或以为儿时同窗友也。其实余二人相识，余已二十七，岂明已三十三。时余穿鱼皮鞋，犹存上海少年滑头气，岂明则蓄浓髯，戴大绒帽，披马夫式大衣，俨然一俄国英雄也。越十年，红胡入关主政，北新封，《语丝》停，李丹忱捕，余与岂明同避菜厂胡同一友人家。小厢三楹，中为膳食所，左为寝室，席地而卧，右为书室，室仅一桌，桌仅一砚。寝，食，相对枯坐而外，低头共砚写文而已，砚兄之称自此始。居停主人不许多友来视，能来者余妻岂明妻而外，仅有徐耀辰兄传递外间消息，日或三四至也。时为民国十六年，以十月二十四日去，越一星期归，今日思之，亦如梦中矣。

这文章写得颇好，文章里边存着作者的性格，读了如见半农其人。民国六年春间我来北京，在《新青年》中初见到半农的文章，那时他还在南方，留下一种很深的印象，这是几篇《灵霞馆笔记》，觉得有清新的生气，这在别人笔下是没有的。现在读这遗文，恍然记及十七年前的事，清新的生气仍在，虽然更加上一点苍老与着实了。但是时光过得真快，鱼皮鞋子的故事在今日活着的人里只有我和玄同还知道吧，而菜厂胡同一节说起来也有车过腹痛之感了。前年冬天半农同我谈到蒙难纪念，问这是哪一天，我查旧日记，恰巧民国十六年中有几个月不曾写，于是查对《语丝》末期出版月日等等，查出这是在十月二十四，半农就说下回我们要大举请客来作纪念，我当然赞成他的提议。去年十月不知道怎么一混大家都忘记了，今年夏天半农在电话里还说起，去年可惜又忘记了，今年一定要举行。然而半农在七月十四日就死了，计算到十月二十四恰是一百天。

昔时笔祸同蒙难，菜厂幽居亦可怜。

算到今年逢百日，寒泉一盏荐君前。

这是我所作的打油诗，九月中只写了两首，所以在追悼会上不曾用，今见半农此文，便拿来题在后面。所云菜厂在北河沿之东，是土肥原的旧居，居停主人即土肥原的后任某少佐也，秋天在东京本想去访问一下，告诉他半农的消息，后来听说他在长崎，没有能见到。

还有一首打油诗，是拟近来很时髦的浏阳体的，结果自然是仍旧拟不像，其辞曰：

漫云一死恩仇泯，海上微闻有笑声。

空向刀山长作揖，阿旁牛首太狰狞。

半农从前写过一篇《作揖主义》，反招了许多人的咒骂。我看他实在并不想侵犯别人，但是人家总喜欢骂他，仿佛在他死后还有人骂。本来骂人没有什么要紧，何况又是死人，无论骂人或颂扬人，里边所表示出来的反正都是自己。我们为了交谊的关系，有时感到不平，实在是一种旧的惯性，倒还是看了自己反省要紧。譬如我现在来写纪念半农的文章，固然并不想骂他，就是空虚地说上好些好话，于半农了无损益，只是自己出乖露丑。所以我今日只能说这些闲话，说的还是自己，至多是与半农的关系罢了，至于目的虽然仍是纪念半农。半农是我的老朋友之一，我很悼惜他的死。在有些不会赶时髦结识新相好的人，老朋友的丧失实在是最可悼惜的事。

［1934 年 12 月 20 日《人间世》/《苦茶随笔》］

关于捉同性恋爱

近日报载柏林十七日“合众电”，云国社党近来大捉其同性恋爱者，为冲锋队所捕者当有数百人。这一件小事给我的假定加上一层证明，所以我看了不禁微笑。

我曾假定欧洲法西斯蒂的会考榜，名次如下：正取二名，一，墨索利尼，二，凯末尔。备取一名，希特拉。备取或者应称副榜，正如中国的半边举人，下次乡试还得考过。至于定名次的理由很是充足，墨索利尼所以考取第一者，因为他的政治是上了轨道的，这只看报上不大看见他的什么消息可以证明。凯末尔也差不多，从前还能毅然排除旧礼教，令妇女除去面幕，很可佩服，不过这法西斯蒂是义大利的国产，所以这榜首不能不让给墨首相了。

希特拉的分数之所以不好盖有好几个原因。卐字政治似乎老是不安宁，奇闻怪事层出不穷，好像病人不能安眠，时时发作拘挛似的，总非健康平复之象。

其第一件是烧性书。以性学之科学的研究为有害于世道人心，一奇也。以为性欲由于书物的外诱而不根于本能的发动，二奇也。以为烧书可以制性欲的泛滥，三奇也。有此三奇，远可并驾秦之始皇，近亦可齐驱中古之罗马法王矣。

第二件是驱逐犹太人。据说这是由于要保存纯粹日耳曼民族血统。纯粹的血统，这恐怕是一个幻想，虽然也自然可以说是理想，正如想望伊甸乐园生活的理想。犹太人在欧洲或者有讨人厌的地方吧，我们不能知道，如要驱逐他们而以纯粹民族的口实，还不失为一种霸术，现在若以此为政纲，此不但蹈袭威廉二世张百伦辈的传统，亦是宗教的梦想家言也。

第三件是冲锋队清党。此中详情非我们外人所知，但有内乱总不是一国一党安定之兆，只看义大利土耳其之不闹问题，便可知国社党的有毛病了。

第四件就是这捉拿同性恋爱，说到这里不免要学唱经堂的批才子书，先叫一声好。且说世事纷拿，却有章法，恰如一篇妙文。德国学问甲天下，性学也以“侯施斐尔”教授为山斗，后来忽然一阵狂风骤雨把这学术机关毁掉，书籍烧掉，再向别方面闹过一通之后，回过来捉拿同性恋爱，此真是文章上所谓草蛇灰线法也。夫同性恋爱为何物，性学中言之最详，总之此是属于医生的范围，而非军警之事。昔者疯人发狂，愚民以为有神附体，谵语则神示意，杀人放火则神示罚也，敬畏礼拜之。中古教士乃以为有鬼附体，鞭打禁锢之，不用柴火烧出魔鬼以救其灵魂者亦幸耳。到了现代才知道是神经病，把他当作病人而治疗之。此三阶段很有意义，今之捕同性恋爱盖是中古的一段，但不知中古对于此种花煞附体的犯人如何处置，现在又如何发落，惜电文简略无从知悉耳。欧战以后德国大约被逼得很厉害，有点儿逼疯了的样子，第一须得放宽一点，或者可以舒缓过来，发作自然减少，虽然新闻资料也少了，但是旁人看了也觉得心安。不过中国又何尝有批评德国的资格，我们说这些闲话岂非不自量乎。

［1934 年 12 月 27 日《华北日报》/《苦茶随笔》］

一九三五年

弃文就武

我是江南水师出身的。我学海军还未毕业得到把总衔的时候便被派往日本留学，但是在管轮班里住过六个年头，比我以后所住的任何学校为久，所以在我没有专门职业的专门中，计算起来还要算是海军。历来海军部中有我的好些老师，同学少年也多不贱，部长司长也都有过，科长舰长更不必说，有的还已成为烈士，如在青岛被张宗昌所杀害的前渤海舰队司令吴椒如君，便是我的同班老友，大家叫他作“书店老板”的。我自己有过一个时候想弄文学，不但喜读而且还喜谈，差不多开了一间稻香村的文学小铺，一混几年，不惑之年倏焉已至，忽然觉得不懂文学，赶快下匾歇业，预备弃文就武。可是不相干，这文人的名号好像同总长大帅一样，在下野之后也还是粘在头上，不容易能够或者是肯拿下来的。我的当然不是我而是人家不肯让我拿掉。似乎文人必定是终身的职务，而其职务则是听权威的分付去做赋得的什么文学。我的弃文于是大犯其罪，被一班维新的朋友从年头直骂到年尾。现在是民国二十三年的年终了，我想该不该来清算一下。仔细想过，还是决定拉倒。第一，人家以为我不去跟着呐喊，他们的大事业便不能成，那是太看得起我，正如说斯人不出如苍生何，我岂敢当，更何敢生气？第二，这骂于我有什么害处？至多影响着我的几本书的销路，一季少收点版税。为了这点利益去争闹，未免太是商贾气了。第三，这骂于人家有什么好处？

至少可以充好些杂志的材料，卖点稿费。这事于人有利，我为什么不赞成呢。还有一层，明季的情形已经够像了，何必多扮一个幾社复社人去凑热闹。总之，我早走出文坛来了，还管这文坛的甚鸟？

老实说，我对于文事真是没有什么兴趣，可以不谈了，还不如翻过来谈武备吧。

且慢，文事不好谈，武备难道是很容易谈的么？我知道这是不然。北京从前到处的茶楼酒馆贴过莫谈国事的纸条，关于武备固然不见明文，似乎没有禁令，但是军机何等重要，岂可妄谈，况且这又岂非即国事的一部分乎？即使如日本军部前回的发布小册子，要使人民都知道国防的紧要，那也是在上者要说的话，人民怎么开得口来，只有代表人民替他们作喉舌的议员老爷与新闻记者大人们才有说话的分，可是他们照例还是说在上者的话，说了还如不说，或者还不如不说。我半路出了家，没有能够钻到军部里去，议员在中国是没有，就是有我也拿不出这笔本钱，记者又是不会当，不敢当。很可惜我那时不曾接受这件事：张大元帅的时代，官方要办一种关于海军的月刊，部里的一个同班老友介绍别一位来访我，要我担任编辑。其时大元帅部下接收北京大学，改组为京师大学之一部，我与二三友人被赶了出来，正是在野的时候，老同学保荐我当这差使，实在非常感激，可是也实在觉得自己弄不来，很难为情地辞谢了。假如我办了那个月刊，现在便有说话的地方，然而事在七八年之前，便是怎么后悔也都来不及了。

其实我所要说或能说的话本来也是很普通的，或者未必有什么违碍，也未必有登专门刊物的资格。这大抵是普通市民无论已登记或未登记的都想得到，只是没有工夫来说，我们虽然也并不怎么有闲，却在以前养成了一种忙中说闲话的习惯，所以来代为说出罢了。我的意思第一是想问问对于目前英日美的海军会议我国应作何感想？日本因为不服五与三的比例把会议几乎闹决裂了，中国是怎样一个比例，五与零还是三与零呢？其次我想先问问海军当局，——陈先生是我的老同学，可惜现在告病了，再请教别的军事专家，现在要同外国打仗，没有海军是不是也可以？据我妄想，假如两国相争，到得一国的海军歼灭了，敌舰可以来靠岸的时候，似乎该是讲和了罢？不但甲辰的日俄之战如此，就是甲午的中日之战也是如此。中国甲午以来至于甲戌这四十年间便一直只保有讲和状态的海军，此是明显的事实无庸讳言，盖这四十年来的政治实以不同外国打仗为基础而进行着的，到了今日这个情形恐怕还没有变吧？在别人——不，就是在自己以前也如此，只好讲和的状况之下，现今要开始战争，如是可能，那是否近于奇迹？本来政府未曾对人民表示过，将来是否要与外国或预料与哪一国打仗，我们人民也不必多疑以自取“樊恼”。但是我看报章上常有代表舆论的主笔做社论，政界要人对人谈话，多说一九三六年的中国怎样怎样，这就使人民想起几个问题，想问一下，便是打不打，同谁打，怎么打？头两个属于军机秘密，大约不好问吧，末了一个似乎不妨请教，却也很是重要，因为必须先决定了没有海军也可以打，那才能说到打谁或打不打。有些本来是公开的秘密我想为政者也可以就公开了，不必再当作什么秘密，反使得人民怀疑，不信任。《论语》十九，子夏曰，君子信而后劳其民，未信则以为厉己也。现在政府正在崇圣尊经，我愿以卜子的这句话奉献。

末了我想关于军事训练说一两句话。我于教育是外行，并不想说军事训练对于中小学学业的妨害，那去问校长教员们都知道，我只说学校里的军训之无意义。这军事训练在日本是有意义的，日本是征兵制，青年总得去当兵，不过从前在学时期可以“犹豫”，现在则即就学校加以训练，实即移樽就教法耳。中国学生大学毕业，非去做各种的官也得充当教书匠，失业即未得业者往学术咨询处注册，大约没有百分之一去入伍吧。那么这多少年月的训练至少也总是白费。再说南边几处的训练壮丁，用意与待遇未始不好，然而有些农民宁愿逃亡，流落在外作苦工，不肯在乡训练几个月，仍有工资可拿，何也？民未信也。游定县农村，村长曰全村户数几何，但官厅记录则数更少，因种种支应摊派以户口计，不能堪也，此亦是未信之例。说到农村，敝人对于此亦全是门外汉也，多谈恐有误，我的闲话可以就此打住了。

［1935 年 1 月 6 日《独立评论》134 期/《苦茶随笔》］

关于“王顾左右”

听说郑西谛先生在北大讲演，预言今后中国文坛的倾向，其二是流入颓废，写“王顾左右”之文字。我听了觉得很有趣，却也很有点儿不懂，所以不免来讨论一番。

第一我不明白这颓废是什么意思。据朋友们说，文学上的什么颓废派是起于法兰西，时在一八八五年，而被称为该派的首领乃是诗人玛拉美（Mallarme）。整整五十年之后，中国也有这派运动发生之可能么？假如说是的，那么中国的玛拉美所写的王顾左右又是什么呢。

这就渡到第二个问题上来了。“王顾左右”，这很有趣的，可是实在不大好懂。查原语是王顾左右而言他七个字，照字面讲去可以有三种不同的说法。

甲，老王看看左派，又看看右派，把他们大谈而特谈。这是很积极的，当然不能说是不好吧？

乙，老王顾虑左派，又顾虑右派，就去谈别的不相干的事。此虽消极，亦只是苟全性命于乱世的一派，既异于西洋的狄卡耽，与中国的醇酒妇人亦仍不相近也。

丙，梁惠王觉得孟子的话不中听，回过头去看别的地方把话岔开了。这是正解，但是在这里似乎不适用，因为这种态度的文章我不晓得是怎么写法，除非这真是我所提倡的文不对题的文章。即使如此也非颓废，盖玛拉美不如是，信陵君亦不如是耳。

我想这里颓废一语当有误，非出记者即由手民，殆非原本，至于王顾左右的意思，本义固非，甲乙二义望文生训，恐亦非也。推测郑先生之意或者是譬喻讽刺的写法吧？这在言论没有自由的时代是很普通的，帝俄时代作家西乞特林（Shchedrin）所谓奴隶的言语者即是。前清末年我买到英文《各国幽默丛书》中俄国的一册，斯谛普虐克（Stepniak）序文中曾说起过，但是所收西乞特林有名的寓言却只兔子与鹰这两篇，当时甚以为憾。一九三一年英国《凤皇丛书》中始有单行本出现，原本二十八篇，现在只译出二十有二，却已是希有可贵了。在金磅顶贵的时候我买得了一册，先看译者说明当时社会背景的序文，后看著者的文章，真是毛发皆竖，冷汗出于额角，觉得他正是在骂咱们也。我最怕他那一篇《理想家的鲫鱼》，——鲫鱼先生天天在说光明就会到来，说只要鱼类联合起来，结果是被梭鱼喝酒似的喝下肚去。

这与爱罗先珂的土拨鼠很是不同了，因为爱罗先珂自己是理想家，土拨鼠就是他自己。西乞特林是悲观的，但他的悲观与爱罗先珂的乐观都很诚实的，这是他们国民的一种长处。中国似乎该出西乞特林了吧？郑先生的预言似乎该是："二，流入悲观，写譬喻讽刺之文字，如西乞特林所提倡者。"但是，这预言会中么？应该与可能完全是两件事。据我想，中国将来的文学恐怕还是那一套端午道士送符的把戏吧？应时应节的画些驱邪降福的符咒，檀家看了也高兴，道士也可得点钱米，这是最好不过的生意经。不过我这里说的也是不负责任的预言，将来这种生意发达不发达，道士有没有，都要看将来才知道也。

［1935年1月7日《华北日报》/《苦茶随笔》］

中国妇女应上哪儿跑？

问：中国妇女应上哪儿跑？

离开家庭，去找职业？

丢掉职业，回到家庭？

答：（一）一言难尽。

（二）中国妇女现有职业：

甲、女官；

乙、女工女仆；

丙、妓女；

丁、妻妾（丙加乙或丙加甲）。

（三）所以家庭亦是职业。

（四）中国妇女没有什么地方可跑，正如男子亦没有地方可跑。

（五）所以一言难尽。

［1935年1月11日《妇女旬刊》/集外文］

谈韩退之与桐城派

新年逛厂甸，在小摊子上买到两三本破书。其一是《诗庐诗文钞》。胡诗庐君是我的同学前辈，辛丑年我进江南水师，管轮堂里有两个名人，即铅山胡朝梁与侯官翁曾固，我从翁君初次看到《新民丛报》，胡君处则看他所做的古诗。民国六年我来北京，胡君正在教育部，做江西派的诗，桐城派的文，对于这些我没有什么兴趣，所以不大相见。十年辛酉胡君去世，十一年壬戌遗稿出版，有陈师曾小序，即是此册，今始得一读，相隔又已十二三年，而陈君的墓木也已过了拱把了罢。诗稿前面有诸名流题字，我觉得最有意思的是严㡬道的第二首，因为署名下有一长方印章，朱文两行行三字，曰"天演宗哲学家"，此为不佞从前所未知者也。

旧书之二不知应该叫作什么名字。在书摊上标题曰"名山丛书零种"，但是原书只有卷末明张佳图著《江阴节义略》一卷书口有"名山丛书"字样，此外《谪星说诗》一卷、《谪星笔谈》三卷、《谪星词》一卷，均题阳湖钱振锽著，不称丛书。我买这本书的理由完全是为木活字所印，也还好玩。拿回来翻阅着，见其中仪字缺笔，《节义略》跋云癸亥九月，知系民国十二年印本，至于全书共有几种，是何书名，却终不明白。读《谪星词》第三首《金缕曲》"忆亡弟杏保"，忽然想起钱鹤岑的《望杏楼志痛编补》也是纪念其子杏保而作的，便拿来一查，果然在《求仙始末》中有云，"丙申冬十二月长男振锽于其友婿卜君寿章处得扶乩术，是月二十有一日因于望杏楼试之"，卷后诗文中亦有振锽诗七首词一首，唯《金缕曲》未收，或系后作也。去年春节在厂甸得《志痛编补》，得到不少资料写成《鬼的生长》一文，今年又得此册，偶然会合，亦大可喜，是则于木活字之外又觉得别有意思者也。

《谪星说诗》虽只六十馀则，却颇有新意，不大人云亦云的说，大抵敢于说话，不过有时也有欠圆处，如云：

> 沧浪谓东野诗读之使人不欢，余谓不欢何病，沧浪不云读《离骚》须涕洟满襟乎？曷为于骚则尊之，于孟则抑之也。东坡称东野为寒，亦不足为诗病。坡夜读孟郊诗直是草草，如云细字如牛毛，只是憎其字细，何与其诗？
>
> ×
>
> 王李多以恶语詈谢茂秦，令人发怒。以双目嘲眇人，已不长者，以轩冕仇布衣，亦不似曾饮墨水者也。卢柟被陷，茂秦为之称冤于京师，得白乃已。王李诸人以茂秦小不称意便深仇之，弇州至詈其速死。论其品概，王李与茂秦交，且辱茂秦矣，宜青藤之不入其社也。

此外非难弇州的还有好几则，都说得有理，但如评贾岛一则虽意思甚佳，实际上恐不免有窒碍，文云：

> 诗当求真。阆仙推敲一事，须问其当时光景，是推便推，是敲便敲，奈何舍其真境而空摹一字，堕入做试帖行径。一句如此，其他诗不真可知，此贾诗所以不入上乘也。退之不能以此理告之，而谓敲字佳，误矣。

我说窒碍，因为诗人有时单凭意境，未必真有这么一回事，所以要讲真假很不容易，我怕贾上人在驴背上的也就是这一种境界罢。

《谪星笔谈》与《说诗》原差不多，不过一个多少与诗有点相关，一个未必相关而已，有许多处都是同样地有意思，最妙的也多是批评人的文章。卷二云：

> 退之与时贵书，求进身，打抽丰，摆身分，卖才学，哄吓撞骗，无所不有，究竟是苏张游说习气变而出此者也。陶渊明

穷至乞食，未尝有一句怨愤不平之语，未尝怪人不肯施济而使我至于此也。以其身分较之退之，真有霄壤之别。《释言》一首，患得患失之心活现纸上，谗之宰相便须作文一首，或谗之天子，要上万言书矣。

这一节话我十分同意，真可以说是能言人所难言。我对于韩退之整个的觉得不喜欢，器识文章都无可取，他可以算是古今读书人的模型，而中国的事情有许多却就坏在这班读书人手里。他们只会做文章，谈道统，虚骄顽固，而又鄙陋势利，虽然不能成大奸雄闹大乱子，而营营扰扰最是害事。讲到韩文我压根儿不能懂得他的好处。我其实是很虚心地在读“古文”，我自信如读到好古文，如左国司马以及庄韩非诸家，也能懂得。我又在读所谓唐宋八家和明清八家的古文，想看看这到底怎样，不过我的时间不够，还没有读出结果来。现在只谈韩文。这个我也并未能精读，虽然曾经将《韩昌黎文集》拿出来搁在案头，但是因为一则仍旧缺少时间，二则全读或恐注意反而分散，所以改变方针来从选本下手。我所用的是两个态度很不相同的选本，一是金圣叹的《天下才子必读书》，一是吴闿生的《古文范》。《才子必读书》的第十和十一卷都是选的韩文，共三十篇，《古文范》下编之一中所选韩文有十八篇，二家批选的手眼各不相同，但我读了这三十和十八篇文章都不觉得好，至多是那送董邵南或李愿序还可一读，却总是看旧戏似的印象。不但论品概退之不及陶公，便是文章也何尝有一篇可以与《孟嘉传》相比。朱子说陶渊明诗平淡出于自然，我想其文正亦如此，韩文则归纳赞美者的话也只是吴云伟岸奇纵，金云曲折荡漾，我却但见其装腔作势，搔首弄姿而已，正是策士之文也。近来袁中郎又大为世诟病，有人以为还应读古文。中郎诚未足为文章模范，本来也并没有人提倡要做公安派文，但即使如此也胜于韩文。学袁为闲散的文士，学韩则为纵横的策士，文士不过发挥乱世之音而已，策士则能造成乱世之音者也。

《笔谈》卷三谈到桐城派，对于中兴该派的曾涤生甚致不敬，文云：

桐城之名始于方刘，成于姚而张于曾。虽然，曾之为桐城也，不甚许方刘而独以姚为桐城之宗，敬其考而祧其祖先，无理之甚。其于当世人不问其愿否，尽牵之归桐城，吴南屏不服，则从而讥之。譬之儿童偶得泥傀儡，以为神也，牵其邻里兄弟而拜之，不肯拜则至于相骂，可笑人也。

谢章铤《赌棋山庄笔记》，《课馀偶录》卷二亦有一则，语更透彻，云：

近日言古文推桐城成为派别，若持论稍有出入，便若犯乎大不韪，况敢倡言排之耶？余不能文，偶有所作，见者以为不似桐城，予唯唯不辨。窃谓文之未成体者冗①剽芜杂，其气不清，桐城诚为对症之药，然桐城言近而境狭，其美亦殆尽矣，而迤逦陵迟，其势将合于时文。盖桐城派之初祖为归震川，震川则时文之高手也。其始取五子之菁华，运以欧曾之格律，入之于时文，时文岸然高异。及其为古文，仍此一副本领，易其字句音调，又适当王李赝古之时，而其文不争声色，浏然而清，足以移情，遂相推为正宗。非不正宗，然其根柢则在时文也。故自震川以来，若方望溪、刘才甫、姚惜抱、梅伯言，皆工时文，皆有刻本传世，而吴仲伦《初月楼集》末亦附时文两三篇，若谓不能时文便不足为古文嫡冢者。噫，何其蔽也。

谢君为林琴南之师，而其言明达如此，甚可佩服。其实古文与八股之关系不但在桐城派为然，就是唐宋八大家传诵的古文亦无不然。韩退之诸人固然不曾考过八股时文，不过如作文偏重音调气势，则其音乐的

【锺校】

① “冗”原作“宂”。

趋向必然与八股接近，至少在后世所流传模仿的就是这一类。《谪星说诗》中云：

同年王鹿鸣颇娴曲学。偶叩以律，鹿鸣曰，君不作八股乎，亦有律也。

此可知八股通于音乐。《古文范》录韩退之《送董邵南游河北序》，首句曰，“燕赵古称多感慨悲歌之士”，选者注云：

故老相传，姚姬传先生每诵此句，必数易其气而始成声，足见古人经营之苦矣。

此可知古文之通于音乐，即后人总以读八股法读之，虽然韩退之是否摇头摆腿而做的尚不可知。总之这用听旧戏法去赏鉴或写作文章的老毛病如不能断根去掉，对于八股宗的古文之迷恋不会改变，就是真正好古文的好处也不会了解的。我们现在作文总是先有什么意思要说，随后去找适当的字句用适当的次序写出来，这个办法似乎很简单，可是却不很容易，在古文中毒者便断乎来不成，此是偶成与赋得之异也。《谪星说诗》中云：

凡叙事说理写情状，不过如其事理情状而止，如镜照形，如其形而现，如调乐器，如其声而发，更不必多添一毫造作，能如是便沛然充满，无所不至。凡天下古今之事理情状，皆吾之文章诗词也，不必求奇巧精工，待其奇巧精工之自来。古唯苏家父子能见到此境，后则陆放翁。文章本天成，妙手偶得之，粹然无瑕疵，岂复须人为。可谓见之真矣。

此虽似老生常谈，但其可取亦正在此，盖常谈亦是人所不易言者也。与上引评贾岛语是同一意思，却圆到得多，推敲问题太具体了，似乎不好那么一句就断定。《笔谈》中有意思的还有几条，抄得太多也不大适宜，所以就此中止了。

（廿四年一月十五日，在北平西北城之苦茶庵）

［附记］

今日读唐晏（民国以前名震钧）的《涉江先生文钞》，其《砭韩》一文中有云："此一派也，盛于唐，靡于宋，而流为近代场屋之时文，皆昌黎肇之也。"可与上文所引各语相发明。

（十七日记）

钱君著书后又搜得《名山续集》九卷，《语类》二卷，《名山小言》十卷，《名山丛书》七卷，亦均木活字印，但精语反不多见，不知何也。四月中蚌埠陆君为代请钱君写一扇面见寄，因得见其墨迹，陆君雅意至为可感。

（五月廿四日又记）

［1935年2月5日《人间世》/《苦茶随笔》］

关于画廊[①]

说到画廊，第一令人想起希腊哲人中间的那画廊派，即所谓斯多噶派（Stoikoi）是也。他们的师父是从吉地恩来的什农（Zenon），因为在亚坡隆庙的画廊（Stoa poikilē）间讲学，故得此名。吉地恩属于拘布洛斯，也是爱神亚孚洛迭德的治下，这位老师却跑到多猫头鹰的雅典去侍奉智慧，实在是很可佩服的。这派主张顺应自然的生活，而人有理性，有自然的幸福的生活，即在具备合理的德性，由聪明以及勇敢中庸公平，达到宁静无欲的境地。忘记是谁了，有一个西洋人说过，古代已有斯多噶派伊壁鸠鲁派那样的高尚的道德宗教，胜过基督教多矣，可惜后来中绝了。本来我对于希腊之基督化很有一种偏见，觉得不喜欢，画廊派的神灭论与其坚苦卓绝的风气却很中我的意，但是老实说他们的消灭也是不可免的，因为他们似乎太是为贤者说法了，而大众所需要的并不是这些，乃正是他们所反对的烦恼（Pathos），即一切乐、欲、忧、惧是也。所以无论精舍书院中讲的什么甚深妙义，结果总只是几个人的言行与几卷书之遗留，大众还是各行其是，举行亚陀尼斯、迭阿女索斯、耶稣等再生的神之崇拜，各样地演出一部迎春的古悲剧，先号咷而后笑。

这种事情原也可以理解，而且我再说一遍，这是无可免的，画廊派之死亦正是自然的吧，不过，这总值得我们时时的想起，他们的思想与生活也有很多可以佩服的地方。

【锺校】

① 刊《苦茶随笔》题《〈画廊集〉序》。

其次因说到画廊而想起的是张挂着许多字画的那画棚。新近恰好是旧历乙亥的新年，这二十多天里北平市上很是热闹，正与半夜所放爆仗之多为正比例，厂甸摆出好多好多的摊，有卖珠宝、古董的，也有卖风筝、空钟、倒拽气、糖壶卢的，有卖书籍的书摊，又有卖字画的用芦席盖成的大画棚。今年的芦席棚实在不少，比去年恐怕总要多过一半，可以说从师范大学门口一直盖到和平门外的铁路边吧。虽然我今年不曾进去窥探，从前却是看过的，所以知道些里边的情形。老老实实的说，我对于字画的好坏不曾懂得一毫分，要叫我看了这些硬加批评，这有如遇见没有学过的算学难题，如乱答要比曳白更为出丑。这怎么办呢？其实这也没有什么，因为我不懂得，那么除不说外也实在别无办法。我说知道的只是云里边挂满了字或画而已，里边当然有些真的，不过我们外行看不出，其假的自然是不很好，反正我总是不想买来挂，所以也就不大有关系。还有一种不同的画棚，我看了觉得较有兴趣，只可惜在琉璃厂一带却不曾遇见。这就是卖给平民妇孺们的年画摊。普通的画都是真迹画，无论水墨或着色，总之是画师亲笔画成，只此一张别无分出，年画则是木版画，而且大抵都着色，差不多没有用水墨画的，此二者很不相同之一点也。

世界上所作版画最精好的要算日本。江户时代民众玩弄的浮世绘至今已经成为珍物，但其画工雕工印工们的伎俩也实在高明，别人不易企及。中国康熙时的所谓姑苏画制作亦颇精工，本国似已无存，只在黑田氏编的《支那古板画图录》上见到若干，唯比浮世绘总差一筹耳。

日本的民间画师画妓女，画戏子，画市井风俗，也画山水景色，但绝无抽象或寓意画，这是很特别的一件事。《古板画图录》的姑苏画里却就有好些寓意画，如五子登科、得胜封侯等，这与店号喜欢用吉利字样一样，可以说是中国人的一种脾气，也是文以载道的主义的表现吧？在我们乡间这种年画只叫作“花纸”，制作最好的是立幅的《大橱美女》，普通都贴在衣橱的门上，故有此称，有时画的颇有姿媚，虽然那菱角似的小脚看了讨厌，不过此是古已有之，连唐伯虎的画里也是如此了。但是那些故事画更有生气，如《八大锤》《黄鹤楼》等戏文，《老鼠嫁女》等童话，幼时看了很有趣，这些印象还是留着。用的纸大约是上过矾的连史，颜色很是单纯，特别是那红色不知道是什么东西，涂在纸上少微发亮，又有点臭气，我们都称它作猪血，实在恐不尽然。现在的花纸怎么样了呢，我不知道，恐怕纸改用了洋纸，印也改用了石印了吧，这是改善还是改恶，我也不很明白，但是我个人总还是喜欢那旧式的花纸的。花纸之中我又喜欢《老鼠嫁女》，其次才是《八大锤》，至于寓意全然不懂，譬如松树枝上蹲着一只老活狲，枝下挂着一个大黄蜂窠，我也只当作活狲和黄蜂窠看罢了，看看又并不觉得有什么好玩。自然，标榜风雅的艺术画在现今当为志士们所斥弃了，这个本来我也不懂得，然而民间画里那画以载道的画实在也难以佩服，画固不足观，其所表示者亦都是士大夫的陈腐思想也。

从希腊的画廊派哲人说起，说到琉璃厂的卖字画的席棚，又转到乡下的花纸，简直是乱跑野马，一点没有头绪，而我所要说的实在又并不是这些，乃是李洗岑先生的文集《画廊集》耳。洗岑在集子里原有一篇谈年画的文章，而其坚苦卓绝的生活确也有点画廊派的流风，那么要把上文勾搭过去似亦未始不可以，反正天地万物没有绝无关系的，总可说得通，只看怎么说法。话虽如此，我究竟不是在乱扯做策论，上边这趟野马不肯让它白跑，仍旧要骑了去拜客的。我很主观的觉得洗岑写文章正是画廊派摆画摊，这是一件难事情。画廊派的思想如上边说过太为贤者说法，是不合于一般人的脾胃的，不但决做不成群众的祭师，便是街头讲道理也难得一个听客。至于年画乃是要主顾来买的，其制作更大不易，我们即使能为妇孺画《老鼠嫁女》以至《八大锤》，若挂印封侯、时来福凑这种厌胜画，如何画得好乎？但是画棚里所最多行销的却正是此厌胜画也，盖文以载道的主义为中国上下所崇奉，咒语与口号与读经，一也，符箓与标语与文学，二也，画则其图说也。吾见洗岑集中没有厌胜文，知其不能画此同类的画，画廊的生意岂能发达乎，虽然，洗岑有那种坚苦卓绝的生活与精神，画或文之生意好与不好亦自不足论也，我的这篇小文乃不免为徒费的诡辩矣。

［1935 年 3 月 10 日《水星》/《苦茶随笔》］

关于苦茶

去年春天偶然做了两首打油诗，不意在上海引起了一点风波，大约可以与今年所谓中国本位的文化宣言相比，不过有这差别，前者大家以为是亡国之音，后者则是国家将兴必有祯祥罢了。此外也有人把打油诗拿来当作历史传记读，如字的加以检讨，或者说玩骨董那必然有些钟鼎书画吧，或者又相信我专喜谈鬼，差不多是蒲留仙一流人。这些看法都并无什么用意，也于名誉无损，用不着声明更正，不过与事实相远这一节总是可以奉告的。其次有一件相像的事，但是却颇愉快的，一位友人因为记起吃苦茶的那句话，顺便买了一包特种的茶叶拿来送我。这是我很熟的一个朋友，我感谢他的好意，可是这茶实在太苦，我终于没有能够多吃。

据朋友说这叫作苦丁茶。我去查书，只在日本书上查到一点，云系山茶科的常绿灌木，干粗，叶亦大，长至三四寸，晚秋叶腋开白花，自生山地间，日本名曰唐茶（Tocha），一名龟甲茶，汉名皋芦，亦云苦丁。赵学敏《本草拾遗》卷六云：

> 角刺茶，出徽州。土人二三月采茶时兼采十大功劳叶，俗名老鼠刺，叶曰苦丁，和匀同炒，焙成茶，货与尼庵，转售富家妇女，云妇人服之终身不孕，为断产第一妙药也。每斤银八钱。

案十大功劳与老鼠刺均系五加皮树的别名，属于五加科，又是落叶灌木，虽亦有苦丁之名，可以制茶，似与上文所说不是一物，况且友人也不说这茶喝了可以节育的。再查类书关于皋芦却有几条，《广州记》云：

> 皋卢，茗之别名，叶大而涩，南人以为饮。

又《茶经》有类似的话云：

> 南方有瓜芦木，亦似茗，至苦涩，取为屑茶饮，亦可通夜不眠。

《南越志》则云：

> 茗苦涩，亦谓之过罗。

此木盖出于南方，不见经传，皋卢云云本系土俗名，各书记录其音耳。但是这是怎样的一种植物呢，书上都未说及，我只好从茶壶里去拿出一片叶子来，仿佛制腊叶似的弄得干燥平直了，仔细看时，我认得这乃是故乡常种的一种坟头树，方言称作枸朴树的就是，叶长二寸，宽一寸二分，边有细锯齿，其形状的确有点像龟壳。原来这可以泡茶吃的，虽然味大苦涩，不但我不能多吃，便是且将就斋主人也只喝了两口，要求泡别的茶吃了。但是我很觉得有兴趣，不知道在白菊花以外还有些什么叶子可以当茶？《毛诗草木鸟兽虫鱼疏》“蔽芾其樗①”一条下云：

> 山樗生山中，与下田樗大略无异，叶似差狭耳，吴人以其叶为茗。

《五杂组》卷十一云：

> 以绿豆微炒，投沸汤中倾之，其色正绿，香味亦不减新茗，宿村中觅茗不得者可以此代。

此与现今炒黑豆作咖啡正是一样。又云：

> 北方柳芽初茁者采之入汤，云其味胜茶。曲阜孔林楷木其芽可烹。闽中佛手柑橄榄为汤，饮之清香，色味亦旗枪之亚也。

卷十“记孔林楷木”条下云：

【鄢校】

① “蔽芾其樗”原作“山有栲”，从《毛诗草木鸟兽虫鱼疏》改。

其芽香苦，可烹以代茗，亦可干而茹之，即俗云黄连头。

孔林吾未得瞻仰，不知楷木为何如树，唯黄连头则少时尝茹之，且颇喜欢吃，以为有福建橄榄豉之风味也。关于以木芽代茶，《湖雅》卷二亦有二则云：

桑芽茶，案山中有木俗名新桑荑，采嫩芽可代茗，非蚕所食之桑也。

柳芽茶，案柳芽亦采以代茗，嫩碧可爱，有色而无香味。

汪谢城此处所说与谢在杭不同，但不佞却有点左袒汪君，因为其味胜茶的说法觉得不大靠得住也。

许多东西都可以代茶，咖啡等洋货还在其外，可是我只感到好玩，有这些花样，至于我自己还只觉得茶好，而且茶也以绿的为限，红茶以至香片嫌其近于咖啡，这也别无多大道理，单因为从小在家里吃惯本山茶叶耳。口渴了要喝水，水里照例泡进茶叶去，吃惯了就成了规矩，如此而已。对于茶有什么特别了解，赏识，哲学或主义么？这未必然。一定喜欢苦茶，非苦的不喝么？这也未必然。那么为什么诗里那么说，为什么又叫作庵名，岂不是假话么？那也未必然。今世虽不出家亦不打诳语。必要说明，还是去小学上找罢。吾友沈兼士先生有诗为证，题曰《又和一首自调》，此系后半首也：

端透于今变澄彻，鱼模自古读歌麻。

眼前一例君须记，荼苦原来即苦荼。

［1935 年 3 月 13 日《益世报》/《苦茶随笔》］

关于写文章

去年除夕在某处茶话，有一位朋友责备我近来写文章不积极，无益于社会。我诚实的自白，从来我写的文章就都写不好，到了现在也还不行，这毛病便在于太积极。我们到底是一介中国人，对于本国种种事情未免关心，这原不是坏事，但是没有实力，奈何不得社会一分毫，结果只好学圣人去写文章出口鸟气。虽然孟子舆说，孔子作春秋而乱臣贼子惧，又蒋观云咏卢梭云，文字成功日，全球革命潮，事实却并不然。文字在民俗上有极大神秘的威力，实际却无一点教训的效力，无论大家怎样希望文章去治国平天下，归根结蒂还是一种自慰。这在我看去正如神灭论的自明，无论大家怎样盼望身灭神存，以至肉身飞升。但是怕寂寞的历代都有，这也本是人情吧？眼看文章不能改变社会，于是门类分别出来了，那一种不积极而无益于社会者都是“小摆设”，其有用的呢，没有名字不好叫，我想或者称作“祭器”罢。祭器放在祭坛上，在与祭者看去实在是颇庄严的，不过其祝或诅的功效是别一问题外，祭器这东西到底还是一种摆设，只是大一点罢了。这其实也还不尽然，花瓶不是也有颇大的么？而且我们又怎能断言瓶花原来不是供养精灵的呢？吾乡称香炉烛台为三事，两旁各加一瓶则称五事，钟鼎尊彝莫非祭器，而今不但见于闲人的案头，亦列于古董店的架上矣。只有人看它作有用无用而生分别，器则一也，反正摆设而已。

我写文章的毛病，直到近来还是这样，便是病在积极。我不想写祭器文学，因为不相信文章是有用的，但是总有愤慨，做文章说话知道不是画符念咒，会有一个霹雳打死妖怪的结果，不过说说也好，聊以出口闷气。这是毛病，这样写是无论如何写不好的。我自己知道，我所写的最不行的是那些打架的文章，就是单对事的也多不行，至于对人的更是要不得，虽然大抵都没有存留在集子里，而且写的也还不很多。我觉得与人家打架的时候，不管是动手动口或是动笔，都容易现出自己的丑态来，如不是卑怯下劣，至少有一副野蛮神气。动物中间恐怕只有老虎狮子，在他的凶狠中可以有美，不过这也是说所要被咬的不是我们自己。中国古来文人对于女人可以说是很有研究的了，他们形容描写她们种种的状态，却并不说她怒时的美，就是有也还是薄愠娇嗔，若是盛怒之下那大约非狄希陈辈不能赏识吧。女人尚尔，何况男子。然而说也奇怪，世人却似乎喜看那些打架的文章，正如喜看路旁两个人真的打架一样。互相咒骂，互相揭发，这是很好看的事，如一人独骂，有似醉汉发酒风，便少精彩，虽然也不失为热闹，有围而看之之价值。某国有一部滑稽小说，第三编下描写两个朋友闹别扭，互骂不休，可以作为标本：

甲：带了我去镶边，亏你说得出！你付了那二百文的嫖钱，可是在马市叫了凉拌蛤蜊豆腐滓汤喝的酒钱都是我给你付的。

乙：说你的诳！

甲：说什么诳！那时你吃刀鱼骨头鲠住咽喉，不是吞了五六碗白饭的么？

乙：胡说八道。你在水田胡同喝甜酒，烫坏了嘴，倒不说了。

甲：嘿，倒不如你在那堤上说好个护书掉在这里，一手抓了狗矢么？真活出丑。

我举这个例虽然颇好玩，实际上不很妥贴。因为现在做文章相骂的都未必像弥次北八两人那样熟识，骂的材料不能那样多而且好，其次则文人总是文雅的，无论为了政治或商业的目的去骂人，说的不十分痛快，只让有关系的有时单是被骂的看了知道。我尝说，现今许多打架的文章好有一比，这正如贪官污吏暮夜纳贿，痴男怨女草野偷情。为什么呢？因为这只有尔知我知，至于天知地知在现代文明世界很是疑问了。既然是这样，那就何妨写了直接寄给对方，岂不省事。可是话又得说回来，卫道卫文或为别的而相骂是一件事，看官们要看又是一件事，因为有人要看，也就何妨印出来给他们看看呢。如为满足读者计，则此类文章大约是顶合式吧。

我想写好文章第一须得不积极。不管他们卫道卫文的事，只看看天，想想人的命运，再来乱谈，或者可以好一点，写得出一两篇比较可以给人看的文章，目下却还未能，我的努力也只好看赖债的样以明天为期耳。

［1935 年 3 月 14 日《大公报》/《苦茶随笔》］

关于写文章二

写文章的时候，文章写不好是一件苦事，觉得写出来的文章无用又是别一种无聊。话得说明白，我以为我们所写的文章可以分作两类，性质不大相同，第一类大抵可以说是以文章为主，第二类是以对象为主。第一类的文章固然也要有思想有感情，也还是以人生与自然为题材，不过这多是永久的烦恼或愉乐，号哭笑歌可以表示而不能增减其分毫，所以只要文章写得好，表现得满足，那就行了。第二类的对于什么一件事物发表意见，其目的并不以表现自己为限，却是想多少引起某一部分人的注意，多少对于那一件事物会发生点影响，这就是说文章要有一点效力或用处。无论主张文学有用或无用的人，老实说这两类的文章大约都是写的，不过写的多少有点不同罢了。我是不相信文章有用的，所以在原则上如写文章第一要把文章写的可以看得，此外的事情都是其次，但是这种文章实在不容易写，我辈尚须努力。多年的习惯觉得那第二类的文章容易写，而且对于社会国家的事也的确不能全然忘怀，明知无用而写之，然而愈写也愈少了。为什么呢？因此乃无聊事也。

关于社会上某一件事写了一篇文章，以文章论是不会写得好的，以效力言是本来没有期待的，那么剩下的写文章的兴趣还有什么呢？或者说，也就给人们看看吧，——所谓人们总得数目稍多一点，若还是几个熟人，那倒不如寄原稿去传观一下子了。《论语·卫灵公》十五云：

> 子曰，可与言而不与之言，失人。不可与言而与之言，失言。知者不失人，亦不失言。

我们不是知者，要两不失是很难的，只希望能避免一失也就好了。究竟怎么办好呢。从前我大约是失言居多，近来想想却觉得还是失人要好些。除自然科学外恐怕世上再也没有一定的道理罢，不但宗教道德哲学政治，便是艺术文学也是如此，所以两人随时有隔教之可能，要说得投机是不大容易遇见的事情。人非圣贤岂能先知，还只得照常说话，只要看一言两语谈得不对，便即打住，不至失言，亦免打架，斯为善耳。

有些朋友不赞成不打架，这也不妨各行其是。盖打架亦一人生之消遣法也。消遣可以成癖即俗云上瘾，如嗜痂之癖恐至死不能改，诚属无法，苟不至是则消遣之法亦须稍选择，取其佳良者，至少亦不可太难看。如钓鱼以至泅水取蚌蛤以消遣均不难看，而匍匐泥塘中则欠佳矣；又饮酒或喝豆汁皆不妨，而喝小便即美其名曰回龙汤亦将为人所笑矣。打架可以给观者以好玩之感，正如看两狗相咬，若打架者自身的形相乃未必好看，故除有重大宿瘾外，若单为消遣之打架则往往反露出丑态，为人家消遣之资，不可不注意也。虽然，文章至此亦遂有了用处，大值得写了，且写到对自身如此不客气，虽曰消遣实已十分严肃深刻，甚可佩服矣。此一说也。不过我们无此热心与决意者便不能做到，结果遂常觉得不满，不是感觉无聊便苦于文章之写不好，只好阁笔而叹罢了。

［1935 年 4 月 3 日《华北日报》/《苦茶随笔》］

“讲道理”

不佞少时常听人家说长毛时事。时在光绪甲午以前，距太平天国才三十年，家中雇人多有身历其难者，如吴妈妈遇长毛诉饥饿，掷一物予之，则守门老翁的头颅也，老木匠自述在大王面前舞大刀的故事，而卖盐的则在脸上留有“金印”的痕迹。长毛的事当然以杀人为多，但是说的人却也不能怎么具体的说得清楚，大抵只是觉得很可怕而已。后来看《明季稗史汇编》《寄园寄所寄》等书，知道了好些张献忠和清兵杀人的情形，不过在《曲洧旧闻》里见到因子巷的故事的时候，也就对于闯王满兵不大奇怪了，原来仁慈的宋兵下江南时也是那么样的。

这里牢骚本来大有可发，现在且不谈，总之我觉得长毛杀人是很普通的事，这笔账要算也要归到中国人的总账上去，不必单标在洪记户下罢。

长毛时遭难人的记录我找不到几种。其一是江宁李小池的《思痛记》二卷，查旧日记戊戌十一月十三日至试院前购此书，价洋一角。其二是会稽鲁叔容的《虎口日记》一卷，民国二十二年元日午后游厂甸，于摊上买得，二十年前读陈昼卿的《补勤诗存》即知有此记，又在孙子九的《退宜堂诗集》中称为《溅泪日记》者是也。李小池名圭，后任外交官曾往西洋，有游记及《鸦片事略》等书，《思痛记》刊于光绪庚辰，却不常见。小池于咸丰庚申被掳，陷长毛中凡三十二月，叔容则于咸丰辛酉冬在绍兴郡城，伏处屋脊凡八十日始得脱，二人所记各据其耳闻目睹，甚可凭信，可惊可骇之事多矣，今不具引，但有小事一二可以窥知洪门文化之一斑者，颇有抄引的价值。《思痛记》卷上纪闰三月十五日事云：

李贼出坐殿中椅上，语一约二十馀发已如辫长面白身矮瘦贼曰，掌书大人，要备表文敬天父。贼随去，少顷握黄纸一通置桌上，又一贼传人曰，俱来拜上帝。随见长发贼大小十三四人至，分两边挨次立，李贼立正中面向外，复谓一贼曰，可令新家伙们立廊前观听。馀众至，则李贼首倡，群贼和之，似系四字一句，不了了，约二十馀句，倡毕，所谓掌书大人者趋至桌前，北向，捧黄纸，不知喃喃作何语，读罢就火焚之。闻七日一礼拜，届期必若是，是即贼剿袭西洋天主教以惑众者也。

胡光国著《愚园诗话》卷一载周葆濂所作《哀江南曲》，有一节云：

可记得，逢七日，奏章烧。

甚赞美，与天条，下凡天父遗新诏。

一桩桩胡闹，都是这小儿曹。

即指是事。后又录马寿龄的新乐府一首，题曰《讲道理》：

锣鼓四声挥令旂，听讲道理鸡鸣时。

桌有围，椅有披，五更鹄立拱候之。

日午一骑红袍驰，戈矛簇拥箫管吹。

从容下马严威仪，升座良久方致辞：

我辈金田起义始，谈何容易来至斯，

寒暑酷烈，山川险，千辛万苦成帝基。

尔辈生逢太平日，举足便上天堂梯。

夫死自有夫，妻死自有妻，无怨无恶无悲啼。

妖魔扫尽享天福，自有天父天兄为提携。

听者已倦讲未已，男子命退又女子。

女子痴憨笑相语：不讲顺理讲倒理。

此辈清朝人对于太平天国多所指斥，本属当然，此乃是“妖”之立场也，唯所说情形恐非尽假，我们因此可知当时有神父说教式的所谓讲道理，民间又幽默地称之曰讲倒理。《虎口日记》中不曾说及，唯十月二十日条下有纪事云：

> 晚过朝东庙，塑像尽仆，闻孔庙亦毁，贼教祀天主，不立庙。忆友人尝言，贼所撰曰圣书，称孔子为不通秀才，《论语》一书无可取者，唯四海之内兄弟句颇合天父之意，得封监军，旋升总制。当时以为笑谈，今信然矣。

查二十八日条下云，贼已派两邑库吏潘光澜朱克正为监军，然则孔子在太平天国的地位也不过与库书相上下耳，可发一笑。其实太平天国不尊崇孔子正是当然，盖原系隔教故也，其可笑处乃在妄谈文化，品题圣贤，虽然，此亦不足深责，天王贬孔子封为监军，历代帝王尊孔子封为文宣王，岂不同一可笑耶。

［1935 年 3 月 26 日《华北日报》/《苦茶随笔》］

《食味杂咏》注

今年厂甸买不到什么书，要想买一本比较略为好的书总须得往书店去找，而旧书的价近来又愈涨愈贵，一块钱一本的货色就已经不大有了。好在有几家书店有点认识，暂时可以赊欠，且不管三七二十一先拿几本来看罢，有看了中意的便即盖上图章，算是自己的东西了。这里边我所顶喜欢的是一册《食味杂咏》，东墅老人嘉善谢墉撰，有门生阮元序，道光中小门生阮福刊。据石韫玉后序，乾隆辛丑主会试，士之不第者造为蜚语云，谢金圃抽身便讨，吴香亭到口即吞，坐此贬官，但此二语实出《寄园寄所寄》中，两公之姓相合，故毷氉者移易其词以腾口说耳云。东墅老人自序云：

> 乾隆辛亥夏养疴杜门，因思家乡土物数种不可得，率以成吟，于是连续作诗，积五十八首，而以现在所食皆北产也，复即事得四十三首，共成一百一首，各系数言于题下。盖墉家世习耕读，少时每从老农老圃谈树艺，当名辨物，多以目验得之，又邻江海介五湖，水生陆产咸易致之，考其性味，别其土宜，不为丹铅家剿说所淆。中年以北游之后食味一变，而轺车驿路，爰好谘诹，京城顾役者无问男女皆田家也，圉人御者皆知稼穑，下至老妪亦可询之，以是辨南北之异宜，析山泽之殊质。又少多疾病，时学医聚药，参之经传，证以见闻，或有疑义辄为诠注。陶斯咏斯，绝无关于喜愠，游矣休矣，非假喻于和同。诗成，汇录之，方言里语，敢附博物哉，庶其以击壤之声，入采风之末云尔。

序文末尾写得不漂亮，也是受了传统的影响，但是序里所说的大约都是实情，我所喜欢的部分实在也还是那些题下的附注，本文的诗却在其次。古人云买椟还珠，我恐怕难免此诮，不过这并无妨碍，在我看来的确是这椟要好得多，要比诗更有意思，虽然那些注原是附属于诗的，如要离诗而独立也是不可能。阮云台序中有云："此卷为偶咏食品之诗，通乎雅俗，然考证之多，非贯彻经史苍雅博极群书者不能也。"可谓知言。我同时所得尚有王鸣盛《练川杂咏》，并钱大昕王鸣韶和作共一百八十首，朱彝尊《鸳鸯湖棹歌》百首，谭吉璁和作百十八首，杨抡《芙蓉湖棹歌》百首，并刘继增《惠山竹枝词》三十首为一卷。这些诗里也大都讲到风物，只是缺少注解，有注也略而不详，更不必说能在丹铅家剿说之外自陈意见的了。以诗论，在我外行看去，似朱竹垞最佳，虽然王西庄钱竹汀的有几句我也喜欢。如朱诗云：

姑恶飞鸣触晓烟，红蚕四月已三眠，
白花满把蒸成露，紫葚盈筐不取钱。

注云："姑恶鸟名，蚕月最多。野蔷薇开白花，田家篱落间处处有之，蒸成香露，可以泽发。"又云：

鸭馄饨小漉微盐，雪后垆头酒价廉，
听说河豚新入市，蒌蒿荻笋急须拈。

注云："方回题竹杖诗，跳上岸头须记取，秀州门外鸭馄饨。①"

王诗云：

西风策策碧波明，菰雨芦烟两岸平，
暮汐过时渔火暗，沙边觅得小娘蛏。

注引宋吴惟信元王逢简句外，只云"俗呼蛏为小娘蛏"。以上注法或是诗注正宗亦未可知，不过我总嫌其太简略，与《食味杂咏》相比更是显

【鄢校】

① 方回此诗末二句一作"争似梢公留口吃，秀州城外鸭馄饨"，与朱诗注引异。

然。"南味五十八首"之十六曰《喜蛋》，题注甚长，今具录于下：

古无蛋字，亦无此名，经传皆作卵，音力管反。《说文》，蜑，释云，南方夷也，从虫，延声，徒旱切，在新附文之首，是汉时本无此字，故叔重不载而徐氏增之。《玉篇》仍《说文》不收，《广韵》则亦注为南方夷，至《唐书》柳文皆以为蛮俗之称，《集韵》并载蜑，要皆不关禽鸟之卵。今自京师及各省凡鸟卵皆呼为蛋，无称为卵者，字从虫从延，本以延衍卵育取义，蛋则蜑[①]省也。考《说文》卵字部内有毈字，卵不孚也，徒玩切，与蛋为音之转，盖古人呼不以之孚鸡鸭之卵而徒供食者即以孚之不成之卵名之，因而俗以蛋抵毈也。隋唐前无蜑字，亦无此名。元方回诗曰，秀州城外鸭馄饨，即今嘉兴人所名之喜蛋，乃鸭卵未孚而殒，已有雏鸭在中，俗名哺退蛋者也。市人镊去细毛，洗净烹煮，乃更香美，以哺退名不利，反而名之曰喜蛋，若鸭馄饨者则又以喜蛋名不雅而文其名。其实秀州之鸭馄饨乃《说文》毈字之铁注脚也。

诗中又有注云：

喜蛋中有已成小雏者味更美。近雏而在内者俗名石榴子，极嫩，即蛋黄也。在外者曰砂盆底，较实，即蛋白也，味皆绝胜。

第二十九首为《鲜蛏》，注云：

蛏字《说文》《玉篇》俱无，亦不见他书，《广韵》始收，注云蚌属，盖即《周官》狸物蠃蠯之类，味胜蚬蛤，若以较西施舌则远不逮矣。

【锺校】

① "蜑"原作"延"。

诗中注云：

蛏本江海所产，而西湖酒肆者乃即买之湖上渔船，乘鲜烹食极美。同年王縠原与鞠生交莫逆，每寓杭乡试时邀同游西湖，取醉酒家，有五柳居酒肆在湖上，烹饪较精，縠原嗜食蛏，谓为此乃案酒上品，即醉蛏亦绝佳，因令与煮熟者并供之。此景惘然。

第三十首为《活虾》，诗中有注两则，均琐屑有致，为笔记中之佳品：

家乡名渔家之船曰网船，渔妇曰网船婆。夏秋鱼虾盛时，网船婆蓑笠赤脚，与渔人分道卖鱼虾，自率儿女携虾桶登岸，至所识大户厨下卖虾，易钱回船，不避大风雨。

×

南中活虾三十年前每斤不过十馀文，时初至京，京中已四五倍之。近日京城活者须大钱三四百文，其不活而犹鲜者，以用者多，亦须二百左右，然大率捞之浊水中，其生于清水者更不易得。

适值那时所得的几部诗词里也还有类似的题咏，可谓偶然。其一是全祖望的《句馀土音》，系陈铭海补注本，其第五卷全是咏本地物产，共有六十九首，只可惜原注补注都不大精详。

“四赋四明土物九首”之一为《荔枝蛏》，诗下原注云：

浙东之蛏皆女儿蛏也，而荔枝则女儿之佳者。

上文所云小娘蛏盖即一物，吾乡土俗蛏不尚大者，但不记得有什么别名，只通称蛏子耳。冯云鹏著《红雪词》甲乙集各二卷，乙之一中有禽言二十二章，禽言词未曾见也，又有咏海错者二十五章，其十四至十六皆是蛏，曰竹蛏，曰女儿蛏，曰笔管蛏，却无注。其第二咏白小，有注云：

即银鱼，杜诗，白小群分命，天然二寸鱼，《记事珠》以为面条，非也，吾通产塔影河者佳，不亚于莺脰湖。

《食味杂咏》南味之五云《银鱼》，注云：

色白如银，长寸许，大者不过二寸，乡音亦呼儿鱼，音同泥，银言白，儿言小也。此鱼古书不载，罗愿《翼雅》①于王馀脍残云又名银鱼。脍残虽相类，然大数倍，不可混也。

诗中注云：

银鱼出水即不活，渔家急暴干市之。有甫出水生者以作羹极鲜美，乡俗名之曰水银鱼，以别于干者。

东墅老人对于土物之知识丰富实在可佩服，可惜以诗为主，因诗写注，终有所限制，假如专作笔记，像郝兰皋的《记海错》那样，一定是很有可观的。至于以诗论，则谢金圃的银鱼诗与冯晏海的白小词均不能佳，因系用典制题做法，咏物诗少佳作，不关二公事也。倒还是普通一点的风物诗可以写得好，如前所举棹歌即是，关于白小可举出吾乡孙子九一绝句来：

南湖白小论斗量，北湖鲫鱼尺半长，
鱼船进港麴船出，水气着衣闻酒香。

孙子九名垓，有《退宜堂诗集》四卷，此诗为《过东浦口占》之第二首，在诗集卷一中。

［1935年4月《文饭小品》第3期/《苦茶随笔》］

【锺校】

①“罗愿《翼雅》”原作“罗愿《雅》”。案罗愿有《尔雅翼》，《记海错》引郝懿行与孙渊如观察书有云：“陆农师之《埤雅》，罗端良之《翼雅》，盖不足言。”

关于英雄崇拜

英雄崇拜在少年时代是必然的一种现象，于精神作兴上或者也颇有效力的。我们回想起来都有过这一个时期，或者直到后来还是如此，心目中总有些觉得可以佩服的古人，不过各人所崇拜的对象不同，就是在一个人也会因年龄思想的变化而崇拜的对象随以更动。如少年时崇拜常山赵子龙或绍兴黄天霸，中年时可以崇拜湘乡曾文正公，晚年就归依了蒙古八思巴，这是很可笑的一例，不过在中国智识阶级中也不是绝对没有的事。近来有识者提倡民族英雄崇拜，以统一思想与感情，那也是很好的，只可惜这很不容易，我说不容易，并不是说怕人家不服从，所虑的是难于去挑选出这么一个古人来。关，岳，我觉得不够，这两位的名誉我怀疑都是从说书唱戏上得来的，威势虽大，实际上的真价值不能相副。关老爷只是江湖好汉的义气，钦差大臣的威灵，加上读《春秋》的传说与一本“觉世真经”，造成那种信仰，罗贯中要负一部分的责任。岳爷爷是从《精忠岳传》里出来的，在南宋时看朱子等的口气并不怎么尊重他，大约也只和曲端差不多看待罢了。说到冤屈，曲端也何尝不是一样地冤，诗人曾叹息“军中空卓曲端旂”，千载之下同为扼腕，不过他既不会写《满江红》那样的词，又没有人做演义，所以只好没落了。南宋之恢复无望殆系事实，王侃在《衡言》卷一曾云：

> 胡铨小朝廷之疏置若罔闻，岳鄂王死绝不问及，似高宗全无人心，及见其与张魏公手敕，始知当日之势岌乎不能不和，战则不但不能抵黄龙府，并偏安之局亦不可得。

中国往往大家都知道非和不可，等到和了，大家从避难回来，却热烈地崇拜主战者，称岳飞而痛骂秦桧，称翁同龢刘永福而痛骂李鸿章，皆是也。

武人之外有崇拜文人的，如文天祥史可法。这个我很不赞成。文天祥等人的唯一好处是有气节，国亡了肯死。这是一件很可佩服的事，我们对于他应当表示钦敬，但是这个我们不必去学他，也不能算是我们的模范。第一，要学他必须国先亡了，否则怎么死得像呢？我们要有气节，须得平时使用才好，若是必以亡国时为期，那未免牺牲得太大了。第二，这种死于国家社会别无益处。我们的目的在于保存国家，不做这个工作而等候国亡了去死，就是死了许多文天祥也何补于事呢。我不希望中国再出文天祥，自然这并不是说还是出张弘范或吴三桂好，乃是希望中国另外出些人才，是积极的，成功的，而不是消极的，失败的，以一死了事的英雄。颜习斋曾云：

> 吾读《甲申殉难录》，至“愧无半策匡时难，惟馀一死报君恩”，未尝不泣下也，至览和靖祭伊川“不背其师有之，有益于世则未”二语，又不觉废卷浩叹，为生民怆惶久之。

徒有气节而无事功，有时亦足以误国殃民，不可不知也。但是事功与道德具备的英雄从哪里去找呢？我实在缺乏史学知识，一时想不起，只好拿出金古良的《无双谱》来找，翻遍了全书，从张良到文天祥四十个人细细看过，觉得没有一个可以当选。从前读梁任公的《意大利建国三杰传》，后来又读丹麦勃阑特思的论文，对于加里波的将军很是佩服，假如中国古时有这样一位英雄，我是愿意崇拜的。就是不成功而身死的人，如斯巴达守温泉峡（Thermopylae）的三百人与其首领勒阿尼达思，我也是非常喜欢，他们抵抗波斯大军而死，“依照他们的规矩躺在此地”，如墓铭所说，这是何等中正的精神，毫无东方那些君恩臣节其他作用等等的浑浊空气，其时却正是西狩获麟的第二年，恨不能使孔子知道此事，不知其将作何称赞也。我岂反对崇拜英雄者哉，如有好英雄我亦肯承认，关岳文史则非其选也。吾爱孔丘诸葛亮陶渊明，但此亦只可自怡悦耳。

（二十四年四月）

[附记]

洪允祥《醉馀随笔》云：

《甲申殉难录》某公诗曰，愧无半策匡时难，只有一死答君恩。天醉曰，没中用人死亦不济事。然则怕死者是欤？天醉曰，要他勿怕死是要他拚命做事，不是要他一死便了事。

此语甚精，随笔作于宣统年间，据王咏麟跋云。

[1935年4月2日《华北日报》/《苦茶随笔》]

《蛙》的教训

今天站在书架前面想找一本书看，因为近来没有什么新书寄来，只好再找旧的来炒冷饭。眼睛偶然落在森鸥外的一本翻译集《蛙》的上面，我说偶然却也可以说不偶然，从前有友人来寄住过几天，他总要了《蛙》去读了消遣，这样使我对于那蛙特别有点记忆。那友人本来是医生，却很弄过一时文学，现在又回到医与自然科学里去了。我拿出《蛙》来翻看，第一就是鸥外的自序，其文云：

> 机缘使我公此书于世。书中所收，皆译文也。吾老矣，提了翻译文艺与世人相见，恐亦以此书为终了罢。
>
> 书名何故题作蛙呢？只为布洛凡斯的诗人密斯忒拉耳（Mistral）的那耳滂之蛙偶然蹲在卷头而已。
>
> 但是偶然未必一定是偶然。文坛假如是忒罗亚之阵，那么我也不知什么时候已被推进于纳斯妥耳（Nester）的地位了。这地位并非久恋之地。我继续着这蛙的两栖生活今已太久矣。归欤，归欤，在性急的青年的铁椎没有落到头上的时节。己未二月。

所云机缘是指大正八年（一九一九）春间《三田文选》即《三田文学汇编》的刊行，《蛙》作为文选的别册，次年六月再印成单行本，我所有的就只是这一种。据鸥外的兄弟润三郎著《森林太郎传》上说，在《蛙》以后刊行的书有《山房札记》《天保物语》等二三种，都是传记文学，只有一册斯忒林堡的《卑立干》是戏剧译本，到了大正十一年随即去世，年六十一。

我读这篇短序，觉得很好玩的是著者所表示的对于文坛的愤慨。明治四十年代自然主义的文学风靡一时，凡非自然主义的几乎全被排斥，鸥外挨骂最甚，虽然夏目漱石也同样是非自然派，不知怎地我却只记得他在骂人而少被人骂。那时我们爱谈莫泊三左拉，所以对于日本的自然主义自然也很赞成的，但是议论如“露骨的描写”等虽说得好，创作多而不精，这大约是模仿之弊病也未可知，除《棉被》外我也不曾多读，平常读的书却很矛盾地多是鸥外漱石之流。祖师田山花袋后来也转变了，写实的《田舍教师》我读了还喜欢，以后似乎又归了佛教什么派，我就简直不了然了。文坛上风气虽已变换，可是骂鸥外似乎已成了习惯，直到他死时还有新潮社的中村武罗夫谩骂一阵，正如坪内逍遥死后有文艺春秋社的菊池宽的谩骂一样。为什么呢？大约总是为了他们不能跟了青年跑的缘故吧。其实叫老年跟了青年跑这是一件很不聪明的事。野蛮民族里老人的处分方法有二，一是杀了煮来吃，一是帮同妇稚留守山寨，在壮士出去战征的时候。叫他们去同青年一起跑，结果是气喘吁吁地两条老腿不听命，反迟误青年的路程，抬了走做傀儡呢，也只好吓唬乡下小孩，总之都非所以“敬老”之道。老年人自有他的时光与地位，让他去坐在门口太阳下，搓绳打草鞋，看管小鸡鸭小儿，风雅的还可以看版画写魏碑，不要硬叫子媳孝敬以妨碍他们的工作，那就好了。有些本来能够写写小说戏曲的，当初不要名利所以可以自由说话，后来把握住了一种主义，文艺的理论与政策弄得头头是道了，创作便永远再也写不出来，这是常见的事实，也是一个很可怕的教训。日本的自然主义信徒也可算是前车之鉴，虽然比中国成绩总要好点。把灵魂卖给魔鬼的，据说成了没有影子的人，把灵魂献给上帝的，反正也相差无几。不相信灵魂的人庶几站得住了，因为没有可卖的，可以站在外边，虽然骂终是难免。鸥外是业医的，又喜欢弄文学，所以自称两栖生活，不过这也正是他的强处，假如他专靠文学为生，那便非跟了人家跑不可，如不投靠新潮社也须得去钻博文馆矣。章太炎先生曾经劝人不要即以学问为其职业，真真是懂得东方情事者也。

［1935年4月24日《华北日报》/《苦茶随笔》］

与谢野先生纪念

在北平的报纸上见到东京电报，知道与谢野宽先生于三月二十六日去世了。不久以前刚听见坪内逍遥先生的噩耗，今又接与谢野先生的讣报，真令人不胜感叹。

我们在明治四十年前后留学东京的人，对于明治时代文学大抵特别感到一种亲近与怀念。这有种种方面，但是最重要的也就只是这文坛的几位巨匠，如以《保登登几寿》（义曰杜鹃）为本据的夏目漱石、高滨虚子，《早稻田文学》的坪内逍遥、岛村抱月，《明星》，《寿波留》（义曰昴星），《三田文学》的森鸥外、上田敏、永井荷风、与谢野宽诸位先生。三十年的时光匆匆的过去，大正昭和时代相继兴起，各自有其光华，不能相掩盖，而在我们自己却总觉得少年时代所接触的最可留恋，有时连杂志也仿佛那时看见的最好，这虽然未免有点近于笃旧，但也是人情之常吧。我因为不大懂得戏剧，对于坪内先生毕生的业绩不曾很接近，其他各位先生的文章比较的多读一点，虽然外国文学里韵文原来不是容易懂的，我关于这些又只是一知半解而已。不过大约因为文化相近的缘故，我总觉得日本文学于我们中国人也比较相近，如短歌俳句以及稍富日本趣味的散文与小说也均能多少使我们了解与享受，这是我们想起来觉得很是愉快的。可是明治时代早已成为过去，那些巨匠也逐渐的去世，现今存在的已只有两三位先生，而与谢野先生则是最近离我们而去的一位了。

与谢野先生夫妻两位自创立新诗社后在日本诗歌上所留下的功绩，那是文学史上明显的事实，不必赘述，也不是外国的读者所能妄加意见的。但是我对于与谢野先生，在普通对于自己所钦佩的文学者之感激与悼叹外，还特别有一种感念，这便是关于与谢野先生日本语原研究的事业的。十年前在与谢野先生所印行的《日本古典全集》中看见狩谷掖斋全集，其第三卷内有一篇《转注说》，上边加上一篇与谢野先生的《转注说大概》，其末节有云：

> 远自有史以前与支那大陆有所交涉的我们日本人，在思想上，言语文字文章上，其他百般文化上，与彼国的言语文字典籍有最深切的关系。特别是在像自己这样要在支那各州的古音里求到国语的原委的一个学徒，这事更是痛切地感到，但这姑且不谈，就是为那研究东方的史学哲学文学想要了知本国的传统文化而溯其渊源的青年国民计，支那字原之研究也是必要，这正如欲深究欧洲的学问艺术宗教及其他百般文物者非追求拉丁希腊的言语不可。但是在明治以来倾向于浅薄的便宜主义的国情上，遂有提倡汉字的限制与略字的使用，强制用那无视语原学的拼法这种现象发生，甚属遗憾。今见掖斋所遗的业绩，自己不得不望有继承这些先哲之学术的努力的挚实的后学之辈出了。

与谢野先生的语原研究的大业据报上说尚未完成，我们也只在《冬柏》等上边略闻绪论，与松村任三先生的意见异同如何亦非浅学所能审，此类千秋事业成就非易，固可惋惜，但我所觉得可以尊重者还是与谢野先生的这种努力，虽事业未成而意义则甚重大也。中日两国文化关系之深密诚如与谢野先生所言，因为这个缘故，我们中国人要想了解日本的文学艺术固然要比西洋人更为容易，就是研究本国的文物也处处可以在日本得到参照比较的资料，有如研究希腊古文化者之于罗马，此与上文所说正为表里。与谢野先生晚年的事业已不仅限于文艺范围，在学问界上有甚深意义，其所主张不特在日本即在中国亦有同样的重要，使两国人知道有互相研究与理解之必要，其关系决非浅鲜。这回与谢野先生的长逝所以不但是日本文坛的损失，还是失了中日学问上的一个巨大的连锁，我们对于与谢野先生也不单是为了少时读书景仰的缘故，还又为了中国学界的丧失良友而不能不加倍地表示悼惜者也。

明治四十年顷在东京留学，只诵读与谢野先生夫妻两位的书，未得一见颜色。民国十四五年时与谢野先生来游中国，值华北有战事，至天津而止，不曾来北京。去年夏天我到东京去，与谢野先生在海滨避暑，又未得相见，至今忽闻讣报，遂永不得见矣，念之怃然，辄写小文，聊为纪念。

［1935 年 4 月 24 日《益世报》/《苦茶随笔》］

关于命运

我近来很有点相信命运。那么难道我竟去请教某法师某星士，要他指点我的流年或终身的吉凶么？那也未必。这些要知道我自己都可以知道，因为知道自己应该无过于自己。我相信命运，所凭的不是吾家易经神课，却是人家的科学术数。我说命，这就是个人的先天的质地，今云遗传。我说运，是后天的影响，今云环境。二者相乘的结果就是数，这个字读如数学之数，并非虚无飘渺的话，是实实在在的一个数目，有如从甲乙两个已知数做出来的答案，虽曰未知数而实乃是定数也。要查这个定数须要一本对数表，这就是历史。好几年前我就劝人关门读史，觉得比读经还要紧还有用，因为经至多不过是一套准提咒罢了，史却是一座孽镜台，他能给我们照出前因后果来也。我自己读过一部《纲鉴易知录》，觉得得益匪浅，此外还有《明季南北略》和《明季稗史汇编》，这些也是必读之书，近时印行的《南明野史》可以加在上面，盖因现在情形很像明季也。

日本永井荷风著《江户艺术论》十章，其《浮世绘之鉴赏》第五节论日本与比利时美术的比较，有云：

> 我反省自己是什么呢，我非威耳哈伦（Verhaeren）似的比利时人而是日本人也，生来就和他们的运命及境遇迥异的东洋人也。恋爱的至情不必说了，凡对于异性之性欲的感觉悉视为最大的罪恶，我辈即奉戴着此法制者也。承受“胜不过啼哭的小孩和地主”的教训的人类也，知道“说话则唇寒”的国民

也。使威耳哈伦[1]感奋的那滴着鲜血的肥羊肉与芳醇的蒲桃酒与强壮的妇女的绘画，都于我有什么用呢？呜呼，我爱浮世绘。苦海十年为亲卖身的游女的绘姿使我泣。凭倚竹窗茫然看着流水的艺妓的姿态使我喜。卖宵夜面的纸灯寂寞地停留的河边的夜景使我醉。雨夜啼月的杜鹃，阵雨中散落的秋天木叶，落花飘风的钟声，途中日暮的山路的雪，凡是无常无告无望的，使人无端嗟叹此世只是一梦的，这样的一切东西，于我都是可亲，于我都是可怀。

又第三节中论江户时代木板画的悲哀的色彩云：

这暗示出那样暗黑时代的恐怖与悲哀与疲劳，在这一点上我觉得正如闻娼妇啜泣的微声，深不能忘记那悲苦无告的色调。我与现社会相接触，常见强者之极其强暴而感到义愤的时候，想起这无告的色彩之美，因了潜存的哀诉的旋律而将暗黑的过去再现出来，我忽然了解东洋固有的专制的精神之为何，深悟空言正义之不免为愚了。希腊美术发生于以亚坡隆为神的国土，浮世绘则由与虫豸同样的平民之手制作于日光晒不到的小胡同的杂院里。现在虽云时代全已变革，要之只是外观罢了。若以合理的眼光一看破其外皮，则武断政治的精神与百年以前毫无所异。江户木板画之悲哀的色彩至今全无时间的间隔，深深沁入我们的胸底，常传亲密的私语者，盖非偶然也。

荷风写此文时在大正二年（一九一三）正月，已发如此慨叹，二十年后的今日不知更怎么说，近几年的政局正是明治维新的平反，“幕府”复活，不过是一阶级而非一家系的，岂非建久以来七百馀年的征夷大将

【锺校】

① “伦”原作“仑”，从上文改。

军的威力太大，六十年的尊王攘夷的努力丝毫不能动摇，反而自己没落了么？

以上是日本的好例①，我们中国又如何呢？我说现今很像明末，虽然有些热心的文人学士听了要不高兴，其实是无可讳言的。我们且不谈那建夷，流寇，方镇，宦官以及饥荒等，只说八股和党社这两件事罢。清许善长著《碧声吟馆谈麈》卷四有论八股一则，中有云：

> 功令以时文取士，不得不为时文。代圣贤立言，未始不是，然就题作文，各肖口吻，正如优孟衣冠，于此而欲征其品行，觇其经济，真隔膜矣。卢抱经学士云，时文验其所学而非所以为学也，自是通论。至景范之言曰，秦坑儒不过四百，八股坑人极于天下后世，则深恶而痛疾之也。明末东林党祸惨酷尤烈，竟谓天子可欺，九庙可毁，神州可陆沉，而门户体面决不可失，终至于亡国败家而不悔，虽曰气运使然，究不知是何居心也。

明季士大夫结党以讲道学，结社以作八股，举世推重，却不知其于国家有何用处，如许氏说则其为害反是很大。明张岱的意见与许氏同，其《与李砚翁书》云：

> 夫东林自顾泾阳讲学以来，以此名目祸我国家者八九十年，以其党升沉用占世数兴败，其党盛则为终南之捷径，其党败则为元祐之党碑，风波水火，龙战于野，其血玄黄，朋党之祸与国家相为终始。盖东林首事者实多君子，窜入者不无小人，拥戴者皆为小人，招来者亦有君子。……东林之中，其庸庸碌碌者不必置论，如贪婪强横之王图，奸险凶暴之李三才，

【锺校】

① “以上是日本的好例”一句原在上段之末尾。

闯贼首辅之项煜，上笺劝进之周钟，以至窜入东林，乃欲俱奉之以君子，则吾臂可断决不敢徇情也。东林之尤可丑者，时敏之降闯贼曰，吾东林时敏也，以冀大用。

鲁王监国，蕞尔小朝廷，科道任孔当辈犹曰，非东林不可进用，则是东林二字直与蕞尔鲁国及汝偕亡者。

明朝的事归到明朝去，我们本来可以不管，可是天下事没有这样如意，有些痴颠恶疾都要遗传，而恶与癖似亦不在例外，我们毕竟是明朝人的子孙，这笔旧账未能一笔勾消也。——虽然我可以声明，自明正德时始迁祖起至于现今，吾家不曾在政治文学上有过什么作为，不过民族的老账我也不想赖，所以所有一切好坏事情仍然担负四百兆分之一。

我们现在且说写文章的。代圣贤立言，就题作文，各肖口吻，正如优孟衣冠，是八股时文的特色，现今有多少人不是这样的？功令以时文取士，岂非即文艺政策之一面，而又一面即是文章报国乎？读经是中国固有的老嗜好，却也并不与新人不相容，不读这一经也该读别一经的。近来听说有单骂人家读《庄子》《文选》的，这必有甚深奥义，假如不是对人非对事。这种事情说起来很长，好像是专找拿笔干的开玩笑，其实只是借来作个举一反三的例罢了。万物都逃不脱命运。我们在报纸上常看见枪毙毒犯的新闻，有些还高兴去附加一个照相的插图。毒贩之死于厚利是容易明了的，至于再吸犯便很难懂，他们何至于爱白面过于生命呢？

第一，中国人大约特别有一种麻醉享受性，即俗云嗜好。第二，中国人富的闲得无聊，穷的苦得不堪，以麻醉消遣。有友好之劝酬，有贩卖之便利，以麻醉玩弄。卫生不良，多生病痛，医药不备，无法治疗，以麻醉救急。如是乃上瘾，法宽则蔓延，法严则骈诛矣。此事为外国或别的殖民地所无，正以此种癖性与环境亦非别处所有耳。我说麻醉享受性，殊有杜撰生造之嫌，此正亦难免，但非全无根据，如古来的念咒画符读经惜字唱皮黄做八股叫口号贴标语皆是也，或以意，或以字画，或以声音，均是自己麻醉，而以药剂则是他力麻醉耳。考虑中国的现在与将来的人士必须要对于他这可怕的命运知道畏而不惧，不讳言，敢正视，处处努力要抓住它的尾巴而不为所缠绕住，才能获得明智，死生吉凶全能了知，然而此事大难，真真大难也。

我们没有这样本领的只好消极地努力，随时反省，不能减轻也总不要去增长累世的恶业，以水为鉴，不到政治文学坛上去跳旧式的戏，庶几下可对得起子孙，虽然对于祖先未免少不肖，然而如孟德斯鸠临终所言，吾力之微正如帝力之大，无论怎么挣扎不知究有何用？日本失名的一句小诗云：

虫呵虫呵，难道你叫着，“业”便会尽了么？

［1935年4月21日《大公报》/《苦茶随笔》］

关于命运之二

前几天我写了一篇《关于命运》，上海方面就有人挑剔字眼。我说：

> 我近来很有点相信命运。那么难道我竟去请教某法师某星士，要他指点我的流年或终身的吉凶么？那也未必。这些要知道我自己都可以知道，因为知道自己应该无过于自己。我相信命运，所凭的不是吾家易经神课，却是人家的科学术数。我说命，这就是个人的先天的质地，今云遗传。我说运，是后天的影响，今云环境。

挑剔者乃曰：

> 在历史上感觉到自己的迟暮的人，总是自觉地或不自觉地要躲在神秘中去寻觅自己的安慰，像求神拜佛呀，崇拜性灵呀，相信命运呀，总逃不开了这些圈套。

这里，我不知是他们的故意“歪曲”呢，还是真看不懂我那简单的白话文？奥国的孟特耳不幸晚出，他的学说得不到恩格尔斯的批准，中国新人碍难承认遗传说这也可以原谅的，但是遗传到底是不是像求神拜佛的一样神秘，我想这一点也总该知道吧。我又引明张岱的与人书云：

> 鲁王监国，蕞尔小朝廷，科道任孔当辈犹曰，非东林不可进用，则是东林二字直与蕞尔鲁国及汝偕亡者。

挑剔者乃曰：

> 甚至当时为人民抗清力量所支持下的鲁王监国，曾被那没有心肝的人斥为蕞尔小朝廷，也居然得到了知堂先生的附和。

这里，他们似乎也不知道“那没有心肝的人”原来是明末遗民张岱。据邵廷采《思复堂集》“明遗民所知传”云：

性承忠孝，长于史学。丙戌后屏居卧龙山之仙室，短檐危壁，沉淫于有明一代纪传，名曰《石匮藏书》，以拟郑思肖之《铁函心史》也，至于废兴存亡之际，孤臣贞士之操，未尝不感慨流连陨涕三致意也。

岱《自为墓志铭》云：

五羖大夫，焉肯自鬻，

空学陶潜，枉希梅福，

必也寻三外野人，方晓我之衷曲。

照这样看来，其有无心肝，大约就是不去寻郑所南来问也该可以明白吧。我不知道他们何所根据而断定其为没有心肝也。蕞尔，查《辞通》卷十二云，“小貌”，尔者盖是语助辞，并非尔汝之尔。小朝廷一语曾有胡铨说过，系指南宋，论者不曾以为大不敬，然则以指鲁王浙江一区，似亦不能说怎么不对。今便断为说者没有心肝，如不是错看“尔”字，当是有意歪曲，如绍兴师爷之舞文周纳耳。至于张岱与鲁王的关系在《梦忆》中曾经说及，可以参考，据《砚云甲编》本第二则云：

鲁王播迁至越，以先父相鲁先王，幸旧臣第。岱接驾。无所考仪注，以意为之，踏脚四扇，氍毹藉之，高厅事尺，设御座，席七重，备山海之供。鲁王至，冠翼善，玄色蟒袍，玉带朱玉绶。观者杂沓，前后左右用梯用台用凳，环立看之，几不能步，剩御前数步而已。传旨，勿辟人。岱进行君臣礼，献茶毕安席，再行礼，不送杯箸，示不敢为主也，趋侍坐。……二鼓转席，临不二斋梅花书屋，坐木犹龙，卧岱书榻，剧谈移时。出登席，设二席于御座傍，命岱与陈洪绶侍饮，谐谑欢笑如平交。睿量弘，已进酒半斗矣，大犀觥一气尽，陈洪绶不胜饮，呕哕御座傍。寻设一小几，命洪绶书箑，醉捉笔不起，止之。

……起驾，转席后又进酒半斗，睿颜微酡，进辇，两书堂官掖之不能步。岱送至闾外，命书堂官再传旨曰，爷今日大喜，爷今日喜极。君臣欢洽脱略至此，真属异数。

张岱与鲁王君臣欢洽脱略至此，但是对于结党营私的任孔当辈仍要痛骂，正如那侍饮大醉的陈洪绶之要痛骂误国殃民的官军一样。陈洪绶即老莲，他的画至今很有名，也是瓜瓜叫的明遗民，不是没有心肝的人，在他的《宝纶堂集》末有《避难诗》一卷，丙戌除夕自叙，其《作饭行》一篇序中有云，“今小民苦官兵淫杀有日矣”，诗末四联云：

鲁国越官吏，江上逍遥师，

避敌甚喂①虎，篦民若养狸。

时日曷丧语，声闻于天知，

民情即天意，兵来皆安之。

又《官军行》末四语云：

卿今冒饷欲未充，驾言输饷缚富翁。

卿先士卒抄村落，分明教我亦淫掠。

又《搜牢行》中有云：

长官亦如贼所为，人则何赖有此国。

我想在这里可以不必再加说明，只请读者自己去看这种官与兵是不是该痛骂。张陈皆明遗民，与鲁王又有这种关系，而使二人都忍不住说及汝偕亡或时日曷丧的话，岂不哀哉，当时的情形也就可想而知了。

前回我说现今很像明末，但这其间自然也有些不同，现在的人总比三百年前的人要聪明一点了吧。如断定明遗民张岱是没有心肝的人，一也；根据我所引的永井荷风的话，断定是前期年青人的反对黑暗之英雄

【锺校】

①《夜读抄·甲行日注》引此作“畏”。

的悲叫，二也。荷风原已说过：

> 我反省自己是什么呢，我非威耳哈伦似的比利时人而是日本人也，生来就和他们的运命及境遇迥异的东洋人也。

在原论第一节中又曾云：

> 余初甚愤且悲。但是幸而此悲愤绝望乃成为使余入于日本人古来遗传性的死心之无差别观。不见上野的老杉乎，默默不语亦不诉说，独知自己的命数，从容地渐就枯死耳。无情的草木岂不远胜有情的人类耶。
>
> 我如今才知道现代我们的社会乃是现代人的东西，决非我等所得容喙。我于此对于古迹的毁弃与时代的丑化不复引起何等愤慨，觉得此反足以供给最上的讽刺的滑稽材料，故一变而成为最有诡辩的兴味之中心焉。

死心一语原文作“谛”，本是审义，因审谛事理而死心断念，其消极过于绝望，是为今通行的第二义，其用此字盖与佛教四谛有关亦未可知。永井荷风的“前期年青人”的叫声如往别的书里去找或者也有一句二句，但在我所引的这篇文章里就想利用，实在未免太聪明一点了。

近来文坛上的“批评”的方法与手段的确大有进步了，兹姑不列举。总之他们的态度是与任孔当辈一鼻孔出气的。这也正是中国人的遗传性——或是命运吧。诗云：

> 虫呵虫呵，难道你叫着，“业”便会尽了么？

［1935 年 6 月 2 日《大公报》/《苦茶随笔》］

科学小品

二月底的某日，我刚寄出明信片给书店，要英国大威尔士编著的《生命之科学》，去年改订为分册的丛书，已出三册，这天就收到上海商务印书馆代郭君寄赠的一册大书，打开看时原来即是《生命之科学》汉译本，此为第一册，即包含前三分册①也。这是一件偶然凑巧的事，却觉得很有意思。译者弁言之二有云：

> 译者对于作者之原旨，科学之综合化大众化与文艺化，是想十分忠实地体贴着的，特别是在第三化。原著实可以称为科学的文艺作品。译者对于原作者在文学修辞上的苦心是尽力保存着的，译文自始至终都是逐字移译，尽力在保存原文之风貌。但译者也没有忘记，他是在用中国文译书，所以他的译文同时是照顾着要在中国文字上带有文艺的性格。

这里所说关于原书的文艺价值与译文的忠实态度都很明了，我们可以不必多赘。我看原书第二分册第四章七节有讲轮虫的一段文章很有趣味，今借用郭君的译文于下：

> 轮虫类凡是一门，是微小而结构高级的动物，大抵居于池沼，沟渠，湿地等处，对于有显微镜的人是一项快乐之源泉。
>
> 假如我们能够保留着感觉和视觉，缩小成一个活的原子而潜下水去，我们会参加进一个怎样惊异的世界哟！我们会发现这座仙国有最奇异的一些生物栖息着，那些生物有毛以备浮

【锺校】

① “分册”原作“册分”。

泳，有璐玭色的眼睛在头①上灼灼，有望远镜式的脚可以纳入体中，可以伸出去比身体长过数倍。这儿有些是系着锚的，系在脚趾所纺出的细丝上，又有些穿着玻璃的铠甲，猬集着犀利的针刺或装饰着龟甲形和波形的浮雕，迅速地浮过，更有固着在绿色的梗上就像一朵牵牛花，由眼不能见的力量把一道不间断的牺牲之流吸引进张开着的杯里，用深藏在体中的钩颚把它们咬碎致死。（赫贞与戈斯二氏在有趣的图谱《轮虫类》*The Rotifera* 一八八六中如是说。）轮虫类对于人没有益处，也没有害处，它们的好处几乎全在这显微镜下的美观上。

这可以够得上称为科学小品了罢。所谓科学小品不知到底是什么东西，据我想这总该是内容说科学而有文章之美者，若本是写文章而用了自然史的题材或以科学的人生观写文章，那似乎还只是文章罢了，别的头衔可以不必加上也。《生命之科学》的原作者是大小威尔士与小赫胥黎，其科学文学两方面的优长既是无可疑的了，译者又是专门研究近代医学的人，对于文艺亦有很大的成就，所以这书的译出殆可以说是鬼拿铁棒了。但是可惜排印有误，还有一件便是本子大，定价高，假如能分作三册，每册卖一元之谱，不但便于翻阅，就是为读者购买力计也有方便处，像现在这样即不佞如不蒙寄赠亦大抵未必能够见到也。

我不是弄科学的，但当作文章看过的书里有些却也是很好的科学小品，略早的有英国怀德的《色耳彭自然史》，其次是法国法布耳的《昆虫记》。这两部书在现今都已成为古典了，在中国知道的人也已很多，虽然还不见有可靠的译本，大约这事真太不容易，《自然史》在日本也终于未曾译出，《昆虫记》则译本已有三种了。此外我个人觉得喜欢的

【锺校】

① “头”原作“颈”。

还有英国新近去世的汤木生（J. A. Thomson）教授，他是动物学专门的，著作很多，我只有他最普通的五六种，其中两种最有意思，即《动物生活的秘密》与《自然史研究》。这还是一九一九至二一年刊行，又都是美国版，价钱很贵，装订也不好，现在背上金字都变黑了，黑得很难看，可是我仍旧看重他，有时拿出来翻翻，有时还想怎样翻译一点出来也好，看着那暗黑难看的金字真悔不早点译出几篇来。可是这是徒然。我在这里并不谦虚地说因为关于自然史的知识不够，实在乃是由于文章写不好，往往翻看一阵只得望洋兴叹地放下了。《动物生活的秘密》中共有短文四十篇，自动物生态以至进化遗传诸问题都有讲到，每篇才七八页，而谈得很简要精美，卷中如《贝壳崇拜》《乳香与没药》《乡间的声响》等文，至今想起还觉得可爱。《自然史研究》亦四十篇而篇幅更短，副题曰“从著者作品中辑集的文选”，大约是特别给青年们读的吧，《动物生活的秘密》中也有八九篇收入，却是文句都改得更为简短了。话虽如此，要想译这节本亦仍不可能，只好终于割爱了去找别的，第二十一篇即第三分的第一篇题曰《秋天》，内分六节，今抄取其关于落叶的一节于下：

> 最足以代表秋天的无过于落叶的悉索声了。它们生时是慈祥的，因为植物所有的财产都是它们之赐，在死时它们亦是美丽的。在死之前，它们把一切还给植物，一切它们所仅存的而亦值得存的东西。它们正如空屋，住人已经跑走了，临走时把好些家具毁了烧了，几乎没有留下什么东西，除了那灶里的灰。但是自然总是那么豪爽的肯用美的，垂死的叶故有那样一个如字的所谓死灰之美。

第二十五篇是专谈落叶的，觉得有可以互相说明的地方，再抄几节也好：

> 但在将死之先，叶子把一切值得存留的它们工作的残馀都

还给那长着它们的树身。有糖分和其他贵重物质从垂死的叶慢慢地流到树干去，在冬天的气息吹来以前。

那树叶子在将死时也与活着时同样地有用，渐渐变成空虚，只馀剩废物了，在那贵重物质都退回防冬的库房的时候，便要真预备落下了。在叶柄的底下，平常是很韧很结实的，现在从里边长出一层柔软多汁的细胞来，积极地增加扩大成为一个弹簧椅垫，这就把叶子挤掉，或是使叶与枝的附着很是微少，一阵风来便很容易把那系联生死的桥折断了。这是一种很精良的外科，在手术未行之先已把创痕治好了的。

的确到现在那叶子是死了，只是空屋，一切器用门窗都拆卸了，差不多剩下的只有灶里的灰了。但是那些灰——多么华丽呀！黄的和橙色的，红的和紫的，绯的和赤的，那些枯叶发出种种色彩。它们变形了，在这死的一刹那，在秋阳的微光里。黄色大抵由于所谓叶绿这色素的分解，更深的颜色则由于特种色素的存在，这都是叶子的紧张的生活里的副产物或废物。

末了，叶子轻轻地从树上落下了，或是在风中宛转挣扎悉索作声，好像是不愿意离开似的，终于被强暴地拉下来滚在地上了。但是那树虽然年年失掉叶子，却并不因此而受什么损失，因为叶子褪色了，枯了落了，被菌类所霉化了，于是被蚯蚓埋到地下去，又靠了微生物的帮助，使它变成植物性的壤土，这里边便保育着来年的种子。

文章实在译不好，可是没有法子。假如我有自然史的广博的知识，觉得还不若自己来写可以更自在一点，不过写的自在是一问题，而能否这样的写得好又是另一问题。像《秋天》里的那一节，寥寥五句，能够将科学与诗调和地写出，可以说是一篇《落叶赞》，却又不是四库的哪一部文选所能找得出的，真是难能希有也。我们摇笔想写出此种文章来，正如画过几笔墨梅的文士要去临摹文艺复兴的名画，还该免动尊手。莫怪灭自己的威风，我们如想有点科学小品看看，还得暂时往外国去借。说也奇怪，中国文人大都是信仰“文艺政策”的，最不高兴人家谈到苍蝇，以为无益于人心世道也，准此则落叶与蚯蚓与轮虫纵说得怎么好亦复何用，岂有人肯写或准写乎。中国在现今虽嚷嚷科学小品，其实终于只一名词，或一新招牌如所谓卫生臭豆腐而已。

［1935 年 5 月《文饭小品》/《苦茶随笔》］

《东京散策记》

前几天从东京旧书店买到一本书，觉得非常喜欢，虽然原来只是很普通的一卷随笔。这是永井荷风所著的《日和下驮》，一名《东京散策记》，内共十一篇，从大正三年夏起陆续在《三田文学》月刊上发表，次年冬印成单行本，以后收入“明治大正文学全集”及“春阳堂文库”中，现在极容易买到的。但是我所得的乃是初版原本，虽然那两种翻印本我也都有，文章也已读过，不知怎的却总觉得原本可喜。铅印洋纸的旧书本来难得有什么可爱处，有十七幅胶版的插画也不见得可作为理由，勉强说来只是书品好罢。此外或者还有一点感情的关系，这比别的理由都重要，便是一点儿故旧之谊，改订缩印的书虽然看了便利，却缺少一种亲密的感觉。说读书要讲究这些未免是奢侈，那也可以说，不过这又与玩古董的买①旧书不同，因为我们既不要宋本或季沧苇的印，也不能出大价钱也。《日和下驮》出版于大正四年（一九一五），正是二十年前，绝版已久，所以成了珍本，定价金一圆，现在却加了一倍，幸而近来汇兑颇低，只要银一元半就成了。

永井荷风最初以小说得名，但小说我是不大喜欢的，我读荷风的作品大抵都是散文笔记，如《荷风杂稿》《荷风随笔》《下谷丛话》《日和下驮》与《江户艺术论》等。《下谷丛话》是森鸥外的《伊泽兰轩传》一派的传记文学，讲他的外祖父鹫津毅堂的一生以及他同时的师友，我读了很感兴趣，其第十九章中引有大沼枕山的绝句，我还因此去搜求了

【锺校】

① “买”原作“卖”。

《枕山诗钞》来读。随笔各篇都有很好的文章，我所最喜欢的却是《日和下驮》。《日和下驮》这部书如副题所示是东京市中散步的记事，内分日和下驮，淫祠，树，地图，寺，水附渡船，露地，闲地，崖，坂，夕阳附富士眺望等十一篇。“日和下驮”（Hiyori-geta）本是木屐之一种，意云晴天屐，普通的木屐两齿幅宽，全屐用一木雕成，日和下驮的齿是用竹片另外嵌上去的，趾前有覆，便于践泥水，所以虽称曰晴天屐而实乃晴雨双用屐也。为什么用作书名，第一篇的发端说的很明白：

长的个儿本来比平常人高，我又老是穿着日和下驮拿着蝙蝠伞走路。无论是怎么好晴天，没有日和下驮与蝙蝠伞总不放心，这是因为对于通年多湿的东京天气全然没有信用的缘故。容易变的是男子的心与秋天的天气，此外还有上头的政事，这也未必一定就只如此。春天看花时节，午前的晴天到了午后二三时必定刮①起风来，否则从傍晚就得下雨。梅雨期间可以不必说了，入伏以后更不能预料什么时候有没有骤雨会沛然下来。

因为穿了日和下驮去凭吊东京的名胜，故即以名篇，也即以为全书的名称。荷风住纽约巴黎甚久，深通法兰西文学，写此文时又才三十六岁，可是对于本国的政治与文化其态度非常消极，几乎表示极端的憎恶。在前一年所写的《江户艺术论》中说的很明白，如《浮世绘的鉴赏》第三节云：

在油画的色里有着强的意味，有着主张，能表示出制作者的精神。与这正相反，假如在木板画的瞌睡似的色彩里也有制作者的精神，那么这只是专制时代萎靡的人心之反映而已。这

【锺校】

① “刮”原作“括”。

暗示出那样暗黑时代的恐怖与悲哀与疲劳，在这一点上我觉得正如闻娼妇啜泣的微声，深不能忘记那悲苦无告的色调。我与现社会相接触，常见强者之极其横暴而感到义愤的时候，想起这无告的色彩之美，因了潜存的哀诉的旋律而将暗黑的过去再现出来，我忽然了解东洋固有的专制的精神之为何，深悟空言正义之不免为愚了。希腊美术发生于以亚坡隆为神的国土，浮世绘则由与虫豸同样的平民之手制作于日光晒不到的小胡同的杂院里。现在虽云时代全已变革，要之只是外观罢了。若以合理的眼光一看破其外皮，则武断政治的精神与百年以前毫无所异。江户木板画之悲哀的色彩至今全无时间的间隔，深深沁入我们的胸底，常传亲密的私语者，盖非偶然也。

在《日和下驮》第一篇中有同样的意思，不过说得稍为和婉：

但是我所喜欢曳屐走到的东京市中的废址，大抵单是平凡的景色，只令我个人感到兴趣，却不容易说明其特征的。例如一边为炮兵工厂的砖墙所限的小石川的富坂刚要走完的地方，在左侧有一条沟渠。沿着这水流，向着蒟蒻阎魔去的一个小胡同，即是一例。两傍的房屋都很低，路也随便弯来弯去，洋油漆的招牌以及仿洋式的玻璃门等一家都没有，除却有时飘着冰店的旗子以外，小胡同的眺望没有一点什么色彩，住家就只是那些裁缝店烤白薯店粗点心店灯笼店等，营着从前的职业勉强度日的人家。我在新开路的住家门口常看见堂皇地挂着些什么商会什么事务所的木牌，莫名其妙地总对于新时代的这种企业引起不安之念，又对于那些主谋者的人物很感到危险。倒是在这样贫穷的小胡同里营着从前的职业穷苦度日的老人们，我见了在同情与悲哀之上还不禁起尊敬之念。同时又想到这样人家的独养女儿或者会成了介绍所的饵食，现今在什么地方当艺妓也说不定，于是照例想起日本固有的忠孝思想与人身卖买的习惯之关系，再下去是这结果所及于现代社会之影响等，想进种种复杂的事情里边去了。

本文十篇都可读，但篇幅太长，其《淫祠》一篇最短，与民俗相关亦很有趣，今录于后。

往小胡同去罢，走横街去罢。这样我喜欢走的，格拉格拉地拖着晴天屐走去的里街，那里一定会有淫祠。淫祠从古至今一直没有受过政府的庇护。宽大地看过去，让它在那里，这已经很好了，弄得不好就要被拆掉。可是虽然如此现今东京市中淫祠还是数不清地那么多。我喜欢淫祠。给小胡同的风景添点情趣，淫祠要远在铜像之上有审美的价值。本所深川一带河流的桥畔，麻布芝区的极陡的坡下，或是繁华的街的库房之间，多寺院的后街的拐角，立着小小的祠以及不蔽风雨的石地藏，至今也还必定有人来挂上还愿的匾额和奉献的手巾，有时又有人来上香的。现代教育无论怎样努力想把日本人弄得更新更狡猾，可是至今一部分的愚昧的民心也终于没有能够夺去。在路傍的淫祠许愿祈祷，在破损的地藏尊的脖上来挂围巾的人们，或者卖女儿去当艺妓也未可知，自己去做侠盗也未可知，专梦想着银会和彩票的侥幸也未可知。不过他们不会把别人的私行投到报纸上去揭发以图报复，或借了正义人道的名来敲竹杠迫害人，这些文明的武器的使用法他们总是不知道的。

淫祠在其缘起及灵验上大抵总有荒唐无稽的事，这也使它带有一种滑稽之趣。

对那欢喜天要供油炸的馒头，对大黑天用双叉的萝卜，对稻荷神献奉油豆腐，这是谁都知道的事。芝区日荫町有供鲭鱼的稻荷神，在驹入地方又有献上沙锅的沙锅地藏，祈祷医治头痛，病好了去还愿，便把一个沙锅放在地藏菩萨的头上。御厩河岸的榧寺里有医好牙痛的吃糖地藏，金龙山的庙内则有①供盐的盐地藏。在小石川富坂的源觉寺的阎魔王是供蒟蒻的，对于大久保百人町的鬼王则供豆腐，以为治好疥疮的谢礼。向岛弘福寺里的有所谓石头的老婆婆，人家供炒蚕豆，求她医治小孩的百日咳。

天真烂漫的而又那么鄙陋的此等愚民的习惯，正如看那社庙滑稽戏和丑男子舞，以及猜谜似的那还愿的匾额上的拙稚的绘画，常常无限地使我的心感到慰安。这并不单是说好玩。在那道理上议论上都无可说的荒唐可笑的地方，细细地想时却正感着一种悲哀似的莫名其妙的心情也。

关于民俗说来太繁且不作注，单就蒟蒻阎魔所爱吃的东西说明一点罢。蒟蒻是一种天南星科的植物，其根可食，五代时源顺撰《和名类聚抄》卷九引《文选·蜀都赋注》云：蒟蒻，其根肥白，以灰汁煮则凝成，以苦酒淹食之，蜀人珍焉。《本草纲目》卷十六叙其制法甚详云：

经二年者根大如碗及芋魁，其外理白，味亦麻人，秋后采根，须净擦或捣或片段，以酽灰汁煮十馀沸，以水淘洗，换水更煮五六遍，即成冻子，切片，以苦酒五味淹食，不以灰汁则不成也。切作细丝，沸汤瀹过，五味调食，状如水母丝。

黄本骥编《湖南方物志》卷三引《潇湘听雨录》云：

《益部方物略》，海芋高不过四五尺，叶似芋而有干。向见岣嵝峰寺僧所种，询之名磨芋，干赤，叶大如茄，柯高二三尺，至秋根下实如芋魁，磨之漉粉成膏，微作膻辛，蔬品中味

【锺校】

① “有”原作“在”。

犹乳酪，似是《方物略》所指，宋祁赞曰木干芋叶是也。

金武祥著《粟香四笔》卷四有一则云：

> 济南王培荀雪峤《听雨楼随笔》云，蒟酱张骞至西南夷食之而美，擅名蜀中久矣。来川物色不得，问土人无知者。家人买黑豆腐，盖村间所种，俗名茉芋，实蒟蒻也，形如芋而大，可作腐，色黑有别味，未及豆腐之滑腻。蒟蒻一名鬼头，作腐时人多语则味①涩，或云多语则作之不成。乃知蒟酱即此，俗间日用而不知，可笑也。遥携馋口入西川，蒟酱曾闻自汉年，腐已难堪兼色黑，虚名应共笑张骞。茉芋亦名黑芋，生食之口麻。

蒟蒻俗名黑豆腐，很得要领，这是民间或小儿命名的长处。在中国似乎不大有人吃，要费大家的力气来考证，在日本乃是日常副食物，真是妇孺皆知，在俗谚中也常出现，此正是日本文学风物志中一好项目。在北平有些市场里现已可买到，其制法与名称盖从日本输入，大抵称为蒟蒻而不叫作黑豆腐也。

[1935年5月《人间世》/《苦茶随笔》]

【锺校】

① “味”原作“语”。

情　理

管先生叫我替《实报》写点文章，我觉得不能不答应，实在却很为难。这写些什么好呢？

老实说，我觉得无话可说。这里有三种因由。一，有话未必可说。二，说了未必有效。三，何况未必有话。

这第三点最重要，因为这与前二者不同，是关于我自己的。我想对于自己的言与行我们应当同样地负责任，假如明白这个道理而自己不能实行时便不该随便说，从前有人住在华贵的温泉旅馆而嚷着叫大众冲上前去革命，为世人所嗤笑，至于自己尚未知道清楚而乱说，实在也是一样地不应当。

现在社会上忽然有读经的空气继续金刚时轮法会而涌起，这现象的好坏我暂且不谈，只说读九经或十三经，我的赞成的成分倒也可以有百分之十，因为现在至少有一经应该读，这里边至少也有一节应该熟读。这就是《论语》的《为政第二》中的一节：

> 子曰，由，诲汝知之乎，知之为知之，不知为不知，是知也。

这一节话为政者固然应该熟读，我们教书捏笔杆的也非熟读不可，否则不免误人子弟。我在小时候念过一点经史，后来又看过一点子集，深感到这种重知的态度是中国最好的思想，也与苏格拉底可以相比，是科学精神的源泉。

我觉得中国有顶好的事情，便是讲情理，其极坏的地方便是不讲情理。随处皆是物理人情，只要人去细心考察，能知者即可渐进为贤人，不知者终为愚人，恶人。《礼记》云，饮食男女人之大欲存焉，死亡贫苦人之大恶存焉。《管子》云，仓廪实则知礼节，衣食足则知荣辱。这都是千古不变的名言，因为合情理。现在会考的规则，功课一二门不及格可补考二次，如仍不及格则以前考过及格的功课亦一律无效。这叫做不合理。全省一二门不及格学生限期到省会考，不考虑道路的远近，经济能力的及不及。这叫做不近人情。教育方面尚如此，其他可知。

这所说的似乎专批评别人，其实重要的还是借此自己反省，我们现在虽不做官，说话也要谨慎，先要认清楚自己究竟知道与否，切不可那样不讲情理地乱说。说到这里，对于自己的知识还没有十分确信，所以仍不能写出切实有主张的文章来，上边这些空话已经有几百字，聊以塞责，就此住笔了。

（廿四年五月）

[附记]

管翼贤先生来访，命为《实报》写“星期偶感”，在星期日报上发表，由五人轮流执笔，至十一月计得六篇，便集录于此。十一月廿六日记。

[1935年5月12日《实报》/《苦竹杂记》]

考　试

承徐先生送我一本小书，又引起执笔的兴趣来了。书名《粤寇起事记实》，同治十三年刊，不著撰人名氏，但云半窝居士撰，卷末附记诸暨包村事，云吾乡忠义大节，可知其为越人耳。书只二十七页，杂记在两粤所见闻诸事，其用意似在为广西巡抚郑祖琛辩解，故疑所言未必尽确，唯有几则无甚关系的纪录，却颇有意思。如下：

伪天王洪秀全姓名皆假，洪乃立会之号，以我乃人王四字合成秀全二字，借禾为我字。其真姓名贼中皆未详知，惟闻其本姓郑也。

又云：

予游幕岭南二十馀年，所到之处见兵役缉获会匪到案，搜得贼之书籍，备载会中以洪字为号，相传已久。予检阅旧时案牍，所载相同。其党初见问姓，答以本姓某，现姓洪。将洪字分作三八二十一，以为暗号，非始于赭寇也。

由此可知太平天国与洪门之关系。又有一则说及太平天国的考试，惜未详备，文云：

秦都司之戚车某，忘其名号，江浦县人，先为胥吏，被掳至金陵，应赭寇之试，中伪状元。

金陵将克之时逸出投诚，随秦都司至楚。予见其人，身材文弱，无贼形也。问贼中考试之事，车某云，以天主教之语为题，亦试三场，每场作论一篇。余索观其稿，鄙陋不通，极为可笑。

我真觉得可惜，那些稿论没有能够抄存下来，亦是没法，只要能知道这是什么题目，也就够了。可是别的材料也找到一点，乃是二百多年前闯王时代的事。陈济生著《再生纪略》二卷，叙述他甲申三一九在北京遇难至六月初逃回江南的详情，是日记式的，有几则记贼中的考试云：

三月二十六日，闻牛金星极慕周钟才名，召试“士见危授命论”。又有贺表数千言，颂扬贼美，伪相大加称赏。

周钟本是东林中人，现在上表颂贼，固然可怪，但是我觉得不可思议的倒是这论文题目，不知当时周钟如何下笔耳。

四月朔，伪府尹考试童生，出“天与之”题；考试生员，出“若大旱之望云霓”题。次日即发案。

×

初四日，牛相同宋企郊考试举人，出“天下归仁焉”，“莅中国而抚四夷也”，“自天祐之吉无不利”等题。就试者约七八十名，大率本地举人居多。初五日，伪相府揭晓，取实授举人五十名。

关于张献忠的一时找不着，但于《寄园寄所寄》卷九《裂眦寄》中见有引用《乱蜀始末》的一节云：

献忠开科取士，会试进士得一百二十人，状元张大受，成都华阳人，年未三十，身长七尺，颇善弓马。群臣谄献忠，咸进表疏称贺，谓皇上龙飞首科得天下奇才为鼎元，此实天降大贤助陛下，不日四海一统，即此可卜也。献忠大悦，召大受，其人果仪表丰伟，气象轩昂，兼之年齿少壮，服饰华美。

这里没有说考试题目，未免令我们有历史癖的人稍稍失望。可是下文的故事很好，也就很值得一读了。这件事的结局是很浪漫的。

次日（实在是第三个次日）献忠坐朝，文武两班方集，鸿胪寺上奏新状元午门外谢恩毕，将入朝面谢圣恩。献忠忽蹙曰：这骡养的，咱老子爱得他紧，但一见他心上就爱得过不的，咱老子有些怕看见他，你们快些与我收拾了，不可叫他再来见咱老子。凡流贼谓杀人为打发，如尽杀其众则谓之收拾也。

结果自然是钦此钦遵，诸臣承命立刻将状元张大受全家并所赐的美女十人家丁二十人尽数杀戮，不留一人。

张李洪三家的做法不一样，虽然都是考试。张家似乎是《西游记》里的人物，或是金角大王之流，全是妖魔的行径，所可取的就是这上谕煞是奇妙，在《西游记》也很少这种幽默的点缀。李家却是合于程式的，牛相到底不愧为不第秀才，题目也出得有意义，所考当然仍是八股文吧。现代有历史家听说很恭维永昌皇帝，以为他是普罗出身，假如没有被清兵轰走，一定可以替民众谋福利，各人的信仰与空想本来尽可随便，但据我从这考试上看来李家天下总也是朱元璋那一套而已。洪家的办法最特别了，考试天主教的策论，表面上似乎是以西学为体中学为用，然而既然重视文字的考试，无论做的是经义或策论，总之仍是中国本色的考试，此殆可谓之教八股也。

（二十四年五月）

［附记］

清王用臣《斯陶说林》卷三云：

粤逆开科取士，伪乡试共取三十人，其题云，“皇上帝为天下万国大共之父，人人是其所生所养，人人是其保佑”。

惜不说明所据原书。

（六月五日又记）

［1935 年 5 月 16 日《华北日报》/《苦茶随笔》］

隅卿纪念

隅卿去世于今倏忽三个月了。当时我就想写一篇小文章纪念他，一直没有能写，现在虽然也还是写不出，但是觉得似乎不能再迟下去了。日前遇见叔平，知道隅卿已于上月在宁波安厝，那么他的体魄便已永久与北平隔绝，真有去者日以疏之惧。陶渊明《拟挽歌辞》云：

向来相送人，各自还其家。

亲戚或馀悲，他人亦已歌。

何其言之旷达而悲哀耶。恐隅卿亦有此感，我故急急地想写了此文也。

我与隅卿相识大约在民国十年左右，但直到十四年我担任了孔德学校中学部的两班功课，我们才时常相见。当时系与玄同尹默包办国文功课，我任作文读书，曾经给学生讲过一部《孟子》《颜氏家训》和几卷《东坡尺牍》。隅卿则是总务长的地位，整天坐在他的办公室里，又正在替孔德图书馆买书，周围堆满了旧书头本，常在和书贾交涉谈判。我们下课后便跑去闲谈，虽然知道很妨害他的办公，可是也总不能改，除我与玄同以外还有王品青君，其时他也在教书，随后又添上了建功耀辰，聚在一起常常谈上大半天。闲谈不够，还要大吃，有时也叫厨房开饭，平常大抵往外边去要，最普通的是森隆，一亚一，后来又有玉华台。民十七以后移在宗人府办公，有一天夏秋之交的晚上，我们几个人在屋外高台上喝啤酒汽水谈天一直到夜深，说起来大家都还不能忘记，但是光阴荏苒，一年一年地过去，不但如此盛会于今不可复得，就是那时候大家的勇气与希望也已消灭殆尽了。

隅卿多年办孔德学校，费了许多的心，也吃了许多的苦。隅卿是不是老同盟会我不曾问过他，但看他含有多量革命的热血，这有一半盖是对于国民党解放运动的响应，却有一大半或由于对北洋派专制政治的反抗。我们在一起的几年里，看见隅卿好几期的活动，在“执政”治下有三一八时期与直鲁军时期的悲苦与屈辱，军警露刃迫胁他退出宗人府，不久连北河沿的校舍也几被没收，到了“大元帅”治下好像是疔疮已经肿透离出毒不远了，所以减少沉闷而发生期待，觉得黑暗还是压不死人的。奉军退出北京的那几天他又是多么兴奋，亲自跑出西直门外去看姗姗其来的山西军，学校门外的青天白日旗恐怕也是北京城里最早的一张吧。光明到来了，他回到宗人府去办起学校来，我们也可以去闲谈了几年。可是北平的情形愈弄愈不行，隅卿于二十年秋休假往南方，接着就是九一八事件，通州密云成了边塞，二十二年冬他回北平来专管孔德图书馆，那时复古的浊气又已弥漫国中，到了二十四年春他也就与世长辞了。

孔德学校的教育方针向来是比较地解放的向前的，在现今的风潮中似乎最难于适应，这是一个难问题，不过隅卿早死了一年，不及见他亲手苦心经营的学校里学生要从新男女分了班去读经做古文，使他比在章士钊刘哲时代更为难过，那也可以说是不幸中之大幸了罢。

隅卿的专门研究是明清的小说戏曲，此外又搜集四明的明末文献。末了的这件事是受了清末的民族革命运动的影响，大抵现今的中年人都有过这种经验，不过表现略有不同，如七先生写到清乾隆帝必称曰弘历亦是其一。因为这些小说戏曲从来是不登大雅之堂的，所以隅卿自称曰不登大雅文库，后来得到一部二十回本的《平妖传》，又称平妖堂主人，尝复刻书中插画为笺纸，大如册页，分得一匣，珍惜不敢用，又别有一种画笺，似刻成未印，今不可得矣。

居南方时得话本二册，题曰《雨窗集》《欹枕集》，审定为清平山堂同型之本，旧藏天一阁者也，因影印行世，请兼士书额云雨窗欹枕室，友人或戏称之为雨窗先生。隅卿用功甚勤，所为札记及考订甚多，平素过于谦退不肯发表，尝考冯梦龙事迹著作甚详备，又抄集遗文成一卷，屡劝其付印亦未允。吾乡朱君得冯梦龙编《山歌》十卷，为《童痴二弄》之一种，以抄本见示令写小序，我草草写了一篇，并嘱隅卿一考证之，隅卿应诺，假抄本去影写一过，且加丹黄，乃亦未及写成，惜哉。龙子猷殆亦命薄如纸不亚于袁中郎，竟不得隅卿为作佳传以一发其幽光耶。

隅卿行九，故尝题其札记曰《劳久笔记》。马府上的诸位弟兄我都相识，二先生幼渔是国学讲习会的同学，民国元年我在浙江教育司的楼上“卧治”的时候他也在那里做视学，认识最早，四先生叔平，五先生季明，七先生太玄居士，也都很熟，隅卿因为孔德学校的关系，见面的机会所以更特别的多。但是隅卿无论怎样地熟习，相见还是很客气地叫启明先生，这我当初听了觉得有点局促，后来听他叫玄同似乎有时也是如此，就渐渐习惯了，这可以见他性情上拘谨的一方面，与喜谈谐的另一方面是同样地很有意思的。今年一月我听朋友说，隅卿因怕血压高现在戒肉食了，我笑说道，他是老九，这还早呢。但是不到一个月光景，他真死了，二月十七日蓝少铿先生在东兴楼请吃午饭，在那里遇见隅卿幼渔，下午就一同去看厂甸，我得了一册木板的《訄书》，此外还有些黄虎痴的《湖南风物志》与王西庄的《练川杂咏》等，傍晚便在来薰阁书店作别。听说那天晚上同了来薰阁主人陈君去看戏，第二天是阴历上元，他还出去看街上的灯，一直兴致很好，到了十九日下午往北京大学去上小说史的课，以脑出血卒。当天夜里我得到王淑周先生的电话，同丰一雇了汽车到协和医院去看，已经来不及了。次日大殓时又去一看，二十一日在上官菜园观音院接三，送去一副挽联，只有十四个字：

月夜看灯才一梦，

雨窗欹枕更何人。

中年以后丧朋友是很可悲的事，有如古书，少一部就少一部，此意惜难得恰好地达出，挽联亦只能写得像一副挽联就算了。

［1935 年 5 月 19 日《大公报》/《苦茶随笔》］

关于孟母

民国二十三年十二月三十日通县女子师范学校礼堂落成兼开新年同乐会，请关麟徵焦实斋徐祖正诸位先生去讲演，我也被拉在里面。诸位先生各就军事外交教育有所发挥，就只是我没有办法。我原是弃武就文的，可是半路出家终未得道，弄成所谓稂不稂莠不莠的样子，所以简直没有什么专门话可说。但是天无绝人之路，忽然记起华光女子中学所扮演的六女杰，又想起两句《三字经》里的文句，临时就凑了起来，敷衍过去三十分钟。

这题目可以叫作赋得孟母。我说，中国现在需要怎样女子呢？这就是孟母那样的。华光女中所扮的六女杰可以代表一般青年的心理，在我看去却很有可商之处。嫘祖再有是不可能，武则天与王昭君在现今都是同样地不需要，而且有了也反不好，班昭《女诫》实为《女儿经》之祖母，不值得尊崇。馀下是两位女军人，花木兰，梁红玉还是秦良玉呢，总之共有两位，可见人心之所归向了。不过我以为中国要打仗，似男子还够用，到不够用时要用女子或亦不得已，但那时中国差不多也就要完了。女军人与殉难的忠臣一样，我想都是亡国时期的装饰，有如若干花圈，虽然华丽却是不吉祥的，平常人家总不希望它有。讲到底，这六女杰本身因为难得，所以也是可贵，在现今中国却并没有大好处，即使她们都再出现。据我想现在中国所需要的倒还是孟母。《三字经》上说：

昔孟母，择邻处，

子不学，断机杼。

这种懂得教育的女子实在是国家的台柱子。还有一层，孟母懂得情理。

《列女传》卷一云：

> 孟子既娶，将入私室，其妇袒而在内，孟子不悦，遂去不入，妇辞孟母而求去。……于是孟母召孟子而谓之曰，夫礼将入门问孰存，所以致敬也，将上堂声必扬，所以戒人也，将入户视必下，恐见人过也。今子不察于礼而责礼于人，不亦远乎。孟子谢，遂留其妇。

我读这一节不胜感叹。传云，“君子谓孟母知礼而明于姑母之道”，固然说得很对，其实礼即是人情物理的归结，知礼者必懂得情理。思想通达，能节制自己，能宽容别人，这样才不愧为文明人，不但是贤姑良母，也实是后生师范了。假如中国受过教育的女子都能学点孟母的样，人民受了相当的家教，将来到社会上去不至于不懂情理，胡说胡为，有益于国家实非浅鲜，孟母之功不在禹下。

我这孟母赞原是一时胡诌的，却想不到近日发见了同调。北平市长主张取缔中学男女同学，据说这是根据孟母的教育法，虽然又听说这是西班牙公使的意见。孟母不愿意她的儿子为墓间之事，踊跃筑埋，或嬉戏为贾人炫卖之事，这是见于《列女传》的，若男女不同学则我实在找不到出典。话分两头，反正孟母没有此事也无关系，别人要怎么说都可随便，我仔细思想之后觉得自己推崇孟母的意见还是不错的，因为像她那样懂得情理的人实在是难得，现在中国正需要这种人。前两天给北平《实报》写了一篇星期偶感，题曰《情理》，其中有一节云：

> 我觉得中国有顶好的事情便是讲情理，其极坏的地方便是不讲情理。随处皆是人情物理，只要人去细心考察，能知者即可渐进为贤人，不知者终为愚人，恶人。《礼记》云，饮食男女人之大欲存焉，死亡贫苦人之大恶存也。《管子》云，仓廪实则知礼节，衣食足则知荣辱。这都是千古不变的名言，因为合于情理。现在会考的规则，功课一二门不及格可补考二次，

如仍不及格，则以前考过及格的功课亦一律无效。这叫作不合理。全省一二门不及格的学生限期到省补考，不考虑道路的远近，经济能力的及不及。这叫作不近人情。教育方面尚如此，其他可知。

五月十日天津《大公报》短评栏有一篇“偶感”，末二节云：

又如南京市决计铲除文盲，期于明春铲除百分之七十，这实在是极好的消息。但据说明年五月要在街上抽验，倘有不识字的，要罚银一元，这就可怪了。自己预期的成绩为百分之七十，那么明明承认有百分之三十的文盲依然存在，这些人受罚，冤也不冤？

苦生活的人们从小无受教育机会，现在给他们机会，自然很好了，但轮不到受教之人，或虽受而记忆不佳之人，却新有了罚钱的危险，这实在不是情理所宜。希望这电讯所述不一定要实行，应该根本上没有罚钱的规定。只识字并不能济贫，奈何要向贫民罚款！

这里我还想补充一句话：不知道这一元的罚金可以有几天效力，假如这不是捐税那样地至少可有效一年，那么这些无缘受教或记忆不佳的诸公每月还须得备三十块钱来付这笔罚款哩。

说到这里我偶然看见《三国志·徐邈传》的文句云，“进善黜恶，风化大行”，忽然似乎懂得男女同学与孟母三迁的关系了。风化云者盖本于君子之德风小人之德草，谓影响也，犹墓间之学筑埋，市傍之学炫卖耳。今人云为风化故而取缔男女同学，准孟母教育法当由于居妓院旁习为邪僻。但是，这例子显然不对，男女同学并不一定在妓院旁，一也。不同学的男女或者倒住在妾院旁，二也。学生如在其家习见妾、婢、赌、烟等邪僻事，即不男女同学亦未必有好风化，依真正孟母之教实在还在应迁之列者也。故如准照人情物理而言，学生不准住妓院旁，不准住有妾婢等的家中，乃为正风化的办法，若普通的男女同学读书则是别一件事，实与孟母毫无关系。平常人滥用风化二字，以至流于不通，如法庭上的性的犯罪在民间常称风化官司，殊不可解，少时尝误听为风花官司，似尚较有谐趣也。在中国这一类的字颇多，函义暧昧，又复传讹，有时玄秘，有时神异，大家拿来作为符箓，光怪陆离不可究诘。

不佞之意以为当重常识以救治之，此虽似是十八世纪的老药方，但在精神不健全的中国或者正是对症服药亦未可知。

［1935 年 5 月《独立评论》/《苦茶随笔》］

割　股

割股是中国特有的事情，在外国似乎不大多。但是老实说，我对于这件事很不喜欢，小时候看任渭长所画的《於越先贤像赞》，见卷下明吴孝子希汴的一张图，心里觉得很是讨厌，虽然他是在割他的脚八桠子。后来读民俗学的闲书，知道这与吃人的风俗有关，又从新感到兴趣。本来人肉有两种吃法，其一是当药用，其二是当菜用。当菜用又有两类，即经与权，常与暂。古时有些有权力的人就老实不客气地将人当饭吃，如历史上的舂碓寨与两脚羊，在老百姓则荒年偶然效颦，到得有饭吃了大约也便停止，如历史上青州忠义之民逃往临安，一路吃着人腊。当药用的理由很简明，虽然李时珍在《本草纲目》卷五十二人部中极力反对，但是他说，“后世方技之士，至于骨肉胆血咸称为药，甚哉不仁也”，可见这在方技之士是很重要的药，而民间正是很信用他们的。据王渔洋《池北偶谈》卷二十三云：

> 顺治中安邑知县鹿尽心者，得痿痹疾，有方士挟乩术自称刘海蟾，教以食小儿脑即愈。鹿信之，辄以重价购小儿击杀食之，所杀甚众而病不减。复请于乩仙，复教以生食，因更生凿小儿脑吸之，杀死者不一，病竟不愈而死。事随彰闻，被害之家共置方士于法。

俞曲园先生《茶香室续钞》卷七引此文，以为士大夫而至于食人，可谓怪事，其实并不足怪，盖他们只是以人当药耳，至于不把人当人则是士大夫之通病也。此下所引亦是顺治康熙间事，见缪竹痴刻本明遗民吴野人《陋轩诗》卷十，题曰《吴氏》，有序云：

> 吴氏名伍，安丰场人，嫁鲁高。高父病笃，闻里人有割肉

疗疾者，以其事语家人，欲高效之也。时高亦病，妇乃慨然代高，引刀割左肱肉，刀利切骨，血流十二昼夜死。见者莫不悲之。

诗凡十解，其四解云：

饮不宜汤液，啜不甘糜粥。
鬼伯促人命，鬼舅急人肉。

又九解云：

得肉舅乃愉，代夫妇乃死。
呜咽家人哭，何人能赎尔。

吴野人盖古之高士也，《陋轩诗》诚如《四库存目提要》所说，“生于明季，遭逢荒乱，不免多怨咽之音”，然其温柔敦厚则无可疑也，诗乃云得肉舅乃愉，岂不悲哉。此舅真太穷，惜不能如鹿尽心买肉吃耳，若其人盖亦铮铮之士大夫欤。

第三件事真真凑巧却也正是清初的，不，这事永远会有，也永远不能决定是哪一天的事，因为这是一个笑话。这见于石成金所编的《传家宝全集》中，原书刊于康熙年间，所以我姑且说是清初，其实是在现今也很多有的。原文云：

有父病，延医用药，医曰，病已无救，除非有孝心之子割股感格，或可回生。子曰，这个不难。医去，遂抽刀出，是时夏月，逢一人赤身熟睡门外，因以刀割其股肉一块。睡者惊起喊痛，子摇手曰，莫喊莫喊，割股救父母你难道不晓得是天地间最好的事么？

列位莫笑，此子亦是太穷，买不起整个活人来送给他老太爷吃耳，若鲁高还买得一个老婆可以替代，并此而无之者自然只好出于白割人家股肉之一途了。割了人家的肉还叫他莫喊，似乎大有教猫脚爪去捞热灰里栗子的猴儿的手法，但是在相信人肉可医病这一点上，他总也是方技之士的门徒，与鹿大令鲁老爹同是赞成吃人的同志也。明太祖平生无一可取，只不准旌表割股割肝的孝子，可谓一线之明，这或者因为他是流氓出身而非士大夫之故欤？

［1935年5月26日《华北日报》/《苦茶随笔》］

常　识

轮到要写文章的时候了，文章照例写不出。这一个多月里见闻了许多事情，本来似乎应该有话可说，何况仅仅只是几百个字。可是不相干，不但仍旧写不出文章，而且更加觉得没有话说。

老实说，我觉得我们现在话已说得太多，文章也写得太多了。我坐在北平家里天天看报章杂志，所看的并不很多，却只看见天天都是话，话，话。回过头来再看实际，又是一塌糊涂，无从说起。一个人在此刻如不是闭了眼睛塞住耳朵，以至昧了良心，再也不能张开口说出话来。我们高叫了多少年的取消不平等条约的口号，实际上有若何成绩，连三十四年前的辛丑条约还条条存在。不知道那些专叫口号贴标语的先生哪里去了，对于过去的事可以不必再多说，但是我想以后总该注重实行，不要再想以笔舌成事，因这与画符念咒相去不远，究竟不能有什么效用也。

古人云，为治者不在多言，顾力行何如耳。这原是很对的，但在有些以说话为职业的人，例如新闻记者，那怎么办呢？新闻而不说什么话，岂不等于酒店里没有酒，当然是不成。据我外行人想来，反正现在评论是不行，报告又不可，就是把北岩勋爵请来也是没有办法的，那么何妨将错就错（还是将计就计呢），去给读者做个谈天朋友，假如酒楼的柱子上贴着莫谈国事或其他二十年前的纸条，那么就谈谈天地万物，以交换智识而联络感情，不亦可乎。

我想，在言论不大自由的时代，不妨有几种报纸以评论政治报告消息为副课，去与平民为友，供给读者以常识。说到这里，图穷而匕首见，题目出来，文章也就可以完了。不过在这里要想说明一句，便是关于常识的解释。我们无论对于读者怎么亲切，在新闻上来传授洋蜡烛的制造法，或是复利的计算法，那总可不必罢。所谓常识乃只是根据现代科学证明的普通知识，在初中的几种学科里原已略备，只须稍稍活用就是了。如中国从前相信华人心居中，夷人才偏左，西洋人从前相信男人要比女人少一支肋骨，现在都明白并不是这么一回事。我们如依据了这种知识，实心实意地做切切实实的文章，给读者去消遣也好，捧读也好，这样弄下去三年五年十年，必有一点成绩可言。说这未必能救国，或者也是的，但是这比较用了三年五年的光阴再去背诵许多新鲜古怪的抽象名词总当好一点，至少我想也不至于会更坏一点吧。

[1935 年 6 月 16 日《实报》/《苦竹杂记》]

《醉馀随笔》

从友人处得见《国风》杂志，登载洪允祥先生的《悲华经舍杂著》，其一为《醉馀随笔》，据王咏麟氏跋谓系宣统年间在上海时所作。全书才二三十则，多明达之语，如其一云：

> 韩柳并称而柳较精博，一辟佛，一知佛之不可辟也。李杜并称而李较空明，一每饭不忘君，一则篇篇说妇人与酒也。妇人与酒之为好诗料胜所谓君者多矣。

洪君盖学佛者，又性喜酒，故其言如此，虽似稍奇，却亦大有理。韩愈的病在于热中，无论是卫道或干禄，都是一样。谢肇淛《五杂组》卷十三云：

> 今人之教子读书，不过取科第耳，其于立身行己不问也，故子弟往往有登膴仕而贪虐恣睢者，彼其心以为幼之受苦楚政为今日耳，志得意满，不快其欲不止也。噫，非独今也。韩文公有道之士也，训子之诗有一为公与相潭潭府中居之句，而俗诗之劝世者又有书中自有黄金屋等语，语愈俚而见愈陋矣。

盛大士《朴学斋笔记》卷七云：

> 明鹿门茅氏论次古文，取唐宋八大家为作文之准的，……而韩之三上宰相、应科目与时人诸书颇为识者所訾议，乃独录而存之。

又云：

> 昌黎与于襄阳书，盛夸其抱不世之才，卷舒不随乎时，文武惟其所用，此真过情之誉也。而曰志存乎立功，事专乎报

主，古人有言，请自隗始，又隐然以磊落奇伟之人自命矣。乃云愈今日惟朝夕刍米仆赁之资是急，不过费足下一朝之享而已，又何其志之小也。唐人以文字干谒，贤者亦不以为讳，但昌黎根柢六经传世不朽之作后人不尽选读，而反读其干谒之文，何耶。

讲道统与干谒宰相，我看不出是两件事来，谢盛二公未免所见不广，乃欲强生分别，其实这里边只是一味烦躁，以此气象，达固不是诸葛一流，穷也不是陶一路也。如谢氏言，似歆羡公相亦不甚妨碍其为有道之士，如盛氏言，又似被訾议的干谒文字亦可与根柢六经之作共存共荣，只是后人不要多选读就行。或者韩愈对于圣道的意识正确无疑，故言行不一致照例并不要紧亦未可知，我辈外人不能判断，但由我主观看去总之是满身不快活，辟不辟佛倒还在其次，因为这也只是那烦躁之一种表示耳。关于李杜，不佞虽并不讴歌杜甫之每饭不忘，却不大喜欢李白，觉得他夸，虽然他的绝句我也是喜欢的。这且按下不提，再说洪君的随笔又有一则云：

《甲申殉难录》某公诗曰，愧无半策匡时难，只有一死答君恩。天醉曰，没中用人死亦不济事。然则怕死者是欤？天醉曰，要他勿怕死是要他拼命做事，不是要他一死便了事。

此语极精。《颜氏学记》中亦有相似的话，却没有说得这样彻透。近来常听有人提倡文天祥陆秀夫的一死，叫大家要学他，这看值得天醉居士的一棒喝。又一则云：

去年游西湖深处，入一破寺，见一僧负锄归，余揖之曰，阶上冬瓜，和尚要他何用？僧曰，只是吃的。曰，恐吃不下许多。曰，一顿吃一个饱。曰，和尚也要饱。曰，但求一饱，便是和尚。至今思之，此僧不俗。

此僧与此居士真都不俗。十多年前曾在北京某处教员休息室中每周与洪君相遇，惜不及共作冬瓜问答，真是失之交臂，至今展读遗语，更觉得真真可惜也。

［1935年6月21日《华北日报》/《苦竹杂记》］

《苦竹杂记》小引

宝庆《会稽续志》卷四“苦竹”一条云：

> 山阴县有苦竹城，越以封范蠡之子，则越自昔产此竹矣。谢灵运《山居赋》曰，竹则四苦齐味，谓黄苦，青苦，白苦，紫苦也。越又有乌末苦，顿地苦，掉颡苦，湘箪苦，油苦，石斑苦。苦笋以黄苞推第一，谓之黄莺苦。孟浩然诗，岁月青松老，风霜苦竹馀。

苦竹有这好些花样，从前不曾知道，顿地掉颡云云仿佛苦不堪言，但不晓得味道与蕺山的蕺怎样。嘉泰《会稽志》卷十七讲竹的这一条中云：

> 苦竹亦可为纸，但堪作寓钱尔。

案绍兴制锡箔糊为“银锭”，用于祭祀，与祭灶司菩萨之太锭不同，其裱褙锡箔的纸黄而粗，盖即苦竹所制者欤。我写杂记，便即取这苦竹为名。《冬心先生画竹题记》第十一则云：

> 郦道元注《水经》，山阴县有苦竹里，里中生竹，竹多繁冗不可芟，岂其幽翳殄瘁若斯民之馁也夫。山阴比日凋瘵，吾友舒明府瞻为是邑长，宜悯其凶而施其灌溉焉。予画此幅，冷冷清清，付渡江人寄与之，霜苞雪翠，触目兴感为何如也。

此蔼然仁人之言，但与不佞的意思却是没有干系耳。

廿四年六月十三日，于北平。

［1935年6月23日《大公报》/《苦竹杂记》］

日本的衣食住

我留学日本还在民国以前，只在东京住了六年，所以对于文化云云够不上说什么认识，不过这总是一个第二故乡，有时想到或是谈及，觉得对于一部分的日本生活很有一种爱着。这里边恐怕有好些原因，重要的大约有两个，其一是个人的性分，其二可以说是思古之幽情罢。我是生长于东南水乡的人，那里民生寒苦，冬天屋内没有火气，冷风可以直吹进被窝来，吃的通年不是很咸的腌菜也是很咸的腌鱼，有了这种训练去过东京的下宿生活，自然是不会不合适的。我那时又是民族革命的一信徒，凡民族主义必含有复古思想在里边，我们反对清朝，觉得清以前或元以前的差不多都好，何况更早的东西。听说夏穗卿钱念劬两位先生在东京街上走路，看见店铺招牌的某文句或某字体，常指点赞叹，谓犹存唐代遗风，非现今中国所有。冈千仞著《观光纪游》中亦纪杨惺吾回国后事云：

> 惺吾杂陈在东所获古写经，把玩不置曰，此犹晋时笔法，宋元以下无此真致。

这种意思在那时大抵是很普通的。我们在日本的感觉，一半是异域，一半却是古昔，而这古昔乃是健全地活在异域的，所以不是梦幻似地空假，而亦与高丽安南的优孟衣冠不相同也。

日本生活中多保存中国古俗，中国人好自大者反讪笑之，可谓不察之甚。《观光纪游》卷二《苏杭游记》上，记明治甲申（一八八四）六月二十六日事云：

> 晚与杨君赴陈松泉之邀，会者为陆云孙，汪少符，文小坡。杨君每谈日东一事，满坐哄然，余不解华语，痴坐其旁。

因以为我俗席地而坐，食无案桌，寝无卧床，服无衣裳之别，妇女涅齿，带广，蔽腰围等，皆为外人所讶者，而中人辫发垂地，嗜毒烟甚食色，妇女约足，人家不设厕，街巷不容车马，皆不免陋者，未可以内笑外，以彼非此。

冈氏言虽未免有悻悻之气，实际上却是说得很对的。以我浅陋所知，中国人纪述日本风俗最有理解的要算黄公度，《日本杂事诗》二卷成于光绪五年己卯，已是五十七年前了，诗也只是寻常，注很详细，更难得的是意见明达。卷下关于房屋的注云：

室皆离地尺许，以木为板，藉以莞席，入室则脱屦户外，袜而登席。无门户窗牖，以纸为屏，下承以槽，随意开阖，四面皆然，宜夏而不宜冬也。室中必有阁以庋物，有床笫以列器皿陈书画。（室中留席地，以半掩以纸屏，架为小阁，以半悬挂玩器，则缘古人床笫之制而亦仍其名。）楹柱皆以木而不雕漆，昼常掩门而夜不扃钥。寝处无定所，展屏风，张帐幕，则就寝矣。每日必洒扫拂拭，洁无纤尘。

又一则云：

坐起皆席地，两膝据地，伸腰危坐，而以足承尻后，若趺坐，若蹲踞，若箕踞，皆为不恭。坐必设褥，敬客之礼有敷数重席者。有君命则设几，使者宣诏毕，亦就地坐矣。皆古礼也。因考《汉书》贾谊传，文帝不觉膝之前于席。《三国志》管宁传，坐不箕股，当膝处皆穿。《后汉书》，向栩坐板，坐积久板乃有膝踝足指之处。朱子又云，今成都学所存文翁礼殿刻石诸像，皆膝地危坐，两蹠隐然见于坐后帷裳之下。今观之东人，知古人常坐皆如此。（《日本国志》成于八年后丁亥，所记稍详略有不同，今不重引。）

这种日本式的房屋我觉得很喜欢。这却并不由于好古，上文所说的那种坐法实在有点弄不来，我只能胡坐，即不正式的趺跏，若要像管宁那样，则无论敷了几重席也坐不到十分钟就两脚麻痹了。我喜欢的还是那房子的适用，特别便于简易生活。《杂事诗》注已说明屋内铺席，其制编稻草为台，厚可二寸许，蒙草席于上，两侧加麻布黑缘，每席长六尺宽三尺，室之大小以席计数，自两席以至百席，而最普通者则为三席，四席半，六席，八席，学生所居以四席半为多。户窗取明者用格子糊以薄纸，名曰障子，可称纸窗，其他则两面裱暗色厚纸，用以间隔，名曰唐纸，可云纸屏耳。阁原名户棚，即壁橱，分上下层，可分贮被褥及衣箱杂物。床笫原名“床之间”，即壁龛而大，下宿不设此，学生租民房时可利用此地堆积书报，几乎平白地多出一席地也。四席半一室面积才八十一方尺，比维摩斗室还小十分之二，四壁萧然，下宿只供给一副茶具，自己买一张小几放在窗下，再有两三个坐褥，便可安住。坐在几前读书写字，前后左右凡有空地都可安放书卷纸张，等于一大书桌，客来遍地可坐，客六七人不算拥挤，倦时随便卧倒，不必另备沙发，深夜从壁橱取被摊开，又便即正式睡觉了。昔时常见日本学生移居，车上载行李只铺盖衣包小几或加书箱，自己手拿玻璃洋油灯在车后走而已。中国公寓住室总在方丈以上，而板床桌椅箱架之外无多馀地，令人感到局促，无安闲之趣。大抵中国房屋与西洋的相同都是宜于华丽而不宜于简陋，一间房子造成，还是行百里者半九十，非是有相当的器具陈设不能算完成，日本则土木功毕，铺席糊窗，即可居住，别无一点不足，而且还觉得清疏有致。从前在日本旅行，在吉松高锅等山村住宿，坐在旅馆的朴素的一室内凭窗看山，或着浴衣躺席上，要一壶茶来吃，这比向来住过的好些洋式中国式的旅舍都要觉得舒服，简单而省费。这样房屋自然也有缺点，如《杂事诗》注所云宜夏而不宜冬，其次是容易引火，还有或者不大谨慎，因为槽上拉动的板窗木户易于偷启，而且内无扃钥，贼一入门便可各处自在游行也。

关于衣服《杂事诗》注只讲到女子的一部分，卷二云：

宫装皆披发垂肩，民家多古装束，七八岁时丫髻双垂，尤为可人。长，耳不环，手不钏，髻不花，足不弓鞋，皆以红珊瑚为簪。出则携蝙蝠伞。带宽咫尺，围腰二三匝，复倒卷而直垂之，若襁负者。衣袖尺许，襟广微露胸，肩脊亦不尽掩。傅粉如面然，殆《三国志》所谓丹朱坋身者耶。

又云：

女子亦不着裤，里有围裙，《礼》所谓中单，《汉书》所谓中裙，深藏不见足，舞者回旋偶一露耳。五部洲惟日本不着裤，闻者惊怪。今按《说文》，裤，胫衣也。《逸雅》，裤，两股各跨别也。裤即今制，三代前固无。张萱《疑曜①》曰，裤即裤，古人皆无裆，有裆起自汉昭帝时上官宫人。考《汉书》上官后传，宫人使令皆为穷裤。服虔曰，穷裤前后有裆，不得交通。是为有裆之裤所缘起。惟《史记》叙屠岸贾有置其裤中语，《战国策》亦称韩昭侯有敝裤，则似春秋战国既有之，然或者尚无裆耶。

这个问题其实本很简单。日本上古有裤，与中国西洋相同，后受唐代文化衣冠改革，由筒管裤而转为灯笼裤，终乃裤脚益大，裤裆渐低，今礼服之“袴”已几乎是裙了。平常着裤，故里衣中不复有裤类的东西，男子但用犊鼻裈，女子用围裙，就已行了，迨后民间平时可以衣而不裳，遂不复着，但用作乙种礼服，学生如上学或访老师则和服之上必须着裤也。现今所谓和服实即古时之所谓“小袖”，袖本小而底圆，今则甚深广，有如口袋，可以容手巾笺纸等，与中国和尚所穿的相似，西

【锺校】

① “曜”原作“耀”。

人称之曰 Kimono，原语云“着物”，实只是衣服总称耳。日本衣裳之制大抵根据中国而逐渐有所变革，乃成今状，盖与其房屋起居最适合，若以现今和服住洋房中，或以华服住日本房，亦不甚适也。《杂事诗》注又有一则关于鞋袜的云：

> 袜前分歧为二靫，一靫容拇指，一靫容众指。屐有如丌字者，两齿甚高，又有作反凹者。织蒲为苴，皆无墙有梁，梁作人字，以布绠或纫蒲系于头，必两指间夹持用力乃能行，故袜分作两歧。考《南史》虞玩之传，一屐着三十年，蒵断以芒接之。古乐府，黄桑柘屐蒲子履，中央有丝两头系。知古制正如此也，附注于此。

这个木屐也是我所喜欢着的，我觉得比广东用皮条络住脚背的还要好，因为这似乎更着力可以走路。黄君说必两指间夹持用力乃能行，这大约是没有穿惯，或者因中国男子多裹脚，脚指互叠不能衔梁，衔亦无力，所以觉得不容易，其实是套着自然着力，用不着什么夹持的。

去年夏间我往东京去，特地到大震灾时没有毁坏的本乡去寄寓，晚上穿了和服木屐，曳杖，往帝国大学前面一带去散步，看看旧书店和地摊，很是自在，若是穿着洋服就觉得拘束，特别是那么大热天。不过我们所能穿的也只是普通的“下驮”，即所谓反凹字形状的一种，此外名称“日和下驮”底作兀字形而不很高者，从前学生时代也曾穿过，至于那两齿甚高的“足驮”那就不敢请教了。在民国以前，东京的道路不很好，也颇有雨天变酱缸之概，足驮是雨具中的要品，现代却可以不需，不穿皮鞋的人只要有日和下驮就可应付，而且在实际上连这也少见了。

《杂事诗》注关于食物说的最少，其一云：

> 多食生冷，喜食鱼，聂而切之，便下箸矣，火熟之物亦喜寒食。寻常茶饭，萝卜竹笋而外，无长物也。近仿欧罗巴食法，或用牛羊。

又云：

> 自天武四年因浮屠教禁食兽肉，非饵病不许食。卖兽肉者隐其名曰药食，复曰山鲸。所悬望子，画牡丹者豕肉也，画丹枫落叶者鹿肉也。

讲到日本的食物，第一感到惊奇的事的确是兽肉的稀少。二十多年前我还在三田地方看见过山鲸（这是野猪的别号）的招牌，画牡丹枫叶的却已不见。虽然近时仿欧罗巴法，但肉食不能说很盛，不过已不如从前以兽肉为秽物禁而不食，肉店也在“江都八百八街”到处开着罢了。平常鸟兽的肉只是猪牛与鸡，羊肉②简直没处买，鹅鸭也极不常见。平民的下饭的菜到现在仍旧还是蔬菜以及鱼介。中国学生初到日本，吃到日本饭菜那么清淡，枯槁，没有油水，一定大惊大恨，特别是在下宿或分租房间的地方。这是大可原谅的，但是我自己却不以为苦，还觉得这有别一种风趣。吾乡穷苦，人民努力日吃三顿饭，唯以腌菜臭豆腐螺蛳为菜，故不怕咸与臭，亦不嗜油若命，到日本去吃无论什么都不大成问题。有些东西可以与故乡的什么相比，有些又即是中国某处的什么，这样一想就很有意思。如味噌汁与干菜汤，金山寺味噌与豆板酱，福神渍与酱咯哒，牛蒡独活与芦笋，盐鲑与勒鲞，皆相似的食物也。又如大德寺纳豆即咸豆豉，泽庵渍即福建的黄土萝卜，蒟蒻即四川的黑豆腐，刺身即广东的鱼生，寿司（《杂事诗》作寿志）即古昔的鱼鲊，其制法见于《齐民要术》，此其间又含有文化交通的历史，不但可吃，也更可思索。家庭宴集自较丰盛，但其清淡则如故，亦仍以菜蔬鱼介为主，鸡豚在所不废，唯多用其瘦者，故亦不油腻也。近时社会上亦流行中国及西洋菜，试食之则并不佳，即有名大店亦如此，盖以日东手法调理西餐（日本昔时亦称中国为西方）难得恰好，唯在赤坂一家云“茜”者吃中餐极佳，其厨师乃来自北平云。

日本食物之又一特色为冷，确如《杂事诗》注所言。下宿供膳尚用热饭，人家则大抵只煮早饭，家人之为官吏教员公司职员工匠学生者皆裹饭而出，名曰“便当”，匣中盛饭，别一格盛菜，上者有鱼，否则梅干一二而已。傍晚归来，再煮晚饭，但中人以下之家便吃早晨所馀，冬夜苦寒，乃以热苦茶淘之。中国人惯食火热的东西，有海军同学昔日为京官，吃饭恨不热，取饭锅置坐右，由锅到碗，由碗到口，迅疾如暴风雨，乃始快意，此固是极端，却亦是一好例。总之对于食物中国大概喜热恶冷，所以留学生看了“便当”恐怕无不头痛的。不过我觉得这也很好，不但是故乡有吃“冷饭头”的习惯，说得迂腐一点，也是人生的一点小训练。希望人人都有“吐斯”当晚点心，人人都有小汽车坐，固然是久远的理想，但在目前似乎刻苦的训练也是必要。日本因其工商业之发展，都会文化渐以增进，享受方面也自然提高，不过这只是表面的一部分，普通的生活还是很刻苦，此不必一定是吃冷饭，然亦不妨说是其一。中国平民生活之苦已甚矣，我所说的乃是中流的知识阶级应当学点吃苦，至少也不要太讲享受。享受并不限于吃“吐斯”之类，抽大烟娶姨太太打麻将皆是中流享乐思想的表现，此一种病真真不知道如何才救得过来，上文云云只是姑妄言之耳。

六月九日《大公报》上登载梁实秋先生的一篇论文，题曰《自信力与夸大狂》，我读了很是佩服，有关于中国的衣食住的几句话可以引用在这里。梁先生说中国文化里也有一部分是优于西洋者，解说道：

> 我觉得可说的太少，也许是从前很多，现在变少了。我想来想去只觉得中国的菜比外国的好吃，中国的长袍布鞋比外国的舒适，中国的宫室园林比外国的雅丽，此外我实在想不出有什么优于西洋的东西。

梁先生的意思似乎重在消极方面，我们却不妨当作正面来看，说中国的衣食住都有些可取的地方。本来衣食住三者是生活中最重要的部分，因其习惯与便利，发生爱好的感情，转而成为优劣的辨别，所以这里边很存着主观的成分，实在这也只能如此，要想找一根绝对平直的尺度来较量盖几乎是不可能的。固然也可以有人说："因为西洋人吃鸡蛋，所以兄弟也吃鸡蛋。"不过在该吃之外还有好吃问题，恐怕在这一点上未必能与西洋人一定合致，那么这吃鸡蛋的兄弟对于鸡蛋也只有信而未至于爱耳。因此，改变一种生活方式很是烦难，而欲了解别种生活方式亦不是容易的事。有的事情在事实并不怎么愉快，在道理上显然看出是荒谬的，如男子拖辫，女人缠足，似乎应该不难解决了，可是也并不如此，民国成立已将四半世纪了，而辫发未绝迹于村市，士大夫中爱赏金莲步者亦不乏其人，他可知矣。谷崎润一郎近日刊行《摄阳随笔》，卷首有《阴翳礼赞》一篇，其中说漆碗盛味噌汁（以酱汁作汤，蔬类作料，如茄子萝卜海带，或用豆腐）的意义，颇多妙解，至悉归其故于有色人种，以为在爱好上与白色人种异其趣，虽未免稍多宿命观的色彩，大体却说得很有意思。中日同是黄色的蒙古人种，日本文化古来又取资中土，然而其结果乃或同或异，唐时不取太监，宋时不取缠足，明时不取八股，清时不取雅片，又何以嗜好迥殊耶。我这样说似更有阴沉的宿命观，但我固深钦日本之善于别择，一面却亦仍梦想中国能于将来荡涤此诸染污，盖此不比衣食住是基本的生活，或者其改变尚不至于绝难欤。

我对于日本文化既所知极浅，今又欲谈衣食住等的难问题，其不能说得不错，盖可知也。幸而我预先声明，这全是主观的，回忆与印象的一种杂谈，不足以知日本真的事情，只足以见我个人的意见耳。大抵非自己所有者不能深知，我尚能知故乡的民间生活，因此亦能于日本生活中由其近似而得理会，其所不知者当然甚多，若所知者非其真相而只是我的解说，那也必所在多有而无可免者也。日本与中国在文化的关系上本犹罗马之与希腊，及今乃成为东方之德法，在今日而谈日本的生活，不撒有"国难"的香料，不知有何人要看否，我亦自己怀疑。但是，我仔细思量日本今昔的生活，现在日本“非常时”的行动，我仍明确地看明白日本与中国毕竟同是亚细亚人，兴衰祸福目前虽是不同，究竟的命运还是一致，亚细亚人岂终将沦于劣种乎，念之惘然。因谈衣食住而结论至此，实在乃真是漆黑的宿命论也。

［1935 年 6 月 24 日《国闻周报》/《苦竹杂记》］

刘青园《常谈》

近来随便翻阅前人笔记，大抵以清朝人为主，别无什么目的，只是想多知道一点事情罢了。

郭柏苍著《竹间十日话》序云：

> 十日之话阅者可一日而毕，阅者不烦，苟欲取一二事以订证则甚为宝重，凡说部皆如此。药方至小也，可以已疾。开卷有益，后人以一日之功可闻前人十日之话，胜于闲坐围棋挥汗观剧矣。计一生闲坐围棋挥汗观剧，不止十日也。苍生平不围棋不观剧，以围棋之功看山水，坐者未起，游者归矣。以观剧之功看杂著，半晌已数十事矣。

这一节话说得极好。我也是不会围棋的，剧也已有三十年不观了，我想匀出这种一点工夫来看笔记，希望得到开卷之益，可是成绩不大好，往往呆看了大半天，正如旧友某氏说，只看了一个该死。我的要求本来或者未免稍苛亦未可知，我计较他们的质，又要估量他们的文。所以结果是谈考据的失之枯燥，讲义理的流于迂腐，传奇志异的有两路，风流者浮诞，劝戒者荒谬，至于文章写得干净，每则可以自成一篇小文者，尤其不可多得。我真觉得奇怪，何以中国文人这样喜欢讲那一套老话，如甘蔗滓的一嚼再嚼，还有那么好的滋味。最显著的一例是关于所谓逆妇变猪这类的纪事。在阮元的《广陵诗事》卷九中有这样的一则云：

> 宝应成安若康保《皖游集》载太平寺中一豕现妇人足，弓样宛然，同游诧为异，余笑而解之曰，此必妒妇后身也，人彘之冤今得平反矣，因成一律，以《偶见》命题云。忆元幼时闻林庚泉云，曾见某处一妇不孝其姑遭雷击，身变为彘，唯头为

人，后脚犹弓样焉，越年馀复为雷殛死。始意为不经之谈，今见安若此诗，觉天地之大事变之奇，真难于恒情度也。惜安若不向寺僧究其故而书之。

阮云台本非俗物，于考据词章之学也有成就，乃喜记录此等恶滥故事，殊不可解，且当初不信林庾泉，而后来忽信成安若以至不知为谁之寺僧，尤为可笑。世上不乏妄人，编造《坐花志果》等书，灾梨祸枣，汗牛充栋，几可自成一库，则亦听之而已，雷塘庵主奈何也落此窠臼耶。中国人虽说是历来受儒家的熏陶，可是实在不能达到“未能事人焉能事鬼”的态度，一面固然还是“未知生”，一面对于所谓腊月二十八的问题却又很关心，于是就参照了眼前的君主专制制度建设起一个冥司来，以寄托其一切的希望与喜惧。这是大众的意志，读书人原是其中的一分子，自然是同感的，却要保留他们的优越，去拿出古人说的本不合理的“神道设教”的一句话来做解说，于是士大夫的神学也就成立了。民间自有不成文的神话与仪式，成文的则有《玉历钞传》《阴骘文》《感应篇》《功过格》，这在读书人的书桌上都是与孔教的经有并列的资格的。照这个情形看来，中国文人思想之受神道教的支配正是不足怪的事情，不过有些杰出的人于此也还未能免俗，令人觉得可惜，因此他们所记的这好些东西只能供给我们作材料，去考证他们的信仰，却不足供我们的玩味欣赏了。

对于鬼神报应等的意见我觉得刘青园的要算顶好。青园名玉书，汉军正蓝旗，故书署辽阳玉书，生于乾隆三十二年（一七六七），所著有《青园诗草》四卷，《常谈》四卷，行于世。

《常谈》卷一有云：

鬼神奇迹不止匹夫匹妇言之凿凿，士绅亦尝及之。唯余风尘斯世未能一见，殊不可解。或因才不足以为恶，故无鬼物侵陵，德不足以为善，亦无神灵呵护。平庸坦率，无所短长，眼界固宜如此。

又云：

言有鬼言无鬼，两意原不相背，何必致疑。盖有鬼者指古人论鬼神之理言，无鬼者指今人论鬼神之事言。

这个说法颇妙。刘本①系儒家，反释道而不敢议周孔，故其说鬼神云于理可有而于事则必无也。又卷三云：

余家世不谈鬼狐妖怪事，故幼儿辈曾不畏鬼，非不畏，不知其可畏也。知狐狸，不知狐仙。知毒虫恶兽盗贼之伤人，不知妖魅之祟人，亦曾无鬼附人之事。又不知说梦占梦详梦等事。

又一则列举其所信，有云：

信祭鬼神宜诚敬，不信鬼神能监察人事。信西方有人其号为佛，不信佛与我有何干涉。信圣贤教人以伦常，不信圣贤教人以诗文。信医药可治病②，不信灵丹可长生。信择地以安亲，不信风水能福子孙。信相法可辨贤愚邪正，不信面目能见富贵功名。信死亡之气疠疫之气触人成疾，不信殃煞扑人疫鬼祟人。信阴阳和燥湿通蓄泄有时为养，不信精气闭涸人事断绝为道。信活泼为生机，不信枯寂为保固。信祭祀祖先为报本追远，不信冥中必待人间财物为用。似此之类不一而足，忆及者志之，是非亦不问人，亦不期人必宜如此。

此两则清朗通达，是儒家最好的境地，正如高骏烈序文中所说，“使非行己昭焯，入理坚深，事变周知，智识超旷，何以及此”，不算过

【锺校】

① “本”原作“家”。

② “治病”原作“病治”。

誉，其实亦只是懂得人情物理耳，虽然他攻异端时往往太有儒教徒气，如主张将“必愿为僧者呈明尽宫之”，也觉得幼稚可笑。卷三又论闱中果报云：

乡会两闱，其间或有病者疯者亡者缢者刎者，士子每惑于鬼神报复相骇异。余谓此无足怪。人至万众，何事不有，其故非一，概论之皆名利萦心，得失为患耳。当其时默对诸题，文不得意，自顾绝无中理，则百虑生焉，或虑贫不能归，或忧饥寒无告，或惧父兄谴责，或耻亲朋讪笑，或债负追逼，或被人欺骗，种种虑念皆足以致愚夫之短见，而风寒劳瘁病亡更常情也，恶足怪。若谓冤鬼缠扰，宿孽追寻，何时不可，而必俟场期耶。倘其人不试，将置沉冤于不问乎。此理易知，又何疑焉。人每津津谈异，或以警士子之无行者，然亦下乘矣。犹忆己酉夏士子数人肄业寺中，谈某家闺阃事甚媟，一士摇手急止之曰，不可不可，场期已近，且戒口过，俟中后再谈何害。噫，士习如此，其学可知。

在《乡闱纪异》这类题目的故事或单行本盛行的时候，能够有如此明通的议论，虽然不过是常识，却也正是卓识了。卷一又有一则，论古今说鬼之异同，也是我所喜欢的小文：

说鬼者代不乏人，其善说者唯左氏晦翁东坡及国朝蒲留仙纪晓岚耳，第考其旨趣颇不相类。盖左氏因事以及鬼，其意不在鬼。晦翁说之以理，略其情状。东坡晚年厌闻时事，强人说鬼，以鬼自晦者也。蒲留仙文致多辞，殊生鬼趣，以鬼为戏者也。唯晓岚旁征远引，劝善警恶，所谓以鬼道设教，以补礼法所不足，王法所不及者，可谓善矣，第搢绅先生夙为人望，斯言一出，只恐释黄巫觋九幽十八狱之说借此得为口实矣。

以鬼道设教，既有益于人心世道，儒者宜赞许之，但他终致不满，这也是他的长处，至少总是一个不夹杂道士气的儒家，其纯粹处可取也。又卷三有一则云：

> 余巷外即通衢，地名江米巷，车马络绎不绝。乾隆年间有重车过辙，忽陷其轮，启视之，井也，盖久闭者，因负重石折而复现焉。里人因而汲饮，亦无他异，而远近好事者遂神其说，言龙见者，言出云者，言妖匿者，言中毒者，有窥探者，倾听者，惊怪者，纷纷不已。余之相识亦时来询访，却之不能，辨之不信，聒噪数月始渐息。甚矣，俗之尚邪，无怪其易惑也。

此事写得很幽默，许多谈异志怪的先生们都受了一番奚落，而阮云台亦在其中，想起来真可发一笑。

［1935 年 7 月 28 日《大公报》/《苦竹杂记》］

《如梦录》

友人从开封来，送我河南官书局所刻的几种书，其中我所最喜欢的是一册无名氏的《如梦录》。这是一个明末的遗老所撰，记录汴梁鼎盛时情景，犹宋遗民之著《梦华》《梦粱》也，向无刻本，至咸丰二年（一八五二）汴人常茂徕始据裴氏藏本参订付梓，民国十年重刊，即此书也。本来这是很好的事，所可惜的是编订的人过于求雅正，反而失掉了原书不少的好处。

如常氏序中云：

> 且录中语多鄙俚，类皆委巷秕稗小说，荒诞无稽，为文人学士所吐弃。如言繁塔为龙撮去半截，吹台是一妇人首帕包土一抛所成，北关王赴临埠集卖泥马，相国寺大门下金刚被咬脐郎缢死背膊上，唬金刚黑夜逃出北门，诸如此类，偻指难数，读之实堪捧腹。

因此根据了他“于其悠谬繁芜者节删之”的编例便一律除掉了，这实在是很可惜的。那些贵重的传说资料可以说是虽百金亦不易的，本已好好地纪录在书上了，却无端地被一刀削掉，真真是暴殄天物。假如这未经笔削[1]的抄本还有地方可找，我倒很想设法找来一读，至少来抄录这些被删的民间传说，也是一件值得做的工作。

话虽如此，现行本的《如梦录》里却也还有许多好材料，而且原著者的“俚言”虽然经过润色，到底是改不胜改，还随处保留着质朴的色

【锺校】

① 原无“削”字，今增。

味，读时觉得很是愉快。其《试院纪》一篇讲乡试情形甚详，今录一节云：

> 至日，按院在三门上坐点名，士子入场，散题。次日辰时放饭。大米饭，细粉汤，竹箩盛饭，木桶盛汤。饭旗二面前走，汤饭随后，自西过东，由至公堂前抬走。正行之际，晓事吏跪禀老爷抽饭尝汤，遂各盛一碗，按院亲尝可用始令放行。至月台下，一旗入西文场，一旗入东文场，至二门，二旗交过堂上，一声梆子响，各饭入号，散与士子食用。次放老军饭，俱是小米饭冬瓜汤，一样散法，按院不复尝。午间散饼果，向晚散蜡烛。

这不但可以考见那时情形，文章也实在写得不坏。《街市纪》文最长，几占全书之半，是最重要的部分，讲到封邱王府，云封邱绝后改为魏忠贤祠，忠贤势败，火急拆毁。注引《大梁野乘》云：

> 河南为魏珰建祠，树旌曰崇德报功。兴工破土，诸当事者咸往祭告，独提学曹履吉仰视长叹，称病不去拜。力役日千人，昼夜无息。当砌脊时，督工某大参以匠役张三不预禀以红氍毹包裹上兽而俟展拜，怒加责惩，盖借上兽阿奉为上寿也。工未毕，即拆毁，督工某急令先搬兽掷下，三忽跪禀曰，讨红氍毹裹下兽以便展拜。督工者复怒责之。或谓三多言取责，三曰，吾臀虽苦楚，彼督工者面皮不知几回热矣。

注盖系常氏所为，但所引事却很有意思，是极好的“幽默”，不但督工者是官僚代表，即张三亦可以代表民间，一热其面，一苦其臀，而汴梁之陆沉亦终不能免，此正是沉痛的一种“低级趣味”欤。

［1935 年 8 月 3 日《华北日报》/《苦竹杂记》］

《中国新文学大系散文一集》导言

新文学的散文可以说是始于文学革命。在清末戊戌前后也曾有过白话运动，但这乃是教育的而非文学的。我在《中国新文学的源流》第五讲中这样说过：

在这时候曾有一种白话文字出现，如《白话报》《白话丛书》等，不过和现在的白话文不同，那不是白话文学，而只是因为想要变法，要使一般国民都认识些文字，看看报纸，对国家政治都可明了一点，所以认为用白话写文章，可得到较大的效力。因此，我以为，那时候的白话，和现在的白话文有两点不同。

第一，现在的白话文是话怎么说便怎么写，那时候却是由古文翻白话。有一本《女诫注释》，是那时候的《白话丛书》（光绪辛丑出版）之一，序文的起头是这样：

"梅侣做成了《女诫》的注释，请吴芙做序，吴芙就提起笔来写道，从古以来，女人有名气的极多，要算曹大家第一，曹大家是女人当中的孔夫子，《女诫》是女人最要紧念的书。……"

又后序云：

"华留芳女史看完了裘梅侣做的曹大家《女诫注释》，叹一口气说道，唉，我如今想起中国的女子，真没有再比他可怜的了。……"

这仍然是古文里的格调，可见那时的白话是作者用古文想出之后又翻作白话写出来的。

第二，是态度的不同。现在我们作文的态度是一元的，就是无论对什么人，作什么事，无论是著书或随便的写一张字条儿，一律都用白话。而以前的态度则是二元的，不是凡文字都用白话写，只是为一般没有学识的平民和工人才写白话的。因为那时候的目的是改造政治，如一切东西都用古文，则一般人对报纸仍看不懂，对政府的命令也仍将不知是怎么一回事，所以只好用白话。但如写正经的文章或著书时，当然还是作古文的。因而我们可以说，在那时候古文是为老爷用的，而白话是为听差用的。

总之，那时候的白话是出自政治方面的需求，只是戊戌变法的馀波之一，和后来的白话文可说是没有多大关系的。（邓恭三纪录）

话虽如此，那时对于言文问题也有很高明的意见的，如黄遵宪在光绪十三年（一八八七）著《日本国志》，卷三十二《学术志二》记日本文字，末云：

泰西论者谓五部洲中以中国文字为最古，学中国文字为最难，亦谓语言文字之不相合也。然中国自虫鱼云鸟屡变其体，而后为隶书为草书，余乌知夫他日者不又变一字体为愈趋于简愈趋于便者乎。自《几将》《训纂》逮夫《广韵》《集韵》，增益之字积世愈多，则文字出于后人创造者多矣，余又乌知夫他日者不见孳生之字为古所未见今所未闻者乎。周秦以下文体屡变，逮夫近世，章疏移檄，告谕批判，明白晓畅，务期达意，其文体绝为古人所无，若小说家言更有直用方言以笔之于书者，则语言文字几几乎复合矣，余又乌知夫他日者不更变一文体为适用于今通行于俗者乎。嗟乎，欲令天下之农工商贾妇女幼稚，皆能通文字之用，其不得不于此求一简易之法哉。

就是《白话丛书》的编者裘廷梁在代序《论白话为维新之本》（戊戌七月）中也有这样的话：

使古之君天下者崇白话而废文言，则吾黄人聪明才力无他途以夺之，必且务为有用之学，何至闇没如斯矣。吾不知夫古人之创造文字，将以便天下之人乎，抑以困天下之人乎？人之求通文字，将驱遣之为我用乎，抑将穷老尽气受役于文字，以人为文字之奴隶乎？

且夫文字至无奇也，苍颉沮诵造字之人也，其功与造话同，而后人独视文字为至珍贵之物，从而崇尚之者，是未知创造文字之旨①也。今夫一大之为天也，山水土之为地也，亦后之人踵事增华从而粉饰之耳，彼其造字之始本无精义，不过有事可指则指之，有形可象则象之，象形指事之俱穷，则亦任意涂抹，强名之曰某字某字，以代结绳之用而已。今好古者不闻其尊绳也，而独尊文字，吾乌知其果何说也。或曰，会意谐声非文字精义耶？曰，会意谐声，便记认而已，何精义之有。中文也，西文也，横直不同而为用同。文言也，白话也，繁简不同而为用同。只有迟速，更无精粗，必欲重此而轻彼，吾又乌知其何说也。

且夫文言之美非真美也，汉以前书曰群经曰诸子曰传记，其为言也必先有所以为言者存，今虽以白话代之，质干具存，不损其美。汉后说理记事之书，去其肤浅，删其繁复，可存者百不一二，此外汗牛充栋，效颦以为工，学步以为巧，调朱傅粉以为妍，使以白话译之，外美既去，陋质悉呈，好古之士将

【锺校】

①“旨”原作“指”。

骇而走耳。

又有云：

> 故曰，辞达而已矣。后人不明斯义，必取古人言语与今人不相肖者而摹仿之，于是文与言判然为二，一人之身而手口异国，实为二千年来文字一大厄。

黄氏云：

> 居今之日读古人书，徒以父兄师长递相传授，童而习焉，不知其艰，苟迹其异同之故，其与异国之人进象胥舌人而后通其言辞者，相去能几何哉。

二者意思相似，都说得很通达，“手口异国”一语更很得要领，这种态度颇有点近于一元的了，但是这总是极少数，在那时办白话报等的人大都只注重政治上的效用也是事实，而且无论理论如何写出来的白话文还不能够造成文艺作品，也未曾明白地有此种企图。十二年后即宣统庚戌（一九一〇）在东京的旧《民报》社员编刊一种《教育今语杂志识》，于“共和纪元二千七百五十一年”一月创刊，共出了六册，内容于社说外分中国文字学、群经学、诸子学、历史学、地理学、教育学等七门，用白话讲述，目的在于行销南洋各地，宣传排满，如发刊缘起中所说：“期邦人诸友发思古之幽情，勉为炎黄之肖子焉。”撰稿者有章太炎、陶焕卿、钱德潜诸人。那时钱君还不叫作“玄同”，只单名一个“夏”字，取其为“中国人也”的意思，在《今语杂志》中署名“浑然”，撰过两篇关于文字学的文章，第一册里有一篇《共和纪年说》，主张用周召共和来做中国纪年，也是他所写的。今抄录一节，可以见当时的文体与论调：

> 还有那外国人打进来，灭了我国，自称皇帝，像那元朝的样子，我们中国人倘然还有一口气没有绝，总不应该扁扁服服，做他的奴隶牛马，自称大元国的百姓。他的国号纪年不但

和我们不相干，并且是我们所绝不应该承认他的。但是从宋帝赵昺赴海以后，天完帝徐寿辉起义以前，这七十一年中间中国竟没有皇帝，到这种时候用皇帝来纪年的竟没有法子想了，就是真讲爱国保种的也止好老老面皮用元朝来纪年了。你们想，中国史上用外国人纪年，道理上怎么讲得过去，况且中国没有皇帝可纪元的时候还不止宋和天完间的七十一年么？

那时的作者自然也是意不在文，因为目的还是教育以及政治的，其用白话乃是一种手段，引渡读者由浅入深以进于古学之堂奥者也。

民国六年以至八年文学革命的风潮勃兴，渐以奠定新文学的基础，白话被认为国语了，文学是应当“国语的”了，评论小说诗戏曲都发达起来了，这是很热闹的一个时代，但是白话文自身的生长却还很有限，而且也还没有独立的这种品类，虽然在《新青年》等杂志上所谓随感录的小文字已经很多。八年三月我在《每周评论》上登过一篇小文，题曰《祖先崇拜》，其首两节云：

远东各国都有祖先崇拜这一种风俗。现今野蛮民族多是如此，在欧洲古代也已有过。中国到了现在，还保存这部落时代的蛮风，实是奇怪。据我想，这事既于道理上不合，又于事实上有害，应该废去才是。

第一，祖先崇拜的原始的理由，当然是本于精灵信仰。原人思想以为万物都有灵的，形体不过是暂时的住所。所以人死之后仍旧有鬼，存留于世上，饮食起居还同生前一样。这些资料须由子孙供给，否则便要触怒死鬼，发生灾祸。这是祖先崇拜的起源。现在科学昌明，早知道世上无鬼，这骗人的祭献礼拜当然可以不做了。这种风俗，令人废时光，费钱财，很是有损，而且因为接香烟吃羹饭的迷信，许多男人往往藉口于不孝有三无后为大的谬说，买妾蓄婢，败坏人伦，实在是不合人道的坏事。

无论一个人怎样爱惜他自己所做的文章，我总不能说上边的这两节写得好，它只是顽强地主张自己的意见，至多能说得理圆，却没有什么馀情，这与浑然先生的那篇正是同等的作品。民国十年五月我写了一篇五百字的小文，投寄《晨报》，那时还没有副刊，便登在“第七版”上，题曰《美文》：

> 外国文学里有一种所谓论文，其中大约可以分作两类。一批评的，是学术性的。二记述的，是艺术性的，又称作美文。这里边又可以分出叙事与抒情，但也很多两者夹杂的。这种美文似乎在英语国民里最为发达，如中国所熟知的爱迭生，兰姆，欧文，霍桑诸人都做有很好的美文，近时高尔斯威西，吉欣，契斯透顿也是美文的好手。读好的论文，如读散文诗，因为他实在是诗与散文中间的桥。中国古文里的序记与说等，也可以说是美文的一类。但在现代的国语文学里，还不曾见有这类文章，治新文学的人为什么不去试试呢？我以为文章的外形与内容的确有点关系，有许多思想，既不能作为小说，又不适于做诗，便可以用论文式去表他。他的条件同一切文学作品一样，只是真实简明便好。我们可以看了外国的模范做去，但是须用自己的文句与思想，不可去模仿他们。《晨报》上的《浪漫谈》，以前有几篇倒有点相近，但是后来（恕我直说）落了窠臼，用上多少自然现象的字面，衰弱的感伤的口气，不大有生命了。我希望大家卷土重来，给新文学开辟出一块新的土地来，岂不好么。

《浪漫谈》里较好的一篇我记得是讲北京的街道的，作者是罗志希，此外的却都记不得了。《晨报》第七版不久改成副刊，是中国日报副刊的起首老店，影响于文坛者颇大，因为每日出版，适宜于发表杂感短文，比月刊周刊便利得多，写文章的人自然也多起来了。以后美文的名称虽然未曾通行，事实上这种文章却渐渐发达，很有自成一部门的可能。十一年三月胡适之给《申报》做《五十年来中国之文学》，第十节中讲到白话文学的成绩，曾这样说：

> 第三，白话散文很进步了。长篇议论文的进步，那是显而易见的，可以不论。这几年来，散文方面最可注意的发展乃是周作人等提倡的小品散文。这一类的小品，用平淡的谈话，包藏着深刻的意味，有时很像笨拙，其实却是滑稽。这一类作品的成功，就可彻底打破那美文不能用白话的迷信了。

新文学中白话散文的成功比较容易，却也比较迟，原来都是事实。十九年九月我给《近代散文抄》做序，有一部分是讲小品文的起源变迁的：

> 小品文是文艺的少子，年纪顶小的老头儿子。文艺发生次序大概是先韵文，次散文，韵文之中又是先叙事抒情，次说理，散文则是先叙事，次说理，最后才是抒情。借了希腊文学来做例，一方面是史诗和戏剧，抒情诗，格言诗，一方面是历史和小说，哲学，——小品文，这在希腊文学盛时实在还没有发达，虽然那些哲人（Sophistai）似乎有这一点气味，不过他们还是思想家，有如中国的诸子，只是勉强去仰攀一个渊源，直到基督纪元后希罗文学时代才可以说真是起头了，正如中国要在晋文里才能看出小品文的色彩来一样。
>
> 我卤莽地说一句，小品文是文学发达的极致，他的兴盛必须在王纲解纽的时代。未来的事情，因为我到底不是问星处，不能知道，至于过去的史迹却还有点可以查考。我想古今文艺的变迁曾有两个大时期，一是集团的，一是个人的。在文学史上所记大都是后期的事，但有些上代的遗留如歌谣等，也还能

推想前期的文艺的百一。在美术上便比较地看得明白，绘画完全个人化了，雕塑也稍有变动，至于建筑，音乐，美术工艺如瓷器等，却都保留原始的迹象，还是民族的集团的而非个人的艺术，所寻求表示的也是传统的而非独创的美。在未脱离集团的精神之时代，硬想打破他的传统，又不能建立个性，其结果往往青黄不接，呈出丑态，固然不好，如以现今的瓷器之制作绘画与古时相较，即可明了，但如颠倒过来叫个人的艺术复旧于集团的，也不是很对的事。对不对是别一件事，与有没有是不相干的，所以这两种情形直到现今还是并存，不，或者是对峙着。集团的美术之根据最初在于民族性的嗜好，随后变为师门的传授，遂由硬化而生停滞，其价值几乎只存在技术一点上了。

文学则更为不幸，授业的师傅让位于护法的君师，于是集团的文以载道与个人的诗言志两种口号成了敌对，在文学进了后期以后，这新旧势力还永远相搏，酿成了过去的许多五花八门的文学运动。在朝廷强盛，政教统一的时代，载道主义一定占势力，文学大盛，统是平伯所谓“大的高的正的”，可是又就“差不多总是一堆垃圾，读之昏昏欲睡”的东西。一直到了颓废时代，皇帝祖师等等要人没有多大力量了，处士横议，百家争鸣，正统家大叹其人心不古，可是我们觉得有许多新思想好文章都在这个时代发生，这自然因为我们是赞成诗言志派的缘故。小品文则又在个人的文学之尖端，是言志的散文，他集合叙事说理抒情的分子，都浸在自己的性情里，用了适宜的手法调理起来，所以是近代文学的一个潮头，他站在前头，假如碰了壁时自然也首先碰壁。

这是我的私见，可以拿来说明小品散文晚起的缘故，但是其成功又似比较容易，却还有别的理由。十五年五月我有给平伯的一封信云：

王季重文殊有趣，唯尚有徐文长所说的以古字奇字替代俗字的地方，不及张宗子的自然。张宗子的《琅嬛文集》中记泰山及普陀之游的两篇文章似比《文饭小品》各篇为佳，此书已借给颉刚，如要看可以转向他去借。我常常说现今的散文小品并非五四以后的新出产品，实在是“古已有之”，不过现今重新发达起来罢了。由板桥冬心溯而上之这班明朝文人再上连东坡山谷等，似可编出一本文选，也即为散文小品的源流材料。此件事似大可以做，于教课者亦有便利。现在的小文与宋明诸人之作在文字上固然有点不同，但风致实是一致，或者又加上了一点西洋影响，使他有一种新气息而已。

十五年十一月在重刊《陶庵梦忆》序上也说：

我常这样想，现代的散文在新文学中受外国的影响最少，这与其说是文学革命的，还不如说是文艺复兴的产物，虽然在文学发达的程途上复兴与革命是同一样的进展。在理学与古文没有全盛的时候，抒情的散文也已得到相当的长发，不过在学士大夫眼中自然也不很看得起。我们读明清有些名士派的文章，觉得与现代文的情趣几乎一致，思想上固然难免有若干距离，但如明人所表示的对于礼法的反动则又很有现代气息了。

十七年五月作《杂拌儿》跋，引了上边这一节之后又说道：

唐宋文人也作过些性灵流露的散文，只是大都自认为文章游戏，到了要做正经文章时便又照着规矩去做古文。明清时代也是如此，但是明代的文艺美术比较地稍有活气，文学上颇有革新的气象，公安派的人能够无视古文的正统，以抒情的态度作一切的文章，虽然后代批评家贬斥他们为浅率空疏，实际却是真实的个性的表现，其价值在竟陵派之上。以前的文人对于著作的态度可以说是二元的，而他们则是一元的，在这一点上与现代写文章的人正是一致。现在的人无论写什么都用白话文，也就是统一的一例，与庚子前后的新党在《爱国白话报》上用白话，自己的名山事业非用古文不可的绝不相同了。以前的人以为文是以载道的东西，但此外另有一种文章却是可以写来消遣的，现在则又把他统一了，去写或读可以说本以消遣，但同时也就是传了道了，或是闻了道。除了还是想要去以载道的老少同志以外，我想现在的人的文学意见大抵是这样，这也可以说是与明代的新文学家的意思相差不远的。在这个情形之下，现在的文学——现在只就散文说——与明代的有些相像，正是不足怪的，虽然并没有模仿，或者也还很少有人去读明文，又因时代的关系在文字上很有欧化的地方，思想上也自然要比四百年前有了明显的改变。现代的散文好像是一条湮没在沙土下的河水，多少年后又在下流被掘了出来，这是一条古河，却又是新的。

在上文又曾这样说："这风致是属于中国文学的，是那样地旧而又这样地新。"这一句话我觉得说的颇得要领。同年十一月作《燕知草》跋，有云：

我也看见有些纯粹口语体的文章，在受过新式中学教育的学生手里写得很是细腻流丽，觉得有造成新文体的可能，使小说戏剧有一种新发展，但是在论文，——不，或者不如说小品文，不专说理叙事而以抒情分子为主的，有人称他为絮语过的那种散文上，我想必须有涩味与简单味，这才耐读，所以他的文词还得变化一点，以口语为基本，再加上欧化语，古文，方言等分子，杂糅调和，适宜地或吝啬地安排起来，有知识与趣味的两重的统制，才可以造出有雅致的俗语文来。我说雅，这只是说自然大方的风度，并不要禁忌什么字句，或者装出乡绅的架子。平伯的文章便多有这些雅致，这又就是他近于明朝人的地方。不过我们要知道，明朝的名士的文章诚然是多有隐遁的色彩，但根本却是反抗的，有些人终于做了忠臣，如王谑庵到复马士英的时候便有会稽乃报仇雪耻之乡非藏垢纳污之地的话，大多数的真正文人的反礼教的态度也很显然，这个统系我相信到了李笠翁袁子才还没有全绝，虽然他们已都变成了清客了。

中国新散文的源流我看是公安派与英国的小品文两者所合成，而现在中国情形又似乎正是明季的样子，手拿不动竹竿的文人只好避难到艺术世界里去，这原是无足怪的。我常想，文学即是不革命，能革命就不必需要文学及其他种种艺术或宗教，因为他已有了他的世界了。接着吻的嘴不再要唱歌，这理由正是一致。但是，假如征服了政治的世界而在别的方面还有不满，那么当然还有要到艺术世界里去的时候，拿破伦在军营中带着《少年维特的烦恼》可以算作一例。文学所以虽是不革命，却很有他的存在的权利与必要。

二十一年十一月所写《杂拌儿之二》序中云：

所谓言与物者何耶，也只是文词与思想罢了，此外似乎还该添上一种气味。气味这个字仿佛有点暧昧而且神秘，其实不然。气味是很实在的东西，譬如一个人身上有羊膻气，大蒜气，或者说是有点油滑气，也都是大家所能辨别出来的。这样看去，三代以后的文人里我所喜欢的有陶渊明颜之推两位先生，恰巧都是六朝人物。此外自然也有部分可取，即如上边所说五人（案即白采、苏曼殊、沈复、史震林、盛此公）中，沈三白史悟冈究竟还算佼佼者，《六记》中前三篇多有妙文，《散记》中记游纪风物如卷二记蟋蟀及姑恶鸟等诸文皆佳，大抵叙事物抒情绪都颇出色，其涉及人生观处则悉失败也。孔子曰，盍各言尔志。我们生在这年头儿，能够于文字中去找到古今中外的人听他言志，这实在已是一个快乐，原不该再去挑剔好丑。但是话虽如此，我们固然也要听野老的话桑麻，市侩的说行市，然而友朋间气味相投的闲话，上自生死兴衰，下至虫鱼神鬼，无不可谈，无不可听，则其乐益大，而以此例彼，人情又复不能无所偏向耳。

胡乱的讲到这里，对于《杂拌儿之二》我所想说的几句话可以接得上去了。平伯那本集子里所收的文章大旨仍旧是杂的，有些是考据的，其文词气味的雅致与前编无异，有些是抒情说理的，如《中年》等，这里边兼有思想之美，是一般文士之文所万不能及的。此外有几篇讲两性或亲子问题的文章，这个倾向尤为显著。这是以科学常识为本，加上明净的感情与清澈的理智，调合成功的一种人生观，以此为志，言志固佳，以此为道，载道亦复何碍。此刻现在中古圣徒遍于目前，欲找寻此种思想盖已甚难，其殆犹求陶渊明颜之推之徒于现代欤。

以上都是我对于新文学的散文之考察，陆续发表在序跋中间，所以只是断片，但是意思大抵还是一贯，近十年中也不曾有多大的变更。二十一年夏间在北平辅仁大学讲演即是以这些意思为根据，简单地联贯了一下。《中国新文学的源流》第二讲中云：

对于这复古的风气揭了反叛的旗帜的，是公安派和竟陵派。公安派的主要人物是三袁，即袁宗道，袁宏道，袁中道三人，他们是万历朝的人物，约当西历十六世纪之末至十七世纪之初。因为他们是湖北公安县人，所以有了公安派的名称。他们的主张很简单，可以说和胡适之先生的主张差不多。所不同的，那时是十六世纪，利玛窦还没有来中国，所以缺乏西洋思想。（他们也有新思想，乃是外来的佛教，借来与儒教思想对抗。）假如从现代新文学的主张要减去他所受到的西洋影响，科学哲学以及文学各方面的，那便是公安派的思想和主张了。而他们对于中国文学变迁的看法，较诸现今的谈文学的人或者还要更清楚一点。理论和文章都很对很好，可惜他们的运气不好，到清朝他们的著作便都成为禁书了，他们的运动也给乾嘉的文人学者所打倒了。

我相信新散文的发达成功有两重的因缘，一是外援，一是内应。外援即是西洋的科学哲学与文学上的新思想之影响，内应即是历史的言志派文艺运动之复兴。假如没有历史的基础，这成功不会这样容易，但假如没有外来思想的加入，即使成功了也没有新生命，不会站得住。关于言志派我在《中国新文学的源流》第二讲中略有说明云：

言志派的文学可以换一名称，叫做即兴的文学；载道派的文学也可以换一名称，叫做赋得的文学。古今来有名的文学作品通是即兴文学。例如《诗经》上没有题目，《庄子》有些也无篇名，他们都是先有意思，想到就写下来，写好后再从文章里将题目抽出的。赋得的文学是先有题目，然后再按题作文。自己想出的题目作时还比较容易，考试所出的题目便有很多的限制，自己的意思不能说，必须揣摩题目中的意思，如题目是孔子的话，则须跟着题目发挥些圣贤道理，如题目为阳货的话，则又非跟着题目骂孔子不可。

末了这几句话固然是讲做真八股者的情形，但是一般的载道派也实在都是如此。我这言志载道的分派本是一时便宜的说法，但是因为诗言志与文以载道的话，仿佛诗文混杂，又志与道的界限也有欠明了之处，容易引起缠夹，我曾追加地说明道①：

“言他人之志即是载道，载自己的道亦是言志。”这里所说即兴与赋得，虽然说得较为游戏的，却很能分清这两者的特质。重复地说，新散文里这即兴的分子是很重要的，在这一点上他与前一期的新文学运动即公安派全然相同，不过这相同者由于趋势之偶合，并不由于模拟或影响。我们说公安派是前一期的新文学运动，却不将他当作现今新文学运动的祖师，我们读公安派文发见与现代散文有许多类似处觉得很有兴味，却不将他当作轨范去模仿他。这理由是很简明的。新散文里的基调虽然仍是儒道二家的，这却经过西洋现代思想的陶熔浸润，自有一种新的色味，与以前的显有不同，即使在文章的外观上有相似的地方。

我不讳言中国思想里的儒道二家的基调，因为这是事实，非言论所能随便变易，我也并不反对，因为觉得这个基本也并不一定比西洋的宗教思想坏，他更容易收容唯物的常识而一新其面目，如我们近来所见。我常想儒道法实在原是三位一体，儒家一面有他的理想，一面又想顾实行，结果是中庸一路，若要真去实行，却又不能不再降低而成法家，又如抛开实行，便自然专重理想而成道家了。这在当初创始的都是高明的人，后来禁不起徒子徒孙的模拟传说，一样地变成了破落户，其间也有陶渊明颜之推等人能自振作的，实际已是江河日下之势，莫可挽救了。外来的思想也曾来注灌过，如佛教是也，这原是伟大的思想，很可以佩服的，可是他自成一统系，他的倾向又比道家更往左走，他的影响好容易钻到文学里去之后，结果只有两样，这如不是属于宗教类的佛教文学，那就是近似道家思想的一种空灵作品而已。公安派的文学大约只做到这里，现在的要算是进一程了。为什么呢？这便因为现在所受的外来

【锺校】

① “道”原作“说”。

影响是唯物的科学思想，他能够使中国固有的儒道思想切实地淘炼一番，如上文说过，以科学常识为本，加上明净的感情与清澈的理智，调合成功一种人生观，“以此为志，言志固佳，以此为道，载道亦复何碍。”论理，这应该是中国现文坛的普遍的情形，盖中国向无宗教思想的束缚，偏重现实的现世主义上加以唯物的科学思想，自当能和合新旧而别有成就。事实却不尽然，没有能够抓得住这二者的主脑，也没有能够把他们捏作一团，那么结果不是做出一篇新的土八股便是旧的传教的洋话。这也正是无怪的。过去的时间的力量太大了，现在的力量又还太短，虽然期望好文章的出现也是人情，然而性急也无用处，还只好且等待着耳。

对于新文学的散文我的意见大抵就只是如此，要分时期分派别的讲我觉得还无从说起，从民六到现今还没有二十年，何况现在又只以前十年为限呢。我看文艺的段落，并不以主义与党派的盛衰为唯一的依据，只看文人的态度，这是夹杂宗教气的主张载道的呢，还是纯艺术的主张载道的呢，以此来决定文学的转变。现在还是混乱时期，这也还难说，因为各自在那里打转身，似乎都很少真是明确态度。我是这样看，也就是这样地编选。我与郁达夫先生分编这两本散文集，我可以说明我的是那么不讲历史，不管主义党派，只凭主观偏见而编的。这一册里共计有十七人，七十一篇。这里除了我与郁先生约定互相编选之外，其馀的许多人大都是由我胡抓瞎扯的。关于这些人有几件事应得说明，今列记于下：

一，有四位已故的人，即徐志摩，刘半农，刘大白，梁遇春，都列在卷首。所选的文章不以民国十五年为限，这可以算是一个例外，但是却也不能说是没有理由的。

二，吴稚晖（这里活人也一律称名，不加先生，下均同）实在是文学革命以前的人物，他在《新世纪》上发表的妙文凡读过的人是谁也不会忘记的。他的这一种特别的说话法与作文法可惜至今竟无传人，真令人有广陵散之感。为表示尊重这奇文起见，特选录在民十以后所作几篇，只可惜有些在现今恐有违碍不能重印，所以只抄了短短的两篇小文。

三，议论文照例不选，所以有些人如蔡孑民，陈独秀，胡适之，钱玄同，李守常，陶孟和等的文章都未曾编入。这里就只选了顾颉刚的一篇《古史辨序》，因为我觉得这是很有趣的自叙，胡适之的《四十自述》或者可以相比，不过出得太迟了，已经在民十五之后。《新潮》上还有一篇讲旧家庭的文章，署名“顾诚吾”，也可备选，因为是未完的稿，所以决定用了这序文。

四，废名所作本来是小说，但是我看这可以当小品散文读，不，不但是可以，或者这样更觉得有意味亦未可知。今从《桥》中选取六则，《枣》中也有可取的文章，因为著作年月稍后，所以只好割爱了。

五，此外还有些人本拟收入，如梁实秋，沈从文，谢六逸，章克标，赵景深等，只可惜大部分著作都在民十五以后，所以不能收在这一集里。近十年来作者如林，未能尽知，自多遗漏，咎何能辞，但决无故意抹杀之事，此则自审可告无罪者耳。

六，末了我似乎还得略说我自己对于散文的主观和偏见。前面我所说的多是关于散文的发达，现在是说对于散文本身这东西。我在《草木虫鱼》小引中说过：

> 我平常很怀疑，心里的情是否可以用言全表了出来，更不相信随随便便地就表得出来。什么嗟叹啦，永歌啦，手舞足蹈啦的把戏，多少可以发表自己的情意，但是到了成为艺术再给人家去看的时候，恐怕就要发生了好些的变动与间隔，所留存的也就是很微末了。死生之悲哀，爱恋之喜悦，人生最切的悲欢甘苦，绝对地不能以言语形容，更无论文字，至少在我是这

样感想，世间或有天才自然也可以有例外，那么我们凡人所可以用文字表现者只是某一种情意，固然不很粗浅但也不很深切的部分，换句话来说，实在是可有可无不关紧要的东西，表现出来聊以自宽慰消遣罢了。

我觉得文学好像是一个香炉，他的两旁边还有一对蜡烛台，左派和右派。无论那一边是左是右，都没有什么关系，这总之有两位，即是禅宗与密宗，假如容我借用佛教的两个名称。文学无用，而这左右两位是有用有能力的。禅宗的作法的人不立文字，知道它的无用，却寻别的途径。辟历似的大喝一声，或一棍打去，或一句干矢橛，直截地使人家豁然开悟，这在对方固然也需要相当的感受性，不能轻易发生效力，但这办法的精义实在是极对的，差不多可以说是最高理想的艺术，不过在事实上艺术还着实有志未逮，或者只是音乐有点这样的意味，缠缚在文字语言里的文学虽然拿出什么象征等物事来在那里挣扎，也总还追随不上。密宗派的人单是结印念咒，揭谛揭谛波罗揭谛几句话，看去毫无意义，实在含有极大力量，老太婆高唱阿弥陀佛，便可安心立命，觉得西方有分，绅士平日对于厨子呼来喝去，有朝一日自己做了光禄寺小官，却是顾盼自雄，原来都是这一类的事。即如古今来多少杀人如麻的钦案，问其罪名，只是大不敬或大逆不道等几个字儿，全是空空洞洞的，当年却有许多活人死人因此处了各种极刑，想起来很是冤枉，不过在当时，大约除本人外没有不以为都是应该的吧。名号——文字的威力大到如此，实在可敬而且可畏了。文学呢，他是既不能令又不受命，他不能那么解脱，用了独一无二的表现法直截地发出来，却也不会这么刚勇，凭空抓了一个唵字塞住了人家的嗓子，再回不过气来，结果是东说西说，写成了四万八千卷的书册，只供闲人的翻阅罢了。

这是我对于文学——散文的苛刻而宽容的态度。我是这样想，自己也这样写，人家的这样看，现在也这样选。

中华民国二十四年八月二十四日，于北平。

［1935年8月24日作/集外文］

杜牧之句

《困学纪闻》卷十八评诗有一节云："忍过事堪喜，杜牧之《遣兴》诗也，吕居仁《官箴》引此误以为少陵。"翁注引《官箴》原文云：

> 忍之一字，众妙之门，当官处事，尤是先务。若能于清谨勤之外更行一忍，何事不办。《书》曰，必有忍其乃有济。此处事之本也。谚曰，忍事敌灾星。少陵诗曰，忍过事堪喜。此皆切于事理，非空言也。王沂公常言，吃得三斗酽醋方做得宰相，盖言忍受得事。

中国对于忍的说法似有儒释道三派，而以释家所说为最佳。《翻译名义集》卷七《辨六度法篇》第四十四云：

> 羼提，此言安忍。"法界次第"云，秦言忍辱，内心能安忍外所辱境，故名忍辱。忍辱有二种，一者生忍，二者法忍。云何名生忍？生忍有二种，一于恭敬供养中能忍不著，则不生骄逸，二于瞋骂打害中能忍，则不生瞋恨怨恼。是为生忍。云何名法忍？法忍有二种，一者非心法，谓寒热风雨饥渴老病死等，二者心法，谓瞋恚①忧愁疑淫欲骄慢诸邪见等。菩萨于此二法能忍不动，是名法忍。

《诸经要集》卷十下，六度部第十八之三，《忍辱篇》述意缘第一云：

> 盖闻忍之为德最为尊上，持戒苦行所不能及，是以羼提比丘被刑残而不恨，忍辱仙主受割截而无瞋。且慈悲之道救拔为

【锺校】

① "恚"原作"患"。

先，菩萨之怀愍恻为用，常应遍游地狱，代其受苦，广度众生，施以安乐，岂容微有触恼，大生瞋恨，乃至角眼相看，恶声厉色，遂加杖木，结恨成怨。

这位沙门道世的话比较地说得不完备，但是辞句鲜明，意气发扬，也有一种特色。劝忍缘第二引《成实论》云：

恶口骂辱，小人不堪，如石雨鸟。恶口骂詈，大人堪受，如华雨象。

二语大有六朝风趣，自然又高出一头地了。中国儒家的说法当然以孔孟为宗，《论语》上的“小不忍则乱大谋”似乎可以作为代表，他们大概并不以忍辱本身为有价值，不过为要达到某一目的姑以此作为手段罢了。最显著的例是越王勾践，其次是韩信，再其次是张公艺，他为的要勉强糊住那九世同居的局面，所以只好写一百个忍字，去贴上一张大水膏药了。道家的祖师原是庄老，要挑简单的话来概括一下，我想《阴符经》的“安莫安于忍辱”这一句话倒是还适当的吧。他的使徒可以推举唐朝娄师德娄中堂出来做领班。其目的本在苟全性命于乱世，忍辱也只是手段，但与有大谋的相比较就显见得很有不同了。要说积极的好，那么儒家的忍自然较为可取，不过凡事皆有流弊，这也不是例外，盖一切钻狗洞以求富贵者都可以说是这一派的末流也。

且不管儒释道三家的优劣怎样，我所觉得有趣味的是杜牧之他何以也感到忍过事堪喜？我们心目中的小杜仿佛是一位风流才子，是一个堂璜（Don Juan），该是无忧无虑地过了一世的吧。

据《全唐诗话》卷四云：

牧不拘细行，故诗有十年一觉扬州梦，赢得青楼薄幸名。

又《唐才子传》卷六云：

牧美容姿，好歌舞，风情颇张，不能自遏。时淮南称繁盛，不减京华，且多名姬绝色，牧恣心赏，牛相收街吏报杜书记平安帖子至盈箧。

这样子似乎很是阔气了，虽然有时候也难免有不如意事，如传闻的那首诗云：

自恨寻芳去较迟，不须惆怅怨芳时，

如今风摆花狼藉，绿叶成阴子满枝。

但是，这次是失意，也还是风流，老实说，诗却并不佳。他什么时候又怎么地忍过，而且还留下这样的一句诗可以收入《官箴》里去的呢？这个我不能知道，也不知道他的忍是哪一家派的。可是这句诗我却以为是好的，也觉得很喜欢，去年还在日本片濑地方花了二十钱烧了一只小花瓶，用蓝笔题字曰：

忍过事堪喜。甲戌八月十日于江之岛，书杜牧之句制此。

知堂。

瓶底画一长方印，文曰，“苦茶庵自用品”。这个花瓶现在就搁在书房的南窗下。我为什么爱这一句诗呢？人家的事情不能知道，自己的总该明白吧。自知不是容易事，但也还想努力。我不是尊奉它作格言，我是赏识它的境界。这有如吃苦茶。苦茶并不是好吃的，平常的茶小孩也要到十几岁才肯喝，咽一口酽茶觉得爽快，这是大人的可怜处。人生的“苦甜”，如古希腊女诗人之称恋爱。《诗》云，谁谓荼苦，其甘如荠。这句老话来得恰好。中国万事真真是“古已有之”，此所以大有意思欤。

中华民国二十四年八月十五日，于北平苦竹斋。

［附记］

此文曾用作《苦茶随笔》的序，但实在是《杂记》之一，今仍收入，且用原题曰《杜牧之句》。

［1935年8月25日《大公报》/《苦竹杂记》］

责　任

“天下兴亡，匹夫有责。”这是读书人常说的一句话，作为去干政治活动的根据的，据说这是出于顾亭林。查《日知录》卷十三有这样的几句云：“保国者，其君其臣肉食者谋之。保天下者，匹夫之贱与有责焉耳矣。”再查这一节的起首云：“有亡国，有亡天下。亡国与亡天下奚辨？曰，易姓改号，谓之亡国。仁义充塞而至于率兽食人，人将相食，谓之亡天下。”顾亭林谁都知道是明朝遗老，是很有民族意识的，这里所说的话显然是在排满清，表面上说些率兽食人的老话，后面却引刘渊石勒的例，可以知道他的意思。保存一姓的尊荣乃是朝廷里人们的事情，若守礼法重气节，使国家勿为外族所乘，则是人人皆应有的责任。我想原义不过如此，那些读书人的解法恐怕未免有点歪曲了吧。但是这责任重要的还是在平时，若单从死难着想毫无是处。倘若平生自欺欺人，多行不义，即使卜居柴市近旁，常往崖山踏勘，亦复何用。洪允祥先生的《醉馀随笔》里有一节说得好：

> 《甲申殉难录》某公诗曰，愧无半策匡时难，只有一死报君恩。天醉曰，没中用人死亦不济事。然则怕死者是欤？天醉曰，要他勿怕死是要他拚命做事，不是要他一死便了事。

这是极精的格言，在此刻现在的中国正是对症服药。《日知录》所说匹夫保天下的责任在于守礼法重气节，本是一种很好的说法，现在觉得还太笼统一点，可以再加以说明。光是复古地搬出古时的德目来，把它当作符似地贴在门口，当作咒似地念在嘴里，照例是不会有效验的，自己不是巫祝而这样地祈祷和平，结果仍旧是自欺欺人，不负责任。我们现在所需要的是实行，不是空言，是行动，不是议论。这里没有多少繁琐的道理，一句话道，大家的责任就是大家要负责任。我从前曾说过，要武人不谈文，文人不谈武，中国才会好起来，也原是这个意思，今且按下不表，单提我们捏笔杆写文章的人应该怎样来负责任。这可以分作三点。一是自知。“知之为知之，不知为不知。”不知妄说，误人子弟，该当何罪，虽无报应，岂不惭愧。二是尽心。文字无灵，言论多难，计较成绩，难免灰心，但当尽其在我，锲而不舍，岁计不足，以五年十年计之。三是言行相顾。中国不患思想界之缺权威，而患权威之行不顾言，高卧温泉旅馆者指挥农工与陪姨太太者引导青年，同一可笑也。无此雅兴与野心的人应该更朴实的做，自己所说的话当能实践，自己所不能做的事可以不说，这样地办自然会使文章的虚华减少，看客掉头而去，但同时亦使实质增多，不误青年主顾耳。文人以外的人各有责任，兹不多赘，但请各人自己思量可也。

［1935 年 8 月 25 日《实报》/《苦竹杂记》］

猫头鹰

陆玑《毛诗草木鸟兽虫鱼疏》卷下，流离之子条下云："流离，枭也，自关而西谓枭为流离。适长大还食其母，故张奂云，鹠鷅食母，许慎云，枭不孝鸟，是也。"赵佑《校正》案语云：

> 窃以鸮枭自是一物，今俗所谓猫头鹰，谓即古之鸮鸟，一名休鹠者，人常捕之。头似猫而翼尾似鹰，目昼昏夜明，故捕之常以昼。其鸣常以夜，如号泣。哺其子既长，母老不能取食以应子求，则挂身树上，子争啖之飞去。其头悬着枝，故字从木上鸟，而枭首之象取之。以其性贪善饿，又声似号，故又从号，而枵腹之义取之。

枭鸱害母这句话，在中国大约是古已有之。其实猫头鹰只是容貌长得古怪，声音有点特别罢了。除了依照肉食鸟的规矩而行动之外，并没有什么恶行，世人却很不理解他，不但十分嫌恶，还要加以意外的毁谤。中国文人不知从哪里想出来的①说他啄母食母，赵鹿泉又从而说明之，好像是实验过的样子，可是那头挂得有点蹊跷，除非是像胡蜂似的咬住了树枝睡午觉。姚元之《竹叶亭杂记》卷六有一则云：

> 乙卯二月余在籍，一日喧传涤岑有大树自鸣，闻者甚众，至晚观者亦众。以爆驱之，声少歇；少顷复鸣，如此数夜。其声若人长吟，乍高乍低，不知何怪，言者俱以为不祥，后亦无他异。有老人云，鸮鸟生子后即不飞，俟其子啄其肉以自哺。

【锺校】

① "的"原作"地"。

啄时即哀鸣，数日食尽则止。有人搜树视之，果然。可知少见多怪，天下事往往如是也。

还有一本什么人的笔记，我可惜忘记了，里边也谈到这个问题，说枭鸟不一定食母，只是老了大抵被食，窠内有毛骨可以为证。这是说他未必不孝，不过要吃同类，却也同样地不公平，而且还引毛骨证明其事，尤其是莫须有的冤狱了。英国怀德在《色耳邦自然史》中所说却很不同，这在一七七三年七月八日致巴林顿氏第十五信中：

讲到猫头鹰，我有从威耳兹州的绅士听来的一件事可以告诉你。他们正在挖掘一棵空心的大秦皮树，这里边做了猫头鹰的馆舍已有百十来年了，那时他在树底发见一堆东西，当初简直不知道是什么。略经检查之后，他看出乃是一大团的鼷鼠的骨头（或者还有小鸟和蝙蝠的），这都从多少代的住客的嗉囊中吐出，原是小团球，经过岁月便积成大堆了。盖猫头鹰将所吞吃的东西的骨头毛羽都吐出来，同那鹰一样。他说，树底下这种物质一共总有好几斗之多。

姚元之所记事为乾隆六十年，即西历一七九五，为怀德死后二年，而差异如此，亦大奇也。据怀德说，猫头鹰吞物而吐出其毛骨，可知啄母云云盖不可能。斯密士（R. B. Smith）著《鸟生活与鸟志》，凡文十章皆可读，第一章谈猫头鹰，叙其食鼠法甚妙：

驯养的白猫头鹰——驯者如此，所以野生者亦或如此——处分所捉到的一个鼷鼠的方法甚是奇妙。他衔住老鼠的腰约有一两分钟，随后忽然把头一摆，将老鼠抛到空中，再接住了，头在嘴里。头再摆，老鼠头向前吞到喉里去了，只剩尾巴拖在外边，经过一两分钟沉思之后，头三摆，尾巴就不见了。

上边又有一节讲他吐出毛骨的事，不辞烦聒，抄录在这里，因为文章也写得清疏，不但可为猫头鹰作辩护也。

他的家如在有大窟洞的树里的时候，你将时常发见在洞底里有一种软块，大约有一斗左右的分量，这当初是一个个的长圆的球，里边全是食物之不消化部分，即他所吞食的动物的毛羽骨头。这是自然的一种巧妙安排，使得猫头鹰还有少数几种鸟如马粪鹰及鱼狗凡是囫囵吞食物的，都能因了猛烈的接连的用力把那些东西从嘴里吐出来。在检查之后，这可以确实地证明，就是猎场监督或看守人也都会明白，他不但很有益于人类，而且向来人家说他所犯的罪如杀害小竹鸡小雉鸡等事他也完全没有。在母鸟正在孵蛋的树枝间或地上，又在她的忠实的配偶坐着看护着的邻近的树枝间，都可以见到这些毛团保存着完整的椭圆形。这软而湿的毛骨小块里边，我尝找出有些甲虫或蜋螂的硬甲，这类食物从前不曾有人会猜想到是白猫头鹰所很爱吃的。德国人是大统计学家，德国博物学者亚耳通博士曾仔细地分析过许多猫头鹰所吐的毛团。他在住仓猫头鹰的七百另六个毛团里查出二千五百二十五个大鼠，鼷鼠，田鼠，臭老鼠，蝙蝠的残骨，此外只有二十二个小鸟的屑片，大抵还是麻雀。检查别种的猫头鹰，其结果也相仿佛。据说狗如没有骨头吃便要生病，故鼠类的毛骨虽然是不消化的东西，似乎在猫头鹰的消化作用上却是一种必要的帮助。假如专用去了毛骨的肉类饲养猫头鹰，他就将憔悴而死。

这末了的一句话是确实的，我在民国初年养过一只小猫头鹰，不过半年就死了，因为专给他好肉吃，实在也无从去捉老鼠来饲他。《一切经音义》七引舍人曰，狂一名茅鸱，喜食鼠，大目也。中国古人说枭鸱说得顶好的恐怕要算这一节了吧。

中国关于动物的谣言向来很多，一直到现在没有能弄清楚。螟蛉有子的一件，梁朝陶弘景已不相信，又有后代好些学者附议，可是至今还有好古的人坚持着化生之说的。事实胜于雄辩，然而观察不清则实验也等于幻想。《酉阳杂俎》十六广动植中云：

> 蝉未脱时名复育，相传言蛣蜣所化。秀才韦翾庄在杜曲，尝冬中掘树根，见复育附于朽处，怪之，村人言蝉固朽木所化也。翾因剖一视之，腹中犹实烂木。

即其一例。姚元之以树中鸣声为老鸮被食，又有人以所吐毛骨为证，是同一覆辙，但在英国的乡下绅士见之便不然了，他知道猫头鹰是吞食而又吐出毛骨的，这些又都是什么小动物的毛骨。中国学者如此格物，何能致知，科学在中国之不发达盖自有其所以然也。

［1935年9月《青年界》/《苦茶随笔》］

笠翁与随园

徐时栋《烟屿楼读书志》卷十六有《小仓山房集》一条，中有两则云：

> 本朝盛行之书，余最恶李笠翁之《一家言》，袁子才之《随园诗话》。《一家言》尚有嗤鄙之者，《随园诗话》则士大夫多好之，其中伤风败俗之语，易长浮荡轻薄之心，为父兄者可令子弟见之耶？
>
> 一日余于友人扇头见一律，有印贪三面刻，墨惯两头磨。余曰，此必随园诗也。问之，果然。

第一则的意思很平凡，只是普通正宗派的说法，没有一点独立的见识。李笠翁虽然是一个山人清客，其地位品格在那时也很低落，在陈眉公等之下了，但是他有他特别的知识思想，大抵都在《闲情偶寄》中，非一般文人所能及，总之他的特点是放，虽然毛病也就会从这里出来的。刘廷玑著《在园杂志》卷一云：

> 李笠翁渔，一代词客也，著述甚伙，有传奇十种，《闲情偶寄》《无声戏》《肉蒲团》各书，造意遣词皆极尖新。沈宫詹绎堂先生评曰，聪明过于学问，洵知言也。但所至携红牙一部，尽选秦女吴娃，未免放诞风流。昔寓京师，颜其旅馆之额曰“贱者居”，有好事者戏颜其对门曰“良者居”，盖笠翁所题本自谦，而谑者则讥所携也。所辑诗韵颇佳，其《一家言》所载诗词及史断等类亦别具手眼。

此节对于笠翁的褒贬大抵都得中，殆康熙时人见识亦较高明耶。马先登著《勿待轩杂志》卷下云：李笠翁所著《闲情偶寄》一书，自居处饮食及男女日用纤悉不遗，要皆故作清绮语导人隃侈之事，无一足取，谓其人亦李贽屠隆之类，为名教罪人，当明正两观之诛者也。

读书人动不动就把人家当做少正卯，拍案大喝，煞是可笑，却不知其纤悉讲人生日用处正是那书的独得处，我想曹廷栋的《老老恒言》或可相比，不过枯淡与清绮自亦有殊，若以《随园食单》来与饮馔部的一部分对看，笠翁犹似野老的掘笋挑菜，而袁君乃仿佛围裙油腻的厨师矣。《随园诗话》在小时候也照例看过，却终未成为爱读书，章实斋的攻击至今想来还没有多少道理，不过我总不大喜欢袁子才的气味，觉得这有点儿薄与轻，自然这与普通所谓轻薄又是不同。我很讨厌那两句诗，若使风情老无分，夕阳不合照桃花。老了不肯休歇，还是涎着脸要闹什么风情，是人类中极不自然的难看的事，随园未能免俗，又说些肉麻话，所以更显出难看了。这是不佞的一个偏见，在正统派未必如此想，盖他们只觉得少年讲恋爱乃是伤风败俗，若老年弄些侍姬如夫人之流则是人生正轨，夕阳照桃花可以说正是正统派的人生观，从古至今殆不曾有丝毫更变者也。

第二则的话我觉得说得很对。简单的记述中显出冷冷的讽刺，很能揭穿随园的缺点，这是他的俗，也可以说没趣味。我在这里须得交代明白，我很看重趣味，以为这是美也是善，而没趣味乃是一件大坏事。这所谓趣味里包含着好些东西，如雅，拙，朴，涩，重厚，清朗，通达，中庸，有别择等，反是者都是没趣味。普通有低级趣味这一句话，虽然看样子是从日本输入的，据我想也稍有语病，但是现在不妨借来作为解说，似乎比说没趣味更容易懂些。没趣味并不就是无趣味，除非这人真是救死唯恐不赡，平常没有人对于生活不取有一种特殊的态度，或淡泊若不经意，或琐琐多所取舍，虽其趋向不同，却各自成为一种趣味，犹如人各异面，只要保存其本来眉目，不问妍媸如何，总都自有其生气也。最不行的是似是而非的没趣味，或曰假趣味，恶趣味，低级趣味均可，假如照大智若愚的这说法，这可以说是大俗若雅罢。顶好的例便是印贪三面刻，墨惯两头磨。大凡对于印与墨人可以有这几种态度。一，不用，简直就没有关系。二，利用，印以记名，墨以写字，用过就算，别无他求。三，爱惜，实用之外更有所选择，精良适意，珍重享用。这几句话说的有点奢侈，其实并不然，木工之于斧凿，农夫之于锄犁，盖无不如此，不独限于读书人之笔墨纸砚也。李圭著《思痛记》，述其陷太平天国军中时事，卷下记掌书大人写贺表云：

> 是晚贼敬天父后，将写文书与伪侍王，贺金邑攻破也。陆畴楷蹲踞椅上，李贼坐其旁，桌置纸笔黄封套，又一长刀裹以绿绉，陆贼杀人具也，各有小贼立其旁装水烟，他贼亦围聚以观。陆贼手拂黄纸，捉笔苦思，良久，写一二十字，不惬意，则扯碎入口烂嚼唾去，如此者三。

这里所写原是俗人常态，但浪费纸张，亦是暴殄天物，犹之斫坏巨木，非良工之所为也。两头磨墨虽非嚼纸之比，亦狼藉甚矣。用墨者不但取其着纸有色泽，当并能赏其形色之美，磨而渐短，正如爱莫能助人之渐老耳，亦不得已也，两头磨之无乃不情，而况惯乎。印昔以文重，但自竹斋用花乳石后，质亦成为可爱玩之物，刻钮写款皆是锦上添花，使与其文或质相映发，非是蛇足，更非另画蛇头也。印三面刻——其实应当说六面，限于平仄故云三耳，则是画了三个蛇头了，对于印石盖别无兴味，只讲经济而已，这好比一把小刀，既可开啤酒瓶的盖，又可裁玻璃，共总有八九样用处，却是市场洋货摊上物。百工道具不会如此，锄锸只单用，斧可劈可敲，亦是自然结果，不太小气也。多面刻的印既不好看，且细想亦实不便于用，随园偏喜之，而又曰贪，这与上文的惯并算起来，真真是俗气可掬了。笠翁讲房屋器具亦注重实用，而华实兼具，不大有这种情形，其暖椅稍可笑，唯此为南方设法亦属无可如何。总而言之，在此等处笠翁要比随园高明不少也。

［附记］

《广东新语》卷十三《艺语》类有刻印一条云："陈乔生善篆刻，尝为《四面石章赋》云，印章之便者，莫如四面矣。六则妨持，两则罕变。酌于行藏，四始尽善。"岂明末有此风尚乎？此虽似可为三面刻解嘲，但终欠大方，不足取也。

［1935年9月6日《大公报》/《苦竹杂记》］

关于焚书坑儒

《雅笑》三卷，题李卓吾汇辑，姜肇昌校订并序，卷三有《坑儒》一则云：

> 人皆知秦坑儒，而不知何以坑之。按卫宏《古文奇字序》，秦始皇密令人种瓜于骊山硎谷中温处，瓜实成，使人上书曰瓜冬实[①]。有诏下博士诸生说之，人人各异，则皆使往视之，而为伏机，诸儒生皆至，方相难不决，因发机从上填之以土，皆压死。

眉批有云：

> 秦始皇知瓜冬实儒者必多饶舌，岂非明王。

又云：

> 儒者凡谈说此等事原可厌，宜坑，秦始皇难其人耳。

这究竟是否出于李卓吾之手本属疑问，且不必说，但总是批得很妙，其痛恶儒生处令人举双手表同意也。金圣叹批《西厢》《水浒》，时常拉出秀才来做呆鸟的代表，总说宜扑，也是同样的意思，不过已经和平得多也幽默得多了。为什么呢？秦之儒生本来就是明朝秀才的祖宗，他们都是做八股和五言八韵的朋友，得到赋得瓜冬实的好题目怎能不技痒，如或觉得可厌，“扑”也就很够了，那么大规模地伏机发机未免有点小题大做了。秦始皇的小题大做也不只是坑儒这一件，焚书的办法更是笨得可以。清初有曲江廖燕者，著《二十七松堂文集》十六卷，

【锺校】

① “瓜冬实”原作“冬瓜实”。

卷一有《明太祖论》，是天下妙文，其中有云：

> 吾以为明太祖以制义取士与秦焚书之术无异，特明巧而秦拙耳，其欲愚天下之心则一也。

后又申言之曰：

> 且彼乌知诗书之愚天下更甚也哉。诗书者为聪明才辨之所自出，而亦为耗其聪明才辨之具，况吾有爵禄以持其后，后有所图而前有所耗，人日腐其心以趋吾法，不知为法所愚，天下之人无不尽愚于法之中，而吾可高拱而无为矣，尚安事焚之而杀之也哉。

又云：

> 明制，士惟习四子书，兼通一经，试以八股，号为制义，中式者录之。士以为爵禄所在，日夜竭精敝神以攻其业，自四书一经外咸束高阁，虽图史满前皆不暇目，以为妨吾之所为，于是天下之书①不焚而自焚矣。非焚也，人不复读，与焚无异也。

我们读了此文，深知道治天下愚黔首的法子是考八股第一，读经次之，焚书坑儒最下。盖考八股则必读经，此外之书皆不复读，即不焚而自焚，又人人皆做八股以求功名，思想自然统一醇正，尚安事杀之坑之哉。至于得到一题目，各用其得意之做法，或正做或反做，标新立异以争胜，即所谓人人各异，那也是八股中应有之义，李卓吾以为讨厌可也，金圣叹以为应扑亦可也，若明太祖与廖燕当必能谅解诸生的苦心而点头微笑耳。秦始皇立志欲愚黔首，看见儒生如此热心于文章，正应欢喜奖励，使完成八股之制义，立万世之弘基，庶乎其可，今乃勃然大怒而坑杀之，不惟不仁之甚，抑亦不智之尤矣。中国臣民自古喜做八股，秦暴

【锺校】

① “之书”原作“书之”，下同。

虐无道，焚书以绝八股的材料，坑儒以灭八股的作者，而斯文之运一厄，其后历代虽用文章取士，终不得其法，至明太祖应天顺人而立八股，至于今五百馀年风靡天下，流泽孔长焉。破承起讲那一套的八股为新党所推倒，现在的确已经没有了，但形式可灭而精神不死，此亦中国本位文化之一，可以夸示于世界者欤。新党推倒土八股，赶紧改做洋八股以及其他，其识时务之为俊杰耶，抑本能之自发，或国运之所趋耶。总之都是活该。诸君何不先读熟一部《四书味根录》，吾愿为新进作家进一言。

（七月）

[附记]

《文饭小品》第六期上有施蛰存先生的《无相庵断残录》，第五则云《八股文》，谈及廖燕的文章，云《二十七松堂集》已有铅印本，遂以银六元买了来。其实那日本文久二年（一八六二）的柏悦堂刊本还不至于“绝无仅有”，如张日麟的铅印本序所说，我就有一部，是以日金二圆买得的。名古屋的“其中堂”书店旧书目上几乎每年都有此书，可知并不难得，大抵售价也总是金二圆，计书十册，木板皮纸印，有九成新，恐怕还是近时印刷的。中国有好事家拿来石印用白纸装订，亦是佳事，卖价恐亦不必到六元吧。

（十一月廿五日，校阅时记）

［1935 年 9 月 16 日《宇宙风》/《苦竹杂记》］

谈油炸鬼

刘廷玑著《在园杂志》卷一有一条云：

东坡云，谪居黄州五年，今日北行，岸上闻骡驮铎声，意亦欣然。铎声何足欣，盖久不闻而今得闻也。昌黎诗，照壁喜见蝎。蝎无可喜，盖久不见而今得见也。予由浙东观察副使奉命引见，渡黄河至王家营，见草棚下挂油炸鬼数枚。制以盐水合面，扭作两股如粗绳，长五六寸，于热油中炸成黄色，味颇佳，俗名油炸鬼。予即于马上取一枚啖之，路人及同行者无不匿笑，意以为如此鞍马仪从而乃自取自啖此物耶。殊不知予离京城赴浙省今十七年矣，一见河北风味不觉狂喜，不能自持，似与韩苏二公之意暗合也。

在园的意思我们可以了解，但说黄河以北才有油炸鬼却并不是事实。江南到处都有，绍兴在东南海滨，市中无不有麻花摊，叫卖麻花烧饼者不绝于道。范寅著《越谚》卷中饮食门云：

麻花，即油炸桧，迄今代远，恨磨业者省工无头脸，名此。

案此言系油炸秦会之，殆是望文生义，至同一癸音而曰鬼曰桧，则由南北语异，绍兴读鬼若举不若癸也。中国近世有馒头，其缘起说亦怪异，与油炸鬼相类，但此只是传说罢了。朝鲜权宁世编《支那四声字典》，第一七五 Kuo 字项下注云：

馃（Kuo），正音。油馃子，小麦粉和鸡蛋，油煎拉长的点心。油炸馃，同上。但此一语北京人悉读作 Kuei 音，正音则唯乡下人用之。

此说甚通，鬼桧二读盖即由馃转出。明王思任著《谑庵文饭小品》卷三《游满井记》中云：

> 卖饮食者邀诃好火烧，好酒，好大饭，好果子。

所云果子即油馃子，并不是频婆林禽之流，谑庵于此多用土话，邀诃亦即吆喝，作平声读也。

乡间制麻花不曰店而曰摊，盖大抵简陋，只两高凳架木板，于其上和面搓条，傍一炉可烙烧饼，一油锅炸麻花，徒弟用长竹筷翻弄，择其黄熟者夹置铁丝笼中，有客来买时便用竹丝穿了打结递给他。做麻花的手执一小木棍，用以擀赶湿面，却时时空敲木板，的笃有声调，此为麻花摊的一种特色，可以代呼声，告诉人家正在开淘有火热麻花吃也。麻花摊在早晨也兼卖粥，米粒少而汁厚，或谓其加小粉，亦未知真假。平常粥价一碗三文，麻花一股二文，客取麻花折断放碗内，令盛粥其上，如《板桥家书》所说，“双手捧碗缩颈而啜之，霜晨雪早，得此周身俱暖”，代价一共只要五文钱，名曰麻花粥。又有花十二文买一包蒸羊，用鲜荷叶包了拿来，放在热粥底下，略加盐花，别有风味，名曰羊肉粥，然而价增两倍，已不是寻常百姓的吃法了。

麻花摊兼做烧饼，贴炉内烤之，俗称洞里火烧。小时候曾见一种似麻花单股而细，名曰油龙，又以小块面油炸，任其自成奇形，名曰油老鼠，皆小儿食品，价各一文，辛亥年回乡便都已不见了。面条交错作“八结”形者曰巧果，二条缠圆木上如藤蔓，炸熟木自脱去，名曰倭缠。其最简单者两股稍粗，互扭如绳，长约寸许，一文一个，名油馓子。以上各物《越谚》皆失载，孙伯龙著《南通方言疏证》卷四释小食中有馓子一项，注云：

> 《州志》方言，馓子，油炸环饼也。

又引《丹铅总录》等云，寒具今云曰馓子。寒具是什么东西，我从前不大清楚。据《庶物异名疏》云：

林洪《清供》云，寒具，捻头也，以糯米粉和面，麻油煎成，以糖食。据此乃油腻粘胶之物，故客有食寒具不濯手而污桓玄之书画者。

看这情形岂非是蜜供一类的物事乎？刘禹锡《寒具》诗乃云：

纤手搓来玉数寻，碧油煎出嫩黄深，
夜来春睡无轻重，压扁佳人缠臂金。

诗并不佳，取其颇能描写出寒具的模样，大抵形如北京西域斋制的奶油镯子，却用油煎一下罢了，至于和靖后人所说外面搽糖的或系另一做法，若是那么粘胶的东西，刘君恐亦未必如此说也。《和名类聚抄》引古字书云，"糫饼，形如葛藤者也"，则与倭缠颇相像，巧果油馓子又与"结果"及"捻头"近似，盖此皆寒具之一，名字因形而异，前诗所咏只是似环的那一种耳。麻花摊所制各物殆多系寒具之遗，在今日亦是最平民化的食物，因为到处皆有的缘故，不见得会令人引起乡思。我只感慨为什么为著述家所舍弃，那样地不见经传。刘在园范啸风二君之记及油炸鬼，真可以说是豪杰之士，我还想费些功夫翻阅近代笔记，看看有没有别的记录，只怕大家太热心于载道，无暇做这"玩物丧志"的勾当也。

［附记］

尤侗著《艮斋续说》卷八云：

东坡云，谪居黄州五年，今日北行，岸上闻骡驮铎声，意亦欣然，盖不闻此声久矣。韩退之诗，照壁喜见蝎。此语真不虚也。予谓二老终是宦情中热，不忘长安之梦，若我久卧江湖，鱼鸟为侣，骡马鞕铎耳所厌闻，何如欸乃一声耶。京邸多蝎，至今谈虎色变，不意退之喜之如此，蝎且不避而况于臭虫乎。

西堂此语别有理解。东坡蜀人何乐北归，退之生于昌黎，喜蝎或有可原，唯此公大热中，故亦令人疑其非是乡情而实由于宦情耳。

（廿四年十月七日记于北平）

[补记]

张林西著《琐事闲录》正续各两卷，咸丰年刊。续编卷上有关于油炸鬼的一则云：

> 油炸条面类如寒具，南北各省均食此点心，或呼果子，或呼为油胚，豫省又呼为麻糖，为油馍，即都中之油炸鬼也。鬼字不知当作何字。长晴岩观察臻云，应作桧字，当日秦桧既死，百姓怒不能释，因以面肖形炸而食之，日久其形渐脱，其音渐转，所以名为油炸鬼，语亦近似。

案此种传说各地多有，小时候曾听老妪们说过，今却出于旗员口中觉得更有意思耳。个人的意思则愿作“鬼”字解，稍有奇趣，若有所怨恨乃以面肖形炸而食之，此种民族性殊不足嘉尚也。秦长脚即极恶，总比刘豫张邦昌以及张弘范较胜一筹罢，未闻有人炸吃诸人，何也？我想这骂秦桧的风气是从《说岳》及其戏文里出来的。士大夫论人物，骂秦桧也骂韩侂胄，更是可笑的事，这可见中国读书人之无是非也。

（民国廿四年十二月廿八日补记）

[1935 年 10 月 16 日《宇宙风》/《苦竹杂记》]

再谈油炸鬼

前写《谈油炸鬼》一小文，登在报上，后来又收集在《苦竹杂记》里边。近阅李登斋的《常谈丛录》，卷八有“油煤果”一条，其文云：

> 市中每以水调面，捏切成条大如指，双叠牵长近尺，置热油中煎之，靴大如儿臂，已熟作嫩黄色，仍为双合形，撕之亦可成两。货之一条价二钱，此即古寒具类，今远近皆有之，群呼为油煤鬼，骤闻者骇焉，然习者以为常称，不究其义。后见他书有称油煎食物为油果者，乃悟此为油煤果，以果与鬼音近而转讹也。鬼之名不祥不雅，相混久宜亟为正之，否则安敢以此鬼物进于尊贵亲宾之前耶。

油炸鬼在吾乡只是民间寻常食品，虽然不分贫富都喜欢吃，却不能拿来请客（近年或有例外，不在此列），所以尊贵亲宾云云似不甚妥，若其主张鬼字原为果字，则与鄙见原相似也。又前次我征引孙伯龙的《南通方言疏证》，却没有检查他的《通俗常言疏证》，其第四册“饮食门”内有一条云：

> 油炸鬼儿。国文教科书有油炸烩三字，按字典无炸烩二字，然元人杂剧有炮声如雷炸语，炸音诈，字典遗之耳。教科书读炸为闸，非也，炸乃音闸耳。《梦笔生花》“杭州俗语杂对”，油炸鬼，火烧儿。又元张国宾《大闹相国寺》剧，那边卖的油炸骨朵儿，你买些来我吃。按骨鬼音转，今云油炸鬼儿是也。

油炸骨突儿大约确是鬼的前身，却出于元曲，比明代的“好果子”还早，所以更有意思。我想这种油炸面食大概古已有之，所谓压扁佳人缠臂金的寒具未必不是油炸鬼一，不过制法与名称不详，所以其世系也只得以元朝为始了。

近时的人喜欢把他拉到秦桧的身上去，说这实在是油炸桧。这个我觉得很不合道理。第一，秦桧原不是好人，但他只是一个权奸，与严嵩一样（还不及魏忠贤罢?），而世间特别骂他构和，这却不是他的大罪。我们生数百年后，想要评论南宋和战是非，似乎不甚可靠，不如去问当时的人，这里我们可以找鼎鼎大名的朱子来，我想他的话总不会大错的罢。《语类》卷百三十一有云：

> 秦桧见虏人有厌兵意，归来主和，其初亦是。使其和中自治有策，后当逆亮之乱，一扫而复中原，一大机会也。惜哉。

又云：

> 僩问，高宗若不肯和，必成功。曰，也未知如何，将骄惰不堪用。

由此可知朱晦庵并不反对构和，他只可惜和后不能自强以图报复。第二，秦桧主和，保留得半壁江山，总比做金人的奴皇帝的刘豫张邦昌为佳，而世人独骂秦桧，则因其杀岳飞也。张浚杀曲端也正是同样冤屈，而世人独骂秦桧之杀岳飞，则因有《精忠岳传》之宣传也。国人的喜怒全凭几本小说戏文为定，岂非天下的大笑话，人人骂曹操捧关羽亦其一例。第三，有所怨恨，乃以面肖形炸而食之，此种民族性殊不足嘉尚。在所谓半开化民族中兴行种种法术，有黑魔术以伤害人为事，束草刻木为仇人形，禹步持咒，将刍灵火烧油炸或刀劈，则其人当立死。又如女郎为负心人所欺，不能穿红衫吊死去索偿于乡闱中，只好剪纸为人，背书八字，以绣花针七支刺其心窝，聊以示报。在世间原不乏此例，然有识者所不为，勇者亦不为也。小时候游过西湖，至岳坟而索然兴尽，所谓分尸桧已至不堪，那时却未留意，但见坟前四铁人，我觉得所表示的不是秦王四人而实是中国民族的丑恶，这样印象至今四十年来未曾改变。铸铁人，拿一棵树来说分尸，那么拿一条面来说油炸自无不可，然这种根性实在要不得，怯弱阴狠，不自知耻。（孔子说过，知耻近乎勇。）如此国民何以自存，其屡遭权奸之害，岂非所谓物必自腐而后虫生者耶。

我很反对思想奴隶统一化。这统一化有时由于一时政治的作用，或由于民间习惯的流传，二者之中以后者为慢性的，难于治疗，最为可怕。那时候有人来扎他一针，如李贽邱濬赵翼俞正燮汪士铎吕思勉之徒的言论，虽然未必就能救命，也总可放出一点毒气，不为无益。关于秦始皇王莽王安石的案，秦桧的案，我以为都该翻一下，稍为奠定思想自由的基础，虽然太平天国一案我还不预备参加去翻。这里边秦案恐怕最难办，盖如我的朋友（未得同意暂不举名）所说，和比战难，战败仍不失为民族英雄（古时自己要牺牲性命，现在还有地方可逃），和成则是万世罪人，故主和实在更需要有政治的定见与道德的毅力也。

（廿五年七月）

[1936 年 9 月《论语》/《瓜豆集》]

畏天悯人

刘熙载著《艺概》卷一《文概》中有一则云：

畏天悯人四字见文中子《周公篇》，盖论《易》也。今读《中说》全书，觉其心法皆不出此意。

查《中说》卷四云：

文中子曰，《易》之忧患，业业焉，孜孜焉，其畏天悯人，思及时而动乎。

关于《周易》我是老实不懂，没有什么话说，《中说》约略翻过一遍，看不出好处来，其步趋《论语》的地方尤其讨厌，据我看来，文中子这人远不及王无功有意思。但是上边的一句话我觉得很喜欢，虽然是断章取义的，意义并不一样。

天就是“自然”。生物的自然之道是弱肉强食，适者生存。河里活着鱼虾虫豸，忽然水干了，多少万的生物立即枯死。自然是毫无感情的，《老子》称之曰天地不仁。人这生物本来也受着这种支配，可是他要不安分地去想，想出不自然的仁义来。仁义有什么不好，这是很合于理想的，只是苦于不能与事实相合。不相信仁义的有福了，他可以老实地去做一只健全的生物。相信的以为仁义即天道，也可以圣徒似地闭了眼祷告着过一生，这种人虽然未必多有。许多的人看清楚了事实却又不能抛弃理想，于是唯有烦闷。这有两条不同的路，但觉得同样地可怜。一是没有法。正如巴斯加耳说过，他受了自然的残害，一点都不能抵抗，可是他知道如此，而“自然”无知，只此他是胜过自然了。二是有法，即信自然是有知的。他也看见事实打坏了理想，却幻想这是自然用了别一方式去把理想实现了。说来虽似可笑，然而滔滔者天下皆是也，我们随便翻书，便可随时找出例子来。

最显明的例是讲报应。原来因果是极平常的事，正如药苦糖甜，由于本质，或杀人偿命，欠债还钱，是法律上所规定，当然要执行的。但所谓报应则不然。这是在世间并未执行，却由别一势力在另一时地补行之，盖是弱者之一种愿望也。前读笔记，见此类纪事很以为怪，曾云：

> 我真觉得奇怪，何以中国文人这样喜欢讲那一套老话，如甘蔗滓的一嚼再嚼，还有那么好的滋味。最显著的一例是关于所谓逆妇变猪这类的记事。在阮元的《广陵诗事》卷九中有这样的一则云云。阮云台本非俗物，于考据词章之学也有成就，乃喜纪录此等恶滥故事，殊不可解。

近日读郝懿行的诗文随笔，此君文章学识均为我所钦敬，乃其笔录中亦常未能免俗。又《袁小修日记》上海新印本出版，比所藏旧本多两卷，重阅一过，发见其中谈报应的亦颇不少，而且多不高明。因此乃叹此事大难，向来乱读杂书，见关于此等事思想较清楚者只有清朝无名的两人，即汉军刘玉书四川王侃耳。若大多数的人则往往有两个世界，前世造了孽，所以在这世无端地挨了一顿屁股或其他，这世作了恶，再拖延到死后去下地狱，这样一来，世间种种疑难杂事大抵也就可以解决了。

从报应思想反映出几件事情来。一是人生的矛盾。理想是仁义，而事实乃是弱肉强食。强者口说仁义，却仍吃着肉。皇帝的事情是不敢说的了，武人官吏土豪流贼的无法无天怎么解说呢？这只能归诸报应，无论是这班杀人者将来去受报也好，或者被杀的本来都是来受报的也好，总之这矛盾就搪塞过去了。二是社会的缺陷。有许多恶事，在政治清明法律完备的国家大抵随即查办，用不着费阴司判官的心的，但是在乱世便不可能，大家只好等候侠客义贼或是阎罗老子来替他们出气，所以我颇疑《水浒传》《果报录》的盛行即是中国社会混乱的一种证据。可是也有在法律上不成大问题的，文人看了很觉得可恶，大有欲得而甘心之意，也就在他笔下去办他一下，那自然更是无聊，这里所反映出来的乃只是道学家的脾气罢了。

甘熙著《白下琐言》卷三有一则云：

> 正阳门外有地不生青草，为方正学先生受刑处。午门内正殿堤石上有一凹，雨后拭之血痕宛然，亦传为草诏时齿血所溅。盖忠义之气融结宇宙间，历久不磨，可与黄公祠血影石并传。

这类的文字我总读了愀然不乐。孟德斯鸠临终有言，据严幾道说，帝力之大如吾力之为微。人不承认自己的微，硬要说得阔气，这是很可悲的事。如上边所说，河水干了，几千万的鱼虾虫豸一齐枯死。一场恶战，三军覆没，一场株连，十族夷灭，死者以万千计。此在人事上自当看作一大变故，在自然上与前者事同一律，天地未必为变色，宇宙亦未必为震动也。河水不长则陆草生焉，水长复为小河，生物亦生长如故，战场及午门以至弼教坊亦然，土花石晕不改故常，方正学虽有忠义之气，岂能染污自然尺寸哉。俗人不悲方君的白死，宜早早湮没借以慰安之，乃反为此等曲说，正如茅山道士讳虎噬为飞升，称被杀曰兵解，弥复可笑矣。曾读英国某人文云，世俗确信公理必得最后胜利，此不尽然，在教派中有先屈后伸者，盖因压迫者稍有所顾忌，芟夷不力之故，古来有若干宗派确被灭尽，遂无复孑遗。此铁冷的事实正纪录着自然的真相，世人不察，却要歪曲了来说，天让正人义士被杀了，还很爱护他，留下血迹以示褒扬。倘若真是如此，这也太好笑，岂不与猎师在客座墙上所嵌的一个鹿头相同了么？王彦章曰，豹死留皮，人死留名。豹的一生在长林丰草间，及为虎咬蛇吞，便干脆了事，不幸而死于猎户之手，多留下一张皮毛为贵人作坐垫，此正是豹之“兽耻”也。彦章武夫，不妨随便说，若明达之士应知其非。闻有法国诗人微尼氏曾作一诗曰《狼之死》，有画廊派哲人之风，是殆可谓的当的人生观欤。

[附记]

年纪大起来了，觉得应该能够写出一点冲淡的文章来吧。如今反而写得那么剑拔弩张，自己固然不中意，又怕看官们也不喜欢，更是过意不去。

（十月三日记）

［1935年10月7日《大公报》/《苦竹杂记》］

关于活埋

从前有一个时候偶然翻阅外国文人的传记，常看见说起他特别有一种恐怖，便是怕被活埋。中国的事情不大清楚，即使不成为心理的威胁，大抵也未必喜欢，虽然那《识小录》的著者自称活埋庵道人徐树丕，即在余澹心的《东山谈苑》上有好些附识自署同学弟徐晟的父亲，不过这只是遗民的一种表示，自然是另外一件事了。

小时候读英文，读过美国亚伦坡的短篇小说《西班牙酒桶》，诱人到洞窟里去喝酒，把他锁在石壁上，砌好了墙出来，觉得很有点可怕。但是这罗马的幻想白昼会出现么，岂不是还只往来于醉诗人的脑中而已？俄国陀思妥益夫思奇著有小说曰《死人之家》，英译亦有曰“活埋”者，是记西伯利亚监狱生活的实录，陀氏亲身经历过，是小说亦是事实，确实不会错的了。然而这到底还只是个譬喻，与徐武子多少有点相同，终不能为活埋故实的典据。我们虽从文人讲起头，可是这里不得不离开文学到别处找材料去了。

讲到活埋，第一想到的当然是古代的殉葬。但说也惭愧，我们实在还不十分明白那葬是怎么殉法的。听说近年在殷墟发掘，找到殷人的坟墓，主人行踪不可考，却获得十个殉葬的奴隶或俘虏的骨殖，这可以说是最古的物证了，据说——不幸得很——这十个却都是身首异处的，那么这还是先杀后埋，与一般想像不相合。古希腊人攻忒罗亚时在巴多克勒思墓上杀俘虏十人，又取幼公主波吕克色那杀之，使从阿吉娄思于地下，办法颇有点相像。忒罗亚十年之役正在帝乙受辛时代，那么与殷人东西相对，不无香火因缘，或当为西来说学者所乐闻乎。《诗经》秦风有《黄鸟》一篇，《小序》云哀三良也，我们记起“临其穴，惴惴其栗”，觉得仿佛有点意思了，似乎三良一个一个地将要牵进去，不，他们都是大丈夫，自然是从容地自己走下去吧。然而不然。孔颖达疏引服虔云，“杀人以葬，旋环其左右曰殉”。结果还是一样，完全不能有用处。

第二想到的是坑儒。从秦穆公一跳到了始皇，这其间已经隔了十七八代了。孔安国《尚书》序云：

> 及秦始皇，灭先代典籍，焚书坑儒。

孔颖达疏依《史记》秦始皇本纪说明云：

> 三十五年始皇以方士卢生求仙药不得，以为诽谤，诸生连相告引，四百六十馀人，皆坑之咸阳，是坑儒也。

但是如李卓吾在《雅笑》卷三所说：“人皆知秦坑儒，而不知何以坑之。”这的确是一大疑问。孔疏又引卫宏《古文奇字序》云：

> 秦改古文以为篆隶，国人多诽谤。秦患天下不从而召诸生，至者皆拜为郎，凡七百人。又密令冬月种瓜于骊山型谷之中温处，瓜实，乃使人上书曰瓜冬有实。有诏天下博士诸生说之，人人各异，则皆使往视之，而为伏机，诸生方相论难，因发机从上填之以土，皆终命也。

这坑法写得“活龙活现”，似乎确是活埋无疑了，但是理由说的那么支离，所用种瓜伏机的手段又很拙笨，我们只当传说看了觉得好玩，要信为事实就有点不大可能。《史记》项羽本纪云：

> 楚军夜击坑秦卒二十馀万人新安城南。

计时即坑儒后六年。白起列传记起临死时语云：

> 长平之战，赵卒降者数十万人，我诈而尽坑之。

据列传中说凡四十万人，武安君虑其反复，“乃挟诈而尽坑杀之”。仿佛是坑与秦总很有关系似的，可是详细还不能知道。掘了很大很大的坑，把二十万以至四十万人都推下去，再盖上土，这也不大像吧。正如

《镜花缘》的林之洋常说的“坑死俺也”，我们对于这“坑”字似乎有点不好如字解释，只得暂且搁起再说。

英国贝林戈耳特老牧师生于一八三四年，到今年整整一百零一岁了，但他实在已于一九二四年去世，寿九十。所著《民俗志》小书系民国初年出版，其第五章《论牺牲》中讲到古时埋人于屋基下的事，是欧洲的实例。在一八九二年出版的《奇异的遗俗》中有《论基础》一章专说此事，更为详尽，今录一二于后：

> 一八八五年诃耳思华西教区修理礼拜堂，西南角的墙拆下重造。在墙内，发见一副枯骨，夹在灰石中间。这一部分的墙有点坏了，稍为倾侧。据发见这骨殖的泥水匠说，那里并无一点坟墓的痕迹，却显见得那人是被活埋的，而且很急忙的。一块石灰糊在那嘴上，好些砖石乱堆在那死体的周围，好像是急速地倒下去，随后慢慢地把墙壁砌好似的。

×

> 亨纳堡旧城是一派强有力的伯爵家的住所，在城壁间有一处穹门，据传说云造堡时有一匠人受了一笔款答应把他的小孩砌到墙壁里去。给了小孩一块饼吃，那父亲站在梯子上监督砌墙。末后的那块砖头砌上之后，小孩在墙里边哭了起来，那人悔恨交并，失手掉下梯子来，摔断了他的项颈。关于利本思坦的城堡也有相似的传说。一个母亲同样地卖了她的孩子。在那小东西的周围墙渐渐地高起来的时候，小孩大呼道，妈妈，我还看见你！过了一会儿，又道，妈妈，我不大看得见你了！末了道，妈妈，我看你不见了！

日本民俗学者中山太郎翁今年六十矣，好学不倦，每年有著作出版，前年所刊行的《日本民俗学论考》共有论文十八篇，其第十七曰《埴轮的原始形态与民俗》，说到上古活埋半身以殉葬的风俗。埴轮即明器中之土偶，大抵为人或马，不封入墓穴中，但植立于四围。土偶有象两股者，有下体但作圆筒形者，中山翁则以为圆筒形乃是原始形态，即表示殉葬之状，象两股者则后起而昧其原意者也。这种考古与民俗的难问题我们外行无从加以判断，但其所引古文献很有意思，至少于我们现在很是有用。据《日本书纪》垂仁纪云：

> 二十八年冬十月丙寅朔庚午，天皇母弟倭彦命薨。十一月丙申朔丁酉，葬倭彦命于身狭桃花鸟坂。于是集近习者，悉生立之于陵域。数日不死，昼夜泣吟。遂死而烂臭，犬乌聚啖。天皇闻此泣吟声，心有悲伤，诏群卿曰，夫以生时所爱使殉于亡者，是甚可伤也。斯虽古风而不良，何从为，其议止殉葬。

垂仁天皇二十八年正当基督降生前二年，即汉哀帝元寿元年也。至三十二年皇后崩，野见宿祢令人取土为人马进之，天皇大喜，诏见宿祢曰，尔之嘉谋实洽朕心。遂以土物立于皇后墓前，号曰埴轮。此以土偶代生人的传说本是普通，可注意的是那种特别的埋法。孝德纪载大化二年（六四六）的命令云：

> 人死亡时若自经以殉，或绞人以殉，及强以亡人之马为殉等旧俗，皆悉禁断。

可见那时殉葬已是杀了再埋，在先却并不然，据《类聚三代格》中所收延历十六年（七九七）四月太政官符云：

> 上古淳朴，葬礼无节，属山陵有事，每以生人殉埋，鸟吟鱼烂，不忍见闻。

与垂仁纪所说正同，鸟吟鱼烂也正是用汉文炼字法总括那数日不死云云十七字。以上原本悉用一种特别的汉文，今略加修改以便阅读，但仍保留原来用字与句调，不全改译为白话。至于埋半身的理由，中山翁谓是古风之遗留，上古人死则野葬，露其头面，亲族日往视之，至腐烂乃止，琉球津坚岛尚有此俗，近始禁止，见伊波普猷著文《南岛古代之葬仪》中，伊波氏原系琉球人也。

医学博士高田义一郎著有一篇《本国的死刑之变迁》，登在《国家医学杂志》上，昭和三年（一九二八）出版《世相表里之医学的研究》共文十八篇，上文亦在其内。第四节论德川幕府时代的死刑，约自十七世纪初至十九世纪中间，内容分为五类，其四曰锯拉及坑杀。锯拉者将犯人连囚笼埋土中，仅露出头颅，傍置竹锯，令过路人各拉其颈。这使人想起《封神传》的殷郊来。至于坑杀，那与锯拉相像，只把犯人身体埋在土中，自然不连囚笼，不用锯拉，任其自死。在《明良洪范》卷十九有一节云“记稻叶淡路守残忍事”，是很好的实例：

> 稻叶淡路守纪通为丹州福知山之城主，生来残忍无道，恶行众多。代官中有获罪者，逮捕下狱，不详加审问，遽将其妻儿及服内亲族悉捕至，于院中掘穴，一一埋之，露出其首，上覆小木桶，朝夕启视以消遣。馀人逐渐死去，唯代官苟延至七日未绝。淡路守每朝巡视，见其尚活，嘲弄之曰，妻子亲族皆死，一人独存，真罪业深重哉。代官张目曰，馀命尚存，思报此恨，今妻子皆死亡，无可奈何矣；身为武士，处置亦应有方，如此相待，诚自昔所未闻之刑罚也，会当有以相报！忿恨嚼舌而死。自此淡路守遂迷乱发狂，终乃装弹鸟枪中，自点火穿胸而死。

案稻叶纪通为德川幕府创业之功臣，位为诸侯，死于庆安元年，即西历一六四八，清顺治五年也。

外国的故事虽然说了好些，中国究竟怎样呢？殉葬与镇厌之外以活埋为刑罚，这有没有前例？官刑大约是不曾有吧，虽然自袁氏军政执法处以来往往有此风说，这自然不能找出证据，只有义威上将军张宗昌在北京时活埋其汽车夫与教书先生于丰台的传说至今脍炙人口，传为美谈。若盗贼群中本无一定规律，那就难说了，不过似乎也不尽然，如

《水浒传》中便未说起，明末张李流寇十分残暴，以杀烧剥皮为乐（这其实也与明初的永乐皇帝清初的大兵有同好而已，还不算怎么特别），而活埋似未列入。较载太平天国时事的有李圭著《思痛记》二卷，光绪六年（一八八〇）出版，卷下纪咸丰十年（一八六〇）七月间在金坛时事有云：

十九日汪典铁来约陆畴楷杀人，陆欣然握刀，促余同行。至文庙前殿，东西两偏室院内各有男妇大小六七十人避匿于此，已数日不食，面无人色。汪提刀趋右院，陆在左院。陆令余杀，余不应，以余已司文札不再逼而令余视其杀。刀落人死，顷刻毕数十命，地为之赤。有一二岁小儿，先置其母腹上腰截之，然后杀其母。复拉余至右院视汪杀，至则汪正在一一剖人腹焉。

光绪戊戌之冬我买得此书，民国十九年八月曾题卷首云：

中国民族似有嗜杀性，近三百年中张李洪杨以至义和拳诸事即其明征，书册所说录百不及一二，至今读之犹令人悚然。今日重翻此记，益深此感。呜呼，后之视今亦犹今之视昔乎。

然而此记中亦不见有活埋的纪事焉。民国二十四年九月十九日《大公报》乃载唐山通信云：

玉田讯：本县鸦鸿桥北大定府庄村西野地内于本月十二日发现男尸一具，倒埋土中，地面露出两脚，经人起出，尸身上部已腐烂，由衣服体态辨出系定府庄村人王某，闻系因仇被①人谋杀，该村乡长副报官检验后，于十五日由尸亲将尸抬回家中备棺掩埋。又同日城东吴各庄东北里新地内亦发现倒埋无名

【锺校】

① “被”原作“杀”。

男尸一具，嗣由乡人起出，年约三十许，衣蓝布裤褂，全身无伤，系生前活埋，于十三日报官检验，至今尚无人认领云。

这真是——

踏破铁鞋无觅处，得来全不费工夫。

想不到在现代中华民国河北省的治下找着了那样难得的活埋的实例。上边中外东西地乱找一阵，乱说一番，现在都可以不算，无论什么奇事在百年以前千里之外，也就罢了，若是本月在唐山出现的事，意义略有不同，如不是可怕也总觉得值得加以注意思索吧。

死只一个，而死法有好些，同一死法又有许多的方式。譬如窒息是一法，即设法将呼吸止住了，凡缢死，扼死，烟煤等气熏死，土囊压死，烧酒毛头纸糊脸，武大郎那样的棉被包裹上面坐人，印度黑洞的闷死，淹死，以及活埋而死，都属于这一类。本来死总不是好事，而大家对于活埋却更有凶惨之感，这是为什么呢？本来死无不是由活以至不活，活的投入水中与活的埋入土内论理原是一样，都因在缺乏空气的地方而窒息，以云苦乐殆未易分，然而人终觉得活埋更为凶惨，此本只是感情作用，却亦正是人情之自然也。又活埋由于以土塞口鼻而死，顺埋倒埋并无分别，但人又特别觉得倒埋更为凶惨者，亦同样地出于人情也。世界大同无论来否，战争刑罚一时似未必能废，斗殴谋杀之事亦殆难免，但野蛮的事纵或仍有，而野蛮之意或可减少。船火儿待客只预备馄饨与板刀面，殆可谓古者盗亦有道欤。人情恶活埋尤其是倒埋，而中国有人喜为之，此盖不得谓中国民族的好事情也。

廿四年九月。

［1935年10月《国闻周报》12卷39期/《苦竹杂记》］

《广东新语》

近来买了一两部好书。不，这所谓好书，只是自己觉得喜欢罢了，并不是什么难得的珍本，反正这都是几块钱一部的书，因为价廉所以觉得物美也未可知。这书一部是金圣叹的《唱经堂才子书汇稿》，一部是屈翁山的《广东新语》。著者是明朝的遗民，书却都是清朝版，差幸是康熙年的刻本，还觉得可喜。我平常有一种怪脾气，顶讨厌那书里的避讳字，特别是清朝的。譬如桓字没有末笔，便当作"帖体"看待，玄弘二字虽然宋朝也有，却有点看不顺眼了。至于没臂膊的胤字与没有两只脚的颙字则简直不成样子，见了令人生气。顺治时刻的书没有这些样子，所以顶干净，康熙刻本里只有两个字，烨字又很少见，也还将就得过去，至于书刻得精不精尚在其次。

我很喜欢讲风物的书。小时候在丛书里见到《南方草木状》《岭表录异》《北户录》等小册子，觉得很有兴味，唐以后书似乎没有什么了，《尔雅》统系的自然在外。明朝的有谢在杭的《五杂组》十六卷，虽然并不是讲一地方的，物部四卷里却有不少的好材料，而且文章也写得简洁有致。志地方风物的我在先有周栎园的《闽小记》四卷，今又加上这《广东新语》二十八卷，同样是我所爱读的。这本来与古地志如朱长文的《吴郡图经续记》，高似孙的《剡录》等该是同类，不过更是随笔的了，文艺趣味因此增高，在乙部的地位也就变动，虽然还自有其价值。《五杂组》卷一有一则记闽中雪云：

闽中无雪，然间十馀年亦一有之，则稚子里儿奔走狂喜，以为未始见也。余忆万历戊子二月初旬天气陡寒，家中集诸弟妹构火炙蛎房啖之，俄而雪花零落如絮，逾数刻地下深几六七寸，童儿争聚为鸟兽，置盆中戏乐，故老云数十年未之见也。至岭南则绝无矣。柳子厚答韦中立书云，二年冬大雪，逾岭被越中数州，数州之犬皆仓皇噬吠，狂走累日。此言当不诬也。

《广东新语》卷一《天语》中说冰云：

> 粤无冰，其民罕知有南风合冰东风①解冻之说。岁有微霜则百物蕃盛，谚曰，勤下粪不如早犁田，言打霜也。冰生于霜，粤无冰，以无霜也，故语曰岭南无地着秋霜，又曰天蛮不落雪。即或有微冰，辄以为雪，或有微雪以为冰，人至白首有冰雪不能辨者。……或极寒亦有微霰，然未至地已复为雨矣。少陵云，南雪不到地，是矣。

二文均佳，而《新语》娓娓百十言说粤之无冰无霜雪乃尤妙。或言有撰《北欧冰地志》者，其第二十章曰《关于蛇类》，文只一句云，"冰地无蛇"。庄谐不同，大意有相似者。卷二《地语》中记陈村茭塘洸口四市茶园诸文并佳，今节录其《四市》一文之上半云：

> 东粤有四市。一曰药市，在罗浮冲虚观左，亦曰洞天药市。有捣药禽，其声玎珰如铁杵②臼相击。一曰红翠，山中人视其飞集之所知有灵药。罗浮故多灵药，而以红翠为导，故亦称药师。一曰香市，在东莞之寥步，凡莞香生熟诸品皆聚焉。一曰花市，在广州七门，所卖止素馨，无别花，亦犹洛阳但称牡丹曰花也。一曰珠市，在廉州城西卖鱼桥畔，盛平时蚌壳堆积，有如玉阜。土人多以珠肉饷客，杂姜齑，食之味甚甘美，其细珠若粱粟者亦多实于腹中矣。语曰，生长海隅，食珠

【锺校】

① "风"原作"南"。

② "杵"原作"杆"。

衣珠。

又卷三《山语》中记罗浮山有云：

山远视之，一云也。大约阴则云在上，晴则云在下，半阴半晴则云在中以为常，顶曰飞云，言常在云中不可见也。又罗山在西多阴，故云常在其上，浮山在东多阳，故云常在其下。日之出浮山先见，而罗山次之，以云在其下故也。

石洞多石，一山之石若皆以此为归，大小积叠无根柢。有曰挂冠石者，一砥一峙，峙者高数寻，砥者可坐人百许，尤杰出。自石罅行百馀武，夹壁一悬泉，仅三十尺，影蔽枫林而下，猿猴饮者出没水花中，见人弗畏。此洞之最幽处也。

《新语》的文章不像《景物略》或《梦忆》那样波峭，但清疏之中自有幽致。全书中佳文甚多，不胜誊录，其特别有意思者则卷十二《诗语》中有《粤歌》一则，凡二千三百馀言，纪录民间歌谣，今抄取数节：

粤俗好歌，凡有吉庆必唱歌以为欢乐，以不露题中一字，语多双关而中有挂折者为善。挂折者，挂一人名于中，字相连而意不相连者也。其歌也，辞不必全雅，平仄不必全叶，以俚言土音衬贴之，唱一句或延半刻，曼声长节，自回自复，不肯一往而尽。辞必极其艳，情必极其至，使人喜悦悲酸而不能已已，此其为善之大端也。……其歌之长调者如唐人《连昌宫词》《琵琶行》等，至数百言千言，以三弦合之，每空中弦以起止，盖太簇调也，名曰摸鱼歌。或妇女岁时聚会，则使瞽师唱之，如元人弹词曰某记某记者，皆小说也，其事或有或无，大抵孝义贞烈之事为多，竟日始毕一记，可劝可戒，令人感泣沾襟。其短调踏歌者不用弦索，往往引物连类，委曲譬喻，多如子夜竹枝。如曰：中间日出四边雨，记得有情人在心。曰：

一树石榴全着雨，谁怜粒粒泪珠红。曰：灯心点着两头火，为娘操尽几多心。曰：妹相思，不作风流到几时，只见风吹花落地，那见风吹花上枝。《蜘蛛曲》曰：天旱蜘蛛结夜网，想晴只在暗中丝。又曰：蜘蛛结网三江口，水推不断是真丝。又曰：妹相思，蜘蛛结网恨无丝，花不年年在树上，娘不年年作女儿。《竹叶歌》曰：竹叶落，竹叶飞，无望翻头再上枝，担伞出门人叫嫂，无望翻头做女时。《素馨曲》曰：素馨栅下梳横髻，只为贪花不上头，十月大禾未入米，问娘花浪几时收。……有曰：一更鸡啼鸡拍翼，二更鸡啼鸡拍胸，三更鸡啼郎去广，鸡冠沾得泪花红。有曰：岁晚天寒郎不回，厨中烟冷雪成堆，竹篙烧火长长炭，炭到天明半作灰。有曰：柚子批皮瓤有心，小时则剧到如今，头发条条梳到尾，鸳鸯怎得不相寻。有曰：大头竹笋作三桠，敢好后生无置家，敢好早禾无入米，敢好攀枝无晾花。敢好者，言如此好也。

李雨村辑《南越笔记》十六卷，多抄《新语》原文，此篇亦在内，题曰《粤俗好歌》，但均不注出处，是一大毛病。《闽小记》文章亦佳，栎园思想却颇旧，不大能够了解那时的新文艺倾向，故书中关于闽歌没有类似的纪载，或者因为他不是本地人，所以不懂得，也说不定。清末郭柏苍著《竹间十日话》六卷，卷五中有一则云：

月光光，照池塘，骑竹马，过洪塘，洪塘水深不得渡，娘子撑船来接郎。此福州儿辈曲也，明韩晋之先生载入文集中，谓此古三言诗也，闽无风，此却可当闽风。村农插秧歌云：等郎等到月上时，月今上了郎未来。（叶音黎。《诗》：羊牛下来。《王母白云谣》：尚复能来。）莫是奴屋山低月出早，莫是郎屋山高月出迟？不是出早与出迟，大半是郎没意来。记得当初未娶嫂，三十无月暗也来。词虽鄙亵，往复再三，亦文人才士托兴形管也。

墨憨斋整十卷的编刊《山歌》只好算是例外，像这样能够赏识一点歌谣之美者在后世实在也是不可多得了。

屈翁山在明遗民中似乎是很特别的一个，其才情似钱吴，其行径似顾黄，或者还要崛强点，所以身后著作终于成了禁书，诗文集至今我还未曾买得。《广东新语》本来也在禁中，清末在广东有了重刊本，通行较多。就是在这记风物的书中，著者也时时露出感愤之气，最显著的是卷二《地语》中《迁海》这一篇，其上半云：

> 粤东濒海，其民多居水乡，十里许辄有万家之村，千家之寨，自唐宋以来，田庐丘墓子孙世守之勿替，鱼盐蜃蛤之利藉为生命。岁壬寅二月忽有迁民之令，满洲科尔坤介山二大人者亲行边徼，令滨海民悉徙内地五十里，以绝接济台湾之患。于是麾兵折界，期三日尽夷其地，空其人，民弃资携累，仓卒奔逃，野处露栖，死亡载道者以数十万计。明年癸卯华大人来巡边界，再迁其民。其八月，伊吕二大人复来巡界。明年甲辰三月，特大人又来巡界。遑遑然以海防为事，民未尽空为虑，皆以台湾未平故也。先是人民被迁者以为不久即归，尚不忍舍离骨肉，至是飘零日久，养生无计，于是父子夫妻相弃，痛哭分携，斗粟一儿，百钱一女，豪民大贾致有不损锱铢不烦粒米而得人全室以归者。其丁壮者去为兵，老弱者展转沟壑，或合家饮毒，或尽孥①投河。有司视如蝼蚁，无安插之恩，亲戚视如泥沙，无周全之谊。于是八郡之民死者又以数十万计。民既尽迁，于是毁屋庐以作长城，掘坟茔而为深堑，五里一墩，十里

【锺校】

① “孥”原作“帑”。

一台，东起大虎门，西迄防城，地方三千馀里，以为大界，民有阑出咫尺者执而诛戮之，而民之以误出墙外死者又不知几何万矣。自有粤东以来，生灵之祸莫惨于此。

这一篇可以说是文情俱至了，然而因此难免于违碍，此正是常例也。书中禽兽草木诸语中尚多有妙文，今不再录，各文大抵转抄在《南越笔记》中，容易得见，若《迁海》者盖不可见者也。

［1935年10月《人间世》/《苦竹杂记》］

《岭南杂事诗钞》

近来不知怎的似乎与广东很有缘分，在一个月里得到了三部书，都是讲广东风土的。一是屈大均著的《广东新语》二十八卷，一是李调元辑的《南越笔记》十六卷，一是陈坤著的《岭南杂事诗钞》八卷。这都不是去搜求来的，只是偶尔碰见，随便收下，但是说这里仍有因缘，那也未始不可以这样说。我喜欢看看讲乡土风物的书，此其一。关于广东的这类书较多，二也。本来各地都有这些事可讲，却是向来不多见，只有两广是特别，自《南方草木状》《北户录》《岭表录异》以来著述不绝，此外唯闽蜀略可相比，但热闹总是不及了。

屈翁山是明朝的遗民，《广东新语》成了清朝的禁书，这于书也是一个光荣吧。但就事论事，我觉得这是一部很好的书，内容很丰富，文章也写得极好，随便取一则读了都有趣味，后来讲广东事情的更忍不住要抄他。其分类为天地山水石等二十八语，奇而实在，中有坟语香语，命名尤可喜。从前读《酉阳杂俎》，觉得段柯古善于立新奇的篇名，如《尸穸》，如《黥》，如《肉攫部》等，《新语》殆得其遗意欤。卷八《女语》中乃列入《椓者》一则，殊觉可笑，本来已将疯人和盗收在卷七《人语》之末，那么椓者亦何妨附骥尾？但我在这条里得到很好的材料，据说五代末刘时重用宦官，"进士状头或释道有才略可备问者皆下蚕室，令得出入宫闱"，因知明朝游龙戏凤的正德皇帝之阉割优伶盖亦有所本也。

《南越笔记》出来的时候《广东新语》恐怕已经禁止了，但如我上边所说，李雨村确也忍不住要抄他，而且差不多全部都选抄。原来说是辑，所以这并不妨，只可惜节改得多未能恰好。卷四有《南越人好巫》

一则，系并抄《新语》卷六《神语》中《祭厉》及《二司》之文。而加“南越人好巫”一语于其前，即用作题目，据我看来似不及原本。《二司》条下列记五种神道，全文稍长今不具录，但抄其下半于左：

有急脚先锋神者，凡男女将有所私，从而祷之，往往得其所欲，以香囊酬之。神前香囊堆积，乞其一二，则明岁酬以三四。新兴有东山神者，有处女采桑过焉，歌曰，路边神，尔单身，一蚕生二茧，吾舍作夫人。还家果一蚕二茧，且甚巨。是夜风雨大作，女失所之，有一红丝自屋起牵入庙中，追寻之，兀坐无声息矣。遂泥而塑之，称罗夫人。番禺石壁有恩情神者，昔有男女二人于舟中目成，将及岸，女溺于水，男从而援之，俱死焉，二尸浮出，相抱不解，民因祠以为恩情庙。此皆丛祠之淫者。民未知义，以淫祠为之依归，可悲也。

《笔记》所录没有民未知义以下十四字，我想还是有的好。这令我想起永井荷风的话来。荷风在所著《东京散策记》第二篇《淫祠》中曾说过：

我喜欢淫祠。给小胡同的风景添点情趣，淫祠要远胜铜像更有审美的价值。

他后来列举对那欢喜天要供油炸的馒头，对大黑天用双叉的萝卜，对稻荷神献奉油豆腐等等荒唐无稽的风俗之后，结论说道：

天真烂漫的而又那么鄙陋的此等愚民的习惯，正如看那社庙的滑稽戏和丑男子舞，以及猜谜似的那还愿的扁额上的拙稚的绘画，常常无限地使我的心感到慰安。这并不单是说好玩。在那道理上议论上都无可说的荒唐可笑的地方，细细地想时却正感着一种悲哀似的莫名其妙的心情也。

我们不能说屈翁山也有这种心情，但对于民众的行事颇有同情之处，那大抵是不错的吧。《岭南杂事诗钞》有些小注也仍不能不取自

《新语》，虽然并不很多，大约只是名物一部分罢了。卷一有一首咏急脚先锋的，注语与上文所引正同，诗却很有意思：

既从韩寿得名香，一瓣分酬锦绣囊。

但愿有情成眷属，神仙原自羡鸳鸯。

民国初年我在大路口地摊上得到过一个秘戏钱，制作颇精，一面“花月宜人”四大字，一面图上题八字云，“得成比翼，不羡神仙”。这与诗意可互相发明。《杂事诗》卷七又有咏露头妻的一首，诗云：

乍聚风萍未了因，镜中鸾影本非真。

浮生可慨如朝露，飞洒杨花陌路人。

注云：

粤俗小户人家男女邂逅，可同寝处，俨若夫妇，稍相忤触，辄仍离异，故谓之露头妻，犹朝露之易晞也。

案此即所谓姘头，国内到处皆有，大抵乡村较少，若都市商埠则极寻常。骈枝生著《拱辰桥踏歌》卷上有一则云：

东边封起鸳鸯山，西边宕出鸳鸯场。

鸳鸯飞来鸳鸯住，鸳鸯个恩情勿久长。

这几首诗都颇有风人之旨，因为没有什么轻薄或道学气，还可以说是温厚。这是《杂事诗钞》的一种特色。此外还有一种特色，则是所咏大部分是关于风俗的。《诗钞》全部八卷共三百八十八首，差不多有五卷都是人事，诗数在二百首以上。草木鸟兽虫鱼的记录在散文上容易出色，做成韵文便是咏物诗，咏得不工固然不好，咏得工又是别一样无聊，故集中才七十首，馀则皆古迹名胜也。卷五咏“半路吹”云：

妾本风前杨柳枝，随风飘荡强支持。

果能引凤秦台住，箫管何妨半路吹。

自注云：

粤俗贫家鬻女作妾，恐邻家姗笑，先向纳妾者商明，用彩舆鼓吹登门迎娶，至中途改装前往，谓之半路吹。

与上文露头妻均是好例，记述民间俚俗，而诗亦有风致。又卷七咏“火轮船”云：

> 机气相资水火功，不须人力不须风，
> 暗轮更比明轮稳，千里沧波一日通。

注云：

> 火轮船制自外洋，轮有明暗之分，以火蒸水取气激轮而行，瞬息百里，巧夺天工，近年中华俱能仿造，长江内河一律驶用矣。

诗并不佳，只取其意思明达，对于新事物亦能了解耳。我们随便拿陶方琦的诗来比较，在《湘麋阁遗诗》卷二有《坐火轮车至吴淞》一诗，末四句云：

> 沪中地力久虚竭，凿空骋险宜荒陬。
> 自予不守安步戒，西人于汝夫何尤。

陶君虽是吾乡学者，但此等处自不甚高明，不能及陈子厚。陶诗作于光绪丁丑，《如不及斋集》亦在此时刻成，陈诗之作当在陶前也。

［1935年10月25日《大公报》/《苦竹杂记》］

《隅田川两岸一览》

我有一种嗜好。说到嗜好平常总没有什么好意思，最普通的便是抽鸦片烟，或很风流地称之曰“与芙蓉城主结不解缘”。这种风流我是没有。此外有酒，以及茶，也都算是嗜好。我从前曾经写过一两篇关于酒的文章，仿佛是懂得酒味道似的，其实也未必。民十以后医生叫我喝酒，就每天用量杯喝一点，讲到我的量那是只有绍兴半斤，曾同故王品青君比赛过，三和居的一斤黄酒两人分喝，便醺醺大醉了。今年又因医生的话而停止喝酒，到了停止之后我乃恍然大悟自己本来不是喝酒的人，因为不喝也就算了，见了酒并不觉得馋。由是可知我是不知道酒的，以前喜欢谈喝酒还有点近于伪恶。至于茶，当然是每日都喝的，正如别人一样。不过这在我也当然不全一样，因为我不合有苦茶庵的别号，更不合在打油诗里有了一句“且到寒斋吃苦茶”，以至为普天下志士所指目，公认为中国茶人的魁首。这是我自己招来的笔祸，现在也不必呼冤叫屈，但如要就事实来说，却亦有可以说明的地方。我从小学上了绍兴贫家的习惯，不知道喝“撮泡茶”，只从茶缸里倒了一点“茶汁”，再羼上温的或冷的白开水，骨都骨都地咽下去。这大约不是喝茶法的正宗吧？夏天常喝青蒿汤，并不感觉什么不满意，我想柳芽茶大抵也是可以喝的。实在我虽然知道茶肆的香片与龙井之别，恐怕柳叶茶叶的味道我不见得辨得出，大约只是从习惯上要求一点苦味就算数了。现在每天总吃一壶绿茶，用一角钱一两的龙井或本山，约须叶二钱五分，计值银二分五厘，在北平核作铜元七大枚，说奢侈固然够不上，说嗜好也似乎有点可笑，盖如投八大枚买四个烧饼吃是极寻常事，用不着什么考究者也。

以上所说都是吃的，还有看的或听的呢？一九〇六年以后我就没有看过旧戏，电影也有十年不看了。中西音乐都不懂，不敢说有所好恶。书画古董随便看看，但是跑到陈列所去既怕麻烦，自己买又少这笔钱，也就没有可看，所有的几张字画都只是二三师友的墨迹，古董虽号称有“一架”，实亦不过几个六朝明器的小土偶和好些耍货而已。据尤西堂在《艮斋杂说》卷四说：

古人癖好有极可笑者。蔡君谟嗜茶，老病不能饮，则烹而玩之。吕行甫好墨而不能书，则时磨而小啜之。东坡亦云，吾有佳墨七十丸，而犹求取不已，不近愚耶。近时周栎园藏墨千铤，作祭墨诗，不知身后竟归谁何。子不磨墨，墨当磨子，此阮孚有一生几两屐之叹也。

这种风致唯古人能有，我们凡夫岂可并论，那么自以为有癖好其实亦是僭妄虚无的事，即使对于某事物稍有偏向，正如行人见路上少妇或要多看一眼，亦本是人情之自然，未必便可自比于好色之君子也。

说到这里，上文所云我有一种嗜好的话几乎须得取消了，但既是写下了也就不好那么一笔勾消，所以还只得接着讲下去。所谓嗜好到底是什么呢？这是极平常的一件事，便是喜欢找点书看罢了。看书真是平常小事，不过我又有点小小不同，因为架上所有的旧书固然也拿出来翻阅或检查，我所喜欢的是能够得到新书，不论古今中外新刊旧印，凡是我觉得值得一看的，拿到手时很有一种愉快，古人诗云，老见异书犹眼明，或者可以说明这个意思。天下异书多矣，只要有钱本来无妨“每天一种”，然而这又不可能，让步到每周每旬，还是不能一定办到，结果是愈久等愈希罕，好像吃铜槌饭者（铜槌者铜锣的槌也，乡间称一日两餐曰扁担饭，一餐则云铜槌饭），捏起饭碗自然更显出加倍的馋痨，虽然知道有旁人笑话也都管不得了。

我近来得到的一部书，共三大册，每册八大页，不过一刻钟可以都看完了，但是我却很喜欢。这书名为《绘本隅田川两岸一览》，葛饰北斋画，每页题有狂歌两首或三首，前面有狂歌师壶十楼成安序，原本据说在文化三年（一八〇六）出版，去今才百三十年，可是现在十分珍贵难得，我所有的大正六年（一九一七）风俗绘卷图画刊行会重刻本，木板着色和纸，如不去和原本比较，可以说是印得够精工的了，旧书店的卖价是日金五圆也。北斋画谱的重刻本也曾买了几种，大抵是墨印或单彩，这一种要算最好。卷末有刊行会的跋语，大约是久保田米斋的手笔，有云：

此书不单是描写蘸影于隅田川的桥梁树林堂塔等物，并仔细描画人间四时的行乐，所以亦可当作一种江户年中行事绘卷看，当时风习跃然现于纸上。且其图画中并无如散见于北斋晚年作品上的那些夸张与奇癖，故即在北斋所挥洒的许多绘本之中亦可算作优秀的佳作之一。

永井荷风著《江户艺术论》第三篇论“浮世绘之山水画与江户名所”，以北斋广重二家为主，讲到北斋的这种绘本也有同样的批评：

看此类绘本中最佳胜的《隅田川两岸一览》，可以窥知北斋夙长于写生之技，又其戏作者的观察亦甚为锐敏。而且在此时的北斋画中，后来大成时代所常使我们感到不满之支那画的感化未甚显著，是很可喜的事。如《富岳三十六景》及《诸国瀑布巡览》，其设色与布局均极佳妙，是足使北斋不朽的杰作。但其船舶其人物树木家屋屋瓦等不知怎地都令人感到支那风的情趣。例如东都骏河台之图，佃岛之图，或武州多摩川之图，一见觉得不像日本的样子。《隅田川两岸一览》却正相反，虽然其笔力有未能完全自在处，但其对于文化初年江户之忠实的写生颇能使我们如所期望地感触到都会的情调。

又说明其图画的内容云：

书共三卷，其画面恰如展开绘卷似地从上卷至下卷连续地将四时的隅田川两岸的风光收入一览。开卷第一出现的光景乃是高轮的天亮。孤寂地将斗篷裹身的马上旅人的后边，跟着戴了同样的笠的几个行人，互相前后地走过站着斟茶女郎的茶店门口。茶店的芦帘不知道有多少家地沿着海岸接连下去，成为半圆形，一望不断，远远地在港口的波上有一只带着正月的松枝装饰的大渔船，巍然地与晴空中的富士一同竖着他的帆樯。第二图里有戴头巾穿礼服的武士，市民，工头，带着小孩的妇女，穿花衫的姑娘，挑担的仆夫，都趁在一只渡船里，两个舟子腰间挂着大烟管袋，立在船的头尾用竹篙刺船，这就是佃之渡。

要把二十几图的说明都抄过来，不但太长，也很不容易，现在就此截止，也总可以略见一斑了。

我看了日本的浮世绘的复印本，总不免发生一种感慨，这回所见的是比较近于原本的木刻，所以更不禁有此感。为什么中国没有这种画的呢？去年我在东京文求堂主人田中君的家里见到原刻《十竹斋笺谱》，这是十分珍重的书，刻印确是精工，是木刻史上的好资料，但事实上总只是士大夫的玩意儿罢了。我不想说玩物丧志，只觉得这是少数人玩的。黑田源次编的《支那古板画图录》里的好些“姑苏板”的图画那确是民间的了，其位置与日本的浮世绘正相等，我们看这些雍正乾隆时代的作品觉得比近来的自然要好一点，可是内容还是不高明。这大都是吉语的画，如五子登科之类，或是戏文，其描画风俗景色的绝少。这一点与浮世绘很不相同。我们可以说姑苏板是十竹斋的通俗化，但压根儿同是士大夫思想，穷则画五子登科，达则画岁寒三友，其雅俗之分只是楼上与楼下耳。还有一件事，日本画家受了红毛的影响，北斋与广重便能那么应用，画出自己的画来，姑苏板画中也不少油画的痕迹，可是后来却并没有好结果，至今画台阶的大半还是往下歪斜的。此外关于古文拳法汤药大刀等事的兴废变迁，日本与中国都有很大的差异，说起来话长，所以现在暂且不来多说了。

［1935 年 11 月 3 日《大公报》/《苦竹杂记》］

入厕读书

郝懿行著《晒书堂笔录》卷四有《入厕读书》一条云：

> 旧传有妇人笃奉佛经，虽入厕时亦讽诵不辍，后得善果而竟卒于厕，传以为戒。虽出释氏教人之言，未必可信，然亦足见污秽之区，非讽诵所宜也。《归田录》载钱思公言平生好读书，坐则读经史，卧则读小说，上厕则阅小词，谢希深亦言宋公垂每走厕必挟书以往，讽诵之声琅然闻于远近。余读而笑之，入厕脱裤，手又携卷，非惟太亵，亦苦甚忙，人即笃学，何至乃尔耶。至欧公谓希深言平生所作文章多在三上，乃马上枕上厕上也，盖惟此尤可以属思尔，此语却妙，妙在亲切不浮也。

郝君的文章写得很有意思，但是我稍有异议，因为我是颇赞成厕上看书的。小时候听祖父说，北京的跟班有一句口诀云，老爷吃饭快，小的拉矢快，跟班的话里含有一种讨便宜的意思，恐怕也是事实。一个人上厕的时间本来难以一定，但总未必很短，而且这与吃饭不同，无论时间怎么短总觉得这是白费的，想方法要来利用他一下。如吾乡老百姓上茅坑时多顺便喝一筒旱烟，或者有人在河沿石磴下淘米洗衣，或有人挑担走过，又可以高声谈话，说这米几个铜钱一升或是到什么地方去。读书，这无非是喝旱烟的意思罢了。

话虽如此，有些地方原来也只好喝旱烟，于读书是不大相宜的。上文所说浙江某处一带沿河的茅坑，是其一。从前在南京曾经寄寓在一个湖南朋友的书店里，这位朋友姓刘，我从赵伯先那边认识了他，那年有乡试，他在花牌楼附近开了一家书店，我患病住在学堂里很不舒服，他就叫我住到他那里去，替我煮药煮粥，招呼考相公卖书，暗地还要运动革命，他的精神实在是很可佩服的。我睡在柜台里面书架子的背后，吃药喝粥都在那里，可是便所却在门外，要走出店门，走过一两家门面，一块空地的墙根的垃圾堆上。到那地方去我甚以为苦，这一半固然由于生病走不动，就是在康健时也总未必愿意去的，是其二。民国八年夏我到日本日向去访友，住在一个名叫木城的山村里，那里的①便所虽然同普通一样上边有屋顶，周围有板壁门窗，但是他同住房离开有十来丈远，孤立田间，晚间要提了灯笼去，下雨还得撑伞，而那里雨又似乎特别多，我住了五天总有四天是下雨，是其三。末了是北京的那种茅厕，只有一个坑两垛砖头，雨淋风吹日晒全不管。去年往定州访伏园，那里的茅厕是琉球式的，人在岸上，猪在坑中，猪咕咕的叫，不习惯的人难免要害怕，哪有工夫看什么书，是其四。《语林》云，石崇厕有绛纱帐大床，茵蓐甚丽，两婢持锦香囊，这又是太阔气了，也不适宜。其实我的意思是很简单的，只要有屋顶，有墙有窗有门，晚上可以点灯，没有电灯就点白蜡烛亦可，离住房不妨有二三十步，虽然也要用雨伞，好在北方不大下雨。如有这样的厕所，那么上厕时随意带本书去读读我想倒还是呒啥的吧。

谷崎润一郎著《摄阳随笔》中有一篇《阴翳礼赞》，第二节说到日本建筑的厕所的好处。在京都奈良的寺院里，厕所都是旧式的，阴暗而扫除清洁，设在闻得到绿叶的气味青苔的气味的草木丛中，与住房隔离，有板廊相通。蹲②在这阴暗光线之中，受着微明的纸障的反射，耽于瞑想，或望着窗外院中的景色，这种感觉真是说不出地好。他又说：

【锺校】

① “的”原作“时”。

② “蹲”原作“踯”。

我重复地说，这里须得有某种程度的阴暗，彻底的清洁，连蚊子的呻吟声也听得清楚地寂静，都是必须的条件。我很喜欢在这样的厕所里听萧萧地下着的雨声。特别在关东的厕所，靠着地板装有细长的扫出尘土的小窗，所以那从屋檐或树叶上滴下来的雨点，洗了石灯笼的脚，润了砧脚石上的苔，幽幽地沁到土里去的雨声，更能够近身地听到。实在这厕所是宜于虫声，宜于鸟声，亦复宜于月夜，要赏识四季随①时的物情之最相适的地方，恐怕古来的俳人曾从此处得到过无数的题材吧。这样看来，那么说日本建筑之中最是造得风流的是厕所，也没有什么不可。

谷崎压根儿是个诗人，所以说得那么好，或者也就有点华饰，不过这也只是在文字上，意思却是不错的。日本在近古的战国时代前后，文化的保存与创造差不多全在五山的寺院里，这使得风气一变，如由工笔的院画转为水墨的枯木竹石，建筑自然也是如此，而茶室为之代表，厕之风流化正其馀波也。

佛教徒似乎对于厕所向来很是讲究。偶读大小乘戒律，觉得印度先贤十分周密地注意了人生各方面，非常佩服，即以入厕一事而论，后汉译《大比丘三千威仪》下列举“至舍后者有二十五事”，宋译《萨婆多部毗尼摩得勒伽》六自“云何下风”至“云何筹草”凡十二条，唐义净著《南海寄归内法传》二有第十八“便利之事”一章，都有详细的规定，有的是很严肃而幽默，读了忍不住五体投地。我们又看《水浒传》鲁智深做过菜头之后还可以升为净头，可见中国寺里在古时候也还是注意此事的。但是，至少在现今这总是不然了，民国十年我在西山养

【锺校】

① “随”原作“陈”。

过半年病，住在碧云寺的十方堂里，各处走到，不见略略像样的厕所，只如在《山中杂信》五所说：

> 我的行踪近来已经推广到东边的水泉。这地方确是还好，我于每天清早没有游客的时候去徜徉一会，赏鉴那山水之美。只可惜不大干净，路上很多气味，——因为陈列着许多《本草》上的所谓人中黄。我想中国真是一个奇妙的国，在那里人们不容易得着营养料，也没有方法处置他们的排泄物。

在这种情形之下，中国寺院有普通厕所已经是大好了，想去找可以瞑想或读书的地方如何可得。出家人那么拆烂污，难怪白衣矣。

但是假如有干净的厕所，上厕时看点书却还是可以的，想作文则可不必。书也无须分好经史子集，随便看看都成。我有一个常例，便是不拿善本或难懂的书去，虽然看文法书也是寻常。据我的经验，看随笔一类最好，顶不行的是小说。至于朗诵，我们现在不读八大家文，自然可以无须了。

[1935 年 11 月《宇宙风》/《苦竹杂记》]

模　糊

郝兰皋《晒书堂诗钞》卷下有七律一首，题曰：

> 余家居有模糊之名，年将及壮，志业未成，自嘲又复自励。

诗不佳而题很有意思。其《笔录》卷六中有《模糊》一则，第一节云：

> 余少小时族中各房奴仆猥多，后以主贫渐放出户，俾各营生，其游手之徒多充役隶，余年壮以还放散略尽，顾主奴形迹几至不甚分明，然亦听之而已。余与牟默人居址接近，每访之须过县署门，奴辈共人杂坐，值余过其前，初不欲起，乃作勉强之色，余每迂道避之，或望见县门低头趋过，率以为常，每向先大夫述之以为欢笑。吾邑滨都宫者，丘长春先生故里也，正月十九是其诞辰，游者云集，余偕同人步往，未至宫半里许，见有策驴子来者是奴李某之子曰喜儿，父子充典史书役，邑人所指名也，相去数武外鞭驴甚驶，仰面径过。时同游李赵诸子问余适过去者不识耶？曰，识之。骑不下何耶？曰，吾虽识彼，但伊齿卑少更历，容有不知也。后族中尊者闻之呼来诟诘，支吾而已。又有王某者亦奴子也，尝被酒登门喧呼，置不问。由是家人被以模糊之名，余笑而颔之。

清朝乾嘉经师中，郝兰皋是我所喜欢的一个人，因为他有好几种书都为我所爱读，而其文章亦颇有风致，想见其为人，与傅青主颜习斋别是一路，却各有其可爱处。读上文，对于他这模糊的一点感到一种亲近。寒宗该不起奴婢，自不曾有被侮慢的事情，不能与他相比，而且我也并不想无端地来提倡模糊。模糊与精明相对，却又与糊涂各别，大抵糊涂是不能精明，模糊是不为精明，一是不能挟泰山以超北海，一则不为长者折枝之类耳。模糊亦有两种可不可，为己大可模糊，为人便极不该了，盖一者模糊可以说是恕，二者不模糊是义也。傅青主著《霜红龛赋》中有一篇《敹䌲小赋》，末云：

子弟遇我，亦云奇缘。人间细事，略不謱涟。还问老夫，亦复无言。怅怅任运，已四十年。

后有王晋荣案语云：

先生家训云，世事精细杀，只成得好俗人，我家不要也。则信乎贤父兄之乐，小傅有焉。

可见这位酒肉道人在家里乡里也是很模糊的，可是二十多年前他替山西督学袁继咸奔走鸣冤，多么热烈，不像别位秀才们的躲躲闪闪，那么他还是大事不模糊的了。普通的人大抵只能在人间细事上精明，上者注心力于生计，还可以成为一个好俗人，下者就很难说。目前文人多专和小同行计较，真正一点都不模糊，此辈雅人想傅公更是不要了吧？

《晒书堂文集》卷五有《亡书失砚》一篇云：

昔年余有《颜氏家训》，系坊间俗本，不足爱惜，乃其上方空白纸头余每检阅随加笺注，积百数十条，后为谁何携去，至今思之不忘也。又有仿宋本《说文》，是旗人织造额公勒布捐资摹刊，极为精致，旧时以余《山海经笺疏》易得之者，甚可喜也，近日寻检不获，度亦为他人携去矣。司空图诗，得剑乍如添健仆，亡书久似忆良朋，岂不信哉。居尝每恨还书一痴，余所交游竟绝少痴人，何耶。又有蕉叶白端石一方，系仿宋式，不为空洞，多鸲鹆眼，雕为悬柱，高下相生，如钟乳垂，颇可爱玩，是十年前胶西刘大木椽不远千馀里携来见赠，作匣盛之，置厅事案间，不知为谁攫去，后以移居启视，唯匣存而已。不忘良友之遗，聊复记之。又余名字图章二，系青田石，大木所镌，或鬻于市，为牟若洲惇儒见告，遂取以还，而叶仲寅志诜曾于小市鬻得“郝氏顿首”铜印，作玉箸文，篆法清劲，色泽古雅，叶精金石，云此盖元时旧物，持以赠余，供书翰之用，亦可喜也。因念前所失物，意此铜印数十年后亦当有持以赠人而复为谁所喜者矣。

这里也可以见他模糊之一斑，而文章亦复可喜，措辞质朴，善能达意，随便说来仿佛满不在乎，却很深切地显出爱惜惆怅之情，此等文字正是不佞所想望而写不出者也。在表面上虽似不同，我觉得这是《颜氏家训》的一路笔调，何时能找得好些材料辑录为一部，自娱亦以娱人耶。郝君著述为我所喜读者尚多，须单独详说，兹不赘。

［附记］

模糊今俗语云麻糊，或写作马虎，我想这不必一定用动物名，还是写麻糊二字，南北都可通行。

［1935 年 11 月 15 日《大公报》/《苦竹杂记》］

谈中小学

五年前我写过一篇小文，题曰《体罚》，起头有这几句话：

> 近来随便读斯替文生的论文《儿童的游戏》，首节说儿时之过去未必怎么可惜，因为长大了也有好处，譬如不必再上学校了，即使另外须得工作，也是一样的苦工，但总之无须天天再怕被责罚，就是极大的便宜。我看了不禁微笑，心想他老先生小时候大约很打过些手心吧。

前日又看尤西堂的《艮斋杂说》，卷五讲到前辈俞君宣的逸事，有云：

> 俞临没时语所亲曰，吾死无所苦，所苦此去重抱书包上学堂耳。

俞君宣大约是滑稽之雄，所以说的很是好玩，但是我觉得在这诙谐之中很含有悲哀的分子，非意识地显出对于儿童时代生活的惆怅，与斯替文生有点相像。儿童之过去未必怎么可惜，这为什么呢？儿时是应该令人觉得可以怀念的，斯替文生却以为过去了也好，俞君宣又怕回到那个状态去，一个说因此可免于挨打，一个说怕抱书包去上学。由此观之，儿时快乐之多为学堂所破坏，盖很可以明了了。

俞君宣总生于明末清初，斯替文生也是十九世纪的人了，他们的经验或者未必通用于现代，这也是一种可以有的说法。但是据我看来并不如此。英国或者改进了，我不懂西洋事情姑且不谈，若是中国我觉得俞君宣的话还是不错。现在中小学生的生活是很不幸的一种生活，从前的学堂即是书房，完全没有统一的办法，都是由各家长的规矩各塾师的教法随便决定，有极严的也有很宽的，有的要读夜书到半夜，有的到傍晚放学就可以出去玩耍乱跑，有的用蒲鞭示辱法的打五下手心，有的用竹枝鞭背外加擦盐。那时学生是有幸有不幸，看他有没有运气得到贤父兄，就是恶父兄而得遇良师也就不会十分吃苦。所以在有洋式学校以前学生抱书包进学堂并不一定就落了监牢，虽然好机会固然未必很多，然而不多到底还是有。此刻现在，则此“有”似乎是有点不可得了。

我并不说现今的学校制度不及从前书房私塾好，也没有说学校怎样地凌虐学生，这当然是不会有的事。我只觉得现在的中小学校太把学生看得高，以为他们是三头六臂至少也是四只眼睛的，将来要旋转乾坤，须得才兼文武，学贯天人，用黎山老母训练英雄的方法来，于是一星期六天（自然没有星期以及暑假更好，听说也已有什么人说起过），一天八点十点的功课，晚上做各种宿题几十道，写大字几张小字几百，抄读本，作日记，我也背不清楚，各科先生都认定自己的功课最重要，也不管小孩是几岁，身体如何，晚上要睡几个钟头，睡前有若干刻钟可以做多少事。我常听见人诉说他家小孩的苦和忙于中小学功课与训练，眼看着他们吃受不下去。我想这种教育似乎是从便宜坊的填鸭学来的，不过鸭是填好了就预备烤了吃的，不必管他填了之后对于鸭的将来生活影响如何，人当然有点不同吧，填似可不必，也恐怕禁不起填。现行中小学制度的利弊会有也已有教育专家出来指正，外行人本可免开尊口，我只见了功课的繁重与训练的紧急觉得害怕，想起古人的话来，替人家惆怅，也深自庆幸，因为我已如斯替文生之不必再也去上学，而且又不信轮回的，所以也不必像俞君宣之怕须重抱书包也。

［1935年11月作/《苦竹杂记》］

关于傅青主

傅青主在中国社会上的名声第一是医生，第二大约是书家吧。傅青主《女科》以至《男科》往往见于各家书目，刘雪崖辑《仙儒外纪》(所见系王氏刻《削繁》本）中屡记其奇迹，最有名的要算那儿握母心，针中腕穴而产，小儿手有刺痕的一案，虽然刘青园在《常谈》卷一曾力辟其谬，以为儿手无论如何都不能摸着心脏。震钧辑《国朝书人辑略》卷一第二名便是傅山，引了好些人家的评论，杨大瓢称其绝无毡裘气，说得很妙，但是知道的人到底较少了。

《霜红龛诗》旧有刻本，其文章与思想则似乎向来很少有人注意，咸丰时刘雪崖编全集四十卷，于是始有可考，我所见的乃宣统末年山阳丁氏的刊本也。傅青主是明朝遗老，他有一种特别的地方。黄梨洲顾亭林孙夏峰王山史也都是品学兼优的人，但他们的思想还是正统派的，总不能出程朱陆王的范围，颜习斋刘继庄稍稍古怪了，或者可以与他相比。全谢山著《阳曲傅先生事略》中云：

> 天下大定，自是始以黄冠自放，稍稍出土穴与客接，然间有问学者，则曰，老夫学庄列者也，于此间仁义事实羞道之，即强言之亦不工。

此一半是国亡后愤世之词，其实也因为他的思想宽博，于儒道佛三者都能通达，故无偏执处。《事略》又云：

> 或强以宋诸儒之学问，则曰，必不得已吾取同甫。

可见青主对于宋儒的态度，虽然没有像习斋那样明说，总之是很不喜欢的了。青主也同习斋一样痛恨八股文，集卷十八《书成弘文后》云：

仔细想来，便此技到绝顶，要他何用。文事武备，暗暗底吃了他没影子亏。要将此事算接孔孟之脉，真恶心杀，真恶心杀。

记起王渔洋的笔记说，康熙初废止考试八股文，他在礼部主张恢复，后果照办。渔洋的散文不无可取，但其见识与傅颜诸君比较，相去何其远耶。青主所最厌恶的是“奴俗”，在文中屡屡见到，卷廿五《家训》中有一则云：

字亦何与人事，政复恐其带奴俗气。若得无奴俗气，乃可与论风期日上耳。不惟字。

卷廿六《失笑辞》中云：

跌空亭而失笑，哇鏖糟之奴论。

又《医药论略》云：

奴人害①奴病，自有奴医与奴药，高爽者不能治。胡人害胡②病，自有胡医与胡药，正经者不能治。

又读《南华经》第二则云：

读过《逍遥游》之人，自然是以大鹏自勉，断断不屑作蜩与学③鸠为榆枋间快活矣。一切世间荣华富贵那能看到眼里，所以说金屑虽贵，着之眼中何异砂石。奴俗龌龊意见不知不觉打扫干净，莫说看今人不上眼，即看古人上眼者有几个。

卷三六云：

读理书尤着不得一依傍之义，大悟底人先后一揆，虽势易

【锺校】

① “害”原作“患”。
② “胡”原作“奴”。
③ “学”原作“莺”。

局新，不碍大同。若奴人不曾究得人心空灵法界，单单靠定前人一半句注脚，说我是有本之学，正是咬翻人脚后跟底货，大是死狗扶不上墙也。

卷三七云：

> 奴书生眼里着不得一个人，自谓尊崇圣道，益自见其狭小耳，那能不令我胡卢也。

卷三八云：

> 不拘甚事只不要奴。奴了，随他巧妙雕钻，为狗为鼠已耳。

寥寥数语，把上边这些话都包括在里边，斩钉截铁地下了断结。卷三七又有三则，虽说的是别的话，却是同样地骂奴俗而颂真率：

> 矮人观场，人好亦好。瞎子随笑，所笑不差。山汉啖柑子，直骂酸辣，还是率性好恶，而随人夸美，咬牙捩舌，死作知味之状，苦斯极矣。不知柑子自有不中吃者，山汉未必不骂中也。但说柑子即不骂而争啖之，酸辣莫辨，混沌凿矣。然柑子即酸辣不甜①，亦不借山汉夸美而荣也。（案此语费解，或有小误。）戴安道之子仲若双柑沽酒听黄鹂，真吃柑子人也。
>
> ×
>
> 白果本自佳果，高淡香洁，诸果罕能匹之。吾曾劝一山秀才啖之，曰，不相干丝毫。真率不伪，白果相安也。
>
> ×
>
> 又一山贡士寒夜来吾书房，适无甚与啖，偶有蜜饯橘子劝茶，满嚼一大口，半日不能咽，语我曰，不入不入。既而曰，

【锺校】

① “甜”原作“酣”。

满口辛。与吃白果人径似一个人，然我皆敬之为至诚君子也。细想不相干丝毫与不入两语，慧心人描写此事必不能似其七字之神，每一愁闷忆之，辄噱发不已，少抒郁郁，又似一味药物也。

奴的反对是高爽明达，但真率也还在其次，所以山秀才毕竟要比奴书生好得多，傅道人记山汉事多含滑稽，此中即有敬意在也。同卷中又云：

讲学者群攻阳明，谓近于禅，而阳明之徒不理为高也，真足憨杀攻者。若与饶舌争其是非，仍是自信不笃，自居异端矣。近有袒阳明而力斥攻者之陋，真阳明亦不必辄许可，阳明不护短望救也。

卷四十云：

顷在频阳，闻莆城米黼之将访李中孚，既到门忽不入遂行，或问之，曰，闻渠是阳明之学。李问天生米不入之故，天生云云，李即曰，天生，我如何为阳明之学？天生于中孚为宗弟行，即曰，大哥如何不是阳明之学？我闻之俱不解，不知说甚，正由我不曾讲学辨朱陆买卖，是以闻此等说如梦。

这正可与“老夫学庄列者也”的话对照，他蔑视那些儒教徒的鸡虫之争，对于阳明却显然更有好意，但如真相信他是道士，则又不免上了当。《仙儒外纪》引《外传》云：

或问长生久视之术，青主曰，大丈夫不能效力君父，长生久视徒猪狗活耳。或谓先生精汉魏古诗赋，先生曰，此乃驴鸣狗吠，何益于国家。

卷廿五《家训》中却云：

人无百年不死之人，所留在天地间，可以增光岳之气，表五行之灵者，只此文章耳。

可见青主不是看不起文章的，他怕只作奴俗文，虽佳终是驴鸣狗吠之类也。如上文所抄可以当得好文章好思想了，但他又说：

或有遗编残句，后之人诬以刘因辈贤我，我目几时瞑也。

卷三七又有一则云：

韩康伯休卖药不二价，其中断无盈赢，即买三百卖亦三百之道，只是不能择人而卖，若遇俗恶买之，岂不辱吾药物。所以处乱世无事可做，只一事可做，吃了独参汤，烧沉香，读古书，如此饿死，殊不怨尤也。

遗老的洁癖于此可见，然亦唯真倔强如居士者才能这样说，我们读全谢山所著事略，见七十三老翁如何抗拒博学鸿词的征召，真令人肃然起敬。古人云，姜桂之性老而愈辣，傅先生足以当之矣。文章思想亦正如其人，但其辣处实实在在有他的一生涯做底子，所以与后世只是口头会说恶辣话的人不同，此一层极重要，盖相似的辣中亦自有奴辣与胡辣存在也。

［1935年12月《宇宙风》7期/《风雨谈》］

衣食

读日本诗人萩原朔太郎所著随笔曰《绝望之逃走》，其第四章论历史社会文明各事，虽然只有短短的二十篇，却很有精义。有一篇题曰《镜的映像》，其文云：

> 道德律所揭示的东西，常是自然性之禁止，对于缺陷之理念（案普通称为观念）。因此在某一国民之间，大抵可以从其所最严格地提倡着道德，反看出其国民之本性即实在的道德的缺陷。尼采的这些话是极正确，极聪明的。例如中华人所提倡的第一道德，即忠孝仁义，特别是严重的两性隔离主义，从这里推察过去，我们就可以反看出那利己的重财的又最肉欲的民族之典型来。假如是这样的，那么在我们日本，平常提倡什么道德，当作国民教育的第一课严格地教诲着的是什么，也该想想看。镜中的映像常是实体的反面。

我平常对于中国的道德的空提倡很不满意，实在可以说有点讨厌，因为这都是空的，只是念咒语，而在不相信的人听念咒语是件可厌的事。一方面也是一种反宣传，正如俗语所谓“此地无银三百两，隔壁阿二不曾偷”是也。这回看见萩原的文章，觉得先得我心，很是喜欢。

读书人平日除了掉笔头以外一无所能，只好空口说说白话，这个未始不可原谅，虽然言行不一致的思想界权威我们也觉得不能宽恕。至于为政者也来这一套，那真是无聊之极，大不应该了。我想，道德固然好，但是他要生活做背景。不顾人民的生活，或其死活，而空谈道德什么，这是唱高调，说梦话罢了。管子说得好：

> 仓廪实则知礼节，衣食足则知荣辱。

孟子也说得好：

> 今也制民之产，仰不足以事父母，俯不足以畜妻子，乐岁终身苦，凶年不免于死亡，此惟救死而恐不赡，奚暇治礼义哉。

要讲道德，须得先让人民能生活，至少自己的衣食够了，那么他才有工夫来想别人，想到国家。关于教育也是如此，对无衣无食的谈忠孝固是徒然，就是叫他们枵腹认《千字课》也是同样的无理，无用。现在的义务教育因此我也觉得是浮华不着实的东西，与叫饥民何不食肉糜相差无几吧。

对于社会无论提倡什么，我想总应该考虑到人民的生活。为政者则应该先考虑到人民的生活，至于提倡什么却干脆地可以不必。我没有一册圣经，只有几条哲人的格言，是自己所喜欢的，也愿意公诸同好，管子的那两句话即是其一。若是照尼采的说法，管子提倡衣食足，就可证明中国人民的向来衣食不足，这话我却是也承认的。

[1935年12月8日《实报》/集外文]

老　年

偶读《风俗文选》，见有松尾芭蕉所著《闭关辞》一篇，觉得很有意思，译其大意云：

色者君子所憎，佛亦列此于五戒之首，但是到底难以割舍，不幸而落于情障者，亦复所在多有。有如独卧人所不知的藏部山梅树之下，意外地染了花香，若忍冈之眼目关无人守者，其造成若何错误亦正难言耳。因渔妇波上之枕而湿其衣袖，破家失身，前例虽亦甚多，唯以视老后犹复贪恋前途，苦其心神于钱米之中，物理人情都不了解，则其罪尚大可恕也。人生七十世称稀有，一生之盛时乃仅二十馀年而已。初老之至，有如一梦。

五十六十渐就颓龄，衰朽可叹，而黄昏即寝，黎明而起，觉醒之时所思惟者乃只在有所贪得。愚者多思，烦恼增长，有一艺之长者亦长于是非。以此为渡世之业，在贪欲魔界中使心怒发，溺于沟洫，不能善遂其生。南华老仙破除利害，忘却老少，但令有闲，为老后乐，斯知言哉。人来则有无用之辩，外出则妨他人之事业，亦以为憾。孙敬闭户，杜五郎锁门，以无友为友，以贫为富，庶乎其可也。五十顽夫，书此自戒。

朝颜花呀，白昼还是下锁的门的围墙。

末行是十七字的小诗，今称俳句，意云早晨看初开的牵牛花或者出来一走，平时便总是关着门罢了。芭蕉为日本“俳谐”大师，诗文传世甚多，这一篇俳文作于元禄五年（一六九三），芭蕉年四十九，两年后他就去世了。文中多用典故或双关暗射，难于移译，今只存意思，因为我觉得有趣味的地方也就是芭蕉的意见，特别是对于色欲和老年的两件事。芭蕉本是武士后来出家，但他毕竟还是诗人，所以他的态度很是温厚，他尊重老年的纯净，却又宽恕恋爱的错误，以为比较老不安分的要好得多，这是很难得的高见达识。这里令人想起本来也是武士后来出家的兼好法师来。兼好所著《徒然草》共二百四十三段，我曾经译出十四篇，论及女色有云：

惑乱世人之心者莫过于色欲。人心真是愚物：色香原是假的，但衣服如经过薰香，虽明知其故，而一闻妙香，必会心动。相传久米仙人见浣女胫白，失其神通，实在女人的手足肌肤艳美肥泽，与别的颜色不同，这也是至有道理的话。

本来诃欲之文出于好色，劝戒故事近于淫书，亦是常事，但那样明说色虽可憎而实可爱，殊有趣味，正可见老和尚不打诳①语也。此外同类的话尚多，但最有意思的还是那顶有名的关于老年的一篇：

倘仇野之露没有消时，鸟部山之烟也无起时，人生能够常住不灭，恐世间将更无趣味。人世无常，倒正是很妙的事罢。

遍观有生，唯人最长生。蜉蝣及夕而死，蟪蛄不知春秋。倘若优游度日，则一岁的光阴也就很是长闲了。如不知厌足，虽历千年亦不过一夜的梦罢。在不能常住的世间活到老丑，有什么意思？语云，寿则多辱。即使长命，在四十以内死了最为得体。过了这个年纪便将忘记自己的老丑，想在人群中胡混，到了暮年还溺爱子孙，希冀长寿得见他们的繁荣，执著人生，私欲益深，人情物理都不复了解，至可叹息。

兼好法师生于日本南北朝（一三三二至一三九二）的前半，遭逢乱

【锺校】

① “诳”原作“谎”。

世，故其思想或倾于悲观，芭蕉的元禄时代正是德川幕府的盛时，而诗文亦以枯寂为主，可知二人之基调盖由于趣味性的相似，汇合儒释，或再加一点庄老，亦是一种类似之点。中国文人中想找这样的人殊不易得，六朝的颜之推可以算是一个了，他的《家训》也很可喜，不过一时还抄不出这样一段文章来。倒是降而求之于明末清初却见到一位，这便是阳曲傅青主。在山阳丁氏刻《霜红龛集》卷三十六杂记中有一条云：

老人与少时心情绝不相同，除了读书静坐如何过得日子。极知此是暮气，然随缘随尽，听其自然，若更勉强向世味上浓一番，恐添一层罪过。

青主也是兼通儒释的，他又自称治庄列者。所以他的意见很是通达。其实只有略得一家的皮毛的人才真是固陋不通。若是深入便大抵会通达到相似的地方。如陶渊明的思想总是儒家的，但《神释》末云：

甚念伤吾生，正宜委运去。

纵浪大化中，不喜亦不惧。

应尽便须尽，无复独多虑。

颇与二氏相近，毫无道学家方巾气，青主的所谓暮气实在也即从此中出也。

专谈老年生活的书我只见过乾隆时慈山居士所著的《老老恒言》五卷，望云仙馆重刊本。曹庭栋著书此外尚多，我只有一部《逸语》，原刻甚佳，意云《论语》逸文也。《老老恒言》里的意思与文章都很好，只可惜多是讲实用的，少发议论，所以不大有可以抄录的地方。但如下列诸节亦复佳妙，卷二"省心"项下云：凡人心有所欲，往往形诸梦寐，此妄想惑乱之确证。老年人多般涉猎过来，其为可娱可乐之事滋味不过如斯，追忆间亦同梦境矣。故妄想不可有，并不必有，心逸则日休也。

又卷一"饮食"项下云：

应璩《三叟诗》云，三叟前致辞，量腹节所受。量腹二字最妙，或多或少非他人所知，须自己审量。节者，今日如此，明日亦如此，宁少无多。又古诗云，努力加餐饭。老年人不减足矣，加则必扰胃气。况努力定觉勉强，纵使一餐可加，后必不继，奚益焉。

我尝可惜李笠翁《闲情偶寄》中不谈到老年，以为必当有妙语，或较随园更有理解亦未可知，及见《老老恒言》觉得可以补此缺恨了。曹君此书前二卷详晨昏动定之宜，次二卷列居处备用之要，末附《粥谱》一卷，娓娓陈说，极有胜解，与《闲情偶寄》殆可谓异曲而同工也。关于老年虽无理论可供誊录，但实不愧为一奇书，凡不讳言人有生老病死苦者不妨去一翻阅，即作闲书看看亦可也。

［1935年12月20日《北平晨报》/《风雨谈》］

本 色

阅郝兰皋《晒书堂集》，见其《笔录》六卷，文字意思均多佳胜，卷六有“本色”一则，其第三节云：

西京一僧院后有竹园甚盛，士大夫多游集其间，文潞公亦访焉，大爱之。僧因具榜乞命名，公欣然许之，数月无耗，僧屡往请，则曰，吾为尔思一佳名未得，姑少待。逾半载，方送榜还，题曰“竹轩”。妙哉题名，只合如此，使他人为之，则绿筠潇碧，为此君上尊号者多矣。（《艮斋续说》八）余谓当公思佳名未得，度其胸中亦不过绿筠潇碧等字，思量半载，方得真诠，千古文章事业同作是观。

郝君常引王渔洋尤西堂二家之说，而《艮斋杂说》为多，亦多有妙解。近来读清初笔记，觉有不少佳作，王渔洋与宋牧仲，尤西堂与冯钝吟，刘继庄与傅青主，皆是。我因《笔录》而看《艮斋杂说》，其佳处却已多被郝君引用了，所以这里还是抄的《笔录》，而且他的案语也有意思，很可以供写文章的人的参考。

写文章没有别的诀窍，只有一字曰简单。这在普通的英文作文教本中都已说过，叫学生造句分章第一要简单，这才能得要领。不过这件事大不容易，所谓三岁孩童说得，八十老翁行不得者也。《钝吟杂录》卷八有云：

平常说话，其中亦有文字。欧阳公云，见人题壁，可以知人文字。则知文字好处正不在华绮，儒者不晓得，是一病。

其实平常说话原也不容易，盖因其中即有文字，大抵说话如华绮便可以稍容易，这只要用点脂粉工夫就行了，正与文字一样道理，若本色反是难。为什么呢？本色可以拿得出去，必须本来的质地形色站得住脚，其次是人情总缺少自信，想依赖修饰，必须洗去前此所涂脂粉，才会露出本色来，此所以为难也。想了半年这才丢开绿筠潇碧等语，找到一个平凡老实的竹轩，此正是文人的极大的经验，亦即后人的极好的教训也。

好几年前偶读宋唐子西的《文录》，见有这样一条，觉得非常喜欢。文云：

> 关子东一日寓辟雍，朔风大作，因得句云，夜长何时旦，苦寒不成寐。以问先生云，夜长对苦寒，诗律虽有剉对，亦似不稳。先生云，正要如此，一似药中要存性也。

这里的剉对或蹉对或句中对的问题究竟如何，现在不去管他，我所觉得有意思的是药中存性的这譬喻，那时还起了"煅药庐"这个别号。当初想老实地叫存性庐，嫌其有道学气，又有点像药酒店，叫做药性庐呢，难免被人认为国医，所以改做那个样子。煅药的方法我实在不大了然，大约与煮酒焙茶相似，这个火候很是重要，才能使药材除去不要的分子而仍不失其本性，此手法如学得，真可通用于文章事业矣。存性与存本色未必是一件事，我却觉得都是很好的话，很有益于我们想写文章的人，所以就把他抄在一起了。

《钝吟杂录》卷八遗言之末有三则，都是批评谢叠山所选的《文章轨[①]范》的，其第一则说得最好。文云：

> 大凡学文初要小心，后来学问博，识见高，笔端老，则可放胆。能细而后能粗，能简而后能繁，能纯粹而后能豪放。叠山句句说倒了。至于俗气，文字中一毫着不得，乃云由俗入

【锺校】

① "轨"原作"规"。

雅，真戏论也。东坡先生云，尝读《孔子世家》，观其言语文章循循然莫不有规矩，不敢放言高论。然则放言高论，夫子不为也，东坡所不取也。谢枋得叙放胆文，开口便言初学读之必能放言高论，何可如此，岂不教坏了初学。

钝吟的意见我未能全赞同，但其非议宋儒宋文处大抵是不错的，这里说要小心，反对放言高论，我也觉得很有道理。卷一《家戒上》云：

士人读书学古，不免要作文字，切忌勿作论。

这说得极妙，他便是怕大家做汉高祖论，故说霸道，学上了坏习气，无法救药也。卷四《读古浅说》中云：

余生仅六十年，上自朝廷，下至闾里，其间风习是非，少时所见与今日已迥然不同，况古人之远者数千年，近者犹百年，一以今日所见定其是非，非愚则诬也。宋人作论多俗，只坐此病。

作论之弊素无人知，祸延文坛，至于今日，冯君的话真是大狮子吼，惜少有人能倾听耳。小心之说很值得中小学国文教师的注意，与存性之为文人说法不同，应用自然更广，利益也就更大了。不佞作论三十馀年，近来始知小心，他无进益，放言高论庶几可以免矣，若夫本色则犹望道而未之见也。

廿四年十二月廿五日。

［1935 年 12 月 30 日《北平晨报》/《风雨谈》］

周作人散文

第三卷

周作人——著

锺叔河——编

岳麓書社·长沙

目录

一九三六年

目录

一九三七年

目
录

目

录

一九三六年

《风雨谈》小引

在《苦竹杂记》还没有编好的时候，我就想定要写一本《风雨谈》。内容是什么都未曾决定，——反正总是那样的小文罢了，题目却早想好了，曰，《风雨谈》。这题目的三个字我很有点喜欢。第一，这里有个典故。《诗经·郑风》有《风雨》三章，其词曰，风雨凄凄，云云，今不具引。栖霞郝氏《诗问》卷二载王瑞玉夫人解说云：

凄凄，寒凉也。喈喈，声和也。瑞玉曰，寒雨荒鸡，无聊甚矣，此时得见君子，云何而忧不平。故人未必冒雨来，设辞尔。

潇潇，暴疾也。胶胶，声杂也。瑞玉曰，暴雨如注，群鸡乱鸣，此时积忧成病，见君子则病愈。

晦，昏也。已，止也。瑞玉曰，雨甚而晦，鸡鸣而长，苦寂甚矣，故人来喜当何如。

郝氏夫妇的说诗可以说是真能解人颐，比吾乡住在禹迹寺前的季彭山要好得多，其佳处或有几分可与福庆居士的说词相比罢。我取这《风雨》三章，特别爱其意境，却也不敢冒风雨楼的牌号，故只谈谈而已，以名吾杂文。或曰，是与《雨天的书》相像。然而不然。《雨天的书》恐怕有点儿忧郁，现在固然未必不忧郁，但我想应该稍有不同，如复育之化为知了也。风雨凄凄以至如晦，这个意境我都喜欢，论理这自然是无聊苦寂，或积忧成病，可是也“云胡不喜”呢？不佞故人不多，又各忙碌，相见的时候颇少，但①是书册上的故人则又殊不少，此随时可晤对也。不谈今天天气哈哈哈，可谈的物事随处多有，所差的是要花本钱买书而已：翻开书册②，得听一夕的话，已大可喜，若再写下来，自然更妙，虽然做文章赔本稍为有点好笑，但不失为消遣之一法。或曰，何不谈风月？这件事我倒也想到过。有好些朋友恐怕都在期待我这样，以为照例谈谈风月才是，某人何为至今不谈也？风月，本来也是可以谈的，而且老实说，我觉得也略略知道，要比乱骂风月的正人与胡诌风月的雅人更明白得多。然而现在不谈。别无什么缘故，只因已经想定了风和雨，所以只得把月割爱了。横直都是天文类的东西，没有什么大区别，雨之与月在我只是意境小小不同，稍有较量，若在正人君子看不入眼里原是一个样子也。

［1936年1月1日《宇宙风》第8期/《风雨谈》］

【锺校】

① “但”原作“把”。

② “册”原作“画”。

《游山日记》

民国十几年从杭州买到一部《游山日记》，衬装六册，印板尚佳，价颇不廉。后来在上海买得《白香杂著》，七册共十一种，《游山日记》也在内，系后印，首页的题字亦不相同。去年不知什么时候知道上海的书店有单行的《游山日记》，写信通知了林语堂先生，他买了去一读说值得重印，于是这日记重印出来了。我因为上述的关系，所以来说几句话，虽然关于舒白香我实在知道得很少。

《游山日记》十二卷，系嘉庆九年（一八〇四）白香四十六岁时在庐山避暑所作，前十卷记自六月一日至九月十日共一百天的事，末二卷则集录诗赋也。白香文章清丽，思想通达，在文人中不可多得，乐莲裳跋语称其汇儒释于寸心，穷天人于尺素，虽稍有藻饰，却亦可谓知言。其叙事之妙，如卷三甲寅（七月廿八日）条云：

> 晴凉，天籁又作。此山不闻风声日盖少，泉声则雨霁便止，不易得，昼间蝉声松声，远林际画眉声，朝暮则老僧梵呗声和吾书声，比来静夜风止，则惟闻蟋蟀声耳。

又卷七己巳（八月十三日）条云：

> 朝晴暖，暮云满室，作焦麴气，以巨爆击之不散，爆烟与云异，不相溷也。云过密则反无雨，令人坐混沌之中，一物不见。阖扉则云之入者不复出，不阖扉则云之出者旋复入，口鼻之内无非云者。窥书不见，因昏昏欲睡，吾今日可谓云醉。

其纪山中起居情形亦多可喜，今但举七月中关于食物的几节，卷三乙未（九日）条云：

朝晴凉适，可着小棉。瓶中米尚支数日，而菜已竭，所谓馑也。西辅戏采南瓜叶及野苋，煮食甚甘，予仍饭两碗，且笑谓与南瓜相识半生矣，不知其叶中乃有至味。

卷四乙巳（十九日）条云：

冷，雨竟日。晨餐时菜羹亦竭，惟食炒乌豆下饭，宗慧仍以汤匙进。问安用此，曰，勺豆入口逸于箸。予不禁喷饭而笑，谓此匙自赋形受役以来但知其才以不漏汁水为长耳，孰谓其遭际之穷至于如此。

又丙午（二十日）条云：

宗慧试采荞麦叶煮作菜羹，竟可食，柔美过匏叶，但微苦耳。苟非入山既深，又断蔬经旬，岂能识此种风味。

卷五壬子（廿六日）条云：

晴暖。宗慧本不称其名，久饮天池，渐欲通慧，忧予乏蔬，乃埋豆池旁，既雨而芽，朝食乃烹之以进。饥肠得此不翅江瑶柱，入齿香脆，颂不容口，欲旌以钱，钱又竭，但赋诗志喜而已。

此种种菜食，如查《野菜博录》等书本是寻常，现在妙在从经验得来，所以亲切有味。中国古文中不少游记，但如当作文辞的一体去做，便与“汉高祖论”相去不远，都是《古文观止》里的资料，不过内容略有史地之分罢了。《徐霞客游记》才算是一部游记，他走的地方多，纪载也详赡，所以是不朽之作，但他还是属于地理类的，与白香的游记属于文学者不同。《游山日记》里所载的重要的是私生活，以及私人的思想性情，这的确是一部“日记”，只以一座庐山当作背景耳。所以从这书中看得出来的是舒白香一个人，也有一个云烟飘渺的匡庐在，却是白香心眼中的山，有如画师写在卷子上似的，当不得照片或地图看也。徐骧题后有云：

读他人游山记，不过令人思裹粮游耳，读此反觉不敢轻游，盖恐徒事品泉弄石，山灵亦不乐有此游客也。

乐莲裳跋中又云：

然雄心远慨，不屑不恭，时复一露，不异畴昔挑灯对榻时语，虽无损于性情，犹未平于嬉笑。

这里本是规箴之词，却能说出日记的一种特色，虽然在乐君看去似乎是缺点。白香的思想本来很是通达，议论大抵平正，如卷二论儒生泥古误事，正如不审病理妄投药剂，鲜不殆者，王荆公即是，“昌黎文公未必不以不作相全其名耳”。卷七云：

佛者投身饲饿虎及割肉喂鹰，小慧者观之皆似极愚而可笑之事，殊不知正是大悲心中自验其行力语耳。……民溺己溺，民饥己饥，亦大悲心耳，即使禹之时有一水鬼，稷之时有一饿鬼，不足为禹稷病也。不与人为善，逞私智以溪刻论人，吾所不取。

其态度可以想见，但对于奴俗者流则深恶痛绝，不肯少予宽假，如卷八记郡掾问铁瓦，卷九纪猬髯蛙腹者拜乌金太子，乃极嬉笑怒骂之能事，在普通文章中盖殊不常见也。《日记》文中又喜引用通行的笑话，卷四中有两则，卷七中有两则，卷九中有一则，皆诙诡有趣。此种写法，尝见王谑庵陶石梁张宗子文中有之，其源盖出于周秦诸子，而有一种新方术，化臭腐为神奇，这有如妖女美德亚（Medeia）的锅，能够把老羊煮成乳羔，在拙手却也会煮死老头儿完事，此所以大难也。《游山日记》确是一部好书，很值得一读，但是却也不好有第二部，最禁不起一学。我既然致了介绍词，末了不得不有这一点警戒，盖螃蟹即使好吃，乱吃也是要坏肚子的也。

中华民国廿四年十二月八日，知堂记于北平苦茶庵。

[附记]

据《婺舲馀稿》，嘉庆十三年（一八〇八）戊辰四月廿三日为白香五十生辰，知其生于乾隆廿四年己卯，游庐山时年四十六，与卷首小像上所题正合。《舒白香杂著》据罗振玉《续汇刻书目》辛为《游山日记》十二卷，《花仙集》一卷，《双峰公挽诗》一卷，《和陶诗》一卷，《秋心集》一卷，《南征集》一卷，《香词百选》一卷，《湘舟漫录》三卷，《骖鸾集》三卷，《古南馀话》五卷，《婺舲馀稿》一卷，共十一种。我所有的一部缺《骖鸾集》，而多有《联璧诗钞》二卷，次序亦不相同。周黎庵先生所云“天香戏稿”即是《香词百选》，计词一百首，为其门人黄有华所选。我最初知道舒白香虽然因为他的词谱及笺，可是对于词实在不大了然，所以这卷《百选》有时也要翻翻看，却没有什么意见可说。

[1936年1月1日《宇宙风》第8期/《风雨谈》]

谈策论

自从吴稚晖先生提出土八股洋八股的名称以来，大家一直沿用，不曾发生过疑问，因为这两种东西确实存在，现在给他分类正名，觉得更是明了了。但是我有时不免心里纳闷，这两个名称虽好，究竟还是诨名，他们的真姓名该是什么。土八股我知道即是经义，以做成散文赋似的八对股得名，可是洋八股呢，这在中国旧名词里叫做什么的呢？无意之中，忽然想到，真是——踏破铁鞋无觅处，得来全不费工夫，原来这洋八股的本名就只是策论。顶好的证据是，前清从前考试取士用八股文，后来维新了要讲洋务的时候改用策论，二者同是制艺或功令文，而有新旧之别，亦即是土洋之异矣。不过这个证据还是随后想到的，最初使我得到这新发见的是别人的偶然一句闲话。我翻阅冯班的《钝吟杂录》，卷一《家戒》上有一则，其上半云：

> 士人读书学古，不免要作文字，切忌勿作论。成败得失，古人自有成论，假令有所不合，阙之可也，古人远矣，目前之事犹有不审，况在百世之下而欲悬定其是非乎？

何义门评注云：“此亦名言。”此其所以为名言据我想是在于教人切勿作论。做策论的弊病我也从这里悟出来，这才了解了与现代洋八股的关系。同是功令文，但做八股文使人庸腐，做策论则使人谬妄，其一重在模拟服从，其一则重在胡说乱道也。专做八股文的结果只学会按谱填词，应拍起舞，里边全没有思想，其做八股文而能胡说乱道者，仍靠兼做策论之力也。八股文的题目只出在经书里，重要的实在还只是四书，策论范围便很大了，历史政治伦理哲学玄学是一类，经济兵制水利地理天文等是一类，一个人哪里能够知道得这许多，于是只好以不知为知，后来也就居然自以为知，胡说乱道之后继以误国殃民。那些对空策的把“可得而言欤”改做“可得而言也”去缴卷，还只庸腐而已，比较起来无妨从轻发落。钝吟上边所说单是史论一种，弊病已经很大，或者这本来是策论中顶重要的一种也未可知。我们小时候学做管仲论汉高祖论，专门练习舞文弄墨的勾当，对于古代的事情胡乱说惯了，对于现在的事情也那么地说，那就很糟糕了。洋八股的害处并不在他的无聊瞎说，乃是在于这会变成公论。朱子《语类》中有云：

> 秀才好立虚①论事，朝廷才做一事，哄哄地哄过了又只休，凡事皆然。

又云：

> 真能者未必能言，文士虽未必能，却口中说得，笔下写得，足以动人听闻，多至败事。

可见宋朝已是如此，但是时代远了，且按下不表，还是来引近时的例吧。“芦泾遁士”原是清季浙西名士，今尚健在，于光绪甲午乙未之际著《求己录》三卷，盖取孟子祸福无不自己求之之意，其卷下“言公论难从”节下有论曰：

> 士大夫平日未尝精究义理，所论虽自谓不偏，断难悉合于正，如《左传》所引君子曰及马班诸史毁誉褒贬，名为公论，大半杂以偏见，故公论实不可凭。……夫因循坐误，时不再来，政事有急宜更张者，乃或徇公论而姑待之，一姑待而机不再来矣。百病婴身，岂容斗力，用兵有明知必败者，乃竟畏公

【锺校】

① “立虚”二字据《朱子语类》补。

论而姑试之，一姑试而事不可救矣。济济公卿，罕读《大学》知止之义，胸无定见，一念回护，一念徇俗，甚至涕泣彷徨，终不敢毅然负谤，早挽狂澜，而乘艰危之来巧盗虚名者，其心尤不胜诛。

注中又有云：

山左米协麟有言，今日之正言谠论，皆三十年后之梦呓笑谈。

自乙未到现在已整四十年了，不知今昔之感当何如，米君的意见似犹近于乐观也。

《求己录》下卷中陶君的高见尚多，今不能多引。读书人以为自己无所不知，又反正只是口头笔下用力，无妨说个痛快，此或者亦是人情，然而误事不少矣。古人云，耕当问奴，织当问婢，此即是孔子说吾不如老农老圃之意。何况打仗，这只好问军事专家了，而书生至今好谈兵，盖是秀才的脾气，朱晦庵原也是知道了的。我听说山西有高小毕业会考，国文试题曰《明耻教战论》，又北平有大学招考新生，国文试题曰《国防策》。这是道地的洋八股，也是策论的正宗，这样下去，大约哄哄地攘臂谈天下事的秀才是不会绝迹的，虽然我们所需要的专门知识与一般常识之养成是很不容易希望做到。

中国向来有几部书我以为很是有害，即《春秋》与《通鉴纲目》，《东莱博议》与胡致堂的《读史管见》，此外是《古文观止》。孔子作《春秋》而乱臣贼子惧，本是一句谎话，朱子又来他一个续编，后世文人作文便以笔削自任，俨然有判官气象，《博议》《管见》乃是判例，《观止》则各式词状也。这样养成的文章思想便是洋八股，其实他还是真正国货，称之曰洋未免冤枉。这种东西不见得比八股文好，势力却更大，生命也更强，因为八股文只寄托在科举上，科举停了也就了结，策论则到处生根，不但不易拔除，且有愈益繁荣之势。他的根便长在中国人的秀才气质上，这叫人家如何能拔乎。我对于洋八股也只能随便谈谈，实在想不出法子奈何他，盖欲木之茂者必先培其本根，而此则本根甚[①]固也。

［1936年1月《自由评论》/《风雨谈》］

【锺校】

①“甚”原作“其”。

三部乡土诗

近二十年来稍稍搜集同乡人的著作。“这其实也并不能说是搜集，不过偶然遇见的时候把他买来，却也不是每见必买，价目太贵时大抵作罢。”在《苦竹杂记》里这样地说明过，现在可以借来应用。所谓同乡也只是山阴会稽两县，清末合并称作绍兴县，但是我不很喜欢这个名称，除官文书如履历等外总不常用。本来以年号作县名，如嘉定等，也是常事，我讨厌的是那浮夸的吉语，有如钱庄的招牌，而且泥马渡康王的纪念也用不着留到今日，不过这是闲话暂且不提。“看同乡人的文集，有什么意思呢？以诗文论，这恐怕不会有多大意思。”

这话前回也已说过。“事与景之诗或者有做得工的，我于此却也并没有什么嗜好，大约还是这诗中的事与景，能够引起我翻阅这些诗文集的兴趣。因为乡曲之见，所以搜集同乡人的著作，在这著作里特别对于所记的事与景感到兴趣，这也正由于乡曲之见。纪事写景之工者亦多矣，今独于乡土著作之事与景能随喜赏识者，盖因其事多所素知，其景多曾亲历，故感觉甚亲切也。”

诗文集有专讲一地方的，那就很值得翻阅。这有些是本乡人所撰，有些是出于外乡人之手，我都同样地想要搜集。孔延之的《会稽掇英集》，王十朋的《会稽三赋》各注本，陈祖昭的《鉴湖棹歌》等是第二类，第一类有陶元藻的《广会稽风俗赋》，翁元圻注本，李寿朋的《越中名胜赋》，周晋鑅的《越中百咏》，周调梅的《越咏》，张桂臣的《越中名胜百咏》等。但是还有几种，范围较小，我觉得更有意思。其一是《娱园诗存》四卷，光绪丙戌刊本。

娱园是秦树铦的别业，在会稽小皋步，陶方琦李慈铭等人所结的

“皋社”就在那里，古来也出过些名人，据我所知道，明末参严嵩的沈炼与清初撰那《度针篇》的闻人均便都是小皋步人。（至少沈青霞的后人住在那村里。）《诗存》卷一即是《皋社联吟集》，卷二三是关于娱园的题咏，卷四曰《感怀集》，皆主人“怆念存殁”之作。我的大舅父是秦君的女婿，曾经寄寓在那里，所以在庚子前后我到过娱园有好几次，读集中潭水山房微云楼诸咏，每记起三十多年前梦影，恍忽如在目前。区区一园之兴废，于后之读者似无关痛痒，但如陶方琦序中所云：

越风绵亘，盛乎诗巢。诗巢倾翳，百年阒如。音獲多舛，吟律鲜守。皋中诗社，崛起于后。东州蟠郁，偏师钟衍。诗社十人，争长娱园。

《诗存》四卷正是皋社文献之仅存者，颇足供参考，娱园主人的诗也只见此集中，少时虽然及见秦少渔先生，惜未能问其先世遗稿，盖其时但解游嬉或索画墨梅而已。

其二是《鞍村杂咏》一卷，道光丁酉刊本。题曰安山第七桥半亭老人，即山阴沈宸桂，著有《寿樟书屋诗钞》一卷，卷首为《马鞍村十咏》，序中述村名缘起云：

余家在马鞍村。村口有山，其形如马。秦始皇时，望气者云，南海有五色气，遂发卒千人，凿断山之冈阜，形如马鞍。附山居民遂以名村，至今山顶凿痕具在。

次为《马鞍村春日竹枝词》八首，《村居四时杂咏》廿二首，《村名词》《庵名词》各十二首，此外杂题十三首。沈君诗本平常，又喜沿袭十景之名，或嵌字句，益难出色，唯专就一村纪事写景，亦别有意义，其村居诗更较佳，如其十八云：

老妻扶杖念弥陀，稚子划船唱棹歌。
村店满缸新酒贱，俞公塘上醉人多。

写海边村景颇有风致。其廿二末联云：

村居歌咏知多少，惟爱南湖陆放翁。

又杂题亦多拟剑南体者，可知作者的流派，正亦可谓之“乡曲之见”，殊令不佞读之不禁微笑也。

其三是《墟中十八图咏》一卷，影抄本。有毛奇龄宋衡邵廷采戴名世序，章士俞公縠陶及申跋，章标所画墟中图十八幅，章世法叙记十八则，章大来、麟化、士、成梿、成栻、应枢、锜、钟、世法、标等十人五言绝句各十八首，共一百八十首。所谓墟者即会稽道墟村，章氏聚族而居之地，择墟中十八境，会章氏十人，倡为诗章，乃成是集。查文中年代为康熙四十一年（一七〇二）壬午，据章士题后当时盖曾刻板，钞本则似出于乾隆时，笔迹不工，又不懂画法，所摹图尤凌乱，但即看此本而尚觉图之可喜，然则原画之佳盖可知矣。戴南山序署壬午闰六月，其称述墟中图云：

余披其图，泉石之美秀，峰岭之俊拔，园林之幽胜，亭馆之参差，云树之缥缈，鱼鸟之飞跃，以及桑麻果蔬，牛羊鸡犬，藩篱村落，场圃帆樯，莫不历历在目，而恍若身游其中，则余又何必以未至为恨乎。

这虽似应酬的套语，其实却是真话，因为他画的确有特色，不是普通的山水画那样到处皆是而又没有一处是的。我最喜欢那第十二的杜浦一幅。我从小就听从杜浦来的一个章姓工人讲海边的事，沙地与“舍”（草屋），棉花与西瓜，角鸡与獾猪等等，至今不能忘记。看那图时自然更有兴味，沿海小村，有几所人家，却不荒凉，沙碛上两人抬了一乘兜轿，有地方称“过山龙”，颇有颊上添毫之妙。又第十八宜嘉尖，画一田庄，柴门临水，门口泊酒船，有两个工人抬着一大坛往里边走。第四南阳阪，有山有河，有桥有船，有田有人，有牛有树，此真是东南农村的一角也，其真实处几乎要有点像地图了，而仍有图画之美，在寻常山水册中岂容易找得出乎。诗的数目十倍于图，但是我没有多少话可说。

这里且举出章应枢的一首《杜浦》来：

沙堆何累累，见沙不见水。

负担上塘来，识是隔江子。

据章士题后云：

岁辛巳余与宗人联吟墟中，合两山之间择而赋之，得境十八，凡十人，得诗一百八十，宁涩毋滑，宁生毋熟，宁野朴不近人情，毋为儿女子嗫嚅态。

可以约略知道他们的态度。但是王维裴迪往矣，后之人欲用五言咏风土之美，辋川在前，虽美弗彰也。大抵此类书籍的价值重在文献的方面，若以文艺论未免见绌，唯墟中图则自有佳处，我只可惜未能得到原刊本耳。

［1936年1月1日《大公报》/《风雨谈》］

《燕京岁时记》

《燕京岁时记》一卷，富察敦崇著，据跋盖完成于光绪庚子，至丙午（一九〇六）始刊行，板似尚存，市上常有新印本可得。初在友人常君处所见系宣纸本，或是初印，我得到的已是新书了，但仍系普通粉连，未用现今为举世所珍重的机制连史纸，大可喜也。润芳序中略述敦君身世，关于著作则云：

他日过从，见案头有《燕京岁时记》一卷，捧读一过，具见匠心，虽非巨制鸿文，亦足资将来之考证，是即《景物略》《岁华记》之命意也。虽然，如礼臣者其学问岂仅如此，尚望引而伸之，别有著作，以为同学光，则予实有厚望焉。

其实据我看来这《岁时记》已经很好了，但是我却又能够见到他别的著作，更觉得有意思。这也并非巨制鸿文，只是薄薄的一册文集，题曰《画虎集文钞》，上有我的二月十四日的题记云：

前得敦礼臣著《燕京岁时记》，心爱好之。昨游厂甸见此集，亟购归，虽只寥寥十三页，而文颇质朴，亦可取也。

这书虽然亦用粉连纸印，而刻板极坏，比湖北崇文书局本还要难看，有几处已经糊纸改写，错字却仍不少，如庶吉士会刻作庶吉主，可见那时校刻的草草了。集中只有文十一篇，首篇是复其内弟书，叙庚子之变，自称年四十六，末为周毓之诗序，作于甲子春，署七十老人某病中拜序，可以知其年岁及刻书的时代大概。十一篇中有六篇都说及庚子，深致慨叹，颇有见识，辛亥后作虽意气销沉，却无一般遗老丑语，更为大方，曾读《涉江文钞》亦有此感，但惜唐氏尚有理学气耳。辛丑所作《增旧园记》有云：

斯园也以弹丸之地，居兵燹之中，虽获瓦全，又安能长久哉。自今以往，或属之他人，或鞠为茂草，或践成蹊径，或垦作田畴，是皆不可知矣，更何敢望如昔之歌舞哉。

此增旧园在铁狮子胡同，即铁狮子所在地，现在不知如何了，昔年往东北城教书常走过此街，见有高墙巍巍，乃义威将军张宗昌别宅也，疑即其处。记末又言古来宫殿尽归毁灭，何况蕞尔一园，复云：

其所以流传后世者亦惟有纸上之文章耳，文章若在则斯园为不朽矣，此记之所由作也。

今园已不存，此十三页的文集不知天壤间尚有几本，则记之存盖亦仅矣。《碣石逋叟周毓之诗序》云：

癸亥嘉平以诗一卷见寄，并嘱为序。研读再四，具见匠心，间亦有与予诗相似者。盖皆读书无多，纯任天籁，正如鸟之鸣春，虫之鸣秋，嘈嘈唧唧，聒耳不已，诘其究竟，鸟既不知所鸣者为何声，虫亦不知所鸣者为何律也，率其性而已矣，吾二人之诗亦复如此。

《画虎集》中无诗钞，只在《岁时记》中附录所作六首，游潭柘山三首及钓鱼台一首均系寻常游览之作，京师夏日闺词两首稍佳，大抵与所自叙的话相合，这在诗里未能怎么出色，但不是开口工部，闭口涪翁，总也干净得多，若是在散文里便更有好处了。《岁时记》跋之二云：

此记皆从实录写，事多琐碎，难免有冗杂芜秽之讥，而究其大旨无非风俗游览物产技艺四门而已，亦《旧闻考》之大略也。

这从实录写，事多琐碎两件事，据我看来不但是并无可讥，而且还是最可取的一点。本来做这种工作，要叙录有法，必须知识丰富，见解明达，文笔殊胜，才能别择适当，布置得宜，可称合作，若在常人徒拘拘于史例义法，容易求工反拙，倒不如老老实实地举其所知，直直落落地写了出来，在琐碎朴实处自有他的价值与生命。记中所录游览技艺都是平常，其风俗与物产两门颇多出色的纪述，而其佳处大抵在不经意的地方，盖经意处便都不免落了窠臼也。如一月中记耍耗子、耍猴儿、耍苟利子、跑旱船，九[1]月的糟蟹、良乡酒、鸭儿广、柿子、山里红，十月的[2]风筝、毽儿、琉璃喇叭、咘咘噔、太平鼓、空钟，蛐蛐儿、聒聒儿、油壶卢，梧桐、交嘴、祝顶红、老西儿、燕巧儿，栗子、白薯[3]、中果、南糖、萨齐玛、芙蓉糕、冰糖壶卢、温朴，赤包儿、斗姑娘、海棠木瓜、沤朴各条，都写得很有意思。又如五月的石榴、夹竹桃云：

京师五月榴花正开，鲜明照眼，凡居人等往往与夹竹桃罗列中庭，以为清玩。榴竹之间，必以鱼缸配之，朱鱼数头，游泳其中，几于家家如此。故京师谚曰，天篷鱼缸石榴树。盖讥其同也。

七月的荷叶灯、蒿子灯、莲花灯云：

中元黄昏以后，街巷儿童以荷叶燃灯，沿街唱曰：荷叶灯，荷叶灯，今日点了明日扔。又以青蒿粘香而燃之，恍如万点流萤，谓之蒿子灯。市人之巧者又以各色彩纸制成莲花莲叶花篮鹤鹭之形，谓之莲花灯。谨案《日下旧闻考》：荷叶灯之制自元明以来即有之，今尚沿其旧也。

又其记萨齐玛等云：

萨齐玛乃满洲饽饽，以冰糖奶油合白面为之，形如糯米，用不灰木烘炉烤熟，遂成方块，甜腻可食。芙蓉糕与萨齐玛

【锺校】

① “九”原作“十”。据《燕京岁时记》改，下同。
② “十月的”三字为编者所加。
③ “薯”原作“萩”。

同，但面有红糖，艳如芙蓉耳。冰糖壶卢乃用竹签贯以葡萄山药豆海棠果山里红等物，蘸以冰糖，甜脆而凉。

记赤包儿等云：

每至十月，市肆之间则有赤包儿斗姑娘等物。赤包儿蔓生，形如甜瓜而小，至初冬乃红，柔软可玩。斗姑娘形如小茄，赤如珊瑚，圆润光滑，小儿女多爱之，故曰斗姑娘。

赤包儿这名字常听小孩们叫，即是栝楼。斗姑娘这种植物在花担上很多见，不知道有无旧名，或者是近来输入亦未可知，日本称作“姬代代”，姬者表细小意的接头语，代代者橙也，此本系茄科，盖言其实如小橙子耳，汉名亦不可考。斗字意不甚可解，或是逗字，在北京音相同，但亦不敢定也。

唐涉江（原名震钧）著《天咫偶闻》，纪北京地理故实，亦颇可看，可与《岁时记》相比，但唐书是《藤阴杂记》一流，又用心要写得雅驯，所以缺少这些质朴琐屑的好处。两者相比，《偶闻》虽或可入著作之林，而自有其门户，还不如《岁时记》之能率性而行也。

［1936年1月13日《北平晨报》/《风雨谈》］

说 鬼

近来很想看前人的随笔，大抵以清朝人为主，因为比较容易得到，可是总觉得不能满意。去年在读《洗斋病学草》中的小文里曾这样说：

> 我也想不如看笔记，然而笔记大多数又是正统的，典章，科举，诗话，忠孝节烈，神怪报应，讲来讲去只此几种，有时候翻了二十本书结果仍是一无所得。我不知道何以大家多不喜欢记录关于社会生活自然名物的事，总是念念不忘名教，虽短书小册亦复如是，正如种树卖柑之中亦寄托治道，这岂非古文的流毒直渗进小说杂家里去了么。

话虽如此，这里边自然也有个区别。神怪报应类中，谈报应我最嫌恶，因为它都是寄托治道，非纪录亦非文章，只是浅薄的宣传，虽然有一部分迷信的分子也可以作民俗学的资料。志怪述异还要好一点，如《聊斋》那样的创作可作文艺看，若是信以为真地记述奇事，文字又不太陋劣，自然更有可取的地方。日前得到海昌俞氏丛刻的零种，俞霞轩的《翏莫子杂识》一卷，其子少轩的《高辛砚斋杂著》一卷，看了很有意思，觉得正是一个好例子。

《翏莫子杂识》是日记体的，记嘉庆廿二年至廿五年间两年半的事情，其中叙杭州海宁的景色颇有佳语，如嘉①庆廿四年四月初四日夜由万松岭至净居庵一节云：

> 脱稿，街衢已黑，急挟卷上万松岭，林木阴翳，寒风逼

【锺校】

① “嘉”原作“庆”。

人，交卷出。路昏如翳，地荒凉无买烛所，乘暗行义冢间，蔓草没膝。有人执灯前行，就之不见，忽又在远。虫嘶鸟啾，骨动胆裂。过禹王庙，漆云蔽前，凉雨簌簌洒颈，风吹帽欲落，度雨且甚，惶骇足战战，忽前又有灯火，则双投桥侧酒家也。狂喜入肆，时饥甚，饮酒两盏，杂食腐筋蚕豆，稍饱。出肆行数步，雨如倾，衣履尽湿，不能行，愁甚无策，陡念酒肆当有雨盖，返而假之，主人甚贤，慨然相付，然终无灯。二人相倚行，暗揣道路，到鸳鸯冢边，耳中闻菰蒲瑟瑟声，心知临水，以伞拄地而步，恐坠入湖。忽空山嗷然有声，继以大笑，魂魄骇飞，凝神静听，方知老鸮也。行数步，长人突兀立于前，又大怖，注目细看，始辨是塔，盖至净慈前矣。然雨益急，疾趋入兴善社，幽森凉寂①，叩净居庵门，良久雏僧出答。

可是《杂识》中写别的事情都不大行，特别是所记那些报应，意思不必说了，即文字亦大劣，不知何也。《高辛砚斋杂著》凡七十八则，几乎全是志异，也当然要谈报应而不多，其记异闻仿佛是完全相信似的，有时没有什么结论，云后亦无他异，便觉得比较地可读，也更朴实地保存民间的俗信。如第一则记某公在东省署课读时夜中所见云：

窗外立一人，面白身火赤，向内嬉笑。忽跃入，径至仆榻，伸手入帐，捩其头拔出吸脑有声，脑尽掷去头，复探手攫肠胃，仍跃去。……某术士颇神符箓，闻之曰，此红僵也，幸面尚白，否则震霆不能诛矣。

俗传僵尸有两种，即白僵与红僵是也，此记红僵的情状，实是僵尸考中的好资料。第四则云：

【锺校】

① “寂”原作“森”。

海盐傅某曾游某省，一日独持雨盖行山中，见虎至，急趋入破寺，缘佛厨升梁伏焉。少顷虎衔一人至，置地上，足尚动，虎再拨之，人忽起立自解衣履，仍赤体伏，虎裂食尽摇尾去，傅某得窜遁。后年八十馀，粹庵听其自述云。

此原是虎伥的传说，而写得很可怕，中国关于鬼怪的故事中僵尸固然最是凶残，虎伥却最是阴惨，都很值得注意研究。第五则云：

黄铁如者名楷，能文，善视鬼，并知鬼事。据云，每至人家，见其鬼香灰色则平安无事，如有将落之家，则鬼多淡黄色。又云，鬼长不过二尺馀，如鬼能修善则日长，可与人等，或为淫厉，渐短渐灭，至有仅存二眼旋转地上者。亦奇矣。

两只眼睛在地上旋转，这可以说是谈鬼的杰作。王小穀著《重论文斋笔录》卷二云：

曾记族朴存兄淳言（兄眼能见鬼，凡黑夜往来俱不用灯），凡鬼皆依附墙壁而行，不能破空，疫鬼亦然，每遇墙壁必如蚓却行而后能入。常鬼如一团黑气，不辨面目，其有面目而能破空者则是厉鬼，须急避之。

×

兄又言鬼最畏风，遇风则牢握草木，蹲伏不能动。

×

兄又云，《左传》言故鬼小新鬼大，其说确不可易，至溺死之鬼则新小而故大，其鬼亦能登岸，逼视之如烟云销灭者，此新鬼也。故鬼形如槁木，见人则跃入水中，水有声而不散，故无圆晕。

所说虽不尽相同，也是很有意思的话，可以互相发明。我这里说有意思，实在就是有趣味，因为鬼确实是极有趣味也极有意义的东西。我们喜欢知道鬼的情状与生活，从文献从风俗上各方面去搜求，为的可以了解一点平常不易知道的人情，换句话说就是为了鬼里边的人。反过来说，则人间的鬼怪伎俩也值得注意，为的可以认识人里边的鬼吧。我的打油诗云，“街头终日听谈鬼”，大为志士所诃，我却总是不管，觉得那鬼是怪有趣的物事，舍不得不谈，不过诗中所谈的是哪一种，现在且不必说。至于上边所讲的显然是老牌的鬼，其研究属于民俗学的范围，不是讲玩笑的事，我想假如有人决心去作“死后的生活”之研究，实是学术界上破天荒的工作，很值得称赞的。英国茀来则博士有一部书专述各民族对于死者之恐怖，现在如只以中国为限，却将鬼的生活详细地写出，虽然是极浩繁困难的工作，值得当博士学位的论文，但亦极有趣味与实益，盖此等处反可以见中国民族的真心实意，比空口叫喊固有道德如何的好还要可信凭也。刘青园在《常谈》中有云：

信祭祀祖先为报本追远，不信冥中必待人间财物为用。

这是明达的常识，是个人言行的极好指针，唯对于世间却可以再客观一点，为进一解曰，不信冥中必待人间财物为用，但于此可以见人情，所谓慈亲孝子之用心也。自然也有恐怖，特别是对于孤魂厉鬼，此又是“分别予以安置，俾免闲散生事”之意乎。

［1936 年 1 月《青年界》/《苦竹杂记》］

关于家训

古人的家训这一类东西我最喜欢读，因为在一切著述中这总是比较的诚实，虽然有些道学家的也会益发虚假得讨厌。我们第一记起来的总是见于《后汉书》的马援《诫兄子严敦书》，其中有云：

龙伯高①敦厚周慎，口无择言，谦约节俭，廉公有威，吾爱之重之，愿汝曹效之。杜季良豪侠好义，忧人之忧，乐人之乐，清浊无所失，父丧致客，数郡毕至，吾爱之重之，不愿汝曹效也。效伯高不得，犹为谨敕之士，所谓刻鹄不成尚类鹜者也。效季良不得，陷为天下轻薄子，所谓画虎不成反类狗者也。

这段文章本来很有名，因为刻鹄画虎的典故流传很广，但是我觉得有意思的乃是他对于子侄的诚实的态度，他同样的爱重龙伯高杜季良，却希望他们学这个不学那个，这并不是好不好学的问题，实在是在计算利害，他怕豪侠好义的危险，这老虎就是画得像，他也是不赞成的。故下文即云：

讫今季良尚未可知，郡将下车辄切齿，州郡以为言，吾常为寒心，是以不愿子孙效也。

后人或者要笑伏波将军何其胆怯也，可是他的态度总是很老实近人情，不像后世宣传家自己猴子似的安坐在洞中只叫猫儿去抓炉火里的栗子。我常想，一个人做文章，要时刻注意，这是给自己的子女去看去做

【锺校】

① “高”原作“良”，下同。

的，这样写出来的无论平和或激烈，那才够得上算诚实，说话负责任。谢在杭的《五杂组》卷十三有云：

> 今人之教子读书，不过取科第耳，其于立身行己不问也。……非独今也，韩文公有道之士也，训子之诗有一为公与相，潭潭府中居之句，而俗诗之劝世者又有书中自有黄金屋等语，语愈俚而见愈陋矣。

这也可以算是老实了罢，却又要不得，殆伪善之与怙恶，亦犹过与不及欤。

陶集中《与子俨等疏》实是一篇好文章，读下去只恨其短，假如陶公肯写得长一点，成一两卷的书，那么这一定大有可观，《颜氏家训》当不能专美了。其实陶诗多说理，本来也可抵得他的一部语录，我只因为他散文又写得那么好，所以不免起了贪心，很想多得一点看看，乃有此妄念耳。《颜氏家训》成于隋初，是六朝名著之一，其见识情趣皆深厚，文章亦佳，赵敬夫作注将以教后生小子，卢抱经序称其委曲近情，纤悉周备，可谓知言。伍绍棠跋彭兆荪所编《南北朝文钞》云：

> 窃谓南北朝人所著书多以骈俪行之，亦均质雅可诵，如范蔚宗沈约之史论，刘勰《文心雕龙》，钟嵘《诗品》，郦道元《水经注》，杨衒之《洛阳伽蓝记》，斯皆篇章之珠泽，文采之邓林，诚使勒为一书，与此编相辅而行，足为词章家之圭臬。

这一番话很合我的意思，就只漏了一部《颜氏家训》。伍氏说六朝人的书用骈俪而质雅可诵，我尤赞成。韩愈文起八代之衰，其文章实乃虚骄粗犷，正与质雅相反，即《盘谷序》或《送孟东野序》也是如此。唐宋以来受了这道统文学的影响，一切都没有好事情，家训因此亦遂无什么可看的了。

从前在《涵芬楼秘笈》中得一读明霍渭崖家训，觉得通身不愉快。此人本是道学家中之蛮悍者，或无足怪，但其他儒先训迪亦是百步五十步之比。在明末清初我遇见了两个人，傅青主与冯钝吟，傅集卷二十五为《家训》，冯有《家戒》两卷，又《诫子帖》《遗言》等，收在《钝吟杂录》中。青主为明遗老中之铮铮者，通二氏之学，思想通达，非凡夫所及。钝吟虽儒家而反宋儒，不喜宋人论史及论政事文章的意见，故有时亦颇有见解能说话。《家戒》上第一节类似小引，其下半云：

> 我无行，少年不自爱，不堪为子弟之法式，然自八九岁读古圣贤之书，至今六十馀年，所知不少，更历事故，往往有所悟。家有四子，每思以所知示之。少年性快，老人谆谆之言非所乐闻，不至头触屏风而睡，亦已足矣。无如之何，笔之于书，或冀有时一读，未必无益也。

我们再看《颜氏家训》的“序致第一”云：

> 夫圣贤之书教人诚孝，慎言检迹，立身扬名，亦已备矣。魏晋已来所著诸子，理重事复，递相模效，犹屋下架屋，床上施床耳。吾今所以复为此者，非敢轨物范世也，业以整齐门内，提撕子孙。夫同言而信，信其所亲，同命而行，行其所服。禁童子之暴谑，则师友之诫不如傅婢之指挥；止凡人之斗阋，则尧舜之道不如寡妻之诲谕。吾望此书为汝曹之所信，犹贤于傅婢寡妻耳。

两相比较，颜文自有胜场，冯理却亦可取，盖颜君自信当为子孙所信，冯君则不是这样乐观，似更懂得人情物理也。陶渊明《杂诗十二首》之六云：

> 昔闻长者言，掩耳每不喜，
> 奈何五十年，忽已亲此事。

义大利诗人勒阿巴耳地（G. Leopardi）曾云，儿子与父亲决不会讲得来，因为两者年龄至少总要差二十岁。这都足以证明冯君的忧虑不是空的，“无如之何，笔之于书，或冀有时一读”，乃实为写家训的最明达勇敢的态度，其实亦即是凡从事著述者所应取的态度也。古人云，藏之名山传诸其人，原未免太宽缓一点，但急于求效，强聒不舍，至少亦是徒然。诗云：

> 风雨凄凄，鸡鸣喈喈，
>
> 既见君子，云胡不夷。

王瑞玉夫人在《诗问》中释曰：

> 故人未必冒雨来，设辞尔。

钝吟居士之意或亦如此，此正使人觉得可以佩服感叹者也。

［1936年1月27日《北平晨报》/《风雨谈》］

谈错字

八年前我曾写过一篇杂感小文，是讲两件书里的错字的，其文云：

十八年前用古文所译的匈加利小说《黄蔷薇》于去冬在上海出版了。因为是用古文译的，有些民歌都被译成五言古诗了，第二页上一个牧牛儿所唱的一首译如下文：

“不以酒家垆，近在咫尺间，金尊与玉碗，此中多乐欢，不以是因缘——胡尔长流连，不早相归还。”

译语固然原也不高明，但刊本第二行下句排成了“此中多乐歌”，更是不行了。印书有错字本已不好，不过错得不通却还无妨，至多无非令人不懂罢了，倘若错得有意思可讲，那更是要不得。日前读文化学社版的《人间词话笺证》至第十二页，注中引陶渊明《饮酒》诗，末二句云：“但恨多谬误，君当恕罪人。”这也错得太有意思了。所以我常是这样想，一本书的价值，排印，校对，纸张装订，要各占二成，书的本身至多才是十分之四，倘若校刊不佳，无论什么好书便都已损失了六分光了。

日前看商务印书馆版的《越缦堂诗话》，卷下之下有一节云：“子九兄来，云自芝村回棹过此，诵其舟中作一绝云，紫樱桃熟雨如丝，村店村桥人尽时，忽忽梦回舟过市，半江凉水打鸬鹚。绝似带经堂作也。”

诗话编辑凡例，卷上中及下之上均录自日记，下之下则转录各节抄本，故无年月可考。这一条见于“越中文献辑存书”第三种《日记钞》之第百零六页，即宣统中绍兴公报社所印，对校一过，字字皆合。读者看了大约都不觉得什么出奇，不过就不知道这子九为何许人罢了。凑巧我却知道，因为我有他的诗集，而且还有两部。子九姓孙名垓，会稽人，有《退宜堂诗集》六卷。上面的诗即在第一卷内，题曰《过东浦口占》，共有两首，今抄录于下：

紫樱桃熟雨如丝，村店村桥入画时，

忽忽梦回船过市，半江凉水打鸬鹚。

×

南湖白小论斗量，北湖鲫鱼尺半长，

鱼船进港麴船出，水气着衣闻酒香。

这里第一首的第三句里舟与船字面不同，别无什么关系，第二句可就很有问题了。人尽呢，还是入画呢？这好像是推门与敲门，望南山与见南山，两者之中有一个较好的读法，其实是不然。退宜堂诗系马氏弟兄鸥堂所编订，果庵所校刻，当然该是可信的，那么正当是“入画时”，虽然这句诗似乎原来有点疲软，“人尽时”倒也幽峭可喜，可是不论这里意思如何，只可惜这两个字太与“入画”相像了，所以觉得这不是字义之异而乃是字形之讹。那么这难道是越缦堂老人的错么？也未必然。早年日记原本未曾印出，究竟不知如何，但我想恐怕还是绍兴公报社的书记抄错，或是“手民”排错，恰好做成那种有意思的词句，以致连那编辑者也被蒙过去了。

在这里，我们自然地联想起古时的一件公案来，这就是陶诗里的刑天舞干戚案。陶渊明《读山海经》诗第十首前四句云：

精卫衔微木，将以填沧海，

形夭无千岁，猛志固常在。

《续古逸丛书》绍熙壬子（一一九二）本，毛刻苏写本及郘亭复刻宋本均如此，但通行本多改第三句为“刑天舞干戚”，据曾端伯说明云：

形夭无千岁，猛志固常在，疑上下文义不甚相贯，遂取

《山海经》参校，经中有云，刑天兽名也，口中好衔干戚而舞，乃知此句是刑天舞干戚，故与下句猛志固常在意旨相应，五字皆讹，盖字画相近，无足怪者。

周益公却不以为然，后来遂有千岁与干戚两派。干戚派的根据似乎有两点，其一是精卫填海够不上说猛志，其二是恰好有个刑天，如朱晦庵所云《山海经》分明如此说也。但是，《山海经》里有是一件事，陶诗里有没有又是别一件事，未便混为一谈。大约因为太巧合了，“五字皆讹”，大有书房小学生所玩的菜字加一笔变成菊字的趣味，所以大家觉得好玩，不肯放弃，其实他的毛病即出在巧上，像这样“都都平丈我”式的改字可以当作闲话讲，若是校勘未免太是轻巧一点了罢。我还是赞成原本的无千岁，要改也应注曰疑当作云云，总不该奋笔直改如塾师之批课艺也。

对于曾君我还有一点小意见。查《山海经》第七《海外西经》云：

刑天与帝至此争神，帝断其首，葬之常羊之山，乃以乳为目，以脐为口，操干戚以舞。

郭璞注云：

干，盾。戚，斧也。是为无首之民。

曾君乃云口中好衔干戚而舞，与经文不合，以此作为考订的根据，未免疏忽。《淮南·地形训》云西方有形残之尸，高诱注云：

以两乳为目，肥脐为口，操干戚以舞，天神断其手后天帝断其首也。

他①是没有手的，但一盾一斧不知怎么操法，更不知怎么衔法，高氏所说即自相抵牾，不能引作解释，且曾君原只说经中有云，不曾引

【锺校】

① “他”原作“佛”。

《淮南子》也。“衔”既不合，“好”更未必，虽出想像，亦太离奇。我们本不该妄议先贤，唯曾君根据《山海经》以改诗，而所说又与经文有出入，觉得可疑，不免要动问一声耳。

廿五年二月四日。

［1936年2月10日《北平晨报》/《风雨谈》］

买墨小记

我的买墨是压根儿不足道的。不但不曾见过邵格之，连吴天章也都没有，怎么够得上说墨，我只是买一点儿来用用罢了。我写字多用毛笔，这也是我落伍之一，但是习惯了不能改，只好就用下去，而毛笔非墨不可，又只得买墨。本来墨汁是最便也最经济的，可是胶太重，不知道用的什么烟，难保没有“化学”的东西，写在纸上常要发青，写稿不打紧，想要稍保存的就很不合适了。买一锭半两的旧墨，磨来磨去也可以用上一个年头，古人有言，非人磨墨墨磨人，似乎感慨系之，我只引来表明墨也很禁用，并不怎么不上算而已。

买墨为的是用，那么一年买一两半两就够了。这话原是不错的，事实上却不容易照办，因为多买一两块留着玩玩也是人情之常。据闲人先生在《谈用墨》中说：“油烟墨自光绪五年以前皆可用。”凌宴池先生的《清墨说略》曰：“墨至光绪二十年，或曰十五年，可谓遭亘古未有之浩劫，盖其时矿质之洋烟输入，……墨法遂不可复问。”所以从实用上说，“光绪中叶”以前的制品大抵就够我们常人之用了，实在我买的也不过光绪至道光的，去年买到几块道光乙未年的墨，整整是一百年，磨了也很细黑，觉得颇喜欢，至于乾嘉诸老还未敢请教也。这样说来，墨又有什么可玩的呢？道光以后的墨，其字画雕刻去古益远，殆无可观也已，我这里说玩玩者乃是别一方面，大概不在物而在人，亦不在工人而在主人，去墨本身已甚远而近于收藏名人之著书矣。

我的墨里最可记念的是两块“曲园先生著书之墨”，这是民廿三春间我做那首“且到寒斋吃苦茶”的打油诗的时候平伯送给我的。墨的又一面是春在堂三字，印文曰程氏掬庄，边款曰：光绪丁酉仲春鞠庄精选清烟。

其次是一块圆顶碑式的松烟墨，边款曰，鉴莹斋珍藏。正面篆文一行云，同治九年正月初吉，背文云，绩溪胡甘伯会稽赵㧑叔校经之墨，分两行写，为赵手笔。赵君在《谪麟堂遗集》叙目中云，“岁在辛未，余方入都居同岁生胡甘伯寓屋”，即同治十年，至次年壬申而甘伯死矣。赵君有从弟为余表兄，乡俗亦称亲戚，余生也晚，乃不及见。小时候听祖父常骂赵益甫，与李莼客在日记所骂相似，盖诸公性情有相似处故反相克也。

近日得一半两墨，形状凡近，两面花边作木器纹，题曰，会稽扁舟子著书之墨，背曰，徽州胡开文选烟，边款云，光绪七年。扁舟子即范寅，著有《越谚》共五卷，今行于世。其《事言日记》第三册中光绪四年戊寅纪事云：

> 元旦，辛亥。巳初书红，试新模扁舟子著书之墨，甚坚细而佳，惟新而腻，须俟三年后用之。

盖即与此同型，唯此乃后年所制者耳。日记中又有丁丑十二月初八日条曰：

> 陈槐亭曰，前月朔日营务处朱懋勋方伯明亮回省言，禹庙有联系范某撰书并跋者，梅中丞见而赞之，朱方伯保举范某能造轮船，中丞嘱起稿云云，子有禹庙联乎，果能造轮船乎？应曰，皆是也。

范君用水车法以轮进舟，而需多人脚踏，其后仍改用篙橹，甲午前后曾在范君宅后河中见之，盖已与普通的“四明瓦”无异矣。

前所云一百年墨共有八锭，篆文曰，墨缘堂书画墨，背曰，蔡友石珍藏，边款云，道光乙未年汪近圣造。又一枚稍小，篆文相同，背文两行曰，一点如漆，百年如石，下云，友石清赏，边款云，道光乙未年三月。甘实庵《白下琐言》卷三云：

蔡友石太仆世松精鉴别，收藏尤富，归养家居，以书画自娱，与人评论娓娓不倦。所藏名人墨迹，钩摹上石，为墨缘堂帖，真信而好古矣。

此外在《金陵词钞》中见有词几首。关于蔡友石所知有限，今看见此墨却便觉得非陌生人，仿佛有一种缘分也。

货布墨五枚，形与文均如之，背文二行曰，斋谷山人属胡开文仿古，边款云，光绪癸巳年春日。此墨甚寻常，只因是刻《习苦斋画絮》的惠年所造，故记之。又有墨二枚，无文字，唯上方横行五字曰云龙旧衲制，据云亦是惠菱舫也。

又墨四锭，一面双鱼纹，中央篆书曰，大吉昌宜侯王，背作桥上望月图，题曰湖桥乡思。两侧隶书曰，故乡亲友劳相忆，丸作隃麋当尺鳞。仲仪所贻，苍珮室制。疑是谭复堂所作，案谭君曾宦游安徽，事或可能，但体制凡近，亦未敢定也。

墨缘堂墨有好几块，所以磨了来用，别的虽然较新，却舍不得磨，只是放着看看而已。从前有人说买不起古董，得货布及龟鹤齐寿钱，制作精好，可以当作小铜器看，我也曾这样做，又搜集过三五古砖，算是小石刻。这些墨原非佳品，总也可以当墨玩了，何况多是先哲乡贤的手泽，岂非很好的小古董乎。我前作《骨董小记》，今更写此，作为补遗焉。

［1936年2月24日《北平晨报》/《风雨谈》］

日本的落语

黄公度著《日本杂事诗》二卷，光绪十六年（一八九〇）增订为定稿，共二百首，卷下有诗云：

> 银字儿兼铁骑儿，语工歇后妙弹词，
>
> 英雄作贼鸳鸯殉，信口澜翻①便传奇。

注云：

> 演述古今事谓之演史家，又曰落语家。笑泣歌舞，时作儿女态，学伧荒语，所演事实随口编撰，其歇语必使人解颐，故曰落语。

《日本国志》卷三十六《礼俗志三》云：

> 演述古今事，借口以糊口，谓之演史家，落语家。手必弄扇子，忽笑忽泣，或歌或醉，张手流目，踦膝扭腰，为女子样，学伧荒语，假声写形，虚怪作势，于人情世态靡不曲尽，其歇语必使人捧腹绝倒，故曰落语。楼外悬灯，曰，某先生出席，门前设一柜收钱，有弹三弦执拍子以和之者。

案志有光绪十三年自序，《杂事诗》注盖即以志文为本，而此又出于寺门静轩的戏作。静轩著有《江户繁昌记》，前后共出六册，其第三卷刊于天保五年（一八三四），有“寄”一篇，寄（Yosé）者今写作寄席，即杂耍场也，其首两节云：

> 鸣太平，鼓繁昌，手技也，落语也，影绘乎，演史乎，曰

【锺校】

① “澜翻”原作“翻澜”。

百眼，曰八人艺，于昼于夜，交代售技，以七日立限，尽限客舄不減，又延日，更引期。大概一坊一所，用楼开场，其家檐角悬笼，招子书曰某某出席，某日至某日。夜分上火，肆端置一钱匣，匣上堆盐三堆，一大汉在侧，叫声请来请来，夜娼呼客声律甚似。而匣壁间连悬履屐，系小牌为识，牌钱别课四文。乃无钱至者亲怀履上，俗语名此曹谓之油虫。

一楼数楹，当奥设座，方一筵，高若干尺，隅置火桶，茶瓶蓄汤，夜则两方设烛。客争席占地，一席则数月寓都村客，一席则今年参藩士类，五六交颈，七八接臂，新道外妾，代地隐居，番头乎，手代乎，男女杂居，老少同位。

此写寄席情形颇得其妙，唯静轩原用汉文而多杂和语，盖游戏文章之一体，但在中国人便不容易①了解，如油虫即蟑螂，为看白戏者的浑名，番头即掌柜，手代即伙计等是也。下节写落语云：

落语家一人上，纳头拜客，篦铺剃出（案此云剃头铺的徒弟），儒门塾生，谓之前座。旋尝汤滑舌本，帕以拭喙（原注，折帕大如拳），拭一拭，左右剪烛，咳一咳，纵横说起。手必弄扇子，忽笑忽泣，或歌或醉，使手使目，踦膝扭腰，女样作态，伧语为鄙，假声写娼，虚怪形鬼，莫不极世态，莫不尽人情，落语处使人绝倒捧腹不堪。剃出始下，此为一出，名此时曰中入。（案即戏半休息）于是乎忍便者如厕，食烟者呼火，渴者令茶，饥者命果。技人乃悬物卖阄。……早见先生上座，亲方（案如曰老头子，原称同业同帮的头儿，今指落语大家，即前座的师父辈也）是也。三尺喙长，辩惊四筵，今笑妙于向

【锺校】

①原无“易”字，今增。

笑，后泣妙于前泣，亲方之醉，剃出何及，人情穿凿，世态考证，弟子固不若焉尔。

静轩后七十五年，森鸥外著《性的生活》（*Vita Sexualis*），写十一岁的时候在寄席听落语，有一节云：

刚才饶舌着的说话人（Hanashika，即落语家之通称）起来弯着腰，从高座的旁边下去了，随有第二个说话人交替着出来，先谦逊道：人是换了却也换不出好处来。又作破题道：官客们的消遣就是玩玩窑姐儿。随后接着讲工人带了一个不知世故的男子到吉原去玩的故事。这实在可以说是吉原入门的讲义。（案吉原为东京公娼所在地。）我听着心里佩服，东京这里真是什么知识都可以抓到的那样便利的地方。我在这时候记得了“御谏鼓领受”这句奇妙的话。但是这句话我以后在寄席之外永远没有遇着过，所以这正是在我的记忆上加以无用的负担的言词之一。

谏鼓二字只是音相同，原是无意义的，此处乃是女根的俗称。鸥外写此文时不佞正在东京，故觉得所写景象如在目前，虽然无用的负担那一句话不曾记得，大约是听讲义不甚热心之故。静轩去今已百许年，情形自不免大同小异，如卖阄固已不见，中入前后亦有数人交代演技，不只一出即了也。但《繁昌记》的描写点缀亦自有其佳趣，如纳头拜客以至咳一咳等，可谓刻画尽致，殊有陶庵《梦忆》之风，黄君采用其文，亦可谓有识，唯不免小有错误，即并演史与落语混而为一是也。

日本演史今称“讲谈”，落语则是中国的说笑话。古来中国“说话”的情状只在两宋的遗老著作里有得说及，孟元老在《东京梦华录》卷五所记有小说，合生，说诨话，说三分，说史五种，南宋的《梦粱录》中又列四科为小说，谈经，讲史书，合生。《古杭梦游录》云：

说话有四家。一银字儿，谓烟粉灵怪之事。一铁骑儿，谓士马金鼓之事。一说经，谓演说佛书。一说史，谓说前代兴废。

《都城纪胜》则合银字儿与铁骑儿同属于小说之下。《武林旧事》所记与《梦粱录》同，但又有说诨话。一总大约有五种花样，除所谓合生不大明白外，即谈经，演史，讲故事，说笑话。如讲《三国》是演史，讲《红楼》《水浒》似即是小说，我们看现存的《五代史平话》及话本可以知道这个分别，至于说诨话殊少形踪可考，很是可惜。日本的讲谈本以演义为主，但也包括烟粉灵怪等在内，故《杂事诗》云银字儿兼铁骑儿，实在还只是讲谈，与落语①无关。据关根默庵著《江户之落语》及《讲谈落语今昔谭》所记，安乐庵策传为落语之始祖，元和九年（一六二三）著《醒睡笑》八卷，实乃笑林之流，盖其初原只是说笑话，供一座的娱乐，及后乃有人在路旁设肆卖艺，又转而定期登台，于是演者非一人，故事亦渐冗长，但其歇语必使人捧腹绝倒则仍是其主要特色也。落语家有三游亭与柳家二派，中间因营业关系创为利用音乐的戏文话或怪谈等，与讲谈相接近，唯其本流还是纯粹的落语，不佞在辛亥前所见便是如此。《江户之落语》序中有云：

一碗白汤，一柄折扇，三寸舌根轻动，则种种世态人情，入耳触目，感兴觉快，落语之力诚可与浴后的茗香熏烟等也。

所谓一把扇子的“素话”实为此中最大本领，非靠烟粉金鼓作香料者可比。黄君所咏盖只是讲谈，注中所说虽确是落语，与《繁昌记》相同，而落语家之佳者实亦不一定如是，曾见柳家小官（Yanagiya Kosan）升高座，俨然如村塾师，徐徐陈说，如讲《论语》，而听者忍俊不禁，不必忽笑忽泣或歌或醉也。这里我觉得奇怪的，中国何以没有这一种东

【锺校】

① “语”原作“谈”。

西。我们只知道正经的说书，打诨的相声，说笑话并不是没有，却只是个人间的消遣，杂耍场中不闻有此一项卖技的。古代的诨话不知道是怎么说法的，是相声似的两个人对说亦未可知，或者落语似的也难说吧，总之后来早已没有了。中国文学美术中滑稽的分子似乎太是缺乏。日本鸟羽僧正的戏画在中国不曾有，所以我们至今也没有人能作漫画。日本近世的滑稽本如十返舍一九的《东海道中膝栗毛》，式亭三马的《浮世风吕》，中国也都没有。我在《苦茶庵笑话选》序上说：

查笑话古已有之，后来不知怎地忽为士大夫所看不起，不复见著录，意者其在道学与八股兴起之时乎。

我想这话是不错的，在事实与道理上都是如此。缺少笑话似乎也没有什么要紧，不过这是不健全的一种征候，道学与八股把握住了人心的证据。在明末有过一个转变，在民国初期是第二次了，然而旧的势力总还是大，清初仍是正统派成功了，现在不知后事如何。谈起日本的落语，不禁想到中国的种种问题，岂不是太不幽默乎。道学与八股下的汉民族哪里还有幽默的气力，然则此亦正是当然的事也。

［1936 年 3 月 9 日《北平晨报》/《风雨谈》］

文学的未来

日本现代诗人萩原朔太郎著散文集《绝望之逃走》中有一篇小文，题曰《文学的未来》，今译述其大意云：

> 读这一件事是颇要用力的工作。人们凭借了印刷出来的符号，必须将这意思诉于脑之理解，用自己的力去构成思想。若是看与听则与此相反，都容易得多。为什么呢？因为刺激通过感觉而来，不必要自己努力，却由他方把意思自兜上来也。
>
> 但是在现今这样的时代，人们都是过劳，脑力耗费尽了的时代，读的事情更觉得麻烦了。在现今这样的时代，美术音乐特被欢迎，文学也就自然为一般所敬远。特别又有那电影，夺去了文学的广大领域，在现今时代，只有报纸还有读者。但是就是那报纸，也渐觉得读的麻烦，渐将化为以视觉为本位的画报。现在最讲经济的商人们大抵不大读报纸，只去听无线电，以图时间与脑力之节省。最近有美国人豫想电报照相法的完成，很大胆地这样公言。他说在近的将来报纸将要消灭，即在今日也已经渐成为落伍的东西了。假如报纸还要如此，那么像文学这样物事自然更只是古色苍然的一种旧世纪的存在罢了。
>
> 文学的未来将怎样呢？恐怕这灭亡的事断乎不会有吧。但是，今日以后大众的普遍性与通俗性将要失掉了吧。而且与学问及科学之文献相同，都将引退到安静的图书馆的一室里，只等待特殊的少数的读者吧。在文学本身上，这样或者反而将使质的方面能有进步亦未可知。

萩原的话说的很有意思，文字虽简短而含有丰富的意义。读的文学之力量薄弱，他敌不过听的唱歌说书，看的图绘雕刻，以及听看合一的戏剧，原是当然的，不过近来又添了无线电，画报，以及有声电影，势头来得更凶猛了，于是就加速度地完成了他的没落。这些说来似乎活现一点，其实也浪漫了一点，老实说文学本来就没有浮起来过，他不曾爬得高，所以也不怎么会跌得重。他的地位恐怕向来就只在安静的图书馆的一角，至少也是末了总到这一角里去，即使当初是站在十字街头的。我想文艺的变动终是在个人化着，这个人里自然仍含着多量的民族分子，但其作品总只是国民的而不能是集团的了。有时候也可以有一种诚意的反动，想复归于集团的艺术，特别是在政治上想找文学去做帮手的时候，也更可以有一种非诚意的运动，想用艺术造成集团，结果都是不如意。这原是不足怪的。集团的艺术如不是看也总是听，不然即难接受。儿童喜看“小人书”，文理不大通的人喜念新闻，便是家书也要朗诵，这都是读也不能离开看与听的证据，若单是读——即使如朱晦庵所说十目一行地读，那是不很容易的玩艺儿。荷马的史诗，三家的悲剧，莎士比亚的戏曲，原来都是在市场（Agora）唱演过的，看客一散，写成白纸黑字，又传了千年百年，大家敛手推服，认为古今名作，可是读起来很是艰难了，很艰难地读懂了之后自然也会了解他的好处，可是原来所谓大众的普遍性与通俗性却是早已失掉了。一个文人如愿意为集团服务，可以一直跑到市场去，湔除一己的性癖，接受传统的手法与大众的情绪，大抵会得成功，但这种艺术差不多有人亡政熄之悲，他的名望只保得一生，即使他的底稿留存，无论是《三国》《水浒》那么好，一经变成文学，即与集团长辞，坐到安静的图书馆的一角里去，只有并不特殊也总是少数的读者去十目一行地读读而已。我相信读这一件事实在是非常贵族的，也是很违反自然的，古人虽说啄木鸟会画符，却总不曾听说大猩猩会得通信，所以仓颉造天地玄黄等字而鬼夜哭，实在不是无故的吧。写而不是画，要读了想而不是念了听的，这样的东西委实很是别扭，我想是无法可以改良的。他的命运大约是如萩原所说，最好让他去没落，去成为古色苍然的旧世纪的存在，在别一方面如要积极地为集团服务或是有效地支配大众，那么还是去利用别的手段，一句话就是凡可以听可以看或可以听且看的，如音乐美术，画报戏曲有声电影，当更可胜任愉快。世界上如肯接收这个条陈，采用看与听的东西去做宣传，却将读的东西放下了，这还可以有一种好处，即世间可得到一点文学的自由，虽然这还说不到言论的自由。文学既不被人利用去做工具，也不再被干涉，有了这种自由他的生命就该稳固一点了，所以我的意思倒有几分与萩原相同，对于文学的未来还是抱点乐观的。

［1936 年 3 月《自由评论》/《风雨谈》］

北平的春天

北平的春天似乎已经开始了，虽然我还不大觉得。立春已过了十天，现在是七九六十三的起头了，布衲摊在两肩，穷人该有欣欣向荣之意。光绪甲辰即一九〇四年小除，那时我在江南水师学堂曾作一诗云：

一年倏就除，风物何凄紧。

百岁良悠悠，白日催人尽。

既不为大椿，便应如朝菌。

一死息群生，何处问灵蠢。

但是第二天除夕我又做了这样一首云：

东风三月烟花好，凉意千山云树幽，

冬最无情今归去，明朝又得及春游。

这诗是一样的不成东西，不过可以表示我总是很爱春天的。春天有什么好呢，要讲他的力量及其道德的意义，最好去查盲诗人爱罗先珂的抒情诗的演说，那篇世界语原稿是由我笔录，译本也是我写的，所以约略都还记得，但是这里誊录自然也更可不必了。春天的是官能的美，是要去直接领略的，关门歌颂一无是处，所以这里抽象的话暂且割爱。

且说我自己的关于春的经验，都是与游有相关的。古人虽说以鸟鸣春，但我觉得还是在别方面更感到春的印象，即是水与花木。迂阔的说一句，或者这正是活物的根本的缘故罢。小时候，在春天总有些出游的机会，扫墓与香市是主要的两件事，而通行只有水路，所在又多是山上野外，那么这水与花木自然就不会缺少的。香市是公众的行事，禹庙南镇香炉峰为其代表。扫墓是私家的，会稽的乌石头调马场等地方至今在我的记忆中还是一种代表的春景。庚子年三月十六日的日记云：

晨坐船出东郭门，挽纤行十里，至绕门山，今称东湖，为陶心云先生所创修，堤计长二百丈，皆植千叶桃垂柳及女贞子各树，游人颇多。又三十里至富盛埠，乘兜轿过市行三里许，越岭，约千馀级。山上映山红牛郎花甚多，又有蕉藤数株，着花蔚蓝色，状如豆花，结实即刀豆也，可入药。路旁皆竹林，竹萌之出土者粗于碗口而长仅二三寸，颇为可观。忽闻有声如鸡鸣，阁阁然，山谷皆响，问之轿夫，云系雉鸡叫也。又二里许过一溪，阔数丈，水没及骭，舁者乱流而渡，水中圆石颗颗，大如鹅卵，整洁可喜。行一二里至墓所，松柏夹道，颇称闳壮。方祭时，小雨簌簌落衣袂间，幸即晴霁。下山午餐，下午开船。将进城门，忽天色如墨，雷电并作，大雨倾注，至家不息。

旧事重提，本来没有多大意思，这里只是举个例子，说明我春游的观念而已。我们本是水乡的居民，平常对于水不觉得怎么新奇，要去临流赏玩一番，可是生平与水太相习了，自有一种情分，仿佛觉得生活的美与悦乐之背景里都有水在，由水而生的草木次之，禽虫又次之。我非不喜禽虫，但他总离不了草木，不但是吃食，也实是必要的寄托，盖即使以鸟鸣春，这鸣也得在枝头或草原上才好，若是雕笼金锁，无论怎样的鸣得起劲，总使人听了索然兴尽也。

话休烦絮。到底北平的春天怎么样了呢，老实说，我住在北京和北平已将二十年，不可谓不久矣，对于春游却并无什么经验。妙峰山虽热闹，尚无暇瞻仰，清明郊游只有野哭可听耳。北平缺少水气，使春光减了成色，而气候变化稍剧，春天似不曾独立存在。如不算他是夏的头，亦不妨称为冬的尾，总之风和日暖让我们着了单袷可以随意徜徉的时候真是极少，刚觉得不冷就要热了起来了。不过这春的季候自然还是有的。第一，冬之后明明是春，且不说节气上的立春也已过了。第二，生物的发生当然是春的证据，牛山和尚诗云，春叫猫儿猫叫春，是也。人在春天却只是懒散，雅人称曰春困，这似乎是别一种表示。所以北平到底还是有他的春天，不过太慌张一点了，又欠腴润一点，叫人有时来不及尝他的味儿，有时尝了觉得稍枯燥了，虽然名字还叫作春天，但是实在就把他当作冬的尾，要不然便是夏的头，反正这两者在表面上虽差得远，实际上对于不大承认他是春天原是一样的。

我倒还是爱北平的冬天。春天总是故乡的有意思，虽然这是三四十年前的事，现在怎么样我不知道。至于冬天，就是三四十年前的故乡的冬天我也不喜欢：那些手脚生冻瘃，半夜里醒过来像是悬空挂着似的上下四旁都是冷气的感觉，很不好受，在北平的纸糊过的屋子里就不会有的。在屋里不苦寒，冬天便有一种好处，可以让人家作事：手不僵冻，不必炙砚呵笔，于我们写文章的人大有利益。北平虽几乎没有春天，我并无什么不满意，盖吾以冬读代春游之乐久矣。

［1936年3月《宇宙风》/《风雨谈》］

论万民伞

《平等阁笔记》少时曾在《时报》上见到一部分，但民国以来不再注意读报，其后笔记单行本出版亦未看见。前日在书摊偶得一部，灯下翻阅，若疏若亲，盖年代久隔，意见亦多差异，著者信佛教亦遂信鬼神妖异，不佞读之觉得与普通笔记无殊，正是古已有之的话，唯卷一首五叶记庚子乱后入都所见闻事十二则却很有意思。第五则云，“哀莫大于心死，痛莫甚于亡耻”，后举数事云：

> 迨内城外城各地为十一国分划驻守后，不数月间，凡十一国公使馆，十一国之警察署，十一国之安民公所，其中金碧辉煌，皆吾民所贡献之万民匾联衣伞，歌功颂德之词，洋洋盈耳，若真出于至诚者，直令人睹之且愤且愧，不知涕泪之何从也。又顺治门外一带为德军驻守地，其界内新设各店牌号，大都士大夫为之命名，有曰德兴，有曰德盛，有曰德昌，有曰德永，有曰德丰厚，德长胜等，甚至不相联属之字竟亦强以德字冠其首，种种媚外之名词指不胜屈，而英美日义诸界亦莫不皆然。彼外人讵能解此华文为歌颂之义，而丧心忘耻一至于斯。

最近，在报纸上，又常常看到天津什么公会，替地方当局送万民伞的消息。这与上面所说的当然有点小小不同，即所送者一是外国人，一不是外国人也。但是，中国人好送德政伞，那总是实在的。为什么有这一种怪脾气的呢？这个我也很想知道，可是还不能确实知道。案《水经注》济水下昌邑县条下云，有建和十年秦闰等刊石颂德政碑，可见在汉末已有，有了千八百年的历史。白居易《青石》诗云：

> 不愿作官家道旁德政碑，不镌实录镌虚辞。

可知这碑之不可靠也是自古已然，长庆到现在也已有千一百年了。匾与伞与旗就只是碑的子孙，却是更简略，更不成东西了，其虚辞则不论大小轻重原是一样。狄君见了且愤且愧，虽是当然，其实还只是可怜。难道人民真是喜欢干这种无耻的勾当，千馀年如一日，实在还只为求生乞命耳。曹静山著《十三日备尝记》述道光廿二年英人犯上海事，五月十二日条下有云：

> 邻人张姓来云，洋人于邑庙给护照，取之者必只鸡易，无鸡则一切食用品亦或有得之者。余前闻浙省曾有此事，因期以明日觇之。

凡德政匾等皆护照也。中国自唐以来即常受外族的欺凌，而其间之本族政府又喜以专制为政，人民的一线生机盖唯在叩头而已。德政碑万民伞可也，招牌中写兴盛昌永亦可也，皆以标语表示叩头，至其对象之为中为外则可无论也。由今之道无变今之俗，匾联衣伞方兴未艾，且此亦正合于现今上下合力鼓吹的旧礼教，平等阁主人愤慨的意见在此刻恐怕亦须稍加以修正矣。

［1936 年 3 月 21 日作/《瓜豆集》］

再论万民伞

吾乡孙彦清著《寄龛丁志》卷三有一则是关于万民伞的，其文如下：

> 《洛阳伽蓝记》，后魏李延实，庄帝舅也，永安中除青州刺史，帝谓曰，怀砖之俗，世号难治，舅宜好用心。时黄门侍郎杨宽在侧，不晓怀砖之义，私问舍人温子升。子升曰，吾闻彭城王作青州，其宾从云，齐土风俗专在荣利，太守初入境，百姓皆怀砖叩头以美其意，及其代下还家，则以砖击之，言其向背速于反掌云。今则无论居官若何，宜以瓦砾赠行者，亦必有德政碑①万民伞，滔滔者天下皆是也，弥可叹矣。

案《伽蓝记》文见原书卷二，怀砖之俗的话也从这里初次看到，孙君提起来与万民伞比较，分出优劣来，也是很有意思的事。本来怀砖叩头已经是够可笑的了，等到太守卸任又以砖击之，可谓势利反复，殊不足道，但以较后来的专送万民伞，毕竟要算还胜一筹。盖中国近世的人生哲学可以“多磕头少说话”六字包括之，送万民伞即是很好的例，来送去亦送，见人便磕头，纵或无利益，亦不至有害，逢迎愈工，是非都泯，瓦砾赠行几等于博浪之击，世无张子房，久不闻有冒此险者矣。君子于此可以观世变焉，孙君之慨叹亦从非无故也。

据西儒说，伞是古时贵人的专用品，平民不得用，中国也只有官吏才张盖，王侯背后有从人擎着曲柄黄盖或是掌扇，常见于图画，都是遮

【鄢校】

① “碑”原作“牌”。

太阳用的。平民恐怕只配光着头走，至少见了贵人应当如此，西人至今免冠为礼，因为冠即是代伞的东西也。拿伞送官，深得古意，又利用伞上的空间颂扬德政，罗列姓名，表示降伏，真是工巧已极，一举而三善备矣。我这里觉得最有意思的却不在伞而是万民，我不知道从哪里得来这成千成百的姓名？中国没有完备的户籍，就是有什么户口调查，也只是多少丁口罢了，名字随意更换，虽是自己承认，却全无可稽考，在这种情形之下要想集录法律上有效的姓名，的确不是一件容易事情。

《嘉泰会稽志》卷二云，汉会稽太守马臻创立鉴湖，筑塘蓄水，周回三百一十里，都溉田九千馀顷。又引孔灵符《会稽记》云：

> 创湖之始，多淹家宅，有千馀人怨诉，臻遂被刑于市，及遣使按覆，总不见人，籍皆是先死亡者。

越中传说太守被剥皮楦草，疑非其实，阅载纪唯明朱棣顺张献忠及清初有是刑，汉末或尚未必有也。《志》卷十三又引起居郎熊克说云：

> 或问曰，马臻之始为湖也，会稽民数千人诣阙讼之，臻得罪死，及按见讼者皆已死，说者以为鬼。予独曰，不然。臻之为湖，不利于豪右，故相与讼之，而假死者以为名。臻虽坐死，湖乃得不废，亦幸而已。

看了这种前例，我便对于多人署名的文件都感到一种不愉快与不相信，如报上常见的某人等几十百人同叩的电或代电，往往只令人发出顿悟的闲投词，如新婿吃西瓜的笑话里所说的那样。这些未必是死人名，也不见得有要杀马臻那么严重的用意，不过总觉得这是无可按覆的，而且或者是豪右的花样亦未可知。至于颂扬的列名，那么情形自然有点不同，这里决不会有死人在内，也不会写乌帖思何得有这种名字的了。因为颂扬即是磕头的别一方式，施礼者在下磕头，必要使得在上的受礼者知道才好，所以磕头时大呼大人高升，或碰头作响声，或连叩不已，其目的皆以引人见闻也。把自己的尊姓大名高高地绣在伞上，虽然是挨挤在一起，字也只是苍蝇大小，总希望得蒙台览的，所以无疑的是用着真实姓名。不过我总觉得奇怪，怎么又哪里去招集这许多愿意参加颂扬的人名，成千成百的绣到伞上去呢？我觉得这很不容易，这或者比抄录数千先死亡者还要麻烦呢。关于万民伞我想来想去这一点最为佩服，假如要我经手办这事，我就办不来，第一无从去拉这许多人来署名。三月中天津商民送万民伞给大官祝寿，岁月如流，转瞬已是三个月了，我对于这事总是忘记不了，得闲特再论之。语云，江山好改，本性难移。送万民伞与祝寿殆是中国人的本性欤，然则我们三四申论的机会还多得很，只要江山不改，且珥笔以俟耳。

［1936 年 6 月 13 日作/《瓜豆集》］

市河先生

近十年来我在北京大学教日本文，似乎应该有好些的教学经验可以谈谈，其实却并不然。我对于教没有什么心得可谈，这便因为在学的时候本来也没有什么成绩。最重要的是经验，我的经验却是很不上轨道很无程序的，几乎不成其为经验。我学日文差不多是自修的，虽然在学校里有好几位教员，他们很热心地教，不过我很懒惰不用功，受不到多少实益。说自修又并不是孜孜矻矻地用苦功，实在是不足为法的，不过有些事情也不妨谈谈，或者有点足以供自修日文的诸君参考的地方也说不定。

讲起学日文来，第一还得先对我的几位先生表示感谢，虽然我自己不好好地学，他们对于我总是有益处的。我被江南督练公所派到日本去学土木工程时已是二十二岁，英文虽然在水师学过六年，日本语却是一句不懂的。最初便到留学生会馆的补习班里去学，教师是菊池勉，后来进了法政大学的预科，给我们教日文的教员共有三位，其一是保科孝一，文学士，国语学专家，著书甚多，今尚健在，其二是大岛压之助，其三是市河三阳。保科先生是一个熟练的教师，讲书说话都很得要领，像是预备得熟透的讲义似的，可是给我们的印象总是很浅。大岛先生人很活泼，写得一手的好白话，虽然不能说，黑板上写出来作译解时却是很漂亮，教授法像是教小学生地很有步骤，可以算是一个好教员，我却觉得总和他距离得远。市河先生白话也写得好，还能够说一点，但是他总不说，初次上课时他在黑板上写道“我名市河三阳”，使得大家发笑起来。他又不像大岛那样口多微辞，对于中国时有嘲讽的口气，功课不大行又欠聪明的学生多被戏弄，他只是诚恳地教书，遇见学生弄不清楚的时候，反而似乎很为难很没有办法的样子。我对于他的功课同样地不大用心，但对于他个人特别有好感，虽然一直没有去访问过。我觉得这三位先生很可以代表日本人的几种样式，是很有意思的事，只可惜市河先生这种近于旧式的好人物的模型现今恐怕渐渐地要少下去了。

我离开预科后还在东京住了四年，却不曾再见到市河先生，民国八年及廿三年又去过两次，也不去访问，实在并无从探听他的消息。今年春天偶读永井荷风的《荷风随笔》，其第十三篇题曰“市河先生之《烬录》”，不意地找到一点材料，觉得很可喜。其文有云：

纪述震灾惨状的当时文献中我所特别珍重不置的是市河泰庵先生之《烬录》。

先生今兹已于正月为了宿疴易箦于小石川之新居。我在先生前但有书翰往复，又因平生疏懒不一赴邸宅问病，遂至永失接謦欬的机会了。

《烬录》一书系先生以汉文记述在饭田町的旧居游德园为灾火所袭与其家人仅以身免时的事情，分编为避难纪事，杂事片片，神主石碑，烹茶樵书等十馀章，于罹灾后二年付印以分赠知人者也。卷尾记云：此稿于今兹九月十二日起草，旬日而阁笔，秋暑如毁，挥汗书之。词句拙陋杂驳，恰如出于烬中，因曰《烬录》，聊①以供辱问诸君之一笑。

又云：

泰庵先生名三阳，江户时代著名书家市河米庵先生之孙，万庵先生之嗣子也，其学德才艺并不愧为名家之后，世所周

【锺校】

① “聊”原作“卿”。

知，不俟谫劣如予者之言矣。

文中引有《烬录》避难纪事一部分，今节录于下：

大正十二年九月一日，朝来小雨才霁，暑甚。将午，时予倚坐椅，待饭至，地忽大动。予徐起离褥启窗，先望库屋，意谓库去岁大加修缮，可以据焉。踌躇间震益大，见电灯摇动非常，乃仓卒旋踵至庭中。……时近闻爆音，忽又闻消防车之声，盖失火也。须臾消防车去，以为火熄，岂意乃水道坏，消火无术可施也。内子以铁叶桶盛水来，乃投盐于中连饮之，曰，桔槔倒，以手引绳而汲，故迟迟耳。予曰，荒野氏如何？曰，幸免，但对面之顷屋瓦皆坠，某头伤来乞水。予曰，何处失火？曰，齿科医学校也。予时立而四顾。……黑烟益低，火星之降者渐多，遂决意作逃计。内子曰，不携君物乎？予此时贪念全绝，忽忆及一书箧适在库外，皆曾祖父集类，乃曰，然则携此乎。内子遂挈之出，弃箧，以儿带缚之，此他虽几边一小物举不及顾。盖当时馀震至剧，予若命内子入内，万一有事，恐有不堪设想者，且事急，率迫之际得脱此一函，亦足多矣。逃计既定，虑门前路隘有堕瓦之危，乃破庭前之篱以出。吾庭与邻园接，邻园为崖而多树，故吾庭平日眺望旷敞，知友皆羡焉。今予等缒枝排莽而下，下至半途右顾，忽见火焰，盖在吾庭之右有人家楼屋，故庭中不见火也。……至晓星小学校前，满街狼狈，有跣足者，有袜而巾者，有于板上舁笃疾者，偶有妇人盛装而趍者，红裳翩飘，素足露膝不知也。予病中不喜着裈，此时一衣一带一眼镜耳，以故徐步之间尚颇恐露丑，心中独苦笑。

想像市河先生那时的情景，我亦不禁苦笑，其时盖已在给我们教书十五年之后，据荷风说先生于昭和二年病故，则为地震后四年，即民国十六年也。

《烬录》原书惜未得见，只能转抄出这一部分，据云原本用汉文所写，荷风引用时译为和文，今又重译汉文，失真之处恐不免耳。

［1935 年 4 月作 /《苦竹杂记》］

《逸语》与《论语》

前日买到北平图书馆的一册《善本书目乙编》，所列都是清代刻本之精善希少者，还有些稿本及批校本。在仿佛被放弃了的北平，几时有看图书馆善本的福气我简直就不知道，看看书目虽不能当屠门大嚼，也可以算是翻食单吧。全书目共百四十五页，一半是方志与赋役书，但其他部分却可阅。我觉得有趣味的，寒斋所藏的居然也有两部在选中，一是曹廷栋的《逸语》十卷，一是陆廷灿的《南村随笔》六卷。我买这些书几乎全是偶然的，陆幔亭本来我就不知道，因为想找点清初的笔记看，于刘献廷、傅青主、王渔洋、宋牧仲、冯钝吟、尤西堂、王山史、刘在园、周栎园等外，又遇见这随笔，已经是雍正年刊本了。序中说他是王、宋的门生，又用《香祖笔记》《筠廊偶笔》来比他的书，我翻看一过，觉得这还比得不大错，与宋牧仲尤相近。虽然这种琐屑的记录我也有点喜欢，不过我尤喜欢有些自己的意见情趣的，如刘傅冯尤，所以陆君的笔记我不很看重，原来只是以备一格而已。

曹慈山有一部《老老恒①言》，我颇爱读，本来七十曰老，现在还差得远哩，但是有许多地方的确写得好，所以很觉得喜欢。这部《逸语》因为也是曹慈山所辑注的，便买了来，价也不大便宜，幸喜是原版初印，那《恒言》的版却很蹩脚，是《槜李丛书》本而又是后印的，《逸语》三大本的外表的确是颇为可观，内容稍过于严肃，盖属于子部儒家，而这一类的书在我平日是不大看者也。

【锺校】

① “恒”原作“琐”。

现在又取出《逸语》来一翻，这固然由于书目乙编的提示，一半也因为是“上丁”的缘故吧。曹君从周秦两汉以迄晋宋齐梁诸子百家的书中辑集所记孔子的话，编为十卷二十篇，略如《论语》，而其文则为诸经之所逸，因名曰《逸语》。我刚才说不喜读四库的子部儒家类的书，但是《论语》有时倒也看看，虽然有些玄妙的话，古奥或成疑问的文，都不能懂；其一部分总还可以了解而且也很赞成的。《逸语》集录孔子之言，不是儒教徒的文集，所以也可以作《论语》外篇读。我因为厌恶儒教徒，而将荀况孔鲋等一笔抹杀，也是不对，这个自己本来知道。平常讨厌所谓道学家者流，不免对于儒家类的《逸语》不大表示尊重，但又觉得《论语》还有可看，于是《逸语》就又被拉了出来，实在情形便是如此。老实说，我自己也①是儒家，不过不是儒教徒，我又觉得自己可以算是孔子的朋友，远在许多徒孙之上。对于释迦牟、尼梭格拉底似乎也略知道，至于耶稣、摩罕默德则不敢说懂，或者不如明了地说不懂为佳。

《逸语》卷十，第十九篇《轶事》引《吕氏春秋》云：

> 文王嗜菖蒲菹，孔子闻而服之，缩頞而食之，三年，然后胜之。

曹注云：

> 此见圣人于饮食之微不务肥甘以悦口，亦取有益于身心，与不撤姜食其旨相同，且事必师古之意，于此亦可见耳。

这件事仿佛有点可笑，有如《乡党》中的好些事一样，我却觉得很有意思。菖蒲根我知道是苦的，小时候端午节用这加在雄黄酒里喝过，所以知道不是好吃的东西，但如盐腌或用别的料理法，我想或者要较

【锺校】

① “也”原作“说”。

好，不必三年才会胜之亦未可知。我们读古书仿佛也是这个情形，缩頞食之——这回却不至三年了，终于也胜之，辨别得他的香，也尝透了他的苦及其他的药性。孔子吃了大有好处，据《孝经纬》云，“菖蒲益聪”，所以后来能编订《易经》，了解作者之忧患，我们也因此而能尚友圣人，懂得儒道法各家的本意，不佞于此事不曾有特别研究，在专门学者面前抬不起头来，唯如对于一般孔教徒则我辈自称是孔圣人的朋友殆可决无愧色也。

《逸语》卷一有引《荀子》所记的一节话云：

> 子曰，由，志之。奋于言者华，奋于行者伐，色智而有能者，小人也。故君子知之曰知之，不知曰不知，言之要也。能之曰能之，不能曰不能，行之至也。言要则智，行至则仁，既仁且智，夫恶有不足矣哉。

这话虽然稍繁，却也说得很好。《论语·为政第二》云：

> 子曰，由，诲女知之乎？知之为知之，不知为不知，是知也。

意思正自相像。孔子这样看重知行的诚实，是我所最佩服的一件事。《先进第十一》云：

> 季路问事鬼神，子曰，未能事人，焉能事鬼。曰，敢问事死，曰，未知生，焉知死。

《子路第十三》云：

> 樊迟请学稼，子曰，吾不如老农。请学为圃，子曰，吾不如老圃。

又《卫灵公第十五》记公问陈，孔子也答说“军旅之事未之学也”。这种态度我也觉得很好。虽然樊迟出去之后孔子数说他一顿，归结到“焉用稼”，在别处如《泰伯第八》也说，“笾豆之事则有司存”，可见他老先生难免有君子动口小人动手的意思，觉得有些事不必去做，但这也总比胡说乱道好。我尝说过，要中国好不难，第一是文人不谈武，武人不谈文。盖《大学》难懂，武人不读正是言之要也，大刀难使①，文人不要便是行之至也，此即是智与仁也。《季氏第十六》又有一节云：

孔子曰，求，君子疾夫舍曰欲之而必更为之辞。

下文一大串政治哲学大为时贤所称赏，我这里只要这一句，因为与上面的话多少有点关系。孔子这里所骂的，比以不知为知以不能为能，情节还要重大了，因为这是文过饰非。因为我是儒家思想的，所以我平素很主张人禽之辨，而文过饰非乃是禽以下的勾当。古人说通天地人为儒，这个我实在不敢自承，但是如有一点生物学文化史和历史的常识，平常也勉强足以应用了。我读英国捺布菲修所著《自然之世界》与汉译汤姆生的《动物生活史》，觉得生物的情状约略可以知道，是即所谓禽也。人是一种生物，故其根本的生活实在与禽是一样的，所不同者，他于生活上略加了一点调节，这恐怕未必有百分之一的变动，对于禽却显出明了的不同来了，于是他便自称为人，说他有动物所无的文化。据我想，人之异于禽者就只为有理智吧，因为他知道己之外有人，己亦在人中，于是有两种对外的态度，消极的是恕，积极的是仁。假如人类有什么动物所无的文化，我想这个该是的，至于汽车飞机枪炮之流无论怎么精巧便利，实在还只是爪牙筋肉之用的延长发达，拿去夸示于动物，但能表出量的进展而非是质的差异。我曾说，乞食是人类文明的产物。恐要妨害隔壁的人用功而不在寄宿舍拉胡琴，这虽是小事，却是有人类的特色的。《卫灵公·第十五》云：

子贡问曰，有一言而可以终身行者乎？子曰，其恕乎，己

【锺校】

① “使”原作“便”。

所不欲勿施于人也。

《公冶长·第五》云：

子贡曰，我不欲人之加诸我也，吾亦欲无加诸人也。子曰，赐也，非尔所及也。

孔子这种地方的确很有见解。但是人的文化也并不一定都是向上的，人会恶用他的理智去干禽兽所不为的事，如暗杀，买淫，文字思想狱，为文明或王道的侵略，这末了一件正该当孔子所深恶痛疾的，文过饰非自然并不限于对外的暴举，不过这是最重大的一项罢了。

孔子的话确有不少可以作我们东洋各国的当头棒喝者，只可惜虽然有千百人去对他跪拜，却没有人肯听他。真是了解孔子的人大约也不大有了，我辈自认是他的朋友，的确并不是荒唐。大家的主人虽是婢仆众多，知道主人的学问思想的还只有和他平等往来的知友，若是垂手直立，连声称是，但足以供犬马之劳而已。孔子云：

益者三友，损者三友。友直，友谅，友多闻，益矣。友便僻，友善柔，友便佞，损矣。

我们岂敢对圣人自居于多闻，曰直曰谅，其或庶几，当勉为孔子之益友而已。

[附记]

文中所引《论语》系据《四部丛刊》景印日本南北朝正平刻本，文字与通行本稍有不同，非误记也。

[1936年4月《宇宙风》/《风雨谈》]

《日本杂事诗》

今年阴历的厂甸我居然去了三次，所得到的无非都是小书零本罢了，但是其中也有我觉得喜欢的，如两种《日本杂事诗》即是其一。黄公度的著作最知名的是《人境庐诗草》十一卷，辛亥年梁任公在日本付印的原本今虽少见，近年北平有重校印本，其次《日本国志》四十卷，浙江刻板今尚存在。这两卷《日本杂事诗》虽然现在不大流行，在当时却很被人家珍重，看它版本之多就可以知道。我在去年的厂甸买得一种，是光绪十一年十月梧州刻本，有黄君新序。今年所得的其一为天南遁窟活字板本，题曰光绪五年季冬印行，前有王韬序则云光绪六年二月朔日，可知是在次年春天才出版的。又其一是光绪廿四年长沙刻本，有十六年七月的自序，末附戊戌四月的跋。在王韬的《扶桑游记》中卷，光绪五年四月二十二日条下致余元眉中翰书（《又见《弢园尺牍》卷十二）中有云：

> 此间黄公度参赞撰有《日本杂事诗》，不日付诸手民，此亦游宦中一段佳话。

又《杂事诗序》云：

> 逮余将行，出示此书，读未终篇，击节者再，此必传之作也，亟宜早付手民，俾世得以先睹为快，因请于公度即以余处活字板排印，公度许之，遂携以归。旋闻是书已刻于京师译馆，洵乎有用之书为众目所共睹也。

案《杂事诗》于光绪五年孟冬由同文馆以聚珍板印行，然则此王氏本当为第二种版本也。黄君戊戌年跋云：

> 此诗光绪己卯上之译署，译署以同文馆聚珍板行之，继而

香港循环报馆日本凤文书坊又复印行，继而中华印务局日本东京书肆复争行翻刻，且有附以伊吕波及甲乙丙等字，衍为注释以分句读者。乙酉之秋余归自美国，家大人方榷税梧州，同僚索取者多，又重刻焉。丁酉八月余权臬长沙，见有悬标卖诗者，询之又一刻本，今此本为第九次刊印矣。此乃定稿，有续刻者当依此为据，其他皆拉杂摧烧之可也。

据这里所说，梧州刻当是第七种版本，长沙刻为第九种亦即是定本。《丛书举要》卷四十五所载“弢园老民手校刊本”中有重订《日本杂事诗》一本，重订云者当系改定之本，唯弢园生于道光戊子，在戊戌年已是七十一岁，不知其尚在人间否，且亦不能料他有如此老兴来重印此书否也。所以现在看来，此定稿似只有长沙的刻本，后来不曾复刻，我于无意中得到，所谓觉得喜欢就是为此。

《杂事诗》原本上卷七十三首，下卷八十一首，共百五十四首，今查定本上卷删二增八，下卷删七增四十七，计共有诗二百首。至其改订的意思，在十六年的自序中很明了地说道：

余于丁丑之冬奉使随槎，既居东二年，稍与其士大夫游，读其书，习其事，拟草《日本国志》一书，网罗旧闻，参考新政，辄取其杂事衍为小注，串之以诗，即今所行《杂事诗》是也。时值明治维新之始，百度草创，规模尚未大定，……纷纭无定论，余所交多旧学家，微言刺讥，咨嗟太息，充溢于吾耳，虽自守居国不非大夫之义，而新旧同异之见时露于诗中。及阅历日深，闻见日拓，颇悉穷变通久之理，乃信其改从西法，革故取新，卓然能自树立，故所作《日本国志》序论往往与诗意相乖背。久而游美洲，见欧人，其政治学术竟与日本无大异，今年日本已开议院矣，进步之速为古今万国所未有，时与彼国穹官硕学言及东事，辄敛手推服无异辞。使事多暇，偶翻旧编，颇悔少作，点窜增损，时有改正，共得诗数十首，其不及改者亦姑仍之。嗟夫，中国士夫闻见狭陋，于外事向不措意，今既闻之矣，既见之矣，犹复缘饰古义，足己自封，且疑且信，逮穷年累月，深稽博考，然后乃晓然于是非得失之宜，长短取舍之要，余滋愧矣。

黄君的这见识与态度实在很可佩服，梁任公的《嘉应黄先生墓志铭》里说得好：

当吾国二十年以前未知日本之可畏，而先生此书（案指《日本国志》）则已言日本维新之功成则且霸，而首先受其冲者为吾中国，及后而先生之言尽验，以是人尤服其先见。

不特此也，黄君对于日本知其可畏，但又处处表示其有可敬以至可爱处，此则更难，而《杂事诗》中即可以见到，若改正后自更明了了。原本卷上第五十《咏新闻纸》诗云：

一纸新闻出帝城，传来令甲更文明，
曝檐父老私相语，未敢雌黄信口评。

定本则云：

欲知古事读旧史，欲知今事看新闻，
九流百家无不有，六合之内同此文。

注云：

新闻纸以讲求时务，以周知四国，无不登载，五洲万国如有新事，朝甫飞电，夕既上板，可谓不出户庭而能知天下事矣。其源出于邸报，其体类乎丛书，而体大而用博则远过之也。

此注与原本亦全不同。以诗论，自以原本为佳，稍有讽谏的风味，在言论不自由的时代或更引起读者的共鸣。但在黄君则赞叹自有深意，不特其去旧布新意更精进，且实在以前的新闻亦多偏于启蒙的而少作宣传的运动，故其以丛书（Encyclopedia）相比并不算错误。又原本卷上第七十二《论诗》云：

几人汉魏溯根源，唐宋以还格尚存，
难怪鸡林贾争市，白香山外数随园。

注云：

诗初学唐人，于明学李王，于宋学苏陆，后学晚唐，变为四灵，逮乎我朝王袁赵张（船山）四家最著名，大抵皆随我风气以转移也。白香山袁随园尤剧思慕，学之者十八九，《小仓山房随笔》亦言鸡林贾人争市其稿，盖贩之日本，知不诬耳。七绝最所擅场，近市河子静、大洼天民、柏木昶、菊池五山皆称绝句名家，文酒之会，援毫长吟高唱，往往逼唐宋。余素不能为绝句，此卷意在隶事，乃仿《南宋杂事诗》《滦阳杂咏》之例，排比成之，东人见之不转笑为东施效颦者几希。

日本人做汉诗，可以来同中国人唱和，这是中国文人所觉得顶高兴的一件事，大有吾道东矣之叹。王之春《东游日记》卷上光绪五年十一月初三日纪与黄公度参赞相见，次日有题《日本杂事诗》后四绝句，其四云：

自从长庆购鸡林，香爇随园直到今，
他日新诗重谱出，应看纸价贵兼金。

即是承上边这首诗而来，正是这种意思，定本却全改了，诗云：

岂独斯文有盛衰，旁行字正力横驰，
不知近日鸡林贾，谁费黄金更购诗。

注仍如旧，唯末尾“往往逼唐宋”之后改云：

近世文人变而购美人诗稿，译英士文集矣。

就上文所举出来的两例，都可以看出作者思想之变换，盖当初犹难免缘饰古义，且信且疑，后来则承认其改从西法革故取新，卓然能自树立也。胡适之先生在《五十年来中国之文学》中叙黄君事云：

当戊戌的变法，他也是这运动中的一个人物。他对于诗界革命的动机似乎起得很早。

他在早年的诗中便有"我手写我口"的主张，《日本国志》卷三十三《学术志》论文字处谓中国将有新文体新字体①可以发生，末云：

周秦以下文体屡变，逮夫近世，章疏移檄告谕批判，明白晓畅，务期达意，其文体绝为古人所无，若小说家言更有直用方言以笔之于书者，则语言文字几几乎复合矣，余又乌知夫他日者不更变一文体为适用于今通行于俗者乎。嗟乎，欲令天下之农工商贾妇女幼稚皆能通文字之用，其不得不于此求一简易之法哉。

黄君对于文字语言很有新意见，对于文化政治各事亦大抵皆然。此甚可佩服，《杂事诗》一编，当作诗看是第二着，我觉得最重要的还是看作者的思想，其次是日本事物的纪录。这末一点从前也早有人注意到，如《小方壶斋舆地丛钞》中曾钞录诗注为《日本杂事》一卷，又王之春著《谈瀛录》卷三四即《东洋琐记》，几乎全是钞袭诗注的，《杂事诗》讲到画法有云：

有边华山椿椿山得恽氏真本，于是又传没骨法。

《东洋琐记》卷下引用而改之曰：

有边华山椿家。山椿得恽氏真本，于是传没骨法。

却不知边华山椿椿山原是两人，椿山就姓椿，华山原姓渡边，因仿中国称为边华山，现代文人佐藤春夫亦尚有印文曰藤春也。王君把他们团作一个人，虽是难怪，却亦颇可笑。定稿编成至今已四十六年，记日本杂

【锺校】

① "新文体新字体"原作"新字体新字"。

事的似乎还没有第二个，此是黄君的不可及处，岂真是今人不及古人欤。

民国廿五年三月三日，于北平。

[补记]

《杂事诗》第一版同文馆聚珍本今日在海王村书店购得，书不必佳，只是喜其足备掌故耳。

[1936年4月《逸经》/《风雨谈》]

《梅花草堂笔谈》等

前居绍兴时家中有张大复的《梅花草堂笔谈》四五本，大约缺其十分之二，软体字竹纸印，看了很可喜，所以小时候常拿出来看，虽然内容并不十分中意。移家来北京的时候不知怎地遗失了，以后想买总不容易遇见，而且价目也颇贵，日前看旧书店的目录，不是百元也要六七十。这回《中国文学珍本丛书》本的《笔谈》出版，普及本只需四角五分，我得到一本来看，总算得见全本了，也不记得哪几卷是不曾看过的，约略翻阅一遍，就觉得也可以满足了。

《珍本丛书》出版之前，我接到施蛰存先生的来信，说在主编此书，并以目录见示，我觉得这个意思很好，加上了一个赞助的名义，实在却没有尽一点责，就是我的一部《谑庵文饭小品》也并不曾贡献出去。目录中有些书我以为可以缓印的，如《西青散记》《华阳散稿》《柳亭诗话》等，因为原书都不大难得，不过我只同施先生说及罢了，书店方面多已编好付印，来不及更改了。但是在别一方面也有好些书很值得重印，特别是晚明文人的著作，在清朝十九都是禁书，如三袁、钟谭、陈继儒、张大复、李卓吾等均是。袁小修的《游居柿录》我所有的缺少两卷，《焚书》和钟谭集都只是借了来看过，如今有了翻印本，足以备检阅之用。句读校对难免多错，但我说备检阅之用，这也只好算了，因为排印本原来不能为典据，五号字密排长行，纸滑墨浮，蹙频疾视，殊少读书之乐，这不过是石印小册子之流，如查得资料，可以再去翻原书，固不能即照抄引用也。所收各本精粗不一，但总没有伪造本，亦尚可取。《杂事秘辛》虽伪造，还可算作杨升庵的文章，若是现今胡乱改窜的那自然更不足道了。

翻印这一类的书也许有人不很赞成，以为这都没有什么文艺或思想上的价值，读了无益。这话说得有点儿对，也不算全对。明朝的文艺与思想本来没有多大的发展，思想上只有王学一派，文艺上是小说一路，略有些创造，却都在正统路线以外，所以在学宗程朱文宗唐宋的正宗派看来毫无足取，正是当然的事。但是假如我们①觉得不必一定那么正宗，对于上述二者自当加以相当注意，而这思想与文艺的旁门互相溷合便成为晚明文坛的一种空气，自李卓吾以至金圣叹，以及桐城派所骂的吴越间遗老，虽然面貌不尽相似，走的却是同样路道。那么晚明的这些作品也正是很重要的文献，不过都是旁门而非正统的，但我的偏见以为思想与文艺上的旁门往往要比正统更有意思，因为更有勇气与生命。孔子的思想有些我也是喜欢的，却不幸被奉为正统，大被歪曲了，愈被尊愈不成样子，我真觉得孔子的朋友殆将绝迹，恐怕非由我们一二知道他的起来纠正不可，或者《论语衍义》之作也是必要的吧。这是闲话，暂且按下不表，却说李卓吾以下的文集，我以为也大值得一看，不但是禁书难得，实在也表示明朝文学的一种特色，里边包含着一个新文学运动，与现今的文学也还不是水米无干者也。

现在提起公安竟陵派的文学，大抵只看见两种态度，不是鄙夷不屑便是痛骂。这其实是古已有之的，我们最习见的有《静志居诗话》与《四库书目提要》，朱竹垞的“丛诃攒骂”是有名的了，纪晓岚其实也并未十分胡涂，在节抄《帝京景物略》的小引里可以看出他还是有知识的人。今人学舌已可不必，有些人连公安竟陵的作品未曾见过也来跟着呐喊，怕这亡国之音会断送中原，其意可嘉，其事总不免可笑，现在得书甚易，一读之后再用自己的智力来批评，这结果一定要好一点了。我

【锺校】

① “们”原作“门”。

以为读公安竟陵的书首先要明了他们运动的意义，其次是考查成绩如何，最后才用了高的标准来鉴定其艺术的价值。我可以代他们说明，这末一层大概不会有很好的分数的，其原因盖有二。一，在明末思想的新分子不出佛老，文字还只有古文体，革命的理论可以说得很充分，事实上改革不到哪里去。我觉得苏东坡也尽有这才情，好些题跋尺牍在公安派中都是好作品，他只是缺少理论，偶然放手写得这些小文，其用心的大作仍是被选入八家的那一部分，此其不同也。反过来说，即是公安作品可以与东坡媲美，更有明确的文学观耳，就是他们自己也本不望超越白苏也。二，后人受唐宋文章的训练太深，就是新知识阶级也难免以八家为标准，来看公安竟陵就觉得种种不合式。我常这样想，假如一个人不是厌恶韩退之的古文的，对于公安等文大抵不会满意，即使不表示厌恶。我觉得公安竟陵的诗都不大好，或者因为我本不懂诗之故亦未可知，其散文颇多佳作，说理的我喜其理多正确，文未必佳，至于叙景或兼抒情的小文则是其擅长，袁中郎刘同人的小记均非常①人所有也。不过这只是个人的妄见，其不能蒙大雅之印可正是当然，故晚明新文学运动的成绩不易得承认，而其旁门的地位亦终难改正，这件事本无甚关系，兹不过说明其事实如此而已。

吾乡陶筠庵就《隐秀轩集》选录诗文百五十首，为《钟伯敬集抄》，小引中载其咏钟谭的一首七言拗体，首四句云：

> 天下不敢唾王李，钟谭便是不犹人，
> 甘心陷为轻薄子，大胆剥尽老头巾。

后又评伯敬的文章云：

> 至若袁不为钟所袭，而钟之隽永似逊于袁，钟不为谭所

【锺校】

①原无“常”字，今增。

袭，而谭之简老稍胜于钟，要皆不足为钟病，钟亦不以之自病也。

陶君的见解甚是，我曾引申之云：

> 甘心云云十四字说尽钟谭，也说尽三袁以及其他一切文学革命者的精神，褒贬是非亦悉具足了。向太岁头上动土，既有此大胆，因流弊而落于浅率幽晦，亦所甘心，此真革命家的态度，朱竹垞辈不能领解，丛诃攒骂正无足怪也。

现在的白话文学好像是已经成立了，其实是根基仍不稳固，随处都与正统派相对立，我们阅公安竟陵的遗迹自不禁更多感触，不当仅作平常文集看，陶君的评语也正是极好的格言，不但是参与其事者所应服膺，即读者或看客亦宜知此，庶几对于凡此同类的运动不致误解耳。

翻印晚明的文集原是一件好事，但流弊自然也是有的。本来万事都有流弊，食色且然，而且如上文所说，这些指责亦当甘受，不过有些太是违反本意的，也就该加以说明。我想这最重大的是假风雅之流行。这里须得回过去说《梅花草堂笔谈》了。我赞成《笔谈》的翻印，但是这与公安竟陵的不同，只因为是难得罢了，他的文学思想还是李北地一派，其小品之漂亮者亦是山人气味耳。明末清初的文人有好些都是我所不喜欢的，如王稚登、吴从先、张心来、王丹麓辈，盖因其为山人之流也，李笠翁亦是山人而有他的见地，文亦有特色，故我尚喜欢，与傅青主金圣叹等视。若张大复殆只可奉屈坐于王稚登之次，我在数年前偶谈中国新文学的源流，有批评家赐教谓应列入张君，不佞亦前见《笔谈》残本，凭二十年前的记忆不敢以为是，今复阅全书亦仍如此想。世间读者不甚知此种区别，出版者又或夸多争胜，不加别择，势必将《檀几丛书》之类亦重复抄印而后止，出现一新鸳鸯蝴蝶派的局面，此固无关于世道人心，总之也是很无聊的事吧。如张心来的《幽梦影》，本亦无妨一读，但总不可以当饭吃，大抵只是瓜子耳，今乃欲以瓜子为饭，而且许多又不知是何瓜之子，其吃坏肚皮宜矣。所谓假风雅即指此类山人派的笔墨，而又是低级者，故谓之假，其实即是非假者亦不宜多吃，盖风雅或文学都不是粮食也。

［1936 年 4 月 30 日《益世报》/《风雨谈》］

谈鸦片[①]

查旧日记第二册，在戊戌（一八九八）十二月十三日下有一项记事云：

> 至新试前，购《思痛记》二卷，江宁李圭小池撰，洋一角。

小池于咸丰庚申被掳，在长毛中凡三十二月，此书即记其事，根据耳闻目睹，甚可凭信，读之令人惊骇，此世间难得的鲜血之书也。我读了这书大约印象甚深，至民国十九年八月拿出来看，在卷头题字数行云：

> 中国民族似有嗜杀性，近三百年张李洪杨以至义和拳诸事即其明征，书册所记录百不及一二，至今读之犹令人悚然。今日重翻此记，益深此感，呜呼，后之视今亦犹今之视昔乎。

李小池后来做了外交官，到过西洋，著有游记等书，我未得见。孙彦清《寄龛丙志》卷四云：

> 近阅李小池圭《游览随笔》，载强水棉花，云以强水炼成，有干湿两种，干者得火即发，湿者置火中可以二刻不燃，以电线发之，方三寸，厚寸许，重不过二两者，百步外能震巨石成齑粉。

所记盖是棉花火药欤。又所著有《鸦片事略》，近日在北平市上获得一部，其价却比《思痛记》要高了三十倍了。书凡两卷，光绪二十一

【锺校】

① 收《风雨谈》题名《鸦片事略》。

年（一八九五）刻，后于《思痛记》十五年，版式却是一样，很觉得可喜。卷首说明著书的宗旨云：

> 鸦片为中国漏卮，为百姓鸩毒，固尽人知之，而其于郡县流行之本末，禁令弛张之互用，与夫英人以售鸦片而兴戎乞抚，又以恶鸦片而设会劝禁，三百年来之事，则未必尽人知之。用就见闻所及，或采自他书，或录诸邮报，荟萃成此，附以外国往来文牍，曰《鸦片事略》。

由此可知这是鸦片文献的重要资料，北平图书馆之有翻印本也可以作证，我所留意的却不全在此，只是想看看中国人对于鸦片的态度，其次是稍找民俗的资料而已。这种材料在道光十八年湖广总督林则徐奏中找得一点，乃是关于烟具的：

> 查吸烟之竹杆谓之枪，其枪头装烟点火之具又须细泥烧成，名曰烟斗。凡新枪新斗皆不适口，且难过瘾，必其素所习用之具，有烟油积乎其中者，愈久而愈宝之。此外零星器具不一而足，然尚可以他具代之，唯枪斗均难替代，而斗比枪尤不可离。

又云：

> 如烟枪固多用竹，亦间有削木为之，大抵皆烟袋铺所制，其枪头则裹以金银铜锡，枪口亦饰以金玉角牙，又闻闽粤间又有一种甘蔗枪，漆而饰之，尤为若辈所重。其烟斗自广东制者以洋磁为上，在内地制者以宜兴为宝。恐其屡烧易裂也，则亦包以金银，而发蓝点翠，各极其工。恐其屡吸易塞也，则又通以铁条，而矛戟锥刀，不一其状。

在奏折中本来不易详叙，却也已写得不少，很是难得，所云甘蔗枪在小时候曾经看见过，烟斗与烟签子也有种种花样，这倒都是中国的自己创造。《鸦片事略》卷上记罂粟花云：

产土耳基波斯多白花白子，产印度者两种，一亦白花白子，一红花黑子，平原所植俱白花，出喜马拉山俱红花。法国人以其子榨油，香美，颇好之，英人亦用其浆为药材。印人则取干块为饼，嚼食款客，南洋诸岛有生食者，俾路芝以西各部酋皆酷嗜之，亦生食也。明末苏门答腊人变生食为吸食，其法先取浆蒸熟，滤去渣滓复煮，和烟草末为丸，置竹管就火吸食。

又云：

康熙二十三年海禁弛，南洋鸦片列入药材，每斤征税银三分。其时沿海居民得南洋吸食法而益精思之，煮土成膏，镶竹为管，就灯吸食其烟。不数年流行各省，甚至开馆卖烟。

我曾听说鸦片烟的那种吸食法是中国所发明，现在已得到文献的证明了，烟具的美术工艺虽然是在附属的地位，但是其成绩却亦大有可观也。

中国人对于鸦片烟的态度是怎样呢？人民似乎是非吃不可，官厅则时而不许吃时而许吃，即所谓禁令张弛之互用也。雍正中的办①法是：

兴贩鸦片烟者，照收买违禁货物例，枷号一月，发近边充军。私开鸦片烟馆引诱良家子弟者，照邪教惑众律，拟绞监候。

吸食者没有关系。嘉庆中改正如下：

开馆者议绞，贩卖者充军，吸食者杖徒。

道光中议严禁，十九年五月定有章程三十九条，中云：

开设烟馆首犯拟绞立决。

【锺校】

① “办”原作“变”。

一吸烟人犯均予限一年六个月，限满不知悛改，无论官民概拟绞监候。

一制卖鸦片烟具者照造卖赌具例分别治罪。

三年后江宁条约签字，香港割让，五口通商，烟禁复弛，至于戊戌。《事略》卷末论禁烟之前途云：

今日印度即不欲禁，风会所至，非人力能强，必有禁之之日，禁之又必自易罂粟而植茶始。中国土烟既收税厘，是禁种罂粟之令大弛，民间种植必因之渐广，或至尽易茶而植罂粟，数十年后中国或无植茶地，印度则广植之，中国无茶以运外洋，印度亦无鸦片以至中国，漏卮塞矣，利源涸矣，而民间嗜食者亦必犹淡巴菰之人人习为固常，则亦不禁之禁，弛而不弛矣。

这一节文章我读了好几遍，不能完全明白他的意思，似讽刺，似慨叹，总之含有不少的幽默味，而亦很合于事实，又不可不谓有先见之明也。现今鸦片已不称洋药而曰土药，在店吸食则云试药，早已与淡巴菰同成为国货矣，中国自种罂粟而印度亦自有茶，正如所言，然则鸦片烟之在中国恐当以此刻现在为理想的止境欤。

一八七五年伦敦劝禁鸦片会禀请议院设法渐令印度减植罂粟，议院以四端批复，其首二条云：

鸦片为东方人性情所好，日所必需，一也。华人自甘吸食，与英何尤，二也。

道光十六年太常寺少卿许乃济上言请弛鸦片之禁，中有云：

究之食鸦片者率皆浮惰无志不足轻重之辈。

这些话都似乎说得有点偏宕，实在却似能说出真情，至少在我个人看去是如此。去年四月里写了一篇《关于命运》，末后有一节话是谈这个问题的，我说：

第一，中国人大约特别有一种麻醉享受性，即俗云嗜好。第二，中国人富的闲得无聊，穷的苦得不堪，以麻醉消遣。有友好之劝酬，有贩卖之便利，以麻醉玩耍。卫生不良，多生病痛，医药不备，无法治疗，以麻醉救急。如是乃上瘾，法宽则蔓延，法严则骈诛矣。此事为外国或别的殖民地所无，正以此种癖性与环境亦非别处所有耳。我说麻醉享受性，殊有杜撰生造之嫌，此正亦难免，但非全无根据，如古来的念咒画符读经惜字唱皮黄做八股叫口号贴标语皆是也，或以意，或以字画，或以声音，均是自己麻醉，而以药剂则是他力麻醉耳。

我写此文时大受性急朋友的骂，可是仔细考察亦仍无以易吾说，即使我为息事宁人计删除口号标语二项，其关于鸦片的说法还是可以存在也。至于许君所说，不佞亦有相同的意见，不过以前只与友人谈谈而已，不曾发表过。但是，这里也有不同的地方。许君只说烟民都是浮惰无志不足轻重之辈，所以大可任其胡里胡涂的麻醉到死。社会的事由不吃鸦片的人去做，只消多分担一点子就可以过去了。若照我的看法，麻醉的范围推广了，准烟民的数目未免太多，简直就没有办法。对于真烟民向来一直没有法子，何况又加上准烟民乎，我想大约也只好任其过瘾。写到这里乃知李小池真有见识，我读其《思痛记》将四十年犹不曾忘，今读《鸦片事略》，其将使我再记忆他四十年乎。

（廿五年四月九日，北平）

［附记］

上文写了不久就在《实报》上看见王柱宇先生的两篇文章，都很有价值，十一日的一篇是谈烟具的，有许多事情我都不知道，十日的文章题为《土药店一瞥》，记北平樱桃斜街的鸦片烟店情形，更是贵重的资料。今抄录一部分于下：

> 我向柜上说了声，掌柜辛苦。他说，你买什么？我说，借问一声，我买烟买土，没有登记的执照，可以吗？他说，有钱就卖货，不要执照，因为从我们这里买去的烟或是土，纸包上都贴有官发的印花，印花上边印着一条蛇一只虎，纸的四角印有毒蛇猛虎四字，这种意思便表示是官货，不是私售。后来掌柜的又说：你如果愿意在这里抽，里边有房间，每份起码两角。

此即报上所记的“试药”，吾乡俗语谓之开烟盘者是也。王先生记其情景云：

> 楼上楼下约莫有五六间房，和旅馆相仿佛。我在各房看了一遍，每房之中有两炕的，有三炕的。一炕之上摆着两个枕头，每个枕头算是一号买卖。这种情形又和澡堂里的雅座一样，不过，枕头虽白，卧单却是蓝色的。

我真要感谢作者告诉我们许多事情，特别使我不能忘记的是那毒蛇猛虎的印花，很想得他一张来，这恐怕非花二元四角去买一两绥远货不可吧。代价是值得的，只是这一两土无法处置，所以有点为难。

（四月十二日又记）

［补记］

从来薰阁得李小池著《环游地球新录》四卷，盖光绪丙子（一八七六）往美国费里地费城参观博览会时的纪录，计《美会纪略》一卷，《游览随笔》二卷，《东行日记》一卷。自序称尝承乏浙海关案牍十有余年，得德君（案税务司德璀琳）相知之雅，非寻常比，于是荐由赫公（案总税务司赫德）派赴会所。查《思痛记》陷洪军中共三十二月，至壬戌（一八六二）秋始得脱，大约此后即在海关办事，《思痛记》刊于光绪六年，则还在《新录》出版二年后了。上文所引强水棉花见于

《游览随笔》下《英国伦敦京城》篇中，盖记在坞里治军器局所见也。篇中又讲到太吾士新报馆，纪载颇详，结论云：

> 窃观西人设新报馆，欲尽知天下事也。人必知天下事，而后乃能处天下事，是报馆之设诚未可曰无益，而其益则尤非浅鲜。

李君思想通达，其推重报纸盖比黄公度为更早，但是后来世间专尚宣传，结果至于多看报愈不知天下事，则非先哲所能料及者矣。《东行日记》五月初一日在横滨所记有云：

> 洋行大小数十家，各货山积，进口多洋货，出口多铜漆器茶叶古玩，而贩运洋药商人如在中华之沙逊洋行者（原注，沙逊英国巨商，专贩洋药）无有也。盖日本烟禁极严，食者立治重法，国人皆不敢犯禁，虽是齐之以刑，亦可见法一而民从。惜我中华不知何时乃能熄此毒焰。

亦慨乎其言之。

（五月四日加记）

［1936 年 5 月《宇宙风》/《风雨谈》］

谈“七月在野”

小时候读《诗经》，最喜欢《豳风》里的《七月》与《东山》两篇。郝兰皋著《诗说》卷上云：

> 《七月》诗中有画，《东山》亦然。

实在说得极好。但是《诗经》没有好的新注释本，读下去常有难懂处，有些是训诂，有些难懂的却是文章。如《七月》第五章云：

> 五月斯螽动股，六月莎鸡振羽。七月在野，八月在宇，九月在户，十月蟋蟀入我床下。穹窒熏鼠，塞向墐户。嗟我妇子，曰为改岁，入此室处。

这里“七月在野”三句实在不容易了解，句意本来明白，就只不知道这在野的是什么。古来的解说也很不一样，郑氏笺云：

> 自七月在野至十月入我床下，皆谓蟋蟀也。言三物之如此，著将寒有渐，非卒来也。

孔氏《正义》云：

> 以入我床下是自外而入，在野在宇在户从远而至于近，故知皆谓蟋蟀也。退蟋蟀之文在十月之下者，以人之床下非虫所当入，故以虫名附十月之下，所以婉其文也。户宇言在，床下言入者，以床在其上，故变称入也。《月令》季夏云蟋蟀居壁，是从壁内出在野。

严氏《诗辑》与郝氏《诗问》也都如此说，这可以称作甲说。朱氏《集传》可称乙说，说得最是奇怪：

> 斯螽、莎鸡、蟋蟀，一物随时变化而异其名。动股，始跃而以股鸣也。振羽，能飞而以翅鸣也。宇，檐下也。暑则在

野，寒则依人。

但是这显然不合事理，后人多反对者，最利害的要算是毛西河。《毛诗写官记》卷二云：

六月莎鸡振羽，十月蟋蟀入我床下。甲曰，莎鸡蟋蟀本一物而殊其名，敢取是？

写官曰，莎鸡，络纬也，即俗称纺妇者也。蟋蟀，促织也，即俗称绩妇者也。非一物矣。莎鸡声沙然，又以及时而鸣也，鸡鸣必以时，故曰鸡也。蟋蟀声悉然，然又能帅之以斗，故名蟀。陆氏云，蟀即。

敢取是，七月在野，八月在宇，九月在户，何谓也？岂一物而异其处欤，抑群物者欤？夫既一物而三名焉矣，则夫在野者之为何名也，在宇在户者又何也？且夫一物而既动股又振羽，则必以时变焉耳，在野之后其以时变耶，抑犹然振羽者耶，抑犹非耶？天下有词之蒙义之漶如是者哉？

曰，非也。此言农人居处之有节耳，夏则露居，及秋而渐处于内也。西成早晚，刈获有时，或檐或户，于焉聚语耳，故下即云十月之后当蟋蟀入床之际，而其为居又已异也。昔在户，今墐户也。昔在宇，今将在室也。若以为莎鸡然也，则络纬无入户宇者。以为蟋蟀然，则《月令》季夏之月即已蟋蟀居壁矣，安得七月尚在野？

西河驳朱传极妙，但自己讲解莎鸡蟋蟀亦殊欠妥，鸡字蟀字之说尤为牵强，关于此点不及郝氏远甚。《诗说》卷上云：

斯螽、莎鸡、蟋蟀，《集传》云，一物随时变化而异名，窃恐未安。斯螽即螽斯，《周南》既云蝗属，《召南·草虫》亦云蝗属，又云，阜螽，蠜也，此用《尔雅》文。陆玑云，今人谓蝗子为螽子。陆佃云，今谓之蜉蜙，亦跳亦飞，飞不能远。然则螽斯、草虫、阜螽本一物，性好负，故《尔雅》谓草虫负蠜也。莎鸡者，陆玑云，如蝗而斑色，毛翅数重，其翅正赤，六月中飞而振羽，索索作声。愚谓索索犹莎莎也，今俗谓之沙沙虫，沙与莎声转耳。然则名莎鸡者或此虫，喜藏莎草①中，抑或飞时莎莎作声，皆未可知。蟋蟀者促织也，暑则在野，寒则依人，惟蟋蟀如此，今验之良然，彼二虫者不能也。且斯螽、莎鸡亦无变化蟋蟀之理。

郑康成曰，自七月在野至十月入我床下，皆谓蟋蟀也，言此三物之如此者，著将寒有渐，非卒来也。愚谓既云三物，则不得谓之一物矣，窃疑郑笺极分明，宜从之。《集传》或未及改订耳。

郝氏依郑笺之说，而辨别三虫极为详明，最为可取。西河在《白鹭洲主客说诗》又有一节，积极地说明他的主张，说在野云云是指豳民的居处有节：

庚曰，朱氏以格物自命，特其说诗则往有可疑者，如斯螽、莎鸡、蟋蟀随时变化，一物而异其名，则向曾验之，并不其然。特七月在野，八月在宇，九月在户，十月蟋蟀入我床下，此四句不可解耳。

曰，有何难解，人自不读书耳。予向听写官说此诗，谓蟋蟀季夏即居壁，络纬至死不入户，此但言农夫出入之节，夏则露居，及秋而渐处于内，或檐或户，农隙聚语，至蟋蟀入床之后，而在户者今墐户，在宇者将在室，其候如此。

向写官说诗未尝引据，人或以杜撰置之，不知此《汉书》

【锺校】

① “草”原作“声”。

也。《汉·食货志》云，春令民毕出在野，冬则毕入于邑。其出也则如《诗》曰，四之日举趾，同我妇子，馌彼南亩。其入也，则如《诗》曰，十月蟋蟀入我床下，嗟我妇子，曰为改岁，入此室处。又曰，春将出民，里胥平旦坐于右塾，邻长坐于左塾，毕出然后归，夕亦如之。冬民既入，妇人同巷相从夜绩，女工一月得四十五日，必相从者，所以省燎火，同巧拙而合习俗也。然则《汉书》所志与写官相证如此。人苟善读书，何在非汉学耶。

这里引《汉书》说得很巧妙，但是我怀疑《汉书》里所说就未必是事实，大约只是读书人的一种想象①罢了。范蘅洲著《诗瀋》卷十有云：

斯螽、莎鸡、蟋蟀非一物而随时变化者。斯螽、蜙蝑，即蚱蜢。莎鸡，络纬，即织妇。蟋蟀，促织也。三者皆草虫，而促织化生不一，不尽依草，在野在宇在户在床下，惟蟋蟀为然。洪氏迈曰，此二句本言豳民出入之时，郑氏并入蟋蟀中，正已不然，盖豳民戒寒之语也。

由此可知西河之说盖本于洪氏，不过更详细说明一下而已。《毛诗写官记》前引二节有秦乐天附语云：

斯螽、莎鸡、蟋蟀本非一物，且从不变化，此考之前书与验之所见，其乖谬不待言也。即以诗体言之，《七月》凡八章，每章以天时人事相间成文，凡作两层，岂有此章独自五月至十月单指时物，且单指一物而毫不及人事之理。况入室承宇户，次第秩然，其以七月在野承六月莎鸡振羽，犹上章八月其获承五月鸣蜩耳。不善读书，相沿贸贸，得此旷然若发蒙矣。

【锺校】

① “象”原作“想”。

此从文体上来证明西河之说，也颇有趣味，不过他的证据恐亦不十分确实，盖在《国风》里未必真有那么严密的章法存在也。以上是关于《七月》的丙说，是以毛西河为主的。

姚首源的算是丁说，见于所著《诗经通论》卷八。他解释五月至十月这六句很是特别：

首言斯螽莎鸡，末言蟋蟀，中三句兼三物言之，特以斯螽莎鸡不入人床下，惟蟋蟀则然，故点蟋蟀于后。古人文章之妙不顾世眼如此，然道破亦甚平浅，第从无人能解及此，则使古人平浅之文变为深奇矣。

郑氏曰，自七月在野至十月入我床下，皆谓蟋蟀也。笨伯哉。后人皆从之，且有今世自诩为知文者，谓七月三句全不露蟋蟀字，于下始出，以为文字之奇，则又痴叔矣。

罗愿曰，莎鸡鸣时正当络丝之候，故《豳诗》云，六月莎鸡振羽，七月在野，八月在宇，九月在户也。此又以七月三句单承莎鸡言，益不足与论矣。

《集传》曰，斯螽、莎鸡、蟋蟀，一物随时变化而异其名。按陆玑云，斯螽，蝗类，长而青，或谓之蚱蜢。莎鸡色青褐，六月作声如纺丝，故又名络纬。（今人呼纺绩娘。）若夫蟋蟀，则人人识之。几曾见三物为一物之变化乎？且《月令》六月蟋蟀居壁，《诗》言六月莎鸡振羽，二物同在六月，经传有明文，何云变化乎？依其言则必如诗五月之斯螽六月变为莎鸡，七月变为蟋蟀，整整一月一变乃可，世有此格物之学否？

罗端良所说见于《尔雅翼》卷二十五，似可列为异说之一，唯同卷蟋蟀条中又用郑笺原文，谓七月至十月皆谓蟋蟀，又申明之曰：

说者解蟋蟀居壁引诗七月在野，以为不合，今蟋蟀有生野中及生人家者，至岁晚则同耳。

孔疏欲弥缝二说乃云："是从壁内出在野"，未免可笑，罗说自为胜，但云在野外的蟋蟀至岁暮也搬进人家里来亦未必然。罗氏对于七月三句盖无一定意见，似以为并属莎鸡蟋蟀，然则大体还是与姚首源相近，评为益不足与论，过矣。

末了还有戊说可以举出来，乃是乾隆的御说，见于《御纂诗义折中》卷九。上边仍说在野在宇在户入床下者皆蟋蟀也，后面却又说道：

> 圣人观物以宜民，一夫授五亩之宅，其半在田，其半在邑，春令民毕出，如在野而动股振羽也，冬令民毕入，如在宇在户而入床下也。豳民习此久矣。

其意盖欲调和郑笺与毛说而颇为支离，道光年间刻《诗经通论》时，编校者遂增入此条，说明之曰："七月在野三句应兼指农人栖息而言，方有意味。"其实据我看来却毫无意味，倒还不如让他分立，或郑或毛都可以说得过去，更不必硬要拉拢来做傻表叔也。

总结以上所说，古来对于"七月在野"三句的解释大抵共有五派，列举于下：

一，甲派，郑玄说，皆谓蟋蟀。

二，乙派，朱熹说，斯螽、莎鸡、蟋蟀一物随时变化而异其名。但似未说明七月至九月该虫是何名也。

三，丙派，毛奇龄说，言农人居处之有节。

四，丁派，姚际恒说，兼三物言之。

五，戊派，乾隆说，皆谓蟋蟀，又兼指农人栖息而言。似谓《七月》诗皆赋体，唯此章前六句乃是赋而比也，后五句却又是赋了。

这五派又可以归并作两类，即一是指物的，甲乙丁三派属之，一是指人的，丙派属之，戊派则是蝙蝠似的，虽然能飞终是兽类，恐怕只能仍附第一类下罢。指人指物都讲得通，郑康成毛西河所说均干净简单，不像别人的牵强，朱晦庵固然谬误，即姚首源亦未免支离，而乾隆拖泥带水的话更可以不提了。由我看来还觉得郑氏说最近是。孔氏《正义》像煞有介事的讲究文法，虽然也很好玩，于阐明诗义别无多大用处。自夏至秋，听得虫声自远而近，到末了连屋里也有叫声，这样情景实是常有，诗中所写仿佛如此。“十月蟋蟀入我床下”，这八字句我读了很是喜欢，但看到主观的一“我”字又特别有感触，觉得这与平常客观地描写时物有点不同，不过说来又容易流于穿凿，所以可不多谈，以免一不小心蹈了乾隆的覆辙也。

我在这里深切地感到的是国故整理之无成绩，到了现在还没有一本重要的古书整理出来，可以给初学看看。古书里的《诗经》与《论语》《庄子》《楚词》，似乎都该有一部简要的新注，一部完备的集注，这比牛角湾的研究院工作似乎不高尚，但是更为有益于人。假如有了这样的书，那么这七月在野的疑问早就可以在那里去找得解答，不至于像现在的要去东翻西查而终于得不了要领了。

［1936年5月2日《益世报》/《瓜豆集》］

关于雷公

在市上买到乡人孙德祖的著作十种，普通称之曰《寄龛全集》，其实都是光绪年间随刻随印，并没有什么总目和名称。三种是在湖州做教官时的文牍课艺，三种是诗文词，其他是笔记，即《寄龛甲志》至《丁志》各四卷，共十六卷，这是我所觉得最有兴趣的一部分。寄龛的文章颇多“规模史汉及六朝骈俪之作”，我也本不大了解，但薛福成给他作序，可惜他不能默究桐城诸老的义法，不然就将写得更好，也是很好玩的一件事。不过我比诗文更看重笔记，因为这里边可看的东西稍多，而且我所搜的同乡著作中笔记这一类实在也很少。清朝的我只有俞蛟的《梦厂杂著》，汪鼎的《雨韭庵笔记》，汪瑔的《松烟小录》与《旅谭》，施山的《姜露庵笔记》等，这寄龛甲乙丙丁志要算分量顶多的了。但是，我读笔记之后总是不满意，这回也不能是例外。我最怕读逆妇变猪或雷击不孝子的记事，这并不因为我是赞许忤逆，我感觉这种文章恶劣无聊，意思更是卑陋，无足取耳。冥报之说大抵如他们所说以补王法之不及，政治腐败，福淫祸善，乃以生前死后弥缝之，此其一；而文人心地褊窄，见不惬意者即欲正两观之诛，或为法所不问，亦其力所不及，则以阴谴处之，聊以快意，此又其二。所求于读书人者，直谅多闻，乃能立说著书，启示后人，今若此岂能望其为我们的益友乎。我读前人笔记，见多记这种事，不大喜欢，就只能拿来当作文章的资料，多有不敬的地方，实亦是不得已也。

寄龛甲乙丙丁志中讲阴谴的地方颇多，与普通笔记无大区别，其最特别的是关于雷的纪事及说明。如《甲志》卷二有二则云：

庚午六月雷击岑墟鲁氏妇毙，何家溇何氏女也，性柔顺，舅姑极怜之，时方孕，与小姑坐厨下，小姑觉是屋热不可耐，趋他室取凉，才逾户限，霹雳下而妇殛矣。皆曰，宿业也。或疑其所孕有异。既而知其幼丧母，其叔母抚之至长，已而叔父母相继殁，遗子女各一，是尝赞其父收叔田产而虐其子女至死者也。皆曰，是宜殛。

×

顺天李小亭言，城子峪某甲事后母以孝闻，亦好行善事，中年家益裕，有子矣，忽为雷殛。皆以为雷误击。一邻叟慨然曰，雷岂有误哉，此事舍余无知之者，今不须复秘矣。

据叟所述则某甲少时曾以计推后母所生的幼弟入井中，故雷殛之于三十年后，又申明其理由云："所以至今日而后殛之者，或其祖若父不应绝嗣，俟其有子欤，雷岂有误哉。于是众疑始释，同声称天道不爽。"又《乙志》卷二有类似的话，虽然不是雷打：

潜说友《咸淳临安志》云，钱塘潮八月十八日临安民俗大半出观。绍兴十年秋，……潮至汹涌异常，桥坏压溺死数百人，既而死者家来号泣收敛，道路指言其人尽平日不逞辈也。同治中甬江浮桥亦觏此变。桥以铁索连巨舶为之，维系巩固，往来者日千万人，视犹庄逵焉。其年四月望郡人赛五都神会，赴江东当过桥，行人及止桥上观者不啻千馀，桥忽中断，巨舶或漂失或倾覆，死者强半。……徐柳泉师为余言，是为夷粤燹后一小劫，幸免刀兵而卒罹此厄，虽未遍识其人，然所知中称自好者固未有与焉。印之潜氏所记，可知天道不爽。

又《丙志》卷二记钱西箴述广州风灾火灾，其第二则有云：

学使署有韩文公祠，在仪门之外，大门之内，岁以六月演剧祠中。道光中剧场灾，死者数千人。得脱者仅三人，其一为优伶，方戴面具跳魁罡，从面具眼孔中窥见满场坐客皆有铁索连锁其足，知必有大变，因托疾而出。一为妓女，正坐对起火处，遥见板隙火花荧然，思避之而坐在最上层，纡回而下恐不及，近坐有捷径隔阑干不可越，适有卖瓜子者在阑外，急呼之，告以腹痛欲绝，倩负之归，谢不能，则卸一金腕阑畀之曰，以买余命，隔阑飞上其肩，促其疾奔而出，卖瓜子者亦因之得脱。

孙君又论之曰：

三人之得脱乃倡优居其二，以优人所见铁索连锁，知冥冥中必有主之者，岂数千人者皆有夙业故縶之使不得去欤。优既不在此数，遂使之窥见此异，而坐下火光亦独一不在此数之妓女见之，又适有不在此数之卖瓜子者引缘而同出于难，异哉。然之三人者必有可以不死之道在，有知之者云卖瓜子者事孀母孝，则馀二人虽贱其必有大善亦可类推而知。

我不惮烦地抄录这些话，是很有理由的，因为这可以算是代表的阴谴说也。这里所说不但是冥冥中必有主之者，而且天道不爽，雷或是火风都是决无误的，所以死者一定是该死，即使当初大家看他是好人，死后也总必发见什么隐恶，证明是宜殛，翻过来说，不死者也必有可以不死之道在，必有大善无疑。这种歪曲的论法全无是非之心，说得迂远一点，这于人心世道实在很有妨害，我很不喜欢低级的报应说的缘故一部分即在于此。王应奎的《柳南随笔》卷三有一则云：

人怀不良之心者俗谚辄曰黑心当被雷击，而蚕豆花开时闻雷则不实，亦以花心黑也。此固天地间不可解之理，然以物例人，乃知谚语非妄，人可不知所惧哉。

尤其说得离奇，这在民俗学上固不失为最为珍奇的一条资料，若是读书人著书立说，将以信今传后，而所言如此，岂不可长太息乎。

阴谴说——我们姑且以雷殛恶人当作代表，何以在笔记书中那么猖獗，这是极重要也极有趣的问题，虽然不容易解决。中国文人当然是儒家，不知什么时候几乎全然沙门教（不是佛教）化了，方士思想的侵入原也早有，但是现今这种情形我想还是近五百年的事，即如《阴骘文》《感应篇》的发达正在明朝，笔记里也是明清最利害的讲报应，以前总还要好一点。查《太平御览》卷十三雷与霹雳下，自《列女后传》李叔卿事后有《异苑》等数条，说雷击恶人事，《太平广记》卷三九三以下三卷均说雷，其第一条亦是李叔卿事，题云《列女传》，故此类记事可知自晋已有，但似不如后代之多而详备。又《论衡》卷六《雷虚篇》云：

> 盛夏之时，雷电迅疾，击折树木，坏败屋室，时犯杀人。世俗以为击折树木坏败屋室者天取龙，其犯杀人也谓之阴过。饮食人以不洁净，天怒击而杀之，隆隆之声，天怒之音，若人之呴吁矣。世无愚智莫谓不然，推人道以论之，虚妄之言也。

又云：

> 图画之工，图雷之状累累如连鼓之形，又图一人若力士之容，谓之雷公，使之左手引连鼓，右手推椎若击之状。其意以为雷声隆隆者，连鼓相扣击之音也，其魄然若敝裂者，椎所击之声也，其杀人也引连鼓相椎并击之矣。世又信之，莫谓不然，如复原之，虚妄之象也。

由此可见人有阴过被雷击死之说在后汉时已很通行，不过所谓阴过到底是些什么就不大清楚了，难道只是以不洁食人这一项么。这里我们可以注意的是王仲任老先生他自己便压根儿都不相信，他说：

> 建武四年夏六月雷击杀会稽靳专日食（案此四字不可解，《太平御览》引作鄞县二字）羊五头皆死，夫羊何阴过而天杀之。

《御览》引桓谭《新论》有云：

天下有鹳鸟，郡国皆食之，三辅俗独不敢取之，取或雷霹雳起。原夫天不独左彼而右此，其杀取时适与雷遇耳。

意见亦相似。王桓二君去今且千九百年矣，而有此等卓识，我们岂能爱今人而薄古人哉。王仲任又不相信雷公的那形状，他说：

钟鼓无所悬着，雷公之足无所蹈履，安得而为雷？……雷公头不悬于天，足不蹈于地，安能为雷公？飞者皆有翼，物无翼而飞谓之仙人，画仙人之形为之作翼，如雷公与仙人同，宜复着翼。使雷公不飞，图雷家言其飞，非也；使实飞，不为着翼，又非也。

这条唯理论者的驳议似乎被采纳了，后来画雷公的多给他加上了两扇大肉翅，明谢在杭在《五杂组》卷一中云：

雷之形人常有见之者，大约似雌鸡，肉翅，其响乃两翅奋扑声也。

谢生在王后至少相隔一千五百年了，而确信雷公形如母鸡，令人想起《封神传》上所画的雷震子。《乡言解颐》五卷，瓮斋老人著，但知是宝坻县人姓李，有道光己酉序，卷一天部第九篇曰《雷》，文颇佳：

《易说卦》，震为雷为长子。乡人雷公爷之称或原于此乎。然雷公之名其来久矣。《素问》，黄帝坐明堂召雷公而问之曰，子知医道乎？对曰，诵而颇能解，解而未能别，别而未能明，明而未能彰焉。又药中有雷丸雷矢也。梨园中演剧，雷公状如力士，左手引连鼓，右手推椎若击之状。《国史补》，雷州春夏多雷，雷公秋冬则伏地中，人取而食之，其状类彘。其曰雷闻百里，则本乎震惊百里也。曰雷击三世，见诸说部者甚多。《左传》曰，震电冯怒，又曰，畏之如雷霆。故发怒申饬人者曰雷，受之者遂曰被他雷了一顿。晋顾恺之凭重桓温，温死，人问哭状，曰，声如震雷破山，泪如倾河注海。故见小孩子号哭无泪者曰干打雷不下雨。曰打头雷，仲春之月雷乃发声也。曰收雷了，仲秋之月雷始收声也。宴会中有雷令，手中握钱，第一猜着者曰劈雷，自己落实者曰闷雷。至于乡人闻小考之信则曰，又要雷同了，不知作何解。

我所见中国书中讲雷的，要算这篇小文最是有风趣了。

这里我连带地想起的是日本的关于雷公的事情。民间有一句俗语云，地震打雷火灾老人家。意思是说顶可怕的四样东西，可见他们也是很怕雷的，可是不知怎的对于雷公毫不尊敬，正如并不崇祀火神一样。我查日本的类书就没有看见雷击不孝子这类的纪事，虽然史上不乏有人被雷震死，都只当作一种天灾，有如现时的触电，不去附会上道德的意义。在文学美术上雷公却时时出现，可是不大庄严，或者反多有喜剧色彩。十四世纪的“狂言”里便有一篇《雷公》，说他从天上失足跌下来，闪坏了腰，动弹不得，请一位过路的庸医打了几针，大惊小怪的叫痛不迭，总算医好了，才能飞回天上去。民间画的“大津绘”里也有雷公的画，圆眼獠牙，顶有双角，腰裹虎皮，正是鬼（oni，恶鬼，非鬼魂）一般的模样，伏身云上，放下一条长绳来，挂着铁锚似的钩，去捞那浮在海水上的一个雷鼓。有名的滑稽小说《东海道中膝栗毛》（膝栗毛意即徒步旅行）后编下记老年朝山进香人的自述，雷公跌坏了在他家里养病，就做了他的女婿，后来一去不返，有雷公朋友来说，又跌到海里去被鲸鱼整个地吞下去了。我们推想这大约是一位假雷公，但由此可知民间讲雷公的笑话本来很多，而做女婿乃是其中最好玩的资料之一，据说还有这种春画，实在可以说是大不敬了。这样的洒脱之趣我最喜欢，因为这里有活力与生意。可惜中国缺少这种精神，只有《太平广记》载狄仁杰事（《五杂组》亦转录），雷公为树所夹，但是救了他有好处，也就成为报应故事了。日本国民更多宗教情绪，而对于雷公多所狎侮，实在却更有亲近之感。中国人重实际的功利，宗教心很淡薄，本来也是一种特点，可是关于水火风雷都充满那些恐怖，所有纪载与说明又都那么惨酷刻薄，正是一种病态心理，即可见精神之不健全。哈理孙女士论希腊神话有云：

> 这是希腊的美术家与诗人的职务，来洗除宗教中的恐怖分子。这是我们对于希腊神话作者的最大的负债。

日本庶几有希腊的流风馀韵，中国文人则专务创造出野蛮的新的战栗来，使人心愈益麻木痿缩，岂不哀哉。

［1936 年 6 月《宇宙风》/《瓜豆集》］

北平的好坏

不佞住在北平已有二十个年头了。其间曾经回绍兴去三次，往日本去三次，时间不过一两个月，又到过济南一次，定县一次，保定两次，天津四次，通州三次，多则五六日，少或一天而已。因此北平于我的确可以算是第二故乡，与我很有些情分，虽然此外还有绍兴，南京，以及日本东京，我也住过颇久。绍兴是我生长的地方，有好许多山水风物至今还时时记起，如有闲暇很想记述一点下来，可是那里天气不好，寒暑水旱的时候都有困难，不甚适于住家。南京的六年学生生活也留下好些影响与感慨，背景却是那么模糊的，我对于龙蟠虎踞的钟山与浩荡奔流的长江总没有什么感情，自从一九〇六年肩铺盖出仪凤门之后，一直没有进城去瞻礼过，虽似薄情实在也无怪的。东京到底是人家的国土，那是另外的一件事情。归根结蒂在现今说来还是北平与我最有关系，从前我曾自称京兆人，盖非无故也，不过这已是十年前的事了，现在不但不是国都，而且还变了边塞，但是我们也能爱边塞，所以对于北京仍是喜欢，小孩们坐惯的破椅子被决定将丢在门外，落在打小鼓的手里，然而小孩的舍不得之情故自深深地存在也。

我说喜欢北平，究竟北平的好处在哪里呢？这条策问我一时有点答不上来，北平实在没有什么了不得的好处。我们可以说的，大约第一是气候好吧。据人家说，北平的天色特别蓝，太阳特别猛，月亮也特别亮。习惯了不觉得，有朋友到江浙去一走，或是往德法留学，便很感着这个不同了。其次是空气干燥，没有那泛潮时的不愉快，于人的身体总当有些益处。民国初年我在绍兴的时候，每到夏天，玻璃箱里的几本洋书都长上白毛，有些很费心思去搜求来的如育珂的《白蔷薇》，因此书面上便有了“白云风”似的瘢痕，至今看了还是不高兴。搬到北京来以后，这种毛病是没有了，虽然瘢痕不会消灭，那也是没法的事。第二，北平的人情也好，至少总可以说是大方。大方，这是很不容易的，因为这里边包含着宽容与自由。我觉得世间最可怕的是狭隘，一切的干涉与迫害就都从这里出来的。中国人的宿疾是外强中干，表面要摆架子，内心却无自信，随时怀着恐怖，看见别人一言一动，便疑心是在骂他或是要危害他，说是度量窄排斥异己，其实是精神不健全的缘故。小时候遇见远亲里会拳术的人，因为有恃无恐，取人己两不犯的态度，便很显得大方，从容。北平的人难道都会打拳？但是总有那么一种空气，使居住的人觉得安心，不像在别的都市仿佛已严密地办好了保甲法，个人的举动都受着街坊的督察，仪式起居的一点独异也会有被窥伺或告发的可能。中国的上上下下的社会都不扫自己门前的雪，却专管人家屋上的霜，不惜踏碎邻家的瓦或爬坍了墙头，因此如有不是那么做的，也总是难得而可贵了。从别一方面说，也可以说这正是北平的落伍，没有统制。不过天下事本不能一律而论，有喜欢统制人或被统制的，也有都不喜欢的，这有如宗教信仰，信徒对了菩萨叩头如捣蒜，用神方去医老太爷的病，在少信的人无妨看作泥塑木雕的偶像，根据保护信教自由的法令，固然未便上前捣毁，看了走开，回到无神的古庙去歇宿，只好各行其是耳。

北平也有我所不喜欢的东西，第一就是京戏。小时候看过些敬神的社戏，戏台搭在旷野中间，不但看的人自由来去，锣鼓声也不大喧闹，乡下人又只懂得看，即使不单赏识斤斗翻得多，也总要看这里边的故事，唱得怎么是不大有人理会的。乙巳（一九〇五）的冬天与二十三个同学到北京练兵处来应留学考试，在西河沿住过一个月，曾经看了几次戏，租看的红纸戏目，木棍一样窄的板凳，台上扮演的丫鬟手淫，都还约略有点记得。查那时很简单的《北行日记》，还剩有这几条记录：

十二月初九日，下午偕公岐采卿椒如至中和园观剧，见小叫天演时，已昏黑矣。

×

初十日，下午偕公岐椒如至广德楼观剧，朱素云演《黄鹤楼》，朱颇通文墨云。

×

十六日，下午同采卿访榆荪，见永嘉胡俨庄君，同至广德楼观剧。

三十二年中人事变迁得很多，榆荪当防疫处长，染疫而殁，已在十多年前，椒如为渤海舰队司令，为张宗昌所杀，徐柯二君亦久不通音信了，我自己有三十年以上不曾进戏园，也可以算是一种改变吧。我厌恶中国旧剧的理由有好几个。其一，中国超阶级的升官发财多妻的腐败思想随处皆是，而在小说戏文里最为浓厚显著。其二，虚伪的仪式，装腔作势，我都不喜欢，觉得肉麻，戏台上的动作无论怎么有人赞美，我总看了不愉快。其三，唱戏的音调，特别是非戏子的在街上在房中的清唱，不知怎的我总觉得与八股鸦片等有什么关系，有一种麻痹性，胃里不受用。至于金革之音，如德国性学大师希耳息弗尔特在他的游记《男与女》第二十四节中所说，“乐人在铜锣上打出最高音”，或者倒还在其次，因为这在中国不算最闹也。游记同节中云：

中国人的听觉神经一定同我们构造得不同，这在一个中国旅馆里比在中国戏园还更容易看出来。

由是观之，铜锣的最高音究竟还是乐人所打的，比旅馆里的通夜蜜蜂窠似地哄哄然终要胜一筹也。

我反对旧剧的意见不始于今日，不过这只是我个人的意见，自己避开戏园就是了，也本不必大声疾呼，想去警世传道，因为如上文所说，趣味感觉各人不同，往往非人力所能改变，固不特鸦片小脚为然也。但是现在情形有点不同了，自从无线电广播发达以来，出门一望但见四面多是歪斜碎裂的竹竿，街头巷尾充满着非人世的怪声，而其中以戏文为多，简直使人无所逃于天地之间，非硬听京戏不可，此种压迫实在比苛捐杂税还要难受。中国不知从哪一年起，唱歌的技术永远失传了，唐宋时妓女能歌绝句和词，明有擘破玉打草竿挂枝儿等，清朝窑姐儿也有窑调的小曲，后来忽地消灭，至今自上至下都只会唱戏，我无闲去打茶围，惭愧不知道八大胡同唱些什么，但看酒宴馀兴，士大夫无复念唐诗或试帖者，大都高歌某种戏剧一段，此外白昼无聊以及黑夜怕鬼的走路人口中哼哼有词，也全是西皮二黄而非十杯酒儿，可知京戏已经统制了中国国民的感情了。无线电台专门转播戏园里的音乐正无足怪，而且本是很顺舆情的事，不幸城门失火殃及池鱼，要叫我硬听这些我所不要听的东西，即使如德国老博士在旅馆一样用棉花塞了耳朵孔也还是没用，有时真使人感到道地的绝望。俗语云，黄连树下弹琴，苦中作乐。中国人很有这样精神，大家装上无线电，那些收音机却似乎都从天桥地摊上买来的，恐怕不过三四毛一个，发出来的声音老是那么古怪，似非人间世所有。这不但是戏文，便是报告也都是如此，声音苍哑涩滞，声调局促呆板，语句固然难听懂，只觉得嘈杂不好过。看画报上所载，电台里有好几位漂亮的女士管放送的事，不知道什么时候才开口，为什么我们现在所听见的总是这样难听的古怪话呢。我有时候听了不禁消极，心想中国话果真是如此难听的一种言语么？我不敢相信，但耳边听着这样的话，实在觉得十分难听。我想到，中国现今各方面似乎都缺少人。我又想到，中国接收外来文化往往不善利用，弄得反而丑恶讨厌。无线电是顶好的一个例。这并不限定是北平一地方的事，但是因北平的事实而感到，所以也就算在他的账上了。

总而言之，我对于北平大体上是很喜欢的，他的气候与人情比别处要好些，宜于居住，虽然也有缺点，如无线电广播的难听，其次是多风尘，变成了边塞。这真是一把破椅子了，放在门外边，预备给打小鼓的拿去，这个时候有人来出北平特辑，未免有点不识时务吧，但是我们在北平的人总是很感激的，我之不得不于烦忙中特为写此小文者盖亦即以表此感激之意也。

［1936 年 6 月《宇宙风》/《瓜豆集》］

谈鬼论

三年前我偶然写了两首打油诗，有一联云，街头终日听谈鬼，窗下通年学画蛇。有些老实的朋友见之哗然，以为此刻现在不去奉令喝道，却来谈鬼的故事，岂非没落之尤乎。这话说的似乎也有几分道理，可是也不能算对。盖诗原非招供，而敝诗又是打油诗也，滑稽之言，不能用了单纯的头脑去求解释。所谓鬼者焉知不是鬼话，所谓蛇者或者乃是蛇足，都可以讲得过去，若一一如字直说，那么真是一天十二小时站在十字街头听《聊斋》，一年三百六十五日坐在南窗下临《十七帖》，这种解释难免为姚首源所评为痴叔矣。据《东坡事类》卷十三神鬼类引《癸辛杂识①》序云：

坡翁喜客谈，其不能者强之说鬼，或辞无有，则曰，姑妄言之。闻者绝倒。

说者以为东坡晚年厌闻时事，强人说鬼，以鬼自晦者也。东坡的这件故事很有意思，是否以鬼自晦，觉得也颇难说，但是我并无此意则是自己最为清楚的。虽然打油诗的未必即是东坡客之所说，虽然我亦未必如东坡之厌闻时事，但假如问是不是究竟喜欢听人说鬼呢，那么我答应说，是的。人家如要骂我应该从现在骂起，因为我是明白的说出了，以前关于打油诗的话乃是真的或假的看不懂诗句之故也。

话虽如此，其实我是与鬼不大有什么情分的。辽阳刘青园著《常谈》卷一中有一则云：

【锺校】

① “识”原文及《东坡事类》均作“志”。

鬼神奇迹不止匹夫匹妇言之凿凿，士绅亦尝及之。惟余风尘斯世未能一见，殊不可解。或因才不足以为恶，故无鬼物侵陵，德不足以为善，亦无神灵呵护。平庸坦率，无所短长，眼界固宜如此。

金溪李登斋著《常谈丛录》卷六有“性不见鬼”一则云：

予生平未尝见鬼形，亦未尝闻鬼声，殆气禀不近于阴耶。记少时偕族人某宿鹅塘杨甥家祠堂内，两室相对，晨起某蹙然曰，昨夜鬼叫呜呜不已，声长而亮，甚可畏。予谓是夜行者戏作呼啸耳，某曰，略不似人声，乌有寒夜更深奔走正苦而欢娱如是者，必鬼也。予终不信。越数日予甥杨集益秀才夫妇皆以暴病相继殁，是某所闻者果为世所传勾摄之走无常耶。然予与同堂隔室宿，殊不闻也。郡城内广寿寺前左有大宅，李玉渔庶子传熊故居也，相传其中多鬼，予尝馆寓于此，绝无所闻见。一日李拔生太学偕客来同宿东房，晨起言夜闻鬼叫如鸭，声在壁后呀呷不已，客亦谓中夜拔生以足蹴使醒，听之果有声，拥被起坐，静察之，非虫非鸟，确是鬼鸣。然予亦与之同堂隔室宿，竟寂然不闻，询诸生徒六七人，悉无闻者，用是亦不深信。拔生因述往岁曾以讼事寓此者半年，每至交夜则后堂啼叫声，或如人行步声，器物门壁震响声，无夕不有，甚或若狂恣猖披几难言状。然予居此两载，迄无闻见，且连年夏中俱病甚，恒不安寐，宵深每强出卧堂中炕座上，视广庭月色将尽升檐际，乃复归室，其时旁无一人，亦竟毫无影响。诸小说家所称鬼物虽同地同时而闻见各异者甚多，岂不有所以异者耶。若予之强顽，或鬼亦不欲与相接于耳目耶。不近阴之说尚未必其的然也。

李书有道光二十八年序，刘书记有道光十八年事，盖时代相同，书名又均称常谈，其不见鬼的性格也相似，可谓巧合。予生也晚，晚于刘李二君总将一百年吧，而秉性愚拙，不能活见鬼，因得附骥尾而成鼎足，殊为光荣之至。小时候读《聊斋》等志异书，特别是《夜谈随录》的影响最大，后来脑子里永远留下了一块恐怖的黑影，但是我是相信神灭论的，也没有领教过鬼的尊容或其玉音，所以鬼之于我可以说是完全无缘的了。——听说十王殿上有一块匾，文曰："你也来了！"这个我想是对那怙恶不悛的人说的。纪晓岚著《滦阳消夏录》卷四有一条云：

> 边随园征君言，有入冥者，见一老儒立庑下，意甚惶遽。一冥吏似是其故人，揖与寒温毕，拱手对之笑曰，先生平日持无鬼论，不知先生今日果是何物。诸鬼皆粲然，老儒猬缩而已。

《阅微草堂笔记》多设词嘲笑老儒或道学家，颇多快意，此亦其一例，唯因不喜程朱而并恶无鬼论原是讲不通，于不佞自更无关系，盖不佞非老儒之比，即是死后也总不会变鬼者也。

这样说来，我之与鬼没有什么情分是很显然的了，那么大可干脆分手了事。不过情分虽然没有，兴趣却是有的，所以不信鬼而仍无妨喜说鬼，我觉得这不是不合理的事。我对于鬼的故事有两种立场不同的爱好。一是文艺的，一是历史的。关于第一点，我所要求的是一篇好故事，意思并不要十分新奇，结构也无须怎么复杂，可是文章要写得好，简洁而有力。其内容本来并不以鬼为限，自宇宙以至苍蝇都可以，而鬼自然也就是其中之一。其体裁是，我觉得志怪比传奇为佳，举个例来说，与其取《聊斋志异》的长篇还不如《阅微草堂笔记》的小文，只可惜这里也绝少可以中选的文章，因为里边如有了世道人心的用意，在我便当作是值得红勒帛的一个大瑕疵了。四十年前读段柯古的《酉阳杂俎》，心甚喜之，至今不变，段君诚不愧为三十六之一，所写散文多可读。《诺皋记》卷中有一则云：

临川郡南城县令戴譽初买宅于馆娃坊，暇日与弟闲坐厅中，忽听妇人聚笑声或近或远，譽颇异之。笑声渐近，忽见妇人数十散在厅前，倏忽不见，如是累日，譽不知所为。厅阶前枯梨树大合抱，意其为祥，因伐之。根下有石露如块，掘之转阔，势如鏊形，乃火上沃醯，凿深五六尺不透。忽见妇人绕坑抵掌大笑，有顷共牵譽入坑，投于石上。一家惊惧之际，妇人复还大笑，譽亦随出。譽才出，又失其弟，家人恸哭，譽独不哭曰，他亦甚快活，何用哭也。譽至死不肯言其情状。

此外如举人孟不疑，独孤叔牙，虞侯景乙，宣平坊卖油人各条，亦均有意趣。盖古人志怪即以此为目的，后人即以此为手段，优劣之分即见于此，虽文词美富，叙述曲折，勉为时世小说面目，亦无益也。其实宗旨信仰在古人似亦无碍于事，如佛经中不乏可喜的故事短文，近读梁宝唱和尚所编《经律异相》五十卷，常作是想，后之作者气度浅陋，便难追及，只缘面目可憎，以致语言亦复无味，不然单以文字论则此辈士大夫岂不绰绰然有馀裕哉。

第二所谓历史的，再明了的说即是民俗学上的兴味。关于这一点我曾经说及几次，如在《河水鬼》《鬼的生长》《说鬼》诸文中，都讲过一点儿。《鬼的生长》中云：

我不信鬼，而喜欢知道鬼的事情，此是一大矛盾也。虽然，我不信人死为鬼，却相信鬼后有人，我不懂什么是二气之良能，但鬼为生人喜惧愿望之投影则当不谬也。陶公千古旷达人，其《归园田居》云，人生似幻化，终当归空无。《神释》云，应尽便须尽，无复更多虑。在《拟挽歌辞》中则云，欲语口无音，欲视眼无光，昔在高堂寝，今宿荒草乡。陶公于生死岂尚有迷恋，其如此说于文词上固亦大有情致，但以生前的感觉推想死后况味，正亦人情之常，出于自然者也。常人更执着于生存，对于自己及所亲之翳然而灭，不能信亦不愿信其灭也，故种种设想，以为必继续存在，其存在之状况则因人民地方以至各自的好恶而稍稍殊异，无所作为而自然流露，我们听人说鬼实即等于听其谈心矣。（廿三年四月）

这是因读《望杏楼志痛编补》而写的，故就所亲立论，原始的鬼的思想之起原当然不全如此，盖由于恐怖者多而情意为少也。又在《说鬼》（廿四年十一月）中云：

我们喜欢知道鬼的情状与生活，从文献从风俗上各方面去搜求，为的可以了解一点平常不易知道的人情，换句话说就是为了鬼里边的人。反过来说，则人间的鬼怪伎俩也值得注意，为的可以认识人里边的鬼吧。我的打油诗云，街头终日听谈鬼，大为志士所诃，我却总是不管，觉得那鬼是怪有趣的物事，舍不得不谈，不过诗中所谈的是哪一种，现在且不必说。至于上边所讲的显然是老牌的鬼，其研究属于民俗学的范围，不是讲玩笑的事，我想假如有人决心去作“死后的生活”的研究，实是学术界上破天荒的工作，很值得称赞的。英国茀来则博士（J. G. Frazer）有一部大书专述各民族对于死者之恐怖，现在如只以中国为限，却将鬼的生活详细地写出，虽然是极浩繁困难的工作，值得当博士学位的论文，但亦极有趣味与实益，盖此等处反可以见中国民族的真心实意，比空口叫喊固有道德如何的好还要可凭信也。

照这样去看，那么凡一切关于鬼的无不是好资料，即上边被骂为面目可憎语言无味的那些亦都在内，别无好处可取，而说者的心思毕露，所谓如见其肺肝然也。此事当然需要专门的整理，我们外行人随喜涉猎，略就小事项少材料加以参证，稍见异同，亦是有意思的事。如眼能见鬼者所说，俞少轩的《高辛砚斋杂著》第五则云：

黄铁如者名楷，能文，善视鬼，并知鬼事。据云，每至人家，见其鬼香灰色则平安无事，如有将落之家，则鬼多淡黄色。又云，鬼长不过二尺馀，如鬼能修善则日长，可与人等，或为淫厉，渐短渐灭，至有仅存二眼旋转地上者。亦奇矣。

王小穀的《重论文斋笔录》卷二中有数则云：

曾记族朴存兄淳言（兄眼能见鬼，凡黑夜往来俱不用灯），凡鬼皆依附墙壁而行，不能破空，疫鬼亦然，每遇墙壁必如蚓却行而后能入。常鬼如一团黑气，不辨面目，其有面目而能破空者则是厉鬼，须急避之。

×

兄又言，鬼最畏风，遇风则牢握草木蹲伏不敢动。

×

兄又云，《左传》言故鬼小新鬼大，其说确不可易，至溺死之鬼则新小而故大，其鬼亦能登岸，逼视之如烟云消灭者，此新鬼也。故鬼形如槁木，见人则跃入水中，水有声而不散，故无圆晕。

纪晓岚的《滦阳消夏录》卷二云：

扬州罗两峰目能视鬼，曰凡有人处皆有鬼。其横亡厉鬼多年沉滞者率在幽房空宅中，是不可近，近则为害。其憧憧往来之鬼，午前阳盛多在墙阴，午后阴盛则四散游行，可穿壁而过，不由门户，遇人则避路，畏阳气也，是随处有之，不为害。又曰，鬼所聚集恒在人烟密簇处，僻地旷野所见殊希。喜围绕厨灶，似欲近食气，又喜入溷厕，则莫明其故，或取人迹罕到耶。

罗两峰是袁子才的门人，想随园著作中必有说及其能见鬼事，今不及翻检，但就上文所引也可见一斑了。其所说有异同处最是好玩，盖说者大抵是读书人，所依据的与其说是所见无宁是其所信，这就是一种理，因为鬼总是阴气，所以甲派如王朴存说鬼每遇墙壁必如蚓却行而后能入，盖以其为阴，而乙派如罗两峰则云鬼可穿壁而过，殆以其为气也。其相同之点转觉无甚意思，殆因说理一致，或出于因袭，亦未可知。如纪晓岚的《如是我闻》卷三记柯禺峰遇鬼事，有云：

> 睡至夜半，闻东室有声如鸭鸣，怪而谛视。时明月满窗，见黑烟一道从东室门隙出，着地而行，长丈馀，蜿蜒如巨蟒，其首乃一女子，鬟鬓俨然，昂首仰视，盘旋地上，作鸭鸣不止。

又《槐西杂志》卷四记一奴子妇为狐所媚，每来必换一形，岁馀无一重复者，末云：

> 其尤怪者，妇小姑偶入其室，突遇狐出，一跃即逝。小姑所见是方巾道袍人，白须鬖鬖，妇所见则黯黑垢腻一卖煤人耳。同时异状，更不可思议。

此两节与《常谈丛录》所说李拔生夜闻鬼叫如鸭，又鬼物同时同地而闻见各异语均相合，则恐是雷同，当是说鬼的传统之一点滴，但在研究者却殊有价值耳。罗两峰所画《鬼趣图》很有名，近年有正书局有复印本，得以一见，乃所见不逮所闻远甚。图才八幅，而名人题咏有八十通，可谓巨观，其实图也不过是普通的文人画罢了，较《玉历钞传》稍少匠气，其鬼味与谐趣盖犹不及吾乡的大戏与目连戏，倘说此是目击者的描写，则鬼世界之繁华不及人间多多矣。——这回《论语》社发刊鬼的故事专号，不远千里征文及于不佞，重违尊命，勉写小文，略述谈鬼的浅见，重读一过，缺乏鬼味谐趣，比罗君尤甚，既无补于鬼学，亦不足以充鬼话，而犹妄评昔贤，岂不将为九泉之下所抵掌大笑耶。

[1936年7月《论语》/《瓜豆集》]

《刘香女》

离开故乡以后，有十八年不曾回去，一切想必已经大有改变了吧。据说石板路都改了马路，店门往后退缩，因为后门临河，只有缩而无可退，所以有些店面很扁而浅，柜台之后刚容得下一个伙计站立。这倒是很好玩的一种风景，独自想像觉得有点滑稽，或者檐前也多装着蹩脚的广播收音机，吱吱喳喳地发出非人间的怪声吧。不过城郭虽非，人民犹是，莫说一二十年，就是再加上十倍，恐怕也难变化那里的种种琐屑的悲剧与喜剧。木下杢太郎诗集《食后之歌》里有一篇《石竹花》，民国十年曾译了出来，收在《陀螺》里，其词云：

走到薄暮的海边，
唱着二上节的时候，
龙钟的盲人跟着说道，
古时人们也这样的唱也！
那么古时也同今日没有变化的
人心的苦辛，怀慕与悲哀。
海边的石墙上，
淡红的石竹花开着了。

近日承友人的好意，寄给我几张《绍兴新闻》看。打开六月十二日的一张来看时，不禁小小的吃一惊，因为上面记着一个少女投井的悲剧。大意云：

城东镇鱼化桥直街陈东海女陈莲香，现年十八岁，以前曾在城南狮子林之南门小学读书，天资聪颖，勤学不倦，唯不久辍学家居，闲处无俚，辄以小说如《三国志》等作为消遣，而尤以《刘香女》一书更百看不倦，其思想因亦为转移。民国二十年间由家长作主许字于严某，素在上海为外国铜匠，莲香对此婚事原表示不满，唯以屈于严命，亦无可如何耳，然因此态度益趋消极，在家常时茹素嗱经，已四载于兹。最近闻男家定于阴历十月间迎娶，更觉抑郁，乃于十一日上午潜行写就遗书一通，即赴后园，移开井栏，跃入井中自杀。当赴水前即将其所穿之黑色哔叽鞋脱下，搁于井旁之树枝上，遗书则置于鞋内。书中有云，不愿嫁夫，得能清祸了事，则反对婚姻似为其自杀之主因，遗书中又有今生不能报父母辛劳，只得来生犬马图报之语，至于该遗书原文已由其外祖父任文海携赴东关，坚不愿发表全文云。

这种社会新闻恐怕是很普通的，为什么我看了吃惊的呢？我说小小的，乃是客气的说法，实在却并不小。因为我记起四十年前的旧事来，在故乡邻家里就见过这样的少女，拒绝结婚，茹素诵经，抑郁早卒，而其所信受爱读的也即是《刘香宝卷》。小时候听宣卷，多在这屠家门外，她的老母是发起的会首。此外也见过些灰色的女人，其悲剧的显晦大小虽不一样，但是一样的暗淡阴沉，都抱着一种小乘的佛教人生观，以宝卷为经史，以尼庵为归宿。此种灰色的印象留得很深，虽然为时光所掩盖，不大显现出来了，这回忽然又复遇见，数十年时间恍如一瞬，不禁愕然，有别一意义的今昔之感。此数十年中有甲午戊戌庚子辛亥诸大事，民国以来花样更多，少信的人虽不敢附和谓天国近了，大时代即在明日，也总觉得多少有些改变，聊可慰安，本亦人情，而此区区一小事乃即揭穿此类乐观之虚空者也。

北平未闻有宣卷，宝卷亦遂不易得。凑巧在相识的一家旧书店里见有几种宝卷，《刘香女》亦在其中，便急忙去拿了来，价颇不廉，盖以希为贵欤。书凡两卷，末页云，同治九年十一月吉日晓庵氏等敬刊，板存上海城隍庙内翼化堂善书局，首页刻蟠龙位牌，上书“皇图巩固，帝道遐昌，佛日增辉，法轮常转”四句，与普通佛书相似。全部百二十五页，每半页九行十八字，共计三万馀言，疏行大字，便于诵读，唯流通甚多，故稍后印便有漫漶处，书本亦不阔大，与幼时所见不同，书面题辛亥十月，可以知购置年月。完全的书名为《太华山紫金镇两世修行刘香宝卷》，叙湘州李百倍之女不肯出嫁，在家修行，名唤善果，转生为刘香，持斋念佛，劝化世人，与其父母刘光夫妇，夫状元马玉，二夫人金枝，婢玉梅均寿终后到西方极乐世界，得生上品。文体有说有唱，唱的以七字句为多，间有三三四句，如俗所云攒十字者，体裁大抵与普通弹词相同，性质则盖出于说经，所说修行侧重下列诸事，即敬重佛法僧三宝，装佛贴金，修桥补路，斋僧布施，周济贫穷，戒杀放生，持斋把素，看经念佛，而归结于净土信仰。这些本是低级的佛教思想，但正因此却能深入民间，特别是在一般中流以下的妇女，养成她们一种很可怜的“女人佛教人生观”。十五年前曾在一篇小论文里说过，中国对于女人轻视的话是以经验为本的，只要有反证这就容易改正，若佛教及基督教的意见，把女人看作秽恶，以宗教或迷信为本，那就更可怕了。《刘香女》一卷完全以女人为对象，最能说出她们在礼教以及宗教下的所受一切痛苦，而其解脱的方法则是出家修行，一条往下走的社会主义的路。卷上记刘香的老师真空尼在福田庵说法，开宗明义便立说云：

你道男女都一样，谁知贵贱有差分。

先说男子怎样名贵，随后再说女子的情形云：

女在娘胎十个月，背娘朝外不相亲。
娘若行走胎先动，娘胎落地尽嫌憎。
在娘肚里娘受狱，出娘肚外受嫌憎。
合家老小都不喜，嫌我女子累娘身。
爷娘无奈将身养，长大之时嫁与人。

嫁人的生活还都全是苦辛，很简括的说道：

公婆发怒忙陪笑，丈夫怒骂不回声。

剪碎绫罗成罪孽，淘箩落米罪非轻。

生男育女秽天地，血裙秽洗犯河神。

点脂搽粉招人眼，遭刑犯法为佳人。

若还堂上公婆好，周年半载见娘亲。

如若不中公婆意，娘家不得转回程。

这都直截的刺入心坎，又急下棒喝道：

任你千方并百计，女体原来服侍人。

这是前生罪孽重，今生又结孽冤深。

又说明道：

男女之别，竟差五百劫之分，男为七宝金身，女为五漏之体。嫁了丈夫，一世被他拘管，百般苦乐，由他做主。既成夫妇，必有生育之苦，难免血水触犯三光之罪。

至于出路则只有这一条：

若是聪明智慧女，持斋念佛早修行。

女转男身多富贵，下世重修净土门。

我这里仔细的摘录，因为他能够很简要的说出那种人生观来，如我在卷上所题记，凄惨抑郁，听之令人不欢。本来女子在社会上地位的低尽人皆知，俗语有“做人莫做女人身，百年苦乐由他人”之语。汪悔翁为清末奇士，甚有识见，其二女出嫁皆不幸，死于长毛时，故对于妇女特有创见。《乙丙日记》卷三录其“生女之害”一条云：

人不忧生女，偏不受生女之害；我忧生女，即受生女之害。自己是求人的，自己是在人教下的。女是依靠人的，女是怕人的。

后又说明其害，有云：

平日婿家若凌虐女，己不敢校，以女究在其家度日也，添无限烦恼。婿家有言不敢校，女受翁姑大伯小叔妯娌小姑等气，己不敢校，遂为众人之下。

此只就“私情”言之，若再从“公义”讲，又别有害：

通筹大局，女多故生人多而生祸乱。

故其所举长治久安之策中有下列诸项：

弛溺女之禁，推广溺女之法，施送断胎冷药。家有两女者倍其赋。严再嫁之律。广清节堂。广女尼寺。立童贞女院。广僧道寺观，唯不塑像。三十而娶，二十五而嫁。妇人服冷药，生一子后服之。

又有云：

民间妇女有丁钱，则贫者不养女而溺女，富者始养女嫁女，而天下之贫者以力相尚者不才者皆不得取，而人少矣，天下之平可卜。

悔翁以人口多为祸乱之源，不愧为卓识，但其方法侧重于女人少，至主张广溺女之法，则过于偏激，盖有感于二女之事，对于女人的去路只指出两条最好的，即是死与出家，无意中乃与女人佛教人生观适合，正是极有意义的事。悔翁又絮絮于择婿之难，此不独为爱怜儿女，亦足以表其深知女人心事，因爱之切知之深而欲求彻底的解决，唯有此忍心害理的一二下策矣。《刘香女》卷以佛教为基调，与悔翁不同，但其对于妇女的同情则自深厚，惟爱莫能助，只能指引她们往下走去，其态度亦如溺女之父母，害之所以爱之耳。我们思前想后良久之后，但觉得有感慨，未可赞同，却也不能责难，我所不以为然者只是宝卷中女人秽恶之观念，此当排除，此外真觉得别无什么适当的话可说也。

往上走的路亦有之乎？英诗人卡本德云，妇女问题要与工人问题同时解决。若然则是中国所云民生主义耳。虽然，中国现时“民生”只作

“在勤”解，且俟黄河之清再作计较，我这里只替翼化堂充当义务广告，劝人家买一部《刘香宝卷》与《乙丙日记》来看看，至于两性问题中亦可藏有危险思想，则不佞未敢触及也。

［1936 年 7 月《宇宙风》/《瓜豆集》］

老人的胡闹

五月十四日华联社东京电：

> 日本上院无所属议员三上参次于本月七日之贵族院本会议席上发表一演说，谓中国妄自尊大，僭称中华民国，而我方竟以中华呼之，冒渎我国之尊严，莫此为甚，此后应改称支那以正其名。

对于这件事中国言论界已有严正的表示，现在可以不必赘说，我所觉得有意思的，乃是三上之说这样的话。本来所谓正名的运动由来久矣。最初的一路是要厘正自己的国名，因为日本一语有 Nihon 与 Nippon 这两样读法，主张一律定为 Nippon，但日本桥一语仍是例外。不过无论如何总还是汉字的音读，归根结蒂是外国语，所以其中又有一派便主张来训读，即读日本云 Hinomoto，译言“日之本”。这派主张似未见发达，盖从天文学上说来亦不甚妥协。此外别有一派想去纠正外国的读法，反对英文里称日本的 Japan，主张应改为 Nippon，听说结果有货物上书 Made in Nippon 字样到美国税关上通不过，因为他们只承认与 Japan 通商，不知道 Nippon 也。其实外国语里讲到国土民族的名字多有错误，本是常事，如荷兰自己很谦虚称曰低地，而英国偏要叫他林地，或称其人曰德人，俄国称中国曰契丹，叫德国人云呢咩子，犹如古希腊统称异族曰吧儿吧儿，均表其言语不通也。英文中的 Japan 其实还即是日本二字的译音，不过日本本国的读法是在六朝以前从中国传过去的吴音，英国的则大约在十四世纪时始于马可波罗的游记，称日本曰 Jipangu，原语亦是“日本国”，但时在元朝，所用者乃是北方系统的所谓汉音而已。不管他对不对，既然是外国语，别国人无从干涉，这是很明白的道理，然而日本人却不许英国说Japan，正如中国人不许日本说支那一样（虽然英国可以说“畅那”），有点儿缺少常识。从这里再冲出去便是别一路，要厘正人家的国名了。这已从少常识转入于失正气，由狂妄而变为疯癫，此类甚少见，如三上参次的演说则是其一例者。

三上参次是什么人呢？我当初在报上看见，实在大吃一惊，因为我对于这位老先生平常是颇有敬意的。寒斋书架上还放着三上参次高津锹三郎合著的两册《日本文学史》，明治二十三年出版，西历为一八九〇，在清朝即光绪十六年。那时候世上尚无《日本文学史》这一种书，三上所著实在是第一部，编制议论多得要领，后来作者未能出其范围。一八九八年英国亚斯顿著《日本文学史》，大体即以此为依据，至一九〇五年德国苐洛伦支著《日本古代文学史》，则又其后起者也。三上生于庆应元年（一八六五），在东京大学和文学科毕业后专攻国史，得文学博士学位，任大学教授二十八年，参与修史，任经筵进讲，得有勋位勋章，敕选为贵族院议员。其学业履历大抵如此，若言其功绩则仍在文学方面为多，所著论文姑不具论，即《文学史》二卷已足自存，其成就或不及坪内逍遥、森鸥外，总亦不愧为新文学界的先觉之一，在《日本文学大辞典》上占有一栏的地位，正非偶然也。这样的一个人忽然发起那种怪论来，焉得不令人惊异。三上于今七十一岁，岂遂老悖至此，且以年纪论他正应该是明治维新的遗老，力守自由主义的残垒，为新佐幕派的少年所痛骂才对，如美浓部达吉是，何乃不甘寂寞，趋时投机，自忘其丑，此甚足使人见之摇头叹息者也。

孔子曾说，及其老也，戒之在得。老人也有好色的，但孔子的话毕竟是不错的，得的范围也是颇大，名利都在内。日本兼好法师在《徒然草》中云：

> 语云，寿则多辱。即使长命，在四十以内死了最为得体。
>
> 过了这个年纪便将忘其老丑，想在人群中胡混，到了暮年还溺

爱子孙，希冀长寿得见他们的繁荣，执着人生，私欲益深，人情物理都不复了解，至可叹息。

又俳谐大师芭蕉所作《闭关辞》中亦云：

因渔妇波上之枕而湿其衣袖，破家亡身，前例虽亦甚多，唯以视老后犹复贪恋前途，苦其心神于钱米之中，物理人情都不了解，则其罪尚大可恕也。

阳曲傅青主有一条笔记云：

老人与少时心情绝不相同，除了读书静坐如何过得日子，极知此是暮气，然随缘随尽，听其自然，若更勉强向世味上浓一番，恐添一层罪过。

以上都是对于老年的很好的格言，与孔子所说的道理也正相合。只可惜老人不大能遵守，往往名位既尊，患得患失，遇有新兴占势力的意见，不问新旧左右，辄靡然从之，此正病在私欲深，世味浓，贪恋前途之故也。虽曰不自爱惜羽毛，也原是个人的自由，但他既然戴了老丑的鬼脸踱出戏台来，则自亦难禁有人看了欲呕耳。这里可注意的是，老人的胡闹并不一定是在守旧，实在却是在维新。盖老不安分重在投机趋时，不管所拥戴的是新旧左右，若只因其新兴有势力而拥戴之，则等是投机趋时，一样的可笑。如二上弃自由主义而投入法西斯的潮流，即其一例，以思想论虽似转旧，其行为则是趋新也。此次三上演说因为侮辱中国，大家遂加留意，其实此类事世间多有，即我国的老人们亦宜以此为鉴，随时自加检点者也。

［1936 年 9 月《论语》/《瓜豆集》］

读戒律

我读佛经最初还是在三十多年前。查在南京水师学堂时的旧日记，光绪甲辰（一九〇四）十一月下有云：

> 初九日，下午自城南归经延龄巷，购经二卷，黄昏回堂。

又云：

> 十八日，往城南购书，又《西方接引图》四尺一纸。
>
> 十九日，看《起信论》，又《纂注》十四页。

这头一次所买的佛经，我记得一种是《楞严经》，一种是《诸佛要集经》与《投身饲饿虎经》等三经同卷。第二次再到金陵刻经处请求教示，据云顶好修净土宗，而以读《起信论》为入手，那时所买的大抵便是论及注疏，一大张的图或者即是对于西土向往。可是我看了《起信论》不大好懂，净土宗又不怎么喜欢，虽然他的意思我是觉得可以懂的。民国十年在北京自春至秋病了大半年，又买佛经来看了消遣，这回所看的都是些小乘经，随后是大乘律。我读《梵网经》菩萨戒本及其他，很受感动，特别是贤首《疏》，是我所最喜读的书。卷三在“盗戒”下注云：

> 《善见》云，盗空中鸟，左翅至右翅，尾至颠，上下亦尔，俱得重罪。准此戒，纵无主，鸟身自为主，盗皆重也。

我在七月十四日的《山中杂信》四中云：

> 鸟身自为主，这句话的精神何等博大深厚，然而又岂是那些提鸟笼的朋友所能了解的呢？

又举“食肉戒”云：

> 若佛子故食肉，——一切众生肉不得食：夫食肉者断大慈

悲佛性种子，一切众生见而舍去。是故一切菩萨不得食一切众生肉，食肉得无量罪。——若故食者，犯轻垢罪。

在《吃菜》小文中我曾说道：

我读《旧约·利未记》，再看大小乘律，觉得其中所说的话要合理得多，而上边“食肉戒”的措辞我尤为喜欢，实在明智通达，古今莫及。

这是民国二十年冬天所写，与《山中杂信》相距已有十年，这个意见盖一直没有变更，不过这中间又读了些小乘律，所以对于佛教的戒律更感到兴趣与佩服。小乘律的重要各部差不多都已重刻了，在各经典流通处也有发售，但是书目中在这一部门的前面必定注着一行小字云“在家人勿看”，我觉得不好意思开口去问，并不是怕自己碰钉子，只觉得显明地要人家违反规条是一件失礼的事。末了想到一个方法，我就去找梁漱溟先生，托他替我设法去买，不久果然送来了一部《四分律藏》，共有二十本。可是后来梁先生离开北京了，我于是再去托徐森玉先生，陆续又买到了好些，我自己也在厂甸收集了一点，如《萨婆多部毗尼摩得勒伽》十卷，《大比丘三千威仪》二卷，均明末刊本，就是这样得来的。《书信》中“与俞平伯君书三十五通”之十五云：

前日为一女士写字写坏了，昨下午赶往琉璃厂买六吉宣赔写，顺便一看书摊，买得一部《萨婆多部毗尼摩得勒伽》，共二册十卷，系崇祯十七年八月所刻。此书名据说可译为《一切有部律论》，其中所论有极妙者，如卷六有一节云：云何厕？比丘入厕时，先弹指作相，使内人觉知，当正念入，好摄衣，好正当中安身，欲出者令出，不肯者勿强出。古人之质朴处盖至可爱也。

时为十九年二月八日，即是买书的第二天。其实此外好的文章尚多，如同卷中说类似的事云：

云何下风？下风出时不得作声。

云何小便？比丘不得处处小便，应在一处作坑。

云何唾？唾不得作声。不得在上座前唾。不得唾净地。不得在食前唾，若不可忍，起避去，莫令馀人得恼。

这莫令馀人得恼一句话我最喜欢，佛教的一种伟大精神的发露，正是中国的恕道也。又有关于齿木的：

云何齿木？齿木不得太大太小，不得太长太短，上者十二指，下者六指。不得上座前嚼齿木。有三事应屏处，谓大小便嚼齿木。不得在净处树下墙边嚼齿木。

《大比丘三千威仪》卷上云：

用杨枝有五事。一者，断当如度。二者，破当如法。三者，嚼头不得过三分。四者，疏齿当中三啮。五者，当汁澡目用。

金圣叹作施耐庵《水浒传序》中云：

朝日初出，苍苍凉凉，澡头面，裹巾帻，进盘飧，嚼杨木。

即从此出，唯义净很反对杨枝之说，在《南海寄归内法传》卷一“朝嚼齿木”项下云：

岂容不识齿木，名作杨枝。西国柳树全稀，译者辄传斯号，佛齿木树实非杨柳，那烂陀寺目今亲观，既不取信于他，闻者亦无劳致惑。

净师之言自必无误，大抵如周松霭在《佛尔雅》卷五所云，“此方无竭陀罗木，多用杨枝”，译者遂如此称，虽稍失真，尚取其通俗耳。至今日本俗语犹称牙刷曰杨枝，牙签曰小杨枝，中国则僧俗皆不用此，故其名称在世间也早已不传了。

《摩得勒伽》为宋僧伽跋摩译，《三千威仪》题后汉安世高译，僧祐则云失译人名，但总之是六朝以前的文字罢。卷下有至舍后二十五事亦关于登厕者，文繁不能备录，但如十一不得大咽使面赤，十七不得草画地，十八不得持草画壁作字，都说得很有意思。今抄简短者数则：

> 买肉有五事。一者，设见肉完未断，不应便买。二者，人已断馀乃应买。三者，设见肉少，不得尽买。四者，若肉少不得妄增钱取。五者，设肉已尽，不得言当多买。
>
> ×
>
> 教人破薪有五事。一者，莫当道。二者，先视斧柄令坚。三者，不得使破有青草薪。四者，不得妄破塔材。五者，积着燥处。

我在《入厕读书》文中曾说：

> 偶读大小乘戒律，觉得印度先贤十分周密地注意于人生各方面，非常佩服。即以入厕一事而论，《三千威仪》下列举至舍后者有二十五事，《摩得勒伽》六自“云何下风”至“云何筹草”凡十三条，《南海寄归内法传》二有第十八“便利之事”一章，都有详细的规定，有的是很严肃而幽默，读了忍不住五体投地。

我又在《谈龙集》里讲到阿剌伯奈夫札威上人的《香园》与印度壳科加师的《欲乐秘旨》，照中国古语说都是房中术的书，却又是很正经的，“他在开始说不雅驯的话之先，恭恭敬敬地要祷告一番，叫大悲大慈的神加恩于他，这的确是明朗朴实的古典精神，很是可爱的”。自两便以至劈柴买肉（小乘律是不戒食肉的），一方面关于性交的事，这虽然属于佛教外的人所做，都说的那么委曲详尽，又合于人情物理，这真是难得可贵的事。中国便很缺少这种精神，到了现在我们同胞恐怕是世间最不知礼的人之一种，虽然满口仁义礼智，不必问他心里如何，只看日常举动很少顾虑到人情物理，就可以知道了。查古书里却也曾有过很好的例，如《礼记》里的两篇《曲礼》，有好些话都可以与戒律相比。凡为长者粪之礼一节，凡进食之礼一节，都很有意思。中云：

> 毋抟饭，毋放饭，毋流歠，毋咤食，毋啮骨，毋反鱼肉，毋投与狗骨。

这用意差不多全是为得“莫令馀人得恼”，故为可取，僧祇律云：

> 不得大，不得小，如淫女两粒三粒而食，当可口食。

又是很有趣的别一说法，正可互相补足也。居丧之礼一节也很好，下文有云：

> 邻有丧，舂不相，里有殡，不巷歌。适墓不歌，哭日不歌。送丧不由径，送葬不辟涂潦。

读这些文章，深觉得古人的神经之纤细与感情之深厚，视今人有过之无不及，《论语》卷四记孔子的事云：

> 子食于有丧者之侧，未尝饱也。子于是日哭则不歌。

实在也无非是上文的实行罢了。从别一方面发明此意者有陶渊明，在《挽歌诗》第三首中云：

> 向来相送人，各自还其家，亲戚或馀悲，他人亦已歌。

此并非单是旷达语，实乃善言世情，所谓亦已歌者即是哭日不歌的另一说法，盖送葬回去过了一二日，歌正亦已无妨了。陶公此语与“日暮狐狸眠冢上，夜阑儿女笑灯前”的感情不大相同，他似没有什么对于人家的不满意，只是平实地说这一种情形，是自然的人情，却也稍感寥寂，此是其佳处也。我读陶诗而懂得礼意，又牵连到小乘律上头去，大有缠夹之意，其实我只表示很爱这一流的思想，不论古今中印，都一样地随喜礼赞也。

（民国二十五年四月十四日，于北平苦茶庵）

［1936 年 9 月《青年界》/《风雨谈》］

怀东京

我写下这个题目，便想起谷崎润一郎在《摄阳随笔》里的那一篇《忆东京》来。已有了谷崎氏的那篇文章，别人实在只该阁笔了，不佞何必明知故犯的来班门弄斧呢。但是，这里有一点不同。谷崎氏所忆的是故乡的东京，有如父师对于子弟期望很深，不免反多责备，虽然溺爱不明，不知其子之恶者世上自然也多有。谷崎文中云：

看了那尾上松之助的电影，实在觉得日本人的戏剧，日本人的面貌都很丑恶，把那种东西津津有味的看着的日本人的头脑与趣味也都可疑，自己虽生而为日本人，却对于这日本的国土感觉到可厌恶了。

从前堀口大学有一首诗云：

在生我的国里
反成为无家的人了。
没有人能知道罢——
将故乡看作外国的
我的哀愁。

正因为对于乡国有情，所以至于那么无情似的谴责或怨嗟。我想假如我要写一篇论绍兴的文章，恐怕一定会有好些使得乡友看了皱眉的话，不见得会说错，就只是严刻，其实这一点却正是我所有对于故乡的真正情愫。对于故乡，对于祖国，我觉得不能用今天天气哈哈哈的态度。若是外国，当然应当客气一点才行，虽然无须瞎恭维，也总不必求全责备，以致吹毛求疵罢。这有如别人家的子弟，只看他清秀明慧处予以赏识，便了吾事。世间一般难得如此，常有为了小儿女玩耍相骂，弄得两家妈妈扭打，都滚到泥水里去，如小报上所载，又有“白面客”到瘾发时偷街坊的小孩送往箕子所开的“白面房子”里押钱，也是时常听说的事（门口的电灯电线，铜把手，信箱铜牌，被该客借去的事尤其多了，寒家也曾经验，至今门口无灯也）。所以对于别国也有断乎不客气者，不过这些我们何必去学乎。

我曾说过东京是我第二故乡，但是他究竟是人家的国土，那么我的态度自然不能与我对绍兴相同，亦即是与谷崎氏对东京相异，我的文章也就是别一种的东西了。我的东京的怀念差不多即是对于日本的一切观察的基本，因为除了东京之外我不知道日本的生活，文学美术中最感兴趣的也是东京前身的江户时代之一部分。民族精神虽说是整个的，古今异时，变化势所难免，我们无论怎么看重唐代文化的平安时代，但是在经过了室町江户时代而来的现代生活里住着，如不是专门学者，要去完全了解他是很不容易的事，正如中国讲文化总推汉唐，而我们现在的生活大抵是宋以来这一统系的，虽然有时对于一二模范的士大夫如李白韩愈还不难懂得，若是想了解有社会背景的全般文艺的空气，那就很有点困难了。要谈日本把全空间时间的都包括在内，实在没有这种大本领，我只谈谈自己所感到的关于东京的一二点，这原是身边琐事，个人偶感，但他足以表示我知道日本之范围之小与程度之浅，未始不是有意思的事情。

我在东京只继续住过六年，但是我爱好那个地方，有第二故乡之感。在南京我也曾住过同样的年数，学校内外有过好些风波，纪念也很不浅，我对于他只是同杭州仿佛，没有忘不了或时常想起的事。北京我是喜欢的，现在还住着，这是别一回事，且不必谈。辛亥年秋天从东京归国，住在距禹迹寺季彭山故里沈园遗址都不过一箭之遥的老屋里，觉得非常寂寞，时时回忆在东京的学生生活，胜于家居吃老米饭。曾写一篇拟古文，追记一年前与妻及妻弟往尾久川钓鱼，至田端遇雨，坐公共马车（囚车似的）回本乡的事，颇感慨系之。这是什么缘故呢？东京的气候不比北京好，地震失火一直还是大威胁，山水名胜也无馀力游玩，官费生的景况是可想而知的，自然更说不到娱乐。我就喜欢在东京的日本生活，即日本旧式的衣食住。此外是买新书旧书的快乐，在日本桥神田本乡一带的洋书和书新旧各店，杂志摊，夜店，日夜巡阅，不知疲倦，这是许多人都喜欢的，不必要我来再多说明。回到故乡，这种快乐是没有了，北京虽有市场里书摊，但情趣很不相同，有些朋友完全放弃了新的方面，回过头来钻到琉璃厂的古书堆中去，虽然似乎转变得急，又要多花钱，不过这也是难怪的，因为在北平实在只有古书还可买，假如人有买书的瘾，回国以后还未能干净戒绝的话。

去年六月我写《日本管窥之二》，关于日本的衣食住稍有说明。我对于一部分的日本生活感到爱着，原因在于个人的性分与习惯，文中曾云：

> 我是生长于东南水乡的人，那里民生寒苦，冬天屋内没有火气，冷风可以直吹进被窝来，吃的通年不是很咸的腌菜也是很咸的腌鱼，有了这种训练去过东京的下宿生活，自然是不会不合适的。

还有第二的原因，可以说是思古之幽情。文中云：

> 我那时又是民族革命的一信徒，凡民族主义必含有复古思想在里边，我们反对清朝，觉得清以前或元以前的差不多都好，何况更早的东西。

为了这个理由我们觉得和服也很可以穿，若袍子马褂在民国以前都作胡服看待，在东京穿这种衣服即是奴隶的表示，弘文书院照片里（里边也有黄轸胡衍鸿）前排靠边有杨晳子的袍子马褂在焉，这在当时大家是很为骇然的。我们不喜欢被称为清国留学生，寄信时必写支那，因为认定这摩诃脂那，至那以至支那皆是印度对中国的美称，又《佛尔雅》八，释木第十二云："桃曰至那你，汉持来也。"觉得很有意思，因此对于支那的名称一点都没有反感，至于现时那可怜的三上老头子要替中国正名曰支那，这是着了法西斯的闷香，神识昏迷了，是另外一件笑话。关于食物我曾说道：

> 吾乡穷苦，人民努力吃三顿饭，唯以腌菜臭豆腐螺蛳当菜，故不怕咸与臭，亦不嗜油若命，到日本去吃无论什么都不大成问题。有些东西可以与故乡的什么相比，有些又即是中国某处的什么，这样一想也很有意思。如味噌汁与干菜汤，金山寺味噌与豆板酱，福神渍与酱咯哒（咯哒犹骨朵，此言酱大头菜也），牛蒡独活与芦笋，盐鲑与勒鲞，皆相似的食物也。又如大德寺纳豆即咸豆豉，泽庵渍即福建的黄土萝卜，蒟蒻即四川的黑豆腐，刺身（sashimi）即广东的鱼生，寿司（sushi）即古昔的鱼鲊，其制法见于《齐民要术》，此其间又含有文化交通的历史，不但可吃，也更可思索。家庭宴集自较丰盛，但其清淡则如故，亦仍以菜蔬鱼介为主，鸡豚在所不废，唯多用其瘦者，故亦不油腻也。

谷崎氏文章中很批评东京的食物，他举出鲫鱼的雀烧（小鲫鱼破背煮酥，色黑，形如飞雀，故名）与叠鰯（小鱼晒干，实非沙丁鱼也）来做代表，以为显出脆薄，贫弱，寒乞相，毫无腴润丰盛的气象。这是东京人的缺点，其影响于现今以东京为中心的文学美术之产生者甚大。他所说的话自然也有一理，但是我觉得这些食物之有意思也就是这地方，换句话可以说是清淡质素，他没有富家厨房的多油多团粉，其用盐与清汤处却与吾乡寻常民家相近，在我个人是很以为好的。假如有人请吃酒，无论鱼翅燕窝以至熊掌我都会吃，正如大葱卵蒜我也会吃一样，但没得吃时决不想吃或看了人家吃便害馋，我所想吃的如奢侈一点还是白鲞汤一类，其次是鳘（乡俗读若米）鱼鲞汤，还有一种用挤了虾仁的大虾壳，砸碎了的鞭笋的不能吃的“老头”（老头者近根的硬的部分，如甘蔗老头等），再加干菜而蒸成的不知名叫什么的汤，这实在是寒乞相极了，但越人喝得滋滋有味，而其有味也就在这寒乞即清淡质素之中，殆可勉强称之曰俳味也。

日本房屋我也颇喜欢，其原因与食物同样的在于他的质素。我在《管窥之二》中说过：

> 我喜欢的还是那房子的适用，特别便于简易生活。

下文又云：

> 四席半一室面积才八十一方尺，比维摩斗室还小十分之二，四壁萧然，下宿只供给一副茶具，自己买一张小几放在窗下，再有两三个坐褥，便可安住。坐在几前读书写字，前后左右皆有空地，都可安放书卷纸张，等于一大书桌，客来遍地可坐，容六七人不算拥挤，倦时随便卧倒，不必另备沙发，深夜从壁橱取被摊开，又便即正式睡觉了。昔时常见日本学生移居，车上载行李只铺盖衣包小几或加书箱，自己手提玻璃洋油灯在车后走而已。中国公寓住室总在方丈以上，而板床桌椅箱架之外无多馀地，令人感到局促，无安闲之趣。大抵中国房屋与西洋的相同都是宜于华丽而不宜于简陋，一间房子造成，还是行百里者半九十，非是有相当的器具陈设不能算完成，日本则土木功毕，铺席糊窗，即可居住，别无一点不足，而且还觉得清疏有致。从前在日本旅行，在吉松高锅等山村住宿，坐在旅馆的朴素的一室内凭窗看山，或着浴衣躺席上，要一壶茶来吃，这比向来住过的好些洋式中国式的旅舍都要觉得舒服，简单而省费。

从别方面来说，他缺少阔大。如谷崎润一郎以为如此纸屋中不会发生伟大的思想，萩原朔太郎以为不能得到圆满的恋爱生活，永井荷风说木造纸糊的家屋里适应的美术其形不可不小，其质不可不轻，与钢琴油画大理石雕刻这些东西不能相容。这恐怕都是说得对的，但是有什么办法呢。事实是如此，日本人纵使如田口卯吉所说日日戴大礼帽，反正不会变成白人，用洋灰造了文化住宅，其趣味亦未必遂胜于四席半，若不佞者不幸生于远东，环境有相似处，不免引起同感，这原只是个人爱好，若其价值是非那自可有种种说法，并不敢一句断定也。

日本生活里的有些习俗我也喜欢，如清洁，有礼，洒脱。洒脱与有礼这两件事一看似乎有点冲突，其实却并不然。洒脱不是粗暴无礼，他只是没有宗教与道学的伪善，没有从淫逸发生出来的假正经。最明显的例是对于裸体的态度。蔼理斯在论《圣芳济及其他》（*St. Francis and Others*）文中有云：

> 希腊人曾将不喜裸体这件事看作波斯人及其他夷人的一种特性，日本人——别一时代与风土的希腊人——也并不想到避忌裸体，直到那西方夷人的淫逸的怕羞的眼告诉了他们。我们中间至今还觉得这是可嫌恶的，即使单露出脚来。

他在小注中引了时事来证明，如不列颠博物院阅览室不准穿镂空皮鞋的进去，又如女伶光腿登台，致被检察，结果是谢罪于公众，并罚一巨款云。日本现今虽然也在竭力模仿文明，有时候不许小说里亲嘴太多，或者要叫石像穿裙子，表明官吏的眼也渐渐淫逸而怕羞了，在民间却还不尽然，浴场的裸体群像仍是“司空见惯”，女人的赤足更不足希奇，因为这原是当然的风俗了。中国万事不及英国，只有衣履不整者无进图书馆之权，女人光腿要犯法，这两件事倒是一样，也是很有意思的。不，中国还有缠足，男女都缠，不过女的裹得多一点，缚得小一点，这是英国也没有的，不幸不佞很不喜欢这种出奇的做法，所以反动的总是赞美赤足，想起两足白如霜不着鸦头袜之句，觉得青莲居士毕究是可人，不管他是何方人氏，只要是我的同志就得了。我常想，世间鞋类里边最美善的要算希腊古代的山大拉（sandala），闲适的是日本的下驮（geta），经济的是中国南方的草鞋，而拖鞋之流不与也。凡此皆取其不隐藏，不装饰，只是任其自然，却亦不至于不适用与不美观。不佞非拜脚狂者，如传说中的辜汤生一类，亦不曾作履物之搜集，本不足与语此道，不过鄙意对于脚或身体的别部分以为解放总当胜于束缚与隐讳，故于希腊日本的良风美俗不能不表示赞美，以为诸夏所不如也。希腊古国恨未及见，日本则幸曾身历，每一出门去，即使别无所得，只见憧憧往来的都是平常人，无一裹足者在内，令人见之愀然不乐，如现今在北平行路每日所经验者，则此事亦已大可喜矣。我前写《天足》一小文，于今已十五年，意见还是仍旧，真真自愧对于这种事情不能去找出一个新看法新解释来也。

上文所说都是个人主观的见解，盖我只从日本生活中去找出与自己性情相关切的东西来，有的是在经验上正面感到亲近者，就取其近似而更有味的，有的又反而觉到嫌恶，如上边的裹足，则取其相反的以为补偿，所以总算起来这些东西很多，却难有十分明确的客观解说。不过我爱好这些总是事实。这都是在东京所遇到，因此对于东京感到怀念，对于以此生活为背景的近代的艺文也感觉有兴趣。永井荷风在《江户艺术论》第一篇《浮世绘之鉴赏》中曾有这一节话道：

> 我反省自己是什么呢，我非威耳哈伦（Verhaeren）似的比利时人而是日本人也，生来就和他们的运命及境遇迥异的东洋人也。恋爱的至情不必说了，凡对于异性之性欲的感觉悉视为最大的罪恶，我辈即奉戴此法制者也。承受“胜不过啼哭的小孩和地主”的教训的人类也，知道“说话则唇寒”的国民也。使威耳哈伦感奋的那滴着鲜血的肥羊肉与芳醇的蒲桃酒与强壮的妇女之绘画，都于我有什么用呢。呜呼，我爱浮世绘。苦海十年为亲卖身的游女的绘姿使我泣。凭倚竹窗茫然看着流水的艺妓的姿态使我喜。卖宵夜面的纸灯寂寞地停留着的河边的夜

景使我醉。雨夜啼月的杜鹃，阵雨中散落的秋天树叶，落花飘风的钟声，途中日暮的山路的雪，凡是无常无告无望的，使人无端嗟叹此世只是一梦的，这样的一切东西，于我都是可亲，于我都是可怀。

永井氏是在说本国的事，所以很有悲愤，我们当作外国艺术看时似可不必如此，虽然也很赞同他的意思。是的，却也不是。生活背景既多近似之处，看了从这出来的艺术的表示，也常令人有《瘗旅文》的“吾与尔犹彼也”之感。大的艺术里吾尔彼总是合一的，我想这并不是老托尔斯泰一个人的新发明，虽然御用的江湖文学不妨去随意宣传，反正江湖诀（Journalism）只是应时小吃而已。还有一层，中国与日本现在是立于敌国的地位，但如离开现时的关系而论永久的性质，则两者都是生来就和西洋的运命及境遇迥异的东洋人也。日本有些法西斯中毒患者以为自己国民的幸福胜过至少也等于西洋了，就只差未能吞并亚洲，稍有愧色，而艺术家乃感到“说话则唇寒”的悲哀，此正是东洋人之悲哀也，我辈闻之亦不能不惘然。木下杢太郎在他的《食后之歌》序中云：

在杂耍场的归途，戏馆的归途，又或常盘木俱乐部，植木店的归途，予常尝此种异香之酒，耽想那卑俗的，但是充满眼泪的江户平民艺术以为乐。

我于音乐美术是外行，不能了解江户时代音曲板画的精妙，但如永井木下所指出，这里边隐着的哀愁也是能够隐隐的感着的。这不是代表中国人的哀愁，却也未始不可以说包括一部分在内，因为这如上文所说其所表示者总之是东洋人之悲哀也。永井氏论木板画的色彩，云这暗示出那样暗黑时代的恐怖与悲哀与疲劳。俗曲里礼赞恋爱与死，处处显出人情与礼教的冲突，偶然听唱义太夫，便会遇见纸治，即是这一类作品。日本的平民艺术仿佛善于用优美的形式包藏深切的悲苦，这是与中国很不同的。不过我已声明关于这些事情不甚知道，中国的戏尤其是不懂，所以这只是信口开河罢了，请内行人见了别生气才好。

我写这篇小文，没有能够说出东京的什么真面目来，很对不起读者，不过我借此得以任意的说了些想到的话，自己倒觉得愉快，虽然以文章论也还未能写得好。此外本来还有些事想写进去的，如书店等，现在却都来不及再说，只好等将来另写了。

［1936 年 9 月《宇宙风》/《瓜豆集》］

英雄崇拜

崇拜英雄本来也是一件好事情。不过关于英雄的行为应当有两个条件，其一是他们的确是可以佩服，第二是可以做模范。关羽岳飞在社会上很有名望，其实他们只是尽职的武将罢了，其所以特别闻名，还是因为《三国演义》与《岳传》鼓吹的关系。近来颇有人崇拜文天祥史可法，文史二公确是有第一项的资格了，说到模范似乎不免稍有疑问。二公的忠烈诚然可以钦佩，却教我们怎么学法？二公是在宋明亡国，不，照顾亭林说是亡天下的时候尽忠的，但是我们现今总还希望中国不会亡，希望有人有方法来救他，使他免于危亡，所以这种①救亡扶危的英雄才是我们的模范，也值得崇拜。有谁是这样的英雄呢？我对于二十四史是太荒疏了，拿出吾乡金古良②的《无双谱》来翻了又翻，四十人中找不到这样的一个，可怜卷末还是一篇《正气歌》的图赞。我从别方面去找，好容易才想出一组人来，因为他们共是两个。说也好笑，他们碰巧都出在我们绍兴地方，幸亏不是在讲做文章，否则就很有使人怀疑之可能了。

他们是谁呢？说起来大家都知道，那就是越王勾践与大夫范蠡。这还是孔子晚年的事情，年代太久远了，也有点说不上来，但在古书里有一点记载，稍可依据。越为吴所败，老实的结了城下之盟，可是后来越的君臣终于报复旧仇，复兴本国。《吴越春秋》卷八里说：

> 越王念复吴仇，非一旦也，苦身劳心，夜以接日，日卧则

【锺校】

① “种”原作“是”。

② “金古良”原作“今古良”。

攻之以蓼，足寒则渍之以水，冬常抱冰，夏还握火，愁心苦[1]思，悬胆于户，出入尝之不绝口。

看他自己多么刻苦，可是对于人民却十分宽厚，能得大家的信任与敬爱，连采葛之妇也“伤越王用心之苦，乃作苦之诗”，其中有句云，尝胆不苦味如饴，不愧为古今名言，写得出坚忍的苦与乐，难怪他们的能够成功。到得伐吴大得胜利，吴遣王孙雒[2]来求和，勾践想要答应了，范蠡却断乎不可。《国语》卷二十一“越语下”写这情形道：

范蠡乃左提鼓，右援枹，以应使者。（这里王孙雒说他不答应和是助天为虐，不祥。）曰，王孙子，昔吾先君固周室之不成子也，故滨于东海之陂，鼋鼍鱼鳖之与处，蛙黾之与同渚，余虽腼然而人面哉，吾犹禽兽也，又安知是谖谖者乎。使者辞反。范蠡不报于王，击鼓兴师，以随使者，至于姑苏之宫。

原则上我是并不赞成这种举动的，但看那种彻底的泼辣，也即是坚忍的一面相，不由得不低首称叹，这实在是难能可贵的事。现在我们所需要的正是这坚忍，不配说对他人，第一还是先对自己，要实行苦身劳心，能做到尝胆不苦味如饴的地步，这才有两三分的希望。像现今盛行的各色新运动，大都充满着轻躁、浮薄和虚假，这正是与坚忍相反的病，也只有相反的坚忍的一味苦药才能医得他好。

越国君臣之可以给我们做模范的还有一点，即是他们的沉默，不乱嚷，不空宣传。越国的设计据《吴越春秋》都称之曰阴谋，《国语》卷二十也记载君臣计议，大夫扶同说，“今欲有计，不宜前露其辞”，又

【锺校】

① “苦”原作“若”。
② “雒”原作“雄”。

曰，“宜损少辞，无令泄也”。他们有计划在进行，要那么秘密，这原是正当的办法，我们别无计划却老是空说，真可以说非愚则妄。或曰，本来并没有什么计划可以泄露，所以说说也无妨碍，这也似乎是一种道理罢。不过毫无实力，只图口头笔头讨便宜，以致被人将无作有，生出许多是非，白吃许多亏，岂非冤枉之至。从前有人说过，本来是一条黄狗，却在额角上自己去贴上一个王字充老虎，结果只落得多挨一顿打罢了。并非薄今人而爱古人，两相比较，越国大夫确是高出一头地，而世人乃只恭维其后半生的“曾贸易”，其犹未免为市井小儿之见乎。

［1936年10月3日《世界日报》/集外文］

佛骨与肉

前日在寒斋同二三友人谈天，说到文起八代之衰的韩退之。我说，以文章论，送李愿或孟东野序都并不佳，以思想论，卫道也是常谈滥调，虽然有人赏识他的排佛教，以为这是所谓中国本位文化的先声。但是对于《谏佛骨表》我却是同情的，因为这是对着当时社会的一种反抗，那样的迎佛骨实在是太可笑了，丢开道统不讲，也总应当反对的。福庆居士就说，韩退之这件事之可取，在于他敢去反抗皇帝，辟不辟佛没有多大关系，这里因为朝廷大吹大擂的闹佛牙佛骨，所以要反对，若是平平常常地做一日和尚撞一日钟，也可以不必如此，退之后来与大颠等还是来往，可以看出这个意思来了。我很赞成居士的这个说法，就只怕太把退之看得高一点，太主观化一点了。韩退之假如能够有此风度，他的文章还该能够写得好些，他不见得写《原道》那类文章，也就不能得到文公的尊号了。

这里我又联想起前两年的一件事情来。有朋友来访问，我正在看周吉甫的《金陵琐事》，就把其中一条"义愤裂脑"的纪事翻给他看。其文云：

> 成祖杀方孝孺，令人食其肉，食肉一块银一两。有吏之仆食肉得银，归家说其事，吏闻之大怒，喝仆一声，激裂其脑而死。义哉吏也，不得其姓名乡里。顾孝直谈。

朋友看了也大怒，徐曰，"食肉得银，哼！"在这里我们的意思很不相同。周吉甫的意思是，方孝孺的肉是吃不得的，或者别人的还可商量也说不定。我所恶的是令人食肉一块给银一两的永乐朱棣，朋友却是轻蔑那食肉得银的仆。三种说法恐怕都是对的，而其中以朋友的为最深刻，却也就未免太高了罢。中国人的道德至多能够提高到不吃方孝孺的肉，那已经是义士了，所以周吉甫的意见要算是很切实而普通了，但是其他两说乃是更看得中国人起，故多责备，这一点也是应该明了的。我自己的意思总是那么平庸，上文所记的两件事里都可以看出来，不过也很赞成更新的看法，这却要等朋友们的多多提示了。

［1936 年 10 月 11 日《世界日报》/集外文］

读报者言

难怪人家抽烟的戒除不了，凡是瘾总是不大有什么办法的，在我自己也有过这种经验。其实我是不抽烟的，自烟卷以至鸦片都不会抽，茶酒也只是好色而不淫，有好的尽用好的，没有就拉倒，酒可以老实不喝，茶则以白水代之即可，因为生理的需要不能缺断，除含碱味的外都可以随便喝几口。我的所谓瘾乃是在看的方面，如看书看报是也。书暂且不谈，报到每天早上必看过一套，虽然，如吾乡孙太史说过，结果只看了一个该死。我的报有送看的，有订阅的，计外国二种，北平五种，天津南京上海各一，共十种。这十份报我在午前都要翻看一遍，单是那七种汉文报的内容除广告以外也总有三十万字吧，要全读怕非有一天工夫不可，只可挑着看，实际上也只好挑，因为没有什么东西好看。明知道如此，却又改不过停不住，每天仍是那么做，这就成为一种瘾了。

为什么没有东西好看的呢？原因自然很多，据我想可以说出这几种来。第一是言论不自由。有许多话不准说，无论理由怎么正当，事情怎么确实。有时候，外国文报纸上已经一五一十地登出了，或者外埠的报上也已揭载，本地却特别不能发表，发表也是吞吞吐吐的，看了感到不痛快，觉得这是掩耳盗铃，不知道是在骗谁。第二是传闻之误。不知怎的，报纸所登的有些消息老是要那些弄错。别的不很清楚，单是关于我们所认识的人的动静便常常不尽不实，这就养成我的疑今的坏脾气。第三是常识之欠缺。报载路毙的原因大抵说是气闭身死，人死没有不气闭者，其实气闭乃是身死的结果，怎么可以算作原因呢。还有人猝死，古名中风，新医学上称脑出血或脑溢血，谓脑中血管破裂也，报上却称之曰脑冲血。医学上有脑充血之名（这与脑什么血等等名称都是从日本输入的），乃是另一病症，只是血液上升，感到昏眩，人如热水洗澡太久容易如此，并不就会死的。要辩解说，医生的事新闻记者那里知道得许多，那也不能说没有道理，不过在我们读者看了总觉得是一个缺点，这里边第一件是当局的衮衮诸公的责任，做报的没有什么法子，第二件报纸有闻必录，仿佛是前清都老爷的样子大家也可不必认真，我所觉得可以也应当稍为改良的乃是第三件事。新闻记者都是智识阶级，又是民众的指导者，这里把知识弄得略略正确些，不为专门家所笑事小，有益于民众教育事大。不过我也不希望报纸摆出教育家的面孔来，以圣贤自居来教训人，无论本人居心怎样的好，那也是要不得的。我希望报纸不要想做民众的老子，只满足于做他一个朋友，诚诚恳恳地同他们谈谈。大报有他的架子，不肯屈尊是无足怪的，若《实报》则十足有这个可能，深望能够渐渐做到这个地步。今值八周年纪念，管翼贤先生来征文，并声明不受揄扬之辞，乃写此读报者言以进焉。

［1936年10月16日《实报半月刊》/集外文］

结缘豆

范寅《越谚》卷中风俗门云：

结缘，各寺庙佛生日散钱与丐，送饼与人，名此。

敦崇《燕京岁时记》有“舍缘豆”一条云：

四月八日，都人之好善者取青黄豆数升，宣佛号而拈之，拈毕煮熟，散之市人，谓之舍缘豆，预结来世缘也。谨按《日下旧闻考》，京师僧人念佛号者辄以豆记其数，至四月八日佛诞生之辰，煮豆微撒以盐，邀人于路请食之以为结缘，今尚沿其旧也。

刘玉书《常谈》卷一云：

都南北多名刹，春夏之交，士女云集，寺僧之青头白面而年少者着鲜衣华履，托朱漆盘，贮五色香花豆，蹀躞于妇女襟袖之间以献之，名曰结缘，妇女亦多嬉取者。适一僧至少妇前奉之甚殷，妇慨然大言曰，良家妇不愿与寺僧结缘。左右皆失笑，群如赧然缩手而退。

就上边所引的话看来，这结缘的风俗在南北都有，虽然情形略有不同。小时候在会稽家中常吃到很小的小烧饼，说是结缘分来的，范啸风所说的饼就是这个。这种小烧饼与“洞里火烧”的烧饼不同，大约直径一寸高约五分，馅用椒盐，以小皋步的为最有名，平常二文钱一个，底有两个窟窿①，结缘用的只有一孔，还要小得多，恐怕还不到一文钱

【锺校】

① “窿”原作“陇”。

吧。北京用豆，再加上念佛，觉得很有意思，不过二十年来不曾见过有人拿了盐煮豆沿路邀吃，也不听说浴佛日寺庙中有此种情事，或者现已废止亦未可知，至于小烧饼如何，则我因离乡里已久不能知道，据我推想或尚在分送，盖主其事者多系老太婆们，而老太婆者乃是天下之最有闲而富于保守性者也。

结缘的意义何在？大约是从佛教进来以后，中国人很看重缘，有时候还至于说得很有点神秘，几乎近于命数。如俗语云，有缘千里来相会，无缘对面不相逢，又小说中狐鬼往来，末了必云缘尽矣，乃去。敦礼臣所云预结来世缘，即是此意。其实说得浅淡一点，或更有意思，例如唐伯虎之三笑，才是很好的缘，不必于冥冥中去找红绳缚脚也。我很喜欢佛教里的两个字，曰业曰缘，觉得颇能说明人世间的许多事情，仿佛与遗传及环境相似，却更带一点儿诗意。日本无名氏诗句云：

虫呵虫呵，难道你叫着，业便会尽了么？

这业的观念太是冷而且沉重，我平常笑禅宗和尚那么超脱，却还挂念腊月二十八，觉得生死事大也不必那么操心，可是听见知了在树上喳喳地叫，不禁心里发沉，真感得这件事恐怕非是涅槃是没有救的了。缘的意思便比较的温和得多，虽不是三笑那么圆满也总是有人情的，即使如库普林在《晚间的来客》所说，偶然在路上看见一双黑眼睛，以至梦想颠倒，究竟逃不出是春叫猫儿猫叫春的圈套，却也还好玩些。此所以人家虽怕造业而不惜作缘欤？若结缘者又买烧饼煮黄豆，逢人便邀，则更十分积极矣，我觉得很有兴趣者盖以此故也。

为什么这样的要结缘的呢？我想，这或者由于不安于孤寂的缘故吧，富贵子嗣是大众的愿望，不过这都有地方可以去求，如财神送子娘娘等处，然而此外还有一种苦痛却无法解除，即是上文所说的人生的孤寂。孔子曾说过，鸟兽不可与同群，吾非斯人之徒而谁与。人是喜群的，但他往往在人群中感到不可堪的寂寞，有如在庙会时挤在潮水般的人丛里，特别像是一片树叶，与一切绝缘而孤立着，念佛号的老公公老婆婆也不会不感到，或者比平常人还要深切吧，想用什么仪式来施行祓除，列位莫笑他们这几颗豆或小烧饼，有点近似小孩们的“办人家”，实在却是圣餐的面包蒲陶酒似的一种象征，很寄存着深重的情意呢。我们的确彼此太缺少缘分，假如可能实有多结之必要，因此我对于那些好善者着实同情，而且大有加入的意思，虽然青头白面的和尚我与刘青园同样的讨厌，觉得不必与他们去结缘，而朱漆盘中的五色香花豆盖亦本来不是献给我辈者也。

我现在去念佛拈豆，这自然是可以不必了，姑且以小文章代之耳。我写文章，平常自己怀疑，这是为什么的：为公乎，为私乎？一时也有点说不上来。钱振锽《名山小言》卷七有一节云：

> 文章有为我兼爱之不同。为我者只取我自家明白，虽无第二人解，亦何伤哉，老子古简，庄生诡诞，皆是也。兼爱者必使我一人之心共喻于天下，语不尽不止，孟子详明，墨子重复，是也。《论语》多弟子所记，故语意亦简，孔子诲人不倦，其语必不止此。或怪孔明文采不艳而过于丁宁周至，陈寿以为亮所与言尽众人凡士云云，要之皆文之近于兼爱者也。诗亦有之，王孟闲适，意取含蓄，乐天讽谕，不妨尽言。

这一节话说得很好，可是想拿来应用却不很容易，我自己写文章是属于哪一派的呢？说兼爱固然够不上，为我也未必然，似乎这里有点儿缠夹，而结缘的豆乃仿佛似之，岂不奇哉。写文章本来是为自己，但他同时要一个看的对手，这就不能完全与人无关系，盖写文章即是不甘寂寞，无论怎样写得难懂意识里也总期待有第二人读，不过对于他没有过大的要求，即不必要他来做喽啰而已。煮豆微撒以盐而给人吃之，岂必要索厚偿，来生以百豆报我，但只愿有此微末情分，相见时好生看待，不至伥伥来去耳。古人往矣，身后名亦复何足道，唯留存二三佳作，使今人读之欣然有同感，斯已足矣，今人之所能留赠后人者亦止此，此均是豆也。几颗豆豆，吃过忘记未为不可，能略为记得，无论转化作何形状，都是好的，我想这恐怕是文艺的一点效力，他只是结点缘罢了。我却觉得很是满足，此外不能有所希求，而且过此也就有点不大妥当，假如想以文艺为手段去达别的目的，那又是和尚之流矣，夫求女人的爱亦自有道，何为舍正路而不由，乃托一盘豆以图之，此则深为不佞所不能赞同者耳。

［1936 年 10 月《谈风》/《瓜豆集》］

自己的文章

听说俗语里有一句话，人家的老婆与自己的文章总觉得是好的。既然是通行的俗语，那么一定有道理在里边，大家都已没有什么异议的了，不过在我看来却也有不尽然的地方。关于第一点，我不曾有过经验，姑且不去讲她。文章呢，近四十年来古文白话胡乱地涂写了不少，自己觉得略有所知，可是我毫不感到天下文风全在绍兴而且本人就是城里第一。不，读文章不佞选学桐城，稍稍辨别得一点好坏，写文章也微微懂得一点苦甘冷暖，结果只有“一丁点儿”的知，而知与信乃是不大合得来的，既知文章有好坏，便自然难信自己的都是好的了。

听人家称赞我的文章好，这当然是愉快的事，但是这愉快大抵也就等于看了主考官的批，是很荣幸的然而未必切实。有人好意地说我的文章写得平淡，我听了很觉得喜欢但也很惶恐。平淡，这是我所最缺少的，虽然也原是我的理想，而事实上绝没有能够做到一分毫，盖凡理想本来即其所最缺少而不能做到者也。现在写文章自然不能再讲什么义法格调，思想实在是很重要的，思想要充实已难，要表现得好更大难了，我所有的只有焦躁，这说得好听一点是积极，但其不能写成好文章来反正总是一样。民国十四年我在《雨天的书》序二中说：

> 我近来作文极慕平淡自然的景地。
>
> 但是看古代或外国文学才有此种作品，自己还梦想不到有能做的一天，因为这有气质境地与年龄的关系，不可勉强，像我这样褊急的脾气的人，生在中国这个时代，实在难望能够从容镇静地做出平和冲淡的文章来。

又云：

我很反对为道德的文学，但自己总做不出一篇为文章的文章，结果只编集了几卷说教集，这是何等滑稽的矛盾。

近日承一位日本友人寄给我一册小书，题曰《北京的茶食》，内凡有《上下身》《死之默想》《沉默》《碰伤》等九篇小文，都是民十五左右所写的，译成流丽的日本文，固然很可欣幸，我重读一遍却又十分惭愧，那时所写真是太幼稚地兴奋了。过了十年，是民国二十四年了，我在《苦茶随笔》后记中说道：

我很惭愧老是那么热心，积极，又是在已经略略知道之后，——难道相信天下真有奇迹么？实实是大错而特错也。以后应当努力，用心写好文章，莫管人家鸟事，且谈草木虫鱼，要紧要紧。

这番叮嘱仍旧没有用处，那是很显然的。孔子曰，鸟兽不可与同群，吾非斯人之徒而谁与。中国是我的本国，是我歌于斯哭于斯的地方，可是眼见得那么不成样子，大事且莫谈，只一出去就看见女人的扎缚的小脚，又如此刻在写字，耳边就满是后面人家所收广播的怪声的报告与旧戏，真不禁令人怒从心上起也。在这种情形里平淡的文情哪里会出来，手底下永远是没有，只在心目中尚存在耳，所以我的说平淡乃是跛者之不忘履也，诸公同情遂以为真是能履，跛者固不敢承受，诸公殆亦难免有失眼之讥矣。

又或有人改换名目称之曰闲适，意思是表示不赞成，其实在这里也是说得不对的。热心社会改革的朋友痛恨闲适，以为这是布耳乔亚的快乐，差不多就是饱暖懒惰而已。然而不然。闲适是一种很难得的态度，不问苦乐贫富都可以如此，可是又并不是容易学得会的。这可以分作两种。其一是小闲适，如俞理初在《癸巳存稿》卷十二关于闲适的文章里有云：

秦观词云，醉卧古藤阴下，了不知南北。王铚《默记》以为其言如此，必不能至西方净土。其论甚可憎也。……盖流连光景，人情所不能无，其托言不知，意本深曲耳。

如农夫终日车水，忽驻足望西山，日落阴凉，河水变色，若欣然有会，亦是闲适，不必卧且醉也。其二可以说是大闲适罢。沈赤然著《寄傲轩读书续笔》卷四云：

宋明帝遣药酒赐王景文死，景文将饮酒，谓客曰，此酒不宜相劝。齐明帝遣赍鸩逼巴陵王子伦死，子伦将饮，顾使者曰，此酒非劝客之具，不可相奉。其言何婉而趣也。大都从容镇静之态平时尚可伪为，至临死关头不觉本性全露，若二人者可谓视死如甘寝矣。

又如陶渊明《拟挽歌辞》之三云：

向来相送人，各自还其家，

亲戚或馀悲，他人亦已歌。

这样的死人的态度真可以说是闲适极了，再看那些参禅看话的和尚，虽似超脱，却还念念不忘腊月二十八，难免陶公要攒眉而去。夫好生恶死人之常情也，他们亦何必那么视死如甘寝，实在是“千年不复朝，贤达无奈何”耳，唯其无奈何所以也就不必多自扰扰，只以婉而趣的态度对付之，此所谓闲适亦即是人幽默也。但此等难事唯有贤达能做得到，若是凡人就是平常烦恼也难处理，岂敢望这样的大解放乎。总之闲适不是一件容易学的事情，不佞安得混冒，自己查看文章，即流连光景且不易得，文章底下的焦躁总要露出头来，然则闲适亦只是我的一理想而已，而理想之不能做到如上文所说又是当然的事也。

看自己的文章，假如这里边有一点好处，我想只可以说在于未能平淡闲适处，即其文字多是道德的。在《雨天的书》序二中云：

我平素最讨厌的是道学家（或照新式称为法利赛人），岂知这正因为自己是一个道德家的缘故。我想破坏他们的伪道德不道德的道德，其实却同时非意识地想建设起自己所信的新的道德来。

我的道德观恐怕还当说是儒家的，但左右的道与法两家也都掺合在内，外面又加了些现代科学常识，如生物学人类学以及性的心理，而这末一点在我较为重要。古人有面壁悟道的，或是看蛇斗懂得写字的道理，我却从“妖精打架”上想出道德来，恐不免为傻大姐所窃笑罢。不过好笑的人尽管去好笑，我的意见实实在在以我所知为基本，故自与他人不能苟同。至于文章自己承认未能写得好，朋友们称之曰平淡或闲适而赐以称许或嘲骂，原是随意，但都不很对，盖不佞以为自己的文章的好处或不好处全不在此也。

［1936 年 10 月《青年界》/《瓜豆集》］

遵命文学

小时候喜看闲书，记得是读《阅微草堂笔记》，里边有一则说官吏的舞文作弊，有种种巧妙的说法。假如要叫被告赢，便斥原告曰，两人争吵而你单来告状，显见是你不安分，健讼该办。要叫原告胜那自然是很容易的，只须说，原告不告别人而单告你，显见得是你不安分。所说的话此外尚多，大都忘记了，要查原书又觉得有点麻烦，所以这究竟是否在《阅微草堂》里也难以保证，总之记得这说的很有意思，而且又是纪晓岚的话。近来看讲试帖诗的书，在纪晓岚的《我法集》上卷遇见一节话，这是说明"赋得池水夜观深"的诗题的，有云：

> 此真极小之题，极窄之境，而加以难状之景，紫芝于楼钟池水一联几于百炼乃得之，诗话具载其事，方虚谷《瀛奎律髓》所谓诗眼，即此种之隔日疟也。于诗家为魔道，然既以魔语命题，不能不随之作魔语，譬如八比以"若是乎从者之廋也"命题，不能不作或人口气，诬孟子门人作贼也。

这是讲做八股文试帖诗的话，我看了不禁联想起官吏的舞文作弊的故事来，又直觉的确信上段所引的话一定也是纪晓岚的，因为这二者之间实在有一脉相通的精神在也。为什么呢？说好说歹，本是做史论的秘诀，文诗则是题目规定要说好或是说歹而已。譬如汉高祖斩丁公，做论可正可反，做文诗必须正面称赞刘季之能教忠，实在就是这一点的差别，反正都只是说应该说的话，即真正老牌的遵命文学是也。

对青年的朋友谈八股文试帖诗，恐怕难免有点隔膜吧，那么，我们也就不妨来改谈"宣传"。我平常对于宣传不大有什么敬意，因为我不相信广告。其实店铺里倒是有些货色的，广告不过把次货说得很好，宣传往往是将无作有。仔细想起来，宣传与广告并不是一路，广告似乎写情书，宣传乃是做八股。科举停了三十多年了，看近年许多宣传，自标语以至论文，几乎无一不是好制艺，真令人怀疑难道习得性真能隔世遗传的么？表面上就只缺少一个“赋得”的题目，实际上自然还是有的，例如赋得拥护，赋得打倒，赋得纪念之类，短的标语即是破题，长的论文则满篇矣。或拥护或打倒，俨然“汉高祖斩丁公论”式也，“若是乎从者之廋也”体的文章宜于嘲骂论敌，若发挥意见时又可以用“池水夜观深”的魔语矣。

宣传在别国情形如何我不知道，若在中国则差不多同化于八股文而成为新牌的遵命文学，有如麻醉剂之同化于春药。本来遵命文学做做亦何妨，旁人亦不必反对，只要他没有多大害处。然而不然，遵命文学害处之在己者是做惯了之后头脑就麻痹了，再不会想自己的意思，写自己的文章。害处之在人者是压迫异己，使人家的思想文章不得自由表现。无古今新旧，遵命之害一也，科举的文诗为害已久，今岂可使其复兴。凡写文章须先自反省，此是一种八股否乎，然后再下笔，此弊庶几可免。但亦曰庶几耳，若要全去，恐非好好教养五百年不可，其时就是黄河也当清一次了。

［1936年10月20日《世界日报》/集外文］

谈养鸟

李笠翁著《闲情偶寄》颐养部行乐第一，“随时即景就事行乐之法”下有看花听鸟一款云：

花鸟二物，造物生之以媚人者也。既产娇花嫩蕊以代美人，又病其不能解语，复生群鸟以佐之。此段心机竟与购觅红妆，习成歌舞，饮之食之，教之诲之以媚人者，同一周旋之至也。而世人不知，目为蠢然一物，常有奇花过目而莫之睹，鸣禽悦耳而莫之闻者。至其捐资所买之侍妾，色不及花之万一，声仅窃鸟之绪馀，然而睹貌即惊，闻歌辄喜，为其貌似花而声似鸟也。噫，贵似贱真，与叶公之好龙何异。予则不然。每值花柳争妍之日，飞鸣斗巧之时，必致谢洪钧，归功造物，无饮不奠，有食必陈，若善士信妪之佞佛者，夜则后花而眠，朝则先鸟而起，唯恐一声一色之偶遗也。及至莺老花残，辄怏怏如有所失，是我之一生可谓不负花鸟，而花鸟得予亦所称一人知己死可无恨者乎。

又郑板桥著《十六通家书》中，“潍县署中与舍弟墨第二书”末有“书后又一纸”云：

所云不得笼中养鸟，而予又未尝不爱鸟，但养之有道耳。欲养鸟莫如多种树，使绕屋数百株，扶疏茂密，为鸟国鸟家，将旦时睡梦初醒，尚展转在被，听一片啁啾，如云门咸池之奏，又披衣而起，颒面漱口啜茗，见其扬翚振彩，倏往倏来，目不暇给，固非一笼一羽之乐而已。大率平生乐处欲以天地为囿，江汉为池，各适其天，斯为大快，比之盆鱼笼鸟，其巨细仁忍何如也。

李郑二君都是清代前半的明达人，很有独得的见解，此二文也写得好。笠翁多用对句八股调，文未免甜熟，却颇能畅达，又间出新意奇语，人不能及，板桥则更有才气，有时由透彻而近于夸张，但在这里二人所说关于养鸟的话总之都是不错的。近来看到一册笔记抄本，是乾隆时人秦书田所著的《曝背馀谈》，卷上也有一则云：

> 盆花池鱼笼鸟，君子观之不乐，以囚锁之象寓目也。然三者不可概论。鸟之性情唯在林木，樊笼之与林木有天渊之隔，其为犴狴固无疑矣。至花之生也以土，鱼之养也以水，江湖之水水也，池中之水亦水也，园圃之土土也，盆中之土亦土也，不过如人生同此居第少有广狭之殊耳，似不为大拂其性。去笼鸟而存池鱼盆花，愿与体物之君子细商之。

三人中实在要算这篇说得顶好了，朴实而合于情理，可以说是儒家的一种好境界。我所佩服的《梵网戒疏》里贤首所说“鸟身自为主”乃是佛教的，其彻底不彻底处正各有他的特色，未可轻易加以高下。抄本在此条下却有朱批云：

> 此条格物尚未切到，盆水豢鱼，不繁易淰，亦大拂其性。且玩物丧志，君子不必待商也。

下署名曰於文叔。查《馀谈》又有论种菊一则云：

> 李笠翁论花，于莲菊微有轩轾，以艺菊必百倍人力而始肥大也。余谓凡花皆可借以人力，而菊之一种止宜任其天然。盖菊，花之隐逸者也，隐逸之侣正以萧疏清癯为真，若以肥大为美，则是李勣之择将，非左思之招隐矣，岂非失菊之性也乎。东篱主人，殆难属其人哉，殆难属其人哉。

其下有於文叔的朱批云：

> 李笠翁金圣叹何足称引，以昔人代之可也。

於君不赞成盆鱼，不为无见，唯其他思想颇谬，一笔抹杀笠翁圣叹，完全露出正统派的面目。至于随手抓住一句玩物丧志的咒语便来胡乱吓唬人，尤为不成气候，他的态度与《馀谈》的作者正立于相反的地位，无怪其总是格格不入也。秦书田并不闻名，其意见却多很高明，论菊花不附和笠翁固佳，论鱼鸟我也都同意。十五年前我在西山养病时写过几篇《山中杂信》，第四信中有一节云：

> 游客中偶然有提着鸟笼的，我看了最不喜欢。我平常有一种偏见，以为作不必要的恶事的人比为生活所迫不得已而作恶者更为可恶，所以我憎恶蓄妾的男子，比那卖女为妾——因贫穷而吃人肉的父母，要加几倍。对于提鸟笼的人的反感也是出于同一的渊源。如要吃肉，便吃罢了。（其实飞鸟的肉于养生上也并非必要。）如要赏玩，在他自由飞鸣的时候可以尽量的看或听，何必关在笼里，擎着走呢？我以为这同喜欢缠足一样的是痛苦的赏鉴，是一种变态的残忍的心理。
>
> （十年七月十四日信）

那时候的确还年青一点，所以说的稍有火气，比起上边所引的诸公来实在惭愧差得太远，但是根本上的态度总还是相近的。我不反对“玩物”，只要不大违反情理。至于“丧志”的问题我现在不想谈，因为我干脆不懂得这两个字是怎么讲，须得先来确定他的界说才行，而我此刻却又没有工夫去查十三经注疏也。

［1936年11月《谈风》/《瓜豆集》］

《常谈丛录》

前日拿出孙仲容的文集《籀庼述林》来随便翻阅，看见卷十有一篇《与友人论动物学书》，觉得非常喜欢。孙君是朴学大师，对于他的《周礼》《墨子》的大著我向来是甚尊敬却也是颇有点怕的，因为这是专门之学，外行人怎么能懂，只记得《述林》中有记印度麻的一篇，当初读了很有意思。这回见到此书，不但看出著者对于名物的兴趣，而且还有好些新意见，多为中国学者所未曾说过的。文云：

> 动物之学为博物之一科，中国古无传书。《尔雅》虫鱼鸟兽畜五篇唯释名物，罕详体性。《毛诗陆疏》旨在诂经，遗略实众。陆佃郑樵之伦，摭拾浮浅，同诸自郐。……至古鸟兽虫鱼种类今既多绝灭，古籍所记尤疏略，非徒《山海经》《逸周书①·王会》所说珍禽异兽荒远难信，即《尔雅》所云比肩民比翼鸟之等咸不为典要，而《诗》《礼》所云螟蛉蜾蠃，腐草为萤，以逮鹰鸠爵蛤之变化，稽核物性亦殊为疏阔。……今动物学书说诸虫兽，有足者无多少皆以偶数，绝无三足者，而《尔雅》有鳖三足能，龟三足贲，殆皆传之失实矣。……中土所传云龙风虎休征瑞应，则揆之科学万不能通，今日物理既大明，固不必曲徇古人耳。

一个多月以前我在《希腊人的好学》这篇小文里曾说：

> 中国向来无动植物学，恐怕直至传教师给我们翻译洋书的

【锺校】

① “逸周书”原作“周书”。

时候。只在《诗经》《离骚》《尔雅》的笺注，地志，农家医家的书里，有关于草木虫鱼的记述，但终于没有成为独立的部门，这原因便在对于这些东西缺乏兴趣，不真想知道。本来草木虫鱼是天地万物中最好玩的东西，尚且如此，更不必说抽象的了。还有一件奇怪的事，中国格物往往等于谈玄，有些在前代弄清楚了的事情，后人反而又糊涂起来，如螟蛉负子，梁朝陶弘景已不相信，清朝邵晋涵却一定说是祝诵而化。又有许多伦理化的鸟兽生活传说，至今还是大家津津乐道，如乌反哺，羔羊跪乳，枭食母等。

现在从《述林》里见到差不多同样的话，觉得很是愉快，因为在老辈中居然找到同志，而且孙君的态度更为明白坚决，他声明不必曲徇古人，一切以科学与物理为断，这在现代智识界中还不易多得，此所以更值得我们的佩服也。

我平常看笔记类的闲书也随时留意，有没有这种文章，能够释名物详体性，或更进一步能斟酌情理以纠正古人悠谬的传说的呢。并不是全然没有，虽然极少见。李登斋著《常谈丛录》九卷，有道光二十八年序，刻板用纸均不佳，却有颇好的意见，略可与孙君相比。其例言之二有云：

是书意在求详，故词则繁而不杀；纪唯从实，故言必信而有征。

这颇能说出他的特色来，盖不盲从，重实验，可以说是具有科学的精神也。卷一有《蛇不畏雄黄》一则云：

蛇畏雄黄，具载诸医方本草，俱无异辞。忆嘉庆庚辰假馆于分水村书室，有三尺长蛇来在厨屋之天井中，计取之，以长线缚其腰而悬于竿末，若钓鱼然，蜿蜒宛转，揭以为戏。因谓其畏雄黄，盍试之，觅得明润雄黄一块，气颇酷烈，研细俾就蛇口，殊不曲避，屡伸舌舐及之，亦无所苦。如此良久，时方朝食后也，傍晚蛇犹活动如故，乃揭出门外，缚稍缓，入于石罅而逝。然则古所云物有相制，当不尽然也。又尝获一活蜈蚣长四五寸，夹向大蜒蚰，至口辄钳之不释，蜒蚰涎涌质缩且中断。是蜒蚰能困蜈蚣而为其所畏，其说载于宋蔡絛《铁围山丛谈》者，俱未足信。凡若此类，苟非亲试验之，亦曷由而知其不然也。

又卷六有《虎不畏伞》一则云：

《物理小识》云，行人张盖而虎不犯者，盖虎疑也。《升庵外集》亦云虎畏伞，张向之不敢犯。以予所闻则不然。上杨村武生杨昂青恒市纸于贵溪之①栗树山，邻居有素习老儒某馆于近村，清明节归家展墓毕欲复往，时日将晡又微雨，杨劝使俟明晨，谓山有虎可虞也。某笑曰，几见读书人而罹虎灾者乎，竟张伞就道。雨亦暂止，杨与二三侪伍送之，见其逾田陇过对面山下，沿山麓行，忽林中有虎跃出，作势蹲伏于前，某惊惶旋伞自蔽，虎提其伞掷数十步外，扑某于地，曳之入林去。众望之骇惧莫能为，驰告其家，集族人持械往觅不可得，已迫暮复雨，姑返，次日得一足掌于深山中，是虎食所馀也，拾而葬之。此杨亲为予言者。由此观之，虎固未尝疑畏于张盖也。又由此而推之，则凡书籍所载制御毒暴诸法之不近理者，岂可尽信耶。

杨升庵方密之都是古之闻人，觉得他们的话不尽可信，已是难得，据陆建瀛序文说，李君是学医的人，对于医方本草却也取怀疑的态度，

【锺校】

① “之”原作“于”。

更是常人所不易及了。其记述生物的文章，观察亦颇细密，如卷七《小蚌双足》一则，可为代表，其文云：

春夏之交，溪涧浅水中有蚌蛤，如豆大，外黑色，时张其壳两扇若翼，中出细筋二条，如绣线，长几及寸，淡红色可爱。其筋下垂，能蹀躞行沙泥上甚驶，盖以之为足也。稍惊触之，即敛入壳，阖而卧不动，俄复行如前。抄逐而捉搦之，则应手碎，与泥滓混融不可辨，以其质微小而脆薄故也。水田内亦间有之，老农云，是取陂池底积淤以肥田，挟与俱来，其实蚌子不生育于田也。计惟以杯瓢轻物侧置水中，手围令入而仰承之，连取数枚，带水挈归，养以白瓷盆盎，列几间殊可玩。其行时壳下覆，不审红筋如何缀生，蚌蛤稍大者即无之，亦不知何时化有为无，意或如蝌蚪有尾，至其时尾自脱落化成虾蟆也。四虫各三百六十，而介虫类目前独少，蚌居介类之一，人知蚌之胎珠而不识蚌之胎子其孕产若何，古人书中皆未详载，是亦当为格物者所不遗也。

这篇小文章初看并不觉得怎么好，但与别的一比较便可知道。张林西著《琐事闲录》卷下有讲蜘蛛的一节云：

传闻蜘蛛能飞，非真能飞也，大约因衔丝借风荡漾，即能凌空而行。予前在杨桥曾于壁头起除蛛网一团，见有小蛛数十枚，衔断丝因风四散，大蛛又复吐丝，坠至半壁亦因风而起。前闻蜘蛛皆能御空，即此是也。

小蜘蛛乘风离窠四散，这是事实，见于法布耳的《昆虫记》，《闲录》能记录下来也是难得，但说衔丝亦仍有语弊，平常知道蚕吐丝，蜘蛛却是别从后窍纺丝，所以这里观察还有欠周密处。《丛录》说小蚌双足固然写得很精细，而此事实又特别有趣，今年夏天我的小侄儿从荷花缸里捉了几个小蛤蜊，养在小盆里，叫我去看，都小如绿豆，伸出两条脚在水中爬行，正如文中所叙一样，在我固是初见，也不知道别的书中有无讲到过。李君所写普通记述名物的小篇亦多佳作，《丛录》卷一有《画衫婆》一则云：

予乡溪涧池塘中常有小鱼，似鲫细鳞，长无逾三寸者，通身皆青红紫横纹相间，映水视之，光采闪烁不定，尾亦紫红色，甚可观，俗名之曰画衫婆。肉粗味不美，外多文而内少含蕴，士之华者类是也。此鱼似为《尔雅》《诗虫鱼疏》以下诸书所不载。

这种鱼小时候也常看见，却不知其名，江西的这画衫婆的名字倒颇有风趣，《尔雅》《诗疏》古代诂经之书岂足与语此，使郝兰皋独立著书，仿《记海错》而作虫鱼志，当必能写成一部可读的自然书耳。

李登斋的意见不能全然脱俗，那也是无怪的，特别是关于物化这一类事，往往凭了传闻就相信了，如卷三有《竹化螳螂》一则，这在孙仲容当然是说“亦殊为疏阔”的。但有些地方也颇写得妙，卷一《青蛙三见》中说金溪县有青蛙神三，是司瘟疫的，常常出现，下文却又云：

大要其神不妄作威福，即有不知而轻侮之，甚至屠践之者，未尝降之以祸，谄事之者亦未得其祐助。

在作者并无成心，却说得很有点幽默，盖其态度诚实，同样地记录其见闻疑信，不似一般撰志异文章者之故意多所歪曲渲染也。

［1936 年 11 月《青年界》/《瓜豆集》］

关于尺牍

其一

桂未谷跋《颜氏家藏尺牍》云：

> 古人尺牍不入本集，李汉编《昌黎集》，刘禹锡编《河东集》，俱无之。自欧苏黄吕，以及方秋崖卢柳南赵清旷，始有专本。

所以讲起尺牍第一总叫人想到苏东坡黄山谷，而以文章情思论，的确也是这两家算最好，别人都有点赶不上。明季散文很是发达，尺牍写得好的也出来了好些。万历丁巳郁开之编刊《明朝瑶笺》四卷，前两卷收永乐至嘉隆时人百三十六，第三卷五十三，皆万历时人，第四卷则四人。凡例第二中云：

> 四卷专以李卓吾袁石浦陶歇庵袁中郎四先生汇焉。四先生共蹝浮名，互观无始，臭味千古，往还一时，则又不可以他笺杂。笺凡一百五十有三。

这所说很有见识，虽然四人并不一定以学佛重，但比馀人自更有价值，而其中又以李卓吾为最。《瑶笺》中共收三十六笺，大都是李氏《焚书》中所有，我很喜欢他的《答以女人学道为见短书》，末节云：

> 不闻庞公之事乎？庞公尔楚之衡阳人也，与其妇庞婆女灵照同师马祖，求出世道，卒致先后化去，作出世人，为今古快事，愿公师其远见可也。若曰，待吾与市井小儿辈商之，则吾不能知矣。

又《复焦弱侯》之一云：

黄生过此，闻其自京师往长芦抽丰，复跟长芦长官别赴新任，至九江遇一显者，乃舍旧从新，随转而北，冲风冒寒，不顾年老生死。既到麻城，见我言曰，我欲游嵩少，彼显者亦欲游嵩少，拉我同行，是以至此，然显者俟我于城中，势不能一宿，回日当复道此，道此则多聚三五日而别，兹卒卒诚难割舍云。其言如此，其情何如。我揣其中实为林汝宁好一口食难割舍耳。然林汝宁向者三任，彼无一任不往，往必满载而归，兹尚未厌足，如饿狗思想隔日屎，乃敢欺我以为游嵩少。夫以游嵩少藏林汝宁之抽丰来嗛我，又恐林汝宁之疑其为再寻己也，复以舍不得李卓老当再来访李卓老以嗛林汝宁，名利两得，身行俱全，我与林汝宁皆在黄生术中而不悟，可不谓巧乎。今之道学何以异此。今之讲道学者皆游嵩少者也，今之患得患失，志于高官重禄，好田宅，美风水，以为子孙荫者，皆其托名于林汝宁以为舍不得李卓老者也。

读这两节，觉得与普通尺牍很有不同处。第一是这几乎都是书而非札，长篇大页的发议论，非苏黄所有，但是却又写得那么自然，别无古文气味，所以还是尺牍的一种新体。第二，那种嬉笑怒骂也是少见。我自己不主张写这类文字，看别人的言论时这样泼辣的态度却也不禁佩服，特别是言行一致，这在李卓吾当然是不成问题的。古人云，学我者病，来者方多。所以这里要声明一声，外强中干的人千万学他不得，真是要画虎不成反为一条黄狗也。虎还可以有好几只，李卓老的人与文章却有点不可无一，不能有二。他又有《与耿楚倜》的一笺云：

夫所谓仙佛与儒，皆其名耳。孔子知人之好名也，故以名教诱之。大雄氏知人之怕死也，故以死惧之。老氏知人之贪生也，故以长生引之。皆不得已权立名目以化诱后人，非真实也，唯颜子知之，故曰夫子善诱。今某之行事，有一不与公同者乎？亦好做官，亦好富贵，亦有妻孥，亦有庐舍，亦有朋友，亦会宾客。公岂能胜我乎？何为乎公独有学可讲，独有许多不容已处也。我既与公一同，则一切弃人伦，离妻室，削发披缁等语，公亦可以相忘于无言矣。何也？仆未尝有一件不与公同也，但公为大官耳。学问岂因大官长乎？学问若因大官长，则孔孟当不敢开口矣。

所云化诱一节未知是否，若后半则无一语不妙，不佞亦深有同意，盖有许多人都与我们同一，所不同者就只是为大官而已，因其为大官也于是其学问似乎亦遂大长，而可与孔孟为伍矣。李卓老天下快人，破口说出，此古今大官们乃一时失色，此真可谓有益于世道人心的尺牍也。

其二

清初承明季文学的潮流也可以说是解放的时代，尺牍中不乏名家，如金圣叹，毛西河，李笠翁，以至乾隆时的袁子才，郑板桥。《板桥家书》却最为特别，自序文起便很古怪爽利，令人读了不能释卷，这也是尺牍的一种新体。这一卷书至今脍炙人口，可以知道他影响之大，在当时一定也很被爱读，虽然文献的证据不大容易找。但是我也曾找到一点儿，郝兰皋在《晒书堂外集》卷上有《与舍弟第一书》云：

告懿林：

陶征士诗，众鸟欣有托，吾亦爱吾庐。子曾子云，勿寓人我室，毁伤其薪木。古人于居处什器，意所便安，深致系恋如此。吾与尔同气虽无分别，但吾庐之爱岂能忘情，薪木无伤，鸟欣有托，吾意拳拳为此耳，莫谓汝嫂临行封锁门户便为小器，此亦流俗之情宜尔也。吾辈非圣贤，岂能忘尔我之见，今人媳妇归宁，往返数十日，尚且锁闭门庭，收藏器皿，岂畏公婆偷盗哉，盖此儿女之私情，虽圣贤不能禁也。吾与尔老亲在堂，幸尚康健，故我得薄宦游违膝下，然亦五六年后便当为归养之计。我与尔年方强壮，共财分甘，日月正长，而吾亲垂垂已老，天伦乐事得不少图几年欢聚耶。我西家房屋及器用汝须留神照看，勿寓人我室，令有毁伤，庶吾归时欣鸟有托，此亦尔守器挈瓶之智也。言至此不觉大笑，汝莫复笑我小器如嫂否？所要朱砂和药，今致二钱，颇可用，惜乎不多耳。应泰近业如何，常至城否？见时可为我致意。逢辰及小女儿知想大爷大娘否，试问之。桂女勿令使性懒惰，好为人家作媳妇也。《医方便览》二本未及披阅，俟八月寄下。《吕氏春秋》《秘书二十一种》，便中寄至京，俟秋冬间不迟。我新病初起，意绪无聊，因修家书，信笔抒写，遂尔絮絮不休，读毕大家一笑，更须藏此书，留为后日笑话也。嘉庆五年庚申七月八日，哥哥书。

又在邵西樵所编《师友尺牍偶存》卷上有王西庄札七通，其末一篇云：

承示寄怀大作，拍手朗唱一味天真无畔岸句，不觉乱跳乱叫，滚倒在床上，以其能搔着痒挠着痛也。怪哉西樵，七个字中将王郎全副写照出来。快拿绍兴（京师酒中之最佳者）来吃，大醉中又梦老兄，起来又读。因窃思之，人生少年时初出来涉世交友，视朋友不甚爱惜也，及至足迹半天下，回想旧朋友，实觉其味深长。盖升沉显晦，聚散离合，转盼间恍如隔世，于极空极幻之中，七零八落，偶然剩几个旧朋友在世，此旧物也，能不想杀，况此旧友实比新友之情深十倍耶。而札云，天上故人犹以手翰下及，怪哉西樵而犹为此言乎。集中圈点偶有不当处，如弟酿花小圃云，闭门无剥啄，只有蜜蜂喧二句，应密圈密密圈。弟尝论诗要一开口便吞题目，譬如吃东西，且开口先将此物一齐吞在口内，然后嚼得粉碎，细细咀味，此之谓善吃也。奈何今人作诗，将此物放在桌上，呆看一回，又闲闲评论其味一回，终不到口，安得成诗。弟此二句能将酿花圃三字一齐吞完，而尚囫囵未曾嚼破，此为神来之笔，应密圈也。近来诗之一道实在难言，只因俱是诗皮诗渣，青黄黑白配成一副送官礼家伙耳。只如一味天真四字，固已扫尽浮词，抉开真面矣，而无畔岸三字更奇更确更老辣，只此三字岂今日之名公所能下。弟平生友朋投赠之什，无能作此语者，盖大兄诗有真性情，故非诗皮诗渣所能及，而弟十年来尤好为无畔岸之文，汪洋浩渺，一望无际，以写其胸次之奇，所存诗二千首，文七百馀篇，皆无畔岸者也，得一知己遂以三字为定评。……倘有便羽，万望赐之手书，且要长篇，多说些旧朋友踪迹，近时大兄之景况，云间之景况，琐事闲话，拉拉杂杂，方有趣，切不可寥寥几行，作通套了世情生活。专此磕头磕头，哀恳哀恳。翘望湘波，未知把手何日，想煞想煞。馀不一。

王郝二君为乾嘉时经师，而均写这样的信札，这是很有意思的事，并且显然看得出有板桥的痕迹，“哥哥书”是确实无疑的了，“乱叫乱跳”恐怕也是吧，看其馀六封信都不是这样写法，可知其必然另有所本也。但是这种新体尺牍我总怀疑是否适于实用，盖偶一为之固然觉得很新鲜，篇篇如此不但显得单调，而且也不一定文情都相合，便容易有做作的毛病了。板桥的十六通家书，我不能说他假，也不大相信他全是真的，里边有许多我想是他自己写下来，如随笔一般，也同样的可以看见他的文章思想，是很好的作品，却不见得是一封封的寄给他舍弟的罢。

其三

看《秋水轩尺牍》，在现代化的中国说起来恐怕要算是一件腐化的事，但是这尺牍的势力却是不可轻视的，他或者比板桥还要有影响也未可知。他的版本有多少种我不知道，只看在尺牍里有笺注的单有《秋水轩》一种，即此可以想见其流行之广了。朱熙芝的《芸香阁尺一书》卷一中有《致许梦花》一篇云：

> 尝读秋水尺一书，骖古人，甲今人，四海之内，家置一编。余生也晚，不获作当风桃李，与当阶兰桂共游，兹晤镜人，知阁下为秋水之文郎，与镜人作名门之僚婿，倩其介绍，转达积忱。培江左鄙人也，棘闱鏖战，不得志于有司，迫而为幕，仍恋恋于举业，是以未习刑钱，暂裹笔札，河声岳色，两度名邦，剑胆琴心，八年异地，茫茫身世，感慨系之。近绘小影，名曰航海逢春。拍天浪拥，乘槎不是逃名；大地春回，有美非关好色。①群仙广召，妙句争题，久慕大才，附呈图说，如荷增辉尺幅，则未拜尊人光霁，得求阁下琳琅，足慰向来愿矣。

芸香阁之恭维秋水轩不是虚假的，他自己的尺一书也是这一路，如上文可见。不佞近来稍买尺牍书，又因乡曲之见也留心绍兴人的著作，所以这秋水轩恰巧落在这二重范围之内，略略有点知道。寒斋收藏许葭村的著作有道光辛卯刊《秋水轩尺牍》二卷，光绪甲申刊《续秋水轩尺牍》一卷，诗集《燕游草》一卷，其子又村所著有光绪戊寅刊《梦

【锺校】

① “拍天浪拥，乘槎不是逃名；大地春回，有美非关好色”原作“拍天浪拥乘槎，不是逃名，大地春回有美，非关好色”。

巢诗草》二卷。上文所云许梦花盖即又村，《诗草》卷上有七言绝句一首，题曰：“同伴高镜人襟兄卸装平原，邀留两日，作诗一章以谢。”又有七言律诗一首，题曰：《题朱熙芝航海逢春图》。题下有小注云：

图中一书生，古巾服，携书剑，破浪乘槎，有美人掉小舟，采各种花，顺流至，远望仙山楼阁，隐现天光云影间。

诗不足录，即此可以见二人的关系，以及图中景色耳。朱君虽瓣香秋水，其实他还比较的有才情，不过资望浅，所以胜不过既成作家。如《尺一书》卷一《复李松石》（《镜花缘》的作者么?）云：

承示过岳王祠诗，结句最得《春秋》严首恶之义：王构无迎二圣心，相桧乃兴三字狱。特怪武穆自量可以灭金，何不直捣黄龙，再请违旨之罪，乃拘拘于君命不可违，使奸相得行其计，致社稷不能复，二圣不能还，其轻重得失固何如耶。俟有暇拟将此意作古风一章，即以奉和。

又《致顾仲懿》云：

蒲帆风饱，飞渡大江，梦稳扁舟，破晓未醒，推篷起视，而黄沙白草，茅店板桥，已非江南风景，家山易别，客地重经，唯自咏何如风不顺，我得去乡迟之旧句耳。所论岳武穆何不直捣黄龙再请违旨之罪，知非正论，姑作快论，得足下引春秋大义辨之，所谓天王明圣臣罪当诛，纯臣之心惟知有君也。前春原嵇丈评弟《郭巨埋儿辨》云，惟其愚之至，是以孝之至。事异论同，皆可补芸香一时妄论之失。

关于岳飞的事大抵都是愚论，芸香亦不免，郭巨辨未见，大约是有所不满吧。但对于这两座忠孝的偶像敢有批评，总之是颇有胆力的，即此一点就很可取，顾嵇二公是应声虫，原不足道，就是秋水相形之下也显然觉得庸熟了。《尺一书》末篇《答韵仙》云：

困人天气，无可为怀，忽报鸿来，饷我玫瑰万片，供养斋头，魂梦都醉。因沽酒一坛浸之，馀则囊之耳枕，非曰处置得宜，所以见寝食不忘也。

文虽未免稍纤巧（因为是答校书的缘故吧?），却也还不俗恶，在《秋水轩》中亦少见此种文字，不佞论文无乡曲之见，不敢说尺牍是我们绍兴的好也。

廿五年十月八日，于北平。

[附记]

第二节中所记王郝二君的尺牍成绩当然不能算好，盖其性情本来不甚相近，勉强写诙诡文字，犹如正经人整衣危坐曰，现在我们要说笑话了！无论笑话说得如何，但其态度总是可爱也。王西庄七百篇文未见，郝兰皋集中不少佳作，不过是别一路，朴实而有风趣，与板桥不相同。九日又记。

[1936 年 11 月《宇宙风》/《瓜豆集》]

关于鲁迅

《阿Q正传》发表以后，我写过一篇小文章，略加以说明，登在那时的《晨报副镌》上。后来《阿Q正传》与《狂人日记》等一并编成一册，即是《呐喊》，出在《新潮社丛书》里，其时傅孟真罗志希诸君均已出国留学去了，《新潮》交给我编辑，这丛书的编辑也就用了我的名义。出版以后大被成仿吾所挖苦，说这本小说集既然是他兄弟编的，一定好的了不得。——原文不及查考，大意总是如此。于是我恍然大悟，原来关于此书的编辑或评论，我是应当回避的。这是我所得的第一个教训。不久在中国文坛上又起了《阿Q正传》是否反动的问题。恕我记性不好，不大能记得谁是怎么说的了，但是当初决定《正传》是落伍的反动的文学的，随后又改口说这是中国普罗文学的正宗者，往往有之。这一笔“阿Q的旧帐”至今我还是看不懂，本来不懂也没有什么要紧，不过这切实的给我一个教训，就是使我明白这件事的复杂性，最好还是不必过问。于是我就不再过问，就是那一篇小文章也不收到文集里去，以免为无论哪边的批评家所援引，多生些小是非。现在鲁迅死了，一方面固然也可以如传闻乡试封门时所祝，正是“有恩报恩有怨报怨”的时候，一方面也可以说，要骂的捧的或利用的都已失了对象，或者没有什么争论了亦未可知。这时候我想来说几句话，似乎可以不成问题，而且未必是无意义的事，因为鲁迅的学问与艺术的来源有些都非外人所能知，今本人已死，舍弟那时年幼亦未闻知，我所知道已为海内孤本，深信值得录存，事虽细微而不虚诞，世之识者当有取焉。这里所说限于有个人独到之见独创之才的少数事业，若其他言行已有人云亦云的毁或誉者概置不论，不但仍以避免论争，盖亦本非上述趣意中所摄者也。

鲁迅本名周樟寿，生于清光绪辛巳八月初三日。祖父介孚公在北京做京官，得家书报告生孙，其时适有张——之洞还是之万呢？来访，因为命名曰张，或以为与灶君同生日，故借灶君之姓为名，盖非也。书名定为樟寿，虽然清道房同派下群从谱名为寿某，祖父或忘记或置不理均不可知，乃以寿字属下，又定字曰豫山，后以读音与雨伞相近，请于祖父改为豫才。戊戌春间往南京考学堂，始改名树人，字如故，义亦可相通也。留学东京时，刘申叔为河南同乡办杂志曰《河南》，孙竹丹来为拉稿，豫才为写几篇论文，署名一曰迅行，一曰令飞，至民七在《新青年》上发表《狂人日记》，于迅上冠鲁姓，遂成今名。写随感录署名唐俟，唐者“功不唐捐”之唐，意云空等候也，《阿Q正传》特署巴人，已忘其意义。

鲁迅在学问艺术上的工作可以分为两部，甲为搜集辑录校勘研究，乙为创作。今略举于下：

甲部

一、《会稽郡故书杂集》。

二、谢承《后汉书》（未刊）。

三、《古小说钩沉》（未刊）。

四、《小说旧闻钞》。

五、《唐宋传奇集》。

六、《中国小说史》。

七、《嵇康集》（未刊）。

八、《岭表录异》（未刊）。

九、汉画石刻（未完成）。

乙部

一、小说：《呐喊》《彷徨》。

二、散文:《朝华夕拾》等。

这些工作的成就有大小，但无不有其独得之处，而其起因亦往往很是久远，其治学与创作的态度与别人颇多不同，我以为这是最可注意的事。豫才从小就喜欢书画，——这并不是书家画师的墨宝，乃是普通的一册一册的线装书与画谱。最初买不起书，只好借了绣像小说来看。光绪癸巳祖父因事下狱，一家分散，我和豫才被寄存在大舅父家里，住在皇甫庄，是范啸风的隔壁，后来搬往小皋步，即秦秋渔的娱园的厢房。这大约还是在皇甫庄的时候，豫才向表兄借来一册《荡寇志》的绣像，买了些叫作吴公纸的一种毛太纸来，一张张的影描，订成一大本，随后仿佛记得以一二百文钱的代价卖给书房里的同窗了。回家以后还影写了好些画谱，还记得有一次在堂前廊下影描马镜江的《诗中画》，或是王冶梅的《三十六赏心乐事》，描了一半暂时他往，祖母看了好玩，就去画了几笔，却画坏了，豫才扯去另画，祖母有点怅然。后来压岁钱等等略有积蓄，于是开始买书，不再借抄了。顶早买到的大约是两册石印本冈元凤所著的《毛诗品物图考》，这书最初也是在皇甫庄见到，非常歆羡，在大街的书店买来一部，偶然有点纸破或墨污，总不能满意，便拿去掉换，至再至三，直到伙计烦厌了，戏弄说，这比姊姊的面孔还白呢，何必掉换，乃愤然出来，不再去买书。这书店大约不是墨润堂，却是邻近的奎照楼吧。这回换来的书好像又有什么毛病，记得还减价以一角小洋卖给同窗，再贴补一角去另买了一部。画谱方面那时的石印本大抵陆续都买了，《芥子园画传》自不必说，可是却也不曾自己学了画。此外陈淏子的《花镜》恐怕是买来的第一部书，是用了二百文钱从一个同窗的本家那里得来的。家中原有几箱藏书，却多是经史及举业的正经书，也有些小说如《聊斋志异》《夜谈随录》，以至《三国演义》《绿野仙踪》等，其馀想看的须得自己来买添，我记得这里边有《酉阳杂俎》《容斋随笔》《辍耕录》《池北偶谈》《六朝事迹类编》《二酉堂丛书》

《金石存》《徐霞客游记》等。新年出城拜岁，来回总要一整天，船中枯坐无聊，只好看书消遣，那时放在“帽盒”中带了去的大抵是《游记》或《金石存》，——后者自然是石印本，前者乃是图书集成局的扁体字的。《唐代丛书》买不起，托人去转借来看过一遍，我很佩服那里的一篇《黑心符》，抄了《平泉草木记》，豫才则抄了三卷《茶经》和《五木经》。好容易凑了块把钱，买来一部小丛书，共二十四册，现在头本已缺无可查考，但据每册上特请一位族叔题的字，或者名为“艺苑捃华”吧，当时很是珍重耽读，说来也很可怜，这原来乃是书估从《龙威秘书》中随意抽取，杂凑而成的一碗“拼拢坳羹”而已。这些事情都很琐屑，可是影响却颇不小，它就“奠定”了半生学问事业的倾向，在趣味上到了晚年也还留下好些明了的痕迹。

戊戌往南京，由水师改入陆师附设的路矿学堂，至辛丑毕业派往日本留学，此三年中专习科学，对于旧籍不甚注意，但所作随笔及诗文盖亦不少，在我的旧日记中略有录存。如戊戌年作《戛剑生杂记》四则云：

> 行人于斜日将堕之时，暝色逼人，四顾满目非故乡之人，细聆满耳皆异乡之语，一念及家乡万里，老亲弱弟必时时相语，谓今当至某处矣，此时真觉柔肠欲断，涕不可仰。故予有句云，日暮客愁集，烟深人语喧。皆所身历，非托诸空言也。
>
> ×
>
> 生鲈鱼与新粳米炊熟，鱼须砍小方块，去骨，加秋油，谓之鲈鱼饭。味甚鲜美，名极雅饬，可入林洪《山家清供》。
>
> ×
>
> 夷人呼茶为梯，闽语也。闽人始贩茶至夷，故夷人效其语也。

×

试烧酒法，以缸一只猛注酒于中，视其上面浮花，顷刻迸散净尽者为活酒，味佳，花浮水面不动者为死酒，味减。

又《莳花杂志》二则云：

晚香玉本名土謐螺斯，出塞外，叶阔似吉祥草，花生穗间，每穗四五球，每球四五朵，色白，至夜尤香，形如喇叭，长寸馀，瓣五六七不等，都中最盛。昔圣祖仁皇帝因其名俗，改赐今名。

×

里低母斯，苔类也，取其汁为水，可染蓝色纸，遇酸水则变为红，遇碱水又复为蓝。其色变换不定，西人每以之试验化学。

诗则有庚子年作《莲蓬人》七律，《庚子送灶即事》五绝，各一首，又庚子除夕所作《祭书神文》一首，今不具录。辛丑东游后曾寄数诗，均分别录入旧日记中，大约可有十首，此刻也不及查阅了。

在东京的这几年是鲁迅翻译及写作小说之修养时期，详细须得另说，这里为免得文章线索凌乱，姑且从略。鲁迅于庚戌年（一九一〇）归国，在杭州两级师范绍兴第九中学及师范等校教课或办事，民元以后任教育部佥事，至十四年去职，这是他的工作中心时期，其间又可分为两段落，以《新青年》为界。上期重在辑录研究，下期重在创作，可是精神还是一贯，用旧话来说可云不求闻达。鲁迅向来勤苦作事，为他人所不能及，在南京的时候手抄汉译赖耶尔（C. Lyell）的《地学浅说》（案即是 *Principles of Geology*）两大册，图解精密，其他教本称是，但因为我不感到兴趣，所以都忘记是什么书了。归国后他就开始抄书，在这几年中不知共有若干种，只是记得的就有《穆天子传》《南方草木状》《北户录》《桂海虞衡志》，程瑶田的《释虫小记》，郝懿行的《燕子春秋》《蜂衙小记》与《记海错》，还有从《说郛》抄出的多种。其次是辑书。清代辑录古逸书的很不少，鲁迅所最受影响的还是张介侯的二酉堂吧，如《凉州记》，段颎阴铿的集，都是乡邦文献的辑集也。（老实说，我很喜欢张君所著书，不但是因为辑古逸书收存乡邦文献，刻书字体也很可喜，近求得其所刻《蜀典》，书并不珍贵，却是我所深爱。）他一面翻古书抄唐以前小说逸文，一面又抄唐以前的越中史地书。这方面的成绩第一是一部《会稽郡故事杂集》，其中有谢承《会稽先贤传》，虞预《会稽典录》，钟离岫《会稽后贤传记》，贺氏《会稽先贤像赞》，朱育《会稽土地记》，贺循《会稽记》，孔灵符《会稽记》，夏侯曾先《会稽地志》，凡八种，各有小引，卷首有叙，题曰太岁在阏逢摄提格（民国三年甲寅）九月既望记，乙卯二月刊成，木刻二册。叙中有云：

> 幼时尝见武威张澍所辑书，于凉土文献撰集甚众，笃恭乡里，尚此之谓，而会稽故籍零落，至今未闻后贤为之纲纪，乃创就所见书传刺取遗篇，累为一帙。

又云：

> 书中贤俊之名，言行之迹，风土之美，多有方志所遗，舍此更不可见，用遗邦人，庶几供其景行，不忘于故。

这里辑书的缘起与意思都说的很清楚，但是另外有一点值得注意的，叙文署名“会稽周作人记”，向来算是我的撰述，这是什么缘故呢？查书的时候我也曾帮过一点忙，不过这原是豫才的发意，其一切编排考订，写小引叙文，都是他所做的，起草以至誊清大约有三四遍，也全是自己抄写，到了付刊时却不愿出名，说写你的名字吧，这样便照办了，一直拖了二十馀年①。

【锺校】

① “馀年”原作“年馀”。

现在觉得应该说明了，因为这一件小事我以为很有点意义。这就是证明他做事全不为名誉，只是由于自己的爱好。这是求学问弄艺术的最高的态度，认得鲁迅的人平常所不大能够知道的。

其所辑录的古小说逸文也已完成，定名为《古小说钩沉》，当初也想用我的名字刊行，可是没有刻板的资财，托书店出版也不成功，至今还是搁着。此外又有一部谢承《后汉书》，因为谢伟平是山阴人的缘故，特为辑集，可惜分量太多，所以未能与《故书杂集》同时刊板，这从笃恭乡里的见地说来也是一件遗憾的事。豫才因为古小说逸文的搜集，后来能够有《小说史》的著作，说起缘由来很有意思。豫才对于古小说虽然已有十几年的用力（其动机当然还在小时候所读的书里），但因为不喜夸示，平常很少有人知道。那时我在北京大学中国文学系做“票友”，马幼渔君正当主任，有一年叫我讲两小时的小说史，我冒失的答应了回来，同豫才说起，或者由他去教更为方便，他说去试试也好，于是我去找幼渔换了别的什么功课，请豫才教小说史，后来把讲义印了出来，即是那一部书。其后研究小说史的渐多，如胡适之马隅卿郑西谛孙子书诸君，各有收获，有后来居上之概，但那些似只在后半部，即宋以来的章回小说部分，若是唐以前古逸小说的稽考恐怕还没有更详尽的著作，这与《古小说钩沉》的工作正是极有关系的。对于画的爱好使他后来喜欢翻印外国的板画，编选北平的诗笺，为世人所称，但是他半生精力所聚的汉石刻画像终于未能编印出来，或者也还没有编好吧。

末了我们略谈鲁迅创作方面的情形。他写小说其实并不始于《狂人日记》，辛亥冬天在家里的时候曾经写过一篇，以东邻的富翁为“模特儿”，写革命的前夜的事，性①质不明的革命军将要进城，富翁与清客

【锺校】

① “性”原作“情”。

闲汉商议迎降，颇富于讽刺的色彩。这篇文章未有题名，过了两三年由我加了一个题目与署名，寄给《小说月报》，那时还是小册，系恽铁樵编辑，承其复信大加称赏，登在卷首，可是这年月与题名都完全忘记了，要查民初的几册旧日记才可知道。第二次写小说是众所共知的《新青年》时代，所用笔名是鲁迅，在《晨报副镌》为孙伏园每星期日写《阿 Q 正传》则又署名巴人，所写随感录大抵署名唐俟，我也有一两篇是用这个署名的，都登在《新青年》上，近来看见有人为鲁迅编一本集子，里边所收就有一篇是我写的，后来又有人选入什么读本内，觉得有点可笑。当时世间颇疑巴人是蒲伯英，鲁迅则终于无从推测，教育部中有时纷纷议论，毁誉不一，鲁迅就在旁边，茫然相对，是很有“幽默”趣味的事。他为什么这样做的呢？并不如别人所说，因为言论激烈所以匿名，实在只如上文所说不求闻达，但求自由的想或写，不要学者文人的名，自然也更不为利，《新青年》是无报酬的，晨报副刊多不过一字一二厘罢了。以这种态度治学问或做创作，这才能够有独到之见，独创之才，有自己的成就，不问工作大小都有价值，与制艺异也。鲁迅写小说散文又有一特点，为别人所不能及者，即对于中国民族的深刻的观察。大约现代文人中对于中国民族抱着那样一片黑暗的悲观的难得有第二个人吧。豫才从小喜欢“杂览”，读野史最多，受影响亦最大，——譬如读过《曲洧旧闻》里的“因子巷”一则，谁会再忘记，会不与《一个小人物的忏悔》所记的事情同样的留下很深的印象呢？在书本里得来的知识上面，又加上亲自从社会里得来的经验，结果便造成一种只有苦痛与黑暗的人生观，让他无条件（除艺术的感觉外）的发现出来，就是那些作品。从这一点说来，《阿 Q 正传》正是他的代表作，但其被普罗批评家所（曾）痛骂也正是应该的。这是寄悲愤绝望于幽默，在从前那篇小文里我曾说用的是显克微支夏目漱石的手法，著者当时看了我的草稿也加以承认的，正如《炭画》一般里边没有一点光与空气，到处是愚与恶，而愚与恶又复厉害到可笑的程度。有些牧歌式的小说①都非佳作，《药》里稍露出一点的情热，这是对于死者的，而死者又已是做了“药”了，此外就再也没有东西可以寄托希望与感情。不被礼教吃了肉去，就难免被做成“药渣”，这是鲁迅对于世间的恐怖，在作品上常表现出来，事实上也是如此。讲到这里，我的话似乎可以停止了，因为我只想略讲鲁迅的学问艺术上的工作的始基，这有些事情是人家所不能知道的，至于其他问题能谈的人很多，还不如等他们来谈罢。

（廿五年十月廿四日，北平）

［1936 年 11 月《宇宙风》/《瓜豆集》］

【锺校】

① “说”原作“话”。

关于鲁迅之二

我为《宇宙风》写了一篇关于鲁迅的学问的小文之后便拟暂时不再写这类文章，所以有些北平天津东京的新闻杂志社的嘱托都一律谢绝了，因为我觉得多写有点近乎投机学时髦，虽然我所有的资料都是事实，并不是普通《宦乡要则》里的那些祝文祭文。说是事实，似乎有价值却也没价值，因为这多是平淡无奇的，不是奇迹，不足以满足观众的欲望。一个人的平淡无奇的事实本是传记中的最好资料，但唯一的条件是要大家把他当做“人”去看，不是当做“神”，——即是偶像或傀儡，这才有点用处，若是神则所需要者自然别有神话与其神学在也。乃宇宙风社来信，叫我再写一篇，略说豫才在东京时的文学的修养，算作前文的补遗，因为我在那里边曾经提及，却没有叙述。这也成为一种理由，所以补写了这篇小文，姑且当作一点添头也罢。

豫才的求学时期可以分作三个段落，即自光绪戊戌（一八九八）至辛丑（一九〇一）在南京为前期，自辛丑至丙午（一九〇六）在东京及仙台为中期，自丙午至己酉（一九〇九）又在东京为后期。这里我所要说的只是后期，因为如他的自述所说，从仙台回到东京以后他才决定要弄文学。但是在这以前他也未尝不喜欢文学，不过只是赏玩而非攻究，且对于文学也还未脱去旧的观念。在南京的时候豫才就注意严幾道的译书，自《天演论》以至《法意》，都陆续购读。其次是林琴南，自《茶花女遗事》出后，随出随买，我记得最后的一部是在东京神田的中国书林所买的《黑太子南征录》，一总大约有二三十种罢。其时“冷血”的文章正很时新，他所译述的《仙女缘》《白云塔》我至今还约略记得，还有一篇嚣俄（Victor Hugo）的侦探谈似的短篇小说，叫作什么尤皮的，写得很有意思。苏曼殊又同陈独秀在《国民日日新闻》上译登《惨世界》，于是一时嚣俄成为我们的爱读书，搜来些英日文译本来看。末了是梁任公所编刊的《新小说》。《清议报》与《新民丛报》的确都读过，也很受影响，但是《新小说》的影响总是只有更大不会更小。梁任公的《论小说与群治之关系》当初读了的确很有影响，虽然对于小说的性质与种类，后来意见稍稍改变，大抵由科学或政治的小说渐转到更纯粹的文艺作品上去了。不过这只是不看重文学之直接的教训作用，本意还没有什么变更，即仍主张以文学来感化社会，振兴民族精神，用后来的熟语来说，可以说是属于为人生的艺术这一派的。丙午年夏天豫才在仙台的医学专门学校退了学，回家去结婚，其时我在江南水师学堂，前一年的冬天到北京练兵处考取留学日本，在校里闲住半年，这才决定被派去学习土木工程，秋初回家一转，同豫才到东京去。豫才再到东京的目的他自己已经在一篇文章中说过，不必重述，简单的一句话就是欲救中国须从文学始。他的第一步的运动是办杂志。那时留学生办的杂志并不少，但是没有一种是讲文学的，所以发心想要创办，名字定为《新生》，——这是否是借用但丁的，有点记不清楚了，但多少总有关系。其时留学界的空气是偏重实用，什九学法政，其次是理工，对于文学都很轻视，《新生》的消息传出去时人家颇以为奇，有人开玩笑说这不会是学台所取的进学新生么。又有人（仿佛记得是胡仁源）对豫才说，你弄文学做甚，有什么用处？答云，学文科的人知道学理工也有用处，这便是好处。客乃默然。看这种情形，《新生》的不能办得好原是当然的。《新生》的撰述人共有几个我不大记得了，确实的人数里有一位许季黻（寿裳），听说还有袁文薮，但他往西洋去后就没有通信。结果这杂志没有能办成，我曾根据安特路朗（Andrew Lang）的几种书写了半篇《日月星之神话》，稿今已散失，杂志的原稿纸却还有好些存在。

办杂志不成功，第二步的计划是来译书。翻译比较通俗的书卖钱是别一件事，赔钱介绍文学又是一件事，这所说的自然是属于后者。结果经营了好久，总算印出了两册《域外小说集》。第一册上有一篇序言，是豫才的手笔，说明宗旨云：

《域外小说集》为书，词致朴讷，不足方近世名人译本，特收录至审慎，移译亦期弗失文情。异域文术新宗，由此始入华土。使有士卓特，不为常俗所囿，必将犁然有当于心，按邦国时期，籀读其心声，以相度神思之所在。则此虽大海之微沤与，而性解思惟，实寓于此。中国译界，亦由是无迟莫之感矣。己酉正月十五日。

过了十一个年头，民国九年春天上海群益书社愿意重印，加了一篇新序，用我出名，也是豫才所写的，头几节是叙述当初的情形的，可以抄在这里：

我们在日本留学的时候，有一种茫漠的希望，以为文艺是可以转移性情，改造社会的。因为这意见，便自然而然的想到介绍外国新文学这一件事。但做这事业，一要学问，二要同志，三要工夫，四要资本，五要读者。第五样逆料不得，上四样在我们却几乎全无。于是又自然而然的只能小本经营，姑且尝试，这结果便是译印《域外小说集》。

当初的计画，是筹办了连印两册的资本，待到卖回本钱，再印第三第四，以至第多少册的。如此继续下去，积少成多，也可以约略介绍了各国名家的著作了。于是准备清楚，在一九〇九年二月，印出第一册，到六月间，又印出了第二册。寄售的地方，是上海和东京。

半年过去了，先在就近的东京寄售处结了账。计第一册卖去了二十一本，第二册是二十本，以后可再也没有人买了。那第一册何以多卖一本呢？就因为有一位极熟的友人，怕寄售处不遵定价，额外需索，所以亲去试验一回，果然划一不二，就放了心，第二本不再试验了。但由此看来，足见那二十位读者，是有出必看，没有一人中止的，我们至今很感谢。

至于上海，是至今还没有详细知道。听说也不过卖出了二十册上下，以后再没有人买了。于是第三册只好停版，已成的书便都堆在上海寄售处堆货的屋子里。过了四五年，这寄售处不幸失了火，我们的书和纸板都连同化成灰烬。我们这过去的梦幻似的无用的劳力，在中国也就完全消灭了。

这里可以附注几句。《域外小说集》第一册印了一千本，第二册只有五百本。印刷费是蒋抑卮（鸿林）代付的，那时蒋君来东京医治耳疾，听见译书的计画甚为赞成，愿意帮忙，上海寄售处也即是他的一家绸缎庄。那个去试验买书的则是许季黻也。

《域外小说集》两册中共收英美法各一人一篇，俄四人七篇，波兰一人三篇，波思尼亚一人二篇，芬兰一人一篇。从这上边可以看出一点特性来，即一是偏重斯拉夫系统，一是偏重被压迫民族也。其中有俄国的安特来夫（Leonid Andrejev）作二篇，伽尔洵（V. Garshin）作一篇，系豫才根据德文本所译。豫才不知何故深好安特来夫，我所能懂而喜欢者只有短篇《齿痛》（*Ben Tobit*），《七个绞死的人》与《人时代的小人物的忏悔》二书耳。那时日本翻译俄国文学尚不甚发达，比较的绍介得早且亦稍多的要算屠介涅夫，我们也用心搜求他的作品，但只是珍重，别无翻译的意思。每月初各种杂志出版，我们便忙着寻找，如有一篇关于俄文学的绍介或翻译，一定要去买来，把这篇拆出保存，至于波兰自然更好，不过除了《你往何处去》《火与剑》之外不会有人讲到的，所以没有什么希望。此外再查英德文书目，设法购求古怪国度的作品，大抵以俄，波兰，捷克，塞尔比亚，勃耳伽利亚，波思尼亚，芬兰，匈加利，罗马尼亚，新希腊为主，其次是丹麦瑙威瑞典荷兰等，西班牙义大利便不大注意了。那时日本大谈自然主义，这也觉得是很有意思的事，但是所买的法国著作大约也只是弗罗贝尔，莫泊三，左拉诸大师的二三卷，与诗人波特莱耳，威耳伦的一二小册子而已。上边所说偏僻的作品英译很少，德译较多，又多收入勒克阑等丛刊中，价廉易得，常开单托相模屋书店向丸善定购，书单一大张而算账起来没有多少钱，书店的不惮烦肯帮忙也是很可感的，相模屋主人小泽死于肺病，于今却已有廿年了。德文杂志中不少这种译文，可是价太贵，只能于旧书摊上求之，也得了许多，其中有名叫什么 *Aus Fremden Zungen*（记不清楚是否如此）的一种，内容最好，曾有一篇批评荷兰凡蔼覃的文章，豫才的读《小约翰》与翻译的意思实在是起因于此的。

这许多作家中间，豫才所最喜欢的是安特来夫，或者这与爱李长吉有点关系罢，虽然也不能确说。此外有伽尔洵，其《四日》一篇已译登《域外小说集》中，又有《红花》则与莱耳孟托夫（M. Lermontov）的《当代英雄》，契诃夫（A. Tchekhov）的《决斗》，均未及译，又甚喜科洛连珂（V. Korolenko），后来只由我译其《玛加耳的梦》一篇而已。高尔基虽已有名，《母亲》也有各种译本了，但豫才不甚注意，他所最受影响的却是果戈里（N. Gogol），《死灵魂》还居第二位，第一重要的还是短篇小说《狂人日记》《两个伊凡尼支打架》，喜剧《巡按》等。波兰作家最重要的是显克微支（H. Sienkiewicz），《乐人扬珂》等三篇我都译出登在小说集内，其杰作《炭画》后亦译出，又《得胜的巴耳得克》未译至今以为憾事。用幽默的笔法写阴惨的事迹，这是果戈里与显克微支二人得意的事，《阿Q正传》的成功其原因亦在于此，此盖为不懂幽默而乱骂乱捧的人所不及知者也。（《正传》第一章的那样缠夹亦有理由，盖意在讽刺历史癖与考据癖，但此本无甚恶意，与《故事新编》中的《治水》有异。）捷克有纳卢陀（Neruda）扶尔赫列支奇（Vrchlicki），亦为豫才所喜，又芬阑乞食诗人丕佛林多（Päivärinta）所作小说集亦所爱读不释者，均未翻译。匈加利则有诗人裴象飞（Petöfi Sandor），死于革命之战，豫才为《河南》杂志作《摩罗诗力说》，表章摆伦等人的“撒但派”，而以裴象飞为之继，甚致赞美，其德译诗集一卷，又小说曰《绞手之绳》，从旧书摊得来时已破旧，豫才甚珍重之。对于日本文学当时殊不注意，森鸥外，上田敏，长谷川二叶亭诸人，差不多只重其批评或译文，唯夏目漱石作俳谐小说《我是猫》有名，豫才俟其印本出即陆续买读，又热心读其每日在《朝日新闻》上所载的《虞美人草》，至于岛崎藤村等的作品则始终未曾过问，自然主义盛行时亦只取田山花袋的《棉被》，佐藤红绿的《鸭》一读，似不甚感兴味。豫才后日所作小说虽与漱石作风不似，但其嘲讽中轻妙的笔致实颇受漱石的影响，而其深刻沉重处乃自果戈里与显克微支来也。豫才于拉丁民族的艺术似无兴会，德国则只取尼采一人，《札拉图斯忒拉如是说》常在案头，曾将序说一篇译出登杂志上，这大约是《新潮》吧。尼采之进化论的伦理观我也觉得很有意思，但是我不喜欢演剧式的东西，那种格调与文章就不大合我的胃口，所以我的一册英译本也搁在书箱里多年没有拿出来了。

豫才在医学校的时候学的是德文，所以后来就专学德文，在东京的独逸语学协会的学校听讲。丁未年（一九〇七）同了几个友人共学俄文，有季黻，陈子英（濬，因徐锡麟案避难来东京），陶望潮（铸，后以字行曰冶公），汪公权（刘申叔的亲属？后以侦探嫌疑被同盟会人暗杀于上海），共六人，教师名孔特夫人（Maria Konde），居于神田，盖以革命逃至日本者。未几子英先退，独自从师学，望潮因将往长崎从俄人学造炸药亦去，四人暂时支撑，卒因财力不继而散。戊申年（一九〇八）从太炎先生讲学，来者有季黻，钱均甫（家治），朱逷先（希祖），钱德潜（夏，今改名玄同），朱蓬仙（宗莱），龚未生（宝铨），共八人，每星期日至小石川的民报社，听讲《说文解字》。丙丁之际我们翻译小说，还多用林氏的笔调，这时候就有点不满意，即严氏的文章也嫌他有八股气了。以后写文多喜用本字古义，《域外小说集》中大都如此，斯谛普虐克（Stepniak）的《一文钱》（这篇小品我至今还是很喜欢）曾登在《民报》上，请太炎先生看过，改定好些地方，至民九重印，因恐印刷为难，始将这些古字再改为通用的字。这虽似一件小事，但影响却并不细小，如写鸟字下面必只两点，见樑字必觉得讨嫌，即其一例，此所谓文字上的一种洁癖，与复古全无关系，且正以有此洁癖乃能知复古之无谓，盖一般复古之徒皆不通，本不配谈，若穿深衣写篆字的复古，虽是高明而亦因此乃不可能也。

豫才那时的思想，我想差不多可以民族主义包括之，如所介绍的文学亦以被压迫的民族为主，俄则取其反抗压制也。但他始终不曾加入同盟会，虽然时常出入民报社，所与往来者多是同盟会的人。他也没有入光复会。当时陶焕卿（成章）也亡命来东京，因为同乡的关系常来谈天，未生大抵同来。焕卿正在连络江浙会党，计划起义，太炎先生每戏呼为焕强盗或焕皇帝，来寓时大抵谈某地不久可以“动”，否则讲春秋时外交或战争情形，口讲指画，历历如在目前。尝避日本警吏注意，携文件一部分来寓属代收藏，有洋抄本一，系会党的联合会章，记有一条云，凡犯规者以刀劈之。又有空白票布，红布上盖印，又一枚红缎者，云是“龙头”。焕卿尝笑语曰，填给一张正龙头的票布何如？数月后焕卿移居，乃复来取去。以浙东人的关系，豫才似乎应该是光复会中人了。然而又不然。这是什么缘故呢？我不知道。我所记述的都重在事实，并不在意义，这里也只是报告这么一件事实罢了。

这篇补遗里所记是丙午至己酉这四五年间的事，在鲁迅一生中属于早年，且也是一个很短的时期，我所要说的本来就只是这一点，所以就此打住了。我尝说过，豫才早年的事情大约我要算知道得顶多，晚年的是在上海的我的兄弟懂得顶清楚，所以关于晚年的事我一句都没有说过，即不知为不知也。早年也且只谈这一部分，差不多全是平淡无奇的事，假如可取，可取当在于此，但或者无可取也就在于此乎。

（廿五年十一月七日，在北平）

[附记]

为行文便利起见，除特别表示敬礼者外，人名一律称姓字，不别加敬称。

[1936年12月《宇宙风》/《瓜豆集》]

家之上下四旁

《论语》这一次所出的课题是“家”，我也是考生之一，见了不禁着急，不怨自己的肚子空虚得很，只恨考官促狭，出这样难题目来难人。的确这比前回的“鬼”要难做得多了，因为鬼是与我们没有关系的，虽然普通总说人死为鬼，我却不相信自己会得变鬼，将来有朝一日即使死了也总不想到鬼门关里去，所以随意谈论谈论也还无妨。若是家，那是人人都有的，除非是不打诳话的出家人，这种人现在大约也是绝无仅有了，现代的和尚热心于国大选举，比我们还要积极，如我所认识的绍兴阿毛师父自述，他们的家也比我们为多，即有父家妻家与寺家三者是也。总而言之，无论在家出家，总离不开家，那么家之与我们可以说是关系深极了，因为关系如此之深，所以要谈就大不容易。赋得家是个难题，我在这里就无妨坚决地把他宣布了。

话虽如此，既然接了这个题目，总不能交白卷了事，无论如何须得做他一做才行。忽然记起张宗子的一篇《岱志》来，第一节中有云：

> 故余之志岱，非志岱也。木华作《海赋》，曰，胡不于海之上下四旁言之。余不能言岱，亦言岱之上下四旁已耳。

但是抄了之后，又想道，且住，家之上下四旁有可说的么？我一时也回答不来。忽然又拿起刚从地摊买来的一本《醒闺编》来看，这是二十篇训女的韵文，每行分三三七共三句十三字，题曰西园廖免骄编。首篇第三页上有这几行云：

> 犯小事，由你说，倘犯忤逆推不脱。
> 有碑文，你未见，湖北有个汉川县。
> 邓汉真，是秀才，配妻黄氏恶如豺。

打婆婆，报了官，事出乾隆五十三。

将夫妇，问剐罪，拖累左邻与右舍。

那邻里，最惨伤，先打后充黑龙江。

那族长，伯叔兄，有问绞来有问充。

后家娘，留省城，当面刺字充四门。

那学官，革了职，流徙三千杖六十。

坐的土，掘三尺，永不准人再筑室。

将夫妇，解回城，凌迟碎剐晓谕人。

命总督，刻碑文，后有不孝照样行。

我再翻看前后，果然在卷首看见“遵录湖北碑文”，文云：

乾隆五十三年正月奉上谕：朕以孝治天下，海澨山陬无不一道同风。据湖北总督疏称汉川县生员邓汉祯之妻黄氏以辱母殴姑一案，朕思不孝之罪别无可加，唯有剥皮示众。左右邻舍隐匿不报，律杖八十，乌龙江充军。族长伯叔兄等不教训子侄，亦议绞罪。教官并不训诲，杖六十，流徙三千里。知县知府不知究治，罢职为民，子孙永不许入仕。黄氏之母当面刺字，留省四门充军。汉祯之家掘土三尺，永不许居住。汉祯之母仰湖北布政使司每月给米银二两，仍将汉祯夫妇发回汉川县对母剥皮示众。仰湖北总督严刻碑文，晓谕天下，后有不孝之徒，照汉祯夫妇治罪。

我看了这篇碑文，立刻发生好几个感想。第一是看见“朕以孝治天下”这一句，心想这不是家之上下四旁么，找到了可谈的材料了。第二是不知道这碑在那里，还存在么，可惜弄不到拓本来一看。第三是发生“一丁点儿”的怀疑。这碑文是真的么？我没有工夫去查官书，证实这汉川县的忤逆案，只就文字上说，就有许多破绽。十全老人的汉文的确有欠亨的地方，但这种谕旨既已写了五十多年，也总不至于还写得不合格式。我们难保皇帝不要剥人家的皮，在清初也确实有过，但乾隆时有这事么，有点将信将疑。看文章很有点像是老学究的手笔，虽然老学究不见得敢于假造上谕，——这种事情直到光绪末革命党才会做出来，而且文句也仍旧造得不妥贴。但是无论如何，或乾隆五十三年真有此事，或是出于士大夫的捏造，都是同样的有价值，总之足以证明社会上有此种意思，即不孝应剥皮是也。从前翻阅阮云台的《广陵诗事》，在卷九有谈逆妇变猪的一则云：

宝应成安若康保《皖游集》载，太平寺中一豕现妇人足，弓样宛然（案，此实乃妇人现豕足耳）。同游诧为异，余笑而解之曰，此必妒妇后身也，人彘之冤今得平反矣，因成一律，以《偶见》命题云。忆元幼时闻林庚泉云，曾见某处一妇不孝其姑遭雷击，身变为彘，唯头为人，后脚犹弓样焉，越年馀复为雷殛死。始意为不经之谈，今见安若此诗，觉天地之大事变之奇，真难于恒情度也。惜安若不向寺僧究其故而书之。

阮君本非俗物，于考据词章之学也有成就，今记录此等恶滥故事，未免可笑，我抄了下来，当作确实材料，用以证此种思想之普遍，无雅俗之分也。翻个转面就是劝孝，最重要的是大家都知道的《二十四孝图说》。这里边固然也有比较容易办的，如扇枕席之类，不过大抵都很难，例如喂蚊子，有些又难得有机会，一定要凑巧冬天生病，才可以去找寻鱼或笋，否则终是徒然。最成问题的是郭巨埋儿掘得黄金一釜，这件事古今有人怀疑。偶看尺牍，见朱荫培著《芸香阁尺一书》（道光年刊）卷二有《致顾仲懿》书云：

所论岳武穆何不直捣黄龙，再请违旨之罪，知非正论，姑作快论，得足下引春秋大义辨之，所谓天王明圣臣罪当诛，纯臣之心惟知有君也。前春原嵇丈评弟《郭巨埋儿辨》云，惟其愚之至，是以孝之至，事异论同，皆可补芸香一时妄论之失。

以我看来，顾嵇二公同是妄论，纯是道学家不讲情理的门面话，但在社会上却极有势力，所以这就不妨说是中国的舆论，其主张与“朕以孝治天下”盖全是一致。从这劝与戒两方面看来，孝为百行先的教条那是确实无疑的了。

现在的问题是，这在近代的家庭中如何实行？老实说，仿造的二十四孝早已不见得有，近来是资本主义的时代，神道不再管事，奇迹难得出现，没有纸票休想得到笋和鱼，世上一切都已平凡现实化了。太史公曰，伤哉贫也，生无以为养，死无以为葬也。这就明白的说明尽孝的难处。对于孝这个字想要说点闲话，实在很不容易。中国平常通称忠孝节义，四者之中只有义还可以商量，其他三德分属三纲，都是既得权利，不容妄言有所侵犯。昔者，施存统著《非孝》，而陈仲甫顶了缸，至今读经尊孔的朋友犹津津乐道，谓其曾发表万恶孝为首的格言，而林琴南孝廉又拉了孔北海的话来胡缠，其实《独秀文存》具在，中间原无此言也。我写到这里殊不能无戒心，但展侧一想，余行年五十有几矣，如依照中国早婚的习惯，已可以有曾孙矣，余不敏今仅以父亲的资格论孝，虽固不及曾祖之阔气，但资格则已有了矣。以余观之，现代的儿子对于我们殊可不必再尽孝，何也，盖生活艰难，儿子们第一要维持其生活于出学校之后，上有对于国家的义务，下有对于子女的责任，如要衣食饱暖，成为一个贤父良夫好公民，已大须努力，或已力有不及，若更欲彩衣弄雏，鼎烹进食，势非贻误公务亏空公款不可，一朝捉将官里去，岂非饮鸩止渴，为之老太爷老太太者亦有何快乐耶。鄙意父母养育子女实止是还自然之债，此意与英语中所有者不同，须引《笑林》疏通证明之。有人见友急忙奔走，问何事匆忙，答云，二十年前欠下一笔债，即日须偿。再问何债，曰，实是小女明日出嫁。此是笑话，却非戏语。男子生而愿为之有室，女子生而愿为之有家，即此意也。自然无言，生物的行为乃其代言也，人虽灵长亦自不能出此民法外耳。债务既了而情谊长存，此在生物亦有之，而于人为特显著，斯其所以为灵长也欤。我想五伦中以朋友之义为最高，母子男女的关系所以由本能而进于伦理者，岂不以此故乎。有富人父子不和，子甚倔强，父乃语之曰，他事即不论，尔我共处二十馀年，亦是老朋友了，何必再闹意气。此事虽然滑稽，此语却很有意思。我便希望儿子们对于父母以最老的老朋友相处耳，不必再长跪请老太太加餐或受训诫，但相见怡怡，不至于疾言厉色，便已大佳。这本不是石破天惊的什么新发明，世上有些国土也就是这样做着，不过中国不承认，因为他是喜唱高调的。凡唱高调的亦并不能行低调，那是一定的道理。吾乡民间有目连戏，本是宗教剧而富于滑稽的插话，遂成为真正的老百姓的喜剧，其中有《张蛮打爹》一段，蛮爹对众说白有云：

现在真不成世界了，从前我打爹的时候爹逃就算了，现在我逃了他还要追着打哩。

这就是[①]老百姓的“犯话”，所谓犯话者盖即经验之谈，从事实中“犯”出来的格言，其精锐而讨人嫌处不下于李耳与伊索，因为他往往不留情面的把政教道德的西洋镜戳穿也。在士大夫家中，案头放着《二十四孝》和《太上感应篇》，父亲乃由暴君降级欲求为老朋友而不可得，此等事数见不鲜，亦不复讳，亦无可讳，恰似理论与事实原是二重真理可以并存也者。不佞非读经尊孔人却也闻之骇然，但亦不无所得，现代的父子关系以老朋友为极则，此项发明实即在那时候所得到者也。

上边所说的一番话，看似平常，实在我也是很替老年人打算的。父母少壮时能够自己照顾，而且他们那时还要照顾子女呢，所以不成什么问题。成问题的是在老年，这不但是衣食等事，重要的还是老年的孤

【锺校】

① 原无“是”字，今增。

独。儿子阔了有名了，往往在书桌上留下一部《百孝图说》，给老人家消遣，自己率领宠妾到洋场官场里为国民谋幸福去了。假如那老头子是个希有的明达人，那么这倒也还没有什么。如曹庭栋在《老老恒言》卷二中所说：

世情世态，阅历久看应烂熟，心衰面改，老更奚求。谚曰，求人不如求己。呼牛呼马，亦可由人，毋少介意。少介意便生忿，忿便伤肝，于人何损，徒损乎己耳。

少年热闹之场非其类则弗亲，苟不见幾知退，取憎而已。至与二三老友相对闲谈，偶闻世事，不必论是非，不必较长短，慎尔出话，亦所以定心气。

又沈赤然著《寒夜丛谈》卷一有一则云：

膝前林立，可喜也，虽不能必其皆贤，必其皆寿也。金钱山积，可喜也，然营田宅劳我心，筹婚嫁劳我心，防盗贼水火又劳我心矣。黄发台背，可喜也，然心则健忘，耳则重听，举动则须扶持，有不为子孙厌之，奴婢欺之，外人侮之者乎。故曰，多男子则多惧，富则多事，寿则多辱。

如能像二君的达观，那么一切事都好办，可惜千百人中不能得一，所以这就成为问题。社会上既然尚无国立养老院，本各尽所能各取所需的原则，对于已替社会做过相当工作的老年加以收养，衣食住药以至娱乐都充分供给，则自不能不托付于老朋友矣，——这里不说子孙而必戏称老朋友者，非戏也，以言子孙似专重义务，朋友则重在情感，而养老又以销除其老年的孤独为要，唯用老朋友法可以做到，即古之养志也。虽然，不佞不续编《二十四孝》，而实际上这老朋友的孝亦大不容易，恐怕终亦不免为一种理想，不违反人情物理，不压迫青年，亦不委屈老年，颇合于中庸之道，比皇帝与道学家的意见要好得多了，而实现之难或与二十四孝不相上下，亦未可知。何也？盖中国家族关系唯以名分，以利害，而不以情义相维系也，亦已久矣。闻昔有龚橙自号半伦，以其只有一妾也，中国家庭之情形何如固然一言难尽，但其不为龚君所笑者殆几希矣。家之上下四旁如只有半伦，欲求朋友于父子之间又岂可得乎①。

［附记］

关于汉川县一案，我觉得乾隆皇帝（假如是他）处分得最妙的是那邓老太太。当着她老人家的面把儿子媳妇都剥了皮，剩下她一个孤老，虽是每月领到了藩台衙门的二两银子，也没有家可住，因为这掘成一个茅厕坑了，走上街去，难免遇见黄宅亲家母面上刺着两行金印，在那里看守城门，彼此都很难为情。教官族长都因为不能训诲问了重罪，那么邓老太太似乎也是同一罪名，或者那样处分也就是这意思吧。甚矣皇帝与道学家之不测也，吾辈以常情推测，殊不能知其万一也。

［1936年11月《论语》100期/《瓜豆集》］

【锺校】

① “乎”原作“了”。

谈儒家

中国儒教徒把佛老并称曰二氏，排斥为异端，这是很可笑的。据我看来，道儒法三家原只是一气化三清，是一个人的可能的三样态度，略有消极积极之分，却不是绝对对立的门户，至少在中间的儒家对于左右两家总不能那么歧视。我们且不拉扯书本子上的证据，说什么孔子问礼于老聃，或是荀卿出于孔门等等，现在只用我们自己来做譬喻，就可以明白。假如我们不负治国的责任，对于国事也非全不关心，那么这时的态度容易是儒家的，发些合理的半高调，虽然大抵不违背物理人情，却是难以实行，至多也是律己有馀而治人不足，我看一部《论语》便是如此，他是哲人的语录，可以做我们个人持己待人的指针，但决不是什么政治哲学。略为消极一点，觉得国事无可为，人生多忧患，便退一步愿以不才得终天年，入于道家，如《论语》所记的隐逸是也。又或积极起来，挺身出来办事，那么那一套书房里的高尚的中庸理论也须得放下，要求有实效一定非严格的法治不可，那就入于法家了。《论语》"为政第二"云：

> 子曰，道之以政，齐之以刑，民免而无耻。道之以德，齐之以礼，有耻且格。

后者是儒家的理想，前者是法家的办法，孔子说得显有高下，但是到得实行起来还只有前面这一个法子，如历史上所见，就只差没有法家的那么真正严格的精神，所以成绩也就很差了。据《史记》四十九《孔子世家》云：

> 定公十四年，孔子年五十六，由大司寇行摄相事。于是诛鲁大夫乱政者少正卯。

那么他老人家自己也要行使法家手段了，本来管理行政司法与教书时候不相同，手段自然亦不能相同也。还有好玩的是他别一方面与那些隐逸们的关系。我曾说过，中国的隐逸大都是政治的，与外国的是宗教的迥异。他们有一肚子理想，但看得社会浑浊无可施为，便只安分去做个农工，不再来多管，见了那知其不可而为之的人，却是所谓惺惺惜惺惺，好汉惜好汉，想了方法要留住他，看晨门接舆等六人的言动虽然冷热不同，全都是好意，毫没有歧视的意味，孔子的应付也是如此，都是颇有意思的事。如接舆歌云，往者不可谏，来者犹可追，正是朋友极有情意的劝告之词，孔子下，欲与之言，与对于桓魋的蔑视，对于阳货的敷衍，态度全不相同，正是好例。因此我想儒法道三家本是一起的，那么安分门户实在是不必要，从前儒教徒那样的说无非想要统制思想，定于一尊，到了现在我想大家应该都不再相信了罢。至于佛教那是宗教，与上述中国思想稍有距离，若论方向则其积极实尚在法家之上，盖宗教与社会主义同样的对于生活有一绝大的要求，不过理想的乐国一个是在天上，一个即在地上，略为不同而已。宗教与主义的信徒的勇猛精进是大可佩服的事，岂普通儒教徒所能及其万一，儒本非宗教，其此思想者正当应称儒家，今呼为儒教徒者，乃谓未必有儒家思想而挂此招牌之吃教者流也。

［1936 年 12 月 4 日《世界日报》/《秉烛谈》］

《瓜豆集》题记

写《风雨谈》忽忽已五个月，这小半年里所写的文章并不很多，却想作一小结束，所以从《关于雷公》起就改了一个新名目。本来可以称作《雷雨谈》，但是气势未免来得太猛烈一点儿，恐怕不妥当，而且我对于中国的雷公爷实在也没有什么好感，不想去惹动他。还是仍旧名吧，单加上“后谈”字样。案《风雨》诗本有三章，那么这回算是潇潇的时候也罢，不过我所喜欢的还是那风雨如晦鸡鸣不已的一章，那原是第三章，应该分配给《风雨三谈》去，这总须到了明年始能写也。

这是今年五月四日所写，算作《风雨后谈》的小引，到了现在掐指一算，半个年头又已匆匆的过去了。这半年里所写的文章大小总有三十篇左右，趁有一半天的闲暇，把他整理一下，编成小册，定名曰《瓜豆集》，“后谈”的名字仍保存着另有用处。为什么叫作瓜豆的呢？善于做新八股的朋友可以作种种的推测。或曰，因为喜讲运命，所以这是说种瓜得瓜种豆得豆吧。或曰，因为爱谈鬼，所以用王渔洋的诗，豆棚瓜架雨如丝。或曰，鲍照《芜城赋》云，“竟瓜剖而豆分”，此盖伤时也。典故虽然都不差，实在却是一样不对。我这瓜豆就只是老老实实的瓜豆，如冬瓜长豇豆之类是也。或者再自大一点称曰杜园瓜豆，即杜园菜。吾乡茹三樵著《越言释》卷上有“杜园”一条云：

> 杜园者兔园也，兔亦作菟，而菟故为徒音，又讹而为杜。今越人一切蔬菜瓜蓏之属，出自园丁，不经市儿之手，则其价较增，谓之杜园菜，以其土膏露气真味尚存也。至于文字无出处者则又以杜园为訾謷，亦或简其词曰杜撰。昔盛文肃在馆阁时，有问制词谁撰者，文肃拱而对曰，度撰。众皆哄堂，乃知

其戏，事见宋人小说。虽不必然，亦可见此语由来已久，其谓杜撰语始于杜默者非。

土膏露气真味尚存，这未免评语太好一点了，但不妨拿来当作理想，所谓取法乎上也。出自园丁，不经市儿之手，那自然就是杜撰，所以这并不是缺点，唯人云亦云的说市话乃是市儿所有事耳。《五代史》云：

兔园册者，乡校俚儒教田夫牧子之所诵也。

换一句话说，即是乡间塾师教村童用的书，大约是《千字文》《三字经》之类，书虽浅薄却大有势力，不佞岂敢望哉。总之茹君所说的话都是很好的，借来题在我这小册子的卷头，实在再也好不过，就只怕太好而已。

这三十篇小文重阅一过，自己不禁叹息道，太积极了！圣像破坏（eikonoklasma）与中庸（sophrosune）夹在一起，不知是怎么一回事。有好些性急的朋友以为我早该谈风月了，等之久久，心想：要谈了罢，要谈风月了吧!? 好像“狂言”里的某一脚色所说，生怕不谈就有点违犯了公式。其实我自己也未尝不想谈，不料总是不够消极，在风吹月照之中还是要呵佛骂祖，这正是我的毛病，我也无可如何。或者怀疑我骂韩愈是考古，说鬼是消闲，这也未始不是一种看法，但不瞒老兄说，这实在只是一点师爷笔法绅士态度，原来是与对了和尚骂秃驴没有多大的不同，盖我觉得现代新人物里不免有易卜生的“群鬼”，而读经卫道的朋友差不多就是韩文公的伙计也。昔者党进不许说书人在他面前讲韩信，不失为聪明人，他未必真怕说书人到韩信跟前去讲他，实在是怕说的韩信就是他耳。不佞生性不喜八股与旧戏，所不喜者不但是其物而尤在其势力，若或闻不佞谩骂以为专与《能与集》及小丑的白鼻子为仇，则其智力又未免出党太尉下矣。

孔子云，知之为知之，不知为不知，是知也。这在庄子看来恐怕只是小知，但是我也觉得够好了，先从不知下手，凡是自己觉得不大有把握的事物决心不谈，这样就除去了好些绊脚的荆棘，让我可以自由的行动，只挑选一二稍为知道的东西来谈谈。其实我所知的有什么呢，自己也说不上来，不过比较起来对于某种事物特别有兴趣，特别想要多知道一点，这就不妨权归入可以谈谈的方面，虽然所知有限，总略胜于以不知为知耳。我的兴趣所在是关于生物学人类学儿童学与性的心理，当然是零碎的知识，但是我唯一的一点知识，所以自己不能不相当的看重，而自己所不知的乃是神学与文学的空论之类。我尝自己发笑，难道真是从“妖精打架”会悟了道么？道未必悟，却总帮助了我去了解①许多问题与事情。从这边看过去，神圣的东西难免失了他们的光辉，自然有圣像破坏之嫌，但同时又是赞美中庸的，因为在性的生活上禁欲与纵欲是同样的过失，如英国蔼理斯所说：“生活之艺术其方法只在于微妙地混和取与舍二者而已。”凡此本皆细事不足道，但为欲说我的意见何以多与新旧权威相冲突，如此喋喋亦不得已。我平常写文章喜简略或隐约其词，而老实人见之或被贻误，近来思想渐就统制，虑能自由读书者将更少矣，特于篇末写此两节，实属破例也。

中华民国二十五年十一月一日，著者自记于北平知堂。

［1936 年 12 月《谈风》/《瓜豆集》］

【锺校】

① 此处原衍“好”字，已删。

论骂人文章

骂人的文章可以分作两大类，正如晋惠帝所问的虾蟆叫，一是为官的，一是为私的。为私的一类里又可以说有两个分派，甲是消极的，曰报复的骂，乙是积极的，曰进取的骂，是也。本来还有一种回骂，即抵抗的骂，不过我没有把他放进去，因为这里所谓骂人必须是主动的，若被动的便不能算。报复的骂虽说是消极，却还不是被动，盖其被欺侮是一件事，被欺侮了没有办法却另用骂的方法来求满足又是别一件事，正如阿Q被人打了一顿，姑且说打我的是王八旦，这口气也就平了。中国有一位名人说过，只看报上登出一大篇冤单，便可以知道这人一定是吃了亏（却并不一定是他理直或是人好），再没有力量挣扎了，这样哭骂一阵，就此沉静下去。这样的报复实在是很可怜的，要说是报复还不及流氓的通小刀子为能实践，可是我们要知道天下不少外强中干的人，忍气呢觉得不甘心，去拚命又有点怕，结果只有这样做，仿佛像佛典上所戒的非法出精，不足为训却又未始不是也难怪的事也。进取的骂似乎比较的难懂，因为这个名词是我所新造的，虽然这件事并非新起头，而且流行得也很广远，比起报复的骂来恐怕还要多上几倍也未可知。这种骂法有人称作爬梯子，或曰借头。其办法甚是简单，只要挑选社会上稍有声名的一二人，狗血喷头的痛骂一番，骂得对不对完全不成问题，只要使人家知道某人这样的被我所骂了就好。假如某人身高五尺，我既然站在他的头顶上，那么自然应该更高，至少也总是在五尺以上了。某人不理本也无妨，若是他回说了一句话，那更证明了我骂的有力量，总之都是于自己有利的。所以这种骂法行得很普遍，因为利多害少，青年人想钻上文坛或思想界去最容易采用，只消找一个人做梯子，几步爬上他的头去，人家看去（或者自己觉得）确是站得很高了，虽然也不免有缺点，这样的做法与冒认阔人是自己的爹根本上很相像，只是软硬不同，实在也是有点可怜的。还有一层，找人要找得好，必须找着在文坛或思想界上身材高的才行，矮子已经要不得了，万一不小心扯到一个水平线下的，他的头就是同地面一样平的，如今却想站在他的头上去出风头，不但毫无效果，而且还白费气力，这真成了偷鸡弗着折把米了。进取的骂人家虽然大抵都是很聪明的，但是这种失败也很难免，可见江湖诀之还不是万全也。

为官的骂人说起来恐怕是最有意思，也是最有意义的事吧。官骂本是古已有之，如历来的传旨申饬即是，不过零碎的例引用很麻烦，我们只举出别的一件大案，即清雍正四年钦定的那册《名教罪人》。（此书已由故宫博物院铅印出版，每册定价五角。）据上谕说，钱名世获罪名教，死不足蔽其辜，生更以益其辱，是以不即正典刑，褫职递归，且亲书“名教罪人”四字令悬其门，复命在京大小臣工由制科出身者咸为歌诗，以刺其恶。这一册里所收自大学士以至笔帖式，凡二百八十五人，都是由科举出身者，各恭做赋得名教罪人的打油诗一首，真是洋洋大观，可以为后世这派文学的模范的。第一名协理大学士事尚书徐元梦七律第二联云，含毫不复知羞恶，索句应全失本心，倒正好拿来当作这书的题词用。更有意思的是第十九名（名次是照着官的大小排列的）礼部左侍郎查嗣庭，他在这里也跟着吆喝胡骂，但是过了几年他自己却又成了大逆，这回乾隆似乎不喜欢再写匾征诗，所以只同普通文字狱的那样办了。《名教罪人》所以成为空前绝后的官骂总集，是研究骂人文章的学者所不可不看的。但是后来皇帝消灭，文字狱渐为世人所不满意，而讲道统争正宗的脾气乃是民之秉彝，统制思想之举在老头儿与其儿子还是同样的爱好，于是官骂事业照旧经营下去，不过如智士所云已“易主”耳。鄙人记性不佳，文献匮乏，愧未能详征博引，考其源流，但就所知说来，这个运动大约是始于成仿吾的“诗坛之防御战”，这名称上显然露出断然的处置之神气，不过多少提高了挨骂者的资格，仿佛是被承认作交战团体了。随后又听见“剿”的口号，“剿”的对面自然就还有“抚”，虽然这个名称没有显明的听说过。这样，官骂便以一种新的姿态第二次出现于舞台上了。未开幕以前当然有些筹备，这且不谈，只看突然发动，四面总攻，其攻击不择手段，却有一定公式，这就可以认定是那个来了，虽然不能百战百胜，总之这势力是很强的。谁被指定挨这官骂的有祸了！他就得准备守，战，或是降，胜总是休想。老实说，这只有两条路，守或战。战之后即不能再守，末了还是降，与寻常之降不同者只在一是不战而降，一是战而降，即是抚耳。守即不理，即兵法上的坚壁清野，宁可让他牵扯开去，无中生有的乱骂，不可回答以致多生纠缠，此最省事，只须持久。战即是回骂。当回骂之初大约觉得很痛快的，自己喜得还有这样力气舞动大刀，而且一刀刀都劈中敌阵的要害，却不知已中了道儿，犹如遇见鬼打墙，拳打足踢，气力用尽而墙终如故，结果只剩了一口气倒在垓心，变成俘虏了事。也有硬朗一点的，始终力战不屈，骂不绝口，那么这情形就有点不同，虽然殊途而未始不是同归。相持不下，终究有个了局，如何了法其机密不能详知，大抵看《水浒传》可以知道一点，如及时雨之率众推戴玉麒麟，归根结蒂仍是一种抚法，又是一种降法，不过是极高妙的一种罢了。话说到这里，这一段故事应该收场了。总之这类集团的官骂，古有臣工之骂，今有帮行之骂，都是很厉害的，单身独客千万注意，沾惹不得，而有志业骂者则以此为最佳，可以过骂人之瘾而得勇士之名焉。不佞对于斯道别无研究，唯道听途说，一知半解，姑述其大略，作《论语》之材料。他日如有国立研究院的学人根据人类学与历史的知识大规模的研究中国骂学，五十年后得成专著，而以不佞此文为之嚆引，则光荣莫过于此矣。

[1936年12月16日《论语》第102期/集外文]

希腊人的好学

看英国瑞德的《希腊晚世文学史》，第二章讲到欧几里得[①]（Euclid）云：

在普多勒迈一世时有一人住在亚力山大城，他的名字是人人皆知，他的著作至少其一是举世皆读，只有圣书比他流传得广。现在数学的教法有点变更了，但著者还记得一个时代，那时欧几里得与几何差不多就是同意语，学校里的几何功课也就只是写出欧几里得的两三个设题而已。欧几里得，或者写出他希腊式的原名欧克莱德思（Eukleides），约当基督二百九十年前生活于亚力山大城，在那里设立一个学堂，下一代的贝耳伽之亚波罗纽思即他弟子之一人。关于他的生平与性格我们几于一无所知，虽然有他的两件轶事流传下来，颇能表示出真的科学精神。其一是说普多勒迈问他，可否把他的那学问弄得更容易些，他回答道，大王，往几何学去是并没有御道的。又云，有一弟子习过设题后问他道，我学了这些有什么利益呢？他就叫一个奴隶来说道，去拿两角钱来给这厮，因为他是一定要用他所学的东西去赚钱的。后来他的名声愈大，人家提起来时不叫他的名字，只说原本氏（Stoikheiotes）就行，亚剌伯人又从他们的言语里造出一个语源解说来，说欧几里得是从乌克里（阿剌伯语云钥）与地思（度量）二字出来的。

【锺校】

① “欧几里得”原作“欧几里特”，改使与下文一致。

后边讲到亚奇默得（Archimedes），又有一节云：

亚奇默得于基督二八七年前生于须拉库色，至二一二年前他的故乡被罗马所攻取，他叫一个罗马兵站开点，不要踹坏地上所画的图，遂被杀。起重时用的滑车，抽水时用的螺旋，还有在须拉库色被围的时候所发明的种种机械，都足证明他的实用的才能，而且这也是他说的话：给我一块立足的地方，我将去转动这大地。但他的真的兴趣是在纯粹数学上，自己觉得那圆柱对于圆球是三与二之比的发明乃是他最大的成功。他的全集似乎到四世纪还都存在，但是我们现在只有论平面平衡等八九篇罢了。

苏俄类佐夫等编的《新物理学》中云：

距今二千二百年前，力学有了一个伟大的进步。古代最大的力学者兼数学者亚奇默得在那时候发明了约四十种的力学的器具。这些器具中，有如起重机，在建筑家屋或城堡时都是必要，又如抽水机，于汲井水泉水也是必要的，但其大多数却还是供给军事上必要的各种的器具。

须拉库色与其强敌罗马抗战的时候，兵数比罗马要少得多，但因为有各色的石炮，所以能够抵抗得很久。在当时已经很考究与海军争斗的各种①手段了。如敌船冒了落下来的石弹向着城墙下前进，忽然墙上会出现杠杆，把上头用铁索系着的铁钩对了敌船抛去，在帆和帆索上钩住。于是因了墙后的杠杆的力将敌船拉上至相当高度，一刹那间晃荡一下便把它摔出去。船或者沉没到海里去，或是碰在岩石上粉碎了。

【锺校】

① 原无“种”字，今增。

这些玩艺儿自然也是他老先生所造的了，但是据说他自己颇不满意，以为学问讲实用便是不纯净，所以走去仍自画他的图式，结果把老命送在里头（享年七十五），这真不愧为古今的书呆子了。

后世各部门的科学几乎无不发源于希腊，而希腊科学精神的发达，却实在要靠这些书呆子们。柏拉图曾说过，好学（To philomathes）是希腊人的特性，正如好货是斐尼基人与埃及人的特性一样。他们对于学，即知识，很有明其道不计其功的态度。英国部丘教授在《希腊的好学》这篇讲义里说道：

> 自从有史以来，知这件事，在希腊人看来似乎它本身就是一件好物事，不问它的所有的结果。他们有一种眼光锐利的，超越利益的好奇心，要知道大自然的事实，人的行为与工作，希腊人与外邦人的事情，别国的法律与制度。他们有那旅人的心，永远注意着观察记录一切人类的发明与发见。

又云：

> 希腊人敢于发为什么的疑问。那事实还是不够，他们要找寻出事实（To hoti）后面的原因（To dioti）。对于为什么的他们的答案常是错误，但没有忧虑踌躇，没有牧师的威权去阻止他们冒险深入原因的隐秘区域里去。在抽象的数学类中，他们是第一个问为什么的，大抵常能想到正确的答案。有一件事是古代的中国印度埃及的建筑家都已知道的，即假如有一个三角，其各边如以数字表之为三与四与五，则其三与四的两边当互为垂直。几个世纪都过去了，未见有人发这问题：为什么如此？在基督约千一百年前中国一个皇帝周公所写的一篇对话里（案这是什么文章一时记不得，也不及查考，敬候明教），他自己也出来说话，那对谈人曾举示他这有名的三角的特性。皇帝说，真的，奇哉！但他并不想到去追问其理由。这惊奇是哲学

所从生，有时却止住了哲学。直到希腊人在历史上出现，才问这理由，给这答案。总之，希腊的几何学是人类思想史上的一件新东西。据海罗陀多思说，几何学发生于埃及，但那是当作应用科学的几何学，目的在于实用，正如在建筑及量地术上所需要的。理论的几何学是希腊人自己创造出来的。它的进步很快，在基督前五世纪中，欧几里得的《原本》里所收的大部分似乎都已具备明确的论理的形式。希腊人所发见的那种几何学很可表示那理想家气质，这在希腊美术文艺上都极明显易见的。有长无广的线，绝对的直或是曲的线，这就指示出来，我们是在纯粹思想的界内了。经验的现实状况是被搁置了，心只寻求着理想的形式。听说比达戈拉思因为得到一个数学上的发见而大喜，曾设祭谢神。在古代文明里，还有什么地方是用了这样超越利害的热诚去追求数学的呢？

我这里抄了许多别人的文章，实在因为我喜欢礼赞希腊人的好学。好学亦不甚难，难在那样的超越利害，纯粹求知而非为实用。——其实，实用也何尝不是即在其中。中国人专讲实用，结果却是无知亦无得，不能如欧几里得的弟子赚得两角钱而又学了几何。中国向来无动植物学，恐怕直至传教师给我们翻译洋书的时候。只在《诗经》《离骚》《尔雅》的笺注，地志，农家医家的书里，有关于草木虫鱼的记述，但终于没有成为独立的部门，这原因便在对于这些东西缺乏兴趣，不真想知道。本来草木虫鱼是天地万物中最好玩的东西，尚且如此，更不必说抽象的了。还有一件奇怪的事，中国格物往往等于谈玄，有些在前代弄清楚了的事情，后人反而又胡涂起来，如螟蛉负子，梁朝陶弘景已不相信，清朝邵晋涵却一定说是祝诵而化。又有许多伦理化的鸟兽生活传说，至今还是大家津津乐道，如乌反哺，羔羊跪乳，枭食母等。亚里士多德比孟子还大十岁，已著有《生物史研究》，据英国胜家博士在《希腊的生物学与医学》上所说，他记述好些动物生态与解剖等，证以现代学问都无差谬，又讲到头足类动物的生殖，这在欧洲学界也到了十九世纪中叶才明白的。我们不必薄今人而爱古人，但古希腊人之可钦佩却是的确的事，中国人如能多注意他们，能略学他们好学求知，明其道不计其功的学风，未始不是好事，对于国家教育大政方针未必能有补救，在个人正不妨当作寂寞的路试去走走耳。

［1936 年 12 月《西北风》/《瓜豆集》］

一九三七年

关于俞理初

家传旧书中有一部俞理初的《癸巳类稿》，五厚册，大抵还是先君的手泽本，虽然不曾有什么题字印记。这部书我小时候颇喜欢，不大好懂，却时常拿出来翻翻，那时所看差不多就只是末三卷而已。民国以后才又买到《癸巳存稿》六册，姚氏刻本。关于俞君的事，也只在二书序跋及崇祀乡贤文件中见到一点。日前得安徽丛书本《癸巳类稿》，系用俞君晚年手订本石印，凡九册，附王立中编年谱一册，原文固多所增益，又得知其生平，是极可喜的事。年谱末复有谱馀数则，集录遗闻轶事，很有意思，但恨希少不禁读耳。

尝见齐学裘著《见闻随笔》卷二十四中，有“俞理初”一则云：

> 黟县俞理初正燮孝廉读书过目不忘，书无不览，著作等身。曾为张芥航河帅修《行水金鉴》，数月而成，船过荆溪，访余于双溪草堂，款留小饮。谓余曰，近年苦无书读。《四库全书》以及道藏内典皆在胸中，国初以来名宦家世科墨，原原本本，背诵如流，博古通今，世罕其匹。工篆刻，为余刻“蕉窗写意”“玉溪书画”两小印，古雅可珍。居家事母，不乐仕进，时移世乱，不知所终。

又戴醇士著《习苦斋笔记》中有“俞正燮”一则云：

> 理初先生，黟县人，予识于京师，年六十矣。口所谈者皆

游戏语，遇于道则行无所适，东南西北无可无不可。至人家，谈数语，辄睡于客座。问古今事，诡言不知，或晚间酒后，则原原本本，无一字遗。予所识博雅者无出其右。先生为壬辰孝廉，尝告我曰：予初次入都会试，谒副主考，则曰，尔与我朱卷刻本，我未见尔文也。窃疑正主考取中，副未寓目。谒正主考，则又曰，尔与我朱卷刻本，我未见尔文也。骇问故，曰：尔卷监临嘱副主考，宜细阅此卷，副疑且怒，置不阅。揭晓日先拆尔卷，见黟县人，问曰，此徽商耶？予曰，若是黟县俞某，则今之通人也。副主考幡然曰，然则中矣。其实我两人俱未见尔文，故欲一读耳。会试荐未售，房考为刻其著述，所谓《癸巳类稿》也。乡试正主考为汤文端金钊，会试房考为王菽原先生藻。

查《年谱》，乡试中式在道光元年辛巳，笔记误作壬辰，又题名亦错写为俞廷燮。《年谱》引用自述一节，唯未录《笔记》全文，其实上半亦甚有致，如收在谱馀中正是很好资料也。《越缦堂日记补》辛集上咸丰十一年六月二十日条下云：

阅黟县俞理初孝廉正燮《癸巳类稿》，皆经史之学，间及近事纪载，皆足资掌故，书刻于道光癸巳，故以此为名。新安经学最盛，能兼通史学者惟凌次仲氏及俞君。其书引证太繁，笔舌冗漫，而浩博殊不易得。……俞君颇好为妇人出脱。其《节妇说》言，礼云一与之齐终身不改，男子亦不当再娶。《贞女说》言，后世女子不肯再受聘者谓之贞女，乃贤者未思之过。未同衾而同穴，则又何必亲迎，何必庙见，何必为酒食以召乡党僚友，直无男女之分。《妒非女人恶德论》言，夫买妾而妻不妒，是恝也，恝则家道坏矣。明代律例，民年四十以上无子者方听娶妾，违者笞四十，此使妇女无可妒，法之最善者。语皆偏谲，似谢夫人所谓出于周姥者，一笑。

又壬集同治元年十月二十三日条下云：

阅俞理初《癸巳类稿》。理初博综九流，而文繁无择，故不能卓然成一家言，盖经学之士多拙于文章，康成冲远尚有此恨，况其下乎。

李莼客这里所说的话我觉得很中肯，《类稿》的文章确实不十分容易读，却于学问无碍，至于好为妇人出脱，越缦老人虽然说的有点开玩笑的样子，在我以为这正是他的一特色，没有别人及得的地方。记得老友饼斋说，蔡孑民先生在三十年前著《中国伦理学史》，说清朝思想界有三个大人物，即黄梨洲、戴东原、俞理初是也。蔡先生参与编辑《年谱》，在跋里说明崇拜俞君的理由，其第一点是“认识人权”，实即是他平等的两性观。跋文云：

男女皆人也，而我国习惯，寝床寝地之诗，从夫从子之礼，男子不禁再娶，而寡妇以再醮为耻，种种不平，从未有出而纠正之者。俞先生从各方面为下公平之判断。有说明善意者，有为古人辨诬者，有为无告讼直者，无一非以男女平等之立场发言。

这与越缦差不多是同一意思，不过是从正面说了，我也正是同意。《类稿》十三《节妇说》中云：

古言终身不改，言身则男女同也。七事出妻，乃七改矣，妻死再娶，乃八改矣。男子理义无涯涘，而深文以罔妇人，是无耻之论也。

《贞女说》末云：

呜呼，男儿以忠义自责则可耳，妇女贞烈，岂是男子荣耀也。

《书旧唐书舆服志后》末云：

古有丁男丁女，裹足则失丁女，阴弱则两仪不完。又出古舞屣贱服，女贱则男贱。

《存稿》十四《家妓官妓旧事》中云：

杨诚斋以教授狎官妓乃黥[①]妓面以耻教授，《山房随笔》言，岳阳教授陈诜与妓江柳狎，守孟之经杖柳，文其鬓以陈诜二字，押隶辰州。此均所谓虐无告也。

以上所举都是好例，义正而词亦严，却又情理湛足，如以绮语作譬喻，正可云凛[②]若冰霜而复艳如桃李也。

《存稿》十四中有酷儒、愚儒、谈玄、夸诞、旷达、悖儒等莠书六篇，对于古人种种荒谬处加以指摘，很有意思。其论《酷儒莠书》末云：

此东坡《志林》所谓杜默之豪，正京东学究饮私酒，食瘴死牛肉，醉饱后所发者也。

又《愚儒莠书》末云：

著书者含毫吮墨，摇头转目，愚鄙之状见于纸上也。

读此数语，觉得《习苦斋笔记》所云"口所谈者皆游戏语"大抵非假，盖此处诙诡笔法可以为证。同卷中有《白席》一篇，篇幅较短，意趣相近，全录于下：

《通鉴纲目》有《书法》《发明》等书，《续纲目》又有《发明》《广义》等杂于事实之中，卑情谄态，甚可厌恶。《容斋五笔》云，杨愿佞秦桧，桧食间喷嚏失笑，愿仓卒间亦随之喷嚏失笑。此等书颇似之。又尝戏谓之白席。《老学庵笔记》

【锺校】

① "黥"原作"鲸"。
② "凛"原作"懔"。

> 云，北方有白席，鄙俚可笑。韩魏公赴一姻家礼席，偶取盘中荔枝欲啖之，白席遽唱言，资政吃荔枝，请众客同吃荔枝。魏公憎其喋喋，因置不复取，白席又唱言，资政恶发也，却请众客放下荔枝。魏公亦为之一笑。

孔子曰，左丘明耻之，丘亦耻之。此种白席的书我也觉得甚可厌恶，俞君所说真先得我心。清朝三贤我亦都敬重，若问其次序，则我不能不①先俞而后黄戴矣。我们生于二十世纪的中华民国，得自由接受性心理的知识，才能稍稍有所理解，而人既无多，话亦难说，妇人问题的究极仍属于危险思想，为老头子与其儿子们所不悦，故至于今终未见有好文章也。俞君生嘉道时而能直言如此，不得不说是智勇之士，而今人之虚弱无力乃更显然无可逃遁矣。论理，我们现在对于男女问题应该有更深切的了解，可以发出更精到的议论来了，可是事实上还只能看到癸巳二稿的文章，而且还觉得很新很大胆，中国的情形是否真如幼稚的乐天家所想是“进化”着，向着天堂往前走，殊不能无疑。不过一定说是道光时代比现在好那自然也未必，俞理初固一人，王菽原阮云台也并不多。据《年谱》末引姚仲实著《见闻偶笔》一则云：

> 黟县俞理初正燮应礼部试，总裁为歙曹文正公振镛，仪征阮文达公元。文达夙慕先生名，必欲得之，每遇三场五策详赡者必以为理初也，及榜发不见名，遍搜落卷中亦不得，甚讶之。文正徐取一卷曰，此殆君所谓佳士乎，吾平生最恶此琐琐者，已摈之矣。撤弥封验之，果然。

姚仲实为民国初年人，唯系安徽世家，所述当有所本，且以情理推之亦正不错。清季相传有做官六字口诀曰：多磕头，少说话。据云即此

【锺校】

① 原无“不”字，今增。

曹振镛所授也。有此见识，其为文正公也固宜，其摈斥俞理初亦正是当然耳。讲俞君的故事而有此趣事作结，亦殊相称，与上文戴齐二君所记似更有照应得法之妙也。

［1937 年 1 月《宇宙风》/《秉烛谈》］

关于谑庵《悔谑》

《谈风》社的朋友叫我供给一点旧材料，一时想不出好办法，而日期已近，只好把吾乡王谑庵的《悔谑》抄了一份送去，聊以塞责。这是从他的儿子王鼎起所编的《谑庵文饭小品》卷二里抄出来的，但以前似乎是单行过，如倪鸿宝的叙文中云：

> 而书既国门，逢人道悔，是则谑庵谑矣。

又张宗子著《王谑庵先生传》中云：

> 人方眈眈虎视，将下石先生，而先生对之调笑狎侮谑浪如常，不肯少自贬损也。晚乃改号谑庵，刻《悔谑》以志己过，而逢人仍肆口诙谐，虐毒益甚。

这里不但可以知道《悔谑》这书的来历，也可以看出谑庵这人的特色，传中前半有云：

> 盖先生聪明绝世，出言灵巧，与人谐谑，矢口放言，略无忌惮。川黔总督蔡公敬夫，先生同年友也，以先生闲住在家，思以帷幄屈先生，檄先生至。至之日，宴先生于滕王阁，时日落霞生，先生谓公曰，王勃《滕王阁序》不意今日乃复应之。公问故，先生笑曰，落霞与孤鹜齐飞，今日正当落霞，而年兄眇一目，孤鹜齐飞殆为年兄道也。公面赪及颈，先生知其意，襆被即行。

这里开玩笑在我的趣味上说来是不赞成的，因为我有“两个鬼”，在撒野时我犹未免有绅士气也，虽然在讲道学时就很有些流氓气出来。但是谑庵的谑总够得上算是彻底了，在这一点上是值得佩服的。他生在明季，那么胡闹，却没有给奄党所打死，也未被东林所骂死，真是侥天之幸。他的一生好像是以谑为业，张宗子编《有明越人三不朽图赞》，其赞王谑庵有云：

以文为饭，以弈为律。谑不避虐，钱不讳癖。

特别提出谑来，与传中多叙谑事，都有独到之见。《三不朽图赞》凡一百单八人，人人有赞，而《琅嬛文集》中特别收录王君像一赞，盖宗老对于此文亦颇自憙欤。传中又引陆德先之言有云：

先生之莅官行政，摘伏发奸，以及论文赋诗，无不以谑用事者。

可谓知言，亦与上文所说相合。谑庵著书有刻本《王季重九种》以至十一种，世上多有，寒斋所藏《谑庵文饭小品》，只有五卷，而共有五百页，仓卒不及尽读，难于引证，姑就卷一中尺牍一部分言之，盖九种云云之中无尺牍，故用以为例。第一则“简夏怀碧”云：

丽人果解事，此君针透，量酬之金帛可也，若即欲为之作缘，恐职方亦自岳岳。买鱼喂猫则可，买鲥鱼喂猫，无此理矣。

第二则“柬余慕兰”云：

敦睦如吾兄，妙矣。然吾兄大爷气未除，不读书之故耳。邵都公每每作诗示弟，弟戏之曰，且云做官做吏，各安生理，毋作非为。渠怫然。闻兄近日亦染其病，读书可也，作诗且慢，不容易鲍参军耳。

第十五则“上黄老师”云：

隆恩寺无他奇，独大会明堂有百馀丈，可玩月，门生曾雪卧其间者十日。径下有云深庵，曾以五月啖其樱桃，八月落其苹果。樱桃人啖后则百鸟俱来，就中有绿羽翠翎者，有白身朱咮者，语皆侏鸩舌，嘈杂清妙。苹果之香在于午夜，某曾早起嗅之。其逸品入神，谓之清香，清不同而香更异。老师不可不访之。

第十九则“简周玉绳”之二云：

> 不佞得南缮郎且去，无以留别。此时海内第一急务在安顿穷人。若驿递不复，则换班之小二哥，扯纤之花二姐，皆无所得馍馍，其势必抢夺，抢夺不可，其势必争杀，祸且大乱，刘懋毛羽健之肉不足食也。相公速速主持，存不佞此语。

第二十则又云：

> 刘掌科因父作马头被县令苦责，毛御史则因在京置妾，其妻忽到，遂发议罢驿递。

也是很有趣的掌故。第二十五则“答李伯襄”云：

> 灵谷松妙，寺前涧亦可。约唐存忆同往则妙，若吕豫石一脸旧选君气，足未行而肚先走，李玄素两摆摇断玉鱼，往来三山街，邀喝人下马，是其本等，山水之间著不得也。

材料太多太好，一抄就是五篇，只好带住，此虽是书札，实在无一非《悔谑》中逸语也。卷首又有“致语”十篇，黄石斋评曰：

> 此又笺启别体，冰心匠玉，香唾吐金，望似白描，按之锦绚，苏黄小品中吉光摘出，何以敌此。

其中如《鲁两生不肯行》《严子陵还富春渚》《陶渊明解绶》诸篇，都颇有风趣，今惜不能多引。

谑庵一生以谑为业，固矣，但这件事可以从两边来看，一方面是由于天性，一方面也有社会的背景。《文饭小品》卷二中有“风雅什”十三篇，是仿《诗经》的，其《清流之什》（注曰，刺伪也。）云：

> 矫矫清流，其源僻兮。
> 有斐君子，巧于索兮。
> 我欲舌之，而齿龋兮。
> 矫矫清流，其湍激兮。

有斐君子，不胜藉兮。

我欲怒之，而笑哑兮。

所以有些他的戏谑乃是怒骂的变相，即所谓我欲怒之而笑哑兮也。但是有时候也不能再笑哑了，乃转为齿龉，而谑也简直是骂了。如《东人之什》（注云，哀群小也）云：

东人之子，有蒜其头。

西人之子，有葱其腿。

或拗其腧，或摇其尾。

东人之子，膝行而前。

西人之子，蛇行宛延。

博猱一笑，博猱一怜。

书眉上有批云：

至此人面无血矣。门人马权奇识。

哀哉王君，至此谑虽虐亦已无用，只能破口大骂，惟此辈即力批其颊亦不觉痛，则骂又岂有用哉。由此观之，大家可以戏谑时还是天下太平，很值得庆贺也。

《文饭小品》卷二末有一首七律，题曰《偶过槐儿花坐》，系弘光乙酉年作，有云：

舆图去半犹狂醉，田赋生端总盗资。

此时虽谑庵亦不谑矣，而且比《东人之什》也骂得不很了，此时已是明朝的末日也即是谑庵的末日近来了。

［1937年1月《谈风》/《瓜豆集》］

《双节堂庸训》

今年的新年过得不大好。二十五年的年底就患流行感冒，睡了好几天，到了二十六年的年头病算是好了，身体还是很疲软，更没有兴致去逛厂甸。可是在十日内去总是去了一趟，天气很好却觉得冷的很，勉强把东西两路的书摊约略一看，并不见什么想要的东西，但是也不愿意打破纪录空手而回，便胡乱花了三四毛钱，买了三册破书回来了。其中一本是《钦定万年历》，从天启四年甲子起至康熙一百年辛巳止，共百四十八年[①]，计七十四页。这于我有什么用处呢？大约未必有，就只因为他是“殿板”而已。又二本是《双节堂庸训》六卷，《梦痕录节钞》一卷，都是汪龙庄的原著。我初见《龙庄遗书》时在庚子辛丑之交，以后常常翻阅，其《病榻梦痕录》三卷最有兴趣，可以消闲。近来胡适之瞿兑之诸先生都很推重这部《梦痕录》，说是难得的书，但据胡先生说他所藏的没有同治以前刻本，瞿先生著《汪辉祖传述》，卷首所模小像云据《龙庄遗书》，原刻亦不佳。寒斋藏书甚少，《梦痕录》虽想搜罗，却终未得到嘉庆中汪氏原刊本，今所有者只是道光六年（一八二六）桂林阳氏本，有像颇佳，又咸丰元年（一八五一）清河龚氏本，与《双节堂庸训》合刻，复次则同治元年（一八六二）盱眙吴氏即望三益斋本，合《学治臆说》等共为八种，此后《龙庄遗书》各刻本皆从此出，据吴序则《梦痕录》等又即从龚氏本出也。《梦痕录节钞》有同里何士祁序，无刻书年月，大抵是光绪中吧，书别无足取，不过也是一种别

【锺校】

①天启四年（1624）距康熙一百年（1761）实为138年。

本，可以备《梦痕录》版本之数而已。

这回所买的书里我觉得最有兴趣的还是那一册《双节堂庸训》。这一本书看里边的避讳字是同治后刻本，但与望三益斋和官书局翻本又都有异，不知道是什么本子，本来内容反正一样，书眉上却有自称象曾者写上好些朱批，觉得好玩，所以就买了来。《庸训》自序很佩服《颜氏家训》与《袁氏世范》二书，故其所说亦多通达平实，但是我读了卷一《述先》中所记“显生妣徐太宜人轶事”，特别有感慨。汪君生十一年而孤，恃继母王氏生母徐氏食贫砺节，以教以养，及成立乃请得旌表，以双节名堂，刻《赠言》凡五十卷，又集录绍兴府属六县节孝贞烈事实为《越女表微录》五卷，盖其所感受者深矣。徐氏本是妾，出身微贱，如《梦痕录》上乾隆三十六年条下所记可以知道，而汪家亦甚穷苦，轶事虽只寥寥六则，却很深刻的表现出来，正可代表大多数女人的苦况。如第二至四则云：

> 病起出汲，至门不能举步。门故有石条可坐，邻媪劝少憩，吾母曰，此过路人坐处，非妇人所宜。倚柱立，邻媪代汲以归。
>
> 尝病头晕，会宾至，剥龙眼肉治汤，吾母煎其核饮之，晕少定，曰，核犹如是，肉当更补也。后复病，辉祖市龙眼肉以进，则挥去曰，此可办一餐饭，吾何须此。固却不食。羊枣之痛，至今常有馀恨。
>
> 吾母寡言笑，与继母同室居，谈家事外，终日织作无他语。既病，画师写真，请略一解颐，吾母不应。次早语家人曰，吾夜间历忆生平，无可喜事，何处觅得笑来。呜呼，是可知吾母苦境矣。

龙庄的文章，正如阮芸台所说，质而有法，上文所引又真实有内容，我读了不禁黯然，这里重复的说，于此可以见女人永劫的苦境矣。

以我个人的阅历来说，我的祖母就是这样的。论地位她是三四品的命妇，虽然是继室[1]，只有一个女儿，出嫁后不久死了，论境遇也还不至那么奇穷，有忍饥终日的事情，但是在有妾的专制家庭中，自有其别的苦境，虽细目不同而结果还是仿佛，我看上文三则觉得似乎则则都是祖母的轶事，岂不奇哉。祖母不必出汲，但那种忍苦守礼如不坐石条，不饮龙眼汤的事，正是常有，至于生平不见笑容，更是不佞所亲知灼见者也。龙庄亲见其二母之苦辛，乃准当时的信仰，立双节坊求名人题咏以为报，更推及乡邑，纂《越女表微录》，亦即以为报母之一端。谈官诰序云：

> 举凡空闺孤嫠所谓天荒地老杳杳冥冥于同声一哭之中者，无一不破涕为笑，光日月而垂千春，然后孝子报母之心快然而无憾，非是则孝子之生也有涯，几长抱无涯之戚也，呜呼，至矣。

此种意思可以了解，可以同情，但是从现在看来，都是徒然。使人家牺牲其一生或一命，却以显扬崇祀为报酬，这是很可笑的事，在士人拚命赶考冀得一第虽倒毙闱中而无怨的时代却是讲得通的，因为情形相像，姑且不谈愚不愚民，我想也总是近于治病的“抽白面”吧。《越女表微录》卷一中有一则云：

> 瞿美斯妻来氏。美斯攻举子业，尝授徒山中，闻学使试绍兴，冒暑往，则院门已扃，遂病。语来曰，吾以不与试至此，他日嗣我幸以秀才。言讫而卒。来拮据长二孤女，归之士族，见族子慕学者辄啬食用资其膏火，冀得成夫志也，然贫甚，讫无为之后者。

【锺校】

① “室”原作“母”。

汪君文笔殊妙，但读之輾然亦复戚然，觉得天下可悲的喜剧此为其一，真令人如孟德斯鸠感到帝力之大如吾力之为微，不敢说“没有法子”亦当云“怎么办（Chto djelatj）”，而此问题乃比契耳尼舍夫斯奇（Chernyshevski）的或更艰难也。旌表与科第的麻醉中毒是一件事，麻醉外有何药剂又是一件事，要来讨论也觉得在微力以上。我没有力量打乡族间的不平，何暇论天下事，但我略知妇女问题以后，又觉得天下事尚可为，妇女的解放乃更大难，而此事不了，天下事亦仍是行百里的半九十，种种成功只是老爷们的光荣而已。我向来怀疑，女人小孩与农民恐怕永远是被损害与侮辱，不，或是被利用的，无论在某一时代会尊女人为圣母，比小孩于天使，称农民是主公，结果总还是士大夫吸了血去，历史上的治乱因革只是他们读书人的做举业取科名的变相，拥护与打倒的东西都同样是药渣也。日本驻屯军在北平天津阅兵，所谓日本国防妇人会的女人着了白围身（Apron）的服装跟了去站班，我就是外国人也着实感到不愉快。记得九年前我写一篇批评军官杀奸的文章，末了说：

> 我看那班兴高采烈的革命女同志，真不禁替她们冤枉。
>
> （你们高兴什么?）

这里更觉得冤枉。语云，佐饔得尝，佐斗得伤。附和革命，女人尚得不到好处，何况走别的路。蔼理斯（Ellis）的时代尽管已经过去，希耳息弗尔特（Hirschfeld）尽管被国社党所驱逐，他们的研究在我总是相信，其真实远在任何应制文章之上。希公在所著《男与女》中有云：

> 什么事都不成功，若不是有更广远的，更深入于社会的与性的方面之若干改革。

凯本德（Carpenter）云：

> 妇女问题须与工人的同时得解决。

此语非诬，却犹未免乐观，爱未必能同时成年也，虽然食可以不愁耳。

不佞少信而多忧，虽未生为女人身可算是人生一乐，但读《庸训》记起祖母的事情，不禁感慨系之。精卫填海，愚公移山，美哉寓言。假我数年五百以观世变，庶几得知究竟。愧吾但知质与力，未能立志众生无边誓愿度也。

[补记]

胡适之先生有一部《病榻梦痕录》，没有刻书年月，疑心是晚出的书。后来经我提议，查书中宁字都不避讳，断定是嘉庆时汪氏原刻，这样一来落后的反而在前，在我们中间是最早刻本了。

[1937年2月《宇宙风》/《秉烛谈》]

《江都二色》

我颇喜欢玩具，但翻阅中国旧书，不免怅然，因为很难得看见这种纪载。《通俗编》卷三十一戏具条下引《潜夫论》云：

> 或作泥车瓦狗诸戏弄之具，以巧诈小儿，皆无益也。

我们可以知道汉朝小儿有泥车瓦狗等玩具，觉得有意思，但其正论殊令人读了不快。偶阅黄生著《字诂》，其“橅尘”一条中有云：

> 东方朔与公孙弘书（见《北堂书钞》）：何必橅尘而游，垂发齐年，偃伏以自数哉。橅与模同，今小儿以碎碗底（方音督）为范，抟土成饼，即此戏也。

又《义府》卷上《毁瓦画墁》一条中云：

> 《孟子》，毁瓦画墁。如今人以瓦片画墙壁为戏，盖指画墁所用乃毁裂之瓦耳。

不意在训诂考据书中说及儿童游戏之事，黄君可谓有风趣的人了。吾乡陶石梁著《小柴桑喃喃录》，卷上引《大智度论》云：

> 菩萨作是念，众生易度耳。所谓者何？众生所著皆是虚诳无实。辟如人有一子，喜不净中戏，聚土为谷，以草木为鸟兽，而生爱著，人有夺者，嗔恚啼哭。其父知已，此子今虽爱著，此事易离耳，小大自休。何以故？此物非真故。

经论所言自是甚深法理，就譬喻言亦正不恶，此父可谓解人。龙树造论，童寿译文，乃有如此妙趣，在支那撰述中竟不可得，此又令我怃然也。小大自休，这是对于儿童的多么深厚的了解，能够这样懂得情理，这才知道小儿的游戏并非玩物丧志，听童话也并不会就变成痴子到老去找猫狗说话，只可惜中国人太是讲道统正宗，只管叉手谈道学做制艺，升官发财蓄妾，此外什么都不看在眼里，著述充屋栋，却使我们隔教人失望，想找寻一点资料都不容易得。讲到儿童事情的文章，整篇的我只见过赵与时著《宾退录》卷六所记唐路德延的《孩儿诗》五十韵，里边有些描写得颇好，如第三十一联云：

折竹装泥燕，添丝放纸鸢。

又第四十六联云：

垒柴为屋木，和土作盘筵。

这所说的是玩具及游戏，所以我觉得特别有趣味，在民国十二年曾想编一本小书，就题名曰《土之盘筵》。但是，别的整篇就已难得见到，不要说整本的书了。手头有一本书，不过不是中国的，未免很是可惜。书名曰《江都二色》，日本安永二年刊，这是西历一七七三年，清乾隆三十八年癸巳，在中国正是大开《四库全书》馆，删改皇侃《论语疏》的时候，日本却是江户平民文学的烂熟期，浮世绘与狂歌发达到极顶，乃迸发而成此玩具图咏一卷。大正十三年（一九二四）稀书复制会有重刊本，昭和五年（一九三〇）乡土玩具普及会又有模刻并加注释，均只二十六图，及后米山堂得完本复刻，始见全书，共有五十四图，有坂与太郎著《日本玩具史》，后编第五篇中悉收入。我所有的一册是乡土玩具普及会本，亦即有坂氏所刊，木刻着色，《玩具史》中则只是铜板耳。书有蜀山人序，北尾重政画图，木室卯云作歌，每图题狂歌一首，大抵玩具两件，故名二色，江都者江户也。全书所绘大约总在九十件以上，是一部很好的玩具图集，狂歌只算是附属品，却也别有他的趣味。这勉强可以说是一种打油诗，他的特色是在利用音义双关的文字，写成正宗的和歌的形式，却使琐屑的崇高化或是庄严的滑稽化，引起破颜一笑，讥刺讽谏倒尚在其次。这与言语文字有密切的关系，好的狂歌是不能移译的，因为他的生命寄托在文字的身体里，不像志异书里所说的魂灵可以离开躯壳而存在，所以如道士夺舍这些把戏在这里是不可能的事。全书第五三图是一个猴子与狮子头，所题狂歌虽猥亵而颇妙，但是不能转译，并不为猥亵，实因双关语无可设法也。第五二图绘今川土制玩具，钟楼与茶炉各一，歌意可以译述，然而原本不大好，盖老实的连咏二物，便不免有点像中国的诗钟了。原歌云：

Yamadera no iriai no kane o hazuseshiwa

Hana chirasazi to chaya no kufu ka?

意云，把山寺的晚钟卸了，让花不要散的，是茶店的主意么。有坂君注释云：

花散则客不来。钟楼相近的樱花每因撞钟的回响而散落，故茶亭中人想了法子将钟卸下了。

这种土制玩具中国也并不是没有，十年前看护国寺庙会，曾买过好些，大抵是厨房用具，制作的很精巧，也有桥亭房屋之类，不过像是盆景中物，所以我不大喜欢。过了几年之后，这些小锅小缸之属却不见了，我只惋惜从前所买的一副也已经给小孩拿去玩都弄破了。没有人纪录，更没有人来绘图题诗。我们如要谈及，只能靠自己的见闻和记忆，宛如未有文字的民族一样。不，他们无文字却还有图画，如洞窟中所留遗的野象野牛的壁画，我们因为怕得玩物丧志，连这个也放下了。耳食之徒五体投地的致敬于《钦定四库全书》，那里就是在存目里也找不出一册《江都二色》来，等是东方文化，却于此很分出高下来了，北尾木室二公不但知道小大自休，还觉得大了也无妨要子，此正是极大见识极大风致，万非耳食之徒所能及其一根汗毛者也。

日本现时研究玩具的人很多，但其中当以有坂君为最重要。寒斋藏书甚少，所得有坂君著作约有十种，今依年代列举如此：

甲，《尾志矢风里》（*Oshaburi*），玩具图录，已出四册。一，东北篇，大正十五年（一九二六）。二，古代篇，同上。三，东京篇，昭和二年（一九二七）。四，东海道篇，昭和四年（一九二九）。尾志矢风里，汉字当写作“御舐”，据《大言海》云：东京婴儿玩具名，以木作，形小，中略细，两端成球形，乳婴便吮其球也。按此长寸许，形如哑铃，今多用胶质制，不及木雕远矣。

乙，《玩具绘本》，已出五册。一，《手习草纸》，昭和二年。二，《绘双六》。三，《御雏样》。四，《犬子》，均同上。五，《子守呗》，昭和三年。手习草纸此言习字本，书中所收皆为天神像，即菅①原道真，世传司文之神也。绘双六，略如中国的升官图，有种种花样。雏为上巳女儿节所供养的人像，并备家具装饰。子守呗即抚儿歌，玩具皆作少女负儿状。

丙，《伏见人形》，昭和四年。

丁，《玩具叶奈志》，已出三册。一，《今户人形》。二，《御祭》。三，《招手猫》，皆昭和五年。此书性质与《玩具绘本》相同，叶奈志写汉文作“话”字也，伏见、今户皆地名。祭即神社祭赛。猫常“洗脸”，举手抚其面，狐鼬等亦能屈掌当眼上，向后回顾，商家辄范土作猫招手状，以发利市，谓能招集顾客也，今所集者皆此类玩具。

戊，《日本雏祭考》，昭和六年。

己，《乡土玩具种种相》，同上。

庚，《日本玩具史》前后编，昭和六至七年。

辛，《日本玩具史篇》，昭和九年，雄山阁所出《玩具丛书》八册之一。同丛书中尚有《世界玩具史篇》一册，亦有坂君所撰，唯此系翻译贾克孙（N. Jackson）夫人原著，故今未列入。有坂君又译德人格勒倍耳（K. Grober）原著为《泰西玩具图史》，大约昭和六年顷刊行，我因已有原书英文本，故未曾搜集。

【锺校】

① “菅”原作“管”。

壬，《乡土玩具大成》，第一卷，东京篇，昭和十年。全书共三卷，第二、三卷尚未出。

癸，《爱玩》，昭和十年。这本名《爱玩家名鉴》，凡集录玩具研究或搜集家约三百人，可以知道乡土玩具运动的大势，有坂君编并为之序。此外有坂君又曾编刊杂志《乡土玩具》及《人形人》，皆由建设社出版。建设社主人坂上君与其时编辑员佐佐木君皆日本新村旧人，民国廿三年秋我往东京游玩，二君来访，因以佐佐木君绍介，八月一日曾访有坂君于南品川。其玩具藏名“苏民塔”在建筑中，外部尚未落成，内如小舍，有两层，列大小玩具都满，不及细看，目不给亦日不给也。在塔中坐谈小半日，同行的川内君记录其语，曾登入《乡土玩具》第二卷中，愧不能有所贡献，如有坂君问中国有何玩具书，我心里只记着《江都二色》，却无以奉答，只能老实说道没有。这“没有”自《四库全书》时代起直至现在都有效，不能不令人恧然，但在正统派或反而傲然亦未可知。苏民故事据古书说，有苏民将来者，家贫，值素盏鸣尊求宿，欣然款待，尊教以作茅轮，疫时佩之可免，其后人民多署门曰苏民将来子孙，近世或有寺院削木作八角形，大略如塔，题字如上，售之以辟疾病。有坂君之塔即模其形，据云恐本于生殖崇拜，殆或然欤。《爱玩》卷首有此塔照相，每面题字有“苏民将来子孙人也”等约略可见。有坂君生于明治廿九年丙申（一八九六），在《爱玩》中自称是不惜与乡土玩具情死的男子，生计别有所在，却以普及乡土玩具为其天赋之职业，自己介绍得很得要领。日本又有清水晴风、西泽笛亩、川崎巨泉诸人亦有名，均为玩具画家，唯所作画集价值多极贵，寒斋不克收藏，故亦遂不能有所介绍也。

［1937 年 2 月《青年界》/《秉烛谈》］

读《檀弓》

我久矣没有读《檀弓》了。我读《檀弓》还是在戊戌年的春天，在杭州花牌楼寓内冬夏都开着的板窗下一张板桌上自己念的，不曾好好的背诵，读过的大抵都已忘记，没有留下什么印象。前回一个星期三在学校里遇见适之，他给了我一册《中国文学史选例》，这只是第一卷，所选自卜辞至《吕氏春秋》，凡二十五项。其中第十六即是《檀弓》，计选了六则，即《曾子易箦》《子夏丧明》《孔子梦奠》《有子言似夫子》《黔敖嗟来》《原壤歌狸首》是也。在从学校回家来的路上，我把这六篇读了一遍，觉得都很好，后来又拿《檀弓》上下卷来理旧书，似乎以文章论好的也就不过是这几章罢了。这里边我最喜欢的是曾子的故事：

> 曾子寝疾，病。乐正子春坐于床下，曾元曾申坐于足，童子隅坐而执烛。童子曰：华而睆，大夫之箦与？子春曰：止！曾子闻之，瞿然曰：呼！曰：华而睆，大夫之箦与？曾子曰：然，斯季孙之赐也，我未之能易也。元，起易箦！曾元曰：夫子之病革矣，不可以变，幸而至于旦，请敬易之。曾子曰：尔之爱我也不如彼。君子之爱人也以德，细人之爱人也以姑息。吾何求哉，吾得正而毙焉，斯已矣。举扶而易之，反席未安而没。

这篇文章写得怎么好，应得由金圣叹批点才行，我不想来缠夹，我所感叹的是写曾子很有意思。本来曾子是怎么一个人物我也并不知道，但根据从《论语》得来的知识，曾子这临终的情形给予我很谐和的恰好的印象。我觉得曾子该是这样情形，即使《檀弓》所记的原只是小说而不是史实。据说，天上地下都无有神，有的但是拜神者的心情所投射出来的影。儒家虽然无神亦非宗教，其记载古圣先贤言行的经传，实在也等于《本行》及《譬喻》等，无非是弟子们为欲表现其理想之一境而作，文学的技工有高下，若其诚意乃无所异。《檀弓》中记曾子者既善于写文章，其所意想的曾子又有严肃而蕴藉的人格，令千载之下读者为之移情，犹之普贤行愿善能现示菩萨精神，亦复是文学佳作也。《原壤歌狸首》一篇也是很好的文章，很能表出孔子的博大处，比《论语》"宪问第十四"所载要好得多。其文曰：

> 孔子之故人曰原壤，其母死，夫子助之沐椁。原壤登木曰：久矣予之不托于音也。歌曰：狸首之斑然，执女手之卷然。夫子为弗闻也者而过之。从者曰：子未可以已乎？夫子曰：丘闻之，亲者毋失其为亲，故者毋失其为故也。

要知道这里的写得好，最好是与《论语》所记的比较一下看：

> 原壤夷俟。子曰：幼而不孙弟，长而无述焉，老而不死，是为贼。以杖叩其胫。

看老而不死这句话，可知那时原壤已经老了。戴望注：《礼》，六十杖于乡。那么孔子也一定已是六十岁以上。胡骂乱打只有子路或者还未能免，孔子不见得会如此，何况又是已在老年。我们看《檀弓》所记便人不相同，我觉得孔子该是这样情形，正如上文关于曾子我已经说过。"执女手之卷然"下据孔颖达《正义》云：

> 孔子手执斤斧，如女子之手卷卷然而柔弱，以此欢说仲尼，故注云说人辞也。

假如这里疏家没有把他先祖的事讲错，我们可以相信那时孔子的年纪并不老，因为一是用女子之手比孔子，二是孔子手执斤斧，总不会是六十岁后的事情。把两件故事合起来看，觉得孔子在以前既是那么宽和，到老后反发火性，有点不合情理。不过我们也不能就说哪一件是真，哪一件是假，反正都只是记者所见不同，写出理想的人物来时亦宽严各异耳。清嘉道间马时芳著《续朴丽子》中有一则云：

传有之，孟子入室，因袒胸而欲出其妻，听母言而止。此盖周之末季或秦汉间曲儒附会之言也。曲儒以矫情苟难为道，往往将圣贤妆点成怪物。呜呼，若此类者岂可胜道哉。

马君主张宽恕平易，故以袒胸出妻为非，但亦有人以严切为理想，以为孟子大贤必当如是，虽有诚意，却不免落于边见，被称为曲儒，两皆无怪也。记原壤的故事两篇，见地不相同，不佞与马君的意思相似，不取叩胫之说，觉得沐椁一篇为胜。读《论语》中所记孔子与诸隐逸周旋之事，特别是对于楚狂接舆与长沮桀溺，都很有情意，并不滥用棒喝，何况原壤本是故人，益知不遗故旧为可信，且与经传中表示出来的孔子的整个气象相调和也。

不佞未曾学书，学剑亦不成，如何可谈文艺？无已且来谈经吧，盖此是文化遗产，人人都有分，都可得而接受处分之者也。

（廿六年一月）

[附记]

清乾隆时人秦书田著《曝背馀谈》卷下有一条云：

《檀弓》载曾子易箦一事，余深不然其说。若以此箦出季孙之赐，等赵挺之之锦裘，则曾子当日便毅然辞之而不受，不待至是日而始欲易。若等于孔子孟子之交际，即不易何害，乃明日之不能待耶。其诞妄明甚，乃后儒因得正而毙一语，传为千古美谈，殆亦不度于情矣，乌知情之所不有，即为理之所必无耶。

又云：

观隅坐执烛句，意只在作文字耳，奈之何曰经也。

秦君识见通达，其主张理不离情甚是，唯上节似不免稍有误会，曾子之意盖在物不在人，谓不当用大夫之箦耳。下节寥寥数语却很有理解，此本非经，只是很好的一篇描写，若作历史事实看便误，秦君知道他是在作文字，与我们的意见正相近也。

（二十六年三月四日又记）

［1937年2月8日《北平晨报》/《秉烛谈》］

赋得猫

——猫与巫术

我很早就想写一篇讲猫的文章。在我的《书信》里“与俞平伯君书”中有好几处说起，如廿一年十一月十三日云：

> 昨下午北院叶公过访，谈及索稿，词连足下，未知有劳山的文章可以给予者欤。不佞只送去一条穷裤而已，虽然也想多送一点，无奈材料缺乏，别无可做，久想①写一小文以猫为主题，亦终于未着笔也。

叶公即公超，其时正在编辑《新月》。十二月一日又云：

> 病中又还了一件文债，即新印《越谚》跋文，此后拟专事翻译，虽胸中尚有一猫，盖非至一九三三年未必下笔矣。

但二十二年二月二十五日又云：

> 近来亦颇有志于写小文，仍有暇而无闲，终未能就，即一年前所说的猫亦尚任其屋上乱叫，不克捉到纸上来也。

如今已是一九三七，这四五年中信里虽然不曾再说，心里却还是记着，但是终于没有写成。这其实倒也罢了，到现在又来写，却为什么缘故呢？

当初我想写猫的时候，曾经用过一番工夫。先调查猫的典故，并觅得黄汉的《猫苑》二卷，仔细检读，次又读外国小品文，如林特（R. Lynd），密伦（A. A. Milne），却贝克（K. Capek）等，公超又以路加思

【锺校】

① “久想”原作“想久”。

（E. V. Lucas）文集一册见赠，使我得见所著谈动物诸文，尤为可感。可是愈读愈胡涂，简直不知道怎样写好，因为看过人家的好文章，珠玉在地，不必再去摆上一块砖头，此其一。材料太多，贪吃便嚼不烂，过于踌躇，不敢下笔，此其二。大约那时的意思是想写《草木虫鱼》一类的文章，所以还要有点内容，讲点形式，却是不大容易写，近来觉得这也可以不必如此，随便说说话就得了，于是又拿起那个旧题目来，想写几句话交卷。这是先有题目而作文章的，故曰赋得，不过我写文章是以不切题为宗旨的，假如有人想拿去当作赋得体的范本，那是上当非浅，所以请大家不要十分认真才好。

现在我的写法是让我自己来乱说，不再多管人家的鸟事。以前所查过的典故看过的文章幸而都已忘却了，《猫苑》也不翻阅，想到什么可写的就拿来用。这里我第一记得清楚的是一件老姨与猫的故事，出在霁园主人著的《夜谈随录》里。此书还是前世纪末读过，早已散失，乃从友人处借得一部检之，在第六卷中，是《夜星子》二则中之一。其文云：

> 京师某宦家，其祖留一妾，年九十馀，甚老耄，居后房，上下呼为老姨。日坐炕头，不言不笑，不能动履，形似饥鹰而健饭，无疾病。尝畜一猫，与相守不离，寝食共之。宦一幼①子尚在襁褓，夜夜啼号，至晓②方辍，匝月不愈，患之。俗传小儿夜啼谓之夜星子，即有能捉之者。于是延捉者至家，礼待甚厚，捉者一半老妇人耳。是夕就小儿旁设桑弧桃矢，长大不过五寸，矢上系素丝数丈，理其端于无名之指而拈之。至夜半

【锺校】

① “幼”原作“有”。
② “晓”原作“睡”。

月色上窗，儿啼渐作，顷之隐隐见窗纸有影倏进倏却，仿佛一妇人，长六七寸，操戈骑马而行。捉者摆手低语曰，夜星子来矣来矣！亟弯弓射之，中肩，唧唧有声，弃戈返驰，捉者起急引丝率众逐之。拾其戈观之，一搓线小竹签也。迹至后房，其丝竟入门隙，群呼老媪，不应，因共排闼燃烛入室，遍觅无所见。搜索久之，忽一小婢惊指曰，老媪中箭矣！众视之，果见小矢钉老媪肩上，呻吟不已，而所畜猫犹在胯下也，咸大错愕，亟为拔矢，血流不止。捉者命扑杀其猫，小儿因不复夜啼，老媪亦由此得病，数日亦死。

后有兰岩评语云：

怪出于老媪，诚不知其何为，想系猫之所为，老媪龙钟为其所使耳。卒乃中箭而亡，不亦冤乎。

同卷中又有《猫怪》三则，今悉不取，此处评者说是猫之所为亦非，盖这篇夜星子的价值重在是一件巫蛊案，猫并不是主，乃是使也。我很想知道西汉的巫蛊详情，可是没有工夫去查考，所以现在所说的大抵是以西欧为标准，巫蛊当作 witch-craft 的译语，所谓使即是 familiars 也。英国蔼堪斯泰因女士（Lina Eckenstein）曾著《儿歌之研究》，二十年前所爱读，其遗稿《文字的咒力》（*A Spell of Words*，一九三二）中第一篇云《猫及其同帮》，于我颇有用处。第一章《猫或狗》中云：

在北欧古代猫也算是神圣不可犯的，又用作牺牲。木桶里的猫那种残酷的游戏在不列颠一直举行，直至近代。这最好是用一只猫，在得不到的时候，那就用烟煤，加入桶中。

在法兰西比利时直至近代，都曾举行公开的用猫的仪式。圣约翰祭即中夏夜，在巴黎及各处均将活猫关在笼里，抛到火堆里去。在默兹地方，这个习俗至一七六五年方才废除。比利时的伊不勒思及其他城市，在圣灰日即四旬斋的第一日举行所谓猫祭，将活猫从礼拜堂塔顶掷下，意在表示异端外道就此都废弃了。猫是与古代女神茀赖耶有系属的，据说女神尝跟着军队，坐了用许多猫拉着的车子。书上说现在伊不勒思尚留有遗址，原是献给一个女神的庙宇。

第二章《猫与巫》中又云：

猫在欧洲当作家畜，其事当直在母权社会的时代。猫是巫的部属，其关系极密切，所以巫能化猫，而猫有时亦能幻作巫形。兔子也有同样的情形，这曾被叫作草猫的。德国有俗谚云，猫活到二十岁便变成巫，巫活到一百岁时又变成一只猫。

一五八四年出版的巴耳温的《留心猫儿》中有这样的话，巫是被许可九次把她自己化为猫身。《罗米欧与朱丽叶》中谛巴耳特说，你要我什么呢？麦丘细阿答说，美猫王，我只要你九条性命之一而已。据英法人说，女人同猫一样也有九条性命，但在格伦绥则云那老太太有七条性命正如一只黑猫。

又有俗谚云，猫有九条性命，而女人有九只猫的性命。（案此即八十一条性命矣。）

巫可以变化为猫或兔，十七世纪的知识阶级还都相信这是可能的事。

烧猫的习俗，弗来则博士（J. G. Frazer）自然知道得最多，可惜我只有一册节本的《金枝》（*The Golden Bough*），只可简单的抄几句。在六十四章《火里烧人》中云：

在法国阿耳登思省，四旬斋的第一星期日，猫被扔到火堆里去，有时候残酷稍为醇化了，便将猫用长竿挂在火上，活活的烤死。他们说，猫是魔鬼的代表，无论怎么受苦都不冤枉。

他又解释烧诸动物的理由云：

我们可以推想。这些动物大约都被算作受了魔法的咒力的，或者实在就是男女巫，他们把自己变成兽形，想去进行他们的鬼计，损害人类的福利。这个推测可以证实，只看在近代火堆里常被烧死的牺牲是猫，而这猫正是据说巫所最喜变的东西，或者除了兔以外。

这样大抵可以说明老姨与猫的关系。总之老姨是巫无疑了，猫是她的不可分的系属物。理论应该是老姨她自己变了猫去作怪，被一箭射中猫肩，后来却发见这箭是在她的身上。如散茂斯（M. Summers）在所著《僵尸》（*The Vampire*，一九二八）第三章《僵尸的特性及其习惯》中云：

> 这是在各国妖巫审问案件中常见的事，有巫变形为猫或兔或别的动物，在兽形时遇着危险或是受了损伤，则回复原形之后在他的人身上也有着同样的伤或别的损害。

这位散茂斯先生著作颇多，此外我还有他的名著《变狼人》《巫术的历史》与《巫术的地理》，就只可惜他是相信世上有巫术的，这又是非圣无法故该死的，因此我有点不大敢请教，虽然这些题目都颇珍奇，也是我所想知道的事。吉忒勒其教授（G. L. Kittredge）的《旧新英伦之巫术）（*The Witch-craft in Old and New England*，一九二九）第十章《变形》中亦云：

> 关于猫巫在兽形时受害，在其原形受有同样的伤，有无数的近代的例证。

在小注中列举书名出处甚多。吉忒勒其曾编订英国古民谣为我所记忆，今此书亦是我爱读的，其小序中有一节云：

> 有见于近时所出讲巫术的诸书，似应慎重一点在此声明，我并不相信黑术（案即害他的巫术），或有魔鬼干预活人的日常生活。

由是可知他的态度是与《僵尸》的著者相反的，我很有同感，可是文献上的考据还是一样，盖档案与大众信心固是如此，所谓泰山可移而此案难翻者也。

话又说了回来，老姨却并不曾变猫，所以不是属于这一部类的。这头猫在老姨只是一种使，或者可称为鬼使（familiar spirit）。茂来女士（M. A. Murray）于一九二一年著《西欧的巫教》（*The Witch-cult in Western Europe*），辨明所谓巫术实是古代的原始宗教之馀留，也是我所尊重的一部书，其第八章论《使与变形》是最有价值的论断。据她在这里说：

> 苏格兰法律家福布斯说过，魔鬼对于他们给与些小鬼，以通信息，或供使令，都称作古怪名字，叫着时它们就答应。这些小鬼放在瓦罐或是别的器具里。

大抵使有两种，一云占卜使，即以通信息，犹中国的樟柳神，一云畜养使，即以供使令，犹如蛊也。书中又云：

> 畜养使平常总是一种小动物，特别用面包牛乳和人血喂养，又如福布斯所云，放在木匣或瓦罐里，底垫羊毛。这可以用了去对于别人的身体或财产使行法术，却决不用以占卜。吉法特在十六世纪时记述普通一般的所信云：巫有她们的鬼使，有的只一个，有的更多，自二以至四五，形状各不相同，或像猫，黄鼠狼，癞虾蟆，或小老鼠，这些她们都用牛乳或小鸡喂养，或者有时候让它们吸一点血喝。
>
> 在早先的审问案件里巫女招承自刺手或脸，将流出来的血滴给鬼使吃。但是在后来的案件里这便转变成鬼使自己喝巫女的血，所以在英国巫女算作特色的那冗乳（案即赘疣似的多馀的乳头），普通都相信就是这样舐吮而成的。

吉忒勒其教授云：

> 一五五六年在千斯福特举行的伊里查白时代巫女大审问的第一案里，猫就是鬼使。这是一头白地有斑的猫，名叫撒但，

喝血吃。

恰好在茂来女士书里有较详的记载，我们能够知道这猫本来是法兰色斯从祖母得来的，后来她自己养了十五六年，又送给一位老太太华德好司，再养了九年，这才破案。因为本来是小鬼之流，所以又会转变，如那头猫后来就化为一只癞虾蟆了。法庭记录（见茂来书中）说：

据该妪华德好司供，伊将该猫化为蟾蜍，系因当初伊用瓦罐中垫羊毛养放该猫，历时甚久，嗣因贫穷不能得羊毛，伊遂用圣父圣子圣灵之名祷告愿其化为蟾蜍，于是该猫化为蟾蜍，养放罐中，不用羊毛。

这是一个理想的好例，所以大家都首先援引，此外鬼使作猫形的还不少，茂来女士书中云：

一六二一年在福斯东地方扰害费厄法克思家的巫女中，有五人都有畜养使的。惠忒的是一个怪相的东西，有许多只脚，黑色，粗毛，像猫一样大。惠忒的女儿有一鬼使，是一只猫，白地黑斑，名叫印及思。狄勃耳有一大黑猫，名及勃，已经跟了她有四十年以上了。她的女儿所有鬼使是鸟形的，黄色，大如鸦，名曰啁惚。狄更生的鬼使形如白猫，名菲利，已养了有二十年。

由此可知猫的地位在那里是多么高的了。吉忒勒其教授书中（仍是第十章）又云：

驯养的乡村的猫，在现今流行的迷信里，还保存着好些他的魔性。猫会得吸睡着的小孩的气，这个意见在旧的和新的英伦（案即英美两国）仍是很普遍。又有一种很普遍的思想，说不可令猫近死尸，否则会把尸首毁伤。这在我们本国（案即美国）变成了一种高明的说法，云：勿使猫近死人，怕他会捕去死者的灵魂。我们记得，灵魂常从睡着的人的嘴里爬出来，变成小老鼠的模样！

讲到这里我们可以知道老姨的猫是属于这一类的畜养使，无论是鬼王派遣来，或是养久成了精，总之都是供老姨的使令用的，所以跨了当马骑正是当然的事。到了后来时不利兮骓不逝，主人无端中了流矢，猫也就殉了义，老姨一案遂与普通巫女一样的结局了。

我听人家所讲猫的故事里，还有一件很有意思的，即是猫替猴子伸手到火炉里抓煨栗子吃，觉得十分好玩，想拿来做文章的主题，可是末了终于决定借用这老姨的猫。为什么呢？这件故事很有意思，因为这与中国的巫蛊和欧洲的巫术都有关系，虽然原只是一篇志异的小说。以汉朝为中心的巫蛊事情我很想知道，如上边所已说过，只是尚无这个机缘，所以我在几本书上得来的一点知识单是关于巫术的。那些巫、马披、沙满、药师等的哲学与科学，在我都颇有兴趣而且稍能理解，其荒唐处固自言之成理，亦复别有成就，克拉克教授在《西欧的巫教》附录中论一女所用飞行药膏的成分，便是很有趣的一例。其结论云：

> 我不能说是否其中那一种药会发生飞行的感觉，但这里使用乌头（aconite）我觉得很有意思。睡着的人的心脏动作不匀使人感觉突然从空中下坠，今将用了使人昏迷的莨菪与使心脏动作不匀的乌头配合成剂，令服用者引起飞行的感觉，似是很可能的事。

这样戳穿西洋镜似乎有点杀风景，不如戈耶所画老少二女白身跨一扫帚飞过空中的好，我当然也很爱好这西班牙大匠的画；但是我也很喜欢知道这三个药方，有如打听得祝由科的几门手法或会党的几句口号，虽不敢妄希仙人的他心通，唯能多察知一点人情物理，亦是很大的喜悦。茂来女士更证明中古巫术原是原始的地亚那教（Diana-Cult）之留遗，其男神名地亚奴思，亦名耶奴思（Janus），古罗马称正月即从此神名衍出，通行至今，女神地亚那之徒即所谓巫，其仪式乃发生繁殖的法术也。虽然我并不喜吃菜事魔，自然更没有骑扫帚的兴趣，但对于他们鬼鬼祟祟的花样却不无同情，深觉得宗教审问院的那些烤打杀戮大可不必。多年前我读英国克洛特（E. Clodd）的《进化论之先驱》与勒吉（W. E. H. Lecky）的《欧洲唯理思想史》，才对于中古的巫术案觉得有注意的价值，就能力所及略为涉猎，一面对那时政教的权威很生反感，一面也深感危惧，看了心惊眼跳，不能有隔岸观火之乐，盖人类原是一个，我们也有文字狱思想狱，这与巫术案本是同一类也。欧洲的巫术案，中国的文字狱思想狱，都是我所怕却也就常还想（虽然想了自然又怕）的东西，往往互相牵引连带着，这几乎成了我精神上的压迫之一。想写猫的文章，第一挑到老姨，就是为这缘故。该姨的确是个老巫，论理是应该重办的，幸而在中国偶得免肆诸市朝，真是很难得的，但是拿来与西洋的巫术比较了看也仍是极有意思的事。中国所重的文字狱思想狱是儒教的，——基督教的教士敬事上帝，异端皆非圣无法，儒教的文士谄事主君，犯上即大逆不道，其原因有宗教与政治之不同，故其一可以随时代过去，其一则不可也。我们今日且谈巫术，论老姨与猫，若文字狱等亦是很好题目，容日后再谈，盖其事言之长矣。

[附记]

黄汉《猫苑》卷下引《夜谈随录》，云有李侍郎从苗疆携一苗婆归，年久老病，尝养一猫酷爱之，后为夜星子，与原书不合，不知何所本，疑未可凭信。

[1937年3月《国闻周报》/《秉烛谈》]

明朝之亡[1]

《越缦堂日记》同治八年三月初七日条下云：

> 阅《茨村咏史新乐府》，上下二卷，山阴胡介祉著。介祉字存仁，号循斋，礼部尚书衔秘书院学士兆龙之子，康熙间官湖北佥事道。乐府共六十首，皆咏明季事，起于《信王至》，纪庄烈帝之入立也，终于《钟山树》，纪国朝之防护明陵也，每首各有小序，注其本末。时明史尚未成，故自谓就传闻逸事取其有关治乱得失者谱之，今其事既多众著，诗尤重滞不足观，惟《阜城死》下注云云（案共钞录小注六篇），数事皆他书所罕见。是书为诸暨郭云也石学种花庄刻本，前有宿松朱书字绿序，后附李驎《书懿安皇后事》一首，《贺宿纪闻》一首。

鄙人不懂诗而有乡曲之见，喜搜集山阴会稽两县（今合称绍兴县，其名甚不佳，大有人名殿魁国梁之概，似只宜用于公文书也）人的著作，因此这也是我所欲得的一部书。他原有刻本，不知怎的很是少见，好容易在近日才找到一册，却是抄本，价钱就未免不廉，六折计算之后还要十元以上，在敝藏越人著作中也差不多要算是善本了。看字体至早是乾隆时抄本，中多讹字阙字，虽经人用朱笔校过，仍不能尽，前有朱字绿王宓草二序，王序题癸卯，当系雍正元年，为刻本所无。序中只知茨村姓胡，不审为何许人，后又有甲辰年附记云：

【锺校】

①《秉烛谈》改题《茨村新乐府》。

去岁抄此乐府，并附录朱字绿序于其前，胡茨村不知其名，而字绿为之序，意以为亦皖人也。偶阅如皋许实夫《谷园印谱》，乃燕越胡介祉授梓，介祉号循斋，又号茨村，壬戌春官湖北佥宪。

陶凫亭编《全浙诗话》，第四十四卷中只引《西河诗话》卷五里的一条，题名胡少参，盖亦不知道他的名号，毛西河虽说起《谷园集》，但商宝意编《越风》三十卷亦未收录，似在乾隆时尚不甚为人所知。今其诗集仍未见，《新乐府》稍稍出现，此外所刻书有《谷园印谱》及《陶渊明集》，虽然价贵，在市面上还偶然可以遇到。

《咏史新乐府》六十首通读一过，很有感慨，觉得明朝这一个天下丢掉也很不容易，可是大家努力总算把他丢了。这些人里边有文武官员，有外敌，有流寇，有太监，有士大夫，坏的是阉党，好的是东林和复社之类。因为丢得太奇怪了，所以又令人有滑稽之感。如第三十九章《开城门》，小序云：

十九日辰时兵部尚书张缙彦同太监曹化淳开齐化东便二门纳贼，后入朝，为太监王德化所殴，须髯尽拔，贼亦鄙之。

诗曰：

甲申三月十九日，崇祯历数当终毕，
城门不开贼亦进，穴地通天岂无术。
但恨奴侪受主恩，公然悖逆开城门，
解嘲幸拔须髯尽，好与群奄作子孙。

曹化淳原是钦命的守城太监，但太监姑且别论，若兵部尚书而开城门，则实是上好的笑话资料，欲加笔诛唯宜半以游戏出之，即腕力制裁亦唯拔尽其鸟嘴之毛一法差相称耳。第十九章《复社行》小序中云：

时复社主盟首推二张，皆锐意矫俗，结纳声气，间有依附窃名者，未免舆论稍滋异同，或为之语曰，头上一顶书厨，手中一串数珠，口内一声天如，足称名士。天如，溥字。书厨，以状巾之直方高大。而时尚可知矣。

又云：

自复社告讦后，更为大社，其势愈盛。丙子己卯两秋闱，社中人大会于秦淮，酒船数百艘，梨园青楼无剩者，江南以为奇观。社中人出，市人皆避之，其举止观瞻可望而知也，即僮仆舆夫舟子皆扬扬有得色。凡以声气来官地方者，两司方面与治属诸生皆雁行讲钧礼，曰盟兄社弟，诸生报谒亦如之，宴会倒屣，无间朝暮。每督学临试，列荐郡邑士，动数十百，毋敢不录，所欲得首以下如响。社中人取科举游泮如寄，以故无论智愚争先□附，以至幸猎科名，恬不为怪，人亦视为故然。

夫复社只是考究做八股文的一个结社而已，而如此阔气，可谓盛矣，后世之人虽衷心仰望岂能[1]企及哉。又第四十四章《衣冠辱》小序云：

二十一日伪大学士牛金星出示晓谕，百官俱报职名，以凭量用，不愿者听其回籍，容隐不报者即以军法从事。叫朝官就义者虽多，而报名者更复不少。……然不用者桎梏囚首，愁惨痛楚，而用者高冠广袖，或徒步，或骏马，扬扬自得。有帅领文武官员，首倡劝进者。有献金求大拜，以管仲魏征自命者（原旁注云，项煜）。有被贼见召，出语人新主待我礼甚恭者（注，梁兆阳）。有撰劝进表登极诏，献急下江南策，逢人便说牛老师极为欢赏者（注，周钟）。有献平浙策，背刺骑驴，为

【锺校】

① “仰望岂能”原作“仰岂望能”。

贼驱使，未几被贼兵打折一臂者。有掌选得意，对人言宋堂翁待我极好者（注，杨起）。有贼先不用，夤缘赴选，向人言我明日便非凡人，好事为作《不凡人传》者（注，钱位坤）。其辱更甚于被刑焉。

据陈济生著《再生记》卷上记廿二日事云：

庶吉士魏学濂偶为贼兵损一臂，诉之伪将军，叱云，如此小事何必饶舌。

乃知上文所云骑驴背名刺者即是此人，是魏大中子也。又廿六日条下云：

又闻牛金星极慕周钟才名，召试《士见危授命论》，又有贺表数千言，颂扬贼美，伪相大加称赏。

由此可以知道牛老师的称呼的来源，这里觉得有点不可思议的，只是不知周钟的论文怎样下笔，牛老师的题目实在出得有点促狭呀。至于那帅领文武官员首先劝进的，我们知道是旧辅臣陈演，后来却又拿去夹打追赃了。《再生记》卷上记廿一日事有一节总记诸臣情状云：

廿一日报名，各官青衣小帽，于午门外匍匐听点，平日老成者，儇巧者，负文才者，哓哓利口者，昂昂负气者，至是皆缩首低眉，僵如木偶，任兵卒侮谑，不敢出声。

固然秀才遇见兵，有理说不清，士大夫之丑亦已出尽矣，我想要加添几句话，都觉得是无用，难怪胡君的诗之重滞也。如《诚意伯》一篇言刘孔昭杀叔及祖母，比附马阮作恶多端，终乃大掠满载入海，盖大逆十恶之徒，而诗亦只能说：

幸教白骨不归来，免污青田山下土。

实在没有什么话可说，天下最高与最下的东西，盖往往同是言语道断也。

［补记］

吴子修著《蕉廊脞录》卷五有一则云：

阅《流寇长篇》，卷十七纪甲申三月甲辰日一事云，京官凡有公事，必长班传单，以一纸列衔姓，单到写知字。兵部魏提塘，杭州人，是日遇一所识长班亟行，叩其故，于袖出所传单，乃中官及文武大臣公约开门迎贼，皆有知字，首名中官则曹化淳，大臣则张缙彦。此事万斯同面问魏提塘所说。按京师用长班传送知单，三百年来尚沿此习，特此事绝奇，思宗孤立之势已成，至中官宰相倡率开门迎敌，可为痛哭者矣。

案此事真绝奇，文武大官相约开门迎敌，乃用长班传送知单，有如知会团拜或请酒，我们即使知道官场之无心肝也总无论如何想像不到也。查《万年历》甲申三月朔己丑，则甲辰当是十六日，陈济生著《再生记略》卷上云：

十六日黎明破昌平州，焚十二陵享殿。自沙河而进，直犯平子门，终夜焚掠，火光烛天。是日上召对三次，辅臣及六部科道等官皆曰无害，借圣天子威灵，不过坐困几日，拨云雾见青天耳。退朝之后诸臣言笑自若，而已时有权将军者发伪牌，定于十八日入城，行至幽州会馆同缴①，皆以为骇。

盖诸臣朝对之时长班亦正在分送传单也。

［1937 年 3 月《宇宙风》/《秉烛谈》］

【锺校】

① “会馆同缴”原作“会同馆缴”。

《朴丽子》

实在全是偶然的事，我得到了一部《朴丽子》。朴丽子本名马时芳，河南禹州人，副榜举人，嘉庆道光间做过几任教官，他的经历就止于此。这部书正编九卷，续编十卷，光绪乙未大梁王氏刊行，由巩县孙子忠选钞，刻为各上下二卷，已非原书之旧了。这样说来，似乎书与人都无甚可取，——然而不然。邵松年序开头云：

朴丽子学宗王陆，语妙蒙庄。

老实说，我是不懂道学的，但不知怎的嫌恶程朱派的道学家，若是遇见讲陆王或颜李的，便很有些好感。冯安常著《平泉先生传》中叙其中年时事有云：

父蓑洲公以拔萃仕江西，先生往省，过鄱阳湖遇暴风舟几覆，众仓皇号呼，先生言动如常。或问之曰，若不怕死耶？先生曰，怕亦何益，我讨取暂时一点受用耳。

这一节事很使我喜欢，并不是单佩服言动如常，实在是他回答得好，若说什么孔颜乐处，未免迂阔，但我想希腊快乐派哲人所希求的“无扰”（Ataraxia）或者和这心境有点相近，亦未可知罢。为求快乐的节制与牺牲，我想这是最有趣味也是最文明的事。倪云林因为不肯画花为张士信所吊打，不发一语，或问之，答曰，一说便俗。虽然并不是同类的事情，却也有相似的意趣。这些非出世的苦行平常我很钦佩，读马君传遂亦不禁向往，觉得此是解人，其所言说亦必有可听者欤。

余以菲才，性复戆愚，为世所弃，动多龃龉，块然寂处于深箐茅庵中，如是者亦有年。远稽于古，近观于今，农圃樵牧之属，街谈巷议之语，以及一饮一食一草一木之细微，有所感发于心，辄警惕咨嗟而书之，或情著乎笔端，或意含于辞外，其间未必悉合，要皆反身切己之言，得诸磨炼坚苦之中，其于涉世之方三折肱矣。朴，不材木也，花不足以悦目，实不足以适口，匠石数过之而弗觑也。丽者，丽于是以安身也。朴丽子其别号，遂以名其书。

这是他的自序，说得不亢不卑，却十分确实，我觉得在这里边实在有许多好思想好议论，值得我们倾听，其最重要的地方在于反对中国人的好说理而不近情，这样他差不多就把历来的假道学偏道学（即所谓曲儒）一齐打倒了。我读了不禁叹息，像朴丽子这样的讲道学，我亦何必一定讨厌道学乎。如卷上有云：

叔嫂不亲授受，礼与？曰，礼也。有叔久病行仆地，嫂掖之起，兄见之逐其妻。朴丽子在棘闱中，溷厕积垢不可当，出入者必闭其门。朴丽子出，适有入者至，因不闭，入者出亦不闭。朴丽子遥呼闭门，答曰，户开亦开，户阖亦阖，门固开，余岂宜阖。旁一人曰，天下事为此等措大所坏。人但知剑戟足以杀人，而不知学问之弊其害尤烈。何也？所持者正，所操者微也。正也难夺，微也易惑。语云，不药当中医，此语可以喻学。大学焉而不得其道，则不如不学之为犹愈也。

又云：

有共为人佣耕者，馌以腊肉，或取其半置禾中曰，归以遗阿母。群佣相觑无言。一少年攫食之尽，谓曰，此肉乃主人劳苦我辈，片胾少润枯肠，而曰归以遗母，而母当自奉养，鸡鱼羊豕可胜市乎。众皆笑之。朴丽子曰，孝，懿德也，而不免见哂于众者，拂人情也。人情不可拂也，愤乱不可劝也，盛怒不可折也。余尝适野，佃户詈其乡，喝止之，则大怒狂悖不可当，余俯首去。盖彼盛暑大劳，气血奔放，吾言又值其盛怒，是吾之过也夫。

又云：

> 有款宾者，宾至，为盛馔，主人把盏，一少年独不饮。已数巡，主人起复把盏属之，辞。主人曰，余老且贱，诸君辱临皆尽欢，君不怜余之老而少假之，其有所不足于我乎？复手自洗爵，固劝之。座客皆曰，君素饮，今何靳于一盏。犹不饮。主人举爵口边曰，不饮，当使君之衣代饮。少年即取爵自浇其衣，酒淋漓滴地上。顷之，主人复前曰，席将终矣，君卒不赐之一饮乎。执爵笑曰，此而不饮，必自沃里衣则可。少年从容以左手启其衣领，以右手接杯从项灌下，嘻怡缓语，酒见于足。主人面如土，席遂散。一时哄传以为怪谈。亦有称少年为有力量者。或以告朴丽子，朴丽子曰，昔王敦客石崇家，崇以美人劝客酒，曰不饮则斩美人头。客无不醉者。至敦，敦不顾，已斩二人矣，敦亦漫不屑意，崇不能强，识者知其他日必作贼。敦以强胜，少年以柔胜，吾不知其所至矣。闻此少年好观诸先儒语录，见先儒节概多，彼必有所本矣。夫参芪术苓可以引年，取壮夫及婴儿遍啖之，其亡也忽焉。故学不知道，圣经贤传皆足以遂非长傲，帝王官礼亦祸世殃民之资，可惧也已。近见一般后生少聪明露头角者，往往走入刚僻不近情一路，父兄之教不先，师友之讲不明，悠悠河流，何时返乎。昔有人善忧者，忧天之坠，人皆笑之。余今者之忧岂亦此与？悲夫！

以上三则的意思大旨相近，末一则却尤说得痛切。学不知道，即上文所谓学焉而不得其通，任是圣经贤传记得烂熟，心性理气随口吐出，苟不懂得人情物理，实在与一窍不通者无异，而又有所操持，结果是学问之害甚于剑戟，戴东原所谓以理杀人，真是昏天黑地无处申诉矣。其实近时也有礼教吃人这一句话，不过有些人似乎不大愿意听，以言出典的确还不古，所以我在这里改引了戴君的话，庶几更有根据。对于古人的事，朴丽子亦多所纠正，是更具体的例。《续朴丽子》卷上云：

> 呜呼怪哉，郭巨埋儿邓攸系子之事，斯可谓灭绝性根者矣！推其故，在好名。推好名之故，彼时乡举里选之制未尽废，在因名以媒利禄。此何异易牙竖刁之所为，而世顾称道弗衰，何也。许武让产之事，赵惕翁诋其欺罔。世道不明，魁焉益厉，郭巨邓攸许武异行而同情，皆名教之罪人，必不容于尧舜之世，然安得如龙坡居士者与之读书论古哉。

又云：

> 《传》有之，孟子入室，因袒胸而欲出其妻，听母言而止。此盖周之末季或秦汉间曲儒附会之言也。曲儒以矫情苟难为道，往往将圣贤妆点成怪物。呜呼，若此类者岂可胜道哉。

又卷下论方孝孺有云：

> 盖孝孺为人强毅介特，嗜古而不达于事理，托迹孔孟，实类申韩，要其志意之所居，不失为正直之士，故得以节义终。然而七百馀口累累市曹，男妇老稚沥血白刃，彼其遗毒为已烈矣。

他把古代的孝子忠臣都加以严正的批判，此已非一般道学家所能为。他又怀疑亚圣大贤的行事，不好意思说他不对，便客气一点将这责任推给那些曲儒。这对于他们不算冤枉，因为如马君所说：“曲儒以矫情苟难为道，往往将圣贤妆点成怪物。”那是确实无疑的。据我看来，其实这还是孟子自己干的事吧。我们没有时间的望远镜（与《玉历钞传》上的孽镜台又略不同，孽镜须本人自照，这所说的与空间的望远镜相似，使用者即能望见古昔，假如有人发明这么一个镜的话）来作实地调查，那么也还只好推想。照我读了《孟子》得来的印象来说，孟子舆的霸气很重，觉得他想要出妻的事是很可能的，虽然其动机或者没有如郭鼎堂所写的那么滑稽亦未可知，自然我也并不想来保证。朴丽子的解说可以说是忠厚之至，但是他给孟子洗刷了这件不名誉事，同时也就取消了孟母的别一件名誉事了，因为我佩服孟母便是专为了她的明达，能够纠正孟子的错误，曾经写文章谈论过，若是传为美谈的三迁，我实在看不出好处来。孔子曾说："吾少也贱，多能鄙事。"我们不知道孔子小时候住在什么地方的近旁，玩过怎样的游戏，但据他自己的话，可以知道他所学会的未必都是俎豆之事这些东西。如为拥护孟母起见，我倒想说那三迁是曲儒所捏造的话，其中并无矫情苟难的分子，却有一种粗俗卑陋的空气，那样的老太太看去是精明自负的人，论理是要赞成出不守礼的新妇的，此在曲儒心眼中当然是理想的婆婆也。

闲话说得太远了，且回过来讲朴丽子的思想吧。在正编卷上有一则说得极好：

> 朴丽子曰：一部《周官》盛水不漏，然制亦太密矣，迨至末季变而加厉，浮文掩要，委琐繁碎，莫可殚举，若之何其能久也。秦皇继之以灭裂，焚之坑之，并先王之大经大法，一切荡然，无复留遗，斯亦如火炎昆冈玉石俱焚者矣。东汉节义，前代罕比，一君子逃刑，救而匿之者，破家戕生相随属而不悔，至妇人女子亦多慷慨壮烈，视死如归。及魏晋矜为清谈，以任诞相高，斯又与东汉风尚恰相反背矣。夫大饥必过食，大渴必过饮，此气机之自然也。君子知其然，故不习难胜之礼，不为绝俗之行。节有所不敢亏，而亦不敢苦其节也。情有所不敢纵，而亦不敢矫其情也。居之以宽恕，而持之以平易，是亦君子之小心而已矣。

又续编卷上云：

> 未信而劳且谏，民以为厉，君以为谤，甚无谓。然此等岂

是恒流，圣贤垂训，于世间英杰特地关心。大抵自古格言至教决不苦物，即所谓杀身成仁舍生取义，到此时定以不得死为苦耳。古之人或视如归，或甘如饴，良有以耳。

此两节初看亦只似普通读书人语，无甚特别处，但仔细想来，却又举不出有谁说过同样的话，所以这还是他自己所独有的智慧，不是看人学样的说了骗人的。“夫大饥必过食”以下一节实是极大见识，所主张的不过庸言庸行，却注重在能实现，这与喜欢讲极端之曲儒者流大大的不同。至于说格言至教决不苦物，尤有精义，准此可知凡中国所传横霸的教条，如天王圣明臣罪当诛，父叫子亡不得不亡，饿死事小失节事大等，都不免为边见，只有喜偏激而言行不求实践的人，听了才觉得痛快过瘾，却去中庸已远，深为不佞所厌闻者也。古代希腊人尊崇中庸之德（sophrosyne），其相反之恶则曰过（hybris），中时常存，过则将革，无论神或人均受此律的管束，这与中国的意思很有点相像。这所谓自然观的伦理本来以岁时变化为基本，或者原是幼稚浅易的东西，但是活物的生理与生活，也本不能与自然的轨道背离，那么似乎这样也讲得过去，至少如朴丽子自序所说，在持躬涉世上庶几这都可以有用，虽然谈到救国平天下那是另一回事，“其间未必悉合”，或亦未可知耳。大家多喜欢听强猛有激刺的话的时候，提出什么宽恕平易的话头来，其难以得看客的点头也必矣，但朴丽子原本知道，他只是自己说说而已，并不希望去教训人，他的对于人的希望似亦甚有限也。《续朴丽子》卷上有一则可以一读：

金将某怒宋使臣洪皓，胁之曰，吾力海水可使之干，但不能使天地相拍耳。朴丽子与一老友阅此，笑谓之曰，兄能之。友以为戏侮，怒。徐谢之曰，兄勿怪，每见吾兄于愚者而强欲使之智，于不肖者而强欲使之贤，非使天地相拍而何？

［补记］

《朴丽子》卷下又有一则云：

> 有乡先生者，行必张拱，至转路处必端立途中，转面正向，然后行，如矩。途中有碍，拱而俟，碍不去不行也。一日往贺人家，乘瘦马，事毕乘他客马先归。客追之，挽马络呼曰，此非先生马，先生下。先生愕然不欲下，客急曰，先生马瘦，此马肥。乃下，愠曰，一马之微，遽分彼我，计及肥瘦，公真琐琐，非知道者。而先生实亦不计也。后举孝廉，文名藉甚，谒其房师。房师喜，坐甫定，房师食烟举以让客。先生曰，门生不食烟，不唯门生不食，平生见食烟人深恶而痛绝之。师默然色变。留数日，值师公出，属曰，善照小儿辈。遂临之如严师。朴丽子曰，闻先生目近视，好读书，鼻端常墨。今观其行事，必有所主，岂漫然者哉。古人云，修大德者不谐于俗，先生岂其人与，何与情远耶。先生殁且数十年矣，今里闬间犹藉藉，而学士辈共称为道学云。

此文殊佳，不但见识高明，文章也写得好。我那篇小文中未及引用，今特补抄于此。原文后边有孙子忠批语云：

> 王道不外人情。情之不容已处即是理，与情远即与道远，何道学足云。

其实原本意思已很明了，虽然写得幽默，故此批语稍近于蛇足，但或者给老实人看亦未可少欤。

［1937年3月《青年界》/《秉烛谈》］

《曝背馀谈》

从估客书包中得到一册笔记抄本，书名《曝背馀谈》，凡二卷五十纸，题恒山属邑天慵生著。卷首有归愚斋主人鲍化鹏序，后有东垣王荣武跋，说明著者为藁城秦书田，馀均不可详。又有一跋，盖是抄者手笔，惜跋文完而佚其末页，年月姓名皆缺，但知其系王荣武族孙，又据抄本讳字推测当在道光年中耳。鲍序有云：

> 一日手一编授余，名曰《曝背馀谈》，闲情之所寄也，或论古今人物，或究天地运会，或正名物之讹舛，或阐文章之奥妙，名章隽句，络绎间起，如行山阴道上应接不暇。

王跋云：

> 其间抒写性情，博核古今者十之六七，范模山水，评骘词章者十之三四，宏才俊思，郡人氏罕其匹也。

佚名跋中亦云：

> 卷分上下，约二万馀言，其中闲情逸致，隽语名言，率皆未经人道，诚绩学之士，亦未易才也。

三君所言真实不虚，我也愿加入为第四人，共致赞辞。秦君系乾隆时人，然则此书流传下来至少已有百五六十年，不知何以终未刊行，编刻《燕赵丛书》者亦未能搜罗了去，真是很可惋惜的一件事。

《曝背馀谈》里所收的都是短篇小文，看去平淡无奇，而其好处即在于此。普通笔记的内容总不出这几类：其一是卫道，无论谈道学或果报。其二是讲掌故，自朝政科名以至大官逸事。其三是谈艺，诗话与志异文均属之。其四是说自己的话。四者之中这末一类最少最难得，他无论谈什么或谈得错不错，总有自己的见识与趣味，值得听他说一遍，与别三家的人云亦云迥不相同。秦书田的《馀谈》我想可以算是这类笔记之一，虽然所见不一定怎么精深，却是通达平易。书上有眉批，对于著者颇能了解，系鲍化鹏笔。又有朱批①，署名於文叔，多所指摘，盖稍有学问而缺少见识者也。如卷上原文云：

李笠翁论花，于莲菊微有轩轾，以艺菊必百倍人力而始肥大也。余谓凡花皆可借以人力，而菊之一种止宜任其天然。

於文叔批云：

李笠翁金圣叹何足称引，以昔人代之可也。

即此可知其是正统派，要他破费工夫来看这一类文章，实在本来是很冤枉的也。

这两卷书里我觉得可喜的文章差不多就有三分之一，今只选抄数则于下：

魏武临卒，遗命贮歌妓铜雀台及分香卖履事，词语缠绵，情意悱恻，摘录之作儿女场中一段佳话，便自可人，正不必于为真为伪之间枉费推敲也。

×

人之欲学仙者，以仙家岁月悠长，远胜人间耳。世传王质遇仙看弈，一局甫更，已历数世。如彼所言，终天地之期自仙家当之不过一年，是仙家之岁月更促于人世，蝉蜕羽化不反为多事乎。

×

人谓元代以词曲取士，此相传之妄，实未尝有是也。乃有明至今，小试之文俨然花面登场，无丑不备，士人而俳优矣。

【锺校】

① “批”原作“砒”。

世风至此，尚可问乎？使大临吕氏见之，当不知如何叹息痛恨矣。

×

齐宣王以文王①囿七十里为问，其语甚痴，孟子答以刍荛雉兔云云，明说文王不特无七十里之囿，并无一里半里也。其如宣王之不解何，其如后人之不解何。阎百诗先生必指地以实之，认蕉鹿为真有而按梦以求，不多事乎。

×

有女同车，无是女也。无是女而是女之容色气韵佩服自为描绘，而又自为赞叹，历历活现如在目前者，心老回惑，眼花撩乱，高唐洛神之蓝本也。

×

仓庚之至率以二三月，见之经书及前人诗赋者无不皆然，韦苏州以夏莺为残莺（韦诗，残莺知夏浅），陆放翁诗，山深四月始闻莺，盖异之也。今二三月杳无至者，四五月中始寥寥一见耳。古今之不同也如此，世岂无有心如康节其人者乎，书之以俟参考。或曰，子北人也。西北地寒故后至，焉知南方之不如昔。曰，余所未至诚不知何如，然古今作诗赋者不尽南人，豳地尤属西北，是可征矣。

×

鹎鹎，报晓鸟也，一名夏鸡，燕赵呼茶鸡，音之转也。迟明报晓，鸣声清婉可爱，十数年尚闻之，今亦不至。独鹤归何晚，昏鸦已满林。乃知清妙难得，不独人为然也。

【锺校】

① 原无“王”字，今增。

×

元宵灯火不知起于何时，其发端创始之人殊乏玲珑之致。月之清光既受夺于灯火，灯火之艳发复见淡于月色，欲两利俱存，反致两贤相厄。是可乏利导之术乎，请移之中和，洗此笨气。（原注，唐中叶以正月晦日为中和节。）

在这几则里都可以看出著者的感情与思想，他没有什么很特异之处，只是找到一个平常的题目，似乎很随便的谈几句，所说的话也大抵浅近平易，可是又新鲜真实，因为这是他自己所感到想到的，在这里便有一种价值。有些兴会上的话自然也不可太认真，如关于元宵批评得很对，不过要移到月底去却是行不通的事，盖元宵实在只是新年的一个掉尾，假如民间不能将新年的庆贺延长到整整一月，到得月末再来重起炉灶弄元宵，不特事实上有困难，恐怕实在也没有多大兴趣也。

《馀谈》中还有几条小文，大都是流连光景的，却也值得一读，抄录于后：

桃花以①种村落篱墙畦圃处为多，探之者必策蹇郊行始得其趣，笠翁之论妙矣，余无以易之而意与之别。彼之所重在真，吾之所重在远，梅红柳绿，正妙在远望处入画也。

×

春夏楼居，不惟免剥啄之烦，云霞宛宿檐端，竹巅木杪，晨昏与时鸟共语，亦自极仙人之乐也。

×

扫室焚香，读书之乐。吾谓室可勤扫，香可不焚。盖芸檀②之属，气味原自重浊，何况加之以烟。茶药味美，用以相

【锺校】

① “以”原作“一”。
② “檀”原作“橚”。

代，庶于亲贤远佞之意有合乎。

×

余性爱山，而所居无山，以云巘代之。每当夕阳雨后，信步原野，游目横空，会心独得，兴致淋漓，不减陶靖节篱下悠然时也。

这是全书的末一节，我读了很喜欢也很感动，他真是率真的将真心给人家看，我们读笔记多少册不容易遇见一则，即此可见其难得可贵矣。

［附记］

梁清远著《雕丘杂录》卷十有一则云：

古今纪载理之所无者，莫如王质烂柯一事。夫神仙之道欲其长生，正以日月悠长为可乐耳，乃一局棋便是人间数百年，数局棋便是人间数千年矣，由此言之，数万年不抵人间一两月，日月如是之速，神仙亦有何佳处耶。以此为寓言则可，以为实有此事，吾甚为神仙苦其短促也。

与上文学仙一节意相同，文亦有致。梁君亦是真定人，与天慵生是同乡，仿佛觉得滹南遗老的流泽尚不甚远也。

［1937 年 3 月 21 日《中央日报》/《秉烛谈》］

谈食人①

去年秋天从书摊上买了两部《谭史志奇》，这书既不大高明，板也刻得很坏，就是原刊本也并不能好到哪里去，但是我却买了两部来。其一是原本，有两篇序文，一题褚传经，一是自序，题古吴姚芝，年月都是嘉庆二十五年秋七月，卷首云丙戌新镌，盖是六年后所刻也。又其一是光绪戊子翻刻本，序文仍旧而年代悉改作光绪十四年，署名一称同学弟松泉氏，自序则称汝东彦臣氏，序中本自相称述曰姚崑厓曰褚健庭，此处弄得牛头不对马嘴也并不管，可见作伪者之低能了。我买此书固然可以用为翻刻作伪举例之一，大有用处，其实以内容论也颇有意思，虽然浅陋原是难免。自序中云：

> 庚辰夏日余与友人褚健庭偶游郡序，见二少年对坐啜茗，高视纵谭，旁坐之客皆默然静听，或有窃慕其胸罗古今异闻而层出不穷者。余趋近听之，大抵所谭皆今人说部中事，或有询其古史所载恢诡谲怪之事则懵然不能对也。余因叹曰，喜新好奇固人情所必至，道史册所载奇事不特确有可据，且寓劝惩之意，倘斯人于稠人广众中亦能娓娓而谭，使闻之者有所警劝，岂不贤于徒夸牛鬼之奇哉。于是每与吾友憩息松阴，各谭史载奇异者一二事或三五事，聊以消暑，归即命子员澜志之，久之不觉成帙。

书凡八卷，分汉晋南北朝唐五代宋元明各为一卷，抄录史上奇事，劝惩

【锺校】

①《秉烛谈》改题《谭史志奇》。

未必有效，亦差可备览，与听说狐鬼的意味正自不同耳。阅卷四纪唐朝事中有“朱粲好食人肉”一则，甚感兴趣，查原文见《旧唐书》卷五十六《朱粲传》中，今略引抄于下：

朱粲者亳州城父人也，初为县佐史，大业末从军讨长白山贼，遂聚结为群盗。……军中罄竭，无所虏掠，乃取婴儿蒸而啖之，因令军士曰，食之美者宁过于人肉乎，但令他国有人，我何所虑。即勒所部，有掠得妇人小儿，皆烹之分给军士，乃税诸城堡取小弱男女，以益兵粮。隋著作佐郎陆从典、通事舍人颜愍楚因谴左迁并在南阳，粲悉引之为宾客，后遭饥馁，合家为贼所啖。

其后尚有唐高祖令段确迎劳相问答一节：

确因醉侮粲曰，闻卿啖人，作何滋味？粲曰，若啖嗜酒之人，正似糟藏猪肉。

此事甚有名，大似《世说新语》中材料，但是我对于上边所引特别感到兴味，便因在这里听到了颜公子的下落。段公大约那时与其从者数十人也做了糟猪肉，不过我不知道他是何许人，不大怎么关心。至于颜君则仿佛很有点面善。不佞爱读《颜氏家训》，常见讲到“思鲁等”，又卷三《勉学篇》中有云：

愍楚友婿窦如同从河州来，得一青鸟，驯养爱玩，举俗呼之为鹖。

《北齐书·文苑传》云：

之推在齐有二子，长曰思鲁，次曰愍楚，不忘本也。

原来颜之推的次子终于被流贼拉去当“掌书大人”，不久被吃了。在中国虽然太阳之下并无新事，不能算是什么意外，不过在我听了联想到《颜氏家训》，不禁感觉奇特有意思。颜之推在北齐很久，高洋们不是好相处的朋友（古人有言，非我族类，其心必异也），却幸得无事，而其子孙乃为本族人所果腹，岂非天下一件很好玩之事乎。不知道为什么中国常有人好食人肉，昔人曾类聚而论列之，如谢在杭在《文海披沙》卷七中有“食人”一条，其文云：

隋麻叔谋朱粲常蒸小儿以为膳，唐高瓒蒸妾食之，严震独孤庄皆嗜食人，然皆菹醢而食也，未有生啖者。至梁羊道生见故旧部被缚，拔刀刳其睛吞之。宋王彦升俘获胡人，置酒宴饮，以手裂其耳，咀嚼久之，徐引卮酒，俘者流血被面，痛楚叫号，而彦升谈笑自若，前后凡啖数百人，即虎狼不若也。

《玉芝堂谈荟》卷十一“好食人肉”条下，徐君义慨叹云：

西方圣人之教，放生戒杀，不忍以口腹之欲残伤物命，乃世间一种穷奇窫窳，同类相残，至有嗜食人肉者。

其所列举较谢君更多亦较详，蒸妾乃深州诸葛昂，高瓒只是分吃肥肉者，乃客而非主，上文盖误。徐君叙竟，断语云：“此诸人真人类之妖孽也。”

第二节云：

至时值乱离，野无青草，民生斯时，弱肉强食，其性命不啻虫蚁。每阅史至此，不觉掩卷太息，岂真众生业障深重，致令阎浮国土化为罗刹之场耶。

所举凡有两类，其一是荒乱时军士以人为粮，如朱粲即其一例，其二乃人民自相买食。属于后者一类文中有云：

宋庄季裕《鸡肋编》，靖康丙午岁金狄乱华，六七年间山东京西淮南等处荆榛千里，斗米至数千钱，盗贼官兵以至居民更互相食。人肉之价贱于犬豕，肥壮者一枚不过十五钱，全躯曝以为脯。又登州范温率忠义之人泛海至钱塘，有持至行在充食者，老瘦男子谓之饶把火，妇女少艾者名之为美羊[1]，小儿呼为和骨烂，又通目为两脚羊。

这些别名实在是定得很妙，但是人心真是死绝了。据威斯透玛克大著《道德观念之起源与发达》下册第四十六章“食人”中所说，吃人肉有几种不同的原因，如一是肉食缺乏，二是贪嘴，三是报复等。在上面所说的中国人的食人，其原因不出一或二，或是一与二合并。有如朱粲因缺粮而吃人，随后却说“食之美者宁过于人肉乎”，即其明证。北宋末因饥荒而人相食，却又定出这许多很妙的别名来，可见对于此物很有点嗜好，咽糠充饥的人一定不会替糠去取雅号，叫作什么黄金粉的。威斯透玛克文中有云：

人肉并不单是在非常时救急的食物，实在还多是当作美味看的。菲支岛人说到好吃的东西，最好的赞辞是说它鲜嫩像死人似的。在南海的别的岛上，人肉都说是美味食品，比猪肉要好。澳洲的苦耳那人说其味胜于牛肉。在澳洲有些部落里，胖小孩是被认为一口好吃食，假如母亲不在旁，几个刚愎男子手中的木棍就会把他一下子结果了的。

这几句话似乎就在那里替我们古时的食人家解说他的意思，虽然原本所讲的都是所谓野蛮人的事情。听说罗思举在他自著的年谱里讲到军中乏食，曾经煮贼为粮，这是清末的事，以后大约没有了罢？

［1937年4月1日《宇宙风》/《秉烛谈》］

【锺校】

① “美羊”《鸡肋编》作“不羡羊”。

歌谣与名物

北原白秋著《日本童谣讲话》第十七章，题曰《水胡卢的浮巢》，其文云：

列位，知道水胡卢的浮巢么？现在就讲这故事吧。

在我的故乡柳河那里，晚霞常把小河与水渠映得通红。在那河与水渠上面架着圆洞桥，以前是走过一次要收一文桥钱的。从桥上望过去，垂柳底下茂生着蒲草与芦苇，有些地方有紫的水菖蒲，白的菱花，黄的萍蓬草，或是开着，或是长着花苞。水流中间有叫做计都具利（案即是水胡卢）的小鸟点点的浮着，或没到水里去。这鸟大抵是两只或四只结队出来，像豆一样的头一钻出水面来时，很美丽的被晚霞映得通红，仿佛是点着了火似的。大家见了便都唱起来了：

Ketsuri no atama ni hinchiita,

Sunda to omottara kekieta.

意思是说，水胡卢的头上点了火了，一没到水里去就熄灭了。于是小鸟们便慌慌张张的钻到水底里去了。再出来的时候，大家再唱，他又钻了下去。这实在是很好玩的事。

关东（案指东京一带）方面称水鸟为牟屈鸟。（案读若mugutcho，狩谷望之著《和名类聚抄笺注》卷七如此写。）计都具利盖系加以都布利一语方言之讹，向来通称为尔保。（案读若nio，和字写作鸟旁从入字。）

这水鸟的巢乃是浮巢。巢是造在河里芦苇或蒲草的近根处，可是造得很宽缓很巧妙，所以水涨时他会随着上浮，水退时也就跟了退下去。无论何时这总在水中央浮着。在这圆的巢里便伏着蛋，随后孵化了，变成可爱的小雏鸟，张着嘴啼叫道：

咕噜，咕噜，咕噜！

在五六月的晚霞中，再也没有比那拉长了尾声的水胡卢的啼声更是寂寞的东西了。若是在远远的河的对岸，尤其觉得如此。不久天色暗了下来，这里那里人家的灯影闪闪的映照在水上。那时候连这水鸟的浮巢也为河雾所润湿，好像是点着小洋灯似的在暮色中闪烁。

水胡卢的浮巢里点上灯了，

点上灯了。

那个是，萤火么，星星的尾么，

或者是蝮①蛇的眼光？

虾蟆也阁阁的叫着，

阁阁的叫着。

睡罢睡罢，睡了罢。

猫头鹰也呵呵的啼起来了。

这一首我所做的扰儿歌便是歌咏这样的黄昏的情状的。小时候我常被乳母背着，出门去看那萤火群飞的暗的河边。对岸草丛中有什么东西发着亮光，仿佛是独眼怪似的觉得可怕，无端的发起抖来。简直是同萤火一样的虫原来在这些地方也都住着呵。

这一篇小文章并没有什么了不得的地方，只因他写一种小水鸟与儿

【锺校】

① “蝮”原作“腹”。

童生活的关系，觉得还有意思，所以抄译了来。这里稍成问题的便是那水鸟。这到底是什么鸟呢？据源顺所著《和名类聚抄》说，即是中国所谓鸊鷉，名字虽是很面善，其形状与生态却是不大知道。《尔雅》与《说文解字》中是都有的，但不能得要领，这回连郝兰皋也没有什么办法了，结果只能从扬子云的《方言》中得到一点材料：

野凫，其小而好没水中者，南楚之外谓之鸊鷉。

好没水中，可以说是有点意味了，虽然也太简单。我们只好离开经师，再去请教医师。《本草纲目》卷四十七云：

《藏器》曰，鸊鷉水鸟也，大如鸠，鸭脚连尾，不能陆行，常在水中，人至即沉，或击之便起。其膏涂刀剑不锈。《续英华》诗云，马衔苜蓿叶，剑莹鸊鷉膏，是也。时珍曰，鸊鷉南方湖溪多有之，似野鸭而小，苍白文，多脂，味美，冬月取之。

日本医师寺岛良安著《和汉三才图会》卷四十一引《本草》文后案语（原本汉文）云：

好入水食，似凫而小，其头赤翅黑而羽本白，背灰色，腹白，嘴黑而短，掌色红也。雌者稍小，头不赤为异。肉味有臊气，不佳。

小野兰山著《本草纲目启蒙》卷四十三云：

形似凫而小，较刁鸭稍大。头背翅均苍褐色有斑，胸黄有紫斑，腹白，嘴黑色而短，尾亦极短，脚色赤近尾，故不能陆行。《集解》亦云，好相并浮游水上，时时出没。水面多集藻类，造浮巢，随风飘漾。

这里描写已颇详尽，又集录和汉名称，根据《食物本草会纂》有一名曰水胡卢，使我恍然大悟。虽然我所见过的乃是在卖鸟肉的人的搭连里，羽毛都已拔去，但我总认识了他，知道他肉不好吃，远不及斑鸠。实在因为我知道是水胡卢，所以才来介绍那篇小文章。假如我只在古书上见到什么鸊鷉鸊鷈等名，便觉得有点隔膜，即使有好文章好歌谣也就难于抄译了。辑录歌谣似是容易事，其实有好些处要别的帮助，如方言调查、名物考证等皆是，盖此数者本是民俗学范围内的东西，相互的有不可分的关系者也。

关于水胡卢的记录，最近见到川口孙治郎所著《日本鸟类生态学资料》第一卷（今年二月出版），其中有一篇是讲这水鸟的，觉得很有意思。鸟的形色大抵与前记相似而更细密，今从略，其第五节记没水法颇可备览，译述于下：

> 没水时先举身至中腹悉露出水面，俯首向下，急转而潜水以为常。瞳孔的伸缩极是自由自在。此在饲养中看出者。
>
> 人如屡次近前，则没水后久待终不复出。这时候他大抵躲在水边有树根竹株的土被水洗刷去了的地方，偷偷的侦察着人的动静。
>
> 也有没有可以藏身的去处，例如四周都是细沙斜坡的宽大的池塘里，没水后不再浮出的事也常有之。经过很久的苦心精查，才能得到结果，其时他只将嘴露出水上，身在水中略张翼伸两足，头部以下悉藏水面下，等候敌人以去全去后再行出来。盖此鸟鼻孔开口于嘴的中央部，故只须将嘴的大半露出水面，便可以长久的潜伏水中也。

川口此书是学术的著述，故殊少通俗之趣，但使我们知道水胡卢的一点私生活，也是很有趣味的。在十六七年前，川口曾著有《飞驒之鸟》正续二卷，收在《炉边丛书》内，虽较零碎，而观察记录谨严还是一样，但惜其中无水胡卢的一项耳。

［1937 年 4 月 3 日《歌谣》/《秉烛谈》］

《浮世风吕》

偶读马时芳所著《朴丽子》，见卷下有一则云：

> 朴丽子与友人同饮茶园中，时日已暮，饮者以百数，坐未定，友亟去。既出，朴丽子曰，何亟也？曰，吾见众目乱瞬口乱翕张，不能耐。朴丽子曰，若使吾要致多人，资而与之饮，吾力有所不给，且又不免酬应之烦，今在坐者各出数文，聚饮于此，浑贵贱，等贫富，老幼强弱，樵牧厮隶，以及遐方异域，黥劓徒奴，一杯清茗，无所参异，用解烦渴，息劳倦，轩轩笑语，殆移我情，吾方不胜其乐而犹以为饮于此者少，子何亟也。友默然如有所失。友素介特绝俗，自是一变。

这篇的意思很好，我看了就联想起户川秋骨的话来，这是一篇论读书的小文，收在他的随笔选集《乐天地狱》（一九二九）里，中有云：

> 哈理孙告戒乱读书的人说，我们同路上行人或是酒店里遇见不知何许人的男子便会很亲近的讲话么，谁都不这样做，唯独关于书籍，我常常同全然无名而且不知道是那里的什么人会谈，还觉得高兴。但是我却以为同在路上碰见的人，在酒店偶然同坐的人谈天，倒是顶有趣，从利益方面说也并不少的事。我想假如能够走来走去随便与遇着的人谈谈，这样有趣的事情恐怕再也没有吧。不过这只是在书籍上可以做到，实际世间不大容易实行罢了。《浮世床》与《浮世风吕》之所以为名著岂不即以此故么。

《浮世床》等两部书是日本有名的滑稽小说，也是我所爱读的书。去年七月我写《与友人谈日本文化书》之一，曾经连带说及，今略抄于下：

江户时代的平民文学正与明清的俗文学相当，似乎我们可以不必灭自己的威风了，但是我读日本的滑稽本还不能不承认这是中国所没有的东西。滑稽——日本音读作Kokkei，显然是从太史公的《滑稽列传》来的，中国近来却多喜欢读①若泥滑滑的滑了。——据说这是东方民族所缺乏的东西，日本人自己也常常慨叹，惭愧不及英国人。这滑稽本起于文化文政年（十九世纪初头）间，却全没有受着西洋的影响，中国又并无这种东西，所以那无妨说是日本人自己创作的玩意儿，我们不能说比英国小说家的幽默何如，但这种可证明日本人有幽默趣味要比中国人为多了。我将十返舍一九的《东海道中膝栗毛》（膝栗毛者以脚当马，即徒步旅行）与式亭三马《浮世风吕》及《浮世床》（风吕者澡堂，床者今言理发处。此种汉字和用虽似可笑，世间却多有，如希腊语帐篷今用作剧场的背景，跳舞场今用作乐队讲，是也）放在旁边，再一一回忆我所读过的中国小说，去找类似的作品，或者一半因为孤陋寡闻的缘故，一时竟想不起来。借了两个旅人写他们路上的遭遇，或写澡堂理发铺里往来的客人的言动，本是所谓气质物（Katagimono，Characters）的流派，亚理士多德门下的退阿佛拉斯多思（Theophrastos）就曾经写有一册书，可算是最早，从结构上说不能变成近代的好小说，但平凡的叙说里藏着会心的微笑，特别是三马的书差不多全是对话，更觉得有意思。中国滑稽小说我想不出有什么，自《西游记》《儒林外史》以至《何典》《常言道》，都不很像，讲到描写气质或者还是《儒林外史》里有几处，如高翰

【锺校】

① 原无“读”字，今增。

林那种神气便很不坏，只可惜不多。

其实高翰林虽写得好，还是属于特殊部类，写的人固然可以夸张，原本也有点怪相，可以供人家的嗤笑以至谴责，如《浮世床》中的孔粪先生，嘲笑那时迂腐的汉学者，很是痛快，却并不怎么难写。我想讽刺比滑稽为容易，而滑稽中又有分别，特殊的也比平凡的为容易。《浮世风吕》卷一里出来的那个瘫子和醉汉就都是特殊的例，如笑话中的瞎子与和尚或惧内汉之类，仿佛是鼻子上涂了白粉的小丑似的，人家对于他所给与的笑多半是有一种期待性，不算是上乘的创作，唯有把寻常人的平凡事写出来，却都变成一场小喜剧，这才更有意思，亦是更难。双木园主人（堀舍二郎）在《江户时代戏曲小说通志》中说得不错：

> 文化六年（一八〇九）所出的《浮世风吕》是三马著作中最有名的滑稽本。此书不故意设奇以求人笑，然诙谐百出，妙想横生，一读之下虽髯丈夫亦无不解颐捧腹，而不流于野鄙，不陷于猥亵，此实是三马特绝的手腕，其所以被称为斯道之泰斗者盖亦以此也。

式亭三马本名菊地太辅，生于安永五年（一七七六）。著书极多，以《浮世风吕》与《浮世床》为其杰作。朴丽子喜听茶园中人轩轩笑语，以为能移我情，可谓解人，如遇三马当把臂入林矣。《浮世风吕》出版时当清嘉庆前半，其时在中国亦正有游戏文章兴起，但《常言道》等书只能与日本的“黄表纸”一类相当，滑稽本之流惜乎终未出现，马君亦嘉道时人，能有此胜解而不有所著述，尤为可惜。《浮世风吕》前后四编共九卷，各卷写几个场面都很有意思，我最喜欢前编卷下男澡堂中写几个书房里放学出来的学生，三编卷上女澡堂中写两个十一二岁的小姑娘在着衣服时谈话，虽今昔相隔已百三十年，读了觉得情形不相远，不佞曾想于此摘译一部分，乃终未能够，不但摘取为难，译述亦大不易，我这里只能以空言介绍终篇，诚不得已也。我不看戏文，但推想

《春香闹学》《三娘教子》等里边或者还含有儿童描写的一丁点儿吧，不知何以小说散文中会那么缺乏，岂中国文人的见识反在戏子下欤？写学童的滑稽则尚有少许，郭尧臣著《捧腹集诗钞》中有《蒙师叹》七律十四首，其九、十两首均颇佳，其词云：

一阵乌鸦噪晚风，诸徒齐逞好喉咙。
赵钱孙李周吴郑，天地玄黄宇宙洪。
千字文完翻鉴略，百家姓毕理神童。
公然有个超群者，一日三行读大中。

×

学书勉强捏泥拳，笔是麻皮砚是砖，
墨号太平如黑土，纸裁尺八拟黄阡。
大人已化三千士，王子丹成十九天。
随手涂鸦浑莫辨，也评甲乙乱批圈。

在士人信仰文章报国的时代这种打油诗是只有挨骂的，但从我们外道看来却也有他独自的好处，有些事物情景，别体的文学作品都不能或不肯写，而此独写得恰好，即其生命之所在。《捧腹集》中又有《青毡生随口曲》十四首，其十一云：

一岁修金十二千，节仪在内订从前，
适来有件开心事，代笔叨光夹百钱。

原注云：“市语以二百为夹百。”我们细想这种内容实在只有如此写法最恰当，否则去仿《书经》或《左传》，这是《文章游戏》的常用手法，却未免又落窠臼了。滑稽小说与散文缺少，姑且以诗解嘲，虽已可怜，总还聊胜于无，此我对于嘉道以后的打油所以不敢存轻视之心也。

二十六年二月二十五日，旧元宵爆竹声中写讫。

［1937年4月10日《谈风》/《秉烛谈》］

文字的巧妙

偶阅邓文如君所编汪悔翁《乙丙日记》，卷一有一则云：

历来开国之初兵皆强健，而后嗣皆弱，其故有四。景运所钟，豪杰乐附，苍穹所眷，鬼神效命，其说固然。其次①则行师抢掠，因粮于人，不筹饷也；以威挟制，胁从遂众，不忧寡也。盗贼逋逃视为渊薮，不肖人众欣所托足，借名为奸盗之资，纠众肆恩仇之报，此其三也。焚掠抢劫，迫胁良民，幸而成功，史臣讳之，为之粉饰；而守成之主一味循旧章，谈慈爱，守节制，爱克不及威克，此其四也。若云承平日久人不知兵，彼之士卒非承平之民哉？

悔翁在清末是一极有见识的人，所说都很有理，上文即其一例，我所觉得有意思的特别是其四这一点。记起《洛阳伽蓝记》中亦有相似的话，卷一记杜子休宅项下述隐士赵逸所说有云：

逸曰，晋时民少于今日，王侯第宅与今日相似。又云，自永嘉以来二百馀年，建国称王者十有六君，皆游其都邑，目见其事，国灭之后观其史书，皆非实录，莫不推过于人，引善自向。苻②生虽好勇嗜酒，亦仁而不杀，观其治典未为凶暴，及详其史，天下之恶皆归焉。苻坚自是贤主，贼君取位，妄书生恶，凡诸史官皆是类也。人皆贵远贱近，以为信然，当今之人亦生愚死智，惑已甚矣。人问其故，逸曰，生时中庸之人尔，

【锺校】

① “次”原作“实”。

② “苻”原作“符”，下同。

及其死也，碑文墓志莫不穷天地之大德，尽生民之能事，为君共尧舜连衡，为臣与伊皋等迹，牧民之官浮虎慕其清尘，执法之吏埋轮谢其梗直，所谓生为盗跖，死为夷齐，妄言伤正，华辞损实。当时构文之士，惭逸此言。

据记文云逸是晋武帝时人，魏正光初来京师，计年当二百五十岁矣，却又是“不闲养生，自然长寿”，究竟怎么一回事我也不能知道，但是所说的话很有意义，与悔翁相似而有反正两面，更为透彻。反面是败则为贼，即俗语所谓打落水狗，正面是生愚死智，即所谓有钱使得鬼推磨，是也。要之不外是势利之见，但也非济以文字语言的巧妙不能有效，所以这正是中国文士的独擅场，不过我从前以为毁誉反覆要推韩愈为宗师，今据赵逸所说又当推早五百年去，而构文之士却又古已有之，这以前的事也就有点都不大好相信了。

中国文士立言之巧妙的确是有目共赏的。单举近代的例，如明臣降清的奏文云：

“杀吾君者①吾仇也，杀吾仇者吾君也。”这是天造地设的辞令，只亏他挖空心思去想出来，老着脸皮去说出来，比冯铨对清摄政王说，“凡不忘前朝者，推此心即能尽忠本朝”，巧拙悬殊，虽然冯铨的话也已够巧妙了。又如民国初年民党降袁的呈文云：

“盖闻斲雕为朴，破觚成圆。”这比普通降表中所用的滥调，“盖闻良禽择木而栖，贤臣择主而事”，尤其写得古色古香，盖降清文用的是八股法，而降袁文乃是试帖法，试帖中原含有灯谜诗钟等分子也，至于良禽云云只能算是古文法了。由是言之，中国旧文章之用大矣哉，若用白话文便断乎写不出这些妙文来也。

【锺校】

① “者”原作“的”。

故宫博物院所印《多尔衮摄政日记》顺治二年闰六月初四日条下有云：

> 又奏英王大捷当祭告郊庙社稷，拟票内有“神人共愤”语。王曰，明朝人博学故多，只是这等说话似乎不宜，人心之愤固自可见，若天之愤从何可知？今王师剪寇便如此说，倘两军相持不分胜负，岂天在愤不愤之间乎？大学士等奏曰，天视自我民视，天听自我民听，王上奉天讨罪，天下无敌，天意确有可凭，理之必然也。

冯铨辈良心死尽，引经据典的说无耻话，本无足怪，这里觉得特别有意思的乃是多尔衮，他倒懂得道理，知道那种文字的不通，无奈那些博学的明朝人碰头力争，一定要说清兵南侵是奉天伐罪，南明的小朝廷是神人共愤，多尔衮也终于没有办法。我常说中国向来是在办一个顺民养成所，使人民平日饱受苦痛，做了殖民地也不再感觉得，这是普通科；此外再养成一副奴颜婢膝，可以去歌功颂德，这是高等科。如今看来，至迟在明朝此养成所早已开办了。虽然学者们说习得的技能不会遗传，可是几百年的习惯要他消除也实在不容易，何况现①在有许多人还不无爱惜之意呢。

白话文的确不是无功于中国的，至少他不能那么巧妙的用了，至少也看得出可丑来了，即使仍旧拿去说无耻的话。根据这个道理，我对于爱统制专制的阶级之拥护古文是极能理解的，或者他们尚未意识的想到，我是可以代尽义务去找出很确实的理由来的。

［1937 年 4 月 16 日《宇宙风》/集外文］

【锺校】

① 原无“现”字，今增。

《秉烛谈》序

这本集子本想叫作《风雨后谈》，写信去与出版者商量，回信说这不大好，因为买书的人恐怕要与《风雨谈》相混，弄不清楚。我仔细一想觉得这也说得有道理，于是计算来改一个新名字。可是这一想就想了将近一个月，不说好的，就是坏名字也想不出。这样情形，那么结集的工作只好暂且放下，虽然近半年中写的文章大小共有三十四篇，也够出一本集子了。今日翻看唱经堂《杜诗解》，——说也惭愧，我不曾读过《全唐诗》，唐人专集在书架子上有是有数十部，却没有好好的看过，所有一点知识只出于选本，而且又不是什么好本子，实在无非是《唐诗三百首》之类，唱经之不登大雅之堂，更不用说了，但这正是事实。我看了《杜诗解》中《羌村三道》之一，其末联云：

“夜阑更秉烛，相对如梦寐。”我心里说道：有了，我找着了名字了。这就叫作《秉烛谈》吧。本来想起来《文选》里有《古诗十九首》，也有句云：

“昼短苦夜长，何不秉烛游。”又陶渊明的《饮酒二十首》中也说：

“寄言酣中客，日没烛当秉。”这些也都可以援引，时代也较早，不过我的意思是从《羌村》引起来的，所以仍以杜诗为根据。金圣叹在此处批注云：

“更秉烛妙。活人能睡，死人那能睡，夜阑相对如梦，此时真须一人与之剪纸招魂也。”虽然说得新奇可喜，于我却无什么用处，盖我用秉烛只取其与“风雨后谈”略有相近的意境耳。老杜原是说还家，这一层我们可以暂且不管他，只把夜阑更秉烛当作一种境地看也自有情致，况《诗经》本文云：“风雨潇潇，鸡鸣胶胶，既见君子，云胡不瘳。”

岂不更有相对如梦寐之感耶。但是这都没有关系，书名只是书名而已，虽然略可表见著者一点癖好，却不能代表书的内容。这《秉烛谈》里的三四十篇文章大旨还与以前的相差无几，以前自己说明得太多了，现在可以不必再多说，总之是还未能真正谈风月。李卓吾著《焚书》卷一《复宋太守》中有云：

> 凡言者言乎其不得不言者也，为自己本分上事未见亲切，故取陈语以自考验，庶几合符，非有闲心事闲工夫欲替古人担忧也。古人往矣，自无忧可担，所以有忧者，谓于古人上乘之谈未见有契合处，是以日夜焦心，见朋友则共讨论。若只作一世完人，则千古格言尽足受用，半字无得说矣。所以但相见便相订证者，以心志颇大，不甘为一世人士也。

这一节说得很好。吾辈岂得与卓吾老子并论，本来也并无谈道之志，何可乱引，唯觉得意思很有点相近，抄来当作一点说明。《说苑》卷三"修本"中有云：

> 晋平公问于师旷曰，吾年七十，欲学恐已暮矣。师旷曰，何不炳烛乎。……老而好学，如炳烛之明。炳烛之明，孰与昧行乎。

此是别一炳烛，引在这里也颇有意思，虽然离题已经很远了。

［1937年4月10日作/《秉烛后谈》］

读《晚明小品选注》

一个月前偶然到琉璃厂去，在店头看见一册《晚明小品选注》，是《学生国学丛书》之一，去年冬天新出版的，我见了喜欢，就买了一册回来。我对于晚明文是颇有好意的，因为那时是一种思想文章的解放时代，大抵自从王阳明把儒门打开，放进禅味来以后，这就发生变化，一个李卓吾与一个徐文长虽然力量大小不同，总之可以表示这方面的发展趋向。小说戏曲的成绩很大，不过我是绝对外行，不敢动一个手指头，只有散文还觉得好念，所以有点喜欢，然而古书又很难得，得有选本新著亦正慰情胜无耳。说到选本，往往遇见高明人的白眼，这其实是极应当的，假如作者有全集行世，学者又愿专攻，那么为甚弃全集而取选本，岂不是自甘墙面么。但是话分两面说，也有些全集不易得，而读者又未必想作专家的，那么选本倒也是有用的东西，可以应付这个需要，各图书馆里固然都备有《全唐诗》，即寒斋书架上唐人诗集也有若干部，可是不佞的诗的知识实在还有从《唐诗三百首》来的，此固由懒惰不好学之故，但我自己的经验上诚不敢看轻选本也。我这里只是泛论，至于这一册晚明小品选得如何不在议论之列，请看客各自着眼，盖这里我所注意者乃在注而非选也。

笺注实在不是容易的事。本书选注者在叙例中立例九则，其第八云：

> 本书注释力求简明，然一字之疑必探其本，一句之晦必竟其源，间有考检不获则注明未详二字。……郢书燕说，庶几或免，虽然，松之往矣，孝标不再，博识异闻非所能详，浅陋之诮又乌敢辞。

这话说得很好，可是做到很难。据我所知道只有《骈雅训纂》的著者魏茂林可以佩服，所著有《同馆诗赋解题》《二家诗抄笺略》均佳。其作注不单呆引出典熟语，却就本诗用意上说明，不但博闻，且有常识，能予读者以不少帮助。如有正味斋咏史诗“殷浩书空”末联云：“西风运笔阵，渺渺羡烟鸿。”别家注释大抵只引《法书要录》“笔阵图”而已，魏君于此外又说明云：“又按此阵字借作雁阵解，盖以雁为书空匠者意关合，见陶穀《清异录》上禽名门。”我曾读梁元帝的《荡妇秋思赋》，查黎经诰所著《六朝文絜笺注》，题下注有云：“说文曰，秋，禾谷熟也。”看了不禁觉得好笑，不知禾谷熟了为什么荡妇要胡思乱想，恐怕许叔重也说不出道理来吧。黎注据说是李善式的，而魏注则自称以纪氏的《庚辰集》为法，两相比较，我宁取纪大烟斗矣。

《晚明小品》共选文一百五十九篇，篇篇有注，我未及遍读，只挑了袁中郎的几首游记来看，觉得未能满意。如《西湖一》云：“晚同子公渡净寺，觅阿宾旧住僧房。”注云：“阿宾谓唐骆宾王。旧传宾王尝亡命为僧，住锡西湖。”案骆宾王虽然传说曾在灵隐①寺遇见宋之问，这里的阿宾却并不是他。《解脱集》及梨云馆本都云阿宾，袁小修所编中郎全集中独改作小修二字，可知阿宾即是小修的小名也。又《飞来峰》中云：“壁间佛像皆杨秃所为，如美人面上瘢痕，奇丑可厌。”注云：“杨秃谓杨惠之，唐塑像名家。”案《西湖梦寻》卷二“飞来峰”项下云：“深恨杨髡遍体俱凿佛像，罗汉世尊栉比皆是，如西子以花艳之肤，莹白之体，刺作台池鸟兽，乃以黔墨涂之也。”又“岣嵝山房”项下有张宗子自作小记，亦见《陶庵梦忆》卷二，中有云：

> 一日缘溪走看佛像，口口骂杨髡，见一波斯胡坐龙象，蛮

【锺校】

① “隐”原作“集”。

女四五献花果，皆裸形，勒石志之，乃真伽像也，余椎落其首，并碎诸蛮女，置溺溲处以报之。寺僧以余为椎佛也，咄咄怪事，及知为杨髡，皆欢喜赞叹。

杨秃杨髡都是一人，即元杨琏真伽。又《天池》中云：“因大书简板曰：种阿僧祇善根，亲非亲，怨非怨，阳焰空华，诸法皆如幻；遍阎浮提佛土，去自去，来自来，闲云野鹤，何天不可飞。”选注本首句在僧字下点句，注云：“阿，语词，是僧人祇须种善根。”案此系对联，下联阎浮提既系连用，则此处亦自不得断。据《翻译名义集》卷八数量篇三十六云：“阿僧祇，或阿僧金耶，此云无央数。《楚辞》云，时犹未央。王逸曰，央，尽也。《大论》云，僧祇秦言数，阿言无。”准此可知原云种无量数的善根，不能如字解说也。

不佞自己不能做选注工夫，却来[1]多说风凉话，自知不该，唯正因看重此种工作有益于人，故愿有所助益，贡其愚得，不然新书多矣，鄙人无暇看更无暇挑眼，想读者当能喻此意耳。

［1937 年 5 月 6 日《益世报》/集外文］

【锺校】

① “来”原作“未”。

老年的书

谷崎润一郎的文章是我所喜欢读的，但这大抵只是随笔，小说除最近的《春琴抄》《芦刈》《武州公秘话》这几篇外，也就没有多读。昭和八年（一九三三）出版的《青春物语》凡八章，是谷崎前半生的自叙传，后边附有一篇《艺谈》，把文艺与演艺相提并论，觉得很有意思。其一节云：

我觉得自己的意见与现代的艺术观根本的不相容，对于一天一天向这边倾过去的自己，略有点觉得可怕。我想这不是动脉硬化的一种证据么，实在也不能确信其不如此。但是转侧的一想，在现代的日本几乎全无大人所读的或是老人所读的文学。日本的政治家大抵被说为缺乏文艺的素养，暗于文坛的情势，但是这在文坛方面岂不是也有几分责任么。因为就是他们政治家也未必真是对文艺冷淡，如犬养木堂翁可以不必说了，像滨口雄幸那样无趣味似的人，据说也爱诵《碧岩录》，若槻前首相那些人则喜欢玩拙劣的汉诗，此外现居闲地的老政治家里面在读书三昧中度日的人一定也还不很少吧。不过他们所喜欢的多是汉文学，否则是日本的古典类，毫不及于现代的文学。读日本的现代文学，特别是读所谓纯文学的人，都是从十八九至三十前后的文学青年，极端的说来只是作家志望的人们而已。我看见评论家诸君的月评或文艺论使得报纸很热闹的时候，心里总是奇怪，到底除了我们同行以外的读者有几个人去读这些东西呢？在现在文坛占着高位的创作与评论，实在也单是我们同行中人做了互相读互[1]相批评，此外还有谁来注意。目前日本国内充满着不能得到地位感觉不平的青年，因此文学志愿者的人数势必很多，有些大报也原有登载那些作品的，但是无论如何，文坛这物事是完全以年青人为对手的特别世界，从自然主义的昔日以至现在，这种情形毫无变化。虽是应该对于政治组织社会状态特殊关心的普罗作家，一旦成为文士而加入文坛，被批评家的月评所收容，那么他们的读者也与纯文学的相差不远，限于狭小的范围内，能够广大的从天下的工人农人中获得爱读者的作家真是绝少。在日本的艺术里，这也只是文学才跼蹐于这样局促的天地，演剧不必说了，就是绘画音乐也更有广泛的爱好者，这是大家所知觉的事情。只是大众文学虽为文坛的月评所疏外，却在社会各方面似乎更有广大的读者层，可是这些爱读者的大部分恐怕也都是三十岁内的男女吧。的确，大众文学里没有文学青年的臭味，又多立脚于日本的历史与传统，其中优秀的作品未始没有可以作为大人所读的文学之感，但是对于过了老境的人，能给与以精神的粮食之文学，说是能够从这里生出来，却又未能如此想。要之现时的文学是以年青人为对手的读物，便是在作者方面，他当初也就没有把四十岁以上的大人们算在他的计划中的。老实说，像我这样虽然也是在文坛的角落里占一席地的同行中人，可是看每月杂志即使别栏翻阅一下，创作栏大概总是不读，这是没有虚假的事实。盖无论在那一时代那一国土，爱好文学的多是青春期的人们，所以得他们来做读者实是文艺作家的本怀，那些老人们便随他去，或者本来也不要

【锺校】

① 原无“互”字，今增。

紧，但是像我这样年纪将近五十了，想起自己所写的东西除年青人以外找不到人读，未始不感到寂寞。又或者把我自己放在读者方面来看，觉得古典之外别无堪读的东西，也总感觉在现代的①文学里一定有什么缺陷存在，为什么呢？因为从青年期到老年期，时时在灯下翻看，求得慰安，当作一生的伴侣永不厌倦的书物，这才可以说是真的文学。人在修养时代固然也读书，到了老来得到闲月日，更是深深的想要有滋味的读物，这正是人情。那时候他们所想读的，是能够慰劳自己半生的辛苦，忘却老后的悔恨，或可以说是清算过去生涯，什么都就是这么样也好，世上的事情有苦有悲也都有意思，就如此给与一种安心与信仰的文学。我以前所云找出心的故乡来的文学，也就是指这个。

我把这一篇小文章译录在这里，并不是全部都想引用，虽然在文学上中的情形原来相近，谷崎所说的话也颇有意思。我现在所想说的，只是看到在缺少给大人和老人读的书物这句话，很有同意，所以抄了过来，再加添一点意思上去。文学的世界总是青年的，然而世界不单只是文学，人生也不常是青年。我见文学青年成为大人（此语作第二义解亦任便），主持事务则其修养（或无修养）也与旧人相差无几，盖现时没有书给大人读，正与日本相同，而旧人所读过的书大抵亦不甚高明也。日本老人有爱诵《碧岩录》者，中国信佛的恐只慕净土念真言，非信徒又安肯读二氏之书乎。不佞数年前买《揞黑豆集》，虽觉得有趣而仍不懂，所以也不能算。据我妄测，中国旧人爱读的东西大概不外三类，即香艳，道学，报应，是也。其实香艳也有好诗文，只怕俗与丑，道学也

【锺校】

① “现代的”原作“现的代”。

是一种思想，但忌伪与矫，唯报应则无可取。我每想像中年老年的案头供奉《感应篇》《明圣经》，消遣则《池上草堂劝戒近录》，笔墨最好的要算《坐花志果》了，这种情形能不令人短气？这里便与日本的事情不同，我觉得我们所需要的虽然也是找出心的故乡来的文学，却未必是给与安心与信仰的，而是通达人情物理，能使人增益智慧，涵养性情的一种文章。无论什么，谈了于人最有损的是不讲情理的东西，报应与道学以至香艳都不能免这个毛病，不佞无做圣贤或才子的野心，别方面不大注意，近来只找点笔记看，便感到这样的不满，我想这总比被麻醉损害了为好，虽[1]然也已失了原来读书的乐趣。现在似乎未便以老年自居，但总之已过了中年，与青年人的兴趣有点不同了，要求别的好书看看也是应该，却极不容易。《诗经》特别是《国风》，陶诗读了也总是喜欢，但是，读书而非求之于千年前的古典不可，岂不少少觉得寂寞么？大约因为近代的时间短的缘故吧，找书真大难，现代则以二十世纪论亦只有三十七年耳。近日偶读牛[2]空山《诗志》，见《豳风》“东山”后有批语云：

> 情艳之事与军人不相关，慰军人却最妙。虫鸟果蔬之事与情艳不相关，写情艳却最妙。凯旋劳军何等大关目，妙在一字不及公事。一篇悲喜离合，都从室家男女生情。开端敦彼独宿，亦在车下，隐然动劳人久旷之感。后文妇叹于室，其新孔嘉，惓惓于此三致意焉。夫人情所不能已圣人弗禁，东征之士谁无父母，岂鲜兄弟，而夫妇情艳之私尤所缱切。此诗曲体人情，无隐不透，直从三军肺腑扪摅一过，而温挚婉恻，感激动

【锺校】

① “虽”原作“难”。
② “牛”原作“半”。

人，悦以使民，民忘其死，信非周公不能作也。

这几节话在牛空山只是读诗时感到的意思批在书眉上，可是说得极好，有情有理，一般儒生经师诗人及批评家都不能到这境地，是很难得的。我引这些话来做一个例，表示有这种见识情趣的可以有写书的资格了，只可惜他们不大肯写，而其更重要的事情是他们这种人实在也太少。供给青年看的文学书充足与否，不佞未敢妄言，若所谓大人看的书则好的实在极少，除若干古典外几于无有，然则中年老年之缺少修养又正何足怪也。

我近来想读书，却深感觉好书之不易得，所以写这篇小文，盖全是站在读者方面立场也。若云你不行，我来做，则岂敢，昨日闻有披发狂夫长跪午门外自称来做皇帝，不佞虽或自大亦何至于此乎。

［1937 年 5 月 4 日作/《秉烛后谈》］

谈过癞

近日报上载广东消息，云官厅派军警[①]捕癞病人，钉镣收禁。那时我有点忙，虽然觉得这条新闻很好玩，却没有剪存，现在已无可查找，想起来大是可惜。后来听说有人去电反对，似乎事出有因，一面又报告说正在筹十四万元建造[②]麻疯院，那么又是查无实据了。到底怎样我们也无从知道，不过社会上总是很热闹，大家有了谈资，何妨就谈谈呢？中国人对于病与药似乎不很有正当的常识，但是关于这些的奇异的轶闻却是记得不少，讲到癞病也是如此，所以这回看大家顶爱谈的便是过癞的故事。四月二十七日《实报》的“美的新闻”栏的文章题曰“麻疯传遍粤中”。其文云：

> 粤省最近麻疯症流行甚烈，有人主张仿照西洋取缔劣等民族办法，一律处以枪决，律师叶夏声曾经通电反对。有假令父母染此种病，为子者亦将坐视其枪毙欤？粤中人士对此问题聚讼纷纭，大有满城风雨之概。粤主席吴铁城下车伊始，主张以人道立场，科学的精义，审慎设法，尽心疗治，刻正延聘专家着手筹备中。
>
> 据闻粤省麻疯所以盛行者，系因该地气候湿热，岚瘴蒸郁所致，闽省亦有此病，但不及粤省之蔓延。此症男女均有，至相当时间全身臃肿，奇痒难熬，驯至于死。其传染也，饮食方面绝无关系，然男不传男，女不传女，必异性始传，又必交媾

【锺校】

① “派军警”原作“警派军”。
② “造”原作“告”。

始传。设有一麻疯女子交接无麻疯症之男子经过十人以上者，该女病必全愈。粤中俗谚有云，疯女不落河（河指珠江[①]言），粤中勾栏妓女多在船上操业，所谓旖旎春色满珠江，二八珠娘艳似花也，如有麻疯病之女，船家则不许入船，设有疯病男客与无疯病妓女交合，则此妓必成为疯女矣。吴铁城现已组织麻疯疗养院，慈悲菩提，甘露遍洒。

对于这篇文章不想说别的，只注意这里边的一点，即云癞病必异性始传，以及疯女可以将病传给男子而自己病愈，这事有一个术语，叫做[②]过癞。这过癞的传说大约是古已有之，不过我寡闻又健忘，不能穷源竟委的说出来，只能就手边的书里抄出一二以为例证。康熙庚辰屈翁山著《广东新语》卷七“人语”中有“疯人”二则，其第一条云：

粤中多疯人。仙城之市多有生疯男女行乞道旁。秽气所触，或小遗于道路间，最能染人成疯。高雷间盛夏风涛蒸毒，岚瘴所乘，其人民生疯尤多，至以为祖疮，弗之怪。当垆妇女皆系一花绣囊，多贮果物，牵人下马献之，无论老少估人，率称之为同年，与之谐笑。有为五蓝号子者曰，垂垂腰下绣囊长，中有槟榔花最香，一笑行人皆下骑，殷勤紫蟹与琼浆，盖谓此也。是中疯疾者十而五六，其疯初发未出颜面，以烛照之，皮内赪红如茜，是则卖疯者矣。凡男疯不能卖于女，女疯则可卖于男，一卖而疯虫即去，女复无疾。自阳春至海康六七百里，板桥茅店之间，数钱妖冶，皆可怖畏，俗所谓过癞者也。疯为大癞，虽由湿热所生，亦传染之有自，故凡生疯则其

【锺校】

① “江”原作“红”。

② “叫做”原作“做叫”。

家以小舟处之，多备衣粮，使之浮游海上，或使别居于空旷之所，毋与人近，或为疯人所捉而去，以厚赂遗之乃免。广州城北旧有发疯园，岁久颓毁，有司者倘复买田筑室，尽收生疯男女以养之，使疯人首领为主，毋使一人阑出，则其患渐除矣，此仁人百世之泽也。

乾隆中李雨村抄录《新语》中文为《南越笔记》十六卷，刻入《函海》中，卷七有“疯人”一则，与上文全同，唯删去末八字耳。道光庚戌陈炯斋著《南越游记》三卷，卷二有“疠疡传染”一则，亦是讲癞病者，文云：

东南地气卑湿，居人每有疠疡之疾，岭外呼为大麻疯。是疾能传染，致伤合家，得之者人皆憎恶，见绝于伦类。颠连无告至此极矣。广潮二州旧有麻疯院，聚其类而群处焉，有疯头领之。其中疯人有一世二世三世者，疯头以次为之婚配，毋使紊，三世者生子，其疯已绝，遂得出院，谚所谓麻疯不过三代也。疯人面目臃肿，手足溃烂，见之令人欲呕。疯女则颜色转形华润，外无所见，往往华容靓饰，私出诱人野合，无知恶少误犯之，传染其毒，中于膏肓，不旋踵四肢奇痒，尽代其疯，而疯女宿疾若失，转为常人。道光辛丑英夷犯粤，调集各直省兵，湖南来者凶悍不法，粤民切齿，阴遣疯女诱与淫荡，于是溃痈被体，死相踵者过半，馀多阵亡，获归者不数十人。

光绪丙子陈子厚著《岭南杂事诗抄》八卷，卷五有“卖疯”一首云：“桃花莫误武陵源，卖却疯时了夙冤，也是贪欢留果报，迨回头已累儿孙。”注云：

粤中大麻疯传染三代。有是疾妇女每求野合，移毒于人，谓之卖疯。《两般秋雨庵随笔》载珠江之东有寮曰疯墩，以聚疯人。有疯女貌娟好，日荡小舟卖果饵以供母，娼家艳之，啖母重利迫女落籍。有顺德某生见女深相契合，定情之夕女峻拒不从，以生累世遗孤，且承嗣族叔故也，因告之疾，相持而泣。生去旬馀再访之，则女于数日前为生投江死矣，生大恸，为封其墓，若伉俪然。番禺孝廉黄容石玉阶作歌纪其事。

这里最妙的却要算许壬瓠，他在光绪癸未著《珊瑚舌雕谈初笔》八卷，卷一中有“过癞”一则云：

道光中年广东林仰山观光贰尹莅斯土，时有范上舍以事相见，叩以广东有过癞之说确否，林力言无之，斥为荒诞，当时人谓范盍将吴青坛《岭南杂记》凿凿可据者证之。案记云：潮州大麻疯极多，官为设立麻疯院，在凤皇山上，聚麻疯者其中，给以口粮，有麻疯头治之，其名亚胡，衣冠济楚，颇为饶富。人家有吉凶之事，疯人相率登门索钱索食，少则骂詈，必先赂亚胡求片纸粘门，疯人即不敢肆。院中有井名凤皇井，甘洌能愈疾，疯者饮之即能不发，肌肉如常，若出院不饮此水即仍发矣。入院游者，疯头特设净舍净器以款之。其中男女长成，自为婚匹，生育如恒人。疯女饮此井水而姿色倍加光丽，设有登徒犯之，次日其女宿疾爽然若失，翩然出院，即俗所谓过癞也。登徒子侵染其毒，不数日须眉脱落，肢节溃烂而死。然则林公当时何必讳言，抑亦不自知耶。余则曰，林范两失之，范于官长毫无避忌，而林当婉讽其不恭，庶几自惭①鄙俗焉。后见《说郛》载“过癞”云：癞虫自男女精液中出，故此脱彼染甚易。若男欲除虫，用荷叶裹阳纳女阴中，既输泄即抽出叶，精与虫悉在其中，即弃之，精既不入女阴宫中，女亦

【锺校】

① “惭”原作“渐”。

无害也。若女欲除虫则未详。想林贰尹范上舍于此种书或皆未之见耶。

我找到的材料实在太少，虽然抄起来已经觉得很多了。在这点材料里我们可以看出：第一，这有一个很长的传统，从清康熙三十九年至民国二十六年，这其间足足有二百三十七年的光阴，可是这过癞的传说一直存在，虽然说得互有出入而其神奇则一。前二百年可以说是无怪的，庚子年还有白莲教的义合神兵之役，一切哪可深求。近三十年似乎有点不应该了，在这时代中国岂不是一个复兴的民族，正将改造旧有的文化以适应现代的需要的么？那么至少关于生活最切要的事情总当加以改进，如医即其一。不佞于中外医道都无关系，说起来却不免有一种感慨。中国与日本不同，不是由本国医生自发研究，由玄学的旧法转入科学的新法，所以只有前后两期而无东西两派，乃是别由外国医生来宣传传授，结果于玄学的中医外新添了科学的西医，于是两方面对立至今。而民间因为西医的费用太大，中医的说法好玩，江湖派的郎中乃被尊为国医，不但主宰人民的命，还连带的影响到文化界去，直接间接的培养着许多荒唐思想与传说，所谓过癞即是一个好例。一八七九年（清光绪五年己卯）汉生发现了癞病菌以来，癞病的性质情形已都明了，虽然仍觉得可怕，却已完全失掉了神秘性了。据说日本现在公立私立的癞病院共有十四所，可见这种病人也还不少，可是我不曾在文字上或口头听到这类奇谈，以浅陋所及也不知道在古时有过癞之说，那么这好像只是中国所独有，这岂不更是奇哉怪哉么。

我于医学完全是门外汉，但是我觉得在我们贫弱的常识里关于医——包括生理和病理的一部分实在是必要，无论如何总俭省不得。癞病这东西，好像芒果似的，在市面上少碰见，似乎不知道也无关宏旨，但在要谈过癞的时候知道一点也好，因为这样便可以辨别此说之是否真实。据医书上说，癞病是属于皮肤病项下，病菌已发现，其发病由于直接传染，不由遗传，故三代之说不可信。癞病潜伏期颇长，或云数月或云数年，不能确知，在皮肤感觉异常以至发生红斑之前无从知其生癞否，故屈翁山所描写的数钱妖冶虽文词颇妙而事实可疑。病菌常在皮下，唯亦蔓延各处粘膜等部，交接自属传染之一妙法，但未必限于异性，如梅毒亦是如此。把自己的病由交接传染给别人，其结果只是加添了一个病人而已，自己不能就此痊愈，这也可以用梅毒为例，癞不能单独过得去也。民间相信有法术医病，纸上写“重伤风出卖”，裹一钱弃置路旁，或写“风眼出卖”贴墙上，我就曾经遇见过，在我未必买了回去，而那位卖主大约也仍旧伤他的风以至自己就痊，盖法术自法术而病自病也。若是传染病而肯牺牲色相以出卖，则买者自当不至空手而回，卖主的结果却还是一样，病菌殆如聚宝盆，用之不竭，又如俗传打油诗所云，此物亦是卖了依然在者也。总之癞病只是一种恶性的传染病，固为现在还没有找出疗法，所以特别觉得讨厌，古人称之曰恶疾，倒是顶不错的。他的传染径路由于直接接触，也与别的有些传染病并无差异，传染之有入无出亦正是一定的例，此乃无可疑者。若那些奇异的传说虽或出于古人的大著，或有软性的情趣，为大众所珍赏，但荒唐无稽，与事理不合，为真实计固当加以订正，即以随笔文学论，亦无足取，其唯一的用处殆只在于留供不佞写笔记之资料而已。

前几年有外国人写一本书论中国的国民性，说中国人念念不忘两性之事，即如吃笋，盖即为其有所象征云云。妙语解颐，似有心病者，一时传为笑柄。这人的笋说不佞实在不敢赞一辞，不过中国人对于两性之事有点神经过敏这倒似乎并非全是虚假，例如过癞传说就是其一。这一个故事为什么那么津津乐道的呢？自本地的屈翁山以至外江佬，自康熙以至现在，据许壬瓠说则《说郛》中已有，因为无从查原书，暂且不算，难道是陶南村自己说的么？这个原因大约第一是香艳，而第二是离奇。据说除斯替文生是例外，没有女人不成小说，这本来也是平常的事，中国的例未免倾于太过，盖常由细腰而至于小脚也。谈奇说怪亦是人情，中国又往往因此而至破弃真实，此诚可谓之嗜痂不惜流血矣。见人谈冬虫夏草引近出《中国药学大辞典》，举植物学上学名，而仍云西人说误，根据乾隆辛亥徐后山著《柳崖外编》卷二所记云：

“交冬草渐萎黄，虫乃出地蠕蠕而动，其尾犹簌簌然带草而行”，以为这的确是冬虫而夏草。以故事论柳崖的确说得好玩，若说事实不但草系寄生已经查明，即用情理推测，头入地尾生草之虫不知如何再钻出来，冬天草枯而蛴螬似的虫乃能蠕蠕爬行，均有讲不通之处。今者中国药学者乃不信菌学书而独取百馀年前的小说家言，此无他，亦因其神奇可喜耳。我读近代笔记，见讲掌故颂功德者已是上乘，一般多喜谈妖异说果报，不禁叹息，觉得关系非细，却无挽救之法。近二十年普通教育发达而常识与趣味似无增进，盖旧染之污深矣。一两年前国内忽有科学小品的声浪发生，倒是一种好现象，至少可以灌一点新鲜空气进来，可是后来这声浪不知为何又消沉下去了，科学小品有没有出过几册我也无从再去打听，如不是为的流行已经过去，有别的招牌要挂了，那么大约也因为大众不需要的缘故吧。总之中国不会有这宗科学小品，仿佛是命里注定似的。医学者不出来写关于癞病之类的说明文章，确是比不佞更是既明且哲也。

［1937 年 5 月《语丝》/《秉烛后谈》］

《老学庵笔记》

吾乡陆放翁近来似乎很交时运，大有追赠国防诗人头衔的光荣。这件事且莫谈，因为我不懂诗，虽然我也是推尊放翁的，其原因却别有所在。其一因为放翁是我的小同乡。他晚年住在鲁墟，就是我祖母的母家所在地，他题《钗头凤》的沈园，离吾家不到半里路。五年前写《姑恶诗话》中曾说起过：

> 清道光时周寄帆著《越中怀古百咏》，其沈园一律末联云，寺桥春水流如故，我亦踟蹰立晚风。沈园早不知到哪里去了，现在只剩了一片菜园，禹迹寺还留下一块大匾，题曰古禹迹寺，里边只有瓦砾草莱，两株大树。但是桥还存在，虽是四十年前新修的圆洞石桥，大约还是旧址，题曰春波桥，即用放翁诗句的典故，民间通称罗汉桥，是时常上下的船步，船头脑汤小毛氏即住在桥侧北岸，正与废园隔河相对。越城东南一隅原也不少古迹，怪山，唐将军墓，季彭山故里，王玄趾投水的柳桥，但最令人惆怅者莫过于沈园遗址，因为有些事情或是悲苦或是壮烈，还不十分难过，唯独这种啼笑不敢之情（如毛子晋题跋所说），深微幽郁，好像有虫在心里蛀似的，最难为怀，数百年后，登石桥，坐石阑上，倚天灯柱，望沈园墙北临河的芦荻萧萧，犹为之怅然，——是的，这里怅然二字用得正好，我们平常大约有点滥用，多没有那样的切贴了。

放翁三十二岁时在沈园见其故妻，至七十五岁又有《题沈园》二绝句，其二云：

> 梦断香消四十年，沈园柳老不飞绵，

此身行作稽山土，犹吊遗踪一泫然。

这种情况是很可悲的。家祭无忘告乃翁的绝笔也本写得好，却不能胜于此二首，虽然比起岳鹏举的《满江红》来自然已经好多了。

再说第二个原因是我爱读他的游记随笔，即《老学庵笔记》与《入蜀记》。据《四库书目提要》云笔记十卷，续二卷，《书目答问》亦如是说，注云《津逮》本、《学津》本。但是我不幸一直没有能够见到续笔记，查毛子晋所刻的无论是《放翁全集》本或《津逮秘书》本的笔记，都只有十卷，民国八年上海活字本据穴砚斋钞宋本亦无续笔，大约这只在《四库》里才有，而《答问》所注乃不可靠也。《复堂日记补编》光绪四年十一月十五日条云：

阅《老学庵笔记》十卷，放翁文士多琐语，不足为著述也，然吾师吴和甫先生最嗜此书，盖才识与务观近耳。

谭复堂亦是清末之有学识者，而此言颇偏，盖其意似与《四库提要》相近，必须“轶闻旧典往往足备考证”，才是好笔记也。我的意思却正是相反，轶闻旧典未尝不可以记，不过那应该是别一类，为野史的枝流，若好的随笔乃是文章，多琐语多独自的意见正是他的好处，我读《老学庵笔记》如有所不满足，那就是这些分子之还太少一点耳。

笔记中有最有意义也最为人所知的一则，即关于李和儿的炒栗子的事。文在卷二，云：

故都李和炒栗名闻四方，他人百计效之终不可及。绍兴中陈福公及钱上门合恺出使虏庭，至燕山，忽有两人持炒栗各十裹来献，三节人亦人得一裹，自赞曰，李和儿也。挥涕而去。

赵云松著《陔馀丛考》卷三十二“京师炒栗”一则云：

今京师炒栗最佳，四方皆不能及。按宋人小说，汴京李和炒栗名闻四方，绍兴中陈长卿及钱恺使金，至燕山，忽有人持炒栗十枚来献，自白曰，汴京李和儿也，挥涕而去。盖金破汴后流转于燕，仍以炒栗世其业耳，然则今京师炒栗是其遗法耶。

所云宋人小说当然即是放翁笔记，唯误十裹为十枚，未免少得可笑也。郝兰皋著《晒书堂笔录》卷四中亦有“炒栗”一则云：

栗生啖之益人，而新者微觉寡味，干取食之则味佳矣，苏子由服栗法亦是取其极干者耳。然市肆皆传炒栗法。余幼时自塾晚归，闻街头唤炒栗声，舌本流津，买之盈袖，恣意咀嚼。其栗殊小而壳薄，中实充满，炒用糖膏（俗名糖稀），则壳极柔脆，手微剥之，壳肉易离而皮膜不粘，意甚快也。及来京师，见市肆门外置柴锅，一人向火，一人坐高兀子，操长柄铁勺，频搅之令匀遍。其栗稍大，而炒制之法和以濡糖借以粗沙，亦如余幼时所见，而甜美过之，都市衒鬻，相染成风，盘饤间称佳味矣。偶读《老学庵笔记》二言，云云。惜其法竟不传，放翁虽著记而不能究言其详也。

郝君所说更有风致，叙述炒栗子处极细腻可喜，盖由于对名物自有兴味，非他人所可及，唯与放翁原来的感情却不相接触，无异于赵云松也。《放翁题跋》卷三有《跋吕侍讲〈岁时杂记〉》云：

承平无事之日，故都节物及中州风俗人人知之，若不必记。自丧乱来七十年，遗老凋落无在者，然后知此书之不可阙。吕公论著实崇宁大观间，岂前辈达识固已知有后日耶。然年运而往，士大夫安于江左，求新亭对泣者正未易得，抚卷累欷。庆元三年二月乙卯，笠泽陆游书。

读此可知在炒栗中自有故宫禾黍之思，后之读者安于北朝与安于江左相同，便自然不能觉得了。但是这种文字终不能很多，多的大都是琐语，我也以为很有意思。卷三有一则云：

今人谓贱丈夫曰汉子，盖始于五胡乱华时。北齐魏恺自散骑长侍迁青州长史，固辞，文宣帝大怒曰，何物汉子，与官不受！此其证也。承平日有宗室名宗汉，自恶人犯其名，谓汉子曰兵士，举宫①皆然。其妻供罗汉，其子授《汉书》，宫中人曰，今日夫人召僧供十八大阿罗兵士，大保请官教点兵士书。都下哄然传以为笑。

又卷五有类似的一则云：

> 田登作郡，自讳其名，触者必怒，吏卒多被榜笞，于是举州皆谓灯为火。上元放灯，许人入州治游观，吏人遂书榜揭于市曰，本州依例放火三日。

这两则在正统派看去当然是萧鹧巴曾鹑脯之流，即使不算清谈误国，也总是逃避现实了吧。但是仔细想来，这是如此的么？汉子的语源便直戳了老受异族欺侮的国民的心，“只许州官放火，不许百姓点灯”的俗谚岂不是至今还是存在，而且还活着么？这种看法容易走入牛角湾的魔道里去，不过当作指点老实人出迷津的方便，如有用处，那么似乎也不妨一试的吧。又卷一有一则云：

> 晏尚书景初作一士大夫墓志，以示朱希真。希真曰，甚妙，但似欠四字，然不敢以告。景初苦问之，希真指“有文集十卷”字下曰，此处欠。又问欠何字，曰，当增“不行于世”四字。景初遂增“藏于家”三字，实用希真意也。

卷七有谈诗的一则云：

> 今人解杜诗但寻出处，不知少陵之意初不如是。且如岳阳楼诗：昔闻洞庭水，今上岳阳楼，吴楚东南坼②，乾坤日夜

【锺校】

① “宫”原作“官”。

② “坼”原文及《老学庵笔记》均作“拆”。

浮，亲朋无一字，老病有孤舟，戎马关山北，凭轩涕泗流。此岂可以出处求哉？纵使字字寻得出处，去少陵之意益远矣。盖后人元不知杜诗所以妙绝古今者在何处，但以一字亦有出处为工，如《西昆酬唱集》中诗何曾有一字无出处者，便以为追配少陵，可乎？且今人作诗亦未尝无出处，渠自不知，若为之笺注亦字字有出处，但不妨其为恶诗耳。

放翁的意见固佳，其文字亦冷隽可喜，末数语尤妙：“不妨其为恶诗”，大有刀笔馀风，令人想起后来的章实斋，上节记“不行于世”虽非放翁自己的话，也有同样的趣味。卷八又有云：

北方民家吉①凶辄有相礼者，谓之白席，多鄙俚可笑。韩魏公自枢密归邺，赴一姻家礼席，偶取盘中一荔枝欲啖之，白席者遽唱言曰，资政吃荔枝，请众客同吃荔枝。魏公憎其喋喋，因置不复取，白席者又曰，资政恶发也，却请众客放下荔枝。魏公为一笑，恶发犹云怒也。

又卷二云：

钱王名其居曰握发殿。吴音握恶相乱，钱塘人遂谓其处曰，此钱大王恶发殿也。

连类抄录，亦颇有致。笔记中又有些文字，亦是琐语而中含至理，可以满正宗读者之意，如卷一云：

青城山上官道人，北人也。巢居食松麨，年九十矣，人有谒之者，但粲然一笑耳，有所请问则托言病聩，一语不肯答。予尝见之于丈人观道院，忽自语养生曰，为国家致太平与长生不死，皆非常人所能然，且当守国使不乱，以待奇才之出，卫

【锺校】

① “吉”原作“言”。

生使不夭，以须异人之至，不乱不夭皆不待异术，惟谨而已。

予大喜，从而叩之，则已复言瞶矣。

上官道人其殆得道者欤，行事固妙，所说治国卫生的道理寥寥几句话，却最高妙也最切实。我想这或者可以说是黄老之精髓吧，一方面亦未尝不合于儒家的道理，盖由于中国人元是黄帝子孙而孔子也尝问礼于老聃乎。所可惜的是不容易做，大抵也没有人想做过，北宋南宋以至明的季世，差不多都是成心在做乱与夭，这实是件奇事。中国的思想大都可以分为道与儒与法，而实际上的政教却往往是非道亦非儒亦非法，总之是非黄老，而于中国最有益的办法恐怕正是黄老，如上官道人所说是也。读《老学庵笔记》而得救国之道，似乎滑稽之甚，但我这里并不是说反话。真理元是平凡的东西，日光之下本无新事也。

［1937 年 5 月《青年界》/《秉烛谈》］

谈文字狱

不久以前我曾说过，人类虽是从动物进化来的，但他也有禽兽不如的几种恶习，如卖买淫及思想文字狱等。在野蛮时代，犯了禁忌的人如不伏冥诛亦难逃世法，这已非禽兽所有事，多少有点离奇了，不过那时是集团生活时代，思想差不多是统一的，所以这不成为问题，一直要到个人化渐发达，正统与异端显然分立，思想文字狱乃为人所注意，因此这时代自然不会很早的了。现在没有这些工夫去翻书，只就我们记得的来讲，则孔子杀少正卯可以说是以思想杀人的较早的一例，而杨恽之狱则是以文字杀人的例。据《孔子家语》说：

> 孔子为鲁司寇，摄行相事。于是朝政七日而诛乱政大夫少正卯，戮之于两观之下，尸于朝三日。子贡进曰，夫少正卯鲁之闻人也，今夫子为政而始诛之，或者为失乎。孔子曰，居，吾语以汝其故。天下有大恶者五，而窃盗不与焉。一曰心逆而险，二曰行僻而坚，三曰言伪而辩，四曰记丑而博，五曰顺非而泽。此五者有一于人，则不免君子之诛，而少正卯皆兼有之。

这件事或者如朱晦庵所疑并非事实亦未可知，但总之是儒教徒的一种理想，所以后来一直脍炙人口，文人提到异已者便想加以两观之诛，可以知矣。杨子幼的《报孙会宗书》因为收在古文选本里，知道的人很多（《文选》虽也有，恐怕看的少了），就成为古代文字狱的代表。就事论事，这两案是同样的冤枉，同样的暴虐，若其影响及于世道人心者则自以前者为甚。盖普通以文字杀人的文字狱其罪名大都是诽谤，虽然犯上作乱，大逆不道，加上好些好听的名称，却总盖不过事实，这只是暴君因被骂或疑心如此而发怒耳，明眼人终自知道，若以思想杀人的文字狱则罪在离经叛道，非圣无法，一般人觉得仿佛都被反对在内，皆欲得而甘心，是不但暴君欲杀，暴民亦附议者也。为犯匹夫之怒而被杀，后世犹有怜之者，为大众所杀则终了矣。虽或后来有二三好事者欲为平反，而他们自己也正为大众所疾视，不独无力且亦甚危事也。其一是政治的杀人，理非易见，其一是宗教的杀人，某种教旨如占势力则此钦案决不能动，千百年如一日，信仰之力亦大矣哉。因为这个理由，在文字狱中我特别看重这一类，西洋的巫蛊与①神圣裁判之引起我的兴味亦正为此，其通常诽谤的文字狱固是暴君草菅人命的好例，但其影响之重大则尚未能相比耳。

我们说起近代的文字狱来，第一总想到康熙乾隆时的那许多案件，但那些大抵是大逆不道案而已，在专制的满清时代，这是当然的，其缺少非圣无法案者非是朝廷特别宽容这个，乃因中国人在思想上久已阉割了之故，即使有人敢诽谤皇帝，也总不敢菲薄圣人也。清末出了一个谭复生，稍稍想挣扎，却不久即死在大逆案里，我们要找这类的人只好直找上去，去今三百馀年前才能找到一位，这即是所谓李秃李卓吾。明万历三十年（一六〇二）那时卓吾七十六岁，礼部给事中张问达上疏劾奏，据《山志》卷四（比《日知录》稍详）所引略云：

> 李贽壮岁为官，晚年削发。近又刻《藏书》《焚书》《卓吾大德》等书，流行海内，惑乱人心。以吕不韦李园为智谋，以李斯为才力，以冯道为吏隐，以卓文君为善择佳偶，以司马光论桑弘羊欺武帝为可笑，以秦始皇为千古一帝，以孔子之是非为不足据。狂诞悖戾未易枚举，刺谬不经，不可不毁。尤可

【锺校】

① “与”原作“具”。

恨者，寄居麻城，肆行不简，与无良辈游庵院，挟妓女，白昼同浴。勾引士人妻女入庵讲法，至有携衾枕而宿庵观者，一境如狂。又作《观音问①》一书，所谓观音者皆士人妻女也。后生小子喜其猖狂放肆，相率煽惑，至于明劫人财，强搂人妇，同于禽兽而不之恤。……望敕礼部檄行通州地方官将李贽解发原籍治罪，仍檄行两畿各省，将贽刊行诸书并搜简其家未刻者尽行烧毁，毋令贻乱后日，世道幸甚。

奉圣旨云：

李贽敢倡乱道，惑世诬民，便令厂卫五城严拿治罪。其书籍已刻未刻者令所在官司尽搜烧毁，不许存留。如有徒党曲庇私藏，该科及有司访参奏来并治罪。

卓吾遂被逮至北京，其时在闰二月，至三月十五日自刎死狱中。张问达阿附首相沈一贯劾奏李卓吾的两款是异端惑世与宣淫，对于这两点马敬所已经替他辨明得很清楚，原文见《李温陵外纪》，不容易得，近有容肇祖著《李卓吾评传》，朱维之著《李卓吾论》后附铃木虎雄原著《李卓吾年谱》，均有转录。卓吾之死，《山志》说是惧罪自尽，但据年谱引马敬所答张又玄书云：

先生视死生平等，视死之顺信平等，视一死之后人之疑生平等。且不刎于初系病苦之日而刎于病苏之后，不刎于事变初发圣怒难测之日，而刎于群喙尽歇事体渐平之后，此真不可思议。其偈有曰，志士不忘在沟壑，勇士不忘丧其元。先生故用此见成头巾语，障却天下万世人眼睛，具佛眼者可令此老瞒过耶。

【锺校】

① “问”原作“间”。

可知那班正统派如王山史等人所说都是不对的，彼亦未必是有意讲坏话，盖只是以他自己的心忖度别人耳。

谏官与首相勾结了去对皇帝说，谋除去一个异端，这也原是平凡的事，说过就可搁起，我这里所觉得有意思的乃是一般读书人对于此事的感想。读书人里自然也有明理的人，如马敬所焦弱侯袁小修陶石篑钱牧斋等，他们的话虽然很好这里且不提，因为我所注意的多在反面那一边。第一个我们请出鼎鼎大名的顾亭林来。在《日知录》卷十八“李贽”条下抄录张问达疏及旨后说道：

> 愚按自古以来小人之无忌惮而敢于叛圣人者莫甚于李贽，然虽奉严旨而其书之行于人间自若也。

又云：

> 天启五年九月四日川道御史王雅量疏，奉旨：李贽诸书怪诞不经，命巡视衙门焚毁，不许坊间发卖，仍通行禁止。而士大夫多喜其书，往往收藏，至今未灭。

王山史在《山志》初集卷四“李贽”条下云：

> 温陵李贽颇以著述自任，予考其行事，察其持论，盖一无忌惮之小人也，不知当时诸君子如焦弱侯辈何以服之特甚，予疑其出言新奇，辨给动听，久之遂为所移而不觉也。

又云：

> 予尝谓李贽之学本无可取，而倡异端以坏人心，肆淫行以兆国乱，盖盛世之妖孽，士林之梼杌也，不及正两观之诛，亦幸矣。

此后抄录疏旨，又云：

> 已而贽逮至，惧罪自尽，马经纶为营葬通州。闻今有大书二碑，一曰李卓吾先生墓，焦竑题，一曰卓吾老子碑，汪可受题。表章邪士，阴违圣人之教，显倍天子之法，亦可谓无心

矣。恨当时无有闻之于朝者，仆其碑并治其罪耳。

两位遗老恨恨之状可掬，顾君恨书未能烧尽，王君则恨人未杀，碑未仆也。我曾说：

> 奇哉亭林先生乃赞成思想文字狱，以烧书为唯一的卫道手段乎，只可惜还是在流行，此事盖须至乾隆大禁毁明季遗书而亭林之愿望始满足耳。不佞于顾君的学问岂敢菲薄，不过说他没有什么思想，而且那种正统派的态度是要不得的东西，只能为圣王效驱除之用而已。不佞非不喜《日知录》者，而读之每每作恶中辍，即有因此种恶浊空气混杂其中故也。

此外有冯定远，在《钝吟杂录》中亦有说及，如卷二《家戒下》云：

> 一家之人各以其是非为是非则不齐，推之至于天下，是非不同则风俗不一，上下不和，刑赏无常，乱之道也。李卓吾者乱民也，不知孔子之是非而用我之是非，愚之至也。孔子之是非乃千古不易之道也，君君，臣臣，父父，子子，一部《春秋》不过如此。

何义门批注云：

> 牧翁以为异人，愚之至也。吾尝谓既生一李卓吾，即宜生一牛金星继其后矣。

又卷四《读古浅说》云：

> 余于前人未尝敢轻诋，老人年长数十岁便须致敬，况已往之古人乎。然有五人不可容。李秃之谈道，此诛绝之罪也，孔子而在，必加两观之诛矣。

顾王二君皆是程朱派，视王阳明如蛇蝎，其骂李卓吾不足怪，钝吟本是诗人，《杂录》中亦有好意思，如此学嘴学舌，殊为可笑，至于何义门实太幼稚，更不足道矣。尤西堂著《艮斋杂说》正续十卷，除谈佛处不懂外多可看，卷五有一则论李卓吾金圣叹，其上半云：

李卓吾，天下之怪物也，而牧斋目为异人。其为姚安太守，公座常与禅衲俱，或入伽蓝判事。后去其发，秃而加巾，以妖人逮下狱，遂自刭死。当是时，老禅何在，异乎不异乎。

西堂语较平凡，但也总全不了解。即此数人殆可代表康熙时读书人对于李卓吾的意见，以后人云亦云，大概没有什么变化，直至清末革命运动发生，国学保存会重印《焚书》，黄晦闻吴又陵诸君始稍为表章，但是近十年来正统派思想又占势力，搢笏大官与束发小生同骂公安竟陵以文章亡国，苟使他们知有李秃，岂有不更痛骂之理，回思三十年来事，真不胜今昔之感也。

李卓吾为什么是妖人及异端呢？其一是在行为，他去发，讲学根佛说，与女人谈道。其一是在思想，王山史引《藏书》的总目论中语云：

人之是非初无定质，览者但无以孔子之定本行赏罚。

年谱引答耿中丞书云：

夫天生一人自有一人之用，不待取给于孔子而后足也。若必待取给于孔子，则千古以前无孔子，终不得为人乎。（案原书见《焚书》卷一）

又《童心说》云：

夫六经《语》《孟》，非其史官过为褒崇之词，则其臣子极为叹美之语，又不然则其迂阔门徒，懵懂弟子，记忆师说，有头无尾，得后遗前，随其所见，笔之于书。后学不察，便以为出自圣人之口也，决定目之为经矣，孰知其大半非圣人之言乎。纵出自圣人，要亦有为而发①，不过因病发药，随时处方，以救此一等懵懂弟子迂阔门徒云耳。药医假病，方难定

【锺校】

① “发”原作“废”。

执，是岂可遽以为万世之至论乎？然则六经《语》《孟》乃道学之口实，假人之渊薮也，断断乎其不可以语于童心之言明矣。(《焚书》卷三)

铃木氏评曰："辞或失之不逊，或陷于过贬，但酌其发言之精神所在，实可谓向后世儒生所陷的弊端下一金针。不料这些话却给与迫害卓吾的人以好口实，好像当他是反抗儒教的大罪人。"（据朱君译文原本）《焚书》卷二《答以女人学道为见短书》中有云：

故谓人有男女则可，谓见有男女岂可乎。谓见有长短则可，谓男子之见尽长，女人之见尽短，又岂可乎。设使女人其身而男子其见，乐闻正论而知俗语之不足听，乐学出世而知浮世之不足恋，则恐当世男子视之皆当羞愧流汗不敢出声矣。此盖孔圣人所以周流天下，欲庶几一遇而不可得者，今反视之为短见之人，不亦冤乎。冤不冤与此人何与，但恐旁观者丑耳。

这些话大抵最犯世间曲儒之忌，其实本来也很平常，只是因为懂得物理人情，对于一切都要张眼看过，用心想过，不肯随便跟了人家的脚跟走，所得的结果正是极平常实在的道理，盖日光之下本无新事也，但一班曲儒便惊骇的了不得，以为非妖即怪，大动干戈，乃兴诏狱。卓吾老子死了，这也没有什么希奇，其《五死篇》中本云："既无知己可死，吾将死于不知己者以泄怒也。"（《焚书》卷五）他既自己知道，更不必说冤矣。且卓吾亦曾云："冤不冤与此人何与，但恐观旁者丑耳。"我们忝为旁观者，岂能不为中国丑？不佞之不禁喋喋有言，实亦即为此故，不然与卓吾别无乡世寅戚谊，何必如此多嘴乎。年谱引《温陵外纪》卷一余永宁著《李卓吾先生告文》云："先生古之为己者也。为己之极，急于为人，为人之极，至于无己，则先生者今之为人之极者也。"这几句话说得很好。凡是以思想问题受迫害的人大抵都如此，他岂真有惑世诬民的目的，只是自有所得，不忍独秘，思以利他，终乃至于虽损己而无怨。此种境地吾辈凡夫何能企及，但为己之极急于为人，觉得不可不勉，不佞近数年来写文章，总不敢违反此意也。

（廿六年四月九日，北平）

［附记］

《焚书》卷三《卓吾论略》中云："年十二，试《老农老圃论》，居士曰，吾时已知樊迟之问在荷蒉丈人间，然而上大人丘乙己不忍也，故曰小人哉樊须也，则可知矣。论成，遂为同学所称。"此语甚有意致，文中不及引用，附识于此，供读《论语》者之参考也。

［1937 年 5 月《宇宙风》/《秉烛后谈》］

自己所能做的

自己所能做的是什么？这句话首先应当问，可是不大容易回答。饭是人人能吃的，但是像我这一顿只吃一碗的，恐怕这就很难承认自己是能吧。以此类推，许多事都尚待理会，一时未便画供。这里所说的自然只限于文事，平常有时还思量过，或者较为容易说，虽然这能也无非是主观的，只是想能而已。我自己想做的工作是写笔记。清初梁清远著《雕丘杂录》卷八有一则云：

> 余尝言，士人至今日凡作诗作文俱不能出古人范围，即有所见，自谓创获，而不知已为古人所已言矣。惟随时记事，或考论前人言行得失，有益于世道人心者，笔之于册，如《辍耕录》《鹤林玉露》之类，庶不至虚其所学，然人又多以说家杂家目之。嗟乎，果有益于世道人心，即说家杂家何不可也。

又卷十二云：

> 余尝论文章无裨于世道人心即卷如牛腰何益，且今人文理粗通少知运笔者即好①成文集数卷，究之只堪覆瓿耳，孰过而问焉。若人自成一说家如杂抄随笔之类，或纪一时之异闻，或抒一己之独见，小而技艺之精，大而政治之要，罔不叙述，令观者发其聪明，广其闻见，岂不足传世翼教乎哉。

不佞是杂家而非说家，对于梁君的意见很是赞同，却亦有差异的地方。我不喜掌故，故不叙政治；不信鬼怪，故不纪异闻；不作史论，故

【锺校】

① “好”原作“如”。

不评古人行为得失。馀下来的一件事便是涉猎前人言论，加以辨别，披沙拣金，磨杵成针，虽劳而无功，于世道人心却当有益，亦是值得做的工作。中国民族的思想传统本来并不算坏，他没有宗教的狂信与权威，道儒法三家，只是爱智者之分派，他们的意思我们也都很能了解。道家是消极的彻底，他们世故很深，觉得世事无可为，人生多忧患，便退下来愿以不才终天年。法家则积极的彻底，治天下不难，只消道之以政，齐以刑，就可达到统一的目的。儒家是站在这中间的，陶渊明《饮酒》诗中云："汲汲鲁中叟，弥缝使其淳，凤鸟虽不至，礼乐暂得新。"这弥缝二字实在说得极好，别无褒贬的意味，却把孔氏之儒的精神全表白出来了。佛教是外来的，其宗教部分如轮回观念以及玄学部分我都不懂，但其小乘的戒律之精严，菩萨的誓愿之弘大，加到中国思想里来，很有一种补剂的功用。不过后来出了流弊，儒家成了士大夫，专想升官发财，逢君虐民，道家合于方士，去弄烧丹拜斗等勾当，再一转变而道士与和尚均以法事为业，儒生亦信奉《太上感应篇》矣。这样一来，几乎成了一篇糊涂账，后世的许多罪恶差不多都由此支持下来，除了抽雅片这件事在外。这些杂糅的东西一小部分记录在书本子上，大部分都保留在各人的脑袋瓜儿里以及社会百般事物上面，我们对他不能有什么有效的处置，至少也总当想法侦察他一番，分别加以批判。希腊古哲有言曰，要知道你自己。我们凡人虽于爱智之道无能为役，但既幸得生而为人，于此一事总不可不勉耳。

这是一件难事情，我怎么敢来动手呢。当初原是不敢，也就是那么逼成的，好像是"八道行成"里的大子，各处彷徨之后往往走到牛角里去。三十年前不佞好谈文学，仿佛是很懂得文学似的，此外关于有好许多事也都要乱谈，及今思之，腋下汗出。后乃悔悟，详加检讨，凡所不能自信的事不敢再谈，实行孔子不知为不知的教训，文学铺之类遂关门了，但是别的店呢？孔子又云，知之为知之。到底还有什么是知的呢？

没有固然也并不妨，不过一样一样的灭掉之后，就是这样的减完了，这在我们凡人大约是不很容易做到的，所以结果总如碟子里留着的末一个点心，让他多少要多留一会儿。我们不能干脆的画一个鸡蛋，满意而去，所以在关了铺门的路旁仍不免要去摆一小摊，算是还有点货色，还在做生意。文学是专门学问，实是不知道，自己所觉得略略知道的只有普通知识，即是中学程度的国文，历史、生理和博物，此外还有数十年中从书本和经历得来的一点知识。这些实在凌乱得很，不新不旧，也新也旧，用一句土话来说，这种知识是叫做“三脚猫”的。三脚猫原是不成气候的东西，在我这里却又正有用处。猫都是四条腿的，有三脚的倒反而希奇了，有如刘海氏的三脚蟾，便有描进画里去的资格了。全旧的只知道过去，将来的人当然是全新的，对于旧的过去或者全然不顾，或者听了一点就大悦，半新半旧的三脚猫却有他的便利，有点像革命运动时代的老新党，他比革命成功后的青年有时更要急进，对于旧势力旧思想很不宽假，因为他更知道这里边的辛苦。我因此觉得也不敢妄①自菲薄，自己相信关于这些事情不无一日之长，愿意尽我的力量，有所供献于社会。我不懂文学，但知道文章的好坏，不懂哲学玄学，但知道思想的健全与否。我谈文章，系根据自己写及读国文所得的经验，以文情并茂为贵。谈思想，系根据生物学文化人类学道德史性的心理等的知识，考察儒释道法各家的意思，参酌而定，以情理并合为上。我的理想只是中庸，这似乎是平凡的东西，然而并不一定容易遇见，所以总觉得可称扬的太少，一面固似抱残守缺，一面又像偏②喜诃佛骂祖，诚不得已也。不佞盖是少信的人，在现今信仰的时代有点不大抓得住时代，未免

【锺校】

① 原无“妄”字，今增。

② “偏”原作“编”。

不得合式，但因此也正是必要的，语曰，良药苦口利于病，是也。

不佞从前谈文章谓有言志载道两派，而以言志为是。或疑诗言志，文以载道，二者本以诗文分，我所说有点缠夹，又或疑志与道并无若何殊异，今我又屡言文之有益于世道人心，似乎这里的纠纷更是明白了。这所疑的固然是事出有因，可是说清楚了当然是查无实据。我当时用这两个名称的时候的确有一种主观，不曾说得明了，我的意思以为言志是代表《诗经》的，这所谓志即是诗人各自的情感，而载道是代表唐宋文的，这所谓道乃是八大家共通的教义，所以二者是绝不相同的。现在如觉得有点缠夹，不妨加以说明云：凡载自己之道者即是言志，言他人之志者亦是载道。我写文章无论外行人看去如何幽默不正经，都自有我的道在里边，不过言道并无祖师，没有正统，不会吃人，只是若大路然，可以走，而不走也由你的。我不懂得为艺术的艺术，原来是不轻看功利的，虽然我也喜欢明其道不计其功的话，不过讲到底这道还就是一条路，总要是可以走的才行。于世道人心有益，自然是件好事，我哪里有反对的道理，只恐怕世间的是非未必尽与我相同，如果所说发其聪明，广其闻见，原是不错，但若必以江希张为传世而叶德辉为翼教，则非不佞之所知矣。

个人生下到世间来不知道是偶然的还是必然的，但是无论如何，在生下来以后那总是必然的了。凡是中国人不管先天后天上有何差别，反正在这民族的大范围内没法跳得出，固然不必怨艾，也并无可骄夸，还须得清醒切实的做下去。国家有许多事我们固然不会也实在是管不着，那么至少关于我们的思想文章的传统可以稍加注意，说不上研究，就是辨别批评一下也好，这不但是对于后人的义务也是自己所有的权利，盖我们生在此地此时实是一种难得的机会，自有其特殊的便宜，虽然自然也就有其损失，我们不可不善自利用，庶不至虚负此生，亦并对得起祖宗与子孙也。语曰，秀才人情纸一张。又曰，千里送鹅毛，物轻情意重。如有力量，立功固所愿，但现在所能止此，只好送一张纸，大家莫①嫌微薄，自己却也在警戒，所写不要变成一篇寿文之流才好耳。

［1937 年 5 月《宇宙风》/《秉烛后谈》］

【锺校】

① “莫”原作“算”。

《思痛记》及其他

中国近世的丧乱记事我也曾搜集一点来读，可是所见很不多。如关于道光壬寅（一八四二）“唤夷”犯江南之事，见有上海曹静山的《十三日备尝记》，丹徒法又白的《京口偾城录》，杨羡门的《出围城记》，朱月樵的《草间日记》等。长毛即太平天国时的记载有山阴陈昼卿的《蠡城被寇记》，会稽杨华庭的《夏虫自语》，鲁叔容的《虎口日记》，都是关于绍兴的，李小池著《思痛记》二卷则记江宁句容金坛一带，汪悔翁《乙丙日记》卷一亦记江宁破城事。这里边与我最有情分的要算是《思痛记》了。这一小册书我已买有三本，第一次是在光绪戊戌（一八九八），据日记上所记云：“十二月十三日，阴。午，至试前看案尚未出，购《思痛记》二卷，江宁李圭小池撰，洋一角。”其次是在北平，今年一月二日买得，价二元四角。复次则在上海，三月中托友人代为买来，价一元二角八分也。我看这本书前后凡四十年，大有韦编三绝之概，每看时或不看而想起时辄发生许多感慨，因为太多而且深切了，所以觉得无从说起，只好不说。这回决心想写小文绍介，可是仍旧没法子抄录，我想这书是应该整本子的读下去的。假如有志士仁人肯出资刊印，我想这书应该与孙秀楚的《扬州十日记》，“辛稼轩”的《南渡录》，——不问所说徽钦二帝的事真伪如何，或辛君的名字确系假冒，总之这三部书是值得合刻，给中国人读一遍的。还有一个缘故，单抄出几节残杀的记事也不是好方法，这岂不是与节抄《金瓶梅词话》的淫事相似么？唱经堂《杜诗解》卷四举三绝句的第一首云：

> 前年渝州杀刺史，今年开州杀刺史，
> 群盗相随剧虎狼，杀人更肯留妻子。

圣叹评云："杀人句妙于更肯字，本是杀其人而淫其妻，却写得一似蒙其肯留，感出意外者，非是写惨恶事犹用滑稽笔，不尔便恐粗犷不可读也。"金君故是解人，此语说得很好，读了更令我难于选抄，其实只怕抄得不好使文章没有气力，粗犷还是托词而已。我重复的说，这书是须得全读的，部分的选抄不适宜也没有用。吾乡孙子久著《退宜堂诗集》卷二有"严鞠泉广文逸自贼中赋赠"一首，并序云：

城陷，鞠泉虏系，夜将半，贼遍索赂，斫一人颅，衔刀灯下示怖众，寻缚十四人递戮[1]之，既十人，遽止。鞠泉竟免，次三人袁杜姚并得逸。

听谈己事泪交颐，生死须臾命若丝。

夜半灯光亮于雪，衔刀提出髑髅时。

还不如引这别一件事的诗聊以填空，若是原书那一定是非全读不可者也。

不过想介绍《思痛记》而一句都不引，似乎也不相宜，所以我这里来弃武就文，撇开太平天国的残杀淫掠而稍谈其文化政策吧。《思痛记》卷上记咸丰庚申（一八六〇）闰三月二十五日在金坛城外时事云：

李贼出坐殿中椅上，语一年约二十馀，发已如辫长，面白身矮瘦贼曰，掌书大人，要备表文敬天父。贼随去，少顷握黄纸一通置桌上，又一贼传人曰，俱来拜上帝。随见长发贼大小十三四人至，分两边挨次立，李贼立正中面向外，复谓一贼曰，可令新傢伙们立廊前观听。馀众至，则李贼首倡，众贼和之，似系四字一句不了了，约二十馀句，唱毕，所谓掌书大人者趋至桌前北向捧黄纸，不知喃喃作何语，读罢就火焚之。闻

【锺校】

① "戮"原作"戳"。

七日一礼拜，届期必若是，是即贼剿袭西洋天主教以惑众也。

悔翁《乙丙日记》卷一，记咸丰癸丑（一八五三）二月中事有云：

十二日，邻人刘宅有贼于其家打馆夕食，闻诵经声毕，则齐声呼杀妖而罢。初闻惊恐，谓其有邪术也。先是传言贼能放青烟以迷人，相去甚远可以忽至人前，有青烟酸入人鼻不可耐云云，其言出于藩署幕友，谓为信然，既闻此益坚信不疑。十三日，见娄宅壁上粘赞美云云，不知何为。既至城外，贼持一单令人人诵读，不熟者将挞之。其词云：

赞美上帝，惟天圣父。赞美耶稣，为救世真主。

赞美圣神，夙为神灵。赞美三位，为合一真神。

真道岂与，世道相同。能救人灵，享福无穷。

智者踊跃，接之为福。愚者省悟，天堂路通。

天父宏恩，广大无边。不惜太子，遣降凡间。

捐命代赎，吾侪罪孽。人知悔改，魂得升天。

云云，即娄宅壁上所粘，又即刘宅贼匪所诵也。时城外谭宅厅事为道州贼，后为歙人，道州贼日食必率其徒诵此，又教歙人率吾辈诵之，乃知其空言恐吓，实无邪术也。

悔翁自己曾经诵过赞美，其后妻亦因诵读不熟将被挞，二女愿代，七月中记云："十六日，女婆来打，二女代其母受扑五十。"至九月初十日，二女终以不食死，悔翁记之云："此后日子难过，后母气难受，日甚一日也。"悔翁此一节日记及文集中"次女哀辞"均极酸楚，其所记关于女人生活的偏激之论盖亦从此出也。胡光国著《愚园诗话》卷一载周葆濂所作《哀江南》曲，有一节云：

可记得，逢七日，奏章烧。

甚赞美，与天条，下凡天父遗新诏。

一桩桩胡闹，都是这小儿曹。

盖即指此事。《思痛记》在叙述敬天父后又云：

> 贼目令众坐，于是踞者蹲者，跣足者，倚肩搭背，舞手动脚，贼相毕露。小贼二三人立贼目后装水烟，呼馀众至问姓名。各报讫，掌书一一注簿。贼目又言，尔众系新来人，宜一心归顺天朝，不可逃走，逃走必死。复问能挑担打先锋者须自言，强壮者咸答曰能。馀五人答皆不能挑担，只会打杂，贼乃派令打杂，心始定。又曰，我是典圣粮官，指各贼曰，他们都是老兄弟。……自明日起逐日随老兄弟们去打粮，不能去者留馆烧火当差。说毕令人带回，贼众亦都散，此又贼中所讲道理也。

陈子庄著《庸闲斋笔记》卷四有一条云：

> 贼之最无道理者曰讲道理。每遇讲道理之时，必有所为也。凡掳众搜粮则讲道理，行军出令则讲道理，选女色为妃嫔则讲道理，驱蠢夫壮丁为极苦至难之事则讲道理。究其所讲者，其初必称天父造成山海，莫大功德，天王东王操心劳力，安养世人，莫大功德，理应供奉欢喜，娱其心志，畅其体肤，尔等众小安得妄享天父之财禄，骄淫怠惰，犯天条律云云。以后则宣扬贼将欲为之事，以一众心，而复引天父之语以证之，如谓孔子为不通秀才，天父前日已将其责打手心等语，闻之令人发指，即在贼中之人听之亦不复信也。

《愚园诗话》又载马寿龄的新乐府一首，题曰“讲道理”，其词云：

> 锣鼓四声挥令旂，听讲道理鸡鸣时。
> 桌有围，椅有披，五更鹄立拱候之。
> 日午一骑红袍驰，戈矛簇拥箫管吹，
> 从容下马严威仪，升座良久方致辞：
> 我辈金田起义始，谈何容易来至斯。

寒暑酷烈，山川险巇，千辛万苦成帝基。

尔辈生逢太平日，举足便上天堂梯。

夫死自有夫，妻死自有妻，无怨无恶无悲啼。

妖魔扫尽享天福，自有天父天兄为提携。

听者已倦讲未已，男子命退又女子，

女子痴憨笑相语，不讲顺理讲倒理。

陈马二君似未尝被掳，所说或难免传闻异辞，但大体当可信，盖李君所遇或是普通仪式，陈马则属于特殊者，而其中又有分别，即一是政治的宣传，一乃教义的训练是也。

太平天国在反抗满清这一点上总是应当称赞的，虽然他的估价不能高出朱洪武之上。明朝文化恐怕只有八股，假如其间没有一个王伯安出来乱闹一阵子。洪门文化不幸尚未建立成功，他以会党作基础再加上了教会，这个样子很有点蹊跷，至少我是觉得没有多少意思的。至于武化，杀妖是一件事，杀人又是一件事，这里暂且不谈。《思痛记》所记杀人事很可观，自有原书在也。

［1937 年 5 月 10 日《谈风》/集外文］

关于纸

答应谢先生给《言林》写文章，却老没有写。谢先生来信催促了两回，可是不但没有生气，还好意地提出两个题目来，叫我采纳。其一是因为我说爱读谷崎润一郎的《摄阳随笔》，其中有《文房具漫谈》一篇，“因此想到高斋的文房之类，请即写出来，告诉南方的读者何如?”

谢先生的好意我很感激，不过这个题目我仍旧写不出什么来。敝斋的文房具压根儿就无可谈，虽然我是用毛笔写字的，照例应该有笔墨纸砚。砚我只有一块歙石的，终年在抽斗里歇着，平常用的还是铜墨盒。笔墨也很寻常，我只觉得北平的毛笔不禁用，未免耗费。墨则没有什么问题，一两角钱一瓶的墨汁固然可以用好些日子，就是浪费一点买锭旧墨“青麟髓”之类，也着实上算，大约一两年都磨不了，古人所谓非人磨墨墨磨人，实在是不错的话。比较觉得麻烦的就只是纸，这与谷崎的漫谈所说有点相近了。

因为用毛笔写字的缘故，光滑的洋纸就不适宜，至于机制的洋连史更觉得讨厌。洋稿纸的一种毛病是分量重，如谷崎所说过的，但假如习惯用钢笔，则这缺点①也只好原谅了吧。洋连史分量仍重而质地又脆，这简直就是白有光纸罢了。中国自讲洋务以来，印书最初用考贝纸，其次是有光纸，进步至洋连史而止，又一路是报纸，进步至洋宣而止，还有米色的一种，不过颜色可以唬人，纸质恐怕还不及洋宣的结实罢。其实这岂是可以印书的呢？看了随即丢掉的新闻杂志，御用或投机的著

【锺校】

① “点”原作“笔”。

述，这样印本来也无妨，若是想要保存的东西，那就不行。拿来写字，又都不合适。照这样情形下去，我真怕中国的竹纸要消灭了。中国的米棉茶丝瓷现在都是逆输入了，墨用洋烟，纸也是洋宣洋连史，市上就只还没有洋毛笔而已。

本国纸的渐渐消灭似乎也不只是中国，日本大约也有同样的趋势。日前在《现代随笔全集》中见到寿岳文章的一篇《和纸复兴》，当初是登在月刊《工艺》上边的。这里边有两节云：

> 我们少年时代在小学校所学的手工里有一种所谓纸捻细工的。记得似乎可以做成纸烟匣这类的东西。现在恐怕这些都不成了吧。因为可以做纸捻的①材料几乎在我们的周围全已没有了。商家的账簿也已改为洋式簿记了。学童习字所用的纸差不多全是那脆弱的所谓"改良半纸"。（案即中国所云洋连史也。）在现今都用洋派便笺代了卷纸，用茶褐色洋信封代了生漉书状袋的时代，想要随便搓个纸捻也就没有可以搓的东西了。和纸已经离我们的周围那么远了，如不是特地去买了和纸来，连一根纸捻也都搓不成了。

> 放风筝是很有趣的。寒冬来了，在冻得黑黑的田地上冷风呼呼地吹过去的时候，乡间的少年往往自己削竹糊纸，制造风筝。我还记得，站在树荫底下躲着风，放上风筝去，一下子就挂在很高的山毛榉的树上了。但是用了结实的和纸所做的风筝就是少微挂在树枝上，也不会得就破的。即使是买来的，也用相当地坚固的纸。可是现今都会的少年买来玩耍的风筝是怎样呢？只要略略碰了电线一下，戳破了面颊的爆弹三勇士便早已

【锺校】

① 原无"的"字，今增。

瘪了嘴要哭出来了。

这里所谓和纸本来都是皮纸，最普通的是“半纸”，又一种色微黑而更坚韧，名为“西之内”，古来印书多用此纸。这大都用木质，所以要比中国的竹质的好一点，但是现今同样地稀少了，所不同的是日本的“改良半纸”之类都是本国自造，中国的洋连史之类大半是外国代造罢了。

日本用“西之内”纸所印的旧书甚多，所以容易得到，废姓外骨的著述虽用铅印而纸则颇讲究，普通和纸外有用杜仲纸者，近日买得永井荷风随笔曰《雨潇潇》，亦铅印而用越前国楮纸，颇觉可喜。梁任公在日本时用美浓纸印《人境庐诗草》，上虞罗氏前所印书亦多用佳纸，不过我只有《雪堂砖录》等数种而已。中国佳纸印成的书我没有什么，如故宫博物院以旧高丽纸影印书画，可谓珍贵矣，我亦未有一册。关于中国的纸，我并不希望有了不得的精品，只要有黄白竹纸可以印书，可以写字，便已够了。洋式机制各品自无妨去造，但大家勿认有光纸类为天下第一珍品，此最是要紧。至于我自己写文章但要轻软吃墨的毛边纸为稿纸耳，他无所需也。

［1937 年 5 月《好文章》/《风雨谈》］

谈卓文君

今人中间我颇留意收集钱谪星的著作，因为他很有些见识，虽然是个老翰林，今年也有六十多岁了。所著已搜到八册十五种，最近所得的里边有一卷《课馀闲笔》凡三百馀则，其一云：“开辟以来第一真快事，莫如卓女奔相如。”这句话令我想起李卓吾来。据《藏书》二十九“司马相如传”中云：

> 相如，卓氏之梁鸿也。使当其时卓氏如孟光，必请于王孙，吾知王孙必不听也。嗟夫，斗筲小人何足计事，徒失佳偶，空负良缘，不如早自决择，忍小耻而就大计。《易》不云乎，同声相应，同气相求，同明相照，同类相招，云从龙，风从虎。归凤求凰，安可诬也。

其实平心想起来，这些意思原来也很平凡。《诗经》“有狐”朱子注云：“国乱民散，丧其妃耦，有寡妇见鳏夫而欲嫁之。”又《孟子》“答万章问舜之不告而娶”云：

“告则不得娶。男女居室，人之大伦也，如告则废人之大伦，以怼父母，是以不告也。”卓吾的话差不多也只是这个意思，而举世哗然，张问达弹劾他特别举出，以冯道为吏隐，以卓文君为善择佳偶，为狂诞悖戾不可不毁的理由之一，这是什么缘故呢？写那《板桥杂记》的余澹心序李笠翁的《闲情偶记》云：“独是冥心高寄，千载相关，恶王恭王安石之不近人情，而独爱陶元亮之闲情作赋。”说的很通达，但是为王山史作《山志》的序则云：“志中论佛老论祆①民论王安石李贽屠隆，

【锺校】

① “祆”原作“袄”。

皆与余合。”卷四论李贽一条别无新意见，只是说可惜不及明正典刑，墓碑没有毁掉而已，不知余君何以如此佩服。钱君独能排众议，称扬卓女，与卓吾表同情，觉得是很难得的。《课馀闲笔》有钱君严父鹤岑的小引，称其议论古今，体会人情物理，有可采者，真可谓知子莫若父，而鹤岑之非常人亦可以想见矣。

《战国策》秦策里有一个譬喻，有人调戏两个女人，或从或不从，他享受从者而羡慕不从者，其说曰：“居彼人之所，则欲其许我也。今为我妻，则欲其为我詈人也。”这本说明雄主对付臣下的机心，却也正是普通男子的心理。更进一步说，现代性心理告诉我们，老流氓愈要求处女，多妻者亦愈重守节。中国之尊重贞节，宜也。偶阅邓文如的《骨董琐记》，在卷六有“改号娶小”则云：“王崇简《冬夜笺记》云，明末习尚，士人登第后易号娶妾，故京市谚曰，改个号，娶个小。有劝张受先娶妾者，怆然曰，甫释褐而即背糟糠，吾不忍为也。”我读了不觉愕然。这倒并不因为我有好些别号的缘故，我那许多别号与“恋爱”都无关，只是文章游戏，如有必要就是完全废除也无妨碍的。我所感觉奇怪的是这三百年来事情一致。现在的中国人改号与娶小未必还连在一起吧，但即使大家不大热心于改号，对于娶小大约总是不表示冷淡的。据德国性学家希耳须菲耳特（M. Hirschfeld）在他的游记《男与女》第二十五章中说：

> 现在全中国的男子中约计百分之三十各人只有一个妻子，由于种种理由，或是道德的，或是经济的，也或者是性心理的。约百分之五十，这里包括许多苦力在内，有两个妻子。约百分之十有三至六个女人，此外百分之五据说有六个以上，或有三十个妻子，也或有更多的。关于张宗昌将军，听说他有八十位，但在他败后定居日本之前只留下一个，其馀都给钱打发走了。我在香港时有人指示一个乞丐给我看，他除正妻之外还

养着两位姨太太云。

我们即使不懂别的大道理，一点普通的数学知识总是有的，三十与六十五哪一个数目大？中国多妻主义势力之大正是当然的，他们永久是大多数也。中国喊改革已有多年，结果是鸦片改名西北货，八股化装为宣传文，而姨太太也着洋装号称“爱人”，一切贴上新护符，一切都成为神圣矣。非等到男女两方都能经济独立不能自由恋爱，平常还仍是多妻而已。卓文君当初虽做得好，值得卓吾老子称赞，但后来也几乎被遗弃，以一篇《白头吟》幸得保存。由此观之，可知着犊鼻裈涤器的欢子尚不免有改号的雅兴，女人随在有被束高阁之可能，其有幸而免者，盖犹人之偶不发肺结核或虽发而早期治愈耳。一二贤哲为反抗礼教的压迫特为卓氏说一句话，其意甚可感，若有人遂以为她是幸福的女人，则亦犹未免为傻瓜也。

［1937 年 5 月《北平晨报》/《秉烛谈》］

关于《酒诫》

有书估来携破书廉价求售，《元诗选》等大部书无所用之，只留下了一部梁山舟的《频罗庵遗集》。集凡十六卷，诗仍是不懂，但其《题跋》四卷，《直语补证》《日贯斋涂说》各一卷，都可以看，也还值得买。题跋四有《书〈抱朴子〉酒诫篇附录自作〈说酒〉诗册跋》一首，其文云：

> 右篇反复垂诫，摹写俗态，至二千馀言，可谓无留蕴矣，特未确指所以不可饮之情状，或滋曲说焉。予尝有《说酒》五言一章，非敢傀言古书之后，聊取宣圣近譬之旨，以冀童竖之家至而户晓耳。洪饮之君子庶几抚掌一笑，以为然乎否乎。

抱朴子是道士，我对他有隔教之感，《酒诫》在外篇二十四，比较的可读，摹写俗态在起首两页，有云：

> 其初筵也，抑抑济济，言希容整，咏湛露之厌厌，歌在镐之恺乐，举万寿之觞，诵温克之义。日未移晷，体轻耳热。夫琉璃海螺之器并用，满酌罚馀之令遂急，醉而不止，拔辖投井。于是口涌鼻溢，濡首及乱，屡舞跹跹，舍其坐迁，载号载呶，如沸如羹。或争辞尚胜，或哑哑独笑，或无对而谈，或呕吐几筵，或[①]值蹶良倡，或冠脱带解。贞良者流华督之顾眄，怯懦者效庆忌之蕃捷，迟重者蓬转而波扰，整肃者鹿踊而鱼跃。口讷于寒暑者皆垂掌而谐声，谦卑而不竞者悉裨瞻以高

【锺校】

① “或”原作“我”。

交。廉耻之仪毁而荒错之疾发。阖茸之性露而傲很之态出。精浊神乱，臧否颠倒，或奔车走马，赴坑谷而不惮，以九折之阪为蚁封，或登危蹋颓，虽堕坠而不觉，以吕梁之渊为牛迹也。

以下又说因酒得祸得疾，今从略。梁山舟诗《说酒》二百四十字在遗集卷三，以面粉发酵来证明酒在肚里的害处，现在想来未免可笑，觉得与以糟肉证明酒的好处相差无几。我想中庸的办法似乎是《论语》所说为最妥当，即是惟酒无量不及乱。若要说得彻底说得好，则不得不推佛教了。《梵网经》菩萨戒轻垢罪篇，饮酒戒第二云：“若佛子，故饮酒，而生酒过失无量。若自身手过酒器与人饮酒者，五百世无手，何况自饮。不得教一切人饮，及一切众生饮酒，况自饮酒。若故自饮，教人饮者，犯轻垢罪。”贤首疏云：“轻垢者，简前重戒，是以名轻，简异无犯，故亦名垢。又释，黩污清净行名垢，礼非重过称轻。善戒地持轻戒总名突吉罗。瑜伽翻为恶作，谓作非顺理，故名恶作，又作具过恶，故名恶作。”这是大乘律，所以比较宽容，小乘律就不同了，《四分律》卷十六云：“佛告阿难，自今已去，以我为师者，乃至不得以草木头内着酒中而入口。”其时所结戒云：“若比丘饮酒者，波逸提。”案波逸提是堕义，比突吉罗更加重一等，据《根本律》说，“谓犯罪者堕在地狱傍生饿鬼恶道之中”。《四分律》又有解释极好，略云：

比丘，义如上。酒者，木酒，粳米酒，馀米酒，大麦酒，若有馀酒法作酒者是。木酒者，梨汁酒，阎浮果酒，甘蔗酒，舍楼伽果酒，蕤汁酒，蒲萄酒。梨汁酒者，若以蜜石蜜杂作，乃至蒲萄酒亦如是。杂酒者，酒色，酒香，酒味，不应饮。或有酒非酒色，酒香，酒味，不应饮。或有酒非酒色，非酒香，酒味，不应饮。或有酒非酒色，非酒香，非酒味，不应饮。非酒酒色，酒香，酒味，应饮。非酒非酒色，酒香，酒味，应饮。非酒非酒色，非酒香，酒味[1]，应饮。非酒非酒色，非酒香，非酒味，应饮。

《大智度论》卷十三亦有一节云：

酒有三种，一者谷酒，二者果酒，三者药草酒。果酒者，蒲萄、阿梨咤树果，如是等种种名为果酒。药草酒者，种种药草合和米曲甘蔗汁中，能变成酒，同蹄畜乳酒，一切乳热者可中作酒。略说若干若湿，若清若浊，如是等能令人心动放逸，是名为酒。一切不应饮，是名不饮酒。

这里把酒分门别类的讲得很清楚，大抵酒与非酒之分盖以醉人为准，即上文云令人心动放逸也。《四分律》叙结戒缘因本由比丘娑伽陀受请，食种种饮食，兼饮黑酒，醉卧道边大吐，众乌乱鸣。本文云："佛告阿难，此娑伽陀比丘痴人，如今不能降服小龙，况能降服大龙。"贤首戒疏云："如娑伽陀比丘，先时能服毒龙，后由饮酒不能伏虾蟆等。"亦即指此事。唯《四分律》中又举饮酒十失云：

佛语阿难，凡饮酒者有十过失。何等十？一者颜色恶。二者少力。三者眼视不明。四者现瞋恚相。五者坏田业资生法。六者增致疾病。七者益斗讼。八者无名称，恶名流布。九者智慧减少。十者身坏命终，堕三恶道。阿难，是谓饮酒者有十过失也。

《大智度论》亦云：

问曰，酒能破冷益身，令心欢喜，何以故不饮？答曰，益身甚少，所损甚多，是故不应饮。譬如美饮，其中杂毒。是何等毒？如佛语难提优婆塞，酒有三十五失。

【锺校】

① "酒味"原作"非酒味。"

所说数目虽多，精要却似不及《四分律》。如云一者现在世财物虚竭，即是《四分》之五。二者众疾之门，三者斗诤之本，即其六七。五者丑名恶声，六者覆没智慧，即其八九。十一者身力转少，十二者身色坏，即其二与一。又三十四者身坏命终，堕恶道泥犁中，即其十也。此外所说诸条别无胜义，无可称述，唯末有五言偈十六句，却能很得要领，可以作酒箴读。其词云：

> 酒失觉知相，身色浊而恶。
> 智心动而乱，惭愧已被劫。
> 失念增瞋心，失欢毁宗族。
> 如是虽名饮，实为饮毒死。
> 不应瞋而瞋，不应笑而笑。
> 不应哭而哭，不应打而打。
> 不应语而语，与狂人无异。
> 夺诸善功德，知愧者不饮。

这虽然不能算是一首诗，若是照向来诗的标准讲，但总不失为一篇好文章，特别是自从陶渊明后韵文不能说理，这种伽陀实是很好的文体，来补这个缺陷。贤首疏又引有《大爱道比丘尼经》，所说也是文情并茂，省得我去借查《大藏经》，现在就转抄了事。文云：

> 不得饮酒，不得尝酒，不得嗅酒，不得鬻酒，不得以酒饮人，不得言有疾欺饮药酒，不得至酒家，不得与酒客共语。夫酒为毒药，酒为毒水，酒为毒气，众失之源，众恶之本。残贤毁圣，败乱道德，轻毁致灾，立祸根本，四大枯朽，去福就罪，靡不由之。宁饮洋铜，不饮酒味。所以者何？酒令人失志，迷乱颠狂，令人不觉，入泥犁中，是故防酒耳。

这是一篇很好的小品文，我很觉得欢喜，此经是北凉时译，去今已一千五百年了，读了真令人低徊慨叹，第一是印度古时有这样明澈的思想，其次是中国古时有这样轻妙的译文，大可佩服，只可惜后来就没有了。

日本兼好法师是十四世纪前半的人，本姓卜部，出家后曾任京都吉田的神护院等处，俗称之为吉田兼好。他虽是和尚，但其绩业全在文学方面，所著随笔二卷二百四十三段，名曰《徒然草》，为日本中古散文学之精华。其第百七十五段也是讲酒的，可以称为兼好法师的酒诫，很可一读。十多年前我曾译出后半①，收在《冥土旅行》中，今将全文补译于下方：

世间不可解的事情甚多。每有事辄劝酒，强使人多饮以为快，不解其用意何在。饮酒者的脸均似极难堪，蹙额皱眉，常伺隙弃酒或图逃席，被捕获抑止，更胡乱灌酒，于是整饬者忽成狂夫，愚蠢可笑，康强者即变重病人，前后不知，倒卧地上。吉日良辰，如此情形至为不宜。至第二日尚头痛，饮食不进，卧而呻吟，前日的事不复记忆，有如隔生，公私诖误，生诸烦累。使人至于如此，既无慈悲，亦背礼仪。受此诸苦者又岂能不悔且恨耶。如云他国有此习俗，只是传闻，并非此间所有的事，亦已可骇怪，将觉得不可②思议矣。

即使单是当作他人的事来看，亦大难堪。有思虑的大雅人士亦复任意笑骂，言词烦多，乌巾歪戴，衣带解散，拉裾见胫，了不介意，觉得与平日有如两人。女子则搔发露额，了无羞涩，举脸嘻笑，捧持执杯的手，不良之徒取肴纳其口，亦或自食，殊不雅观。各尽力发声，或歌或舞，老年法师亦被呼出，袒其黑丑之体，扭身舞蹈，不堪入目，而欣喜观赏，此等

【锺校】

① “半”原作“来”。

② 原无“可”字，今增。

人亦大可厌憎也。或自夸才能，使听者毛耸，又或醉而哭泣，下流之人或骂詈斗争，陋劣可恐。盖多是可耻难堪的事，终乃强取人所不许的事物，俱坠廊下，或从马上车上堕地受伤。其不能有乘者，蹒跚行大路上，向着土墙或大门，漫为不可言说之诸事。披袈裟的年老法师扶小童之肩说着听不清楚的话，彳亍走去，其情状实为可怜悯也。

为如此种种事，如于现世或于来世当有利益，亦无可如何。唯在现世饮酒则多过失，丧财，得病。虽云酒为百药之长，百病皆从酒生，虽云酒可忘忧，醉人往往想起过去忧患至于痛哭。又在来世丧失智慧，烧毁善根，有如烈火，增长恶业，破坏众戒，当堕地狱。佛曾亲说，手过酒器与人饮酒者五百世无手。

酒虽如是可厌，但亦自有难舍之时。月夜，雪朝，花下，从容谈话，持杯相酬，能增兴趣。独坐无聊，友朋忽来，便设小酌，至为愉快。从高贵方面的御帘中，送出肴核与酒来，且觉将送之人亦必不俗，事甚可喜。冬日在小室中，支炉煮菜，与好友相对饮酒，举杯无算，甚快事也。在旅中小舍或野山边，戏言盛馔为何云云，坐草地上饮酒，亦是快事。非常怕酒的人被强令饮上少许，亦复佳。高雅的人特别相待。说来一杯，太少一点吧，大可忻喜。总之大酒量人至有趣味，其罪最可原许。大醉困顿，正在早睡之时，主人启户，便大惶惑，面目茫然，细髻矗立，衣不及更，抱持而逃，挈衿揭裾，生毛细胫亦均显露，凡此情状大可笑乐，亦悉相调和也。

上边第二节中所云不可言说之事，盖即指呕吐或小便，第三节引佛说，即《梵网经》原语，据贤首疏云：“五百世无手，杜顺禅师释云，以俱是脚，故云无手，即畜生是。”又第四节似未能忘富贵门第，又涉及遐想，或不免为法师病，唯兼好本武士，曾任为上皇宫侍卫，又其人富于情趣，博通三教，因通达故似多矛盾，本不足怪，如此篇上半是酒诫，而下半忽成酒颂，正是好例。拙译苦不能佳，假如更写得达雅一点，那么这在我所抄引的文章里要算顶有意思的一篇了。为什么[①]呢？彻底的主张本不难，就只是实行难，试看现今和尚都大碗酒大块肉的吃了，有什么办法。我们凡人不能“全或无”，还只好自认不中用，觉得酒也应戒，却也可以喝，反正不要烂醉就是了。

兼好法师的话正是为我们凡人说的。只能喝半斤老酒的不要让他醉，能喝十斤的不会醉，这样便都无妨喝喝。试活剥唐诗为证曰：但得酒中趣，勿为醉者传。凡人酒训的精义尽于此矣。

[1937 年 6 月《宇宙风》/《秉烛后谈》]

【锺校】

① “么”原作“点”。

《桑下谈》序

《后汉书》卷三十下《襄楷传》中说延熹九年楷上疏极谏，有云：“或言老子入夷狄为浮屠，浮屠不三宿桑下，不欲久生恩爱，精之至也。”章怀太子注云：“言浮屠之人寄桑下者不经三宿，便即移去，示无爱恋之心也。”襄君这话后来很有名，多有人引用，苏东坡诗中有云：“桑下岂无三宿恋，尊前聊与一身归。”但是原典出在哪里呢？博雅如章怀太子，注中也没有说起，我们更没有法子去查找了。老子化胡本是世俗谬说，后来被道士们利用，更觉得没有意思了，不宿桑下或者出于同样的传说亦未可知，不过他的意思颇好，也很有浮屠气，所以我想这多少有点影踪，未必全是随便说的话，我的书名的出典便在这里。

浮屠不欲久住致生爱恋，固然有他的道理，但是从别一方面说来，住也是颇有意味的事。据焦氏《笔乘》说：“右军帖云，寒食近，得且住为佳耳。辛幼安《玉胡蝶》词，试听呵，寒食近也，且住为佳。又《霜天晓角》，明日落花寒食，得且住为佳耳。凡两用之，当是绝爱其语。”大抵释氏积极精进，能为大愿而舍弃诸多爱乐，儒家入道者则应运顺化，却反多流连景光之情耳。又据《觚剩续编》讲诗词的脱换法的一则中云：“乐行不如苦住，富客不如贫主，本佛经语，而高季迪《悲歌》则曰贫少不如富老，美游不如恶归。”对于脱换法我别无多少兴趣，这里引用钮君的话就只为了那两句佛经，因为我还没有找到他的直接出处。同是说住而这里云苦住，显示出佛教的色彩，盖寒食前的住虽亦萧寂而实际还有浓艳味在内，此则是老僧行径，不必做自己吊打苦行，也总如陶公似的有瓶无储粟之概吧。这苦住的意思我很喜欢，曾经想借作庵名，虽然这与苦茶同是一庵，而且本来实在也并没有这么一个庵。不过这些都无关系，我觉得苦住这句话总是很好的。所谓苦者不一定要“三界无安犹如火宅”那么样，就只如平常说的辛苦那种程度的意义，似乎也可以了。不佞乃是少信者，既无耶和华的天国，也没有阿弥陀佛的净土，签发到手的乃是这部南瞻部洲的摩诃至那一块地方，那么只好住了下来，别无乐行的大志愿，反正在中国旅行也是很辛苦的，何必更多去寻苦吃呢。诗云，谁谓荼苦，其甘如荠，盖亦不得已，诗人岂真有此奇嗜哉。三年前戏作打油诗有云：“且到寒斋吃苦茶。”不知道为什么缘故，批评家哄哄的嚷了大半年，大家承认我是饮茶户，而苦茶是闲适的代表饮料。这其实也有我的错误，词意未免晦涩，有人说此种微辞已为今之青年所不憭，而不作此等攻击文字，此外亦无可言云云，鄙人不但活该，亦正是受惊若宠也。现在找着了苦住，掉换一个字，虽缺少婉曲之致，却可以表明意思了吧。

前见《困学纪①闻》引杜牧之句云“忍过事堪喜”，曾经写过一篇小文有云：“我不是尊奉他作格言，我是赏识他的境界。这有如吃苦茶。苦茶并不是好吃的，平常的茶小孩也要到十几岁才肯喝，咽一口酽茶觉得爽快，这是大人的可怜处。”苦住的意思也就不过如此。我既采取佛经的这个说法，那么对于浮屠的不三宿桑下我应该不再赞成了吧。这却也不尽然。浮屠应当那样做，我们凡人是不可能亦并无须，但他们怕久生恩爱，这里边很有人情，凡不是修道的人当从反面应用，即宿于桑下便宜有爱恋是也。本来所谓恩爱并不一定要是怎么急迫的关系，实在也还是一点情分罢了。住世多苦辛，熟习了亦不无可留连处，水与石可，桑与梓亦可，即鸟兽亦可也，或薄今人则古人之言与行亦复可凭吊，此

【锺校】

① “纪”原作“记”。

未必是怀[①]旧，盖正是常情耳。语云：一树之阴亦是缘分。若三宿而起，掉头径去，此不但为俗语所讥，即在浮屠亦复不情，他们不欲生情以损道心，正因不能乃尔薄情也。不佞生于会稽，其后寄居杭州南京北平各地，皆我的桑下也，虽宿有久暂，各有所怀恋，平日稍有谈说，聊以寄意。今所集者为关于越中的一部分，故题此名，并略释如上。故乡犹故国然，爱而莫能助，责望之意转为咏叹，则等于诔词矣，此意甚可哀也。

中华民国二十六年六月三日著者记于北平知堂。

［1937 年 6 月 3 日作/《秉烛后谈》］

【锺校】

① “怀”原作“竺”。

谈娱乐

我不是清教徒，并不反对有娱乐。明末谢在杭著《五杂组》卷二有云：

> 大抵习俗所尚，不必强之，如竞渡游春之类，小民多有衣食于是者，损富家之羡镪以度贫民之糊口，非徒无益有损比也。

清初刘继庄著《广阳杂记》卷二云：

> 余观世之小人未有不好唱歌看戏者，此性天中之诗与乐也。未有不看小说听说书者，此性天中之书与春秋也。未有不信占卜祀鬼神者，此性天中之易与礼也。圣人六经之教原本人情，而后之儒者乃不能因其势而利导之，百计禁止遏抑，务以成周之刍狗茅塞人心，是何异塞川使之不流，无怪其决裂溃败也。夫今之儒者之心为刍狗之所塞也久矣，而以天下大器使之为之，爰以图治，不亦难乎。

又清末徐仲可著《大受堂札记》卷五云：

> 儿童叟妪皆有历史观念。于何征之？征之于吾家。光绪丙申居萧山，吾子新六方七龄，自塾归，老佣赵馀庆于灯下告以戏剧所演古事如《三国志》《水浒传》等，新六闻之手舞足蹈。乙丑居上海，孙大春八龄，女孙大庆九龄，大庚六龄，皆喜就杨媪王媪听谈话，所语亦戏剧中事。杨京兆人，谓之曰讲古今；王绍兴人，谓之曰说故事。三孩端坐倾听，乐以忘寝。珂于是知戏剧有启牖社会之力，未可以淫盗之事导人入于歧途，且又知力足以延保姆者之尤有益于儿童也。

三人所说都有道理，徐君的话自然要算最浅，不过社会教育的普通话。刘君能看出六经的本相来，却是绝大见识，这一方面使人知道民俗之重要性，别一方面可以少开儒者一流的茅塞，是很有意义的事。谢君谈民间习俗而注意经济问题，也很可佩服，这与我不赞成禁止社戏的意思相似，虽然我并不着重消费的方面，只是觉得生活应该有张弛，高攀一点也可以说不过是柳子厚《题毛颖传》里的有些话而已。

我所谓娱乐的范围颇广，自竞渡游春①以至讲古今，或坐茶店，站门口，嗑瓜子，抽旱烟之类，凡是生活上的转换，非负担而是一种享受者，都可算在里边。为得要使生活与工作不疲敝而有效率，这种休养是必要的。不过这里似乎也不可不有个限制，正如在一切事上一样，即是这必须是自由的，不，自己要自由，还要以他人的自由为界。娱乐也有自由，似乎有点可笑，其实却并不然。娱乐原来也是嗜好，本应各有所偏爱，不会统一，所以正当的娱乐须是各人所最心爱的事，我们不能干涉人家。但人家亦不该来强迫我们非附和不可。我是不反对人家听戏的，虽然这在我自己是所厌恶的东西之一，这个态度至少在最近二十年中一点没有改变。其实就是说好唱歌看戏是性天中之诗与乐的刘继庄，他的态度也未尝不如此，如《广阳杂记》卷二有云：

> 饭后益冷，沽酒群饮，人各二三杯而止，亦皆醺然矣。饮讫，某某者忽然不见，询之则知往东塔街观剧矣。噫，优人如鬼，村歌如哭，衣服如乞儿之破絮，科诨如泼妇之骂街，犹有人焉冲寒而久立以观之，则声色之移人固有不关美好者矣。

又卷三云：

> 亦舟以优觞款予，剧演《玉连环》，楚人强作吴歈，丑拙

【锺校】

① “春”原作“者”。

至不可忍。予向极苦观剧，今值此酷暑如焚，村优如鬼，兼之恶酿如药，而主人之意则极诚且敬，必不能不终席，此生平之一劫也。

刘君所厌弃者初看似是如鬼之优人，或者有上等声色亦所不弃，但又云向极苦观剧，则是性所不喜欢也。有人冲寒久立以观泼妇之骂街，亦有人以优觞相款为生平一劫，于此可见物性不齐，不可勉强，务在处分得宜，趋避有道，皆能自得，斯为善耳。不佞对于广阳子甚有同情，故多引用其语，差不多也就可以替我说话。不过他的运气还比较的要好一点，因为那时只有人请他吃酒看戏，这也不会是常有的事，为敷衍[①]主人计忍耐一下，或者还不很难，几年里碰见一两件不如意事岂不是人生所不能免的么。优觞我不曾遇着过，被邀往戏园里去看当然是可能的，但我们可以谢谢不去，这就是上文所说还有避的自由也。譬如古今书籍浩如烟海，任人取读，有些不中意的，如卑鄙的应制宣传文，荒谬的果报录，看不懂的诗文等，便可干脆抛开不看，并没人送到眼前来，逼着非读不可。戏文是在戏园里边，正如鸦片是在某种国货店里，白面在某种洋行里一样，喜欢的人可以跑去买，若是闭门家里坐，这些货色是不会从顶棚上自己掉下来的。现在的世界进了步了，我们的运气便要比刘继庄坏得多，盖无线电盛行，几乎随时随地把戏文及其他擅自放进人[②]家里来，吵闹得着实难过，有时真使人感到道地的绝望。去年五月间我写过一篇《北平的好坏》，曾讲到这件事，有云：

我反对旧剧的意见不始于今日，不过这只是我个人的意见，自己避开戏园就是了，本不必大声疾呼，想去警世传道，

【锺校】

① “衍”原作“衎”。
② “人”原作“入”。

> 因为如上文所说，趣味感觉各人不同，往往非人力所能改变，固不特鸦片小脚为然也。但是现在情形有点不同了，自从无线电广播发达以来，出门一望但见四面多是歪斜碎裂的竹竿，街头巷尾充满着非人世的怪声，而其中以戏文为最多，简直使人无所逃于天地之间，非硬听京戏不可，此种压迫实在比苛捐杂税还要难受。

我这里只举戏剧为例，事实上还有大鼓书，也为我所同样的深①恶痛绝的东西。本来我只在友人处听过一回大鼓书，留声机片也有两张刘宝全的，并不觉得怎么可厌。这一两个月里比邻整夜的点电灯并开无线电，白天则全是大鼓书，我的耳朵里充满了野卑的声音与单调的歌词，犹如在头皮上不断的滴水，使我对于这有名的清口大鼓感觉十分的厌恶，只要听到那崩崩的鼓声，就觉得满身不愉快。我真个服这种强迫的力量，能够使一个人这样确实的从中立转到反对的方面去。这里我得到两个教训的结论。宋季雅曰，百万②买宅，千万买邻。这的确是一句有经验的话。孔仲尼曰，己所不欲，勿施于人。这句话虽好，却还只有一半，己之所欲勿妄加诸人，也是同样的重要。我愿世人于此等处稍为吝啬点，不要随意以钟鼓享爰居，庶几亦是一种忠恕之道也。

［1937 年 6 月 23 日作/《秉烛后谈》］

【锺校】

①原无“深”字，今增。

②“百万”上原衍“一”字，已删。

谈宴会

偶阅横井也有的俳文集《鹑衣》，十二卷中佳作甚多，读了令人垂涎，有《俳席规则》二篇，系俳谐连歌席上饮食起居的约法，琐屑有妙趣，惜多插俳句，玩索久之不敢动笔。续篇上卷有一文题曰《俳席规则赠人》，较为简单，兹述其大意云：

一、饭宜专用奈良茶，当然无汤，但如非奈良茶者，则有汤可也。

一、菜一品，鱼鸟任所有，勿务求珍奇。无鱼鸟时则豆腐茄子可也，欲辩白其非是素斋，岂不是有坚鱼其物在耶？

一、香之物不待论。

一、如有面类之设，规则亦准右文。

一、酒因杯有大小，故大户亦以二献为限。

酒之有肴，本为劝进迟滞的饮食之助，今既非寻常宴会，自无需强劝的道理。但肴虽是无用，或以食案上一菜为少，如有馈遗猎获之物，则具一品称之曰肴，亦可任主人之意。又或在雪霜夜风中为防归路的寒冷，饭后留存酒壶，连歌满卷时再斟一巡，可临时看情形定之。角抵与戏文的结末易成为喧争，俳谐集会易流于饮食，此亦是今世之常习，可为斯道叹者也。人皆以翁之奈良茶三石为口实，而知其为意旨者甚少。盖云奈良茶者，乃是即一汤亦可省的教训，况多设菜数耶。鱼生鱼脍，大壶大碗，罗列于奈良茶之食案上，有如行脚僧弃其头陀袋，却带着驮马挑夫走，须知其非本姿本情之所宜有也。汉子梅二以此事为虑，请俳席规则于予，赏其有信道之志，乃为记馔具之法以赠之①。

这里须得有些注释才行。奈良本是产茶的地方，这所谓奈良茶却是茶粥的别名，即以茶汁所煮的粥。据各务支考《俳谐十论》所记，芭蕉翁曾戏仿《论语》口调云，吃奈良茶三石而后始知俳谐之味，盖俳人常以此为食也。坚鱼和文写作鱼旁坚字，《东雅》云即《闽书》的青贯，晒肉作干名鲣节，刨取作为调味料，今北平商人称之曰木鱼，谓其坚如木。香之物即小菜，大抵以米糠和盐水渍瓜菜为之，萝卜为主，茄子黄瓜等亦可用，本系饭后佐茶之物，与中国小菜稍不同。肴字日本语原意云酒菜，故上文云云，不作普通下饭讲也。前篇上卷《俳席规则》一文中有相类似的话，可以参考："汤一菜一，酒之肴亦以一为限，卸素斋之咎于坚鱼可也。夏必用茄子，豆腐可亘三季，香之物则不足论也。"这两篇文章前后相去有二十八年，意思却还是一样，觉得很有意思。又续篇上卷中另有规则补遗三条，其第二条云："夜阑不可问时刻，但闻厨下鼾声，勿惊可也。"此语大有情趣，不特可补上文之阙，亦可见也有翁与俳人生活态度之一斑也。

梁葵石著《雕丘杂录》七，《闭影杂识》中有一则云：

> 倪鸿宝先生《五簋享式》云：饮食之事而有江河之忧，我辈不救，谁救之者。天下岂有我辈客是饮食人？诗云，以燕乐嘉宾之心，此言嘉宾，以娱其意。孔作盛馔，列惊七浆，作之惊之，是为逐客。然则约则为恭，侈反章慢，谨参往谋，条为食律。八馈裁诗，二享广易，天数地数，情文已极。彼君子兮，噬肯我适，文以美名，赏其真率。一水一山，清意下物，髡心最欢，能饮一石。五肴，二果二蔬，汤点各二，饾饤十

【锺校】

① "以赠之"原作"赠以之"。

馀，酒无算。二客四客一席，不妨五六，惟簋加大。劳从享馀酒人一斤，或钱百文，舟舆人钱五十。——此式近亦有行之者，人人称便，录以示后人，不第爱其词之古也。

明李君实著《紫桃轩又缀》卷二亦有自作《竹懒花鸟檄》，后列办法，檄文别无隽语今不录，办法首六则云：

一、品馔不过五物，务取鲜洁，用盛大墩碗，一碗可供三四人者，欲其缩于品而裕于用也。

一、攒碟务取时鲜精品，客少一合，客多不过二合。大肴既简，所恃以侑杯勺者此耳。流俗糖物粗果，一不得用。

一、用上白米斗馀作精饭，佳蔬二品，鲜汤一品，取其填然以饱，而后可从事觞咏也。

一、酒备二品，须极佳者，严至螫口，甘至停膈，俱不用。

一、用精面作炊食一二品，为坐久济虚之需。

一、从者每客止许一人，年高者益一童子，另备酒饭给之。

倪李二公俱是明季高人，其定此规律不独为提倡风雅，亦实欲昭示质朴，但与也有翁的俳席一比较，则又很分出高下来了。板屋纸窗，行灯荧荧，缩项啜茶粥，吃豆腐茄子和腌萝卜，虽然写出一卷歪诗，也是一种雅集，比起五簋享的桌面来，大有一群叫化子在城隍庙厢下分享残羹冷炙之感，这是什么缘故呢？据我想，这一件小事却有大意义，因为即此可以看出中国明清时与日本江户时代的文学家的不同来。江户时文学在历史上称是平民的，诗文小说都有新开展，作者大抵是些平民，偶然也有小武士小官吏，如横井也有即其一人，但因为没有科举的圈子，挎上长刀是公人，解下刀来就在破席子上坐地，与平民诗人一同做起俳谐歌来，没有乡绅的架子。中国的明末清初何尝不是一个新文学时期，不过文人无论新旧总非读书人不成，而读书人多少都有点功名，总称曰士大夫，阔的即是乡绅了，他们的体面不能为文学而牺牲，只有新文艺而无新生活者殆以此故。当时出过冯梦龙金圣叹李笠翁几个人，稍为奇特一点，却已被看作文坛外的流氓，至今还不大为人所看得起，可以为鉴戒矣。长衫朋友总不能在大道旁坐小杌子上，或一手托冷饭一碗，上蟠干菜，立而吃之，至少亦须于稻地放一板桌，有鳖鱼鲞汤等四五品，才可以算是夏天便饭，不妨为旁人所见，盖亦诚不得已耳。

宋小茗著《耐冷谭》十六卷，刊于道光九年，盖系一种诗话。卷二有一则云：

> 康熙初神京丰稔，笙歌清宴达旦不息，真所谓车如流水马如龙也。达官贵人盛行一品会，席上无二物，而穷极巧丽。王相国胥庭熙当会，出一大冰盘，中有腐如圆月，公举手曰，家无长物，只一腐相款，幸勿莞尔。及动箸，则珍错毕具，莫能名其何物也，一时称绝。至徐尚书健庵，隔年取江南燕来笋，负土捆载至邸第，春光乍丽则出①之而挺爪矣。直会期乃为煨笋以饷客，去其壳则为玉管，中贯以珍羞，客欣然称饱。咸谓一笋一腐可采入食经。此梅里李敬堂大令集闻之其曾大父秋锦先生，恐其久而遂轶，录以示后人者，今其孙金澜明经遇孙检得之，属同人赋诗焉。

许壬瓠著《珊瑚舌雕谈初笔》八卷，卷七有《一品会》一则，首云“少时尝闻一久宦都中罢游林下者云”，次即直录上文，自康熙初至入食经，后又续云：“余以为迩来富贵家中一品锅亦此遗制欤。”《雕谈

【锺校】

①原无“出”字，今增。

初笔》作于光绪九年[1]，距《耐冷谭》已五十四年矣，犹珍重如此，可知大家对于一品会之有兴味了。这种吃法实在是除了阁老表示他的阔气以外别无什么意思，单是一种变态的奢侈而已，收入食谱殆只是穷措大的幻想，有钱者不愿按谱而办，无钱者按谱亦不能办也。王徐与倪李的人品不可同日而语，唯其为读书人则一，一品会与《五簋享式》《花鸟檄》雅俗似亦悬殊，然实际上质并无不同，但量有异耳。若是俳席乃觉得别是一物，此固由日本文人的气质特殊，抑亦俳谐的趣味使然欤。

［1937 年 6 月 24 日作/《秉烛后谈》］

【锺校】

① “《雕谈初笔》作于光绪九年”，原作“雕谈初作笔于光绪九年”。

谈俳文

我看中国游戏文章，常想到日本的俳文，虽然讲起俳文又非回到游戏文章上来不可，这样说法似乎有点缠夹，但这是事实如此，因为俳文的根源可以说是本在中国，然而两者在本国文学上的地位却又很有不相同，把他们拉在一起来看看，不但好玩也是很有意思的事吧。

俳文原来是日本的名词，具说当云俳谐文，或俳谐体的文章。日本古时诗歌形式本有好几种，后来只存短歌一体，通称和歌，即以五七五七七凡五节三十一音合成的小诗。这原应分作五七、五七、七这三段落，可是普通总分为五七五、七七两节，于是有时两人联句合作，为连歌之原始，或区别之曰短连歌。普通所谓连歌皆是长连歌，即以和歌十八或廿五或五十首连接而成，称曰三十六韵或五十或百韵，由三人以上联句，宜于歌会雅集，但最多的还是三十六韵，因古时有三十六歌仙之选，遂亦名之曰歌仙。据说在平安朝后期即十一世纪初已有连歌，至室町朝（十三四世纪）乃有俳谐连歌兴起，后略称俳谐，读若 Haikai，今欧人即用此称以指俳句，其实俳句原只是俳谐连歌的第一句，后来独立成为短诗之一体者也。俳文者即是这些弄俳谐的人所写的文章。有名的俳人向井去来曾说："以俳谐写文章为俳谐文，咏歌为俳谐歌，躬行则俳谐之人也。"

俳谐的名称当然是出于中国，讲出典的必引《史记滑稽列传》索隐云："姚察云，滑稽犹俳谐也。"又谷素外《俳谐根源集》引《左传正义》云："宋太尉袁淑取古之文章令人笑者次而题之，名曰《俳谐集》。"查《隋书经籍志》，有《俳谐文》十卷，袁淑撰。今其书虽已佚，在唐代类书如《艺文类聚》《初学记》中尚有留遗，据严铁桥辑

《全宋文》卷四十四所录共有五篇，而以《驴山公九锡文》为最有名，引书名或为《俳谐记》或为《俳谐集》，均不能一致。杜子美集中亦有《戏作俳谐体遣闷二首》，其词云：“异俗可吁怪，斯人难并居。家家养乌鬼，顿顿食黄鱼。旧识能为态，新知已暗疏。治生且耕凿，只有不关渠。”

“西历青羌坂，南留白帝城。於菟侵客恨，粔籹作人情。瓦卜传神语，畬田费火声。是非何处定，高枕笑浮生。”范石湖集中也有类似的作品，卷二十三中有“上元纪吴中节物俳谐体三十二韵”，很看得出是模仿老杜的，后半有数联云：“筳篿巫志怪，香火婢输诚。帚卜拖裙验，箕诗落笔惊。微如针属尾，贱及苇分茎。”细写扫帚姑筲箕姑针姑苇姑等民间习俗，但后边就接着说：“末俗难诃止，佳辰且放行。”又云：“生涯唯病骨，节物尚乡情。掎摭成俳体，咨询逮里氓。”可见他对于这些事都很有情意，与老杜看巴蜀异俗的态度不同，唯其为俳谐体则一也。此等诗中并不见有啮妃女唇甘如饴，或迫窘诘屈几穷哉的话头，似乎看不出什么俳谐的地方，但如家家养乌鬼顿顿食黄鱼，用常语写俗事，与普通的诗有异，即此便已是俳谐，日本俳谐师所谓以俳言作歌，亦是谓常谈平话而非古文雅语耳，此亦是二者相近的一点也。散文方面却很有点不同，袁阳源的那些九锡或劝进文等拟作，其俳谐味差不多就在尊严之滑稽化，加上当时政治的背景，自然更有点意思，这是可暂而不可常的，若是动物之拟人化，那是“古已有之”的玩意儿，容易觉得陈年，虽然喜欢这套把戏的人倒是古今都不会缺少的。正经如韩退之也还要写《毛颖传》之类，可以知道这里的消息了，不过这是没有出路的，我个人无论怎么喜欢俳谐之作，此时也不得不老实的说也。

日本的俳文有一种特别的地方，这不是文人所做而是俳人即俳谐诗人的手笔，俳人专做俳谐俳连歌以及俳句（在以前称为发句，意云发端的一句），也写散文，即是俳文，因为其观察与表现之法都是俳谐的，没有这种修练的普通文人便不能写。其实俳谐文学也经过好些变迁，俳文的内容并不一样，有的闲寂幽玄，有的洒脱飘逸，或怡情于花鸟风月，或留意人生的滑稽味，结归起来可分三类，一是高远清雅的俳境，二是谐谑讽刺，三是介在这中间的蕴藉而诙诡的趣味，但其表现的方法同以简洁为贵，喜有馀韵而忌枝节，故文章有一致的趋向，多用巧妙的譬喻适切的典故，精练的笔致与含蓄的语句，又复自由驱使雅俗和汉语，于杂糅中见调和，此其所以难也。松尾芭蕉（一六四四至一六九四）是俳谐开山的祖师，他将连歌从模拟与游戏中间救了出来，变成一种寄托自然与人生的文艺，所写文章亦即为俳文的首源。门人森川许六编《风俗文选》十卷，集录芭蕉及其门下所为文，甚为后世所珍重。横井也有（一七〇二至一七八三）继其后为俳文大家，著有文集《鹑衣》四编凡十一卷，称为绝作，其后篇卷下有《六林文集序》，曾评芭蕉的俳文云："芭蕉之文正而俗中不失雅，譬如高门之士，扮作草笠道袍花下凭几，而成串团子终不下手，单饮茶休息着，不到此境地的人难及也。"此种文章读且不易，更不必说译了。前年冬天偶写《老年》一文，曾将芭蕉的一篇《闭关说》译出抄在里边，今便转录于下，取其现成可以利用作俳文之一标本耳。其词云：

色者君子所憎，佛亦列此于五戒之首，但到底难以割舍，不幸而落于情障者，亦复所在多有。有如独卧人所不知的藏部山梅树之下，意外的染了花香，若忍冈之眼目关无人看守者，其造成若何错误亦正难言耳。因渔妇波上之枕而湿其衣袖，破家失身前例虽亦甚多，唯以视老后犹复贪恋前途，苦其心神于钱米之间，人情物理都不了解，则其罪尚大可恕也。人生七十世称希有，一生之盛时乃仅二十馀年而已。初老之至，有如一梦。五十六十渐就颓龄，衰朽可叹，黄昏即寝，黎明而起，醒时思惟，复何所贪耶。愚者多思，烦恼增长，有一艺之长者亦长于是非。以此为渡世之业，在贪欲魔界中使心怒发，溺于沟洫，不能善遂其生。南华老仙破除利害，忘却老少，但令有闲，为老后乐，斯知言哉。人来则有无用之辩，外出则妨他人之事业，亦以为憾。孙敬闭户，杜五郎锁门，以无友为友，以贫为富，庶乎其可也。五十顽夫，书此自戒。

朝颜花呀，白昼是下锁的门的围墙。

末行是一首俳句，大意是说早晨牵牛花开着，或者出来一走，平时便总是关着门罢了。又有一篇《徒然词》，因为篇幅很短，也就译录于后：

居丧者以愁为主人，饮酒者以乐为主人，住于愁者以愁为主人，住于徒然者以徒然为主人。西行上人诗有云，若无寂寞则山居亦难耐，是以寂寞为主人罢。又咏曰：

山乡里又在叫谁呢，呼子鸟？

我本是想独居的，没有比独居更有趣的事了。长啸隐士曰，客得半日之闲则主人失半日之闲。素堂常爱此言，余亦有句云：

使忧郁的我更寂寞也罢，闲古鸟。

这一篇小文虽然有名，可是不能译得好，只能看其大意而已。呼子鸟与闲古鸟本是一物，据说他的叫声很是凄寂，在中国大约是布谷之类吧。徒然作无聊解，题目如此，今仍之。横井也有的俳文佳作甚多，前篇卷下有《妖物论》即其一，其文云：

世间有妖物这东西，多出现为女人小儿，虽然听说有大和尚头剃顶搭者，却终未听见过。或问，只在夜里出来，何故？答云，因为白昼常有小孩们聚集，觉得麻烦，此殆可谓即事的名言欤。如与小胆的作对手，其技艺便大有成就，若遇武功之人则蒙意外的失败。鬼化伯母，索还賂膊，狐化伯父，训斥设弶。诚然，鬼如为伯藏主，而狐变为伯母，则其情状亦遂无甚意思耳。凡此者其皆正风自然之本姿所应尔耶。人们大抵总说是狐狸所为，偶然亦有猫精水怪的消息，但原形之追究乃使后台显露，殊无趣味。只是别无道理的妖怪，斯乃大有风致也。抑神因洒汤而附体，佛因称名而来迎，唯此妖物与百物语相感应，乃无一定之形，既不载于《三才图会》之书，亦不及于《训蒙图汇》之笔，但留其可耻的形貌于红面的小人书而已。且古今之美人国色其末路皆不雅观，或落魄关寺，或彷徨桧垣，或为猿泽池之藻屑所缠，或为马嵬原之草叶所覆，终复归于东坡九相之鉴定，亦正太烦，唯独此物之终，不藉拉幕之阴影，亦不需扫帚抹布之随其后，消灭似的忽然不见，此真是说不尽的可喜庆者也。

也有的将①这篇《妖物论》拿去与芭蕉的《闭关说》相比，显见得庄谐很有不同了。芭蕉差不多是金冬心所谓心出家庵饭粥僧，虽然他的著作全没有方外的酸馅气，但是他有闲寂自然与禅悦相通的俳境，不是凡人所能企及，他的诗不必说，文亦都能表示出这境界来。也有乃是中流士人，既弄俳谐自然奉芭蕉为祖师，却不见得有禅的趣味，一方面正当滑稽文学盛行，又因为敦厚的性格与博洽的知识，使他不能就走入那边去，结果是仿佛站在中间，自成一种姿态。我们如改评语来说，花下凭几，随手抓成串的团子吃，却仍不失其高致，庶几得之。芭蕉之风息矣，人琴俱亡，再说闭关者犹画有脚蛇也，《鹑

【锺校】

① 原无“将”字，今增。

衣》四编更为平易近人，至近称为俳文的杰作，上文略加引述，以见一斑。至于谐谑讽刺的一路，因为重在文字上的游戏，移译更难，姑从略。

日本散文的系统古时有汉文和文两派，至中古时和汉混淆别成一体，即为今语文的基本，俳文于此更使雅俗混淆，造出一种新体裁，用以表现新意境耳。到了现代则西洋文学思想流入国中，文字又一改变，蒙田阑姆的文章既多读者，自有影响，此等岂非洋俳文乎？故现今日本的随笔（即中国所谓小品）实在大半都是俳文一类，除高滨虚子尚自称其文集为新俳文外，并没有人再标榜俳文，也没有人咒骂，这情形其实是对的，虽然在中国这恐怕永久不会得被了解。平心的想，这在中国也是对的，盖中国是惜字纸的崇拜文字的国，有经书的国，与日本绝不相同，大家希望以文章报国或救国，眼见得如此被随便的使用，又那得不辫发上指屋栋也。

［**附记**］

也有文中“妖物”正译当作妖怪，原题如此写，故名从主人。罗生门的妖鬼为渡边纲所败，失其一臂，乃化形为纲之伯母，将臂取还。猎人设弶捕狐，狐幻为伯父伯藏主来加以禁诫，乃为油煎老鼠所诱，终落弶中，见狂言。正风亦云蕉风，谓芭蕉派的俳谐。猫精原云猫又，水怪云河童，或谓即中国所云水虎，恐未的。小野小町老后落魄，乞食于近江之关寺，谣曲中有《关寺小町》一篇。筑紫之名妓桧垣年老穷居，有访之者，见白发老妪汲水进陋屋去，盖即其人云。又奈良朝有宫人失宠，投猿泽之池以死，帝哀之，至池边吊其遗迹，见《大和物语》。马嵬当然是杨贵妃的故事。原文云左良左礼，直译为被横陈于草叶，稍不顺遂，漫改作覆字。九相者列举死后形相，自新死相至骨散相古坟相，盖出于佛教之不净观，云苏东坡有诗，查诗集却未见。百物语是一种说鬼的会，夜间集数人轮流说鬼怪故事，油灯中燃灯心百枝，每讲一故事了则灭其一，夜渐阑那灯亦渐暗，至百物语讲了而灯灭，必有可怕的怪物出现云。

［1937 年 6 月《文学杂志》/《药味集》］

再谈俳文

现在想来略谈中国的俳文，这件事却是不大容易，因为古人对于俳谐这东西大都是没有什么好感的。刘彦和著《文心雕龙》《谐隐》第十五云：

谐之言皆也，辞浅会俗，皆悦笑也。昔齐威酣乐而淳于说甘酒，楚襄宴集而宋玉赋好色，意在微讽，有足多者。及优旃之讽漆城，优孟之谏葬马，并谲辞饰说，抑止昏暴，是以子长编史，列传滑稽，以其辞虽倾回，意归义正也。但本体不雅，其流易弊，于是东方枚皋，餔糟啜醨，无所匡正而诋嫚媟弄，故其自称为赋，乃亦俳也，见视如倡，亦有悔矣。至魏文因俳说以著笑书，薛综凭宴会而发嘲调，虽抃推席（原文）而无益时用矣。然而懿文之士未免枉辔，潘岳“丑妇”之属，束晳卖饼之类，尤而效之，益以百数。魏晋滑稽，盛相驱扇，遂乃应玚之鼻方于盗削卵，张华之形比乎握舂杵，曾是莠言，有亏德音，岂非溺者之妄笑，胥靡之狂歌欤。

刘君是中国空前的文学批评家，这里把俳谐文章的经过很有条理的说出来，是难得的事，但他是正统派，即使不去看他起首的原道征圣这几章，也是一目了然的。正统派看重正经文章，俳谐当然不足齿数，但是假如这有实用，特别是在政治与风教方面，那么也还可以容许。《史记·滑稽列传》中云：

“太史公曰，天网恢恢，岂不大哉，谈言微中，亦可以解纷。”又记优旃云：“优旃者秦倡侏儒也，善为笑言，然合于大道。”意思都很相像。若是“无益时用”，那就不足道了。为什么呢？因为这样的诙①谐不是倡也总是俳，该为士大夫所不齿的。《汉书》枚乘传说及枚皋的事有云：“皋不通经术，诙笑类俳倡。皋赋辞中自言为赋不如相如，又言为赋乃俳，见视如倡，自悔类倡也。”颜师古注云：“俳，杂戏也。倡，乐人也。”又《急就章》十六云：“倡优俳笑观倚庭。”颜注云：“倡，乐人也。优，戏人也。俳，谓优之亵狎者也。笑，谓动作云谓皆可笑也。”盖古时倡以吹弹，优以科诨服事普天下看官，不，那时最大或唯一的看官大抵只有皇帝，有些文人也走这条路以求悦笑，正是可能的事。《滑稽列传》后褚先生记东方朔事有云：“朔行殿中，郎谓之曰，人皆以先生为狂。朔曰，如朔等所谓避世于朝廷间者也，古之人乃避世于深山中。”又朔《诫子》文中有云：“首阳为拙，柳惠为工。”显然表明他的态度，在金马门持戟，本来与在市场唱大鼓书无甚不同，俳谐与倡优本不必再争座位的高下，枚君乃未免发牢骚，盖不独思想欠旷达，抑亦认识之尚未明了欤？

不过如上边所说的情形大约也就同了汉朝一起完结了。后来的皇帝仿佛是只要听倡优的打诨就够了，文人不大能够再挨近前去说游戏话，他们的事情只有伏在地上，或是磕头颂扬功德，或是上疏强谏。他们即使有俳谐的本领，谈言微中可以解纷的机会没有了，也就无可施展，这是没有法子的事，文章写了出来只能供同好的欣赏，这时候批评家如要期望他去抑止昏暴，未免犯了时代错误的毛病了。这转变如刘彦和所说可以放在魏晋之际吧，至于转变得是好是坏，我们不能轻易赞成刘君的说法，在我个人倒觉得这是往好的一方面转的。至少是已经离开了政治与实用，不再替人家办差使了，多少可以去发达自己，虽然还不能成功

【锺校】

① 原无“诙”字，今增。

为像样的一种艺术品，也总是颇有希望了吧。上文所云潘岳“丑妇”今未能详，束皙《饼赋》尚存，写做饼啖饼的情状，看起来也并不坏，如云：“弱如春绵，白如秋练。气勃郁以扬布，香飞散而远遍。行人失涎于下风，童仆空嚼而斜眄。举器者舐唇，立侍者干咽。”袁淑的《俳谐文》十卷虽已失传，类书中还留下几篇，如《庐山公九锡文》中云：“青脊隆身，长颊广额；修尾后垂，巨目双礫。斯又尔之形也。嘉麦既熟，实须精面；负磨回衡，迅若转电；惠我众庶，神祇获荐。斯又尔之能也。”这种咏物写事的文章我觉得也就不错，比嚼甘蔗滓似的正经文恐怕还要有意思，如《猗觉寮杂记》所云，用驴磨面的纪载也始见于此。这一类俳谐文尽管被批评家所骂，做的还是在做，我们只看韩退之的《毛颖传》便可知道。传中云：“遂猎围毛氏之族，拔其豪，载颖而归，献俘于章台宫，聚其族而加束缚焉。”又云：“后因进见，上将有任使拂拭之，因免冠谢。上见其发秃，又所摹画不能称上意。上嘻笑曰，中书君老而秃，不任吾用，吾尝谓君中书，君今不中书耶。”只是文不骈偶，内容正是普通的俳谐文。柳子厚作《题后》云：

> 且世人之笑之也不以其俳乎，而俳又非圣人之所弃者。《诗》曰，善戏谑兮，不为虐兮。太史公书有《滑稽列传》，皆取乎有益于世者也。故学者终日讨说答问，呻吟习复，应对进退，掬溜播洒，则罢惫而废乱，故有息焉游焉之说，不学操缦，不能安弦，有所拘者有所纵也。大羹玄酒，体节之荐，味之至者，而又设以奇异小虫水草，楂梨橘柚，苦咸酸辛，虽蜇吻裂鼻，缩舌涩齿，而咸有笃好之者，文王之昌蒲菹，屈到之芰，曾皙之羊枣，然后尽天下之奇味以足于口。

柳君为文矜张作态，不佞所不喜，上文所说滑稽有益于世非圣人所弃，本系唾馀亦不足道，后边说的却对，换一句话说，笑悦本亦是人情耳。王勉夫在《野客丛书》中又论之曰：

> 小宋状元谓退之《毛颖传》古人意思未到，所以名家。洪庆善谓《毛颖传》柳子厚以为怪，余以为乌有子虚之比。《容斋随笔》谓《毛颖传》人多以为怪，子厚独爱之，退之此作疑有所本，人自不知耳。观《隋志》谓《古俳谐文》三卷，如沈约《弹芭蕉文》亦载其间，乌知自古以来无《毛颖传》比者。观《蜀志》先主嘲张裕曰，昔吴居涿县，特多毛姓，东西南北皆诸毛也，涿人之称曰诸毛云云。《毛颖传》萌芽此意。其间如曰：自结绳以至秦，阴阳卜筮，占相医方，族氏山经地志，九流百家之书，皆所详悉。此意出于蔡邕成公绥《笔赋》，郭璞《笔赞》。异时文嵩作《松滋侯传》，司空图作《容成侯传》，而本朝东坡先生作《罗文》等传，其机杼自退之始也。

这类文章的系统说的很得要领，我们如把他拉长，可以一直接到近代。今举清初陆次云为例，在《北墅绪言》里有一编《叶公滑厘子合传》云：

> 春秋时有叶公，其子孙繁衍，别为四族。每族昆弟或九人或十一人，皆轻薄如纸，有有面目者，有无面目者，大约钱盈贯者皆无面目①者也，其一人在钱薮中稍有面目，已为空没文矣。其二十人虽亦衣冠面目，宛然大盗，而人乐亲之，谓可藉以致富。染其习者即亲如骨肉亦互思劫夺，故人目其徒曰吊友，谓其虽获小胜必致大负，宜吊不宜贺也。济叶公之恶者又

【锺校】

① “面目”原作“目面”。

有滑厘子，兄弟六人皆以骨胜，遍身花绣，红绿灿然。素与盆成括善，出处必俱，诱人以必胜之术，人乐亲之，与叶无异。孟子尝斥之曰，徒取之彼以与此，然且不可。又曰，死矣盆成括。恶其小有才也。乃滑厘子曾受唐帝特赐绯衣，又为刘毅呼之即至，遂尔大胜，为人艳羡，不知人每出孤注竟覆全军者，皆慕是说而误之者也。是滑厘之罪更浮于叶，虽粉其骨何足赎哉。圣人曰，戒之在斗，戒之在色，良有以也。

我抄这篇全文，因为是一个很好的例，他接着俳谐文的传统，却更近代化了，所以觉得更有意思。大抵俳谐文的特色有这几样。其一是讽刺。这不一定要如古人所说是对于政治社会的一种匡正，仿佛是言外馀韵，让人家可以寻味，不要说完就完而已。其二是游戏。在体裁上这多是拟文，如传，如九锡文，如弹章。在脚色上多是拟人，如驴为庐山公，笔为毛颖，马吊牌为叶公。在文字上是玩把戏，可以有好几样。甲是音义。有同音异字，如《子夜歌》云，雾露隐芙蓉，见怜不分明。又如《侯鲭录》所记，莲花里点灯，偶然而已。有同字异义，如《毛颖传》拔其豪，《叶公滑厘子合传》的戒之在色，皆是。《文饭小品》有《怕考判》，序云："督学将至，姑熟棚厂具矣，有三秀才蕴药谋爇之，逻获验确，学使者发县，该谑庵判理具申。"判词有云："一炬未成，三生有幸。"又云："闻考即已命终，火攻乃出下策。"如三生，如考命终①，都是绝妙的例。乙是形体。如《吴志》载薛综劝蜀使张奉酒，拆②蜀字嘲之曰："蜀者何也？有犬为独，无犬为蜀，横目勾身，虫入其腹。"上文薛综凭宴会而发嘲调，即指此事。虽然严正的或是惜字的

【锺校】

① "命终"原作"终命"。

② "拆"原作"折"。

人见了会不大高兴，不过这实在是莫怪的事，中国文字中这种可能太多了，文人难能拒绝诱惑，据我看来也有几分可以原谅的，称扬自然亦可不必。王若虚《文辨》中有一则云："宋人多讥病《醉翁亭记》，此盖以文滑稽，曰，何害为佳，但不可为法耳。"滹南遗老洵知言哉。

俳谐文还有一样可能的特色是猥亵。颜师古注[①]《急就章》云："俳谓优之亵狎者也。"我不见得就信奉这句话，凭空去演绎出来，实在觉得这是题中应有之义，盖人是有性的生物，对于此事自有一种牵引，而双关暗示的言语于此亦特多，看笑话中即如此情形，可以知矣。牛空山著《诗志》，在《豳风》"东山"下批云：

> 一篇悲喜离合都从室家男女生情，开端敦彼独宿，亦在车下，隐然动劳人久旷之感，后文妇叹于室，其新孔嘉，惓惓于此三致意焉。夫人情所不能已，圣人弗禁，东征之士谁无父母，岂鲜兄弟，而夫妇情艳之私尤所缱切，此诗曲体人情，无隐不透，直从三军肺腑扪摅一过，而真挚婉恻，感激动人。悦以使民，民忘其死，信周公不能作也。

此言虽大可以喻小。"其新孔嘉，其旧如之何？"这两句话说是蕴藉可，说是猥亵亦可。两间万物的情状无不是猥亵者，只看人如何的对付，如何的看。立身谨重，文章放荡，是一法也，相反的做也是别一法。俳谐文有猥亵一种，不仅是我的推量，也确是事实。敦煌鸣沙石室发现许多古写本，有一卷白行简的《天地阴阳交欢大乐赋》，民国三年叶德辉刻入《双梅影闇[②]丛书》里，叶氏跋有云：

> 右赋出自敦煌县鸣沙山石室，确是唐人文字。注引《洞玄

【锺校】

① 此处原衍"意"字，已删。
② "闇"原作"庵"。

子》《素女经》，在唐宋时此等房中书流传士大夫之口之文，殊不足怪。使道学家见之，必以为诲淫之书，将拉杂烧之，唯恐其不绝于世矣。

这是一个孤证，但是还可以往别处去找个陪客来。日本在后朱雀帝（一五三七至一五四一）时编有《本朝文粹》十四卷，其中收录大江朝纲所著《男女婚姻赋》一篇，大旨与白行简作相似而更简短，朝纲有《为清慎公报吴越王书》，洋洋大文，署天历元年，即五代后汉天福十二年（九四七）也。《本朝续文粹》今存十三卷，收有藤原季纲所著《阴车赞》一首，署淫水校尉高鸿撰，时为嘉保元年（一〇九四），盖与东坡同时，相传即《续文粹》之编者云。《本朝文粹》系仿姚铉的《唐文粹》而编辑，所收皆汉文，体制文字亦全仿中国，朝纲季纲之作当必有所本，其公然收入总集，亦仿佛可以证实叶君的话，在唐宋时此类文章恐怕也流传于士大夫口手之间，不甚以为怪也。晚明出来的《开卷一笑》里也有这一派的文章，不过虽然知道有屠赤水等在内，却都已用了什么道人的别号了。本来带点猥亵味的俳谐文做得好时可以很好，可是极不容易做，有如走索，弄得不好反而会跌一个狗吃矢的。况且一用别号更失了游戏里的真挚性，其不能有好成绩正是当然的事。所以我在这里只是说有此可能，若是问我从古以来有哪一篇这样的好文章，我还是说不出来，白行简的《大乐赋》与张文成的《游仙窟》相仿，只算是珍异的资料而已，以云佳作则犹未也。

终于说的得不着要领，可是费话已经说了许多，似乎应该打住了。我上面说的是中国旧的俳谐文，他从清客文人学着戏子打诨起头，随后借了这很有点特别的汉字，利用那些弱点或特色，写出了①许多骈散

【锺校】

① “了”原作“好”。

文，虽然不能有益于世，只如柳子厚所说息焉游焉，未始不可以自得其乐。这与日本俳文的情形很不相同，盖其一是从旧连歌蜕化成新的俳谐连歌，再由韵文转到散文去，自有一种新生命在里边；而其一则是旧体制的传衍，虽是有时也出点新机杼，总有地方像是世代书香的大家，看去颇有强弩之末之感了。我们目前很有些嘉道以来的作品，如《岂有此理》，《更岂有此理》，《文章游戏》四集，《皆大欢喜》，以至《天花乱坠》二集，要单独来谈或者也有意思，但整个看起来这已是《开卷一笑》的来孙，希望他复兴先业是不大可能的事，他们所能做到的至多也只是巴住门面而已。话虽如此，中国也可以说有他的新俳文，不过系统不很正，因为他不是俳谐文的嫡子，却是旁支或变种。我的意思是说公安竟陵派以后混合的一种新文章。公安派里有袁中郎，竟陵派有刘同人，他们两位的散文是离开了宗派传到后世来也是站得住的，但是我觉得混合的文章别有新气象，更是可喜，现在姑以张宗子作为代表。他的目的是写正经文章，但是结果很有点俳谐，你当他作俳谐文去看，然而内容还是正经的，而且又夹着悲哀。写法有极新也有极旧的地方，大抵是以写出意思来为目的，并没有一定的例规，口不择言，亦言不择事，此二语作好意讲，仿佛可以说出这特质来，如此便与日本俳谐师所说俳言俗语颇相近了。全篇似用文言，而白话随处加入，此在王谑庵也已有之，如《文饭小品》中《游满井记》云：“语言嘈杂，卖饭食者邀诃（案即吆喝）好火烧，好酒，好大饭，好果子（案果子即油炸鬼）。贵有贵供，贱有贱鬻。”张宗子《琅嬛文集》中有《五异人传》，记张紫渊云：“兄九山成进士，送旗匾至其门。叔嫚骂曰，区区鳖进士，怎入我紫渊眼内。乃裂其旗，作厮养裈，锯其干作薪炊饭，碎其匾取束猪栅。”又记张瑞阳为部吏，楚王府嘱查公文，允酬八千金，瑞阳嫌少，“来人曰，果得原文，为加倍之。瑞阳方小遗，寒颤作摇头状。来人曰，如再嫌少，当满二十千数。”此诸写法前人所无，不问古今雅俗，收入笔下，悉听驱使，这倒是与现代白话文相似，但是他一方面常利用成语故事，又颇有孔孟庄韩之遗风，也是很有意思的事。如《一卷冰雪文》后序云：

> 昔张公凤翼刻《文选纂注》，一士夫诘之曰，既云《文选》，何故有诗？张曰，昭明太子所集，于仆何与。曰，昭明太子安在？张曰，已死。曰，既死不必究也。张曰，便不死亦难究。曰，何故？张曰，他读得书多。

又《夜航船》序云：

> 昔有一僧人与一士子同宿夜航船，士子高谈阔论，僧畏慑卷足而寝。僧听其语有破绽，乃曰，请问相公，澹台灭明是一个人，是两个人？士子曰，是两个人。僧曰，这等，尧舜是一个人两个人？士子曰，自然是一个人。僧人乃笑曰，这等说起来，且待小僧伸伸脚。余所记载皆眼前极肤极浅之事，吾辈聊且记取，但勿使僧人伸脚则亦已矣，故即命其名曰夜航船。

《陶庵梦忆》序云：

> 昔有西陵脚夫为人担酒，失足破其瓮，念无以偿，痴坐伫想曰，得是梦便好。一寒士乡试中式，方赴鹿鸣宴，恍然犹意非真，自啮其臂曰，莫是梦否。一梦耳，唯恐其非梦，又唯恐其是梦，其为痴人则一也。余今大梦将寤，犹事雕虫，又是一番梦呓。

陶石梁《小柴桑喃喃录》在崇祯乙亥刊行，亦记此两事，云闻诸云门湛师，盖系当时通行的传说，而文句又十九相同，则宗子抄石梁原语，有时亦抄中郎同人也。又《西湖梦寻》序云：“余犹山中人归自海上，盛称海错之美，乡人竞来共舐其眼。嗟嗟，金齑瑶柱，过舌即空，则舐眼亦何救其馋哉。”原刊本署辛亥，盖在明亡后二十七年矣。《梦寻》《梦忆》二书皆宗子记其国破家亡之痛之作，而文特诙诡，“砚云本”《梦忆》小序说得好：“兹编载方言巷咏，嘻笑琐屑之事，然略经点染，便成至文，读者如历山川，如睹风俗，如瞻宫阙宗庙之丽，殆与采薇麦秀同其感慨，而出之以诙谐者欤。”宗子文集不为世所知，光绪三年始在贵州刻板，王介臣跋云：“昔惟郑广文珍见之曰，精浑胜归唐，何论二十四家耶，箧中有此，盗贼水火不能近也。竭数昼夜力钞录去，此外无人见也。”民国二十四年上海再付铅印，卢冀野跋中述刘鉴泉之语曰：“近世新文艺其原盖出于浙东史派，而晚明诸家为之先河，张宗子岱实启之也。”二跋相距正一甲子，对于宗子都能有所赏识，郑君古文的鉴别力是可信的，刘君说新文学的关系也有道理，这里我们可不必再词费，只想加添一句云，这可以叫做新的俳谐文。旧俳谐文的作者一面还有他的正经文章，如韩退之作有《毛颖传》又有《原道》。有些专写俳谐文，却自居于游戏狎亵，或者只用什么道人等别号，这些就称为旧派，新派则不如此。他们有如在打球，这游戏就是正经，无论什么文章总只是一个写法，信口信手，皆成律度，三百年前公安派如此说过，现在写文章的人也是这样的做着。这样说来大有“我田引水”之意，其实也无可如何，因为这是事实。俳谐文或俳文这名称有点语病，容易被人误解为狭义的有某种特质的文章，实在未必如此，日本的松尾芭蕉横井也有，法国的蒙田，英国的阑姆与亨德，密伦与林特等，所作的文章据我看来都可归在一类，古今中外全没有关系。他的特色是要说自己的话，不替政治或宗教去办差，假如这是同的，那么自然就是一类，名称不成问题，英法曰 essay，日本曰随笔，中国曰小品文皆可也。张宗子的文章我们不能学，也不可学，正如陶筠庵说渊明的诗一样，但是我们同在一条道上走着，当然感到亲近，若是《岂有此理》并以前的俳谐文看了也有兴会，则有如听朋友唱昆曲吹笛子，因自己不会吹，所以只是听听而已。

［1937 年 7 月《文学杂志》/《药味集》］

《东莱左氏博议》

近来买到一部书，并不是什么珍本，也不是小品文集，乃是很普通很正经，在我看来是极有意义的书。这只是四册《东莱左氏博议》，却是道光己亥春钱塘[1]瞿氏清吟阁重雕足本，向来坊刻只十二卷八十六篇，这里有百六十篇，凡二十五卷。《东莱博议》在宋时为经生家揣摩之本，流行甚广，我们小时候也还读过，作为做论的课本，今日重见，如与旧友相晤，亦是一种喜悦，何况足本更觉得有意思，但是所谓有意义则别有在也。

《东莱左氏博议》虽然“四库书目”列在“经部春秋类二”，其实与经学不相干，正如东莱自序所说，乃是诸生课试之作也。瞿世瑛道光戊戌年跋文云：

> 古之世无所谓时文者。自隋始以文辞试士，唐以诗赋，宋以论策，时文之号于是起。而古者立言必务道其所心得，即言有醇有驳，无不本于其中心之诚然，而不肯苟以徇世，文之意亦于是尽亡矣。盖所谓时文者，至宋南渡后创制之经义，其法视诗赋论策为胜，故承用最久，而要其所以名经义者，非诚欲说经，亦姑妄为说焉以取所求耳。故其为文不必果得于经所以云之意，而又不肯自认以为不知，必率其私臆，凿空附会，粉饰非者以为是，周内是者以为非，有司者亦不谂其所知之在于此，而始命以在彼之所不知，于是微言奥旨不能宿通素悉于经

【锺校】

① “钱塘”原作“唐钱”。

之内，而枝辞赘喻则可暂假猝办于经之外，徒恃所操之机熟，所积之理多，随所命而强赴之，亦莫不斐然可观，以取盈篇幅，以侥幸得当于有司之目。噫，不求得于心则立言之意亡，不求通于经则说经之名戾，时文之蔽类然已。《东莱左氏博议》虽作于其平居暇日，苟以徇诸生之请，然既以资课试为心，故亦不免乎此蔽，其所是非大抵出于方执笔时偶然之见，非必确有所低昂轩轾于其间，及其含意联词，不得不比合义类，引众理以壮其文，而学者遂见以谓定论而不可夺，不知苟欲反其所非以为是，易其所是以为非，亦必有众理从而附会之，而浅见者亦将骇诧之以为定论矣。

关于经义的变迁，吾乡茹敦和著《周易小义》序中说的很简明，今抄引于下：

经义者本古科举之文，其来旧矣。至宋王安石作《三经新义》，用以取士，命其子雱及吕惠卿①等著为式颁之，此一变也。元延祐中定科举式，以《论语》《孟子》《大学》《中庸》为书，以《易》《诗》《书》《礼记》《春秋》经文为五经，别之为书义经义，又于破题承题之外增官题原题大讲大结等名，此再变也。明成化中又尽易散体为排偶，束之为八比，此三变也。至嘉隆以后于所谓八比之中稍恢大焉，渐至排中有排，偶中有偶，乃于古今文体中自成一体，然义之名卒不改。

我们从这里可以知道两件事实。其一是八股文原是说经的经义，只是形式上化散为排，配作四对而已。其二是《东莱博议》原是春秋类的经义，不过因为《春秋》是记载史事的书，所以博议成为一种应试体

【锺校】

① “卿”原作“乡”。

的史论。这两件事看似平常，其实却很重大，即是上边所说的有意义。

我们①平常骂八股文，大有天下之恶皆归焉之概，实在这是有点儿冤枉的，至少也总是稍欠公平吧。八股文诚然是不行，如徐大椿的《时文叹》所说：

> 三句承题，两句破题，摆尾摇头，便是圣门高弟。可知道三通四史是何等文章，汉祖唐宗是那朝皇帝。案头放高头讲章，店里买新科利器。读得来肩背高低，口角嘘唏，甘蔗渣儿嚼了又嚼，有何滋味。辜负光阴，白白昏迷一世。

又如②我的《论八股文》中讲到中国的奴隶性的地方有云：

> 几千年来的专制养成很顽钝的服从与模仿根性，结果是弄得自己没有思想，没有话说，非等候上头的吩咐不能有所行动，这是一般的现象，而八股文就是这个现象的代表。

不过我们要知道八股乃是应试的经义而用排偶的，因为应试所以遵守功令说应有尽有的话，是经义所以优孟衣冠似的代圣人立言，又因为用排偶，所以填谱按拍那样的做，却也正以此不大容易做得好，至今体魄一死，唯馀精魂，虽然还在出现作祟，而躯壳败坏之后已返生无术矣。《博议》一类论事的文章在经义渐渐排偶化的时候分了出来，自成一种东西，与经义以外的史论相混，他的寿命比八股更长，其毒害亦更甚，有许多我们骂八股文的话实在都应该算在他的账上才对。平常考试总是重在所谓书义，狭义的经义既比较不重要，而且试文排偶化了，规矩益加繁琐，就是做《春秋》题也只有一定的说法，不能随意议论，便

【锺校】

① “我们”上原衍“论”字，已删。

② “如”原作“为”。

索性在这边停止活动，再向别方向去发展，于是归入史论一路去，因为不负责任的发议论是文人所喜欢的事，而宋人似乎也特别有这嗜好。冯班《钝吟杂录》卷一《家戒》上云：

> 士人读书学古，不免要作文字，切忌勿作论。成败得失，古人自有成论，假令有所不合，阙之可也。古人远矣，目前之事犹有不审，况在百世之下而欲悬言其是非乎。宋人多不审细止，如苏子由论蜀先主云，据蜀非地也，用孔明非将也。考昭烈生平未尝用孔明为将，不据①蜀便无地可措足，此论直是不读《三国志》。宋人议论多如此，不可学他。

又卷八《遗言》有云："宋人说话只要说得爽快，都不料前后。"徐时栋《烟屿楼读书志》卷十六《宋文鉴》之十云："宋儒论古人多好为迂刻之言，如苏辙之论光武昭烈，曾巩之论汉文，秦观之论石庆，张耒之论邴吉，多非平情。孔子曰，尔责于人终无已时。大抵皆坐此病。"又蒋超伯《南漘楛语》卷四云："瘀字从无入诗文者，朱直《史论初集》诋胡致堂云：双目如瞽，满腹皆瘀。鄙俚极矣，不可为训。"蒋氏原意在于论瘀字，又朱有的议论或者也未必高明，反正这种东西是没法作得好的，但总之批评胡致堂的话是很对，而且也可以移作许多史论的评语。史论本来容易为迂刻之言，再加上应试经义的参和②，更弄得要不得了，我说比八股文还有害的就是这个物事。盖最初不过是双目如瞽，满腹皆瘀，实为天分所限，随口乱说，还是情有可原，应试体的史论乃是舞文弄墨，颠倒黑白，毫无诚意，只图入试官之目，或中看官之意，博得名利而已。此种技俩在瞿君的跋文中说得非常透彻，无以复

【锺校】

① 此处原衍一"据"字，已删。

② "和"原作"知"。

加，我们可以不必再来辞费，现在只想结束一句道：八股文死矣，与八股文同出于经义的史论则尚活①着，此即清末的策论，民国以来的各种②文字是也。

去年我写过一篇小文，说明洋八股即是策论，曾经有这几句话：

> 同是功令文章，但做八股文使人庸腐，做策论则使人谬妄，其一重在模拟服从，其一则重在胡说乱道也。专做八股文的结果只学会按谱填词，应拍起舞，里边全没有思想，其做八股文而能胡说乱道者，仍靠兼做策论之力也。

这个意思我觉得是对的，关于八股文的话与徐灵胎相合，关于策论则③与冯钝吟等人相合，古人所说正可与我互作注脚也。

小时候在家读坊刻《东莱博议》，忽忽三十馀年，及今重阅，已不记那几篇读过与否，唯第一篇论郑庄公共叔段，《左传》本文原在卷首，又因金圣叹④批点过，特别记得清楚，《博议》文亦尚多记得。如起首一节云：

> 钓者负鱼，鱼何负于钓？猎者负兽，兽何负⑤于猎？庄公负叔段，叔段何负于庄公？且为钩饵以诱鱼者钓也，为陷阱以诱兽者猎也，不责钓者而责鱼之吞饵，不责猎者而责兽之投阱，天下宁有是耶？

又结末云：

> 本欲陷人而卒自陷，是钓者之自吞钩饵，猎者之自投陷阱

【锺校】

① “活”原作“话”。
② “种”原作“程”。
③ “则”原作“别”。
④ 原无“叹”字，今增。
⑤ 原无“负”字，今增。

也，非天下之至拙者讵至此[1]乎？故吾始以庄公为[2]天下之至险，终以庄公为天下之至拙。

读下去都很面善，因为这篇差不多是代表作，大家无有不读的，而且念起来不但声调颇好，也有气势，意思深刻，文字流畅，的确是很漂亮的论，有志写汉高祖或其他的论文的人哪能不奉为圭臬呢。但细看一下，也不必用什么新的眼光，便[3]觉得这确是小试利器，甜熟，浅薄，伶俐，苛刻，好坏都就在这里，当作文章看却是没有希望的，因为这只是一个秀才胚子，他的本领只有去做颂圣诗文或写状子而已。只可惜潜势力太大，至今还有多数的人逃不出他的支配，不论写古文白话都是如此，只要稍为留心，便可随时随地看出新策论来。在这时候如要参考资料以备印证，《东莱博议》自然是最好的，其次才是《古文观止》。试帖诗与八股文不会复活的了，这很可以乐观，策论或史论就实在没有办法，土八股之后有洋八股或者还有什么别的八股出来，我相信一定都是这东西的变种，盖其本根深矣。

我写这篇小文，并不是想对于世道人心有什么裨益，吾力之为微正如帝力之大[4]，如孟德斯鸠所说，实在我是一点没有办法。傅青主《书成弘文后》云：“仔细想来，便此技到绝顶，要他何用？文事武备，暗暗底吃了他没影子亏。要将此事算接孔孟之派，真恶心杀，真恶心杀。”我也只是说恶心而已。

（二十六年六月七日，于北平苦住庵）

［1937 年 7 月《宇宙风》/《秉烛后谈》］

【锺校】

① “此”原作“非”。

② 原无“为”字，今增。

③ “便”原作“这”。

④ “吾力之为微正如帝力之大”，原作“吾力之微正如帝力之为大”。

黑眼镜

我平常不大出门，出去时在大街上总要遇见几位戴黑眼镜的女士们。这件事情本来没有什么奇怪，眼睛如有毛病，怕见亮光，那么走到太阳下去的时候戴上黑玻璃片或是墨晶的眼镜，正是当然的。不过这里少少有点疑问，觉得为什么现在患眼病的女人这样多呢，男人似乎就没有这样的多。后来小孩们告诉我，有些女士走进屋里换上一副蓝眼镜或是黄眼镜，有些在戏园电影院里也戴着黑眼镜，这才知道原是一种装饰品，与平光眼镜差不多是同样的用意。但是我想这颇有缺点，看人都是黑漆一团，是其一，而把自己的眼睛弄成黑漆一团，是其二，却也是二者之中更严重的事。大抵眼睛在女人（自然男人也是一样）脸上总是很要紧的东西吧。《诗经》卫风“硕人”篇中形容庄姜之美云：“巧笑倩兮，美目盼兮。”朱子《集传》云：“盼，白黑分明也。”李笠翁著《闲情偶寄》声容部选姿第一，“眉眼”款下云：

> 面为一身之主，目又为一面之主。相人必先相面，人尽知之；相面必先相目，人亦尽知而未必尽穷其秘。吾谓相人之法必先相心，心得而后观其形体。形体维何？眉发口齿，耳鼻手足之类是也。心在腹中，何由得见？曰，有目在，无忧也。

又云：“目善动而黑白分明者必多聪慧，目常定而白多黑少或白少黑多者必近愚蒙。”可见此事关系非细，对于别人雾里看花还没有大妨碍，在自己的眼睛上盖上黑玻璃让人家看，大失装饰之本意矣。贺贻孙著《诗筏》中有一则云：

> 记昔年有田中丞者招余同龙仲房泛舟曲水，有妓以仲房画扇乞余题诗，余戏书云，才子花怜惜，佳人水护持。妓颇读

书，问所谓水护持者，得非用飞燕随风入水翠缨结裙故事乎。余曰，非也，但将汝脂黛兰麝及汝腔套习气和身抛向水中，洗濯净尽，露出天然本色，方称佳人，是谓水护持也。妓含笑点首。今日学诗者亦须抛向水中洗濯，露出天然本色，方可言诗人。

照这说法，黑眼镜应该抛向水中，是无问题的了。说起来虽然我怕与维持风化的人们尊意违背，我不喜欢黑眼镜，但是却不反对女人光脚露胳膊的，因为这是天然本色之故。自然的健全，人工的洁净，趣味的节制，有此三者，本色之美可以胜一切。社会上禁止赤背，我以为也该分别言之，赤背该有条件的许可，如上文所言，若是痨病鬼白面客似的耸肩成一字，肋骨根根可数，皮如火腿，则巡警应向之拱手曰，老兄尊相不佳，请披上贵衣，以维持市容。这不是说笑话，此处①也有实例可援的。我于民国初年在故乡当中学教员，每天走十里路去上课，必要经过马桥，这是“话词”（意即云说书，词读作上声）的盲女们集中之处，“三品词调”的招牌相并挂着，其中以潘秀女为最有名。潘秀女于今已老矣，不是六十也总有五十了罢，当然是一位老太婆了，但即使②在年青的时候她有多么漂亮谁也不知道，因为她的容貌永远是看不清的。三品词调照例是二男一女，都是瞎子，女的照例上台，仿佛是专敲洋琴的，不知为什么地位似乎特别尊严。我从前在本家亲戚家里看过好几回话词，他们三人总都戴着眼镜，至多是银边，玻璃全是黑的。我看见上坐的女人，相当的光梳头净穿衣，年纪稍轻的也搽点脂粉，却戴着一副黑眼镜在她本来看不见的眼睛上面，为的要隐藏那双瞽目，不要叫旁人

【锺校】

① “处”原作“外”。
② “使”原作“是”。

看了生厌，不禁很替他们感到一种哀愁，一方面也发生一点好感，虽然以前听过好些故事说瞎子乖张或云瞎毒，虽然也知道这是营业上的方便。瞎子该戴眼镜，这岂不是与痨病鬼之须穿汗衫是同一理由么？她们戴上黑眼镜，好像是在照片上用铅笔把眼睛涂黑了一样，再也看不出本来的美，但是隐匿过了残缺的丑，也算达到了另一种的目的了。若是两只眼睛本是好好的，那就无须戴任何属性的眼镜，这本是很浅显的道理，然而事实上不能如此，则流行的迷信眯住了人们的眼睛故也。贺子翼所说本来重在说诗，黑眼镜之例原也可以移用，唯为分清界限计，今兹所谈以装饰为限，此外问题悉不牵扯焉。

［1937 年 7 月 10 日《北平晨报》/集外文］

豫才所抄《游仙窟》跋

矛尘将往长沙，持豫才所写《游仙窟》全本来，命题数语。关于此书，旧有《读〈游仙窟〉》一文，在《看云集》中，今不复赘。豫才勤于抄书，其刻苦非寻常人所及，观此册可见一斑。唯此刻无间贤愚，多在膜拜文艺政策，矛尘独珍藏此一卷书，岂能免于宝康瓠之讥哉！

廿六年十一月八日，知堂。

［1937 年 11 月 8 日作/未刊稿］

关于自己

周作人，浙江会稽县人，生于清光绪甲申十二月，在阳历则是一八八五年一月了。丙申九月丧父，读了四书五经后，于辛丑秋考入江南水师学堂管轮班，在校五年，乙巳冬考取出洋留学，因近视命改习土木工学。丙午秋至日本，初入法政大学预科，后进立教大学文科，辛亥革命起归国，学无专门，只学得了几句希腊文与日本文而已。民国元年任本省教育司省视学，其后在本县任省立第五中学教员四年。六年四月至北京，任北京大学附属国史编纂处编纂员半年，七月改任北京大学文科教授，至于今日，唯京师大学时代离职一年。在北京又曾兼任女子高等师范学校后改女子师范大学，高等师范学校后改师范大学，女子文理学院，燕京大学，中法大学孔德学院，孔德学校中学部，华北大学，平民大学等处教员，教育部国语统一筹备会员。戊申春在东京与羽太君结婚，有子一女二，末女若子于民国十八年冬卒，年十五岁。

关于外面的生活，所可说者就是这几句。如再要说明几句，则可以说，他原是水师出身，自己知道并非文人，也不是学者，他的工作只是打杂，砍柴打水扫地一类的工作。如关于歌谣、童话、神话、民俗的搜集，东欧日本希腊文艺的移译，都高兴来帮一手，但这要在真是缺少人工的时候才行，如各门已有了专攻的人，他就只好溜了出来，另去找扫地砍柴的勾当做去了。因为无专门，所以不求学，但喜欢读杂书，目的只是想多知道一点事情而已。所读书中，于他最有影响的是英国蔼理斯（Havelock Ellis）的著作①。

【锺校】

① “作”原作“书”。

以上是民国十九年我还在燕京大学的时候，应《燕大月刊》社的要求而写的自传，已经是七八年前事了。这回《宇宙风》社又来要我写自叙之一节，想来想去觉得实在没有什么东西可说，因为重违雅意，又不好不写一篇来凑凑热闹，所以把上文抄在这里，再来加上些说明，也就可以充数。不过我挑不出一个段落，讲起来自己觉得有意义，人家看了觉得有意思的，现在只就所读过的杂书里找出两三个重要的来谈谈，算是引申上文末尾的话，从一方面说也就只是更主观一点的夜读抄而已。

现在我想说的书与人大抵可以分作两组，各举二人为例，即第一组是俄国克鲁泡金（Peter Kropotkin）与丹麦勃阑兑思（George Brandes），第二组是英国弗来则（J. G. Frazer）与蔼理斯。克鲁泡金的著作我也读过《面包的获得》等，又从《在英法狱中》一书内译出一篇《西伯利亚纪行》，登在《民报》第二十四期上，凑巧这期出版刚被日本政府查禁，所以不大有人见到，但是我所最喜欢的还是别的两种，即《一个革命者的自叙》与《俄国文学的理想与事实》。《自叙》在中国有李芾甘的译本，只可惜似乎知道的人并不多。这是一部很好的书，我还是民国以前所读，现在原书也久已遗失了，但有好些地方还记得，其中有讲到虚无主义（Nihilism）处，于我们读《父与子》的时候大有好处，可以知道巴札罗夫的模型是实在的，即是著者也可以算是一个。有许多人看了关于虚无党的小说，以为这些虚无论者一定都是十三妹的流亚，别一方面又有人依据老庄，疑心他们是清谈家，是很可笑的事。当时我曾抄引了好些《自叙》的话，写过一篇小文，登在刘申叔所办的《天义报》上，说明所谓虚无论的意思实在只是中国所云无征不信，换句话说就是唯物的人生观，重实证而轻理想，并不是什么新奇的事物。这件事前后将有三十年了，昨今看见有文章说谁的思想近于虚无论者，就引起许多抗辩，盖大家似仍当作老庄派讲也，我不禁深深感到新文学思想之不普及，屠介涅夫的大作固少人知，即《革命者的自叙》虽有好译本似乎也不大有人读，这我觉得是很可惜的事。《俄国文学》所给我的影响大略与勃阑兑思的《俄国印象记》相同，因为二者讲文学都看重社会，教我们看文章与思想并重，这种先入之见一直到后来很占势力。我还不忘记怎样的佩服莱耳芒多夫（Mikhail Lermontov），以不能见他的《木齐利》（*Mtsyri*）一诗为恨，同时对于普式庚（B. Pushkin）很感到不满意。普式庚被称为俄国的摆伦，但他没有摆伦那样的对于自由的追求与对于伪善的憎恶。克鲁泡金说："到了晚年他就不能再与那些读者们接近，他们以为在尼古拉一世的军队压服波兰以后去颂扬俄国的武力不是诗人所应做的。"勃阑兑思也说："普式庚少年时的对于自由的信仰，到了中年时代，却投降于兽性的爱国主义了。"他又引普式庚在一八三一年所作《给谤毁俄国的人们》一诗为例，即是为辩护俄国用武力压服波兰的独立运动而作。昨今时价不同，普式庚的名声很大了，究竟如何我辈外行无从得知，但多少总是先入为主，觉得上述二人的话仍有些可信耳。

勃阑兑思著作极多，我只见到英译的一部分。除大部的《十九世纪文学主潮》外，有《莎士比亚》《易卜生》《拉萨勒》《尼采》《耶稣》《十九世纪的名人》《希腊》《俄国印象记》《波兰印象记》等。《十九世纪的名人》原书大约即是《现代精神》吧，由美国前丹麦公使安得生辑译，后加增订，改称《创造的精神》，这两种本子我都有。所添加的有一篇《加里波的》，虽然我也很喜欢，曾经有好几次想翻译他，但最于我有利益的还是在旧版这几篇里，如安徒生，如福楼拜，都使我对于这人与其著作思想能稍有了解，使我知道文艺批评给与读者的益处，至今想起来还觉得愉快，因为在此外很少遇到这样的经验。两种《印象记》留下的印象确是很深，比较起来波兰的一部分或者更深刻一点，因为他更是阴暗。波兰的二复仇诗人，密子克微支与斯洛伐支奇，特别是后者诗中狂人似的男女主人公，前者波兰母亲之歌等，在文学论内讲到，真可以泣鬼神，令人难忘，在别的波兰文学史里却没有说得那么详细。民国六七年间我在北大教书，关于十九世纪东欧北欧的文学较为用力，差不多就受的勃阑兑思的恩惠，这里本来想抄引一点，旧讲义已找不着，只好作罢。波兰小说家中我最喜显克微支，这也是《印象记》的影响。其时显克微支的历史小说如《你往何处去》及《火与剑》三部作正风靡一世，勃阑兑思却说他的短篇更好，举出《炭画》为代表作，其次有《天使》与《灯台守》。我很高兴能够把这三篇与《乐人扬珂》以及《酋长》都翻译成中文，只可惜还有一篇《得胜的巴耳忒克》没有译出。

克鲁泡金是旧公爵而信无政府共产主义者，勃阑兑思是犹太系统的自由思想者，但是我们所接受到的影响大抵还多是文艺批评方面的，关于文化批评方面的影响我却不得不感谢蔼理斯了。蔼理斯是医师，是性的心理研究专家，所著书自七大册的《性的心理》以至文艺思想社会问题都有，一总有三十册以上，我所得的从《新精神》至去年所出的《选集》共只二十七册。《新精神》出在“司各得文库”中，是一本小册子，其中论惠德曼处已有很明智的意见给予我们，但是读到《断言》中的《论加沙诺伐》《论圣芳济及其他》，这才使我了悟，生活之艺术原来即是那难似易的中庸。他在《圣芳济》中说：“生活之艺术，其方法只在于微妙地混和取与舍二者而已。”又云：“要正当地生活，我们须得模仿大自然的豪华与其严肃。”我就此意又演之曰，生活之艺术即中庸，即节制，即为纵欲的禁欲，——虽然这看去似稍有语病。蔼理斯的理论如此，至于事实则具在《性的心理研究》中。我在《自己的文章》中曾云：“古人有面壁悟道的，或是看蛇斗懂得写字的道理，我却从妖精打架上想出道德来，恐不免为傻大姐所窃笑罢。”我这样的说不只一次，一半固然想表白对于蔼理斯的感谢，一半也因为不愿独善其身，想大家也可供点参考，从这里边打过滚出来的性道德无论怎样总是站得住的，不至于后来转变成多妻主义的新护符，如滔滔者天下皆是。谈妇女问题的人也可参考，盖妇女独立问题是二重的，即经济与性道德，我就只怕这太难太险，我自己轻易不想多开口。俗语云，是非都为多开口。我在别的方面已经乱谈得不少了，在这里以“打住”为宜，危行言逊虽不能充分做到，亦总是做得一分是一分，庶几乎不背古人垂训之苦心也。

十三年前我写过一篇《蔼理斯的话》，引用《性的心理研究》第六卷末尾两节算作他的代表思想，其文云：

> 有些人将以我的意见为太保守，有些人以为太偏激。世上总常有人很热心的想攀住过去，也常有人热心的想攫得他们所想像的未来。但是明智的人站在二者之间，能同情于他们，却知道我们是永远在于过渡时代。在无论何时，现在只是一个交点，为过去与未来相遇之处，我们对于二者都不能有什么争执。不能有世界而无传统，亦不能有生命而无活动。正如赫拉克来多思在现代哲学的初期所说，我们不能在同一川流中入浴二次，虽然如我们在今日所知，川流仍是不断的回流。没有一刻无新的晨光在地上，也没有一刻不见日没。最好是闲静地招呼那熹微的晨光，不必忙乱地奔向前去，也不要对于落日忘记感谢那曾为晨光之垂死的光明。
>
> 在道德的世界上我们自己是那光明使者，那宇宙的顺程即实现在我们身上。在一个短时间内，如我们愿意，我们可以用了光明去照我们路程的周围的黑暗，正如古代火把竞走——这在路克勒丢思看来似是一切生活的象征——里一样，我们手中持炬，沿着道路奔向前去。不久就要有人从后面来，追上我们。我们所有的技巧便在怎样的将那光明固定的炬火递在他的手内，我们自己就隐没到黑暗里去。

这两节的意思我很喜欢，觉得这是一种很好的人生观。近年“现代丛书”本的《新精神》卷首即以此为题词，不过第一节略短，没有那上三句而已，可见以此代表蔼理斯的思想当无不可。我们生在现代中国的人，当然不能像蔼理斯那么安静，可是意思总是对的。不知道哪里有晨光，手里也并没有什么炬火可拿，不过跑总还得跑。从蔼理斯得来的教训虽多，觉得能实行的也不过一点，可谓少矣，但少总比无为多，故我仍不妨自认为受蔼理斯的影响最多也。

弗来则是文化人类学专家，我因为也颇喜欢涉猎这方面的书物，故对于这位大家致其尊崇之意，若思想上的影响原不大有。昔读威斯忒玛克著《道德观念之起源与发达》，得知道德随时地而变，曾大喜悦，读弗来则书所得盖亦正是此类耳。

民国廿六年七月廿二日，在北平苦住庵记。

[1937年12月4日《宇宙风》/集外文]

一九三八年

题古槐书屋制笺

昨晚平伯枉顾，以古槐书屋制笺一匣见赠，凡四种，题字曰：“何时一尊酒”，“拜而送之”，“企予望之”，“如面谈”，皆曲园先生自笔书画，木刻原板，今用奏本纸新印，精雅可喜。此数笺不见于《曲园墨戏》一册中，岂因篇幅稍大，故未收入耶，而乃特多情味，于此可以见前辈风流，不激不随，自到恰好处，足为师范。观市上近人画笺，便大不相同。老年不一定少火气，青年亦不一定多润泽味，想起来极奇，或者因不会与会之异乎。此笺四十枚，随便用却亦大是可惜，当珍藏之，因题数语为识。

「1938年5月20日作，收《书房一角》」

题弘一法师书《华严经》偈

昔在月夜书屋见弘一上人书，今又得见此幅，欢喜赞叹。上人书盖如其人，觉有慈祥静穆之气拂拂从纸上出，对之如听说法，此可谓之文字禅，正是一笔不徒下者也。

二十四年六月二十七日晨敬题。

［1938 年 6 月 24 日《北平晨报》/集外文］

题王显诏山水画册

中国山水奇，故山水画亦奇。三峡黄山非以斧劈麻皴出之不可，若江南烟雨冥濛之景，亦唯米家泼墨能得其似耳。鄙人不懂画，亦无力蓄画，但有时见到亦觉得能爱好之。今睹此册，深喜王先生能以妙笔将岭南山水之美示人也。

二十四年六月二十七日题于北京。

［1938 年 6 月 24 日《北平晨报》/集外文］

读《东山谈苑》

《东山谈苑》卷七云："倪元镇为张士信所窘辱，绝口不言。或问之，元镇曰，一说便俗。"此语殊佳。余澹心记古人嘉言懿行，裒然成书八卷，以余观之，总无出此一条之右者矣。尝怪《世说新语》后所记何以率多陈腐，或歪曲远于情理，欲求如桓大司马树犹如此之语，难得一见。云林居士此言，可谓甚有意思，特别如余君所云，乱离之后，闭户深思，当更有感兴，如下一刀圭，岂止胜于吹竹弹丝而已哉！

民国二十七年二月二十日灯下记于苦茶庵西厢。

［1938年6月24日《北平晨报》/《书房一角》］

读《经律异相》

阅梁宝唱编《经律异相》，卷四十八“禽畜生部十”，“千秋”条下引《婆须蜜经》第八卷云：“千秋人面鸟身，生子还害其母，复学得罗汉果，畜生无有是智及有尊卑想，不受五逆罪。”中国旧说，鸟兽中之不孝者有枭与破镜，破镜不知为何物，枭则世间多有，只会吞吃小鸟及老鼠等，不能食他鸟也，而久蒙食母之恶名，千秋人面鸟身，岂亦其同类耶。印度事情不能知悉，惟其体察物情，开遮合理，先贤博大之精神可想也。中国儒生严于人禽之辨，而此等处又缠夹不清，有愧和尚们多矣。

［1938年6月29日《北平晨报》/《书房一角》］

题《藤阴杂记》

戴菔塘《藤阴杂记》十二卷，清末有重刊本。数年前曾求得其原刻，自序署嘉庆丙辰，题叶只写书名，不记年岁。近日又得一部，则左右有字两行云，嘉庆庚申增辑，石鼓斋镌。校阅本文，计卷一末多一则，卷八多两则，卷十二多一则，原板补刻者也。昔尝与饼斋戏语，模拟书中所记，大抵如云，朱竹垞迁居至南横街，中途覆车，损一书簏。惟事虽琐屑，亦复有可喜处，只可惜诗多而记事少耳。

（四月十三日烛下记于北平知堂）

[补记]

重刊板现存湖州会馆，民国初年有董君新印若干以赠人，寒斋因亦有其一部。董君时为部吏不得意，一日访乡先达于积跬步斋，大发牢骚，意欲蹈海。先达倾听良久，徐答曰，我看可以慢慢的来。本系方言，难以记录得恰好，惟此应答极有意思，前辈风度俨然如见，可以收入民国的《世说》中去。因《藤阴杂记》辄复忆及，附记于此，亦复可备吴兴掌故之一也。

[1938年7月2日《北平晨报》/《书房一角》]

读《泊宅编》

《泊宅编》卷上有一则云：

> 宗泽，婺州农家子，登进士科，任馆陶尉，凡获逃军即杀之，邑境为之无盗。时吕大资惠卿帅大名，闻其举职，因召与语，仍荐之，且诫曰，此虽警盗贼之一策，恨子未阅佛书，人命难得，安可轻杀，况国有常刑乎。泽靖康中为副元帅，后尹开封卒。

《四库提要》乃议之曰，至宗泽乃其乡里，而徽宗时功名未盛，故勺颇讥其好杀，则是非未必尽允。案原文明系泽做了副元帅开封府尹后所说的话，而《提要》乃以为在其功名未盛时，故施轻诋，可笑甚矣，此无他，亦只是要统制思想耳。宗岳诸公既奉为偶像，便不能再说，即记其从前好杀好掠，亦是是非未允了。这里更有感触的，乃是胜残止杀还得求之于佛书，读圣贤书，登进士科，而尚不能知人命之重，念之郁郁不快者久之。

［1938 年 7 月 15 日《北平晨报》/《书房一角》］

记海瑞印文

偶读《论印绝句》，查药师诗有注云：

> 海忠介公印，以泥为之，略煅以火，文曰“司风化之官”。观之觉忠介严气正性，肃然于前。见周栎园《印人传》。

余平日最不喜海瑞，以其非人情也。此辈实即是酷吏，而因缘以为名，可畏更甚。观印语，其肺肝如见，我不知道风化如何司，岂不将如戴东原所云以理杀人乎。姚叔祥《见只编》卷上云：

> 海忠介有五岁女，方啖饵，忠介问饵从谁与，女答曰，僮某。忠介怒曰，女子岂容漫受僮饵，非吾女也，能即饿死，方称吾女。此女即①涕泣不饮啖，家人百计进食，卒拒之，七日而死。余谓非忠介不生此女。

周栎园《书影》卷九所记与此同，余读之而毛戴。海瑞不足责矣，独不知后世啧啧称道之者何心，若律以自然之道，殆皆虎豹不若者也。六月八日，知堂书。

［1938年7月15日《北平晨报》/《书房一角》］

【锺校】

① “此女即”原作“此即女”。

谈关公

《越缦堂日记补》第五册咸丰八年戊午正月下云：

> 初七日甲申晴。下午进城至仓桥书肆，借得明人张青父丑《清河书画舫》十四册，归阅之，其论书画颇不减元人，间附考证亦多有据，又全载昔人题跋及诸评论，皆有意致可观，丑自赘者亦楚楚不俗，最宜于赏鉴家。昔钱思公尝言于厕上观杂书，未免太亵，若此者正当携之舟中马上耳。

乾隆时池北草堂刻本《书画舫》原有一部，看了这篇批评便找了出来，我不是赏鉴家，没有什么用处，也只是看看题跋之类罢了。卷一开首是"钟繇"，对于他的兴趣却并不在法书，还是由于《世说新语》所载司马昭嘲钟会的话："与人期行，何以迟迟，望卿遥遥不至。"其次是因为书。《画舫》上所录的一篇《贺捷表》，严可均辑《全三国文》卷二十四根据《绛帖》录有全文，今转抄于下：

> 臣繇言。戎路兼行，履险冒寒，臣以无任，不获扈从，企仰[①]悬情，无有宁舍。即日长史逮充宣人令命，知征南将军运田单之奇，厉愤怒之众，与徐晃同[②]势，并力扑讨，表里俱进，应期克捷，馘灭凶逆。贼帅关羽已被矢刃，傅方反复，胡修背恩，天道祸淫，不终厥命。奉闻嘉憙，喜不自胜，望路载笑，踊跃逸豫，臣不胜欣庆，谨拜表因便宜上闻。臣繇诚皇诚恐，顿首顿首，死罪死罪。建安二十四年闰月九日南蕃东武亭

【锺校】

① "仰"原作"伫"。
② "同"原作"回"。

侯①臣繇上。

此文在《书画舫》中也有，但是有缺文，贼帅关羽四字都是墨钉，后面引广川书跋云："永叔尝辩此，谓建安二十四年九月关羽未死，不应先作此表。"又张丑注云：

> 《东观馀论》考《魏志》是年十月羽为徐晃所败，表内只云被矢刃，时羽为流矢所伤，未始言其死也，此表非伪，表云闰月是十月，非九月也。

上边三处羽字均非空格，与表文并看，可知是避讳无疑，盖是吴氏刻书时所为，张丑原本当不如是。查陈寿《三国志》三十六"蜀书"六"关张马黄赵传"，记关羽事凡九百馀言，所可取者唯报曹归刘一事耳，传末评曰：

> 关羽张飞皆称万人之敌，为世虎臣。羽报效曹公，飞义释严颜，并有国士之风。然羽刚而自矜，飞暴而无恩，以短取败，理数之常也。

这是很得要领的话。张飞传中亦云，"羽善待卒伍而骄于士大夫，飞爱敬君子而不恤小人。"那么这两位实在也只是普通的名将，假如画在百将图里固然适宜，尊为内圣外王则显然尚无此资格。人家对张飞的态度也还是平常，如称莽撞人曰猛张飞（其实猛恐即是莽，今照俗音写），又吾乡有鸟，颊上黑白纹相杂，乡人称之曰张飞鸟（Tsangfi-tiau），亦不详其本名。若关羽便大不相同了，听说戏台上说白自称吾乃关公是也，这是戏子做的事，或者②可以说是难怪，士大夫们也都避讳，连《书画舫》这种书里也出现了，这不能不算是大奇事。论其

【锺校】

① "侯"原作"候"。
② "者"原作"若"。

原因第一当然是《三国志演义》的传播。沈涛的《交翠轩笔记》卷四有一则云：

> 明人作《琵琶记》传奇，而陆放翁已有满村都唱蔡中郎之句。今世所传《三国演①义》亦明人所作，然东坡集记王彭论曹刘之泽云，涂巷小儿薄劣，为其家所厌苦，辄与数文钱，会聚听说古话，至说三国事，闻玄德败则嚬②蹙有涕者，闻曹操败则喜唱快，以觉知君子小人之泽百世不斩云云。是北宋时已有演说三国野史者矣。

东坡时已说三国，固是很好的考证资料，但我所觉得有意思的还在别一件事，即是爱护刘皇叔的心理那时已如此普遍，这与关羽的被尊重是很有关系的。那时所讲的内容如何，现在已无可考，我们只看元至治刊本《新全相三国志平话》，可以知道故事总是幼稚的很，一点都看不出五虎将怎样的了不得，可是有一件奇事，全相中所画人物身边都写姓名，就是刘皇叔也只能叫声玄德，唯独关羽却都题曰关公，似乎在六百年前便已有点神圣化了，这个理由很不容易了解。至治本《平话》不必说了，便是弘治年《三国志通俗演义》以至毛声山评本，里边讲的关羽言行都别无什么大过人处，至多也不过是好汉或义士罢了，无论怎么看没有成神的资格，虽然去当义和团等会党的祖师自然尽够。——义和的本字实系义合，这类点号至今在北方还是极常见，盖是桃园结义的影响，如刘关张之尚义气而结合，他们也会集了来营商业或练武技耳。关羽在民间所受英雄的崇拜我们可以了解。若神明的顶礼则事甚离奇，在《三国演义》的书本或演辞中都找不出些须理由来，我所觉得奇怪的就是这一件

【锺校】

① “演”原作“衍”，据瓜蒂庵藏明清掌故丛刊《交翠轩笔记》改。
② “嚬”原作“吨”。

事。关羽封神称帝的历史我未能仔细查考，唯据阮葵生《茶馀客话》卷四云：

关庙之见于正史者，唯《明史》有之，其立庙之始不可考，俗传崇宁真君封号出自宋徽宗，亦无据。按《元史祭祀志》，每岁二月十五日于大殿启建白伞盖佛事，与众祓除不祥，抬舁监坛汉关某神轿。夫曰抬舁神轿，则必塑像，有塑像则必有庙宇矣，然则庙始于元之先可知也。

又云：

明万历四十二年甲寅十月十日加封为三界伏魔大帝神威远镇天尊关圣帝君。四十五年丁巳五月福藩常洵序刻洛阳关帝庙签簿曰，前岁予承命分封河南，关公以单刀伏魔于皇父宫中，托之梦寐间，果验，是以大隆徽号，由是敕闻天下而尊显之云云。予见各省关庙题旌皆同此号，殆始于明神宗时。

可知关圣帝君的名称起于万历，万历①是一位大昏君而其旨意在读书人中发生了大效力，十足三百年里大家死心塌地②的信奉。因为是圣是帝而又是神，所以尊严的了不得，避讳也正是当然，犹如不敢写丘字玄字一样，却不知道他原来是骄于士大夫的，读书人的丑态真是毕露了。他们又送“志在春秋”的匾额给他，硬欲引为同类，也很可笑。据本传裴松之③注云：“羽为《左氏传》，讽诵略皆上口。”那么其程度似亦颇浅，后人如欲于武人中求《春秋》学者，何不再等几年去找那项下有瘿的杜预乎。阮葵生云，“雍正四年增设山西解州五经博士一人。”此亦是送匾

【锺校】

① “万历”原作“禹斋”。

② 原无“地”字，今增。

③ “裴松之”原作“裴山松”。

之意，或可为读书人解嘲。不佞非敢菲薄古人，只因看不出关羽神圣之处何在，略加谈论，若是当他一条好汉，则当然承认，并无什么不敬之意也。

［1938 年 8 月 4 日《北平晨报》/《秉烛后谈》］

药草堂记

阅涵芬楼印本《顾氏文房小说》，见唐子西文录中有一节云：

> 关子东一日寓辟雍①，朔风大作，因得句云，夜长何时旦，苦寒不成寐。以问先生云，夜长对苦寒，诗律虽有剉对，亦似不稳。先生云，正要如此，一似药中要存性也。

吾甚喜此言，尝欲取室名为养性堂，颇似药店的名字，假如我有资本，倒不妨索性开他这么一爿大店，就只可惜的是无此财力，所以连这名字也不好要了。又阅《茶馀客话》，见记有古圣先贤的小名字，神农氏居首，则与贱名相同。案据小时候所读《鉴略》，神农氏乃是尝药辨性的一位神人，从一方面说，鄙人不合犯其圣讳，但是从又一方面说，却也是三生有幸了。鄙人与药可知很有一种缘分，假如要取一个别号，则药字实大可用得。昔者我先人居于季彭山之故里，有园一区，锡嘉名曰百草，乃及吾身而失之，今所居无园矣，堂屋则尚存，遂称之曰药草堂，聊以寄意。民间传说神农有水晶肚皮尝百草，故能识别其功用，鄙人岂有此力量，其意亦只是摊数种草药于案上，如草头郎中之所为耳。鄙人所喜读的书之一为《本草》，那么即以此为堂中陈设，佐以《诗疏》《尔雅疏》，俨然医而儒者，不亦可乎。

民国二十七年七月五日，药堂叟自记。

［1938 年 8 月 14 日《北平晨报》/《书房一角》］

【锺校】

①“雍”原作“簷”。

记盐豆

《乡言解颐》卷三人部“食工”一篇中，记孙功臣子科烹调之技，有云：

> 其所作羹汤清而腴，其有味能使之出者乎。所制盐豆数枚可下酒半壶，其无味能使之入者乎。

有味者使之出二语，李瓮斋云出于《随园食单》，所说殊妙，此理亦可通于作文章，古今各派大抵此二法足以尽之矣。但是孙科的盐豆却更令人不能忘记。小时候在故乡酒店常以一文钱买一包鸡肫豆，用细草纸包作纤足状，内有豆可二十枚，乃是黄豆盐煮漉干，软硬得中，自有风味。此未知于孙豆何如，及今思之，似亦非是凡品，其实只是平常的酒店官所煮者耳。至于下酒，这乃是大小户的问题。尝闻善饮者取花生仁掰为两半，去心，再拈半片咬一口细吃，当可吃三四口，所下去的酒亦不在少数矣。若是下户，则恃食物送酒下咽，有如昔时小儿喝汤药之吮冰糖，那时无论怎样的好盐豆也禁不起吃了。

［1938 年 8 月 30 日《北平晨报》/《书房一角》］

读黄生《义府》

黄生著《义府》卷下《穷裤》一则云：

> 晋无名氏乐辞，爱惜加穷裤，防闲托守宫。穷裤字出《汉书·上官后传》，师古注，今之裈裆裤。穷裤守宫皆防闲之具，惟其爱惜，故加防闲也。又云，今日牛羊上丘陇，当年近前面发红。盖女子幼时情事尚带羞涩，至盛年则不复然，譬之丘陇牛羊所便，其进前唯恐不速矣。以其为上陇之牛羊，此穷裤守宫之所以不能已也。

案世俗有三十如狼四十如虎之说，或以入之请旌节母之文中，传为故实，黄生亦大有此意，其大胆处可喜也。大凡说太新奇，也就容易不能确立，如《诗》“采绿”云，五日为期，六日不詹。《毛传》云，妇人五日一御。大毛公说诗至此盖有邪心矣，无怪郑君之笺即已别立异说，后世可与之同意者其唯罗典乎。

（七月廿四日）

日前得罗典著《读诗管见》十四卷阅之，其中妙论虽甚多，“五日为期”乃解为昏期，詹同占，谓筮而詹其期之吉也，则其说亦不奇也。又闻江叔海说，“视尔如荍”，罗氏以为比喻生支，今案亦不确，《管见》以荍为荞麦，谓其花秾丽而可爱，与朱晦庵之荆葵相差无几，唯罗氏谓子仲之子为丈夫子，《东门之枌》乃是男色之诗，则是其特见耳。

（八月一日又记）

近阅梁章钜著《试律丛话》，卷三举吴穀人“腐草为萤”诗三四句云，今宵萤熠熠，前度草离离，谓是逆挽法。又引纪晓岚说，李义山《马嵬》诗云，此日六军同驻马，当年七夕笑牵牛，亦用此格，最为跳脱。晋乐辞正其前例，所谓丘陇，鄙意以为盖实是丘陇也。此是普通讲法，不辞迂阔，聊记于末。

（九月七日晨记于苦雨斋）

[1938 年 8 月 30 日《北平晨报》/《书房一角》]

卖　糖

崔晓林著《念堂诗话》卷二中有一则云：“《日知录》谓古卖糖者吹箫，今鸣金。予考徐青长诗，敲锣卖夜糖，是明时卖饧鸣金之明证也。”案此五字见《徐文长集》卷四，所云青长当是青藤或文长之误。原诗题曰《昙阳》，凡十首，其五云：

何事移天竺，居然在太仓。

善哉听白佛，梦已熟黄粱。

托钵求朝饭，敲锣卖夜糖。

所咏当系王锡爵女事，但语颇有费解处，不佞亦只能取其末句，作为夜糖之一左证而已。查范啸风著《越谚》卷中饮食类中，不见夜糖一语，即梨膏糖亦无，不禁大为失望。绍兴如无夜糖，不知小人们当更如何寂寞，盖此与炙糕二者实是儿童的恩物，无论野孩子与大家子弟都是不可缺少者也。夜糖的名义不可解，其实只是圆形的硬糖，平常亦称圆眼糖，因形似龙眼故，亦有尖角者，则称粽子糖，共有红白黄三色，每粒价一钱，若至大路口糖色店去买，每十粒只七八文即可，但此是三十年前价目，现今想必已大有更变了。梨膏糖每块须四文，寻常小孩多不敢问津，此外还有一钱可买者有茄脯与梅饼。以沙糖煮茄子，略晾干，原以斤两计，卖糖人切为适当的长条，而不能无大小，小儿多较量择取之，是为茄脯。梅饼者，黄梅与甘草同煮，连核捣烂，范为饼，如新铸一分铜币大，吮食之别有风味，可与青盐梅竞爽也。

卖糖者大率用担，但非是肩挑，实只一筐，俗名桥篮，上列木匣，分格盛糖，盖以玻璃，有木架交叉如交椅，置篮其上，以待顾客。行则叠架夹胁下，左臂操筐，俗语曰桥，虚左手持一小锣，右手执木片如笏状，击之声镗镗然，此即卖糖之信号也，小儿闻之惊心动魄，殆不下于货郎之惊闺与唤娇娘焉。此锣却又与他锣不同，直径不及一尺，窄边，不系索，击时以一指抵边之内缘，与铜锣之提索及用锣槌者迥异，民间称之曰镗锣，第一字读如国音汤去声，盖形容其声如此。虽然亦是金属无疑，但小说上常见鸣金收军，则与此又截不相像，顾亭林云卖饧者今鸣金，原不能说错，若云笼统殆不能免，此则由于用古文之故，或者也不好单与顾君为难耳。

卖糕者多在下午，竹笼中生火，上置熬盘，红糖和米粉为糕，切片炙之，每片一文，亦有麻糍，大呼曰麻糍荷炙糕。荷者语助词，如萧老老公之荷荷，唯越语更带喉音，为他处所无。

早上别有卖印糕者，糕上有红色吉利语，此外如蔡糖糕，茯苓糕，桂花年糕等亦具备，呼声则仅云卖糕荷，其用处似在供大人们做早点心吃，与炙糕之为小孩食品者又异。此种糕点来北京后便不能遇见，盖南方重米食，糕类以米粉为之，北方则几乎无一不面，情形自大不相同也。

小时候吃的东西，味道不必甚佳，过后思量每多佳趣，往往不能忘记。不佞之记得糖与糕，亦正由此耳。昔年读日本原公道著《先哲丛谈》，卷二有讲朱舜水的几节，其一云：

> 舜水归化历年所，能和语，然及其病革也，遂复乡语，则侍人不能了解。（原本汉文。）

不佞读之怆然有感。舜水所语盖是余姚话也，不佞虽是隔县，当能了知，其意亦唯不佞可解。余姚亦当有夜糖与炙糕，惜舜水不曾说及，岂以说了也无人懂之故欤。但是我又记起《陶庵梦忆》来，其中亦不谈及，则更可惜矣。

（廿七年二月廿五日漫记于北平知堂）

［附记］

《越谚》不记糖色，而糕类则稍有叙述，如印糕下注云："米粉为方形，上印彩粉文字，配馒头送喜寿礼。"又麻糍下云："糯粉，馅乌豆沙，如饼，炙食，担卖，多吃能杀人。"末五字近于赘，盖昔曾有人赌吃麻糍，因以致死，范君遂书之以为戒，其实[①]本不限于麻糍一物，即鸡骨头糕干如多吃亦有害也。看一地方的生活特色，食品很是重要，不但是日常饭粥，即点心以至闲食，亦均有意义，只可惜少有人注意，本乡文人以为琐屑不足道，外路人又多轻饮食而着眼于男女，往往闹出《闲话扬州》似的事件，其实男女之事大同小异，不值得那么用心，倒还不如各种吃食尽有滋味，大可谈谈也。

（廿八日又记）

［1938 年 9 月《宇宙风》/《药味集》］

【锺校】

① "实"原作"食"。

谈劝酒

因为收罗同乡人著作，得见兰亭陈廷灿的《邮馀闲记》初二集各二卷，初集系抄本，二集木刻本，有康熙乙亥年序，大约可以知道著书的时日。陈君的思想多古旧，特别是关于女人的，如初集卷上云：“人皆知妇女不可烧香看戏，余意并不宜探望亲戚及喜事宴会，即久住娘家亦非美事，归宁不可过三日，斯为得之。”但是卷下有关于饮酒的一节，即颇有意思：

> 古者设酒原从大礼起见，酬天地，享鬼神，欲致其馨香之意耳。渐及后人，喜事宴会，借此酬酢，亦以通殷勤，致欢欣而止，非必欲其酩酊酕醄，淋漓几席而后为快也。今若享客而止设一饭，以饱为度，草草散场，则太觉索然，故酒为必需之物矣。但会饮当有律度，小杯徐酌，假此叙谈，宾主之情通而酒事毕矣，何必大觥加劝，互酢不休，甚至主以能劝为强，客以善避为巧，竟能争智之场，又何有于欢欣哉。

又见今人钱振锽著《课馀闲笔》补中一则云：“天下第一下流莫如豁拳角酒，切记此等闹鬼万不可容他入席。”二君都说得有理，不佞很有同意，虽然觉得钱君的话未免稍愤激一点，简单一点，似乎还该有点说明。本来赌酒也并无什么不可，假如自己真是喜欢喝酒。豁拳我不大喜欢，第一因自己不会，许多东西觉得不喜欢，后来细细推想实在是因为不会之故，恐怕这里也是难免如此。第二，豁拳的叫声与姿势有点可畏，对角线的对豁或者还好，有时隔着两座动起手来，中间的人被左右夹攻，拳头直出，离鼻尖不过一公分，不由不感到点威吓。话虽如此，挥拳狂叫而抢酒喝，虽似粗暴，毕竟也还风雅，我想原是可以原谅的。

不过这里当然有必须的条件，便是应该赢拳的人喝酒，因为这酒算是赏品。为什么呢？主人请客吃酒，那么酒一定是好东西，希望大家多喝一点，豁拳赌酒，得胜[①]的饮，正是当然的道理。现在的规矩似乎都是输者喝酒，仿佛是一种刑罚似的，这种办法恐怕既不合理也还要算失礼吧。盖酒如是敬客的好东西，不能拿来罚人，又如是用以罚人的坏东西，则岂可以敬客乎。不佞于此想引申钱君的意思，略为改订云：主客赌酒，胜者得饮。豁拳虽俗，抢酒则雅，此事可行。如现今所为，殊无可取，则不佞对于钱君之说亦只好附议耳。

陈君没有说到豁拳，所反对的只是劝酒，大约如干杯之类。主与客互酬，本是合理的事，但当有律度，要尽量却也不可太过量，到了酩酊酕醄，淋漓几席，那就出了限度，不是敬客而是以客人为快了。

这里的意思似乎并不以酒为坏东西，乃因为酒醉是苦事的缘故吧。酒既是敬客的好东西，希望客人多喝，本来可以说是主人的好意，可是又要他们多喝以至于醉而难受，则好意即转为恶意了。凡事过度就会难受，不必一定是喝酒至醉，即吃饭过饱也是如此。我曾听过一件故事，前清有一位孝子是做知府者，每逢老太太用饭，站在旁边侍候着，老太太吃完一碗就够了，必定请求加餐，不听时便跪求，非允许添饭决不起来。老太太没法只好屈服，却恳求媳妇道，请你告诉老爷不要再孝了，我实在是受不住了。强劝喝酒的主人大有如此情形，客人也苦于受不住，却是无处告诉。先君是酒量很好的人，但是痛恨人家的强劝，祖母方面的一位表叔最喜劝酒，先君遇见他劝时就绝对不饮，尝训示云，对此等人只有一法，即任其满酾，就是流溢桌上也决不顾。此是昔者大将军对付石崇的方法，我虽佩服却不能实行，盖由意志不坚强，平常也只

【锺校】

① “胜”原作“酒”。

好应酬一半，若至金谷园中必蹈①王丞相之复辙矣。

酒本是好东西，而主人要如此苦劝恶劝才能叫客人喝下去，这到底是什么缘故呢？我想，这大抵因为酒这东西虽好而敬客的没有好酒的缘故吧。不佞不会喝酒而性独喜喝，遇酒总喝，因此颇有阅历，截至今日为止我只喝过两次好酒，一回是在教我读《四书》的先生家里，一回是一位吾家请客的时候，那时真是抢了也想喝，结果都是自动的吃得大醉而回。此外便都很平常，有时也会喝到些酒，盖虽是同类而且异味，这种时候大约劝酒的手段就很是必须了，输了罚酒的道理也很讲得过去。刘继庄在《广阳杂记》中云：

> 村优如鬼，兼之恶酿如药，而主人之意则极诚且敬，必不能不终席，此生平之一劫也。

此寥寥数语，盖可为上文作一疏证矣。

（廿六年七月十八日，在北平）

［附记］

阮葵生著《茶馀客话》卷二十有一则云：

> 俗语云，酒令严于军令，亦末世之弊俗也。偶尔招集，必以令为欢，有政焉，有纠焉，众奉命唯谨，受虐被凌，咸俯首听命，恬不为怪。陈几亭云，饮宴苦劝人醉，苟非不仁，即是客气，不然亦蠹俗也。君子饮酒，率真量情，文士儒雅，概有斯致。夫唯市井仆役以逼为恭敬，以虐为慷慨，以大醉为欢乐，士人而效斯习，必无礼无义不读书者。几亭之言可为酒人下一针砭矣。偶见宋人小说中酒戒云，少吃不济事，多吃济甚

【锺校】

① “蹈”原作“踏”。

> 事，有事坏了事，无事生出事。旨哉斯言，语浅而意深。又几亭《小饮壶铭》曰，名花忽开，小饮。好友略憩，小饮。凌寒出门，小饮。冲暑远驰，小饮。馁甚不可遽食，小饮。珍酝不可多得，小饮。真得此中三昧矣。若酣湎流连，俾昼作夜，尤非向晦息宴之道。亭林云，樽罍无卜夜之宾，衢路有宵行之禁，故见星而行者非罪人即奔父母之丧。酒德衰而酣饮长夜，官邪作而昏夜乞哀，天地之气乖而晦明之节乱。所系岂浅鲜哉。法言云，侍坐则听言，有酒则观礼。何非学问之道。

这一节在戴氏选本卷十，文句稍逊，今从王刊本。所说均有意思，陈几亭的话尤为可喜，我们不必有壶，但小饮的理想则自极佳也。

（八月七日记）

［附记二］

赵氏刊《仰视千七百二十九鹤斋丛书》中有《遁翁随笔》二卷，山阴祁骏佳著，卷上有一则云：

> 凡与亲朋相与，必以顺适其意为敬，唯劝酒必欲拂其意，逆其情，多方以强之，百计以苦之，则何也。而受之者虽觉其苦，亦不以为怪，而且以为主人之深爱，又何也。此事之甚戾而举世莫之察者，唯契丹使臣冯见善云，劝酒当观其量，如不以其量，犹徭役不以户等高下也，强之以不能，岂宾主之道哉。此言足醒古今之迷，乃始出于契丹使臣之口。

遁翁是明末遗民，故有此感慨，其实冯见善大概也仍是汉人，不过倚恃是使臣故敢说话，平常也会有人想到，只是怕事不肯开口，未必真是见识不及契丹人也。社会流行的势力很大，不必要有君主的威力压在上面，也就尽够统制，使人的言论不能自由，此事至堪叹息，伊勃生说少数总是对的，虽不免稍偏激，却亦似是事实。我想起李卓吾的事，便觉得世事确是颠倒着，他的有些意见实在是十分确实而且也平常，却永久被看作邪说，只因为其所是非与世俗相反耳。劝酒细事，而乃喋喋不休，无乃小题而大做乎，实亦不然。世事颠倒，有些小事并不真是小，而大事亦往往不怎么大也。

（八月二十八日再记）

[附记三]

近日承兼士见赐抄本《平蝶园先生酒话》一册，凡四十七则，不但是说酒而且又是越人所著，更是可喜。妙语甚多，今只录其第二十四则云：

> 饮酒不可猜拳，以十指之屈伸，作两人之胜负，则是争斗其民而施之以劫夺之教也。酒以为人合欢，因欢而赌，因赌而争，大杀风景矣。且所谓赢也者，以吾手指所伸之数合于彼指所伸之数，而适符吾口所猜之数，则谓之赢，反是则谓之输，然而甚无谓也。所谓赢者，其能将多馀之指悉断而去之乎？所谓输者，其能将无用之指终身屈而不伸乎？静言思之，皆不可也，皆不能也。天下得酒甚难，得酒而逢我辈饮则更难，得酒而能与我辈能饮之人共饮则尤其难。夫以难得之酒而遇难饮之人，且遇难于共饮之人，吾方喜之不遑矣，又何必毒手交争为乐耶。盘中鸡肋，请免尊拳，无虎负嵎，不劳攘臂。

《酒话》有嘉庆癸酉自题记，又有咸丰元年辛亥朱荫培序，称从蝶园子筠士得见此稿，乃应其请写此序文。寒斋有朱君所著《芸香阁尺一书》二卷，正是平筠士所编刊者，书中收有与筠士札数通，虽出偶然，亦是难得。芸香阁原与秋水轩有连，前曾说及，今又见此序，乃知其与吾乡有缘非浅也。

（十月三十日记于北平苦住庵）

［1938 年 11 月《朔风》/《秉烛后谈》］

儿时杂事

偶读史震林《西青散记》，此书太漂亮，有才子气，非不佞所喜，但其中也有几节可取，如卷二《记儿时诸事》即其一。文云：

> 事有小而不忘，思之不可再得，与人言生感慨者。忆三四岁时最喜猬。猬刺如栗房，见人则首尾相就如球，啼时见猬即喜笑，以足蹴之辘辘行。获乳兔二，抱而眠，饲以豆叶，不食而死，哭之数日。八九岁独负筐采棉，怀煨饼，邻有兄名中哥，长一岁，呼中哥为伴，坐棉下分煨饼共食之。棉内种芝麻，生绿虫，似蚕而大，捻之相恐吓，中哥作骇态，蹙额缩颈以为笑。后虽长，常采棉也。采棉日宜阴，日炙败叶，屑然而脆，粘于花，天晴每承露采之，日中乃已，或兼采杂菽，棉与菽相和筐中，既归乃别之也。幼时未得其趣。前岁自西山归湖上，携稚儿采棉于村北。秋末阴凉，黍稷黄茂，早禾既获，晚菜始生，循田四望，远峰一青，碎云千白，蜻蜓交飞，野虫振响，平畴良阜，独树破巢，农者锄镰异业，进退俯仰，望之皆从容自得。稚儿渴，寻得馀瓜于虫叶断蔓之中，大如拳，食之生涩。土蝶飞掷，翅有声激激然，儿捕其一，旋令放去。晚归，稚儿在前，自负棉徐步随之，任意问答，遥见桑枣下夕阳满扉，老母倚门而望矣。

卷一又述王澹园语云：

> 迩者幼儿学步，见小鸟行啄，鸣声啁啾，引手潜近，欲执其尾。鸟欺其幼也，前跃数武，复鸣啄如故焉。凝睇久立，仍潜行执之，则扈然而飞。鸟去则仰面嗍哰而呕昵，鸟下复然。

观此自娱也。

此是闲看儿童捉柳花的说法，却亦精细有情致，似易而实难也。沈三白《浮生六记》卷二《闲情记趣》首节云：

余忆童稚时，能张目对日，明察秋毫，见藐小微物必细察其纹理，故时有物外之趣。夏蚊成雷，私拟作群鹤舞空，心之所向，则或千或百果然鹤也，昂首观之，项为之强。又留蚊于素帐中，徐喷以烟，使其冲烟飞鸣，作青云白鹤观，果如鹤唳云端，怡然称快。于土墙凹凸处，花台小草丛杂处，常蹲其身使与台齐，定神细视，以丛草为林，以虫蚁为兽，以土砾凸者为丘，凹者为壑，神游其中，怡然自得。一日见二虫斗草间，观之正浓，忽有庞然大物拔山倒树而来，盖一癞虾蟆也，舌一吐而二虫尽为所吞。余年幼，方出神，不觉呀然惊恐。神定，捉虾蟆鞭数十，驱之别院。年长思之，二虫之斗，盖图奸不从也。古语云，奸近杀，虫亦然耶。贪此生涯，卵（原注云吴俗呼阳曰卵）为蚯蚓所哈，肿不能便，捉鸭开口哈之。婢妪偶释手，鸭颠其颈作吞噬状，惊而大哭，传为话柄。

舒白香《游山日记》卷二，嘉庆九年六月辛巳条下有一节云：

予三五岁时最愚，夜中见星斗阑干，去人不远，辄欲以竹竿击落一星代灯烛。于是乘屋而叠几，手长竿撞星不得，则反仆于屋，折二齿焉，幸犹未龀，不致终废啸歌也。又尝随先太恭人出城饮某淑人园亭，始得见郊外平远处天与地合，不觉大喜而哗，诫御者鞭马疾驰至天尽头处，试扪之，当异常石，然后旋车饭某氏未迟。太恭人怒且笑曰，痴儿，携汝未周岁自江西来，行万里矣，犹不知天尽何处，乃欲扪天以赴席耶。予今者仅居此峰，去人间不及万丈，顾已沾沾焉自炫其高，其愚亦正与孩时等耳。随笔自广，以博一笑。

方濬颐《梦园丛说》内篇卷六有云：

犹记儿时读《博物志》云，五月五日取青蛉头，正中门埋，皆成青珠。因于天中节扑得青蛉，将取锄以瘗。顾先生见而诃之，具以实告。先生笑曰，尽信书则不如无书，孺子太不解事。斯语可为读死书者下一针砭也。

钱振锽《课馀闲笔》中有一则云：

余稚时性暴厉不堪，戕物尤甚。尝杀池中巨螺数百，尸而陈之，被塾师所见，怒其暴殄天物，大加让斥。又尝有群蚁千百至案上，余杀之无遗。家中九峰阁尝有群蜂入焉，借以御冬也，余又烬①而歼之，至千百计。种种罪案，难以悉数。至今不过三五年，性气大变。时值十月，阁中群蜂百族相聚，诸弟年幼尝欲歼之，皆被余拦阻。一日援笔作诗未竟，蜂从颈后猛刺数下，大为所苦，余不过诛其罪魁一耳，他不及问也。

以上数节，虽文章巧拙有不同，其记述儿童生活都颇有意思。如在歌咏儿童的文学发达的地方，这样的东西原算不得什么，但是在我们中国，就不能不说是难得而可贵了。不过大抵难免有小毛病，即其目的并不在于简单的追记儿时生活，多少另有作用。纪晓岚《阅微草堂笔记》中《滦阳消夏录》卷五有云：

余两三岁时尝见四五小儿，彩衣金钏，随余嬉戏，皆呼余为弟，意似甚相爱，稍长时乃皆不见。后以告先姚安公，公沉思久之，爽然曰，汝前母恨无子，每令尼媪以彩丝系神庙泥孩

【锺校】

① “烬”原作“尽”。

归，置于卧内，各命以乳名，日饲果饵，与哺子无异，死后吾命人瘗楼后空院中，必是物也。恐后来为妖，拟掘①出之，然岁久已迷其处矣。

这是很好的一例。纪君喜言鬼怪，其笔记五种共二十四卷，不说到妖异的大约不及百一，日前检阅一过，备近代随笔之选，可取者才八则而已。上文所引尚有大半，意在叙说前母显灵，此只是陪衬，但我们如断章取义，亦可作儿童生活考察之资料。小儿感觉与大人异，或有时自有幻景，即平时玩弄竹马泥人亦是如此，如沈三白所说可为例证，纪晓岚则更进一步耳。泥孩为妖，不佞不以为可能，在古人原自无怪，且纪君若不为此便不涉笔，正亦赖有此种迷信，乃得留下一点资料，在民俗志中求子与祈年固是同样的重要者也。往见外国二三歌咏儿童的文学之总集，心甚喜爱，惜中国无此类书物，欲自行编辑则无此时光与力量，只就所见抄录一二，以自怡悦。范啸风自传已别有摘录，兹亦不再抄入矣。

［**附记**］

森鸥外著《伊泽兰轩传》第一百三十九节引用北条霞亭所著《霞亭涉笔》，有云："记二十年前一冬多雪，予时髫龀，喜甚，乃与稚弟彦就庭砌团雪，塑一布袋和尚，坐之盆内，爱玩竟日，旋复移置寝处，褥卧观之。翌日起问布袋和尚所在，已消释尽矣。弟涕泣求再塑之不已，而雪不可得，母氏慰谕而止。后十馀年，彦罹疾没。尔来每雪下，追忆当时之事，其声音笑貌，垂髦之葳蕤，彩衣之斑斓，宛然在耳目，并感及平生之志行，未尝不怆然悲苗而不秀矣。"案，霞亭生于日本安永九

【锺校】

① "掘"原作"拙"。

年（一七八〇），《涉笔》作于文化戊辰（一八〇八），即舒白香著《游山日记》的后四年也。所云二十年前，盖是一七八八年顷，霞亭时年九岁，其弟彦则五岁也。

［1938 年 11 月 12 日《北平晨报》/《秉烛后谈》］

谈搔痒

周栎园著《书影》卷四有一则云：

有为爬痒廋①语者，上些上些，下些下些，不是不是，正是正是。予闻之捧腹，因谓人曰，此言虽戏，真可喻道。及见杨道南《坐坐爬痒口号》云，手本无心痒便爬，爬时轻重几曾差，若还不痒须停手，此际何劳分付他。焦弱侯和之云，学道如同痒处爬，斯言犹自隔尘沙，须知痒处无非道，只要爬时悟法华。栖霞寺云谷②老衲曰，二先生不是门外汉。予谓二公之言尚落拟议，不若廋辞之当下了彻也。

《北平笺谱》卷一载淳菁阁罗汉笺十六幅，末幅画一人以爪杖搔背，题词云：

上些不是，下些不是。搔着恰当处，惟有自己知。

这里不是谜语，说得更为明白，意思却是一样，未必真能喻道，或者可以作学与文的一个说明罢。梁清远著《雕丘杂录》卷十七《啬翁檠史》中有一则云：

人之于学虽根器不同，要须自证自悟始得，靠人言语，终落声闻。故程氏云，不能存养，只是说话。而佛氏亦云，自悟修行，不在于诤。吾夫子云，朝闻道。亦自闻耳，不待人也。故曰，说食不饱。

普通常引《传灯录》里所说，如人饮水，冷暖自知。二语自多风趣，但

【锺校】

① “廋”原作“庾”。
② “谷”原作“各”。

搔痒之喻更为直截明了，自证自悟，正是如此耳。俗称议论肤泛为隔靴搔痒，又笑话中说胡涂人搔同卧者腿至于血出，都也说得有意义，盖如世人所说，痛可熬痒不可熬，痒得搔是大快乐，而过中又与痛邻，其间煞费斟酌也。《太平御览》三百七十引《列异传》云：

> 神仙麻姑降东阳蔡经家，手爪得四寸。经意曰，此女子实好佳手，愿得以搔背。麻姑大怒，忽见经顿地两目流血。

神仙发怒固然难怪，蔡经见长爪而思搔痒，虽未免不敬，却也是人情。曹庭栋著《老老恒言》卷三杂器条下有“隐背”一则，文云：

> 隐背，俗名搔背爬，唐李泌取松樛枝作隐背，是也。制以象牙或犀角，雕作小兜扇式，边薄如爪，柄长尺馀，凡手不能到，持此搔之，最为快意。有以穿山甲制者，可解癖痒，能解毒。

据《格致镜原》五十八引《稗史类编》转引《释藏音义指归》云：

> 如意者古之爪杖也，或用竹木削作人手指爪，柄可长三尺许，或背脊有痒，手不到，用以搔爬之，如人之意。

又《云仙散录》中有“陶家瓶馀事”一则云：

> 虞世南以犀如意爬痒久之，叹曰，妨吾声律半工。

以如意为搔背具颇有意思，虽然一般对于如意的解说并不如此，如屠隆著《考槃馀事》卷四文房器具笺云：

> 如意，古人用以指画向往或防不测①，炼铁为之，长二尺有奇，上有银错，或隐或现。近有天生树枝竹鞭，磨弄如玉，不事斧凿者，亦佳。

又游具笺“衣匣”下云：

【锺校】

① “测”原作“侧”。

匣中更带搔背竹钯并铁如意，以便取用。

可见如意与爪杖分而为二。宋释道诚著《释氏要览》卷中云：

> 如意梵云阿那律，秦言如意。指归云云，故曰如意。诚尝问译经三藏通梵大师清沼，字学通慧大师云胜，皆云，如意之制盖心之表也，故菩萨皆执之，状如云叶，又如此方篆书心字故，若局爪杖者，只如文殊亦执之，岂欲搔痒也。又云，今讲僧尚执之，多私记节文祝辞于柄，备于忽忘，要时手执目对，如人之意，故名如意，若俗官之手板，备于忽忘，名笏也。若齐高祖赐隐士明僧绍竹根如意，梁武帝赐昭明太子木犀如意，石季伦王敦皆执铁如意，此必爪杖也。因斯而论，则有二如意，盖名同而用异也。

诚公所说大抵是对的，有如高僧或是仙人手执拂子，成为一种高贵法物，但其先本只是蝇拂耳，在俗人房中仍用以赶蚊子，儿时见有批棕榈叶为之者，制甚古朴，实胜于马尾巴也。讲经时的如意今已不见，搔背竹钯则仍甚通行。日本寺岛良安编《和汉三才图会》卷二十六爪杖下云：

> 案爪杖用桑木作手指形，所以自搔背者，俗谓之麻姑手。麻姑，仙女名也，《五车韵端》载麻姑山记云，王方平降蔡经家，召麻姑至，年若十七八女子，指爪长数寸，经意其可爬痒，忽有铁鞭鞭其背，以此故事名耳。

麻姑手读作 Makonote，今音转为 Magonote，可解作孙儿手，或与老人更为适切，但其原语盖出于麻姑，古今解说均如此云。北平市上今亦有售者，竹制如手状而多有六指，虬角制者稍佳，但所谓化学制造者品终不高耳。此物终古流行，可知搔痒之亦是一急务也。《释氏要览》卷下论剪爪引《文殊问经》云："爪许长一横麦，为搔痒故。"此意甚可喜。释家戒律虽极严密，却亦多顺人情处。《礼记》内则中记子妇在父母舅姑之所的规矩，有“痒不敢搔”之语，殊令人有点为难，想起王景略辈时更不禁深为同情也。

［附记］

吾乡茹三樵著《越言释》二卷，卷下有乖脊一条，即是释痒字者，其文云：“曰乖曰脊，皆背也，而今人谓痒曰乖脊，以痒不可受而背痒为尤甚也，所以背痒谁搔，汉光武至形之诏旨，为能极人情之至。然头痒而曰头乖脊，脚痒而曰脚乖脊，未免失其义矣。或曰疥脊也，凡牛马驴骡之属多疥其脊，即《传》所谓瘯蠡者。或又以疥终不可以为乖，则又以乖加疒，今字书有㾩字，则愈求而愈远。又痒亦作癢，其实只是养，诗言中心养养是也。古人往来通问必曰无恙，恙者病也，或曰恙者虫也。然物不病不痒，不虫亦不痒。蛘，搔蛘也。”

茹君以易学名家，著有《周易二闾记》等十馀种，唯不佞最喜此《越言释》，曾得乾隆原刻，又光绪中啸园葛氏刊巾箱本，据杜尺庄道光中原序知当时尚有家一斋公刊本，即葛氏所从出，惜未能得。以背痒释俗语乖脊之义，很有意思，唯越语亦有分别，搔痒云搔乖脊，若呵痒则仍曰呵痒，故乖脊与痒是两种感觉，此在别的地方不知如何分说也。

（二十六年八月三十一日再记）

［案］

梁山舟《频罗庵遗集》卷七有《不求人铭》三首，即咏爪杖者，此名亦自佳，但少风趣而有头巾气，不及如意远矣。编校时记。

［1938 年 12 月《朔风》/《秉烛后谈》］

一九三九年

女人骂街

阅《犊鼻山房小稿》，只有《东游笔记》二卷，记光绪辛巳壬午间从湖南至江苏浙江游居情况，不详作者姓氏，文章却颇可读。下卷所记以浙东为主，初游台州，后遂暂居绍兴一古寺中，十一月中有记事云：

> 戊申，与寺僧负暄①楼头。适邻有农人妇曝菜篱落间，遗失数把，疑人窃取之，坐门外鸡栖上骂移时，听其抑扬顿挫，备极行文之妙。初开口如饿鹰叫雪，嘴尖吭长，而言重语狠，直欲一句骂倒。久之意懒神疲，念艺圃辛勤，顾物伤惜，啧啧呶呶，且詈且诉，若惊犬之吠风，忽断忽续。旋有小儿唤娘吃饭，妇推门而起，将入却立，蓦地忿上心来，顿足大骂，声暴如雷，气急如火，如金鼓之末音，促节加厉，欲奋袂而起舞。余骇然回视，截②然已止，署响皖鸣，门掩户闭。僧曰，此妇当堕落。余曰，适读白乐天《琵琶行》与苏东坡《赤壁赋》终篇也。

这一节写得③很好玩，却也很有意思。民间小戏里记得有《王婆骂鸡》一出，可见这种情形本是寻常，大家也都早已注意到了，不过这里

【锺校】

① “暄”原作“喧”。
② “截”原作“戴”。
③ “写得”原作“得写”。

犊鼻山人特别提出来与古文辞并论，自有见识，但是我因此又想起女人过去的光荣，不禁感慨系之。我们且不去查人类学上的证据，也可以相信女人是从前有过好时光的，无论这母权时代去今怎么辽远，她的统治才能至今还是潜存着，随时显露一点出来，替她做个见证。如上文所说的泼妇骂街，是其一。本来在生物中母兽是特别厉害的，不过这只解释得泼字，骂街的本领却别有由来，我想这里总可以见她们政治天才之百一吧。希腊市民从哲人研求辩学，市场公会乃能滔滔陈说，参与政事，亦不能如村妇之口占急就，而井井有条，自成节奏也。中国士大夫十载寒窗，专做赋得文章，讨武驱鳄诸文胸中烂熟，故要写劾奏讪谤之文，摇笔可成，若仓卒相骂，便易失措，大抵只能大骂混账王八旦，不是叫拿名片送县，只好亲自动手相打矣。两相比较，去之天壤。其次则妇女的挽歌，亦是一例。尝读法国梅[①]里美所作小说《科仑巴》，见其记科仑巴临老彼得之丧，自作哀歌，以歌代哭，闻之足使懦夫有立志，至今尚不忘记。此不独科耳西加岛为然，即在中国凡妇女亦多如此，不过且哭且歌，只哭中有词，不能成整篇的挽歌而已。以上所举虽然似乎都是小事，但我想这就已够证明妇女自有一种才力，为男子所不及，而此应付与组织则又正是政治本领之一也。

对妇女说母权时代的事，这不但是开天以前，简直已是羲皇以上，桑田沧海变化久远，遗迹留存亦已微矣。偶阅陈廷灿在康熙初年所著《邮馀闲记》初集，卷上有关于妇女的几节云：

> 人皆知妇女不可烧香看戏，余意并不宜探望亲戚及喜事宴会，即久住娘家亦非美事，归宁不可过三日，斯为得之。
>
> 居美妇人譬如蓄奇宝，苟非封藏甚密，守护甚严，未有不

【锺校】

① “梅”原作“美”。

入穿窬之手。故凡女人，足不离内室，面不见内亲，声不使闻于外人，其或庶几乎。

余见一老人，年八十馀，终身不娶。及问其故，曰，世无贞妇人，故不娶也。噫！激哉老人之言也，信哉老人之言也。——然不可为训。世岂无贞妇人哉，顾贞者不易得耳。但能御之以礼，闲之以法，而导之节义，则不贞者亦不得不转而为贞矣。

要证明近世男尊女卑的现象，只用最普通的《女儿经》的话也已足够了，我这里特别抄引兰亭陈君的文章，不但因为正阅看此书，顺手可抄，实因其说得显露无隐讳耳。这一段落，不知道若干千年，恐怕老是在连续着，不佞幸而不生为妇人身，想来亦不禁愕然，身受者未知如何，而其间苦乐交错，似乎改变又非易易，再看世上各国也还没有什么好办法，可知此种成就总当在黄河清以后吧。

明末有清都散客，即是赵忠毅公赵梦白南星，著有《笑赞》一卷七十二则，其第五十一则云：

郡人赵世杰半夜睡醒，语其妻曰，我梦中与他家妇女交会，不知妇女亦有此梦否？其妻曰，男子妇人有甚差别。世杰遂将其妻打了一顿。至今留下俗语云，赵世杰夜半起来打差别。赞曰：道学家守不妄语为良知，此人夫妻半夜论心，似非妄语。然在夫则可，在妻则不可，何也？此事若问李卓吾，定有奇解。

案卓吾老子对于此事不曾有什么表示，盖因无人问他之故，甚为可惜，但他的意见在别的文章中亦可窥见一点，如《焚书》卷二《答以女人学道为见短书》中云：

故谓人有男女则可，谓见有男女岂可乎？

即此可知卓吾之意与赵世杰妻相同，以为男子妇人有甚差别也。此在卓吾说出意见或梦白提出疑问，固难能可贵，但尚不能算很难，若赵世杰妻乃不可及，不佞涉猎杂书，殊未见第二人，武则天山阴公主犹不能比也。至于被打则是当然，卓吾亦正以是而被弹劾，梦白隐于笑话，亦幸而免耳。至赵世杰者乃是正统派，其学说流传甚远，上文所引《邮馀闲记》诸条，实即是打差别的注疏札记，可以窥豹一斑矣。

李卓吾以后中国有思想的人要算俞理初了。《癸巳存稿》卷四有一篇小文，题曰《女》，末云：

> 《庄子天道篇》云："尧告舜曰，吾不敖①无告，不废穷民，苦死者，嘉孺子而哀妇人，此吾所以用心也。"……盖持世之人未有不计及此者。

《癸巳类稿》卷十三"节妇说"中云：

> 古言终身不改，言身则男女同也。七事出妻，乃七改矣，妻死再娶，乃八改矣。男子理义无涯涘，而深文以罔妇人，是无耻之论也。

二者口气不一样，意思则与卓吾同。李越缦在日记中评之曰：

> 语皆偏谲，似谢夫人所谓出于周姥者，一笑。

这一句开玩笑的话，我觉得却是最好的批评。盖以周公而兼能了解周姥的立场，岂非真是圣人乎？卓吾理初虽其学派迥不相同，但均可以不朽矣。

［1939 年 1 月《朔风》/《秉烛后谈》］

【锺校】

① "敖"原作"虐"。

印书纸

闻怡谷老人言，桐城黄君的《论衡校释》已出，前日往琉璃厂，因买得一部。王仲任为吾乡先贤，素所景仰，尝谓与明李卓吾清俞理初同为中国思想界不灭之三灯，《论衡》中九虚三增至今犹有万丈光焰，惜自昔乏善本，常令人感觉不易读耳。黄君此著有功于后学不少，鄙人亦大受惠赐，披读数章，豁然意解。但用纸稍差，质滑而分量重，且甚脆弱，其实以那么的高价发售，似亦不妨用竹纸印矣。

此种纸微黄而光滑，便于印锌版，出于日本，在彼地则不用于印书，只供广告传单之用，不知来中国后何以如此被尊重，称之曰米色纸，用以印精装本①，此盖始于开明书店，旋即泛滥全国矣。中国为印书最早之国，至今而尽忘其经验，连一张纸的好坏亦已不能知道，真真奇事也。

［1939 年 1 月 5 日《实报》/《书房一角》］

【锺校】

① 此处原衍“用”字，已删。

《紫幢轩诗》

鲍冠亭《稗勺》中有《真雅文俗》一条云：“紫幢王孙文昭厌交旗下人士，谓非真雅。高南阜评南方士人多文俗。二君皆与余善。”《南阜山人诗集》昔年曾搜得一部，今在琉璃厂又得《紫幢轩诗》，但只三种四卷，仅有其全部七八分之一耳。卷首有题辞云：

> 子晋为渔洋弟子，学有所自，故得卓然成家。是本有梧门私印，是奉选《熙朝雅正》时搜得之也，惜仅三种，非全集也，存之求是斋中，时时展卷耳。

下钤朱文印曰文淇读过。初疑是刘孟瞻，后查延清编《遗逸清音集》卷三收有文淇诗十七首，注云文淇高氏，汉军正白旗人，著有《求是斋诗草》，盖清末人，入民国尚存也。《紫幢轩诗》第一页下方有法梧门印三，文曰堂堂堂印，存素堂珍藏，诗龛居士存素堂图书印，皆朱文。诗题上时贴有红纸碎片书字作记，盖是入选之作，惟五七言律诗均标作五七言立，不写律字，岂是法梧门家讳耶。书刻印甚精，而时有误字，不知何故，如桥误槁，有两处均如此，其一且还是押韵处也。

紫幢轩诗美恶如何，非不佞所能说，但翻读此四卷书，觉得很有意思的是诗中时常说及街上叫卖东西的事。《槐次吟》中《暖屋》云，后巷黄昏人卖炭。《立冬夜作》云，听卖街前辣菜声。《艾集》卷上《闻卖豆声》云，独轮车上小灯悬，则并写其状态。卷下《冬街夜归》云，素纸周糊芦菔担，过街似点上元灯。亦是此一类。《里门望雨》云，马乳蒲桃马牙枣，一声听卖上街初。《年夜》云，漏深车马各还家，通夜沿街卖瓜子。《枕桥轩瞑坐》云，市声只隔寒烟外。以上所举，盖悉是市声也。有一诗题云：“枕桥轩中自巳至酉，书卷开阖，悉以市声为准，戏成一首。”有句云，小柝重过晚市油。案敲梆卖油至今尚然，用入诗中，不知芗婴居士而外尚有何人。又《连夕不饮》诗中有一联云，柝喧街下夜，火响炕封煤。此是打更的梆声，但总之似乎都喜欢听，故以枕柝名轩，若封火细事，却亦是北方生活的一点滴，亏得他收拾来放到诗里去。昔日读闲园鞠农之《一岁货声》，铁狮道人之《燕京岁时记》，心正喜之，其爱景光识名物之意有相同者，今在紫幢轩亦得见一斑，此数人者可谓不俗者矣。

［1939 年 1 月 23 日《实报》/《书房一角》］

《桥》

昨夜拿出废名的《桥》来读，看到第十八节曰《碑》，上篇就完了。不知怎的有点怅然，似乎是觉得缺少什么似的，还不大够。废名在自序中也说过：

> 本来上篇在原来的计划还有三分之一没有写，因为我写到《碑》就跳过去写下篇了，以为留下那一部分将来再补写，现在则似乎就补不成。

这里缺了一部分本来也没有多大关系，而且著者也说过补不成了，但缺少总是缺少，仍是不禁怅然。这册《桥》我是读过一回的，到现在才明了的感觉这缺少的惆怅，可知是不无些少长进，这一岁也还不算白增加。《桥》的文章仿佛是一首一首温李的诗，又像是一幅一幅淡彩的白描画，诗不大懂，画是喜看的，只是恨册页太少一点，虽然这贪多难免有点孩子气，必将为真会诗画的人所笑。可是我所最爱的也就是《桥》里的儿童，上下篇同样的有些仙境的，非人间的空气，而上篇觉得尤为可爱，至于下篇突然隔了十年的光阴，我似乎有点一脚跳不过去。这样说来，《碑》以后的三分之一可见得还是个缺少，假如这个补上了，那么或者也就容易追随得上，我这样想，却还未敢相信。中国写幼年的文章真是太缺乏了，《桥》不是少年文学，实在恐怕还是给中年人看的，但是里边有许多这些描写，总是很可喜的事。

［1939年1月22日作/《书房一角》］

《疑耀》

《疑耀》七卷，明张萱撰，今刻入《岭南遗书》中，通行于世。明时坊本题李贽之名，后人屡有辨正，其实看本文即可了然，不烦旁证，即今刻本中张萱自序，竭力声明，亦可不必也。

《疑耀》中虽有数则为张和仲采入《千百年眼》，亦本平平，其识见乃实甚卑陋，不出书生窠臼，与卓吾相去不可以道里计，信此书为李氏所著者倒未免可笑耳。如卷二《佛字辨》，谓佛字义为拂，不能译为觉。卷四《佛经不真》，又《佛经恐非西来大意》，卷五《佛书可疑》，皆意主辟佛，而不知翻译为何事，与王渔洋等相似，正是好例。卓老即使不崇佛，亦何至于此乎？

又卷五《妇人遭乱》一条，实即是饿死事小之小注。至论淫乱之始，以为始于夏少康时之女岐，尤为匪夷所思，此事乃亦有原始可考耶？想起来可为绝倒。至其自序中丑诋闽秃，全不为自己的文章少留地步，此又可见其短少趣味的修养，惟世人多犯此病，或不能单怪张君也。

［1939 年 2 月 11 日《实报》/《书房一角》］

张皇亲胡同

古人云，开卷有益，信然。日前欲至西城尚勤胡同访友，适送报至，便一翻阅，见记张皇亲胡同掌故，云即是天启张后父国纪宅所在，今名尚勤胡同。及出门命车夫往尚勤胡同，猝不能解，因急告以旧名，始恍然悟。懿安皇后据正史亦是千古贤媛，留一巷名以纪念其故里，未始不佳，不知何为改之，且令引车卖浆者茫然不省其处耶？近年来北京地名多随意改换，如狗尾巴胡同之为高义伯，羊尾巴胡同之为杨仪宾，皆是。后人不知高义伯之原语，或将以为有拾金不昧之义人曾住此地，且将编故事以实之矣。欲化俗为雅，而其结果乃反更俗，士大夫往往有之，自可不必再问吏胥耳。

［1939 年 2 月 24 日《实报》/《书房一角》］

诗　话

《越缦堂日记》光绪元年十一月二十一日条下评钟雨人所刻《养自然斋诗话》云："意在表征拾坠，以人存诗，其例甚善，惜所采稍杂，不免入于庸近，其称谓有太夫子及姻伯之类，亦囿于时俗。"阅诗话卷三，便遇见太夫子姻伯三数次，不觉失笑。惟此虽有俗味，比满纸中丞大令者似尚胜一筹。常怪后人笔记中称人何以必须用官衔，若诗文话，尤无关系矣，而亦复如是，岂官职高卑乃与文字佳否有影响耶。外国文人尽有做官者，但培根不闻以水部称，戈德亦不闻号相国也。最奇者无官位人则名之为布衣，此与佛教中之白衣相似，但白与缁对，用为分别，而布衣则为等级的，其例殆犹朝鲜称独身男子曰总角欤。此等似是琐屑，却值得细想，都是中国人精气之所在。花下喝道不为韵事，但偕某大令看花则是普通诗题矣，鄙人见之常觉不好过，有如看缠足女人也。

［1939年3月12日《实报》/《书房一角》］

戊戌奏稿

阅麦仲华所编南海先生《戊戌奏稿》，颇有见识，六月《请禁妇女裹足折》中尤多佳语，如云：

> 扶床乃起，倚壁而行，富人苦之，贫家尤甚。亲操井臼，兼持馈浣，下抚弱息，上事病姑，跋往报来，走无停趾，临深登高，日事征行，皆扪足叹嗟，愁眉掩泣，或因登梯而隳①命，或因楚病而伤生。若夫水火不时，乱离奔命，扶夫抱子，挟物携衣，绝涧莫逾，高峰难上，乱石阻道，荆棘钩衣，多有缢树而弃生，堕楼而绝命者，不可胜数也。

我尝怪古今有识者何以不憎恶缠足，今见康君，乃始得为中国男子解嘲，事虽不成，可以传矣。《癸巳类稿》中俞理初有《旧唐书舆服志书后》，《天苏阁丛刊》中徐仲可有《天足考略》，此二者当可与竞爽。其馀多是杨廉夫王贻上一流人物，可以坐灯棚下吹笙歌诗，醉饱而散，无从与谈人世辛苦也。

［1939 年 4 月 27 日《实报》/《书房一角》］

【锺校】

① “隳”原作“堕”。

《寒灯小话》

曩读李氏《焚书》，喜其心直口快，思想明达，最所敬仰，而文章煞辣，亦有可畏之处，但见卷四《寒灯小话》四则所记，则其人又是蔼然富于人情者也。如第一段云：

> 九月十三夜，大人患气急，独坐更深，向某辈言曰，丘坦之此去不来矣，言未竟泪如雨下。某谓大人莫太感伤，因为鄙俚之语以劝大人，语曰：这世界真可哀，乾坤如许大，好人难容载；我劝大人莫太伤怀，古来尽如此，今日安足怪；我量彼走尽天下无知己，必然有时还来。乱曰，此说不然，此人大有才，到处逢人多相爱，只恨一去太无情，不念老人日夜难待。

读此节大有悲凉之气，窃意是卓吾生活的极重要资料，只怕识者不易多得耳。我们看《日知录》中论李贽处，便可知顾宁人毫无感觉，只是人云亦云，有如隔巷听人家呼捉贼，便尔跟着大嚷，发挥其优越感而已。一代学者如顾氏尚如此，他更何望哉。

［1939年5月10日《实报》/《书房一角》］

《多岁堂古诗存》

《多岁堂古诗存》，成书选，本八卷，而卷二分上下，实是九卷也。前阅《天咫偶闻》，中录《古诗存》例言四十七则，颇可喜，因求得全书读之，评点不多费笔墨，却多有佳趣，思想尤明达，至不易得。卷七评陈后主云：

> 后主的系词人，倘止携暄范诸狎客为贵游子弟，则文采风流，未始非千秋佳话，乃位违其才，遂致倾败，亦其大不幸也。

又卷八评隋炀帝云：

> 帝之清词丽句与陈后主同工，而浑灏之气时或过之，足压时辈，何恨恨于空梁落燕泥，庭草无人随意绿耶？然亦足见古人虚心刻核无论已。

平心想来，只是有常识，故说来合于情理，但试看古今来有若干人能说，即此可知是大不容易，值得我们佩服也。《冷斋夜话》卷四记其弟超然论诗语曰：

> 陈叔宝绝无肺肠，诗语却有警绝者，如曰，午醉醒未晚，无人梦自惊。夕阳如有意，偏傍小窗明。

此虽深许其诗得于天趣，洪公亟叹为知言，但仍牵扯行事，未能免俗，与成误庵相比，犹差一级耳。

［1939年5月20日《实报》/《书房一角》］

玄同纪念

玄同于一月十七日去世，于今百日矣。此百日中，不晓得有过多少次，摊纸执笔，想要写一篇小文给他作纪念，但是每次总是沉吟一回，又复中止。我觉得这无从下笔。第一，因为我认识玄同很久，从光绪戊申在《民报》社相见以来，至今已是三十二年，这其间的事情实在太多了，要挑选一点来讲，极是困难。——要写只好写长篇，想到就写，将来再整理，但这是长期的工作，现在我还没有这馀裕。第二，因为我自己暂时不想说话。《东山谈苑》记倪元镇为张士信所窘辱，绝口不言，或问之，元镇曰，一说便俗。这件事我向来是很佩服，在现今无论关于公私的事有所声说，都不免于俗，虽是讲玄同也总要说到我自己，不是我所愿意的事。所以有好几回拿起笔来，结果还是放下。但是，现在又决心来写，只以玄同最后的十几天为限，不多讲别的事，至于说话人本来是我，好歹没有法子，那也只好不管了。

廿八年一月三日，玄同的大世兄秉雄来访，带来玄同的一封信，其文曰：

知翁：元日之晚，召诒坌息来告，谓兄忽遇狙，但幸无恙，骇异之至，竟夕不宁。昨至丘道，悉铿诒炳扬诸公均已次第奉访，兄仍从容坐谈，稍慰。晚，铁公来详谈，更为明了。唯无公情形，迄未知悉，但祝其日趋平复也。事出意外，且闻前日奔波甚剧，想日来必感疲乏，愿多休息，且本平日宁静乐天之胸襟加意排解摄卫！弟自己是一个浮躁不安的人，乃以此语奉劝，岂不自量而可笑，然实由衷之言，非劝慰泛语也。旬日以来，雪冻路滑，弟懔履冰之戒，只好家居，惮于出门，丘道亦只去过两三次，且迂道黄城根，因怕走柏油路也。故尚须迟日拜访，但时向奉访者探询尊况。顷雄将走访，故草此纸。

龢闇白。廿八，一，三。

这里需要说明的只有几个名词。丘道即是孔德学校的代称，玄同在那里有两间房子，安放书籍兼住宿，近两年觉得身体不好，住在家里，但每日总还去那边，有时坐上小半日。龢闇是其晚年别号之一，去年冬天曾以一纸寄示，上钤好些印文，都是新刻的，有肄龢，龢叟，龢庵居士，逸谷老人，忆菰翁等。这大都是疑古二字变化来，如逸谷只取其同音，但有些也兼含意义，如龢龢本同一字，此处用为小学家的表征，菰乃是吴兴地名，此则有敬乡之意存焉。玄同又自号鲍山疒叟，据说鲍山亦在吴兴，与金盖山相近，先代坟墓皆在其地云。曾托张樾丞刻印，八月六日有信见告云：

日前以三孔子赠张老丞，蒙他见赐疒叟二字，书体似颇不恶，盖颇像百衲本《廿四史》第一种宋黄善夫本《史记》也。唯看上一字，似应云，像人高踞床阑干之颠，岂不异欤！老兄评之以为何如？

此信原本无标点，印文用六朝字体，疒字左下部分稍右移居画下之中，故云然，此盖即鲍山疒叟之省文也。

十日下午玄同来访，在苦雨斋西屋坐谈，未几又有客至，玄同遂避入邻室，旋从旁门走出自去。至十六收来信，系十五日付邮者，其文曰：

起孟道兄：今日上午十一时得手示，即至丘道交与四老爷，而祖公即于十二时电四公，于是下午他们（四与安）和它们（《九通》）共计坐了四辆洋车将这书点交给祖公了。此事总算告一段落矣。日前拜访，未尽欲言，即挟《文选》而走。此《文选》疑是唐人所写，如不然，则此君模唐可谓工夫甚深矣。……（案，此处略去五句三十五字）研究院式的作品固觉无意思，但鄙意老兄近数年来之作风颇觉可爱，即所谓“文抄”是也。“儿童……”（不记得那天你说的底下两个字了，故以虚线号表之）也太狭（此字不妥），我以为“似尚宜”用“社会风俗”等类的字面（但此四字更不妥，而可以意会，盖即数年来大作那类性质的文章，——愈说愈说不明白了），先生其有意乎？……（案，此处略去七句六十九字）旬日之内尚拟拜访面罄，但窗外风声呼呼，明日似又将雪矣，泥滑滑泥，行不得也哥哥，则或将延期矣。旡公病状如何？有起色否？甚念！弟师黄再拜。廿八，一，十四，灯下。

这封信的封面上写鲍缄，署名师黄则是小时候的名字，黄即是黄山谷。所云《九通》，是李守常先生的遗书，其后人窘迫求售，我与玄同给他们设法卖去，四祖诸公都是帮忙搬运过付的人。这件事说起来话长，又有许多感慨，总之在这时候告一段落，是很好的事。信中略去两节，觉得很是可惜，因为这里讲到我和他自己的关于生计的私事，虽然极有价值有意思，却亦就不能发表。只有关于《文选》，或者须稍有说明。这是一个长卷，系影印古写本的一卷《文选》，有友人以此见赠，十日玄同来时便又转送给他了。

我接到这信后即发了一封回信去，但是玄同就没有看到。十七日晚得钱太太电话，云玄同于下午六时得病，现在德国医院。九时顷我往医院去看，在门内廊下去遇见稻孙少铿令扬炳华诸君，知道情形已是绝望，再看病人形势刻刻危迫，看护妇之仓皇与医师之紧张，又引起十年前若子死时的情景，乃于九点三刻左右出院径归，至次晨打电话问少铿，则玄同于十时半顷已长逝矣。我因行动不能自由，十九日大殓以及二十三日出殡时均不克参与，只于二十一日同内人到钱宅一致吊奠，并送去挽联一副，系我自己所写，其词曰：

戏语竟成真，何日得见道山记；

同游今散尽，无人共话小川町。

这挽对上本撰有小注，临时却没有写上去。上联注云：

前屡传君归道山，曾戏语之曰，道山何在，无人能说，君既曾游，大可作记以示来者。君殁之前二日有信来，覆信中又复提及，唯寄到时君已不及见矣。

下联注云：

余识君在戊申岁，其时尚号德潜，共从太炎先生听讲《说文解字》，每星期日集新小川町《民报》社。同学中龚宝铨朱宗莱家树人均先殁，朱希祖许寿裳现在川陕，留北平者唯余与玄同而已。每来谈，常及尔时出入《民报》社之人物，窃有开天遗事之感，今并此绝响矣。

挽联共作四副，此系最后之一，取其尚不离题，若太深切便病晦或偏，不能用也。

关于玄同的思想与性情有所论述，这不是容易的事，现在亦还没有心情来做这种难工作，我只简单的一说在听到凶信后所得的感想。我觉得这是一个大损失。玄同的文章与言论，平常看去似乎颇是偏激，其实他是平正通达不过的人。近几年和他商量孔德学校的事情，他总是最能得要领，理解其中的曲折，寻出一条解决的途径，他常诙谐的称为贴水膏药，但在我实在觉得是极难得的一种品格，平时不觉得，到了不在之后方才感觉可惜，却是来不及了，这是真的可惜。老朋友中间玄同和我见面时候最多，讲话也极不拘束而且多游戏，但他实在是我的畏友。浮泛的劝诫与嘲讽虽然用意不同，一样的没有什么用处。玄同平常不务苛求，有所忠告必以谅察为本，务为受者利益计，亦不泛泛徒为高论，我最觉得可感，虽或未能悉用而重违其意，恒自警惕，总期勿太使他失望也。今玄同往矣，恐遂无复有能规诫我者。这里我只是少讲私人的关系，深愧不能对于故人的品格学问有所表扬，但是我于此破了二年来不说话的戒，写下这一篇小文章，在我未始不是一个大的决意，姑以是为故友纪念可也。

（民国廿八年四月廿八日）

［1939 年 5 月 26 日《实报》/《药味集》］

俞理初的诙谐

俞理初著《癸巳存稿》卷四有《女》一篇云：

《白虎通》云，女，如也，从如人也。《释名》云，女，如也，青徐州曰娪，娪，忤也，始生时人意不喜，忤忤然也。《史记·外戚世家》褚先生云，武帝时天下歌曰："生男勿喜，生女勿怒。"《太平广记·长恨歌传》云，天宝时人歌曰："生男勿喜欢，生女勿悲酸。"则忤忤然怒而悲酸，人之常矣。《玉台新咏》傅玄《苦相篇》云："苦想身为女，卑陋难再陈。男儿当门户，堕地自生神，雄心志四海，万里望风尘。生女无欣爱，不为家所珍，长大避深室，藏头羞见人。垂泪适他乡，忽如雨绝云。低头私颜色，素齿结朱唇，跪拜无复数，婢妾如严宾。情合同云汉，葵藿仰阳春。心乖甚水火，有戾集其身。玉颜随年变，丈夫多好新，昔为形与影，今为胡与秦。胡秦一时见，一绝逾参辰。"此谚所谓姑恶千辛，夫嫌万苦者也。《后汉书·曹世叔妻传》云，女宪曰，得意一人是谓永毕，失意一人是谓永讫，亦贵乎遇人之淑也。白居易《妇人苦》诗云："妇人一丧夫，终身守孤子，有如林中竹，忽被风吹折，一折不重生，枯死犹抱节。男儿若丧妇，能不暂伤情，应似门前柳，逢春易发荣，风吹一枝折，还有一枝生。为君委曲言，愿君再三听，须知妇人苦，从此莫相轻。"其言尤蔼然。《庄子·天道篇》云，尧告舜曰，吾不敖无告，不废穷民，苦死者，嘉孺子而哀妇人，此吾所以用心也。《书·梓材》，成王谓康叔，至于敬寡，至于属妇，合由以容。此圣人言也。《天方典礼》引谟罕墨特云，妻暨仆[1]，民之二弱也，衣之食之，勿命以所不能。盖持世之人未有不计及此者。

俞君不是文人，但是我读了上文，觉得这在意思及文章上都很完善，实在是一篇上乘的文字。我虽然想学写文章，至今还不能写出能像这样的一篇来，自己觉得惭愧，却也受到一种激励。近来无事可为，重阅所收的清朝笔记，这一个月中间差不多检查了二十几种共四百馀卷，结果才签出二百三十条，大约平均[2]两卷里取一条的比例。但是更使我觉得奇异的是，笔记的好材料，即是说根据我的常识与趣味的二重标准认为中选的，多不出于有名的文人学士的著述之中，却都在那些悃愊[3]无华的学究们的书里，如俞理初的《癸巳存稿[4]》，郝兰皋的《晒书堂笔录》是也。讲到学问与诗文，清初的顾亭林与王渔洋总要算是一个人物了，可是读他们的笔记，便觉得可取的地方没有如预料的那么多。为什么呢？中国文人学士大抵各有他们的道统，或严肃的道学派或风流的才子派，虽自有其系统，而缺少温柔敦厚[5]或淡泊宁静之趣，这在笔记文学中却是必要的，因此无论别的成绩如何，在这方面就难免很差了。这一点小事情却含有大意义，盖这里不但指示出看笔记的途径，同时也教了我写文章的方法也。

俞理初生于乾嘉时，《存[6]稿》成于癸巳，距今已逾百年矣，而其见识乃极明达，甚可佩服，特别是能尊重人权，对于两性问题常有超越前人的公论，蔡孑民[7]先生在年谱序中曾列举数例，加以赞扬，如上文

【锺校】

① “妻暨仆”原作“暨妻仆”。
② “均”原作“匀”。
③ “愊”原作“幅”。
④ “稿”原作“类”。
⑤ 原无“厚”字，今增。
⑥ “存”原作“类”。
⑦ “蔡孑民”原作“蔡子民”。

所引亦是好例之一也。但是我读《存稿》，觉得另有一种特色，即是议论公平而文章乃多滑稽趣味，这也是很难得的事。戴醇士著《习苦斋笔记》有一则①云：

理初先生，黟县人，予识于京师，年六十矣。口所谈者皆游戏语，遇于道则行无所适，南北东西，无可无不可。至人家，谈数语，辄睡于客座。问古今事，诡言不知，或晚间酒后，则原原本本无一字遗。予所识博雅者无出其右。

这是很有价值的一种记录，从日常言行一小节上可以使人得到好资料，去了解他文字思想上的有些特殊问题。《存稿》卷三《鲁二女》一篇中说春秋僖公十四年季姬及鄫子遇于防，公羊穀梁二家释为淫通，据《左传》反驳之，评云：

季姬盖老矣，遭家不造，为古贵妇人之失势者，不料汉人恕己度人，好言古女淫佚也。

又云：

听女淫佚，则春秋之法，公子出境，重至帅师，非君命不书，非告庙不书，淫佚有何喜庆，而命之策命，告之祖宗？固知瞀儒秽言无一可通者。

又卷三《书难字后》有一节云：

《说文》亡从入从乚，为有亡，亦为亡失。唐人《语林》云，“有亡之亡一点一画一乙，亡失之亡中有人，观篆文便知。”不知是何篆文有此二怪字，欲令人观之。

又关于欸乃二字云：

《冷斋夜话》引洪驹父言欸乃音奥，可为怪叹，反讥世人

【锺校】

① “《习苦斋笔记》有一则”，原作“《习苦齐笔记》有一侧”。

分欵乃为两字。此洪识难字诚多矣，然不似读书人也。

又有云：

又《短书》言宋乩神示古忠恕乃一笔书，退检古名帖，忠恕草书是中心如一四字。是不惟人荒谬，乩神亦荒谬也。

又卷四《师道正义》中云：

《枫窗小牍》言，宋仁宗时开封民众聚童子教之，有因夏楚死者，为其父母所讼，当抵死。此则非人所为。师本以利，诚不爱钱，即谢去一二不合意之人亦非大损，乃苦守聚徒取钱本意而致出钱幼童于死，此其昧良尤不可留于人世也。

又云：

《东京梦华录》云，市学先生，春社秋社重五重九，预敛①诸生钱作会，诸生归时各携花篮果实食物社糕而散。此固生财之道，近人情也。

卷十一《芭蕉》一文中谓南方雪中实有芭蕉，王维山中亦当有之，对于诸家评摩诘画乃神悟不在形迹诸说深不以为然。评曰：

世间此种言语，誉西施②之颦耳，西施是日适不曾颦也。

卷十四《古本〈大学〉石刻记》中云：

明正德十三年七月王守仁从《礼记》写出《大学》本文，其识甚高。时有张夏者辑《闽洛渊源录》，反极诋守仁倒置经文，盖张夏言道学，不暇料检五经，又所传陈澔《礼记》中无《大学》，疑是守仁伪造。然朱子章句见在，为朱学者多以朱墨涂其章句之语，夏欲自附朱子，亦不全览朱子章句，致不知有

【锺校】

① “敛”原作“歛”。
② “施”原作“旋”。

旧本，可云奇怪。

后说及丰坊伪作石经本《大学》，周从龙作《遵古编》附和之，语多谬妄，评云：

此数人者慷慨下笔，殆有异人之禀。

又《愚儒莠书》中引宋人所记不近情理事，以为不当有，但因古有类似传说，因仿以为书，不自知其愚也。篇末总结云：

著者含毫吮墨，摇头转目，愚鄙之状见于纸上也。

可谓穷形极相。古今来此类层出不尽，惜无人为一一指出，良由常人难得之故。盖常人者，无特别希奇古怪的宗旨，只有普通的常识，即是向来所谓人情物理，寻常对于一切事物就只公平的看去，所见故较为平正真切，但因此亦遂与大多数的意思相左，有时也有反被称为怪人的可能，如汉孔文举明李宏甫皆是，俞君正是幸而免耳。中国贤哲提倡中庸之道，现在想起来实在也很有道理，盖在中国最缺少的大约就是这个。一般文人学士差不多都有点异人之禀，喜欢高谈阔论，讲他自己所不知道的话，宁过无不及，此莠书之所以多也。如平常的人，有常识与趣味，知道凡不合情理的事既非真实，亦不美善，不肯附和，或更辞而辟之，则更大有益世道人心矣。俞理初可以算是这样一个伟大的常人了，不客气的驳正俗说，而又多以诙谐的态度出之，这最使我佩服，只可惜上下三百年此种人不可多得，深恐只手不能满也。

（民国二十六年九月八日，在北平苦雨斋）

［1939 年 9 月《中国文艺》/《秉烛后谈》］

《扬州画舫录》

鄙人甚不喜皮簧戏以及二胡，推至戏考剧评，亦无不然，盖几于恶乌及屋矣。阅《扬州画舫录》卷五新城北录下，多记戏班事，却颇有可喜处，如一则云：

> 二面蔡茂根演《西厢记》法聪，瞪目缩臂，纵膊埋肩，搔首踟蹰，兴会飙举，不觉至僧帽欲坠。斯时举座恐其露发，茂根颜色自若。

此外小丑滕苍洲，贴旦谢瑞卿、魏三儿各节，亦均有情致。乃知天下事无不可书，只要见识趣味文字三者足以胜之。我辈平日所见者多低级的书，但知考较嗓音，赏玩脂粉耳，谭复堂之《群芳小集》尚未能免，他更不必论矣。李艾塘记景物风俗及琐屑事亦多可取，卷十一虹桥爪一带的描写，凡声技饮食有十五六节，无不佳妙，有《景物略》《梦忆》之风而更少作①态，故亦遂更为自然，多情味也。

秋冷多闲，摘录数则，庄诵一过，且喜且愧，自己无论如何用心，总写不出这样好文字，若写时又须由会而至不会，则愈亦难矣。

[1939 年 10 月 11 日《实报》/《书房一角》]

【锺校】

① 此处原衍“客”字，已删。

古诗里的女人

阅《多岁堂古诗存》，卷二下“汉乐府古辞”中有《陇西行》，其中间云：

好妇出迎客，颜色正敷愉。伸腰再拜跪，问客平安否？

请客北堂上，坐客毡氍毹。清白各异樽，酒上正华疏。

酌酒持与客，客言主人持。却略再拜跪，然后持一杯。

成书批云：

更极妩媚有态，古人此种细腻处最难学。

案此处说诗固不错，但如论诗中之人，亦正写得极可爱，颇疑中国五代以前的女子确实有如此姿态，不尽关诗人的粉饰也。

清末夏穗卿氏有言，宋以前女人尚是奴隶，宋以后则男子全为奴隶，而女人乃成物件矣，虽似偏激而实含至理。尝泛观诗文，见写女人之美者亦不少，而难得有如此可爱的影象，岂真古今人不相及哉，亦只由于咏物者多耳。若奴婢是人，未始不可爱也。《陇西行》作者故云：

取妇得如此，齐姜亦不如。健妇持门户，亦胜一丈夫。

说得极有人情。吾于是乃不禁感叹，此时盖不独女人未曾沉沦，即男子亦正不堕落也。

［1939 年作/《书房一角》］

孟心史

孟心史先生在北京大学教书多年，廿六年冬留北平，已卧病矣。十一月十六日访诸协和医院，赠以《风雨谈》一册，以其中引及孟先生著作也，廿九日又一至孟宅，后遂不相见，至次年一月十四日乃归道山，年七十二。三月十三日开追悼会于法源寺，到者可二十人，只默默行礼而已，不佞撰一联挽之曰：

野记偏多言外意；

遗诗应有井中函。

因字数太少不好写，亦不果用。孟先生著作甚多，但我所最记得最喜欢读的，还是民国五六年所出《心史丛刊》三集。偶阅《屑玉丛谈》，见许元仲著《绪南笔谈》中有一则云：

乾隆六年扬州王张氏代其夫入闱作文，为夫弟告讦，夫被斥，张氏亦谴戍。此事督臣本拟正法，上恩旨免之，得减死。

因记《心史丛刊》记科场案，多感慨语，如云：

凡汲引人材，从古无以刀锯斧钺随其后者。至清代乃兴科场大案，草菅人命，无非重加其罔民之力，束缚而驰骤之。

又云：

汉人陷溺于科举至深且酷，不惜假满人屠戮同胞，以泄多数侥幸未遂之人年年被摈之愤，此所谓天下英雄入我彀中者也。

所说均甚的当。今观《绪南笔谈》所记，则尤有甚者，如古人言，正是人伦之变，而其端由于八股科举，此事实可以深长思也。

［1939年10月24日作/《书房一角》］

黄晦闻

翻阅明清人所作地方名胜诗集，看到高青丘的《姑苏杂咏》二卷，乃是黄晦闻先生遗物。《杂咏》诗凡一百三十一首，已散编入《大全集》，此尚系原本，后有洪武三十一年周傅跋，盖是青丘被害后二十四年也。前在隆福寺街得此集，卷首有印曰“沈以恭印”，“敬斋”，又曰“陈天爵印”，“天士”，两册首别有印曰“黄节读书之记”。晦闻卒于民国廿四年一月廿四日，次日余送一联挽之曰：

如此江山，渐将日暮途穷，不堪追忆索常侍；

及今归去，等是风流云散，差幸免作顾亭林。

附以小注云：

近来先生常钤一印曰“如此江山”。又在北京大学讲亭林诗，感念古昔，常对诸生慨然言之。

晦闻殁后，藏书多散出，偶在书肆见此册，遂以六元买得之，惜因虫蛀已经裱过，稍嫌臃肿耳。青丘原书固不多见，无意中得到故人手泽，亦可纪念也。

［1939年作/《书房一角》］

宝竹坡

清宗室遐龄号菊潭，著有《醉梦录》二卷，《岭云斋诗草》一卷，光绪乙酉白纸石印，抄写多误，而文可读，虽亦间谈因果怪异，却颇质朴，前读敦崇笔记亦如此，此盖是旗下人之特色欤。《醉梦录》卷上《宝太史春联》一则有云：

> 宝竹坡廷，余族弟也，风流倜傥，才轶绝伦，其未遇时自撰春联云：小室难容佳客坐，柴门未许俗人敲。又，无事且扪尸下穴，有心难对谷旁人。如此类甚多，今略举一二以概其馀。

又卷下记刘亨庆酒后诵罢官诗云：

> 闽浙衡文眼界宽，两番携妓入长安，微臣好色原天赋，只爱蛾眉不爱官。

此亦是竹坡之作，菊潭甚加责备，惟比对联乃已蕴藉多多矣。案宝廷以江山船案罢官，时为光绪八年壬午，遐龄自序为癸未夏，正是其次年，《越缦堂日记》二十几册中记此事，亦大有微词。其实此等事本不必深论，乃宝廷晚年忽讲道学，庚寅著《庭闻忆略》，夏震武为刊行之，曾在厂甸得一册，对照读之，不禁微笑。昔见吾乡某甲所著随笔，一小册子中起头大谈圣经贤传，末了则讲市井小儿的猥亵话，与此正相似，不过首尾颠倒而已。

［1939 年 10 月 26 日《实报》/《书房一角》］

张天翁

《香祖笔记》卷六云：

> 古今传记如①《拾遗记》《东方朔外传》之类，悉诞谩不经，然未有如《诺皋记》之妄者。一事尤可捧腹，云天翁姓张名坚，字刺渴，渔阳人。少不羁，尝罗得一白雀，爱而养之。梦刘天翁②责怒，每欲杀之，白雀辄以报坚，坚设诸方待之，终莫能害。天翁遂下观之，坚盛设宾主，乃窃乘天翁车，骑白龙，振策登天，天翁追之不及。坚既到天宫，易百官，杜塞北门，封白雀为上卿。刘翁失治，徘徊五岳作灾，坚患之，以刘翁为太山太守，主生死之籍。鄙倍至此，不可以欺三岁小儿，而公然笔之于书，岂病狂耶。段柯古唐之文人，何至乃尔。

案，此事便只是荒唐得好玩，是传说与童话的特色，与经史正大相殊耳。震钧著《庚子西行记事》中云：

> 又闻某处有拳坛，其坛上但供伏魔大帝神牌，或有供鸿钧道人者，又未几则沿街多贴有告白，仿佛希腊神话。

夫关公与鸿钧老祖在《三国演义》《封神传》中岂非很好的脚色，但不堪坐坛上实司刑政，以贻害邦国，正如上古希腊用人于社煞是可怕，后来亚耳德米斯处女神止在神话中出现，原无妨其庄严之美，为诗人所歌咏叹美也。我最喜欢《聊斋志异》上面的一首渔洋山人题诗，至今还背诵得来，其词云：

【锺校】

① “如”原刊“记”。
② “刘天翁”原作“天刘翁”。

姑妄言之姑听之，豆棚瓜架雨如丝。

料应厌作人间语，爱听秋坟鬼唱诗①。

案此诗亦见渔洋《蚕尾集》中。懂得这个意思，自然便会爱读《诺皋记》与希腊神话的故事，王君奈何自己倒忘了，对段柯古大认其真耶。中国道教的天上朝廷原还是人间的那一套，不过镀了一点金而已，如李义山著《李贺小传》所说，上帝修白玉楼成，找长吉去作记，可为一例，——金銮殿还只是土木，这楼大约是以白玉代砖吧。至于这里所记鄙倍的事，刘张二位交代天翁职位，实在也无非把人世篡夺的把戏应用到天上去罢了，论道理并没有什么不对。世人既承认天廷的朝见和除授，却不信其也有史上见惯的篡夺，则正是知二五而不知一十也。《癸巳存稿》卷十三《张天帝》一则中亦述此事，云此当是张道陵造作道书时议论，检《道藏》书未见也。此评甚确，可以从刘张二姓上看出来，五斗米贼之气焰亦尚存在，后世居然任为天师，可知黄巢之造庙非不应该。但是俞理初的话也只是确实到这里为止，前面已说过夺位系取诸史上，其馀设想及白雀白龙则是传说中现成的材料，俯拾即是，不能归在张道陵名下，算是他的新意匠者也。同一荒唐，在神话中则可喜，在人世间便可怕，此一极简单事，本可不烦言说，但世上知之者似正亦不多耳。

［1939 年 11 月《中国文艺》/《药堂语录》］

【锺校】

① “诗”原作“时”。

《药草堂随笔》附记

这两年来不写文章，本来自己并没有话想说，也落得清静，就只苦于朋友们来索稿时无以应酬。好比肠胃病的人，穷饿也正合式，但客人到来还得拿碗白米饭出去，有时不免找出旧棉袄向长生库暂时存放。旧稿长一点的，到得《谈关公》寄出去时已经完了，现在只好抄点陈旧小文，差不多已经近于套裤之类，值不了几文，实在破烂太甚，这个要请大家原谅。

廿八年九月八日。

［1939 年 11 月 15 日《学文月刊》/集外文］

《妇人之笑》

来集之著《倘湖樵书》卷十一有《妇人之笑》一篇云：

> 唐人诗云，西施醉舞娇无力，笑倚东风白玉床，言夷光好笑而麋鹿走于姑苏也。又云，回头一笑百媚生，六宫粉黛无颜色，言杨妃好笑而鼙鼓动于渔阳也。乃妲己不好笑，必见炮烙之刑而后笑，褒姒不好笑，必见烽火之戏而后笑，吾又安知不好笑之为是，而好笑之为非。如息妫入楚不言，何况于笑，而唐人诗曰，细腰宫里露桃新，默默无言几度春，毕竟息亡缘底事，可怜金谷堕楼人，盖责备贤者之意也。予谓诗云，巧笑倩兮，美目盼兮，是妇人之美多在于笑也。《史记》，箕子过殷墟，欲哭则不敢，欲泣为近于妇人，是妇人之性多善于泣也。诸美人以一笑而倾人城，杞梁妻又以一哭而崩杞之城，是妇人者笑又不得，哭又不得，笑既不得，而不笑又不得。诸妇人以长舌而丧人之国，而息妫又以不言而丧两国，是妇人者言又不得，不言又不得。左氏云，尤物移人。又曰，深山大泽，实生龙蛇，彼美予惧其生龙蛇以祸汝。则但问其尤物何如耳，不必问其笑不笑言不言也①。

《樵书》本来是一种类书，与《玉芝堂谈荟》相似，类聚事物，不大有什么议论，这条却是一篇好文章，又有好意思，是很难得的事。向来文人说女人薄命的也都有，但总不过说彩云易散，古今同悲这些话头

【锺校】

① “也”原作“曰”，据《倘湖樵书》改。

而已，来君所说则更进一步，标出女人哭笑都不得，肯替她们稍鸣不平。《癸巳类稿》卷十三《节妇说》中云：

男子理义无涯涘，而深文以罔妇人，是无耻之论也。

又《书旧唐书舆服志后》中云：

古有丁男丁女，裹足则失丁女，阴弱则两仪不完。又出古舞屣贱服，女贱则男贱。

《越缦堂日记补》辛集上读《癸巳类稿》所记有云：

俞君颇好为妇人出脱。……语皆偏谲，以谢夫人所谓出于周姥者，一笑。

李君自然是恪守周公之礼者，觉得士大夫没有侍妾便失了体统，其不能了解俞理初的话也是当然，但俞君的价值固自存在，在近代中国思想中盖莫能与之比肩也。皇帝多嫔妃，公主也就要面首，这可以说有点偏谲，若是体察别人的意思，平等来看待，那正是不偏，孔子说过，己所不欲勿施于人，又岂不是恕乎。俞君颇好为妇人出脱，此即是他的不可及处，试问近一二百年中还有谁能如此说，以我孤陋寡闻殊不能举出姓名来，来元成的这一篇小文颇有此意，但其时在清初，去今已有二百五十年以上了。再找上去还可以找到一个人，即是鼎鼎大名的李卓吾。友人容元胎近著《李卓吾评传》，第二章《李贽的思想》中有云：

他的平等的见解应用在男女问题上，他以为男女的见识是平等的。他说："谓人有男女则可，谓见有男女可乎？谓见有短长则可，谓男子之见尽长，女人之见尽短，又岂可乎？"(《答以女人学①道为见短书》，《焚书》卷二。）这是平等见解最好的表见。在中国十六世纪的后半纪，这种见解的确是了不

【锺校】

① "学"原作"举"，据《焚书》改。

得的。

李卓吾之学出于王阳明，却更为解放自由。在《道古录》卷上讲格物的地方有云：

> 圣人知天下之人之身即吾一人之身。我亦人也。是上自天子，下至庶人，通为一人矣。

这话说得很有意思，“我亦人也”与墨子的“己亦在人中”颇有点相像，在思想上自然是平等，在行为上也就是兼爱了。但是他在当时被判为惑世诬民，严拿治罪，行年八十死于狱中。这姑且算了吧，后人的批评怎么样呢？我们先问顾亭林看，他在《日知录》卷十八有《李贽》一条，抄录张问达劾疏及谕旨后发表意见云：

> 愚案自古以来小人之无忌惮而敢于叛圣人者莫甚于李贽，然虽奉严旨而其书之行于人间自若也。

奇哉亭林先生乃赞成思想文字狱，以烧书为唯一的卫道手段乎？可惜还是在流行，此事盖至乾隆大禁毁明季之遗书而亭林之愿望始满足耳。此外王山史冯钝吟尤西堂等的意见都是一鼻孔出气，不必多举。不佞于顾君的学问岂敢菲薄，不过说他没有什么思想，而且那种正统派的态度是要不得的东西，只能为圣王效驱除之用而已。不佞非不喜《日知录》者，而读之每每作恶中辍，即因有此种恶浊空气混杂其中故也。

来君著作我只见到这部《樵书》。宋长白著《柳亭诗话》卷十五有《姑恶》一则云：

> 姑恶鸟名也，相传上世有妇人见虐于其姑，结气而死，化为此鸟，诗人每谱入禽言。来元成有句云：“不改其尊称曰姑，一字之贬名曰恶。”来氏以春秋名家，书法之妙即于此见之。

此一联未必佳，恰是关于妇女生活的，抄录于此，亦可以与上文相发明耳。

［附记］

《明珠抄》十九首，本是念五年冬间为《世界日报》《明珠》栏所写，今因上海兵燹，原稿散失，重检得六篇收入，皆是年十二月中作也。

［1939 年 12 月 17 日作/《秉烛谈》］

2

周作人散文

第一卷

周作人——著

钟叔河——编

岳麓書社·长沙

张中行序

近些年来，由于道听途说，我多年未离书，因而对于书略有所知，就陆续有人找上门，求为他（或她）的大著或小著写序。我一时也个人迷信压倒自知之明，忘其所以，就提起笔写。而成篇之后，真就爬上大著或小著的雄文之前，得附骥“首”以传。传者，传名也，可否也算作好事？幸而也常常，自知之明抬头，赶走了个人迷信，于是恍然大悟，是这序文小店应该及早歇业。而万没想到，恰在此时，传来锺叔河先生的雅命，让给他选编的四卷本《周作人文选》[①]写序文。我大吃一惊，并继以惶恐。所以然者，一，周氏是我的师辈，学识文章的成就，人所共知，我没有本钱拿笔。二，近年来，陈子善先生小编周氏的著作，锺叔河先生大编周氏的著作，都主张“人归人，文归文”，我前几年写《再谈苦雨斋》（收入《负暄续话》），也曾说：

> 就写这篇“再谈”说，是不能不在难于一刀两断和必须一刀两断之间徘徊。原因是：如果不顺从前者，那就会早自出一种近于荒唐的看法，是文可以完全不如其人；如果不顺从后者，那就会走上古人多认为不当走的一条路，是以人废言。有没有边见之间的中道？也许只能是徘徊。或说兼顾而容许有所偏，比如谈人的时候暂忘掉文，谈文的时候暂忘掉人。

这是想从陈、锺二位之后，谈文的时候眼只盯住文，可是这种态度，律己可以，求自己以外的人照葫芦画瓢，就未必能收效。实况也许

① 本次出版改为五卷，改名《周作人散文》。

是多半不能收效。那么，提笔写文选之序，依通例要好话多说，必是费力不讨好。想到以上两点，我曾想辞谢，继而想到多年来锺叔河先生为忠于自己的所信而忘掉苦乐、忘掉荣辱的精神，我也不能不“懦夫有立志”，于是决定不辞谢，写。

感于选编者的献身精神而不辞写序，理由是微弱的，真要好话多说，就应该有更坚强的理由。这理由是，或只能是，确信周氏的文章好，可传。我在家人也守妄语之戒，又因为老了，风烛之境，有时向愿意听的人说几句，向愿意看的人写几句，就觉得更应该以真面目见人，心里想什么就扫数端出来，纵使估计有些不如此想的人听了看了会皱眉。那么，关于周氏的文章（关于人，《再谈苦雨斋》那篇已经谈了不少，不重复），我的所想是什么呢？说来话长。还是二十世纪二十年代后期，我在通县念师范学校，课程不重，行有余力，就大量读新文学著作。单说散文，我觉得最值得反复吟味的还是绍兴周氏弟兄的作品。何以这样觉得？我讲不出道理，正如情人眼里之出西施，没有理由，就是爱。还有进一步讲不出道理的，是老兄的长戈大戟与老弟的细雨和风相比，我更喜欢细雨和风。也想过何以这样分高下，解答，除了人各有所好以外，大概是冲淡更难，含有更深沉的美。

人之常情，爱就愿意筑金屋藏之，以便朝夕可以亲近。指实说是到北京以后，先后几十年，杂览，遇到周氏刊于报刊的零篇，就看，遇到昔日今日出版的书本，就买。还不限于“遇到”，有些早年的，如《侠女奴》《玉虫缘》之类，知其名，就多方搜罗。这样，加上二十世纪四十年代以后与周氏有些来往，作者赠的几本，周氏著作（包括译本），除收入《小说林》的《孤儿记》以外，我都得到。得之后，不像守财奴的对于金钱，窖而藏之，而是插架，有时感到腹内空空，或无聊赖，或只是文思枯涩，就抽出某一本，看若干页。这样说，几十年来，我他无所能，经常跳到书海里扑腾，人，由本土的庄子到西方的罗素，书，由《十三经注疏》到《比丘尼戒本》，杂，开卷有益，可是学生意人打算盘，最后看账篇的总结，应该承认，如果说在思和写方面还有所得，这一点点能力，来源非一，排在首位的则是周氏著作。

也许说得太过了吗？人，经历不同，感知难免有异，应该存诚，亦各言其本心而已。这里要说的本心是多年以来，直到目前，我对周氏著作的看法，或干脆往直说，觉得好，究竟好在哪里，想依一般作文教程的通例，分作内容和表达两个方面说。

先说内容。还想分作思想、知识、见识三个方面。思想，这里指概括而最基本的，是对于世间事物，尤其对于人生，他是怎么看的。对人生有看法，有抉择，这本钱是孔老夫子所说“朝闻道”的道。周氏多次说他不懂道。我的体会，这是指熊十力先生和废名先生争论的道，而不是对世间事物有看法，能分辨是非好坏的道。这后一种非形而上的道，周氏不仅有，而且明确而凝固。是什么呢？拙作《再谈苦雨斋》中曾说明：

> 这是接受人之性，以道德调节之，以期自己和他人都能“养生丧死无憾”。也就是本此原则。他多次说“物理人情”，表现为好恶、取舍是：最基本的是《吕氏春秋》的“贵生”（他自己说是“乐生”），这是儒家的，也是常识的。……生，最根本，最广泛，因此他注意底层，注意多样，兴趣伸向村野、民俗、儿童以及草木虫鱼等等。生，不能避开人己，想协调，就人人都要克己。从这一点出发，他崇奉儒家的仁（忠恕）的道德观念，并向四面八方伸张，如常引《孟子·离娄》篇的话：“禹思天下有溺者，由己溺之也；稷思天下有饥者，由己饥之也。”《庄子·天道》篇的话：“不敖无告，不废穷民，苦死者。嘉孺子而哀妇人。”也是从这一点出发，他反对用各种力以扶强欺弱，如喜欢谈妇女问题，憎恨大男子主义就

是这样。此外，他还重知，以知为耳目了解人生，观照人生。这样的人生，他像是认为，不应该是狂热的，如宗教，不应该是造作的，如道学。总之，要率性兼调节，以求适中，也就是平实自然。

如果如我所设想，执笔为文，都是用某一种形式说教，周氏所说之教是避免用鞭子、拳头的畏天悯人的人文主义。过于温良恭俭让了吗？人各有见，我只说我自己的，如果我们还不能不爱人生，希望“民吾同胞”都能活得平安、幸福、向上，我们就不能不接受这样的人文主义；专说为文，就要学周氏，拿这样的思想作主心骨。

接着说知识。在我的师辈里，读书多，知识丰富，周氏应该排在第一位。这最明显地表现在他的文章里，上天下地，三教九流，由宇宙之大到苍蝇之微，他几乎无所不谈。而凡有所谈，都能看得细，见得深，使读者增加知识之外，还能有所领悟。只说我的感受，我多年杂览，喜欢翻检《四库全书总目提要》，把它看作介绍古典作品知识的宝库；翻检周氏著作则进一步，总是把它（仅仅由吸收知识方面说）看作介绍各方面知识的宝库。自然，这里隐藏着一个问题，是多知有什么好。我不想大动干戈，却无妨以事显理，是用望远镜，看过往几千年，用显微镜，看临近若干年，上至朝，下至野，由于无知，我们的失误以及吃的苦头也太多了。而求有所知，我的经验是不能不多读；可读之书很多，周氏著作总是合用的一种。

再说见识。见识来于知识，成语所谓真知灼见是也。但二者也可以分离，例如有些人，《易经》卦爻辞，甚至《十翼》，都念得很熟，可是相信占得乾卦就真能够“利见大人”，飞黄腾达，就是有所知而没有见识。有见识，是对于事物，能够合情合理地判定其是非好坏。这大不易。依照我的经验，有不少知名的学者，某时某处，或囿于传统，或囿于私见，就说些不通达的话，表现为没有见识。也许来于阿其所好吧。

读周氏著作，没有感到有这样的扞格。正面说，凡有所见，尤其别人不怎么谈到的，轻说合情合理，重说能够深入发微。这发微，由他自己说的抄书，或从披沙拣金的文章里更容易看出来。实例过多，只想举我印象最深的一种，是评古典之文，他推崇几乎可以说不见经传的《颜氏家训》，而看不起苏东坡誉为“文起八代之衰”的韩愈的古文，因为这位文公之文思想肤浅，装腔弄势。轻视唐宋八大家，是大举，茅鹿门、姚惜抱之流不用说，就是今日在大学课堂讲文学史的，也将诧为奇闻吧？其实，只要我们撇开传统，平心静气地想想，就会发现，周氏的看法并不错。不管传统，不管流俗，述自己之所见而能有道理，至少是言之成理，是有见识。这类见识，限于“近取诸身”，使我受到的教益不少。不是夸张而是实事求是，我多年来所读、所取、所写、所从，如果说还不是盲人骑瞎马，这指引之灯，大多是由周氏那里借来的。

内容说到此，转为说表达。这比内容难说，因为一，这方面，他的造诣更高，几乎可以说，“五四”文学革命以来，只此一家，并无分号；二，同样的意思，觉得出于凤姐之口，比出于刘姥姥之口的好，证此容易，讲所以然的道理很难。难也不得不勉强说，只好罗列一些自己的印象，由有迹象到无迹象，试试。这是其一，意思与用语的水乳交融。这像是运用语言的基本要求，可是脑中存储不多，笔下火候不够，也难于做到。其二是口头与笔头的一致。很多人都知道，这是叶圣陶先生推崇的“写话”，即口头怎么说，笔下就怎么写。合二为一，像是省力，不难，其实不然。原因很复杂，这里只想说现象，看报刊书本，能够做到这样的总是稀如星凤。所以叶圣陶先生才大声疾呼，才提倡。他自己身体力行，当然有成就，可是与周氏比，似乎还有用意与未用意之别。其三是用语平实自然，组织行云流水，或者说看不出有斧凿痕。这说得再高一些是其四，比如与古文比是无声，与骈文比是无色，所以就像是未用力。我的体会，一切技艺，像是（也许真就）未用力是造诣的至高境界，纵使一些写作文教程的以及大量耍笔杆的未必肯承认。其五，再从另一个角度说说造诣，是能够寓繁于简，寓浓于淡，寓严整于松散，寓有法于无法。最后其六说说这样的文笔，我们读，会有什么欣赏方面的感觉。人各有见，还人各有所好，当然只能说自己的，是平和的心境和清淡的韵味，合起来就含有佛门所说“定”加“慧”的美。

像是扭向形而上了，应该赶紧收回来，由体下降到用。这也可以扩张为三项。一是学写作时，周氏之文宜于用作范本。二是可以和法国蒙田、英国兰姆等作家的散文集放在一起读、欣赏。三是可以当作药，治多年来为文的两种流行病：一种是惯于（或乐于）浅入深出，即内容平庸而很难读；另一种是搽胭脂抹粉加扭扭捏捏，使人感到过于费力，过于造作。

至此，我想可以说几句总而言之的话了，无论从文化史还是文学史的角度看，周氏著作都是有大用的遗产，如果以人废言，一脚踢开，或视而不见，应该说是失策。可是接受，即开卷读，就不能不先有书卷。近些年来，关于周氏著作，零零星星印了一些，但不全面，有的还不易找到，所以，至少我看，印全编就成为急务。一时难能，退一步，能够出版可以代表全面的选本也好。锺叔河先生多年来搜集、整理、研究周氏著作，在全编的基础上先出版容量较大的选本，可以推想，或说担保，必是精审可读的。我以一个老读者的身份，愿意借写序文的机会，说说我对周氏著作的看法，供还没想到读以及想读的人参考，并向锺叔河先生和出版社表示敬意。

张中行，一九九五年十二月一日于元大都健德门外新居。

选编者言

这部《周作人散文》是周作人文章的选本而非全编，共选文七百零六篇，差不多是周氏所作散文总篇数的四分之一，字数近一百七十万，约为总字数的百分之三十。

选的标准只有一条，即文章之美。这里当然只能凭选编者的主观感觉，也就是说，选的只是我本人最喜欢的文章，如是而已。读者若求对周作人其人其文有一个比较接近全面的了解，自须通读其全部著作（例如由邓广铭氏笔记的《中国新文学的源流》）和译作（例如一九九一年才由人民文学出版社出版，一九九五年荣获全国优秀外国文学图书奖的《卢奇安对话集》），即文章亦须读其全部（岳麓书社已出版《周作人作品集》），非任何选本包括此一选本所能胜任。

本书选编方法是编年，即所选文章均按首次发表的时间（未曾单独发表过的则按写作的时间）顺序编集，分为五卷：

第一卷收一八九八至一九二七年间所作文一六一篇；

第二卷收一九二八至一九三五年间所作文一二九篇；

第三卷收一九三六至一九三九年间所作文一一二篇；

第四卷收一九四〇至一九四五年间所作文一一五篇；

第五卷收一九四七至一九六六年间所作文一八九篇。

我在编辑《周作人散文全集》时，共校改原件（印本、报章、杂志、抄件、手稿）脱讹倒衍文字数千处，一一以注释形式作出了校记，这些本书均予保留，并标明“锺校”，以与周氏自注相区别。

我二十世纪八十年代在湖南开始策划整理印行周氏著作，在报上登过一则广告，提出“人归人，文归文”。这意思就是说，周作人其人的是非功过自有论者，其文因文化价值和文学价值俱在，今之读者固可读之。一九八七年陈子善编《知堂集外文·〈亦报〉随笔》出版，我又在序言中写道：

> 关于周作人，我只能辑其文，而不能论其人。我不过是一名编辑，不是什么研究家、批评家。我的工作是编辑出版旧籍遗文，使想看的人能够买得去看，想批评研究的人也才有材料好拿去做文章，或供于牺牲坛前，或钉在耻辱柱上，都悉由尊便。

最后又写道：

> 周作人已矣，其人固不得原谅，其文却似乎可传，因为它们所包含的知识和见解是文化史上的客观存在，而在文章欣赏上亦自有其美学的价值。陈婆虽有麻子，所烧的豆腐固未尝不好吃也。

这一直是我的观点。

锺叔河

目录

目录

一九二三年

一九二四年

目录

一九二六年

一九二七年

目录

一八九八至一九〇五年

旧日记抄

我写日记始于光绪戊戌（一八九八），虽是十九世纪末年，却已是距今三十八年前了。自戊戌至乙巳七年中，断续地写，至今还保存着十四小册，丙午至辛亥六年在日本不曾记，民国以后又一直写着。我的日记写得很简单，大抵只是往来通信等，没有什么可看，但是民国以前的一部分仿佛是别一时代的事情，偶然翻出来看看，也觉得有好玩的地方，现在就把他抄录一点下来。

第一册记戊戌正月至五月间事，时在杭州，居花牌楼一小楼上，去塔儿头不远，听街上叫卖声即在窗下，所记多关于食物及其价格者：

> 正月三十日，雨。食水芹，紫油菜，味同油菜，第茎紫如茄树耳，花色黄。
>
> 二月初五日，晴，煖暖异常。食龙须菜，京师呼豌豆苗，即蚕豆苗也，以有藤似龙①须故名，每斤四十馀钱，以炒肉丝，鲜美可啖。

绍兴呼豌豆为蚕豆，而蚕豆则称罗汉豆，日记中全以越俗为标准。一月后又记云：

【锺校】

① 原无“龙”字，据《知堂日记》影印本补。

罗汉豆上市，杭呼为青肠豆，又呼青然豆。

案此盖即青蚕豆耳。

二月廿八日，晨大雾，有雄黄气。上午晴，夜雨，冷甚。食草紫，杭呼金花菜。春分，亥正二刻。

上巳日，阴冷。下午左邻姚邵二氏买小鸡六只，每只六十五文。

闰三月十三日，晴。枇杷上市。

十四日，阴。食樱桃，每斤六十八文。

廿三日，雨。食莴苣笋，青鲳鲞，出太湖，每尾二十馀文，形如撑鱼，首如带鱼，背青色，长约一尺，味似勒鱼，细骨皆作入字形。

但是同时也记载这类的事情，大抵是从报上看来的罢：

四月初五日，阴。亨利亲王觐见，遣胡燏棻礼亲王往永定门外迎入，上亲下座迎，并坐，下座送，赐珍物无数，内一扇系太后所画云。

十七日，晴。山东沂州乱。广东刘毅募勇五千鼓噪索饷。

戊戌五月末回绍兴，至辛丑八月往南京，所记共有五册。有几条购物的纪事可以抄录：

十一月廿八日，阴，路滑如油，上午稍干，往大街。购洋锯一把，一角五分，洋烛三支，每支十文，红色粗如笔干，长二寸许，文左旋。

十二月初七日，晴，路滑甚。往新试前购竹臂阁一方，洋五分，刻红粉溪边石一绝。小信纸一束四十张，二分，上印鸦柳。五色信纸廿张，一分六，上绘佛手、柿二物。松鹤信纸四张，四文。洋烛四支，一角一分。

十三日，阴。午偕工人章庆往完粮米，共洋十八元弱①。至试前看案尚未出，购《思痛记》二卷，江宁李圭小池撰，洋一角。至涵雅庐购机器煤头一束，二分五，洋烟一匣，五分。

廿一日，晴。偕章庆往水澄巷购年糕，洋一元糕三十七斤，得添送糕制小猪首羊首各一枚。

己亥正月初一日，晴。下午偕三弟游大善寺，购火漆墨牛一只，洋二分，青蛙一只，六厘，黑金鱼一只，六厘。

亦仍常记琐事，但多目击，不是转录新闻了：

二②月十六日，晴。往读。族兄利宾台字鹞一乘，洋一角，线一束，一角，断去孙宅。

所谓台字鹞者乃糊作台字形的风筝，中途线折落在他家则曰断，盖放鹞的术语也。庚子辛丑多记游览，如庚子年有云：

三月初九日，阴。晨同三十叔下舟往梅里尖拜扫，祭时二人作赞，祭文甚短，每首只十数句耳。梅里尖系始迁六世祖韫山公之墓，玉田叔祖《鉴湖竹枝词》有云，耸秀遥瞻梅里尖，孤峰高插势凌天，露霜展谒先贤兆，诗学开科愧未传。自注，先太高祖韫山公讳璜，以集诗举于乡。即记是事也。

十六日，阴。晨六点钟起，同叔辈往老台门早餐，坐船往调马场扫墓，同舟七人。出东郭门，挽纤行十里，至绕门山，今称东湖，为陶心云先生所创修，堤计长二百丈，皆植千叶桃垂柳及女贞子各树，游人颇多。又三十里至富盛埠，乘兜轿过市行二里许，越岭，约千馀级。山上映山红牛郎花甚多，又有

【锺校】

① “十八元弱”原作“□元”，据《知堂日记》改。

② “二”原误作“三”。

蕉藤数株，着花蔚蓝色，状如豆花，结实即刀豆也，可入药。路旁皆竹林，竹萌之出土者粗于碗口而长二三寸，颇为可观。忽闻有声如鸡鸣，阁阁然，山谷皆响，问之轿夫，云系雉鸡叫也。又二里许过一溪，阔数丈，水没及骭，舁者乱流而渡。水中圆石颗颗，大如鹅卵，整洁可喜。行一二里至墓所，松柏夹道，颇称闳壮。方祭时，小雨籁籁落衣袂间，幸即晴霁。下山午餐，下午开船。将进城门，忽天色如墨，雷电并作，大雨倾注，至家不息。

十八日，雨，三十叔约偕往扫墓。上午霁，坐船至廿亩头，次至茭白溇，因日前雨甚，路皆没起，以板数扇垫之，才能通行。

后附记云：

连日大雨，畦畛皆成泽国，村人以车戽水使干，而后以网乘之，多有得者，类皆鲫鲤之属也。

十九日后又附记云：

大雨不歇，道路如河，行人皆跣足始可过。河水又长，桥皆甚低，唯小中船尚可出入耳。

这时候有一件很可笑的事，这便是关于义和团事件的。五月中起就记有这类的谣传，意思是不但赞成而且相信，书眉上大写“非我族类其心必异”等文句，力主攘夷，却没有想到清朝也就包括在内。至辛丑正月始重加以删改，对于铁路枕木三百里顷刻变为桴炭的传说不再相信了，攘夷思想还是仍旧。八月往南京，读了《新民丛报》和《苏报》等以后，这才转为排满。入学的事情今从第六七两册抄录几条于下：

八月初一日，晨小雨。至江阴，雨止，过镇江，上午至南京下关。午抵水师学堂。

初九日，晴。上午点名给卷，考额外生，共五十九人，题为《云从龙风从虎论》。

十一日，晴。下午闻予卷系朱颖叔先生延祺所看，批曰文气近顺。所阅卷凡二十本，予列第二，但未知总办如何决定耳。

十二日，阴。患喉痛。下午录初九日试艺，计二百七十字，拟寄绍兴。

十六日，晴。出案，予列副取第一。

案其时正取一名，即胡韵仙，诗庐之弟，副取几人则已不记得了。

十七日，晴。复试，凡三人，题为《虽百世可知也论》。

这两个题目真好难做，《云从龙》只写得二百馀言，其枯窘可想，朱老师批曰近顺也很是幽默，至于《虽百世》那是怎么做的简直不可思议，就是在现今试想也还不知如何下笔也。但是查日记于九月初一日挂牌传补，第三天就进馆上课了。功课的事没有什么值得说的，一个月后考试汉文分班，日记上云：

十月初一日，礼拜一，晴。考汉文作策论，在洋文诵堂中，两点钟完卷，题云——问孟子曰，我四十不动心，又曰，我善养吾浩然之气，平时用功，此心此气究如何分别，如何相通？试详言之。

初七日，礼拜日，晴。午出初一所考汉文分班榜，计头班二十四人，二班二十八人，三班若干人，予列头班二十名。

考入三等的人太多，可知高列者之容易侥幸，不过我总觉得奇怪，我的文章是怎么胡诌出来的，盖这回实在要比以前更难了，因为《论语》《易经》虽不比《孟子》容易，却总没有道学这样难讲罢。此心此气究竟怎么一回事，我至今还是茫然，回忆三十五年前事，居然通过了这些考试的难关，真不禁自己叹服也。

在校前后六年，生活虽单调而遭遇亦颇多变化，今只略抄数则以见一斑。壬寅年日记中云：

正月初六日，晴冷，春风料峭①，刺人肌骨。上午独坐殊寂寞，天寒又不能出外，因至桅半探鹊巢，大约如斗，皆以细树枝编成，其中颇光洁，底以泥杂草木叶炼成者，唯尚不生卵。鹊在旁飞鸣甚急，因舍之而下。下午看《时务报》。夜抄梁卓如《说橙》一首。

初七日，晴。上午钉书三本。夜抄章太炎《东方盛衰论》一首。九下钟睡，劳神不能入寐，至十一下半钟始渐静去。

七月十四日，礼拜日，晴。下午阅梁任公著《现世界大势论》一卷，词旨危切，吾国青年当自厉焉。夜阅《开智录》，不甚佳。夜半有狐狸入我室，驱之去。

八月初一日，礼拜二，阴雨。洋文进二班诵堂。下午看《泰西新史揽要》，译笔不佳，喜掉文袋，好以中国故实强行掺入，点缀过当，反失本来面目，忧亚子所译《累卵东洋》亦有此病，可见译书非易事也。

十月初六日，礼拜三，晴。晨打靶。上午无课，下午看《古文苑》。四下钟出操。夜借得梁任公《中国魂》二卷，拟展阅，灯已将烬，怅怅而罢，即就睡。

癸卯，四月十二日，礼拜五，晴。晨打靶，操场露重，立久，及退回靴已湿透。上午进馆，至晚听角而出，自视殊觉可笑，究不知所学者何事也。傍晚不出操。饭后胡韵仙李昭文来谈。

【锺校】

① “峭”原作“俏”。

十三日，礼拜六，晴。进馆。傍晚体操。饭后同胡韵仙李昭文江上悟至洋文讲堂天井聚谈，议加入义勇队事，决定先致信各人为介绍，又闲谈至八下钟始散。

十五日，礼拜一，晴。晨打靶。上午进馆，作汉文四篇，予自作百馀字，语甚怪诞。出馆后见韵仙云今日已致函吴稚晖。

这时候正是上海闹《俄事警闻》的时候，组织义勇军的运动很是热烈，这几个学生住了两年学校，开始感到沉闷，对于功课与学风都不满足，同时又受了革命思想的传染，所以想要活动起来。他们看去，这义勇队就是排满的别动队，决心想投进去，结果找着了吴老头子请他收容，这就是上边所记的内幕，下文怎么了呢？这第十一小册就记至四月止，底下没有了。第十二册改了体例，不是每天都记，又从七月起，五六两月全缺。不过这件事的结局我倒还是记得的，过了多少天之后接得吴公的一封回信，大意说诸位的意思甚好，俟组织就绪时当再奉闻云云，后来义勇军未曾成立，这问题自然也了结了。

日记第十二册所记以事为主，注日月于下，各成一小文。癸卯七月由家回校，记二十二日一文题云《汽船之窘况及苦热》，后半云：

晚九点钟始至招商码头，轮船已人满，无地可措足，寻找再三，始得一地才三四尺，不得已暂止焉。天热甚如处甑中，因与伍君交代看守行李，而以一人至舱面少息。途中倦甚蜷曲倚壁而睡，间壁又为机器房，壁热如炙，烦躁欲死，至夜半尚无凉气。四周皆江南之考先生，饶有酸气，如入火炎地狱见牛首阿旁。至南京始少爽。

次节题云《江南考先生之一斑》，特写其状云：

江南考先生之状态既于《金陵卖书记》中见之，及予亲历其境，更信所言不谬。考先生在船上者，皆行李累累，遍贴乡试字样，大约一人总要带书五六百斤，其馀日用器具靡不完备，堆积如山。饭时则盘辫捋袖，疾走抢饭，不顾性命。及船抵埠，乃另有一副面目，至将入场时，又宽袍大袖，项挂卷袋，手提洋铁罐，而阔步夫子庙前矣。

二十九日一节云《三山街同人之谈话》：

先一日得锷刚函，命予与复九（即昭文）至城南聚会。次日偕侠耕（即韵仙）复九二人至承恩寺万城酒楼，为张伟如邀午餐，会者十六人。食毕至刘寿昆处，共拍一照，以为纪念，姓名列后：

张蒉臣，孙竹丹，赵百先，濮仲厚，张伟如，李复九，胡侠耕，方楚乔，王伯秋，孙楚白，吴锷刚，张尊五，江彤侯，薛明甫，周起孟，刘寿昆。

散后复至铁汤池访张伯纯先生，及回城北已晚。

此照相旧藏家中，及民八移居后不复见，盖已遗失，十六人中不知尚有一半存在否，且民国以来音信不通，亦已不易寻问了。

第十三册记甲辰十二月至乙巳三月间事，题曰《秋草园日记甲》，有序云：

世界之有我也已二十年矣，然廿年以前无我也；廿年以后亦必已无我也，则我之为我亦仅如轻尘栖弱草，弹指终归寂灭耳，于此而尚欲借驹隙之光阴，涉笔于米盐之琐屑，亦愚甚矣。然而七情所感，哀乐无端，拉杂纪之，以当雪泥鸿爪，亦未始非蜉蝣世界之一消遣法也。先儒有言，天地之大而人犹有所恨，伤心百年之际，兴哀无情之地，不亦傎乎。然则吾之记亦可以不作也夫。

此文甚幼稚，但由此可见当时所受的影响，旧的方面有金圣叹，新的方面有梁任公与冷血，在以后所记上亦随处可以看出。甲辰十二月十六日条后附记云：

西人有恒言云，人皆有死。人能时以此语自警，则恶事自不作，而一切竞争皆可省，即予之日记亦可省。

十八日附记云：

天下事物总不外一情字。作文亦然，不情之创论，虽有理可据，终觉杀风景。

廿四日附记云：

世有轮回，吾愿其慰，今生不得志可待来生，来生又可待来生，如掷五琼，屡幺必一六。而今已矣，偶尔为人，忽焉而生，忽焉而死，成败利钝一而不再，欲图再厉，其可得乎。然此特悲观之言，尚未身历日暮途穷之境者也，彼惊弓之鸟又更当何如。

乙巳二月初七日附记四则之二云：

残忍，天下之极恶事也。

世人吾昔觉其可恶，今则见其可悲。茫茫大陆，荆蕙不齐，孰为猿鹤，孰为沙虫，要之皆可怜儿也。

语多感伤，但亦有闲适语，如廿五日附记云：

过朝天宫，见人于小池塘内捕鱼，劳而所得不多，大抵皆鳅鱼之属耳。忆故乡菱荡钓鲦之景，宁可再得，令人不觉有故园之思。

此册只寥寥七纸，中间又多有裁截处，盖关于政治或妇女问题有违碍语，后来复阅时所删削，故内容益微少，但多可抄录，有两件事也值得一说。三月十六日条云：

封德三函招，下午同朱浩如至大功坊辛卓之处，见沈□□聊，顾花岩琪，孙少江铭，及留日女学生秋琼卿女士瑾，山阴人。夜同至悦生公司会食，又回至辛处，谈至十一下钟，往钟英中学宿，次晨归堂。

廿一日附记云：

在城南夜，见唱歌有愿借百万头颅句，秋女士云，虽有此愿，特未知肯借否。信然，可知彼等亦妄想耳。

秋女士那时大约就回到绍兴去，不久与于大通学堂之难。革命告成，及今已二十五年，重阅旧记，不胜感慨。又二月初十日条下云：

得丁初我函言《侠女奴》事，云赠报一年。

十四日云：

星期，休息，雨。译《侠女奴》竟，即抄好，约二千五百字，全文统一万馀言，拟即寄。此事已了，如释重负，快甚。

三月初二日云：

下午收到上海《女子世界》社寄信，并《女子世界》十一册，增刊一册，《双艳记》《恩仇血》《孽海花》各一册。夜阅竟三册。

廿九日云：

患寒疾。接丁初我廿六日函，云《侠女奴》将印单行本，即以此补助《女子世界》。下午作函允之，并声明一切。

丁先生在上海办《小说林》，刊行《女子世界》，我从《天方夜谈》英译本中抄译亚利巴巴与四十强盗的故事，题曰《侠女奴》，托名萍云女士寄去，上边所记就是这件事情。这译文当然很不成东西，但实是我最初的出手，所以值得一提。我离南京后与丁先生没有再通信，后来看见民国八年刻成的《虞山丛刻》，知道他健在而且还努力刻书，非常喜欢，现今又过了十七年了，关于他的消息我很想知道，因为丁先生也是一位未曾见面而很有益于我的师友也。

第十四册题曰《乙巳北行日记》，实在只有两页，自十一月十一日至十二月廿五日，记与同班二十三人来北京练兵处应留学考试事。纪事非常简单，那天渡黄河渡了五个钟头，许多事情至今还记得，日记上只有两行，其馀不出一行，又不是每天都记，所以没有什么好材料可以抄录。当时在西河沿新丰栈住，民六到北京后去看过一趟，却早已不见了，同班中至今在北平的大约也只不佞一人了罢。时光过的真快，这十四小册子都已成为前一代的旧事了，所以可以发表一点儿，可是因此也就没有什么可看的了。

廿五年三月三十日，于北平之苦雨斋。

［1898—1905 年作/《风雨谈》］

《玉虫缘》译文一节

此岛在南楷罗林那省查理士顿府之左近，形状甚奇特，全岛系砂砾所成，长约三英里，广不过四分之一。岛与大陆毗连之处，有一狭江隔之，江中茅苇之属甚茂盛，水流迂缓，白鹭水凫，多栖息其处，时时出没于荻花芦叶间。岛中树木稀少，一望旷漠无际，岛西端尽处，墨而忒列炮台在焉。其旁有古朴小屋数椽，每当盛夏之交，查理士顿府士女之来避尘嚣与热病者，多僦居之。屋外棕榈数株，绿叶森森，一见立辨。全岛除西端及沿海一带砂石结成之堤岸外，其馀地面皆为一种英国园艺家所最珍重之麦妥儿树浓阴所蔽，岛中此种灌木，生长每达十五尺至二十尺之高，枝叶蓊郁，成一森密之矮林，花时游此，芬芳袭人，四围空气中，皆充满此香味。

［1905 年作/《知堂回想录》］

一九〇六年

《秋草闲吟》序

予家会稽，入东门凡三四里，其处荒僻，距市辽远。先人敝庐数楹，聊足蔽风雨，屋后一圃，荒荒然无所有，枯桑衰柳，倚徙墙畔，每白露下，秋草满园而已。予心爱好之，因以园客自号，时作小诗，顾七八年来得辄弃去，虽裒之可得一小帙，而已多付之腐草矣。今春闲居无事，因摭存一二，聊以自娱，仍名秋草，意不忘园也。嗟夫，百年更漏，万事鸡虫，对此茫茫，能无怅怅，前因未昧，野花衰草，其迟我久矣。卜筑幽山，诏犹在耳，而纹竹徒存，吾何言者，虽有园又乌得而居之？借其声，发而为诗，哭欤歌欤？角鸱山鬼，对月而夜啸欤？抑悲风戚戚之振白杨也。龟山之松柏何青青耶，茶花其如故耶？秋草苍黄，如入梦寐，春风虽至，绿意如何，过南郭之原，其能无惘惘而雪涕也。

丙午春日，秋草园客记。

［1906年作/《知堂回想录》］

一九〇七年

裴彖飞

亚历山大裴彖飞（Alexander Petöfi），匈加利人也，生于一千八百二十二年。幼而瑰特，有三事异人：素爱独立，愿为优，天才长于诗也。顾落魄不偶，入学数年，潜至菩陀沛斯德剧场为杂役，已复为兵，以疾罢。四十三年夏，译英法小说，以赀自度，秋复为优。明年返都，出诗集一卷镌行之，声名陡起，自是遂从事文章，为其一生事业之转点，而独立不羁之气亦益壮。

四十八年三月十四日，奥人革命，报至匈加利，裴彖飞感之，为诗一章，次日对众诵之，至每解之末，复联有云，“誓将弗复为奴”，众口应之，如立信誓于诗人前也。诵已，众即赴印所，自印之，立俟其竟。诗文就梓，不经检视，此实其昉。革命兵起，即从军行。明年，归将军宾谟（Bem，波阑人，轲苏士邀之来，使当俄军者）大队。至七月三十一日，舍该斯洼（Segesvar）之战，没于阵中。

裴彖飞为诗，其大本有二。尝自题诗集，今述其意曰：

欢爱自由，为百物先。

吾以爱故，不惜舍生。

并乐蠲爱，为自由也。

读此可知其人。今转译长诗一解于此，然惭不词，欲竟译，笔不能更下矣。诗曰：

白日黯西下，四空入杳冥。

小星灭不现，龛火馀微明。

微明耿不息，并我故园情。

［1907年10月《天义报》/集外文*］

* 本书所收文章，大部分见于周作人的单出文集，如《风雨谈》《知堂回想录》等；已见诸报刊而未收入上述文集的，本书列为“集外文”；其他未正式出版的，本书列为“未刊稿”。

一九〇九年

《炭画》小引

显克微支名罕理克，以一千八百四十五年生于奥大利属之波兰，所撰历史小说数种皆有名于世，其小品尤佳，哀艳动人，而《炭画》一篇为最。炭画云者，谊取简略图形，如稿本也。丹麦评骘家勃兰兑思作《波兰文章论》，称之曰，“其人才情美富，为文悱恻而深刻，如《炭画》一篇，实其上乘，书言有农妇欲救其夫于军役，遂至自卖，盖杰作也。”又美国人寇丁言，此文作于一千八百七十八年，时著者方客美洲加厘福尼，自云所记多本实事，托名“羊头村”，以志故乡之情况者也。民生颛愚，上下离析，一村大势，操之凶顽，而农女遂以不免，人为之亦政为之耳。古人有言，庶民所以安其田里，而亡叹息愁恨之心者，政平讼理也。观于“羊头村”之事，其亦可以鉴矣。

己酉二月，译者记。

［1909 年 3 月作/《苦雨斋序跋文》］

一九一〇年

庚戌秋日钓鱼记事

庚戌秋日，偕内人、内弟重久及保坂氏媪早出，往大隅川钓鱼。经蓬莱町，出驹入病院前，途渐寂静，隘但容车，两旁皆树木杂草，如在山岭间。径尽忽豁朗，出一悬崖上，即是田端。下视田野罗列，草色尚青，屋宇点缀其间，左折循崖而下为大路，夹路流水涓涓然。行未十丈许，雨忽集，以雨具不足，踌躇久之，遂决行。前有田家售杂品，拟求竹笠，问之无应者。重久言当冒雨独行，乃分果饵与之使去，而自先归。遂至田端驿，乘电车至巢鸭，欲附马车而待久不至，保坂媪请先行。未几车至，即乘之。意媪去未远，留意觇之，见前有人折裾负包而行，呼之果媪也，令同乘。至铃本亭前下车，雨已小霁，归家饥甚，发食合取团饭啖之甚旨，其味为未尝有也。未几雨复大至，傍午重久亦返，言至川畔而雨甚，因走至羽太家假伞而归，所持饵壶钓竿，则已弃之矣。是日为月曜，十月顷也。

[附记]

居东京六年，今夏返越，虽归故土，弥益寂寥，追念昔游，时有枨触。宗邦为疏，而异地为亲，岂人情乎？心有所不能自假，欲记其残缺以自慰焉，而文情不副，感兴已隔。用知怀旧之美，如虹霓色，不可以名。一己且尔，若示他人，更何能感？故不复作，任其飘泊太虚，时与神会，欣赏其美，或转褪色，徐以消灭，抑将与身命俱永，溘然相随，以返虚浩，皆可尔。所作一则，不忍捐弃，且录存之，题名亦未定，故仍其旧。

辛亥九月朔日记。

［1910年10月作/《知堂回想录》］

一九一一年

《黄蔷薇》序

育珂摩耳（Jókai Mór，一八二五至一九〇五）匈加利人，卒业于巴波大学，为法学博士。一八四八年匈加利革命，与诗人裴彖飞（Petöfi）共预其事，裴彖飞战死，育珂仅以身免。二十年后，独立告成，乃被选为众议员，在职者三十年。育珂生涯虽多涉政治，而甚嗜艺文，著作至二百数十卷，大抵为历史小说，属传奇派，人皆称之曰匈加利之司各得（Scott），而作者自言，则志在法之于俄（Hugo）也。戊申五月余曾译“Egy az Isten”一卷，易名《匈奴奇士录》，印行于世，顾尤爱其“A Sárga Rózsa”，辄复翻为华言，并存原题，曰《黄蔷薇》。是书一八九三年作，育珂年已六十九矣。文学史家贝谛（Beothy Zsolt）评骘素严，乃极称许之，谓足以永作国民文学之华饰云。书之体式，取法于牧歌。牧歌（Eidyllia，idyll）者始于希腊，相传佃牧女神 Artemis 祭日，牧人吟诗竞胜，是其滥觞，至谛阿克列多斯（Theokritos，生基督三百馀年前）始著为文。初本诗歌，后嬗衍成小说，叙农牧生活，二世纪中朗戈斯（Longos）著《列色波思故事》（*Lesbiaka*）四卷最胜。文艺复兴后，传入欧洲，一时牧歌小说（Pastoral）盛行于世，至十八世纪而衰。育珂生传奇之世，多思乡怀古之情，故推演史事者既多，复写此以为故乡纪念，源虽出于牧歌，而描画自然，用理想亦不离现实，则较古为胜，实近世乡土文学之杰作也。书中所言阿尔拂德，为纯粹摩陀尔（Magyar）

种人所居地，平原广远，介帖萨、多瑙二川之间，帖萨者即退伊思，匈加利有此，犹俄国之有伏尔伽大川，古今文人往往取材于此。诃多巴格即临其流，其地风俗物色，皆极瑰异，育珂少时久居其乡，故能言之甚晰。奥匈人赖息（Emil Reich）著《匈加利文学史论》，有云：

> 平原（Puszta）之在匈加利者，数凡三千，而夺勃来钦左近之诃多巴格最有名，常见于裴彖飞吟咏。诸平原为状，各各殊异：或皆田圃，植大麦烟草，荏粟成林；或为平芜下隰，间以池塘；且时或茂密，时或荒寒，时或苍凉，时或艳美。……旅人先过荒野无数，渐入一市，当见是中人物如绘，咸作大野景色。有村人甚谨厚，其妇称小天（Mennyecske 匈加利妇人之尊称），便给善言。又有羊豕牛马之牧者，衣饰不同，人亦具诸色相。牧羊人（Bojtár）在草野间，视羔羖一大队，性温和，善音乐，且知秘密医方，盖所牧羊或病，辄自择草食之，旋愈，牧者审谛，因以博识草木，熟习天然，类术士焉。牧牛者（Gulyás）掌大物牝牡，秉彝因野莽好斗，怒牛奔突欲入泽，辄与之角，又斗原上窃牛之贼。牧豕者（Kondás）最下，性阴郁不得意，又善怒，易流为盗。惟牧马者（Csikós）最胜，日引多马游食草原之上。筝与箫为匈加利乐器，马亦匈加利国兽，谚有云，摩陀尔人天生居马上（Lóra termett a Magyar）也。乡人贵胄，无不善骑，其爱马亦至，故诗人亦以之入诗，不异亚剌伯人。牧马者勇健敏捷，长于歌舞，能即兴赋诗。生与马相习，所以御马与马盗之术皆晓彻，披绣衣，广袪飘扬，又年少英武，女郎多爱慕之。第众中最奇特者，莫如可怜儿（Szegény Legény），即原上暴客，世传其事，多吊诡之趣，盖人谓其违法逆经，必缘败北于人世，或伤于爱恋故也。若夫景色之胜，则为海市（Délibáb），每届长夏，亭午溽暑，空中往

往见城寨楼塔，大泽山林之象，光辉朗然。行人遇之，如入仙乡，而顷刻尽灭，不留踪影。为匈加利平原者盖如此。（第二十七章《裴象飞论》）

此说匈加利原野情状，圉牧生涯，至为清楚，可作本书注解，因并译录之。

岁在庚戌十二月，译者记。

［1911年1月作/《苦雨斋序跋文》］

一九一二年

望越篇

盖闻之，一国文明之消长，以种业为因依，其由来者远，欲探厥极，当上涉于幽冥之界。种业者，本于国人彝德，驸以习俗所安，宗信所仰，重之以岁月，积渐乃成，其期常以千年，近者亦数百岁。逮其宁一，则思感咸通，立为公意，虽有圣者，莫赞一辞。故造成种业，不在上智，而在中人；不在生人，而在死者。二者以其为数之多，与为时之永，立其权威，后世子孙承其血胤者亦并袭其感情，发念致能，莫克自外，唯有坐绍其业而收其果，为善为恶，无所撰别，遗传之可畏乃如是也。

盖民族之例，与他生物同。大野之鸟，有翼不能飞；冥海之鱼，有目不能视；中落之民，有心思材力而不能用。习性相重，流为种业，三者同然焉。中国受制于满洲，既二百六十馀年，其局促伏处专制政治之下者，且二千百三十载矣。今得解脱，会成共和，出于幽谷，迁于乔木，华夏之民，孰不欢欣？顾返瞻往迹，就有不能不惧者。其积染者深，则更除也不易。中国政教，自昔皆以愚民为事，以刑戮慑俊士，以利禄招黠民，益以儒者邪说，助张其虐。二千年来，经此洮汰，庸愚者生，佞捷者荣，神明之胄，几无孑遗。种业如斯，其何能臧？历世忧患，有由来矣。

今者千载一时，会更始之际，予不知华土之民，其能洗心涤虑以趣新生乎？抑仍将伈伈睍睍以求禄位乎？于彼于此，孰为决之？予生于越，不能远引以观其变，今唯以越一隅为之征。当察越之君子何以自建，越之野人，何以自安；公仆之政，何所别于君侯，国士之行，何所异于臣妾。凡兹同异，靡不当详，国人性格之良窳，智虑之蒙启，可于是见之。如其善也，斯於越之光，亦夏族之福；若或不然，利欲之私，终为吾毒，则是因果相循，无可诛责，唯有撮灰散顶，诅先民之罪恶而已。仲尼《龟山操》曰："吾欲望鲁兮，龟山蔽之。手无斧柯，奈龟山何。"今瞻禹域，乃亦唯种业因陈为之蔽耳。虽有斧柯，其能伐自然之律而夷之乎？吾为此惧。

［1912 年 1 月 18 日《越铎日报》/集外文］

望华国篇

吾以水沃汝，使汝悔改。

——《马太书》

灵肉战绌，欲动情胜，罪恶滋长，缘生耻辱。若以悲哀之力，能知悔改，则新生抽乙，即见于剥复之会，又摩之以谊，凡披陈众失，发露过咎，改往之际，不忘修来，故待善化。民族之中兴，亦本此理。神不终昧，回首怅然。厌悔脱离，更始其命，岂有他哉，自觉而已矣。

然余观于华国之民，乃又不能无感。往者政教为虐，种性日离。千载以来，世为胜民，以利禄为性命，以残贼为功业。利之所在，不问恩仇，虽异族可君，同种可杀也。其次所畏莫若威。故所业二，不受制于人，则为暴于国。中国之事，一治一乱，治者其服刑之日，而乱者其得志之秋，故观近古史书，历历皆罪恶之迹，亦历历皆耻辱之痕也。罪辱如斯，而悲哀则安在，悔改者又谁欤？顽迷之民，不知自觉，坐令覆辙屡践，长其罪恶而重其耻辱，可哀也夫！其事一征之于五胡之世，再征之于金，三征之于元，四征之于清，而人皆不知悟；五征之于太平天国时曾彭之助贼，杨李之争权；六征之于今，袁冯之徒无异于曾彭，焦陈之狱，孙黎之□，亦杨李之渐。而今陶君复陨于私剑矣，车过腹痛之感，如何可言！使君辈存，令此人死，华土之人，其永劫不悟者矣。

呜呼！陶君经营伟业，福被吾族，今不死于异族，而死于同种之手，岂命也夫！君之死，本于敌谋，或出自私利，虽不可知，要之汉人亲将其事则一。夫《春秋》之义，内诸夏而外夷狄，岂诚推寻于谱牒之际，以立差别？第以种姓既殊，利害相反，故亲者日亲，疏者日疏。野人械斗不及同征之众，而炎黄帝子乃推刃于同气。惟帝眷兹苗裔，其啸吟矣。

来日方艰，天怒将赫。余欲登高丘，呼国人而属之曰：汝其悔改！汝倘自觉，戴其夙业，号泣于旷野以自怨艾，悲哀之声发于中，汝乃昭苏。宁保灵明而死，毋徇物欲以生也。先哲有言：惟有坟墓处，始有复活，望之始也。即或不然，复活不可期，而幽垄之清净，亦差胜于秽墟之恶浊尔。悲夫！此望之终也。

［1912年1月22日《越铎日报》/集外文］

一九一三年

风俗调查

越俗凡犬猫家畜病毙，辄投河中，谓若埋之，当令人中土，引为大忌。案此迷信本于五行生克之说，后以为秽触土公，故当得罚。《太平御览》引裴元新言，有犯土说，其来已远，特古以为中土气，今则推其原于犯土神耳。春时扫墓，自清明日起，至土旺用事则止，本意土旺，故忌动土，今扫墓不复破块，而仍守其习。弃死物于水，当亦原于此，后遂以为终年如是矣。越人中人以下之家，恃河水为饮，傍有死犬，坦然就下流而汲。诘之，则云："有利水将军在，无妨也。"而每年时病之源，亦种于此。今法禁茭白壳入城，恐污河水，至如死物，不更可恐乎？

凡人夏日中暑，血行凝滞，神气昏沉，面如土色，则云中土矣。用食米和五金物置碗中，裹以布，令患者平卧，收者持所包碗米越其上，诵"收土经"，如土患除，米必缺一角。咒曰："东方甲乙土，南方丙丁土，中央戊己土，西方庚辛土，北方壬癸土。土神土地来收土，土公土婆来收土。有土收土，无土收五方恶气。天无忌，地无忌，百无禁忌。"随收者不同，语各有小差，此最通行。其东方云云，即《齐民要术》所称五方土公，尚全本于五行，与当世谓犯神怒之说不同，意其未失古意也。此疾以小儿为多，以医药治即愈。在大人皆称曰发痧，不闻收土矣。

小儿夜啼，书咒帖衢壁以厌之。咒曰：“天皇皇，地皇皇，我家有个夜叫郎。过路君子读一遍，一觉困到大天光。”北方亦有之，但第四句曰“过往君子念三遍”，为小异耳。中国昔以儿夜啼为鬼祟，《夜谈随录》载数则：有人妖跨猫，以矛刺儿令啼，射得之。又获一怪，影着灯幌上如楢形。日本亦传儿衣夜露则夜啼，与姑获鸟①传说相关。书咒榜壁，即以解之。俗传凡行秘术，忌见四目，今即本此意为反解法，有与众共弃之之意。“天皇皇”等释作声，或作光明解，亦未能决。案小儿每夜应时而啼，本非疾病，但由眠食失常，致成此习。盖幼儿昼夜之辨，不甚明了，日中多睡，夜间醒时，即欲出游，但以四周昏黑，大人亦熟寝不理，辄自啼哭，渐成习惯。又乳时不匀，亦多令夜醒，易于夜啼。故调其眠食之时，使得安睡，其患自已。（据长井岩雄著《育儿》之刊。）即如大人过眠或多食，亦夜不安帖，可以见矣。

病人饮汤药，必倾药渣于通衢，令人践踏，以为令病早已，此亦与众共弃之意。中国医方制药，尚多会意，如埋街心若干日，悬户上若干日等，皆取多人经过之意。但道上多药渣，殊病通行，因之滑倒者多有之，当改其俗。又有榜十字路者，曰“重伤风出卖”，或云“时眼出卖”。或书纸裹一钱弃路隅，谓拾者即受其病，旧患立愈，意亦本此，而有恶心存其中，犹今祝由科之移疮于犬，在魔术律中称黑术，亦言反群魔术，损人利己者也。今虽法所不及，然于国人道德心有所障碍。又人见凶秽不祥物，唾以禳之。唾本表嫌恶之情，又谓可避邪，实亦与弃药同原，盖唾而去之，使之隔绝。凡诸不若，以唾处为聚，无得更进矣。如裹钱弃疾，虽以钱为饵，亦即以钱为之归宿也。

越中神庙，大都有仙方。近经警察禁止，已少敛迹，然僻处尚多有

【锺校】

① “鸟”原作“乌”。

之。又有所谓仙丹者，以神前香灰为之，服之愈百疾，每包三五文，或师姑携赠人家，而收报焉。服者对天礼拜，以水送下。古庙香炉中积灰尺许，尘埃夹杂，取而服之，殆如食泥土也。又人伤指出血，辄集尘土敷之，以门后者为佳，称门档灰。创不甚，本可自合，壅之反令尘入肉中。二者迹近似，然皆不易革也。

[1913 年 11 月《绍兴县教育会月刊》/集外文]

无色画帖之第十四夜

□丹麦诗人安兑尔然原作

月语余曰，林中有二茅舍，并立道周。其户甚低，窗亦高下不一，有山楂覆盆子缠绕之。屋脊皆长青苔及黄华瓦松之属，小园中有薯蓣甘蓝生焉。篱落之侧，有接骨木一树，一女儿坐树下，举目谛视老栎。栎生茅舍之间，甚巨而已枯槁，人锯去其顶，有鹳作巢其上，方立巢中，击喙作声。一童子出，傍女而坐，二人盖兄弟也。童子曰："汝何所视邪？"女曰："吾方视鹳。邻妇语我，今夜鹳当为携一小弟来，故俟其至也。"童子曰："汝当知之，鹳不将婴儿来也。邻妇亦曾语我，顾语已而笑，吾要其誓以证之，而妇弗敢。故吾知鹳之故事，特人用以诳吾侪儿童者耳。"女曰："然则婴儿何自来邪？"童子曰："是天神将之来者。神以婴儿匿衣下，顾人不能睹天神，故吾侪亦弗得见其至也。"时有飘风飒然过丛莽间，二儿交臂相顾，是必天神将儿来矣，因互执其手。户忽启，邻妇呼曰："儿今可进，视鹳所携来者，乃一小弟也。"二儿点首，固知婴儿顷已至矣。

［1913 年 12 月《叒社丛刊》/集外文］

一九一五年

怀陶君焕卿

焕卿死三年矣。见陶社通告又将以重九日举行秋祭，感念今昔，可胜车过腹痛之感。君尽忠故国，炳烺大节，众所共晓。即其平居言行学业刻苦卓厉，亦在在足为景行之资。聊就所记，述其一二，以为故人纪念云尔。

余初见焕卿在丙午夏，相遇上海，衣和服，草履左右异式，行马路上，见者疑为乞食沙门。丁未六月徐案发，君走东京，相见于本乡寓楼，落拓之状，故如旧也。

君奔走江浙，联络会党，据所自述及传说，其辛苦之状可想。尝出示所订约束，有一条云，不遵守规矩者以刀劈之，相与大笑。山林集会，其粗豪真率处殊不可及也。

君在东，恒与龚君未生偕行。每来谈，饮茶甚豪，盏有馀沥，辄交互注空盏中，或倾壶中，又入沸汤，仍注饮之，殊不自觉。天雨，赤足着皮靴，饭时探袂出巾，将以拭面，则引黑袜出，已破烂失其踵，复纳之，探袂底，始得巾焉。

太炎先生居民报社，见君辄呼为焕皇帝，或云焕强盗。君少愠，则下庭盘旋，曰太炎先生又作如是语矣。太炎先生垂发及肩，新世纪报社中人诋之曰长发老贼，太炎先生亦以自号，为笑乐焉。

君湛通经史，文章质朴而有奇气，闲论及春秋时形势，口讲手画，瞭若指掌，似其得意之学。所著书只《民族权力消长史》等二三种板刊于世，小篇散见《河南》及《教育今语》杂志，多半散佚，搜辑刊存，亦后死之责，陶社诸君子其亦有意乎？

君在东，生计颇刻苦，间或不给衣食，售所编著书以为补助。《消长史》尝暂存余等居舍，一日来取，两手各挟一巨捆，往复数四。云交番警察屡目送之，似以为疑，然微见其为书，故亦不果检索也。

[1915年10月24日《笑报》/集外文]

太炎之滑稽

章太炎先生学术文章举世所宗，而性殊和易，且喜滑稽。尝戏为测字，以人姓名分拆得义，惜多已忘失。唯康有为之有字云：“弄得大清大不成大，清不成清。”梁启超之超字云：“召见后便出走。”刘师培之妻名何震，方办《天义报》，主张女权，则测之曰：“何者言可人，震者言云雨直到辰时。”则殊谑而虐矣。

［1915年10月25日《笑报》/集外文］

希腊女诗人

希腊女诗人萨福，正言萨普福（Sappho），生当耶稣纪元前六百年顷，在中国为周定王时代。其生前行事已不可考，唯据古代史家言，萨福有二弟，一名赖列诃思（Larikhos），为乡宴奉爵者，旧例是职以名门子弟之慧美者充之，故知其为勒色波思（Lesbos）贵族。次名哈拉克琐思（Kharaxos），业运酒，至埃及遇一女子，名罗陀比思（Rhodopis），悦之，以巨金赎其身；罗陀比思者谊云蔷薇颊，旧为耶特芒（Iadmon）家奴，与《寓言》作者埃索坡思（Aisopos，旧译伊索）为同僚也。后世或称萨福嫁安特罗思（Andros）富人该耳珂拉思（Kerkolas），而事实无考，且该耳珂拉思本谊曰尾（引申为男根，案如中国云交尾），安特罗思者牡也，盖希腊末世喜剧作者所造，用作嘲弄。又或谓萨福慕法恩（Phaon）之美，欲从之而法恩不肯，乃投白岩（Leukas）而死。（相传爱慕不谐，由岩上投海，或不死，则旧爱亦自灭。）顾考一世纪时赫法斯谛恩（Hephaistion）所编投岩人名表，无萨福名，希腊诗人亦称萨福葬于故乡，非死于海，近世学者断为后世诬言，殆犹易安居士再嫁之故事耶？希腊神话中有九神女，司文章音乐之事，人称萨福为第十诗神，又以诃美洛思（Homeros，旧译荷马）为诗人，萨福为女诗人，推重备至。顾后世基督教人病其诗太艳逸，于三百八十年时并其他希腊人诗集拉杂焚之，故今日不传，第从希腊罗马著作中所引搜辑得百馀则，成句者仅半，成章者不及十一矣。其诗情文并胜，而比物丽词尤极美妙，今略述其意，以见一斑。其一云：

凉风嗫嚅，过棠棣枝间，睡意自流，自颤叶而下。

善能状南方园林之景，谛阿克利多思（Theokritos）牧歌第七云，“白杨榆树动摇顶上，神女庙边灵泉自涌，如闻私语”，盖仿佛近之。其二云：

月落星沉，良夜已半，光阴自逝，而吾今独卧。

其三云：

满月已升，女伴绕神坛而立，或作雅舞，践弱草之芳华。

其四云：

甘棠色赪于枝头，为采者所忘，——非敢忘也，但不能及耳。

甘棠（Glukumalon）者以频果接种于柚树而成，用之作昵称。谛阿克利多思诗第九云：“吾欢乎，吾歌汝甘棠也。”其五云：

如山上水仙，为牧人所践，花萎于地。

罗马诗人加都卢思（Catullus）云：“汝毋更念旧欢；已杀吾爱，如野花之压于锄犁矣。”又佛吉刘思（Vergilius）诗状少年之死云：“彼倏萎死，如紫花为犁所割。”殆皆从此出也。或称萨福喜蔷薇，恒加以咏叹，比之美人，如上所①举亦足以②见其一例。萨福又善铸词，如上文之甘棠，又谓莺云春使（Eros angelos），爱云苦甘（Glukupikron），英诗人斯温朋（Swinburne）最喜用之，尝③有句云：“甘中最苦苦中最甘者。”萨福又咏爱云：

爱摇吾心，如山风降于栎树。

尚有二章亦歌爱恋，篇幅较长，为集中冠，兹不克译。译诗之难，中外同然，虽以同系之语且不能合，况希腊与华言之隔，而萨福诗又称不可传译者乎。故余仅能选取一二，疏其大意如右，不强范为

【锺校】

① “所”原作“如”。

② “以”原作“为”。

③ “尝”原作“常”。

韵语，倘人见此以为萨福诗不过尔尔，则皆①述者之过，于萨福之诗固无与耳。

［1915年《禹域日报》/《自己的园地》］

【锺校】

① 此处原衍“是”字，已删。

一九一八年

《爱的成年》

近来读英国凯本德（Edward Carpenter）著的《爱的成年》（*Love's Coming of Age*），关于两性问题，得了许多好教训，好指导。女子解放问题，久经世界识者讨论，认为必要；实行这事，必须以女子经济独立为基础，也是一定的道理。但有一件根本上的难题，能妨害女子经济的独立，把这问题完全推翻：那就是生产。瑞典斯忒林特堡（Strindberg）著《结婚》中有“改革”及“自然的障碍”诸篇，即说此事；但他是厌恶女性的人，不免怀有恶意，笑“改革”之终于失败。凯本德却别有“改革”的方法，第四章论女子的自由，有两句说得最好：

> 我们不可忘记：如无社会上的大改革，女子的解放，也不能完成。如不把我们商贩制度——将人类的力作，人类的爱情，去交易卖买的制度，——完全去掉，别定出一种新理想新习俗时，女子不能得到真的自由。
>
> （五十四页）

他又加上一段小注，意思更为明了：

> 女子的自由，到底须以社会的共产制度为基础；只有那种制度，能在女子为母的时候供给养活她，免得去倚靠男子专制的意思过活。现在女子力求经济独立，原是好景象，也是现时必要的事；可是单靠这一件，解决不了那个问题，因为在为母

的时候，最需帮助；女子在那时，却正不能自己去做活赚钱。

（同上）

英国蔼理斯（Havelock Ellis）著《性的进化》（*Evolution in Sex*），关于这事也有一节说：

> 民种的生殖，是社会的职务（a social function）。所以我们断定说：女子生产，因为尽她社会的职务，不能自己养活，社会应该供养她。女子为社会生一新分子，于将来全群利害，极有关系，全群的人对于她，自应起一种最深的注意；古时孕妇有特权，可以随意进园圃去摘食蔬果，这是一种极健全美丽的本能的表现。
>
> （十五页）

以上所说的话，都十分切要，女子问题的根本解决，就在这中间；此外方法，如画师的“改革”，不能彻底，遇着“自然的障碍”，终要失败。——但在中国，连画师夫妇那样见识的人，怕还不多。

《爱的成年》第一章论性欲，极多精义。他先肯定人生，承认人类的身体和一切本能欲求，无一不美善洁净；他所最恨的，便是那“卖买人类一切物事的商贩主义，与隐藏遮盖的宗教的伪善”（十九页）。他说明：“对于人身那种不洁的思想，如不去掉，难望世间有自由优美的公共生活。”（同上）从前的人，也曾经说过相似的话，斯柏勤女士（Spurgeon）著《英文学上的玄秘主义》中论勃来克（William Blake）的一节里说：

> 人的欲求，如方向正时，以满足为佳。勃来克诗云：“红的肢体，火焰般的头发上，禁戒（Abstinence）播满了沙；但满足的欲求，种起生命与美的果实。”（案此系格言诗第十，原题《柔雪》的第二章。）世上唯有极端纯洁，或是极端放纵的心，才能宣布出这样危险的宗旨来。在勃来克的教义上，正如

斯温朋（Swinburne）所说："世间唯一不洁的物，便只是那相信不洁的念。"

（百七三页）

蔼理斯又著有《新精神》（*The New Spirit*）一书，其中评论美国诗人惠德曼（Walter Whitman），称述他对于肉体及爱的意见，随后说：

宗教政治上，我们经过了大争斗，才算得到了无价的自由与诚实。但在性的地界内，正同我们道德的和社会的生活上一样，还不能得这幸福；现在还有那种野蛮的传说，经中世教会竭力宣传，流传在世间：把女子当作性的象征，说物事经他接触，就要污秽，布列纽思（Plinius）说，"世上无物比月经更丑"，到现在这句话还有势力。为什么不放科学的光到这地方，使我们也得自由与信实呢？因我们对于这一部分的意见如此，就使我们对于人生全体的态度上，也很发生影响。

（百二六至七页）

勃来克承认"力（Energy）是唯一的生命，从肉体出；理（Reason）便是力的外界。力是永久的悦乐"。惠德曼能"把下腹部与头部胸部同一看待"。凯本德的意见，就同他们相似，却更说得明白，又注重实际的一面。他的希望，是在将来社会上，成立一种新理想新生活，能够以自由与诚实为本，改良两性的关系。第八章论自由社会，就是议论这件事。

《爱的成年》系一八九六年出版，在本国销行甚广。别国也多已译出。

［1918年10月《新青年》/《谈龙集》］

人的文学

我们现在应该提倡的新文学，简单的说一句，是“人的文学”。应该排斥的，便是反对的非人的文学。

新旧这名称，本来很不妥当，其实“太阳底下何尝有新的东西”？思想道理，只有是非，并无新旧。要说是新，也单是新发见的新，不是新发明的新。“新大陆”是在十五世纪中，被哥仑布发见，但这地面是古来早已存在。电是在十八世纪中，被弗兰克林发见，但这物事也是古来早已存在。无非以前的人，不能知道，遇见哥仑布与弗兰克林才把他看出罢了。真理的发见，也是如此。真理永远存在，并无时间的限制，只因我们自己愚昧，闻道太迟，离发见的时候尚近，所以称他新。其实他原是极古的东西，正如新大陆同电一般，早在这宇宙之内，倘若将他当作新鲜果子，时式衣裳一样看待，那便大错了。譬如现在说“人的文学”，这一句话，岂不也像时髦。却不知世上生了人，便同时生了人道。无奈世人无知，偏不肯体人类的意志，走这正路，却迷入兽道鬼道里去，旁皇了多年，才得出来。正如人在白昼时候，闭着眼乱闯，末后睁开眼睛，才晓得世上有这样好阳光；其实太阳照临，早已如此，已有了许多年代了。

欧洲关于这“人”的真理的发见，第一次是在十五世纪，于是出了宗教改革与文艺复兴两个结果。第二次成了法国大革命，第三次大约便是欧战以后将来的未知事件了。女人与小儿的发见，却迟至十九世纪，才有萌芽。古来女人的位置，不过是男子的器具与奴隶。中古时代，教会里还曾讨论女子有无灵魂，算不算得一个人呢。小儿也只是父母的所有品，又不认他是一个未长成的人，却当他作具体而微的成人，因此又不知演了多少家庭的与教育的悲剧。自从弗罗培尔（Froebel）与戈特文（Godwin）夫人以后，才有光明出现。到了现在，造成儿童学与女子问题这两个大研究，可望长出极好的结果来。中国讲到这类问题，却须从头做起，人的问题，从来未经解决，女人小儿更不必说了。如今第一步先从人说起，生了四千馀年，现在却还讲人的意义，从新要发见“人”，去“辟人荒”，也是可笑的事。但老了再学，总比不学该胜一筹罢。我们希望从文学上起首，提倡一点人道主义思想，便是这个意思。

我们要说人的文学，须得先将这个人字，略加说明。我们所说的人，不是世间所谓“天地之性最贵”，或“圆颅方趾”的人。乃是说，“从动物进化的人类”。其中有两个要点，（一）“从动物”进化的，（二）从动物“进化”的。

我们承认人是一种生物。他的生活现象，与别的动物并无不同。所以我们相信人的一切生活本能，都是美的善的，应得完全满足。凡有违反人性不自然的习惯制度，都应该排斥改正。

但我们又承认人是一种从动物进化的生物。他的内面生活，比别的动物更为复杂高深，而且逐渐向上，有能够改造生活的力量。所以我们相信人类以动物的生活为生存的基础，而其内面生活，却渐与动物相远，终能达到高尚和平的境地。凡兽性的馀留，与古代礼法可以阻碍人性向上的发展者，也都应该排斥改正。

这两个要点，换一句话说，便是人的灵肉二重的生活。古人的思想，以为人性有灵肉二元，同时并存，永相冲突。肉的一面，是兽性的遗传；灵的一面，是神性的发端。人生的目的，便偏重在发展这神性；其手段，便在灭了体质以救灵魂。所以古来宗教，大都厉行禁欲主义，有种种苦行，抵制人类的本能。

一方面却别有不顾灵魂的快乐派，只愿“死便埋我”。其实两者都是趋于极端，不能说是人的正当生活。到了近世，才有人看出这灵肉本是一物的两面，并非对抗的二元。兽性与神性，合起来便只是人性。英国十八世纪诗人勃莱克（Blake）在《天国与地狱的结婚》一篇中，说得最好：

（一）人并无与灵魂分离的身体。因这所谓身体者，原止是五官所能见的一部分的灵魂。

（二）力是唯一的生命，是从身体发生的。理就是力的外面的界。

（三）力是永久的悦乐。

他这话虽然略含神秘的气味，但很能说出灵肉一致的要义。

我们所信的人类正当生活，便是这灵肉一致的生活。所谓从动物进化的人，也便是指这灵肉一致的人，无非用别一说法罢了。

这样“人”的理想生活，应该怎样呢？首先便是改良人类的关系。彼此都是人类，却又各是人类的一个。所以须营一种利己而又利他，利他即是利己的生活。第一，关于物质的生活，应该各尽人力所及，取人事所需。换一句话，便是各人以心力的劳作，换得适当的衣食住与医药，能保持健康的生存。第二，关于道德的生活，应该以爱智信勇四事为基本道德，革除一切人道以下或人力以上的因袭的礼法，使人人能享自由真实的幸福生活。这种“人的”理想生活，实行起来，实于世上的人无一不利。富贵的人虽然觉得不免失了他的所谓尊严，但他们因此得从非人的生活里救出，成为完全的人，岂不是绝大的幸福么？这真可说是二十世纪的新福音了。只可惜知道的人还少，不能立地实行。所以我们要在文学上略略提倡，也稍尽我们爱人类的意思。

但现在还须说明，我所说的人道主义，并非世间所谓“悲天悯人”或“博施济众”的慈善主义，乃是一种个人主义的人间本位主义。这理由是，第一，人在人类中，正如森林中的一株树木。森林盛了，各树也都茂盛。但要森林盛，却仍非靠各树各自茂盛不可。第二，个人爱人类，就只为人类中有了我，与我相关的缘故。墨子说，“爱人不外己，己在所爱之中”，便是最透彻的话。上文所谓利己而又利他，利他即是利己，正是这个意思。所以我说的人道主义，是从个人做起。要讲人道，爱人类，便须先使自己有人的资格，占得人的位置。耶稣说：“爱邻如己。”如不先知自爱，怎能“如己”的爱别人呢？至于无我的爱，纯粹的利他，我以为是不可能的。人为了所爱的人，或所信的主义，能够有献身的行为。若是割肉饲鹰，投身给饿虎吃，那是超人间的道德，不是人所能为的了。

用这人道主义为本，对于人生诸问题，加以记录研究的文字，便谓之人的文学。其中又可以分作两项：（一）是正面的，写这理想生活，或人间上达的可能性；（二）是侧面的，写人的平常生活，或非人的生活，都很可以供研究之用。这类著作，分量最多，也最重要。因为我们可以因此明白人生实在的情状，与理想生活比较出差异与改善的方法。这一类中写非人的生活的文学，世间每每误会，与非人的文学相溷，其实却大有分别。譬如法国莫泊三（Maupassant）的小说《一生》（*Une Vie*），是写人间兽欲的人的文学；中国的《肉蒲团》却是非人的文学。俄国库普林（Kuprin）的小说《坑》（*Jama*），是写娼妓生活的人的文学；中国的《九尾龟》却是非人的文学。这区别就只在著作的态度不同：一个严肃；一个游戏。一个希望人的生活，所以对于非人的生活，怀着悲哀或愤怒；一个安于非人的生活，所以对于非人的生活，感着满足，又多带些玩弄与挑拨的形迹。简明说一句，人的文学与非人的文学的区别，便在著作的态度，是以人的生活为是呢，非人的生活为是呢这一点上。材料方法，别无关系。即如提倡女人殉葬——即殉节——的文章，表面上岂不说是“维持风教”；但强迫人自杀，正是非人的道德，所以也是非人的文学。中国文学中，人的文学本来极少。从儒教道教出来的文章，几乎都不合格。现在我们单从纯文学上举例如：

（一）色情狂的淫书类

（二）迷信的鬼神书类（《封神传》《西游记》等）

（三）神仙书类（《绿野仙踪》等）

（四）妖怪书类（《聊斋志异》《子不语》等）

（五）奴隶书类（甲种主题是皇帝状元宰相，乙种主题是神圣的父与夫）

（六）强盗书类（《水浒》《七侠五义》《施公案》等）

（七）才子佳人书类（《三笑姻缘》等）

（八）下等谐谑书类（《笑林广记》等）

（九）黑幕类

（十）以上各种思想和合结晶的旧戏

这几类全是妨碍人性的生长，破坏人类的平和的东西，统应该排斥。这宗著作，在民族心理研究上，原都极有价值。在文艺批评上，也有几种可以容许。但在主义上，一切都该排斥。倘若懂得道理，识力已定的人，自然不妨去看。如能研究批评，便于世间更为有益，我们也极欢迎。

人的文学，当以人的道德为本，这道德问题方面很广，一时不能细说。现在只就文学关系上，略举几项。譬如两性的爱，我们对于这事，有两个主张：（一）是男女两本位的平等，（二）是恋爱的结婚。世间著作，有发挥这意思的，便是绝好的人的文学。如诺威伊孛生①（Ibsen）的戏剧《娜拉》（*Et Dukkehjem*）、《海女》（*Fruen fra Havet*），俄国托尔斯泰（Tolstoj）的小说 *Anna Karenina*，英国哈兑（Hardy）的小说《台斯》（*Tess*）等就是。恋爱起原，据芬阑学者威思德马克（Westermarck）说，由于“人的对于与我快乐者的爱好”。却又如奥国

【锺校】

① “生”原作“然”，下同。

卢闿（Lucke）说，因多年心的进化，渐变了高上的感情。所以真实的爱与两性的生活，也须有灵肉二重的一致。但因为现世社会境势所迫，以致偏于一面的，不免极多。这便须根据人道主义的思想，加以记录研究。却又不可将这样生活，当作幸福或神圣，赞美提倡。中国的色情狂的淫书，不必说了。旧基督教的禁欲主义的思想，我也不能承认他为是。又如俄国陀思妥也夫斯奇（Dostojevskij）是伟大的人道主义的作家。但他在一部小说中，说一男人爱一女子，后来女子爱了别人，他却竭力斡旋，使他们能够配合。陀思妥也夫斯奇自己，虽然言行竟是一致，但我们总不能承认这种种行为，是在人情以内，人力以内，所以不愿提倡。又如印度诗人泰戈尔（Tagore）做的小说，时时颂扬东方思想。有一篇记一寡妇的生活，描写他的“心的撒提（Suttee）”（撒提是印度古语，指寡妇与他丈夫的尸体一同焚化的习俗），又一篇说一男人弃了他的妻子，在英国别娶，他的妻子，还典卖了金珠宝玉，永远的接济他。

一个人如有身心的自由，以自由别择，与人结了爱，遇着生死的别离，发生自己牺牲的行为，这原是可以称道的事。但须全然出于自由意志，与被专制的因袭礼法逼成的动作，不能并为一谈。

印度人身的撒提，世间都知道是一种非人道的习俗，近来已被英国禁止。至于人心的撒提，便只是一种变相。一是死刑，一是终身监禁。照中国说，一是殉节，一是守节，原来“撒提”这字，据说在梵文，便正是节妇的意思。印度女子被“撒提”了几千年，便养成了这一种畸形的贞顺之德。讲东方化的，以为是国粹，其实只是不自然的制度习惯的恶果。譬如中国人磕头惯了，见了人便无端的要请安拱手作揖，大有非跪不可之意，这能说是他的谦和美德么？我们见了这种畸形的所谓道德，正如见了塞在坛子里养大的、身子像萝卜形状的人，只感着恐怖嫌恶悲哀愤怒种种感情，决不该将他提倡，拿他赏赞。

其次如亲子的爱。古人说，父母子女的爱情，是“本于天性”，这话说得最好。因他本来是天性的爱，所以用不着那些人为的束缚，妨害他的生长。假如有人说，父母生子，全由私欲，世间或要说他不道。今将他改作由于天性，便极适当。照生物现象看来，父母生子，正是自然的意志。有了性的生活，自然有生命的延续，与哺乳的努力，这是动物无不如此。到了人类，对于恋爱的融合，自我的延长，更有意识，所以亲子的关系，尤为深厚。近时识者所说儿童的权利，与父母的义务，便即据这天然的道理推演而出，并非时新的东西。至于世间无知的父母，将子女当作所有品，牛马一般养育，以为养大以后，可以随便吃他骑他，那便是退化的谬误思想。英国教育家戈思德（Gorst）称他们为“猿类之不肖子”，正不为过。日本津田左右吉著《文学上国民思想的研究》卷一说：“不以亲子的爱情为本的孝行观念，又与祖先为子孙而生存的生物学的普遍事实，人为将来而努力的人间社会的实际状态，俱相违反，却认作子孙为祖先而生存，如此道德中，显然含有不自然的分子。”祖先为子孙而生存，所以父母理应爱重子女，子女也就应该爱敬父母。这是自然的事实，也便是天性。文学上说这亲子的爱的，希腊诃美罗斯（Homeros）史诗《伊理亚斯》（*Ilias*）与欧里毕兑斯（Euripides）悲剧《德罗夜兑斯》（*Troiades*）中，说赫克多尔（Hektor）夫妇与儿子的死别两节，在古文学中，最为美妙。近来诺威伊孛生的《群鬼》（*Gengangere*），德国士兑曼（Sudermann）的戏剧《故乡》（*Heimat*），俄国都介涅夫（Turgenjev）的小说《父子》（*Ottsy i djeti*）等，都很可以供我们的研究。至于郭巨埋儿、丁兰刻木那一类残忍迷信的行为，当然不应再行赞扬提倡。割股一事，尚是魔术与食人风俗的遗留，自然算不得道德，不必再叫他溷入文学里，更不消说了。

照上文所说，我们应该提倡与排斥的文学，大致可以明白了。但关于古今中外这一件事上，还须追加一句说明，才可免了误会。我们对于主义相反的文学，并非如胡致堂或乾隆做史论，单依自己的成见，将古今人物排头骂倒。我们立论，应抱定“时代”这一个观念，又将批评与主张，分作两事。批评古人的著作，便认定他们的时代，给他一个正直的评价，相应的位置。至于宣传我们的主张，也认定我们的时代，不能与相反的意见通融让步，唯有排斥的一条方法。譬如原始时代，本来只有原始思想，行魔术食人肉，原是分所当然。所以关于这宗风俗的歌谣故事，我们还要拿来研究，增点见识。但如近代社会中，竟还有想实行魔术食人的人，那便只得将他捉住，送进精神病院去了。其次，对于中外这个问题，我们也只须抱定时代这一个观念，不必再划出什么别的界限。地理上历史上，原有种种不同，但世界交通便了，空气流通也快了，人类可望逐渐接近，同一时代的人，便可相并存在。单位是个我，总数是个人。不必自以为与众不同，道德第一，划出许多畛域。因为人总与人类相关，彼此一样，所以张三李四受苦，与彼得约翰受苦，要说与我无关，便一样无关；说与我相关，也一样相关。仔细说，便只为我与张三李四或彼得约翰虽姓名不同，籍贯不同，但同是人类之一，同具感觉性情。他以为苦的，在我也必以为苦。这苦会降在他身上，也未必不能降在我的身上。因为人类的运命是同一的，所以我要顾虑我的运命，便同时须顾虑人类共同的运命。所以我们只能说时代，不能分中外。

我们偶有创作，自然偏于见闻较确的中国一方面，其余大多数都还须绍介译述外国的著作，扩大读者的精神，眼里看见了世界的人类，养成人的道德，实现人的生活。

一九一八年十二月七日。

［1918 年 10 月《新青年》/《艺术与生活》］

一九一九年

中国小说里的男女问题

问题小说，是近代平民文学的出产物。这种著作，照名目所表示，就是论及人生诸问题的小说。所以形式内容上，必须具备两种条件，才可当得这个名称。一必具小说体裁，二必涉及或一问题。中国从来对于人生问题不大关心，又素以小说为闲书，这种小说，自然难以发生。但也不能说全然没有，不过种类不多，意见不甚高明罢了。

中国人向来以道德第一自命，大抵喜欢作教训小说。那种劝善戒恶的淫书，不必说了。即使真正讲教训的小说，我们也须细心将他分别，使他勿与问题小说相混。凡标榜一种教训，借小说来宣传他，教人遵行的，是教训小说。提出一种问题，借小说来研究他，求人解决的，是问题小说。问题小说有时也说出解决的方法，但与教训小说截然不同。教训小说所宣传的，必是已经成立的过去的道德；问题小说所提倡的，必尚未成立却不可不有的将来的道德。一个是重申旧说，一个是特创新例，大不相同。譬如《红楼梦》写家庭里种种关系，我们很可研究，至于《儿女英雄传》所写安老爷一家，多是世俗的所谓全德全能，入迷的人除极口颂扬，亲身则效外，别无可为，还有什么问题呢？

但《红楼梦》也不是正式的问题小说，他对于男女道德不曾提出什么问题，也未尝特创一种新例。只有那金玉姻缘，以悲剧终，含有一种意义，无形中成了问题，引起后人许多狗尾续貂的圆梦续梦。所以我承认他是所谓中国问题小说的代表，有研究的价值。本来闲书全以娱乐为目的，讲不着什么人生大题目，但是无论何种小说，总少不了异性做陪衬，自然发生问题。

这问题的如何解决，便只看著者的思想如何。那种抱非人思想的文豪，往往将这问题办一个团圆大喜，造成一部八美或十美缘，以后更无话可说。此外一种办法是悲剧的散场，留下那个问题，任我们去解决，《红楼梦》就是这种办法。

男女问题范围很大，现在我们说《红楼梦》，且限定不自由的结婚这一事说。其中又可分为未婚的与已婚的两种。相爱的两个人，因了家庭或社会上的障碍，不能配合，这原是一个大悲剧，在东方尤为常见。但要想解决，却还算不甚困难。因为这问题，是个人与家庭或社会抗争。照理说来，结婚这事，只是当事者两人的事情，第三者没有干涉的权利，所以抗争的曲直，十分明显。在个人方面应该竭力抵抗，在家庭或社会方面，应该竭力退让，在人类的道德上，这正是“天经地义”，更不必多费说话了。在西洋各国几乎早已没有这问题，所以也少见这样著作。但在中国，现在的家庭社会，还是顽固胡涂的多，不免仍有悲剧，也便仍有这种问题小说存在的必要。不过这问题乃是对家庭社会而言，只是指示他们反对天经地义的结果的悲剧，教他们自己反省；至于在当事者一面已经不成问题，不必研究了。《红楼梦》虽是一部古书，在现在社会上，却仍有意义。

因为书中的问题，现在依然存留，可以借鉴不少。作《红楼梦》的人不将黛玉一并配给宝玉，却任他死了，任宝玉去做和尚，这是他的见识，推他做中国问题小说的代表也正为这缘故。

倘将来文化稍高，大家更懂得道理，晓得结婚只是两个人的事情，再没有第三者无理取闹，那时这问题便完全勾消。《红楼梦》在文学上虽仍是一部好小说，他的社会的意义可是同时撤去了。

关于已婚者的问题，解决却更困难，因为这是个人与个人的关系，曲直最为难分。欧洲小说论这问题的很多，现在且举出几种，做一个例。这问题俗称“非神圣的三位一体”，是指一夫一妇又一个男子的关系，如基督教的神灵子三位一体一般。一八四七年俄国海尔然作《谁的罪》一书，说克路什弗斯奇的妻留波加爱了贝尔多夫，但二人都很守礼节，贝尔多夫看得不能再留，怏怏的出发，漂流去了。留波加郁郁的不久死了，克路什弗斯奇很是悲伤，只是喝酒，成了一个废人了。这是谁的罪呢？一时可不容易对答。十六年后，契尼绥夫斯奇作了一部《怎么好》，解决这问题。医学生罗普柯夫爱一个叫微拉的女子，娶了过来。其后微拉爱了基沙诺夫，罗普柯夫便假作自杀，逃往美洲，让他①们可以结婚。过了几年，回到本国，仍同他们往来，同亲友一样。这样解决法，从前法国女小说家乔治珊特也曾说过，表面上似乎不近人情，其实极有道理。因为爱的心理，对于所爱，必有专有的利己思想，一面却也有献身的别一种利他②思想，所以爱的极致，便可以有自己牺牲的一境地。但这是那一方面的办法，还有这一方面，须得怎样才好呢？照理说来，也只有力求自由这一法，否则就只好同贝尔多夫与留波加一样的散场。一八七三年托尔斯多作《安娜加来尼那》，就是中国译的《婀娜小传》，也是论这问题的小说。安娜嫁了加来尼，本是无爱情的结婚，后来遇见扶朗斯奇，互相爱恋，便同他逃去。加来尼也饶恕了他们，可是听了一种迷信的话，不肯正式的③离婚。安娜受了社会的排挤，又因家里的不安，终于投在火车下死了。中国道学家见了，必定说是不贞之

【锺校】

① 原无“他”字，今增。

② “他”原作“己”。

③ “正式的”原作“的正式”。

报，其实著者的原意，对于安娜的行为并不责难。安娜的死，乃因信了社会的话的缘故，这是他的错处。社会的错处却更大了，因为他们没有责难他的权利。托尔斯多在卷头引《达罗马人书》云，“伸冤在我，我必报应。”这并非说“天网恢恢，疏而不漏”，乃是说，人不应该判断别人罪恶，只应互相饶恕，正是他责社会的话。

关于这一问题，中国小说怎么说呢？据我所晓得的，却不曾有什么话说过。中国小说喜谈人家闺阃，多是报私怨讲坏话两种动机，此外别无意思了。近时流行的《玉梨魂》，虽文章很是肉麻，为鸳鸯胡蝶派小说的祖师，所记的事却可算是一个问题。但这仍是上面所说第一问题的变相，并不是非神圣的三位一体，解决本极容易。他们的结果，却弄到同《谁的罪》一样，可见中国社会的罪大恶极了。如有多数女子仰慕一个男子，本是一件难处理的问题，中国却可以一把抓来，全配给那一个人，成一段佳话。倘如“有寡妇见鳏①夫而欲嫁之”，那便断乎不可，这种道德真可谓绝无仅有的了。中国有许多人对于这类事实有一种神妙的态度，他悼惜《玉梨魂》中的不幸的人，却又不以造成这不幸的现存社会为非。发乎情，止乎礼义，终于死了，很足为他们社会的光荣，供他们咏叹的材料，这叫作非人情的痛苦的玩赏。做苦情哀情小说的人，每每有这种态度，不知《玉梨魂》著者原意如何？现在原书不在面前，无从晓得了。

［1919年2月《每周评论》/集外文］

【锺校】

① “鳏”原作“鳏”。

祖先崇拜

远东各国都有祖先崇拜这一种风俗。现今野蛮民族多是如此，在欧洲古代也已有过。中国到了现在，还保存这部落时代的蛮风，实是奇怪。据我想，这事既于道理上不合，又于事实上有害，应该废去才是。

第一，祖先崇拜的原始的理由，当然是本于精灵信仰。原人思想，以为万物都有灵的，形体不过是暂时的住所。所以人死之后仍旧有鬼，存留于世上，饮食起居还同生前一样。这些资料须由子孙供给，否则便要触怒死鬼，发生灾祸，这是祖先崇拜的起源。现在科学昌明，早知道世上无鬼，这骗人的祭献礼拜当然可以不做了。这宗风俗，令人废时光，费钱财，很是有损，而且因为接香烟吃羹饭的迷信，许多男人往往借口于“不孝有三无后为大”的谬说，买妾蓄婢，败坏人伦，实在是不合人道的坏事。

第二，祖先崇拜的稍为高上的理由，是说“报本返始”，他们说：“你试思身从何来？父母生了你，乃是昊天罔极之恩，你哪可不报答他？”我想这理由不甚充足。父母生了儿子，在儿子并没有什么恩，在父母反是一笔债。我不信世上有一部经典，可以千百年来当人类的教训的，只有纪载生物的生活现象的 Biologie（生物学）才可供我们参考，定人类行为的标准。在自然律上面，的确是祖先为子孙而生存，并非子孙为祖先而生存的。所以父母生了子女，便是他们（父母）的义务开始的日子，直到子女成人才止。世俗一般称孝顺的儿子是还债的，但据我想，儿子无一不是讨债的，父母倒是还债——生他的债——的人。待到债务清了，本来已是“两讫”；但究竟是一体的关系，有天性之爱，互相联系住，所以发生一种终身的亲善的情谊。至于恩这一个字，实是无从说起，倘说真是体会自然的规律，要报生我者的恩，那便应该更加努力做人，使自己比父母更好，切实履行自己的义务，——对于子女的债务——使子女比自己更好，才是正当办法。倘若一味崇拜祖先，想望做古人，自羲皇上溯盘古时代以至类人猿时代，这样的做人法，在自然律上，明明是倒行逆施，决不可许的了。

我最厌听许多人说，“我国开化最早”，“我祖先文明什么样”。开化的早，或古时有过一点文明，原是好的。但何必那样崇拜，仿佛人的一生事业，除恭维我祖先之外，别无一事似的。

譬如我们走路，目的是在前进。过去的这几步，原是我们前进的始基，但总不必站住了，回过头去，指点着说好，反误了前进的正事。因为再走几步，还有更好的正在前头呢！有了古时的文化，才有现在的文化；有了祖先，才有我们。但倘如古时文化永远不变，祖先永远存在，那便不能有现在的文化和我们了。所以我们所感谢的，正因为古时文化来了又去，祖先生了又死，能够留下现在的文化和我们——现在的文化，将来也是来了又去，我们也是生了又死，能够留下比现时更好的文化和比我们更好的人。

我们切不可崇拜祖先，也切不可望子孙崇拜我们。

尼采说：“你们不要爱祖先的国，应该爱你们子孙的国。……你们应该将你们的子孙，来补救你们自己为祖先的子孙的不幸。你们应该这样救济一切的过去。”所以我们不可不废去祖先崇拜，改为自己崇拜——子孙崇拜。

［1919 年 2 月《每周评论》/《谈虎集》］

思想革命

近年来文学革命的运动渐见功效，除了几个讲“纲常名教”的经学家，同做“鸳鸯瓦冷”的诗馀家以外，颇有人认为正当，在杂志及报章上面，常常看见用白话做的文章，白话在社会上的势力，日见盛大，这是很可乐观的事。

但我想文学这事物本合文字与思想两者而成，表现思想的文字不良，固然足以阻碍文学的发达，若思想本质不良，徒有文字，也有什么用处呢？

我们反对古文，大半原为他晦涩难解，养成国民笼统的心思，使得表现力与理解力都不发达，但别一方面，实又因为他内中的思想荒谬，于人有害的缘故。这宗儒道合成的不自然的思想，寄寓在古文中间，几千年来，根深蒂固，没有经过廓清，所以这荒谬的思想与晦涩的古文，几乎已融合为一，不能分离。

我们随手翻开古文一看，大抵总有一种荒谬思想出现。便是现代的人做一篇古文，既然免不了用几个古典熟语，那种荒谬思想已经渗进了文字里面去了，自然也随处出现。譬如署年月，因为民国的名称不古，写作“春王正月”固然有宗社党气味，写作“己未孟春”，又像遗老。如今废去古文，将这表现荒谬思想的专用器具撤去，也是一种有效的办法。但他们心里的思想，恐怕终于不能一时变过，将来老瘾发时，仍旧胡说乱道的写了出来，不过从前是用古文，此刻用了白话罢了。话虽容易懂了，思想却仍然荒谬，仍然有害。好比“君师主义”的人，穿上洋服，挂上维新的招牌，难道就能说实行民主政治？这单变文字不变思想的改革，也怎能算是文学革命的完全胜利呢？

中国怀着荒谬思想的人，虽然平时发表他的荒谬思想，必用所谓古文，不用白话，但他们嘴里原是无一不说白话的。所以如白话通行，而荒谬思想不去，仍然未可乐观，因为他们用从前做过《圣谕广训直解》的办法，也可以用了支离的白话来讲古怪的纲常名教。他们还讲三纲，却叫做“三条索子”，说“老子是儿子的索子，丈夫是妻子的索子”，又或仍讲复辟，却叫做“皇帝回任”。我们岂能因他们所说是白话，比那四六调或桐城派的古文更加看重呢？譬如有一篇提倡“皇帝回任”的白话文，和一篇“非复辟”的古文并放在一处，我们说哪边好呢？

我见中国许多淫书都用白话，因此想到白话前途的危险。中国人如不真是“洗心革面”的改悔，将旧有的荒谬思想弃去，无论用古文或白话文，都说不出好东西来。就是改学了德文或世界语，也未尝不可以拿来做“黑幕”，讲忠孝节烈，发表他们的荒谬思想。倘若换汤不换药，单将白话换出古文，那便如上海书店的译《白话论语》，还不如不做的好。因为从前的荒谬思想，尚是寄寓在晦涩的古文中间，看了中毒的人，还是少数，若变成白话，便通行更广，流毒无穷了。

所以我说，文学革命上，文字改革是第一步，思想改革是第二步，却比第一步更为重要。我们不可对于文字一方面过于乐观了，闲却了这一方面的重大问题。

［1919 年 3 月《每周评论》/《谈虎集》］

前门遇马队记

中华民国八年六月五日下午三时后，我从北池子往南走，想出前门买点什物。走到宗人府夹道，看见行人非常的多，我就觉得有点古怪。到了警察厅前面，两旁的步道都挤满了，马路中间立站许多军警。再往前看，见有几队穿长衫的少年，每队里有一张国旗，站在街心，周围也都是军警。我还想上前，就被几个兵拦住。人家提起兵来，便觉很害怕。但我想兵和我同是一样的中国人，有什么可怕呢？那几位兵士果然很和气，说请你不要再上前去。我对他说："那班人都是我们中国的公民，又没有拿着武器，我走过去有什么危险呢？"他说："你别要见怪，我们也是没法，请你略候一候，就可以过去了。"

我听了也便安心站着，却不料忽听得一声怪叫，说道什么"往北走！"后面就是一阵铁蹄声，我仿佛见我的右肩旁边，撞到了一个黄的马头。那时大家发了慌，一齐向北直奔，后面还听得一阵马蹄声和怪叫。等到觉得危险已过，立定看时，已经在"履中"两个字的牌楼底下了。我定一定神，再计算出前门的方法，不知如何是好，须得向哪里走才免得被马队冲散。于是便去请教那站岗的警察，他很和善的指导我，教我从天安门往南走，穿过中华门，可以安全出去。我谢了他，便照他指导的走去，果然毫无危险。

我在甬道上走着，一面想着，照我今天遇到的情形，那兵警都待我很好，确是本国人的样子，只有那一队马煞是可怕。那马是无知的畜生，他自然直冲过来，不知道什么是共和，什么是法律。但我仿佛记得那马上似乎也骑着人，当然是个兵士或警察了。那些人虽然骑在马上，也应该还有自己的思想和主意，何至任凭马匹来践踏我们自己的人呢？

我当时理应不要逃走，该去和马上的“人”说话，谅他也一定很和善，懂得道理，能够保护我们。我很懊悔没有这样做，被马吓慌了，只顾逃命，把我衣袋里的十几个铜元都掉了。想到这里，不觉已经到了天安门外第三十九个帐篷的面前，要再回过去和他们说，也来不及了。

晚上坐在家里，回想下午的事，似乎又气又喜。气的是自己没用，不和骑马的人说话；喜的是侥幸没有被马踏坏，也是一件幸事。于是提起笔来，写这一篇，做个纪念。从前中国文人遇到一番危险，事后往往做一篇“思痛记”或“虎口馀生记”之类。我这一回虽然算不得什么了不得的大事，但在我却是初次。

我从前在外国走路，也不曾受过兵警的呵叱驱逐，至于性命交关的追赶，更是没有遇着。如今在本国的首都，却吃了这一大惊吓，真是“出人意表之外”，所以不免大惊小怪，写了这许多话。

可是我决不悔此一行，因为这一回所得的教训与觉悟比所受的侮辱更大。

［1919 年 6 月《每周评论》25 期/《谈虎集》］

访日本新村记

今年四月中，我因自己的事，渡到日本，当初本想顺路一看日向（Huga）的新村（Atarashiki Mura），但匆促之间竟不曾去。在东京只住了十几天，便回北京，连极便当的上野（Ueno）尚且没有到，不必说费事的远处了。七月中又作第二次的“东游”，才挪出半个月工夫，在新村本部住了四日，又访了几处支部，不但实见一切情形，并且略得体验正当的人的生活幸福，实是我平生极大的喜悦，所以写这一篇，当作纪念。

七月二日从北京趁早车出发，下午到塘沽，趁邮船会社的小汽船，上了大汽船，于六时出帆。四日大雾，在朝鲜海面停了一天，因此六日早上才到门司（Moji），便乘火车往吉松（Yoshimatsu）。当日从基隆来的汽船也正到港，所以火车非常杂沓，行李房的门口，有几个肥大波罗蜜，在众人脚下乱滚，也不知谁掉的，这一个印象，已很可见当日情形了。从门司到吉松，约二百英里，大半是山林，风景非常美妙。八代（Yatsuhiro）至人吉（Hitoyoshi）这三十英里间，真是“千峰竞秀，万壑争流”；白石（Shiraishi）与一胜地（Isshochi）两处，尤其佳胜。火车沿着溪流，团团回转，左右两边车窗，交互受着日光，又不知经过若干隧道，令人将窗户开闭不迭。下望谷间，茅①舍点点，几个半裸体的小儿，看火车过去，指手画脚的乱叫。明知道生活的实际上，一定十分辛苦，但对此景色，总不免引起一种因袭的感情的诗思，仿佛离开尘俗

【锺校】

① “茅”原作“芽”。

了，据实说在别一义上，他们的生活，或真比我们更真实更幸福，也未可知。

但这话又与卢梭所说的自然生活，略有不同；我所羡慕的便在良心的平安，这是我们营非生产的生活的人所不能得的。过人吉十二英里到矢岳（Yadake），据地图指示，是海拔四千尺。再走十英里，便到吉松，已是七时半，暂寓驿前的田中旅馆。这旅馆虽然简陋，却还舒服，到屋后洗过浴，去了发上粒粒的煤烟，顿觉通身轻快，将连日行旅的困倦也都忘了。

吉松是鹿儿岛（Kagoshima）县下的一个小站，在重山之中，极其僻静；因为鹿儿岛线与宫崎（Miyazaki）线两路在此换车，所以上下的人，也颇不少。但市面很小。我想买一件现成浴衣，问过几家，都说没有，而且也没有专门布店，只在稍大的杂货店头放着几匹布类罢了。鹿儿岛方言原极难懂，在火车或旅馆里，虽然通用东京语，本地人却仍用方言；向商店买物，须用心问过一两遍，才能明白他说有或没有，或多少钱。杂货店的女人见顾客用东京话，却不很懂她的语言，便如乡下人遇见城里人一般，颇有忸怩之色。其实只要有一种国语通用，以便交通，此外方言也各有特具的美，尽可听他自由发展，形式的统一主义，已成过去的迷梦，现在更无议论的价值了。将来因时势的需要，可以在国语上更加一种人类通用的世界语，此外种种国语方言，都任其自然，才是正当办法；而且不仅言语如此，许多事情也应该如此的。

七日早晨忽晴忽雨，颇不能决定行止，但昨日在博多（Hakata）驿已经发电通知新村，约了日期，所以很难耽搁，便于九时半离吉松，下午二时到福岛町（Fukushimamachi），计七十八英里。从此地买票乘公共马车往高锅（Takanabe），计程日本三里余，合中国约二十里，足足走了两时间。到此已是日向国，属宫崎县，在九州东南部，一面临海，一面是山林，马车在这中间，沿着县道前进。我到这未知的土地，却如曾经认识一般，发生一种愉悦的感情。因为我们都是“地之子”，所以无论何处，只要是平和美丽的土地，便都有些认识。到了高锅，天又下雨了，我站在马车行门口的棚下，正想换车往高城（Takajo），忽见一个劳动服装的人近前问道：“你可是北京来的周君么?”我答道：“是。”他便说：“我是新村的兄弟们差来接你的。”旁边一个敝衣少年，也前来握手说：“我是横井。”这就是横井国三郎（K. Yokoi）君，那一个是斋藤德三郎（T. Saito）君。我自从进了日向已经很兴奋，此时更觉感动欣喜，不知怎么说才好，似乎平日梦想的世界，已经到来，这两人便是首先来通告的。现在虽然仍在旧世界居住，但即此部分的奇迹，已能够使我信念更加坚固，相信将来必有全体成功的一日。我们常感着同胞之爱，却多未感到同类之爱；这同类之爱的理论，在我虽也常常想到，至于经验，却是初次。新村的空气中，便只充满这爱，所以令人融醉，几于忘返，这真可谓不奇的奇迹了。

斋藤横井两君同我在高锅雇了一辆马车，向高城出发，将横井君所乘的脚踏车，缚在马车右边。原来在博多发出的至急电报，经过二十四时间才到村里，大家急忙出来；横井君先乘脚踏车到福岛町驿时，火车早到，马车也出发了，于是重回高锅，恰好遇着。我们的车去高锅不远，又见武者小路实笃（S. Mushakoji）先生同松本长十郎（C. Matsumoto）、福永友治（T. Fukunaga）两君来接，便同坐了马车，直到高城，计程二里馀（约中国十二三里），先在深水旅馆暂息。这旅馆主人深水桑一（K. Fukamidzu）是一个五十多岁的老人，本业薪炭，兼营旅宿；当时新村的人在日向寻求土地，曾在此耽搁月馀，他听这计画，很表同情，所以对于新村往来的人，都怀厚意，极肯招待。我们闲谈一会，吃过饭，横井君到屋后的大溪里去捕鱼，一总捕到十尾鳅鱼，一匹虾，非常高兴，便将木条编成的凉帽除下，当作鱼笼，用绳扎了口。六时半一齐出发，各拿灯笼一盏，因为高城至新村所在的石河内（Ishikauchi）

村，计程三里（中国十八里强），须盘过一座岭，平常总费三时间，到村时不免暗了。雨后的山路，经马蹄践踏，已有几处极难行走，幸而上山的路不甚险峻①，六个人谈笑着，也还不觉困难；只是雨又下了，草帽边上点点的滴下水来，洋服大半濡湿，松本君的单小衫更早湿透了。八时顷盘过山顶，天色也渐渐昏黑，在路旁一家小店里暂息，喝了几杯汽水与泉水，点起蜡烛，重复上路。可是灯笼被雨打湿，纸都酥化了，斋藤君的烛盘，中途脱落，武者先生的竹丝与纸分离，不能提了，只好用两手捧着走，我的当初还好，后来也是如此。其先大家还笑说，这许多灯笼，很像提灯行列；现在却只剩一半，连照路都不够了。下山的路，本有一条远绕的坦道，因为时候已迟，决计从小路走。这路既甚峻急，许多处又非道路，只是山水流过的地方，加以雨后，愈加荦确难行，脚力又已疲乏，连跌带走，竭力前进，终于先后相失。前面的一队，有时站住，高声叫喊，招呼我们。山下"村"里的人，望见火光，听到呼声，也大声叫道 oi！这些声音的主人，我当时无一认识，但闻山上山下的呼声，很使我增加勇气，能自支持。将到山脚，"村"里的人多在暗中来迎，匆促中不辨是谁，只记得拿伞来的是武者小路房子（Fusako）夫人，给我被上外套的似是川岛传吉（D. Kawashima）君罢了。到石河内时，已经九时半②，便住武者先生家中；借了衣服，换去湿衣，在楼上聚谈。这屋本是武者先生夫妇和养女喜久子（Kikuko），松本君和春子（Haruko）夫人，杉本千枝子（Sugimoto Chieko）君五人同住。当时从"村"里来会的，还有荻原中（W. Hagiwara）、弓野征矢太（S. Kiuno）、松本和郎（K. Matsumoto）诸君。大家喝茶闲话，吃小

【锺校】

① "峻"原作"竣"。

② "半"原作"牛"。

馒头和我从北京带去的葡萄干，转瞬已是十二时，才各散去。这一日身体很疲劳，精神却极舒服，所以睡得非常安稳，一觉醒来，间壁田家的妇女，已都戴上圆笠，将要出坂工作去了。

八日上午，只在楼上借 Van Gogh 和 Cézonne 的画集看。午饭后，同武者先生往“村”里去。出门向左走去，又右折，循着田塍一直到河边。这河名叫小丸川（Komarugawa），曲曲折折的流着，水势颇急，有几处水石相搏，变成很险的滩。新村所在，本是旧城的遗址，所以本地人就称作城（Jō），仿佛一个半岛。川水如蹄铁形，三面围住，只有中间一带水流稍缓，可以过渡。河面不过四五丈宽，然而很深，水色青黑，用竹篙点去，不能到底。过河循山脚上去，便是中城，村的住屋就在此，右手是马厩猪圈，左手下面还[①]有一所住屋，尚未竣工。我们先在屋里暂坐，遇见的人，除前日见过的以外，又有佐后屋（Sagoya）、土肥（Doi）、辻（Tsuji）、河田（Kawada）、宫下町子（Miyashita Machiko）、今西京子（Imanishi Keiko）诸君。这屋本是近村田家的旧草舍，买来改造的，总共十张席大的三间，作为公共住室，别有厨房与图书馆两间；女人因新筑未成，都暂住在马厩的楼上。这屋的前面，有一条新造大路，直到水边，以便洗濯淘汲。再向右走，是一片沙滩，有名的 Rodin 岩便在这里，水浅时徒涉可到，现在却浸在水中，宛然一只虾蟆，真可称天然的雕刻。从屋后拾级而上，到了上城，都是旱田，种些豆麦玉蜀黍茄子甘薯之类；右手有一座旧茅蓬，是斋藤君住宿兼用功的所在。看过一遍，复回石河内，翻阅 Goya 的画，有关于那颇仑时法西战争和斗牛的两卷，很是惊心动魄，对于人的运命，不禁引起种种感想，失了心的平和。晚间川岛荻原诸君又从村里来，在楼上闲谈，至十

【锺校】

① “还”原作“远”。

二时散去。

新村的土地，总共约八千五百坪（中国四十五亩地馀）；住在村里的人，这时共十九人，别有几人，因为省亲或养病，暂时出去了。畜牧一面，有母马一匹，山羊三头，猪两只，狗两只，一叫Michi，一叫Bebi（baby），是一种牛犬，此外还有家鸡数种。那狗都很可爱，第二次见我，已经熟识，一齐扑来，将我的浴衣弄得都是泥污了。就是那两只猪，也很知人意，见人近前，即从栅间拱出嘴来讨食吃。我们虽然还未能断绝肉食，但看了他，也就不忍杀他吃他的肉了。现在村中的出产，只有鸡卵，却仍然不够供给，须向石河内田家添买；当初每个一钱五厘，后来逐渐涨价，已到四钱，这一半固然是物价增加的影响，但大半也因为本地人的误解，以为他们是有钱人，聊以种田当作娱乐，不妨多赚几文的。此地风俗本好，不必说新村，便是石河内村，已经“夜不闭户”，甚可称叹；只有因袭的偏见，却终不能免，更无怪那些官吏和批评家了。石河内区长也有几分田地在下城，新村想要收买，区长说非照时价加倍不可，其实他钱也够多了，何必更斤斤较量，无非借此刁难罢了。耶稣说富人要进天国，比骆驼钻过针孔还难，这话确有道理，可惜他们依然没有悟。

新村的农作物，虽然略有出产，还不够自用，只能作副食物的补助。预计再过三五年，土地更加扩充，农事也更有经验，可以希望自活，成为独立的生活；这几年中，却须仗外边的寄赠，才能支持。每人每月米麦费六圆（约中国银三元半），副食物一圆，零用一圆，加上一切别的杂费，全部预算每月金二百五十圆。这项经常费，有各地新村支部的寄赠金，大略出入可以相抵；至于土地建筑农具等临时费，便须待特捐及武者先生著作的收入等款项了。我在村时，听说武者先生的我孙子（Abiko）新筑住屋，将要卖去，虽然也觉可惜，但这款项能有更好的用途，也没有什么遗憾。新村本部更在日向（详细地名是日向国儿汤郡木城局区内)，其馀东京大阪京都以至福冈北海道各地，都有支部，协力为新村谋发达。会员分两种，凡愿入村协力工作，依本会精神而生活者，为第一种会员；真心赞成本会精神，而因事情未能实行此种生活者，为第二种会员。第一种会员的义务权利，一律平等，共同劳动；平时衣食住及病时医药等费，均由公共负担。第二种会员除为会务尽力之外，应每月捐金五十钱以上，“以忏除自己的生活不正当的恶”。这是现行会则的大要。照目下情形看来，这第一新村经济上勉强可以支持，世间的同情也颇不少；只是千百年来的旧制度旧思想，深入人心，一时改不过来，所以一般的冷淡与误解，也未能免。

但我深信这新村的精神决无错误，即使万一失败，其过并不在这理想的不充实，却在人间理性的不成熟。“要来①的事，总是要来”，不过预备不同，结果也就大异。新村的人，要将从来非用暴力不能做到的事，用平和方法得来，在一般人看来，似乎未免太如意了，可是他们的苦心也正在此；中国人生活的不正当，或者也只是同别国仿佛，未必更甚，但看社会情形与历史事迹，危险极大；暴力绝对不可利用，所以我对于新村运动，为中国的一部分人类计，更是全心赞成。

九日上午，横井君来访，并将自作的诗《自然》及《小儿》二章见赠。他的话多很对，但以中国为最自然最自在的国，却未免过誉。午前同武者先生松本君等渡河至中城，刚有熊本（Kumamoto）的第五高等学校学生五人来访新村，便同吃了饭。

饭是纯麦，初吃倒也甘美；副食物是味噌②（Miso，一种豆制的酱）煮昆布一碗，煮豆一碟。食毕，大家都去做事，各随自己的力量，

【锺校】

① “来”原作“求”。

② “噌”原作“哙”。

并无一定限制，但没有人肯偷懒不做的。新村的生活，一面是极自由，一面却又极严格。村人的言动作息，都自负责任，并无规程条律，只要与别人无碍，便可一切自由；但良心自发的制裁，要比法律严重百倍，所以人人独立，却又在同一轨道上走，制成协同的生活。日常劳动，既不是为个人的利益，也不是将劳力卖钱，替别人做事，只是当作对于自己和人类的一种义务做去：所以作工时候，并无私利的计画与豫期，也没有厌倦。他的单纯的目的，只在作工，便在这作工上，得到一种满足与愉乐。我想工厂的工人，劳作十几小时之后，出门回家，想必也有一种愉快，但这种心情，无异监禁期满的囚人得出狱门光景，万分可怜。义务劳动，乃是自己的生活的一部分；这劳动遂行的愉快，可以比生理需要的满足，但这要求又以爱与理性为本，超越本能以上，——也不与人性冲突，——所以身体虽然劳苦，却能得良心的慰安。这精神上的愉快，实非经验者不能知道的。新村的人，真多幸福！我愿世人也能够分享这幸福！

当日他们多赴上城工作，我也随同前往。种过小麦的地，已经种下许多甘薯；未种的还有三分之二，各人脱去外衣，单留衬衫及短裤布袜，各自开掘。我和第五高等的学生，也学掘地，但觉得锄头很重，尽力掘去，吃土仍然不深，不到半时间，腰已痛了，右掌上又起了两个水泡，只得放下，到豆田拔草。恰好松本君拿了一篮甘薯苗走来，叫我帮着种植。先将薯苗切成六七寸长，横放地上，用手掘土埋好，只留萌芽二寸馀露出地面。这事很容易，十馀人从三时到六时，或掘或种，将所剩空地全已种满，都到下城 Rodin 岩边，洗了手脸，坐在石上，看 Bebi 钻下水去拣起石子来。我也在水滨拾了两颗石子，一个绿色，一个灰色，中间夹着一条白线；后来到高城时，又在山中拾得一颗层叠花纹的，现在都藏在我的提包里，纪念我这次日向的快游。回到中城在草地上同吃了麦饭，回到寓所，虽然很困倦，但精神却极愉快，觉得三十馀年来未曾经过充实的生活，只有半日才算能超越世间善恶，略识“人的生活”的幸福，真是一件极大的喜悦。还有一种理想，平时多被人笑为梦想，不能实现，就经验上说，却并非“不可能”：这就是人类同胞的思想。我们平常专讲自利，又抱着谬见，以为非损人不能利己，遇见别人，——别姓别县别省的人，都是如此，别国的人更无论了，——若不是心中图谋如何损害他，便猜忌怨恨，防自己被损。所以彼此都“剑拔弩张”，互相疾视。倘能明白人类共同存在的道理，独乐与孤立是人间最大的不幸，以同类的互助，与异类争存（我常想如能联合人类知力，抵抗霉菌的侵略，实在比什么几国联盟几国协约，尤为合理，尤为重要），才是正当的办法，并耕合作，苦乐相共，无论哪一处的人，即此便是邻人，便是兄弟。武者先生曾说：“无论何处，国家与国家，纵使交情不好，人与人的交情，仍然可以好的，我们当为‘人’的缘故，互相扶助而作事。”（《新村》第二年七月号）这话甚为有理，并非不可能的空想。我在村中，虽然已没有“敝国贵邦”的应酬，但终被当作客人，加以优待，这也就是歧视；若到田间工作，便觉如在故乡园中掘地种花，他们也认我为村中一个工人，更无区别。这种浑融的感情，要非实验不能知道；虽然还没有达到“汝即我”的境地，但因这经验，略得证明这理想的可能与实现的幸福，那又是我的极大喜悦与光荣了。

我当初的计画，本拟十日出村，因为脚力未复，只得展缓一日，而且入村以来，精神很觉愉快，颇想多留几日，倘没有非早到东京不可的事，大约连十一日也未必出村了。武者先生本要我在村中种树一株，当作纪念，约定明日去种；到了晚间，忽然大风大雨，次日也没有住，终于不能实行。武者先生便拿一卷白布，教我写几个字，以代种树；我的书法的位置，在学校时是倒数第二，后来也没有临帖，决不配写横幅单条的，但现在当作纪念，也就可以不论了。村里的一张是：“子曰，仁远乎哉。我欲仁，斯仁至矣。”武者先生的一张是：“子曰，内省不疚，夫何忧何惧?”这两节的文句，都是武者先生选定的；他本教我写爱读的诗，我虽然偶看陶诗，却记不起稍成片段的了，武者先生现在正研究耶稣和孔子，有《论语》在手头，便写了这两节。房子夫人的一块绫上写了我的《北风》一首诗，又将这诗的和译为松本君写了一张。村里的川岛荻原诸君，冒雨走来，在楼上闲话；到下午雨更大了，小丸川的水势增涨，过渡很难，他们便赶紧回村去了。晚间同松本君商定路程，他本要回家一走，因我适值也往东京，便约定同行，由他介绍，顺路访问各地的新村支部，预定大阪（Osaka）、京都（Kioto）、滨松（Hamamatsu）、东京（Tokio）四处；照路线所经，还有福冈（Fukuoka）、神户（Kobe）、横滨（Yokohama）三处，因为时间不足，只好作罢了。

十一日仍旧下雨，上午八时，同松本君出发，各着单衣布袜，背了提包；我的洋服和皮鞋，别装一包，武者先生替我背了。房子夫人春子夫人喜久子千枝子二君，也同行，送至高城。

村里的诸君，因为川水暴涨，过来不得；我们走上山坡，望见那虾蟆形的Rodin岩已经全没水中，只露出一点嘴尖了。山上的人与村中的人，彼此呼应，一如日前到村时情景，但时间既然局促，山路又远，我们不得不离远了挥手送别的村人，赶快走路。竭力攀上山岭，路稍平易，但雨后积水很多，几处竟深到一尺，泥泞的地方，更不必说了。十一时到高城，在深水旅馆暂息，却见昨日动身的佐后屋君也还未走，听说高城高锅间与高锅福岛町间的木桥都被山水冲失了桥柱，交通隔绝了：所以我们没法，也只得在高城暂住。从楼上望去，高城的桥便在右手，缺了一堵柱脚，桥从中间折断，幸而中途抵住，所以行人还能往来，只是要乘马车，必须过桥。十二日早晨松本君往问马车行的人，才知道高锅福岛町间的桥并未冲坏，于是决计出发。我同松本佐后屋二君，雇了一台马车，武者先生千枝子君也同乘了，到了高锅，才是十时半。在店里吃过加非果物，到街上闲走，心想买几本书籍，当作火车中的消遣，但村中书店只有一家，也拣不出什么好书，缩印本夏目漱石（K. Natsume）的《哥儿》（*Botchan*）之类，要算最上品了。七月号的《我等》（*Warera*）却已寄到，其中有武者先生的剧本《新浦岛的梦》（*Shin Urashima no yume*）一篇，便买取一册，在宫崎线车中看完，是说明新村的理想的，与《改造》（*Kaize*）中的一篇《□样的草稿》（*Henna Genko*）反对战争的小说，都是很有价值的文学。十二时别了武者先生诸人，换坐马车，下午二时到福岛町驿。四时火车出发，九时至吉松换车，夜三时到大牟田（Omuda），佐后屋君别去。

十三日晨到门司，过渡至下关（Shimonoseki），乘急行车，晚十一时到大阪，茶谷半次郎（H. Chatani）君到车站来迎，便在其家寄宿。十四日上午开发（Kaihatsu）、福岛（Fukushima）、奥村（Okumura）诸君来访。下午往京都，茶谷君同行，至内藤（Naito）君家，见村田（Murata）、喜多川（Kitakawa）、小岛（Kojima）诸君，晚饭后同游丸山（Maruyama）公园。京都地方虽然也很繁盛，但别有一种闲静之趣，与东京不同，觉得甚可人意；东京的日比谷（Hibiya），固然像暴发户花园，上野虽稍好，但比丸山便不如了。回寓之后，东京的永见（Nagami）君也来了。十二时半离京都，茶谷君也回大阪，将富田（Tomida）氏译的Whitman诗集《草之叶》（*Leaves of Grass*）第一卷见赠。十五日上午七时到滨松，住竹村启介（K. Takemura）君外家，见河采（Kawakatsu）君。晚十时出发，十六日晨六时半抵东京驿，长岛丰太郎（T. Nagajima）、佐佐木秀光（H. Sasaki）、今田谨吾（K. Imada）诸君来迎，在休憩室稍坐，约定下午六时在支部相聚。我先到巢鸭（Sugamo）寓居，傍晚乘电车至神田太和町（Kanda Yamatocho）访新村的东京支部，到者除上列诸人以外，有木村（Kimura）、西岛（Nishijima）、宫阪（Miyazaka）、平田（Hirata）、新良（Nera）诸君共十二人，九时散归。统计十日间，将新村本部与几处支部历访一遍，虽然很草草，或者也可以略得大概。Bahaullah 说：“一切和合的根本，在于相知。”这话真实不虚。新村的理想，本极充满优美，令人自然向往，但如更到这地方，见这住民，即不十分考察，也能自觉的互相了解，这不但本怀好意的人群如此，即使在种种意义的敌对间，倘能互相知识，知道同是住在各地的人类的一部分，各有人间的好处与短处，也未尝不可谅解，省去许多无谓的罪恶与灾祸。我此次旅行，虽不能说有什么所得，但思想上因此稍稍扫除了阴暗的影，对于自己的理想，增加若干勇气，都是所受的利益，应该感谢的。所以在个人方面，已很满足，写这一篇，以为纪念。但自愧表现力不充足，或不能将我的印象完全传达，这都是我的责任，不可因此误解了新村的真相。

一九一九年七月三十日在东京巢鸭村记。

［1919 年 10 月 9 日《新潮》/《艺术与生活》］

一九二〇年

新文学的要求

□一九二〇年一月六日在北平少年学会讲演

今日承贵会招我讲演，实在是我的光荣。现在想将我对于新文学的要求，略说几句。从来对于艺术的主张，大概可以分作两派：一是艺术派，一是人生派。艺术派的主张，是说艺术有独立的价值，不必与实用有关，可以超越一切功利而存在。艺术家的全心只在制作纯粹的艺术品上，不必顾及人世的种种问题：譬如做景泰蓝或雕玉的工人，能够做出最美丽精巧的美术品，他的职务便已尽了，于别人有什么用处，他可以不问了。这"为什么而什么"的态度，固然是许多学问进步的大原因；但在文艺上，重技工而轻情思，妨碍自己表现的目的，甚至于以人生为艺术而存在，所以觉得不甚妥当。人生派说艺术要与人生相关，不承认有与人生脱离关系的艺术。这派的流弊，是容易讲到功利里边去，以文艺为伦理的工具，变成一种坛上的说教。正当的解说，是仍以文艺为究极的目的；但这文艺应当通过了著者的情思，与人生有接触。换一句话说，便是著者应当用艺术的方法，表现他对于人生的情思，使读者能得艺术的享乐与人生的解释。这样说来，我们所要求的当然是人生[①]的艺

【锺校】

① 原无"生"字，今增。

术派的文学。在研究文艺思想变迁的人，对于各时代各派别的文学，原应该平等看待，各各还他一个本来的位置；但在我们心想创作文艺，或从文艺上得到精神的粮食的人，却不能不决定趋向，免得无所适从：所以我们从这两派中，就取了人生的艺术派。但世间并无绝对的真理，这两派的主张都各自有他的环境与气质的原因；我们现在的取舍，也正逃不脱这两个原因的作用，这也是我们应该承认的。如欧洲文学在十九世纪中经过了传奇主义与写实主义两次的大变动，俄国文学总是一种理想的写实主义：这便因俄国人的环境与气质的关系，不能撇开了社会的问题，趋于主观与客观的两极端。我们称述人生的文学，自己也以为是从学理上立论，但事实也许还有下意识的作用；背着过去的历史，生在现今的境地，自然与唯美及快乐主义不能多有同情。这感情上的原因，能使理性的批判更为坚实，所以我相信人生的文学实在是现今中国唯一的需要。

人生的文学是怎么样的呢？据我的意见，可以分作两项说明：

一，这文学是人生的；不是兽性的，也不是神性的。

二，这文学是人类的，也是个人的；却不是种族的，国家的，乡土及家族的。

关于第一项，我曾做了一篇《人的文学》略略说过了，大旨从生物学的观察上，认定人类是进化的动物；所以人的文学也应该是人间本位主义的。因为原来是动物，故所有共通的生活本能，都是正当的，美的善的；凡是人情以外人力以上的，神的属性，不是我们的要求。但又因为是进化的，故所有已经淘汰，或不适于人的生活的，兽的属性，也不愿他复活或保留，妨害人类向上的路程。总之是要还他一个适如其分的人间性，也不要多，也不要少就是了。

我们从这文学的主位的人的本性上，定了第一项的要求，又从文学的本质上，定了这第二项的要求。人间的自觉，还是近来的事，所以人性的文学也是百年内才见发达，到了现代可算是兴盛了。文学上人类的倾向，却原是历史上的事实；中间经过了几多变迁，从各种阶级的文艺又回到平民的全体的上面来，但又加了一重个人的色彩：这是文艺进化上的自然的结果，与原始的文学不同的地方，也就在这里了。

关于文学的意义，虽然诸家的议论各各有点出入；但就文艺起源上论他的本质，我想可以说是作者的感情的表现。《诗序》里有一节话，虽是专说诗的起源的，却可以移来作上文的说明：情动于中而形于言；言之不足，故咏歌之；咏歌之不足，故嗟叹之；嗟叹之不足，故不知手之舞之，足之蹈之。

我们考察希腊古代的颂歌（Hymn）史诗（Epic）戏曲（Drama）发达的历史，觉得都是这样情形。上古时代生活很简单，人的感情思想也就大体一致，不出保存生活这一个范围；那时个人又消纳在族类里面，没有独立表现的机会：所以原始的文学都是表现一团体的感情的作品。譬如戏曲的起源是由于一种祭赛，仿佛中国从前的迎春。这时候大家的感情，都会集在期望春天的再生这一点上：这期望的原因，就在对于生活资料缺乏的忧虑。这忧虑与期待的“情”实在迫切了，自然而然的发为言动，在仪式上是一种希求的具体的表现，也是实质的祈祷，在文学上便是歌与舞的最初的意义了。后来的人将歌舞当作娱乐的游戏的东西，却不知道他原来是人类的关系生命问题的一种宗教的表示。我们原不能说事物的原始的意义，定是正当的界说，想叫化学回到黄白术去；但我相信在文艺上这意义还是一贯，不但并不渐走渐远，而且反有复原的趋势：所以我们于这文学史上的回顾，也不能不相当的注意，但是几千年的时间，夹在中间，使这两样相似的趋势，生了多少变化；正如现代的共产生活已经不是古代的井田制度了。古代的人类的文学，变为阶级的文学；后来阶级的范围逐渐脱去，于是归结到个人的文学，也就是现代的人类的文学了。要明白这意思，墨子说的“己在所爱之中”这一句话，最注解得好。浅一点说，我是人类之一；我要幸福，须得先使人类幸福了，才有我的分：若更进一层，那就是说我即是人类。所以这个人与人类的两重的特色，不特不相冲突，而且反是相成的。古代的个人消纳在族类的里面，个人的简单的欲求都是同类所共具的，所以便将族类代表了个人。现代的个人虽然原也是族类的一个，但他的进步的欲求，常常超越族类之先，所以便由他代表了族类了。譬如怕死这一种心理，本是人类共通的本性：写这种心情的歌诗，无论出于群众，出于个人，都可互相了解，互相代表，可以称为人类的文学了。但如爱自由，求幸福，这虽然也是人类所共具的，但因为没有十分迫切，在群众每每忍耐过去了；先觉的人却叫了出来，在他自己虽然是发表个人的感情，个人的欲求，但他实在也替代了他以外的人类发表了他们自己暂时还未觉到，或没有才力能够明白说出的感情与欲求了。还有一层与古代不同的地方，便是古代的文学纯以感情为主，现代却加上了多少理性的调剂。许多重大问题，经了近代的科学的大洗礼，理论上都能得到了解决。如种族国家这些区别，从前当作天经地义的，现在知道都不过是一种偶像。所以现代觉醒的新人的主见，大抵是如此："我只承认大的方面有人类，小的方面有我，是真实的。"人类里边有皮色不同，习俗不同的支派，正与国家地方家族里有生理、心理上不同的分子一样，不是可以认为异类的铁证。我想这种种界限的起因，是由于利害的关系，与神秘的生命上的连络的感情。从前的人以为非损人不能利己，所以连合关系密切的人，组织一个攻守同盟；现在知道了人类原是利害相共的，并不限定一族一国，而且利己利人，原只是一件事情，这个攻守同盟便变了人类对自然的问题了。从前的人从部落时代的"图腾"思想，引伸到近代的民族观念，这中间都含有血脉的关系；现在又推上去，认定大家都是从"人"（Anthropos）这一个图腾出来的，虽然后来住在各处，异言异服，觉得有点隔膜，其实原是同宗。这样的大人类主义，正是感情与理性的调和的出产物，也就是我们所要求的人道主义的文学的基调。

这人道主义的文学，我们前面称他为人生的文学，又有人称为理想主义的文学；名称尽有异同，实质终是一样，就是个人以人类之一的资格，用艺术的方法表现个人的感情，代表人类的意志，有影响于人间生活幸福的文学。所谓人类的意志这一句话，似乎稍涉理想；但我相信与近代科学的研究也还没有什么冲突：至于他的内容，我们已经在上文分两项说过，此刻也不再说了。这新时代的文学家，是“偶像破坏者”。但他还有他的新宗教，——人道主义的理想是他的信仰，人类的意志便是他的神。

［1920 年 1 月 8 日《晨报》/《艺术与生活》］

新村的理想与实际

新村的理想，简单的说一句话，是人的生活。这人的生活可以分为物质的与精神的两个①方面，物质的方面是安全的生活，精神的方面是自由的发展。安全的生活本是一切生物的本能的要求，人类也自然是一律的，算不得什么新理想，不过求这生活的方法与内容有点不同罢了。以前的争存，固然也有同类互助与异类相争，但同类中也一样剧烈的争斗。现在是想将生存竞争的法则加以修正，只限于人与自然力或异类的中间，若在人间同类，不但不应争斗，而且还应互助了平和的生活才是。

生活的内容也与以前的不同。在这互助的平和的生活里面，什么功名富贵本已没有价值，第一重要的，还是衣食住这几件生活必要的事项。要是这几件事没有正当的解决，生活就根本上摇动，人人觉得不安，同现在情形一样。所以新村关于这个问题，特别的注重，他们主张以协力的劳动，造成安全的生活，换一句话，也就是“各尽所能、各取所需”的生活。但照新村的理想，劳动与生活这两件事，各是整个的，是不可分割的。人人有生存的权利，所以应无代价的取得衣食住，但这生活的资料，须从劳动得来，所以又应尽劳动的义务。这与平常说的“不劳动则不得食”不同。因为新村的劳动是对于人类——社会——的义务，并非将力气来抵算房饭钱。倘若说“一日不劳动，一日不得食”，那就与现今的劳动者将一日的劳动换一日的生存，把生命与劳动切片另

【锺校】

① “个”原作“两”。

卖，没有什么区别。在自然界中，这原是当然的法则，在特别情形底下——譬如鲁滨孙的样子，也是不得已的事情。但在现今，这种不安全的生活，是人情所不能堪的，所以想设法救正，至于办法上的困难，大约可以信托人智，容易解决。因为人的智识进步，一方面可以利用机械的力，增加出产，一方面道德思想改变，许多恶德也可减去了。大家在这村里，各依了他能力所及，拣一种工作去做，能做难重的工作，或是做的好的多，固然最好，即使只能做平常的工，也不妨事，一样的能得安全的生活——无代价的取得健康生活上必要的衣食住。譬如一个人在村里，只作了一天的工，却害了一年的病，他的待遇，在作工的一天与害病的一年里，都是一样，就是无代价的取得康健生活上必要的衣食住——及医药。他的一天的工作是他对于人类所尽的义务，他的一年的待遇是人从人类所得的权利。因为各人于自己劳动，也就为不幸的邻人劳动了，所以那不幸的病的、老的、幼的、不能劳动的人，也可以安全的生活。

新村的物质的一面的生活，完全以互助，互相依赖为本，但在精神一面的生活，却是注重自由的发展的。我们承认全人的生活，第一步是物质的满足，但我们不能就认作人生的全体。人生的目的不仅是在生存，要当利用生存，创造一点超越现代的事业，这才算顺了人类的意志，——社会进化的法则，尽了做人的职务，不与草木同腐。英国有一个人说："与其使工人能读 Bacon（培根），还不如使他们能吃 Bacon（火腿）。"这话固然也有一半真理，但应该知道，工人如真能有吃火腿的时候，其中也有一部分是培根的功劳。我们如得到文明的恩惠，不能不感谢创造这文明的人们。新村的理想是不但要工人能吃火腿兼读培根，还希望其中能出多少培根，来惠益人类。所以他们一面提倡互助的共同生活，一面主张个性的自由的发展。他们希望因物质文明进步的结果，每人每天只要四点钟劳动，就够用了，留出其馀的工夫，做自己的事。有特别才能的人，并可以免去工作，专心研究，因这科学或艺术的研究，其在社会上的利益，不下于生利的手的工作，所以可以相当。但倘这研究与劳动没有抵触，无免除的必要，那当然不成问题了。这个办法，有人或者疑心是不平等的，似乎一种阶级制度，实在是不然的。我们以人类的一个相对，各各平等，但实际上仍然是各各差异。性情嗜好的不等，天分的高下，专门技工的不同，都是差异，却不是阶级。阶级的不好，在于权利义务的不平等。现在权利却是平等，不过义务不同，不是量的不同，只是性质的不同。力气大的人，去伐木凿石，不很觉的辛苦，或者反以为愉快，但叫他做一问代数反很为难了。倘使强迫霉菌学家，立刻丢下显微镜，去修理马路，不但在他很是为难，而且成绩也未必能好，都是极不经济的。这原不过是两个极端的例，在这中间能够调和，放下显微镜拿起铁锤的人，自然也可以多有的。总之尊重个性，使他自由发展，在共同生活中，原是不相抵触的，因为这样才真能使人"各尽所能"，不仅是为个人的自由，实在也为的是人类的利益。

新村的理想的人的生活，是一个大同小异的世界。物质的生活是一律的，精神的生活是可以自由的。以人类分子论，是一律的，以个人论，不妨各各差异，而且也是各各差异的好。各国各地方各家族各个的人，只要自觉是人类的一分子，与全体互相理解，互相帮助而生活，其馀凡是他的国的、地方的、家族及个人的特殊性质，都可以——也是应该——尽量发展，别人也应当欢迎的。不过这小异的个性，不要与大同的人性违反就好了。譬如法国他的对于文化的贡献，都是法国人民的荣誉，也是人类的喜悦，但是那绝对的传统主义（Traditionalism）的思想，当然是例外了。倘若借口大同，迫压特殊的文化与思想，那又是一种新式的专制，不应该有的。大同与统一截然不同，文化与思想的统一，不但是不可能，也是不能堪的。假使统一的世界居然出现，大家只用数目相称，作息言动都是一样，所知道的大家都知道，不知道的大家也都不知道，无论社会进化必不可期，就是这生活的单调与沉闷，也就够难受了。所以新村的理想，这将来合理的社会，一方面是人类的，一方面也注重是个人的。

或者因此说新村是个人主义的生活。新村的人虽不曾说过他们是根据什么主义的，但照我个人的意见，却可以代他们答应一个“是”字。因为我想人类兼有自己保存与种族保存的两重本能，所以为我与兼爱都是人性里所有的，但其先如没有彻底的自觉做根本，那为我只是无意识的自私自利，兼爱实只是盲目的感情冲[1]动。愈是彻底的知道爱自己的，愈是真切的能够爱他人里的自己。王尔德（O. Wilde）在《从深渊里》（*De Profundis*）中间，曾说过基督是世界第一个人主义者，这虽然还含有别的意思，但我觉得他这话很有道理。不从“真的个人主义”立脚，要去与社会服务，便容易投降社会，补苴葺漏的行点仁政，这虽于贫民也不无小补，但与慈善事业相差无几了。上面所说的是新村的理想的大略，但在实际上办到怎么一个情形呢？老实说，正同村里的人自白一样，现在的村还没有发达成了正式的新村。第一，他们已经设了两个村，一共不到一百亩地，现在有三十九个人在那里生活，但出产与消费还不能相抵，须仰给于村外的帮助。不过这一件事据他们预算，再过一年，可以改去了。第二，村里每月的生活费金五百元，大半须别人捐集，目下自然没有馀力，设备各种研究医疗娱乐的组织。因此表面上看来，还是一个平常的农村，其中是一般遁世的少年，在那里躬耕，享红尘外的清福，其实是大谬不然的。

他们的现在的生活，因为物质力的缺乏的缘故，很是简陋，看来或

【锺校】

① “冲”原作“的”。

有很像中国古代的隐逸，——虽然这些详细的生活情形，我们是毫不知道，——但那精神完全是新村的，具体而微，却又极鲜明确定的，互助与独立的生活。——他们相信人如不互相帮助，不能得幸福的生活，决不是可以跳出社会，去过荒岛的生活的。他们又相信只要不与人类的意志——社会进化的法则相违反，人的个性是应该自由发展的。这种生活的可能，他们想用了自己实行的例来证明他。这件事可以说有了几分的成功，安全的生活的确定，还要略等时间的经过，其馀试验的成效多是很好。他们每天工作，现在暂定八小时，但因了自己的特别的原因，多少也自由的。工作是分工的，现在只是农作，但不是如孟子所说的并耕。他们不预备在现今经济制度底下，和资本的组织去角逐，所以不必要的剧烈劳动，在男子也努力免去，在女子更无去做的必要。他们主张“男人做男的事，女人做女的事”，但这也不过是各尽所能，不是什么阶级。村里没有行政司法等组织，也没有规定的法律训条，只以互相尊重个性为限，都可以自由言动。每月第一日开一次会议，商量本月应行的事项，总以大家了理容纳为定，不取多数决的办法。男女交际与恋爱是自由的，但结合是希望永久的，不得已的分离，当然是正当的例外。结婚的仪式，纯是亲友间披露的性质，夫妇本位的小家庭就算成立。子女仍在家庭养育，不过这资料也是公共的，所以儿童公育这制度可以不要了。现在的这问题的困难，差不多全由于现今经济制度的迫压，倘没有这迫压，便也没有困难了。就是妇女解放也是一样。嘉本特（Ed. Carpenter）在《爱的成年》上曾说过：“女子的真自由，终须以社会的共同制度为基础。”这样的社会里，从前的夫妇亲子结婚家庭各名称，自然的失了旧有的坏的意义，更没有改换之必要。要是现今的社会里，即使改称夫妇作朋友，事实上的牵制还是一样的。村里工作的馀暇，都用在自修上面，现在学术研究的设备还全然缺如，科学是很难的，又因为性质的相近，大都从事于艺术上的研究与创作。这艺术的空气的普遍，的确是新村的一种特色。或者有人要说，这正表明他们是空想家，“乌托邦”的住民，也未可知。但我想这种空气，在一切的新社会里，是必要的。“生活的物质的满足，结果不免成为一种老死不相往来的静的生活。学术艺文的精神，常能使我们精神相通。”村里第二种的特色，是宗教的空气。他们对于自己的理想，都抱着很深的确信，所以共通的有一种信仰。信教全是自由，但依归哪一宗派却也没有。他们有喜欢佛陀的、孔子的，可是大多数是喜欢耶稣的教训。他们相信有神的意志支配宇宙，人要能够顺从神的意志做去，才能得真正幸福的生活，世人的圣人便是能够先知这意志，教人正当的生活的人。神的意志是这样呢，这就是人类的意志——社会进化的法则。这思想本来很受托尔斯泰的基督教的影响，但实际却又与尼采的进化论的宗教相合了。

总之新村的人不满足于现今的社会组织，想从根本上改革他，终极的目的与别派改革的主张虽是差不多，但在方法上有点不同。第一，他们不赞成暴力，希望平和的造成新秩序来。第二，他们相信人类，信托人间的理性，等他醒觉，回到正路上来。譬如一所破屋，大家商量改造，有的主张顺从了几个老辈的意思，略略粉饰便好，有的主张违反了老辈的意思，硬将屋拆去了，再建造起来。新村的人主张先建一间新屋，给他们看，将来住在破屋里的人见了新屋的好处，自然都会明白，情愿照样改造了。要是老辈发了疯，把旧屋放火烧起来，那时新屋怕也要烧在里面，或是大家极端迷信老辈，没有人肯听劝告自己改造，那时新村也真成了隐逸的生活，不过是独善其身罢了。但他不相信人类会如此迷顽的，只要努力下去，必然可以成功。这理想的、平和的方法，实在是新村的特殊的长处，但同时也或可以说是他的短处，因为他信托人类，把人的有几种恶的倾向轻轻看过了。可是对于这个所谓短处，也只有两派主义的人才可以来非难他，这就是善种学（Eugenics）家与激烈的社会主义者。我相信往自由去原有许多条的路，只要同以达到目的为目的，便不妨走不同的路。方才所说的两派与新村，表面很有不同，但是他们的目的是一样的，都是想造起一种人的生活，所以我想有可以互相补足的地方，不过我是喜欢平和的，因此赞成新村的办法罢了。

［1920年6月23—24日《晨报》/《艺术与生活》］

罗素与国粹

罗素来华了，他第一场演说，是劝中国人要保重国粹，这必然很为中国的人上自遗老下至青年所欢迎的。

罗素这番话，或者是主客交际上必要的酬答，也未可知，但我却不能赞成。

中国古时如老庄等的思想，的确有很好的，但现在已经断绝。现在的共和国民已经不记得什么“长而不宰”，他们所怀抱的思想却是尊王攘夷了。

我想国粹实在只是一种社会的遗传性，须是好的，而且又还存在，这才值得保存，才能保存。譬如现在有一个很有思想的人，我们可以据了善种学的方法，保存他特有的能力，使他传诸后世。倘若这人已死，子孙成了傻子，这统系便已中绝，留下一部著作，也不过指示先前曾有过这样伟大的思想，在他子孙的脑里却自有他的傻思想，不能相通了。我们看中国的国民性里，除了尊王攘夷，换一个名称便是复古排外的思想以外，实在没有什么特别可以保存的地方。几部古书虽有好处，在不肖子孙的眼中，只是白纸上写的黑字。任他蛀烂了原是可惜，教他保存，也不过装潢了放在傻子的书架上，灌不进他的脑里去的了。还有一层，你教他保重老庄，他却将别的医卜星相的书也装潢起来了，老庄看不懂，医卜星相却看得滋滋有味，以为国粹都在这里了。

中国人何以喜欢印度泰戈尔？因为他主张东方化，与西方化抵抗。何以说国粹或东方化，中国人便喜欢？因为懒，因为怕用心思，怕改变生活。所以他反对新思想新生活，所以他要复古，要排外。

罗素初到中国，所以不大明白中国的内情，我希望他不久就会知道，中国的坏处多于好处，中国人有自大的性质，是称赞不得的。

我们欢迎罗素的社会改造的意见，这是我们对于他的唯一的要求。

［1920 年 10 月 19 日《晨报》/《谈虎集》］

译诗的困难

日本的太田君送我一本诗集。太田君是医学士，但他又善绘画，作有许多诗歌戏曲，他的别名木下杢太郎，在日本艺术界里也是很有名的。这诗集名《食后之歌》，是一九一九年十二月出版的。我翻了一遍，觉得有几首很有趣味，想将他译成中国语，但是忙了一晚，终于没有一点成绩。

我们自己做诗文，是自由的，遇着有不能完全表现的意思，每每将他全部或部分的改去了，所以不大觉得困难。到了翻译的时候，文中的意思是原来生就的，容不得我们改变，而现有的文句又总配合不好，不能传达原有的趣味，困难便发生了。原作倘是散文，还可勉强敷衍过去，倘是诗歌，他的价值不全在于思想，还与调子及气韵很有关系的，那便实在没有法子。要尊重原作的价值，只有不译这一法。

中国话多孤立单音的字，没有文法的变化，没有经过文艺的淘炼和学术的编制，缺少细致的文词，这都是极大的障碍。讲文学革命的人，如不去应了时代的新要求，努力创造，使中国话的内容丰富，组织精密，不但不能传述外来文艺的情调，便是自己的略为细腻优美的思想，也怕要不能表现出来了。

至于中国话的能力到底如何，能否改造的渐臻完善？这个问题我可不能回答。

我曾将这番话讲给我的朋友疑古君听，他说：“改造中国话原是要紧，至于翻译一层，却并无十分难解决的问题。翻译本来只是赈饥的办法，暂时给他充饥，他们如要尽量的果腹，还须自己去种了来吃才行。

可译的译他出来，不可译的索性不译，请要读的人自己从原本去读。”我想这话倒也直捷了当，很可照办，所以我的《食后之歌》的翻译也就借此藏拙了。

［1920 年 10 月 25 日《晨报》/《谈虎集》］

民众的诗歌

我在一张包洋布来的纸上，看见一首好诗，今抄录于下：

要把酒字免了去，
若要请客不能把席成。
要把色字免了去，
男女不能把后留，
逢年过节谁把坟来上。
要把财字免了去，
国家无钱买卖不周流。
要把气字免了去，
众位神仙成不能。
吃酒不醉真君子，
贪色不迷是英豪。

这首诗当然是布店里的朋友所写，如不是他的著作，也必定是他所发见的作品。我看了发生两种感想，第一是关于民众文学的形式的，第二是关于他的思想的。

我们看这一首，与许多的剧本山歌相同，都是以七言为基本，因此多成为拙笨单调的东西。他们仿佛从诗（而且是七言的）直接变化出来，不曾得到词曲的自由句调的好影响。但是有一种特色，便是不要叶韵，也不限定两句一联，可以随意少多。这虽然只是据了这一首而言，但在别种山歌等等中间一定也有同样的例可以寻到。

其次这诗里所说的话，实在足以代表中国极大多数的人的思想。妥协，顺从，对于生活没有热烈的爱着，也便没有真挚的抗辩。他辨护酒色财气的必要，只是从习惯上着眼，这是习惯以为必要，并不是他个人以为必要了。

我们或者可以替他分辩，说这是由于民众诗人的设想措词的不完密，但直捷了当的说“我是要吃酒……的”，实在要比委曲的疏解更要容易，不过中国的民众诗人没有这个胆力，——或者也没有这个欲得的决心。倘如有威权出来一喝，说：“不行！”我恐怕他将酒色财气的需要也都放弃了，去与威权的意志妥协，因为中国的人看得生活太冷淡，又将生活与习惯并合了，所以无怪他们好像奉了极端的现世主义生活着，而实际上却不曾真挚热烈的生活过一天。

但是无论形式思想怎样的不能使我们满足，对于民众艺术内所表现的心情，我们不能不引起一种同情与体察。太田君在《食后之歌》的序里说，“尝异香之酒，一面耽想那种鄙俗的但是充满眼泪的江户平民艺术以为乐”，这实在是我们想了解民众文学的人所应取的态度。

［1920 年 11 月 26 日《晨报》/《谈虎集》］

一九二一年

美　文

外国文学里有一种所谓论文，其中大约可以分作两类。一批评的，是学术性的。二记述的，是艺术性的，又称作美文，这里边又可以分出叙事与抒情，但也很多两者夹杂的。这种美文似乎在英语国民里最为发达，如中国所熟知的爱迭生，阑姆，欧文，霍桑诸人都做有很好的美文，近时高尔斯威西，吉欣，契斯透顿也是美文的好手。读好的论文，如读散文诗，因为他实在是诗与散文中间的桥。中国古文里的序、记与说等，也可以说是美文的一类。但在现代的国语文学里，还不曾见有这类文章，治新文学的人为什么不去试试呢？我以为文章的外形与内容，的确有点关系，有许多思想，既不能作为小说，又不适于做诗（此只就体裁上说，若论性质则美文也是小说，小说也就是诗，《新青年》上库普林作的《晚间的来客》，可为一例），便可以用论文式去表他。他的条件，同一切文学作品一样，只是真实简明便好。我们可以看了外国的模范做去，但是须用自己的文句与思想，不可去模仿他们。《晨报》上的《浪漫谈》，以前有几篇倒有点相近，但是后来（恕我直说）落了窠臼，用上多少自然现象的字面，衰弱的感伤的口气，不大有生命了。我希望大家卷土重来，给新文学开辟出一块新的土地来，岂不好么？

十年五月。

［1921 年 6 月 8 日《晨报》/《谈虎集》］

山中杂信

一

伏园兄：

我已于本月初退院，搬到山里来了。香山不很高大，仿佛只是故乡城内的卧龙山模样，但在北京近郊，已经要算是很好的山了。碧云寺在山腹上，地位颇好，只是我还不曾到外边去看过，因为须等医生再来诊察一次之后，才能决定可以怎样行动，而且又是连日下雨，连院子里都不能行走，终日只是起卧屋内罢了。大雨接连下了两天，天气也就颇冷了。般若堂里住着几个和尚们，买了许多香椿干，摊在芦席上晾着，这两天的雨不但使他不能干燥，反使他更加潮湿。每从玻璃窗望去，看见廊下摊着湿漉漉的深绿的香椿干，总觉得对于这班和尚们心里很是抱歉似的，——虽然下雨并不是我的缘故。

般若堂里早晚都有和尚做功课，但我觉得并不烦扰，而且于我似乎还有一种清醒的力量。清早和黄昏时候的清澈的磬声，仿佛催促我们无所信仰、无所归依的人，拣定一条道路精进向前。我近来的思想动摇与混乱，可谓已至其极了，托尔斯泰的无我爱与尼采的超人，共产主义与善种学，耶佛孔老的教训与科学的例证，我都一样的喜欢尊重，却又不能调和统一起来，造成一条可以行的大路。我只将这各种思想，凌乱的堆在头里，真是乡间的杂货一料店了。——或者世间本来没有思想上的“国道”，也未可知。这件事我常常想到，如今听他们做功课，更使我受了激刺。同他们比较起来，好像上海许多有国籍的西商中间，夹着一个“无领事管束”的西人。至于无领事管束，究竟是好是坏，我还想不明白。不知你以为何如?

寺内的空气并不比外间更为和平。我来的前一天，般若堂里的一个和尚，被方丈差人抓去，说他偷寺内的法物，先打了一顿，然后捆送到城内什么衙门去了。究竟偷东西没有，是别一个问题，但是吊打恐总非佛家所宜。大约现在佛徒的戒律，也同“儒业”的三纲五常一样，早已成为具文了。自己即使犯了永为弃物的波罗夷罪，并无妨碍，只要有权力，便可以处置别人，正如护持名教的人却打他的老父，世间也一点都不以为奇。

我们厨房的间壁，住着两个卖汽水的人，也时常吵架。掌柜的回家去了，只剩了两个少年的伙计，连日又下雨，不能出去摆摊，所以更容易争闹起来。前天晚上，他们都不愿意烧饭，互相推诿，始而相骂，终于各执灶上的铁通条，打仗两次。我听他们叱咤的声音，令我想起《三国志》及《劫后英雄略》等书里所记的英雄战斗或比武时的威势，可是后来战罢，他们两个人一点都不受伤，更是不可思议了。从这两件事看来，你大略可以知道这山上的战氛罢。

因为病在右肋，执笔不大方便，这封信也是分四次写成的。以后再谈罢。

一九二一年八月五日。

二

近日天气渐热，到山里来住的人也渐多了。对面的那三间屋，已于前日租去，大约日内就有人搬来。般若堂两旁的厢房，本是“十方堂”，这块大木牌还挂在我的门口。但现在都已租给人住，以后有游方僧来，除了请到罗汉堂去打坐以外，没有别的地方可以挂单了。

三四天前大殿里的小菩萨，失少了两尊，方丈说是看守大殿的和尚偷卖给游客了，于是又将他捆起来，打了一顿，但是这回不曾送官，因为次日我又听见他在后堂敲那大木鱼了（前回被抓去的和尚已经出来，搬到别的寺里去了）。当时我正翻阅《诸经要集》六度部的忍辱篇，道世大师在述意缘内说道，“……岂容微有触恼，大生瞋恨，乃至角眼相看，恶声厉色，遂加杖木，结恨成怨”，看了不禁苦笑。或者丛林的规矩，方丈本来可以用什么板子打人，但我总觉得有点矛盾。而且如果真照规矩办起来，恐怕应该挨打的却还不是这个所谓偷卖小菩萨的和尚呢。

山中苍蝇之多，真是“出人意表之外”。每到下午，在窗外群飞，嗡嗡作声，仿佛是蜜蜂的排衙。我虽然将风门上糊了冷布，紧紧关闭，但是每一出入，总有几个混进屋里来。各处桌上摊着苍蝇纸，另外又用了棕丝制的蝇拍追着打，还是不能绝灭。英国诗人勃来克有《苍蝇》一诗，将蝇来与无常的人生相比，日本小林一茶的俳句道：“不要打哪！那苍蝇搓他的手，搓他的脚呢。”我平常都很是爱念，但在实际上却不能这样的宽大了。一茶又有一句俳句，序云：

> 捉到一个虱子，将他掐死固然可怜，要把他舍在门外，让他绝食，也觉得不忍，忽然的想到我佛从前给与鬼子母的东西①，成此：虱子呵，放在和我味道一样的石榴上爬着。

《四分律》云：“时有老比丘拾虱弃地，佛言不应，听以器盛若绵拾著中。若虱走出，应作筒盛；若虱出筒，应作盖塞。随其寒暑，加以腻食将养之。”一茶是诚信的佛教徒，所以也如此做，不过用石榴喂他却更妙了。这种殊胜的思想，我也很以为美，但我的心底里有一种矛盾，一面承认苍蝇是与我同具生命的众生之一，但一面又总当他是脚上带着许多有害的细菌，在头上面上爬的痒痒的，一种可恶的小虫，心想除灭

【原注】

① 日本传说，佛降伏鬼子母神，给与石榴实食之，以代人肉，因榴实味酸甜似人肉云。据《鬼子母经》说，她后来变了生育之神，这石榴大约只是多子的象征罢了。

他。这个情与知的冲突，实在是无法调和，因为我笃信“赛老先生”的话，但也不想拿了他的解剖刀去破坏诗人的美的世界，所以在这一点上，大约只好甘心且做蝙蝠派罢了。

对于时事的感想，非常纷乱，真是无从说起，倒还不如不说也罢。

六月二十三日。

三

我在第一信里，说寺内战氛很盛，但是现在情形却又变了。

卖汽水的一个战士，已经下山去了。这个缘因，说来很长。前两回礼拜日游客很多，汽水卖了十多块钱一天，方丈知道了，便叫他们从形势最好的那“水泉”旁边撤退，让他自己来卖。他们只准在荒凉的塔院下及门口去摆摊，生意便很清淡，掌柜的于是实行减政，只留下了一个人做帮手，——这个伙计本是做墨盒的，掌柜自己是泥水匠，这主从两人虽然也有时争论，但不至于开起仗来了。方丈似乎颇喜欢吊打他属下的和尚，不过他的法庭离我这里很远，所以并未直接受到影响。此外偶然和尚们喝醉了高粱，高声抗辩，或者为了金钱胜负稍有纠葛，都是随即平静，算不得什么大事。因此般若堂里的空气，近来很是长闲逸豫，令人平矜释躁。这个情形可以意会，不易言传，我如今举出一件琐事来做个象征，你或者可以知其大略。我们院子里，有一群鸡，共五六只，其中公的也有，母的也有。这是和尚们共同养的呢，还是一个人的私产，我都不知道。他们白天里躲在紫藤花底下，晚间被盛入一只小口大腹，像是装香油用的藤篓里面。这篓子似乎是没有盖的，我每天总看见他在柏树下仰天张着口放着。夜里酉戌之交，和尚们擂鼓既罢，各去休息，篓里的鸡便怪声怪气的叫起来。于是禅房里和尚们的“唆，唆——”之声，相继而作。这样以后，篓里与禅房里便复寂然，直到天明，更没有什么惊动。问是什么事呢？答说有黄鼠狼来咬鸡。其实这小口大腹的篓子里，黄鼠狼是不会进去的，倘若掉了下去，他就再也逃不出来了。大约他总是未能忘情，所以常来窥探，不过聊以快意罢了。倘若篓子上加上一个盖，——虽然如上文所说，即使无盖，本来也很安全，——也便可以省得他的窥探。但和尚们永远不加盖，黄鼠狼也便永远要来窥探，以致“三日两头”的引起夜中篓里与禅房里的驱逐。

这便是我所说的长闲逸豫的所在。我希望这一节故事，或者能够比那四个抽象的字说明的更多一点。

但是我在这里不能一样的长闲逸豫，在一日里总有一个阴郁的时候，这便是下午清华园的邮差送报来后的半点钟。我的神经衰弱，易于激动，病后更甚，对于略略重大的问题，稍加思索，便很烦躁起来，几乎是发热状态，因此平常十分留心免避。但每天的报里，总是充满着不愉快的事情，见了不免要起烦恼。或者说，既然如此，不看岂不好么？但我又舍不得不看，好像身上有伤的人，明知触着是很痛的，但有时仍是不自禁的要用手去摸，感到新的剧痛，保留他受伤的意识。但苦痛究竟是苦痛，所以也就赶紧丢开，去寻求别的慰解。我此时放下报纸，努力将我的思想遣发到平常所走的旧路上去，——回想近今所看书上的大乘菩萨布施忍辱等六度难行，净土及地狱的意义，或者去搜求游客及和尚们（特别注意于方丈）的轶事。我也不愿再说不愉快的事，下次还不如仍同你讲他们的事情罢。

六月二十九日。

四

近日因为神经不好，夜间睡眠不足，精神很是颓唐，所以好久没有写信，也不曾做诗了。诗思固然不来，日前到大殿后看了御碑亭，更使我诗兴大减。碑亭之北有两块石碑，四面都刻着乾隆御制的律诗和绝句。这些诗虽然很讲究的刻在石上，壁上还有宪兵某君的题词，赞叹他说“天命乃有移，英风殊难泯！”

但我看了不知怎的联想到那塾师给冷于冰看的草稿，将我的创作热减退到近于零度。我以前病中忽发野心，想做两篇小说，一篇叫《平凡的人》，一篇叫《初恋》，幸而到了现在还不曾动手，不然，岂不将使《馍馍赋》不但无独而且有偶么？

我前回答应告诉你游客的故事，但是现在也未能践约，因为他们都从正门出入，很少到般若堂里来的。我看见从我窗外走过的游客，一总不过十多人。他们却有一种公共的特色，似乎都对于植物的年龄颇有趣味。他们大抵问和尚或别人道，“这藤萝有多少年了？”答说，“这说不上来。”便又问，“这柏树呢？”至于答案，自然仍旧是“说不上来”了。或者不问柏树的，也要问槐树，其馀核桃石榴等小树，就少有人注意了。我常觉得奇异，他们既然如此热心，寺里的人何妨就替各棵老树胡乱定出一个年岁，叫和尚们照样对答，或者写在大木板上，挂在树下，岂不一举两得么？

游客中偶然有提着鸟笼的，我看了最不喜欢。我平常有一种偏见，以为作不必要的恶事的人，比为生活所迫，不得已而作恶者更为可恶；所以我憎恶蓄妾的男子，比那卖女为妾——因贫穷而吃人肉的父母，要加几倍。对于提鸟笼的人的反感，也是出于同一的源流。如要吃肉，便吃罢了（其实飞鸟的肉，于养生上也并非必要）；如要赏鉴，在他自由飞鸣的时候，可以尽量的看或听，何必关在笼里，擎着走呢？我以为这同喜欢缠足一样的是痛苦的赏玩，是一种变态的残忍的心理。贤首于《梵网戒疏》盗戒下注云，“善见云，盗空中鸟，左翅至右翅，尾至头，上下亦尔，俱得重罪。准此戒，纵无主，鸟身自为主，盗皆重也。”鸟身自为主，——这句话的精神何等博大深厚，然而又岂是那些提鸟笼的朋友所能了解的呢？

《梵网经》里还有几句话，我觉得也都很好。如云“若佛子，故食肉，——一切肉不得食。——断大慈悲性种子，一切众生见而舍去。”又云，“一切男子是我父，一切女人是我母，我生生无不从之受生，故六道众生皆我父母。而杀而食者，即杀我父母，亦杀我故身：一切地水，是我先身；一切火风，是我本体。……”我们现在虽然不能再相信六道轮回之说，然而对于这普亲观平等观的思想，仍然觉得他是真而且美。英国勃来克的诗：

被猎的兔每一声叫，
撕掉脑里的一枝神经；
云雀被伤在翅膀上，
一个天使止住了歌唱。

这也是表示同一的思想。我们为自己养生计，或者不得不杀生，但是大慈悲性种子也不可不保存，所以无用的杀生与快意的杀生，都应该避免的。譬如吃醉虾，这也罢了；但是有人并不贪他的鲜味，只为能够将半活的虾夹住，直往嘴里送，心里想道“我吃你!”觉得很快活。这是在那里尝得胜快心的滋味，并非真是吃食了。《晨报》杂感栏里曾登过松年先生的一篇《爱》，我很以他所说的为然。但是爱物也与仁人很有关系，倘若断了大慈悲性种子，如那样吃醉虾的人，于爱人的事也恐怕不大能够圆满的了。

七月十四日。

五

近日天气很热，屋里下午的气温在九十度以上。所以一到晚间，般若堂里在院子里睡觉的人，总有三四人之多。他们的睡法很是奇妙，因为蚊子白蛉要来咬，于是便用棉被没头没脑的盖住。这样一来，固然再也不怕蚊子们的勒索，但是露天睡觉的原意也完全失掉了。要说是凉快，却蒙着棉被；要说是通气，却将头直钻到被底下去。那么同在热而气闷的屋里睡觉，还有什么区别呢？有一位方丈的徒弟，睡在藤椅上，挂了一顶洋布的帐子，我以为是防蚊用的了，岂知四面都是悬空，蚊子们如能飞近地面一二尺，仍旧是可以进去的，他的帐子只能挡住从上边掉下来的蚊子罢了。这些奥妙的办法，似乎很有一种禅味，只是我了解不来。

我的行踪，近来已经推广到东边的“水泉”。这地方确是还好，我于每天清早，没有游客的时候，去徜徉一会，赏鉴那山水之美。只可惜不大干净，路上很多气味，——因为陈列着许多《本草》上的所谓人中黄！我想中国真是一个奇妙的国，在那里人们不容易得到营养料，也没有方法处置他们的排泄物。我想像轩辕太祖初入关的时候，大约也是这样情形。但现在已经过了四千年之久了，难道这个情形真已支持了四千年，一点不曾改么？

水泉四面的石阶上，是天然疗养院附属的所谓洋厨房。门外生着一棵白杨树，树干很粗，大约直径有六七寸，白皮斑驳，很是好看。他的叶在没有什么大风的时候，也瑟瑟的响，仿佛是有魔术似的。古诗说，“白杨多悲风，萧萧愁杀人”，非看见过白杨树的人，不大能了解他的趣味。欧洲传说云，耶稣钉死在白杨木的十字架上，所以这树以后便永远颤抖着。…… 我正对着白杨起种种的空想，有一个七八岁的小西洋人跟着宁波的老妈子走进洋厨房来。那老妈子同厨子讲着话的时候，忽然来了两个小广东人，各举起一只手来，接连的打小西洋人的嘴巴。他的两个小颊，立刻被批的通红了，但他却守着不抵抗主义，任凭他们打去。我的用人看不过意，把他们隔开两回，但那两位攘夷的勇士又冲过去，寻着要打嘴巴。被打的人虽然忍受下去了，但他们把我刚才的浪漫思想也批到不知去向，使我切肤的感到现实的痛。——至于这两个小爱国者的行为，若由我批评，不免要有过激的话，所以我也不再说了。

我每天傍晚到碑亭下去散步，顺便恭读乾隆的御制诗；碑上共有十首，我至少总要读他两首。读之既久，便发生种种感想，其一是觉得语体诗发生的不得已与必要。御制诗中有这几句，如“香山适才游白社，越岭便已至碧云。”又“玉泉十丈瀑，谁识此其源。”似乎都不大高明。但这实在是旧诗的难做，怪不得皇帝。对偶呀，平仄呀，押韵呀，拘束得非常之严，所以便是奉天承运的真龙也挣扎他不过，只落得留下多少打油的痕迹在石头上面。倘若他生在此刻，抛了七绝五律不做，去做较为自由的新体诗，即使做的不好，也总不至于被人认为“哥罐闻焉嫂棒伤”的蓝本罢。但我写到这里，忽然想到《大江集》等几种名著，又觉得我所说的也未必尽然。大约用文言做“哥罐”的，用白话做来仍是“哥罐”，——于是我又想起一种疑问，这便是语体诗的“万应”的问题了。

七月十七日。

六

好久不写信了。这个原因，一半因为你的出京，一半因为我的无话可说。我的思想实在混乱极了，对于许多问题都要思索，却又一样的没有归结，因此觉得要说的话虽多，但不知怎样说才好。现在决心放任，并不硬去统一，姑且看书消遣，这倒也还罢了。

上月里我到香山去了两趟，都是坐了四人轿去的。我们在家乡的时候，知道四人轿是只有知县坐的，现在自己却坐了两回，也是“出于意表之外”的。我一个人叫他们四位扛着，似乎很有点抱歉，而且每人只能分到两角多钱，在他们实在也不经济，不知道为什么不减作两人呢？那轿杠是杉木的，走起来非常颠播。大约坐这轿的总非有候补道的那样身材，是不大合宜的。我所去的地方是甘露旅馆，因为有两个朋友耽阁在那里，其馀各处都不曾去。什么的一处名胜，听说是督办夫人住着，不能去了。我说这是什么督办，参战和边防的督办不是都取消了么，答说是水灾督办。我记得四五年前天津一带确曾有过一回水灾，现在当然已经干了，而且连旱灾都已闹过了（虽然不在天津）。朋友说，中国的水灾是不会了的，黄河不是决口了么。

这话的确不错，水灾督办诚然有存在的必要，而且照中国的情形看来，恐怕还非加入官制里去不可呢。

我在甘露旅馆买了一本《万松野人言善录》，这本书出了已经好几年，在我却是初次看见。我老实说，对于英先生的议论未能完全赞同，但因此引起我陈年的感慨，觉得要一新中国的人心，基督教实在是很适宜的。极少数的人能够以科学艺术或社会的运动去替代他宗教的要求，但在大多数是不可能的。我想最好便以能容受科学的一神教把中国现在的野蛮残忍的多神——其实是拜物——教打倒，民智的发达才有点希望。不过有两大条件，要紧紧的守住：其一是这新宗教的神切不可与旧的神的观念去同化，以致变成一个西装的玉皇大帝；其二是切不可造成教阀，去妨害自由思想的发达。这第一第二的覆辙，在西洋历史上实例已经很多，所以非竭力免去不可。——但是，我们昏乱的国民久伏在迷信的黑暗里，既然受不住智慧之光的照耀，肯受这新宗教的灌顶么？不为传统所囚的大公无私的新宗教家，国内有几人呢？仔细想来，我的理想或者也只是空想，将来主宰国民的心的，仍旧还是那一班的鬼神妖怪罢！

我的行踪既然已经推广到了寺外，寺内各处也都已走到，只剩那可以听松涛的有名的塔上不曾去。但是我平常散步，总只在御诗碑的左近或是弥勒佛前面的路上。这一段泥路来回可一百步，一面走着，一面听着阶下龙嘴里的潺湲的水声（这就是御制诗里的“清波绕砌湲”），倒也很有兴趣。不过这清波有时要不“湲”，其时很是令人扫兴，因为后面有人把他截住了。这是谁做主的，我都不知道，大约总是有什么金鱼池的阔人们罢。

他们要放水到池里去，便是汲水的人也只好等着，或是劳驾往水泉去，何况想听水声的呢！靠着这清波的一个朱门里，大约也是阔人，因为我看见他们搬来的前两天，有许多穷朋友头上顶了许多大安乐椅小安乐椅进去。以前一个绘画的西洋人住着的时候，并没有什么门禁，东北角的墙也坍了，我常常去到那里望对面的山景和在溪滩积水中洗衣的女人们。现在可是截然的不同了，倒墙从新筑起，将真山关出门外，却在里面叫人堆上许多石头，（抬这些石头的人们，足足有三天，在我的窗前络绎的走过。）叫做假山，一面又在弥勒佛左手的路上筑起一堵泥墙，于是我真山固然望不见，便是假山也轮不到看。那些阔人们似乎以为四周非有墙包围着是不能住人的。我远望香山上迤逦的围墙，又想起秦始皇的万里长城，觉得我所推测的话并不是全无根据的。

还有别的见闻，我曾做了两篇《西山小品》，其一曰《一个乡民的死》，其二曰《卖汽水的人》，将他记在里面。但是那两篇是给日本的朋友们所办的一个杂志作的，现在虽有原稿留下，须等我自己把它译出方可发表。

九月三日，在西山。

［1921 年 6 月 9 日《晨报副刊》/《雨天的书》］

碰　伤

我从前曾有一种计划，想做一身钢甲，甲上都是尖刺，刺的长短依照猛兽最长的牙更加长二寸。穿了这甲，便可以到深山大泽里自在游行，不怕野兽的侵害。他们如来攻击，只消同毛栗或刺猬般的缩着不动，他们就无可奈何，我不必动手，使他们自己都负伤而去。

佛经里说蛇有几种毒，最利害的是见毒，看见了他的人便被毒死。清初周安士先生注《阴骘文》，说孙叔敖打杀的两头蛇，大约即是一种见毒的蛇，因为孙叔敖说见了两头蛇所以要死了。（其实两头蛇或者同猫头鹰一样，只是凶兆的动物罢了。）但是他后来又说，现在湖南还有这种蛇，不过已经完全不毒了。

我小的时候，看《唐代丛书》里的《剑侠传》，觉得很是害怕。剑侠都是修炼得道的人，但脾气很是不好，动不动便以飞剑取人头于百步之外。还有剑仙，那更利害了，他的剑飞在空中，只如一道白光，能追赶几十里路，必须见血方才罢休。我当时心里祈求不要遇见剑侠，生恐一不小心得罪他们。

近日报上说有教职员学生在新华门外碰伤，大家都称咄咄怪事，但从我这浪漫派的人看来，一点都不足为奇。在现今的世界上，什么事都能有。我因此连带的想起上边所记的三件事，觉得碰伤实在是情理中所能有的事。对于不相信我的浪漫说的人，我别有事实上的例证举出来给他们看。

三四年前，浦口下关间渡客一只小轮，碰在停泊江心的中国军舰的头上，立刻沉没，据说旅客一个都不失少（大约上船时曾经点名报数，有账可查的）。过了一两年后，一只招商局的轮船，又在长江中碰在当时国务总理所坐的军舰的头上，随即沉没，死了若干没有价值的人。年月与两方面的船名，死者的人数，我都不记得了，只记得上海开追悼会的时候，有一副挽联道：

未必同舟皆敌国，不图吾辈亦清流。

因此可以知道，碰伤在中国实是常有的事。至于完全责任，当然由被碰的去负担。譬如我穿着有刺钢甲，或是见毒的蛇，或是剑仙，有人来触，或看，或得罪了我，那时他们负了伤，岂能说是我的不好呢？又譬如火可以照暗，可以煮饮食，但有时如不吹熄，又能烧屋伤人，小孩们不知道这些方便，伸手到火边去，烫了一下，这当然是小孩之过了。

听说，这次碰伤的缘故由于请愿。我不忍再责备被碰的诸君，但我总觉得这办法是错的。请愿的事，只有在现今的立宪国里，还暂时勉强应用，其馀的地方都不通用的了。例如俄国，在一千九百零几年，曾因此而有军警在冬宫前开炮之举，碰的更利害了，但他们也就从此不再请愿了。……我希望中国请愿也从此停止，各自去努力罢。

十年六月，在西山。

[1921年6月10日《晨报》/《泽泻集》]

胜　业

偶看《菩萨戒本经》，见他说凡受菩萨戒的人，如见众生所作，不与同事，或不瞻视病人，或不慰忧恼，都犯染污起；只有几条例外不犯，其一是自修胜业，不欲暂废。我看了很有感触，决心要去修自己的胜业去了。

或者有人问，“你？也有胜业么？”是的。各人各有胜业，彼此虽然不同，其为胜业则一。俗语云，“虾蟆垫床脚”。夫虾蟆虽丑，尚有蟾酥可取，若垫在床脚下，虾蟆之力更不及一片破瓦。我既非天生的讽刺家，又非预言的道德家；既不能做十卷《论语》，给小孩们背诵，又不能编一部《笑林广记》，供雅俗共赏；那么高谈阔论，为的是什么呢？野和尚登高座妄谈般若，还不如在僧房里译述几章法句，更为有益。所以我的胜业，是在于停止制造（高谈阔论的话）而实做行贩。别人的思想，总比我的高明；别人的文章，总比我的美妙：我如弃暗投明，岂不是最胜的胜业么？但这不过在我是胜。至于别人，原是各有其胜，或是征蒙，或是买妾，或是尊孔，或是吸鼻烟，都无不可，在相配的人都是他的胜业。

［1921 年 7 月 30 日《晨报副刊》/《谈虎集》］

一个乡民的死

我住着的房屋后面，广阔的院子中间，有一座罗汉堂。他的左边略低的地方是寺里的厨房，因为此外还有好几个别的厨房，所以特别称它作大厨房。从这里穿过，出了板门，便可以走出山上。浅的溪坑底里的一点泉水，沿着寺流下来，经过板门的前面。溪上架着一座板桥。桥边有两三棵大树，成了凉棚，便是正午也很凉快，马夫和乡民们常常坐在这树下的石头上，谈天休息着。我也朝晚常去散步。适值小学校的暑假，丰一到山里来，住了两礼拜，我们大抵同去，到溪坑底里去捡圆的小石头，或者立在桥上，看着溪水的流动。马夫的许多驴马中间，也有带着小驴的母驴，丰一最爱去看那小小的可爱而且又有点呆相的很长的脸。

大厨房里一总有多少人，我不甚了然。只是从那里出入的时候，在有一匹马转磨的房间的一角里，坐在大木箱的旁边，用脚踏着一枝棒，使箱内扑扑作响的一个男人，却常常见到。丰一教我道，那是寺里养那两匹马的人，现在是在那里把马所磨的麦的皮和粉分做两处呢。他大约时常独自去看寺里的马，所以和那男人很熟习，有时候还叫他，问他各种的小孩子气的话。

这是旧历的中元那一天。给我做饭的人走来对我这样说，大厨房里有一个病人很沉重了。一个月以前还没有什么，时时看见他出去买东西。旧历六月底说有点不好，到十多里外的青龙桥地方，找中医去看病。但是没有效验，这两三天倒在床上，已经起不来了。今天在寺里作工的木匠把旧板拼合起来，给他做棺材。这病好像是肺病。在他床边的一座现已不用了的旧灶里，吐了许多的痰，满灶都是苍蝇。他说了又劝告我，往山上去须得走过那间房的旁边，所以现在不如暂时不去的好。

我听了略有点不舒服。便到大殿前面去散步，觉得并没有想上山去的意思，至今也还没有去过。

这天晚上寺里有焰口施食。方丈和别的两个和尚念咒，方丈的徒弟敲钟鼓。我也想去一看，但又觉得麻烦，终于中止了，早早的上床睡了。半夜里忽然醒过来，听见什么地方有铙钹的声音，心里想道，现在正是送鬼，那么施食也将完了罢，以后随即睡着了。

早饭吃了之后，做饭的人又来通知，那个人终于在清早死掉了。他又附加一句道："他好像是等着棺材的做成呢。"

怎样的一个人呢？或者我曾经见过也未可知，但是现在不能知道了。

他是个独身，似乎没有什么亲戚。由寺里给他收拾了，便在上午在山门外马路旁的田里葬了完事。

在各种的店里，留下了好些的欠账。面店里便有一元馀，油酱店一处大约将近四元。店里的人听见他死了，立刻从账簿上把这一页撕下烧了，而且又拿了纸钱来，烧给死人。木匠的头儿买了五角钱的纸钱烧了。住在山门外低的小屋里的老婆子们，也有拿了一点点的纸钱来吊他的。我听了这话，像平常一样的，说这是迷信，笑着将它抹杀的勇气，也没有了。

［1921年8月30日作/《过去的生命》］

卖汽水的人

我的间壁有一个卖汽水的人。在般若堂院子里左边的一角，有两间房屋，一间作为我的厨房，里边的一间便是那卖汽水的人住着。

一到夏天，来游西山的人很多，汽水也生意很好。从汽水厂用一块钱一打去贩来，很贵的卖给客人。倘若有点认识，或是善于还价的人，一瓶两角钱也就够了，否则要卖三四角不等。礼拜日游客多的时候，可以卖到十五六元，一天里差不多有十元的利益。这个卖汽水的掌柜本来是一个开着煤铺的泥水匠，有一天到寺里来作工，忽然想到在这里来卖汽水，生意一定不错，于是开张起来。自己因为店务及工作很忙碌，所以用了一个伙计替他看守，他不过偶然过来巡阅一回罢了。伙计本是没有工钱的，火食和必要的零用，由掌柜供给。

我到此地来了以后，伙计也换了好几个了，近来在这里的是一个姓秦的二十岁上下的少年，体格很好，微黑的圆脸，略略觉得有点狡狯，但也有天真烂熳的地方。

卖汽水的地方是在塔下，普通称作塔院。寺的后边的广场当中，筑起一座几十丈高的方台，上面又竖着五枝石塔，所谓塔院便是这高台的上边。从我的住房到塔院底下，也须走过五六十级的台阶，但是分作四五段，所以还可以上去，至于塔院的台阶总有二百多级，而且很峻急，看了也要目眩，心想这一定是不行罢，没有一回想到要上去过。塔院下面有许多大树，很是凉快，时常同了丰一，到那里看石碑，随便散步。

有一天，正在碑亭外走着，秦也从底下上来了。一只长圆形的柳条篮套在左腕上，右手拿着一串连着枝叶的樱桃似的果实。见了丰一，他突然伸出那只手，大声说道：“这个送你。”丰一跳着走去，也大声问道：

“这是什么？”

“郁李。”

“哪里拿来的？”

“你不用管。你拿去好了。”他说着，在狡狯似的脸上现出亲和的微笑，将果实交给丰一了。他嘴里动着，好像正吃着这果实。我们拣了一颗红的吃了，有李子的气味，却是很酸。丰一还想问他什么话，秦已经跳到台阶底下，说着“一二三”，便两三级当作一步，走了上去，不久就进了塔院第一个的石的穹门，随即不见了。

这已经是半月以前的事情了。丰一因为学校将要开始，也回到家里去了。

昨天的上午，掌柜的侄子飘然的来了。他突然对秦说，要收店了，叫他明天早上回去。这事情太鹘突，大家都觉得奇怪，后来仔细一打听，才知道因为掌柜知道了秦的作弊，派他的侄子来查办的。三四角钱卖掉的汽水，都登了两角的账，馀下的都没收了存放在一个和尚那里，这件事情不知道有谁用了电话告诉了掌柜了。侄子来了之后，不知道又在哪里打听了许多话，说秦买怎样的好东西吃，半个月里吸了几盒的香烟，于是证据确凿，终于决定把他赶走了。

秦自然不愿意出去，非常的颓唐，说了许多辩解，但是没有效。到了今天早上，平常起的很早的秦还是睡着，侄子把他叫醒，他说是头痛，不肯起来。然而这也是无益的了，不到三十分钟的工夫，秦悄然的出了般若堂去了。

我正在有那大的黑铜的弥勒菩萨坐着的门外散步。秦从我的前面走过，肩上搭着被囊，一边的手里提了盛着一点点的日用品的那一只柳条篮。从对面来的一个寺里的佃户见了他问道：

“哪里去呢？”

“回北京去！”他用了高兴的声音回答，故意的想隐藏过他的忧郁的心情。

我觉得非常的寂寥。那时在塔院下所见的浮着亲和的微笑的狡狯似的面貌，不觉又清清楚楚的再现在我的心眼的前面了。我立住了，暂时望着他彳亍的走下那长的石阶去的寂寞的后影。

［1921年8月30日作/《过去的生命》］

在希腊诸岛

□英国劳斯原作

在田野的希腊，至今仍有诃美洛思（Homeros）时代的风气馀留着，而尤以游人少到的爱该亚（Aigaia）诸岛为然。这不但是那优美流利的言语，虽然颇有改变，却令人想起六音步诗（Hexameter）的波动，纵或没有他的庄严；便是那人民的生活思想，也起源于不可记忆的古昔。在每座荒山上，有一个友迈阿思（Eumaios）在他的牧舍（Mandra）里，带着几只凶猛的系铃的狗，他们都认生客为敌人；阿迭修斯（Odysseus）航海，坐在一只船里，同我们在希腊陶樽上所见的一样，船头上画着这样的一副大眼睛，也正如古时；沛纳洛贝（Penelopē）①在手织机上织布或鲜艳的绒毯；一样的简单的饮食，一样的开放的款待；神女（Nereid）们出现于溪边山上，哈隆（Charōn）来叫死者同行。这也不是怎么久远的事，那瞎眼的诃美洛斯们在乡间踯躅而行，唱古代的英雄诗，来报答人家的欢迎；只是现在他们的题目并非忒罗亚（Troia），却是希腊对土耳其的自由之争罢了。

你的主人到大门口来欢迎你。你走进屋里，外面都是盲墙，但在里面是房屋向院子开着窗户，或者旁边还有一带露廊。在门口，他们给你捧出面盆和手巾来，家里的儿子或女儿倒水在你的手上。你坐在方凳或长椅上，主妇亲自端出一盘的糖食，——一小瓶美味的果酱，你从这里舀出一瓢，依照规矩祝伊的健康，伊也回答。以后便是吃饭，女人们伺候你和你

【原注】

① 友迈阿思是阿迭修思漂泊十年后回家时所遇见的牧羊人，沛纳洛贝是阿迭修思的妻，俱见诃美洛斯史诗《阿迭修斯故事》（*Odysseia*）中。

的主人；末后是乳香酒，盛在小瓶子里，和蒲陶无花果或瓜类一同拿上来；一个食客，一半是仆役，一半是朋友，是主人的同族，接连的替你斟这有力的醇酒，他自己也有时可以尝到。他坐在角上，很恭敬的加入谈话；外边一两个更卑的仆役，站着听屋内的情形。你的主人很是好奇，他要知道你是什么人，住在哪里，多少收入，是否有妻，如没有，便问何以没有，总之关于你的一切，而且他自己也一样的肯告诉你。你愿意停留，也是欢迎的，而且照例这决不想到报酬。就是穷人也常愿留你作客。

有一次，在离雅典（Athenai）不远的地方，我雇了一个人和骡子，旅行半日，略略争论之后，我们议定价钱三个特拉赫玛（Drachma），大约值十八便士。这个契约，加上一啐的酸酒，便签定了。他问我道："你在哪里吃面包呢?"我说："我想，便在这里。"就是指这咖啡店。"来，同我吃去。"他答说。于是我便同我的骡夫吃了早饭，我们吃的食物是很简单的，但是很丰富，而且殷勤的相劝：盐鱼，面包，干酪，酒，无花果，蒲陶，装在一个木盘里，我们便斜靠的坐在地板上；牧师的食前祷告，说得很长，尽可以用在市长大人的宴会上。我旅行回来的时候，他又坚执的请我吃饭，这回是几大片黑面包和一个很大的生葱头。

在山冈间，滂（Pan）①是还没有死；即使他或者睡着了，总之神女②是醒着的。形状是很美的女人（民间俗语里说，"美如神女"，或

【原注】

① 滂在古代希腊神话里，本是牧神，后来因为他的名字与希腊语"一切"这一个字同音，所以改变作大神了。布鲁达克（Plutarchos）说，耶稣降生的一年，有人在海边听得呼声："大的滂死了!"于是满山都是哭声。但是基督教代异教而兴，异教的神却并不死，只是改名换姓，仍受人的礼拜。旧日滂的神祠，改作"滂那吉亚"——一切圣——即圣处女的庙，至今还是存在。

② 神女在古代希腊总称宁菲（Nymphai），分作海的神女（Nereides）、河的神女（Naiades）、山的神女（Oreiades）、树的神女（Dryades）诸种，只是女性的精灵，没有什么恶意，在现代希腊总称之曰 Neraides，古文宁菲一语只存其原义作新妇解，不复用了。对于神女的那些恐怖，大约也是改为基督教以后所加上的。

云，“丑如运命女神”），穿着白衣，披着长的黑发，他们寻孤独的牧人或旅客和他说话；他如不能拒绝他们，那是祸祟到了。回答是极危险：他们使他变哑，或者使他一个支体偏枯，无论如何总加害于他。一个老人，他是一所古话的栈房，曾经告诉我，一夜里他看着羊，听到神女的声音，好像许多铃声，自此以后他再也听不清楚，因为她们使他变聋了。要使她们无害，你用黑柄的刀在你周围画一个圈子，她们便不能走进这里面来。

树林的神女和女泉的神女也不曾去；只要看圣井上的小庙，或是那树和她所受的布片及葱头的贡品①。

在全国里，几乎每个田野，都有荒废的神祠或简单的围场，各有它的守护的圣徒；这令人想起古代希腊田庄里，特地给滂和神女们所留起的角落来。

这些地方又多有东罗马的遗迹留存，所以我们不难相信，这里面至少也有若干是以先礼拜滂的地方。他们在地图上并不标出，只在地方传说里有人知道；倘可以将他们所供的圣徒名字造成一个表，应当能够明了他们的起源。他们的大多数是奉圣处女（Panagia）的，我们从这名字里去听出古神的回响，或者不是过于空想，如我们看见兑美推尔（Dēmētēr）怎样的变成圣地米忒利（Dimitri），蔼来初亚（Eileithyia）怎样的变成圣勒夫忒利（Lephteri）②。

【原注】

① 布片是病人所献，求病愈的。依感应魔术的法则，支体有病，将金属或泥蜡模造这支体献在庙里，可以祛魔愈病。但是贴身的衣也可代用，因为衣服也算是全身的一部分，而且染有病气，所以可为病体的代表。

② 兑美推尔意云地母，古代希腊生命之神。蔼来初亚意云来助者，是帮助妇女生产的女神。勒夫忒利系蔼娄尺洛思（Eleutheros）之转，与蔼来初亚音相近。

那三个运命女神①仍旧纺着她们的无情的线；她们在初生婴孩的头上写下他的定命，洗礼的夜间倘不给这姊妹们设备食物，这人家便要交恶运了！恶眼②也须永远防备，它如落在你的上头，不可疏忽，须三次唾③在你的胸里，正如他们在谛阿克利多斯（Theokritos）的时代所做一般。你死的时候，这是哈隆（Charōn）凶笑着来带你去的④。试听他们的这一篇的挽歌⑤：

为什么山顶是这样黑？为什么暗云环绕着他？

这是狂风打他么？这是暴雨鞭他么？

也不是狂风打他，也不是暴雨鞭他，

【锺校】

③ “唾”原作“睡”。

【原注】

① 运命女神（Moirai）凡三人：一名纺者，持纺锤，司绩生命之丝；一名拈阄，持册，司注写个人的定命；一名无私，持剪，司截生命之丝。形状衰丑如老女人。现代希腊民间很畏惧她们，尊称之曰好主母们（He Kalokyrades）。小儿生后三日，她们来注定他的命运，写在他额上，所以俗称面上黑子作“运命的字”。那天晚上，开门，设桌椅饮食，或陈列珍宝，欢迎她们的来。倘触犯她们，便要发怒将恶运给与小儿。

② 恶眼（To KaKo Mati）是一种普遍的迷信，相信能够用了眼光伤害人畜。谛阿克利多斯《牧歌》第六中说及此事，以三唾为禳解，又或说道：“大蒜在你眼里！”或云：“你吃你的头！”或举拳向上，急往下伸，将大拇指及小指张开，均能防御恶眼，使这祸祟归于作法的人。

④ 哈隆在古代希腊神话里是渡死人往冥间的舟夫，但在现代称作哈罗斯，变成勾魂主者，占了古代冥王“不见”（Hades）的地位了。

⑤ 英国洛生（T. C. Lawson）的《现代希腊民俗与古代希腊宗教》中亦引此歌，但其后尚有七行，今补译于下：

小儿们攀着向他喊，老人们叫着向他请求：
“善的哈罗斯，在什么村里停下，停在凉快的泉边，
在那里让少年们举起石头，让老人们喝点水，
在那里让小儿们去采美丽的花朵。”
“不，我不在什么村里停下，也不停在凉快的泉边，
恐怕母亲们来汲水，要看见她们的小儿，
恐怕夫妇又要会见，不能再分离了。”

这是大哈罗斯（Charos）走过，带着死人过去。

少年他赶在前面，老人跟在后边，

柔弱的小儿们排在他的鞍前。

这些可怕的力，他们同先前一样设法和解。试进有名的礼拜堂去；那里挂着许多小小的许愿的臂膊，腿，胸脯与脸的模型。在那里，同在亚斯克勒坡斯（Asclepios）的庙里一般，当大祭日的前夜，病人都睡着，希望圣者的福佑①。那地方正像一所兵房；在侧堂里是更无落足之处，因为那些被褥线毯，瓦罐铁锅，污秽的小孩和一切家用杂物；在雕刻的僧座上，他们两排的睡着。有许多奇迹降于他们，我们可以相信并不亚于蔼比陶罗斯（Epidauros）的那些神异的疗治。

但是没有运命，没有哈隆，也没有疾病的恐怖，能够使希腊人忧郁。他应着必要而作工，去得他生活的食料。冬天里他倘若不得不到山上去，他将板一般硬的一张羊皮裹了身子，勉强敷衍过去；温和的天气来了，他坐在太阳下晒着，吃果子和干酪，喝他的淡酒，消磨他大半的光阴在搓卷烟草里，烟卷里边却几乎都是纸片。到了晚上，他坐在咖啡店里，享受最近的闲谈，充满着生气活现的谈话，笑声，嘲弄，故事；他不很过度的醉酒，而且也只是偶然，激动起来，至于使用他装在腰包里的短刀和手枪。

本地圣徒的祭日到了，或者是蒲陶收获的时候，应该祝福蒲陶，那时早晨日出，全村的人都聚会在礼拜堂里。门外系着许多驴骡，小贩商人各做生意；门里面立着露顶的男人，女人带着面巾，礼拜堂满了，馀下的挤在院子里；牧师说他的祈祷，一个侍者提着香炉，在人丛里四面挥荡；新果子的供品祝福过了，一筐一筐的面包和蒲陶拿出来，各人都

【原注】

① 这种疗法称作 Enkoimesis，意思便是“睡在里边”，平常总是一夜，但也有长住几个月的。据说神经关系的病，用这信仰治疗，也间或有治好的。

取一点。那虔信的人，直到那时为止，不吃他园里的蒲陶。他们礼拜，他们处理一天的事务；晚间他们往海边去，在那里有音乐和跳舞使他们愉快到天黑，或者直到夜里，倘若适值是有月亮。男人与女人都加入这礼拜里边，他们还未教育的成为不信，而且他们的跳舞的热心也不见得弱于他们的信仰。希腊人将常常跳舞，正如英国人将唱一出滑稽的歌，在他愉快的时候。

这富于阳光的土地和这种快活而且豁达的人民的美，虽在今日也还牵引人的思想向着他们。我们想望再去攀登那崎岖的山路，看着竹鸡拍拍的从我们脚下飞起，或者鹰在岩石间翔舞；晚上卧在无云的天空下，听着那些以生命充满空中的无数的嗡嗡飞着的东西，和不远的岸边的海的呻吟，感着拂拂的晚风离了陆地吹去；而且在这一切未经为现代生活里的丑所触过的事物之中，梦想这世界还要更年青三千年，忒罗亚方才攻下；还一半期望听到滂的吹箫，在那边的山谷里。

傍着低语的川流，傍着动摇的苇丛。①

这篇本是劳斯（W. H. D. Rouse）所译《希腊岛小说集》的序文，因为他说新希腊的人情风土很是简要有趣，可以独立，所以我将它译出来了。劳斯是研究古代希腊文学的，他在英国编订的希腊古典著作颇多。他作这篇文章还在一八九七年，但我们可以相信希腊现在大略也是如此，因为二三十年的时日，在民族文化的变化上是毫无影响的，虽然在都市上可以造成多少今昔的差异。希腊自六世纪以后，叠经斯拉夫民族的混入，十五世纪又受土耳其的并吞，但国民思想却仍然是希腊的，“有诃美洛思时代的风气馀留着”。我们并不以为这样那样是国粹，可以怎么宝贵，不过因为民族的殊异的文化是个人与社会的遗传的结果，是

【原注】

① 此行原系古希腊文，盖系古诗成句。

自然而且当然的。我们如要知道一国的艺术作品，便有知道这特异的民众文化的必要。一个人的思想艺术无论怎样的杰出，但是无形中总受着他的民族的总文化的影响，——利益或是限制。这是一个不可否认的事实，所以我们不可看轻他；但若过于推重，如爱尔兰诗人雅支（W. B. Yeats）将他所记的民俗题名曰《开耳忒的微光》（*The Celtie Twilight*），却也觉得太过了。

希腊是古代诸文明的总汇，又是现代诸文明的来源，无论科学哲学文学美术，推究上去无一不与他有重大的关系。

中国的文明差不多是孤立的，也没有这样长远的发展。但民族的古老，历史上历受外族的压迫，宗教的多神崇拜，都很相像，可是两方面的成绩却大有异。就文学而论，中国历来只讲文术而少文艺，只有一部《离骚》，那丰富的想像，热烈的情调，可以同希腊古典著作相比，其馀便鲜可称道。

中国的神话，除了《九歌》以外，一向不曾受过艺术化，所以流传在现代民间，也不能发出一朵艺术的小花。我们并不以为这多神思想的传统于艺术是必要的，但是这为原始艺术根源的圣井尚且如此浑浊枯竭了，其他的情绪的干枯也就可以想见，于文艺的发生怎能没有关系呢。中国现在文艺的根芽，来自异域，这原是当然的，但种在这古国里，吸收了特殊的土味与空气，将来开出怎样的花来，实在是很可注意的事。希腊的民俗研究，可以使我们了解希腊古今的文学；若在中国想建设国民文学，表现大多数民众的性情生活，本国的民俗研究也是必要，这虽然是人类学范围内的学问，却于文学有极重要的关系。

一九二一年八月十六日译者附记。

［1921年10月《小说月报》/《永日集》］

一茶的诗

一

日本的俳句，原是不可译的诗，一茶的俳句却尤为不可译。

俳句是一种十七音的短诗，描写情景，以暗示为主，所以简洁含蓄，意在言外，若经翻译直说，便不免将它主要的特色有所毁损了。一茶的句子，更是特别：他因为特殊景况的关系，造成一种乖张而慈悲的性格；他的诗脱离了松尾芭蕉的闲寂的禅味，几乎又回到松永贞德的诙谐与洒落（Share 即文字的游戏）去了。但是在根本上却有一个异点：便是他的俳谐是人情的，他的冷笑里含着热泪，他的对于强大的反抗与对于弱小的同情，都是出于一本的。他不像芭蕉派的闲寂，然而贞德派的诙谐里面也没有他的情热。一茶在日本俳诗人中，几乎是空前而且绝后，所以有人称他作俳句界的彗星，忽然而来，又忽然而去，望不见他的踪影了。我们要译这一个奇人的诗，当然是极难而近于不可能的。但为绍介这诗人起见，所以不惜冒了困难与失败，姑且尝试一回；倘因了原诗的本质的美，能够保存几分趣味，便是我最大的愿望了。

一茶（Issa）姓小林，名弥太郎，日本信州柏原驿人，本是农家子。三岁的时候，他的母亲死了，他便跟着祖母过活。他的俳文集《俺的春天》（*Oraga Haru*）里，有这一节文章：

> （1）被小孩们歌唱说，“没有母亲的小孩，随处可以看出来：衔着指头，站在大门口！”我觉得非常胆怯，不大去和人们接近，只是躲在后面园地里叠着的柴草堆下，过那长的日子。虽然是自己的事情，也觉得很是可哀。

和我来游戏罢，没有母亲的雀儿！

（六岁时作）

后来继母来了！这时一茶正八岁。当初感情还好，过了两年，他的异母弟专六生了以后，待遇便大不如前了。他的笔记断片里说：

春天去后，帮助耕作，昼间终日摘菜刈草，或是牵马，夜间也终宵借了窗下的月光，编草鞋和马的足套，更没有用功的馀暇。

他的诗中有许多咏继子的句，今举其一：

（2）继子呵，乘凉时候的执事是敲稻草。

十四岁时，祖母去世，一茶更没有保护了；他的父亲看不过去，但也没有法，只得叫他往江户去寻机会，放他一条生路。

十年之后，他成了一个芭蕉宗的葛饰派的俳人，出现于世。但是他的才气，不是什么宗派可以拘束得住的，所以过了五年，他又脱离师门，改称俳谐寺一茶，从此自在游行，他的特色得以发挥出来了。他的父亲病重，一茶急忙回去，在外已经有十五年。父亲死后，遗嘱将一所住屋，几亩田地，给两个儿子平分，但是继母和专六不肯照办，一茶于是再到江户，过那飘流的生活。以后回来一次，又被继母等所拒，他愤然的连草鞋的带都不曾解，又上京来。他的句集里有这两句诗，可以知道他的心情：

（3）故乡呵，触着碰着都是荆棘的花。

（4）在故乡连苍蝇也都螫人呵！

一茶为了析产的事，第三次回乡去，当初继母等仍然不理，他说要去控告了，这才解决了结，他的父亲这时已经死了十二年，他自己也五十岁了。一茶虽然先前对于故乡说了多少恶口，但住下之后，却又生出爱着来。

（5）春风呵，虽然草长的深，还是故乡呵！

(6) 嘆，这是我终老的住家么？——雪五尺！

一茶定居之后，这才结婚。他的《七番日记》里说：

四月十一日晴，妻来。

十三日雨，大家来贺喜。收百六文。

百六文当是贺礼的钱数。贺喜照俗礼便是水祝，新婚后，亲友共携酒食来会，以水沃新郎，因有此称。诗云：

(7) 莫让他逃阿，被水祝的五十的新郎。

妻名菊女，共居八年，生四男一女，皆早夭。菊女死后，续娶武家之女，名雪女，嫌一茶穷老，居二月馀即离婚。次娶八百女，三年而一茶卒，遗腹生一女，一茶的血统得以继续至今。一茶天性爱怜弱小，对于自己的儿女，自然爱着更深了，但不幸都早夭折；我们读他俳文集与句集，交互的见到他对于儿女的真挚的爱抚与哀恸，不禁为之释卷叹息。他真是不幸的“子烦恼”的诗人！

(8) 在去年五月所生的女儿面前，放了一人份的杂煮①的膳台。

（文政二年正月一日）

(9) 笑罢爬罢，二岁了呵，从今朝为始！

(10) 一面哺乳，数着跳蚤的痕迹。

(11) （原题：祝小儿的前途）可喜呀，吊钟似的②新穿的袷衣。

(12) 她遂于六月二十一日与蕣花同谢。母亲抱着死儿的

【原注】

① 杂煮是年糕和紫菜等同煮，元旦所吃的食物。

② Tentsuruten 系俗语，形容衣服短貌，惜无适当的译语。这句实在是一茶特有的好句，运用俗语，意带诙谐，而爱怜小儿之意也很明了。原意说祝小儿长大，新穿袷衣也觉得很短，是极可喜的事。译句却十分枯窘了。

面庞，荷荷的大哭，这也是当然了。虽然明知道到了此刻，逝水不归，落花不再返枝，但无论怎么达观，终于难以断念的，这正是恩爱的羁绊。句云：

露水的世，虽然是露水的世，虽然是如此。

此节见《俺的春天》内，现在录其一段。上文所说小儿，皆指一茶的女儿聪女。一茶是净土宗的信徒，但他仍是不能忘情，“露水的世”一句，真是他从心底里出来，令人感动的杰作。下一句也见于《俺的春天》中：

（13）（原题：聪女三十五日墓参）秋风呵，撕剩的红花，拿来作供。①

菊女死后，留下两岁的孤儿金三郎，寄养在邻村的农家，却将水当乳给他喝，半年之后，随即死了。一茶的集里，有这几句，为他们作纪念：

（14）（原题：亡妻新盆②）遗爱③之儿呵，“母亲来了！”拍他的手。

（15）瞿麦呵，地藏菩萨的前前后后。④

（16）妻死了，又为子所弃，还没有工夫消散悲叹之情，岁又暮了。这真是娑婆的事情的烦腻呵！

作弥陀佛的土仪，又拾了一岁！

一茶于是也老了。他的住屋又遭火灾，只剩下一间土藏，他便在这

【原注】

① 末四字原本所无，因意思不足，所以添上了。

② 盂兰盆之略，即中元。旧俗以是日迎鬼设祭，所以小儿说“母亲来了”，拍手礼拜，与中国拜法略异。

③ Katami（形见），是人死后留给生人做记念之物。又临别贻留，亦称形见，此处是第一义。

④ 这是悼金三郎之句，地藏菩萨依《本愿经》说，救苦拔罪，有不可思议愿力，日本多刻石置冢墓间，为亡人资冥福。中国此风已替，只将他当作地神了。

里面卧起。过了半年，舍弃此世，到安养世界去了，年六十五（一七六三至一八二七）。

二

以下所述，是日本沼波琼音的一篇文章，原载在《俳谐寺一茶》的附录里的。我因为他说一茶的特色，颇为简明，便也译出。虽然间有增添的处所，但都别作一节，不与原文相杂，起首又用一案字，一见可以了然。

一茶作诗的时候，并不想着要作好句，而且也并不想作句，却只是謦欬悉是俳谐罢了。他的最随便的，说出便算的句子，从他的“发句帐”上看来，也经过非常的推敲，好像是讲技巧，但这实在只是苦心计画怎么能够表现自己的所感，并不见什么藻饰的地方。矢野龙溪说，文章之上乘者，是“以金刚宝石为内容，以无色透明的水晶纸包之”。一茶的诗便是这样，在句与想之间没有一点阻隔，仿佛能够完全透明的看见一茶这个人的衷心了。在我的意见，像一茶那样多作的人，再也没有罢。读这许多俳句和他的日记，觉得他浑身都透视了。

一茶将动物植物，此外的无生物，森罗万象，都当作自己的朋友。但又不是平常的所谓以风月为友，他是以万物为人，一切都是亲友的意思。他以森罗万象为友，一切以人类待遇他们。他并不见有一毫假托，似乎实在是这样的信念。

（17）初出现的萤火，为甚回转了？这是俺呢！

（18）足下也进江户去的么？杜鹃呵！

（19）萍花开了守候着，草庵的前面。

（20）闲古鸟[①]叫了，说不要从马上掉了下来！

【原注】

① 鹧鸪之类。

(21) 我和你是前世的中表兄弟么？闲古鸟！

(22) 明月呵，今天你也是贵忙！

(23) 早晴的时候，毕毕剥剥的炭的高兴呵！

他将木炭等类都当人看。其馀跳蚤蚱蜢等小虫，也当真的认作自己的朋友，咏到诗里去。

一茶对于昆虫类，也倾注热烈的同情。

(24) 不要打哪，苍蝇搓他的手，搓他的脚呢！

(25) 跳蚤们，可不觉得夜长么？岑寂么？

案，这一类的佳句甚多，现在增录几首。

(26) 小雀儿，回避罢，回避吧！马来了呵！

(27) 女儿看呵，正在被卖身去的萤火！①

(28) （题：六道图之一——地狱）黄昏的月，——锅子里啼着的田螺。

(29) 鱼儿们呵，也不知是桶里，门口的纳凉。

(30) 春雨来了，吃剩的鸭呷呷的叫着。

(31) 捉到一个虱子，掐死他固然可怜，要弃在门外，任他绝食，也觉得不忍；忽然的想到我佛从前给与鬼子母的东西②。

虱子呵，放在和我的味道一样的石榴上爬着。

在他的句集里，咏跳蚤的句子很多，而且并不嫌憎它们。他诗里说冬天还有跳蚤出来，他的住家的景况，就很可以想见了。在许多句子里，仿佛他是和跳蚤一同游嬉着似的。

(32) 要转侧了呵，你回避罢，蚱蜢！

【原注】

① 日本夏天有卖萤者，富人得之放庭园中，或盛以纱囊悬室内，以为娱乐。

② 日本传说，佛降伏鬼子母神，给与石榴实食之，以代人肉，因榴实味酸甜似人肉云。据《鬼子母经》说，她后来成了生育之神，然则这石榴大约只是多子的象征罢了。

（33）蜗牛，——破坏了墙壁，给他游嬉。

后一句所说，与良宽上人因为竹从坐席下生长起来，便即破坏地板，除去屋瓦，以免妨碍它的发育自由，正是同一趣向。在《七番日记》里，又写着这样的事。有一天暴雨之后，一茶在乡间泥泞的狭路上行走，对面有三四匹马背了稻走来。领头的一匹，便即避道，走下泥泞里去，后面的马也跟着走去。这时一茶自己只拿着一个头陀袋，马却背着重荷，叫它们让路，实在非常抱歉；马的心里想必以为这是强横的人罢，"觉得太可怜了，立在堤上，暂时目送其去，"在日记上记着。马是畜生，人是万物之灵，这种思想，在一茶是没有的。

一茶将自然看得与自己极近。譬如写天地，中间并没有阻隔的东西，好像是写房内情景的模样，看得非常相近。如说将自然看得狭，未免很有语病，或者不如说亲密的看自然，较为适当。

（34）云散了，光滑滑的月夜呵！

（35）剖苇呵，天空角落的筑波山！

（36）在红的树叶上，摊着的寒气呵！

他将月夜看作和尚头一般，筑波山仿佛是放在墙角，寒气说得似乎是晒着的棉被；但是诗趣一样的明白的现出。

一茶所作，颇多恬谈洒脱的句，但其中含有现今的所谓"生之悲哀"。读他的时候，引起的感觉，与读普通厌世的文章的时候不同。

（37）黄昏的樱花，今天也已经变作往昔了。

（38）这样的活着，也是不思议呵！花的阴里。

一茶的欲望很小。仿佛秋雨时候，只望什么人送牡丹饼来，就满足了。晚年他在烧剩的土藏里过日子，被人欺侮，财产都夺了去，他虽然也愤慨，但是随即忘怀了。

我的朋友有一个河野理学士，是颇妙的人，有一回同乘电车，他玩笑的说，有美的女人坐着就好，但是上去看时，车中都是污秽的工人和老人，接连的坐着。河野君皱了眉说，“这电车是灰色的。”但在灰色里，也有它的趣味。这灰色的趣味，在一茶诗里，很是分明。

(39) 萍花的来呀来呀的老头儿的茶摊。①

(40) 老婆婆喝酒去的月夜呵！

(41) 砰訇哗喇的，知道是老婆子的砧声。②

(42) 深川呵，经过了霜似的看门的人！

这样的句子，与蕉风（即芭蕉派）的所谓寂，又迥乎不同。如萍花这一句，差不多将一茶的心，画一般的描出来了。

案，下列几首，也是同类趣味的诗：

(43)（原题：堂前乞食）给一文钱，打一下钲的寒冷呵！

(44)（原题：桥上乞食）将母亲当作除霜的屏风，睡着的小孩！

(45) 沙弥尼，已将鬼灯种下了等着。③

(46)（原题：商万钱日有苦，商一钱日有乐）吹着笛子，大除夕的饧糖的鸟。④

(47)（原题：住吉⑤）唐人⑥也看呵，插秧的笛子和大鼓！

(48)（原题：粒粒皆辛苦）是罪过呵，午睡了听着的插秧歌！

【原注】

① 此言萍花因风动摇，如人招手，为老人招客。

② Dotabata 形容胡乱敲击的响声，东京俗语。

③ 鬼灯即酸浆，妇女好取其实，将核挤去但剩空壳，纳口中以齿微啮，令空气出入作声，用作玩具。

④ 此言卖饧者吹笛游行，虽除夕犹自怡然。

⑤ 地名。

⑥ 唐人为中国人之古称。

（49）恭喜也是中通的罢了，俺的春天。

一茶对于遇见老或贫穷或不幸的事，非常的慨叹，但一面也有以为有趣的态度。遇了火灾，只剩下一间土藏，当作住宅，在这悲苦的时期，他还这样说：

（50）火烧场呵，跳蚤们哄哄的喧扰着。

在《七番日记》里，很叹息齿牙脱落，但他做这样的狂歌①：

牙齿脱了，皈依你时也是阿无阿弥陀，阿无阿弥陀佛，阿无阿弥陀佛呀！

一茶的诗，叙景叙情各方面都有，庄严的句，滑稽的句，这样那样，差不多是千变万化，但在这许多诗的无论那一句里，即使说着阳气的事，底里也含着深的悲哀。这个潜伏的悲哀，很可玩味。如不能感到这个，便不能说真已赏识了一茶的诗的真味。

将一茶的句，单看作滑稽飘逸的人，是不曾知道一茶的人。

一九二一年七月二十五日，于北京西山。

［附记］

第二节因系翻译沼波原文，将原引的句子一概列入，不敢加以删改。一茶尽有极好的句，但以我的贫弱的国语力，总不能表现其诗趣之百一，不得不废然而止；所以第一节里，只就较为可译的，勉强译出几首，以见一斑，入后既不能自由选择，便不免有许多困难的地方，因此译文更为竭蹶了。

俳句言短意长，非依其暗示，加以想象，不易得到他的真味。倘敷演成文，或者更易明了，但未免得其意义而失其趣味，所以也不实行。

【原注】

① 狂歌即诙谐的短歌，专以双关巧合取胜。此歌意不甚明了，仿佛是说齿缺则南无只能念阿无。

小泉八云（一八五〇至一九〇四，本英国人，名 Lafcadio Hoarn，后居美洲，最后至日本入籍，从妻姓为小泉，以英文著书甚多，为世所重）书中译日本诗歌，先录罗马字的原文音读，次用散文直译其意，音义并列，法最完美。现在虽然不能照行，我总觉得这是译诗的正当的办法。

关于俳句的性质，《小说月报》本年五月号《日本的诗歌》篇中，略有说明。

［1921 年 11 月《小说月报》/集外文］

三个文学家的记念

今年里恰巧有三个伟大人物的诞生一百年记念，因此引起了我的一点感想来。记念，——就是限定在文艺的国土内，也是常有的事，即如世间大吹大擂的但丁六百年记念，便是其一。

但是现在所说的三个人，并非文艺史上的过去的势力，他们的思想现在还是有生命有意义，是现代人的悲哀而真挚的思想的源泉，所以更值得记念。这三个人是法国的弗罗倍尔（Flaubert），俄国的陀思妥也夫斯奇（Dostoievski），法国的波特来耳（Baudelaire）。

弗罗倍尔的生日是十二月十二日，在三人中他最幼小，但在事业上却是他最早了。他于一八五六年发表《波伐理夫人》，开自然主义的先路，那时陀思妥也夫斯奇还在西伯利亚做苦工，波特来耳的《恶之华》也正在草稿中呢。他劳作二十年，只成了五部小说，真将生命供献于艺术，可以说是文艺女神的孤忠的祭司。人生虽短而艺术则长。他的性格，正如丹麦批评家勃兰特思所说，是用两种分子合成：

> 对于愚蠢的火烈的憎恨，和对于艺术的无限的爱。这个憎恨，与凡有的憎恨一例，对于所憎恨者感到一种不可抗的牵引。各种形式的愚蠢，如愚行、迷信、自大、不宽容，都磁力似的牵引他，感发他。他不得不一件件的把他们描写出来。

他不是厌世家，或虚无主义者，却是一个愚蠢论者（Imbecilist），这是怎样适切的一个社会批评家的名称啊！他又梦想斯芬克思（Sphinx）与吉迈拉（Chimaira）——科学与诗——的拥抱，自己成了冷静而敏感，爱真与美的“冷血的诗人”。这冷血的诗人两个字，以前还未曾联合在一处，在他才是初次；他不但不愧为莫泊桑之师，也正是以后与当来的诗人之师了。

陀思妥也夫斯奇生于俄历十月三十日，即新历的十一月十一日。他因为读社会主义的书，被判处死刑，减等发往西伯利亚苦工十年。饥寒、拷打，至发颠痫，又穷困以至于死，但是他不独不绝望厌世，反因此而信念愈益坚定，造成他独一的爱之福音。文学上的人道主义的思想的极致，我们不得不推重陀思妥也夫斯奇，便是托尔斯泰也还得退让一步。他所做的长短十几篇的小说，几乎无一不是惊心动魄之作。他的创作的动机正如武者小路所说，是“从想肯定人生的这寂寞与爱而生的。……陀思妥也夫斯奇的最后的希望，是从他想怎样的不要把生而为人的事当作无意味的事情这一个努力而来的”。安特来夫在《小人物的自白中》说：“我对于运命唯一的要求，便是我的苦难与死不要虚费了。”这也可以说是陀思妥也夫斯奇的要求。他在小说里写出许多“被侮辱与损害的人”；他们虽然被人踏在脚下成了一块不干净的抹布，但“他那湿漉漉的折叠中，隐藏着灵妙的感情”，正同尔我一样。他描写下等堕落人的灵魂，表示其中还有光明与美存在。他写出一个人物，无论如何堕落，如何无耻，但总能够使读者发起一种思想，觉得书中人物与我们同是一样的人，使读者看了叹道：“他是我的兄弟！”这是陀思妥也夫斯奇著作的精义，他留给我们的最大的教训，是我们所应当感激记念的。（这节里多引用旧译《陀思妥也夫斯奇之小说》的文句，全文见《艺术与生活》。）

波特来耳是四月九日生的。他十年中的著作，评论、翻译以外，只有诗集《恶之华》一卷，《散文小诗》及《人工的乐园》各一卷。他的诗中充满了病的美，正如贝类中的真珠。他是后来颓废派文人的祖师，神经病学者隆勃罗梭所谓风狂的天才，托尔斯泰用了社会主义的眼光批评他说一点都不能了解的作家。他的染绿的头发与变态的性欲，我们只承认是一种传说（Legend），虽然他确是死在精神病院里。我们所完全承认而且感到一种亲近的，是他的“颓废的”心情，与所以表现这心情的一点著作的美。

> 波特来耳爱重人生，慕美与幸福，不异传奇派诗人。唯际幻灭时代，绝望之哀，愈益深切，而执着现世又特坚固，理想之幸福既不可致，复不欲遗世以求安息，故唯努力求生，欲于苦中得乐，于恶与丑中而得善美，求得新异之享乐，以激刺官能，聊保生存之意识。

他的貌似的颓废，实在只是猛烈的求生意志的表现，与东方式的泥醉的消遣生活，绝不相同。所谓现代人的悲哀，便是这猛烈的求生意志与现在的不如意的生活的挣扎。这挣扎的表现可以为种种改造的主义，在文艺上可以为弗罗倍尔的艺术主义，陀思妥也夫斯奇的人道主义，也就可以为波特来耳的颓废的“恶魔主义”了。

我在上面略述这三个伟大人物的精神，虽然未免近于做“搭题”，但我相信，在中国现在萧条的新文学界上，这三个人所代表的各派思想，实在是一服极有力的兴奋剂，所以值得记念而且提倡。

新名目的旧传奇（浪漫）主义，浅薄的慈善主义，正布满于书报上，在日本西京的一个朋友说，留学生里又已有了喝加非茶以代阿布散酒（Absinth）的自称颓废派了。各人愿意提倡那一派，原是自由的事，但现在总觉得欠有切实的精神，不免是“旧酒瓶上的新招帖”。我希望大家各因性之所好，先将写实时代的自然主义人道主义，或颓废派的代表人物与著作，略加研究，然后再定自己进行的方针。便是新传奇主义，也是受过写实的洗礼，经由颓废派的心情而出的，所以对于这一面也应该注意，否则便容易变成旧传奇主义了。我也知道这些话是僭越的，但因为这三个文学家的记念的感触，觉得不能不说了，所以聊且写出以宽解自己的心。

［1921年11月14日《晨报副刊》/《谈龙集》］

一九二二年

自己的园地

一百五十年前，法国的福禄特尔做了一本小说《亢迭特》(*Candide*)，叙述人世的苦难，嘲笑“全舌博士”的乐天哲学。亢迭特与他的老师全舌博士经了许多忧患，终于在土耳其的一角里住下，种园过活，才能得到安住。亢迭特对于全舌博士的始终不渝的乐天说，下结论道：“这些都是很好，但我们还不如去耕种自己的园地。”这句格言现在已经是“脍炙人口”，意思也很明白，不必再等我下什么注脚。但是现在把他抄来，却有一点别的意义。所谓自己的园地，本来是范围很宽，并不限定于某一种：种果蔬也罢，种药材也罢，——种蔷薇地丁也罢，只要本了他个人的自觉，在他认定的不论大小的地面上，用①了力量去耕种，便都是尽了他的天职了。在这平淡无奇的说话中间，我所想要特地申明的，只是在于种蔷薇地丁也是耕种我们自己的园地，与种果蔬药材，虽是种类不同而有同一的价值。

我们自己的园地是文艺，这是要在先声明的。我并非厌薄别种活动而不屑为，——我平常承认各种活动于生活都是必要，实在是小半由于没有这样的材能，大半由于缺少这样的趣味，所以不得不在这中间定一

【锺校】

① “用”原作“应”。

个去就。但我对于这个选择并不后悔，并不惭愧园地的小与出产的薄弱而且似乎无用。依了自己的心的倾向，去种蔷薇地丁，这是尊重个性的正当办法，即使如别人所说各人果真应报社会的恩，我也相信已经报答了，因为社会不但需要果蔬药材，却也一样迫切的需要蔷薇与地丁，——如有蔑视这些的社会，那便是白痴的，只有形体而没有精神生活的社会，我们没有去顾视他的必要。倘若用了什么大名义，强迫人牺牲了个性去侍奉白痴的社会，——美其名曰迎合社会心理，——那简直与借了伦常之名强人忠君，借了国家之名强人战争一样的不合理了。

有人说道，据你所说，那么你所主张的文艺，一定是人生派的艺术了。泛称人生派的艺术，我当然是没有什么反对，但是普通所谓人生派是主张"为人生的艺术"的，对于这个我却略有一点意见。"为艺术的艺术"将艺术与人生分离，并且将人生附属于艺术，至于如王尔德的提倡人生之艺术化，固然不很妥当；"为人生的艺术"以艺术附属于人生，将艺术当作改造生活的工具而非终极，也何尝不把艺术与人生分离呢？我以为艺术当然是人生的，因为他本是我们感情生活的表现，叫他怎能与人生分离？"为人生"——于人生有实利，当然也是艺术本有的一种作用，但并非唯一的职务。总之艺术是独立的，却又原来是人性的，所以既不必使他隔离人生，又不必使他服侍人生，只任他成为浑然的人生的艺术便好了。"为艺术"派以个人为艺术的工匠，"为人生"派以艺术为人生的仆役，现在却以个人为主人，表现情思而成艺术，即为其生活之一部，初不为福利他人而作，而他人接触这艺术，得到一种共鸣与感兴，使其精神生活充实而丰富，又即以为实生活的基本；这是人生的艺术的要点，有独立的艺术美与无形的功利。我所说的蔷薇地丁的种作，便是如此。有些人种花聊以消遣，有些人种花志在卖钱；真种花者以种花为其生活，——而花亦未尝不美，未尝于人无益。

[1922年1月22日《晨报副刊》/《自己的园地》]

文艺上的宽容

英国伯利（Bury）教授著《思想自由史》第四章上有几句话道：“新派对于（罗马）教会的反叛之理智上的根据，是私人判断的权利，便是宗教自由的要义。但是那改革家只对于他们自己这样主张，而且一到他们将自己的信条造成了之后，又将这主张取消了。”这个情形不但在宗教上是如此，每逢文艺上一种新派起来的时候，必定有许多人，——自己是前一次革命成功的英雄，拿了批评上的许多大道理，来堵塞新潮流的进行。我们在文艺的历史上看见这种情形的反复出现，不免要笑，觉得聪明的批评家之希有，实不下于创作的天才。主张自己的判断的权利而不承认他人中的自我，为一切不宽容的原因，文学家过于尊信自己的流别，以为是唯一的“道”，至于蔑视别派为异端，虽然也无足怪，然而与文艺的本性实在很相违背了。

文艺以自己表现为主体，以感染他人为作用，是个人的而亦为人类的，所以文艺的条件是自己表现，其馀思想与技术上的派别都在其次，——是研究的人便宜上的分类，不是文艺本质上判分优劣的标准。各人的个性既然是各各不同（虽然在终极仍有相同之一点，即是人性），那么表现出来的文艺，当然是不相同。现在倘若拿了批评上的大道理要去强迫统一，即使这不可能的事情居然实现了，这样文艺作品已经失了他唯一的条件，其实不能成为文艺了。因为文艺的生命是自由不是平等，是分离不是合并，所以宽容是文艺发达的必要的条件。

然而宽容决不是忍受。不滥用权威去阻遏他人的自由发展是宽容，任凭权威来阻遏自己的自由发展而不反抗是忍受。正当的规则是，当自己求自由发展时对于迫压的势力，不应取忍受的态度；当自己成了已成势力之后，对于他人的自由发展，不可不取宽容的态度。聪明的批评家自己不妨属于已成势力的一分子，但同时应有对于新兴潮流的理解与承认。他的批评是印象的鉴赏，不是法理的判决，是诗人的而非学者的批评。文学固然可以成为科学的研究，但只是已往事实的综合与分析，不能作为未来的无限发展的轨范。文艺上的激变不是破坏（文艺的）法律，乃是增加条文；譬如无韵诗的提倡，似乎是破坏了“诗必须有韵”的法令，其实他只是改定了旧时狭隘的范围，将他放大，以为“诗可以无韵”罢了。表示生命之颤动的文学，当然没有不变的科律；历代的文艺在他自己的时代都是一代的成就，在全体上只是一个过程。要问文艺到什么程度是大成了，那犹如问文化怎样是极顶一样，都是不能回答的事，因为进化是没有止境的。许多人错把全体的一过程认做永久的完成，所以才有那些无聊的争执，其实只是自扰，何不将这白费的力气去做正当的事，走自己的路程呢。

近来有一群守旧的新学者，常拿了新文学家的“发挥个性，注重创造”的话做挡牌，以为他们不应该“而对于为文言者仇雠视之”；这意思似乎和我所说的宽容有点相像，但其实是全不相干的。宽容者对于过去的文艺固然予以相当的承认与尊重，但是无所用其宽容，因为这种文艺已经过去了，不是现在的势力所能干涉，便再没有宽容的问题了。所谓宽容乃是说已成势力对于新兴流派的态度，正如壮年人的听任青年的活动；其重要的根据，在于活动变化是生命的本质，无论流派怎么不同，但其发展个性注重创造，同是人生的文学的方向，现象上或是反抗，在全体上实是继续，所以应该宽容，听其自由发育。若是“为文言”或拟古（无论拟古典或拟传奇派）的人们，既然不是新兴的更进一步的流派，当然不在宽容之列。——这句话或者有点语病，当然不是说可以“仇雠视之”，不过说用不着人家的宽容罢了。他们遵守过去的权威的人，背后得有大多数人的拥护，还怕谁去迫害他们呢。老实说，在中国现在文艺界上宽容旧派还不成为问题，倒是新派究竟已否成为势力，应否忍受旧派的迫压，却是未可疏忽的一个问题。

临末还有一句附加的说明，旧派的不在宽容之列的理由，是他们不合发展个性的条件。服从权威正是把个性汩没了，还发展什么来。新古典派——并非英国十八世纪的——与新传奇派，是融和而非模拟，所以仍是有个性的。至于现代的古文派，却只有一个拟古的通性罢了。

［1922 年 2 月 5 日《晨报副刊》/《自己的园地》］

国粹与欧化

在《学衡》上的一篇文章里，梅光迪君说："实则模仿西人与模仿古人，其所模仿者不同，其为奴隶则一也。况彼等模仿西人，仅得糟粕，国人之模仿古人者，时多得其神髓乎。"我因此引起一种对于模仿与影响，国粹与欧化问题的感想。梅君以为模仿都是奴隶，但模仿而能得其神髓，也是可取的。我的意见则以为模仿都是奴隶，但影响却是可以的；国粹只是趣味的遗传，无所用其模仿；欧化是一种外缘，可以尽量的容受他的影响，当然不以模仿了事。

倘若国粹这一个字，不是单指那选学桐城的文章和纲常名教的思想，却包括国民性的全部，那么我所假定遗传这一个释名，觉得还没有什么不妥。我们主张尊重各人的个性，对于个性的综合的国民性自然一样尊重，而且很希望其在文艺上能够发展起来，造成有生命的国民文学。但是我们的尊重与希望无论怎样的深厚，也只能以听其自然长发为止，用不着多事的帮助，正如一颗小小的稻或麦的种子，里边原自含有长成一株稻或麦的能力，所需要的只是自然的养护，倘加以宋人的揠苗助长，便反不免要使他"则苗槁矣"了。我相信凡是受过教育的中国人，以不模仿什么人为唯一的条件，听凭他自发的用任何种的文字，写任何种的思想，他的结果仍是一篇"中国的"文艺作品，有他的特殊的个性与共通的国民性相并存在，虽然这上边可以有许多外来的影响。这样的国粹直沁进在我们的脑神经里，用不着保存，自然永久存在，也本不会消灭的；他只有一个敌人，便是"模仿"。模仿者成了人家的奴隶，只有主人的命令，更无自己的意志，于是国粹便跟了自性死了。好古家却以为保守国粹在于模仿古人，岂不是自相矛盾么？他们的错误，由于以选学桐城的文章、纲常名教的思想为国粹，因为这些都是一时的现象，不能永久的自然的附着于人心，所以要勉强的保存，便不得不以模仿为唯一的手段，奉模仿古人而能得其神髓者为文学正宗了。

其实既然是模仿了，决不会再有“得其神髓”这一回事，创作的古人自有他的神髓，但模仿者的所得却只有皮毛，便是所谓糟粕。奴隶无论怎样的遵守主人的话，终于是一个奴隶而非主人；主人的神髓在于自主，而奴隶的本分在于服从，叫他怎样的去得呢？他想做主人，除了从不做奴隶入手以外，再没有别的方法了。

我们反对模仿古人，同时也就反对模仿西人；所反对的是一切的模仿，并不是有中外古今的区别与成见。模仿杜少陵或太戈尔，模仿苏东坡或胡适之，都不是我们所赞成的，但是受他们的影响是可以的，也是有益的，这便是我对于欧化问题的态度。我们欢迎欧化是喜得有一种新空气，可以供我们的享用，造成新的活力，并不是注射到血管里去，就替代血液之用。向来有一种乡愿的调和说，主张中学为体西学为用，或者有人要疑我的反对模仿欢迎影响说和他有点相似，但其间有这一个差异：他们有一种国粹优胜的偏见，只在这条件之上才容纳若干无伤大体的改革，我却以遗传的国民性为素地，尽他本质上的可能的量去承受各方面的影响，使其融和沁透，合为一体，连续变化下去，造成一个永久而常新的国民性，正如人的遗传之逐代增入异分子而不失其根本的性格。譬如国语问题，在主张中学为体西学为用者的意见，大抵以废弃周秦古文而用今日之古文为最大的让步了；我的主张则就单音的汉字的本性上尽最大可能的限度，容纳“欧化”，增加他表现的力量，却也不强他所不能做到的事情。照这样看来，现在各派的国语改革运动都是在正轨上走着，或者还可以逼紧一步，只不必到“三株们的红们的牡丹花们”的地步：曲折语的语尾变化虽然是极便利，但在汉文的能力之外了。我们一面不赞成现代人的做骈文律诗，但也并不忽视国语中字义声音两重的对偶的可能性，觉得骈律的发达正是运命的必然，非全由于人为，所以国语文学的趋势虽然向着自由的发展，而这个自然的倾向也大可以利用，炼成音乐与色彩的言语，只要不以词害意就好了。总之我觉得国粹欧化之争是无用的；人不能改变本性，也不能拒绝外缘，到底非大胆的是认两面不可。倘若偏执一面，以为彻底，有如两个学者，一说诗也有本能，一说要“取消本能”，大家高论一番，聊以快意，其实有什么用呢？

[1922 年 2 月 12 日《晨报副刊》/《自己的园地》]

贵族的与平民的

关于文艺上贵族的与平民的精神这个问题，已经有许多人讨论过，大都以为平民的最好，贵族的是全坏的。我自己以前也是这样想，现在却觉得有点怀疑。变动而相连续的文艺，是否可以这样截然的划分；或者拿来代表一时代的趋势，未尝不可，但是可以这样显然的判出优劣么？我想这不免有点不妥，因为我们离开了实际的社会问题，只就文艺上说，贵族的与平民的精神，都是人的表现，不能指定谁是谁非，正如规律的普遍的古典精神与自由的特殊的传奇精神，虽似相反而实并存，没有消灭的时候。

人家说近代文学是平民的，十九世纪以前的文学是贵族的，虽然也是事实，但未免有点皮相。在文艺不能维持生活的时代，固然只有那些贵族或中产阶级才能去弄文学，但是推上去到了古代，却见文艺的初期又是平民的了。我们看见史诗的歌咏神人英雄的事迹，容易误解以为“歌功颂德”，是贵族文学的滥觞，其实他正是平民的文学的真鼎呢。所以拿了社会阶级上的贵族与平民这两个称号，照着本义移用到文学上来，想划分两种阶级的作品，当然是不可能的事。即使如我先前在《平民的文学》一篇文里，用普遍与真挚两个条件，去做区分平民的与贵族的文学的标准，也觉得不很妥当。我觉得古代的贵族文学里并不缺乏真挚的作品，而真挚的作品便自有普遍的可能性，不论思想与形式的如何。我现在的意见，以为在文艺上可以假定有贵族的与平民的这两种精神，但只是对于人生的两样态度，是人类共通的，并不专属于某一阶级，虽然他的分布最初与经济状况有关，——这便是两个名称的来源。

平民的精神可以说是淑本好耳所说的求生意志，贵族的精神便是尼采所说的求胜意志了。前者是要求有限的平凡的存在，后者是要求无限的超越的发展；前者完全是入世的，后者却几乎有点出世的了。这些渺茫的话，我们倘引中国文学的例，略略比较，就可以得到具体的释解。中国汉晋六朝的诗歌，大家承认是贵族文学，元代的戏剧是平民文学。两者的差异，不仅在于一是用古文所写，一是用白话所写，也不在于一是士大夫所作，一是无名的人所作，乃是在于两者的人生观的不同。我们倘以历史的眼光看去，觉得这是国语文学发达的正轨，但是我们将这两者比较的读去，总觉得对于后者有一种漠然的不满足。这当然是因个人的气质而异，但我同我的朋友疑古君谈及，他也是这样感想。我们所不满足的，是这一代里平民文学的思想，太是现世的利禄的了，没有超越现代的精神；他们是认人生，只是太乐天了，就是对于现状太满意了。贵族阶级在社会上凭借了自己的特殊权利，世间一切可能的幸福都得享受，更没有什么歆羡与留恋，因此引起一种超越的追求，在诗歌上的隐逸神仙的思想即是这样精神的表现。至于平民，于人们应得的生活的悦乐还不能得到，他的理想自然是限于这可望而不可即的贵族生活，此外更没有别的希冀，所以在文学上表现出来的是那些功名妻妾的团圆思想了。我并不想因此来判分那两种精神的优劣，因为求生意志原是人性的，只是这一种意志不能包括人生的全体，却也是自明的事实。

我不相信某一时代的某一倾向可以做文艺上永久的模范，但我相信真正的文学发达的时代必须多少含有贵族的精神。求生意志固然是生活的根据，但如没有求胜意志叫人努力的去求“全而善美”的生活，则适应的生存容易是退化的而非进化的了。

人们赞美文艺上的平民的精神，却竭力的反对旧剧，其实旧剧正是平民文学的极峰，只因他的缺点太显露了，所以遭大家的攻击。贵族的精神走进歧路，要变成威廉第二的态度，当然也应该注意。我想文艺当以平民的精神为基调，再加以贵族的洗礼，这才能够造成真正的人的文学。倘若把社会上一时的阶级争斗硬移到艺术上来，要实行劳农专政，他的结果一定与经济政治上的相反，是一种退化的现象，旧剧就是他的一个影子。从文艺上说来，最好的事是平民的贵族化，——凡人的超人化，因为凡人如不想化为超人，便要化为末人了。

［1922年2月19日《晨报副刊》/《自己的园地》］

《阿丽思漫游奇境记》

近来看到一本很好的书，便是赵元任先生所译的《阿丽思漫游奇境记》。这是“一部给小孩子看的书”，但正如金圣叹所说又是一部“绝世妙文”，就是大人——曾经做过小孩子的大人，也不可不看，看了必定使他得到一种快乐的。世上太多的大人虽然都亲自做过小孩子，却早失了“赤子之心”，好像“毛毛虫”的变了胡蝶，前后完全是两种情状：这是很不幸的。他们忘却了自己的儿童时代的心情，对于正在儿童时代的儿童的心情于是不独不能理解，与以相当的保育调护，而且反要加以妨害；儿童倘若不幸有这种的人做他的父母师长，他的一部分的生活便被损坏，后来的影响更不必说了。我们不要误会这只有顽固的塾师及道学家才如此，其实那些不懂感情教育的价值而专讲实用的新教育家所种的恶因也并不小，即使没有比他们更大。我对于少数的还保有一点儿童的心情的大人们，郑重的介绍这本名著请他们一读，并且给他们的小孩子读。

这部书的特色，正如译者序里所说，是在于他的有意味的“没有意思”。英国政治家辟忒（Pitt）曾说：

> 你不要告诉我说一个人能够讲得有意思；各人都能够讲得有意思。但是他能够讲得没有意思么？

文学家特坤西（De Quincey）也说，只是有异常的才能的人，才能写没有意思的作品。儿童大抵是天才的诗人，所以他们独能赏鉴这些东西。最初是那些近于“无意味不通的好例”的抉择歌，如《古今风谣》里的“脚驴斑斑”，以及“夹雨夹雪冻死老鳖”一类的趁韵歌，再进一步便是那些滑稽的叙事歌了。英国儿歌中《赫巴特老母和她的奇怪的狗》与《黎的威更斯太太和她的七只奇怪的猫》，都是这派的代表著作，专以天真而奇妙的“没有意思”娱乐儿童的。这《威更斯太太》是夏普夫人原作，经了拉斯庚的增订，所以可以说是文学的滑稽儿歌的代表，后来利亚（Lear）做有“没有意思的诗”的专集，于是更其完成了。散文的一面，始于高尔斯密的《二鞋老婆子的历史》，到了加乐尔而完成，于是文学的滑稽童话也侵入英国文学史里了。欧洲大陆的作家，如丹麦的安徒生在《伊达的花》与《阿来锁眼》里，荷兰的蔼覃在他的《小约翰》里，也有这类的写法，不过他们较为有点意思，所以在“没有意思”这一点上，似乎很少有人能够赶得上加乐尔的了。然而这没有意思决不是无意义，他这著作是实在有哲学的意义的。麦格那思在《十九世纪英国文学论》上说：

> 利亚的没有意思的诗与加乐尔的阿丽思的冒险，都非常分明的表示超越主义观点的滑稽。他们似乎是说：“你们到这世界里来住罢，在这里物质是一个消融的梦，现实是在幕后。”阿丽思走到镜子的后面，于是进奇境去。在他们的图案上，正经的（分子）都删去，矛盾的事情很使儿童喜悦；但是觉着他自己的限量的大人中之永久的儿童的喜悦，却比（普通的）儿童的喜悦为更高了。

我的本意在推举他在儿童文学上的价值，这些评论本是题外的话，但我想表明他在（成人的）文学上也有价值，所以抄来作个引证。译者在序里说：“我相信这书的文学的价值，比莎士比亚最正经的书亦比得上，不过又是一派罢了。”这大胆而公平的批评，实在很使我佩服。普通的人常常相信文学只有一派是正宗，而在西洋文学上又只有莎士比亚是正宗，给小孩子看的书既然不是这一派，当然不是文学了。或者又相信给小孩子的书必须本于实在或是可能的经验，才能算是文学，如《国语月刊》上勃朗的译文所主张，因此排斥空想的作品，以为不切实用，欧洲大战时候科学能够发明战具，神话与民间故事毫无益处，即是证据。两者之中，第一种拟古主义的意见虽然偏执，只要给他说明文学中本来可以有多派的，如译者那样的声明，这问题也可以解决了；第二种军国主义的实用教育的意见却更为有害。我们姑且不论任何不可能的奇妙的空想，原只是集合实在的事物的经验的分子综错而成，但就儿童本身上说，在他想像力发展的时代确有这种空想作品的需要，我们大人无论凭了什么神呀皇帝呀国家呀的神圣之名，都没有剥夺他们的这需要的权利，正如我们没有剥夺他们衣食的权利一样。人间所同具的智与情应该平匀发达才是，否则便是精神的畸形。刘伯明先生在《学衡》第二期上攻击毫无人性人情的“化学化”的学者，我很是同意。我相信对于精神的中毒，空想——体会与同情之母——的文学正是一服对症的解药。所以我推举这部《漫游奇境记》给心情没有完全化学化的大人们，特别请已为或将为人们的父母师长的大人们看，——若是看了觉得有趣，我便庆贺他有了给人家做这些人的资格了。

对于赵先生的译法，正如对于他的选译这部书的眼力一般，我表示非常的佩服：他的纯白话的翻译，注音字母的实用，原本图画的选入，都足以表见忠实于他的工作的态度。我深望那一部姊妹书《镜里世界》能够早日出版。——译者序文里的意见，上面已经提及，很有可以佩服的地方，但就文章的全体看来，却不免是失败了。因为加乐尔式的滑稽实在是不易模拟的，赵先生给加乐尔的书做序，当然不妨模拟他，但是写的太巧了，因此也就未免稍拙了。……妄言多罪。

［1922 年 3 月 18 日《晨报副刊》/《自己的园地》］

《沉沦》

我在要谈到郁达夫先生所作的小说集《沉沦》之先，不得不对于“不道德的文学”这一个问题讲几句话，因为现在颇有人认他是不道德的小说。

据美国莫台耳（Mordell）在《文学上的色情》里所说，所谓不道德的文学共有三种，其一不必定与色情相关的，其馀两种都是关于性的事情的。第一种的不道德的文学实在是反因袭思想的文学，也就可以说是新道德的文学。例如易卜生或托尔斯泰的著作，对于社会上各种名分的规律加以攻击，要重新估定价值，建立更为合理的生活，在他的本意原是“道德的”，然而从因袭的社会看来，却觉得是“离经叛道”，所以加上他一个不道德的名称。这正是一切革命思想的共通的运命，耶稣，哥白尼，达尔文，尼采，克鲁泡金都是如此；关于性的问题如惠忒曼、凯本特等的思想，在当时也被斥为不道德，但在现代看来却正是最醇净的道德的思想了。

第二种的不道德的文学应该称作不端方的文学，其中可以分作三类。（一）是自然的，在古代社会上的礼仪不很整饬的时候，言语很是率真放任，在文学里也就留下痕迹，正如现在乡下人的粗鄙的话在他的背景里实在只是放诞，并没有什么故意的挑拨。（二）是反动的，禁欲主义或伪善的清净思想盛行之后，常有反动的趋势，大抵倾向于裸露的描写，因以反抗旧潮流的威严，如文艺复兴期的法意各国的一派小说，英国王政复古时代的戏曲，可以算作这类的代表。（三）是非意识的，这一类文学的发生并不限于时代及境地，乃出于人性的本然，虽不是端方的而也并非不严肃的，虽不是劝善的而也并非诲淫的；所有自然派的小说与颓废派的著作，大抵属于此类。据“精神分析”的学说，人间的精神活动无不以（广义的）性欲为中心，即在婴孩时代，也有他的性的生活，其中主动的重要分子，便是他苦（Sadistic），自苦（Masochistic），展览（Exhibitionistic）与窥（Voyeu-ristic）的本能。这些本能得到相当的发达与满足，便造成平常的幸福的性的生活之基础，又因了升华作用而成为艺术与学问的根本；倘若因迫压而致蕴积不发，便会变成病的性欲，即所谓色情狂了。这色情在艺术上的表现，本来也是由于迫压，因为这些要求在现代文明——或好或坏——底下，常难得十分满足的机会，所以非意识的喷发出来，无论是高尚优美的抒情诗，或是不端方的（即猥亵的）小说，其动机仍是一样；讲到这里我们不得不承认那色情狂的著作也同属在这一类，但我们要辨明他是病的，与平常的文学不同，正如狂人与常人的不同，虽然这交界点的区画是很难的。莫台耳说：

> 亚普刘思（Apuleius）彼得洛纽思（Petronius）戈谛亚（Gautiar）或左拉（Zola）等人的展览性，不但不损伤而且有时反增加他们著作的艺术的价值。

我们可以说《红楼梦》也如此，但有些中国的淫书却都是色情狂的了。猥亵只是端方的对面，并不妨害艺术的价值。天才的精神状态也本是异常的，然而在变态心理的中线以外的人与著作则不能不以狂论。但是色情狂的文学也只是狂的病的，不是不道德的，至于不端方的非即不道德，那自然是不必说了。

第三种的不道德的文学才是真正的不道德文学，因为这是破坏人间的和平，为罪恶作辩护的，如赞扬强暴诱拐的行为，或性的人身卖买者皆是。严格的说，非人道的名分思想的文章也是这一类的不道德的文学。

照上边说来，只有第三种文学是不道德的，其馀的都不是；《沉沦》是显然属于第二种的非意识的不端方的文学，虽然有猥亵的分子而并无不道德的性质。著者在自序里说：

> 第一篇《沉沦》是描写着一个病的青年的心理，也可以说是青年忧郁病的解剖，里边也带叙着现代人的苦闷，——便是性的要求与灵肉的冲突。……第二篇是描写一个无为的理想主义者的没落。

虽然他也说明“这两篇是一类的东西，就把他们作连续的小说看，也未始不可的”，但我想还不如综括的说，这集内所描写是青年的现代的苦闷，似乎更为确实。生的意志与现实之冲突，是这一切苦闷的基本；人不满足于现实，而复不肯遁于空虚，仍就这坚冷的现实之中，寻求其不可得的快乐与幸福。现代人的悲哀与传奇时代的不同者即在于此。理想与实社会的冲突当然也是苦闷之一，但我相信他未必能完全独立，所以《南归》的主人公的没落与《沉沦》的主人公的忧郁病终究还是一物，著者在这个描写上实在是很成功了。所谓灵肉的冲突原只是说情欲与迫压的对抗，并不含有批判的意思，以为灵优而肉劣；老实说来超凡入圣的思想倒反于我们凡夫觉得稍远了，难得十分理解，譬如中古诗里的“柏拉图的爱”，我们如不将他解作性的崇拜，便不免要疑是自欺的饰词。我们赏鉴这部小说的艺术地写出这个冲突，并不要他指点出哪一面的胜利与其寓意。他的价值在于非意识的展览自己，艺术地写出升化的色情，这也就是直挚与普遍的所在。至于所谓猥亵部分，未必损伤文学的价值；即使或者有人说不免太有东方气，但我以为倘在著者觉得非如此不能表现他的气分，那么当然没有可以反对的地方。但在《留东外史》，其价值本来只足与《九尾龟》相比，却不能援这个例，因为那些描写显然是附属的，没有重要的意义，而且态度也是不诚实的。《留东外史》终是一部“说书”，而《沉沦》却是一件艺术的作品。

我临末要郑重的声明，《沉沦》是一件艺术的作品，但他是“受戒者的文学”（Literature for the initiated），而非一般人的读物。有人批评波特来耳的诗说：

> 他的幻景是黑而可怖的。他的著作的大部分颇不适合于少年与蒙昧者的诵读，但是明智的读者却能从这诗里得到真正希有的力。

这几句话正可以移用在这里。在已经受过人生的密戒，有他的光与影的性的生活的人，自能从这些书里得到希有的力，但是对于正需要性的教育的“儿童”们却是极不适合的。还有那些不知道人生的严肃的人们也没有诵读的资格，他们会把阿片去当饭吃的。关于这一层区别，我愿读者特别注意。

著者曾说：“不曾在日本住过的人，未必能知这书的真价。对于文艺无真挚的态度的人，没有批评这书的价值。”我这些空泛的闲话当然算不得批评，不过我不愿意人家凭了道德的名来批判文艺，所以略述个人的意见以供参考，至于这书的真价，大家知道的大约很多，也不必再要我来多说了。

［1922年3月26日《晨报副刊》/《自己的园地》］

文艺上的异物

古今的传奇文学里，多有异物——怪异精灵出现，在唯物的人们看来，都是些荒唐无稽的话，即使不必立刻排除，也总是了无价值的东西了。但是唯物的论断不能为文艺批评的标准，而且赏识文艺不用心神体会，却“胶柱鼓瑟”的把一切叙说的都认作真理与事实，当作历史与科学去研究他，原是自己走错了路，无怪不能得到正当的理解。传奇文学尽有他的许多缺点，但是跳出因袭轨范，自由的采用任何奇异的材料，以能达到所欲得的效力为其目的，这却不能不说是一个大的改革，文艺进化上的一块显著的里程碑。这种例证甚多，现在姑取异物中的最可怕的东西——僵尸——作为一例。

在中国小说上出现的僵尸，计有两种。一种是尸变，新死的人忽然“感了戾气”，起来作怪，常把活人弄死，所以他的性质是很凶残的。一种是普通的僵尸，据说是久殡不葬的死人所化，性质也是凶残，又常被当作旱魃，能够阻止天雨，但是一方面又有恋爱事件的传说，性质上更带了一点温暖的彩色了。中国的僵尸故事大抵很能感染恐怖的情绪，古意义而论技工，却是成功的了；《聊斋志异》里有一则“尸变”，纪旅客独宿，为新死的旅馆子妇所袭，逃到野外，躲在一棵大树后面，互相撑拒，末后惊恐倒地，尸亦抱树而僵。我读这篇虽然已在二十多年前，那时恐怖的心情还未忘记，这可以算是一篇有力的鬼怪故事了。儿童文学里的恐怖分子，确是不甚适宜，若在平常文艺作品本来也是应有的东西，美国亚伦坡的小说含这种分子很多，便是莫泊桑也作有若干鬼怪故事，不过他们多用心理的内面描写，方法有点不同罢了。

外国的僵尸思想，可以分作南欧与北欧两派，以希腊及塞耳比亚为其代表。北派的通称凡披耳（Vampyr），从墓中出，迷魇生人，吸其血液，被吸者死复成凡披耳；又患狼狂病（Lycanthropia）者，俗以为能化狼，死后亦成僵尸，故或又混称“人狼”（Vljkodlak），性质凶残，与中国的僵尸相似。南派的在希腊古代称亚拉思妥耳（Alastor），在现代虽袭用斯拉夫的名称“苟吕科拉加思”（Vrykoalkas，原意云人狼），但从方言“鼓状”（Tympaniaios）“张口者”（Katachanas）等名称看来，不过是不坏而能行动的尸身，虽然也是妖异而性质却是和平的，民间传说里常说他回家起居如常人，所以正是一种“活尸”罢了。他的死后重来的缘因，大抵由于精气未尽或怨恨未报，以横死或夭亡的人为多。古希腊的亚拉思妥耳的意思本是游行者，但其游行的目的大半在于追寻他的仇敌，后人便将这字解作“报复者”，因此也加上多少杀伐的气质了。希腊悲剧上常见这类的思想，如爱斯吉洛思（Aischylos）的慈惠女神（Eumenides）中最为显著，厄林奴思（Erinys）所歌“为了你所流的血，你将使我吸你活的肢体的红汁。你自身必将为我的肉，我的酒”，即是好例。阿勒思德斯（Orestes）为父报仇而杀其母，母之怨灵乃借手厄林奴思以图报复，在民间思想图报者本为其母的僵尸，唯以艺术的关系故代以报仇之神厄林奴思，这是希腊中和之德的一例，但恐怖仍然存在，运用民间信仰以表示正义，这可以说是爱斯吉洛思的一种特长了。近代欧洲各国亦有类似“游行者”的一种思想，易卜生的戏剧《群鬼》里便联带说及，他这篇名本是《重来者》（*Gengangere*），即指死而复出的僵尸，并非与肉体分离了的鬼魂，第一幕里阿尔文夫人看见儿子和使女调戏，叫道“鬼，鬼！”意思就是这个，这鬼（Ghosts）字实在当解作“（从死人里）回来的人们”（Revenants）。条顿族的叙事民歌（Popular ballad）里也很多这些“重来者”，如《门子井的妻》一篇，纪死者因了母子之爱，兄弟三人同来访问他们的老母；但是因恋爱而重来的尤多，《可爱的威廉的鬼》从墓中出来，问他的情人要还他的信誓，造成一首极凄婉美艳的民歌。威廉说："倘若死者为生人而来，我亦将为你而重来。"这死者来迎取后死的情人的趣意，便成了《色勿克的奇迹》的中心，并引起许多近代著名的诗篇，运用怪异的事情表示比死更强的爱力。在这些民歌里，表面上似乎只说鬼魂，实在都是那"游行者"一类的异物。《门子井的妻》里老母听说她的儿子死在海里了，她诅咒说，"我愿风不会停止，浪不会平静，直到我的三个儿子回到我这里来，带了（他们的）现世的血肉的身体"，便是很明白的证据了。

民间的习俗大抵本于精灵信仰（Animism），在事实上于文化发展颇有障害，但从艺术上平心静气的看去，我们能够于怪异的传说的里面瞥见人类共通的悲哀或恐怖，不是无意义的事情。科学思想可以加入文艺里去，使他发生若干变化，却决不能完全占有他，因为科学与艺术的领域是迥异的。明器里人面兽身独角有翼的守坟的异物，常识都知道是虚假的偶像，但是当作艺术，自有他的价值，不好用唯物的判断去论定的。文艺上的异物思想也正是如此。我想各人在文艺上不妨各有他的一种主张，但是同时不可不有宽阔的心胸与理解的精神去赏鉴一切的作品，庶几能够贯通，了解文艺的真意。安特来夫在《七个绞死者的故事》的序上说的好："我们的不幸，便是大家对于别人的心灵生命苦痛习惯意向愿望，都很少理解，而且几于全无。我是治文学的，我之所以觉得文学可尊者，便因其最高上的功业是拭去一切的界限与距离。"

［1922 年 3 月 26 日《晨报副刊》/《自己的园地》］

古今中外派

古今中外派这个名称，本来含有嘲笑的意思，但据我看来，在现代中国，这种主张实在很是切要，只可惜很是缺少。Tolerance 一字，在中国人的语汇里似乎没有，只有古今中外派的精神，同他还有一点相像的地方。

中国人大抵是国粹主义者，是崇古尊中者，所以崇尚佛教是可以的，崇尚孔教是可以的；甚至于崇尚丹田静坐也是可以的，各学校里的许多蒲团可以作证；崇尚灵学也是可以的，除《新青年》的几个朋友以外，大众原是都默许了。

我不想提倡中国应该崇尚外国的宗教与迷信，但我觉得这种崇古尊中的倾向，为中国文化前途计，不是好现象。我希望下一世代的青年能够放开眼界，扩大心胸，成为真的古今中外派，给与久经拘系的中国思想界一点自由与生命。

取缔思想是不可能的事情。但因了这件事情的尝试，思想却受了一个极大的威胁，这是很不幸的。即使我的思想侥幸不在这回被除灭之列，但是尽够使我不安了，因为我们失了思想自由的保障了。我所最怕的，实在还是在关于自己的这一点。

［1922 年 4 月 2 日《晨报副刊》/集外文］

《王尔德童话》

近来见到穆木天先生选译的《王尔德童话》，因此想就“文学的童话”略说几句。

普通的童话是“原始社会的文学”。我在答赵景深先生童话的讨论书上说：

> 原始社会的故事普通分作神话传说童话三种。神话是创世以及神的故事，可以说是宗教的。传说是英雄的战争与冒险的故事，可以说是历史的。童话的实质也有许多与神话传说共通，但是有一个不同点：便是童话没有时与地的明确的指定，又其重心不在人物而在事件，因此可以说是文学的。

但是这种民间童话虽然也是文学，却与所谓文学的童话很有区别：前者是民众的，传述的，天然的；后者是个人的，创作的，人为的。前者是“小说的童年”，后者是小说的化身，抒情与叙事的合体。记录民间童话的人是民俗学者，德国的格林（Grimm）兄弟是最著名的例；创作文学的童话的是文人，王尔德便是其中之一人。

英国安特路兰在《文学的童话论》里说：

> 童话是文学的一种形式，原始地古旧，而又有回复他的少年的无限的力。老婆子的故事，关于一个男孩子与一个女孩子，以及一个凶狠的继母，关于三个冒险的兄弟，关于友谊的或者被禁厌的兽，关于魔法的兵器与指环，关于巨人与吃人的种族的故事，是传奇的小说的最古的形式。开化的民族把这些小孩子气的说话修饰成重要的传奇的神话，如（取金羊毛的）亚尔戈船，以及赫拉克来思与阿迭修思的传说。未开化的种族

如阿及贝威，爱思吉摩与萨摩亚人，保存这老婆子的故事，形式没有那样高雅，或者因此却更与原来的形式相近。欧洲的乡里人保留这故事的形式，近于野蛮民族的而与希腊相差更多；到后来文人随从民间传述中采用了这种故事，正如他们的采用寓言一般。

婆罗门教与佛教的经典，中古基督教的传道书里，早已利用了民间传说去载他们的教义，但其本意只是宗教的教训的，并没有将他当作文学看待。这种新的倾向起于十七世纪之末，法国的贝洛尔（Perrault）可以说是这派的一个开创者。他于一六九七年刊行他的《鹅母亲的故事》，在童话文学上辟了一个新纪元；但是他这几篇小杰作虽然经过他的艺术的剪裁，却仍是依据孩儿房的传统，所以他的位置还是在格林兄弟这一边，纯粹的文学的童话界的女王却不得不让给陀耳诺夫人（Madam d'Aulnoy）了。

她的四十一册的《仙灵的宫廷》真可以说是仙灵故事的大成，虽然流行于后世的只有《白猫》等若干篇，她只要得到传说里的一点提示，便能造出鲜明快活的故事，充满着十八世纪的宫廷的机智。以后这派童话更加发达，确定为文学的一支，在十九世纪里出了许多佳作，如英国庚斯来的《水孩儿》，拉斯庚的《金河之王》，麦陀那耳特的《梦幻家》，加乐耳的《阿丽思》等都是。丹麦的安徒生更是不消说了，“他在想像上与原始的民间的幻想如此相似，与童年的心的秘密如此相近”。戈斯说：“安徒生的特殊的想像使他格外和儿童的心思相亲近。小儿正如野蛮人，于一切不调和的思想分子，毫不介意，容易承受下去；安徒生的技术大半就在这里，他能很巧妙的把几种毫不相干的思想，联结在一起。”因为他是诗人，又是一个“永久的孩子”，所以在文学的童话上是没有人能够及得上的：正如兰氏所说，他的《锡兵》和《丑小鸭》等才是真正的童话。王尔德的《石榴之家》与《幸福王子》两卷书却与安徒生的不同，纯粹是诗人的诗，在这一点上颇与法国孟代的《纺轮的故事》相似。王尔德和孟代一样，是颓废的唯美主义的人，但孟代在他的故事里明显的表示出快乐主义的思想，王尔德的又有点不同。这九篇都是“空想的童话，中间贯穿着敏感而美的社会的哀怜，恰如几幅锦绣镶嵌的织物，用一条深红的线坚固地缀成一帖”（据亨特生著《人生与现代精神的解释者》）。王尔德的文艺上的特色，据我想来是在于他的丰丽的辞藻和精炼的机智，他的喜剧的价值便在这里，童话也是如此；所以安徒生童话的特点倘若是在“小儿说话一样的文体”，那么王尔德的特点可以说是在“非小儿说话一样的文体”了。因此他的童话是诗人的，而非是儿童的文学，因为在近代文艺上童话只是文学的一种形式，内容尽多变化，如王尔德、孟代等的作品便是这文学的童话的最远的变化的一例了。

以上关于王尔德童话的一点意见，译者在序里也已约略说及，我现在只是略加说明罢了。译者在原本九篇里选了《渔夫与他的魂》《莺儿与玫瑰》《幸福王子》《利己的巨人》与《星孩儿》这五篇，对于这个选择我也完全同意。关于译文我没有什么话说，不过觉得地名的译义似乎还有可商的地方。如《利己的巨人》里的“谷墙地方的食人鬼”一句里的“谷墙”，现在虽然是称作康瓦尔（Cornwall），可以作这两个字解，但据贝林戈尔特的《康瓦尔地志》说，这个名称起于十世纪，当时读作科伦威勒思（Cornweales），意云（不列颠的）角上的威尔士人。这本来不过是些小事，但使我最不满意的却是纸张和印工的太坏，在看惯了粗纸错字的中国本来也不足为奇，但看到王尔德的名字，联想起他的主张与文笔，比较摊在眼前的册子，禁不住发生奇异之感。我们并不敢奢望有什么插画或图案，只求在光洁的白纸上印着清楚的黑字便满足了，因为粗纸错字是对于著者和译者——即使不是对于读者——的一种损害与侮辱。

［1922 年 4 月 2 日《晨报副刊》/《自己的园地》］

啄木的短歌

石川啄木（一八八五至一九一二）本名一，初在乡间当小学教师，月薪仅八元，常苦不足，流转各地为新闻记者，后至东京，与森鸥外、与谢野宽诸人相识，在杂志《昴》的上面发表诗歌小说，稍稍为有识者所知。但是生活仍然非常窘苦，夫妻均患肺病，母亦老病，不特没有医药之资，还至于时常断炊。他的友人土岐哀果给他编歌集《悲哀的玩具》，售得二十元，他才得买他平日所想服用的一种补剂，但半月之内他终于死了，补剂还剩下了半瓶。他死时年二十七，妻节子也于一年后死去了。他的著作经友人土岐金田一等搜集，编为《啄木全集》，分小说诗歌及书简感想等三卷，于一九二〇年出板完成。

啄木的著作里边，小说诗歌都有价值，但是最有价值的还要算是他的短歌。他的歌是所谓生活之歌，不但是内容上注重实生活的表现，脱去旧例的束缚，便是在形式上也起了革命，运用俗语，改变行款，都是平常的新歌人所不敢做的。他在一九一〇年末所做的一篇杂感里，对于这问题说得很清楚，而且他晚年的社会思想也明白的表示出来了。

> 我一只胳膊靠在书桌上，吸着纸烟，一面将我的写字疲倦了的眼睛休息在摆钟的指针上面。我于是想着这样的事情，——凡一切的事物，倘若在我们感到有什么不便的时候，我们对于这些不便的地方可以不客气的去改革它。而且这样的做正是当然的：我们并不为别人的缘故而生活着，我们乃是为了自己的缘故而生活着的。譬如在短歌里，也是如此。我们对于将一首歌写作一行的办法，已经觉得不便，或者不自然了；那么这便可以依了各首歌的调子，将这首歌写作两行，那首歌

写作三行，就是了。即使有人要说，这样的办反要将歌的那调子破坏了，但是以前的调子，他本身如既然和我们的感情并不能翕然相合，那么我们当然可以不要什么客气了。倘若三十一字这个限制有点不便，大可以尽量的去做“增字”的歌。（案日本短歌定例三十一音，例外增加字数通称“字馀”。）至于歌的内容，也不必去听那些任意的拘束，说这不像是歌，或者说这不成为歌；可以别无限制，只管自由的歌出来就好了。只要能够做到这样，如果人们怀着爱惜那在忙碌的生活之中，浮到心头又复随即消去的刹那刹那的感觉之心，在这期间歌这东西是不会灭亡的。即使现在的三十一字变成了四十一字，变成了五十一字，总之歌这东西是不会灭亡的。我们因了这个，也就能够使那爱惜刹那刹那的生命之心得到满足了。

我这样想着，在那秒针正走了一圈的期间，凝然的坐着，我于是觉得我的心渐渐的阴暗起来了。——我所感到不便的，不仅是将一首歌写作一行这一件事情。但是我在现今能够如意的改革，可以如意的改革的，不过是这桌上的摆钟石砚墨水瓶的位置，以及歌的行款之类罢了。说起来，原是无可无不可的那些事情罢了。此外真是使我感到不便，感到苦痛的种种的东西，我岂不是连一个指头都不能触它一下么？不但如此，除却对了它们忍从屈服，继续的过那悲惨的二重生活以外，岂不是更没有别的生于此世的方法么？我自己也用了种种的话对于自己试为辩解，但是我的生活总是现在的家族制度，阶级制度，资本制度，知识卖买制度的牺牲。

我转过眼睛来，看见像死人似的被抛在席上的一个木偶。歌也是我的“悲哀的玩具”罢了。

啄木的新式的短歌，收在《悲哀的玩具》和《一握的沙》两卷集子里，现在全集第二卷的一部分。《悲哀的玩具》里的歌是他病中所作，尤为我所喜欢，所以译出的以这一卷里的为多，但也不一一注明出处了。啄木的歌原本虽然很好，但是翻译出来便不行了，现在从译稿中选录一半，以见一斑。用了简炼含蓄的字句暗示一种情景，确是日本诗歌的特色，为别国所不能及的。啄木也曾说，“我们有所谓歌的这一种诗形，实在是日本人所有的绝少的幸福之一。”我想这并不是夸语，但因此却使翻译更觉为难了。

［1922年5月15日《诗》/集外文］

真的疯人日记

编者小序

近来神经病似乎很是流行，我在新世界什么地方拾得的“疯人日记”就已经有七八本了。但是那些大抵是书店里所发卖的家用日记一类的东西，表纸上印着“疯人日记”四个金字，里边附印月份牌邮费表等，后面记事也无非是“初一日晴，上午十点十七分起床”等等寻常说话。其中只有一本，或者可以算是真正疯人所记的。这是一卷小方纸的手抄本，全篇用“铁线篆”所写，一眼望去，花绿绿的看不出是什么东西，——幸而我也是对于“小学”用过功的，懂得一点篆法，而且他又恰好都照着正楷篆去的，所以我费了两天工夫，居然能够把他翻译出来了。这篇里所记的，是著者（不知其姓名，只考证出他就是写那铁线篆的人而已）的民君之邦——德谟德斯坡谛恩——游记的一部分，虽然说得似乎有点支离暧昧，但这支离暧昧又正是他的唯一的好处，倘若有人肯去细心的研究，我相信必然可以寻出些深奥的大道理来，所以我就拿来发表了。至于他是否是真正的疯人，我们既然不曾知道他的姓名，当然无从去问他自己，但是他即使不是疯人，也未必一定是不疯人：这是我所深信不疑的。小序竟。

一　最古而且最好的国

凭了质与力之名，我保证我所记的都是真实，但使这些事情果然实有，而且我真是亲到彼邦，实地的看了来。

民君之邦——德谟德斯坡谛恩，这两句话我已经不知道说了多少遍了，现在这一卷叙述起头，不免再说一番，——在东海中，是世界上最古，而且是，最好的国；这末一节，就是我们游历的人也不好否认，不但是本国的人觉得如此。在那里各人都有极大的自由，这自由便以自己的自由为界，所以你如没有被人家打倒，尽可以随意的打人，至于谩骂自然更是随意了，因为有“学者”以为这是一种习惯，算不得什么。大家因为都尊重自由，所以没有三个人聚在一处不是立刻争论以至殴打的；他们的意见能够一致的只有一件事，便是以为我自己是决不会错的。

他们有两句口号，常常带在嘴里的，是“平民”与“国家”，虽然其实他们并没有一个是平民，却都是便衣的皇帝。因为他们的国太古了，皇帝也太多了，所以各人的祖先差不多都曾经做过一任皇帝，——至少是各人的家谱上都这样说；据说那极大的自由便是根据这件事实而发生的。至于爱国一层却是事实，因为世界上像他们那样憎恶外国的人再也没有了，这实在是爱国的证据。但是平常同外国人也还要好，而且又颇信用，即如我带去的白干，他们很喜欢喝，常常来买，又有一次大家打架，有一个唯一爱国会会长背了一捆旧账簿到我这里来寄存，也是一例。这些旧账簿本来是五百年前的出入总登，在此刻是收不起账来的了，他们却很是看重，拿到我们华商家里存放，实在要比我国人的将装着钞票契据的红漆皮箱运到东城去更为高尚了。

闲话说得太远了，现在言归正传，再讲那“平民”与“国家”两句口号的事情。有一天我在路上走着，看见两个衣冠楚楚的人对面走来，他们彼此很很的看了一眼，一个人便大发咆哮道：“你为什么看我，你这背叛国家的……”那个人也吼叫道：“你欺侮平民么，你这智识阶级！”说时迟，那时快，倘若不是那站在路心的巡捕用木棍敲在他们的头上，一人一下，把他们打散，我恐怕两个人早已蹭了过去，彼此把大褂撕破，随后分头散去，且走且骂，不知道要走到什么地方才肯住口哩。

二　准仙人的教员

在这民君之邦里最可佩服的是他们的教育制度，这或者可以说是近于理想的办法了。他们以为教育是一种神圣——不，无宁说是清高的事业，不是要吃饭撒矢，活不到一百岁的俗人所配干的，在理论上说来应该是仙人才可以担任。但是不幸自从葛仙翁的列仙传出版以后，神仙界中也似乎今不如古，白日飞升的人渐渐少见，不免有点落莫之感了。虽然吕纯阳等几位把兄弟还是时常下凡，可以坐满一“桌”，但是要请他们担任国立七校（因为他们缺少一个美术学校）的教职也是不够，何况还有许多中小学校呢。他们的教育当局劳心焦思的密议了十一个月，终于不得已而思其次，决议采用“准仙人”来充当职教员，算是过渡时代的临时办法。这所谓准仙人乃是一种非仙非人，介在仙与人之间的清高的人物；其养成之法在拔去人气而加入仙气，以禁止吃饭撒矢为修炼的初步。学校任用的规则，系以辟谷者为正教授，餐风饮露者为教授，日食一麻一麦者为讲师，这一类自然以婆罗门为多。学校对于准仙人的教员，极为优待：凡教授都规定住在学校的东南对角的一带，以便他们上校时喝西北风借以维系生命；辟谷的正教授则准其住在校里，因为他们不复需要滋补的风露，而且他们的状态也的确不很适宜于搬动了。至于讲师就不大尊重，因为还要吃一麻一麦，未免有点凡俗而且卑鄙：倘若从事于清高的教育事业而还要吃饭，那岂不同苦力车夫一样了么？这在民君之邦的教育原理上是绝对的不能承认的。

他们学校各种都有，只是没有美术学校，因为他们从平民的功利主义立脚点看来，美术是一种奢侈品，所以归并到工业里去，哲学也附属于理化，文学则附属于博物，当我在那里的时候，统治文坛的人正是一个植物学者。他们的学科虽然也是分门别类有多少种，但是因为他们主张人是全知全能的，活动的范围是无限的，所以实际上是等于不分，这便是术语上的所谓学术的统一。我曾看见一个学造船的人在法政学校教罗马法，他的一个学生毕业后就去开业做外科医生，后来著了一部《白昼见鬼术》，终于得了一个法学博士的名号。据说这种办法是很古的，而且成绩很好，近有欧美都派人去调查，恐怕不久便要被大家所采用了。他们主张人类的全知全能，所以猛烈的反对怀疑派，说是学敌，因此他们在古人中又最恨苏格拉底与孔子：因为苏格拉底曾说他自知其无所知，故为唯一之智者；孔子也说，知之为知之，不知为不知，是知也。他们国里倘若有人说这不是自己所研究的，不能妄下论断，他们便说他有苏党的嫌疑，称他是御用学者，要听候查办。想免去这些患难，最好是装作无所不知，附和一回，便混过去了；好在这种新花样的学说流行，大都是同速成法政一样，不久就结束了，所以容易傅衍。有一回，一个名叫果非道人的和尚到那里提倡静卧，说可以却病长生，因为倘若不赞成就不免有苏派的嫌疑，所以一时闻风响应，教室里满眼都是禅床，我们性急的旁观者已经预备着看那第一批的静卧者到期连着禅床冉冉的飞上天去了。但是过了一个半月之后，却见果非道人又在别处讲演星云说，禅床上的诸君也已不见了。仔细一打听，才知道近来有人发见猪尾巴有毒，吃了令人怔忡，新发起了一个不食猪尾巴同盟，大家都坐了汽车出发到乡间去宣传这个真理；其结果是猪尾巴少卖了若干条，——然而在现在自然是仍旧可以卖了。

三　种种的集会

我参观了许多地方，规模最为弘大者是统一学术研究所，据说程度在一切大学院之上。我在那里看见一个学者用了四万八千倍的显微镜考察人生的真义，别一个学者闭目冥想，要想出化学原子到底有七十几种。又有一个囚形垢面的人，听说是他们国里唯一的支那学者，知道我是中国人，特别过来招呼，他说废寝忘食的——这个有他的容貌可以作证——研究中国文字，前后四十年，近来才发见俗称一撇一捺的人字实在是一捺上加一撇，他已经做了一篇三百页的论文发表出去，不久就可望升为太博士了，——因为他本来是个名誉博士。

理性发达所是去年才成立的，一种新式学说实验场。某学者依据亚列士多德的学说以为要使青年理性发达，非先把这些蕴蓄着的先天的狂议论发出不可，因此他就建设这个实验场，从事于这件工作。其法系运用禅宗的“念佛者谁”的法子，叫学生整天的背诵“二四得……”这一句话。初级的人都高声念“二四得甲”或是“二四二千七”等等，——因为这些本来是狂议论。最高级的只有一个人，在一间教室独自念道“二四得六！”引导的人说他毕业的期已近了，只要他一说出二四得七，那便是火候已到，理性充分的发达，于是领凭出所，称为理性得业士了。至于“二四得八”这一句话，在那里是不通行的，因为那建设理性发达所的学者自己也是说“二四得七”的。

以色谟拉忒勒亚——勉强可以译作主义礼拜会，是一种盛大的集会，虽是仪式而“不是宗教”。我去参观的时候，大半的仪式都已过去，正在举行“亚那台玛”了；依照罗马旧教的办法，一派的礼拜者合词咒诅异己的各派，那时正是民生主义派主席，诅着基尔特及安那其诸派，所以这几派的人暂时退席，但是复辟党帝制党民党都在一起，留着不走，因为于他们没有关系，所以彼此很是亲善：这实在足以表示他们的伟大的宽容的精神，不像是我国度量狭隘的民主主义者的决不肯和宗社党去握手，我于是不禁叹息“礼失而求诸夷”这句话的确切了。

民君之邦的法律——不知道是哪一阶级所制定，这便是他们的议员也不清楚——规定信仰自由，有一所公共礼堂，供各派信徒的公用。这地方名叫清净境，那一天里正值印度的拜科布拉蛇派，埃及的拜鳄鱼派以及所谓大食的拜□派都在那里做道场，但是独不见有我所熟知的大仙庙和金龙四大王庙，而且连朱天君的神像也没有。我看了很是奇怪（而且不平），后来请教那位太博士，这才明白：他们承认支那是无教之国，那些大仙等等只是传统的习惯，并不是迷信，所以不是宗教。但是还有一件事我终于不能了解，便是那大食的拜□派。我们乡里的老太婆确有这样的传说，但是读书人都知道这只是诬蔑某教的谣言，不值一驳的；我又曾仔细考证，请一个本教的朋友替我查经，顺翻了一遍，又倒翻了一遍，终于查不出证据来。——然而在民君之邦里有一个学者在论文上确确凿凿的说过，那么即使世间没有这样的事实，而其为必然的真理，是不再容人置疑的了，所以他们特设一个祭坛，由捕房按日分派贫民队前往礼拜，其仪注则由那个学者亲为规定云。

此外还有一个儿童讲演会，会员都是十岁以下的小学生，当时的演题一个是“生育制裁的实际”，一个是“万古不变的真理”，一个是“汉高祖斩丁公论”，馀兴是国粹艺术“摔壳子”。但是我因为有点别的事情，不曾去听，便即回到我的寓里去了。

四　文学界

民君之邦里的文学很是发达，由专门的植物学家用了林那法把他分类，列若干科，分高下两等。最高等的是“雅音科”，——就是我们在外国文学史上时常听到的“假古典派”，最下等的是所谓堕落科，无韵的诗即属于这一科里。雅音科又称作“雅手而俗口之科”，原文是一个很长的拉丁字，现在记不起来了。他们的主张是，“雅是一切”，而天下又只有古是雅，一切的今都是俗不可耐了。他们是祖先崇拜的教徒，其理想在于消灭一己的个性，使其原始的魂魄去与始祖的精灵合体，实在是一种非常消极的厌世的教义。他们实现这个理想的唯一手段，便是大家大做其雅文，以第一部古书的第一篇的第一句为程式，所以他们一派的文章起头必有诘屈胶牙的四个字为记，据说其义等于中国话的“呃，查考古时候……”云云。但是可惜国内懂得雅音的人（连自以为懂的计算在内）虽然也颇不少，俗人却还要多；而且这些雅人除了写几句古雅的文字以外，一无所能，日常各事非俗人替他帮忙不可，这时候倘若说：“咨，汝张三，糍盛予！”那是俗人所决不会懂的，所以他们也只能拼出这一张嘴，说现代人的俗恶的话了。“雅手而俗口”就是指这一件事，中间的而字系表示惋惜之意的语助词。

这正统的雅音派的文学，为平民和国家所协力拥护，所以势力最大，但是别派也自由流行，不过不能得到收入八存阁书目的权利罢了。他们用拈阄的方法认定自己的宗派，于是开始运动，反对一切的旁门外道；到了任期已满，再行拈定，但不得连任。凡志愿为文人者，除入雅音派以外，皆须受一种考试，第一场试文字，以能作西洋五古一首为合格，第二场试学术，问盲肠炎是本国的什么病等医学上的专门知识。

编者跋

我刚将稿子抄到这里，忽然来了一个我的朋友，——这四个字有点犯忌，但是他真是我的并非别人的朋友，所以不得不如此写，——拿起来一看，便说这不是真的疯人日记，因为他没有医生的证明书。虽然我因为铁线篆的关系，相信著者是疯人，但那朋友是中产阶级的绅士，他的话也是一定不会错的，所以我就把这稿子的发表中止了。

有人说，这本来是一篇游戏的讽刺，这话固然未必的确，而且即使有几分可靠，也非用别的篇名发表不可，不能称为真的疯人日记了。

［1922 年 5 月 17—23 日《晨报副刊》/《谈虎集》］

论小诗[①]

所谓小诗，是指现今流行的一行至四行的新诗。这种小诗在形式上似乎有点新奇，其实只是一种很普通的抒情诗，自古以来便已存在的。本来诗是“言志”的东西，虽然也可用以叙事或说理，但其本质以抒情为主。情之热烈深切者，如恋爱的苦甜，离合生死的悲喜，自然可以造成种种的长篇巨制，但是我们日常的生活里，充满着没有这样迫切而也一样的真实的感情；他们忽然而起，忽然而灭，不能长久持续，结成一块文艺的精华，然而足以代表我们这刹那的内生活的变迁，在或一意义上这倒是我们的真的生活。如果我们“怀着爱惜这在忙碌的生活之中浮到心头又复随即消失的刹那的感觉之心”，想将他表现出来，那么数行的小诗便是最好的工具了。中国古代的诗，如传说的周以前的歌谣，差不多都很简单，不过三四句。《诗经》里有许多篇用叠句式的，每章改换几个字，重复咏叹，也就是小诗的一种变体。后来文学进化，诗体渐趋于复杂，到于唐代算是极盛，而小诗这种自然的要求还是存在，绝句的成立与其后词里的小令等的出现都可以说是这个要求的结果。别一方面从民歌里变化出来的子夜歌懊侬歌等，也继续发达，可以算是小诗的别一派，不过经文人采用，于是乐府这种歌词又变成了长篇巨制了。

由此可见小诗在中国文学里也是“古已有之”，只因他同别的诗词一样，被拘束在文言与韵的两重束缚里，不能自由发展，所以也不免和

【锺校】

① “晨报本”题下有小注云：“为燕京大学文学会作，本拟于六月十六日去讲演，因临时生病中止，便在这里发表了，附志一语以谢文学会诸君。”

他们一样同受到湮没的命运。近年新诗发生以后，诗的老树上抽了新芽，很有复荣的希望；思想形式，逐渐改变，又觉得思想与形式之间有重大的相互关系，不能勉强牵就。我们固然不能用了轻快短促的句调写庄重的情思，也不能将简洁含蓄的意思拉成一篇长歌；适当的方法唯有为内容去定外形，在这时候那抒情的小诗应了需要而兴起正是当然的事情了。

中国现代的小诗的发达，很受外国的影响，是一个明了的事实。欧洲本有一种二行以上的小诗，起于希腊，由罗马传入西欧，大抵为讽刺或说理之用，因为罗马诗人的这两种才能，似乎出于抒情以上，所以他们定“诗铭”的界说道：

> 诗铭同蜜蜂，应具三件事：
>
> 一刺，二蜜，三是小身体。

但是诗铭在希腊，如其名字 Epigramma 所示，原是墓志及造像之铭，其特性在短而不在有刺。希腊人自己的界说是这样说：

> 诗铭必要的是一联（Distichon）；倘若是过了三行，那么你是咏史诗，不是做诗铭了。

所以这种小诗的特色是精炼，如西摩尼台思（Simonides，500 B. C.）的斯巴达国殇墓铭云：

> 客为告拉该台蒙人们，
>
> 我们卧在这里，遵着他们的礼法。

又如柏拉图（Platon，400 B. C.）的《咏星》云：

> 你看着星么，我的星？
>
> 我愿为天空，得以无数的眼看你。

都可以作小诗的模范。但是中国的新诗在各方面都受欧洲的影响，独有小诗仿佛是在例外，因为他的来源是在东方的；这里边又有两种潮流，便是印度与日本，在思想上是冥想与享乐。印度古来的宗教哲学诗里有一种短诗，中国称他为“偈”或“伽陀”，多是四行，虽然也有很长的。后来回教势力兴盛，波斯文学在那里发生影响，唵玛哈扬（Omma Khayam，十世纪时诗人）一流的四行诗（Rubai）大约也就移植过去，加上一点飘逸与神秘的风味。这个详细的变迁我们不很知道，但是在最近的收获，泰谷尔（Tagore）的诗，尤其是《迷途的鸟》里，我们能够见到印度的代表的小诗，他的在中国诗上的影响是极著明的。日本古代的歌原是长短不等，但近来流行的只是三十一音和十七音的这两种；三十一音的名短歌，十七音的名俳句，还有一种川柳，是十七音的讽刺诗，因为不曾介绍过，所以在中国是毫无影响的。此外有子夜歌一流的小呗，多用二十六音，是民间的文学，其流布比别的更为广远。这几种的区别，短歌大抵是长于抒情，俳句是即景寄情，小呗也以写情为主而更为质朴，至于简洁含蓄则为一切的共同点。从这里看来，日本的歌实在可以说是理想的小诗了。在中国新诗上他也略有影响，但是与印度的不同，因为其态度是现世的。如泰谷尔在《迷途的鸟》里说：

流水唱道：我唱我的歌，那时我得我的自由。——用王靖君译文

与谢野晶子的短歌之一云：

拿了咒诅的歌稿，按住了黑色的胡蝶。

在这里，大约可以看出他们的不同，因此受他们影响的中国小诗当然也可以分成两派了。

冰心女士的《繁星》，自己说明是受泰谷尔影响的，其中如六六及七四这两首云：

深林里的黄昏，
是第一次么？
又好似是几时经历过。

×

婴儿，

是伟大的诗人：

在不完全的言语中，

吐出最完全的诗句。

可以算是代表的著作，其后辗转模仿的很多，现在都无须列举了。俞平伯君的《忆游杂诗》——在《冬夜》中——虽然序中说及日本的短诗，但实际上是别无关系的，即如其中最近似的《南宋六陵》一首：

牛郎花，黄满山，

不见冬青树，红杜鹃儿血斑斑。

也是真正的乐府精神，不是俳句的趣味。《湖畔》中汪静之君的小诗，如其一云：

你该觉得罢——

仅仅是我自由的梦魂儿，

夜夜萦绕着你么？

却颇有短歌的意思。这一派诗的要点在于有弹力的集中，在汉语性质上或者是不很容易的事情，所以这派诗的成功比较的为难了。

我平常主张对于无论什么流派，都可以受影响，虽然不可模仿；因此我于这小诗的兴起，是很赞成，而且很有兴趣的看看他的生长。这种小幅的描写，在画大堂山水的人看去，或者是觉得无聊也未可知，但是如上面说过，我们在日常生活中，随时随地都有感兴，自然便有适于写一地的景色，一时的情调的小诗之需要。不过在这里有一个条件，这便是须成为一首小诗，——说明一句，可以说是真实简炼的诗。本来凡诗都非真实简炼不可，但在小诗尤为紧要。所谓真实并不单是非虚伪，还须有切迫的情思才行，否则只是谈话而非诗歌了。我们表现的欲求原是本能的，但是因了欲求的切迫与否，所表现的便成为诗歌或是谈话。譬如一颗火须燃烧至某一程度才能发出光焰，人的情思也须燃烧至某一程度才能变成诗料，在这程度之下不过是普通的说话，犹如盘香的火虽然维持着火的生命，却不能有大光焰了。所谓某一程度，即是平凡的特殊化，现代小说家康拉特（Joseph Conrad）所说的人生的比现实更真切的认知。诗人见了常人所习见的事物，若①能比常人更锐敏的受到一种铭感，将他艺术地表现出来，这便是诗。

“倘若是很平凡浮浅的思想，外面披上诗歌形式的衣裳，那是没有实质的东西，别无足取。如将这两首短歌比较起来，便可以看出高下：

樵夫踏坏的山溪的朽木的桥上，有萤火飞着。——香川景树

心里怀念着人，见了泽上的萤火，也疑是从自己身里出来的梦游的魂。——和泉式部

第一首只是平凡无聊的事，第二首描写一种特殊的情绪，就能感人：同是一首咏萤的歌，价值却大不相同了。”（见《日本的诗歌》中）

所以小诗的第一条件是须表现实感，便是将切迫地感到的对于平凡的事物之特殊的感兴，迸跃地倾吐出来，几乎是迫于生理的冲动，在那时候这事物无论如何平凡，但已由作者分与新的生命，成为活的诗歌了。至于简炼这一层，比较的更易明了，可以不必多说。诗的效用本来不在明说而在暗示，所以最重含蓄，在篇幅短小的诗里自然更非讲字句的经济不可了。

对于现在发表的小诗，我们只能赏鉴，或者再将所得的印象写出来给别人看，却不易批评，因为我觉得自己没有这个权威，因为个人的赏鉴的标准多是主观的，不免为性情及境遇所限，未必能体会一切变化无穷的情境，这在天才的批评家或者可以，但在常人们是不可能的了。所

【锺校】

① “若”原作“犹”。

以我们见了这些诗，觉得哪几首好，哪几首不好，可以当作个人的意见去发表，但读者要承认这并没有法律上的判决的力。如《繁星》第七五云：

父亲呵，

出来坐在月明里，

我要听你说你的海。

《湖畔》中冯雪峰君的《清明日》云：

插在门上的柳枝下，

仿佛地看见簪豆花的小妹妹底影子。

何植三君的《农家短歌》之三云：

新谷收了，

田事忙了，

萤火虫照着他夜归了。

又其五云：

自然合韵的水车声，

把劳苦如水的车去了。

汪馥泉君《妹嫁》之十四云：

谁还逐日开这小钟呢！

在我个人的意见，这几篇都可以算是小诗之佳者，其馀还有，现在不多举了。至于附和之作大约好的很少，福禄特尔曾说，第一个将花比女子的人是天才，第二个说这话的便是呆子了。

现在对于小诗颇有怀疑的人，虽然也尽有理由，但总是未免责望太深了。正如馥泉君所说，“做诗，原是为我自己要做诗而做的”，做诗的人只要有一种强烈的感兴，觉得不能不说出来，而且有恰好的句调，可以尽量的表现这种心情，此外没有第二样的说法，那么这在作者就是真正的诗，他的生活之一片，他就可以自信的将他发表出去了。有没有永久的价值，在当时实在没有计较的工夫与馀地。在批评家希望得见永久价值的作品，这原是当然的，但这种佳作是数年中难得一见的；现在想每天每月都遇到，岂不是过大的要求么？我的意见以为最好任各人自由去做他们自己的诗，做的好了，由个人的诗人而成为国民的诗人，由一时的诗而成为永久的诗，固然是最所希望的，即使不然，让各人发抒情思，满足自己的要求，也是很好的事情。

如有贤明的批评家给他们指示正当的途径，自然很是有益，但是我们未能自信有这贤明的见识，而且前进的路也不止一条，——除了倒退的路以外都是可以走的，因此这件事便颇有点为难了。做诗的人要做怎样的诗，什么形式，什么内容，什么方法，只能听他自己完全的自由，但有一个限制的条件，便是须用自己的话来写自己的情思。

［1922 年 6 月 30 日《晨报副刊》/《自己的园地》］

森鸥外博士

据日本新闻的报道，森鸥外博士于本月十日去世了，这实在是东亚文坛的一件极可惋惜的事。

森鸥外（Mori Ogai）名林太郎，生于一八六〇年，毕业医科大学，留学德国，专研究卫生学，归后进医学博士，后又授文学博士，任军医总监及东京博物馆长，今年七月十日以肾脏病卒，年六十三岁。

在日本近三十年的文学界上，森氏留下极大的功绩，与坪内逍遥博士并称。他在新文学初兴的时候供著许多精密的介绍翻译，到后来自然主义兴起，风靡一时，他以超然的态度，独立著作，自成一家，但一方面翻译欧洲大陆的作品仍不稍懈，最著名者有丹麦安徒生的《即兴诗人》，德国哥德的《浮斯忒》《哥德传》及《浮斯忒考》等，此外《一幕物》《现代小品》《十人十话》与《蛙》等亦均有名。著作则有戏剧《我的一幕物》，小说集《涓滴》（后改题《还魂录》），《走马灯与分身》《高濑舟》，长篇《青年》及《雁》，传记故事《天保物语》《山房札记》等数十种。

《涓滴》在一九一〇年出版，其中有《杯》及《游戏》二篇最可注意，因为他著作的态度与风格在这里边最明显的表现出来了。拿着火山的熔岩色的陶杯的第八个少女，不愿借用别人的雕着“自然”二字的银杯，说道，“我的杯并不大，但是我用我自己的杯饮水”，这即是他的小影。《游戏》里的木村，对于万事总存着游戏的心情，无论作什么事，都是一种游戏，但这乃是理知的人的透明的虚无的思想，与常人的以生活为消遣者不同，虽当时颇遭文坛上正统派的嘲弄，但是既系现代人的一种心情，当然有其存在的价值。这种态度与夏目漱石的所谓低徊趣味可以相比，两家文章的清淡而腴润，也正是一样的超绝，不过森氏的思想保守的分子更少，如在《沉默之塔》一篇里可以看出。这篇原来登在生田长江译尼采的《札拉图斯忒拉》上，当作序文，有汉译，收在《现代日本小说集》中。

《走马灯与分身》（一九一三）系两部合成，《走马灯》凡八篇，记人世的情状，《分身》六篇，写自己的经验，觉得最有兴趣。读《妄想》《食堂》与《田乐豆腐》诸篇，主人公的性情面目，宛然如在目前，这种描写的手法正是极不易及。《高濑舟》（一九一八）的内容，大半与《走马灯》相类，但其中有《鱼玄机》《寒山拾得》诸作，采用古代的材料，编成新的故事，已经是《山房札记》（一九一九）的先声了。《山房札记》一类的书，以事实的考证为重，所以称他为传记故事，《鱼玄机》等却是小说。现代作这一体小说的人也颇不少，唯芥川龙之介做的最多也最好，文章又颇有与森相似的地方，所以被称作第二的森鸥外，然而做《分身》一类的人却是现在没有了。

森氏的著作中间，有一篇不曾编入集里的小说，最使我注意的，是那九十四页的短篇 *Vita Sexualis*（《性的生活》）。这一篇作品系登在文艺杂志《昴》（*Subaru*）一卷七号（一八九九年七月）上，这杂志本是森鸥外与谢野宽和晶子木下杢太郎诸人组织，由石川啄木编辑的。但是这一号才发行出去，内务部即认定《性的生活》是坏乱风俗的文章，立刻禁止发卖，将他没收了。所以后来小说集里没有这篇，而且在外边流传的也颇稀少，在禁止的一年后，我听发行的书店里的人说，有人想要搜求，已经非出六倍的价不可了。《性的生活》是《分身》一类的作品，金井君自叙六岁至二十一岁的性的知识的经验，欲作儿子的性的教育的资料，由我看来实在是一部极严肃的，文学而兼有教育意义的书，也非森氏不能写的。但是医学博士兼文学博士的严肃的作品，却被官吏用警眼断定是坏乱风俗而禁止了。原文的末节云：

他读完原稿之后，心想将这个发表出去么？这很为难罢。

有些事情，大家都做着，却都不说的。而且自己也挂名在为谨慎所支配住的教育界里，这很为难罢。那么无意中给儿子去读，也可以么？如给他去读，那也未必有什么不可以给他读的事情。

但是读了之后，儿子的心理现出来的效果如何，却是不能预先测知的。倘若读了这个的儿子，成为他的父亲一般，那么怎样？

这是幸呢，还是不幸呢？兑美尔（Dehmel）的诗里曾说：“不要服从他，不要服从他！”也不愿给儿子读了。

金井君拿起笔来，在书面上用拉丁文大书道 Vita Sexualis，于是訇的抛进箱子里去了。

这篇里所写虽然只是一个理知的人的性的生活，但是一种很有价值的“人间的证券”，凡是想真实的生活下去的人都不应忽视的。这回编纂《鸥外全集》的时候，不知道日本当局有这理解力，能许他完全编入否？性的教育的实施方法，诚然还未能够决定，但理论是大抵确实了；教育界尚须从事筹备，在科学与文艺上总可以自由的发表了。然而世界各国的道学家误认人生里有丑恶的部分，可以做而不能说的，又固持“臭东西上加盖子”的主义，以为隐藏是最好的方法，因此发生许多反对与冲突。其实性的事情确是一个极为纤细复杂的问题，决不能够完全解决的，正如一条险峻的山路，在黑暗里走去固然人人难免跌倒，即使在光明中也难说没有跌倒的人，——不过可以免避的总免避过去了。道学家的意见，却以为在黑暗中跌倒，总比在光明中为好，甚至于觉得光明中的不跌倒还不及黑暗中的跌倒之合于习惯，那更是可笑了。因《性的生活》的禁止问题，连带的说及，与本题却已离远了。

［1922 年 7 月 26 日《晨报副刊》/《谈龙集》］

夏夜梦

序　言

乡间以季候定梦的价值，俗语云春梦如狗屁，言其毫无价值也。冬天的梦较为确实，但以“冬夜”（冬至的前夜）的为最可靠。夏秋梦的价值，大约只在有若无之间罢了。佛书里说，“梦有四种，一四大不和梦，二先见梦，三天人梦，四想梦。”后两种真实，前两种虚而不实。我现在所记的，既然不是天人示现的天人梦或预告福德罪障的想梦，却又并非“或昼日见，夜则梦见”的先见梦，当然只是四大不和梦的一种，俗语所谓“乱梦颠倒”。大凡一切颠倒的事，都足以引人注意，有纪录的价值，譬如中国现在报纸上所记的政治或社会的要闻，那一件不是颠倒而又颠倒的么？所以我也援例，将夏夜的乱梦随便记了下来。但既然是颠倒了，虚而不实了，其中自然不会含着什么奥义，不劳再请“太人”去占；反正是占不出什么来的。——其实要占呢，也总胡乱的可以做出一种解说，不过这占出来的休咎如何，我是不负责任的罢了。

一　统一局

仿佛是地安门外模样。西边墙上贴着一张告示，拥挤着许多人，都仰着头在那里细心的看，有几个还各自高声念着。我心里迷惑，这些人都是车夫么？其中夹着老人和女子，当然不是车夫了；但大家一样的在衣服上罩着一件背心，正中缀了一个圆圈，写着中西两种的号码。正纳闷间，听得旁边一个人喃喃的念道，

……目下收入充足，人民军等应该加餐，自出示之日起，

不问女男幼老，应每日领米二斤，麦二斤，猪羊牛肉各一斤，马铃薯三斤，油盐准此，不得折减，违者依例治罪。

饮食统一局长三九二七鞠躬

这个办法，写的很是清楚，但既不是平粜，又不是赈饥，心理觉得非常胡涂。只听得一个女人对着一个老头子说道，

“三六八（仿佛是这样的一个数目）叔，你老人家胃口倒还好么?”

“六八二——不，六八八二妹，那里还行呢！以前已经很勉强了，现今又添了两斤肉，和些什么，实在再也吃不下，只好拚出治罪罢了。”

“是呵，我怕的是吃土豆，每天吃这个，心里很腻的，但是又怎么好不吃呢。”

“有一回，还是只发一斤米的时候，规定凡六十岁以上的人应该安坐，无故不得直立，以示优待。我坐得不耐烦了，暂时立起，恰巧被稽查看见了，拉到平等厅去判了三天的禁锢。”

“那么，你今天怎么能够走出来的呢?”

“我有执照在这里呢。这是从行坐统一局里领来的，许可一日间不必遵照安坐条律办理。”

我听了这些莫名其妙的话，心想上前去打听一个仔细，那老人却已经看见了我，慌忙走来，向我的背上一看，叫道，

“爱克司兄，你为什么还没有注册呢。”

我不知道什么要注册，刚待反问的时候，突然有人在耳边叫道，

“干么不注册!”一个大汉手中拿着一张名片，上面写道“姓名统一局长一二三”，正立在我的面前。我大吃一惊，回过身来撒腿便跑，不到一刻便跑的很远了。

二 长毛

我站在故乡老屋的小院子里。院子的地是用长方的石板铺成的；坐

北朝南是两间“蓝门”的屋，子京叔公常常在这里抄《子史辑要》，——也在这里发疯；西首一间侧屋，屋后是杨家的园，长着许多淡竹和一棵棕榈。

这是“长毛时候”。大家都已逃走了，但我却并不逃，只是立在蓝门前面的小院子里，腰间仿佛挂着一把很长的长剑。当初以为只有自己一个人，随后却见在院子里还有一个别人，便是在我们家里做过长年的“得法”，——或者叫做“得寿”也未可知。他同平常夏天一样，赤着身子，只穿了一条短袴，那猪八戒似的脸微微向下。我不曾问他，他也不说什么，只是忧郁的却很从容自在的站着。

大约是下午六七点钟的光景。他并不抬起头来，只喃喃的说道，

“来了。”

我也觉得似乎来了，便见一个长毛走进来了。所谓长毛是怎样的人我并不看见，不过直觉他是个长毛，大约是一个穿短衣而拿一把板刀的人。这时候，我不自觉的已经在侧屋里边了；从花墙后望出去，却见得法（或得寿）已经恭恭敬敬的跪在地上，反背着手，专等着长毛去杀他了。以后的景致有点模糊了，仿佛是影戏的中断了一下，推想起来似乎是我赶出去，把长毛杀了。

得法听得噗通的一颗头落地的声音，慢慢的抬起头来一看，才知道杀掉的不是自己，却是那个长毛，于是从容的立起，从容的走出去了。在他的迟钝的眼睛里并不表示感谢，也没有什么惊诧，但是因了我的多事，使他多要麻烦，这一种烦厌的神情却很明显的可以看出来了。

三　诗人

我觉得自己是一个诗人（当然是在梦中），在街上走着搜寻诗料。

我在护国寺街向东走去，看见从对面来了一口棺材。这是一口白皮的空棺，装在人力车上面，一个人拉着，慢慢的走。车的右边跟着一个

女人，手里抱着一个一岁以内的孩子。她穿着重孝，但是身上的白衣和头上的白布都是很旧而且脏，似乎已经穿了一个多月了。她一面走，一面和车夫说着话，一点都看不出悲哀的样子。——她的悲哀大约被苦辛所冻住，所遮盖了罢。我想像死者是什么人，生者是什么人，以及死者和生者的过去，正抽出铅笔想写下来，他们却已经完全不见了。

这回是在西四北大街的马路上了。夜里骤雨初过，大路洗的很是清洁，石子都一颗颗的突出，两边的泥路却烂的像泥塘一般。东边路旁有三四个人立着呆看，我也近前一望，原来是一匹死马躺在那里。大车早已走了，撇下这马，头朝着南脚向着东的摊在路旁。这大约也只是一匹平常的马，但躺在那里，看去似乎很是瘦小，从泥路中间拖开的时候又翻了转面，所以他上边的面孔肚子和前后腿都是湿而且黑的沾着一面的污泥。他那胸腹已经不再掀动了，但是喉间还是咻咻的一声声的作响，不过这已经不是活物的声音，只是如风过破纸窗似的一种无生的音响而已。我忽然想到俄国息契特林的讲马的一生的故事《柯虐伽》，拿出笔来在笔记簿上刚写下去，一切又都不见了。

有了诗料，却做不成诗，觉得非常懊恼，但也徼倖因此便从梦中惊醒过来了。

四　狒狒之出笼

在著名的杂志《宇宙之心》上，发现了一篇惊人的议论，篇名叫做《狒狒之出笼》。大意说在毛人的时代，人类依恃了暴力，捕捉了许多同族的狒狒猩猩和大小猿猴，锁上铁链，关在铁笼里，强迫去作苦工。这些狒狒们当初也曾反抗过，但是终抵不过皮鞭和饥饿的力量，归结只得听从，做了毛人的奴隶。过了不知多少千年，彼此的皮毛都已脱去，看不出什么分别，铁链与笼也不用了，但是奴隶根性已经养成，便永远的成了一种精神的奴族。其实在血统上早已混合，不能分出阶级来了，不过他们心里有一种运命的阶级观，譬如见了人己的不平等，便安慰自己道，“他一定是毛人。我当然是一个狒狒，那是应该安分一点的。”

因为这个缘故，彼此相安无事，据他们评论，道德之高足为世界的模范。……但是不幸据专门学者的考察，这个理想的制度已经渐就破坏，狒狒将要扭开习惯的锁索，出笼来了。出笼来的结果怎样，那学者不曾说明，他不过对于大家先给一个警告罢了。

这个警告出来以后，社会上顿时大起恐慌。大家——凡自以为不是狒狒的人们，——两个一堆，三个一攒的在那里讨论，想找出一个万全的对付策。他们的意见大约可以分作这三大派。

一，是反动派。他们主张恢复毛人时代的制度，命令各工厂“漏夜赶造”铁链铁笼，把所有的狒狒阶级拘禁起来，其正在赶造铁链等者准与最后拘禁。

二，是开明派。他们主张教育狒狒阶级，帮助他们去求解放，即使不幸而至于决裂，他们既然有了教育，也可以不会有什么大恐怖出现了。

三，是经验派。他们以为反动派与开明派都是庸人自扰，狒狒是不会出笼的。加在身上的锁索，一经拿去，人便可得自由；加在心上的无形的锁索的拘系，至少是终身的了，其解放之难与加上的时间之久为正比例。他们以经验为本，所以得这个名称，若从反动派的观点看去可以说是乐观派，在开明派这边又是悲观派了。

以上三派的意见，各有信徒，在新闻杂志上大加鼓吹，将来结果如何，还不能知道。反动派的主张固然太是横暴，而且在实际上也来不及；开明派的意见原要高明得多，但是在这一点上，也是一样的来不及了。因为那些自承为狒狒阶级的人虽没有阶级争斗的意思，却很有一种阶级意识；他们自认是一个狒狒，觉得是卑贱的，却同时仿佛又颇尊贵。所以他们不能忍受别人说话，提起他们的不幸和委屈，即使是十分同情的说，他们也必然暴怒，对于说话的人漫骂或匿名的揭帖，以为这人是侵犯了他们的威严了。而且他们又不大懂得说话的意思，尤其是讽刺的话，他们认真的相信，得到相反的结果，气轰轰的争闹。从这些地方看来，那开明派的想借文字言语企图心的革命的运动，一时也就没有把握了。

狒狒倘若真是出笼，这两种计画都是来不及的。——那么经验派的不出笼说是唯一的正确的意见么？我不能知道，须等去问“时间”先生才能分解。

（这是哪一国的事情，我醒来已经忘了，不过总不是出在我们震旦，特地声明一句。）

五　汤饼会

是大户人家的厅堂里，正在开汤饼会哩。

厅堂两旁，男左女右的坐满了盛装的宾客。中间仿佛是公堂模样，放着一顶公案桌，正面坐着少年夫妻，正是小儿的双亲。案旁有十六个人分作两班相对站着，衣冠整肃，状貌威严，胸前各挂一条黄裯，上写两个大字道，“证人”。左边上首的一个人从桌上拿起一张文凭似的金边的白纸，高声念道，

> 维一四天下，南瞻部洲，礼义之邦，摩诃茀罗利达国，大道德主某家降生男子某者，本属游魂，分为异物。披萝带荔，足御风寒；饮露餐霞，无须烟火。友蟪蛄而长啸，赏心无异于闻歌；附萤火以夜游，行乐岂殊于秉烛。幽冥幸福，亦云至矣。尔乃罔知满足，肆意贪求：却夜台之幽静，而慕尘世之纷纭，舍金刚之永生，而就石火之暂寄。即此颛愚，已足怜悯，况复缘兹一念，祸及无辜，累尔双亲，铸成大错，岂不更堪叹恨哉。原夫大道德主某者，华年月貌，群称神仙中人；而古井

秋霜，实受圣贤之戒：以故双飞蛱蝶，既未足喻其和谐；一片冰心，亦未能比其高洁也。乃缘某刻意受生，妄肆蛊惑，以致清芬犹在，白莲已失其花光；绿叶已繁，红杏倏成为母树。十月之危惧，三年之苦辛；一身濒于死亡，百乐悉以捐弃。所牺牲者既大，所耗费者尤多：就傅取妻，饮食衣被，初无储积，而擅自取携；猥云人子，实唯马蛭，言念及此，能不慨然。呜呼，使生汝而为父母之意志，则尔应感罔极之恩；使生汝而非父母之意志，则尔应负弥天之罪矣。今尔知恩乎？尔知罪乎？尔知罪矣，则当自觉悟，勉图报称，冀能忏除无尽之罪于万一。尔应自知，自尔受生以至复归夜台，尽此一生，尔实为父母之所有，以尔为父母之罪人，即为父母之俘囚，此尔应得之罪也。尔其谨守下方之律令，勉为孝子，余等实有厚望焉。

计开

一，承认子女降生纯系个人意志，应由自己负完全责任，与父母无涉。

二，承认子女对于父母应负完全责任，并赔偿损失。

三，准第二条，承认子女为父母之所有物。

四，承认父母对于子女可以自由处置：

甲，随意处刑。

乙，随时变卖或赠与。

丙，制造成谬种及低能者。

五，承认本人之妻子等附属物间接为父母的所有物。

六，以感谢与满足承认上列律令。

那人将这篇桐选合璧的文章念了，接着便是年月和那“游魂”——现在已经投胎为小儿了——的名字，于是右边上首的人恭恭敬敬的走下去，捉住抱在乳母怀里的小儿的两手，将他的大拇指捺在印色盒里，再把他们按在纸上署名的下面。以后是那十六个证人各着花押，有一两个写的是“一片中心”和“一本万利”的符咒似的文字，其馀大半只押一个十字，也有画圆圈的，却画得很圆，并没有什么规角。末一人画圈才了，院子里便惊天动地的放起大小炮竹来，在这声响中间，听得有人大声叫道，“礼——毕！”于是这礼就毕了。

（这天晚上，我正看着英国巴特勒的小说《虚无乡游记》，或者因此引起我这个妖梦，也未可知。）

［1922年8月19日《晨报副刊》/《谈虎集》］

怀　旧

读了郝秋圃君的杂感《听一位华侨谈话》，不禁引起我的怀旧之思。我的感想并不是关于侨民与海军的大问题的，只是对于那个南京海军鱼雷枪炮学校的前身，略有一点回忆罢了。

海军鱼雷枪炮学校大约是以前的封神传式的“雷电学校”的改称，但是我在那里的时候，还叫作“江南水师学堂”，这已是二十年前的事情了。那时鱼雷刚才停办，由驾驶管轮的学生兼习，不过大家都不用心。所以我现在除了什么“白头鱼雷”等几个名词以外，差不多忘记完了。

旧日的师长里很有不能忘记的人，我是极表尊敬的，但是不便发表，只把同学的有名人物数一数罢。勋四位的杜锡珪君要算是最阔了，说来惭愧，他是我进校的那一年毕业的，所以终于“无缘识荆”。同校三年，比我们早一班毕业的里边，有中将戈克安君是有名的，又倘若友人所说不误，现任的南京海军……学校校长也是这一班的前辈了。江西派的诗人胡诗庐君与杜君是同年，只因他是管轮班，所以我还得见过他的诗稿。而于我的同班呢，还未出过如此有名的人物，而且又多未便发表，只好提出一两个故人来说说了。第一个是赵伯先君，第二个是俞榆孙君。伯先随后改入陆师学堂，死于革命运动；榆孙也改入京师医学馆，去年死于防疫。这两个朋友恰巧先后都住在管轮堂第一号，便时常联带的想起。那时刘声元君也在那里学鱼雷，住在第二号，每日同俞君角力，这个情形还宛在目前。

学校的西北角是鱼雷堂旧址，旁边朝南有三间屋曰关帝庙，据说原来是游泳池，因为溺死过两个小的学生，总办命令把它填平，改建关帝庙，用以镇压不祥。庙里住着一个更夫，约有六十多岁，自称是个都司，每日三次往管轮堂的茶炉去取开水，经过我的铁格窗外，必定和我点头招呼（和人家自然也是一样），有时拿了自养的一只母鸡所生的鸡蛋来兜售，小洋一角买十六个。他很喜欢和别人谈长毛时事，他的都司大约就在那时得来，可惜我当时不知道这些谈话的价值，不大愿意同他去谈，到了现在回想起来，实在觉得可惜了。

关帝庙之东有几排洋房，便是鱼雷厂机器厂等，再往南去是驾驶堂的号舍了。鱼雷厂上午八时开门，中午休息，下午至四五时关门。厂门里边两旁放着几个红色油漆的水雷，这个庞大笨重的印象至今还留在脑里。看去似乎是有了年纪的东西，但新式的是怎么样子，我在那里终于没见过。厂里有许多工匠，每天在那里磨擦鱼雷，我听见教师说，鱼雷的作用全靠着磷铜缸的气压，所以看着他们磨擦，心想这样的擦去，不要把铜渐渐擦薄了么，不禁代为着急。不知现在已否买添，还是仍旧磨擦着那几个原有的呢？郝君杂感中云，“军火重地，严守秘密……唯鱼雷及机器场始终未参观”，与我旧有的印象截然不同，不禁使我发生了极大的今昔之感了。

水师学堂是我在本国学过的唯一的学校，所以回想与怀恋很多，一时写说不尽，现在只略举一二，纪念二十年前我们在校时的自由宽懈的日子而已。

十一年八月。

［1922年8月24日《晨报副刊》/《雨天的书》］

初　恋

那时我十四岁，她大约是十三岁罢。我跟着祖父的妾宋姨太太寄寓在杭州的花牌楼，间壁住着一家姚姓，她便是那家的女儿。伊本姓杨，住在清波门头，大约因为行三，人家都称她作三姑娘。姚家老夫妇没有子女，便认她做干女儿，一个月里有二十多天住在他们家里，宋姨太太和远邻的羊肉店石家的媳妇虽然很说得来，与姚宅的老妇却感情很坏，彼此都不交口，但是三姑娘并不管这些事，仍旧推进门来游嬉。她大抵先到楼上去，同宋姨太太搭赸一回，随后走下楼来，站在我同仆人阮升公用的一张板桌旁边，抱着名叫"三花"的一只大猫，看我映写陆润庠的木刻的字帖。

我不曾和她谈过一句话，也不曾仔细的看过她的面貌与姿态。大约我在那时已经很是近视，但是还有一层缘故，虽然非意识的对于她很是感到亲近，一面却似乎为她的光辉所掩，开不起眼来去端详她了。在此刻回想起来，仿佛是一个尖面庞，乌眼睛，瘦小身材，而且有尖小的脚的少女，并没有什么殊胜的地方，但在我的性的生活里总是第一个人，使我于自己以外感到对于别人的爱着，引起我没有明了的性的概念的对于异性的恋慕的第一个人了。

我在那时候当然是"丑小鸭"，自己也是知道的，但是终不以此而减灭我的热情。每逢她抱着猫来看我写字，我便不自觉的振作起来，用了平常所无的努力去映写，感着一种无所希求的迷濛的喜乐。并不问她是否爱我，或者也还不知道自己是爱着她，总之对于她的存在感到亲近喜悦，并且愿为她有所尽力，这是当时实在的心情，也是她所给我的赐物了。在她是怎样不能知道，自己的情绪大约只是淡淡的一种恋慕，始终没有想到男女夫妇的问题。有一天晚上，宋姨太太忽然又发表对于姚姓的憎恨，末了说道，“阿三那小东西，也不是好东西，将来总要流落到拱辰桥去做婊子的。”

我不很明白做婊子这些是什么事情，但当时听了心里想道，

“她如果真是流落做了婊子，我必定去救她出来。”

大半年的光阴这样的消费过去了。到了七八月里因为母亲生病，我便离开杭州回家去了。一个月以后，阮升告假回去，顺便到我家里，说起花牌楼的事情，说道，

“杨家的三姑娘患霍乱死了。”

我那时也很觉得不快，想像她的悲惨的死相，但同时却又似乎很是安静，仿佛心里有一块大石头已经放下了。

[1922 年 9 月 1 日《晨报副刊》/《谈虎集》]

泥水匠

八月中的几天大雨把胡同口外的三间房屋弄坍，并且压死了一个烧饼店的伙计，我们家里也同时坍了几堵泥墙，屋也差不多每间都漏了。等到天已晴正之后，只得去叫几个泥水匠来修理。

第一天，他们修院子里的南墙，我只看见他们忽来忽去的，似乎工作的时间还是休息的多，到了傍晚还筑不起多少墙，便觉得不很高兴，对他们说了几句闲话。

第二天，没有什么事情；我平常吃帕勒托，有几个空瓶留下，我的妻便拿去给了他们，一人一个，给他们去盛酒或酱油。他们都很高兴，听说傍晚回去的时候，都笑嘻嘻的在门口高举着瓶向嘴里倒，做出喝酒的模样。

第三天，下午三点钟的时候，用人来说，有一个泥水匠病了，腹痛泄泻，便叫他回去了，并且把一瓶兜安氏的霍乱药水给了他。

第四天，天下大雨，泥水匠没有来，但是听近地传说昨天的那个泥水匠死了，原来却是真霍乱。我不知道他是怎样的一个人，只听说是一个头上有短辮的，六十多岁的瘦长的老人而已。

第五天，他们又来作工了，只是缺少了一个人，但是大家也并不觉得什么。下午妻对我说，听说那人死了之后，家里无钱棺殓，老婆子出去向人家募化，一总攒凑了一块多钱，才免强敷衍过去；我们可惜不曾帮助他一点。

于是这泥水匠的事件在表面上总算完结了。

［1922 年 9 月 7 日《晨报副刊》/集外文］

怀旧之二

在《青光》上见到仲贤先生的《十五年前的回忆》，想起在江南水师学堂的一二旧事，与仲贤先生所说的略有相关，便又记了出来，作这一篇《怀旧之二》。

我们在校的时候，管轮堂及驾驶堂的学生虽然很是隔膜，却还不至于互相仇视，不过因为驾驶毕业的可以做到“船主”，而管轮的前程至大也只是一个“大伡”，终于是船主的下属，所以驾驶学生的身份似乎要高傲一点了。班次的阶级，便是头班和二班或副额的关系，却更要不平，这种实例很多，现在略举一二。学生房内的用具，照例向学堂领用，但二班以下只准用一顶桌子，头班却可以占用两顶以上，陈设着仲贤先生说的那些“花瓶自鸣钟”。我的一个朋友 W 君同头班的 C 君同住，后来他迁往别的号舍，把自己固有的桌子以外又搬去 C 君的三顶之一。C 君勃然大怒，骂道：“你们即使讲革命，也不能革到这个地步。”过了几天，C 君的好友 K 君向着 W 君寻衅，说“我便打你们这些康党”，几乎大挥老拳；人家都知道是桌子风潮的馀波。

头班在饭厅的坐位都有一定，每桌至多不过六人，都是同班至好或是低级里附和他们的小友，从容谈笑的吃着，不必抢夺吞咽。阶级低的学生便不能这样的舒服，他们一听吃饭的号声，便须直奔向饭厅里去，在非头班所占据的桌上见到一个空位，赶紧坐下，这一餐的饭才算安稳到手了。在这大众奔窜之中，头班却比平常更从容的，张开两只臂膊，像螃蟹似的，在雁木形的过廊中央，大摇大摆的踱方步。走在他后面的人，不敢僭越，只能也跟着他踱，到得饭厅，急忙的各处乱钻，好像是晚上寻不着窠的鸡，好容易找到位置，一碗雪里蕻[1]上面的几片肥肉也早已不见，只好吃一顿素饭罢了。我们几个人不佩服这个阶级制度，往往从他的臂膊间挤过，冲向前去，这一件事或者也就是革命党的一个证据罢。

仲贤先生的回忆中，最令我注意的是那山上的一只大狼，因为正同老更夫一样，他也是我的老相识。我们在校时，每到晚饭后常往后山上去游玩，但是因为山坳里的农家有许多狗，时以恶声相向，所以我们习惯都拿一枝棒出去。一天的傍晚我同友人L君出了学堂，向着半山的一座古庙走去，这是同学常来借了房间叉麻雀的地方。我们沿着同校舍平行的一条小路前进，两旁都生着稻麦之类，有三四尺高。走到一处十字叉口，我们看见左边横路旁伏着一只大狗，照例挥起我们的棒，他便窜去麦田里不见了。我们走了一程，到了第二个十字叉口，却又见这只狗从麦丛里露出半个身子，随即窜向前面的田里去了。我们觉得他的行为有点古怪，又看见他的尾巴似乎异常，猜想他不是寻常的狗，于是便把这一天的散步中止了。后来同学中也还有人遇见过他，因为手里有棒，大抵是他先回避了。原来过了五六年之后他还在那里，而且居然“白昼伤人”起来了。不知道他现今还健在否？很想得到机会，去向现在南京海军鱼雷枪炮学校的同学打听一声。

十天以前写了一篇，从邮局寄给报社，不知怎的中途失落了，现在重新写过，却没有先前的兴致，只能把文中的大意纪录出来罢了。

十一年九月。

［1922年9月27日《晨报副刊》/《雨天的书》］

【锺校】

① “蕻”原作“荭”。

怀爱罗先珂君

十月已经过去了，爱罗君还未回来。莫非他终于不回来了么？他曾说过，若是回来，十月末总可以到京；现在十月已过去了。但他临走时在火车中又说，倘若不来，当从芬兰打电报来通知；而现在也并没有电报到来。

他在北京只住了四个月，但早已感到沙漠上的枯寂了。我们所缺乏的，的确是心情上的润泽，然而不是他这敏感的不幸诗人也不能这样明显的感着，因为我们自己已经如仙人掌类似的习惯于干枯了。爱罗君虽然被日本政府驱逐出来，但他仍然怀恋着那“日出的国，花的国”的日本。初夏的一天下午，我同他在沟沿一带，踏着柔细的灰沙，在柳阴下走着，提起将来或有机会可以重往日本的话，他力说日本决不再准他去，但我因此却很明了地看出他的对于日本的恋慕。他既然这样的恋着日本，当然不能长久安住在中原的平野上的了。（这是趣味上的，并不是政治上的理由。）

他是一个世界主义者，但是他的乡愁却又是特别的深。他平常总穿着俄国式的上衣，尤其喜欢他的故乡乌克拉因式的刺绣的小衫——可惜这件衣服在敦贺的船上给人家偷了去了。他的衣箱里，除了一条在一日三浴的时候所穿，缅甸的筒形白布裤以外，可以说是没有外国的衣服。即此一件小事，也就可以想见他是一个真实的“母亲俄罗斯”的儿子。他对于日本正是一种情人的心情；但是失恋之后，只有母亲是最亲爱的人了。来到北京，不意中得到归国的机会，便急忙奔去，原是当然的事情。前几天接到英国达特来夫人寄来的三包书籍，拆开看时乃是七本神智学的杂志，名《送光明者》（*The Light-bringer*），却是用点字印出的：

原来是爱罗君在京时所定，但等得寄到的时候，他却已走的无影无踪了。

爱罗君寄住在我们家里，两方面都很是随便，觉得没有什么窒碍的地方。我们既不把他做宾客看待，他也很自然的与我们相处：过了几时，不知怎的学会侄儿们的称呼，差不多自居于小孩子的辈分了。我的兄弟的四岁的男孩是一个很顽皮的孩子，他时常和爱罗君玩耍。爱罗君叫他的诨名道："土步公呀！"他也回叫道："爱罗金哥君呀！"但爱罗君极不喜欢这个名字，每每叹道："唉唉，真窘极了！"四个月来不曾这样叫，"土步公"已经忘记爱罗金哥君这一句话，而且连曾经见过一个"没有眼睛的人"的事情也几乎记不起来了。

有各处的友人来问我，爱罗君现在什么地方，我实在不能回答：在芬兰呢，在苏俄呢，在西伯利亚呢？有谁知道？我们只能凭空祝他的平安罢。他出京后没有一封信来过。或者因为没有人替他写信，或者因为他出了北京，便忘了北京了：他离去日本后，与日本友人的通信也很不多。——飘泊孤独的诗人，我想你自己的悲哀也尽够担受了，我希望你不要为了住在沙漠上的人们再添加你的忧愁的重担也罢。

［1922 年 11 月 7 日《晨报副刊》/《泽泻集》］

关于重修丛台的事

今年暑假中，燕京大学的王德曦、黄文宝二君往邯郸去调查社会的状况，见到丛台故址，于是集款重修，教我写一篇文字。

我于文章既非所长，又未尝亲到丛台，当然没有什么话可说，惟有关于保存古迹的事却略有一些意见，所以就写了下来。

保存古迹这一种运动，在开化的国里大抵是有的。保存的目的可以分作两重，一是美术的，二是历史的；但是古迹未必都有美术的价值，所以这第二重的意义便占了重要的位置。法国芒达伦贝尔（Montalembert）曾说，“长远的纪念造成伟大的国民”，可以算是简明的解释。这长远的记念的效用，并不在使人追慕古昔，想教地球逆转过来，乃是唤起一种自觉，瞻望过去即是意识将来，这是所以能使国民伟大的缘故。历史的古迹正如一块路程碑，立在民族的无限的行程的路旁，一方面纪录经过的里数，一方面也就表示辽远的前路，催促行道者去建立其次的路程碑。王羲之在《兰亭序》上说：“后之视今，亦犹今之视昔。”这虽是达观的话，但若积极的用来，也就可以当作怀古的心情的一种解说了。

中国对于古迹是向来重视的，也常有修整保存的举动，但一般的意见不免偏于追慕古昔，而且保存也很不得法，这是极可惋惜的事。即如在我故乡的兰亭，原是有名的古迹，地方上也颇知注意，常加修理，所以屋宇也极整齐，然而布置不甚合宜，近来又由一个布商监工改造，以致俗恶不堪，游兰亭的人只在驴背上稍得领略山水之美，一到门前，却反而索然兴尽了。

还有大同的石佛寺，现存无数雕像，本不愧为东亚伟大美术之一，但也多被修整所害：佛像一经俗工的髹漆，全化为喇嘛庙里的菩萨，使真的美术家见了恨不得撕去这些金碧，还他本来的残缺而有荣光的面目；又有“保护”石窟的兵警驻扎，更无形的帮助着破坏的自然力的进行。就这两件事看来，可见中国对于保存古迹的办法实在太欠讲究，因此也就知道对于保存古迹的道理不很分明了。

据王黄二君说，这回丛台的修葺，与先前的办法颇有不同，既不去故意的做出什么流觞曲水来，也并无一些金碧的涂饰，单是开辟一块地面，修理几间房屋，仿佛公园模样，可以供公众的游览：这方法却是极好的，丛台的来源未必引起大家很深的感兴，但邯郸就是很可记念的地方，从中提出一个丛台来做代表，也正是合宜的办法。保存美术的古迹，当然须用别种的计画，至于平常的历史遗迹，却只须如此也就十分适当了。

一九二二年十一月三日，在北京记。

［1922 年 11 月《晨报副刊》/《谈虎集》］

学校生活的一叶

一九〇一年的夏天考入江南水师学堂，读“印度读本”，才知道在经史子集之外还有“这里是我的新书”。但是学校的功课重在讲什么锅炉——听先辈讲话，只叫“薄厄娄”，不用这个译语，——或经纬度之类，英文读本只是敲门砖罢了。所以那印度读本不过发给到第四集，此后便去专弄锅炉，对于“太阳去休息，蜜蜂离花丛”的诗很少亲近的机会；字典也只发给一本商务印书馆的“华英字典”（还有一本那泰耳英文字典），表面写着“华英”，其实却是英华的。我们所领到的大约还是初版，其中有一个训作娈童的字，——原文已忘记了，——他用极平易通俗的一句话作注解，这是一种特别的标征，比我们低一级的人所领来的书里已经没有这一条了。因为是这样的情形，大家虽然读了他们的“新书”，却仍然没有得着新书的趣味，有许多先辈一出了学堂便把字典和读本全数遗失，再也不去看他，正是当然的事情。

我在印度读本以外所看见的新书，第一种是从日本得来的一本《天方夜谈》，这是伦敦纽恩士公司发行三先令半的插画本，其中有亚拉廷拿着神灯，和亚利巴巴的女奴拿了短刀跳舞的图，我还约略记得。当时这一本书不但在我是一种惊异，便是丢掉了字典在船上供职的老同学见了也以为得未曾有，借去传观，后来不知落在什么人手里，没有法追寻，想来即使不失落也当看破了。但是在这本书消灭之前，我便利用了它，做了我的“初出手”。《天方夜谈》里的《亚利巴巴与四十个强盗》是世界上有名的故事，我看了觉得很有趣味，陆续把它译了出来，——当然是用古文而且带着许多误译与删节。当时我一个同班的朋友陈君定阅苏州出版的《女子世界》，我就把译文寄到那里去，题上一个“萍云”的女子名字，不久居然登出，而且后来又印成单行本，书名是《侠女奴》。这回既然成功，我便高兴起来，又将美国亚伦坡（E. Allen Poe）的小说《黄金虫》译出，改名《山羊图》，再寄给《女子世界》社的丁君。他答应由“小说林”出版，并且将书名换作《玉虫缘》。至于译者的名字则为“碧罗女士”！这大约都是一九零四年的事情。近来常见青年在报上通讯喜用姊妹称呼，或者自署称什么女士，我便不禁独自微笑，这并不是嘲弄的意思，不过因此想起十八九年前的旧事，仿佛觉得能够了解青年的感伤的心情，禁不住同情的微笑罢了。

此后我又得到几本文学书，但都是陀勒插画的《神曲地狱篇》，凯拉尔（Caryle）的《英雄崇拜论》之类，没有法子可以利用。那时苏子榖在上海报上译登《惨世界》，梁任公又在《新小说》上常讲起“嚣俄”，我就成了嚣俄的崇拜者，苦心孤诣的搜求他的著作，好容易设法凑了十六块钱买到一部八册的美国版的嚣俄选集。这是不曾见过的一部大书，但是因为太多太长了，却也就不能多看，只有《死囚的末日》和 *Claude Gueux* 这两篇时常拿来翻阅。一九〇六年的夏天住在鱼雷堂的空屋里，忽然发心想做小说，定名曰《孤儿记》，叙述孤儿的生活。上半是创造的，全凭了自己的贫弱的想像支撑过去，但是到了孤儿做贼以后便支持不住了，于是把嚣俄的文章尽量的放进去，孤儿的下半生遂成为 Claude 了：这个事实在例言上有没有声明，现在已经记不清楚，连署名用哪两个字也忘记了。这篇小说共约二万字，直接寄给小说林，承他收纳，而且酬洋二十元。这是我所得初次的工钱，以前的两种女性的译书只收到他们的五十部书罢了。这二十块钱我拿了到张季直所开的洋货公司里买了一个白帆布的衣包，其馀的用作归乡的旅费了。

以上是我在本国学校读书和著作的生活。那三种小书徼幸此刻早已绝版，就是有好奇的人恐怕也不容易找到了：这是极好的事，因为他们实在没有给人看的价值。但是在我自己却不是如此，这并非什么敝帚自珍，因为他们是我过去的出产，表示我的生活的过程的，所以在回想中还是很有价值，而且因了自己这种经验，略能理解现在及未来的后生的心情，不至于盛气的去呵斥他们，这是我所最喜欢的。我想过去的经验如于我们有若干用处，这大约是最重要的一点罢。

十一年十一月。

［1922 年 12 月 1 日《晨报副刊》/《雨天的书》］

一九二三年

昼　梦

我是怯弱的人，常感到人间的悲哀与惊恐。

严寒的早晨，在小胡同里走着，遇见一个十四五岁的小姑娘，充血的脸庞隐过了自然的红晕，黑眼睛里还留着处女的光辉，但是正如冰里的花片，过于清寒了，——这悲哀的景象已经几乎近于神圣了。

胡同口外站着候座的车夫，粗麻布似的手巾从头上包到下颔，灰尘的脸的中间，两只眼现出不测的深渊，仿佛又是冷灰底下的炭火，看不见地逼人，我的心似乎炙的寒颤了。

我曾试我的力量，却还不能把院子里的蓖麻连根拔起。

我在山上叫喊，却只有返响回来，告诉我的声音的可痛地微弱。

我往何处去祈求呢？只有未知之人与未知之神了。

要去信托未知之人与未知之神，我的信心却又太薄弱一点了。

［1923 年 1 月 15 日《晨报副刊》/《过去的生命》］

法布耳《昆虫记》

法国法布耳所著的《昆虫记》共有十一册，我只见到英译《本能之惊异》《昆虫的恋爱与生活》《蟓虫的生活》和从全书中摘辑给学生读的《昆虫的奇事》，日本译《自然科学故事》《蜘蛛的生活》以及全译《昆虫记》第一卷罢了。在中国要买外国书物实在不很容易，我又不是专门家，积极的去收罗这些书，只是偶然的遇见买来，所以看见的不过这一点，但是已经尽够使我十分佩服这"科学的诗人"了。

法布耳的书中所讲的是昆虫的生活，但我们读了却觉得比看那些无聊的小说戏剧更有趣味，更有意义。他不去做解剖和分类的工夫（普通的昆虫学里已经说的够了），却用了观察与试验的方法，实地的纪录昆虫的生活现象，本能和习性之不可思议的神妙与愚蒙。我们看了小说戏剧中所描写的同类的运命，受到深切的铭感，现在见了昆虫界的这些悲喜剧，仿佛是听说远亲——的确是很远的远亲——的消息，正是一样迫切的动心，令人想起种种事情来。他的叙述，又特别有文艺的趣味，更使他不愧有昆虫的史诗之称。戏剧家罗斯丹（Rostand）批评他说，"这个大科学家像哲学者一般的想，美术家一般的看，文学家一般的感受而且抒写"，实在可以说是最确切的评语。默忒林克（Maeterlinck）称他为"昆虫的荷马"①，也是极简明的一个别号。

法布耳（Jean Henri Fabre，一八二三至一九一四）的少年生活，在他的一篇《爱昆虫的小孩》中说的很清楚，他的学业完全是独习得来的。他在乡间学校里当理化随后是博物的教师，过了一世贫困的生活。

【原注】

① 荷马即 Homero 的旧译，相传是希腊二大史诗的作者。

他的特别的研究后来使他得了大名，但在本地不特没有好处，反造成许多不愉快的事情。同僚因为他的博物讲义太有趣味，都妒忌他，叫他做“苍蝇”，又运动他的房东，是两个老姑娘，说他的讲义里含有非宗教的分子，把他赶了出去。许多学者又非难他的著作太浅显了，缺少科学的价值。法布耳在《荒地》一篇论文里说：

> 别的人非难我的文体，以为没有教室里的庄严，不，还不如说是干燥。他们恐怕一页书读了不疲倦的，未必含着真理。据他们说，我们的说话要晦涩，这才算是思想深奥。你们都来，你们带刺者，你们蓄翼着甲者，都来帮助我，替我作见证。告诉他们，我的对于你们的密切的交情，观察的忍耐，记录的仔细。你们的证据是一致的：是的，我的书册，虽然不曾满装着空虚的方式与博学的胡诌，却是观察得来的事实之精确的叙述，一点不多，也一点不少；凡想去考查你们事情的人，都能得到同一的答案。

他又直接的对着反对他的人们说：

> 倘若我为了学者，哲学家，将来想去解决本能这个难问题的人而著述，我也为了而且特别为了少年而著述；我想使他们爱那自然史，这就是你们使得他们如此厌恶的。因此，我一面仍旧严密的守着真实，却不用你们的那科学的散文，因为那种文章有时似乎是从伊罗瓜族①的方言借用来的！

我们固然不能菲薄纯学术的文体，但读了他的诗与科学两相调和的文章，自然不得不更表敬爱之意了。

小孩子没有不爱生物的。幼时玩弄小动物，随后翻阅《花镜》《格致镜原》和《事类赋》等书找寻故事，至今还约略记得。见到这个布

【原注】

① 伊罗瓜族（Iroquois）是北美土人的一族。

罗凡斯（Provence）的科学的诗人的著作，不禁引起旧事，羡慕有这样好书看的别国的少年，也希望中国有人来做这翻译编纂的事业，即使在现在的混乱秽恶之中。

［1923 年 1 月 26 日《晨报副刊》/《自己的园地》］

《歌咏儿童的文学》

高岛平三郎编，竹久梦二画的《歌咏儿童的文学》，在一九一〇年出版，插在书架上已经有十年以上了，近日取出翻阅，觉得仍有新鲜的趣味。全书分作六编，从日本的短歌俳句川柳俗谣俚谚随笔中辑录关于儿童的文章，一方面正如编者的本意，足以考见古今人对于儿童的心情，一方面也是一卷极好的儿童诗选集。梦二的十六页着色插画，照例用那梦二式的柔软的笔致写儿童生活的小景，虽没有梦二画集的那种艳冶，却另外加上一种天真，也是书中的特彩之一。

编者在序里颇叹息日本儿童诗的缺乏，虽然六编中包含着不少的诗文，比中国已经很多了。如歌人大隈言道在《草径集》，俳人小林一茶在俳句集及《俺的春天》里多有很好的儿童诗，中国就很难寻到适例，我们平常记忆所及的诗句里不过“闲看儿童捉柳花”或“稚子敲针作钓钩”之类罢了；陶渊明的《责子诗》要算是最好，因为最是真情流露，虽然戴着一个达观的面具。高岛氏说：

> 我想我国之缺乏西洋风的儿童文学，与支那之所以缺乏，其理由不同。在支那不重视儿童，又因诗歌的性质上只以风流为主，所以歌咏儿童的事便很稀少，但在我国则因为过于爱儿童，所以要把他从实感里抽象出来也就不容易了。支那文学于我国甚有影响，因了支那风的思想及诗歌的性质上，缺少歌咏儿童的事当然也是有的；但是这个影响在和歌与俳句上觉得并不很大。

我想这一节话颇有道理，中国缺乏儿童的诗，由于对于儿童及文学的观念的陈旧，非改变态度以后不会有这种文学发生，即使现在似乎也还不是这个时候。据何德兰在《孺子歌图》序上说北京歌谣中《小宝贝》和《小胖子》诸篇可以算是表现对于儿童之爱的佳作，但是意识的文艺作品就极少了。

日本歌咏儿童的文章不但在和歌俳句中很多，便是散文的随笔里也不少这一类的东西。其中最早的是清少纳言所著的《枕之草纸》，原书成于十世纪末，大约在中国宋太宗末年，共分一百六十馀段，列举胜地名物及可喜可憎之事，略似李义山《杂纂》，但叙述较详，又多记宫廷琐事，而且在机警之中仍留存着女性的优婉纤细的情趣，所以独具一种特色。第七十二段系记“可爱的事物”者，其中几行说及儿童之美，是歌咏儿童的文学的标本，今将原文全译于后：

瓜子脸的小孩。（案此句意义依注释本。）

人们咮咮的叫唤起来，小雀儿便一跳一跳的走来；又（在他的嘴上）戏涂上胭脂，老雀儿拿了虫来给他放在嘴里，看了很是可爱。

三岁左右的小孩急急忙忙的走来，路上有极小的尘埃，被他很明敏的看见，用了可爱的手指撮着，拿来给大人们看，也是极可爱的。

留着沙弥发的小孩，头发披在眼睛上边来了也并不拂开，只微微的侧着头去看东西，很是可爱。

交叉系着的裳带的上部，白而且美丽，看了也觉得可爱。又还不很大的殿上童，装束着在那里行走，也是可爱的。

可爱的小孩暂时抱来戏弄，却驯习了，随即睡着，这是极可爱的。

雏祭的器具。

从池中拿起极小的荷叶来看，又葵叶之极小者，也很可爱。——无论什么，凡是细小的都可爱。

肥壮的两岁左右的小孩，白而且美丽，穿着二蓝的罗衣，衣服很长，用带子束高了，爬着出来，极是可爱。

八九岁的男孩用了幼稚的声音念书，很可爱。

长脚，白色美丽的鸡雏，仿佛穿着短衣的样子，喈喈的很喧扰的叫着，跟在人家的后面，或是同着母亲走路，看了都很可爱。

鸭蛋。（依注释本）

舍利瓶。

瞿麦花。

关于清少纳言的事，《大日本史》里有一篇简略的列传，今抄在后边，原文系古汉文体，亦仍其旧。

清少纳言为肥后守清原元辅之女，有才学，与紫式部齐名。一条帝（九八七至一〇一一）时，仕于皇后定子，甚受眷遇。皇后雪后顾左右曰，香炉峰之雪当如何？少纳言即起搴帘。时人叹其敏捷。皇后特嘉其才华，欲奏请为内侍，会藤原伊周（案即皇后之兄）等被流窜，不果。老而家居，屋宇甚陋。郎署年少见其贫窭而悯笑之，少纳自帘中呼曰，不闻有买骏马之骨者，笑者惭而去。著《枕之草纸》，行于世。

［1923 年 2 月 11 日《晨报副刊》/《自己的园地》］

《俺的春天》

我在《歌咏儿童的文学》里，最初见到小林一茶的俳文集《俺的春天》，但是那里所选的文章只是关于儿童的几节，并非全本，后来在中村编的《一茶选集》里才看见没有缺字的全文。第一节的末尾说：

我们埋在俗尘里碌碌度日，却说些吉祥话庆祝新年，大似唱发财的乞人的口吻，觉得很是无聊。强风吹来就会飞去的陋室还不如仍他陋室的面目，不插门松，也不扫尘埃，一任着雪山路的曲折，今年的正月也只信托着你①去迎接新春罢。（后附俳句，下同。）

恭喜也只是中通罢了，俺的春天。

本书的题名即从这里出来的，下署文政二年，当公历一八一九年顷，是年夏间所记最有名的两节文章，都是关于他的女儿聪女的，今摘译其一部分：

去年夏天种竹日左右，诞生到这多忧患的浮世来的女儿，愚鲁而望其聪敏，因命名曰聪。今年周岁以来，玩着点窝螺，打哇哇，摇头的把戏，见了别的小孩，拿着风车，喧闹着也要，拿来给她的时候，便即放在嘴里吮过舍去，丝毫没有顾惜，随即去看别的东西，把近旁的饭碗打破，但又立刻厌倦，嗤嗤的撕纸障上的薄纸，大人称赞说乖呀乖呀，她就信以为真，哈哈的笑着更是竭力的去撕。心里没有一点尘翳，如满月之清光皎洁，见了正如看幼稚的俳优，很能令人心舒畅。人家

【原注】

① “你”系指释迦。

走来，问汪汪那里，便指着狗；问呀呀那里，便指着乌鸦：这些模样，真是从口边到足尖，满是娇媚，非常可爱，可以说是比胡蝶之戏春草更觉得柔美了。……

但是不久这聪女患天然痘，忽然的死了，一茶在《俺的春天》里记着一节很悲哀的文章，其末尾云：

……她遂于六月二十一日与蕣花同谢此世。母亲抱着死儿的脸荷荷的大哭，这也是当然的了。到了此刻虽然明知逝水不归，落花不再返枝，但无论怎样达观，终于难以断念的，正是这恩爱的羁绊。

露水的世，虽然是露水的世，虽然是这样。

书中还有许多佳篇，可以见作者的性情及境遇者，今译录几节于后：

没有母亲的小孩，随处可以看出来：衔着指头，站在大门口！这样的被小孩们歌唱，我那时觉得非常胆怯，不大去和人们接近，只是躲在后园里叠着的柴草堆下，过那长的日子。虽然是自己的事情，也觉得很是可哀。

同我来游嬉罢，没有母亲的雀儿！——六岁时作。

×

为男子所嫌弃，住在母家的女人，想一见自己儿子的初次五月节①，但是在白昼因为看见的人太多，如诗中所说（作诗的女人姓名不详）：

被休的门外，夜间眺望的鲤帜！

父母思子的真情，听了煞是可哀。能柔和那狞猛的武士之

【原注】

① 古俗，端午前有男孩的家庭在院中立高竿，悬鲤鱼帜，以为庆祝，称五月节句，此风至此犹存。（编者案：据原注，此处之“五月节”或当作“五月节句”。）

心者，大约就是这样的真心罢，即使是怎样无情的男子，倘若偶尔听到，也或者再叫她回去罢。

×

紫之里附近，或捕得一窠同炭团一样黑的小鸟，关在笼里，这天晚间有母鸟整夜的在屋上啼叫，作此哀之。

思子之情呵，暗夜里“可爱可爱”地，声音叫哑了彻夜的啼着！

这一首是仿和歌体的“狂歌”，大抵多含滑稽或双关的字句，这里“可爱可爱”兼关鸦的叫声；叫哑一字兼关乌鸦，现在用哑鸦同音，姑且敷衍过去，但是原来的妙趣总不免失掉了。

二十七日晴。老妻早起烧饭，便听得东邻的园右卫门在那里舂年糕，心想大约是照例要送来的，冷了不好吃，须等他勃勃地发热气的时候赏鉴才好，来了罢来了罢的等了好久，饭同冰一样的冷掉了，年糕终于不来。

我家的门口，像煞是要来的样子，那分送的年糕。

一茶的俳句在日本文学史是独一无二的作品，可以说是前无古人，大约也不妨说后无来者的。他的特色是在于他的所谓小孩子气。这在他的行事和文章上一样明显的表示出来，一方面是天真烂漫的稚气，一方面却又是倔强皮赖，容易闹脾气的：因为这两者本是小孩的性情，不足为奇，而且他又是一个继子，这更使他的同情与反感愈加深厚了。关于他的事情，我有一篇文章登在年前的《小说月报》上，现在不复多说；本篇里译文第三四节系从那里取来的，但是根据完善的原本有两处新加订正了。

［1923年2月14日《晨报副刊》/《自己的园地》］

儿童剧

我近来很感到儿童剧的必要。这个理由，不必去远迢迢地从专门学者的书里，引什么演剧本能的话来作说明，只要回想自己儿时的经验便可明白了。

美国《小女人》的著者阿耳考忒（Louisa Alcott）说：在仓间里的演剧，是最喜欢的一种娱乐。我们大规模的排演童话。我们的巨人从楼上连走带跌的下来，在甲克（Jack）把缠在梯子上的南瓜藤当作那不朽的豆干砍断了的时候。灰姐儿（Cinderella）坐了一个大冬瓜驰驱而去；一支长的黑灌肠经那看不见的手拿来，长在浪费了那三个愿望的婆子的鼻子上。

> 巡礼的修士，带了钞袋行杖和帽上的海扇壳，在山中行路；地仙在私语的白桦林里开他们的盛会；野亭里的采莓的女伴受诗人和哲学家的赞美，他们以自己的机智与智慧为食，而少女们则供应更为实在的食物。

我们的回忆没有这样优美，但也是一样的重要，至少于自己是如此。我不记得有“童话的戏剧化”，十岁以前的事情差不多都忘却了，现在所记得的是十二岁往三味书屋读书时候的事情。那时所读的是“下中”和唐诗，当然不懂什么，但在路上及塾中得到多少见闻，使幼稚的心能够建筑起空想的世界来，慰藉那忧患寂寞的童年，是很可怀念的。从家里到塾中不过隔着十家门面，其中有一家的主人头大身矮，家中又养着一只不经见的山羊（后来才知这是养着厌禳火灾的），便觉得很有一种超自然的气味；同学里面有一个身子很长，虽然头也同常人一样的大，但是在全身比例上就似乎很小了；又有一个长辈，因为吸鸦片烟的缘故，耸着两肩，仿佛在大衫底下横着一根棒似的：这几个现实的人，在那时看了都有点异样，于是拿来戏剧化了，在有两株桂花的院子里扮演这日常的童话剧。“大头”不幸的被想化做凶恶的巨人，带领着山羊，占据了岩穴，扰害别人。小头和耸肩的两个朋友便各仗了法术去征服他：“小头”从石窟缝里伸进头去窥探他的动静，“耸肩”等他出来，只用肩一夹，便把他装在肩窝里捉了来了。这些思想尽管荒唐，而且很有唐突那几位本人的地方，但在那时觉得非常愉快，用现代的话来讲，演着这剧的时候实在是得到充实生活的少数瞬间之一。我们也扮演喜剧，如“打败贺家武秀才”之类，但总太与现实接触，不能感到十分的喜悦，所以就经验上说，这大头剧要算第一有趣味了。

后来在北京看旧戏，精神上受了一种打击，对于演剧几乎从此绝缘，回想过去却有全心地生活在戏剧内的一个时期，真是连自己都有点不能相信了。

以上因了自己的经验，便已足以证明儿童剧的必要，一方面教育专家也在那里主张，那更是有力的保证了。近日读美国斯庚那、西奇威克和诺依思诸人的“儿童剧”与日本坪内逍遥的《家庭用儿童剧》一二集，觉得很有趣味，甚希望中国也有一两种这样的书，足供家庭及学校之用。理想的儿童剧固在儿童的自编自演，但一二参考引导的书也不可少，而且借此可以给大人们一个具体的说明，使他们能够正当的理解，尤其重要。儿童剧于幼稚教育当然很有效用，不过这应当是广义的，决不可限于道德或教训的意义。我想这只须消极的加以斟酌，只要没有什么害就好，而且即此也就可以说有好处了。所以有许多在因袭的常识眼光以为不合的，都不妨事，如荒唐的，怪异的，虚幻的皆是。总之这里面的条件，第一要紧是一个童话的世界，虽以现实的事物为材而全体的情调应为非现实的，有如雾里看花，形色变易，才是佳①作：这是我从

【锺校】

① “佳”原作“合”。

经验里抽出来的理论。作者只要复活他的童心（虽然是一件难的工作），照着心奥的镜里的影子，参酌学艺的规律，描写下来，儿童所需要的剧本便可成功，即使不能说是尽美，也就十得六七了。

我们没有迎合社会心理，去给群众做应制的诗文的义务，但是迎合儿童心理供给他们文艺作品的义务，我们却是有的，正如我们应该拒绝老辈的鸦片烟的供应而不得不供给小孩的乳汁。我很希望于儿歌童话以外，有美而健全的儿童剧本出现于中国，使他们得在院子里树阴下或唱或读，或演扮浪漫的故事，正当地享受他们应得的悦乐。

［1923 年 3 月 8 日《晨报副刊》/《自己的园地》］

上海的戏剧

偶然拿起一张三月四日的上海的旧报，看见第五版戏目上，用大字表出下列各种好戏：

二本狸猫换太子

三本包公出世狸猫换太子

六本狸猫换太子

吕纯阳法度七真

全本张欣生

宣统皇帝招亲

我看了这篇戏目，不禁微笑，觉得他真刻毒的把中国民众的心理内容都排列出来了，这便是包龙图，吕纯阳，张欣生，宣统皇帝。戏园老板的揣摩工夫可以不必多说，那编戏的伙计的本领却也值得佩服。张欣生的戏还不算希罕，因为以前曾经有过那风行一时的被人谋害的妓女的戏剧的前例了，但是“宣统皇帝招亲”却不知怎的被他想到，又亏他排成戏剧，便是我们不曾看过这戏的人也不能不发一声赞叹。北京商民平常被称为多含王党性质的，在那“招亲”的一日也并不热狂的去瞻仰，岂知上海却如此关切，使张少轩君听了必要欣然笑曰，“吾道南矣！”（倘若这戏是嘲弄的滑稽[①]的，那也只足以表明国民性的卑劣，别无意思。我想如作戏剧，那种身居宫中，神往域外的心情，尽有描写的价值，可惜没有人能做罢了。）

【锺校】

① “稽”原作“戏”。

现在中国正正经经讲戏剧的人逐渐多起来了，但是对于这样的观众，他们怎样办呢？不去理他罢，那么任凭你怎样的出力，总不会有人来看，他还是去看他的《狸猫换太子》。要理他呢，他就来要求你做《宣统皇帝招亲》了。这真是所谓“进退维谷”。

现在很流行所谓为民众的文学，迎合社会心理几乎是文学的必要条件。然则我所列举的几种戏目，颇足为大家的参考，未始无用。在书本上，《礼拜六》与《小说世界》之流当然也是《狸猫换太子》的正宗，是大多数人所需要的，先前京沪各报上攻击他们，正不免是“贵族”气，至少也总是“拂人之性”罢？

［1923 年 3 月 15 日《晨报副刊》/《谈虎集》］

娱　园

有三处地方，在我都是可以怀念的，——因为恋爱的缘故。第一是《初恋》里说过了的杭州，其二是故乡城外的娱园。

娱园是皋社诗人秦秋渔的别业，但是连在住宅的后面，所以平常只称作花园。这个园据王眉叔的《娱园记》说，是“在水石庄，枕碧湖，带平林，广约顷许。曲构云缭，疏筑花幕。竹高出墙，树古当户。离离蔚蔚，号为胜区”。园筑于咸丰丁巳（一八五七年），我初到那里是在光绪甲午，已在四十年后，遍地都长了荒草，不能想见当时“秋夜联吟”的风趣了。园的左偏有一处名叫潭水山房，记中称它“方池湛然，帘户静镜，花水孕縠①，笋石饾蓝”的便是。《娱园诗存》卷三中有诸人题词，樊樊山的《望江南》云：

冰縠净，山里钓人居。花覆书床偎瘦鹤，波摇琴幌散文鱼：水竹夜窗虚。

陶子缜的一首云：

澄潭莹，明瑟敞幽房。茶火瓶笙山蛎洞，柳丝泉筑水凫床：古帧写秋光。

这些文字的费解虽然不亚于公府所常发表的骈体电文，但因此总可约略想见它的幽雅了。我们所见只是废墟，但也觉得非常有趣，儿童的感觉原自要比大人新鲜，而且在故乡少有这样游乐之地，也是一个原因。

【锺校】

① “縠”原作“榖”，下同。

娱园主人是我的舅父的丈人，舅父晚年寓居秦氏的西厢，所以我们常有游娱园的机会。秦氏的西邻是沈姓，大约因为风水的关系，大门是偏向的，近地都称作“歪摆台门”。据说是明人沈青霞的嫡裔，但是也已很是衰颓，我们曾经去拜访他的主人，乃是一个二十岁左右的青年，跛着一足，在厅房里聚集了七八个学童，教他们读《千家诗》。娱园主人的儿子那时是秦氏的家主，却因吸烟终日高卧，我们到傍①晚去找他，请他画家传的梅花，可惜他现在早已死去了。

忘记了是哪一年，不过总是庚子以前的事罢。那时舅父的独子娶亲（神安他们的魂魄，因为夫妇不久都去世了），中表都聚在一处，凡男的十四人，女的七人。其中有一个人和我是同年同月生的，我称她为姊，她也称我为兄。我本是一只“丑小鸭”，没有一个人注意的，所以我隐密的怀抱着对于她的情意，当然只是单面的，而且我知道她自小许给人家了，不容再有非分之想，但总感着固执的牵引，此刻想起来，倒似乎颇有中古诗人（Troubadour）的徐风了。当时我们住在留鹤盦里，她们住在楼上。白天里她们不在房里的时候，我们几个较为年少的人便“乘虚内犯”，走上楼去掠夺东西吃。有一次大家在楼上跳闹，我仿佛无意似的拿起她的一件雪青纺绸衫穿了跳舞起来，她的一个兄弟也一同闹着，不曾看出什么破绽来，是我很得意的一件事。后来读木下杢②太郎的《食后之歌》，看到一首《绛绢里》，不禁又引起我的感触。

到龛上去取笔去，
钻过晾着的冬衣底下，
触着了女衫的袖子。

【锺校】

① “傍”原作“旁”。
② “杢”原作“木”。

说不出的心里的扰乱，

“呀”的缩头下来：

南无，神佛也未必见罪罢，

因为这已是故人的遗物了。

在南京的时代，虽然在日记上写了许多感伤的话（随后又都剪去，所以现在记不起它的内容了），但是始终没有想及婚嫁的关系。在外边漂流了十二年之后，回到故乡，我们有了儿女，她也早已出嫁，而且抱着痼疾，已经与死当面立着了。以后相见了几回，我又复出门，她不久就平安过去。至今她只有一张早年的照相在母亲那里，因她后来自己说是母亲的义女，虽然没有正式的仪节。

自从舅父全家亡故之后，二十年没有再到娱园的机会，想比以前必更荒废了。但是它的影像总是隐约的留在我脑底，为我心中的火焰（Fiammetta）的馀光所映照着。

［1923 年 3 月 28 日《晨报副刊》/《雨天的书》］

《镜花缘》

我的祖父是光绪初年的翰林，在二十年前已经故去了，他不曾听到国语文学这些名称，但是他的教育法却很特别。他当然仍教子弟学做时文①，唯第一步的方法是教人自由读书，尤其是奖励读小说，以为最能使人“通”，等到通了之后，再弄别的东西便无所不可了。他所保举的小说，是《西游记》《镜花缘》《儒林外史》这几种，这也就是我最初所读的书。（以前也曾念过《四子全书》，不过那只是“念”罢了。）

我幼年时候所最喜欢的是《镜花缘》。林之洋的冒险，大家都是赏识的，但是我所爱的是多九公，因为他能识得一切的奇事和异物。对于神异故事之原始的要求，长在我们的血脉里，所以《山海经》《十洲记》《博物志》之类千馀年前的著作，在现代人的心里仍有一种新鲜的引力：九头的鸟，一足的牛，实在是荒唐无稽的话，但又是怎样的愉快呵。《镜花缘》中飘海的一部分，就是这些分子的近代化，我想凡是能够理解荷马史诗《阿迭绥亚》的趣味的，当能赏识这荒唐的故事。

有人要说，这些荒唐的话即是诳话。我当然承认。但我要说明，以欺诈的目的而为不实之陈述者才算是可责，单纯的——为说诳而说的诳话，至少在艺术上面，没有是非之可言。

向来大家都说小孩喜说诳话，是作贼的始基，现代的研究才知道并不如此。小孩的诳话大都是空想的表现，可以说是艺术的创造；他说我今天看见一条有角的红蛇，决不是想因此行诈得到什么利益，实在只是

【锺校】

① “时文”《泽泻集》作“诗文”。

创作力的活动，用了平常的材料，组成特异的事物，以自娱乐。叙述自己想像的产物，与叙述现世的实生活是同一的真实，因为经验并不限于官能的一方面。我们要小孩诚实，但这当推广到使他并诚实于自己的空想。诳话的坏处在于欺蒙他人，单纯的诳话则只是欺蒙自己，他人也可以被其欺蒙——不过被欺蒙到梦幻的美里去，这当然不能算是什么坏处了。

王尔德有一篇对话，名 *The Decay of Lying*（《说诳的衰颓》），很叹息于艺术的堕落。《狱中记》译者的序论里把“lying”译作“架空”，仿佛是忌避说诳这一个字（日本也是如此），其实有什么要紧。王尔德哪里会有忌讳呢？他说文艺上所重要者是“讲美的而实际上又没有的事”，这就是说诳。但是他虽然这样说，实行上却还不及他的同乡丹绥尼；“这世界在歌者看来，是为了梦想者而造的”，正是极妙的赞语。科伦（P. Colum）在丹绥尼的《梦想者的故事》的序上说：

> 他正如这样的一个人，走到猎人的寓居里，说道，你们看这月亮很奇怪，我将告诉你，月亮是怎样做的，又为什么而做的。既然告诉他们月亮的事情之后，他又接续着讲在树林那边的奇异的都市，和在独角兽的角里的珍宝。倘若别人责他专讲梦想与空想给人听，他将回答说，我是在养活他们的惊异的精神，惊异在人是神圣的。
>
> 我们在他的著作里几乎不能发见一点社会的思想。但是，却有一个在那里，这便是一种对于减缩人们想像力的一切事物，——对于凡俗的都市，对于商业的实利，对于从物质的组织所发生的文化之严厉的敌视。

梦想是永远不死的。在恋爱中的青年与在黄昏下的老人都有他的梦想，虽然她们的颜色不同。人之子有时或者要反叛她，但终究还回到她的怀中来。我们读王尔德的童话，赏识他种种好处，但是《幸福的王子》和《渔夫与其魂》里的叙述异景总要算是最美之一了。我对于《镜花缘》，因此很爱他那飘洋的记述。我也爱《呆子伊凡》或《麦加尔的梦》，然而我或者更幼稚地爱希腊神话。

记得《聊斋志异》卷头有一句诗道，“姑妄言之姑听之”，这是极妙的话。《西游记》《封神传》以及别的荒唐的话（无聊的模拟除外），在这一点上自有特别的趣味，不过这也是对于所谓受戒者（The Initiated）而言，不是一般的说法，更非所论于那些心思已入了牛角湾的人们。他们非用纪限仪显微镜来测看艺术，便对着画钟馗供香华灯烛；在他们看来，则《镜花缘》若不是可恶的妄语必是一部信史了。

[1923年3月31日《晨报副刊》/《自己的园地》]

《结婚的爱》

《结婚的爱》（*Married Love*）是我近来所见最好的书籍之一。著者斯妥布思女士（Marie Stopes）是理学及哲学博士，又是皇家文学会及植物学①会员，所著书在植物学方面最多，文学方面有剧本数种，最后是关于两性问题的书：《结婚的爱》讲夫妇间的纠葛，《聪明的父母》讲生产限制，《光辉的母性》讲育儿。《结婚的爱》出版于一九一八年，我所见到的去年六月新版，已是第一百八十一千里的一本了。

“性的教育”的重要，现在更无须重说了。但是只明白了性的现象，而不了解性的法则，其结果也只足以免避性的错误，至于结婚后的种种纠葛仍无可免。半开化的社会的两性关系是男子本位的，所以在这样社会里，正如晏殊君曾在《妇女杂志》（三月号）上所说，女子“被看做没有性欲的”，这个错误当然不言而喻了。文明社会既然是男女平等的，又有了性的知识，理论应该是对了，但是却又将女性的性欲看做同男性一样的。——这能说是合于事理么？据《结婚的爱》的著者说，这不但不合，而且反是许多不幸的根源。性的牵引本来多在于二者之差异，但这当初牵引的差异后来却即为失调的原因。异性的要求不全一致，恋爱的配合往往也为此而生破裂，其馀的更不必说了。《结婚的爱》便是想去解决这个纠葛的一篇论文，他的意见，简单的说来是主张两性关系应是女子本位的。

本书的重要的话，都在第四五两章里。现在有许多学者都已知道两

【锺校】

① “学”字原无，今增。

性的性欲的差异，男子是平衡的，女性是间歇的。第四章名《根本的冲动》，便是专研究这个问题的，根据精密的调查，发见了一种定期律，却与以前学者们所说的全然不同。第五章名《相互的调节》，是最切要的一章，写的非常大胆严肃。篇首引圣保罗《与罗马人书》的一句，“爱是不加害与人的”，可以说是最深切的标语。有些人知道两性要求的差异，以为不能两全，只好牺牲了一方面，“而为社会计，还不如把女子牺牲了”，大多数的男子大约赞成这话。但若如此，这决不是爱了，因为在爱里只有完成，决没有牺牲的。要实现这个结婚的爱，便只有这相互的调节一法，即改正两性关系，以女性为本位。这虽然在男子是一种束缚，但并非牺牲，或者倒是祝福。我们不喜那宗教的禁欲主义，至于合理的禁欲原是可能，不但因此可以养活纯爱，而且又能孕育梦想，成文艺的种子。我想，欲是本能，爱不是本能，却是艺术，即本于本能而加以调节者。向来的男子多是本能的人；向来的爱只有“骑士的爱”才是爱，一落在家庭里，便多被欲所害了。

凯沙诺伐是十八世纪欧洲的一个有名的荡子，但蔼理斯称他“以所爱妇女的悦乐为悦乐而不耽于她们的供奉”，所以他是知爱的人。这“爱之术”（Ars amatoria）以前几乎只存在草野间了，《结婚的爱》可以说是家庭的爱之术的提倡传授者。

《结婚的爱》是一本“给结婚的男女看的书”，所以我不多抄录他的本文了。《不列颠医学杂志》批评他说：“在已结婚或将要结婚的人，只要他们在精神身体上都是正则的，而且不怕去面事实，这是一部极有益的书。”因此我也将他介绍给有上面所说的资格的人们。不过我还有一句废话，便是要请他们在翻开书面之前，先自检查自己的心眼干净与否。圣保罗说：“凡物本来没有不洁净的，唯独人以为不洁净的，在他就不洁净了。”蔼理斯在《圣芳济及其他论》中说：“我们现在直视一切，觉得没有一件事实太卑贱或太神圣不适于研究的。但是直视某种事实却是有害的，倘若你不能洁净地看。”以上也就是我的忠告。（我很怕那些大言破坏一切而自己不知负责，加害与人的，所谓自由恋爱家的男子。）

《结婚的爱》布面的价三元馀，纸面的二元，以英国版为佳，因为我的一本《光辉的母性》系美国版，其中有删节的地方，所以推想美国版的《结婚的爱》一定要删节的更多了。（听说因为他们有一种什么猥亵条例。）英国诗人凯本德（Edward Carpenter）的《爱的成年》（*Love's Coming of Age*）前回曾连带的说起过，也是有益的书。原本英国出版，美国《现代丛书》（*Modern Library*）里也收着，价一元馀。曾经郭须静君译出，收在《晨报社丛书》内。但是已经绝版了；听说不久拟校订重印，希望他早日成功，并且能够更多有力的传达那优美纯洁的思想到青年男女中间去。

［1923年4月18日《晨报副刊》/《自己的园地》］

文艺与道德

一

英国的蔼理斯不是专门的文艺批评家，实在是一个科学家，性的心理学之建设者，但他也作有批评文艺的书。因为如上边所说，他毫无那些专门“批评家”的成见与气焰，不专在琐屑的地方吹求，——却纯从大处着眼，用了广大的心与致密的脑估量一切，其结果便能说出一番公平话来，与“批评家”之群所说的迥不相同，这不仅因为他能同时理解科学与艺术，实在是由于精神宽博的缘故。读他所著的《新精神》《断言》《感想录》以至《男女论》《罪人论》《性的心理研究》和《梦之世界》，随处遇见明智公正的话，令人心悦诚服。先前曾从《感想录》中抄译一节论猥亵的文章，在《绿洲》上介绍过，现在根据《断言》（*Affirmations*，一八九八）再抄录他的一点关于文艺与道德的意见。

《断言》中共有六篇文章，是分论尼采，凯沙诺伐（Casanova），左拉，许斯曼（Huysmans），圣弗兰西思的，都是十分有趣的题目，一贯的流通着他那健全清净的思想。现在所引却只是凯沙诺伐与左拉两章里的话。凯沙诺伐是十八世纪欧洲的一个著名不道德的人物，因为他爱过许多许多的妇人，而且还留下一部法文日记，明明白白的纪述在上面，发刊的一部分虽然已经编者的“校订”还被归入不道德文书项下，据西蒙士（Symons）在《数世纪的人物》中所说，对于此书加以正当的批判者——至少在英美——只有蔼理斯一人。凯沙诺伐虽然好色，但他决不是玩弄女性的人。

他完全把握着最近性的心理学者所说的“求爱的第二法

则”，便是男子不专图一己之满足而对于女子的身心的状态均有殷勤的注意。在这件事上，凯沙诺伐未始不是给予现在最道德的世纪里的许多贤夫的一个教训。他以所爱妇女的悦乐为悦乐而不耽于她们的供奉，她们也似乎恳挚的认知他的爱术的工巧。凯沙诺伐爱过许多妇女，但不曾伤过几个人的心。……一个道德纤维更细的人不会爱这许多女人，道德纤维更粗的人也不能使这许多女人仍是幸福。

这可以说是确当的批语。

但凯沙诺伐日记价值还重在艺术的一方面，据蔼理斯说这是一部艺术的好书，而且很是道德的。

淑本好耳（Schopenhauer）有一句名言，说我们无论走人生的哪一条路，在我们本性内总有若干分子，须在正相反对的路上才能得到满足；所以即使走任何道路，我们总还是有点烦躁而且不满足的。在淑本好耳看来，这个思想是令人倾于厌世的，其实不必如此。我们愈是绵密的与实生活相调和，我们里面的不用不满足的地面当然愈是增大。但正是在这地方，艺术进来了。艺术的效果大抵在于调弄这些我们机体内不用的纤维，因此使他们达到一种谐和的满足之状态，——就是把他们道德化了，倘若你愿意这样说。精神病医生常述一种悲惨的疯狂病，为高洁的过着禁欲生活的老处女们所独有的。她们当初好像对于自己的境遇很满意，过了多少年后，却渐显出不可抑制的恼乱与色情冲动；那些生活上不用的分子，被关闭在心灵的窖里，几乎被忘却了，终于反叛起来，喧扰着要求满足。古代的狂宴——基督降诞节的腊祭，圣约翰节的中夏祭，——都证明古人很聪明的承认，日常道德的实生活的约束有时应当放松，使他不至于因为过紧而破裂。我们没有那狂宴了，但我们有艺术替代了他。

我们的正经的主母不复遣发女儿们拿着火把在半夜里往山林中去，

在那里跳舞与酒与血将给她们以人生秘密之智识；现在她却带了女儿们看“忒列斯丹”（Tristan）去，——幸而不能看彻那些小心地养大的少年心灵在那时是怎样情形。艺术的道德化之力，并不在他能够造出我们经验的一个怯弱的模拟品，却在于他的超过我们经验以外的能力，能够满足而且调和我们本性中不曾充足的活力。艺术对于鉴赏的人应有这种效力，原也不足为奇；如我们记住在创作的人，艺术正也有若干相似的影响。或评画家瓦妥（Watteau）云荡子精神，贤人行径。摩诃末那样放佚地描写天国的黑睛仙女的时候，还很年青，是一个半老女人的品行端正的丈夫。

唱歌是很甜美；但你要知道，

嘴唱着歌，只在他不能亲吻的时候。

曾经有人说瓦格纳（Wagner），在他心里有着一个禁欲家和一个好色家的本能，这两种性质在使他成大艺术家上面都是一样的重要。这是一个很古的观察，那最不贞洁的诗是最贞洁的诗人所写，那些写得最清净的人却生活得最不清净。在基督教徒中也正是一样，无论新旧宗派，许多最放纵的文学都是教士所作，并不因为教士是一种堕落的阶级，实在只因他们生活的严正更需这种感情的操练罢了。从自然的观点说来，这种文学是坏的，这只是那猥亵之一种形式，正如许思曼所说唯有贞洁的人才会做出的；在大自然里，欲求急速地变成行为，不留什么痕迹在心上面，或一程度的节制——我并不单指关于性的事情，并包括其他许多人生的活动在内，——是必要的，使欲求的梦想和影像可以长育成为艺术的完成的幻景。但是社会的观点却与纯粹的自然不同。在社会上我们不能常有容许冲动急速而自由地变成行为的馀地；为要免避被迫压的冲动之危害起见，把这些感情移用在更高上稳和的方面却是要紧了。正如我们需要体操以伸张和谐那机体中不用的较粗的活力一样，我们需要美术文学以伸张和谐那较细的活力。这里应当说明，因为情绪大抵也是一种肌肉作用，在多少停顿状态中的动作，所以上边所说不单是普通的一个类似。从这方面看来，艺术正是情绪的操练。像《凯沙诺伐日记》一类的书，是这种操练中的重要部分。这也会被滥用，正如我们赛跑的或自转车手的过度一样；但有害的是滥用，并不是利用。在文明的人为制度之下，鉴赏那些英雄地自然的人物之生活与行事，是一种含有精妙的精神作用的练习。因此这样的文学具有道德的价值：他帮助我们平安地生活，在现代文明的分化的日程之中。（原文一一四至一一七）

蔼理斯随后很畅快的加上一句结论："如有有教化的男子或女子不能从这书里得到一点享乐，那么在他必定有点不健全而且异常，——有点彻心地腐败了的地方。"

二

左拉的著作，在讲道德的宗教家和谈"艺术"的批评家看来，都是要不得的，他的自然主义不但浅薄而且有害。不过那些议论不去管他也罢，我们只想一说蔼理斯的公正的批语。据他所说造成左拉的文学的有三种原因：第一，他的父系含有希腊意大利的血脉；第二，家庭里的工学的习惯；第三，最重要的是少年时代贫穷的禁欲生活。

"那个怯弱谨慎的少年——因为据说左拉在少年及壮年时代都是这样的性质，——同着他所有新鲜的活力被闭关在顶楼上，巴黎生活的全景正展开在他的面前。为境遇及气质所迫，过着极贞洁清醒的生活，只有一条路留着可以享受，那便是视觉的盛宴。我们读他的书，可以知道他充分的利用，因为《路刚麦凯耳丛书》中的每册都是物质的视像的盛宴。左拉仍是贞洁，而且还是清醒，但是这早年的努力，想吸取外界的景象声音以及臭味，终于形成一种定规的方法。划取人生的一角，详细纪录它的一切，又放进一个活人去，描写他周围所有景象臭味与声音，虽然在他自己或者全是不觉的，这却是最简单的，做一本"实验小说"

的方剂。这个方法，我要主张，是根据于著者之世间的经验的。人生只现作景象声音臭味，进他的顶楼的窗，到他的面前来。”

“左拉对于他同时的以及后代的艺术家的重要供献，他所给予的激刺的理由，在于他证明那些人生的粗糙而且被忽视的节目都有潜伏的艺术效用。《卢刚麦凯耳丛书》，在他的虚弱的同僚看来，好像是从天上放下来的四角缝合的大布包，满装着四脚的兽，爬虫和鸟，给艺术家以及道德家一个训示，便是世上没有东西可以说是平凡或不净的。自此以后，别的小说家因此能够在以前决不敢去的地方寻到感兴，能够用了强健大胆的文句去写人生，要是没有左拉的先例，他们是怕敢用的；然而别一方面，他们还是自由的可以在著作上加上单纯精密与内面的经验，此三者都是左拉所没有的特色。”

总之左拉“推广了小说的领域”，即此一事也就足以在文艺史上划一时期了。

左拉好用粗俗的话写猥亵的事，为举世诟病之原因，但这也正是他的一种大的好处。蔼理斯说：

“推广用语的范围不是有人感谢的事，但年长月久，亏了那些大胆地采用强烈而单纯的语句的人们，文学也才有进步。英国的文学近二百年来，因为社会的倾向忽视表现，改变或禁用一切有力深刻的文词，很受了阻碍。倘若我们回过去检查屈塞，或者就是沙士比亚也好，便可知道我们失却了怎样的表现力了。……例如我们几乎已经失了两个必要的字“肚”与“肠”，在《诗篇》中本是用得很多而且很巧妙的；我们说“胃”，但这个字不但意义不合，在正经的或诗趣的运用上也极不适宜。凡是知道古代文学或民间俗语的人，当能想起同样的单纯有力的语句，在文章上已经消失，并不曾留下可用的替代字。在现代的文章上，一个人只剩了两截头尾。因为我们拿尾闾骨为中心，以一尺八寸的半径——在美国还要长一点——画一圆圈，禁止人们说及圈内的器官，除了那“打杂”的胃；换言之，便是我们使人不能说着人生的两种中心的机关（食色）了。”

“在这样境况之下，真的文学能够生长到什么地步，这是一个疑问，因为不但文学因此被关出了，不能与人生的要点接触，便是那些愿意被这样的关出，觉得在社会限定的用语范围内很可自在的文人，也总不是那塑成大著作家的英勇底质料所造出来的了。社会上的用语限定原是有用的，因为我们都是社会的一员，所以我们当有一种保障，以免放肆俗恶之侵袭。但在文学上我们可以自由决定读自己愿读的书，或不读什么（所以言语的放纵并无妨害）；如一个人只带着客厅里的话题与言语，懦怯地走进文艺的世界里去，他是不能走远的。”

“我曾见一册庄严的文学杂志轻蔑的说，一个女人所作的小说乃论及那些就是男子在俱乐部中也不会谈着的问题。我未曾读过那本小说，但我觉得因此那本小说似乎还可有点希望。文学当然还可以堕落到俱乐部的标准以下去，但是倘若你不能上升到俱乐部的标准以上，你还不如坐在俱乐部里，在那里讲故事，或者去扫外边的十字路去。”

“……在无论什么时期，伟大文学没有不是伴着英勇的，虽然或一时代，可以使文学上这样英勇的实现，较别时代更为便利。在现代英国，勇敢已经脱离艺术的路道，转入商业方面，很愚蠢的往世界极端去求实行。因为我们文学不是很英勇的，只是幽闭在客厅的浊空气里，所以英国诗人与小说家不复是世界的势力，除了本国的内室与孩房之外再也没人知道。”

“因为在法国不断有人出现，敢于英勇的去直面人生，将人生锻接到艺术里去，所以法国的文学是世界的势力，在任何地方，只要有明智的人能够承认它的造就。如有不但精美而且又是伟大的文学在英国出现，那时我们将因了它的英勇而知道它，倘或不是凭了别的记号。”（原文一四八至一五二）

［1923 年 6 月 1 日《晨报副刊》/《自己的园地》］

希腊的小诗

希腊的小诗，平常大抵指那“诗铭”（Epigramma）。诗铭最初用于造像供品及墓石上，所以务取文词简约，意在言外。古人有一首诗说得最妙，原意云：

（1）诗铭两行是正好，倘若过三行，

你是唱史诗，不是做诗铭了。

罗马人从希腊取去了诗铭的形式，却多用在讽刺上面，于是内容上生了变化；拉丁文学里的诗铭的界说是这样的：

（2）诗铭像蜜蜂，应具三件事：

一是刺，二是蜜，三是小身体。

后来欧洲诗人做诗铭者，多应用这项说法，但这实在只是后起的变化，不是诗铭的本色；在希腊诗人看来，他的条件只是简炼一种而已。这一篇里所引，并不限于狭义的诗铭，并包含格言诗恋爱诗及断片在内，因为这些诗虽然种类不同，简炼的特色原是一样，所以我便把他们统称作小诗了。

二千四百年前，三百个斯巴达人守温泉峡（Thermopylai），与五百万的波斯大军①对抗三日，全数战死，诗人西蒙尼台斯（Simonides）为作墓志云：

（3）外方人，为传语斯巴达人，

我们卧在此地，依照他们的规矩。

【锺校】

① “五百万的波斯大军”，W. L. Langer《世界史编年手册》云波斯军力为十八万。

这是世界知名的小诗，不但表出斯巴达人的精神，那希腊文化所特有的“节制”之德也就在文艺上明白的表现出来了。但他也能作深刻的讽刺，这是他替当时的无赖诗人帖木克勒恩假作的墓铭：

（4）罗兑斯人帖木克勒恩卧此，

他吃过许多，喝过许多，说过许多坏话。

女诗人萨普福（Sappho）生在基督前六世纪时，以抒情诗著名，《希腊诗选》中存有诗铭三首，今取其一：

（5）渔人贝拉刚（墓）上，

父亲门尼科思安置了渔网和桨，

——辛苦生活的纪念。

哲人柏拉图（Platon）少年时做过许多诗，现在把他最有名的两首译出在下面：

（6）以前你是晨星，照过人间，

现在死去，在死人中辉耀如长庚。

（7）我的星，你正在看星，我愿得

化身为天空，用许多的眼回看你。

第一首是伤逝的诗，因为女人叫亚斯德耳（Aster 义云星），所以很巧妙的用了启明与长庚来衬帖她。第二首是普通“我愿”式的情诗，但也做得非常巧妙；这仿佛是对月思人一类的动机，唯青白的月光普遍的有几乎能使人风狂的魔力，现在却只是诗人空灵的思致所造出的罢了。我的星，犹云我的运命，是情人的一个极好的代名词；因为古人相信诞生时值日的星宿主宰他一生的祸福，所以有占星术等去查考这些关系。希腊文学虽是理想地富美，但雅典时代以来的“词章学”，正如一切词章学一样，在好影响以外也给予坏的影响；这固然以在后世为最显著。我们看柏拉图的小诗，也就觉得美妙而近于危险，到了文艺复兴末期的诗人手里，不免变为纤巧穿凿的“雅体”了。

(8) 我送乳香给你，并不教他去熏你，

只是望他因你而更香。

这是无名氏的一首诗，与上边的正是一类。

以下是萨普福的几章断片，关于这个译文，我想带便说明一句。我相信只有原本是诗，不但是不可译，也不可改写的。诚实的翻译只是原诗的讲解，像书房里先生讲唐诗给我们听一样，虽是述说诗意，却不是诗了。将自己的译本当作诗，以为在原诗外添了一篇佳作，那是很可笑虽然也是可恕的错误；——凡有所谓翻译的好诗都是译者的创作，如菲孜及拉耳特的波斯诗，实在只是"读唵玛哈扬而作"罢了。因此我们的最大野心不过在述说诗意之外，想保存百一的风韵，虽然这在译述希腊诗上明知是不可能的事。萨普福诗尽散逸，以下五节皆系断片，并非完全的。

(9) 月落了，昴星也降了，

正是夜半，时光过去了，

我独自睡着。

(10) 爱摇我的心，

(有如) 山风落在橡树上头。

(11) 爱摇动我，——融化支体的爱，

苦甜，不可抗的物。

(12) 正如甘棠在树顶上发红，

在树顶的顶上，所以采果的人忘记了；

不，不是忘记，只是够不着。

(13) 黄昏呀，你招回一切，光明的早晨所驱散的一切，

你招回绵羊，招回山羊，招回小孩到母亲的旁边。

(14) 我将编白地丁，将编柔软的木水仙和桃金娘，我将编那微笑的百合，

将编甜美的番红花，更编入紫的风信子，

将编那恋人们所爱的蔷薇，——

戴在香发的日惠的鬓上，

当作华鬘饰她的丰美的长发。

这一首是二千年前时人美勒亚格罗思（Meleagros）所作，寄其恋人日惠（Heliodora）者；他是个东方人而受希腊的文化教育，所以颇能代表亚力山大时代的文学倾向。

以下一首无名氏的诗，大约也是同时代之作。

（15）蒲桃尚青的时候你拒绝了我；

蒲桃熟了，你傲然走过去；

但不要再吝惜一球罢，

现在蒲桃已要干枯了。

（16）同我饮酒，同年少，同恋爱，同戴华冠，

狂时同我狂，醒时同我醒。

这是饮酒歌之一。有一首格言诗，云系西蒙尼台斯之作，颇能同样的表出希腊人的现世主义的思想。

（17）健康是生人的第一幸福，

其次是先天的美，

第三是正当的富，

第四是友朋间常保年少。

但是厌世思想也常占有诗人的心田，发出悲痛的歌，在衰亡时代为尤甚，下列三首都属此类。为诗人自悼之诗，末一首更为简括：

（18）我裸体来到地上，又将裸体走往地下，

为甚么还要徒劳，既知究竟只是裸体。

（19）我的名字，——这算什么？

我的籍贯，——这又算什么？

我的门第是高贵的，但倘若是卑贱呢？

我生前荣显。但倘若是屈辱呢？

我现在卧在此地。谁会把这些事告诉别人？

（20）不曾有过，——我今生了；

曾经有过，——我今不存了：如是而已。

如有人不是这样说，他是说诳。

我将不复存了罢。

以上二十章中，第四第八及十五这三首系从英文重译的，所以或者不甚确，也未可知。其馀都努力保存他的原意，但可惜能保存的也只是原意罢了。第十九首原只四行，因排列便利，将第一行分作两半；第二十首原只两行，现在却写成四行了。又有四篇，在《论小诗》上曾经引用过，但今经改译，字句上稍有不同了。

［1923 年 7 月 11 日《晨报》/《谈龙集》］

寻路的人

赠徐玉诺君

我是寻路的人。我日日走着路寻路，终于还未知道这路的方向。

现在才知道了：在悲哀中挣扎着正是自然之路，这是与一切生物共同的路，不过我们意识着罢了。

路的终点是死，我们便挣扎着往那里去，也便是到那里以前不得不挣扎着。

我曾在西四牌楼看见一辆汽车载了一个强盗往天桥去处决，我心里想，这太残酷了，为什么不照例用敞车送的呢？为什么不使他缓缓的看沿路的景色，听人家的谈论，走过应走的路程，再到应到的地点，却一阵风的把他送走了呢？这真是太残酷了。

我们谁不是坐在敞车上走着呢？有的以为是往天国去，正在歌笑；有的以为是下地狱去，正在悲哭；有的醉了，睡了。我们——只想缓缓的走着，看沿路景色，听人家谈论，尽量的享受这些应得的苦和乐。至于路线如何，或是由西四牌楼往南，或是由东单牌楼往北，那有什么关系？

玉诺是于悲哀深有阅历的，这一回他的村寨被土匪攻破，只有他的父亲在外边，此外的人都还没有消息。他说，他现在没有泪了。——你也已经寻到了你的路了罢。

他的似乎微笑的脸，最令我记忆，这真是永远的旅人的颜色。我们应当是最大的乐天家，因为再没有什么悲观和失望了。

［1923 年 8 月 1 日《晨报副刊》/《过去的生命》］

育婴刍议

［英国］斯威夫德作，原名《免使爱尔兰穷人的儿女为其父母及国家之累，更使其有益于社会的一个平实的条陈》（一七二九年）

在这个大都会里走过，或在乡间旅行的人，每见街上路上以及小屋门口满是女乞丐，后边跟着三四以至五六个小孩，都穿着破衣，向着行人要求布施，这实在是一个可悲的景象。那些母亲们不能够去作工，过她们正当的生活，只得把工夫都用在奔走求乞上，养活她们的弱小的婴孩；至于他们呢？长大起来的时候，不是因为没有工作而变成窃盗，便是离开亲爱的故乡，往西班牙去替僭王当兵，或卖身到长须岛去（按岛为西印度群岛之一）。

我想这个意见总是各派一致的，在那母亲们——有时还在父亲们——的怀抱中，背上以及脚跟后的这许多的小孩，在本国现在可悲的境况之下，实在是一个外加的很大的患难；所以倘若有人能够找出一个切实，不费钱，容易办的方法，使那些小孩得成为国家的健全有用的分子，他可以算是有大功于社会，大家该当建立铜像，纪念这民族的恩人。

但是我的意思，并不限定单为那些专门乞丐的小孩们设法；这个范围要更大一点，包括某岁以内的全体小孩，其父母没有财力去养育他们，如在街上乞求的一样的。

关于这个重要问题，我曾经想过好几年，又仔细研究别人的许多计画，总觉得他们的计算上有极大的谬误。的确，一个初生的小孩用了他母亲的乳汁可以养育一周年，不要什么别的食料；至多，这也不出两先令（按约银一元）的价值，这个数目，他的母亲因了他乞丐的法定职业也一定可以得到的。我所提议的正是给那些一周岁以上的设法，使他们不但免于为父母或教区之累，或终身缺乏衣食，而且反能以食，一部分并且以衣，供给数千人之用。

我的计画里还有一个大的利益，便是可以防止那些故意的堕胎，那些女人弄死私生儿的恶习，——可惜，这在社会上太是常见！——我猜想，这并不专为遮羞，多半是为省费起见，把可怜的无辜的小儿做了牺牲；这种行为，就是在最野蛮不仁的人听了，也要引动他的哀怜与眼泪的了。

本国人口总数平常算作一百五十万，在这里边我计算有二十万对夫妇是生殖的；其中减去三万对，能够养育自己的子女（虽然我怕在国内现在困穷的情状之下，未必有这许多）；假定这是对的了，还馀下十七万对的生殖者。我又减去五万，抵算流产的，以及小孩在一年内因事变或疾病而死的那些女人。那么，只剩下贫穷父母每年所生的十二万个小孩了。现在的问题是，这一班小孩怎样的养育供给？如我所说，在现在情状之下，向来所提议的办法都是断难实行的。因为我们既不能雇他们做手工，又不能用他们种田，我们既不起屋（我指那乡间），又不垦地。他们又很难靠窃盗维持生活，在六岁以前，除了在几处地方他们性质特别相近；虽然我承认在更幼小的时候他们也学到初步，但那时实在还只能当作“学习员”罢了。我曾遇见凯凡（按据说是爱尔兰的最穷苦的地方）的一个大绅士，告诉我说，即使在本国以熟练此项技艺著名的地方，他所知道的案件里，六岁以下的也不出一二件以上。

我听商人们说，十二岁以下的男女孩不是可以行销的货色；即使到了年纪，他们的行市也不出三镑，至多到三镑加半克郎（按一镑约值银十元，克郎值二元半）；这一点钱对于父母或国家都没有什么用处，因为那食料和破衣的费用至少要这个四倍之数。

我现在将陈述卑见，我希望其中没有什么可以指摘的地方。

据在伦敦的一个解事的美国朋友说，一个好好喂养的壮健的周岁小儿是最好吃，滋补而且有益的食物，无论是炖，烤，烙或煮了吃；我相信这又可以做炸丸子或小炒肉吃。

我因此提出这个卑见，供公众的采择，便是在已经计算过的十二万个小儿中间，提起二万留种，其中男性只须四分之一，这实在比我们留养雄绵羊菜牛和猪已经多了；我的理由是，这些小孩大都不是婚姻——这在我国的野蛮人们是不大看重的——的结果，所以一个雄配四个雌就尽够了。所馀十万个的小儿，养到周岁，可以卖给全国内的富贵人家，只须叫母亲们在末一个月里多给小儿乳吃，务使肥胖，好供筵席之用。在朋友会集上，一个小儿可以做两样菜；倘若家庭便饭，那么一块前腿或后腿便可办一样适中的菜，或者用椒盐擦过，到第四天煮了吃，在冬天更好。

我曾平均计算，初生小儿重十二磅，一年内如适当的养育，可以增到二十八磅。

我承认这种食品价值略贵，所以卖给田主们很是适宜，因为他们平常已经吃了许多父母，似乎也该有特权吃那些子女了。

婴孩的肉通年都是上市的，但三月前后特别的多。有一个法国著名的医学者告诉我们说，因为鱼是种子的食品，在加特力教诸国，四旬斋后九个月的时候，小儿出产比别的季候更多；所以计算四旬斋后一年，市上的货色将特别充足，因为在本国内天主教派小儿数目至少系三与一之比；因此这个办法又有附属的一种利益，即可以减少我们中间天主教派的人数。

我曾经算过养育一个乞丐的小儿的费用（所有小户人家，工人，和五分之四的农夫，我均照此计算），计每年约二先令，连破布在内。我相信绅士们当不吝付十个先令买一具肥壮的小儿的尸首，这我已说过，在他请一个朋友或和家里的人便餐的时候，可以做四盘上好的滋补的菜。如此则绅士也像是大地主的模样，很得佃户们的尊重；母亲也可得八先令的净利，可以去轻身工作，到她产生第二的小儿。

那些更为俭省的人（我应得说明，这正如时势所迫，不得不然），可以把尸首剥了皮；皮鞣了之后，正好做贵妇人们的精美的手套和风雅绅士们的凉鞋。

在我们的达布林城里，屠宰场应该特地指定，在最适当的地方；屠户呢，我相信也不会缺乏；虽然我劝大家还不如买活的小儿去，随后现宰现做，像我们烤猪的那样办法。

有一个名流，真的爱国者，他的道德我是非常尊敬的，近来谈到这个问题，对于我的计画想加以修正。他说，本国的许多绅士，近来把他们的鹿都杀尽了，所以他想现在鹿肉的缺乏大可以用十四岁以下十二岁以上的青年男女的肉来做替代；因为现在各处有这许多男女，没有作工服役的地方，正将受饿：这可以由他们的父母适宜处置，没有父母的由近亲作主。但是，我对于这样的一个好友和真心的爱国者虽然表示相当的敬服，却不能全然和他同意：因为关于那些男子，据我的美国朋友告诉我，从经验上说来，他们的肉大抵韧而且瘦，因了连续的操作，正同我们的小学生的肉一样，而且口味也不好；要养肥来又不合算。至于女子，鄙见以为吃了却是社会的损失，因为她们不久便将成为生殖者了；而且，未必没有拘谨的人们要批难（虽然其实不很公平）这种办法，以为近于残酷；老实说，对于一切计画，残酷也是我所最反对的一件事，无论原来的用意怎样的好。

但是要替我那朋友辩明一声，他也说这个方法是从那有名的沙玛那札得来的；那人原是台湾岛的土人，二十年前来到伦敦，有一天同我的朋友谈天，他说在他的本国里如有少年人处了死刑，刽子手便把尸首拿去卖给上等社会，当作最上美味。在他当时有一个十五岁的少女谋毒死皇帝，被钉十字架，她的肥胖的身体从架上一方一方的切下来卖给皇上的首相和宫中的大员们，一总卖了四百克郎。我确也承认，在这都会里的有许多肥胖的青年女子，自己没有一文资产，却非轿子不能在外边行动，身上穿着自己决不付价的外国装饰品在戏馆和会场上出现，倘若把她们也照样的利用了，于国家不见得有什么损失。

有些精神颓唐的人非常关心那许多年老，生病或是残废的穷人；我常被要求想出什么方法可以免除国家的这样一个烦累。但我对于这事毫不觉得为难，因为大家都知道，他们因了饥饿寒冷，污秽虫豸，一天一天的死下去，烂下去，正如我们所能期待的那样快。至于青年的工人，他们现今也在差不多同样有希望的景况之中：他们得不到工作，因缺乏养料逐渐瘦弱，即使有时偶然被雇去作工，他们也没有力气去作；因此国家和他们自己都很幸福的得救，可免于将来的灾难了。

我已经拉扯得太多了，现在再说本文。我想，这个计画的利益很是明白，很多，而且极其重大。

第一，如我前面所说，这个办法可以大减天主教徒的人数。在我们中间他们是逐年增加，因为他们是国内的主要的生殖者，而且又是我们最危险的敌人；他们留在国内，预备把这国土送给僭王，想利用那许多好的新教徒不愿在家违反了良心拿出税金给副牧师，宁可离开祖国出外去的机会。

第二，那更苦的佃户们因此可以私有一点值钱的东西，依法律上可以没收，足供缴纳田主的租金的一部分，因为他们的米谷和牛早已被拿去，钱更是他们所不曾见过的东西。

第三，十万个两岁以上的小儿的养育费，约计每个每年不能在十先令以下，因此国家的财产当每年增加五万镑，此外有国内知味的绅士们食桌的那样新菜上的所得利益不算在内。这笔钱便①在我们中间周转，因为那货色全是我们的国产国制。

【锺校】

① “便”原作“使”。

第四，常年的生殖者在卖去他们的小孩每年可得八先令的利益外，可以免除第二年以后的养育费。

第五，这种食品又可以招徕酒馆的生意。酒馆老板当然很能留心去搜求调烹的最上方法，因此招引那些以讲究吃好食自夸的风雅绅士们上他的馆子去；一个知道怎样侍候顾客的厨子，也会想法把这菜做的阔气，应了他们的意思。

第六，这个办法大可以增加结婚，所有明白的国家都正在注意此事，或用恩惠奖励，或用法律及刑罚强迫。这又足以增进母亲们对于小儿的养护与亲爱，那时他们知道社会上规定有一种办法结算他们的小儿与每年的利益或费用。我们将见主妇们中间会起一种诚实的竞争，试看谁能养出最肥的小儿送上市去。男人将爱护他们的妻，在怀妊的时候，正如现在他们那样的爱护怀着胎的母马母牛和母猪一般；而且他们也不会再踢她们（这本来是很普通的举动），怕得她们流产。

以外还可以举出许多利益，如在装桶牛肉输出上可以增加几千头的牛，猪肉之推销与制造火腿之改良皆是。近来因了猪的死亡，我们席上火腿非常缺乏；但是这在风味和形式上总远比不上一个长足肥壮的周岁小儿，倘若整个的烧烤，拿来放在府尹的筵席或是别的公众的宴会上，实在是一件出色的东西。但是这些，我因为力求简要，都省略了。

假定本城内有一万户是婴儿肉的老主顾，其他在宴飨尤其是结婚洗礼时临时采用的在外，预计达布林一地可以每年销售二万具的尸首；其馀的八万具则行销于国内各地（在那里或者要贱卖一点）。

我想不出什么话可以反对我的这个计画，除非是说本国的人口数将因此大为减少。这个我毫不踌躇的承认，而且这的确是我提议此案于公众之前的一个主要目的。我要请读者注意，我草这个救国策是专为这爱尔兰的特别一国，并不是为曾经在世，或正在，或将来会有的别个国家计而提出的，所以请大家不要再对我讲别的方便法门，例如课外出者以每镑五先令的税；除了国产国制外不要用别的衣服和家具；绝对排斥那些助长洋风奢华的材料和家伙；改革女子的傲慢虚荣慵惰赌博，以节糜费；养成吝啬俭约节酒的性质；学习爱国，庶与拉布阑人或巴西土人差别；消除我们的怨恨朋比，也不要再同那城陷时还自相残杀的犹太人那样地行动；大家略加留意，不要白白的卖去我们的国和良心；教田主们对于他们的佃户至少要有一分的慈悲；末了，使我们的商人有一点诚信勤勉和本领，——这些商人，倘若遇见大家决议只买国货，便将立刻联合了在价目度量和货色上欺骗我们，敲诈我们，而且虽然时常诚恳的加以劝诱，也总不肯公平的交易。

所以我又重说一遍，请大家不要再讲这些以及这一类的方便法门了，且等到有一线的希望，觉得有了想要实行的真心与诚实的尝试的时候再说。

在我自己，这许多年来长是提出那些浮泛无聊空虚的意见，实在已经厌倦，而且终于绝望以为不会成功的了，现在却幸而想到了这个计画；这是全新的，因此还有点实在，不费钱，不费事，全权在自己的手里，而且也就不会得罪英国，有什么危险。因为这种货物禁不起输出，肉质太嫩不能腌的很久，虽然我能够指出一国来，他们很愿意吃了我们的全体国民，并不要什么盐。

总之，我并不十分顽强的执守我的意见，以至一律排斥别的聪明的人们所提出同样地老实，便宜，容易，而且有效的条陈。但是在要提出这类条陈，反对我的计画，改用更好的办法之前，我请求提议人须对于这两点熟加思考。第一，照现在的情形，他们怎样能够去给这十万无用的背和嘴得到衣食。第二，把那些专门的乞丐，加在那实际也是乞丐的农夫，小户人家，工人以及他们的妻儿等的上边，国内计有整一百万的人类模样的生物，他们的生活费总算起来计共负债二百万金镑；我请求那些不喜欢我的建议而且敢于回答的政治家，先去一问那一百万人的父母，问他们现在是否觉得倘若以前照我所说的那样，在一岁时卖作食料，倒是极大的幸福，因为他们可以免避了向来经历过的永久的苦难：受地主的压迫，无钱无业，不能纳付租金，缺乏食料，没有房屋衣服抵御天气的酷虐，而且眼见他们的子女也将永远受这同样或更大的不幸。

我诚实的自白，我竭力的提倡这急需的事业，在自己并无一点好处，除了为社会公益计以外没有别的目的，所望者只在推广我们的商业，养育小儿，救助贫民，并且给富人供一点快乐。我没有小儿，借此可以赚到一个大；最小的已经九岁，我的妻又过了生育期了。

十六七年前我翻阅泰纳（Taine）的《英国文学史》，才知道斯威夫德的冷嘲的利害，虽然这“英国狂生”的《海外轩渠录》（原名*Gulliver's Travels*）早已译成汉文了。从那文学史及明多（Minto）的《英国散文》上见到《刍议》（*A Modest Proposal*）的一部分，但说也惭愧，它的全文终于未见，直到今年在上海买到了一部《斯威夫德选集》的时候。他作这篇文章，在中国的雍正七年，似乎很近，但在西洋却是十八世纪初，那时爱尔兰在英国治下的景况很是不好，斯威夫德是爱尔兰的系统，所以为了故乡很做几篇文章，这篇是其中最有名之一。当时有人相信他所说的是真话，非难他的残酷，就是承认它是“反话”的也要说他是刻薄到无情（Heartless），不过这些人所见只是表面的笑骂，至于底下隐着的义愤之火也终于未曾看出了。

我译这篇文章的目的之一当然是在介绍，但更主要的乃是满足自己感兴的要求。我有这一种脾气，也就成为一种主张，便是创作以及译述应是为自己的“即兴”而非为别人的“应教”。这在理论上当然可以容得许多辩驳，但实行上我总是这样做去。我所译的零碎的小篇中，有温存的，有悲哀的，有教训滑稽的，种类不一，便是这个缘故。有时又忽然爱好深刻痛切之作，仿佛想把指甲尽力的掐进肉里去，感到苦的痛快。在这时候，我就着手译述特别的文字，前年在西山养病时①所译的《颠狗病》和这篇《刍议》都是一例。我不能确说社会上有许多和我同样的要求这类东西的人，只因既然译出，又知道本来是一篇名文，所以觉得不妨且发表了；至于译文里很多不妥，那是我所自己承认，要请大家指正的。

［1923 年 9 月 7—9 日《晨报副刊》/《冥土旅行》》］

【锺校】

①“时”原作“是”。

《雨天的书》自序一

今年冬天特别的多雨，因为是冬天了，究竟不好意思倾盆的下，只是蜘蛛丝似的一缕缕的洒下来。雨虽然细得望去都看不见，天色却非常阴沉，使人十分气闷。在这样的时候，常引起一种空想，觉得如在江村小屋里，靠着玻璃窗，烘着白炭火钵，喝清茶，同友人谈闲话，那是颇愉快的事。不过这些空想当然没有实现的希望，再看天色，也就愈觉得阴沉。想要做点正经的工作，心思散漫，好像是出了气的烧酒，一点味道都没有，只好随便写一两行，并无别的意思，聊以对付这雨天的气闷光阴罢了。

冬雨是不常有的，日后不晴也将变成雪霰了。但是在晴雪明朗的时候，人们的心里也会有雨天，而且阴沉的期间或者更长久些，因此我这雨天的随笔也就常有续写的机会了。

一九二三年十一月五日，在北京。

［1923 年 11 月 10 日《晨报副刊》/《雨天的书》］

读《纺轮的故事》

孟代（Catulle Mendes）是法国高蹈派的一个诗人。据汤谟孙说：

他有长的金发，黄胡须，好像一个少年犹太博士。他有青春与美与奇才。……他写珍异的诗，恍忽的，逸乐的，昏呓地恶的，——因为在他那里有着元始的罪的斑痕。他用了从《朗赛尔集》里采来的异调古韵做诗，他写交错叶韵的萨福式的歌，他预示今日诗人的暧昧而且异教的神秘主义，他歌亲嘴，与乳，——总是亲嘴，正如人可以不吃食而尽读食单。

颓废派大师波特来耳见他说道：“我爱这个少年，——他有着所有的缺点。”圣白甫且惊且喜，批评他道：“蜜与毒。”

这样的就是《纺轮的故事》的著者。——有许多字面，在法里赛人觉得是很坏的贬辞，在现代思想上有时正是相反，所以就上文看来可以想到孟代是近来的一个很有意思的诗人了。《纺轮的故事》虽然不是他的代表著作，却也很有他的特色。我们看到孟代的这部书，不禁联想起王尔德的那两卷童话。我们虽然也爱好《石榴之家》，但觉得还不及这册书的有趣味，因为王尔德在那里有时还要野狐禅的说法，孟代却是老实的说他的撒但的格言。这种例颇多，我所最喜欢的是那《两枝雏菊》，他写冷德莱的享乐生活道：

的确，他生活的目的是在找一个尝遍人生的趣味的方法。他看见什么便要，他要什么便有。每日，每时，雏菊失却一片花瓣；那和风没有时间去吹拂玫瑰的枝儿，他所有的功夫都用在飘散仙子送与冷德莱的花瓣上去了。

这是对于生之快乐的怎样热烈的寻求，正如王尔德的“把灵魂底真珠投进酒杯中，在笛音里踏着莲馨花的花径”一样，不过王尔德童话里不曾表出；两者的文章都很美妙，但孟代的教训更是老实，不是为儿童而是“为青年男女”（Virginibus Pueisqne）的，这是他的所以别有趣味的地方。

孟代当初与玩蜥蜴念汉文的戈谛亚结婚，不久分离了，以后便是他的无穷的恋爱的冒险。他“也许将花瓣掷得太快了”，毫不经心地将他的青春耗废，原是不足为训的。但是，比较“完全不曾有过青春期的回想”，他的生活却是好的多了。本来生活之艺术并不在禁欲也不在耽溺，在于二者之互相支拄，欲取复拒，欲拒复取，造成旋律的人生，决不以一直线的进行为贵。耽溺是生活的基本，不是可以蔑视的，只是需要一种节制；这便是禁欲主义的用处，唯其功用在于因此而能得到更完全的满足；离开了这个目的，他自身就别无价值。在葡萄熟的时候，我们应该拿葡萄来吃，只不可吃的太多至于恶心，我们有时停止，使得下次吃时更为——或者至少也同样的甘美。但是在葡萄时节，不必强要禁戒，留到后日吃干葡萄，那是很了然的了。

我怕敢提倡孟代的主张，因为中国有人把雏菊珍藏成灰，或者整朵的踏碎，却绝少知道一片片的利用花瓣的人，所以不容易得人的欢迎，然而因此也就没有什么危险。孟代的甜味里或是确有点毒性，不过于现代的青年不会发生什么效果，因为传统的抗毒质已经太深了，虽然我是还希望这毒能有一点反应。

［1923 年 11 月 10 日《晨报副刊》/《雨天的书》］

猥亵的歌谣

民国七年本校开始征集歌谣，简章上规定入选歌谣的资格，其三是“征夫野老游女怨妇之辞，不涉淫亵而自然成趣者。”十一年发行《歌谣周刊》，改定章程，第四条寄稿人注意事项之四云，“歌谣性质并无限制；即语涉迷信或猥亵者亦有研究之价值，当一并录寄，不必先由寄稿者加以甄择。”在发刊词中亦特别声明，“我们希望投稿者……尽量的录寄，因为在学术上是无所谓卑猥或粗鄙的。”但是结果还是如此，这一年内我们仍旧得不到这种难得的东西。据王礼锡先生在《安福歌谣的研究》（《歌谣周刊》二二号转录）上说，家庭中传说经过了一次选择，“所以发于男女之情的，简直没有听过。”这当然也是一种原因，但我想更重要的总是由于纪录者的过于拘谨。关于这个问题现在想略加讨论，希望于歌谣采集的前途或者有一点用处。

什么是猥亵的歌谣？这个似乎简单的疑问，却并不容易简单地回答。笼统地讲一句，可以说“非习惯地说及性的事实者为猥亵”。在这范围内，包有这四个项目，即（1）私情，（2）性交，（3）支体，（4）排泄。有些学者如德国的福克斯（Fuchs），把前三者称为“色情的”，而以第四专属于“猥亵的”，以为这正与原义密合，但平常总是不分，因为普通对于排泄作用的观念也大抵带有色情的分子，并不只是污秽。这四个项目虽然容易断定，但既系事实，当然可以明言，在习惯上要怎样说才算是逾越范围，成为违碍字样呢，这一层觉得颇难速断。有些话在田野是日常谈话而绅士们以为不雅驯者，有些可以供茶馀酒后的谈笑，而不能形诸笔墨者，其标准殊不一律，现在只就文艺作品上略加检查，且看向来对于这些事情宽容到什么程度。据霭理斯说，在英国社会上，“以尾闾骨为中心，以一尺六寸的半径——在美国还要长一点——画一圆圈，禁止人们说及圈内的器官，除了那打杂的胃。”在中国倘若不至于此，那就万幸了。

私情的诗，在中国文学上本来并不十分忌讳。讲一句迂阔的话，三百篇经“圣人删订”，先儒注解，还收有许多“淫奔之诗”，尽足以堵住道学家的嘴。譬如“子不我思，岂无他人”这样话，很有非礼教的色彩，但是不曾有人非难。在后世诗词上，这种倾向也很明显，李后主的《菩萨蛮》云：

画堂南畔见，一晌偎人颤。

奴为出来难，教郎恣意怜。

欧阳修的《生查子》云：

月上柳梢头，人约黄昏后。

都是大家传诵的句，虽然因为作者的人的关系也有多少议论。中国人对于情诗似有两极端的意见：一是太不认真，以为“古人思君怀友，多托男女殷情，若诗人风刺邪淫，又代狡狂自述”；二是太认真，看见诗集标题纪及红粉丽情，便以为是“自具枷杖供招”。其实却正相反，我们可以说美人香草实是寄托私情，而幽期密约只以抒写昼梦，据近来的学术说来，这是无可疑的了。说得虚一点，仿佛很神秘的至情，说得实一点便似是粗鄙的私欲，实在根柢上还是一样，都是所谓感情的体操，并当在容许之列，所以这一类的歌词当然不应抹杀，好在社会上除了神经变质的道学家以外原没有什么反对，可以说是不成问题了。

诗歌中咏及性交者本不少见，唯多用象征的字句，如亲嘴或拥抱等，措词较为含蓄蕴藉；此类歌词大都可以归到私情项下去，一时看不出什么区别。《所罗门雅歌》第八章云：

我的良人哪，求你快来，

如羚羊或小鹿在香草山上。

《碧玉歌》的第四首云：

碧玉破瓜时，相为情颠倒。感郎不羞郎，回身就郎抱。

都可以算作一例。至于直接描写者，在金元以后词曲中亦常有之，《南宫词纪》卷四，沈青门的“美人荐寝”，梁少白的“幽会”（风情五首之一），大约可为代表，但是源流还在《西厢》里，所以要寻这类的范本不得不推那“酬简”的一出了。散文的叙述，在小说里面很是常见，唯因为更为明显，多半遭禁。由此看来，社会不能宽容，可以真正称为猥亵的，只有这一种描写普通性交的文字。这虽只是根据因袭的习俗而言，即平心的说，这种叙述，在学术上自有适当的地位，若在文艺上面，正如不必平面地描写吃饭的状态一样，除艺术家特别安排之外，也并无这种必要。所以寻常刊行物里不收这项文字，原有正当的理由，不过在非卖品或有限制的出版品上，当然又是例外。

诗歌中说及支体的名称，应当无可非议，虽然在绅士社会中“一个人只剩了两截头尾”，有许多部分的身体已经失其名称。古文学上却很是自由，如《雅歌》所说：

你的两乳好像百合花中吃草的一对小鹿，

就是母鹿双生的。

你的肚脐如圆杯，

不缺调和的酒。

又第四章十二节以后，“我妹子，我新妇，乃是关锁的园”等数节，更是普通常见的写法，据说莎士比亚在 Venus and Adonis 诗中也有类似的文章，上面所举沈青门词亦有说及而更为粗劣。大抵那类字句本无须忌讳，唯因措词的巧拙所以分出优劣，即使专篇咏叹，苟不直接的涉及性交，似亦无屏斥的理由，倘若必要一一计较，势必至于如现代生理教科书删去一章而后可，那实在反足以表示性意识的变态地强烈了。

凡说及便溺等事，平常总以为是秽，其实也属于亵，因为臀部也是

"色情带"，所以对于便溺多少含有色情的分子，与对于痰汗等的观念略有不同。中古的禁欲家宣说人间的卑微，常说生于两便之间（Inter faeces et urinum nascimur），很足以表示这个消息。滑稽的儿歌童话及民间传说中多说及便溺，极少汗垢痰唾，便因猥亵可以发笑而污秽则否，盖如德国格卢斯（Groos）所说，人听到关于性的暗示，发生呵痒的感觉，爆裂而为笑，使不至化为性的兴奋。更从别一方面，我们也可以看出便溺与性之相关，如上文所引《雅歌》中咏肚脐之句，以及英国诗人赫列克（Robert Herrick）的 *To Dianeme* 诗中句云，

Show me that hill where smiling Love doth sit,

Having a living fountain under it.

都是好例。中国的例还未能找到，但戏花人著《红楼梦论赞》中有"贾瑞赞"一篇，也就足以充数了。所以这一类的东西，性质同咏支体的差不多，不过较为曲折，因此这个关系不很明了罢了。

照上面所说的看来，这四种所谓猥亵的文词中，只有直说性交的可以说是有点"违碍"，其馀的或因措词粗俗觉得不很雅驯，但总没有除灭的必要。本会搜集的歌谣里，或者因为难得，或者因为寄稿者的审慎，极缺少这类的作品，这是很可惜的事，只有白径天先生的柳州情歌百八首，蓝孕欧先生的平远山歌二十首，刘半农的江阴船歌二十首等，算是私情歌的一点好成绩。但我知道乡间曾有性交的谜语，推想一定还多有各样的歌谣，希望大家放胆的采来，就是那一项"违碍字样"的东西，我们虽然不想公刊，也极想收罗起来，特别编订成书，以供专家之参考，所以更望大家供给材料，完成这件重大的难事业。

我们想一论猥亵的歌谣发生的理由，可惜没有考证的资料，只能凭空的论断一下，等将来再行订正。有许多人相信诗是正面的心声，所以要说歌谣的猥亵是民间风化败坏之证，我并不想替风俗作辩护，但我相信这是不确的。诗歌虽是表现作者的心情，但大抵是个反映，并非真是

供状，有一句诗道，“嘴唱着歌，只在他不能亲吻的时候”，说的最有意思。猥亵的歌谣的解说所以须从别方面去找才对。据我的臆测，可以从两点上略加说明。其一，是生活的关系。中国社会上禁欲思想虽然不很占势力，似乎未必会有反动，但是一般男女关系很不圆满，那是自明的事实。我们不要以为两性的烦闷起于五四以后，乡间的男妇便是现在也很愉快地过着家庭生活；这种烦闷在时地上都是普遍的，乡间也不能独居例外。蓄妾宿娼私通，我们对于这些事实当然要加以非难，但是我们见了中产阶级的蓄妾宿娼，乡民的私通，要知道这未必全然由于东方人的放逸，至少有一半是由于求自由的爱之动机①，不过方法弄错了罢了。猥亵的歌谣，赞美私情种种的民歌，即是有此动机而不实行的人所采用的别求满足的方法。他们过着贫困的生活可以不希求富贵，过着庄端的生活而总不能忘情于欢乐，于是唯一的方法是意淫，那些歌谣即是他们的梦，他们的法悦（Fkstasia）。其实一切情诗的起原都是如此，现在不过只应用在民歌上罢了。

其二，是言语的关系。猥亵的歌谣起原与一切情诗相同而比较上似乎特别猥亵，这个原因我想当在言语上面。我在《江阴船歌》的序上曾说：

> 民间的原始的道德思想本极简单不足为怪；中国的特别文字，尤为造成这现象的大原因。久被蔑视的俗语，未经文艺上的运用，便缺乏了细腻曲折的表现力；简洁高古的五七言句法，在民众诗人手里又极不便当，以致变成那种幼稚的文体，而且将意思也连累了。

这还是就寻常的情歌而言，若更进一步的歌词，便自然愈是刺目；

【原注】

① 这当然并非辩护那些行为，只是说明他们的一种心理。通行俗歌里有云，“家花不及野花香”，便因野花可以自由选择的缘故。

其实论到内容，《十八摸》的唱本与祝枝山辈所做的细腰纤足诸词并不见得有十分差异，但是文人酒酣耳热，高吟艳曲，不以为奇，而听到乡村的秧歌则不禁颦蹙，这个原因实在除了文字之外无从去找了。

词句的粗拙当然也是一种劣点。但在采集者与研究者明白这个事实，便能多谅解他一分，不至于凭了风雅的标准辄加摈斥，所以在这里特再郑重说明，希望投稿诸君的注意。

这一篇小文是我应《歌谣》周年增刊的征求，费了好些另另碎碎的时刻把他凑合起来的，所以全篇没有什么组织，只是一则笔记罢了。我的目的只想略略说明猥亵的分子在文艺上极是常见，未必值得大惊小怪，只有描写性交措词拙劣者平常在被摈斥之列，——不过这也只是被摈于公刊，在研究者还是一样的珍重的，所以我们对于猥亵的歌谣也是很想搜求，而且因为难得似乎又特别欢迎。我们预备把这些希贵的资料另行辑录起来，以供学者的研究，我这篇闲谈便只算作搜集这歌谣类的一张广告。

一九二三年十二月。

［1923 年 12 月《歌谣》/《谈龙集》］

文艺批评杂话

一

中国现代之缺乏文艺批评，是一件无可讳言的事实。在日报月刊上尽管有许多批评似的文字，但是据我看来，都不能算是理想的文艺批评。我以为真的文艺批评，本身便应是一篇文艺，写出著者对于某一作品的印象与鉴赏，决不是偏于理智的论断。现在的批评的缺点大抵就在这一点上。

其一，批评的人以为批评这一个字就是吹求，至少也是含着负的意思，所以文章里必要说些非难轻蔑的话，仿佛是不如此便不成其为批评似的。这些非难文所凭借的无论是旧道德或新文化，但是看错了批评的性质，当然不足取了。

其二，批评的人以为批评是下法律的判决，正如司法官一般；这个判决一下，作品的运命便注定了。在从前主义派别支配文艺界的时代，这样的事确是有过，如约翰孙别林斯奇等便是这一流的贤吏。但在现代这种办法已不通行，这些贤吏的少见那更不必说了。

这两种批评的缺点，在于相信世间有一种超绝的客观的真理，足为万世之准则，而他们自己恰正了解遵守着这个真理，因此被赋裁判的权威，为他们的批评的根据，这不但是讲“文以载道”或主张文学须为劳农而作者容易如此，固守一种学院的理论的批评家也都免不了这个弊病。我们常听见人拿了科学常识来反驳文艺上的鬼神等字样，或者用数学方程来表示文章的结构：这些办法或者都是不错的，但用在文艺批评上总是太科学的了。科学的分析的文学原理，于我们想理解文学的人诚然也是必要，但决不是一切。因为研究要分析，鉴赏却须综合的。文学原理，有如技术家的工具，孟子说："大匠与人以规矩，不能与人巧。"我们可以应用学理看出文艺作品的方圆，至于其巧也就不能用规矩去测定他了。科学式的批评，因为固信永久不变的准则，容易流入偏执如上文所说，便是最好的成绩，也是属于学问范围内的文艺研究，如文学理论考证史传等，与文艺性质的文艺批评不同。陶渊明诗里有两句道："奇文共欣赏，疑义相与析。"所谓文艺批评便是奇文共欣赏，是趣味的综合的事，疑义相与析，正是理智的分析的工作之一部分。

真的文艺批评应该是一篇文艺作品，里边所表现的与其说是对象的真相，无宁说是自己的反应。法国的法兰西在他的批评集序上说：

> 据我的意思，批评是一种小说，同哲学与历史一样，给那些有高明而好奇的心的人们去看的；一切小说，正当的说来，无一非自叙传，好的批评家便是一个记述他的心灵在杰作间之冒险的人。
>
> 客观的批评，同客观的艺术一样的并不存在。那些自骗自的相信不曾把他们自己的人格混到著作里去的人们，正是被那最谬误的幻见所欺的受害者，事实是：我们决不能脱去我们自己。这是我们的最大不幸之一。倘若我们能够一刹那间用了苍蝇的多面的眼睛去观察天地，或者用了猩猩的简陋的头脑去思索自然，那么，我们当然可以做到了。但是这是绝对的不可能的。我们不能像古希腊的铁勒西亚斯生为男人而有做过女人的记忆。我们被关闭在自己的人格里，正如在永久的监狱里一般。我们最好，在我看来，是从容的承认了这可怕的境况，而且自白我们只是说着自己，每当我们不能再守沉默的时候。
>
> 老实地，批评家应该对人们说，诸位，我现在将要说我自己，关于沙士比亚，关于拉辛，或巴斯加耳或歌德了。至少这

个机会总是尽够好了。

这一节话我觉得说的极好，凡是作文艺批评的人都应该注意的。我们在批评文里很诚实的表示自己的思想感情，正与在诗文上一样，即使我们不能把他造成美妙的文艺作品，总之应当自觉不是在那里下判决或指摘缺点。

二

我们凭了人间共通的情感，可以了解一切的艺术作品，但是因了后天养成的不同的趣味，就此生出差别，以至爱憎之见来。我们应当承认这是无可奈何的事，不过同时也应知道这只是我们自己主观的迎拒，不能影响到作品的客观的本质上去，因为他的绝对的真价我们是不能估定的。许多司法派的批评家硬想依了条文下一个确定的判决，便错在相信有永久不易的条文可以作评定文艺好坏的标准，却不知那些条文实在只是一时一地的趣味的项目，经过多数的附和，于是成为权威罢了。这种趣味当初尽有绝大的价值，但一经固定，便如化石的美人只有冷而沉重的美，或者不如说只有冷与沉重迫压一切强使屈服而已。现在大家都知道称赏英国济慈（Keats）的诗了，然而他在生前为“批评家”所痛骂，至于有人说他是被骂死的，这或是过甚之词，但也足以想见攻击的猛烈了。我们看着现代的情形，想到济慈被骂死的事件，觉得颇有不可思议的地方：为什么现在的任何人都能赏识济慈的诗，那时的堂堂《勃拉克乌特杂志》（*Blackwood's Magazine*）的记者却会如此浅陋，不特不能赏识而且还要痛骂呢，难道那时文艺批评家的见识真是连此刻的商人还不如么？大约不是的罢。这个缘故是，那时的趣味是十八世纪的，现在的却是济慈以后的十九世纪的了；至于一般批评家的程度未必便很相远，不过各自固执着同时代的趣味，表面上有点不同罢了。现代的批评家笑着《勃拉克乌特》记者的无识，一面却凭着文学之名，尽在那里痛骂异趣味的新“济慈”，这种事情是常有的。我们在学校社会教育各方面无形中养成一种趣味，为一生言行的指针，原是没有什么希奇，所可惜者这种趣味往往以“去年”为截止期，不肯容受“今天”的事物，而且又不承认这是近代一时的趣味，却要当他作永久不变的正道，拿去判断一切，于是济慈事件在文艺史上不绝书了。所以我们在要批评文艺作品的时候，一方面想定要诚实的表白自己的印象，要努力于自己表现，一方面更要明白自己的意见只是偶然的趣味的集合，决没有什么能够压服人的权威；批评只是自己要说话，不是要裁判别人：能够在文艺批评里具备了诚和谦这两件事，那么《勃拉克乌特》记者那样的失策庶几可以免去了罢。

以上的话，不过为我们常人自己知道平凡的人而说，至于真是超越的批评家当然又当别论了。我们常人的趣味大抵是“去年”的，至多也是“当日”（Up to date）的罢了，然而“精神的贵族”的诗人，他的思想感情可以说是多是“明天”的，因此这两者之间常保有若干的距离，不易接触。我们鉴于文艺史上的事件，学了乖巧，不肯用了去年的头脑去呵斥明天的思想，只好直抒所感的表白一番，但是到了真是距离太远的地方，也就不能再说什么了，在这时候便不得不等真的批评家的出现，给我们以帮助。他的批评的态度也总具着诚与谦这两件，唯因为他也是“精神的贵族”，他的趣味也超越现代而远及未来，所以能够理解同样深广的精神，指示出来，造成新的趣味。有些诗人当时被人骂倒而日后能够复活，或且成为偶像的，便都靠有这样的真批评家把他从泥里找寻出来。不过这是不可勉强的事，不是人人所做得到的。平凡的人想做这样的真批评家，容易弄巧成拙，不免有弃美玉而宝燕石的失着。只要表现自己而批评，并没有别的意思，那便也无妨碍，而且写得好时也可以成为一篇美文，别有一种价值。别的创作也是如此，因为讲到底批评原来也是创作之一种。

［1923 年作/《谈龙集》］

一九二四年

蔼理斯的话

蔼理斯（Havelock Ellis）是我所最佩服的一个思想家，但是他的生平我不很知道，只看他自己说十五岁时初读斯温朋（Swinburne）的《日出前之歌》，计算大约生于一八五六年顷。我最初所见的是他的《新精神》，系《司各得丛书》之一，价一先令，近来收在美国的《现代丛书》里。其次是《随感录》及《断言》。这三种都是关于文艺思想的批评，此外有两性，犯罪，以及梦之研究，是专门的著述，都处处有他的对于文化之明智的批判，也是很可贵的，但其最大著作总要算是那六册的《性的心理研究》。这种精密的研究或者也还有别人能做，至于那样宽广的眼光，深厚的思想，实在是极不易得。我们对于这些学问原是外行人，但看了他的言论，得到不少利益，在我个人总可以确说，要比各种经典集合起来所给的更多。但是这样的思想，在道学家的群众面前，不特难被理解，而且当然还要受到迫害，所以这研究的第一卷出版，即被英国政府禁止发卖，后来改由美国的一个医学书局发行，才算能够出版。这部大著当然不是青年的读物，唯在常识完具的成人，看了必有好处；道学家在中国的流毒并不小于英国的清教思想，所以健全思想之养成是切要的事。

蔼理斯排斥宗教的禁欲主义，但以为禁欲亦是人性之一分子；欢乐与节制二者并存，且不相反而实相成：人有禁欲的倾向，即所以防欢乐的过量，并即以增欢乐的程度。他在《圣芳济与其他》一篇论文中曾说：

> 有人以此二者（即禁欲与耽溺）之一为其生活的唯一目的者，其人将在尚未生活之前早已死了。有人先将其一推至极端，再转而之他，其人才真能了解人生是什么，日后将被记念为模范的圣徒。但是始终尊重这二重理想者，那才是知生活法的明智的大师。……一切生活是一个建设与破坏，一个取进与付出，一个永远的构成作用与分解作用的循环。要正当地生活，我们须得模仿大自然的豪华与其严肃。

他在上边又曾说道，“生活之艺术，其方法只在于微妙地混和取与舍二者而已”，很能简明的说出这个意思。

在《性的心理研究》第六卷跋文末尾有这两节话：

> 有些人将以我的意见为太保守，有些人以为太偏激。世上总常有人很热心的想攀住过去，也常有人热心的想攫得他们所想像的未来。但是明智的人，站在二者之间，能同情于他们，却知道我们是永远在于过渡时代。在无论何时，现在只是一个交点，为过去与未来相遇之处；我们对于二者都不能有什么争向。不能有世界而无传统，亦不能有生命而无活动。正如赫拉克来多思（Herakleitos）在现代哲学的初期所说，我们不能在同一川流中入浴二次，虽然如我们在今日所知，川流仍是不断的回流。没有一刻无新的晨光在地上，也没有一刻不见日没。最好是闲静地招呼那熹微的晨光，不必忙乱的奔向前去，也不要对于落日忘记感谢那曾为晨光之垂死的光明。
>
> 在道德的世界上，我们自己是那光明使者，那宇宙的顺程即实现在我们身上。在一个短时间内，如我们愿意，我们可以

用了光明去照我们路程的周围的黑暗。正如在古代火炬竞走——这在路克勒丢思（Lucretius）看来似是一切生活的象征——里一样，我们手里持炬，沿着道路奔向前去。不久就要有人从后面来，追上我们。我们所有的技巧，便在怎样的将那光明固定的炬火递在他的手内，我们自己就隐没到黑暗里去。

这两节话我最喜欢，觉得是一种很好的人生观。《现代丛书》本的《新精神》卷首，即以此为题词（不过第一节略短些），或者说是蔼理斯的代表思想亦无不可。最近在《人生之舞蹈》的序里也有相类的话，大意云，赫拉克来多思云人不能在同一川流中入浴二次，但我们实在不得不承认一连续的河流，有同一的方向与形状。关于河中的常变不住的浴者，也可以同样的说。

因此，世界不但有变化，亦有统一，多之差异与一之固定保其平均。此所以生活必为舞蹈，因为舞蹈正是这样：永久的微微变化的动作，而与全体的形状仍不相乖忤。

（上边的话，有说的不很清楚的地方，由于译文词不达意之故，其责全在译者。）

（十三年二月）

承张崧年君指示，知道蔼理斯是一八五九年生的，特补注于此。

（十四年十月）

［1924年2月《晨报副刊》/《雨天的书》］

教训之无用

蔼理斯在《道德之艺术》这一篇文章里说：

> 虽然一个社会在某一时地的道德，与别个社会——以至同社会在异时异地的道德决不相同，但是其间有错综的条件，使它发生差异，想故意的做成它显然是无用的事。一个人如听人家说他做了一本“道德的”书，他既不必无端的高兴，或者被说他的书是“不道德的”，也无须无端的颓丧。这两个形容词的意义都是很有限制的。在群众的坚固的大多数之进行上面，无论是甲种的书或乙种的书都不能留下什么重大的影响。

斯宾塞也曾写信给人，说道德教训之无效。他说：

> 在宣传了爱之宗教将近二千年之后，憎之宗教还是很占势力；欧洲住着二万万的外道，假装着基督教徒，如有人愿望他们照着他们的教旨行事，反要被他们所辱骂。

这实在都是真的。希腊有过梭格拉底，印度有过释迦，中国有过孔老，他们都被尊为圣人，但是在现今的本国人民中间他们可以说是等于“不曾有过”。我想这原是当然的，正不必代为无谓地悼叹。这些伟人倘若真是不曾存在，我们现在当不知怎么的更是寂寞，但是如今既有言行流传，足供有艺术趣味的人的欣赏，那就尽够好了。至于期望他们教训的实现，有如枕边摸索好梦，不免近于痴人，难怪要被骂了。

对于世间“不道德的”文人，我们同圣人一样的尊敬他。他的“教训”在群众中也是没有人听的，虽然有人对他投石，或袖着他的书，——但是我们不妨听他说自己的故事。

［1924 年 2 月 27 日《晨报副刊》/《雨天的书》］

北京的茶食

在东安市场的旧书摊上买到一本日本文章家五十岚力的《我的书翰》，中间说起东京的茶食店的点心都不好吃了，只有几家如上野山下的“空也”，还做得好点心，吃起来馅和糖及果实浑然融合，在舌头上分不出各自的味来。想起德川时代江户的二百五十年的繁华，当然有这一种享乐的流风馀韵留传到今日，虽然比起京都来自然有点不及。北京建都已有五百馀年之久，论理于衣食住方面应有多少精微的造就，但实际似乎并不如此，即以茶食而论，就不曾知道什么特殊的有滋味的东西。固然我们对于北京情形不甚熟悉，只是随便撞进一家饽饽铺里去买一点来吃，但是就撞过的经验来说，总没有很好吃的点心买到过。难道北京竟是没有好的茶食，还是有而我们不知道呢？这也未必全是为贪口腹之欲，总觉得住在古老的京城里吃不到包含历史的精炼的或颓废的点心是一个很大的缺限。北京的朋友们，能够告诉我两三家做得上好点心的饽饽铺么？

我对于二十世纪的中国货色，有点不大喜欢，粗恶的模仿品，美其名曰国货，要卖得比外国货更贵些。新房子里卖的东西，便不免都有点怀疑，虽然这样说好像遗老的口吻，但总之关于风流享乐的事我是颇迷信传统的。我在西四牌楼以南走过，望着“异馥斋”的丈许高的独木招牌，不禁神往，因为这不但表示他是义和团以前的老店，那模糊阴暗的字迹又引起我一种焚香静坐的安闲而丰腴的生活的幻想。我不曾焚过什么香，却对于这件事很有趣味，然而终于不敢进香店去，因为怕他们在香合上已放着花露水与日光皂了。我们于日用必需的东西以外，必须还有一点无用的游戏与享乐，生活才觉得有意思。我们看夕阳，看秋河，看花，听雨，闻香，喝不求解渴的酒，吃不求饱的点心，都是生活上必要的——虽然是无用的装点，而且是愈精炼愈好。可怜现在的中国生活，却是极端地干燥粗鄙，别的不说，我在北京彷徨了十年，终未曾吃到好点心。

［1924 年 3 月 18 日《晨报副刊》/《雨天的书》］

故乡的野菜

我的故乡不止一个，我住过的地方都是故乡。故乡对于我并没有什么特别的情分，只因钓于斯游于斯的关系，朝夕会面，遂成相识，正如乡村里的邻舍一样，虽然不是亲属，别后有时也要想念到他。我在浙东住过十几年，南京东京都住过六年，这都是我的故乡；现在住在北京，于是北京就成了我的家乡了。

日前我的妻往西单市场买菜回来，说起有荠菜在那里卖着，我便想起浙东的事来。荠菜是浙东人春天常吃的野菜，乡间不必说，就是城里只要有后园的人家都可以随时采食，妇女小儿各拿一把剪刀一只“苗篮”，蹲在地上搜寻，是一种有趣味的游戏的工作。那时小孩们唱道，“荠菜马兰头，姊姊嫁在后门头。”后来马兰头有乡人拿来进城售卖了，但荠菜还是一种野菜，须得自家去采。关于荠菜向来颇有风雅的传说，不过这似乎以吴地为主。《西湖游览志》云，“三月三日男女皆戴荠菜花。谚云，三春戴荠花，桃李羞繁华。”顾禄的《清嘉录》上亦说：

> 荠菜花俗呼野菜花，因谚有三月三蚂蚁上灶山之语，三日人家皆以野菜花置灶陉上，以厌虫蚁。侵晨村童叫卖不绝。或妇女簪髻上以祈清目，俗号眼亮花。

但浙东人却不很理会这些事情，只是挑来做菜或炒年糕吃罢了。

黄花麦果通称鼠曲草，系菊科植物，叶小微圆互生，表面有白毛，花黄色，簇生梢头。春天采嫩叶，捣烂去汁，和粉作糕，称黄花麦果糕。小孩们有歌赞美之云：

> 黄花麦果韧结结，
> 关得大门自要吃：

半块拿弗出，一块自要吃。

清明前后扫墓时，有些人家——大约是保存古风的人家——用黄花麦果作供，但不作饼状，做成小颗如指顶大，或细条如小指，以五六个作一攒，名曰茧果，不知是什么意思，或因蚕上山时设祭，也用这种食品，故有是称，亦未可知。自从十二三岁时外出不参与外祖家扫墓以后，不复见过茧果，近来住在北京，也不再见黄花麦果的影子了。日本称作“御形”，与荠菜同为春的七草之一，也采来做点心用，状如艾饺，名曰“草饼”，春分前后多食之，在北京也有，但是吃去总是日本风味，不复是儿时的黄花麦果糕了。

扫墓时候所常吃的还有一种野菜，俗名草紫，通称紫云英，农人在收获后，播种田内，用作肥料，是一种很被贱视的植物，但采取嫩茎瀹食，味颇鲜美，似豌豆苗。花紫红色，数十亩接连不断，一片锦绣，如铺着华美的地毯，非常好看，而且花朵状若胡蝶，又如鸡雏，尤为小孩所喜。间有白色的花，相传可以治痢，很是珍重，但不易得。日本《俳句大辞典》云，“此草与蒲公英同是习见的东西，从幼年时代便已熟识。在女人里边，不曾采过紫云英的人，恐未必有罢。”中国古来没有花环，但紫云英的花球却是小孩常玩的东西，这一层我还替那些小人们欣幸的。浙东扫墓用鼓吹，所以少年常随了乐音去看“上坟船里的姣姣”；没有钱的人家虽没有鼓吹，但是船头上篷窗下总露出些紫云英和杜鹃的花束，这也就是上坟船的确实的证据了。

［1924 年 4 月 5 日《晨报副刊》/《雨天的书》］

读《京华碧血录》

《京华碧血录》是我所见林琴南先生最新刊的小说。我久不读林先生的古文译本，他的所有“创作”却都见过。这本书序上写的是“壬子长至”，但出版在于十二年后，我看见时又在出版后两三个月了。书中写邴生刘女的因缘，不脱才子佳人的旧套。梅儿是一个三从四德的木偶人，倒也算了，邴仲光文武全才，亦儒亦侠，乃是文素臣铁公子一流人物，看了更觉得有点难过。不过我在这里并不想来攻击这书的缺点，因为林先生的著作本是旧派，这些缺点可以说是当然的；现在我所要说的是此书中的好处。

《碧血录》全书五十三章，我所觉得好的是第十九至第廿四这五章记述庚子拳匪在京城杀人的文章。我向来是神经衰弱的，怕听那些凶残的故事，但有时却又病理地想去打听，找些战乱的纪载来看。最初见到的是明季稗史里的《扬州十日记》，其次是李小池[①]的《思痛记》，使我知道清初及洪杨时情形的一斑。《寄园寄所寄》中故事大抵都已忘却，唯张勋战败的那年秋天，伏处寓中，借《知不足斋丛书》消遣，见到《曲洧旧闻》（？）里一条因子巷缘起的传说，还是记得，正如安特来夫的《小人物的自白》里的恶梦，使人长久不得宁贴。关于拳匪的事我也极想知道一点，可惜不易找到，只有在阑陀的《在北京的联军》两卷中看见一部分，但中国的记载终于没有。《驴背集》等书记的大略，没有什么用处。专门研究庚子史实的人当然有些材料，我只是随便看看，所

【锺校】

① “池”原作“圭”。

以见闻如此浅陋。林先生在这寥寥十五页里记了好些义和拳的轶事，颇能写出他们的愚蠢与凶残来。外国人的所见自然偏重自己的一方面，中国人又多“家丑不可外扬”的意思，不大愿意记自相残杀的情形，林先生的思想虽然旧，在这一点上却很明白，他知道拳匪的两样坏处，所以他写的虽然简略，却能抉出这次国民运动的真相来了。

以上是两个月前所写，到了现在，又找了出来，想续写下去，时势却已大变，再要批评拳匪似乎不免有点不稳便，因为他们的义民的称号不久将由国民给他恢复了。本来在现今的世界排外不能算是什么恶德，“以直报怨”我觉得原是可以的，不过就是盗亦有道，所以排外也自有正当的方法，像凯末尔的击破外敌改组政府的办法即是好例。中国人如图自卫，提倡军国主义，预备练成义勇的军队与外国抵抗，我虽不代为鼓吹，却也还可以赞同，因为这还不失为一种办法。至如拳匪那样，想借符咒的力量灭尽洋人，一面对于本国人大加残杀，终是匪的行为，够不上排外的资格。记心不好的中国人忘了他们残民以逞的事情，只同情于“扶清灭洋”的旗号，于是把他们的名誉逐渐提高，不久恐要在太平天国之上。现在的青年正不妨“卧薪尝胆”地修炼武功，练习机关枪准备对打，发明“死光”准备对照，似大可不必回首去寻大师兄的法宝。我不相信中国会起第二次的义和拳，如帝国主义的狂徒所说；但我觉得精神上的义和拳是可以有的，如没有具体的办法，只在纸上写些“杀妖杀妖”或“赶走直脚鬼”等语聊以快意，即是“口中念念有词”的变相；又对于异己者加以许多“洋狗洋奴”的称号，痛加骂詈，即是搜杀二毛子的老法子；他的结果是于“夷人”并无重大的损害，只落得一场骚扰，使这奄奄一息的中国的元气更加损伤。我不承认若何重大的赔款足以阻止国民正当的自卫抵抗心之发达，但是愚蠢与凶残之一时的横行乃是最酷烈的果报，其贻害于后世者比敌国的任何种惩创尤为重大。我之反对拳匪以此，赞成六年前陈独秀先生的反对拆毁克林德碑与林琴南先生的《碧血录》里的意见者亦以此，——现在陈林二先生的态度，不知有无变化，我则还是如此。

虽然时常有青年说我的意见太是偏激，我自己却觉得很有顽固的倾向，似乎对于林琴南辜汤生诸先生的意思比对于现代青年的还理解得多一点，这足以表明我们的思想已是所谓属于过去的了。但是我又有时觉得现代青年们似乎比我们更多有传统的精神，更是完全的中国人，到底不知道是怎么一回事。上边所说的话，我仔细看过，仿佛比他们旧，然而仿佛也比他们新，——其实这正是难怪，因为在这一点上陈独秀林琴南两先生恰巧是同意也。

［1924年6月2日《晨报副刊》/《雨天的书》］

济南道中

伏园兄，你应该还记得“夜航船”的趣味罢？这个趣味里的确包含有些不很优雅的非趣味，但如一切过去的记忆一样，我们所记住的大抵只是一些经过时间熔化变了形的东西，所以想起来还是很好的趣味。我平素由绍兴往杭州总从城里动身（这是二十年前的话了），有一回同几个朋友从乡间趁船，这九十里的一站路足足走了半天一夜；下午开船，傍晚才到西郭门外，于是停泊，大家上岸吃酒饭。这很有牧歌的趣味，值得田园画家的描写。第二天早晨到了西兴，埠头的饭店主人很殷勤地留客，点头说“吃了饭去”，进去坐在里面（斯文人当然不在柜台边和“短衣帮”并排着坐）破板桌边，便端出烤虾小炒腌鸭蛋等“家常便饭”来，也有一种特别的风味。可惜我好久好久不曾吃了。

今天我坐在特别快车内从北京往济南去，不禁忽然的想起旧事来。火车里吃的是大菜，车站上的小贩又都关出在木栅栏外，不容易买到土俗品来吃。先前却不是如此，一九〇六年我们乘京汉车往北京应练兵处（那时的大臣是水竹村人）的考试的时候，还在车窗口买到许多东西乱吃，如一个铜子一只的大雅梨，十五个铜子一只的烧鸡之类；后来在什么站买到兔肉，同学有人说这实在是猫，大家便觉得恶心不能再吃，都摔到窗外去了。在日本旅行，于新式的整齐清洁之中（现在对于日本的事只好“轻描淡写”地说一句半句，不然恐要蹈邓先生的覆辙），却仍保存着旧日的长闲的风趣。我在东海道中买过一箱“日本第一的吉备团子”，虽然不能证明是桃太郎的遗制，口味却真不坏，可惜都被小孩们分吃，我只尝到一两颗，而且又小得可恨。还有平常的“便当”，在形式内容上也总是美术的，味道也好，虽在吃惯肥鱼大肉的大人先生们自然有点不配胃口。“文明”一点的有“冰激凌”，装在一只麦粉做的杯子里，末了也一同咽下去。——我坐在这铁甲快车内，肚子有点饿了，颇想吃一点小食，如孟代故事中王子所吃的，然而现在实属没有法子，只好往餐堂车中去吃洋饭。

我并不是不要吃大菜的。但虽然要吃，若在强迫的非吃不可的时候，也会令人不高兴起来。

还有一层，在中国旅行的洋人的确太无礼仪，即使并无什么暴行，也总是放肆讨厌的。即如在我这一间房里的一个怡和洋行的老板，带了一只小狗，说是在天津花了四十块钱买来的；他一上车就高卧不起，让小狗在房内撒尿，忙得车侍三次拿布来擦地板，又不喂饱，任它东张西望，呜呜的哭叫。我不是虐待动物者，但见人家昵爱动物，搂抱猫狗坐车坐船，妨害别人，也是很嫌恶的；我觉得那样的昵爱，正与虐待同样地是有点兽性的。洋人中当然也有真文明人，不过商人大抵不行，如中国的商人一样。中国近来新起一种“打鬼”——便是打“玄学鬼”与“直脚鬼”——的倾向，我大体上也觉得赞成，只是对于他们的态度有点不能附和。我们要把一切的鬼或神全数打出去，这是不可能的事，更无论他们只是拍令牌，念退鬼咒，当然毫无功效，只足以表明中国人术士气之十足，或者更留下一点恶因。我们所能做，所要做的，是如何使玄学鬼或直脚鬼不能为害。我相信，一切的鬼都是为害的，倘若被放纵着，便是我们自己“曲脚鬼”也何尝不如此。……人家说，谈天谈到末了，一定要讲到下作的话去，现在我却反对地谈起这样正经大道理来，也似乎不大合式，可以不再写下去了罢。

十三年五月三十一日，津浦车中。

［1924 年 6 月 5 日《晨报副刊》/《雨天的书》］

济南道中之二

过了德州，下了一阵雨，天气顿觉凉快，天色也暗下来了。室内点上电灯，我向窗外一望，却见别有一片亮光照在树上地上，觉得奇异，同车的一位宁波人告诉我，这是后面护送的兵车的电光。我探头出去，果然看见末后的一辆车头上，两边各有一盏灯（这是我推想出来的，因为我看的只是一边），射出光来，正如北京城里汽车的两只大眼睛一样。当初我以为既然是兵车的探照灯，一定是很大的，却正出于意料之外，它的光只照着车旁两三丈远的地方，并不能直照见树林中的贼踪。据那位买办所说，这是从去年故孙美瑶团长在临城做了那“算不得什么大事”之后新增的，似乎颇发生效力，这两道神光真吓退了沿路的毛贼，因为以后确不曾出过事，而且我于昨夜也已安抵济南了。但我总觉得好笑，这两点光照在火车的尾巴头，好像是夏夜的萤火，太富于诙谐之趣。我坐在车中，看着窗外的亮光从地面移在麦子上，从麦子移到树叶上，心里起了一种离奇的感觉，觉得似危险非危险，似平安非平安，似现实又似在做戏，仿佛眼看程咬金腰间插着两把纸糊人板斧在台上踱着时一样。我们平常有一句话，时时说起却很少实验到的，现在拿来应用，正相适合，——这便是所谓浪漫的境界。

十点钟到济南站后，坐洋车进城，路上看见许多店铺都已关门，——都上着“排门”，与浙东相似。我不能算是爱故乡的人，但见了这样的街市，却也觉得很是喜欢。有一次夏天，我从家里往杭州，因为河水干涸，船只能到牛屎浜，在早晨三四点钟的时分坐轿出发，通过萧山县城；那时所见街上的情形，很有点与这回相像。其实绍兴和南京的夜景也未尝不如此，不过徒步走过的印象与车上所见到底有些不同，所以叫不起联想来罢了。城里有好些地方也已改用玻璃门，同北京一样，这是我今天下午出去看来的。我不能说排门是比玻璃门更好，在实际上玻璃门当然比排门要便利得多。但由我旁观地看去，总觉得旧式的铺门较有趣味。玻璃门也自然可以有它的美观，可惜现在多未能顾到这一层，大都是粗劣潦草，如一切的新东西一样。旧房屋的粗拙，全体还有些调和，新式的却只见轻率凌乱这一点而已。

今天下午同四个朋友去游大明湖，从鹊华桥下船。这是一种“出坂船”似的长方的船，门窗做得很考究，船头有扁一块，文云“逸兴豪情”，——我说船头，只因它形式似船头，但行驶起来，它却变了船尾，一个舟子便站在那里倒撑上去。他所用的家伙只是一支天然木的篙，不知是什么树，剥去了皮，很是光滑，树身却是弯来扭去的并不笔直；他拿了这件东西，能够使一只大船进退回旋无不如意，并且不曾遇见一点小冲撞，在我只知道使船用桨橹的人看了不禁着实惊叹。大明湖在《老残游记》里很有一段描写，我觉得写不出更好的文章来，而且你以前赴教育改进社年会时也曾到过，所以我可以不絮说了。我也同老残一样，走到历下亭铁公祠各处，但可惜不曾在明湖居听得白妞说梨花大鼓。我们又去看“大帅张少轩”捐赀倡修的曾子固的祠堂，以及张公祠，祠里还挂有一幅他的“门下子婿”的长髯照相和好些“圣朝柱石”等等的孙公德政牌。随后又到北极祠去一看，照例是那些塑像，正殿右侧一个大鬼，一手倒提着一个小妖，一手掐着一个，神气非常活现，右脚下踏着一个女子，它的脚跟正落在腰间，把她踹得目瞪口呆，似乎喘不过气来，不知是到底犯了什么罪。

大明湖的印象仿佛像南京的玄武湖，不过这湖是在城里，很是别致。清人铁保有一联云，“四面荷花三面柳，一城山色半城湖”，实在说得湖好（据老残说这是铁公祠大门的楹联，现今却已掉下，在享堂内倚墙放着了），虽然我们这回看不到荷花，而且湖边渐渐地填为平地，面积大不如前，水路也很窄狭，两旁变了私产，一区一区地用苇塘围绕，都是人家种蒲养鱼的地方，所以《老残游记》里所记千佛山倒影入湖的景象已经无从得见，至于“一声渔唱”尤其是听不到了。但是济南城里有一个湖，即使较前已经不如，总是很好的事；这实在可以代一个大公园，而且比公园更为有趣，于青年也很有益。我遇见好许多船的学生在湖中往来，比较中央公园里那些学生站在路边等看头发像鸡窠的女人要好得多多，——我并不一定反对人家看女人，不过那样看法未免令人见了生厌。

这一天的湖逛得很快意，船中还有王君的一个三岁的小孩同去，更令我们喜悦。他从宋君手里要蒲桃干吃，每拿几颗例须唱一出歌加以跳舞，他便手舞足蹈唱“一二三四”给我们听，交换五六个蒲桃干，可是他后来也觉得麻烦，便提出要求，说“不唱也给我罢”。他是个很活泼可爱的小人儿，而且一口的济南话，我在他口中初次听到“俺”这一个字活用在言语里，虽然这种调子我们从北大徐君的话里早已听惯了。

六月一日，在“家家泉水户户垂杨”的济南城内。

［1924 年 6 月 9 日《晨报副刊》/《雨天的书》］

济南道中之三

六月二日午前，往工业学校看金线泉。这天正下着雨，我们乘暂时雨住的时候，踏着湿透的青草，走到石池旁边，照着老残的样子侧着头细看水面，却终于看不见那条金线，只有许多水泡，像是一串串的珍珠，或者还不如说水银的蒸汽，从石隙中直冒上来，仿佛是地下有几座丹灶在那里炼药。池底里长着许多植物，有竹有柏，有些不知名的花木，还有一株月季花，带着一个开过的花蒂：这些植物生在水底，枝叶青绿，如在陆上一样，到底不知道是怎么一回事。金线泉的邻近，有陈遵留客的投辖井，不过现在只是一个六尺左右的方池，辖虽还可以投，但是投下去也就可以取出来了。次到趵突泉，见大池中央有三股泉水向上喷涌，据《老残游记》里说翻出水面有二三尺高，我们看见却不过尺许罢了。池水在雨后颇是浑浊，也不曾流得“汩汩有声”，加上周围的石桥石路以及茶馆之类，觉得很有点像故乡的脂沟汇，——传说是越王宫女倾脂粉水，汇流此地，现在却俗称“猪狗汇”，是乡村航船的聚会地了。随后我们往商埠游公园，刚才进门雨又大下，在茶亭中坐了许久，等雨霁后再出来游玩。园中别无游客，容我们三人独占全园，也是极有趣味的事。公园本不很大，所以便即游了，里边又别无名胜古迹，一切都是人工的新设，但有一所大厅，门口悬着匾额，大书曰“畅趣游情，马良撰并书”，我却瞻仰了好久。我以前以为马良将军只是善于打什么拳的人，现在才知道也很有风雅的趣味，不得不陈谢我当初的疏忽了。

此外我不曾往别处游览，但济南这地方却已尽够中我的意了。我觉得北京也很好，只是太多风和灰土，济南则没有这些；济南很有江南的风味，但我所讨厌的那些东南的脾气似乎没有（或未免有点速断?），所以是颇愉快的地方。然而因为端午将到，我不能不赶快回北京来，于是在五日午前二时终于乘了快车离开济南了。

我在济南四天，讲演了八次。范围题目都由我自己选定，本来已是自由极了，但是想来想去总觉得没有什么可讲，勉强拟了几个题目，都没有十分把握，至于所讲的话觉得不能句句确实，句句表现出真诚的气分来，那是更不必说了。就是平常谈话，也常觉得自己有些话是虚空的，不与心情切实相应，说出时便即知道，感到一种恶心的寂寞，好像是嘴里尝到了肥皂。石川啄木的短歌之一云：

不知怎地，

总觉得自己是虚伪之块似的，

将眼睛闭上了。

这种感觉，实在经验了好许多次。在这八个题目之中，只有末了的“神话的趣味”还比较的好一点；这并非因为关于神话更有把握，只因世间对于这个问题很多误会，据公刊的文章上看来，几乎尚未有人加以相当的理解，所以我对于自己的意见还未开始怀疑，觉得不妨略说几句。我想神话的命运很有点与梦相似。野蛮人以梦为真，半开化人以梦为兆，“文明人”以梦为幻，然而在现代学者的手里，却成为全人格之非意识的显现；神话也经过宗教的，“哲学的”以及“科学的”解释之后，由人类学者解救出来，还他原人文学的本来地位。中国现在有相信鬼神托梦魂魄入梦的人，有求梦占梦的人，有说梦是妖妄的人，但没有人去从梦里寻出他情绪的或感觉的分子，若是“满愿的梦”则更求其隐密的动机，为学术的探讨者；说及神话，非信受则排斥，其态度正是一样。我看许多反对神话的人虽然标榜科学，其实他的意思以为神话确有信受的可能，倘若不是竭力抗拒；这正如性意识很强的道学家之提倡戒色，实在是两极相遇了。真正科学家自己既不会轻信，也就不必专用攻击，只是平心静气地研究就得，所以怀疑与宽容是必要的精神，不然便是狂信者的态度，非耶者还是一种教徒，非孔者还是一种儒生，类例很多。即如近来反对太戈尔运动也是如此，他们自以为是科学思想与西方化，却缺少怀疑与宽容的精神，其实仍是东方式的攻击异端：倘若东方文化里有最大的毒害，这种专制的狂信必是其一了。不意话又说远了，与济南已经毫无关系，就此搁笔；至于神话问题，说来也嫌唠叨，改日面谈罢。

［1924 年 6 月 20 日《晨报副刊》/《雨天的书》］

“破脚骨”

“破脚骨”——读若Phacahkueh，是我们乡间的方言，就是说“无赖子”，照王桐龄教授《东游杂感》的笔法，可以这样说：——破脚骨官话曰无赖曰光棍，古语曰泼皮曰破落户，上海曰流氓，南京曰流户曰青皮，日本曰歌罗支其，英国曰罗格……。这个名词的本意不甚明了，望文生义地看去大约因为时常要被打破脚骨，所以这样称的罢。他们的职业是讹诈，俗称敲竹杠。小破脚骨沿路寻事，看见可欺的人便撞过去，被撞的如说一句话，他即吆喝说，Taowan bargwaantatze？意思是说撞了倒反不行吗，于是扭结不放，同党的人出来邀入茶馆评理，结果是被撞的人算错，替大家会钞了事。这是最普通的一种方法，此外还有许多，我也不很明白了。至于大破脚骨专做大票生意，如包娼戳赌或捉奸勒索等，不再做这些小勾当，他们的行径有点与“破靴党”相近，所差者只在他们不是秀才罢了。

这些人当然不是好人，便有喜欢做翻案文章的人也不容易把他们说好，但是，他们也有可①取的地方。他们也有自己的道德，尚义与勇，即使并非同帮，只要在酒楼茶馆会过一两面，他们便算有交情，不再来暗算，而且有时还肯保护。我在往江南当水兵以前，同兄弟在乡间游手好闲的时候，大有流为破脚骨之意，邻近的几个小破脚骨都有点认识，远房亲戚的破靴党不算在内。我们因此不曾被人撞过，有一两次还叨他们的光。有一回我已经不在家，我的兄弟（其时他只十四五岁）同母亲

【锺校】

① 原无“可”字，今增。

往南街看戏；那时还没有什么戏馆，只在庙台上演戏敬神，近地的人在两旁搭盖看台，租给人家使用，我们也便租了两个坐位，后来台主不知为何忽下逐客令，大约要租给阔人了，坐客一时大窘，恰巧我们所认识的一个小破脚骨正在那里看戏，于是便去把他找来，他对台主说道："你这台不租了吗？那么由我出租了。"台主除收回成命之外，还对他赔了许多小心，这才完事。在他这强横的诡辩里边，实在很含有不少的诙谐与爱娇。二十世纪以来不曾再见到他，听说他后来眼瞎了，过了几年随即去世，——请你永远平安地休息罢！

一个人要变成破脚骨，须有相当的训练，与古代的武士修行一样，不是很容易的事。破脚骨的生活里最重要的事件是挨打，所以非有十足的忍苦忍辱的勇气，不能成为一个像样的破脚骨。小破脚骨与人家相打，且骂且脱衣，随将右手各拔敌人的辫发而以左手各自握其发根，于是互相推拥，以被挤至路边将背贴墙者为负。大破脚骨则不然，他拔出尖刀，但并不刺人，只拿在手中，自指其股曰"戳！"敌人或如命而戳一下，则再命令曰"再戳！"如戳至再三而毫不呼痛，刺者却不敢照样奉陪，那便算大败，不复见齿于同类。能禁得殴打，术语曰"受路足"，是破脚骨修养的最要之一。此外官司的经验也很重要，他们往往大言于茶馆中云，"屁股也打过，大枷也戴过"，亦属破脚骨履历中很出色的项目。有些大家子弟流为破脚骨者，因门第的影响，无被官刑之虑，这两项的修炼或可无须，唯挨打仍属必要。我有一个同族的长辈，通文，能写二尺方的大字，做了破脚骨，一年的春分日在宗祠中听见他自伐其战功，说 Targfan yir banchir，banchir yir tarngfan，意云打倒又爬起，爬起又打倒，这两句话实在足以代表"破脚骨道"之精义了。在现时人心不古的时代，破脚骨也堕落了，变成商埠码头的那些拆梢的流氓，回想昔日乡间的破脚骨，已经如书中的列仙高士，流风断绝，邈乎其不可复追矣。

我在默想堂伯父的战功，不禁想起《吉诃德先生》（*Don Quixote*——林琴南先生译作当块克苏替，陆祖鼎先生译作唐克孝，丁初我先生在二十年前译作唐夸特），以及西班牙的“流氓小说”（Novelas de Picaros）来。中国也有这班人物，为什么除了《水浒传》的泼皮牛二以外，没有人把他们细细地写下来，不然倒真可以造成一类“流氓生活的文学”（“Picaresque Literature”）哩。——这两个英文，陆先生在《学灯》上却把它译作“盗贼文学”，啊啊，轻松的枷杖的罪名竟这样地被改定了一个大辟（在现行治盗条例的时期），却是冤哉枉也。然而这也怪不得陆先生，因为《英汉字典》中确将“流氓”（Picaroon）这字释作劫掠者，盗贼等等也。

［1924 年 6 月 18 日《晨报副刊》/《雨天的书》］

苍　蝇

苍蝇不是一件很可爱的东西，但我们在做小孩子的时候都有点喜欢他。我同兄弟常在夏天乘大人们午睡，在院子里弃着香瓜皮瓤的地方捉苍蝇，——苍蝇共有三种，饭苍蝇太小，麻苍蝇有蛆太脏，只有金苍蝇可用。金苍蝇即青蝇，小儿谜中所谓“头戴红缨帽身穿紫罗袍”者是也。我们把他捉来，摘一片月季花的叶，用月季的刺钉在背上，便见绿叶在桌上蠕蠕而动，东安市场有卖纸制各色小虫者，标题云“苍蝇玩物”，即是同一的用意。我们又把他的背竖穿在细竹丝上，取灯心草一小段放在脚的中间，他便上下颠倒的舞弄，名曰“嬉棍”；又或用白纸条缠在肠上纵使飞去，但见空中一片片的白纸乱飞，很是好看。倘若捉到一个年富力强的苍蝇，用快剪将头切下，他的身子便仍旧飞去。希腊路吉亚诺思（Lukianos）的《苍蝇颂》中说，“苍蝇在被切去了头之后，也能生活好些时光”，大约二千年前的小孩已经是这样的玩耍的了。

我们现在受了科学的洗礼，知道苍蝇能够传染病菌，因此对于他们很有一种恶感。三年前卧病在医院时曾作有一首诗，后半云：

大小一切的苍蝇们，
美和生命的破坏者，
中国人的好朋友的苍蝇们呵，
我诅咒你的全灭，
用了人力以外的，
最黑最黑的魔术的力。

但是实际上最可恶的还是他的别一种坏癖气，便是喜欢在人家的颜面手脚上乱爬乱舔，古人虽美其名曰“吸美”，在被吸者却是极不愉快的事。希腊有一篇传说说明这个缘起，颇有趣味。据说苍蝇本来是一个处女，名叫默亚（Muia），很是美丽，不过太喜欢说话。她也爱那月神的情人恩迭米盎（Endymion），当他睡着的时候，她总还是和他讲话或唱歌，弄得他不能安息，因此月神发怒，使她变成苍蝇。以后她还是记念着恩迭米盎，不肯叫人家安睡，尤其是喜欢搅扰年青的人。

苍蝇的固执与大胆，引起好些人的赞叹。诃美洛思（Homeros）在史诗中尝比勇士于苍蝇，他说，虽然你赶他去，他总不肯离开你，一定要叮你一口方才罢休。又有诗人云，那小苍蝇极勇敢地跳在人的肢体上，渴欲饮血，战士却躲避敌人的刀锋，真可羞了。我们侥幸不大遇见渴血的勇士，但勇敢地攻上来舐我们的头的却常常遇到。法勃耳（Fabre）的《昆虫记》里说有一种蝇，乘土蜂负虫入穴之时，下卵于虫内，后来蝇卵先出，把死虫和蜂卵一并吃下去。他说这种蝇的行为好像是一个红巾黑衣的暴客在林中袭击旅人，但是他的剽悍敏捷的确也可佩服，倘使希腊人知道，或者可以拿去形容阿迭修思（Odysseus）一流的狡狯英雄罢。

中国古来对于苍蝇似乎没有什么反感。《诗经》里说，“营营青蝇，止于樊。岂弟君子，无信谗言。”又云，“非鸡则鸣，苍蝇之声。”据陆农师说，青蝇善乱色，苍蝇善乱声，所以是这样说法。传说里的苍蝇，即使不是特殊良善，总之决不比别的昆虫更为卑恶。在日本的俳谐中则蝇成为普通的诗料，虽然略带湫秽的气色，但很能表出温暖热闹的境界。小林一茶更为奇特，他同圣芳济一样，以一切生物为弟兄朋友，苍蝇当然也是其一。检阅他的俳句选集，咏蝇的诗有二十首之多，今举两首以见一斑。一云：

笠上的苍蝇，比我更早地飞进去了。

这诗有题曰《归庵》。又一首云：

不要打哪，苍蝇搓他的手，搓他的脚呢。

我读这一句，常常想起自己的诗觉得惭愧，不过我的心情总不能达到那一步，所以也是无法。《埤雅》云，“蝇好交其前足，有绞绳之象，……亦好交其后足”，这个描写正可作前句的注解。又绍兴小儿谜语歌云：

像乌豇豆格乌，像乌豇豆格粗，堂前当中央，坐得拉胡须。

也是指这个现象。（格犹云“的”，坐得即“坐着”之意。）

据路吉亚诺思说，古代有一个女诗人，慧而美，名叫默亚，又有一个名妓也以此为名，所以滑稽诗人有句云，“默亚咬他直达他的心房。”中国人虽然永久与苍蝇同桌吃饭，却没有人拿苍蝇作为名字，以我所知只有一二人被用为诨名而已。

［附记］①

偶读路吉亚诺思的《苍蝇颂》（*Muias Enkomion*），觉得颇有趣味，但要翻译它，又太懒惰了，提不起精神来在十目所视十手所指之下作烦难的工作。过了几天之后，拿起笔来写这一篇，并不是模拟古人，虽然受着他一点影响，所以在文章上是一个“四不相”，不能说是什么体，只好算它是“赋得苍蝇”罢了。

苍蝇是我们乡间叫蝇类的通称，并不限于麻蝇一种。我有一回在译诗里用了方言“青蛙”二字当蛙字用，承一位批评家根据动物学及文字学的学理加以纠正，说多了一个青字。恐怕有人说这回又多了一个苍字，所以预先说明一声。

［1924年7月13日《晨报副刊》/《雨天的书》］

【锺校】

① “附记”只刊《晨报副刊》，文集均未收。

苦　雨

伏园兄：

北京近日多雨，你在长安道上不知也遇到否，想必能增你旅行的许多佳趣。雨中旅行不一定是很愉快的，我以前在杭沪车上时常遇雨，每感困难，所以我于火车的雨不能感到什么兴味，但卧在乌篷船里，静听打篷的雨声，加上欸乃的橹声，以及“靠塘来，靠下去”的呼声，却是一种梦似的诗境。倘若更大胆一点，仰卧在脚划小船内，冒雨夜行，更显出水乡住民的风趣，虽然较为危险，一不小心，拙劣地转一个身，便要使船底朝天。二十多年前往东浦吊先父的保姆之丧，归途遇暴风雨，一叶扁舟在白鹅似的波浪中间滚过大树港，危险极也愉快极了。我大约还有好些“为鱼”时候——至少也是断发文身时候的脾气，对于水颇感到亲近，不过北京的泥塘似的许多“海”实在不很满意，这样的水没有也并不怎么可惜。你往“陕半天”去似乎要走好两天的准沙漠路，在那时候倘若遇见风雨，大约是很舒服的，遥想你胡坐骡车中，在大漠之上，大雨之下，喝着四打之内的汽水，悠然进行，可以算是“不亦快哉”之一。但这只是我的空想，如诗人的理想一样地靠不住，或者你在骡车中遇雨，很感困难，正在叫苦连天也未可知，这须等你回京后问你再说了。

我住在北京，遇见这几天的雨，却叫我十分难过。北京向来少雨，所以不但雨具不很完全，便是家屋构造于防雨亦欠周密。除了真正富翁以外，很少用实垛砖墙，大抵只用泥墙抹灰敷衍了事。近来天气转变，南方酷寒而北方淫雨，因此两方面的建筑上都露出缺陷。一星期前的雨把后园的西墙淋坍，第二天就有“梁上君子”来摸索北房的铁丝窗，从次日起赶紧邀了七八位匠人，费两天工夫，从头改筑，已经成功十分八九，总算可以高枕而卧，前夜的雨却又将门口的南墙冲倒二三丈之谱。这回受惊的可不是我了，乃是川岛君“佢们”俩，因为“梁上君子”如再见光顾，一定是去躲在“佢们”的窗下窃听的了。为消除“佢们”的不安起见①，一等天气晴正，急须大举地修筑，希望日子不至于很久，这几天只好暂时拜托川岛君的老弟费神代为警护罢了。

前天十足下了一夜的雨，使我夜里不知醒了几遍。北京除了偶然有人高兴放几个爆仗以外，夜里总还安静，那样哗喇哗喇的雨声在我的耳朵已经不很听惯，所以时常被它惊醒，就是睡着也仿佛觉得耳边粘着面条似的东西，睡的很不痛快。还有一层，前天晚间据小孩们报告，前面院子里的积水已经离台阶不及一寸，夜里听着雨声，心里胡里胡涂地总是想水已上了台阶，浸入西边的书房里了。好容易到了早上五点钟，赤脚撑伞，跑到西屋一看，果然不出所料，水浸满了全屋，约有一寸深浅，这才叹了一口气，觉得放心了；倘若这样兴高采烈地跑去，一看却没有水，恐怕那时反觉得失望，没有现在那样的满足也说不定。幸而书籍都没有湿，虽然是没有什么价值的东西，但是湿成一饼一饼的纸糕，也很是不愉快。现今水虽已退，还留下一种涨过大水后的普通的臭味，固然不能留客坐谈，就是自己也不能在那里写字，所以这封信是在里边炕桌上写的。

这回的大雨，只有两种人最是喜欢。第一是小孩们。他们喜欢水，却极不容易得到，现在看见院子里成了河，便成群结队地去“淌河”去。赤了足伸到水里去，实在很有点冷，但他们不怕，下到水里还不肯上来。大人见小孩们玩的很有趣，也一个两个地加入，但是成绩却不甚佳，那一天里滑倒了三个人，其中两个都是大人，——其一为我的兄

【锺校】

① “见”原作“来”。

弟，其一是川岛君。第二种喜欢下雨的则为虾蟆。从前同小孩们往高亮桥去钓鱼钓不着，只捉了好些虾蟆，有绿的，有花条的，拿回来都放在院子里，平常偶叫几声，在这几天里便整日叫唤，或者是荒年之兆罢，却极有田村的风味。有许多耳朵皮嫩的人，很恶喧嚣，如麻雀虾蟆或蝉的叫声，凡足以妨碍他们的甜睡者，无一不痛恶而深绝之，大有欲灭此而午睡之意。我觉得大可以不必如此，随便听听都是很有趣味的，不但是这些久成诗料的东西，一切鸣声其实都可以听。虾蟆在水田里群叫，深夜静听，往往变成一种金属音，很是特别，又有时仿佛是狗叫，古人常称蛙为吠蛤①，大约也是从实验而来。我们院子里的虾蟆现在只见花条的一种，它的叫声更不漂亮，只是格格格这个叫法，可以说是革音，平常自一声至三声，不会更多，唯在下雨的早晨，听它一口气叫上十二三声，可见它是实在喜欢极了。

这一场大雨恐怕在乡下的穷朋友是很大的一个不幸，但是我不曾亲见，单靠想像是不中用的，所以我不去虚伪地代为悲叹了。倘若有人说这所记的只是个人的事情，于人生无益，我也承认，我本来只想说个人的私事，此外别无意思。今天太阳已经出来，傍晚可以出外去游嬉，这封信也就不再写下去了。

我本等着看你的秦游记，现在却由我先写给你看，这也可以算是“意表之外”的事罢。

十三年七月十七日在京城书。

［1924年6月5日《晨报副刊》/《雨天的书》］

【鄢校】

① “蛙为吠蛤”原作“蛙蛤为吠”。《说文》朱骏声通训：“扬州谓之水鸡，亦曰吠蛤，言其声阁阁也。”

沉　默

林玉堂先生说，法国一个演说家劝人缄默，成书三十卷，为世所笑，所以我现在做讲沉默的文章，想竭力节省，以原稿纸三张为度。

提倡沉默从宗教方面讲来，大约很有材料，神秘主义里很看重沉默，美忒林克便有一篇极妙的文章。但是我并不想这样做，不仅因为怕有拥护宗教的嫌疑，实在是没有这种知识与才力。现在只就人情世故上着眼说一说罢。

沉默的好处第一是省力。中国人说，多说话伤气，多写字伤神。不说话不写字大约是长生之基，不过平常人总不易做到。那么一时的沉默也就很好，于我们大有裨益。三十小时草成一篇宏文，连睡觉的时光都没有，第三天必要头痛；演说家在讲台上呼号两点钟，难免口干喉痛，不值得甚矣。若沉默，则可无此种劳苦，——虽然也得不到名声。

沉默的第二个好处是省事。古人说"口是祸门"，关上门，贴上封条，祸便无从发生（"闭门家里坐，祸从天上来"，那只算是"空气传染"，又当别论），此其利一。自己想说服别人，或是有所辩解，照例是没有什么影响，而且愈说愈是渺茫，不如及早沉默，虽然不能因此而说服或辩明，但至少是不会增添误会。又或别人有所陈说，在这面也照例不很能理解，极不容易答复，这时候沉默是适当的办法之一。古人说不言是最大的理解，这句话或者有深奥的道理，据我想则在我至少可以藏过不理解，而在他也就可以有猜想被理解了之自由。沉默之好处的好处，此其二。

善良的读者们，不要以我为太玩世（Cynical）了罢？老实说，我觉得人之互相理解是至难——即使不是不可能的事，而表现自己之真实的感情思想也是同样地难。我们说话作文，听别人的话，读别人的文，以为互相理解了，这是一个聊以自娱的如意的好梦，好到连自己觉到了的时候也还不肯立即承认，知道是梦了却还想在梦境中多流连一刻。其实我们这样说话作文，无非只是想这样做，想这样聊以自娱，如其觉得没有什么可娱，那么尽可简单地停止。我们在门外草地上翻几个筋斗，想像那对面高楼上的美人看着（明知她未必看见），很是高兴，是一种办法；反正她不会看见，不翻筋斗了，且卧在草地上看云罢，这也是一种办法。两者都是对的，我这回是在做第二个题目罢了。

我是喜翻筋斗的人，虽然自己知道翻得不好。但这也只是不巧妙罢了，未必有什么害处，足为世道人心之忧。不过自己的评语总是不大靠得住的，所以在许多知识阶级的道学家看来，我的筋斗都翻得有点不道德，不是这种姿势足以坏乱风俗，便是这个主意近于妨害治安。这种情形在中国可以说是意表之内的事，我们也并不想因此而变更态度，但如民间这种倾向到了某一程度，翻筋斗的人至少也应有想到省力的时候了。

三张纸已将写满，这篇文应该结束了。我费了三张纸来提倡沉默，因为这是对于现在中国的适当办法。——然而这原来只是两种办法之一，有时也可以择取另一办法：高兴的时候弄点小把戏，“藉资排遣”。将来别处看有什么机缘，再来噪聒，也未可知。

［1924 年 7 月 23 日《晨报副刊》/《雨天的书》］

科学小说

□沟沿通信之三

科学进到中国的儿童界里，不曾建设起“儿童学”来，只见在那里开始攻击童话，——可怜中国的儿童固然也还够不上说有好童话听。在“儿童学”开山的美国诚然也有人反对，如勃朗（Brown）之流，以为听了童话未必能造飞机或机关枪，所以即使让步说儿童要听故事，也只许读“科学小说”。这条符命，在中国正在“急急如律令”的奉行。但是我对于“科学小说”总很怀疑，要替童话辩护。不过教育家的老生常谈也无重引的必要，现在别举一两个名人的话替我表示意见。

以性的心理与善种学研究著名的医学博士蔼理斯在《凯沙诺伐论》中说及童话在儿童生活上之必要，因为这是他们精神上的最自然的食物。倘若不供给他，这个缺损永远无物能够弥补，正如使小孩单吃淀粉质的东西，生理上所受的饿不是后来给予乳汁所能补救的一样。吸收童话的力不久消失，除非小孩有异常强盛的创造想像力，这方面精神的生长大抵是永久的停顿了。在他的《社会卫生的事业》（据序上所说，这社会卫生实在是社会改革的意思，并非普通的卫生事项）第七章里也说：“听不到童话的小孩自己来造作童话，——因为他在精神的生长上必需这些东西，正如在身体的生长上必需糖一样，——但是他大抵造的很坏。”据所引医学杂志的实例，有一位夫人立志用真实教训儿童，废止童话，后来却见小孩们造作了许多可骇的故事，结果还是拿《杀巨人的甲克》来给他们消遣。他又说少年必将反对儿时的故事，正如他反对儿时的代乳粉，所以将来要使他相信的东西以不加在里边为宜。这句话说的很有意思，不但荒唐的童话因此不会有什么害处，而且正经的科学小说因此也就不大有什么用处了。

阿那多尔·法兰西（Anatol France）是一个文人，但他老先生在法国学院里被人称为无神论者无政府主义者，所以他的论童话未必会有拥护迷信的嫌疑。《我的朋友的书》是他早年的杰作，第二编《苏珊之卷》里有一篇《与D夫人书》，发表他的许多聪明公正的意见：

> 那位路易菲该先生是个好人，但他一想到法国的少年少女还会在那里读《驴皮》，他平常的镇静便完全失掉了。他做了一篇序，劝告父母须得从儿童手里把贝洛尔的故事夺下，给他们看他友人菲古斯博士的著作。“琼英姑娘，请把这书合起了罢。不要再管那使你喜欢得流泪的天青的鸟儿了，请你快点去学了那以太麻醉法罢。你已经七岁了，还一点都不懂得一酸化窒素的麻醉力咧！”路易菲该先生发见了仙女都是空想的产物，所以他不准把这些故事讲给他们听。他给他们讲海鸟粪肥料：在这里边是没有什么空想的。——但是，博士先生，正因为仙女是空想的，所以他们存在。他们存在在那些素朴新鲜的空想之中，自然形成为不老的诗——民众传统的诗的空想之中。
>
> 最琐屑的小书，倘若它引起一个诗的思想，暗示一个美的感情，总之倘若它触动人的心，那在小孩少年就要比你们的讲机械的所有的书更有无限的价值。
>
> 我们必须有给小孩看的故事，给大孩看的故事，使我们笑，使我们哭，使我们置身于幻惑之世界里的故事。

这样的抄下去，实在将漫无限制，非至全篇抄完不止；我也很想全抄，倘若不是因为见到自己译文的拙劣而停住了。但是我还忍不住再要抄他一节。

> 请不要怕他们（童话的作者）将那些关于妖怪和仙女的废话充满了小孩的心，会把他教坏了。小孩着实知道这些美的形象不是这世界里所有的。有害的倒还是你们的通俗科学，给他

那些不易矫正的谬误的印象。深信不疑的小孩一听威奴先生这样说，便真相信人能够装在一个炮弹内放到月亮上面去，及一个物体能够轻易的反抗重力的定则。

古老尊严的天文学之这样的滑稽拟作，既没有真，也没有美，是一无足取。

照上边说来，科学小说总是弄不好的：当作小说与《杀巨人的甲克》一样的讲给小孩听呢，将来反正同甲克一样的被抛弃，无补于他的天文学的知识。当作科学与海鸟粪一样的讲呢，无奈做成故事，不能完全没有空想，结果还是装在炮弹里放到月亮上去，不再能保存学术的真实了。即如法阑玛利唵（Flamarion）的《世界如何终局》，当然是一部好的科学小说，比焦尔士威奴（Jules Verne 根据梁任公先生的旧译）或者要好一点了，但我见第二篇一章里有这样的几句话：

街上没有雨水，也没有泥水：因为雨一下，天空中就布满了一种玻璃的雨伞，所以没有各自拿伞的必要。

这与童话里的法宝似乎没有什么差别，只是更笨相一点罢了。这种玻璃雨伞或者自有做法，在我辈不懂科学的人却实在看了茫然，只觉得同金箍棒一样的古怪。如其说只是漠然的愿望，那么千里眼之于望远镜，顺风耳之于电话等这类事情，童话中也“古已有之”了。科学小说做得好的，其结果还是一篇童话，这才令人有阅读的兴致，所不同者，其中偶有抛物线等的讲义须急忙翻过去，不像童话的行行都读而已。有些人借了小说写他的“乌托邦”的理想，那是别一类，不算在科学小说之内。又上文所说系儿童文学范围内的问题，若是给平常人看，科学小说的价值又当别论，不是我今日所要说的了。

［1924 年 9 月 3 日《晨报副刊》/《雨天的书》］

生活之艺术

契诃夫（Tshekhov）书简集中有一节道（那时他在爱珲附近旅行）：

> 我请一个中国人到酒店里喝烧酒，他在未饮之前举杯向着我和酒店主人及伙计们，说道“请。”这是中国的礼节。他并不像我们那样的一饮而尽，却是一口一口的啜，每啜一口，吃一点东西；随后给我几个中国铜钱，表示感谢之意。这是一种怪有礼的民族。……

一口一口的啜，这的确是中国仅存的饮酒的艺术：干杯者不能知酒味，泥醉者不能知微醺之味。中国人对于饮食还知道一点享用之术，但是一般的生活之艺术却早已失传了。中国生活的方式现在只是两个极端，非禁欲即是纵欲，非连酒字都不准说即是浸身在酒槽里，二者互相反动，各益增长，而其结果则是同样的污糟。动物的生活本有自然的调节，中国在千年以前文化发达，一时颇有臻于灵肉一致之象，后来为禁欲思想所战胜，变成现在这样的生活，无自由，无节制，一切在礼教的面具底下实行迫压与放恣，实在所谓礼者早已消灭无存了。

生活不是很容易的事。动物那样的，自然地简易地生活，是其一法；把生活当作一种艺术，微妙地美地生活，又是一法：二者之外别无道路，有之则是禽兽之下的乱调的生活了。生活之艺术只在禁欲与纵欲的调和。蔼理斯对于这个问题很有精到的意见，他排斥宗教的禁欲主义，但以为禁欲亦是人性的一面，欢乐与节制二者并存，且不相反而实相成。人有禁欲的倾向，即所以防欢乐的过量，并即以增欢乐的程度。他在《圣芳济与其他》一篇论文中曾说道：

> 有人以此二者（即禁欲与耽溺）之一为其生活之唯一目的

者，其人将在尚未生活之前早已死了。有人先将其一（耽溺）推至极端，再转而之他，其人才真能了解人生是什么，日后将被记念为模范的高僧。但是始终尊重这二重理想者，那才是知生活法的明智的大师。……一切生活是一个建设与破坏，一个取进与付出，一个永远的构成作用与分解作用的循环。要正当地生活，我们须得模仿大自然的豪华与严肃。

他又说过："生活之艺术，其方法只在于微妙地混和取与舍二者而已。"更是简明的说出这个意思来了。

生活之艺术这个名词，用中国固有的字来说便是所谓礼。斯谛耳博士在《仪礼》序上说："礼节并不单是一套仪式，空虚无用，如后世所沿袭者。这是用以养成自制与整饬的动作之习惯，唯有能领解万物感受一切之心的人才有这样安详的容止。"从前听说辜鸿铭先生批评英文《礼记》译名的不妥当，以为"礼"不是 Rite 而是 Art，当时觉得有点乖僻，其实却是对的，不过这是指本来的礼，后来的礼仪礼教都是堕落了的东西，不足当这个称呼了。中国的礼早已丧失，只有如上文所说，还略存于茶酒之间而已。去年有西人反对上海禁娼，以为妓院是中国文化所在的地方，这句话的确难免有点荒谬，但仔细想来也不无若干理由。我们不必拉扯唐代的官妓，希腊的"女友"（Heaira）的韵事来作辩护，只想起某外人的警句，"中国挟妓如西洋的求婚，中国娶妻如西洋的宿娼"，或者不能不感到"爱之术"（Ars Amatoria）真是只存在草野之间了。我们并不同某西人那样要保存妓院，只觉得在有些怪论里边，也常有真实存在罢了。

中国现在所切要的是一种新的自由与新的节制，去建造中国的新文明，也就是复兴千年前的旧文明，也就是与西方文化的基础之希腊文明相合一了。这些话或者说的太大太高了，但据我想舍此中国别无得救之道，宋以来的道学家的禁欲主义总是无用的了，因为这只足以助成纵欲而不能收调节之功。其实这生活的艺术在有礼节重中庸的中国本来不是什么新奇的事物，如《中庸》的起头说，“天命之谓性，率性之谓道，修道之谓教”，照我的解说即是很明白的这种主张。不过后代的人都只拿去讲章旨节旨，没有人实行罢了。我不是说半部《中庸》可以济世，但以表示中国可以了解这个思想。日本虽然也很受到宋学的影响，生活上却可以说是承受平安朝的系统，还有许多唐代的流风馀韵，因此了解生活之艺术也更是容易。在许多风俗上日本的确保存这艺术的色彩，为我们中国人所不及，但由道学家看来，或者这正是他们的缺点也未可知罢。

［1924年11月《语丝》/《雨天的书》］

狗抓地毯

美国人摩耳（J. H. Moore）给某学校讲伦理学，首五讲是说动物与人之“蛮性的遗留”（Survival of Savage）的，经英国的唯理协会拿来单行出版，是一部很有趣味与实益的书。他将历来宗教家道德家聚讼不决的人间罪恶问题都归诸蛮性的遗留，以为只要知道狗抓地毯，便可了解一切。我家没有地毯，已故的老狗 Ess 是古稀年纪了，也没力气抓，但夏天寄住过的客犬 Bona 与 Petty 却真是每天咕哩咕哩地抓砖地，有些狗临睡还要打许多圈：这为什么缘故呢？据摩耳说，因为狗是狼变成的，在做狼的时候，不但没有地毯，连砖地都没得睡，终日奔走觅食，倦了随地卧倒，但是山林中都是杂草，非先把它搔爬践踏过不能睡上去；到了现在，有现成的地方可以高卧，用不着再操心了，但是老脾气还要发露出来，做那无聊的动作。在人间也有许多野蛮（或者还是禽兽）时代的习性留存着，本是已经无用或反而有害的东西了，唯有时仍要发动，于是成为罪恶，以及别的种种荒谬迷信的恶习。

这话的确是不错的。我看普通社会上对于事不干己的恋爱事件都抱有一种猛烈的憎恨，也正是蛮性的遗留之一证。这几天是冬季的创造期，正如小孩们所说门外的“狗也正在打仗”，我们家里的青儿大抵拖着尾巴回来，他的背上还负着好些的伤，都是先辈所给的惩创。人们同情于失恋者，或者可以说是出于扶弱的“义侠心”，至于憎恨得恋者的动机却没有这样正大堂皇，实在只是一种咬青儿的背脊的变相，实行禁欲的或放纵的生活的人特别要干涉“风化”，便是这个缘由了。

还有一层，野蛮人都有生殖崇拜的思想，这本来也没有什么可笑，只是他们把性的现象看得太神奇了，便生出许多古怪的风俗。弗来则博士的《金枝》（J. G. Frazer，*The Golden Bough*——我所有只是一卷的节本。据五六年前的《东方杂志》说，这乃是二千年前希腊的古书，现在已经散逸云！）上讲过“种植上之性的影响”很是详细（在所著*Psyche's Task*中亦举例甚多）。野蛮人觉得植物的生育的手续与人类的相同，所以相信用了性行为的仪式可以促进稻麦果实的繁衍。这种实例很多，在爪哇还是如此，欧洲现在当然找不到同样的习惯了，但遗迹也还存在，如德国某地秋收的时候，割稻的男妇要同在地上打几个滚，即其一例。两性关系既有这样伟大的感应力，可以催迫动植的长养，一面也就能够妨害或阻止自然的进行，所以有些部落那时又特别厉行禁欲，以为否则将使诸果不实，百草不长。社会反对别人的恋爱事件，即是这种思想的重现。虽然我们看出其中含有动物性的嫉妒，但还以对于性的迷信为重要分子，他们非意识地相信两性关系有左右天行的神力，非常习的恋爱必将引起社会的灾祸，殃及全群（现代语谓之败坏风化），事关身命，所以才有那样猛烈的憎恨。我们查看社会对于常习的结婚的态度，更可以明了上文所说的非谬。普通人对于性的问题都怀着不洁的观念，持斋修道的人更避忌新婚生产等的地方，以免触秽：大家知道，宗教上的污秽其实是神圣的一面，多岛海的不可译的术语“太步”（Tabu）一语，即表示此中的消息。因其含有神圣的法力，足以损害不能承受的人物，这才把他隔离，无论他是帝王，法师，或成年的女子，以免危险，或称之曰污秽，污秽神圣实是一物，或可统称为危险的力。社会喜欢管闲事，而于两性关系为最严厉，这是什么缘故呢？我们从蛮性的遗留上着眼，可以看出一部分出于动物求偶的本能，一部分出于野蛮人对于性的危险力的迷信。这种老祖宗的遗产，我们各人分有一份，很不容易出脱，但是借了科学的力量，知道一点实在情形，使理知可以随时自加警戒，当然有点好处。道德进步，并不靠迷信之加多而在于理性之清明。我们希望中国性道德的整饬，也就不希望训条的增加，只希望知识的解放与趣味的修养。科学之光与艺术之空气，几时才能侵入青年的心里，造成一种新的两性观念呢？我们鉴于所谓西方文明国的大势，若不是自信本国得天独厚，一时似乎没有什么希望，然而说也不能不姑且说说耳。

［1924 年 12 月《晨报副刊》/《雨天的书》］

论女裤

绍原兄：

你的“裙要长过裤”的提议，我当然赞同，即可请你编入民国新礼的草案里。但我们在这里应当声明一句，这条礼的制定乃是从趣味（这两个字或者有点语病，因为心理学家怕要把它定为“味觉”）上着眼，并不志在“挽靡习”。我在《妇女周报》及《妇女杂志》上看见什么教育会联合会的一件议决案，主张女生“应依章一律着用制服”，至于制服则“袖必齐腕，裙必及胫”，一眼看去与我们的新礼颇有阳虎貌似孔子之概，实际上却截然不同。原案全文皆佳，今只能节录其一部分于后：

> 衣以蔽体，亦以彰身，不衷为灾，昔贤所戒，矧在女生，众流仰望，虽曰末节，所关实巨。……甚或故为宽短，豁敞脱露，扬袖见肘，举步窥膝，殊非谨容仪尊瞻视之道。
>
> ……

《妇女周报》（六十一期）的奚明先生对于这篇卫道的人文加以批评，说得极妙，不必再等我来多话。他说：

> 教育会会员诸公当然也是众流之一流，仰望也一定很久，……仰望的结果，便是加上“故为宽短云云”这十六字的考语。其中尤足以使诸公心荡神摇的，是所见的肘和所窥的膝。本来肘与膝也是无论男女人人都有的东西，无足为奇；但因为诸公是从地下“仰”着头向上而“望”的缘故，所以更从肘膝而窥见那肘膝以上的非肘膝，便不免觉得“殊非谨仪容尊瞻视之道”起来了。

奚明先生的话的确不错，教育会诸公的意思实在如李笠翁所说在于“掩藏秘器，爱护家珍”而已。笠翁怕人家的窥见以致心荡神摇，诸公则怕窥见人家而心荡神摇，其用意不同而居心则一，都是一种野蛮思想的遗留。野蛮人常把自己客观化了，把自己行为的责任推归外物，在小孩狂人也都有这种倾向。就是在文明社会里也还有遗迹，如须勒特耳（Th. Schroeder，见 Ellis 著《梦之世界》第七章所引）所说，现代的禁止文艺科学美术等大作，即本于此种原始思想，以为猥亵在于其物而不在感到猥亵的人，不知道倘若真需禁止，所应禁者却正在其人也。教育会诸人之取缔“豁敞脱露”，正是怕肘膝的蛊惑力，所以是老牌的野蛮思想，不能冒我们新开店的招牌：为防鱼目混珠起见，不得不加添这张仿单，请赐顾者认明玉玺为记，庶不致误。

我的意思，衣服之用是蔽体即以彰身的，所以美与实用一样的要注意。有些地方露了，有些地方藏了，都是以彰身体之美；若是或藏或露，反而损美的，便无足取了。裙下无论露出一只裤脚两只裤脚，总是没有什么好看，自然应在纠正之列。

“西洋女子不穿裤”的问题，我因为关于此事尚缺查考，这回不能有所论列为歉。

十三年十二月七日。

［1924 年 12 月《语丝》/《谈虎集》］

死之默想

四世纪时希腊厌世诗人巴拉达思作有一首小诗道：

(Polla laleis，anthrope——Palladas)

你太饶舌了，人呵，不久将睡在地下；

住口罢，你生存时且思索那死。

这是很有意思的话。关于死的问题，我无事时也曾默想过（但不坐在树下，大抵是在车上），可是想不出什么来，——这或者因为我是个“乐天的诗人”的缘故吧。但其实我何尝一定崇拜死，有如曹慕管君，不过我不很能够感到死之神秘，所以不觉得有思索十日十夜之必要，于形而上的方面也就不能有所饶舌了。

窃察世人怕死的原因，自有种种不同，“以愚观之”可以定为三项，其一是怕死时的苦痛，其二是舍不得人世的快乐，其三是顾虑家族。苦痛比死还可怕，这是实在的事情。十多年前有一个远房的伯母，十分困苦，在十二月底想投河寻死（我们乡间的河是经冬不冻的），但是投了下去，她随即走了上来，说是因为水太冷了。有些人要笑她痴也未可知，但这却是真实的人情。倘若有人能够切实保证，诚如某生物学家所说，被猛兽咬死痒苏苏地很是愉快，我想一定有许多人裹粮入山去投身饲饿虎的了。可惜这一层不能担保，有些对于别项已无留恋的人因此也就不得不稍为踌躇了。

顾虑家族，大约是怕死的原因中之较小者，因为这还有救治的方法。将来如有一日，社会制度稍加改良，除施行善种的节制以外，大家不问老幼可以各尽所能，各取所需，凡平常衣食住，医药教育，均由公给，此上更好的享受再由个人的努力去取得，那么这种顾虑就可以不要，便是夜梦也一定平安得多了。不过我所说的原是空想，实现还不知在几十百千年之后，而且到底未必实现也说不定，那么也终是远水不救近火，没有什么用处。比较确实的办法还是设法发财，也可以救济这个忧虑。为得安闲的死而求发财，倒是很高雅的俗事；只是发财大不容易，不是我们都能做的事，况且天下之富人有了钱便反死不去，则此法亦颇有危险也。

人世的快乐自然是很可贪恋的，但这似乎只在青年男女才深切的感到，像我们将近“不惑”的人，尝过了凡人的苦乐，此外别无想做皇帝的野心，也就不觉得还有舍不得的快乐。我现在的快乐只是想在闲时喝一杯清茶，看点新书，（虽然近来因为政府替我们储蓄，手头只有买茶的钱），无论他是讲虫鸟的歌唱，或是记贤哲的思想，古今的刻绘，都足以使我感到人生的欣幸。然而朋友来谈天的时候，也就放下书卷，何况“无私神女”（Atropos）的命令呢？

我们看路上许多乞丐，都已没有生人乐趣，却是苦苦的要活着，可见快乐未必是怕死的重大原因：或者舍不得人世的苦辛也足以叫人留恋这个尘世罢。讲到他们，实在已是了无牵挂，大可“来去自由”，实际却不能如此，倘若不是为了上边所说的原因，一定是因为怕河水比彻骨的北风更冷的缘故了？

对于“不死”的问题，又有什么意见呢？因为少年时当过五六年的水兵，头脑中多少受了唯物论的影响，总觉得造不起“不死”这个观念来，虽然我很喜欢听荒唐的神话。即使照神话故事所讲，那种长生不老的生活我也一点儿都不喜欢。住在冷冰冰的金门玉阶的屋里，吃着五香牛肉一类的麟肝凤脯，天天游手好闲，不在松树下着棋，便同金童玉女厮混，也不见得有什么趣味，况且永远如此，更是单调而且困倦了。又听人说，仙家的时间是与凡人不同的，诗云“山中方七日，世上已千年”，所以烂柯山下的六十年在棋边只是半个时辰耳，那里会有日子太长之感呢？但是由我看来，仙人活了二百万岁也只抵得人间的四十春秋，这样浪费时间无裨实际的生活，殊不值得费尽了心机去求得他；倘若二百万年后劫波到来，就此溘然，将被五十岁的凡夫所笑。较好一点的还是那西方凤鸟（Phoenix）的办法，活上五百年，便尔蜕去，化为幼凤，这样的轮回倒很好玩的，——可惜他们是只此一家，别人不能仿作。大约我们还只好在这被容许的时光中，就这平凡的境地中，寻得些须的安闲悦乐，即是无上幸福：至于“死后，如何?”的问题，乃是神秘派诗人的领域，我们平凡人对于成仙做鬼都不关心，于此自然就没有什么兴趣了。

［1924 年 12 月《语丝》/《雨天的书》］

我们的敌人

我们的敌人是什么？不是活人，乃是野兽与死鬼，附在许多活人身上的野兽与死鬼。

小孩的时候，听了《聊斋志异》或《夜谈随录》的故事，黑夜里常怕狐妖僵尸的袭来；到了现在，这种恐怖是没有了，但在白天里常见狐妖僵尸的出现，那更可怕了。在街上走着，在路旁站着，看行人的脸色，听他们的声音，时常发见妖气，这可不是“画皮”么？谁也不能保证。我们为求自己安全起见，不能不对他们为“防御战”。

有人说：“朋友，小心点，像这样的神经过敏下去，怕不变成疯子，——或者你这样说，已经有点疯意也未可知。”不要紧，我这样宽懈的人哪里会疯呢？看见别人便疑心他有尾巴或身上长着白毛，的确不免是疯人行径，在我却不然，我是要用了新式的镜子从人群中辨别出这些异物而驱除之。而且这法子也并不烦难，一点都没有什么神秘：我们只须看他，如见了人便张眼露齿，口咽唾沫，大有拿来当饭之意，则必是“那件东西”，无论他在社会上是称作天地君亲师，银行家，拆白党或道学家。

据达尔文他们说，我们与虎狼狐狸之类讲起来本来有点远亲，而我们的祖先无一不是名登鬼箓的，所以我们与各色鬼等也不无多少世谊。这些话当然是不错的，不过远亲也好，世谊也好，他们总不应该借了这点瓜葛出来烦扰我们。诸位远亲如要讲亲谊，只应在山林中相遇的时节，拉拉胡须，或摇摇尾巴，对我们打个招呼，不必戴了枯髅来夹在我们中间厮混；诸位世交也应恬静的安息在草叶之阴，偶然来我们梦里会晤一下，还算有点意思，倘若像现在这样化作“重来”（Revenants），居然现形于化日光天之下，那真足以骇人视听了。他们既然如此胡为，要来侵害我们，我们也就不能再客气了，我们只好凭了正义人道以及和平等等之名来取防御的手段。

听说昔者欧洲教会和政府为救援异端起见，曾经用过一个很好的方法，便是将他们的肉体用一把火烧了，免得他的灵魂去落地狱。这实在是存心忠厚的办法，只可惜我们不能采用，因为我们的目的是相反的，我们是要从这所依附的肉体里赶出那依附着的东西，所以应得用相反的方法。我们去拿许多桃枝柳枝，荆鞭蒲鞭，尽力的抽打面有妖气的人的身体，务期野兽幻化的现出原形，死鬼依托的离去患者，留下借用的躯壳，以便招寻失主领回。这些赶出去的东西，我们也不想“聚而歼旃”，因为“嗖”的一声吸入瓶中用丹书封好重汤煎熬，这个方法现在似已失传，至少我们是不懂得用，而且天下大矣，万牲百鬼，汗牛充栋，实属办不胜办，所以我们敬体上天好生之德，并不穷追，只要兽走于圹，鬼归其穴，各安生业，不复相扰，也就可以罢手，随他们去了。

至于活人，都不是我们的敌人，虽然也未必全是我们的友人。——实在，活人也已经太少了，少到连打起架来①也没有什么趣味了。等打鬼打完了之后（假使有这一天），我们如有兴致，喝一碗酒，卷卷袖子，再来比一比武，也好罢。（比武得胜，自然有美人垂青等等事情，未始不好，不过那是《劫后英雄略》的情景，现在却还是《西游记》哪。）

［1924 年 12 月《语丝》/《雨天的书》］

【锺校】

① “来”原作“了”。

喝　茶

前回徐志摩先生在平民中学讲“吃茶”，——并不是胡适之先生所说的“吃讲茶”，——我没有工夫去听，又可惜没有见到他精心结构的讲稿，但我推想他是在讲日本的“茶道”（英文译作 Teaism），而且一定说的很好。茶道的意思，用平凡的话来说，可以称作“忙里偷闲，苦中作乐”，在不完全的现世享乐一点美与和谐，在刹那间体会永久，是日本之“象征的文化”里的一种代表艺术。关于这一件事，徐先生一定已有透彻巧妙的解说，不必再来多嘴，我现在所想说的，只是我个人的很平常的喝茶观罢了。

喝茶以绿茶为正宗。红茶已经没有什么意味，何况又加糖——与牛奶？葛辛（George Gissing）的《草堂随笔》（原名 *Private Papers of Henry Ryecroft*）确是很有趣味的书，但冬之卷里说及饮茶，以为英国家庭里下午的红茶与黄油面包是一日中最大的乐事，支那饮茶已历千百年，未必能领略此种乐趣与实益的万分之一，则我殊不以为然。红茶带“土斯”未始不可吃，但这只是当饭，在肚饥时食之而已；我的所谓喝茶，却是在喝清茶，在赏鉴其色与香与味，意未必在止渴，自然更不在果腹了。中国古昔曾吃过煎茶及抹茶，现在所用的都是泡茶，冈仓觉三在《茶之书》（*Book of Tea*，一九一九）里很巧妙的称之曰“自然主义的茶”，所以我们所重的即在这自然之妙味。中国人上茶馆去，左一碗右一碗的喝了半天，好像是刚从沙漠里回来的样子，颇合于我的喝茶的意思（听说闽粤有所谓吃工夫茶者自然也有道理），只可惜近来太是洋场化，失了本意，其结果成为饭馆子之流，只在乡村间还保存一点古风，唯是屋宇器具简陋万分，或者但可称为颇有喝茶之意，而未可许为已得喝茶之道也。

喝茶当于瓦屋纸窗之下，清泉绿茶，用素雅的陶瓷茶具，同二三人共饮，得半日之闲，可抵十年的尘梦。喝茶之后，再去继续修各人的胜业，无论为名为利，都无不可，但偶然的片刻优游乃正亦断不可少。中国喝茶时多吃瓜子，我觉得不很适宜；喝茶时所吃的东西应当是清①淡的“茶食”。中国的茶食却变了“满汉饽饽”，其性质与“阿阿兜”相差无几，不是喝茶时所吃的东西了。日本的点心虽是豆米的成品，但那优雅的形色，朴素的味道，很合于茶食的资格，如各色的“羊羹”（据上田恭辅氏考据，说是出于中国唐时的羊肝饼）尤有特殊的风味。江南茶馆中有一种“干丝”，用豆腐干切成细丝，加姜丝酱油，重汤炖热，上浇麻油，出以供客，其利益为“堂倌”所独有。豆腐干中本有一种“茶干”，今变而为丝，亦颇与茶相宜。在南京时常食此品，据云有某寺方丈所制为最，虽也曾尝试，却已忘记，所记得者乃只是下关的江天阁而已。学生们的习惯，平常“干丝”既出，大抵不即食，等到麻油再加，开水重换之后，始行举箸，最为合式。因为一到即罄，次碗继至，不遑应酬，否则麻油三浇，旋即撤去，怒形于色，未免使客不欢而散，茶意都消了。

吾乡昌安门外有一处地方，名三脚桥（实在并无三脚，乃是三出，因以一桥而跨三汊的河上也），其地有豆腐店曰周德和者，制茶干最有名。寻常的豆腐干方约寸半，厚三分，值钱二文，周德和的价值相同，小而且薄，才及一半，黝黑坚实，如紫檀片。我家距三脚桥有步行两小时的路程，故殊不易得，但能吃到油炸者而已。每天有人挑担设炉镬，沿街叫卖，其词曰：

【锺校】

① “清”原作“轻”。

辣酱辣，麻油炸，

红酱搽，辣酱拓：

周德和格五香油炸豆腐干。

其制法如上所述，以竹丝插其末端，每枚值三文。豆腐干大小如周德和，而甚柔软，大约系常品，惟经过这样烹调，虽然不是茶食之一，却也不失为一种好豆食。——豆腐的确也是极东的佳妙的食品，可以有种种的变化，唯在西洋不会被领解，正如茶一般。

日本用茶淘饭，名曰“茶渍”，以腌菜及“泽庵”（即福建的黄土萝卜，日本泽庵法师始传此法，盖从中国传去）等为佐，很有清淡而甘香的风味。中国人未尝不这样吃，唯其原因，非由穷困即为节省，殆少有故意往清茶淡饭中寻其固有之味者，此所以为可惜也。

［1924 年 12 月《语丝》/《雨天的书》］

一九二五年

元旦试笔

从先我有一个远房的叔祖，他是孝廉公而奉持《太上感应篇》的，每到年末常要写一张黄纸疏，烧呈玉皇大帝，报告他年内行了多少善，以便存记起来作报捐“地仙”实缺之用。现在民国十三年已经过去了，今天是元旦，在邀来共饮“屠苏”的几个朋友走了之后，拿起一支狼毫来想试一试笔，回想去年的生活有什么事值得纪录，想来想去终于没有什么，只有这一点感想总算是过去的经验的结果，可以写下来作我的“疏头”的材料。

古人云，“四十而不惑”，这是古人学道有得的地方，我们不能如此。就我个人说来，乃是三十而立（这是说立起什么主张来），四十而惑，五十而志于学吧。以前我还以为我有着“自己的园地”，去年便觉得有点可疑，现在则明明白白的知道并没有这一片园地了。我当初大约也只是租种人家的田地，产出一点瘦小的萝卜和苦的菜，麻糊敷衍过去了，然而到了“此刻现在”忽然省悟自己原来是个“游民”，肩上只抗着一把锄头，除了农忙时打点杂以外，实在没有什么工作可做。失了自己的园地不见得怎样可惜，倘若流氓也一样的可以舒服过活，如世间的好习惯所规定；只是未免有点无聊罢，所以等我好好的想上三两年，或者再去发愤开荒，开辟出两亩田地来，也未可知，目下还是老实自认是一个素人，把“文学家”的招牌收藏起来。

我的思想到今年又回到民族主义上来了。我当初和钱玄同先生一样，最早是尊王攘夷的思想，在拳民起义的那时听说乡间的一个“洋□子”被“破脚骨”打落铜盆帽，甚为快意，写入日记。后来读了《新民丛报》《民报》《革命军》《新广东》之类，一变而为排满（以及复古），坚持民族主义者计有十年之久，到了民国元年这才软化。五四时代我正梦想着世界主义，讲过许多迂远的话，去年春间收小范围，修改为亚洲主义。及清室废号迁宫以后，遗老遗小以及日英帝国的浪人兴风作浪，诡计阴谋至今未已，我于是又悟出自己之迂腐，觉得民国根基还未稳固，现在须得实事求是，从民族主义做起才好。我不相信因为是国家所以当爱，如那些宗教的爱国家所提倡，但为个人的生存起见主张民族主义却是正当，而且与更“高尚”的别的主义也不相冲突。不过这只是个人的倾向，并不想到青年中去宣传。没有受过民族革命思想的浸润并经过光复和复辟时恐怖之压迫者，对于我们这种心情大抵不能领解，或者还要以为太旧太非绅士态度。这都没有什么关系。我只表明我思想之反动，无论过激过顽都好，只愿人家不要再恭维我是世界主义的人就好了。

语云：“元旦书红，万事亨通。”论理，应该说几句吉利话滑稽话，才足副元旦试笔之名。但是总想不出什么来，只好老实写出要说的几句话，其馀的且等后来补说吧。

［1925 年 1 月《语丝》/《雨天的书》］

《魔侠传》

我好久没有读古文译本的小说了，但是这回听说林纾、陈家麟二君所译的《魔侠传》是西班牙西万提司的原作，不禁起了好奇心，搜求来一读，原来真是那部世界名著 *Don Quixote*（《吉诃德先生》）的第一分，原本五十二章，现在却分做四段了。

西万提司（Miguel de Cervantes，一五四七至一六一六）生于西班牙的文艺复兴时代，本是一个军人，在土耳其战争里左手受伤成了残废，归途中又为海贼所掳，带往非洲做了五年苦工；后来在本国做了几年的收税官，但是官俸拖欠拿不到手，反因税银亏折，下狱追比，到了晚年，不得不靠那馀留的右手著书度日了。他的著作，各有相当的价值，但其中却以《吉诃德先生》为最佳，最有意义。据俄国都盖涅夫在《吉诃德与汉列忒》一篇论文里说，这两大名著的人物实足以包举永久的二元的人间性，为一切文化思想的本源；吉诃德代表信仰与理想，汉列忒（Hamlet）代表怀疑与分析；其一任了他的热诚，勇往直前，以就所自信之真理，虽牺牲一切而不惜；其一则凭了他的理知，批评万物，终于归到只有自己，但是对于这唯一的自己也不能深信。

这两种性格虽是相反，但正因为有他们在那里互相撑拒，文化才有进步，《吉诃德先生》书内便把积极这一面的分子整个的刻画出来了。在本书里边，吉诃德先生（译本作当块克苏替[①]）与从卒山差邦札（译本作山差邦）又是一副绝好的对照；吉诃德是理想的化身，山差便是经

【锺校】

① “当块克苏替”，后引译本第二段第二章中作“奎沙达”。

验的化身了。山差是富于常识的人，他的跟了主人出来冒险，并不想得什么游侠的荣名，所念念不忘者只是做海岛的总督罢了；当那武士力战的时候，他每每利用机会去喝一口酒，或是把“敌人”的粮食装到自己的口袋里去。他也知道主人有点风颠，知道自己做了武士的从卒的命运除了被捶以外是不会有什么好处的，但是他终于遍历患难，一直到吉诃德回家病死为止。都盖涅夫说，“本来民众常为运命所导引，无意的跟着曾为他们所嘲笑、所诅咒、所迫害的人而前去”，或者可以作一种说明。至于全书的精义，著者在第二分七十二章里说得很是明白。主仆末次回来的时候，山差望见村庄便跪下祝道：

我所怀慕的故乡，请你张开眼睛看他回到你这里来了，——你的儿子山差邦札，他身上满是鞭痕，倘若不是金子。请你又张了两臂，接受你的儿子吉诃德先生，他来了，虽然被别人所败，却是胜了自己了。据他告诉我，这是一切胜利中人们所最欲得的（大）胜利了……

这一句话不但是好极的格言，也就可以用作墓碑，纪念西班牙与其大著作家的辛苦而光荣的生活了。

《吉诃德先生》是一部“拟作”（Parody），讽刺当时盛行的游侠小说的，但在现今这只是文学史上的一件史实，和普通赏鉴文艺的没有什么关系了。全书凡一百八章，在现时的背景里演荒唐的事迹，用轻妙的笔致写真实的性格，又以快活健全的滑稽贯通其间，所以有永久的生命，成为世界的名著。他在第二分的序信上（一六一六年，当明朝万历末年），游戏的说道，中国皇帝有信给他，叫他把这一部小说寄去，以便作北京学校里西班牙语教科书用。他这笑话后来成为预言，中国居然也有了译本，但是因为我们的期望太大，对于译本的失望也就更甚，——倘若原本是“白髭拜”（Guy Boothby）一流人的著作，自然没有什么可惜。全部原有两分，但正如《鲁滨孙漂流记》一样，世间往往只取其上半部（虽然下半部也是同样的好），所以这一节倒还可以谅解。林君的古文颇有能传达滑稽味的力量，这是不易的，但有时也大失败，如欧文的《拊掌录》的译文，有许多竟是恶札了。在这《魔侠传》里也不免如此，第十六章（译本第二段第二章）中云：

骡夫在客店主人的灯光下看见他的情人是怎样的情形（案指马理多纳思被山差所打），便舍了吉诃德，跑过去帮助她。客店主人也跑过去，虽然是怀着不同的意思，因为他想去惩罚那个女人，相信她是这些和谐的唯一的原因。正如老话（案指一种儿童的复叠故事）里所说，猫向老鼠，老鼠向绳，绳向棍子，于是骡夫打山差，山差打女人，女人打他，客店主人打她，大家打得如此活泼，中间不容一刹那的停顿。

汉译本上却是这几句话：

而肆主人方以灯至。骡夫见其情人为山差邦所殴。则舍奎沙达。奔助马累托。奎沙达见骡夫击其弟子。亦欲力疾相助。顾不能起。肆主人见状。知衅由马累托。则力蹴马累托。而骡夫则殴山差邦。而山差邦亦助殴马累托。四人纷纠。声至杂乱。

至于形容马理多纳思（即马累托）的一节，两本也颇有异同，今并举于下：

这客店里唯一的仆役是一个亚斯都利亚地方的姑娘，有一个宽阔的脸，平扁的后颅，塌鼻子，一只眼斜视，那一只也不平正，虽然她的身体的柔软可以盖过这些缺点，因为她的身长不过七掌（案约四尺半），两肩颇肥，使她不由的不常看着地面。

（以上并据斯密士 1914 版英译本）

此外尚有一老妪。广额而丰颐。眇其一目。然颇矫捷。

盖自顶及踵。不及三尺。肩博而厚。似有肉疾自累其身。

（林译本一之二）

这一类的例，举起来还很多，但是我想这个责任，口译者还须担负大半，因为译文之不信当然是口译者之过，正如译文之不达不雅——或太雅——是笔述者之过一样。他们所用的原本似乎也不很好，大约是一种普通删改本。英译本自十七世纪以来虽然种类颇多，但好的也少，十九世纪末的阿姆斯比（Ormsby）的四卷本，华支（Watts）的五卷本，和近来的斯密士（Smith）的一卷本，算是最为可靠，只可惜不能兼有陀勒（Dore）的插画罢了。

爱西万提司的人，会外国文的都可以去得到适当的译本（日本也有全译），不会的只得去读这《魔侠传》，却也可以略见一斑，因为原作的趣味太丰厚了，正如华支在《西万提司评传》中所说，即使在不堪的译文如莫妥（Motteux）的杂译本里，他的好处还不曾完全失掉。所以我说《魔侠传》也并非全然无用，虽然我希望中国将来会有一部不辱没原作者的全译出现。

本文以外，还有几句闲话。原本三十一章（林译本三之四）中，安特勒思叫吉诃德不要再管闲事，省得使他反多吃苦，末了说："我愿神使你老爷和生在世上的所有的侠客都倒了霉。"林君却译作："似此等侠客在法宜骈首而诛，不留一人以害社会。"底下还加上两行小注道："吾于党人亦然。"这种译文，这种批注，我真觉得可惊，此外再也没有什么可说了。

［1925 年 1 月《小说月报》/《自己的园地》］

日本的人情美

外国人讲到日本的国民性，总首先举出忠君来，我觉得不很的当。日本现在的尊君教育确是隆盛，在对外战争上也表示过不少成绩，但这似乎只是外来的一种影响，未必能代表日本的真精神。阅内藤虎次郎著《日本文化史研究》在“什么是日本文化”一章中见到这一节话：

> 如忠孝一语，在日本民族未曾采用支那语以前系用什么话表示，此事殆难发见。孝字用为人名时训作 yoshi 或 Taka，其义只云善云高，并非对于父母的特别语；忠字训作 Taba，也只是正的意义，又训为 Mameyaka，意云亲切，也不是对于君的特别语。如古代在一般的善行正义之外既没有表示家庭关系及君臣关系的特别语忠孝二字，则此思想之有无也就是一个很大的疑问。

内藤是研究东洋史的，又特别推重中国文化，这里便说明就是忠孝之德也是从中国传过去的。（我国的国粹党听了且请不要鼻子太高。）现在我借了他的这一节话，并不想我田引水，不过借以证明日本的忠君原系中国货色，近来加上一层德国油漆，到底不是他们自己的永久不会变的国民性。我看日本文化里边尽有比中国好几倍的东西，忠君却不是其中之一。照中国现在的情形看来，似乎也有非讲国家主义不可之势，但这件铁甲即使穿上也是出于迫不得已，不能就作为大褂子穿，而且得到机会还要随即脱下，叠起，收好。我们在家里坐路上走总只是穿着便服，便服装束才①是我们的真相。我们要觑日本，不要去端相他那裲裆

【锺校】

① “才”原作“掺”。

双刀的尊容，须得去看他在那里吃茶弄草花时的样子才能知道他的真面目，虽然军装时是一副野相。辜鸿铭老先生应大东文化协会之招，大颂日本的武化，或者是怪不得的，有些文人如小泉八云（Iafcadio Hearn）保罗路易古修（Paul Louis Couchoud）之流也多未能免俗，仿佛说忠义是日本之精华，大约是千虑之一失罢。

日本国民性的优点据我看来是在反对的方向，即是富于人情。和辻哲郎在《古代日本文化》中论“《古事记》之艺术的价值”，结论云：

> 《古事记》中的深度的缺乏，即以此有情的人生观作为补偿。《古事记》全体上牧歌的美，便是这润泽的心情的流露。缺乏深度即使是弱点，总还没有缺乏这个润泽的心情那样重大。支那集录古神话传说的史书在大与深的两点上或者比《古事记》为优，但当作艺术论恐不能及《古事记》罢。为什么呢，因为它感情不足，特别如上边所说的润泽的心情显然不足。《古事记》虽说是小孩似的书，但在它的美上未必劣于大人的书也。

这种心情正是日本最大优点，使我们对于它的文化感到亲近的地方，而无限制的忠孝的提倡不但将使他们个人中间发生许多悲剧，也即是为世人所憎恶的重要原因。在现代日本这两种分子似乎平均存在，所以我们觉得在许多不愉快的事物中间时时发见一点光辉与美。

[1925年1月《语丝》/《雨天的书》]

《婢仆须知》抄

□英国斯威夫德著

斯威夫德（Jonathan Swift，一六六七至一七四五）是一个主教，后来乃风狂而死，可以算是英国文学界的奇人。他的著作有《格里佛游记》（*Gulliver's Travels*），前二卷经林琴南先生译成汉文，改名《海外轩渠录》，但最重要的第四卷终于没有译出。我在去年曾译过他的《育婴刍议》，是我所最喜欢的一篇文章。

现在这几节是从《婢仆须知》（*Directions to Servants*）中选出，原书系他未完成的遗稿，在一七四五年出版，共分十四章，完成者仅有八章。据编者甲克孙说（Bohn's Library 中全集第十一册），这一篇是斯威夫德的最粗暴刻毒的讽刺之一，今选取其精采的一部分，但《侍婢须知》诸章中有几节虽是很好，却终于没有写出来，因为怕老实的读者见怪，以为有坏乱风俗之嫌疑，虽然明明是①一种巧妙的反语。斯威夫德很熟悉仆人们的弊病，他有很好的对付方法，据斯谛芬（L. Stephen）的《斯威夫德传》里说，传闻有一回他申斥仆人不曾刷鞋，仆人答说反正穿上也随即弄脏了，他便叫仆人不必吃早饭，因为反正不久也就要肚饿的。这也值得收到《婢仆须知》里去。

（一九二四年十二月二十日记）

仆人差出去送信，时常容易在外耽阁，两点，四，六，八点，或者

【锺校】

① “明明是”原作“是明明”。

差不多的一会工夫，因为世间诱惑确是很大，我们血肉凡躯也常不能抗拒。你回去的时候，主人生气，主母也呵斥；什么剥衣呀，吊打呀，撵走呀，都说出来了。但是你应该预备着一套辩解，随时可以应用。例如说你的叔父今天早上走了八十哩路特地来看你，明天一早就要回去；一个同事的仆人，从前歇空的时候问你借有一笔款，现在逃往爱尔兰去了；你的同僚上船往巴耳波陀去，你去和他作别；你的父亲叫你去卖一头牛，直到夜里九点钟还找不到买主；你是去和一个表兄弟作别，他在下礼拜六将要绞决了；你的脚碰了石头，一步都不能走了，只好暂时坐在一家店铺里；有些龌龊东西从楼窗口倒在你的身上，一直等到把衣服弄了干净，臭气发散之后，你才敢回家来；你被拉去充当水手，带到治安判事的那里，等了三个钟头方才讯问，你好容易才得释出；一个承发吏把你错当作债户，在看守所里羁押了一个整夜；你听说主人上酒馆去，碰着一点祸祟，你很愁急，在球场街与法庭街之间的百馀家酒店里探访老爷的事情。

你须得帮助商人们对付你的主人，你被差去买什么东西的时候，不要还价，但应豪爽地照讨价付给。这很足以给主人做面子，而且也会有几个先令落你的腰包；你要知道，即使你的主人付得太多一点，他到底比那可怜的商人担得起损失。

除了你雇定专管的职务之外，别的事一点也不要多管。譬如马夫醉了，或是不在家，司酒的被命令去关马房的门，便应答说："禀老爷，我不懂得马的事情。"又如窗帘的一只角垂下来了，须用一个钉头钉上，主人叫跟班去做，他可以说他不懂这样的工作，老爷还应去叫木匠来才好。

没有叫到第三、四声，决不要上去，因为只有狗一听呼唤即忙出来。主人叫"有人么?"的时候，仆人都无接应之必要，因为这"有人么?"不是人的名字。

把一切过失都推给哈吧狗，主人心爱的猫儿，猴子，鹦鹉，小孩，或是刚被撵出去的仆人；这样你可以辩护自己，而又不害着别人，并且也使你的主人或主母省去无谓的生气以及诃叱之烦。

这应该定为例规，凡下房或厨房里的桌椅板凳都不得有三条以上的腿。这是古老定例，在我所知道的人家里都是如此，据说有两个理由：其一，用以表示仆役都是在臬兀不定的状态；其二，算是表示谦卑，仆人用的桌椅比主人用的至少要缺少一条腿。我承认这里对于厨娘有一个例外，她依照旧习惯可以有一把靠手椅备饭后的安息；然而我也少见有三条以上的腿的。仆人的椅子之发生这种传染性跛疾，据哲学家说是由于两个原因，即造成邦国的最大革命者：我是指恋爱与战争。一条凳，一把椅子，或一顶桌子，在总攻击或小战的时候，每被拿来当作兵器；平和以后，椅子——倘若不是十分结实——在恋爱行为中又容易受损，因为厨娘大抵肥重，而司酒的又总有点醉了。

你的主人主母出门去赴午餐，或晚间去访问，只要留一个仆人看家就好，倘若没有一个小崽子替你们代看门户，照管小孩（如主人有这个东西）。谁当留守，可用长短的稻草抽签决定。留在家里的一个人也可以会见情人，聊以娱乐，不怕被双双捉住。这些机会万不可错过，因为不是常有的；而且有一个仆人在家里，你是十分安全的了。

主人主母外出的时候，有人来访问他们，你不必费心去记那些姓名，因为你应该记住的事情实在已经太多了。而且这原是那门房的职务，主人不用一个门房，这是他的错。谁又能够记得姓名呢？你一定要记错的，你不能写，又认不得字。

你往门外和一个女人闲话，喝一杯急酒，或去看一个仆人处绞的时候，要把旁门开着，以便回来时无须敲门就可进去，你的主人不会知道你的出去。只有一刻钟的工夫，于他的事情也没有什么妨碍。

主人命令你去叫马车的时候，即使是在半夜，不要走出门外，恐怕走开时主人要叫你，但当站在门口，“车，车!”的叫喊上半个钟头。

饭时你站在椅后侍候，要不停的摇动椅背，使前面的客人知道你是在那里侍候着他。

有客喊要酒，你给他拿去的时候，不要碰他的肩头，也不要说“老爷”，或是“太太，酒来了”，这是失礼的，好像你要把这酒硬灌下他的喉咙去的样子。你只要站在他的右边肩旁，等他来拿；倘若他忘记了，用肘一掀把酒杯碰落在地上，那是他的过失，与你无干。

切面包时不必擦你的刀，因为切过一两片自然会擦干净了。

假如主母在晚饭时忘记了家里还有冷肉，你不必多事的去提醒她；这显然是她不要这肉了。倘若她在第二天问①起来，只说她昨天不曾吩咐，所以已经用了：为免避扯谎起见，你可以在就寝之前同司酒的或别个老婆子把这肉分吃了。

［1925 年 1 月《语丝》/《冥土旅行》］

【锺校】

① “问”字原无，今增。

上下身

戈丹的三个贤人，

坐在碗里去漂洋去。

他们的碗倘若牢些，

我的故事也要长些。

——英国儿歌

人的肉体明明是一整个（虽然拿一把刀也可以把他切开来），背后从头颈到尾闾一条脊椎，前面从胸口到“丹田”一张肚皮，中间并无可以卸拆之处，而吾乡（别处的市民听了不必多心）的贤人必强分割之为上下身，——大约是以肚脐为界。上下本是方向，没有什么不对，但他们在这里又应用了大义名分的大道理，于是上下变而为尊卑、邪正、净不净之分了：上身是体面绅士，下身是“该办的”下流社会。这种说法既合于圣道，那么当然是不会错的了，只是实行起来却有点为难。不必说要想拦腰的“关老爷一大刀”分个上下，就未免断送老命，固然断乎不可，即使在该办的范围内稍加割削，最端正的道学家也决不答应的。平常沐浴时候（幸而在贤人们这不很多），要备两条手巾两只盆两桶水，分洗两个阶级，稍一疏忽不是连上便是犯下，紊了尊卑之序，深于德化有妨。又或坐在高凳上打盹，跌了一个倒栽葱，更是本末倒置，大非佳兆了。由我们愚人看来，这实在是无事自扰，一个身子站起睡倒或是翻个筋斗，总是一个身子，并不如猪肉可以有里脊五花肉等之分，定出贵贱不同的价值来。吾乡贤人之所为，虽曰合于圣道，其亦古代蛮风之遗留欤。

有些人把生活也分作片段，仅想选取其中的几节，将不中意的梢头弃去。这种办法可以称之曰抽刀断水，挥剑斩云。生活中大抵包含饮食，恋爱，生育，工作，老死这几样事情，但是联结在一起，不是可以随便选取一二的。有人希望长生而不死，有人主张生存而禁欲，有人专为饮食而工作，有人又为工作而饮食，这都有点像想齐肚脐锯断，钉上一块底板，单把上半身保留起来。比较明白而过于正经的朋友则全盘承受而分别其等级，如走路是上等而睡觉是下等，吃饭是上等而饮酒喝茶是下等是也。我并不以为人可以终日睡觉或用茶酒代饭吃，然而我觉得睡觉或饮酒喝茶不是可以轻蔑的事，因为也是生活之一部分。百馀年前日本有一个艺术家是精通茶道的，有一回去旅行，每到驿站必取出茶具，悠然的点起茶来自喝。有人规劝他说，行旅中何必如此，他答得好："行旅中难道不是生活么。"

这样想的人才真能尊重并享乐他的生活。沛德（W. Pater）曾说，我们生活的目的不是经验之果而是经验本身。正经的人们只把一件事当作正经生活，其馀的如不是不得已的坏癖气，也总是可有可无的附属物罢了：程度虽不同，这与吾乡贤人之单尊重上身（其实是，不必细说，正是相反）乃正属同一种类也。

戈丹（Gotham）地方的故事恐怕说来很长，这只是其中的一两节而已。

［1925 年 2 月《语丝》/《雨天的书》］

托尔斯泰的事情

一两个月前中国报载，托尔斯泰著作被俄国社会主义政府禁止，并且毁书造纸，改印列宁著书云。当初大家不肯相信，还有些人出力辩护，所以我也以为又是欧美帝国的造谣，但是近来据俄国官场消息，禁止乃是确实的，不过拿去造还魂纸与否是个疑问罢了。在信奉一样东西为天经地义的群众中间这类的事是可以有的，本来不足为奇，托尔斯泰著作之被残毁也并不始于今日，我们不必代为不平，我因此事而想起，想略略一谈的乃是别一个托尔斯泰的事情。

所谓别一个者即是亚力舍托尔斯泰（Alexei Tolstoi，一八一七至一八七五）。他是诗人戏剧家，又作小说，最有名的是《银公爵》（*Kniaz Serebriannyi*），——十六七年前我曾译为古文，寄给上海书铺，回信说他们也已译出，退了回来；后来有一部《不测之威》出现，据说即是此书，我的译本经人家拿去看，随后就遗失了。这是他的著作与中国相关的一点因缘，除此以外我们便不知道什么了。近来看德国该倍耳（Koebel）博士的小品文集，才略知托尔斯泰的思想，使我发生很大的敬意。一八七四年意大利具倍耳那帖思（Gubernatis）教授要编一种列传体文人辞典，征求各人的自叙略历，托尔斯泰的答书中说："简短而自慝的答复你一句，使能知道我在俄国文学上的位置。我被一部分的人所迫害，又被别一部分的人所爱好。此外还有奇怪的事情。一方面我被目为政治上的逆行者，别一方面在有威权的社会里又几乎以我为革命家！"他在后面又说明道："我的著作里的伦理的基调以及根本情调，可以简单的说，在于表示——一方面对于专制政治的憎恶，别一方面对于努力提高恶劣而抑下优良之伪自由主义的憎恶。这二重的憎恶使我对于一切压制专断，无论在什么境地，用什么形式与名义，都表示反对。”我们相信立在文化最高处的精神上之贵族主义者，其主张不外对于一切压制专断的憎恶与反抗，那么这亚力舍托尔斯泰真是可以景仰的人，而且由我看来似乎比那禁欲的老弟还要可亲了。

达尔文的《人种由来》译成俄文的时候，检查官想禁止它的出版，因为达尔文所说的与圣书的抟土成人不同。托尔斯泰听见这个信息，便写了一封又诙谐又严正的信给检查局长郎吉诺夫（Mikhal Longinov），其文曰：

> 密哈耳兄，听说达尔文的学说使你非常惊愕懊恼，至于想禁止它的翻译传播，这件事是真的么？请你容我说一句话。密哈耳兄，你仔细的想一想吧！足下的后面未必长着一条尾巴，那么对于在大洪水以前或者有过也未可知的事情为什么这样的着急呢？人类这种东西，他所做的或者只在播种罢了，对于这种子里出来的果实他是不负责任的。哥白尼之说已经与摩西不同了，在足下——对于古希伯来传说同我的老乳母一样地抱着畏敬之念的足下看来，那么伽里勒也非由检查局禁止不可。但是倘若听从理性的呼声，承认一切学问不能忍受如何的禁制，须在完全自由之下才能繁盛，足下有什么权利可以宣布禁止呢？创世之时你曾在场么？为什么人类一定不能逐渐的变成现在的形状呢？足下又未必想对于造物主的工作指示他比这个更好的方法吧。神怎样地工作，怎样地创造，为什么创造，又正是那样地创造而不是别样的，这些事情即使是检查局长也到底不能知道。但是以我所知，并且欲对足下一言者，即以达尔文为异端而加以迫害，反将使足下多少有异端气味是也。何则？主张除了《创世纪》所说的方法以外不能造人类者亦异端也，而且比达尔文更是恶性的异端。这岂不就是限制神之全知全能

么？好像是说神不得不那样地造人类，而且不能用别的方法去造！朋友，这个结论很是明了，于检查官之足下更特是危险。盖足下因此始创不信任神的主属性之恶例，且因此颇有为教会所罚之虞，恐非在极边的修道院里挨过服役年限不可吧。

或者生为人类的足下之威严因为达尔文的猿猴说而感到侮辱么？在我个人看来，土块的祖先也并不见得比猿猴更为高贵。

但是这些都暂且不说，达尔文在那里胡说乱道或者是有的，惟因此去迫害他，这实在是百倍的胡闹而且可恶。又或者你从他的学说里看出虚无主义的旗帜么？这真奇了！虚无主义与达尔文有什么相同之点，这两者岂不是相反的么？达尔文想把我们从动物状态提高到人的境地来，虚无主义者则想把人间抑下到动物状态去，他们自己就是猿猴说的活证据。在他们的性质与粗暴的动作里可以看出隔世遗传的最明了的征候。他们现在已是污秽愚笨无耻傲慢疏忽，要咬人，倘再进一步，这个复归于动物状态的事业便成功了。——女人，牧师的妻与女儿也都研究起达尔文来了，这件事足下也不必怎么着急，那也只是与穿了王侯的衣裳俨然阔步的家伙同一种类的猿猴罢了。这个罪也并不在达尔文身上，密哈耳兄，听我的话，不要生气，不要为了那发疯似的牧师的女儿们的缘故去迫害达尔文吧！

好朋友呵，还有一句话要告诉你。我们俄国人并不是有支那的万里长城那样东西把我们从别的国民隔离开来，所以不管你锁住了门，学问还是一声不响地侵进我国里来。学问这件东西，真是大胆的，他并不顾虑你检查局的决议与禁止，还是散布出他的光明。所以，好朋友呵，你想迫胁他，拿了用旧了的木塞想来阻止他的潮流，你是决不会成功的呵！

后来达尔文的书居然不曾禁止，据许多人推测，与这封信多少有点关系。我们固然景仰托尔斯泰的胸怀宽大，但也不能不佩服密哈耳局长之还有一点知识也。

俄国人是宗教的国民。现在制度改变了，神，圣书，据说是不相信了，但这不过是没有那旧的一套罢了。新的密哈耳局长还在那检查局里决议，禁止，这回轮到托尔斯泰老弟的身上，我们方才知道。所依据的是什么呢？神，圣书，当然是；不过这当然是新的一套了。这并不足奇，而且是别人家的事，与我们有什么相干，我们还是讲自己的事吧。中国人是——非宗教的国民。他与别国人的相差只在他所信奉的是护符而非神，是宗教以前的魔术，至于宗教的狂热则未必更少。他能比俄国好么？我即使十分爱国也万不敢说。爱和平，宽容，这都是自己称赞的话，我却不敢附和。我觉得中国人的大病在于喜欢服从与压制，最缺乏的是对于一切专制之憎恶。俄国有密哈耳局长，也有亚力舍托尔斯泰，中国则满街都是密哈耳局长（而没有那一点的知识），所以我对于俄国的禁止事件不敢怎么批评，还是我们自己趁还可以说一两句话的时候好好地利用这个机会吧。

［附记］

亚力舍托尔斯泰信中的虚无主义者当然与克鲁巴金《自叙传》里所说的不是一类。自《父与子》至《苍白马》中所描写的英雄，即使不是可爱，也总是可敬的人，然而天下之鱼目恒多于真珠，所以虚无主义遂几乎被猿猴所专卖了。托尔斯泰的地位正如庚子年的聂士成，实在很可同情，现在那位老弟尚且禁止，那么他的文集或者早已做了粗纸了吧。

（十四年二月五日）

［1925 年 2 月《语丝》/《雨天的书》］

谈目连戏

吾乡有一种民众戏剧，名“目连戏”，或称曰“目连救母”。每到夏天，城坊乡村醵资演戏，以敬鬼神，禳灾厉，并以自娱乐。所演之戏有徽班，乱弹高调等本地班；有“大戏”，有目连戏。末后一种为纯民众的，所演只有一出戏，即“目连救母”，所用言语系道地土话，所着服装皆极简陋陈旧，故俗称衣冠不整为“目连行头”；演戏的人皆非职业的优伶，大抵系水村的农夫，也有木工瓦匠舟子轿夫之流混杂其中，临时组织成班，到了秋风起时，便即解散，各做自己的事去了。

十六弟子之一的大目犍连在民间通称云富萝卜，据《翻译名义集》目犍连，“《净名疏》云，《文殊问经》翻‘莱茯根’，父母好食，以标子名”。可见乡下人的话也有典据，不可轻侮。富萝卜的母亲说是姓刘，所以称作“刘氏”。刘氏不信佛法，用狗肉馒首斋僧，死时被五管铙叉擒去，落了地狱，后来经目连用尽法力，才把她救出来，这本戏也就完结。计自傍晚做起，直到次日天明，虽然夏夜很短，也有八九小时，所做的便是这一件事；除首尾以外，其中十分七八却是演一场场的滑稽事情，算是目连一路的所见，看众所最感兴味者恐怕也是这一部分。乡间的人常喜讲“殀辞”（俗云 eengwc）及“冷语”（sccngwc），可以说是“目连趣味”的馀流。

这些场面中有名的，有“背疯妇”，一人扮面如女子，胸前别着一老人头，饰为老翁背其病媳而行。有“泥水作打墙”，瓦匠终于把自己封进墙里去。有“□□挑水”，诉说道：

当初说好的是十六文一担，后来不知怎样一弄，变成了一文十六担。

所以挑了一天只有三文钱的工资。有“张蛮打爹”，张蛮的爹被打，对众说道：

从前我们打爹的时候，爹逃了就算了。现在呢，爹逃了还是追着要打！

这正是常见的“世道衰微人心不古”两句话的最妙的通俗解释。又有人走进富室厅堂里，见所挂堂幅高声念道：

太阳出起红溯溯，（Thaayang tsehchir wungbarngbang），
新妇濞浴公来张。（Hsingvur huuyoh kong letzang.）
公公唉，甮来张，（Kongkong yhe，forng letzang），
婆婆也有哼！（Borbo yar yur hang!）
唔，“唐伯虎题！高雅，高雅！”

这些滑稽当然不很“高雅”，然而多是壮健的，与士流之扭捏的不同，这可以说是民众的滑稽趣味的特色。我们如从头至尾的看目连戏一遍，可以了解不少的民间趣味和思想，这虽然是原始的为多，但实在是国民性的一斑，在我们的趣味思想上并不是绝无关系，所以我们知道一点也很有益处。

还有一层，在我所知道的范围以内，这是中国现存的唯一的宗教剧。因为目连戏的使人喜看的地方虽是其中的许多滑稽的场面，全本的目的却显然是在表扬佛法，仔细想起来说是水陆道场或道士的“炼度”的一种戏剧化也不为过。我们不知道在印度有无这种戏剧的宗教仪式，或者是在中国发生的国货，也未可知，总之不愧为宗教剧之一样，是很可注意的。滑稽分子的喧宾夺主，原是自然的趋势，正如外国间剧（Interlude）狂言（Kyogen）的发生一样，也如僧道作法事时之唱生旦小戏同一情形罢。

可惜我十四岁时离开故乡，最近看见目连戏也已在二十年前，而且又只看了一小部分，所以记忆不清了。倘有笃志的学会，应该趁此刻旧

风俗还未消灭的时期，资遣熟悉情形的人去调查一回，把脚本纪录下来，于学术方面当不无裨益。英国弗来则（Frazer）博士竭力提倡研究野蛮生活，以为南北极探险等还可以稍缓，因为那里的冰反正不见得就会融化。中国的蒙藏回苗各族生活固然大值得研究，就是本族里也很多可以研究的东西，或者可以说还没有东西曾经好好的整理研究过，现在只等研究的人了。

［1925 年 2 月《语丝》/《谈虎集》］

十字街头的塔

厨川白村著有两本论文集，一本名《出了象牙之塔》，又有一本名为《往十字街头》，表示他要离了纯粹的艺术而去管社会事情的态度。我现在模仿他说，我是在十字街头的塔里。

我从小就是十字街头的人。我的故里是华东的西朋坊口，十字街的拐角有四家店铺，一个麻花摊，一爿矮癞胡所开的泰山堂药店，一家德兴酒店，一间水果店，我们都称这店主人为华陀，因为他的水果奇贵有如仙丹。以后我从这条街搬到那条街，吸尽了街头的空气，所差者只没有在相公殿里宿过夜，因此我虽不能称为道地的“街之子”，但总是与街有缘，并不是非戴上耳朵套不能出门的人物。我之所以喜欢多事，缺少绅士态度，大抵即由于此，从前祖父也骂我这是下贱之相。话虽如此，我自认是引车卖浆之徒，却是要乱想的一种，有时想掇个凳子坐了默想一会，不能像那些“看看灯的”人们长站在路旁，所以我的卜居不得不在十字街头的塔里了。

说起塔来，我第一想到的是故乡的怪山上的应天塔。据说琅琊郡的东武山，一夕飞来，百姓怪之，故曰怪山，后来怕它又要飞去，便在上边造了一座塔。开了前楼窗一望，东南角的一幢塔影最先映到眼里来，中元前后塔上满点着老太婆们好意捐助去照地狱的灯笼，夜里望去更是好看。可惜在宣统年间塔竟因此失了火，烧得只剩了一个空壳，不能再容老太婆上去点灯笼了。十年前我曾同一个朋友去到塔下徘徊过一番，拾了一块断砖，砖端有阳文楷书六字，曰“护国禅师月江”，——终于也没有查出这位和尚是什么人。

但是我所说的塔，并不是那“窣堵波”，或是“救人一命胜造七级浮图”的那件东西，实在是像望台角楼之类，在西国称作——用了大众欢迎的习见的音义译写出来——“塔围”的便是；非是异端的，乃是帝国主义的塔。浮图里静坐默想本颇适宜，现在又什么都正在佛化，住在塔里也很时髦，不过我的默想一半却是口实，我实在是想在喧闹中得安全地，有如前门的珠宝店之预备着铁门，虽然廊房头条的大楼别有禳灾的象征物。我在十字街头久混，到底还没有入他们的帮，挤在市民中间，有点不舒服，也有点危险（怕被他们挤坏我的眼镜），所以最好还是坐在角楼上，喝过两斤黄酒，望着马路吆喝几声，以出心中闷声，不高兴时便关上楼窗，临写自己的《九成宫》，多么自由而且写意。写到这里忽然想起欧洲中古的民间传说，木板画上表出哈多主教逃避怨鬼所化的鼠妖，躲在荒岛上好像大烟通似的砖塔内，露出头戴僧冠的上半身在那里着急，一大队老鼠都渡水过来，有几只大老鼠已经爬上塔顶去了，——后来这位主教据说终于被老鼠们吃下肚去。你看，可怕不可怕？这样说来，似乎那种角楼又不很可靠了。但老鼠可进，人则不可进，反正我不去结怨于老鼠，也就没有什么要紧。我再想到前门外铁栅门之安全，觉得我这塔也可以对付，倘若照雍涛先生的格言亭那样建造，自然更是牢固了。

别人离了象牙的塔走往十字街头，我却在十字街头造起塔来住，未免似乎取巧罢？我本不是任何艺术家，没有象牙或牛角的塔，自然是站在街头的了，然而又有点怕累，怕挤，于是只好住在临街的塔里，这是自然不过的事。只是在现今中国这种态度最不上算，大众看见塔，便说这是智识阶级（就有罪），绅士商贾见塔在路边，便说这是党人（应取缔），不过这也没有什么妨害，还是如水竹村人所说“听其自然”，不去管它好罢，反正这些闲话都靠不住也不会久的。老实说，这塔与街本来并非不相干的东西，不问世事而缩入塔里，原即是对于街头的反动，出在街头说道工作的人也仍有他们的塔，因为他们自有其与大众乖戾的理想。总之只有预备跟着街头的群众去瞎撞胡混，不想依着自己的意见说一两句话的人，才真是没有他的塔。所以我这塔也不只是我一个人有，不过这个名称是由我替他所取的罢了。

［1925 年 2 月《语丝》/《雨天的书》］

净　观

日本现代奇人废姓外骨（本姓宫武）在所著《猥亵与科学》（1925出版，非卖品）附录《自著秽亵书目解题》中“猥亵废语辞汇”项下注云：

> 大正六年发行政治杂志《民本主义》，第一号出去即被禁止，兼处罚金，且并表示以后每号均当禁止发行。我实在无可如何，于是动手编纂这书，自序中说：
>
> “我的性格可以说是固执着过激与猥亵这两点，现在我所企画的官僚政治讨伐，大正维新建设之民本主义宣传既被妨害窘迫，那么自然的归着便不得不倾于性的研究与神秘泄漏。此为本书发行之理由，亦即我天职之发挥也。”云云。

著者虽然没有明言，他的性情显然是对于时代的一种反动，对于专制政治及假道学的教育的反动。我不懂政治，所以这一方面没有什么话说，但在反抗假道学的教育一方面则有十二分的同感。

外骨氏的著书，如关于浮世绘川柳以及笔祸赌博私刑等风俗研究各种，都觉得很有兴味，唯最使我佩服的是他的所谓猥亵趣味，即对于礼教的反抗态度。平常对于猥亵事物可以有三种态度，一是艺术地自然，二是科学地冷淡，三是道德地洁净。这三者都是对的，但在假道学的社会中我们非科学及艺术家的凡人所能取的态度只是第三种（其实也以前二者为依据），自己洁净地看，而对于有不洁净的眼的人们则加以白眼，嘲弄，以至于训斥。

我最爱欧洲文艺复兴时代的文人，因为他们有一种非礼法主义显现于艺术之中，意大利的波加屈（Boccaccio）与法国的拉勃来（Rabelais）

可为代表。波加屈是艺术家，拉勃来则是艺术而兼科学家，但一样的也都是道德家。《十日谈》中满漂着现世思想的空气，大渴王（Pantagruel）故事更是猛烈地攻击政教的圣殿，一面建设起理想的德勒玛寺来。拉勃来所以不但“有伤风化”，还有“得罪名教”之嫌，要比波加屈更为危险了。他不是狂信的殉道者，也异于冷酷的清教徒，他笑着，闹着，披着猥亵的衣，出入于礼法之阵，终于没有损伤，实在是他的本领。他曾象征地说：

我生来就够口渴了，用不着再拿火来烤。

他又说将固执他的主张，直到将要被人荼毗为止：这一点很使我们佩服，与我们佩服外骨氏之被禁止三十馀次一样。

中国现在假道学的空气浓厚极了，官僚和老头子不必说，就是青年也这样，如批评心琴画会展览云，“绝无一幅裸体画，更见其人品之高矣!”中国之未曾发昏的人们何在，为什么还不拿了“十字架”起来反抗？我们当从艺术科学尤其是道德的见地，提倡净观，反抗这假道学的教育，直到将要被火烤了为止。

［1925 年 2 月《语丝》/《雨天的书》］

《两条腿》序

《两条腿》是一篇童话。文学的童话到了丹麦的安徒生（Hans Chrstian Andersen）已达绝顶，再没有人能够及他，因为他是个永远的孩子，他用诗人的笔来写儿童的思想，所以他的作品是文艺的创作，却又是真的童话。爱华尔特（Carl Ewald）虽然是他的同乡，要想同他老人家争这个坐位，当然是不大有希望：天下哪里还有第二个七十岁的小孩呢？但《两条腿》总不愧为一篇好的文学的童话，因为有它自己的特色。

自然的童话妙在不必有什么意思，文学的童话则大抵意思多于趣味，便是安徒生有许多都是如此，不必说王尔德（Oscar Wilde）等人了。所谓意思可以分为两种，一是智慧，一是知识。第一种重在教训，是主观的，自劝戒寄托以至表述人生观都算在内，种类颇多，数量也很不少，古来文学的童话几乎十九都属此类。第二种便是科学故事，是客观的；科学发达本来只是近百年来的事，要把这些枯燥的事实讲成鲜甜的故事也并非容易的工作，所以这类东西非常缺少，差不多是有目无书，和上边的正是一个反面。《两条腿》乃是这科学童话中的一种佳作，不但是讲得好，便是材料也很有戏剧的趣味与教育的价值。

《两条腿》是讲人类生活变迁的童话。文化人类学的知识在教育上的价值是不怕会估计得太多的，倘若有人问儿童应具的基本常识是些什么，除了生理以外我就要举出这个来。中国人的小学教育，两极端的是在那里讲忠孝节义或是教怎样写借票甘结，无须多说，中间的总算说要给予他们人生的知识了，但是天文地理的弄上好些年，结果连自己是怎么活着的这事实也仍是不明白。这种办法，教育家在他们的壶卢里卖的是什么药我们外行无从知道，但若以学生父兄的资格容许讲一句话，则我希望小孩在高小修业的时候，在国文数学等以外，须得有关于人身及人类历史的相当的常识。不过现在的学校大抵是以职业和教训为中心，不大有工夫来顾到这些小事，动植物学的知识多守中立，与人的生理不很相连，而人身生理教科书又都缺一章，就是到了中学人还是不泌尿的，至于人类文化史讲话一类的东西更不是课程里所有，所以这种知识只能去求之于校外的读物了。我现在有两个女儿，十二年来我时时焦虑，想预备一本性教育的故事书给她们看，现今“老虎追到脚后跟”，却终于还未寻到一本好书，又没有地方去找教师或医生可以代担这个启蒙的责任（我自己觉得实在不大有父范的资格），真是很为难了。讲文化变迁的书倒还有一二，如已译出的《人与自然》就是一种有用的本子，但这是记录的文章，适于高小的生徒，在更幼小的却以故事为适宜。《两条腿》可以说是这种科学童话之一。

《两条腿》是真意义的一篇动物故事。普通的动物故事大都把兽类人格化了，不过保存他们原有的特性，所以看去很似人类社会的喜剧，不专重在表示生物界的生活现象；《两条腿》之所以称为动物故事却有别的意义，便因它把主人公两条腿先生当作一只动物去写，并不看他作我们自己或是我们的祖先，无意有意的加上一层自己中心的粉饰。它写两条腿是一个十分利己而强毅聪敏的人，讲到心术或者还在猩猩表兄之下，然而智力则超过大众，不管是好是坏这总是人类的实在情形。《两条腿》写人类生活，而能够把人当作百兽之一去看，这不特合于科学的精神，也使得这件故事更有趣味。

这本科学童话《两条腿》现在经李小峰君译成汉文，小朋友们是应该感谢的。所据系麦妥思（A. Teixeira de Mattos）英译本。原有插画数幅，又有一张雨景的画系丹麦画家原本，觉得特别有趣，当可以稍助读者的兴致，便请李君都收到书里去了。

[1925年3月《语丝》/《雨天的书》]

再说林琴南

林琴南死后大家对于他渐有怨词，我在《语丝》第三期上也做有一篇小文，说他介绍外国文学的功绩。不过他的功绩止此而已，再要说出什么好处来，我绝对不能赞成。

林琴南的译本有“一百五十六种”之多，虽然足令我们的骄傲而懒惰的青年惭愧，但在林琴南不能算是什么了不得的大精神大事业。我们要记得林琴南译文的代价比别人要大五倍，人们花了三个月工夫译成一部十万字的小说，承蒙赏收了也只得二百番，他的就可以收入千元。倘若别人也有这样利益，我想在半生中译成二百种书，——即使是独力译述，也并非不可能的事。如我们忘记了这个特别情形，只是叹美他成绩之多，未免有点不大的当。

林琴南的作品我总以为没有价值，无论它如何的风行一时，在现今尊重国粹的青年心目中有如何要紧的位置。译本里有原作的精魂一部分存在，所以披带了古衣冠也还有点神气。他的著作却没有性格，都是门房传话似的表现古人的思想文章，——如若我们来讲它里面的思想和文章。

林琴南始终拥护他所尊重的中国旧礼教，在许多许多人看来是他的最可敬仰的地方。对于这一点我极端反对。人家尊重他这件事，那正与尊敬张勋康有为的坚持复辟一样，同是大谬误。即使同是一样的坚忍，我们尊重孤独的反抗，却轻视群众的保守。凭了帝王鬼神国家礼教的名，为传统而奋斗，不能称为勇敢，实在可以说是卑怯。无意识的盲从者还要算是上乘，大多数是预计公众的后援在他这边，这才大胆的站出来，成功了固然是他得赏，失败了他也不会受到什么损失。现在主张恢复帝号的遗老及维持名教的道学家都是这一类的东西，正同乱民之不负责任的胡闹一样，倘若他知道这样做了一定要明正典刑，他就一定不敢了。

尊敬这种东西，无异是提倡卑怯。我们所期望于青年的，是有独立的判断，既不服从传统，也不附和时髦，取舍于两者之间，自成一种意见，结果是两面都不讨好，但仍孤独地多少冒着险而前进。这样说来，那些觉着运势兴旺而归依新说者也不能算是自主的人。殉道是难能可贵，但信恃死后即能生天而殉道，便没有什么可贵了；知道死了一定落地狱而不以为意，这才是可景仰的英雄。我们自己不能预约是怎样的英雄，但如要崇拜，总非崇拜这样的真英雄不可。

我看世人对于林琴南称扬的太过分了，忍不住要再说几句，附在半农玄同的文章后面。林琴南的确要比我们大几十岁，但年老不能勒索我们的尊敬，倘若别无可以尊敬的地方，所以我不能因为他是先辈而特别客气。

［1925年3月《语丝》/集外文］

日记与尺牍

日记与尺牍是文学中特别有趣味的东西，因为比别的文章更鲜明的表出作者的个性。诗文小说戏曲都是做给第三者看的，所以艺术虽然更加精炼，也就多有一点做作的痕迹。信札只是写给第二个人，日记则给自己看的（写了日记预备将来石印出书的算作例外），自然是更真实更天然的了。我自己作文觉得都有点做作，因此反动地喜看别人的日记尺牍，感到许多愉快。我不能写日记，更不善写信，自己的真相仿佛在心中隐约觉到，但要写他下来，即使想定是私密的文字，总不免还有做作，——这并非故意如此，实在是修养不足的缘故，然而因此也愈觉得别人的日记尺牍之佳妙，可喜亦可贵了。

中国尺牍向来好的很多，文章与风趣多能兼具，但最佳者还应能显出主人的性格。《全晋文》中录王羲之杂帖，有这两章：

吾顷无一日佳，衰老之弊日至，夏不得有所啖，而犹有劳务，甚劣劣。

×

不审复何似？永日多少看未？九日当采菊不？至日欲共行也，但不知当晴不耳？

我觉得这要比“奉橘三百颗”还有意思。日本诗人芭蕉（Basho）有这样一封向他的门人借钱的信，在寥寥数语中画出一个飘逸的俳人来。

欲往芳野行脚，希惠借银五钱。此系勒借，容当奉还。唯老夫之事，亦殊难说耳。

去来君芭蕉。

日记又是一种考证的资料。近阅汪辉祖的《病榻梦痕录》上卷，乾隆二十年（一七五五）项下有这几句话：

绍兴秋收大歉。次年春夏之交，米价斗三百钱，丐殍载道。

同五十九年（一七九四）项下又云：

夏间米一斗钱三百三四十文。往时米价至一百五六十文，即有饿殍，今米常贵而人尚乐生，盖往年专贵在米，今则鱼虾蔬果无一不贵，故小贩村农俱可糊口。

这都是经济史的好材料，同时也可以看出他精明的性分。日本俳人一茶（Issa）的日记一部分流行于世，最新发见刊行的为《一茶旅日记》，文化元年（一八〇四）十二月中有记事云：

二十七日阴，买锅。

二十九日雨，买酱。

十几个字里贫穷之状表现无遗。同年五月项下云：

七日晴，投水男女二人浮出吾妻桥下。

此外还多同类的记事，年月从略：

九日晴，南风。妓女花井火刑。

二十四日晴。夜，庵前板桥被人窃去。

二十五日雨。所馀板桥被窃。

这些不成章节的文句却含着不少的暗示的力量，我们读了恍忽想见作者的人物及背景，其效力或过于所作的俳句。我喜欢一茶的文集《俺的春天》，但也爱他的日记，虽然除了吟咏以外只是一行半行的纪事，我却觉得他尽有文艺的趣味。

在外国文人的日记尺牍中有一两节关于中国人的文章，也很有意思，抄录于下，博读者之一粲。倘若读者不笑而发怒，那是介绍者的不好，我愿意赔不是，只请不要见怪原作者就好了。

夏目漱石日记，明治四十二年（一九〇九）七月三日：

晨六时地震。夜有支那人来，站在栅门前说把这个开了。问是谁，来干什么，答说我你家里的事都听见，姑娘八位，使女三位，三块钱。完全像个疯子。说你走罢也仍不回去，说还不走要交给警察了，答说我是钦差，随出去了。是个荒谬的东西。

以上据《漱石全集》第十一卷译出，后面是从英译《契诃夫书简集》中抄译的一封信（契诃夫与妹书）：

一八九〇年六月二十九日，在木拉伏夫轮船上。

我的舱里流星纷飞，——这是有光的甲虫，好像是电气的火光。白昼里野羊游泳过黑龙江。这里的苍蝇很大。我和一个契丹人同舱，名叫宋路理，他屡次告诉我，在契丹为了一点小事就要“头落地”。昨夜他吸鸦片烟醉了，睡梦中只是讲话，使我不能睡觉。二十七日我在契丹爱珲城近地一走。我似乎渐渐的走进一个怪异的世界里去了。轮船播动，不好写字。

明天我将到伯力了。那契丹人现在起首吟他扇上所写的诗了。

［1925年3月《语丝》/《雨天的书》］

文士与艺人

我不怕别人叫我什么诨名与称号。有一个同乡患丹毒，于昏呓中说我傲慢似一只鹤，一个族叔说我生的那夜他亲眼看见一个老僧走进大门去：所以我无妨被称为鹤或老和尚。有人说我是丘八或丘九，我也可以承认，因为我的确当过多年"野鸡学生"，也就是"兵"。

但是我独怕近时出现的两个称号，这便是"文士"与"艺人"。

艺人似乎即是艺术家之谓，大约拿来译西文的"爱帖斯忒"（artist）的，但是我有一种成见看惯了日本的艺人这个熟语，总觉得这是"爱体斯忒"（artiste）的意思，是俳优一类的东西，因此对于这个名词不大喜欢：在我的陈旧的头脑里，中国的倡优隶卒都还是类似的人物。好在我不会撇几笔兰草或糊一方石膏，可以放心不至于会有得到这个尊号的一日。

古文我是念过几天，白话也是喜写几句的，于是而文士的头衔就危险了（虽然此刻现在尚未得过这个光荣）。说起我怕这个名称的缘由来也颇有趣，因为我意想中的文士这回却在犹太，即《新约》上所说的"格拉木玛丢思"（Grammateus），我翻开《马可福音》来查，便见第十四章一节是这样说：

> 过两天是逾越节，又是除酵节；祭司长和文士想法子怎么用诡计捉拿耶稣杀他。

中国的文士自然是另一种高雅的人物，但这个名称却被犹太人用坏了，实在已经不大香甜，或者还不如改称——唔，一时想不出来了，容我去参考了类书再说吧。我自己呢，还愿意称作文童，虽然没有"终覆"，——可惜，这个术语的意思已经少有人了解，这实在是废止科举的流弊之一。临了还要声明一句，这童字只言资格而非年纪，古人句云，“老童歌啸水云间”，即其例也。

［1925年4月3日《京报副刊》/《谈虎集》］

古书可读否的问题

我以为古书绝对的可读，只要读的人是“通”的。

我以为古书绝对的不可读，倘若是强迫的令读。

读思想的书如听讼，要读者去判分事理的曲直；读文艺的书如喝酒，要读者去辨别味道的清浊：这责任都在我不在它。人如没有这样判分事理辨别味道的力量，以致曲直颠倒清浊混淆，那么这毛病在他自己，便是他的智识趣味都有欠缺，还没有“通”（广义的，并不单指文字上的作法），不是书的不好。这样未通的人便是叫他去专看新书，——列宁，马克思，斯妥布思，爱罗先珂，……也要弄出毛病来的。我们第一要紧是把自己弄“通”，随后什么书都可以读，不但不会上它的当，还可以随处得到益处：古人云，“开卷有益”，良不我欺。

或以为古书是传统的结晶，一看就要入迷，正如某君反对淫书说“一见‘金瓶梅’三字就要手淫”一样，所以非深闭固拒不可。诚然，旧书或者会引起旧念，有如淫书之引起淫念，但是把这个责任推给无知的书本，未免如蔼里斯所说“把自己客观化”了，因跌倒而打石头吧？恨古书之叫人守旧，与恨淫书之败坏风化与共产社会主义之扰乱治安，都是一样的原始思想。禁书，无论禁的是哪一种的什么书，总是最愚劣的办法，是小孩子，疯人，野蛮人所想的办法。

然而把人教“通”的教育，此刻在中国有么？大约大家都不敢说有。

据某君公表的通信里引《群强报》的一节新闻，说某地施行新学制，其法系废去论理心理博物英语等科目，改读四书五经。某地去此不过一天的路程，不知怎的在北京的大报上都还不见纪载，但《群强》是市民第一爱读的有信用的报，所说一定不会错的。那么，大家奉宪谕读古书的时候将到来了。然而，在这时候，我主张，大家正应该绝对地反对读古书了。

［1925 年 4 月 5 日《京报副刊》/《谈虎集》］

鸟　声

古人有言："以鸟鸣春。"现在已过了春分，正是鸟声的时节了，但我觉得不大能够听到，虽然京城的西北隅已经近于乡村。这所谓鸟当然是指那飞鸣自在的东西，不必说鸡鸣咿咿鸭鸣呷呷的家奴，便是熟番似的鸽子之类也算不得数，因为他们都是忘记了四时八节的了。我所听见的鸟鸣只有檐头麻雀的啾啁，以及槐树上每天早来的啄木的干笑，——这似乎都不能报春，麻雀的太琐碎了，而啄木又不免多一点干枯的气味。

英国诗人那许（Nash）有一首诗，被录在所谓《名诗选》（*Golden Treasury*）的卷首。他说，春天来了，百花开放，姑娘们跳舞着，天气温和，好鸟都歌唱起来，他列举四样鸟声：

Cuckco，jug-jug，pee-wee，to-witta-woo！

这九行的诗实在有趣，我却总不敢译，因为怕一则译不好，二则要译错。现在只抄出一行来，看那四样是什么鸟。第一种是勃姑，书名鸤鸠，他是自呼其名的，可以无疑了。第二种是夜莺，就是那林间的"发痴的鸟"，古希腊女诗人称之曰"春之使者，美音的夜莺"，他的名贵可想而知，只是我不知道他到底是什么东西。我们乡间的黄莺也会"翻叫"，被捕后常因想念妻子而急死，与他西方的表兄弟相同，但他要吃小鸟，而且又不发痴地唱上一夜以至于呕血。第四种虽似异怪乃是猫头鹰。第三种则不大明了，有人说是蚊母鸟，或云是田凫，但据斯密士的《鸟的生活与故事》第一章所说系小猫头鹰。倘若是真的，那么四种好鸟之中猫头鹰一家已占其二了。斯密士说这二者都是褐色猫头鹰，与别的怪声怪相的不同，他的书中虽有图像，我也认不得这是鸱是鸮还是流离之子，不过总是猫头鹰之类罢了。儿时曾听见他们的呼声，有的声如货郎的摇鼓，有的恍若连呼“掘注”（dzhuehuoang）[①]，俗云不祥主有死丧，所以闻者多极懊恼，大约此风古已有之。查检观頮[②]道人的《小演雅》，所录古今禽言中不见有猫头鹰的话。然而仔细回想，觉得那些叫声实在并不错，比任何风声箫声鸟声更为有趣，如诗人谢勒（Shelley）所说。

现在，就北京来说，这几样鸣声都没有，所有的还只是麻雀和啄木鸟。老鸹，乡间称云乌老鸦，在北京是每天可以听到的，但是一点风雅气也没有，而且是通年噪聒，不知道他是哪一季的鸟。麻雀和啄木鸟虽然唱不出好的歌来，在那琐碎和干枯之中到底还含一些春气：唉唉，听那不讨人欢喜的乌老鸦叫也已够了，且让我们欢迎这些鸣春的小鸟，倾听他们的谈笑罢。

“啾哳，啾哳！”

“嘎嘎！”

［1925年4月《语丝》/《雨天的书》］

【锺校】

① “dzhuehuoang”《语丝》作“jueluoang”。

② “頮”原作“颒”。

铜元的咬嚼

今天到邮局想买几分邮票，从口袋里摸出铜元来，忽然看见一个新铸的“双枚”。新的“中华铜币”本是极常见的东西，不过文字都很模糊，这回的一个比较地特别清晰，所以引人注意，我就收进袋里带了回来。归到家里拿出来仔细赏鉴，才见背面上边横写“民国十三年”字样，中间是“双枚”二字；正面中间“中华铜币”之上却又横排着四个不认得的满洲文，下边则是一行字体粗劣的英文曰 THE REPUBLIC OF CHINA。我看了这个铜元之后实在没有什么好感，忍不住要发几句牢骚。

我不懂这满洲文写在那里干什么的，不管它所表的是什么意思。倘若为表示五族共和的意思，那么应当如吴稚晖先生的旧名片一样，把蒙古西藏及亚拉伯文都添上才行，——实际回族或者还多懂亚拉伯文的人，满族则我相信太傅伊克坦先生以外未必有多少人懂满文了。铜币上写这几个字有何意义，除了说模拟前清办法之外似乎找不到别的解说，这纵使不是奴性也总是惰性之表现。

写英文更是什么道理？难道民国是英人有份的，还是这种铜元要行使到英语国民中间去么？钱币的行使天然是只在本国（中国的银钱则国内还不能彼此流通），何以要写外国文，而且又是英文，这不是看香港的样是什么？我们如客气地为不懂汉文的外国人设法，注上一个表示价值的亚拉伯数字就尽够了。民族之存在与自由决不只靠文字上的表示，所以我并不主张只要削除钱币邮票上的英文便已争回中国之独立：中国之已为本族异族的强人的奴市在事实上已无可讳言，要争自由也须从事实去着手。我这里所要说的只是中国人头脑是怎样地糊涂，即在铜币或邮票上也历历可见。英国文人吉辛（Gissing）在笔记中曾叹英国制牛奶黄油品质渐劣即为民德堕落之征，的确不是过甚之词。中国的新铜币比朝鲜光武八年（日韩合并前六年）的铜元还要难看，岂不令人寒心。

［1925年4月10日《京报副刊》/《谈虎集》］

文法之趣味

我对于文法书有一种特殊的趣味。有一时曾拿了文法消遣，仿佛是小说一样，并不想得到什么实益，不过觉得有趣罢了。名学家培因(Alexander Bain)曾说，文法是名学的一部分，于学者极有好处，能使他头脑清晰，理解明敏，这很足以说明文法在教育上的价值。变化与结构的两部，养成分析综合的能力，声义变迁的叙说又可以引起考证的兴趣，倘若附会一点，说是学问艺术的始基也未始不可，因此我常觉得欧洲古时教育之重古典文字不是无意义的。不过那私刑似的强迫学习也很可怕，其弊害等于中国的读经；若在青年自动地于实用之上进而为学问的研究，裨益当非浅鲜，如或从别一方面为趣味的涉猎，那也是我所非常赞同的。

> 我的对于文法书的趣味，有一半是被严幾道的《英文汉诂》所引起的。在印度读本流行的时候，他这一本书的确是旷野上的呼声，那许多页“析辞”的详细解说，同时受读者的轻蔑或惊叹。在我却受了他不少的影响，学校里发给的一本一九〇一年第四十版的“马孙”英文法，二十年来还保存在书架上，虽然别的什么机器书都已不知去向了。其次，“摩利思”的文法也购求到手：这两者都是原序中说及他所根据的参考书。以后也还随时掇拾一两种，随意翻阅。斯威忒(Henry Sweet)的大著《新英文法》两卷虽是高深，却也给与好些快乐，至于惠忒尼(Whitney)威斯忒(West)巴斯克威耳(Baskerville)诸家学校用文法书也各有好处；他们使我过了多少愉快的时间，这是我所不能忘记的。纳思菲耳(Nesfield)

的一套虽然风行一时，几乎成为英语学者的枕中鸿宝，我却一点都感不到什么趣味。他只辑录多少实用的条例，任意地解说一下，教属地的土人学话或者适用的，但是在“文化教育”上的价值可以说几乎等于零了。

这是我两年前所说的话，里边所述的有些也是二十年前的事了。但是我在现今也还没有什么大改变，我总觉得有些文法书要比本国的任何新刊小说更为有趣。我想还可以和人家赌十块钱的输赢，给我在西山租一间屋，我去住在那里，只带一本（让我们假定）英译西威耳（Siever）博士的《古英文法》去，我可以很愉快地消遣一个长夏，——虽然到下山来时自然一句都不记得了。这原是极端举例的话，若是并不赌着东道，我当然还要拣一本浅易的书。近来因为重复地患感冒，长久躲在家里觉得无聊，从书架背后抓出几册旧书来消遣，如德伦支主教（Archbishop Trench）的《文字之研究》，威克勒教授（Ernest Weekley）的《文字的故事》《姓名的故事》，斯密士（L. P. Smith）的《英国言语》（*The English Language*）等，都极有兴味，很愉快地消磨了几天病里的光阴。文法的三方面中，讲字义的一部分比讲声与形的更多趣味，在“素人”看去也是更好的闲书，我愿意介绍给青年们，请他们留下第十遍看《红楼梦》的工夫翻阅这类的小书，我想可以有五成五的把握不至于使他们失望。

这几册小书里我想特别地介绍斯密士的著作。德伦支的或者出版年月未免太早一点了，威克勒的征引稍博，只有斯密士的单讲英语的发达变迁，内容简要，又价廉易得，所以似最适宜。这是《家庭大学丛书》（Home Univ. Lib.）之一，就是美国版也售价不出二元，英国版尤廉，不过欧战后装订很坏了。全书共小版二百五十页，内分九章，首三章述英语之起源以至成立，第四五章说造字，六至八章说言语与历史，九章说言语与思想。第五章“造字之人”里边历举好些文人制用新字或使废语复活，司各得亦其中之一，他从古民歌中采用那个“浪漫的名词glamour（魔力，迷魂的美），此字出于grammerye，在中古义云文法学，拉丁文研究，于是同哲学这字一样，在愚民心目中不久转变含有魔术的意味了”（P. 120）。《文字的故事》第一及十章中均有相同的记述。这虽是一件小事，但能使我们知道在一个字里会隐藏着怎样奇妙的故事。言语与历史三章述黑暗时代以后英语的发达，至于现代。末章则专论言语与思想之关系，表示文词之发生与意义之变迁皆与时代相关，以文化为背景，如读文化人类学的一部分。斯密士的书原是通俗的小册，但尽足供我们入门之用，以后尚欲研究，自有他的书目可以遵循，不是我们这样外行所能说，我的意思不过当作一本闲书介绍给读者罢了。

德伦支引爱默生（Emerson）的话说“字是化石之诗”。我想这的确是不错的，所以说字义部分的通俗文法书可以当文艺作品去读，讲声与形的方面的又可以供给稍倾于理知的人去消遣，与无事闲读《几何原本》聊以自娱一样。现在暑假不久就到，青年们拿一两本这样的书在山坳水边去读，——或与爱人共读，或与《红楼梦》夹读，也都无不可，——倒是一种消夏的妙法。有兴味的人除《文字的故事》等以外，再买ㄙㄎㄧㄊ（Skeat）或威克勒的一册小本《英语语源字典》，随便翻翻也好，可以领解一种读字典的快乐。

临了我还要表一表我的奢望，希望中国也出一本这类的小书，略说汉字的变迁，特别注重于某字最初见于何时何人何书，本意什么，到了何时变了什么意思：这不但足以引起对于文字学的兴趣，于学术前途有益，实在我们个人也想知道这种有趣味的事实。

［1925年5月《语丝》/《雨天的书》］

若子的病

《北京孔德学校旬刊》第二期于四月十一日出版，载有两篇儿童作品，其中之一是我的小女儿写的。

晚上的月亮（周若子）

晚上的月亮，很大又很明。我的两个弟弟说："我们把月亮请下来，叫月亮抱我们到天上去玩。月亮给我们东西，我们很高兴。我们拿到家里给母亲吃，母亲也一定高兴。"

但是这张旬刊从邮局寄到的时候，若子已正在垂死状态了。她的母亲望着摊在席上的报纸又看昏沉的病人，再也没有什么话可说，只叫我好好地收藏起来，——做一个将来决不再寓目的纪念品。我读了这篇小文，不禁忽然想起六岁时死亡的四弟椿寿，他于得急性肺炎的前两三天，也是固执地向着佣妇追问天上的情形，我自己知道这都是迷信，却不能禁止我脊梁上不发生冰冷的奇感。

十一日的夜中，她就发起热来，继之以大吐，恰巧小儿用的摄氏体温表给小波波（我的兄弟的小孩）摔破了，土步君正出着第二次种的牛痘，把华氏的一具拿去应用，我们房里没有体温表了，所以不能测量热度，到了黎明从间壁房中拿表来一量，乃是四十度三分！八时左右起了痉挛，妻抱住了她，只喊说："阿玉惊了，阿玉惊了！"弟妇（即是妻的三妹）走到外边叫内弟起来，说："阿玉死了！"他惊起不觉坠落床下。这时候医生已到来了，诊察的结果说疑是"流行性脑脊髓膜炎"，虽然征候还未全具，总之是脑的故障，危险很大。十二时又复痉挛，这回脑的方面倒还在其次了，心脏中了霉菌的毒非常衰弱，以致血行不良，皮肤现出黑色，在臂上捺一下，凹下白色的痕好久还不回复。这一日里，院长山本博士，助手蒲君，看护妇永井君白君，前后都到，山本先生自来四次，永井君留住我家，帮助看病。第一天在混乱中过去了，次日病人虽不见变坏，可是一昼夜以来每两小时一回的樟脑注射毫不见效，心脏还是衰弱，虽然热度已减至三八至九度之间。这天下午因为病人想吃可可糖，我赶往哈达门去买，路上时时为不祥的幻想所侵袭，直到回家看见毫无动静这才略略放心。第三天是火曜日，勉强往学校去，下午三点半正要上课，听说家里有电话来叫，赶紧又告假回来，幸而这回只是梦呓，并未发生什么变化。夜中十二时山本先生诊后，始宣言性命可以无虑。十二日以来，经了两次的食盐注射，三十次以上的樟脑注射，身上拥着大小七个的冰囊，在七十二小时之末总算已离开了死之国土，这真是万幸的事了。

山本先生后来告诉川岛君说，那日曜日他以为一定不行的了。大约是第二天，永井君也走到弟妇的房里躲着下泪，她也觉得这小朋友怕要为了什么而辞去这个家庭了。但是这病人竟从万死中逃得一生，不知是哪里来的力量。医呢，药呢，她自己或别的不可知之力呢？但我知道，如没有医药及大家的救护，她总是早已不在①了。我若是一种宗派的信徒，我的感谢便有所归，而且当初的惊怖或者也可减少，但是我不能如此，我对于未知之力有时或感着惊异，却还没有致感谢的那么深密的接触。我现在所想致感谢者在人而不在自然。我很感谢山本先生与永井君的热心的帮助，虽然我也还不曾忘记四年前给我医治肋膜炎的劳苦。川岛斐君二君每日殷勤的访问，也是应该致谢的。

整整地睡了一星期，脑部已经渐好，可以移动，遂于十九日午前搬往医院，她的母亲和“姊姊”陪伴着，因为心脏尚须疗治，住在院里较

【锺校】

① “在”原作“存”。

为便利，省得医生早晚两次赶来诊察。现在温度复原，脉搏亦渐恢复，她卧在我曾经住过两个月的病室的床上，只靠着一个冰枕，胸前放着一个小冰囊，伸出两只手来，在那里唱歌。妻同我商量，若子的兄姊十岁的时候，都花过十来块钱，分给用人并吃点东西当作纪念，去年因为筹不出这笔款，所以没有这样办，这回病好之后须得设法来补做并以祝贺病愈。她听懂了这会话的意思，便反对说：“这样办不好。倘若今年做了十岁，那么明年岂不还是十一岁么！”我们听了不禁破颜一笑。唉，这个小小的情景，我们在一星期前哪里敢梦想到呢？

紧张透了的心一时殊不容易松放开来。今日已是若子病后的第十一日，下午因为稍觉头痛告假在家，在院子里散步，这才见到白的紫的丁香都已盛开，山桃烂熳得开始憔悴了，东边路旁爱罗先珂君回俄国前手植作为纪念的一株杏花已经零落净尽，只剩有好些绿蒂隐藏嫩叶的底下。春天过去了，在我们彷徨惊恐的几天里，北京这好像敷衍人似地短促的春光早已偷偷地走过去了。这或者未免可惜，我们今年竟没有好好地看一番桃杏花。但是花明年会开的，春天明年也会再来的，不妨等明年再看；我们今年幸而能够留住了别个一去将不复来的春光，我们也就够满足了。

今天我自己居然能够写出这篇东西来，可见我的凌乱的头脑也略略静定了，这也是一件高兴的事。

十四年四月二十二日雨夜。

［1925 年 2 月《语丝》/《雨天的书》］

唁　辞

昨日傍晚，妻得到孔德学校的陶先生的电话，只是一句话，说："齐可死了——"齐可是那边的十年级学生，听说因患胆石症（?）往协和医院乞治，后来因为待遇不亲切，改进德国医院，于昨日施行手术，遂不复醒。她既是校中的高年级生，又天性豪爽而亲切，我家的三个小孩初上学校，都很受她的照管，好像是大姊一样。这回突然死别，孩子们虽然惊骇，却还不能了解失却他们老朋友的悲哀，但是妻因为时常往学校也和她很熟，昨日闻信后为茫然久之，一夜都睡不着觉，这实在是无怪的。

死总是很可悲的事，特别是青年男女的死，虽然死的悲痛不属于死者而在于生人。照常识看来，死是还了自然的债，与生产同样地严肃而平凡，我们对于死者所应表示的是一种敬意，犹如我们对于走到标竿下的竞走者，无论他是第一着或是中途跌过几交而最终走到。在中国现在这样状况之下，"死之赞美者"（Peisithanatos）的话未必全无意义，那么"年华虽短而忧患亦少"也可以说是好事，即使尚未能及未见日光者的幸福。然而在死者纵使真是安乐，在生人总是悲痛。我们哀悼死者，并不一定是在体察他灭亡之苦痛与悲哀，实在多是引动追怀，痛切地发生今昔存殁之感。无论怎样地相信神灭，或是厌世，这种感伤恐终不易摆脱。日本诗人小林一茶在《俺的春天》里记他的女儿聪女之死，有这几句：

> ……她遂于六月二十一日与蕣华同谢此世。母亲抱着死儿的脸荷荷的大哭，这也是难怪的了。到了此刻，虽然明知逝水不归，落花不再返枝，但无论怎样达观，终于难以断念的，正是这恩爱的羁绊。（诗以志哀）
>
> "露水的世呀，虽然是露水的世，虽然是这样。"

虽然是露水的世，然而自有露水的世的回忆，所以仍多哀感。美忒林克在《青鸟》上有一句平庸的警句曰“死者生存在活人的记忆上。”齐女士在世十九年，在家庭学校，亲族友朋之间，当然留下许多不可磨灭的印象，随在足以引起悲哀。我们体念这些人的心情，实在不胜同情，虽然别无劝慰的话可说。死本是无善恶的，但是它加害于生人者却非浅鲜，也就不能不说它是恶的了。

我不知道人有没有灵魂，而且恐怕以后也永不会知道，但我对于希冀死后生活之心情觉得很能了解。人在死后倘尚有灵魂的存在如生前一般，虽然推想起来也不免有些困难不易解决，但因此不特可以消除灭亡之恐怖，即所谓恩爱的羁绊也可得到适当的安慰。人有什么不能满足的愿望，辄无意地投影于仪式或神话之上，正如表示在梦中一样。传说上李夫人杨贵妃的故事，民俗上童男女死后被召为天帝侍者的信仰，都是无聊之极思，却也是真的人情之美的表现：我们知道这是迷信，我确信这样虚幻的迷信里也自有美与善的分子存在。这于死者的家人亲友是怎样好的一种慰藉，倘若他们相信——只要能够相信，百岁之后，或者乃至梦中夜里，仍得与已死的亲爱者相聚，相见！然而，可惜我们不相应地受到了科学的灌洗，既失却先人可祝福的愚蒙，又没有养成画廊派哲人（Stoics）的超绝的坚忍，其结果是恰如牙根里露出的神经，因了冷风热气随时益增其痛楚。对于幻灭的现代人之遭逢不幸，我们于此更不得不特别表示同情之意。

我们小女儿若子生病的时候，齐女士很惦①念她；现在若子已经好起来，还没有到学校去和老朋友一见面，她自己却已不见了。日后若子回忆起来时，也当永远是一件遗恨的事吧。

［1925 年 5 月 26 日作/《雨天的书》］

【锺校】

① “惦”原作“怗”。

古文之末路

五月十二日的《时事新报》上载有这样的一封信，信面上写“浙江宁海县大里地方祖父名张和老先生收”，文曰：

张和老先生台鉴

启者　余今日此信非别　只因你孙儿之事　系挽人来了结明白款项五千元正　定于四月十二日付洋　余等候今日　并无音信　你误搭日子　余情急分文不取　但五千那怕五万元　余没有一个月可以另用　无所要紧　故而将你孙儿杀死　余不非多非手足　你家绝后　此信倘若知悉　你火速来上海　带尸背回家　如若误会　尸首无处招寻　你不必懊悔　当初不愿赎回缘故　余部下有数百名　无论各省各府各县　现在全体暂住你先生家内　时刻留心为要　余无论如何　可以派代表来抄你家眷　格杀不论　要你永不翻身　专此即请

夏安　军长王大人命令代表胡国良躬

这封信是在上海静安寺路旁一个五六岁男孩尸体边找到，如新闻标目所示显然是“勒赎不遂撕票”，但是我这里并不来管什么“请观音”或“请哪吒”的事情，我所要研究的是这封土匪公函的文章。

这封信的意思大略是可以懂得的，但文章实在是不通，处处可以看出意思与文字格斗的痕迹，结果是意思斗不过文字，遂成为这样一篇东西。大家不要以为这是“王大人”代表的国学不深的缘故；委实是古文难做，不关该代表之事。大家如若不信，我可以举出北京女师大校长“对于暴烈学生之感言”来做个旁证。原文很长，今节录其精彩的几句于左：

不图瓜豆久种前因　河海今且横决　竟有号称最高学府之

女生　甘出化外自同之行径　如本校此次闹潮之异者　夫都门观听所昭　教部近在咫尺　女生以武力驱逐校长　闻者骇矣　校门狂贴布告拳大字形　所言何物　则校中内状自可不谈　当下之披猖极矣

据说这文章是一位国文教员的手笔，所以其中的“感”是校长之感，而“言”乃是国文教员之言；咱们今且舍“感”而言“言”。就言论言，虽然觉得声调很好，如后边的“梦中多曹社之谋，心上有杞天之虑”一联，摇头读之，的确音调铿锵，有高唱入云之概，然而全体文理欠亨及虚字不中律令之处却亦不可埋没，意思之难懂或者还甚于胡代表的公函。咱们用了黎劭西先生的那种“玄学鬼”（某唯物派者送他的徽号）的析词法来分析，总是分不出什么来的了，只能请著有《中等国文典》并教过“逻辑”的章行严先生审查一下，究竟是否“稳妥无疵”，够得上做国文教员，——即使是去教童养媳的书。

说到章行严先生，他是现代反对白话的首魁，又是文章正宗的嫡子，他的古文自然是顶好的了。但是他的文章也还多欠亨的地方，更无论那些肉麻的话了。即如他那篇“陈情表”里所说，“家有子弟　莫知所出　钊有三儿　亦罹此困”，即其一例。像章先生那样的名流，用文字达意总是达得出的了，只因他要用四个字一句的古文去写，才闹出这个大笑话来。圣人有言，“辞达而已矣。”但做起拟古文来便什么都不能达，什么人都做不好。土匪的代表无论矣，校长的书启师爷写出来不通，正宗的总长写出来也未尝通，呜呼，此真“古文之前途棘矣”了！此非胡适之提倡文学革命之过，亦非顾颉刚编辑《初级中学用新学制国语教科书》之罪，实在因为古文的寿命已尽，而其子孙又不肖，参苓杂投，反速其死也。吾人观于上述三君之文，可知此言之非谬，如有人尚不信古文之已死者，即以胡代表公函、杨校长感言、章总长呈文示之作为“赴”闻可也。

［1925年6月14日《京报》/集外文］

黑背心

我不知怎地觉得是生在黑暗时代，森林中虺蜴虎狼之害总算是没有了，无形的鬼魅却仍在周围窥伺，想吞吃活人的灵魂。我对于什么民有民享，什么集会言论自由，都没有多大兴趣，我所觉得最关心的乃是文字狱信仰狱等思想不自由的事实。在西洋文化史里中古最牵引我的注意，宗教审问所的“信仰行事”（Auto-da-fé）喽，满画火焰与鬼的黑背心（Sambenito）喽，是我所顶心爱的事物，犹如文明绅士之于交易所的消息。不过虽有这个嗜好而很难得满足，在手头可以翻阅的只是柏利（Bury）教授的《思想自由史》和洛柏孙（Robertson）的《古今自由思想小史》等，至于素所羡慕的黎（H. Lea）氏的《中古及西班牙宗教审问史》则在此刻“竭诚枵腹”的时候无缘得见，虽然在南城书店的尘封书架上看见书背金字者已逾十次，但终未曾振起勇气抽出一卷来看它一看。

日本废姓外骨的《笔祸史》早看过了，虽有些离奇的地方，不能算什么，倘若与中国相比。在内田鲁庵的《獏之舌》里见到一篇讲迫害基督教徒的文章，知道些十七世纪时日本政府对于所谓邪宗门所用的种种毒奇的刑法，但是很略，据说有公教会发行的《鲜血遗书》及《公教会之复活》两书纪载较详，却也弄不到手。最近得到姊崎正治博士所著《切支丹宗门之迫害及潜伏》，知道一点迫害者及被迫害者的精神状态，使我十分高兴。切支丹即“南蛮”（葡萄牙）语 Christan 的译音，还有吉利支丹，鬼理死丹，切死丹等等译法，现代纪述大都采用这个名称，至于现今教徒则从英语称 Christian 了。书中有几章是转录当时流传的鼓励殉道的文书，足以考见教徒的心情，固然很可宝重，但特别令我注意的是在禁教官吏所用的手段。其一是恩威并用，大略像雍正之对付曾静，教门审问记录第七种中有这一节话可供参考：

先前一律处斩，挂杀或火焚之时，神甫仍时时渡来，其后改令弃教，归依日本佛教，安置小日向切支丹公所内，赏给妻女，神甫则各给十人口粮，赐银百两，讯问各项事情，有不答者即付拷问，自此以后教徒逐渐减少。

如意大利人约瑟喀拉（Giuseppe Chiara）弃教后入净土宗，纳有司所赐死刑囚之妻，承受其先夫的姓名曰冈本三右卫门，在教门审问处办事，死后法号“入专净真信士”，即其一例。

其二是零碎查办，不用一网打尽的方法。教门审问记录第五种中有一条云：“如有人告密，举发教徒十人者，其时应先捕三人或五人查办，不宜一举逮捕十人。但‘有特别情形之时’应呈请指示机宜办理。”不过这只是有司手段之圆滑，在被迫害者其苦痛或更甚于一网打尽，试举葛木村权之丞妻一生三十三年中的大事，可以想见这是怎样的情形。

一六三六　生
五九　母病死
六〇　夫权之丞被捕旋死刑
六一　先夫之妹四人被捕
六二　夫妹四人死刑
　　侄婿权太郎被捕
　　再嫁平兵卫
六五　夫弟太兵卫夫之从妹阿松被捕
六六　夫弟太兵卫死刑
　　夫之从妹阿渊被捕
六七　本人与先夫之继母同被捕
六八　本人与夫之从妹二人同时死刑

夫平兵卫被捕

七二　夫平兵卫死刑

其三是利用告密。据延宝二年（一六七四）所出赏格，各项价目如下：

神甫　银五百枚

教士　银三百枚

教友　银五十或一百枚

这种手段虽然一时或者很有成效，但也担负不少的牺牲，因为这恶影响留下在国民道德上者至深且大。在中国则现今还有些人实行此策，恬不为怪，战争时的反间收买，或互出赏格，不必说了，就是学校闹潮的时候，校长也常用些小手段，“釜底抽薪”，使多数化为少数，然而学风亦因此败坏殆尽。还有旧式学校即在平时也利用告密，使学生互相侦察秘密报告于监督，则尤足以使学生品格堕落。据同乡田成章君说他有一个妹子在一教会女校读书，校规中便有奖励学生告密的文句，此真是与黑暗时代相称之办法。

我们略知清朝诛除大逆之文字狱的事迹，但是排斥异端之禁教事件却无从去查考，我觉得这是很可惜的。如有这样的一部书出现，我当如何感激，再有一部佛教兴废史那自然是更好了。读《弘明集》《佛道论衡》等书，虽是一方面之言，也已给与我们不少的趣味与教训，若有系统的学术的叙述，其益岂有限量，我愿预约地把它写入“青年必读书”十部之内了。

我觉得中国现在最切要的是宽容思想之养成。此刻现在决不是文明世界，实在还是二百年前黑暗时代，所不同者以前说不得甲而现今则说不得乙，以前是皇帝而现今则群众为主，其武断专制却无所异。我相信西洋近代文明之精神只是宽容，我们想脱离野蛮也非从这里着力不可。着力之一法便是参考思想争斗史，从那里看出迫害之愚与其罪恶，反抗之正当，而结果是宽容之必要。昔罗志希君译柏利的《思想自由史》登在《国民公报》上，因赴美留学中辍，时时想起，深觉得可惜，不知他回国后尚有兴致做这样工作否？我颇想对他劝进，像他劝吴稚晖先生似的。

［1925年6月《语丝》/《雨天的书》］

《陀螺》序

刘侗《帝京①景物略》记童谣云，“杨柳儿活抽陀螺”，又云，“陀螺者木制如小空钟，中实而无柄，绕以鞭之绳而无竹尺，卓于地，急掣其鞭，一掣，陀螺则转无声也。视其缓而鞭之，转转无复住，转之急，正如卓立地上，顶光旋旋，影不动也。”英国哈同（A. C. Haldon）教授在《人之研究》中引希勒格耳（G. V. Schlegel）之说，谓荷兰之陀耳（Tol）从爪哇传至日本，称作独乐，后又流入中国。唯日本源顺（Minamoto no Shitagau）编《和名抄》云，“独乐，和名古末都玖利，有孔者也。”独乐明明是汉语，日本语今简称“古末”（Koma）。源顺系十世纪初的人，当中国五代，可见独乐这玩具的名称在唐朝已有，并不是从外洋传入的了。

我用陀螺做这本小书的名字，并不因为这是中国固有的旧物，我只觉得陀螺是一件很有趣的玩具，幼小时玩过一种有孔能叫的，俗名“地鹁鸪”，至今还记得，此外又因了《帝京景物略》里的歌辞以及希腊的陶器画，便使我想定了这个名称。这一册小集子实在是我的一种玩意儿，所以这名字很是适合。我本来不是诗人，亦非文士，文字涂写，全是游戏，——或者更好说是玩耍。平常说起游戏，总含有多少不诚实的风雅和故意的玩笑的意味，这也是我所不喜欢的，我的乃是古典文字本义的游戏，是儿戏（Paidia），是玩，画册图象都是玩具（Paignia）之一。我于这玩之外别无工作，玩就是我的工作，虽然此外还有日常的苦

【锺校】

① “京”原作“城”。

工，驮砖瓦的驴似的日程。驮砖瓦的结果是有一口草吃，玩则是一无所得，只有差不多的劳碌，但是一切的愉快就在这里。昨天我看满三岁的小侄儿小波波在丁香花下玩耍，他拿了一个煤球的铲子在挖泥土，模仿苦力的样子用右足踏铲，竭力地挖掘，只有条头糕一般粗的小胳膊上满是汗了，大人们来叫他去，他还是不歇，后来心思一转这才停止，却又起手学摇煤球的人把泥土一瓢一瓢地舀去倒在台阶上了。他这样的玩，不但是得了游戏的三昧，并且也到了艺术的化境。这种忘我地造作或享受之悦乐几乎具有宗教的高上意义，与时时处处拘囚于小主观的风雅大相悬殊：我们走过了童年，赶不着艺术的人，不容易得到这个心境，但是虽不能至，心①向往之；既不求法，亦不求知，那么努力学玩，正是我们唯一的道了。

这集子里所收都是翻译。我的翻译向来用直译法，所以译文实在很不漂亮，——虽然我自由抒写的散文本来也就不漂亮。我现在还是相信直译法，因为我觉得没有更好的方法。但是直译也有条件，便是必须达意，尽汉语的能力所及的范围内，保存原文的风格，表现原语的意义，换一句话就是信与达。近来似乎不免有人误会了直译的意思，以为只要一字一字地将原文换成汉语，就是直译，譬如英文的 Lying on his back 一句，不译作“仰卧着”而译为“卧着在他的背上”，那便是欲求信而反不词了。据我的意见，“仰卧着”是直译，也可以说即意译；将它略去不译，或译作“坦腹高卧”以至“卧北窗下自以为羲皇上人”是胡译；“卧着在他的背上”这一派乃是死译了。

古时翻译佛经的时候，也曾有过这样的事，在《金刚经》中“与大比丘众千二百五十人俱”这一句话，达摩笈多译本为“大比丘众共半

【锺校】

① “心”原作“必”。

十三比丘百”，正是相同的例：在梵文里可以如此说法，但译成汉文却不得不稍加变化，因为这是在汉语表现力的范围之外了。这是我对于翻译的意见，在这里顺便说及，至于有些有天才的人不但能够信达雅，而且还能用了什么译把文章写得更漂亮，那自然是很好的，不过是别一问题，现在可以不多说了。

集内所收译文共二百八十篇，计希腊三十四，日本百七十六，其他各国七十。这些几乎全是诗，但我都译成散文了。去年夏天发表几篇希腊译诗的时候，曾这样说过：

> 诗是不可译的，只有原本一首是诗，其他的任何译文都是塾师讲《唐诗》的解释罢了。所以我这几首《希腊诗选》的翻译实在只是用散文达旨，但因为原本是诗，有时也就分行写了：分了行未必便是诗，这是我所想第一声明的。

所以这不是一本译诗集。集中日本的全部，希腊的二十九篇，均从原文译出，其馀七十五篇则依据英文及世界语本，恐怕多有错误，要请识者的指教。这些文章系前后四五年间所写，文体很不统一，编订时不及改正，好在这都是零篇，不相统属，保存原形或者反足见当时的感兴：姑且以此作为辩解罢。

这一点小玩意儿——一个陀螺——实在没有什么大意思，不过在我是愉快的玩耍的纪念，不免想保留它起来。有喜欢玩耍的小朋友我也就把这个送给他，在纸包上面写上希腊诗人的一句话道：

> 一点点的礼物，
> 藏着个大大的人情。

中华民国十四年六月十二日，记于北京。

［1925 年 6 月《语丝》/《苦雨斋序跋文》］

与友人论国民文学书[①]

木天兄：

承示你同伯奇兄的论国民文学的信，我觉得对于你们的意见能够充分了解。传道者说："日光之下并无新事。"我想这本来也是很自然很平常的道理，不过是民族主义思想之意识地发现到文学上来罢了。这个主张的理由明若观火，一国的文学如不是国民的，那么应当如何，难道可以是殖民的或遗老的么？无论是幸不幸，我们既生为中国人，便不自主地分有汉族的短长及其运命。我们第一要自承是亚洲人（"Asiatics"！）中之汉人，拚命地攻上前去，取得在人类中汉族所应享的幸福，成就所能做的工作，——倘若我们不自菲薄，不自认为公共的奴才。只可惜中国人里面外国人太多，西崽气与家奴气太重，国民的自觉太没有，所以政治上既失了独立，学术文艺上也受了影响，没有新的气象。国民文学的呼声可以说是这种堕落民族的一针兴奋剂，虽然效果如何不能预知，总之是适当的办法。

但是我要附加一句，提倡国民文学同时必须提倡个人主义。我见有些鼓吹国家主义的人对于个人主义竭力反对，不但国家主义失其根据，而且使得他们的主张有点宗教的气味，容易变成狂信。这个结果是凡本国的必好，凡别国的必坏，自己的国土是世界的中心，自己的争战是天下之正义，而犹称之曰"自尊心"。我们反抗人家的欺侮，但并不是说我们便可以欺侮人；我们不愿人家抹杀我们的长处，但并不是说我们还

【锺校】

① 《语丝》原题《答木天》。

应护自己的短。我们所要的是一切的正义：凭了正义我们要求自主与自由，也正凭了正义我们要自己谴责，自己挞伐。我们现在这样地被欺侮，一半固然是由于别人的强横，一半——至少至少一半——也在于自己的堕落。我们在反对别人之先或同时，应该竭力发掘铲除自己的恶根性，这才有民族再生的希望，否则只是拳匪思想之复活。拳匪的排外思想我并不以为绝对地非是，但其本国必是而外国必非的偏见，可以用“国粹”反抗新法的迷信，终是拳匪的行径，我所绝对反对的。有人信奉国家主义之后便非古文不做，非古诗不诌，这很令我怀忧，恐正当的国家主义要恶化了。我们提倡国民文学于此点要十分注意，不可使其有这样的流弊。所以我仿你的说法要加添几句，便是在积极地鼓吹民族思想以外，还有这几件工作：

我们要针砭民族卑怯的瘫痪，

我们要消除民族淫猥的淋毒，

我们要切开民族昏愦的痈疽，

我们要阉割民族自大的风狂。

以上是三月一日我复你的一封信，曾登在《京报副刊》第八十号上，今重录于此，因为现在我的意见还只是这样。我不知怎地很为遗传学说所迫压，觉得中国人总还是中国人，无论是好是坏，所以保存国粹正可不必，反正国民性不会消灭，提倡欧化也是虚空，因为天下不会有像两粒豆那样相似的民族，叫他怎么化得过来。现在要紧的是唤起个人的与国民的自觉，尽量地研究介绍今古的文化，让它自由地渗进去，变成民族精神的滋养料，因此可望自动地发生出新汉族的文明来。这是我任意的梦想，也就是我所以赞成国民文学的提唱之理由。但是，有时又觉得这些梦想也是轻飘飘的，不大靠得住；如吕滂（Gustave Le Bon）所说，人世的事都是死鬼作主，结果几乎令人要相信幽冥判官——或是毗骞国王手中的账簿，中国人是命里注定的奴才，这又使我对于一切提倡不免有点冷淡了。我的微小的愿望，现在只在能够多了解一分，不在能成功一厘，所以这倒也还无妨无妨。草草。

十四年六月一日。

［1925 年 7 月《语丝》/《雨天的书》］

吃烈士

这三个字并不是什么音译，虽然读起来有点佶屈聱牙，其实乃是如字直说，就是说把烈士一块块地吃下去了，不论生熟。

中国人本来是食人族，象征地说有吃人的礼教，遇见要证据的实验派可以请他看历史的事实，其中最冠冕的有南宋时一路吃着人腊去投奔江南行在的山东忠义之民。不过这只是吃了人去做义民，所吃的还是庸愚之肉，现在却轮到吃烈士，不可谓非旷古未闻的口福了。

前清时捉到行刺的革党，正法后其心脏大都为官兵所炒而分吃，这在现在看去大有吃烈士的意味，但那时候也无非当作普通逆贼看，实行国粹的寝皮食肉法，以维护纲常，并不是如妖魔之于唐僧，视为十全大补的特品。若现今之吃烈士，则知其为——且正因其为烈士而吃之，此与历来之吃法又截然不同者也。

民国以来久矣没有什么烈士，到了这回五卅——终于应了北京市民的杞天之虑，因为阳历五月中有两个四月，正是庚子预言中的“二四加一五”——的时候，才有几位烈士出现于上海。这些烈士的遗骸当然是都埋葬了，有亲眼见过出丧的人可以为凭，但又有人很有理由地怀疑，以为这恐怕全已被人偷吃了。据说这吃的有两种方法，一曰大嚼，一曰小吃。大嚼是整个的吞，其功效则加官进禄，牛羊繁殖，田地开拓；有此洪福者闻不过一二武士，所吞约占十分七八，下馀一两个的烈士供大众知味者之分尝。那些小吃者多不过肘臂，少则一指一甲之微，其利益亦不厚，仅能多卖几顶五卅纱秋，几双五卅弓鞋，或在墙上多标几次字号，博得蝇头之名利而已。呜呼，烈士殉国，于委蜕更有何留恋，苟有利于国人，当不惜举以遗之耳。然则国人此举既得烈士之心，又能废物利用，殊无可以非议之处，而且顺应潮流，改良吃法，尤为可喜，西人尝称中国人为精于吃食的国民，至有道理。我自愧无能，不得染指，但闻“吃烈士”一语觉得很有趣味，故作此小文以申论之。

乙丑大暑之日。

［1925年8月《语丝》/《泽泻集》］

萨满教的礼教思想

四川督办因为要维持风化，把一个犯奸的学生枪毙，以昭炯戒。

湖南省长因为求雨，半月多不回公馆去，即“不同太太睡觉”，如《京副》上某君所说。

弗来则博士（J. G. Frazer）在所著《普须该的工作》（*Psyche's Task*）第三章迷信与两性关系上说：

> 他们（野蛮人）想像，以为只须举行或者禁戒某种性的行为，他们可以直接地促成鸟兽之繁殖与草木之生长。这些行为与禁戒显然都是迷信的，全然不能得到所希求的效果。这不是宗教的，但是法术的；就是说，他们想达到目的，并不用恳求神灵的方法，却凭了一种错误的物理感应的思想，直接去操纵自然之力。

这便是赵恒惕求雨的心理，虽然照感应魔术的理论讲来，或者该当反其道而行之才对。

同书中又说：

> 在许多蛮族的心里，无论已结婚或未结婚的人的性的过失，并不单是道德上的罪，只与直接有关的少数人相干；他们以为这将牵涉全族，遇见危险与灾难，因为这会直接地发生一种魔术的影响，或者将间接地引起嫌恶这些行为的神灵之怒。不但如此，他们常以为这些行为将损害一切禾谷瓜果，断绝食粮供给，危及全群的生存。凡在这种迷信盛行的地方，社会的意见和法律惩罚性的犯罪便特别地严酷，不比别的文明的民族，把这些过失当作私事而非公事，当作道德的罪而非法律的

罪，于个人终生的幸福上或有影响，而并不会累及社会全体的一时的安全。倒过来说，凡在社会极端严厉地惩罚亲属奸，既婚奸，未婚奸的地方，我们可以推测这种办法的动机是在于迷信；易言之，凡是一个部落或民族，不肯让受害者自己来罚这些过失，却由社会特别严重地处罪，其理由大抵由于相信性的犯罪足以扰乱天行，危及全群，所以全群为自卫起见不得不切实地抵抗，在必要时非除灭这犯罪者不可。

这便是杨森维持风化的心理。固然，捉奸的愉快也与妒忌心有关，但是极小的一部分罢了，因为合法的卖淫与强奸社会上原是许可的，所以普通维持风化的原因多由于怕这神秘的“了不得”——仿佛可以译作多岛海的“太步”。

中国据说以礼教立国，是崇奉至圣先师的儒教国，然而实际上国民的思想全是萨满教的（Shamanistic 比称道教的更确）。中国决不是无宗教国，虽然国民的思想里法术的分子比宗教的要多得多。讲礼教者所喜说的风化一语，我就觉得很是神秘，含有极大的超自然的意义，这显然是萨满教的一种术语。最讲礼教的川湘督长的思想完全是野蛮的，既如上述，京城里“君师主义”的诸位又如何呢？不必说，都是一窟陇的狸子啦。他们的思想总不出两性的交涉，而且以为在这一交涉里，宇宙之存亡，日月之盈昃，家国之安危，人民之生死，皆系焉。只要女学生斋戒——一个月，我们姑且说，便风化可完而中国可保矣，否则七七四十九日①之内必将陆沉。这不是野蛮的萨满教思想是什么？我相信要了解中国须得研究礼教，而要了解礼教更非从萨满教入手不可。

［1925 年 9 月《语丝》/《谈虎集》］

【锺校】

① 原无“日”字，今增。

我　最

我最不喜欢谈政治：这并不是想去专心弄什么学问艺术，也不是由于什么主义与问题，实在只是没有这个趣味。《新青年》的同人最初相约不谈政治，那是我所极端赞成的，在此刻想起来也是那时候的工作对于中国最有意义。可是，这是三代以上的事了；我个人至今还没有改变这个态度，环境却改变了，——我所在的北京大学三年以来滚入政治漩涡，连带我们不要谈政治的人也跟着它滚，虽然无从去怨天尤人，总使我觉得极不愉快。民国十二年五月，十六名人发表政治主张，至十三年一月，因为那罗文幹事件，大学校长辞职出京。这些事我都不以为然，但未曾说话，因为我本来不喜欢谈政治，况且这不是他们的“个人的”政治活动么？然而，事实上，校长既被彭允彝逼走，学校当然不能悠然地置身事外，拱候为旧校长所不齿的教育长官派新校长来接任，于是以学校反抗教长的行动自然就发生了。我在这里并不想批评什么人，我只说明北大之滚进政治漩涡是这样地起头的。学校也同个人一样，有它的校格与态度，不能轻易改变，——这也正同个人一样。北大对于不职的教育长官既决定反抗的态度，遂由彭而王而章，一律反对，正是必然的趋势，我们个人虽极希望学校早日与政治分离，在学校方面却断无可以自动地中途变节之理。但是这颗铃系上去了，总须解它下来，不过我们（此处不妨作单数解）没有这个能力，即使不是说没有这个责任，虽然我是始终反对弄政治的。幸而这回反对章士钊事件发生，给予北大以改变态度的机会，现在已经评议会通过一条规定，加以限制：以前因十六名人的宣言而滚进政治漩涡的北大，于是因十七教授的抗议而又滚出政治漩涡来了，这是很可喜的一件事，因为我是最不喜欢谈政治的，如上边所说。

政治我是不喜谈的，但也有要谈的东西。我所顶看不入眼而顶想批评的，是那些假道学，伪君子。第一种人满脑子都是“两性衔接之机缄缔构”（原语系疑古玄同所造，今用无卯总长呈执政文中语代之，较为雅洁而意义恰合），又复和以巫医的野蛮思想，提了神秘的风化这二字咒语，行种种的罪恶，固然可憎极了，第二种人表面都是绅士，但是他们的行为是——说诳，反复，卑劣……尤其是没有人气，因为他是野蛮之更堕落的了。在最近的女师大事件里，我们居然得见许多这样的人物，这个恰好投吾所好，有了说话的资料，不免写了几篇文章，——但是正经事却也误了不少，有几本书因此还搁着不曾看完。今日在抽屉底里找出祖父在己亥年（一八九九）所写的一本家训，名曰《恒训》，见第一章中有这样的一节话：

少年看戏三日夜，归倦甚。我父斥曰，“汝有用精神为下贱戏子所耗，何昏愚至此！”

自后逢歌戏筵席，辄忆前训，即托故速归。

我读了不禁觉得惭愧，好像是警告我不要谈政治或什么似的。我真是非立志滚出这个道德漩涡不可，反对假道学和伪君子岂不是与反对无耻政客一样地危险，即使没有大之小之的各种火难，总之也是白费精神，与看戏三日夜是同样的昏愚。我虽不肖，不能希望点到翰林，继承祖武，这一节遗训我总可以也是应该身体力行的。我现在再布告很可喜的一件事，其可喜的程度与北大那件差不多的重大，这便是我也开了一个新局面，我不再来反对那些假道学伪君子了。我要做我自己的工作。

我的工作是什么呢？只有上帝知道。我所想知道一点的都是关于野蛮人的事，一是古野蛮，二是小野蛮，三是文明的野蛮，我还不晓得是那一样好，或者也还只好来拈阄。拈阄，拈阄！

……不知道是那一样好。倘若是他的意思，叫我拈到末一个阄，那么南无三宝！我又得回到老局面里去，岂不冤哉！……这且不要管它，将来再看罢。拈阄，拈阄！等拈出阄来再看。

我总希望不要拈着第三个阄，因为那样做是昏愚。

［附注］

加题目是大难事，今不得已用周秦古书之法，以首二字名篇。

［1925年10月《语丝》/集外文］

《茶话》小引

茶话一语，照字义说来，是喝茶时的谈话。但事实上我绝少这样谈话的时候，而且也不知茶味，——我只吃冷茶，如鱼之吸水。标题《茶话》，不过表示所说的都是清淡的，如茶馀的谈天，而不是酒后的昏沉的什么话而已。

十四年九月十六日。

1925年10月《语丝》/《自己的园地》］

《雨天的书》自序二

前年冬天《自己的园地》出版以后，起手写《雨天的书》，在半年里只写了六篇，随即中止了。但这个题目我很欢喜，现在仍旧拿了来作这本小书的名字。

这集子里共有五十篇小文，十分之八是近两年来的文字，《初恋》等五篇则是从《自己的园地》中选出来的。这些大都是杂感随笔之类，不是什么批评或论文。据说天下之人近来已看厌这种小品文了，但我不会写长篇大文，这也是无法。我的意思本来只想说我自己要说的话，这些话没有趣味，说又说得不好，不长，原是我自己的缺点，虽然缺点也就是一种特色。这种东西发表出去，厌看的人自然不看，没有什么别的麻烦，不过出版的书店要略受点损失罢了，或者，我希望，这也不至于很大吧。

我编校这本小书毕，仔细思量一回，不禁有点惊诧，因为意外地发见了两件事。一，我原来乃是道德家，虽然我竭力想摆脱一切的家数，如什么文学家批评家，更不必说道学家。我平素最讨厌的是道学家（或照新式称为法利赛人），岂知这正因为自己是一个道德家的缘故；我想破坏他们的伪道德不道德的道德，其实却同时非意识地想建设起自己所信的新的道德来。我看自己一篇篇的文章，里边都含着道德的色彩与光芒，虽然外面是说着流氓似的土匪似的话。我很反对为道德的文学，但自己总做不出一篇为文章的文章，结果只编集了几卷说教集，这是何等滑稽的矛盾。也罢，我反正不想进文苑传（自然也不想进儒林传），这些可以不必管他，还是“从吾所好”，一径这样走下去吧。

二，我的浙东人的气质终于没有脱去。我们一族住在绍兴只有十四世，其先不知是哪里人，虽然普通称是湖南道州，再上去自然是鲁国了。这四百年间越中风土的影响大约很深，成就了我的不可拔除的浙东性，这就是世人所通称的“师爷气”。本来师爷与钱店官同是绍兴出产的坏东西，民国以来已逐渐减少，但是他那法家的苛刻的态度，并不限于职业，却弥漫及于乡间，仿佛成为一种潮流，清朝的章实斋、李越缦即是这派的代表，他们都有一种喜骂人的脾气。我从小知道“病从口入祸从口出”的古训，后来又想溷迹于绅士淑女之林，更努力学为周慎，无如旧性难移，燕尾之服终不能掩羊脚，检阅旧作，满口柴胡，殊少敦厚温和之气；呜呼，我其终为“师爷派”矣乎？虽然，此亦属没有法子，我不必因自以为是越人而故意如此，亦不必因其为学士大夫所不喜而故意不如此：我有志为京兆人，而自然乃不容我不为浙人，则我亦随便而已耳。

我近来作文极慕平淡自然的景地，但是看古代或外国文学才有此种作品，自己还梦想不到有能做的一天，因为这有气质境地与年龄的关系，不可勉强。像我这样褊急的脾气的人，生在中国这个时代，实在难望能够从容镇静地做出平和冲淡的文章来。我只希望，祈祷，我的心境不要再粗糙下去，荒芜下去，这就是我的大愿望。我查看最近三四个月的文章，多是照例骂那些道学家的，但是事既无聊，人亦无聊，文章也就无聊了，便是这样的一本集子里也不值得收入。我的心真是已经太荒芜了。田园诗的境界是我以前偶然的避难所，但这个我近来也有点疏远了。以后要怎样才好，还须得思索过，——只可惜现在中国连思索的馀暇都还没有。

十四年十一月十三日，病中倚枕书。

英国十八世纪有约翰妥玛斯密（John Thomas Smith）著有一本书，

也可以译作《雨天的书》（*Book for a Rainy Day*），但他是说雨天看的书，与我的意思不同。这本书我没有见过，只在讲诗人勃莱克（William Blake）的书里看到一节引用的话，因为他是勃莱克的一个好朋友。

十五日又记。

［1925年11月《语丝》/《雨天的书》］

关于“市本”

《语丝》五十三期印出后，我看《小五哥的故事》的案语里“市本”二字误作“布本”，因此想到关于“市本”，想略加申说。

案语里的“市本”系用作 Chapbook 一字的译语，但市本这个名称在故乡是“古已有之”的。越中闺秀，识得些字而没有看《列女传》的力量或兴趣者，大都以读市本为消遣，《天雨花》《再生缘》《义妖传》之类均是。有喜庆的时候，古风的人家常招瞽女来“话市”，大抵是二女一男，弹琵琶洋琴，唱《双珠凤》等故事。照乡间读音称作 Woazyr，所以我写作“话市”。那些故事原本称作“市本”，但是这实在都是弹词，所以或者应作“词本”，而话市也应作“话词”，或更为合理也未可知。

Chapbook 一语据说义云小贩所卖的，译作市本，字面尚可牵就，但实际上与中国的很不相同。他有韵文散文两种，内容上有历史传说故事笑话种种，而以含有滑稽分子者为最多。

我所见的十八世纪散文市本集，一八八九年编印，凡一册，内计二十五种，举其有名的几种于后，可以想见其大略。

一、《杀巨人的甲克》（*Jack the Giantkiller*）

二、《惠丁顿与其猫》（*Whittington and His Cat*）

三、《蓝胡子》（*The Blue Beard*）

四、《洛宾荷德》（*Robin Hood*）

五、《浮斯德博士》（*Dr. Faustus*）

六、《倍根长老》（*Friar Bacon*）

滑稽的一类，除《王与皮匠》等有结构的故事外，有些集合而成的东西，如《徐文长》，或《呆女婿》的故事者，有这几种可为代表：

七、《脚夫汤姆朗》（*Tom Long the Carrier*）

八、《戈丹的聪明人》（*Wise Men of Gotham*）

九、《傻西门的灾难》（*Simple Simon's Misfortunes*）

这些故事的题目大抵很长，颇有古风，也颇有趣味，如第九的全题乃是——

> 傻西门的灾难以及他的妻玛格利的凶恶这是从结婚后的第二天清早起头的

喔，喔，这个题目就值一个本尼，不要说里边的故事了。不过，这真是平民的文学，即使是在绅士的英国，平民的趣味总是粗俗、壮健一点，所以里边尽多违碍字样，是涉及犯禁的圈子内的，至于教人为非（照法律上是怎么说的呀?）如《徐文长》者更是很多，而政府也并不禁止，仍让人将二十五篇编印一本，定价三先令出卖。呜呼，礼教振兴，殆终不能不推我们的华土了罢。市本中有一篇，系问答体，其名如下：

> 十、从壳克来的，衣服扣在背后的，爱尔兰人的妙语，系是英国汤姆与爱尔兰谛格二人的雅谈，附有谛格的教理问答，以及为山上水手时的告帮启。

今将该启译出，以见一斑，好在这个小周刊并不是专供歇私的里性的太太小姐们看的，讲话不谨慎一点，或者还不大要紧。但是倘若译得不能恰好，那么“恕我删去”二三十个字也是说不定的，大家千万原谅，因为这也是执笔政者之威权呀。

> 告帮启
>
> 诸位仁人君子，请看我这个人，从一个奇异的世界，满是苦难的地狱里经过了来的，受过许多海上的，陆上的危险，现在却还活着；你看我的手，弯曲的像鸡爪一样了，你只想一想

> 我的那些苦辛与忧患，就知道这是没有什么奇怪了。喔，喔，喔，诸位仁人君子，我当初也是一个像样的人，有许多金，银，衣服，许多黄油，啤酒，牛肉，以及饼干。现在我什么都没有了：因为被土耳其人所掳，为西班牙人所放，在及布拉太守城六十六天，一点东西都没得吃，除了海上漂来的杂物及生的淡菜；乘船出发以后，搁浅在蛮邦海岸，落在凶恶的非洲回回的手中，我们于是被捕，被缚，用了绳，索，马锁，牛练。随后他们割，阉，把桅杆和弹丸去个净尽；你伸进手去摸一摸看，同坤造一样地光，在那权骨旁边，除了那天然的以外什么也不见的。后来我们逃出走到亚拉伯的荒野大沙漠，我们和野驴一同生活，吃风，沙，和没有汁的菱角过日子。
>
> 以后我们坐在一间破屋子里开始飘洋，在云的上头和下头乱滚，被那猛风，粗风，静风，逆风吹着，通过许多大小树林，一直到末了搁浅在沙利伯里平原，撞在一棵白菜根上把屋船碰得粉碎。现在我请求你们，诸位仁人君子，以仁济为怀，布施给我一百方牛肉，一百块黄油，以及干酪，一箱饼干，一大桶啤酒，一小桶甜酒，一桶蒲陶酒，一块金子，一片银子，几枚一分或半分的铜元，一瓶牛乳，一双旧裤子，袜，或皮鞋，或者一服旱烟也好。

译完之后，叹了一口气，觉得安心不少，因为看起来还不十分违碍，而且又想到北京有些公开的图像，也都是阉割过的，大家看了绝不以为奇（从前《改造》上的表纸图案却引起不少非议），那么这《告帮启》里的话自然也很平常，而或者还有点官学的（academical）正派气味呢。

这篇东西写了的第二天，万羽君来谈，说及故乡的周敦夫的“平调”，潘秀女的“花调”等，便记起那些瞽女大都聚居城内的马梧桥一带，招牌上写着“三品词调”四字，因此觉得“话词”一语必须这样写，而《天雨花》等的总名也当作“词本”。

上文云“市本”的名称古已有之，理当撤消，但这两个字留作Chapbook的译语，似乎也还可以用。

［1925年11月《语丝》/《谈龙集》］

塞文狄斯

张慈慰先生在《论妇女的智力》(《晨报副刊》一四〇二)文中引有一段很有趣的故事云:

从前有一个人到西班牙去,看见路上一个衣服破裂不堪形如乞丐的人,旁人告诉他,这就是写 *Don Quixote* 的 Cervantes。他觉得西班牙政府太不近情理,对于这样伟大的诗人,还不扶助。但他的朋友就告诉他,只因西班牙政府没有扶助,这诗人才写出这伟大的著作,否则我们就没有这样一本书了。

上文是见于十一月二十三日的报上,我们再查十一月七日发行的《现代评论》第四十八期,见西滢先生的《闲话》内也有相像的话:

有人游历西班牙,他的引导者指了一个乞丐似的老人说,那就是写 *Don Quixote* 的 Cervantes。听者惊诧道:"塞文狄斯吗?怎样你们的政府让他这样的穷困?"引导者道:"要是政府养了他,他就不写 *Don Quixote* 那样的作品了。"

我觉得这个故事很是有趣,不禁发了一点考据癖的痴,要找出它的出典来,于是拿了几种西班牙文学史以及评论来乱查一阵,可是都不在那里边。后来查到一本《塞文狄斯评传》,是英国《吉诃德先生》译者 Henry Edward Watts 所著,第十二章中说及 Marquez Torres 记述一件故事,足以见塞文狄斯的声名在当时是怎样的大。一六一五年(塞文狄斯那时是六十八岁,次年他就死了)二月二十五日,Torres 跟了妥勒陀地方主教去回访法国专使,随员中有好些人都爱读塞文狄斯的著作。

他们如此热心赞美,我便允许引导他们到一处地方,可以看见那个著者,他们非常愿意。他们询问他的年纪,职业,身分和境况，我只好答说他年老了，是一个军人，是绅士，很穷；于是一个人问道：但是西班牙为什么不用公款资助这样的人，使他富有些呢？又一个人很深刻的说道：若是穷困逼迫他著书，那么愿上帝不要使他富有，他自己虽穷困，却可以用了他的著作使世界富有。

James Fitzmaurice Kelly 的精确的《塞文狄斯传》第十二节中也这样说，大约这段叙述是可靠的了，因为 Kelly 是英国现在的西班牙文学的“权威”。虽然有人说法国人真去会过塞文狄斯，但他似乎不相信，因他在下文这样的说：

倘若那些法国的爱读者真让 Torres 引导到塞文狄斯的家里去，他们便会得从周围的情状看出他真是穷困。

他的确是穷。一五九〇年十一月八日塞文狄斯为得赊了值四十块钱的布匹，由他和他的保人与布店订立一个合同，还有四个公证作中，真如传中所说郑重得尽够担保公债了。一六〇一年冬政府问他追还亏空的公款时，他也是“自己尚无衣食之资”，所以第二次下了牢。他的窘况确是历历如见，但似乎他那悬鹑百结的真相却终于没有人亲见，——自然他的亲戚朋友是看见的，不过不曾见诸记录。

《吉诃德先生》（全名是《拉曼差的聪敏的绅士吉诃德先生》）是我所很喜欢的书之一种，我在宣统年前读过一遍，近十多年中没有再读，但随时翻拢翻开，不晓得有几十回，这于我比《水浒》还要亲近。某“西儒”说：“一个文人著作的最好的注释是①他自己的生活。”但在塞文狄斯又是特别如此，因为如又一“西儒”说：“有人著作小说，有人经历小说，塞文狄斯则兼此二者而有之。”你如喜读《吉诃德先生》，

【锺校】

① 原无“是”字，今增。

你一定会对于塞文狄斯的传记感到兴趣。他的生活固然是很浪漫的，但说是现实的却也同时非常地现实。他是一个文艺复兴时代的人。他有他的伟大处，也有好些他的过失；不过这使我们更能理解他，因为我们所求者并不是圣徒之奇迹的故事。Kelly 的一本简洁精密的小传真比《五十著名轶事》还要有趣味，虽然里边所记都是考证确实，大半本脚注全是所根据的西班牙文文件原本。与其读十本中国现代水平线上的小说，实在不如读半本（西班牙文的一部分除外也）这样的书。

［1925 年 12 月《语丝》/《自己的园地》］

关于接吻

志摩兄：

虽然常在第一医院楼梯下相遇，总是没有长谈的机会；我是住在西北的乡下，实在有点怕敢上你的松树胡同去，因为太远了，也有点生疏。我希望过些时可以去访你。

十六日《晨副》上登载一篇夏斧心君的《接吻发凡》译文，你说因蔼理斯原书不在手边，不曾校阅，今日无事找出第四本的《性的心理》来略一检查，觉得有一二点尚可商议，特报告给你。

译文第六节里，“这种情形在一切阶级都是如此，也许永久都要如此了。连握手在她们中间，也算作洋派。”这似应云，“这种情形在一切阶级现在都是如此，而且也向来如此；连握手在他们（日本人）中间也是不通行的。”末句后半云 Foreign to them，大约不能作“洋派”解，虽然我的译语也不很妥当。

第七节云，“亚剌伯有一本鼓吹社会改造底书，叫做《馨香之园》（*Perfumed Garden*）。”原文说这一部书表示当时有过一种高等的风化（Social refinement），这并不是社会改造的书，乃是《双梅影闇丛书》①的材料，专讲房中术的，看所引“一个湿的接吻”一语就可以想见，只可惜见不到这本书，似乎这只有一种法文译本。

第九节云中国“母亲不给她的孩子特别浪娇的吻”，你在句后加有一个疑问号，大约这里有点笔误。原文云不但父亲不和略大的子女接

【锺校】

① “闇”原作“庵”。

吻，“就是母亲也只偶尔偷偷地给她的孩子接一个吻”，末句后半是 A rare and furtive kiss。此外有一两处稍有出入，都不关紧要，可以不说。因为我不是“宏博的批评家”，专是寻人家的漏洞的。总之夏君这篇译文要算是很好的，不过那题目似乎不大好，因为这不是 Origin of Kiss，却有点像 Introduction to the Art of Kissing（or to Philematology）了。

蔼理斯讲到远东的接吻，用的材料都是转手来的，所以不很确实。小泉八云说日本向来没有接吻，不免是皮相之见，只要一查故医学博士文学博士森林太郎所著经政府禁止的小说《性的生活》（*Vita Sexualis*），就可知道。

第恩周所说的中国的接吻，那是“嗅”，我们乡间读作 hsoong（西用切），此外似乎还有一种所谓亲嘴，或者就是亚刺伯的《馨香之园》里所说的罢？这些在中国的成年大抵都知道，也可以不必再同老兄絮说了。

十二月十八日，作人。

［1925 年 12 月 21 日《晨报副刊》/集外文］

一九二六年

花　煞

川岛在《语丝》六六期上提起花煞，并问我记不记得高调班里一个花煞“被某君看到大大的收拾了一场”的故事。这个戏文我不知道，虽然花煞这件东西是知道——不，是听见人家说过的。

照我的愚见说来，煞本是死人自己，最初就是他的体魄，后来算作他的灵魂，其状如家鸡。（凡往来飘忽，或出没于阴湿地方的东西，都常用以代表魂魄，如蛇虫鸟鼠之类，这里本来当是一种飞鸟，但是后人见识日陋，他们除了天天在眼前的鸡鸭外几乎不记得有别的禽鸟，所以只称他是家鸡，不管他能飞不能飞了；说到这里，我觉得绍兴放在灵前的两只纸鸡，大约也是代表这个东西的，虽然他们说是跟死者到阴间去吃痰的，而中国人也的确喜欢吐痰。）再后来乃称作煞神，仿佛是“解差”一类的东西，而且有公母两只了。至于花煞（方音读作 Huoasaa，第二字平常读 Saeh）则单是一种喜欢在结婚时作弄人的凶鬼，与结婚的本人别无系属的关系。

在野蛮人的世界里，四分之一是活人，三分之一是死鬼，其馀的都是精灵鬼怪。这第三种，占全数十二分之五的东西，现在总称精灵鬼怪，“西儒”则呼之为代蒙（Daimones），里边也未必绝无和善的，但大抵都是凶恶，幸灾乐祸的，在文化幼稚，他们还没有高升为神的时候，恐怕个个都是如此。他们时时刻刻等着机会，要来伤害活人，虽然这于他们并没有什么好处，而且那时也还没有与上帝作对的天魔派遣他们出去捣乱。但是活人也不是蠢东西，任他们摆布，也知道躲避或抵抗，所以他们须得找寻好机会，人们不大能够反抗的时候下手，例如呵欠，喷嚏，睡觉，吃饭，发身，生产，——此外最好自然还有那性行为，尤其是初次的性交。

截搭题做到这里，已经渡到花煞上来了。喔，说到本题，我却没有什么可以讲了，因为关于绍兴的花煞的传记我实在知道得太少。我只知道男家发轿时照例有人穿了袍褂顶戴（现在大约是戴上了乌壳帽了吧），拿一面镜子一个熨斗和一座烛台在轿内乱照，行“搜轿”的仪式。这当然是在那里搜鬼，但搜的似乎不是花煞，因为花煞仍旧跟着花轿来的，仿佛可以说凡花轿必有其花煞，自然这轿须得实的，里边坐着一个人。这个怪物大约与花轿有什么神秘的关系，虽然我不能确说；总之男女居室而不用花轿便不听见有什么花煞，如抢亲，养媳妇，纳妾，至于野田草露更不必说了。听说一个人冲了花煞就要死或者至少也是重病，则其祸祟又波及新人以外的旁人了，或者因为娘子遍身穿红，又熏透芸香，已经有十足的防御，所谓有备故无患也欤。

［1926年3月1日《语丝》/《自己的园地》］

约翰巴耳

前日我往新街口纸店里去买一支元字笔，见电灯柱上有新贴的长条传单，走去一看，乃是孙中山先生周年纪念会所印，有一条是“打倒任何属性的帝国主义”十一字。末四字的意义在一般北京市民恐怕已不很明了，“任何属性”一定是更不懂了，至于其中所含的奥义则我也是打听清楚这是哪一方面所贴之后方才悟出，在不知道内容的人自然无从索解，只觉得茫然如见唵字神咒，不晓得他的神力在哪里。我看了这种古典的宣传口号，遂又想起英国的逆僧约翰球的故事来。

约翰球者，约翰巴耳（John Ball）之汉译也。

他是一个基督教的僧侣，他的说教助成了那一三八一年的农夫之乱。他自称为“约克的圣玛理亚之僧”，大约说是他本是那里的圣玛理亚寺里的一个客僧。但是他一生的大事业是在厄色克思，特别是科乞斯德周围一带。他的说教似乎开始很早，在一三八一年的二十年前。一三六六年他已被传到堪忒伯利主教西门兰干面前，监禁了起来。他的罪名是教人为非。他却一点都不警戒，随后被诺列志和堪忒伯利两处主教宣告破门（不但赶出教会，还要永堕地狱）。他似乎有点归依威克利夫的宗旨，在不准再进教堂之后，他仍在市场和坟地继续说教。一三七六年发出拘票捉他，当作一个破门的人；一三八一年四月末被禁在梅斯东地方的大主教监狱里。乱党的最初行动之一即是想救他出来。六月十三日他对了叛徒们作那有名的说教，主题是这两句：

当初亚当种田，夏娃织布，

那时有谁是绅士富户？

(Whan Adam dalf and Eve span,

Whan was thanne a gentilman?)

据说萨特伯利大主教被捉住斩首的时候，他也是首先冲进谯楼去的一个人。英王在斯密非耳特与乱党交战时他也在场，或者亲见首领泰勒之失败。叛众溃散之后他逃到孔文忒利，旋被捕获，解往圣亚般思审问。审判时他很是勇敢，不肯呈请英王赦罪。他被判为大逆，于七月十五日在圣亚般思绞毙，破肚，分尸。（右见 Henry Bett 的《儿歌的起源与其历史》，第三章讲“数与记忆”，说及约翰巴耳的故事在现今的儿歌中尚有馀留。）

当初亚当种田，夏娃织布，

那时有谁是绅士富户？

基督教僧侣宣传反贵族运动，这两句话多么巧妙，身分口气无不恰好，这或者可以当作后世宣传家的模范了罢。

［1926 年 3 月 22 日《语丝》/《自己的园地》］

关于三月十八日的死者

一

我是极缺少热狂的人，但同时也颇缺少冷静，这大约因为神经衰弱的缘故，一遇见什么刺激，便心思纷乱，不能思索更不必说要写东西了。三月十八日下午我往燕大上课，到了第四院时知道因外交请愿停课，正想回家，就碰见许家鹏君受了伤逃回来，听他报告执政府卫兵枪击民众的情形，自此以后，每天从记载谈话中听到的悲惨事实逐日增加，堆积在心上再也摆脱不开，简直什么事都不能做。

到了现在已是残杀后的第五日，大家切责段祺瑞贾德耀，期望国民军的话都已说尽，且已觉得都是无用的了，这倒使我能够把心思收束一下，认定这五十多个被害的人都是白死，交涉结果一定要比沪案坏得多，这在所谓国家主义流行的时代或者是当然的，所以我可以把彻底查办这句梦话抛开，单独关于这回遭难的死者说几句感想到的话。——在首都大残杀的后五日，能够说这样平心静气的话了，可见我的冷静也还有一点哩。

二

我们对于死者的感想第一件自然是哀悼。对于无论什么死者我们都应当如此，何况是无辜被戕的青年男女，有的还是我们所教过的学生。我的哀感普通是从这三点出来，熟识与否还在其外，即一是死者之惨苦与恐怖，二是未完成的生活之破坏，三是遗族之哀痛与损失。

这回的死者在这三点上都可以说是极量的，所以我们哀悼之意也特别重于平常的吊唁。

第二件则是惋惜。凡青年夭折无不是可惜的，不过这回特别的可惜，因为病死还是天行而现在的戕害乃是人功。人功的毁坏青春并不一定是最可叹惜，只要是主者自己愿意抛弃，而且去用以求得更大的东西，无论是恋爱或是自由。我前几天在茶话《心中》里说：“中国人似未知生命之重，故不知如何善舍其生命，而又随时随地被夺其生命而无所爱惜。”这回的数十青年以有用可贵的生命不自主地被毁于无聊的请愿里，这是我所觉得太可惜的事。

我常常独自心里这样痴想，“倘若他们不死……”我实在几次感到对于奇迹的希望与要求，但是不幸在这个明亮的世界里我们早知道奇迹是不会出来的了。——我真深切地感得不能相信奇迹的不幸来了。

三

这回执政府的大残杀，不幸女师大的学生有两个当场被害。一位杨女士的尸首是在医院里，所以就搬回了；刘和珍女士是在执政府门口往外逃走的时候被卫兵从后面用枪打死的，所以尸首是在执政府，而执政府不知怎地把这二三十个亲手打死的尸体当作宝贝，轻易不肯给人拿去，女师大的职教员用了九牛二虎之力，到十九晚才算好容易运回校里，安放在大礼堂中。第二天上午十时棺殓，我也去一看；真真万幸我没有见到伤痕或血衣，我只见用衾包裹好了的两个人，只馀脸上用一层薄纱蒙着，隐约可以望见面貌，似乎都很安闲而庄严地沉睡着。

刘女士是我这大半年来从宗帽胡同时代起所教的学生，所以很是面善，杨女士我是不认识的，但我见了她们两位并排睡着，不禁觉得十分可哀，好像是看见我的妹子，——不，我的妹子如活着已是四十岁了，好像是我的现在的两个女儿的姊姊死了似的，虽然她们没有真的姊姊。当封棺的时候，在女同学出声哭泣之中，我陡然觉得空气非常沉重，使大家呼吸有点困难，我见职教员中有须发斑白的人此时也有老泪要流下来，虽然他的下颔骨乱动地想忍住他也不可能了。……

这是我昨天在《京副》发表的文章中之一节，但是关于刘杨二君的事我不想再写了，所以抄了这篇“刊文”。

四

二十五日女师大开追悼会，我胡乱做了一副挽联送去，文曰：

死了倒也罢了，若不想到二位有老母倚闾，亲朋盼信；

活着又怎么着，无非多经几番的枪声惊耳，弹雨淋头。

殉难者全体追悼会是在二十三日，我在傍晚才知道，也做了一联：

赤化赤化，有些学界名流和新闻记者还在那里诬陷；

白死白死，所谓革命政府与帝国主义原是一样东西。

惭愧我总是“文字之国”的国民，只会以文字来记念死者。

民国十五年三月十八日之后五日。

［1926年3月29日《语丝》/《泽泻集》］

牧神之恐怖

我们学英文的时候，看见有“潘匿克”（Panic）一个字，查字典只说是“过度的恐慌”，不知道到底是怎么一回事。后来亲身经历过几件事，这才明白他的意思了。有一回是一九一一年秋天，革命潮流到了东南，我们的县城也已光复，忽然一天下午大家四面奔逃，只说“来了来了！”推测起来大约是说杭州的驻防杀来了，但是大家都说不清楚。今年四月北京的恐慌也很厉害，异于寻常，这也可为“潘匿克”之一例。

“潘匿克”这个字的来源说来很有趣味，虽然实际的经验是不大舒服。据语源字典说，潘匿克源出希腊语 To Panikon，系 To Panikon Deima 之略，意云潘的恐怖。潘（Pan）为牧神，人身羊足，头上有羊耳羊角，好吹编箫，见希腊神话，文学及美术作品中多有之。但他又好午睡，如有人惊动了他，他便将使羊群或人突然惊怖狂奔，发生灾祸。这是牧神的恐怖一语成立的源因。谛阿克列多思（Theokritos）《牧歌》第一章云：

> 不，牧人，我们日中不当吹箫。我们怕那牧神（To Pana dedoikames），因为在这时候他打猎困倦了正在休息。

《旧约·诗篇》第九十一首第六章原有这样的两句（照官话译本）：

> 也不怕黑夜行的瘟疫，或是午间灭人的毒病。

末句在七十人译希腊文本作“日中的鬼祸”，据洛孙（J. C. Lawson）在《现代希腊民俗与古代宗教》中说，即是牧神之恐怖的迷信之遗留。大抵在希腊正午是很热的，最适于午睡，但是又容易梦魇或得病，所以人们觉得这个时辰有点古怪，不但要得罪老潘，就是见舍伦（《雨天的书》里有一篇是讲她的）也大都是这样的时候。中国最丰富于此种经验而没有通用的名称，不知是怎的。因此我想到编字典之难，注一句说明不算什么，要对译一个字（或词）那可就不容易了。

［1926 年 5 月《语丝》/《自己的园地》］

死　法

“人皆有死”，这句格言大约是确实的，因为我们没有见过不死的人，虽然在书本上曾经讲过有这些东西，或称仙人，或是“尸忒卢耳不卢格”（Strulbrug），这都没有多大关系。不过我们既然没有亲眼见过，北京学府中静坐道友又都剩下蒲团下山去了，不肯给予凡人以目击飞升的机会，截至本稿上板时止本人遂不能不暂且承认上述的那句格言，以死为生活之最末后的一部分，犹之乎恋爱是中间的一部分，——自然，这两者有时并在一处的也有，不过这仍然不会打破那个原则，假如我们不相信死后还有恋爱生活。总之，死既是各人都有分的，那么其法亦可得而谈谈了。

统计世间死法共有两大类，一曰“寿终正寝”，二曰“死于非命”。寿终的里面又可以分为三部。一是老熟，即俗云灯尽油干，大抵都是“喜丧”，因为这种终法非八九十岁的老太爷老太太莫办，而伊们此时必已四世同堂，一家里拥上一两百个大大小小男男女女，实在有点住不开了，所以伊的出缺自然是很欢送的。二是猝毙，某一部机关发生故障，突然停止进行，正如钟表之断了发条，实在与磕破天灵盖没有多大差别，不过因为这是属于内科的，便是在外面看不出痕迹，故而也列入正寝之部了。三是病故，说起来似乎很是和善，实际多是那“秒生”（Bacteria）先生作的怪，用了种种凶恶的手段，谋害“蚁命”，快的一两天还算是慈悲，有些简直是长期的拷打，与“东厂”不相上下，那真是厉害极了。总算起来，一二都倒还没有什么，但是长寿非可幸求，希望心脏麻痹又与求仙之难无异，大多数人的运命还只是轮到病故，揆诸吾人避苦求乐之意实属大相径庭，所以欲得好的死法，我们不得不离开了寿终而求诸死于非命了。

非命的好处便是在于他的突然，前一刻钟明明是还活着的，后一刻钟就直挺地死掉了，即使有苦痛（我是不大相信）也只有这一刻，这是他的独门的好处。不过这也不能一概而论。十字架据说是罗马处置奴隶的刑具，把他钉在架子上，让他活活地饿死或倦死，约莫可以支撑过几天；荼毗是中世纪卫道的人对付异端的，不但当时烤得难过，随后还剩下些零星末屑，都觉得不很好。车边斤原是很爽利，是外国贵族的特权，也是中国好汉所欢迎的，但是孤另另的头像是一个西瓜，或是“柚子”，如一位友人在长沙所见，似乎不大雅观，因为一个人的身体太走了样了。吞金喝盐卤呢，都不免有点妇女子气，吃鸦片烟又太有损名誉了，被人叫做烟鬼，即使生前并不曾“与芙蓉城主结不解缘”。怀沙自沉，前有屈大夫，后有……，倒是颇有英气的，只恐怕泡得太久，却又不为鱼鳖所亲，像治咳嗽的“胖大海”似的，殊少风趣。吊死据说是很舒服（注意：这只是据说，真假如何我不能保证），有岛武郎与波多野秋子便是这样死的，有一个日本文人曾经半当真半取笑地主张，大家要自尽应当都用这个方法，可是据我看来也有很大的毛病。什么书上说有缢鬼降乩题诗云：

目如鱼眼四时开，身若悬旌终日挂。

（记不清了，待考；仿佛是这两句，实在太不高明，恐防是不第秀才做的。）又听说英国古时盗贼处刑，便让他挂在架上，有时风吹着骨节珊珊作响（这些话自然也未可尽信，因为盗贼不会都是锁子骨，然而“听说”如此，我也不好一定硬反对），虽然有点唐珊尼爵士（Lord Dunsany）小说的风味，总似乎过于怪异——过火一点。想来想去都不大好，于是乎最后想到枪毙。枪毙，这在现代文明里总可以算是最理想的死法了。他实在同丈八蛇矛嚓喇一下子是一样，不过更文明了，便是说更便利了，不必是张翼德也会使用，而且使用得那样地广和多！在身体上钻一个窟窿[1]，把里面的机关搅坏一点，流出些蒲公英的白汁似的红水，这件事就完了：你看多么简单。简单就是安乐，这比什么病都好得多了。三月十八日中法大学生胡锡爵君在执政府被害，学校里开追悼会的时候，我送去一副对联，文曰：

什么世界，还讲爱国？

如此死法，抵得成仙！

这末一联实在是我衷心的颂辞。倘若说美中不足，便是弹子太大，掀去了一块皮肉，稍为触目，如能发明一种打鸟用的铁砂似的东西，穿过去好像是一支粗铜丝的痕，那就更美满了。

我想这种发明大约不会很难很费时日，到得成功的时候，喝酸牛奶的梅契尼柯夫（Metchinikoff）医生所说的人的“死欲”一定也已发达，那么那时真可以说是“合之则双美”了。

［附记］

我写这篇文章或者有点受了正冈子规的俳文《死后》的暗示，但这里边的话和意思都是我自己的。又上文所说有些是玩话，有些不是，合并声明。

（十五年五月）

案，所说俳文《死后》已由张凤举先生译出，登在《沉钟》第六期上。

（十六年八月编校时再记）

［1926年5月《语丝》/《泽泻集》］

【锺校】

① “窿”原作“陇”。

奴才礼赞

天下自古有奴隶，惟奴才为希有可贵。为什么呢？你只要有强力，有财力，就可以弄到许多奴隶，在你的威武与契约之下，也只能低头给你服役，虽然心里不服，或是正图谋反抗。至于奴才，那是甘心情愿替你做狗腿，无论你怎样待他，不要他，给他可以逃脱的机会，他总是非请安叩头或打屁股不行，一定要戴一顶空梁帽直站在门口，听候吩咐。总之，他是有奴瘾的，或说是奴性奴气，亦无不可。奴才与奴隶的不同，在于他是天生而非人为的（Born not made），在这一点上奴才的确与诗人一样，一样难得的。

不过在别处难得的东西，在咱们中华大抵都是很平常的，奴才也不是例外。要严格的统计奴才全数与人口的比例，去和别国比较，还没有人这样办过，我不知道到底成绩如何，但略为玄学一点照我们的感觉说去，中国似乎当得起说是最富于奴才的国。例呢，可以不必举罢？姑且举远一点的，即如溥仪出宫时那班忠良的商民。喔，喔，这是何等的荣誉，我们有这许多像诗人一样难得的东西，倘若奴才少几个，中国怎么会精神文明得像现在这个样子，怎么会这样的幸福安吉？这的确是值得最高的顶礼的，最可尊重的了。

幼时听祖父说，有满洲武官朝见嘉庆皇帝，本应自称奴才的现在却口口声声称作奴家，嘉庆皇帝想笑，怕得他要得失仪之罪，勉强忍住，把下嘴唇都咬出血来了。我听了这个故事，觉得奴才这件物事不但是可贵而且也还有点可爱了。休哉！

［1926 年 6 月《语丝》/集外文］

谈　酒

这个年头儿，喝酒倒是很有意思的。我虽是京兆人，却生长在东南的海边，是出产酒的有名地方。我的舅父和姑父家里时常做几缸自用的酒，但我终于不知道酒是怎么做法，只觉得所用的大约是糯米，因为儿歌里说，“老酒糯米做，吃得变 nionio”——末一字是本地叫猪的俗语。做酒的方法与器具似乎都很简单，只有煮的时候的手法极不容易，非有经验的工人不办，平常做酒的人家大抵聘请一个人来，俗称“酒头工”，以自己不能喝酒者为最上，叫他专管鉴定煮酒的时节。有一个远房亲戚，我们叫他“七斤公公”，——他是我舅父的族叔，但是在他家里做短工，所以舅母只叫他作“七斤老”，有时也听见她叫“老七斤”，是这样的酒头工，每年去帮人家做酒；他喜吸旱烟，说玩话，打马将，但是不大喝酒（海边的人喝一两碗是不算能喝，照市价计算也不值十文钱的酒），所以生意很好，时常跑一二百里路被招到诸暨嵊县去。据他说这实在并不难，只须走到缸边屈着身听，听见里边起泡的声音切切察察的，好像是螃蟹吐沫（儿童称为蟹煮饭）的样子，便拿来煮就得了；早一点酒还未成，迟一点就变酸了。但是怎么是恰好的时期，别人仍不能知道，只有听熟的耳朵才能够断定，正如骨董家的眼睛辨别古物一样。

大人家饮酒多用酒钟，以表示其斯文，实在是不对的。正当的喝法是用一种酒碗，浅而大，底有高足，可以说是古已有之的香宾杯。平常起码总是两碗，合一“串筒”，价值似是六文一碗。串筒略如倒写的凸字，上下部如一与三之比，以洋铁为之，无盖无嘴，可倒而不可筛，据好酒家说酒以倒为正宗，筛出来的不大好吃。唯酒保好于量酒之前先“荡”（置水于器内，摇荡而洗涤之谓）串筒，荡后往往将清水之一部分留在筒内，客嫌酒淡，常起争执，故喝酒老手必先戒堂倌以勿荡串筒，并监视其量好放在温酒架上。能饮者多索竹叶青，通称曰“本色”，“元红”系状元红之略，则着色者，唯外行人喜饮之。在外省有所谓花雕者，唯本地酒店中却没有这样东西。相传昔时人家生女，则酿酒贮花雕（一种有花纹的酒坛）中，至女儿出嫁时用以饷客，但此风今已不存，嫁女时偶用花雕，也只临时买元红充数，饮者不以为珍品。有些喝酒的人预备家酿，却有极好的，每年做醇酒若干坛，按次第埋园中，二十年后掘取，即每岁皆得饮二十年陈的老酒了。此种陈酒例不发售，故无处可买，我只有一回在旧日业师家里喝过这样好酒，至今还不曾忘记。

我既是酒乡的一个土著，又这样的喜欢谈酒，好像一定是个与“三西”结不解缘的酒徒了。其实却大不然。我的父亲是很能喝酒的，我不知道他可以喝多少，只记得他每晚用花生米水果等下酒，且喝且谈天，至少要花费两点钟，恐怕所喝的酒一定很不少了。但我却是不肖，不，或者可以说有志未逮，因为我很喜欢喝酒而不会喝，所以每逢酒宴我总是第一个醉与脸红的。自从辛酉患病后，医生叫我喝酒以代药饵，定量是勃阑地每回二十格阑姆，蒲陶酒与老酒等倍之，六年以后酒量一点没有进步，到现在只要喝下一百格阑姆的花雕，便立刻变成关夫子了。（以前大家笑谈称作“赤化”，此刻自然应当谨慎，虽然是说笑话。）有些有不醉之量的，愈饮愈是脸白的朋友，我觉得非常可以欣羡，只可惜他们愈能喝酒便愈不肯喝酒，好像是美人之不肯显示她的颜色，这实在是太不应该了。

黄酒比较的便宜一点，所以觉得时常可以买喝，其实别的酒也未尝不好。白干于我未免过凶一点，我喝了常怕口腔内要起泡，山西的汾酒与北京的莲花白虽然可喝少许，也总觉得不很和善。日本的清酒我颇喜欢，只是仿佛新酒模样，味道不很静定。蒲桃酒与橙皮酒都很可口，但我以为最好的还是勃阑地。我觉得西洋人不很能够了解茶的趣味，至于酒则很有工夫，决不下于中国。天天喝洋酒当然是一个大的漏卮，正如吸烟卷一般，但不必一定进国货党，咬定牙根要抽净丝，随便喝一点什么酒其实都是无所不可的，至少是我个人这样的想。

喝酒的趣味在什么地方？这个我恐怕有点说不明白。有人说，酒的乐趣是在醉后的陶然的境界。但我不很了解这个境界是怎样的，因为我自饮酒以来似乎不大陶然过，不知怎的我的醉大抵都只是生理的，而不是精神的陶醉。所以照我说来，酒的趣味只是在饮的时候，我想悦乐大抵在做的这一刹那，倘若说是陶然，那也当是杯在口的一刻罢。醉了，困倦了，或者应当休息一会儿，也是很安舒的，却未必能说酒的真趣是在此间。昏迷，梦魇，呓语，或是忘却现世忧患之一法门；其实这也是有限的，倒还不如把宇宙性命都投在一口美酒里的耽溺之力还要强大。我喝着酒，一面也怀着"杞天之虑"，生恐强硬的礼教反动之后将引起颓废的风气，结果是借醇酒妇人以避礼教的迫害，沙宁（Sanin）时代的出现不是不可能的。但是，或者在中国什么运动都未必彻底成功，青年的反拨力也未必怎么强盛，那么杞天终于只是杞天，仍旧能够让我们喝一口非耽溺的酒也未可知。倘若如此，那时喝酒又一定另外觉得很有意思了罢？

［1926 年 6 月《语丝》/《泽泻集》］

论做鸡蛋糕

近来对于女子教育似乎有两派主张，一派是叫女学生要专做鸡蛋糕，一派是说不应该做。这两派的人自然各有理由，不肯相下，现在姑且不去管他，照我个人的意见说来，我却是赞成做鸡蛋糕的。

本来鸡蛋糕这东西是点心中颇好吃的一种，从店铺里买来的一定价钱不很便宜，那么倘若自己能做，正是极好的事，所以我对于女学生做鸡蛋糕学说表示赞成。但是，我得声明，我不是正统的鸡蛋糕学派，因为他们的理由是老爷爱吃鸡蛋糕故太太应做之，说得冠冕一点是夫为妻纲思想的遗风，这是我所始终反对的。我的主张本来并不限于女子，便是男子也该会做鸡蛋糕，不但是鸡蛋糕，便是煮饭洗衣男子也该会做，不过现在是谈女子教育，所以只就这一方面立论罢了。

我并不是学教育的，也不曾熟知中国女子，因此我不能以什么教育家或是丈夫的资格来陈述她们的缺点，提议教育上的补救方法。我只是以旁观的地位，就见闻所得，说一句老实话，觉得现代女子的确有一个缺点，即缺乏知识之实用。我决不说世风日下，以为旧妇女比新的要好要能干：胡涂的经验与空洞的知识一样是无用的。若是做真的鸡蛋糕等等，多谢有些学校及杂志的提倡，恐怕新妇女的手段未必怎么不及她们的老辈，所可惜的是对于人生这一个大鸡蛋糕她们也同老姑母们一样的没有办法。我说她们应该懂的是这个鸡蛋糕的做法。

处理人生的方案我想是没有人可以拟定传授的，须得各自去追求才对，但是这上面必要的常识却是可以修得。这可以分为普通知识之获得及其实用来说。在现在这个过渡时代里，只凭了传统的指导去生活，固然也还可暂时敷衍过去，不过这不是我所希望于青年男女者，所以应毋庸议，虽然那种生活法或者倒是颇安全而且舒服的，倘若那个人的个性不大发达，没有什么思想。为现代的新青年计，人生的基本知识是必要的，大要就是这几种学科：

一，自然科学类，内有天文学，地质学，生物学三种。

二，社会科学类，内只人类学一种，但包含历史等在内。

一眼看去，这都是专门学问，非中学课程中所有，要望青年男女得到这种知识，岂非梦话。这个情形我原是知道的，不过我的意思是只要了解大意便好，并不是专攻深造，大约不是很难的事。我的空想的计画是，先从生物学入手，明了了生物的生理及其一生的历史，再从进化说去看生物变迁之迹，就此过渡到地质学方面，研究我们所住的这块地的历史及现状，以后再查考地球在太阳系的位置，并太阳系与别的星星的关系，那就移到天文学上去了。这是右翼，左翼是人类学，青年先从这里知道民族分类的情形，再注意于“社会人类学”的一部分，明白社会组织以及文化道德的发达变迁，于是这号称万物之灵的人类的历史大旨可以知道了。此外在右翼还可加入理化数学，左翼加入政治经济，但如有了上边的基本知识也就足以应用，不但《女儿经》及其他都用不着，就是不读圣经贤传，在一生里也可以没有什么过恶了。这种常识教科书，倘若有适当的人来编，我想不是什么难事，或者只要二十万言就可以写成四本书，此外单行小册自然愈多愈好。只可惜中国人于编书一事似乎缺少才能，我看了那些刊行的灌输知识的丛书，对于上面所说的乐观的话觉得未免有点过分。

我们假定这些知识已经有了，但是如不能利用，还是空的。本来凡有知识无一不是有益有用的，只要人能用他。中国人因为奴性尚未退化，喜因而恶创，善记忆而缺乏思索，虽然获得新知识也总是堆积起来，不能活用。古希腊哲人云，“多识不能益智”，正是痛切的批评。据英国故部丘（S. H. Butcher）教授说，希腊的“多识”（Polymathié）一语别有含义，系指一堆事实，记在心里，未曾经过理知的整理之谓。中国人的知识大抵如此，我常说这好像是一家药材店，架上许多抽屉贮藏着各种药品，一格一格的各不相犯，乌头附子与茯苓生地间壁放着，待有主顾时取用。中国人的脑子里也分作几隔，事实与迷信同时并存，所以学过生理的人在讲台上教头骨有几块，生病时便相信符水可以止痢，石燕可以催生，而静坐起来“丹田”里有一股气可以穿过横隔膜，钻通颅骨而出去了。现在当一反昔日之所为，把所得的知识融会贯通，打成一片，组织起一种自己的人生观，时时去与新得的知识较量，不使有什么分裂或矛盾，随后便以这个常识为依凭，判断一切日常的事件与问题。这样做去，虽然不能说一定可以安身立命，有快乐而无烦闷，总之这是应当如此的，而且有些通行的谬误思想，如天地人为三才，天上有专管本国的上帝，地球是宇宙之中心，人身不洁，性欲罪恶，道德不变，有什么天经地义，等等谬见，至少总可以免除了罢。我对于文明史的研究全是外行，但我相信，凡不必要的束缚与牺牲之减少即是文明的信征，反是者为野蛮。一民族的文明程度之高下，即可以道德律的宽严简繁测定之，而性道德之解放与否尤足为标准，至于其根本缘因则仍在于常识的完备，趣味的高尚，因是而理知与感情均进于清明纯洁之域。

中国号称礼教之邦，而夷考其实，社会上所主张的道德多是以传统迷信为根基的过去的遗物（现在亦并不实行，只是借此以文过饰非，或为做文章的资料），一般青年却都茫然不知辨别，这是很可叹的事，所以常识之养成在此刻中国实为刻不可缓的急务，愿大家特别注意，不要再沉湎于自己骗自己的“东方精神文明”的鸦片烟酒里了。

我临了重复的说，现代女子的确太缺乏知识，不要说知识实用了。在贤母良妻式的女学校“求学”的女学生，不愁不会做鸡蛋糕，但是此外怎样？结婚，育儿，当然是可能的，向来目不识一丁字的女人不是都能尽职么？难道这于学问有什么相干？是的，我要说，什么事都要学，单凭本能与经验是不中用的。圣经上说，“未有学养子而后嫁者也”，这正是贤者千虑之一失，现在应当倒过来说，未有嫁而后学养子者也。想做贤母良妻之人，不知道女人，男人，与小儿是什么东西，这岂不是笑话？这个问题说起来很长，与本文只是一部分的关系，现在且不说下去了，只劝告诸君，侯勃忒夫人（Mrs. S. Herbert）的《两性志》（*Sex-lore*，A. & C. Black）与《儿童志》（*Child-lore*，Methuen & Co.）二书可以一读，即使不读另外关于两性及儿童心理的书。

［1926 年 7 月《新女性》/《谈虎集》］

两个鬼

在我们的心头住着 Du Daimone，可以说是两个——鬼。我踌躇着说鬼，因为他们并不是人死所化的鬼，也不是宗教上的魔，善神与恶神，善天使与恶天使。他们或者应该说是一种神，但这似乎太尊严一点了，所以还是委屈他们一点称之曰鬼。

这两个是什么呢？其一是绅士鬼，其二是流氓鬼。据王学的朋友说人是有什么良知的，教士说有灵魂，维持公理的学者们也说凭着良心，但我觉得似乎都没有这些，有的只是那两个鬼，在那里指挥我的一切的言行。这是一种双头政治，而两个执政还是意见不甚协和的，我却像一个钟摆在这中间摇着。有时候流氓占了优势，我便跟了他去彷徨，什么大街小巷的一切隐密无不知悉，酗酒，斗殴，辱骂，都不是做不来的，我简直可以成为一个精神上的“破脚骨”。但是在我将真正撒野，如流氓之“开天堂”等的时候，绅士大抵就出来高叫“带住，着即带住！”说也奇怪，流氓平时不怕绅士，到得他将要撒野，一听绅士的吆喝，不知怎的立刻一溜烟地走了。可是他并不走远，只在衖头衖尾探望，他看绅士领了我走，学习对淑女们的谈吐与仪容，渐渐地由说漂亮话而进于摆臭架子，于是他又赶出来大骂道，“Nohk oh dausangtzr keh niarngsaeh，fiaulctōng tserntseuzeh doodzang kaeh moavaeh toang yuachu！”（案此流氓文大半有音无字，故今用拼音，文句也不能直译，大意是说“你这混帐东西，不要臭美，肉麻当作有趣。”）这一下①子，棋又全盘翻过来了。而流氓专政即此渐渐地开始。

【锺校】

① 此处原衍“之”字，已删。

诺威的巨人易卜生有一句格言曰，“全或无。”诸事都应该彻底才好，那么我似乎最好是去投靠一面，“以身报国”似的做去，必有发达之一日，一句话说，就是如不能做“受路足”的无赖，便当学为水平线上的乡绅。不过我大约不能够这样做。我对于两者都有点舍不得，我爱绅士的态度与流氓的精神。绅士不肯“叫一个铲子是铲子”，我想也是对的，倘若叫铲子便有了市侩的俗恶味，但是也不肯叫作别的东西那就很错了。我不很愿意在作文章时用电码八三一一，然而并不是不说，只是觉得可以用更好的字，有时或更有意思。我为这两个鬼所迷，着实吃苦不少，但在绅士的从肚脐画一大圈及流氓的“村妇骂街”式的言语中间，也得到了不少的教训，这总算还是可喜的。我希望这两个鬼能够立宪，不，希望他们能够结婚，倘若一个是女流氓，那么中间可以生下理想的王子来，给我们作任何种的元首。

［1926 年 7 月《语丝》/《谈虎集》］

菱 角

每日上午门外有人叫卖“菱角”，小孩们都吵着要买，因此常买十来包给他们分吃，每人也只分得十几个罢了。这是一种小的四角菱，比刺菱稍大，色青而非纯黑，形状也没有那样奇古，味道则与两角菱相同。正在看乌程汪曰桢的《湖雅》（光绪庚辰即一八八〇年出版），便翻出卷二讲菱的一条来，所记情形与浙东大抵相像，选录两则于后：

《仙潭文献》：“水红菱”最先出。青菱有二种，一曰“花蒂”，一曰“火刀”，风干之皆可致远，唯“火刀”耐久，迨春犹可食。因塔村之“鸡腿”，生啖殊佳；柏林圩之“沙角”，熟瀹颇胜。乡人以九月十月之交撤荡，多则积之，腐其皮，如收贮银杏之法，曰“阖菱”。

《湖录》：菱与芰不同。《武陵记》：“四角三角曰芰，两角曰菱。”今菱湖水中多种两角，初冬采之，曝干，可以致远，名曰“风菱”。唯郭西湾桑渎一带皆种四角，最肥大，夏秋之交，煮熟鬻于市，曰“熟老菱”。

按，鲜菱充果，亦可充蔬。沉水乌菱俗呼“浆菱”。乡人多于溪湖近岸处水中种之，曰“菱荡”，四围植竹，经绳于水面，闲之为界，曰“菱簜竹”。……

越中也有两角菱，但味不甚佳，多作为“酱大菱”，水果铺去壳出售，名“黄菱肉”，清明扫墓时常用作供品，“迨春犹可食”，亦别有风味。实熟沉水抽芽者用竹制发篦状物曳水底摄取之，名“掺芽大菱”，初冬下乡常能购得，市上不多见也。唯平常煮食总是四角者为佳，有一种名“驼背白”，色白而拱背，故名，生熟食均美，十年前每斤才十文，一角钱可得一大筐，近年来物价大涨，不知需价若干了。城外河中弥望菱荡，唯中间留一条水路，供船只往来，秋深水长风起，菱科漂浮荡外，则为“散荡”，行舟可以任意采取残留菱角，或并摘菱科之嫩者，携归作菹食。明李日华在《味水轩日记》卷二（万历三十八年即一六一〇）记途中窃菱事，颇有趣味，抄录于左。

> 九月九日，由谢村取馀杭道，曲溪浅渚，被水皆菱角，有深浅红及惨碧三色，舟行掬手可取而不设塍堑，僻地俗淳，此亦可见。余坐篷底阅所携《康乐集》，遇一秀句则引一酹，酒渴思解，奴子康素工掠食，偶命之，甚资咀嚼，平生耻为不义，此其愧心者也。

水红菱只可生食，虽然也有人把他拿去作蔬。秋日择嫩菱瀹熟，去涩衣，加酒酱油及花椒，名“醉大菱”，为极好的下酒物（俗名过酒坯），阴历八月三日灶君生日，各家供素菜，例有此品，几成为不文之律。水红菱形甚纤艳，故俗以喻女子的小脚，虽然我们现在看去，或者觉得有点唐突菱角，但是闻水红菱之名而“颇涉遐想”者，恐在此刻也仍不乏其人罢？

写《菱角》既了，问疑古君讨回范寅的《越谚》来一查，见卷中“大菱”一条说得颇详细，补抄在这里，可以纠正我的好些错误。甚矣我的关于故乡的知识之不很可靠也！

老菱装篰，日浇，去皮，冬食，曰①“酱大菱”。老菱脱蒂沉湖底，明春抽芽，搀起，曰“搀芽大菱”，其壳乌，又名“乌大菱”。肉烂壳浮，曰“氽起乌大菱”，越以讥无用人。搀菱肉黄，剥卖，曰“黄菱肉”。老菱晾干，曰“风大菱”。嫩菱煮坏，曰“烂勃七”。

［1926年8月《语丝》/《自己的园地》］

【锺校】

①“曰”原作“是”。

《酒后主语》小引

现时中国人的一部分已发了风狂，其馀的都患着痴呆症。只看近来不知为着什么的那种执拗凶恶的厮杀，确乎有点异常，而身当其冲的民众却似乎很麻木，或者还觉得舒服，有些被虐狂（Masochism）的气味。简单的一句话，大家都是变态心理的朋友。我恐怕也是痴呆症里的一个人，只是比较的轻一点，有时还要觉得略有不舒服；凭了遗传之灵，这自然是极微极微的，可是，嗟夫，岂知就是忧患之基呢？这个年头儿，在风狂与痴呆的同胞中间，哪里有容人表示不舒服之馀地。你倘若有牢骚，只好安放在肚子里，要上来的时候，唯一的方法是用上好黄酒将他浇下去，和儿时被老祖母强迫着吞仙丹时一样。这个年头儿真怪不得人家要喝酒。但是普通的规则，喝了酒就会醉，醉了就会喜欢说话，这也是没有法子的事。只要说的不犯讳，没有违碍字样，大约还不妨任其发表，总要比醒时所说的胡涂一点儿。我想为《语丝》写点文章，终于写不成，便把这些酒后的胡思乱想录下来，暂且敷衍一下。前朝有过一种名叫《茶馀客话》的书，现在就援例题曰《酒后主语》罢。

民国十五年七月二十六日灯下记。

［1926 年 8 月《语丝》/《谈虎集》］

谢本师

我在东京新小川町《民报》社听章太炎师讲学，已经是十八年前的事了。当时先生初从上海西牢放出，避往日本，觉得光复一时不易成功，转而提倡国学，思假复古之事业，以寄革命之精神，其意甚可悲，亦复可感。国学讲习会既于神田大成中学校开讲，我们几个人又请先生特别在家讲《说文》，我便在那里初次见到先生。《民报》时代的先生的文章我都读过无遗，先生讲书时像弥勒佛似的趺坐的姿势，微笑的脸，常带诙谐的口调，我至今也还都记得。对于国学及革命事业我不能承了先生的教训有什么贡献，但我自己知道受了先生不少的影响，即使在思想与文章上没有明显的痕迹。虽然有些先哲做过我思想的导师，但真是授过业，启发过我的思想，可以称作我的师者，实在只有先生一人。

民国成立以来，先生在北京时我正在南方，到得六年我来北京，先生又已往南方去了，所以这十几年中我还没有见过先生一面。平常与同学旧友谈起，有两三个熟悉先生近状的人对于先生多表示不满，因为先生好作不大高明的政治活动。我也知道先生太轻学问而重经济（经济特科之经济，非 Economics 之谓），自己以为政治是其专长，学问文艺只是失意时的消遣；这种意见固然不对，但这是出于中国谬见之遗传，有好些学者都是如此，也不能单怪先生。总之先生回国以来不再讲学，这实在是很可惜的，因为先生倘若肯移了在上海发电报的工夫与心思来著书，一定可以完成一两部大著，嘉惠中国的后学。然而性情总是天生的，先生既然要出书斋而赴朝市，虽是旧弟子也没有力量止得他住，至于空口非难，既是无用，都也可以不必了。

“讨赤”军兴，先生又猛烈地作起政治的活动来了。我坐在萧斋里，不及尽见先生所发的函电，但是见到一个，见到两个，总不禁为我们的“老夫子”（这是我同疑古君私下称他的名字）惜。到得近日看见第三个电报把“剿平发逆”的“曾文正”奉作“人伦模范”，我于是觉得不能不来说一句话了。先生现在似乎已将四十馀年来所主张的光复大义抛诸脑后了。我相信我的师不当这样，这样的也就不是我的师。先生昔日曾作《谢本师》一文，对于俞曲园先生表示脱离，不意我现今亦不得不谢先生，殊非始料所及。此后先生有何言论，本已与我无复相关，唯本临别赠言之义，敢进忠告，以尽寸心：先生老矣，来日无多，愿善自爱惜令名。

［1926年8月《语丝》/集外文］

耍　货

《湖雅》卷九“器用之属”中有这一节：

摩侯①罗，按即泥孩儿，俗称“泥菩萨”，以吡山泥造人物形，儿嬉所用。有泥猫，置蚕筐中，以辟鼠，曰“蚕猫”。又以五色粉造人物形，曰“粉作”；熬蔗糖和以麦面，就木范中浇成人物形，曰“糖作”，亦呼“糖菩萨”，亦呼“糖人”；熬青糖，就木范中吹成人物形，曰“吹糖”，皆以供儿嬉。酒筵看席或用粉作糖作盛碟，以配粘果。凡小儿戏具，皆以木以锡以纸以泥造成，形式名目甚多，统名耍货。

又查《通俗编》卷三十一“俳优”类有“泥孩儿”一则，今录于下：

《老学庵笔记》：鄜州田玘作泥孩儿名天下，一对直至十缣，一床直至三十千。一床者，或五或七也。许棐有咏泥孩儿诗。《方舆胜览》：平江府土人工于泥塑，所造摩侯罗尤为精巧。《白獭髓》：游春黄胖起于金门，地有杏花园，游人取其黄土戏为人形，谓之湖上土宜。按，摩侯罗，游春黄胖，俱泥孩之别称也。又《广异记》载韦训卢赞善事，有帛新妇子磁新妇子，乃即今所谓“美人儿”，而肖婴孩者亦往往剪帛烧磁不一。

范寅著《越谚》（一八八二），收录方言颇为详备，我以为定有好些耍货的名称。岂知检阅一过，却没有什么，殊出意外。孙锦标的《通俗常言疏证》（一九二五）虽最近出，但专以古证今，所以也只寥寥几

【锺校】

① “侯”原均作“候”。

条，不足称引。中国对于儿童及其生活可以说是很是冷淡了。《潜夫论》云：“或作泥车瓦狗诸戏弄之具，以巧诈小儿，皆无益也。”这或者可以代表中国成人们的玩具观罢。

我读了《湖雅》的文章，却引起了好些回忆，虽然我童年的回忆是那么暗淡而且也很有点模胡了。因为这“耍货”二字很是面善，——是的，这是在从市门阁至青黛桥（据说本字是清道桥，但我是照音写的）的一条街，即所谓鹅项街的中间，有几爿店，在他的招牌或墙上写着这两个字曰“耍货”。卖的是些什么东西呢？也无非是竹木制的全副兵器，纸糊面具，不倒翁称“勃勃倒”，染色的木盘杯碗酒坛，泥青蛙，或老虎及鸭，大抵背上有孔可吹，或是底板的桑皮纸夹层中置叫子，按起来会吱吱地叫。此外自然有“烂泥菩萨”，无论他是状元，老嬷（Laumoen，堕民中之妇女），或“一团和气”，都平等地陈列在架上，但我们喜欢它却别有缘因，并不是它好看，只因为可以从他们的泥背上刮“痧药”，装在小瓶子里开药铺。全个耍货店的货色，一总不值三五块钱，但是，吓！这店面着实威严，近看远看，已尽够我们的欣羡了。倘若这是正月的前三天，再往东走去，可以在从轩亭口（这是丁字街，即秋瑾女士被害的地方）至大善寺的路上发见一两摊做火漆货的。我还记得，青蛙六文，金鱼八文，三脚蟾十二文，果品大约是四文均一罢，至于摸鱼的老渔翁，白须赤背，则要二十四文，要占去我普通所有的压岁钱四分之一，不敢轻易问鼎了。这些火漆货最易融化，譬如一颗杨梅你搁得久一点，一面就平了，再也看不出用鹅毛管印出的圆点，所以须得每天检点，放在冷水里洗个浴才好；可是这也不很容易，因为有时略略多浸，里面的芦干被浸涨了，三脚蟾之类的背上往往生出裂纹。不过这总还可以玩上几天，糖人面人则只能保存一天左右，而且没有补救的方法。糖人还可以吃了，如不嫌那吹糖人的时常用唾沫去润指尖，面人则唯一的去路便是泔水缸，浸软了一并喂鸡，抛到垃圾堆上去是不可的，因为太“罪过人”了。比较起来最有意思的要算是糖菩萨。这实在是用糖“铸”成的各种物事，有鸡，有马，有鳌鱼，有桥亭，有财神，弥勒佛称“哈啦菩萨”等等，而买时以斤论，每斤不过二百文罢，倘若你到大路口的糖色店里去。一斤，大的可以有三四“尊”，小的则二三十个不等，实在便宜极了。只要隔几天一晒，——而且愈晒愈白，——可以保存到上坟时候，不幸而打碎一个，那就可以分吃，味道与“巧糖”一样。《湖雅》说“用糖作盛碟”，这便是巧糖，有红黄白三色，状如贝壳而平面。但是小儿们所喜欢的还有杂色“棋糖”，这不但因为好吃，好玩，实在还是因为杂得有趣，正如茶食里边的百子糕以及“梅什儿”（即“杂拌”）一样。

关于范寅，我在民国四年的笔记里曾记有一则，题曰《范啸风》：

> 范寅字啸风，别号扁舟子，前清副榜，居会稽皇甫庄，与外祖家邻。儿时往游，闻其集童谣，召邻右小儿，令竞歌唱，酬以果饵，盖时正编《越谚》也。尝以己意造一船，仿水车法，以轮进舟，试之，本二橹可行，今须六七壮夫足踏方可，乃废去不用。
>
> 余后登其舟，则已去轮机仍用篙橹矣。晚年老废，辄坐灶下为家人烧火，乞糕饼炒豆为酬，盖畸人也。《越谚》虽仍有遗漏，用字亦未尽恰当，但搜录方言，不避粗俗，实空前之作，亦难能而可贵。往岁章太炎先生著《新方言》，蔡谷清君以一部进之，颇有所采取。《越谚》中收童谣可五十章，重要者大旨已具，且信口记述，不加改饰，至为有识，贤于吕氏之《演小儿语》远矣。

但是《越谚》出版于光绪壬午（一八八二），其时我尚未出世，至十岁左右，我听见他的轶事，已在出版十二三年后了，所以上文云“正编《越谚》”不确，盖谈者系述往事，误记为当时的事情也。

［1926年9月《语丝》/《自己的园地》］

我学国文的经验

我到现在做起国文教员来，这实在在我自己也觉得有点古怪的，因为我不但不曾研究过国文，并且也没有好好地学过。平常做教员的总不外这两种办法，或是把自己的赅博的学识倾倒出来，或是把经验有得的方法传授给学生，但是我于这两者都有点够不上。我于怎样学国文的上面就压根儿没有经验，我所有的经验是如此的不规则，不足为训的，这种经验在实际上是误人不浅，不过当做故事讲也有点意思，似乎略有浪漫的趣味，所以就写他出来，送给《孔德月刊》的编辑，聊以塞责。收稿的期限已到，只有这一天了，真正连想另找一个题目的工夫都没有了，下回要写，非得早早动手不可，要紧要紧。

乡间的规矩，小孩到了六岁要去上学，我大约也是这时候上学的。是日，上午，衣冠，提一腰鼓式的灯笼，上书“状元及第”等字样，挂生葱一根，意取“聪明”之兆，拜“孔夫子”而上课，先生必须是秀才以上，功课则口授《鉴略》起首两句，并对一课，曰“元”对“相”，即放学。此乃一种仪式，至于正式读书，则迟一二年不等。我自己是哪一年起头读的，已经记不清了，只记得从过的先生都是本家，最早的一个号叫花塍，是老秀才，他是吸雅片烟的，终日躺在榻上，我无论如何总记不起他的站立着的印象。第二个号子京，做的怪文章，有一句试帖诗云，“梅开泥欲死”，很是神秘，后来终以风狂自杀了。第三个的名字可以不说，他是以杀尽革命党为职志的，言行暴厉的人，光复的那年，他在街上走，听得人家奔走叫喊“革命党进城了！”立刻脚软了，再也站不起来，经街坊抬他回去；以前应考，出榜时见自己的前一号（坐号）的人录取了（他自己自然是没有取），就大怒，回家把院子里的一株小桂花都拔了起来。

但是从这三位先生我都没有学到什么东西，到了十一岁时往三味书屋去附读，那才是正式读书的起头。所读的书我还清清楚楚地记得，是一本“上中”，即《中庸》的上半本，大约从“无忧者其唯文王乎”左近读起。书房里的功课是上午背书上书，读生书六十遍，写字；下午读书六十遍，傍晚不对课，讲唐诗一首。老实说，这位先生的教法倒是很宽容的，对学生也颇有理解，我在书房三年，没有被打过或罚跪。这样，我到十三岁的年底，读完了《论》《孟》《诗》《易》及《书经》的一部分。“经”可以算读得也不少了，虽然也不能算多，但是我总不会写，也看不懂书，至于礼教的精义尤其茫然，干脆一句话，以前所读之经于我毫无益处，后来的能够略写文字及养成一种道德观念，乃是全从别的方面来的。因此我觉得那些主张读经救国的人真是无谓极了，我自己就读过好几经（《礼记》《春秋》《左传》是自己读的，也大略读过，虽然现在全忘了），总之就是这么一回事，毫无用处，也不见得有损，或者只耗废若干的光阴罢了。恰好十四岁时往杭州去，不再进书房，只在祖父旁边学做八股文试帖诗，平日除规定看《纲鉴易知录》，抄《诗韵》以外，可以随意看闲书，因为祖父是不禁小孩看小说的。他是个翰林，脾气又颇乖戾，但是对于教育却有特别的意见：他很奖励小孩看小说，以为这能使人思路通顺，有时高兴便同我讲起《西游记》来，孙行者怎么调皮，猪八戒怎样老实，——别的小说他也不非难，但最称赏的却是这《西游记》。晚年回到家里，还是这样，常在聚族而居的堂前坐着对人谈讲，尤其是喜欢找他的一位堂弟（年纪也将近六十了罢）特别反复地讲“猪八戒”，仿佛有什么讽刺的寓意似的，以致那位听者轻易不敢出来，要出门的时候必须先窥探一下，如没有人在那里等他去讲猪八戒，他才敢一溜烟地溜出门去。我那时便读了不少的小说，好的坏的都有，看纸上的文字而懂得文字所表现的意思，这是从此刻才起首的。

由《儒林外史》《西游记》等渐至《三国演义》，转到《聊斋志异》，这自从白话转到文言的径路。

教我懂文言，并略知文言的趣味者，实在是这《聊斋》，并非什么经书或是《古文析义》之流。《聊斋志异》之后，自然是那些《夜谈随录》等的假聊斋，一变而转入《阅微草堂笔记》，这样，旧派文言小说的两派都已入门，便自然而然地跑到《唐代丛书》里边去了。不久而“庚子”来了。到第二年，祖父觉得我的正途功名已经绝望，照例须得去学幕或是经商，但是我都不愿，所以只好“投笔从戎”，去进江南水师学堂。这本是养成海军士官的学校，于国文一途很少缘分，但是因为总办方硕辅观察是很重国粹的，所以入学试验颇是严重，我还记得国文试题是“云从龙风从虎论”，复试是“虽百世可知也论”。入校以后，一礼拜内五天是上洋文班，包括英文科学等，一天是汉文，一日的功课是，早上打靶，上午八时至十二时为两堂，十时后休息十分钟，午饭后体操或升桅，下午一时至四时又是一堂，下课后兵操。在上汉文班时也是如此，不过不坐在洋式的而在中国式的讲堂罢了，功课是上午作论一篇，馀下来的工夫便让你自由看书，程度较低的则作论外还要读《左传》或《古文辞类纂》。在这个状况之下，就是并非预言家也可以知道国文是不会有进益的了。不过时运真好，我们正苦枯寂，没有小说消遣的时候，翻译界正逐渐兴旺起来，严幾道的《天演论》，林琴南的《茶花女》，梁任公的《十五小豪杰》，可以说是三派的代表。我那时的国文时间实际上便都用在看这些东西上面，而三者之中尤其是以林译小说为最喜看，从《茶花女》起，至《黑太子南征录》止，这其间所出的小说几乎没有一册不买来读过。这一方面引我到西洋文学里去，一方面又使我渐渐觉到文言的趣味，虽林琴南的礼教气与反动的态度终是很可嫌恶，他的拟古的文章也时时成为恶札，容易教坏青年。我在南京的五年，简直除了读新小说以外别无什么可以说是国文的修养。一九〇六年南京的督练公所派我与吴周二君往日本改习建筑，与国文更是疏远了，虽然曾经忽发奇想地到民报社去听章太炎讲过两年“小学”。总结起来，我的国文的经验便只是这一点，从这里边也找不出什么学习的方法与过程，可以供别人的参考，除了这一个事实，便是我的国文都是从看小说来的，倘若看几本普通的文言书，写一点平易的文章，也可以说是有了运用国文的能力。

现在轮到我教学生去理解国文，这可使我有点为难，因为我没有被教过这是怎样地理解的，怎么能去教人。如非教不可，那么我只好对他们说，请多看书。小说，曲，诗词，文，各种；新的，古的，文言，白话，本国，外国，各种；还有一层，好的，坏的，各种：都不可以不看，不然便不能知道文学与人生的全体，不能磨炼出一种精纯的趣味来。自然，这不要成为乱读，须得有人给他做指导顾问，其次，要别方面的学问知识比例地增进，逐渐养成一个健全的人生观。

写了之后重看一遍，觉得上面所说的话平庸极了，真是“老生常谈”，好像是笑话里所说，卖必效的臭虫药的，一重一重的用纸封好，最后的一重里放着一张纸片，上面只有两字曰“勤捉”。但是除灭臭虫本来除了勤捉之外别无好法子，所以我这个方法或者倒真是理解文章的趣味之必效法也未可知哩。

［1926 年 10 月《孔德月刊》/《谈虎集》］

养　猪

持光君：

今天在燕大图书馆看见英文报说，孙传芳在九江斩决了五十名学生，又某地将十名学生判决死刑云。我不禁想起希腊悲观诗人巴拉达思（Palladas）的一首小诗来：

Pantes tōi thanatōi teroumetha kai trephometha,

Hōs agelē khoirōn sphazomenon alogōs.

大意云，我们都被看管，被喂养着，像是一群猪，给死神随意地宰杀。——不过，死神是异物，人不能奈何他。人把人当猪看待，却是令人骇然，虽然古时曾有“人彘”的典故。草草，不宣。

十五年十月七日。

［1926年10月《语丝》/《谈虎集》］

包子税

中央公园的长美轩是滇黔菜馆，所以他的火腿是据说颇好的，但是我没有吃过，只有用火腿末屑所做的包子却是吃过，而且还觉得还好，还不贵，因为只要两分钱一个。

今天我因无事，又踱进公园里去，顺便在长美轩买了五个包子，计大洋一角，可是阿唷，伙计硬要我再拿出四个铜子来，说这是叫什么四种特税，凡是看戏，嫖妓，上馆子，住客店，都要值十抽一，所以我应该被捐洋壹分。我说我并不看戏嫖妓，只是吃几个包子罢了，为什么也要上税呢？他说这不管，捐是一定要捐的。

我没法，只能付了他四个铜元，其实又多吃亏了四厘。我问这税是什么用的呢？他也说不上来，说大约是为讨赤吧，不过他也不能担保。

我坐在柏林下的板椅上，一面吃着包子，心里纳罕，这个年头儿连一个包子都不容易吃，逃不了税。但是转念一想，这如真是用在讨赤，我们京兆公民也是应该乐输的。——因为赤祸如何是洪水猛兽，白福如何是大堂乐土，京兆公民是最能知道的也。

［1926 年 10 月《语丝》/《谈虎集》］

郊　外

怀光君：

燕大开学已有月馀，我每星期须出城两天，海淀这一条路已经有点走熟了。假定上午八时出门，行程如下，即十五分高亮桥，五分慈献寺，十分白祥庵南村，十分叶赫那拉氏坟，五分黄庄，十五分海淀北篓斗桥到。今年北京的秋天特别好，在郊外的秋色更是好看，我在寒风中坐洋车上远望鼻烟色的西山，近看树林后的古庙以及沿途一带微黄的草木，不觉过了二三十分的时光。最可喜的是大柳树南村与白祥庵南村之间的一段S字形的马路，望去真与图画相似，总是看不厌。

不过这只是说那空旷没有人的地方，若是市街，例如西直门外或海淀镇，那是很不愉快的，其中以海淀为尤甚，道路破坏污秽，两旁沟内满是垃圾及居民所倾倒出来的煤球灰，全是一副没人管理的地方的景象。街上三三五五遇见灰色的人们，学校或商店的门口常贴着一条红纸，写着什么团营连等字样。这种情形以我初出城时为最甚，现在似乎少好一点了，但是还未全去。我每经过总感得一种不愉快，觉得这是占领地的样子，不像是在自己的本国走路；我没有亲见过，但常常冥想欧战时的比利时等处或者是这个景象，或者也还要好一点。海淀的莲花白酒是颇有名的，我曾经买过一瓶，价贵（或者是欺侮城里人也未可知）而味仍不甚佳，我不喜欢喝他。我总觉得勃兰地最好，但是近来有什么机制酒税，价钱大涨，很有点买不起了。——城外路上还有一件讨厌的东西，便是那纸烟的大招牌。我并不一定反对吸纸烟，就是竖招牌也未始不可，只要弄得好看，至少也要不丑陋，而那些招牌偏偏都是丑陋的。就是题名也多是粗恶，如古磨坊（Old Mill）何以要译作“红屋”，至于胜利女神（Victory），大抵人多知道她就是尼开（Nikē），却叫作“大仙女”，可谓苦心孤诣了。我联想起中国电影译名之离奇，感到中国民众的知识与趣味实在还下劣得很。——把这样粗恶的招牌立在占领地似的地方，倒也是极适合的罢？

十五年十月三十日，于沟沿。

［1926年11月《语丝》/《谈虎集》］

乌篷船

子荣君：

接到手书，知道你要到我的故乡去，叫我给你一点什么指导。老实说，我的故乡，真正觉得可怀恋的地方，并不是那里；但是因为在那里生长，住过十多年，究竟知道一点情形，所以写这一封信告诉你。

我所要告诉你的，并不是那里的风土人情，那是写不尽的，但是你到那里一看也就会明白的，不必啰唆地多讲。我要说的是一种很有趣的东西，这便是船。你在家乡平常总坐人力车，电车，或是汽车，但在我的故乡那里这些都没有，除了在城内或山上是用轿子以外，普通代步都是用船。船有两种，普通坐的都是“乌篷船”，白篷的大抵作航船用，坐夜航船到西陵去也有特别的风趣，但是你总不便坐，所以我也就可以不说了。乌篷船大的为“四明瓦”（symenngoa），小的为脚划船（划读为 uoa），亦称小船。但是最适用的还是在这中间的“三道”，亦即三明瓦。篷是半圆形的，用竹片编成，中夹竹箬，上涂黑油；在两扇“定篷”之间放着一扇遮阳，也是半圆的，木作格子，嵌着一片片的小鱼鳞，径约一寸，颇有点透明，略似玻璃而坚韧耐用，这就称为明瓦。三明瓦者，谓其中舱有两道，后舱有一道明瓦也。船尾用橹，大抵两支，船首有竹篙，用以定船。船头着眉目，状如老虎，但似在微笑，颇滑稽而不可怕，唯白篷船则无之。三道船篷之高大约可以使你直立，舱宽可以放下一顶方桌，四个人坐着打马将，——这个恐怕你也已学会了罢？小船则真是一叶扁舟，你坐在船底席上，篷顶离你的头有两三寸，你的两手可以搁在左右的舷上，还把手都露出在外边。在这种船里仿佛是在水面上坐，靠近田岸去时泥土便和你的眼鼻接近，而且遇着风浪，或是坐得少不小心，就会船底朝天，发生危险，但是也颇有趣味，是水乡的一种特色。不过你总可以不必去坐，最好还是坐那三道船罢。

你如坐船出去，可是不能像坐电车的那样性急，立刻盼望走到。倘若出城，走三四十里路（我们那里的里程是很短，一里才及英哩三分之一），来回总要预备一天。你坐在船上，应该是游山的态度，看看四周物色，随处可见的山，岸旁的乌桕，河边的红蓼和白蘋，渔舍，各式各样的桥，困倦的时候睡在舱中拿出随笔来看，或者冲一碗清茶喝喝。偏门外的鉴湖一带，贺家池，壶觞左近，我都是喜欢的，或者往娄公埠骑驴去游兰亭（但我劝你还是步行，骑驴或者于你不很相宜），到得暮色苍然的时候进城上都挂着薜荔的东门来，倒是颇有趣味的事。倘若路上不平静，你往杭州去时可于下午开船，黄昏时候的景色正最好看，只可惜这一带地方的名字我都忘记了。夜间睡在舱中，听水声橹声，来往船只的招呼声，以及乡间的犬吠鸡鸣，也都很有意思。雇一只船到乡下去看庙戏，可以了解中国旧戏的真趣味，而且在船上行动自如，要看就看，要睡就睡，要喝酒就喝酒，我觉得也可以算是理想的行乐法。

只可惜讲维新以来这些演剧与迎会都已禁止，中产阶级的低能人别在“布业会馆”等处建起“海式”的戏场来，请大家买票看上海的猫儿戏。这些地方你千万不要去。——你到我那故乡，恐怕没有一个人认得，我又因为在教书不能陪你去玩，坐夜船，谈闲天，实在抱歉而且惆怅。川岛君夫妇现在偁山下，本来可以给你绍介，但是你到那里的时候他们恐怕已经离开故乡了。初寒，善自珍重，不尽。

十五年一月十八日夜，于北京。

［1926 年 11 月《语丝》/《泽泻集》］

违碍字样

不知怎么的，做书或文章的人总喜欢用“违碍字样”，多的连篇累页，少的也有一句半句，有的扰乱治安，有的则坏乱风俗，更足为人心世道之忧。维持礼教为职的政府，对于这些文书不能不有相当的处置，这是很明了的事。其办法有二，一是全部的禁止，一是部分的删削。禁止，便如南开中学之下令没收《情书一束》等五种“淫书”，是很干脆的，但也就很简单，没有什么花样可说。删削，可就大不相同了。在清朝有所谓抽毁的办法，或者更宽一点，变成存文而除名，我曾见一部尺牍中有几封信的作者是三个方框。“洋务”我本不很熟悉，但看丹麦勃阑台思博士的纪录，觉得俄帝国的方法倒是颇有意思的。勃博士往波兰去，携有好些法文书籍，入境时被该管官厅拿去检查，后来领回一看，有许多地方都被用墨涂得“漆黑一团”了！据说这还算是好的，因为背面的一页都可以看，有些是用剪刀来剪，把背面不违碍的话也附带了去。日本除了在他们眼睛里看去是“赤色”的以外，原文的书籍似乎不很禁止输入，虽然山格与斯妥布思两位女士的大著听说是不准上岸的。文学方面就是所谓“自然主义”的小说也还宽容，可是在译本上就大大的不然了。大约是内务省警保局所管的罢，有专门检阅的官，拿起朱笔来在印刷样本上一抹，这一部分就不行，若想平平安安地出版，便非把他删去不可。有些译本自然就删去完事，有些却不赞成，因为主张忠实于原本起见，乃改用“伏字”，于是读到一处，其文为若干点点点，圈圈圈，或叉叉叉，其数与逸文相等，旁边仍有标点符号。有一个时候忽然神经过敏，连“子宫”都不敢（或准）写（自然不是小说而系纪事或广告），却避讳作“子×”，实在奇怪得很，——中国西医创造新字，称子宫为“礻”旁加一“宫”字，原也有同样的奇怪。幸而现在这种怪现象似乎已经没有了。以后或者是轮到中国身上，大家要避起这样的讳来了罢？

英美对于这些事情的谨慎，是由于检阅官的吩咐，还是译者的自动的主持呢，我全不知道，总之，译本的删削是常有的。他们大抵简直地跳过去，并不说一声对不起。至于古典文学，或者因为译者多少有点学究气，对于原本总想忠实，所以多不径自删削而采用伏字的办法。不过这个伏字法与日本的不大相同。我见过一本波加屈（Boccaccio）的《十日谈》，有几节没有译出，保留意大利原文，完全看不懂；还有一回从子威君借来贝忒洛纽思（Petronius，即《你往何处去》里边的俾东）的一卷小说，也是这样，有两三章简直全体是拉丁文。

秋节前领到民国十四年四月分薪之六成一，跑到久违的北京饭店去，想买一本书压压这一节的买书账，结果同书店的小掌柜磋商之后，花了五块半钱，买到一册“Loeb 古典丛书”里的《达夫尼思与赫洛蔼》（*Daphnis et Chloe*）。这是希腊英文对译的，卷末还附有巴耳台纽思（Parthenius）的恋爱小说梗概（原名《关于情难》）三十六篇。我原有一本对译的《达夫尼思》，但是中有缺略，大约因为在现代文明绅士听了有点不很雅驯之故罢。查新得本卷三第十四节以下，原文是完全的，但是，——唔，英译呢是没有了，在那里的乃是一行行的拉丁译文，一眼看去倒似乎不大奇异，因为上下都是用的罗马字。这回颇引起了好奇之心，想知道这所隐藏的到底是怎样的话，用了一点苦工把他查了出来，原来是说一个少妇教牧童以性交的姿势及说明，在现代讲性欲的书册里是绝不足奇的。多谢古典语的质素，他的说法总是明白而不陋劣。卷三之十九，少妇吕恺尼恩对达夫尼思说：“你记住，我现在赫洛蔼之先将你做成一个男人了。”这些颇有古牧歌的风味。卷四末节叙二人之结婚云：“达夫尼思与赫洛蔼共卧，互抱接吻，这一夜几乎没有睡觉，像猫头鹰一样。达夫尼思应用了吕恺尼恩所教他的事，赫洛蔼也才知道以前在树林中所玩的只是儿童的游戏。”这在“古典丛书”中是有英译的，但原本在人名底下有一个字曰 Gymnoi，系主格复数的形容词，意云裸体，在英译中却没有，我的译文里也觉得放不进去了。这种地方或者可以看出文字之力量有高下，但不见得便能成为译文可以删减或隐藏的证据罢。

［1926 年 12 月《语丝》/《谈龙集》］

男　装

前见京津日文报载有锦州女子任阁臣，男装应募入奉军，人莫能辨，后以月经中行军，事乃显露，闻于长官，优遣回里云。我看了当时只起了一点 grotesque 之感，此外别无什么意思，因为我对于这些浪漫的事情，是没有多大趣味的。

但是在多数的同胞觉得这是一种美谈，韵事，值得低回咏叹，于是报纸上的文艺栏固然热闹起来了。今只举锦县白云居士的《题乡人从军女子任阁臣》诗四绝为例，其词曰：

风雨亭中女丈夫，千秋侠骨葬青芜，
裙边懒画孤山景，大半春愁付鉴湖。

×

不见当年①鲁国娃，周夫人事侭堪夸，
者番巾帼英雄传，侬把头名记姓花。

×

荒凉三百年来事，能执干戈又见卿，
板荡中原胡骑入，夫人好为筑坚城。

×

仰天空唱木兰歌，古剑年年老不磨，
数遍须眉无弟子，兵书直合教宫娥。

老实说，这些话我都不大能够赞成。并不一定是因为自己当过兵的

【锺校】

① “年”原作“军”。

缘故，我对于兵毫不反对，而且还很赞成人去当兵，不过姑娘们我总想劝她们还是算了罢。早梳头勤裹脚，看家生儿子的人生观，我也知道是有点过时了，“这个年头儿”，我觉得她们也该有一点儿“军事知识”，能够为护身保家计而知道怎样使用钢枪。至于爱国呢，当然我们不能剥夺女子这个权利（还是义务?），她们也自有适当的办法，虽然那是孤独的路。成群结队地攻上前去，那还是让男子们去做，反正他们很多，有肯为一个主义而战的，也有肯为几元钱而战的。木兰这位女士是有点靠不住的，恐怕是乌有先生的令爱罢，别的几位历史上的太太也只是说得好听，可以供诗料罢了，于国家没有多大的用处。只有某处的女子苏菲雅真值得佩服，她是一八八一年四月十六日死的，已经是四十六年了。

白云居士引风雨亭的鉴湖女侠，又说什么胡骑，似都有点不很妥。又女扮男装，违反男女有别之教条，比区区剪发者情节更为重大，理应从严惩办，方足以正人心而维风化，乃维持礼教的官宪反从而优遇之，则又何耶?

［1926 年 12 月《语丝》/《谈虎集》］

《陶庵梦忆》序

平伯将重刊《陶庵梦忆》，叫我写一篇序，因为我从前是越人。

光绪二十三年（一八九七年）祖父因事系杭州府狱，我跟着宋姨太太住在花牌楼，每隔两三天去看他一回，就在那里初次见到《梦忆》，是《砚云甲编》本，其中还有《长物志》及《槎上老舌》也是我那时所喜欢的书。

张宗子的著作似乎很多，但《梦忆》以外，我只见过《於越三不朽图赞》《琅嬛文集》《西湖梦寻》三种，他所选的《一卷冰雪文》曾在大路的旧书店中见过，因索价太昂未曾买得。我觉得《梦忆》最好，虽然文集里也有些好文章，如《梦忆》的纪泰山几乎就是《岱志》的节本，其写人物的几篇也与《五异人传》有许多相像。《三不朽》是他的遗民气的具体的表现，有些画像如姚长子等未免有点可疑，但别的大人物恐怕多有所本，我看王谑庵像觉得这是不可捏造的，因为它很有点儿个性。

《梦忆》大抵都是很有趣味的。对于“现在”，大家总有点不满足，而且此身在情景之中，总是有点迷惘似的，没有玩味的馀暇，所以人多有逃现世之倾向，觉得只有梦想或是回忆是最甜美的世界。讲乌托邦的是在做着满愿的昼梦，老年人记起少时的生活也觉得愉快，不，即是昨夜的事情也要比今日有趣：这并不一定由于什么保守，实在是因为这些过去才经得起我们慢慢地抚摩赏玩，就是要加减一两笔也不要紧。遗民的感叹也即属于此类，不过它还要深切些，与白发宫人说天宝遗事还有点不同，或者好比是寡妇的追怀罢。

《梦忆》是这一流文字之佳者，而所追怀者又是明朝的事，更令我觉得有意思。我并不是因为民族革命思想的影响，特别对于明朝有什么情分，老实说，只是不相信清朝人——有那一条辫发拖在背后会有什么风雅，正如缠足的女人我不相信会是美人。

《梦忆》所记的多是江南风物，绍兴事也居其一部分，而这又是与我所知道的是多么不同的一个绍兴。会稽虽然说是禹域，到底还是一个偏隅小郡，终不免是小家子相的。讲到名胜地方原也不少，如大禹的陵，平水，蔡中郎的柯亭，王右军的戒珠寺，兰亭等，此外就是平常的一山一河，也都还可随便游玩，得少佳趣，倘若你有适当的游法。但张宗子是个都会诗人，他所注意的是人事而非天然，山水不过是他所写的生活的背景。说到这一层，我记起《梦忆》的一二则，对于绍兴实在不胜今昔之感。

明朝人即使别无足取，他们的狂至少总是值得佩服的，这一种狂到现今就一点儿都不存留了。不知从什么时候起的，绍兴的风水变了的缘故罢，本地所出的人才几乎限于师爷与钱店官这两种，专以苛细精干见长，那种豪放的气象已全然消灭，那种走遍天下找寻《水浒传》脚色的气魄已没有人能够了解，更不必说去实行了。他们的确已不是明朝的败家子，却变成了乡下的土财主，这不知到底是祸是福！“城郭如故人民非”，我看了《梦忆》之后不禁想起仙人丁令威的这句诗来。

张宗子的文章是颇有趣味的，这也是使我喜欢《梦忆》的一个缘由。我常这样想，现代的散文在新文学中受外国的影响最少，这与其说是文学革命的还不如说是文艺复兴的产物，虽然在文学发达的程途上复兴与革命是同一样的进展。在理学与古文没有全盛的时候，抒情的散文也已得到相当的长发，不过在学士大夫眼中自然也不很看得起。我们读明清有些名士派的文章，觉得与现代文的情趣几乎一致，思想上固然难免有若干距离，但如明人所表示的对于礼法的反动则又很有现代的气息了。

张宗子是大家子弟，《明遗民传》称其“衣冠揖让，绰有旧人风轨”，不是要讨人家欢喜的山人，他的洒脱的文章大抵出于性情的流露，读去不会令人生厌。《梦忆》可以说是他文集的选本，除了那些故意用的怪文句，我觉得有几篇真写得不坏，倘若我自己能够写得出一两篇，那就十分满足了。但这是歆羡不来，学不来的。

平伯将重刊《陶庵梦忆》，这是我所很赞成的：这回却并不是因为我从前是越人的缘故，只因《梦忆》是我所喜欢的一部书罢了。

民国十五年十一月五日，于京兆宛平。

［1926 年 12 月《语丝》/《泽泻集》］

一九二七年

上海气

我终于是一个中庸主义的人：我很喜欢闲话，但是不喜欢上海气的闲话，因为那多是过了度的，也就是俗恶的了。上海滩本来是一片洋人的殖民地；那里的（姑且说）文化是买办流氓与妓女的文化，压根儿没有一点理性与风致。这个上海精神便成为一种上海气，流布到各处去，造出许多可厌的上海气的东西，文章也是其一。

上海气之可厌，在关于性的问题上最明了地可以看出。他的毛病不在猥亵而在其严正。我们可以相信性的关系实占据人生活动与思想的最大部分，讲些猥亵话，不但是可以容许，而且觉得也有意思，只要讲得好。这有几个条件：一有艺术的趣味，二有科学的了解，三有道德的节制。同是说一件性的事物，这人如有了根本的性知识，又会用了艺术的选择手段，把所要说的东西安排起来，那就是很有文学趣味，不，还可以说有道德价值的文字。否则只是令人生厌的下作话。上海文化以财色为中心，而一般社会上又充满着饱满颓废的空气，看不出什么饥渴似的热烈的追求。结果自然是一个满足了欲望的犬儒之玩世的态度。所以由上海气的人们看来，女人是娱乐的器具，而女根是丑恶不祥的东西，而性交又是男子的享乐的权利，而在女人则又成为污辱的供献。关于性的迷信及其所谓道德都是传统的，所以一切新的性知识道德以至新的女性无不是他们嘲笑之的，说到女学生更是什么都错，因为她们不肯力遵

“古训”如某甲所说。上海气的精神是“崇信圣道，维持礼教”的，无论笔下口头说的是什么话。他们实在是反穿皮马褂的道学家，圣道会中人。

自新文学发生以来，有人提倡“幽默”，世间遂误解以为这也是上海气之流亚，其实是不然的。幽默在现代文章上只是一种分子，其他主要的成分还是在上边所说的三项条件。我想，这大概就从艺术的趣味与道德的节制出来的，因为幽默是不肯说得过度，也是Sophrosune——我想就译为“中庸”的表现。上海气的闲话却无不说得过火，这是根本上不相像的了。

上海气是一种风气，或者是中国古已有之的，未必一定是有了上海滩以后方才发生的也未可知，因为这上海气的基调即是中国固有的“恶化”，但是这总以在上海为最浓重，与上海的空气也最调和，所以就这样的叫他，虽然未免少少对不起上海的朋友们。这也是复古精神之一，与老虎狮子等牌的思想是殊途同归的，在此刻反动时代，他们的发达正是应该的吧。

［1927年1月1日《语丝》/《谈龙集》］

小　书

寒假中整理旧稿，想编一种《苦雨斋小书》，已成就两册，其一是《冥土旅行》及其他三篇，其二是《玛加尔的梦》。重读《冥土旅行》一过，觉得这桓灵时代的希腊作品竟与现代的《玛加尔的梦》异曲同工，所不同者只因科罗连珂曾当西比利亚的政治犯，而路吉亚诺思乃是教读的“哲人”（Sophistes）而已。在人性面前，二千年的时光几乎没有什么威力。然而我们青年非常自馁，不敢读古典文学，恐怕堕落，如古代圣徒之于女人；有人译一篇上古诗文，又差不多就有反革命之嫌疑。我想，这其实何至于此呢？据我看来，有时古典文学作者比现在的文士还要更明智勇敢，或更是革命的；我们试翻阅都吉迪台思的历史，欧利比台思的戏剧，当能看出他们的思想态度还在欧战时的霍普忒曼诸人之上，就是一例。中国青年现在自称二十世纪人，看不起前代，其实无论哪一时代（不是中国）的文人都可以作他们的师傅，针砭他们浅薄狭隘的习气。旧时代的思想自然也有不对的，这便要凭了我们的智力去辨别他；倘若我们费了许多光阴受教育，结果还连这点判断力都没有，那么不是这种教育已经破产，就一定我们自己是低能无疑了。

［1927 年 2 月 19 日《语丝》/《谈虎集》］

时运的说明

张友鸾先生日前在副刊上引用我的话，说张竞生时髦的行运到十五年底为止，一交十六年的元旦恐怕运气就要坏了。我确是这样说的，只是说的太晦涩一点了，恐怕有人要看作在谈流年八字，仿佛是“问心处”的口气，所以现在想说明几句，何以张竞生博士的性学会在民国十六年元旦就要倒霉起头了。

这个原因实在很是简单。因为张博士的《新文化》第一期是十六年一月一日出版的，而这里边充满着乌烟瘴气的思想，所以这个日子是张博士的性学运动上的一个关门，划分他作两个时期。第一个时期——民国十六年以前，他的运动是多少有破坏性的，这就是他的价值之所在。张博士的神交与情玩的学说，我也不敢赞成，但这只是浪漫一点罢了，还不至于荒谬，而其反礼教的大胆则是很可佩服的。《美的人生观》不能说是怎么好书，但是这一点反礼教的精神，打破古来对于性的禁忌，——这两个字我是想拿来译“达步”（Tabu）这术语的，——于性道德的解放上不无影响。就是《性史》我也以为不可厚非，他使人觉得性的事实也可以公然写出，并不是如前人所想的那样污秽东西，不能收入正经书的里边去的，虽然《性史》的那种小说的写法容易杂入虚构，并缺少必要的庄重，实在是个大缺点，也会有许多流弊。总之这第一时期的工作是颇有意义的，即使有些毛病，也还是瑕不掩瑜，社会上的非难并不十分重要，因为除了几个根据学术加以纠正者外，大都是神经质的禁忌家之抗议，不足挂齿。可是到了民国十六年，从一月一日起，张竞生博士自己也变了禁忌家，道教的采补家了。他在《新文化》的第一期上大提倡什么性部呼吸，引道士的静坐，丹田，以及其友某君能用阳具喝烧酒为证。喔，喔，张博士难道真是由性学家改业为术士了么？我真不懂某君倒喝烧酒有什么意思。照我们的常识来说，烧酒入了尿道，去路不外两端：不是走岔道进了输精管，到了睾丸，结果把精子都做了酒精渍了事（这条路实在是像田维勤攻怀来，大约不容易走通的，现在不过姑且如此说罢了），那便是走到膀胱里去，与小便混和。这是个什么玩意儿？还有丹田，到底是什么东西？这岂不是什么生理解剖书上都不见，只在黄帝素女彭祖蒋维乔的秘诀里才有的么？如不炼丹，有什么田？我猜想张博士不久也会称女子为“鼎器”罢？张博士虽声明不是科学家，但哲学家艺术家常识家也总还未必就是与道教的术士同一罢？

道教有什么不好？或者要问。老庄一派的道家思想当然是很好的，但这并不是道教。我所深恶的是通俗道教，即是萨满教的迷信。萨满教的特色之一是对于种种事的禁忌。据说禁忌的起源并不单由于精魂信仰，却是由于心里的爱与惧的冲突；大抵这东西太好了，各人喜欢去惹他，同时却又受着一种制止，“又霸又怕”，遂造成禁忌的那种神圣与污秽混合的性质，而两性的事情又常是大家所最以为好的，所以在这上面禁忌特别繁重，正是极当然的。中国的风化说全以萨满教的禁忌为基调，即幽玄的佛教所有厌女的论调亦未能脱去这个色彩，所以中国历来可以说是充满着道教的邪说，直到民国以后这才发生一点改革运动。但是这已经根深蒂固的迷信要想拔除，实在不是容易的事，须得先有健全的智识，加上高尚的趣味，养成纯净的思想，才能改变过来，不过这也只限于少数的人，至于大多数的老百姓我还不敢怎么说。在这少数的人里面，张竞生博士我们当然算他一个，因为他在过去两三年中的确发了不少的大胆的言论。现在，他却忽然摇身一变，成了一个道士，这实在变得太奇了。我们不能说他这回的变化是否由于科学思想之缺乏，但他的变化总是确实的了。变了之后或者更行时运亦未可知，可是那也是别一种时运，与看相算命的差不多，已是另一问题了。

［1927 年 2 月 26 日《世界日报》/集外文］

和平门

两三年来大家所等待的和平门终于完工了。我记不很清，大约是二月一日举行开通式的，到现在已经有四十天了，我却只走过两次，一次是进，一次是出。从厂甸往府右街，不须由宣武门去绕，的确是很便利了，这是一件快事。辛亥满清退位，我们可以不留辫子，写玄字可以有一点，仪字可以有一撇了：我们所得到的革命的利益是如此。甲子曹锟退位，我们所得到的是这一座的和平门。这些利益似乎都不甚大，但是我们想到革命运动上历来所消费的重大的牺牲，我们对于这些小利益也就不能不看重了。

听说不知为什么缘故和平门的名字又将改换，虽然这三个字是某遗老所写的，润笔花了五百洋钱，一说还是每字五百，总计千五百云。自然，倘若有重大关系，非改不可，那么这一点钱也无甚可惜。照我想来，中国历年战乱，近畿已经打过好几次仗，而门上标榜和平，确也有点装假，改去未始不佳：只要这两个洞不再堵住，名称尽不妨换耳。

［1927 年 3 月 19 日《语丝》/集外文］

命　运

几年前我有过一句不很乐观的话，便是说历史的用处并非如巴枯宁所说，叫我们以前事为鉴戒，不要再这样；乃是在于告诉我们，现在又要这样了。见报上载国民党内讧的新闻，令我更确信以前所说的话是不错了。我们不必说明对于所谓左右派是什么意见，但总之觉得“太平天国”的影戏似乎在演起头了。无论怎样懂得唯物史观，却不懂得历史，尤其是中国近七十年史，这是何等可惜的事。易卜生在他的剧中高呼曰，“鬼，鬼！”这是何等可怕。嗟乎，人终逃不了他的命运，虽然科学家硬叫它曰遗传！

［1927 年 4 月 9 日《语丝》/集外文］

裸体游行考订

四月十二日《顺天时报》载有二号大字题目的新闻，题曰“打破羞耻”，其文如下：

> 上海十日电云，据目击者谈，日前武汉方面曾举行妇人裸体游行二次，第一次参加者只二名，第二次遂达八名，皆一律裸体，惟自肩部挂薄纱一层，笼罩全身，游行时绝叫“打破羞耻”之口号，真不异百鬼昼行之世界矣。

该报又特别做了一篇短评，评论这件事情，其第二节里有这几句话：

> 上海来电，说是武汉方面竟会有妇人举行裸体游行，美其名曰打破羞耻游行，此真为世界人类开中国从来未有之奇观。

我以为那种“目击”之谈多是靠不住的，即使真实，也只是几个谬人的行为，没有多少意思，用不着怎么大惊小怪。但《顺天时报》是日本帝国主义的机关报，以尊皇卫道之精神来训导我国人为职志的，那么苟得发挥他的教化的机会当然要大大利用一下，不管他是红是黑的谣言，所以我倒也不很觉得不对。不过该报记者说裸体游行“真为世界人类开中国从来未有之奇观”，我却有点意见：在中国是否从来未有，我不能断定，但在世界人类却是极常见的事。即如在近代日本，直到明治维新的五年（西历一八七一年），就有那一种特别营业，虽然不是裸体游行，也总不相远：Yare-tsuke，Sore-tsuke 的故事，现在的日本人大抵还不会忘记罢？据《守贞漫稿》所记，天保末（一八四一年顷）大坂庙会中有女阴展览，门票每人八文：

> 在官仓边野外张席棚，妇女露阴门，观者以竹管吹之。每

年照例有两三处。

展览女阴在大坂唯此（正月初九初十）两日，江户则在两国桥东，终年有之。

明治十七年四壁庵著《忘馀录》（*Wasure-nokori*）亦在“可耻之展览物”一条下有所记录，本拟并《守贞漫稿》别条移译于此，唯恐有坏乱风俗之虞，触犯圣道，故从略。总之这种可笑之事所在多有，人非圣贤，岂能无过，从事于历史研究文明批评者平淡看过，若在壮年凡心未尽之时，至多亦把卷一微笑而已。如忘记了自己，专门指摘人家，甚且造作或利用流言，作攻击的宣传，我们就要请他自省一下。俗语云，人没有活到七十八十，不可便笑人头童齿缺。要我来暴露别人的缺点，实在是不很愉快的事，但我并不想说你也有臭虫所以说我不得，我只是使道貌岩岩的假道学现出真形，在他的《论语》下面也是一本《金瓶梅》罢了。

我并不很相信民众以及游行宣传等事，所以对于裸体游行这件事（假如是真有的）我也觉得无聊，公妻我也反对，——我不知道孔教徒所厉声疾呼的公妻到底是怎样一种制度，在这里我只当作杂交（Promiscuity）讲。我相信，假如世界不退到暴民或暴君专制的地步，却还是发达上去，将来更文明的社会里的关于性的事情，将暂离开了尚脱不掉迷信的色彩之道德与法律的管辖，而改由微敏的美感或趣味所指挥。羞耻是性的牵引之一种因子，我以为是不会消灭的，即使因袭的迷信及道德有消灭之一日（这也还是疑问），裸体可以算是美，但就是在远的将来也未必为群众所了解：因此这裸体游行的运动，除了当作几个思想乖谬的人的一种胡闹以外，没有什么意义。我们现在当然以一夫一妻主义为适当的办法，但将来也不能确说不会有若何改变，不过推想无论变成什么样子，总未必会比现今更坏。杂交的办法，据有些人类学家考证，在上古时代未曾有过，在将来也难有实现的可能，因为人性不倾向于此种方法（或不免稍速断乎？），至少总不为女性之所赞许，而在脱离经济迫压的时代，如无女性的赞许则此办法便难实施。现在那里（倘如实有）盲目地主张及计划实行这不知哪里来的所谓公妻者，如不是愚鲁，便是俗恶的人，因为他相信这种制度可以实行。我反对这种俗恶的公妻主义，无论只是理论，或是实际：因此我是很反对卖淫制度的一个人。特别是日本现行的卖淫制度内，有所谓 Mawashi（巡回）者，娼妓在一夜中顺次接得多数的客，单在文字上看到，也感到极不愉快的印象。这样的公妻实行，在文明国家却都熟视若无睹，这是什么缘故呢？或者因为中间经过金钱交易，合于资本主义罢，正如展览之纳付八文钱，便可以不算是百鬼昼行了。近来有些日本的士女热心于废娼运动，这是很可喜的事，——一面却还有另一部分人来管敝国的道德风纪，那尤其是可大贺了罢！

临了，我要声明一句，这武汉的两次——第一次二人，第二次八人——裸体游行完全与我无关：不然说不定会有人去匿名告发，说我是该游行的发起人呢。特此郑重声明！

中华民国十六年四月十五日。

又案，“唯自肩部挂薄纱一层笼罩全身”，也是“古已有之”的老调儿。在北欧的古书《呃达》（*Edda*）里有一篇传说，说亚斯劳格（Aslang）受王的试验，叫她到他那里去，须是穿衣而仍是裸体，带着同伴却仍是一个人，吃着东西却仍是空腹；她便散发覆体，牵着狗，嚼着一片蒜叶，到王那里，遂被赏识，立为王后。（见《自己的园地》五〇）又罗伯著《历史之花》（*Rope of Wendover*，*Flowers of History*）中也有一条故事，伯爵夫人戈迪娃（Lady Godiva）为康文忒利市民求免重税，伯爵不允，强之再三，始曰：“你可裸体骑马，在众人面前，通过市街，回来之后可以允许。”于是夫人解髻散发，笼罩全身，有如面幕，骑马，后随武士二名，行过市场，除两条白大腿外不为人所见云。故事的结末当然是伯爵钦服，下谕永远蠲免该市苛税。这种有趣虽然是假造的传说可见很是普通，其年寿也很老了，现在不过又来到中国复活起来，正如去年四月“克复北京”后各报上津津乐道的所谓《马惩淫》的新闻，一看就可以知道是抄的一节旧小说。自从武汉陷落，该处遂成为神秘古怪的地方，而一般变态性欲的中外男子更特别注意于该处的所谓解放的妇女，种种传说创造传播，满于中外的尊皇卫道的报上，简单地用胡适博士的一句术语来说，武汉妇女变成了箭垛式的英雄（或者迎合他们的意见称作英雌）了。本来照例应该说该游行者解散青丝笼罩玉体才好，但是大家知道她们是“新妇女”，都是剪去头发的，——这一件事早使卫道家痛心疾首寝食不安了很久，哪里就会忘记？——没有东西可以盖下来了。她们这班新妇女不是常戴着一块“薄纱”么？那么，拿这个来替代头发，也就可以了。遵照旧来规矩，采用上代材料，加上现今意匠，就造成上好时鲜出品，可以注册认为“新案特许”了。日本新闻记者制造新闻的手段毕竟高强，就是在区区一句话上也有这许多道理可以考究出来，真不愧为东亚之文明先进国也！吾辈迂拙书生，不通世故，对之将愧死矣。

［1927 年 4 月 23 日《语丝》/《谈龙集》］

《香园》

理查白登（Sir Richard Burton，一八二一至一八九〇）是英国近代的大旅行家，做过几任领事，后授勋爵，但他的大胆不羁却完全超出道学的绅士社会之外。据说有一回格兰斯敦讲演，大谈东方事情，大家屏息谨听，白登独起来说道：“格兰斯敦先生，我告诉你，你所说的话，都完全绝对与事实相反。”邻坐的人便将一张纸片塞在他的手里，上边写道：“勿反对格兰斯敦先生。此为从来所无。”但白登的名誉（在别方面说也可以算是不名誉）据我们看起来却更伟大地建筑在他的《一千一夜》全译与笺注上，只可惜没有钱买一部旧书来看，单是闻名罢了。亚拉伯有这一部奇书，是世界故事的大观；波斯另有一部东西，也不愧为奇书，这就是蔼理斯在他的大著里时常说起的《香园》。据美国加耳佛顿著《文学上之性的表现》（Calverton，*Sex Expression in Literature*，一九二六）说：

> 白登尽力于《香园》之翻译，自己说是文学工作中的最上成绩，死后却被他的妻毁掉了，她辩护这种风狂的行为说，她希望他的名誉永远无疵瑕地①存在。她又把白登的罗马诗人加都路思的未完译本，日记笔记一切稿件，都同《香园》烧掉，以为这是尽她贤妻的责任。白登的妻这样凶猛地毁灭贵重的文稿，其动机是以中产阶级道德为根据，而使白登去翻译像《香园》这种淫书的动机当然是非中产阶级的了。

【锺校】

① 此处原衍“的”字，已删。

我在这里不禁联想到刻《素女经》等书的故叶德辉先生了。这些书，自然都是道士造出来的，里边有许多荒谬的话，但也未必没有好的部分，总不失为性学的好资料，叶氏肯大胆地公表出来，也是很可佩服的，——所可怪的是，他却是本来“翼教”的，当然是遵守中产阶级道德，这是一个很大的矛盾。不过这个谜或者也还不难明了，叶氏对于这些书的趣味大约只在于采补一方面，并不在于坦白地谈性的现象与爱之艺术，有如现代常识的人们所见。据京津报上所载，叶氏已在湖南被枪毙了。为什么缘故呢，我们不知道。我希望总不会是为了刻那些书的缘故罢？中国有最奇怪的现象，崇奉圣道的绅士，常有公妻（自然是公人家的）之行为，平时无人敢说，遇有变乱便难免寻仇，这是很常见的。日本的机关《顺天时报》最喜造谣，说中国某处公妻，却不知中国老百姓是最不愿公妻的，决不会发生这种运动，只有绅士与大兵有时要试他一试，结果常常是可怕的反动，古语所谓民变，前年河南红枪会之屠杀陕军，即是明证，别处地方之迫害绅士也多少与这个有关。在中国的日本报专以造谣为事，本来不值得计较，只是因叶德辉的事连带说及，并非破工夫和他对说，要请读者原谅。

［1927 年 4 月 30 日《语丝》/《谈龙集》］

再谈《香园》

我前曾说起亚拉伯的奇书《香园》，近日于无意中得到一本。蔼理斯在《性心理之研究》第六册五一三页上说：

> 一经受了基督教底禁欲主义底洗礼以后，爱情便不再是，如同在古代一样，一种急需培养的艺术，而变为一种必须诊治的病症，因此上古尊崇爱底艺术之精神之承继者，不是耶教化的国家，而是回教化的地方了。奈夫苏义（Nefzaoni）底《馥郁的田园》大概是十六世纪在特尼斯（Tunis）城的一位著作家所作的，他底卷首语就很明了地表示给我们，爱情并不是一种疾病，感谢神，他把男子底最大的愉快放在女人的身上，并且使女人能够从男子底身上获得最大的快乐。

（采用汉译《爱底艺术》十三页译文，但文字上略有改动，卷首语查原书说的非常率直，比蔼理斯所引还要直说，现在索性改得含混一点了。）

我所有的这一本书，题名《怡神的香园》，奈夫札威上人（Shaykh Nafzawi）原著，全书凡二十一章，这是三卷中之第一卷，仅有首三章，及序文一百十一页。第一章论女人所珍赏的男子，第二章论男子所爱重的女人，第三章论为女人所轻蔑的男子，各以《一千一夜》式的故事申明之。卷首译者引理查白登语曰："这不是给婴孩看的书。"此书在欧洲出版皆非公开，唯照我们的眼光看去，其故事之描写虽颇直率，在中国旧小说中并非希有，故亦不足惊异，但与中国淫书有一相差极远的异点，即其态度全然不同。中国的无聊文人做出一部淫书，无论内容怎样恣肆，他在书的首尾一定要说些谎话，说本意在于阐发福善祸淫之旨，即使下意识里仍然是出于纵欲思想，表面总是劝惩，所说的也就更是支离了。奈夫札威上人的意思却在编一部恋爱的教科书，指导人应该如此而不应该如彼，他在开始说不雅驯的话之先，恭恭敬敬地要祷告一番，叫大悲大慈的神加恩于他，这的确是明澈朴实的古典精神，很是可爱的。我又曾见到一本印度讲“爱之术”（*Ars Amatoria*，用中国古语应译作房中术）的书，德人须密特所译，名为 *Das Ratirahasyam*（《欲乐秘旨》），共十五章，首论女人的种类，末列各种药方，与叶德辉所辑的《素女经》等很是相像，但与中国也有一个极大的异处，就是这位“博学诗人”壳科加君（Sri Kokkoka）并不是黄帝彭祖之徒，希望白日飞升的，所以他说的只是家庭——至多也是草露间的事，并没有选鼎炼丹这种荒唐思想。我们看过这些书，觉得很有意思，不仅满足了一部分①好奇心，比看引用的文字更明白他的真相，又因此感到一件事实，便是中国人在东方民族中特别是落后；在上面的两个比较上可以看出中国人落在礼教与迷信的两重网里（虽然讲到底这二者都出萨满教，其实还是一个），永久跳不出来，如不赶紧加入科学的光与艺术的香去救治一下，极少解脱的希望。其次觉得有趣味的是，这些十五六世纪的亚拉伯印度的古怪书里的主张很有点与现代相合。蔼理斯在他的大著上早已说过，随后经斯妥布思女士的鼓吹，在文明社会（这当作如字讲，我并不含有一点反意）差不多都已了解，性的关系应以女性为主，这一层在那异教徒们所②提倡的似乎也是如此。文明社会如能多少做到这样，许多

【锺校】

① 原无“分”字，今增。
② “所”原作“他”。

家庭与恋爱的悲剧可以减少，虽然全体的女子问题还须看那普天同愤神人不容的某种社会改革能否实现才能决定，我们此刻无须多嘴的了。

［1927年8月13日《语丝》/《谈龙集》］

李守常君之死

李守常君于四月二十八日被执行死刑了。李君以身殉主义，当然没有什么悔恨，但是在与他有点戚谊乡谊世谊的人总不免感到一种哀痛，特别是关于他的遗族的困穷，如有些报纸上所述，就是不相识的人看了也要悲感。——所可异者，李君据说是要共什么的首领，而其身后萧条乃若此，与毕庶澄马文龙之拥有数十百万者有月鳖之殊，此岂非两间之奇事与哑谜欤?

同处死刑之二十人中还有张挹兰君一人也是我所知道的。在她被捕前半个月，曾来见我过一次，又写一封信来过，叫我为《妇女之友》做篇文章，到女师大的纪念会去演说，现在想起来真是抱歉，因为忙一点的缘故这两件事我都没有办到。她是国民党员还是共产党员，她有没有该死的罪，这些问题现在可以不谈，但这总是真的，她是已被绞决了，抛弃了她的老母。张君还有两个兄弟，可以侍奉老母，这似乎可以不必多虑，而且，——老母已是高年了（恕我忍心害理地说一句老实话），在世之日有限，这个悲痛也不会久担受，况且从洪杨以来老人经过的事情也很多了，知道在中国是什么事都会有的，或者她已有练就的坚忍的精神足以接受这种苦难了罢?

[附记]

我记起两本小说来，一篇是安特来夫的《七个绞犯的故事》，一篇是梭罗古勃的《老屋》。但是虽然记起却并不赶紧拿来看，因为我没有这勇气，有一本书也被人家借去了。

［1927年5月14日《语丝》第131期/《谈虎集》］

《泽泻集》序

近几年来我才学写文章，但是成绩不很佳。因为出身贫贱，幼时没有好好地读过书，后来所学的本业又与文学完全无缘，想来写什么批评文字，非但是身分不相应，也实在是徒劳的事。这个自觉却是不久就得到，近来所写只是感想小篇，但使能够表得出我自己的一部分，便已满足，绝无载道或传法的意思。有友人问及，在这一类随便写的文章里有那几篇是最好的，我惭愧无以应，但是转侧一想，虽然够不上说好，自己觉得比较地中意，能够表出一点当时的情思与趣味的，也还有三五篇，现在便把他搜集起来，作为“苦雨斋小书”之一。

戈尔特堡（Isaac Goldberg）批评蔼理斯（Havelock Ellis）说，在他里面有一个叛徒与一个隐士，这句话说得最妙：并不是我想援蔼理斯以自重，我希望在我的趣味之文里也还有叛徒活着。我毫不踌躇地将这册小集同样地荐于中国现代的叛徒与隐士们之前。

至于书名泽泻，那也别无深意，——并不一定用《楚辞》的“筐泽泻以豹鞹兮”的意思，不过因为喜欢这种小草，所以用作书名罢了。在日本的“纹章”里也有泽泻，现在就借用这个图案放在卷首。

十六年八月七日，于北京。

［1927年8月20日《语丝》/《泽泻集》］

摆伦句

丹麦言语学教授尼洛普博士（Dr. C. Nyrop）在所著《接吻与其历史》第二章中说：

> 这是多么近于人情，摆伦如是愿望说：
>
> 我愿女人只有一张朱唇，
> 可以同时亲遍了她们。
> That womankind had but one rosy mouth,
> To kiss them all at once from north to south.

但是我实在不很喜欢摆伦的这两行诗，也不喜欢这一句话。诗我是不懂，但“自北至南”这种趁韵我觉得没有趣味；他的意思呢，不但是太贪，也有点儿无聊，——这差不多是“登徒子”的态度。据说在文艺复兴时代欧洲有这样一种习惯，凡绅士与贵妇人相见，无论识与不识均接吻为礼。但有些人很不以为然，法国蒙丹纳（Montaigne）说得最妙：

> 这是一件很可非难的习俗，贵妇人当以唇吻敬客，只要他有一对长班跟在后头，不管他怎样讨厌；就是在我们男子也并不上算，因为须得亲上五十个丑的才能亲到三个美丽的女子。

可惜我们的诗人没有知道。倘若因此种风俗引申，同性也当行“友情的接吻”，如罗马王朝所行，那就更要不得了。罗马诗人 Martialis（四〇至一〇四）曾说：

> 外出十五年后，回到罗马来，它给我这许多接吻，比勒思比亚（Lesbia）给加都路思（Catullus）的还要多。各个邻人，各个毛脸的农夫，都来亲你一个气味不佳的嘴。织布匠来逼你，还有洗染店和刚才亲过牛皮的皮匠；胡子，独眼的绅士；

烂眼边的，和有稀臭的嘴的朋友。这真不值得回来。

他做的小诗里有好些都是说这件事的，现在抄译一章于下：

我的颊上贴上一张膏药，
两唇涂药虽然没有冻裂，
菲拉尼思，你知道为什么？
这就为的是省得亲你的嘴。

[附记]

这一篇是看了《接吻与其历史》而作，所引诗文也都出在那本书里。

［1927年9月《语丝》/《谈龙集》］

怎么说才好

十九日《世界日报》载六日长沙通讯，记湘省考试共产党员详情，有一节云：

> 有郇陈氏者，因其子系西歪（青年共产党）的关系，被逮入狱，作“旷安宅而弗居舍正路而弗由论”，洋洋数千言，并首先交卷，批评马克司是一个病理家，不是生理家外，并于文后附志略历。……各当道因赏其文，怜其情，将予以宽释。

原来中国现在还适用族诛之法，因一个初中一年级生是CY的关系，就要逮捕其母。湖南是中国最急进的省分，何以连古人所说的“罪人不孥”这句老生常谈还不能实行呢？我看了这节新闻实在连游戏话都不会说了，只能写得这两行极迂阔极无聊的废话，——我承认，这是我所说过的最没有意思的废话，虽然还有些听南来的友人所讲的东南清党时的虐杀行为，我连说废话的勇气都没有了。这些故事压在我的心上，我真不知怎样说才好，只觉得小时候读李小池的《思痛记》时有点相像。

偶阅陈锦《补勤诗存》卷五《东南壬申新乐府》之十五《青狸奴》一篇，有云：

> 谁知造物工施报，于今怕说官兵到，
> 无分玉石付昆炎，逢人一样供颠倒。
> 天生佳丽独何辜，暮暮朝朝忍毒痛，
> 妇女明知非党恶，可堪天罚戮妻孥！

陈君为先祖业师，本一拘谨老儒，以孝廉出为守令，而乃同情于附逆妇女，作此“冤死节也”之乐府，末云：

天心厌乱怜娇小，落花满地罢风扫，

二千馀人同死亡，国殇无算哀鸿少。

（原注：金陵贼败，同时自尽妇女二千馀人。）

诗虽不佳，但其论是非不论顺逆之仁恕的精神却是甚可佩服。

我觉得中国人特别有一种杀乱党的嗜好，无论是满清的杀革党，洪宪的杀民党，现在的杀共党，不管是非曲直，总之都是杀得很起劲，仿佛中国人不以杀人这件事当作除害的一种消极的手段（倘若这是有效），却就把杀人当作目的，借了这个时候尽量地满足他的残酷贪淫的本性。在别国人我也不能保证他们必不如此，但我相信这在中国总是一种根深蒂固的遗传病，上自皇帝将军，下至学者流氓，无不传染得很深很重，将来中国灭亡之根即在于此，决不是别的帝国主义等的关系。最奇怪的是智识阶级的吴稚晖忽然会大发其杀人狂，而也是智识阶级的蔡胡诸君身在上海，又视若无睹，此种现象，除中国人特嗜杀人说外，别无方法可以说明。

其实，恶人之所好，是谓拂人之性，自然是很危险的，对于有些人的沉默也很可以谅解，而且，就是我们本来也何必呢？从前非宗教大同盟风靡一世的时候，我本不是什么教徒，只觉得这种办法不很对，说了几句闲话，结果是犯了众怒，被乱骂一通，还被共产派首领称为资本主义的走狗！这回的说闲话，差不多也要蹈前回的覆辙，《新锋》上有居庸关外的忠实同志已经在那里通信说这是赤化了，吓得山叔老人赶紧爬下火山去，是的，我们也可以看个样，学个乖，真的像瓶子那样地闭起嘴来罢！火山之上是危险的，那么站到火山之下来罢，虽然喷起火来是一样的危险，总比站在山上要似乎明哲一点？听说中国有不知七十二呢还是八十一个旧火山，站来站去总避不开他们的左近，不过只要不去站在山顶上就算好了罢。

怎么说才好？不说最好：这是一百分的答案。但不知道做得到否，这个我自己还不能定，须得去东安市场找那学者们所信用的问心处去问他一问才好。喔，尾巴写得这样长了，“带住”罢。

［1927 年 10 月 1 日《语丝》/《谈虎集》］

诅　咒

《古城周刊》第二期短评里说前此天津要处决几个党案的犯人，轰动了上万的人在行刑地点等候着看热闹，而其主要原因则因为其中有两个是女犯。短评里还引了记者在路上所听见的一段话：

甲问："你老不是也上上权仙去看出红差吗？"

乙答："是呀，听说还有两个大娘们啦，看她们光着膀子挨刀真有意思呀。"

这实在足以表出中国民族的十足野蛮堕落的恶根性来了！我常说中国人的天性是最好淫杀，最凶残而又卑怯的。——这个，我不愿外国流氓来冷嘲明骂，我自己却愿承认；我不愿帝国主义者说支那因此应该给他们去分吃，但我承认中国民族是亡有馀辜。这实在是一个奴性天成的族类，凶残而卑怯，他们所需要者是压制与被压制，他们只知道奉能杀人及杀人给他们看的强人为主子。我因此觉得孙中山其实迂拙得可以，而口讲三民主义或无产阶级专政以为民众是在我这一边的各派朋友们尤为其愚不可及，——他们所要求于你们的，只有一件事，就是看光着膀子挨刀很有意思！

［1927 年 10 月 8 日《语丝》/《谈虎集》］

双十节的感想

本年的双十节我同一个友人往中央公园去看光社展览会，一路上遇见好几件事情，引起了一点感想，现在列记于下，不知读者中有和我同感者否?

今年的双十节在北京特别郑重，也不知道为什么缘故，从八日起就挂旗，一直挂了三天，虽然仍旧是些肮脏破烂的五色旗，究竟也表示得郑重，比平常的国庆日热闹得多了。这颇令我喜欢。我初来北京的这一年，正遇见张辫帅，亲眼见枪弹从头上飞过，不知道差了几个米里密达。今年呢，大家对于这个国旗知道这样尊重了，即使市民们没有诗人的热情，叫它做情人或阿嬷，总是要挂它三天了；无论是什么军阀，也声声口口叫我中华民国了。这样看来，中华民国——至少中华民国这个名称总可以保存，我所最怕的复辟这件事不至于再会发生的了。这是我所以喜欢的原因。

我们走进了中央公园的大门，我很吃了一惊（我的朋友也说吃了一惊，虽然他的吃惊的原因与我的有点小小不同），在出入口的中间摆了几张桌子，上边堆满了印刷品，有三位女士（我记得其中有一位是断发的）和两位先生，在那里很忙地拣集各种印刷品，递给在旁边摊着手等着的人们。人类是富于模仿性的，而且老实说，贪得的性又是谁会没有呢，所以我也走近前去伸出手来，我的朋友自然也伸着手。等了一刻，总算各抓到一把，欣欣然地走进铁栅门，右边站着一位警察，吩咐道："好好儿地收起来，不要丢在地上!"我只答应了一声"喳!"却不明白他吩咐的意思是在敬惜字纸呢，还是为什么。我们既拿到了这个东西，便不去看光社，先找一家茶摊坐下，一面喝着龙井，把那些纸片细细地研究，才知道这是三四方面军团宣传部的出品，种类甚多，我最运气，得到十种，我的朋友却只有八种。我的十种可以分作三类，计双十节类四，阎锡山类五，以及告农民类一是也。

关于宣传文现在且按下不表，单讲我吃惊的理由是什么呢？这并不为别的，我只觉得这几位青年似乎都是我的熟人，正如我的朋友所感到的那样，仿佛觉得这两位女士说不定就是我们的学生。这当然未必会是真的，总之或者是坐冷板凳太久之故，有点头脑胡涂了，所以如此错觉罢，——是的，我后来坐在茶桌旁看走过的一个个的青年又觉得似乎就是在大门口的几位，于是可以见我老眼的昏迷了。我的朋友说他初看见的时候，想到有一年有青年学生们在太和殿发给传单之事，所以吃了一惊；不过这一层我却没有感到，固然是因为我没有到太和殿去，一半也因为我较多世故，知道这是截然两件事，连联想都不想到了。老实说，这是我比我的朋友还要较为聪明的地方。

末了还是去看光社的照相展览会。在那里与好些艺术家点了头，刚看到 Dr. Shen 的作品的时候，偶然回过头去，却不意忽然地“隔着玻璃看见”了它！（依据严侯官《英文汉诂》，“最凡之名” Collective Noun 为“罔两”属，独用单数。）从董事会的后窗望出去，在端门的西边，甬道旁的几间小屋面前，有一群人在那里正用晚餐，大抵都穿着长衫，有的带呢帽，有的顶着瓜皮帽，而流品不齐，看去大都像是店铺的伙计，却来这个处所野餐，这也奇了！难道是趁了国庆节来“辟克尼克”的么？——非也，有本地的朋友告诉我，这乃是政府的公仆，国民的监督，上海滩上所谓包打听，而中古英文称曰 Spie 者是也。喔，喔，我今天真好运气，见了好些世面，好物事，而光社展览品不与焉！原来这是这样的，下次我在马君的屋里遇到书店掌柜，就不免要神经过敏，言动要特别谨慎些也不可知，在书店掌柜们或者是有点不敬，但我实在觉得有如两颗蚕豆之不可辨别，为做明哲起见不得不尔，至于在街上走时满眼皆是此辈，尤其不敢妄谈国事等等，那更是适当的了。

日子过去了，感想也渐淡薄下去了，特别是不愉快的印象，虽然总不会淡薄到没有。但是好的一方面却比较地长久留存一点：张少帅部下的女宣传员是剪发的，宣传文是白话的，觉得很有一番新气象，北方的禁剪发禁白话的政令大约只是所谓旧派的行为，不见得能够成功，想到这里仿佛又可以乐观起来了罢？

民国十六年十月十二日夜。

回家之后，把宣传文全套研究了三日三夜，不怕宣传部列位疑心我要夺佢们的饭碗，我实在觉得不很出色，不很有力。说到这一点，倒不能不推重那日本人的北京汉文报——Notorious 的《顺天时报》。大家知道《顺天时报》是日本帝国主义的机关报，专替本国军阀政府说话，但为日支共存共荣计，也肯为别国反动势力尽义务，充当名誉（?）宣传员，到底因为有教育有训练的缘故，这些忠义的“外臣”的工作有时竟比内臣还要切实有效。照这几天的报纸看来，登载“某方消息”多么起劲，浦口各处据它说都已克服了，此外某处某处也都“将”占据了，这都是官报所未见的，而忠勇的《顺天时报》独能如此竭力效命，岂不殊堪嘉尚么？该报社长及主笔实在应该各赠勋五位，照洪宪朝某博士例，列为外臣，与“入籍教授”相对，未始不是熙朝盛事，只可惜衮衮诸公没有见到，未免有功高赏薄之恨罢了。——我又想到宣传部招考条例，月薪是二十至七十元，那也未免太少，难怪宣传成绩不很有力，不能与该《顺天时报》相比了。

［1927 年 10 月 12 日作/《谈虎集》］

《谈龙集》《谈虎集》序

近几年来所写的小文字，已经辑集的有《自己的园地》等三册一百二十篇，又《艺术与生活》里二十篇，但此外散乱着的还有好些，今年暑假中发心来整理他一下，预备再编一本小册子出来。等到收集好了之后一看，虽然都是些零星小品，篇数总有一百五六十，觉得不能收在一册里头了，只得决心叫他们“分家”，将其中略略关涉文艺的四十四篇挑出，另编一集，叫作《谈龙集》，其馀的一百十几篇留下，还是称作《谈虎集》。

书名为什么叫做谈虎与谈龙，这有什么意思呢？这个理由是很简单的。我们（严格地说应云我）喜谈文艺，实际上也只是乱谈一阵，有时候对于文艺本身还不曾明了，正如我们著《龙经》，画水墨龙，若问龙是怎样的一种东西大家都没有看见过。据说从前有一位叶公，很喜欢龙，弄得一屋子里尽是雕龙画龙，等得真龙下降，他反吓得面如土色，至今留下做人家的话柄。我恐怕自己也就是这样地可笑。但是这一点我是明白的，我所谈的压根儿就是假龙，不过姑妄谈之，并不想请他来下雨，或是得一块的龙涎香。有人想知道真龙的请去找豢龙氏去，我这里是找不到什么东西的。我就只会讲空话，现在又讲到虚无飘渺的龙，那么其空话之空自然更可想而知了。

《谈虎集》里所收的是关于一切人事的评论。我本不是什么御史或监察委员，既无官守，亦无言责，何必来此多嘴，自取烦恼？我只是喜欢讲话，与喜欢乱谈文艺相同，对于许多不相干的事情，随便批评或注释几句，结果便是这一大堆的稿子。古人云，谈虎色变，遇见过老虎的人听到谈虎固然害怕，就是没有遇见过的谈到老虎也难免心惊，因为老虎实在是可怕的东西，原是不可轻易谈得的。我这些小文，大抵有点得罪人得罪社会，觉得好像是踏了老虎尾巴，私心不免惴惴，大有色变之虑，这是我所以集名谈虎之由来，此外别无深意。这一类的文字总数大约在二百篇以上，但是有一部分经我删去了，小半是过了时的，大半是涉及个人的议论；我也曾想拿来另编一集，可以表表在“文坛”上的一点战功，但随即打消了这个念头，因为我的绅士气（我原是一个中庸主义者）到底还是颇深，觉得这样做未免太自轻贱，所以决意模仿孔仲尼笔削的故事，而曾经广告过的《真谈虎集》于是也成为有目无书了。

《谈龙》《谈虎》两集的封面画都是借用古日本画家光琳（Korin）的，在《光琳百图》中恰好有两张条幅，画着一龙一虎，便拿来应用，省得托人另画。——《真谈虎集》的图案本来早已想好，就借用后《甲寅》的那个木铎里黄毛大虫。现在计划虽已中止，这个巧妙的移用法总觉得很想的不错，废弃了也未免稍可惜，只好在这里附记一下。

民国十六年十一月八日，周作人，于北京苦雨斋。

［1927 年 11 月《文学周报》/《谈龙集》《谈虎集》］

北沟沿通信

某某君：

一个月前你写信给我，说蔷薇社周年纪念要出特刊，叫我做一篇文章，我因为其间还有一个月的工夫，觉得总可以偷闲来写，所以也就答应了。但是，现在收稿的日子已到，我还是一个字都没有写，不得不赶紧写一封信给你，报告没有写的缘故，务必要请你原谅。

我的没有工夫作文，无论是预约的序文或寄稿，一半固然是忙，一半也因为是懒，虽然这实在可以说是精神的疲倦，乃是在变态政治社会下的一种病理，未必全由于个人之不振作。还有一层，则我对于妇女问题实在觉得没有什么话可说。我于妇女问题，与其说是颇有兴趣，或者还不如说很是关切，因为我的妻与女儿们就都是女子，而我因为是男子之故对于异性的事自然也感到牵引，虽然没有那样密切的关系。我不很赞同女子参政运动，我觉得这只在有些宪政国里可以号召，即使成就也没有多大意思，若在中国无非养成多少女政客女猪仔罢了。想来想去，妇女问题的实际只有两件事，即经济的解放与性的解放。然而此刻现在这个无从谈起，并不单是无从着手去做，简直是无可谈，谈了就难免得罪，何况我于经济事情了无所知，自然更不能开口，此我所以不克为《蔷薇》特刊作文之故也。

我近来读了两部书，觉得都很有意思，可以发人深省。他们的思想虽然很消极，却并不令我怎么悲观，因为本来不是乐天家，我的意见也是差不多的。其中的一部是法国吕滂（G. Le Bon）著《群众心理》，中国已有译本，虽然我未曾见，我所读的第一次是日文本，还在十七八年前，现在读的乃是英译本。无论人家怎样地骂他是反革命，但他所说的话都是真实，他把群众这偶像的面幕和衣服都揭去了，拿真相来给人看，这实在是很可感谢虽然是不常被感谢的工作。群众还是现在最时新的偶像，什么自己所要做的事都是应民众之要求，等于古时之奉天承运，就是真心做社会改造的人也无不有一种单纯的对于群众的信仰，仿佛以民众为理性与正义的权化，而所做的事业也就是必得神佑的十字军。这是多么谬误呀！我是不相信群众的，群众就只是暴君与顺民的平均罢了，然而因此凡以群众为根据的一切主义与运动，我也就不能不否认，——这不必是反对，只是不能承认他是可能。妇女问题的解决，似乎现在还不能不归在大的别问题里，而且这又不能脱了群众运动的范围，所以我实在有点茫然了。妇女之经济的解放是切要的，但是办法呢？方子是开了，药是怎么配呢？这好像是一个居士游心安养净土，深觉此种境界之可乐，乃独不信阿弥陀佛，不肯唱佛号以求往生，则亦终于成为一个乌托邦的空想家而已！但是，此外又实在是没有办法了。

还有一部书是维也纳妇科医学博士鲍耶尔（B. A. Bauer）所著的《妇女论》，是英国两个医生所译，声明是专卖给从事于医学及其他高等职业的人与心理学社会学的成年学生的，我不知道可以有那一类的资格，却承书店认我是一个 Sexologiste，也售给我一本，得以翻读一过。奥国与女性不知有什么甚深因缘，文人学士对于妇女总特别有些话说，这位鲍博士也不是例外，他的意见倒不受佛洛依特的影响，却是有点归依那位《性与性格》的著者华宁格耳的，这于妇女及妇女运动都是没有多大好意的。但是我读了却并没有什么不以为然，而且也颇以为然，虽然我自以为对于女性稍有理解，压根儿不是一个憎女家（Misogyniste）。我固然不喜欢像古代教徒之说女人是恶魔，但尤不喜欢有些女性崇拜家，硬颂扬女人是圣母，这实在与老流氓之要求贞女有同样的可恶：我所赞同者是混和说，华宁格耳之主张女人中有母妇娼妇两类，比较地有点儿相近了。这里所当说明者，所谓娼妇类的女子，名称上略有语病，因为这只是指那些人，她的性的要求不是为种族的继续，乃专在个人的欲乐，与普通娼妓之以经济关系为主的全不相同。鲍耶尔以为女子的生活始终不脱性的范围，我想这是可以承认的，不必管他这有否损失女性的尊严。现代的大谬误是在一切以男子为标准，即妇女运动也逃不出这个圈子，故有女子以男性化为解放之现象，甚至关于性的事情也以男子观点为依据，赞扬女性之被动性，而以有些女子性心理上的事实为有失尊严，连女子自己也都不肯承认了。其实，女子的这种屈服于男性标准下的性生活之损害决不下于经济方面的束缚，假如鲍耶尔的话是真的，那么女子这方面即性的解放，岂不更是重要了么？鲍耶尔的论调虽然颇似反女性的，但我想大抵是真实的，使我对于妇女问题更多了解一点，相信在文明世界里这性的解放实是必要，虽比经济的解放或者要更难也未可知：社会文化愈高，性道德愈宽大，性生活也愈健全，而人类关于这方面的意见却也最顽固不易变动，这种理想就又不免近于昼梦。

反女性的论调恐怕自从“天雨粟鬼夜哭”以来便已有之，而憎女家之产生则大约在盘古开天辟地以后不远罢。世人对于女性喜欢作种种非难毁谤，有的说得很无聊，有的写得还好，我在小时候见过唐代丛书里的一篇《黑心符》，觉得很不错，虽然三十年来没有再读，文意差不多都忘记了。我对于那些说女子的坏话的也都能谅解，知道他们有种种的缘由和经验，不是无病呻吟的，但我替她们也有一句辩解：你莫怪她们，这是宿世怨对！我不是奉“《安士全书》人生观”的人，却相信一句话曰“远报则在儿孙”，《新女性》发刊的时候来征文，我曾想写一篇小文题曰“男子之果报”，说明这个意思，后来终于未曾做得。男子几千年来奴使妇女，使她在家庭社会受各种苛待，在当初或者觉得也颇快意，但到后来渐感到胜利之悲哀，从不平等待遇中养成的多少习性发露出来，身当其冲者不是别人，即是后世子孙，真是所谓天网恢恢疏而不漏，怪不得别人，只能怨自己。若讲补救之方，只在莫再种因，再加上百十年的光阴淘洗，自然会有转机，像普通那样地一味怨天尤人，全无是处。但是最后还有一件事，不能算在这笔账里，这就是宗教或道学家所指点的女性之狂荡。我们只随便引佛经里的一首偈，就是好例，原文见《观佛三昧海经》卷八：

若有诸男子　　年皆十五六

盛壮多力势　　数满恒河沙

持以供给女　　不满须臾意

这就是视女人如恶魔，也令人想起华宁格耳的娼妇说来。我们要知道，人生有一点恶魔性，这才使生活有些意味，正如有一点神性之同样地重要。对于妇女的狂荡之攻击与圣洁之要求，结果都是老流氓（Rouè）的变态心理的表现，实在是很要不得的。华宁格尔在理论上假立理想的男女性（FM），但知道在事实上都是多少杂糅，没有纯粹的单个，故所说母妇娼妇二类也是一样地混和而不可化分，虽然因分量之差异可以有种种的形相。因为娼妇在现今是准资本主义原则卖淫获利的一种贱业，所以字面上似有侮辱意味，如换一句话，说女子有种族的继续与个人的欲乐这两种要求，有平均发展的，有偏于一方的，则不但语气很是平常，而且也还是极正当的事实了。从前的人硬把女子看作两面，或是礼拜，或是诅咒，现在才知道原只是一个，而且这是好的，现代与以前的知识道德之不同就只是这一点，而这一点却是极大的，在中国多数的民众（包括军阀官僚学者绅士遗老道学家革命少年商人劳农诸色人等）恐怕还认为非圣无法，不见得能够容许哩。古代希腊人曾这样说过，一个男子应当娶妻以传子孙，纳妾以得侍奉，友妓（Hetaira 原语意为女友）以求悦乐。这是宗法时代的一句不客气的话，不合于现代新道德的标准了，但男子对于女性的要求却最诚实地表示出来。义大利经济学家密乞耳思（Robert Michels）著《性的伦理》（英译在“现代科学丛书”中）引有威尼思地方的谚语，云女子应有四种相，即是：

街上安详　(Matrona in strada),
寺内端庄　(Modesta in chiesa),
家中勤勉　(Massaia in casa),
□□颠狂　(Mattona in letto.)

可见男子之永远的女性便只是圣母与淫女（这个佛经的译语似乎比上文所用的娼妇较好一点）的合一，如据华宁格耳所说，女性原来就是如此，那么理想与事实本不相背，岂不就很好么？以我的孤陋寡闻，尚不知中国有何人说过（上海张竞生博士只好除外不算，因为他所说缺少清醒健全），但外国学人的意见大抵不但是认而且还有点颂扬女性的狂荡之倾向，虽然也只是矫枉而不至于过直。古来的圣母教崇奉得太过了，结果是家庭里失却了热气，狭邪之巷转以繁盛；主妇以仪式名义之故力保其尊严，又或恃离异之不易，渐趋于乖戾，无复生人之乐趣，其以婚姻为生计，视性为敲门之砖，盖无不同，而别一部分的女子致意于性的技巧者又以此为生利之具，过与不及，其实都可以说殊属不成事体也。我最喜欢谈中庸主义，觉得在那里也正是适切，若能依了女子的本性使她平匀发展，不但既合天理，亦顺人情，而两性间的有些麻烦问题也可以省去了。不过这在现在也是空想罢了，我只希望注意妇女问题的少数青年，特别是女子，关于女性多作学术的研究，既得知识，也未始不能从中求得实际的受用，只是这须得求之于外国文书，中国的译著实在没有什么，何况这又容易以“有伤风化”而禁止呢？

我看了鲍耶尔的书，偶然想起这一番空话来，至于答应你的文章还是写不出，这些又不能做材料，所以只能说一声对不起，就此声明恕不做了。草草不一。

十一月六日，岂明。

［1927年12月1日《世界周报·蔷薇》/《谈虎集》］

关于失恋

王品青君是阴历八月三十日在河南死去的，到现在差不多就要百日了，春蕾社诸君要替他出一个特刊，叫我也来写几句。我与品青虽是熟识，在孔德学校上课时常常看见，暇时又常同小峰来苦雨斋闲谈，夜深回去没有车雇，往往徒步走到北河沿，但是他没有对我谈过他的身世，所以关于这一面我不很知道，只听说他在北京有恋爱关系而已。他的死据我推想是由于他的肺病，在夏天又有过一回神经错乱，从病院的楼上投下来，有些人说这是他的失恋的结果，或者是真的也未可知，至于是不是直接的死因我可不能断定了。品青是我们朋友中颇有文学的天分的人，这样很年青地死去，是很可惜也很可哀的，这与他的失不失恋本无关系，但是我现在却就想离开了追悼问题而谈谈他的失恋。

品青平日大约因为看我是有须类的人，所以不免有点歧视，不大当面讲他自己的事情，但是写信的时候也有时略略提及。我在信堆里找出品青今年给我的信，一共只有八封，第一封是用“隋高子玉造象碑格”笺所写，文曰：

> 这几日我悲哀极了，急于想寻个躲避悲哀的地方，曾记有一天在苦雨斋同桌而食的有一个朋友是京师第一监狱的管理员，先生可以托他设法开个特例把我当作犯人一样收进去度一度那清素的无情的生活么？不然，我就要被柔情缠死了呵！
>
> 品青，一月二十八日夜十二时。

我看了这封信有点摸不着头脑，不知所说的是凶是吉，当时就写了一点回复他，此刻也记不起是怎样说的了。不久品青就患盲肠炎，进医院去，接着又是肺病，到四月初才出来，寄住在东皇城根友人的家里。

他给我的第二封信便是出医院后所写，日期是四月五日，共三张，第二张云：

这几日我竟能起来走动了，真是我的意料所不及。然到底像小孩学步，不甚自然。得闲肯来寓一看，亦趣事也。

在床上，我的世界只有床帐以内，以及与床帐相对的一间窗户。头一次下地，才明白了我的床的位置，对于我的书箱书架，书架上的几本普通的破书，都仿佛很生疏，还得从新认识一下。第二回到院里晒太阳，明白了我的房的位置，依旧是西厢，这院落从前我没有到过，自然又得认识认识。就这种情形看来，如生命之主不再太给我过不去，则于桃花落时总该能去重新认识凤皇砖和满带雨气的苦雨斋小横幅了吧？那时在孔德教员室重新共吃瓦块鱼自然不成问题。

这时候他很是乐观，虽然末尾有这样一节话，文曰：

这信刚写完，接到四月一日的《语丝》，读第十六节的《闲话拾遗》，颇觉畅快。再谈。

所谓《闲话①拾遗》十六是我译的一首希腊小诗，是无名氏所作，戏题曰《恋爱偈》，译文如下：

不恋爱为难，恋爱亦复难，

一切中最难，是为能失恋。

四月二十日左右我去看他一回，觉得没有什么，精神兴致都还好，二十二日给我信说，托交民卫生试验所去验痰，云有结核菌，所以“又有点悲哀”，然而似乎不很利害。信中说：

肺病本是富贵人家的病，却害到我这又贫又不贵的人的身

【锺校】

① “话”原作“语”。

上。肺病又是才子的病，而我却又不像□□诸君常要把它写出来。真是病也倒楣，我也倒楣。

今天无意中把上头这一片话说给□□，她深深刺了我一下，说我的脾气我的行为简直是一个公子，何必取笑才子们呢？我接着说，公子如今落魄了，听说不久就要去作和尚去哩。再谈。

四月三十日给我的第六封信还是很平静的，还讲到维持《语丝》的办法，可是五月初的三封信（五日两封，八日一封）忽然变了样，疑心友人们（并非女友）对他不好，大发脾气。

五日信的起首批注道：“到底我是小孩子，别人对我只是表面，我全不曾理会。”八日信末云：“人格学问，由他们骂去吧，品青现在恭恭敬敬地等着承受。”这时候大约神经已有点错乱，以后不久就听说他发狂了，这封信也就成为我所见的绝笔。那时我在《世界日报》附刊上发表一篇小文，论曼殊与百助女史的关系，品青见了说我在骂他，百助就是指他，我怕他更要引起误会，所以一直没有去看他过。

品青的死的原因我说是肺病，至于发狂的原因呢，我不能知道。据他的信里看来，他的失恋似乎是有的罢。倘若他真为失恋而发了狂，那么我们只能对他表示同情，此外没有什么说法。有人要说这全是别人的不好，本来也无所不可，但我以为这一半是品青的性格的悲剧，实在是无可如何的。我很同意于某女士的批评，友人“某君”也常是这样说，品青是一个公子的性格，在戏曲小说上公子固然常是先落难而后成功，但是事实上却是总要失败的。公子的缺点可以用圣人的一句话包括起来，就是“既不能令，又不受命”。在旧式的婚姻制度里这原不成什么问题，然而现代中国所讲的恋爱虽还幼稚，到底带有几分自由性的，于是便不免有点不妥：我想恋爱好像是大风，要当得她住，只有学那橡树（并不如伊索所说就会折断）或是芦苇，此外没有法子。譬如有一对情人，一个是希望正式地成立家庭，一个却只想浪漫地维持他们的关系，如不在适当期间有一方面改变思想，迁就那一方面，我想这恋爱的前途便有障碍，难免不发生变化了。品青的优柔寡断使他在朋友中觉得和善可亲，但在恋爱上恐怕是失败之原，我们朋友中之□□大抵情形与品青相似，他却有决断，所以他的问题就安然解决了。本来得恋失恋都是极平常的事，在本人当然觉得这是可喜或是可悲，因失恋的悲剧而入于颓废或转成超脱也都是可以的，但这与旁人可以说是无关，与社会自然更是无涉，别无大惊小怪之必要；不过这种悲剧如发生在我们的朋友中间，而且终以发狂与死，我们自不禁要谈论叹息，提起他失恋的事来，却非为他声冤，也不是加以非难，只是对于死者表示同情与悼惜罢了。至于这事件的详细以及曲直我不想讨论，第一是我不很知道内情，第二因为恋爱是私人的事情，我们不必干涉，旧社会那种萨满教的风化的迷信我是极反对的；我所要说的只在关于品青的失恋略述我的感想，充作纪念他的一篇文字而已。——但是，照我上边的主张看来，或者我写这篇小文也是不应当的；是的，这个错我也应该承认。

［1927 年 12 月《语丝》/《永日集》］